GOLDMANN

Buch

Es ist das 5. Jahrhundert vor Christus, die Zeit der mächtigen Perserkönige Darius und seines Sohnes Xerxes. Cyrus Spitama, halb Grieche, halb Perser und einst ergebener Diener des Darius, diktiert in Athen, nun alt geworden und erblindet, seinem Neffen Demokrit seine Memoiren. Er, der Weltmann, kann auf den persischen Hof zur Zeit seiner höchsten Machtvollkommenheit zurückblicken, auf seine Reisen als Botschafter nach Indien und nach China, wo er Konfuzius begegnet, der ihm Auskunft über den Vorgang der Schöpfung gibt. Cyrus saß Buddha zu Füßen und ließ Sokrates für sich arbeiten. Er schildert die Intrigen am persischen Hof, die Macht des Harems und die Klugheit der Königin Atossa und anderer einflußreicher Frauen. Alle wichtigen Persönlichkeiten des Jahrhunderts haben seinen Weg gekreuzt.

Gore Vidal läßt jene Zeit in ihrer ganzen Größe wiederauferstehen: ihre barbarische Grausamkeit, ihre Machtbesessenheit und die Weisheit ihrer großen Philosophen und Religionsstifter.

Autor

Gore Vidal, geboren 1925 in Westpoint im Bundesstaat New York, nahm als Marineoffizier am Zweiten Weltkrieg teil und machte sich später durch vielseitige literarische Produktion einen Namen. Vor allem seine Romane haben auf beiden Seiten des Atlantiks ein großes Publikum gefunden. Außer dem vorliegenden Band ist von Vidal als Goldmann-Taschenbuch erschienen:

Julian. Roman (42005)

GORE VIDAL

Ich, Cyrus, Enkel des Zarathustra

Roman

Aus dem Amerikanischen
von Günter Panske

GOLDMANN VERLAG

Ungekürzte Ausgabe

Titel der Originalausgabe: Creation
Originalverlag: Random House, Inc., New York

Umwelthinweis:
Alle bedruckten Materialien dieses Taschenbuches
sind chlorfrei und umweltschonend.

Der Goldmann Verlag
ist ein Unternehmen der Verlagsgruppe Bertelsmann

Made in Germany · 1. Auflage · 6/93

Umschlagentwurf: Design Team, München
Umschlagfoto: Archiv für Kunst und Geschichte, Berlin
Druck: Presse-Druck Augsburg
Verlagsnummer: 42087
MV · Herstellung: Sebastian Strohmaier
ISBN 3-442-42087-3

Für Thomas Pryor Gore
(1870–1949)

ERSTES BUCH

HERODOT
HÄLT IM ODEON IN ATHEN
EINEN VORTRAG

1

Ich bin blind. Aber nicht taub. Und diese Unvollkommenheit meines Unglücks war es, die mich gestern zwang, nahezu sechs Stunden einem selbsternannten Historiker zuzuhören, dessen Ausführungen über »die persischen Kriege« (wie das die Athener zu benennen belieben) ein einziger haarsträubender Unfug war. Wäre ich jünger und von höherem Rang, so hätte ich mich von meinem Sitz im Odeon erhoben und ihn zur Rede gestellt – solchermaßen ganz Athen schockierend.

Nun denn, ich kenne ja die Ursprünge der *griechischen* Kriege. Er hingegen nicht. Wie denn auch? Woher sollte ein Grieche wissen? Ich habe den größten Teil meines Lebens am Hof in Persien zugebracht, und auch jetzt, in meinem fünfundsiebzigsten Jahr, diene ich dem Großen König wie zuvor seinem Vater – meinem geliebten Freund Xerxes – und noch früher dessen Vater, einem Helden, den selbst die Griechen als Darius den Großen kennen.

Als der peinliche Vortrag schließlich endete – unser »Historiker« sprach mit dünner, eintöniger Stimme, die zudem ein dorischer Akzent beeinträchtigte –, fragte mich mein achtzehnjähriger Neffe Demokritus, ob ich nicht noch bleiben wolle, um jenen Verleumder Persiens zur Rede zu stellen.

»Du solltest es tun«, sagte er. »Denn alle starren dich an. Sie wissen, daß du sehr zornig sein mußt.« Demokritus studiert Philosophie, hier in Athen. Mithin erbaut er sich an Streitereien. Schreib das nieder, Demokrit. Schließlich geschieht es auf dein Drängen, daß ich diese Darlegungen diktiere: wie und wieso die griechischen Kriege begannen. Ich werde niemanden schonen – auch dich nicht. Wo war ich? Im Odeon.

Ich lächelte das bittere Lächeln der Blinden (wie diesen Ausdruck ein Poet einmal nannte – ein ›Sehender‹ und offenbar dennoch blind). Aber habe ich, als ich noch sehen konnte, auf Blinde jemals wirklich geachtet? Andererseits kam mir auch nie in den Sinn, mit einem so hohen Alter für mich zu rechnen – noch gar mit Blindheit, die mich vor drei Jahren schlug, als die weißen Wolken auf der Netzhaut meiner Augen sich plötzlich in milchigen Dunst verwandelten.

Das Letzte, was ich sah, war mein eigenes verschwommenes Gesicht im polierten Silberspiegel. Dies geschah in Susa, im Palast des Großen Königs. Zuerst glaubte ich, der Raum fülle sich mit Rauch. Doch es war

Sommer, und es gab kein Feuer. Einen Moment noch erblickte ich mich im Spiegel, dann sah ich nicht länger; sah nichts – niemals mehr.

In Ägypten machen die Ärzte eine Operation, welche die Wolken angeblich verjagt. Aber ich bin zu alt, um nach Ägypten zu reisen. Außerdem habe ich genug gesehen. Denn habe ich erschaut das heilige Feuer, welches ist das Antlitz von Ahura Mazdah, dem Weisen Herrn? Auch habe ich gesehen Persien und Indien und das fernste Cathay. Niemand, der unter uns weilt, hat so viele Länder bereist wie ich.

Ich schweife ab. Das ist die Gewohnheit alter Männer. Mein Großvater pflegte in *seinem* fünfundsiebzigsten Jahr stundenlang zu reden, indem er von einem Thema zum nächsten hüpfte – absolut zusammenhangslos. Aber nun ja, er war ja auch Zarathustra, der Prophet der Wahrheit; und genau wie der Eine und Einzige Gott, dem er diente, der gesamten Schöpfung in all ihren Einzelheiten zu Diensten ist, so war dies auch sein Prophet Zarathustra. Mit wahrhaft inspirierender Wirkung, sofern man denn je begriff, was er überhaupt sagte.

Demokrit dringt darauf, daß ich berichte, was geschah, als wir das Odeon verließen. Nun denn. Es sind ja deine Finger, die ermüden. Mich lassen weder meine Stimme noch mein Gedächtnis im Stich... bis jetzt.

Als Herodot von Halikarnassus seine Darstellung der persischen ›Niederlage‹ – bei Salamis vor vierunddreißig Jahren – beendete, setzte ein ohrenbetäubender Applaus ein. Ganz nebenbei: Die Akustik des Odeon ist abscheulich. Ich bin nicht der einzige, der die neue Musikhalle als mangelhaft empfindet. Selbst den unmusikalischen Athenern dämmert, daß irgend etwas nicht in Ordnung ist mit ihrem kostbaren Odeon, kürzlich in Rekordzeit hochgezogen auf Befehl des Perikles, der dafür mit jenem Geld bezahlte, welches in allen griechischen Städten für ihre gemeinsame Verteidigung gesammelt worden war. Das Gebäude als solches ist eine steinerne Kopie des Zeltes, das dem Großen Xerxes gehörte. Irgendwie geriet es während der Wirren des letzten persischen Feldzugs in Griechenland in griechische Hände. Die Griechen, o ja. Geben vor, uns zu verachten; und dann äffen sie uns nach.

Als Demokrit mich in den Vorraum der Musikhalle führte, hörte ich von allen Seiten die Worte: »Der persische Gesandte!« Die kehligen Laute verursachten in meinen Ohren ein Kratzen wie von jenen Tonscherben, auf denen die Griechen periodisch die Namen solcher Personen vermerken, durch die sie sich beleidigt – oder gelangweilt – wähnen. Der Mann, der bei dieser (Miß)Wahl die meisten Stimmen erhält, wird für einen Zeitraum von zehn Jahren aus der Stadt verbannt. Welch ein Glück für ihn!

Ich zähle einige der Bemerkungen auf, die ich auf dem Weg zur Tür vernahm.

»Hat dem garantiert nicht gefallen, was er da zu hören kriegte.«

»Er ist ein Bruder von Xerxes, nicht?«

»Nein, er ist ein Magian.«

»Was ist das?«

»Ein persischer Priester. Die essen Schlangen und Hunde.«

»Und begehen Blutschande mit ihren Schwestern und Müttern und Töchtern.«

»Was ist mit ihren Brüdern und Vätern und Söhnen?«

»Du bist unersättlich, Glaukon.«

»Magier sind immer blind. Das müssen sie sein. Ist der da sein Enkelsohn?«

»Nein. Sein Geliebter.«

»Glaube ich nicht. Die Perser sind anders als wir.«

»Ja. Sie verlieren Schlachten. Wir nicht.«

»Woher willst du das wissen? Als wir Xerxes in Richtung Asien in die Flucht schlugen, warst du ja noch nicht einmal geboren.«

»Ein sehr gut aussehender Jüngling, der da.«

»Ein Grieche natürlich. Was wohl sonst? Ein Barbar könnte niemals so aussehen.«

»Er ist von Abdera. Der Enkel des Megakreon.«

»Ein Meder! Abschaum der Erde.«

»Reicher Abschaum. Dem Megakreon gehört die Hälfte der Silberminen in Thrakien.«

Von den beiden mir noch verbleibenden (und vergleichsweise unbeeinträchtigten) Sinnen – dem Tast- und dem Geruchssinn –, kann ich, was ersteren betrifft, nichts weiter vermelden als den sehnigen Arm des Demokritus, an welchen ich mich mit meiner rechten Hand klammerte; was jedoch den zweiten Sinn angeht ...! Nun denn. Im Sommer baden sich die Athener nicht allzu häufig. Im Winter – und wir befinden uns jetzt in der Woche mit dem kürzesten Tag des Jahres – baden sie sich überhaupt nicht, und ihre Nahrung scheint ausschließlich aus Zwiebeln und konserviertem Fisch zu bestehen – konserviert seit der Zeit Homers.

Ich wurde angerempelt, angehaucht, geschmäht. Natürlich weiß ich, daß meine Position als Gesandter des Großen Königs nicht nur gefährlich, sondern auch höchst problematisch ist. Gefährlich ist sie, weil es diesen geschwätzigen Menschen jederzeit einfallen kann, eine ihrer Versammlungen abzuhalten, auf denen jeder männliche Bürger das Recht der freien Meinungsäußerung und, schlimmer noch, das Stimmrecht hat. Sind sie dann von einem der zahlreichen korrupten (oder verrückten) Demagogen aufgeputscht worden, so bringen es die Bürger mühelos fertig, heilige Verträge zu brechen, wie etwa vor vierzehn Jahren, als sie eine Expedition aussandten, um die persische Provinz Ägypten zu erobern. Sie bezogen eine schmähliche Niederlage. Dieses Abenteuer war doppelt schandbar, hatte sich doch, vor nunmehr sechzehn

Jahren, eine athenische Abordnung nach Susa begeben, um mit Persien einen dauerhaften Frieden zu schließen. Chefgesandter war Kallias, der reichste Mann Athens. Der Vertrag wurde schließlich aufgesetzt. Athen erkannte die Oberhoheit über die griechischen Städte in Kleinasien an. Der Große König seinerseits erklärte sich bereit, die persische Flotte vom Ägäischen Meer fernzuhalten; und so weiter. Der Vertrag war sehr lang. Und mir ist oft schon der Gedanke gekommen, daß während der Abfassung des persischen Textes meine Augen dauerhaften Schaden genommen haben. Die weißen Wolken jedenfalls verdichteten sich während der Monate, da man miteinander verhandelte und ich genötigt war, jedes einzelne Wort zu lesen, das die Schreiber aufgezeichnet hatten.

Nach dem ägyptischen Debakel begab sich abermals eine Abordnung nach Susa. Der Große König war bewundernswert. Er überging die Tatsache, daß die Athener den Vertrag durch die Invasion in seiner Provinz Ägypten gebrochen hatten. Statt dessen sprach er in den wärmsten Tönen von seiner Freundschaft für Sparta. Die Athener waren entsetzt. Aus gutem Grund fürchteten sie Sparta. Innerhalb weniger Tage war man sich darüber einig, daß der Vertrag (den keine der beiden Seiten je anerkannt hatte) wieder in Kraft sei, und als Beweis für das Vertrauen des Großen Königs in seine athenischen Sklaven – so nennt er sie –, wolle er nach Athen jenen Mann entsenden, der als Freund dem Herzen seines verstorbenen Vaters, Xerxes, am nächsten gewesen sei: Cyrus Spitama – mich.

Daß mich dies völlig beglückt hätte, läßt sich kaum behaupten. Ich hätte nie damit gerechnet, meine letzten Lebensjahre in dieser kalten und windigen Stadt zu verbringen unter Menschen, die genauso kalt und windig sind wie der Ort selbst. Andererseits, und was ich sage, ist allein für deine Ohren bestimmt, Demokrit – wie denn diese Betrachtungen überhaupt für deinen Nutzen gedacht sind, von dir nach Belieben zu verwenden, sobald ich tot bin . . . in wenigen Tagen schon, wie ich glaube, angesichts des in mir wütenden Fiebers sowie der Hustenanfälle, welche das Diktieren für dich genauso beschwerlich machen wie für mich . . . Aber ich habe den Faden verloren.

Andererseits . . . Ja. Seit der Ermordung meines geliebten Freundes Xerxes und dem Attentat auf seinen Sohn Artaxerxes war meine Position in Susa alles andere als angenehm. Zwar beweist mir der Große König seine Gunst, doch werde ich zu sehr mit dem früheren Regime identifiziert, als daß mir die neuen Leute am Hofe völlig vertrauten. Den geringen Einfluß, den ich noch ausübe, verdanke ich dem Umstand meiner Herkunft. Ich bin der letzte lebende Enkelsohn in der männlichen Linie von Zarathustra, dem Propheten des Einen Gottes, Ahura Mazdah – auf griechisch: der Weise Herr. Seit sich der Große König Darius vor einem halben Jahrhundert zur Lehre des Zarathustra bekehrte, hat die königliche Familie meiner Familie stets Ehrerbietung erwiesen, was mir das Gefühl gibt, eine Art Hochstapler zu sein. Schließlich bin ich ohne eigenes Verdienst zu diesem Großvater gekommen.

Am Eingang des Odeons wurde ich von Thukydides aufgehalten, einem düster wirkenden Mann mittleren Alters, der seit dem Tod seines berühmten Schwiegervaters Kimon vor drei Jahren die konservative Partei führt. Folglich ist er der einzige ernste Rivale für Perikles, den Führer der demokratischen Partei.

Doch sind politische Kennzeichnungen hierzulande wohl eher Glückssache. Die Führer beider Parteien sind Aristokraten. Manche Adlige – wie der verstorbene Kimon – begünstigen die reiche Landbesitzerklasse, während andere – wie Perikles – sich beim Stadtpöbel einschmeicheln, dessen berüchtigte »Volksversammlung« er gestärkt hat, somit das Werk *seines* politischen Mentors Ephialtes fortsetzend, dieses radikalen Führers, der vor einem Dutzend Jahren unter mysteriösen Umständen ermordet wurde. Man verdächtigte die Konservativen. Sollten sie es gewesen sein, so müßte man ihnen gratulieren. Der Pöbel kann keine Stadt regieren, viel weniger noch ein Reich.

Wäre mein Vater griechischer und meine Mutter persischer Abstammung gewesen (statt andersherum), so hätte ich zweifellos der konservativen Partei angehört, obschon gerade diese nicht müde wird, das Volk mit dem persischen Buhmann zu schrecken. Und gern hätte ich Kimon persönlich gekannt, seiner Liebe für Sparta und seinem Haß gegen uns zum Trotz. Seine Schwester Elpinike, sagt man hier allgemein, sei ihm im Charakter sehr ähnlich. Sie ist eine großartige Frau und mir eine getreue Freundin.

Demokrit mahnt mich höflich, ich sei schon wieder vom Thema abgekommen. Ich meinerseits mache ihm klar, daß ich, nachdem ich dem Herodot stundenlang zugehört, nicht länger in der Lage bin, mit auch nur einem Quentchen Logik von Punkt zu Punkt zu schreiten. Jener schreibt, wie Grashüpfer hüpfen. Ich bin nunmehr sein Eleve.

Thukydides sprach im Vorraum des Odeon zu mir. »Vermutlich wird eine Abschrift dessen, was wir gerade gehört haben, ihren Weg nach Susa finden.«

»Warum auch nicht?« Ich war gleichermaßen verbindlich wie unverbindlich: der perfekte Gesandte. »Der Große König liebt wundersame Erzählungen. Er hat ein Faible für das Fabulöse.«

Offenbar war ich nicht unverbindlich genug. Ich witterte Mißvergnügen: von seiten des Thukydides sowie einer Gruppe von Konservativen. Nein, er war nicht allein. Nun denn, in Athen wagt sich, aus Furcht vor Ermordung, kaum mal ein Parteiführer allein hinaus. Demokritus läßt mich wissen, daß, wann immer man eine große Gruppe lärmender Männer sieht, in deren Mitte sich entweder eine behelmte Zwiebel oder aber ein Purpurmond befindet, es sich bei ersterer nur um

Perikles und bei zweitem nur um Thukydides handeln kann. Und zwischen diesen beiden, Zwiebel und Herbstmond, scheint die Stadt unrettbar zerrissen.

Heute war der Tag des Purpurmonds. Aus irgendeinem Grund hatte die behelmte Zwiebel der Vorlesung im Odeon nicht beigewohnt. Könnte es sein, daß Perikles sich der miserablen Akustik in *seinem* Gebäude schämt? Aber ich vergesse. Jegliches Gefühl von Beschämung ist den Athenern unbekannt.

Derzeit sind Perikles und sein Klüngel von Künstlern und Baumeistern dabei, auf der Akropolis der Athena einen Tempel zu errichten, einen grandiosen Ersatz für jenen schäbigen Tempel, den die persische Armee vor vierunddreißig Jahren niederbrannte; eine Tatsache, die Herodotus geflissentlich unerwähnt läßt.

»Sind der Gesandte womöglich der Meinung, daß der soeben gehörte Bericht unwahr sei?« Thukydides war unverschämt. Er schien betrunken zu sein. Zwar sagt man uns Persern (wegen unseres rituellen Gebrauchs von Haoma) übermäßiges Trinken nach, doch noch nie habe ich einen Perser gesehen, der so betrunken war wie gewisse Athener; wennschon Fairneß die Feststellung gebietet, daß kein Athener jemals so betrunken sein könnte wie ein Spartaner. Mein alter Freund König Demaratus von Sparta pflegte zu sagen, die Spartaner hätten nie Wein ohne Wasser getrunken, bevor die nördlichen Nomaden eine Abordnung nach Sparta schickten, kurz nachdem Darius ihre Heimat Skythien verwüstet hatte. Laut Demaratus waren es die Skythen, welche die Spartaner lehrten, Wein ohne Wasser zu trinken. Doch diese Geschichte nehme ich ihm nicht ab.

»Was wir gehört haben, mein lieber junger Mann, ist lediglich eine Version von Ereignissen, welche vor deiner Geburt und, wie ich vermute, auch vor der Geburt des Historikers stattfanden.«

»Es gibt noch viele von uns, die sich genau jenes Tages entsinnen, da die Perser nach Marathon kamen.« Eine alte Stimme erklang dicht bei meinem Ohr. Demokrit erkannte ihren Besitzer nicht. Nun, es war eine jener alten Stimmen, wie man sie oft genug vernimmt. Überall in Griechenland begrüßen einander Unbekannte eines bestimmten Alters mit der Frage: »Und wo warst du, und was hast du getan, als Xerxes nach Marathon kam?« Dann tauschen sie Lügen aus.

»Ja«, sagte ich. »Es leben noch welche, die sich an die alten Zeiten erinnern. Und ich, ach, bin ich nicht einer von ihnen? In der Tat waren der Große König Xerxes und ich genau gleich alt. Würde er noch leben, so wäre er fünfundsiebzig. Als er den Thron bestieg, war er vierunddreißig – in der Blüte des Lebens. Euer Historiker hat uns jedoch gerade weismachen wollen, Xerxes sei ein unbesonnener *Knabe* gewesen, als er Darius nachfolgte.«

»Ein winziges Detail«, hob Thukydides an.

»Aber typisch für ein Werk, das uns in Susa nicht weniger ergötzen wird als Äschylus' Schauspiel *Die Perser*, von mir selbst für den Großen König übersetzt, der des Verfassers attischen Witz gar köstlich fand.« Nichts davon stimmte, natürlich nicht; Xerxes wäre vor Zorn außer sich gewesen, hätte er auch nur geahnt, in welchem Maße er und seine Mutter zur Erheiterung des athenischen Pöbels travestiert worden waren.

Es gehört zu meinen Prinzipien, mir nichts anmerken zu lassen, wenn ich von Barbaren beleidigt werde. Zum Glück bleiben mir ihre schlimmsten Infamien erspart. Die heben sie füreinander auf. Welch eine Wohltat für den Rest der Welt, daß die Griechen einander noch weniger mögen als uns Fremde.

Ein perfektes Beispiel: Als der vormals gefeierte Dramatiker Äschylus dem derzeit gefeierten Sophokles im Wettbewerb unterlag, ergrimmte er so sehr, daß er Athen den Rücken kehrte und sich nach Sizilien einschiffte, wo er ein höchst angemessenes Ende fand. Ein Adler mit einer Schildkröte in den Krallen suchte nach einer harten Oberfläche, um darauf seine Beute zu zerschmettern. Er hielt das kahle Haupt des Verfassers der *Perser* für einen Fels und ließ die Schildkröte mit tödlicher Genauigkeit fallen.

Thukydides schien im Begriff, mir eine widerwärtige Szene zu machen, doch Jung-Demokritus stieß mich geistesgegenwärtig vorwärts und rief: »Weg frei für den Gesandten des Großen Königs!« Und man gab den Weg frei.

Glücklicherweise wartete meine Sänfte unmittelbar vor dem Portikus.

Es ist mir gelungen, ein Haus zu mieten, das noch aus der Zeit stammt, bevor wir Athen niederbrannten: komfortabler, wenn auch weniger prätentiös als die Häuser, welche sich reiche Athener derzeit bauen. Gibt es etwas, das ehrgeizige Architekten nachhaltiger inspiriert als das Niederbrennen der Heimatstadt? Sardis ist jetzt, nach dem großen Feuer, weit prachtvoller, als es das selbst zur Zeit des Kroesus je gewesen. Zwar habe ich das alte Athen niemals gesehen – und kann natürlich auch das neue nicht sehen –, doch sagt man mir, Privathäuser würden noch immer aus Lehmziegeln gebaut und Straßen seien selten gerade und nie breit. Was die neuen öffentlichen Gebäude betrifft, so sollen sie ebenso prächtig wie provisorisch wirken – wie das Odeon.

Am intensivsten ist die Bautätigkeit zur Zeit auf der Akropolis, einem löwenfarbenen Fels (Demokritus' poetische Wendung), der gleichsam die ganze Stadt überschattet und jedenfalls dieses Haus. Folglich müssen wir uns im Winter – also jetzt – mit weniger als einer Sonnenstunde pro Tag begnügen.

Aber der Fels besitzt seinen Reiz. Oft unternehmen Demokritus und ich dort Spaziergänge. Ich berühre zerstörtes Gemäuer. Lausche dem

Gelärme der Maurer. Sinne nach über jene außerordentliche Familie von Tyrannen, die auf der Akropolis wohnte, bevor man sie aus der Stadt vertrieb, so wie jeder wahrhaft Edle früher oder später vertrieben wird. Ich kannte den letzten Tyrannen, den sanftmütigen Hippias. In meiner Jugend war er oft am Hof von Susa.

Hauptcharakteristikum der Akropolis sind heutzutage die Häuser oder Tempel mit den Götterbildnissen, welche anzubeten die Menschen hier vorgeben. Ja, ich sage vorgeben, denn ich bin überzeugt, daß die Athener bei allem Konservatismus hinsichtlich der Bewahrung der *Formen* alter Dinge im Kern ihres Wesens atheistisch sind – oder wie einer meiner griechischen Vettern erst kürzlich mit gefährlichem Stolz behauptete: Der Mensch ist das Maß aller Dinge. Tief in ihrem Herzen, so scheint mir, halten die Athener dies wahrhaftig für wahr. Mit dem Ergebnis, daß sie – paradoxerweise – außergewöhnlich abergläubisch sind und jene streng bestrafen, die als gottlos gelten.

2

Auf etliche meiner Äußerungen beim gestrigen Abendmahl war Demokrit nicht gefaßt. Er hat mich nicht nur um einen wahrheitsgetreuen Bericht über die griechischen Kriege gebeten, sondern, wichtiger noch: Er möchte, daß ich meine Erinnerungen an Indien und Cathay festhalte und an die weisen Männer, denen ich im Osten – und im Osten des Ostens – begegnete. Er hat sich erboten, alles niederzuschreiben, dessen ich mich entsinne. Meine Gäste beim Abendmahl drangen gleichermaßen in mich. Allerdings vermute ich, daß sie's nur aus Höflichkeit taten.

Wir sitzen jetzt im Hof des Hauses. Es ist die Stunde, da wir Sonne bekommen. Es ist kühl, jedoch nicht kalt, und ich kann die Sonnenwärme auf meinem Gesicht spüren. Ich fühle mich behaglich, weil ich auf persische Weise gekleidet bin: Bis auf das Gesicht sind alle Körperteile bedeckt, selbst die Hände, im Ruhestand zumindest. Selbstverständlich trage ich Beinkleider – ein Kleidungsstück, das die Griechen irgendwie zu stören scheint.

Unsere Vorstellungen von Schamgefühl erheitern die Griechen ganz ungemein, fühlen diese sich doch niemals glücklicher, als wenn sie Gelegenheit haben, nackte Jünglinge beim sportlichen Spiel zu beobachten. Meine Blindheit erspart mir nicht nur den Anblick von Athens herumtollender Jugend, sondern auch den der lüsternen Zuschauer. Doch wie sittsam sind sie, diese Athener, wenn es um ihre Frauen geht! Die Frauen hier werden von Kopf bis Fuß eingehüllt wie persische Damen – allerdings ohne Farbe, ohne Ornament, ohne Stil.

Ich diktiere auf griechisch, weil mir der ionische Dialekt stets mühelos geläufig war. Meine Mutter, Lais, ist eine Griechin aus Abdera. Sie ist die Tochter von Megakreon, dem Urgroßvater von Demokrit. Da dieser reiche Silberminen besaß und du in der männlichen Linie von ihm abstammst, bist du weitaus reicher als ich. Ja, schreib das nieder. Denn du bist, so jung und unbedeutend du auch sein magst, ein Teil dieses Berichts. Schließlich hast du mein Erinnerungsvermögen angeregt.

Das gestrige Abendmahl gab ich für den Fackelträger Kallias und für den Sophisten Anaxagoras. Mit Anaxagoras verbringt Demokrit täglich viele Stunden, in denen auf ihn eingeredet wird. Das nennt man Erziehung. Zu meiner Zeit und in meinem Land verstand man unter Erziehung – und Bildung – das Auswendiglernen heiliger Texte, das Studium der Mathematik, das Praktizieren von Musik sowie Bogenschießen...

»Reiten, den Bogen spannen, die Wahrheit sagen.« So wird persische Erziehung in einer Art sprichwörtlichen Formel umrissen. Demokrit merkt an, dem entspräche im Grunde auch die griechische Erziehung – von der Wahrheitstreue einmal abgesehen. Er kenne den ionischen Homer auswendig (der im übrigen genauso blind gewesen sei wie ich). Nun ja, mag ja sein. Doch in den letzten Jahren sind die traditionellen Erziehungsmethoden verworfen – Demokrit behauptet: erweitert – worden von einer neuen Klasse von Männern, die sich selbst Sophisten nennen. Der Theorie nach soll ein Sophist in der einen oder der anderen Kunst bewandert sein. Tatsächlich jedoch verfügen viele der hiesigen Sophisten nicht über eine einzige Fertigkeit oder Fähigkeit. Sie sind ganz einfach ungeheuer wortgewandt, und es läßt sich schwer ausmachen, was sie eigentlich lehren wollen, bezweifeln sie doch ein jegliches Ding – mit Ausnahme des Geldes. Dafür, daß sie von den jungen Männern der Stadt gut bezahlt werden, wissen sie zu sorgen.

Anaxagoras ist noch der beste der üblen Bande. Er spricht einfach. Er schreibt gutes ionisches Griechisch. Demokrit las mir aus seinem Werk *Über die Natur* vor. Wenn ich schon vieles nicht verstand, bewundere ich doch den Scharfsinn des Mannes. Er hat es unternommen, alle Dinge mit Hilfe einer sorgsamen Beobachtung der sichtbaren Welt zu erklären. Nun denn. Solange er von Sichtbarem handelt, vermag ich ihm zu folgen. Läßt er sich indes auf Unsichtbares ein, so komme ich ihm abhanden. Er glaubt, daß es *nicht nichts gibt*. Aller Raum sei erfüllt von irgend etwas, selbst wenn wir es nicht sehen können – vom Wind zum Beispiel. Über Geburt und Tod hegt er ebenso interessante wie atheistische Ansichten.

»Die Griechen«, hat er geschrieben, »besitzen eine falsche Vorstellung vom Werden und Vergehen. Nichts wird und nichts vergeht, es gibt nur ein Sichvermischen und Sichteilen von Dingen, welche existieren. So sollte man denn füglich eine Generation als Mischung und ihr

Vergehen als Trennung bezeichnen.« Das klingt akzeptabel. Doch was sind diese »Dinge«? Was bewirkt ihr Zusammenkommen und ihr Sichtrennen? Wie und wann und warum wurden sie geschaffen? Durch wen? Für mich gibt es nur eines, was das Nachdenken wert ist – die Schöpfung.

Als Antwort führte Anaxagoras das Wort Nous, denkender Geist, ins Feld. »Ursprünglich befanden sich alle Dinge, vom unendlich Kleinen bis zum unendlich Großen, im Ruhezustand. Der denkende Geist schuf Ordnung.« Sodann setzten sich jene Dinge (*was* sind sie? *wo* sind sie? *warum* sind sie?) in Bewegung.

Eines der größten Dinge ist ein heißer Stein, den wir die Sonne nennen. Als Anaxagoras noch recht jung war, sagte er voraus, früher oder später werde ein Stück von der Sonne abbrechen und zur Erde fallen. Vor zwanzig Jahren erhielt er den Beweis. Die ganze Welt sah, wie ein Splitter der Sonne in feurigem Bogen durch den Himmel fiel und bei Aegospotami in Thrakien landete. Nachdem das glühende Fragment sich abgekühlt hatte, stellte sich heraus, daß es nichts anderes war als ein Brocken von braunem Felsen. Anaxagoras war über Nacht eine Berühmtheit. Heute wird sein Buch überall gelesen. In der Agora kann man ein Exemplar aus zweiter Hand für eine Drachme kaufen.

Perikles lud Anaxagoras nach Athen ein und setzte dem Sophisten eine Leibrente aus, welche derzeit den Sophisten und seine Familie ernährt – viel ist es nicht. Natürlich hassen ihn die Konservativen fast so sehr wie sie Perikles hassen. Wann immer sie Perikles politisch in Verlegenheit setzen wollen, beschuldigen sie seinen Freund Anaxagoras der Blasphemie, der Gottlosigkeit und all des üblichen Unsinns... nein, nicht Unsinns, denn Anaxagoras ist genausosehr Atheist wie alle anderen Griechen, jedoch – anders als der Rest – kein Heuchler. Er ist ein ernster Mann. Angestrengt denkt er über die Natur des Universums nach, und ohne das Wissen des Weisen Herrn muß man in der Tat angestrengt nachdenken, weil sonst nichts jemals einen Sinn ergibt.

Anaxagoras ist etwa fünfzig, ein ionischer Grieche, der aus einer Stadt namens Klazomenae stammt. Er ist klein und dick, wie mir Demokritus sagt. Kommt aus einer wohlhabenden Familie. Als sein Vater starb, weigerte er sich, den Familienbesitz zu verwalten oder ein politisches Amt zu übernehmen. Ihn interessierte nichts als die Beobachtung der natürlichen Welt. Schließlich überließ er all seinen Besitz entfernten Verwandten und ging in die Fremde. Als man ihn fragte, ob ihn seine Heimat überhaupt bekümmere, erwiderte er: »Oh, gewiß, meine Heimat bekümmert mich sehr.« Und er wies hinauf zum Himmel. Ich sehe ihm diese typisch griechische Gebärde nach. Sie werfen sich gern in Pose.

Während des ersten Gangs (als wir uns an frischem und nicht etwa an konserviertem Fisch labten) zeigte sich Anaxagoras begierig, etwas über meine Reaktion auf die Erzählungen des Herodot zu erfahren. Mehrmals setzte ich zu einer Antwort an, doch der alte Kallias war die große Plaudertasche. Ich muß nachsichtig gegen Kallias sein, denn unser unsichtbarer Friedensvertrag ist bei den Athenern keinesfalls populär. Es scheint durchaus möglich, daß unser Abkommen eines Tages für null und nichtig erklärt wird und ich gezwungen bin, mich von hinnen zu begeben, vorausgesetzt allerdings, mein Gesandtenstatus wird anerkannt und man befördert mich nicht zu Tode. Die Griechen nehmen wenig Rücksicht auf Gesandte. Inzwischen ist, als Mitverfasser des Vertrags, Kallias mein Beschützer.

Und wieder einmal schilderte er, der Kallias, die Schlacht von Marathon. Offen gesagt, habe ich die griechische Version dieses Ereignisses bis obenhin satt. Kallias kämpfte (wie denn auch sonst?) mit der Tapferkeit des Herkules. »Nicht, daß ich's nötig gehabt hätte. Ich meine, schließlich bin ich erblicher Fackelträger. Ich diene bei den Mysterien von Demeter, der Großen Göttin. Bei Eleusis. Aber das weißt du alles ja schon, nicht wahr?«

»In der Tat, in der Tat, ich weiß es. Was wir miteinander gemein haben. Erinnerst du dich? Auch ich bin ein erblicher . . . Fackelträger.«

»*Du?*« Bei Informationen jüngeren Datums zeigt sich Kallias recht gedächtnisschwach. »Oh, ja. Natürlich. *Feuer*anbetung. Ja, sehr interessant, all das. Du mußt uns einmal bei einer deiner Zeremonien zusehen lassen. Soll ja ein erstaunlicher Anblick sein. Zumal jener Teil, wo der Erz-Magian das Feuer ißt. Der bist du, nicht wahr?«

»Ja.« Längst schon erspare ich mir die Mühe, die Griechen über den Unterschied zwischen Zarathustrianer und Magians aufklären zu wollen. »Aber wir *essen* das Feuer nicht. Wir hüten es. Das Feuer ist der Bote zwischen uns und dem Weisen Herrn. Außerdem gemahnt uns das Feuer an den Tag des Gerichts, da jeder von uns hindurch muß durch ein Meer aus geschmolzenem Metall – das der wirklichen Sonne ähnlich sein dürfte, sofern Anaxagoras' Theorie stimmt.«

»Ja, aber . . . was geschieht dann?« Obwohl Kallias ein erblicher Priester ist, zeigt er sich höchst abergläubisch. Ich finde das sonderbar. Erbliche Priester neigen meist zum Atheismus. Sie wissen zuviel.

Ich antwortete ihm, auf traditionelle Weise: »Hast du der Wahrheit gedient und die Lüge verworfen, so wirst du das kochende Metall nicht spüren. Du wirst –«

»Verstehe.« Kallias' Gedanken, aufgescheucht, glichen einem wild flatternden Vogel. »Auch bei uns gibt es so etwas. Jedenfalls würde ich gern einmal sehen, wie du Feuer ißt. Natürlich kann ich diese Gefälligkeit nicht erwidern. Unsere Mysterien sind sehr tief, weißt du. Ich darf dir nichts über sie verraten, außer . . . außer daß du wiedergeboren wirst, wenn du die ganze Geschichte erst mal hinter dir hast. *Falls* du sie hinter dir hast. Und wenn du tot bist, kannst du vermeiden –« Kallias unterbrach sich: Der flatternde Vogel ließ sich auf einem Zweig nieder. »Jedenfalls habe ich bei Marathon gekämpft, obschon ich stets diese priesterlichen Gewänder tragen muß, wie du sehen kannst. Aber nein, du kannst sie ja nicht sehen, wie denn auch. Doch ob nun Priester oder nicht, ich tötete Perser zuhauf an diesem Tag –«

»– und fandest dein Gold in einem Graben.« Anaxagoras findet Kallias genauso nervtötend wie ich, doch im Unterschied zu mir braucht er ihn nicht zu ertragen.

»Diese Geschichte wird sehr verzerrt wiedergegeben.« Kallias war plötzlich überraschend präzise. »Ich nahm einen Mann gefangen, der mich wegen der Kopfbinde, welche ich tragen muß – und welche du nicht sehen kannst – für eine Art General oder König hielt. Da er nur persisch und ich nur griechisch sprach, ließ sich das Mißverständnis nicht klären. Wie hätte ich ihm verständlich machen sollen, daß ich, außer als Fackelträger, nicht weiter von Bedeutung sei? Da ich damals erst siebzehn oder achtzehn war, hätte er es sich allerdings denken können. Doch dazu schien er zu einfältig zu sein. Er führte mich zu einem Flußufer – *nicht zu einem Graben* –, wo er diese Truhe voll Gold versteckt hatte. Natürlich nahm ich sie. Kriegsbeute.«

»Und was wurde mit dem Besitzer?« Wie jeder in Athen weiß Anaxagoras natürlich, daß Kallias den Perser prompt umgebracht hat. Dank der Goldtruhe konnte unser Held dann in Wein und Öl und Schiffe investieren. Heute ist er der reichste Mann in Athen. Er wird tief beneidet. Allerdings wird in Athen jeder wegen irgend etwas beneidet – und sei es wegen des Mangels an etwas Neidenswertem.

»Ich ließ ihn laufen.« Kallias log mit leichter Hand. Hinter seinem Rücken nennt man ihn den Leichen-Reichen. »Das Gold war das Lösegeld. Völlig normale Sache in einer Schlacht. Ist ja eine Alltäglichkeit zwischen Griechen und Persern – oder war's jedenfalls. Das ist nun alles vorbei, dank uns, Cyrus Spitama. Die ganze Welt schuldet mir und dir ewige Dankbarkeit.«

»Mir würden ein oder zwei Jahre Dankbarkeit vollauf genügen.«

Bevor der zweite Gang auf entsprechenden Tischen serviert wurde, erschien Elpinike. Sie ist die einzige Athenerin, der es freisteht, jederzeit mit Männern zu speisen. Dieses Vorrecht genießt sie als Gattin des reichen Kallias und Schwester des ruhmreichen Kimon – Schwester und überdies wahre Witwe. Bevor sie Kallias heiratete, lebten sie und ihr Bruder als Mann und Weib zusammen, zum Entsetzen der Athener. Es ist ein Zeichen für die Rückständigkeit der Griechen, daß sie dies noch immer nicht begreifen: Heiratet der Bruder die Schwester, so steigert dies nur die Bedeutung einer großen Familie. Schließlich stellen beide je eine Hälfte der Gesamtheit dar. Verbinden sie sich in der Ehe, so ist dies zwiefach wirksam.

Es wird auch behauptet, eigentlich habe nicht Kimon, sondern Elpinike die konservative Partei beherrscht. Derzeit besitzt sie großen Einfluß auf ihren Neffen Thukydides. Sie wird bewundert und gefürchtet. In Gesellschaft wirkt sie recht umgänglich. Elpinike ist hochgewachsen wie ein Mann und von etwas »welker« Hübschheit – wenn man denn Demokrit glauben will, der mit seinen achtzehn Jahren meint, ein jeder, der auch nur *ein* graues Haar aufweist, sei gleichsam grabesflüchtig. Sie spricht mit jenem weichen ionischen Akzent, den ich im selben Maße anziehend finde, wie mich der harte dorische Akzent abstößt. Aber nun ja: Ich lernte mein Griechisch von einer ionischen Mutter.

»Es ist ein Skandal mit mir. Ich weiß. Ich kann nicht anders. Ich speise mit Männern. Unbegleitet. Unbeschämt. Wie eine milesische Gefährtin – nur daß ich nicht musikalisch bin.« Hierzulande nennt man die eleganten Prostituierten Gefährtinnen.

In sämtlichen griechischen Städten besitzen die Frauen kaum irgendwelche Rechte, doch finden sich »Sonderregelungen« der allerbarbarischsten Art. Als ich in einer der ionisch-griechischen Städte in Kleinasien zum erstenmal den Spielen beiwohnte, bemerkte ich zu meiner Verblüffung zweierlei: Ledige Mädchen ermutigte man zum Zuschauen, damit sie potentielle Ehemänner im Naturzustand in Augenschein nehmen konnten; Verheirateten war das Zuschauen hingegen untersagt, damit sie – welch vernünftige Begründung! – etwaige Vergleiche mit dem Anvermählten gar nicht erst anstellen konnten. Im konservativen Athen darf die Weiblichkeit, ob verheiratet oder nicht, nur selten ihr Quartier verlassen und keinerlei Spielen beiwohnen. Mit Ausnahme von Elpinike.

Ich konnte hören, wie sich die große Dame – genau wie ein Mann – auf einer Liege niederließ und nicht etwa bescheiden auf einem Stuhl oder einem Schemel, wie man es von griechischen Damen erwartet (wenn sie denn schon mal zusammen mit Männern speisen dürfen). Elpinike ignoriert solche Gebräuche. Sie tut, was ihr gefällt, und niemand kritisiert sie . . . in ihrer Gegenwart. Als Schwester des Kimon, Gattin des Kallias, Tante des Thukydides ist sie die größte Dame in ganz Athen. Oft wirkt sie taktlos, und sie macht sich kaum je die Mühe, ihre Verachtung für Kallias zu verbergen, der sie seinerseits schier maßlos bewundert.

Ich bin mir nie so recht sicher, ob Kallias ein dummer Mensch ist oder nicht. Zweifellos gehört Schlauheit dazu, ein solch riesiges Vermögen zu erwerben (ob nun mit oder ohne goldener Truhe als Ausgangspunkt). Doch seiner Verschlagenheit in geschäftlichen Dingen steht seine Torheit in allen anderen Lebensbereichen gegenüber. Als sein Vetter, der – für einen Athener – edle, redliche, selbstlose Staatsmann Aristides in Armut lebte, wurde Kallias heftig kritisiert, weil er ihm und seiner Familie nicht half.

Der Gefahr, als Unmensch zu gelten, versuchte Kallias auf seine Weise abzuhelfen. Er bat Aristides, der Versammlung zu versichern, er habe es immer wieder abgelehnt, von Kallias Geld zu nehmen. Der edle Aristides gab die von Kallias gewünschte Erklärung ab. Kallias dankte ihm und gab ihm kein Geld. Deshalb gilt Kallias nun nicht nur als Geizhals, sondern auch als perfekter Heuchler. Aristides nennt man den Gerechten. Warum weiß ich nicht. In meiner Kenntnis von dieser Stadt und ihrer politischen Geschichte klaffen große Lücken.

Eine dieser Lücken wurde gestern abend durch Elpinike geschlossen. »*Sie* hat einen Sohn geboren. Heute früh. *Er* ist hochentzückt.« *Sie* und *er* mit einer bestimmten Betonung gesprochen bedeutet stets: die Gefährtin Aspasia und ihr Liebhaber, General Perikles.

Der konservative Kallias zeigte sich sehr amüsiert. »Dann wird der Knabe in die Sklaverei verkauft werden müssen. So will es das Gesetz.«

»Nein, keineswegs«, widersprach Anaxagoras. »Der Knabe ist freigeboren, weil seine Eltern freigeboren sind.«

»Nicht gemäß dem neuen Gesetz, das Perikles in der Versammlung durchgedrückt hat. Das Gesetz ist sehr klar. Ist die Mutter Ausländerin. Oder ist der Vater ein Fremder. Ich meine Athener ...« Kallias verwirrte sich.

Anaxagoras entwirrte ihn. »Nur der ist ein Bürger Athens, dessen Eltern *beide* Athener sind. Da Aspasia von Geburt Milesierin ist, kann der mit Perikles gezeugte Knabe niemals Bürger noch Amtsinhaber in Athen werden. Aber er ist ebensowenig Sklave wie seine Mutter noch wir übrigen Ausländer.«

»Du hast recht. Kallias hat unrecht.« Elpinike ist energisch und sehr geradezu. Sie erinnert mich an Xerxes' Mutter, die alte Königin Atossa. »Dennoch vermerke ich nicht ohne Vergnügen, daß es Perikles war, welcher dieses Gesetz in der Versammlung durchdrückte. Nun also wird sein eigenes Gesetz seinem eigenen Sohn für alle Zeit die Bürgerrechte verwehren.«

»Aber Perikles hat andere Söhne. Von seinem *rechtmäßigen* Weib.« Noch immer schmerzt es Kallias tief (zumindest gibt er dies vor), daß vor vielen Jahren die Frau seines ältesten Sohnes ihren Mann verließ, um Perikles zu heiraten – somit zwei Familien statt nur einer unglücklich machend.

»Schlechte Gesetze sind dazu da, jene stolpern zu lassen, die sie gemacht haben«, sagte Elpinike, als zitiere sie ein bekanntes Sprichwort.

»Hat Solon das gesagt?« fragte ich. Solon ist ein legendärer Weiser, den die Athener oft zitieren.

»Nein«, erwiderte Elpinike. »Ich habe das gesagt. Ich liebe es, mich selbst zu zitieren. An falscher Bescheidenheit kranke ich nicht. Nun denn – wer soll der König unserer Abendgesellschaft sein?«

Sobald die »zweiten Tische« fortgeräumt werden, ist es bei den Athenern Sitte, jemanden zu wählen, der dann zu entscheiden hat: a) Wieviel Wasser in den Wein gemischt werden soll (wenig Wasser weist auf einen frivolen Abend hin); und b) Über welches Thema gesprochen wird. Und es ist, mehr oder weniger, der König, welcher die Diskussion leitet.

Wir wählten Elpinike zur Königin. Sie befahl drei Teile Wasser auf einen Teil Wein. Es galt also ein ernstes Gespräch. Und ernst, sehr ernst wurde es denn auch: über die Natur des Universums. Wenn ich sehr ernst sage, so meine ich damit, daß es in Athen ein Gesetz gibt – *natürlich* in Athen! –, welches nicht nur das Praktizieren der Astronomie verbietet, sondern auch jegliches Spekulieren über die Natur des Himmels und der Sterne, der Sonne und des Mondes, der Schöpfung.

Die alte Religion behauptet, die beiden größten Himmelsgestalten seien Gottheiten mit den Namen Apollo und Diana. Und wenn Anaxagoras erklärt, daß die Sonne und der Mond nichts weiter sind als große, feurige Steine, die im Himmel rotieren, so läuft er ganz zweifellos Gefahr, wegen Gottlosigkeit beschuldigt zu werden. Muß ich erst noch erwähnen, daß die lebendigsten Athener Köpfe unentwegt über diese Dinge spekulieren? Doch schweben sie ständig in Gefahr, von einem Feind in der Versammlung der Verruchtheit bezichtigt zu werden, und wenn man das Pech hat, in der betreffenden Woche gerade unpopulär zu sein, so kann es einem passieren, daß man zum Tode verurteilt wird. Die Athener sind stets für ein paar Überraschungen gut.

Doch bevor wir in riskante Bereiche gelangten, fragte mich Elpinike über Herodots Darbietung im Odeon aus. Ich besaß genügend Umsicht, die vom Großen König Xerxes den Griechen gegenüber verfolgte Politik *nicht* zu verteidigen – wie könnte ich auch? Doch erwähnte ich, mit welchem Abscheu ich des Herodots Verleumdungen unserer Königinmutter vernommen. Amestris besitzt nicht die leiseste Ähnlichkeit mit jener blutrünstigen Virago, welche Herodot seinem Publikum zuliebe erfand. Als er erklärte, sie habe kürzlich mehrere persische Jünglinge bei lebendigem Leibe verbrannt, überliefen seine Zuhörer wahre Wonneschauer. Doch in Wahrheit verhielt es sich ganz anders. Nach Xerxes' Ermordung lehnten sich bestimmte Familien auf. Aber die Ordnung wurde wiederhergestellt, und man richtete die Söhne jener Familien in gewohnter Weise hin. Das Ritual der Magianer verlangt, die Toten den Elementen zu überlassen. Als getreue Anhängerin der Lehren des Zarathustra trotzte Amestris den Magians und befahl die Bestattung der Toten. Dies war eine kalkulierte politische Geste – eine erneute Demonstration des Sieges von Zarathustra über die Teufelsanbeter.

Ich berichtete der Runde von Amestris' absoluter Loyalität ihrem Gatten, dem Großen König, gegenüber. Und von ihrer heroischen

Haltung zum Zeitpunkt seiner Ermordung. Auch von der erbarmungslosen Klugheit, welche sie bewies, indem sie ihrem zweiten Sohn den Thron sicherte.

Elpinike zeigte sich entzückt. »Perserin müßte ich sein. Hier in Athen sind meine Talente offensichtlich vergeudet.«

Kallias war schockiert. »Du genießt so schon viel zu viele Freiheiten. Nicht einmal in Persien, dessen bin ich sicher, dürfte sich eine Dame auf einer Liege räkeln, mit Männern Wein schlürfen und Lästerungen von sich geben. Man würde dich in einem Harem einschließen.«

»Unsinn. Ich wäre Heerführerin wie jene – wie-hieß-sie-noch? – von Halikarnassos. Artemisia? Du mußt«, sagte Elpinike zu mir, »eine Antwort auf Herodot vorbereiten.«

»Und uns von deinen Reisen erzählen«, sagte Kallias. »Von den östlichen Gefilden, welche du geschaut. Von den Handelsrouten ... Das wäre wahrhaftig nützlich. Ich meine, *wie* gelangt man denn überhaupt nach Indien oder Cathay?«

»Wichtiger jedoch als Handelsrouten sind die Ideen über die Schöpfung, welchen du unterwegs begegnet bist.« Anaxagoras' Abneigung gegen Handel und Politik unterscheidet ihn von anderen Griechen. »Und du mußt die Botschaft deines Großvaters Zarathustra schriftlich festhalten. Mein Leben lang habe ich von Zarathustra gehört, aber noch nie hat mir jemand erklärt, wer er war oder was er für die Natur des Universums hielt.«

Ich überlasse Demokrit die Aufzeichnung der sich anschließenden ernsten Diskussion. Kallias, so merke ich an, ließ sich abtaxieren. Er glaube an *sämtliche* Götter, sagt er. Wie wohl auch sonst hätte er das Wagenrennen in Olympia dreimal gewinnen können? Allerdings ist er ja Fackelträger der Mysterien des Demeter bei Eleusis.

Elpinike zeigte sich skeptisch. Sie möchte Beweise. Was nichts anderes heißt als: wohlgesetzte Argumente. Für einen Griechen besteht das einzige Beweismaterial, das zählt, in Worten. Sie sind Meister der Kunst, das Phantastische plausibel klingen zu lassen.

Anaxagoras war bescheiden, wie stets; er spricht als jemand, der »ganz einfach neugierig« ist. Obwohl der Stein, der vom Himmel fiel, seine Theorie über die Natur der Sonne erhärtet, zeigt er sich bescheidener denn je, weil »es noch so vieles zu wissen gibt«.

Demokrit befragte ihn über seine berühmten *Dinge:* jene Dinge, die alle Zeit allenthalben sind und nicht gesehen werden können.

»Nichts«, erklärte Anaxagoras nach seinem dritten (auf Elpinikes Weisung äußerst verdünnten) Becher Wein, »wird entweder erzeugt oder vernichtet. Es ist einfach vermischt und existiert getrennt von anderen existierenden Dingen.«

»Aber zweifellos«, versetzte ich, »ist nichts kein Ding und besitzt somit überhaupt keine Existenz.«

»Das Wort ›nichts‹ genügt nicht? Dann versuchen wir es doch mit dem Wort ›alles‹. Man denke sich ›alles‹ als eine endlose Zahl kleiner Samen, die alles enthalten, was es gibt. Somit ist alles in allem enthalten.«

»Es fällt noch schwerer, daran zu glauben als an die Leidenschaft der heiligen Demeter, nachdem ihre Tochter von Hades, dem Gott der Unterwelt entführt wurde, den Frühling und den Sommer mit sich nehmend«, meinte Kallias. »Immerhin handelt es sich dabei um *beobachtbare* Tatsachen.« Und er murmelte ein Gebet, ganz wie es sich für einen Priester der Eleusinischen Mysterien geziemt.

»Ich stelle keinerlei Vergleiche an, Kallias.« Anaxagoras ist stets voller Takt. »Doch du wirst einräumen, daß eine Schüssel mit Linsen kein Haar enthält.«

»Das hoffen wir zumindest«, sagte Elpinike.

»Oder abgeschnittene Fingernägel? Oder Knochenstückchen?«

»Ich stimme meiner Frau zu. Ich meine, auch ich hoffe, daß dergleichen nicht in Linsen gemischt wird.«

»Gut. Genau wie ich. Und wir sind uns gewiß auch im folgenden Punkt einig: Gleichgültig, wie eingehend man eine Linse betrachtet – die Linsenhülle wird nie etwas anderes enthalten als eine Linse. Das heißt, es befinden sich darin keine menschlichen Haare oder Knochen oder Blut oder Haut.«

»Natürlich nicht. Im übrigen mag ich persönlich keine Linsen oder Bohnen oder was.«

»Weil Kallias im Grunde ein Pythagoräer ist«, sagte Elpinike. Pythagoras hat den Mitgliedern seiner Sekte den Genuß von Hülsenfrüchten verboten, weil in ihnen angeblich wandernde menschliche Seelen Zuflucht suchen.

»Nein, in Wahrheit bin ich ein Opfer von Blähungen.« Kallias fand seine Bemerkung offensichtlich amüsant.

Anaxagoras ließ sich in seiner Argumentation nicht stören. »Dennoch wird einem Menschen, der sich ausschließlich von Linsen und unsichtbarem Wasser ernährt, das Haar ebenso wachsen wie Fingernägel, er wird Knochen haben und Sehnen und Blut. Somit sind sämtliche Bestandteile des menschlichen Körpers in der Linse enthalten.«

Wie der Rest des Abends, der ebenso unterhaltsam wie lehrreich war, im einzelnen verlief, mag Demokrit zu seinem und nicht zu meinem Nutzen aufzeichnen.

Kallias und Elpinike gingen als erste. Dann näherte sich Anaxagoras meiner Liege und sagte: »Vielleicht wird es mir für einige Zeit nicht möglich sein, dich zu besuchen. Ich weiß, du wirst verstehen.«

»Medismus?« Dies ist die Bezeichnung der Athener für jene Griechen, welche sie der Sympathie für die Perser oder deren Bruderrasse, die Meder, bezichtigen.

»Ja.«

Ich war eher empört als beunruhigt. »Solche Leute kann man doch nicht für voll nehmen. Wollte der Große König keinen Frieden, so wäre ich nicht Gesandter in Athen. Ich wäre der Militärgouverneur.« Das war unklug – eine Wirkung des Weins.

»Perikles ist populär. Ich bin sein Freund. Auch ich stamme aus einer Stadt, die einmal unter der Oberhoheit des Großen Königs stand. So wird man mich denn früher oder später des Medismus bezichtigen. Um Perikles willen hoffe ich – erst später.« Als ganz junger Mann hat Anaxagoras bei Marathon auf *unserer* Seite gekämpft; doch sind wir beide auf diese Episode seines Lebens noch niemals eingegangen. Anders als ich interessiert er sich nicht im mindesten für Politik. Um so mehr läuft er Gefahr, von den Konservativen als Waffe gegen General Perikles gebraucht zu werden.

»Laß uns hoffen, daß man dich nie anklagen wird«, sagte ich. »Denn wenn sie dich schuldig finden, so töten sie dich auch.«

Anaxagoras ließ ein leises Seufzen hören: ein Lachen vielleicht. »Der Abstieg in den Hades«, sagte er, »bleibt sich gleich, wo immer man ihn beginnt.«

Ich stellte ihm dann die düsterste aller griechischen Fragen, erstmals formuliert vom unzulänglich hartköpfigen Verfasser der *Perser:* »Wäre es für den Menschen nicht besser, er wäre nie geboren?«

»Gewiß nicht.« Die Antwort kam prompt. »Allein die Möglichkeit, den Himmel studieren zu können, genügt als Lebensgrund.«

»Leider kann ich den Himmel nicht sehen.«

»Dann lausche der Musik.« Anaxagoras liebt Umschweife nicht. »Jedenfalls ist Perikles davon überzeugt, daß die Spartaner hinter der Rebellion von Euböa stecken. Folglich ist in dieser Saison Sparta der Feind, nicht Persien.« Anaxagoras senkte seine Stimme zu einem Flüstern. »Als ich dem General sagte, ich würde zum Abendmahl hierherkommen, bat er mich, dir sein Bedauern zu übermitteln. Es liegt ihm schon seit längerer Zeit daran, dich zu empfangen. Doch er wird ständig beobachtet.«

»Da haben wir die attische Freiheit!«

»Es gibt üblere Städte, Cyrus Spitama.«

Als Anaxagoras sich zum Gehen anschickte, fragte ich: »Wo war all diese infinitesimale Materie, *bevor* sie vom Geist in Bewegung gesetzt wurde?«

»Überall.«

»Keine wirkliche Antwort.«

»Vielleicht keine wirkliche Frage.«

Ich lachte. »Du erinnerst mich an einen Weisen, dem ich im Osten begegnete. Als ich ihn nach dem Ursprung dieser Welt fragte, gab er mir eine unsinnige Antwort. Auf meinen entsprechenden Einwand erwiderte er: ›Unmögliche Fragen verlangen unmögliche Antworten.‹«

»Ein Weiser«, sagte Anaxagoras ohne Überzeugung.

»Aber *warum* kam es dazu, daß der Geist die Schöpfung in Bewegung setzte?«

»Weil das die Natur des Geistes ist.«

»Läßt sich das beweisen?«

»Es ist bewiesen, daß es sich bei der Sonne um eine Steinmasse handelt, welche so geschwind rotiert, daß sie in Brand geraten ist. Nun muß sich die Sonne aber irgendwann im Ruhezustand befunden haben, sonst wäre sie inzwischen ausgebrannt, so wie jenes Fragment, als es zur Erde fiel.«

»Warum stimmst du mir dann nicht zu, wenn ich sage, der Geist, der all diese Samen in Bewegung setzte, sei der des Weisen Herrn, dessen Prophet Zarathustra war?«

»Du mußt mir mehr davon erzählen – vom Weisen Herrn und was er zu deinem Großvater sagte. Vielleicht *ist* der Weise Herr Geist. Wer weiß? Ich jedenfalls nicht. Du mußt mich unterrichten.

Ich empfinde Anaxagoras als angenehm. Anders als die meisten Sophisten drängt er sich nicht auf. Ich denke an Protagoras, mit dem ich verwandt bin. Junge Männer bezahlen ihn, damit er sie lehrt, was man Moralität nennt. Er ist der reichste Sophist in der griechischen Welt, behaupten andere Sophisten – die es wissen müßten.

Vor vielen Jahren lernte ich Protagoras in Abdera kennen. Er kam eines Tages zu meines Großvaters Haus, um Holz zu liefern: ein junger, charmanter, schlagfertiger Mensch. Später erwarb er sich dann irgendwie eine Bildung. Daß ihm mein Großvater, obwohl ein reicher Mann, dabei half, glaube ich nicht. Protagoras ist schon seit etlichen Jahren nicht in Athen gewesen. Es heißt, er lehre in Korinth, einer Stadt voll junger, reicher, gottloser Müßiggänger, wenn man den Athenern glauben will. Demokrit bewundert unseren Verwandten und hat sich erboten, mir aus einem seiner vielen Bücher vorzulesen. Ich habe dieses Vergnügen ausgeschlagen. Auf der anderen Seite hätte ich nichts dagegen, ihm gelegentlich wiederzubegegnen. Protagoras ist ein weiterer Günstling des Perikles.

Bis auf ein kurzes öffentliches Zusammentreffen mit General Perikles (im Regierungsgebäude) blieb es mir bislang versagt, seine Nähe zu genießen. Aber er steht nun mal, wie Anaxagoras gestern abend ja betonte, ständig unter Beobachtung. Obwohl er praktisch der Herrscher von Athen ist, könnte es geschehen, daß er in der Versammlung angeklagt wird: wegen Medismus oder Atheismus – oder sogar wegen Ermordung seines politischen Mentors Ephialtes.

Demokrit findet den großen Mann langweilig. Andererseits bewundert der Jüngling Aspasia. Seit kurzem verkehrt er in ihrem Haus, wo ein halbes Dutzend reizender Mädchen aus Milet ihren ständigen Wohnsitz haben.

Da es Demokrit ist, dem ich diktiere, muß ich es mir versagen, meine Ansichten über das ideale Verhalten eines jungen Mannes in Gesellschaft darzulegen. Er versichert mir, Aspasia wirke noch immer überaus anziehend, ihrem fortgeschrittenen Alter – sie ist etwa fünfundzwanzig – und ihrer kürzlichen Mutterschaft zum Trotz. Sie gilt als furchtlos, was nur von Vorteil sein kann in dieser turbulenten Stadt, wo es so vieles zu fürchten gibt, zumal für eine Metökin (Metöke ist die hiesige Bezeichnung für Ausländer), welche die Geliebte eines Mannes ist, den die Aristokraten und ihre zahlreichen Anhänger hassen. Auch umgibt sie sich mit brillanten Männern, die nicht an die Götter glauben.

Derzeit droht ein wahnsinniger Wahrsager, Aspasia wegen Gottlosigkeit anzuklagen. Sollte er ernst machen, so könnte sie wirklich in Gefahr geraten. Aber Demokrit versichert mir, der Name des Wahrsagers versetze sie in Heiterkeit. Sie schenkt Wein ein. Sie unterweist die Musiker. Sie lauscht den Erzählern. Und kümmert sich um Perikles und um beider Söhnchen.

3

Am Anfang, da war Feuer. Die ganze Schöpfung schien in Flammen zu stehen. Wir hatten den heiligen Haoma getrunken, und die Welt wirkte so ätherisch und voll Leuchtkraft wie das Feuer, das auf dem Altar loderte.

Das war in Baktra. Ich war sieben Jahre alt. Ich stand neben meinem Großvater Zarathustra. Das rituelle Rutenbündel in einer Hand, beobachtete ich . . .

Gerade als er wieder vor meinem inneren Auge aufstieg, jener schreckliche Tag, klopfte es an die Tür. Da der Diener nie im Haus ist, öffnete Demokrit und ließ den Sophisten Archelaus und einen seiner Schüler, einen jungen Steinmetz, ein.

»Man hat ihn verhaftet!« Archelaus besitzt die lauteste Stimme von allen mir bekannten Griechen: somit die lauteste Stimme der Welt.

»Anaxagoras«, sagte der junge Steinmetz. »Er ist wegen Gottlosigkeit verhaftet worden.«

»Und wegen Medismus!« donnerte Archelaus. »Du mußt etwas unternehmen.«

»Aber –« Ich war nachsichtig. »– ich bin *der* Meder in Athen, und was immer ich vorbrächte, würde auf die Versammlung kaum den gewünschten Eindruck machen. Ganz im Gegenteil.«

Doch Archelaus ist anderer Ansicht. Ich soll vor die Maßgeblichen treten und erklären, daß der Große König seit dem Friedensvertrag keinerlei Ansprüche auf die griechische Welt erhebt. Präziser ausgedrückt:

Da zwischen Persien und Athen derzeit unbestreitbar vollkommener Friede herrscht, kann Anaxagoras unmöglich des Medismus schuldig sein. Ich fand dieses Argument mäßig originell – wie denn auch Archelaus selbst.

»Bedauerlicherweise«, sagte ich, »gehört es zu den Bedingungen des Vertrages, daß die Bedingungen des Vertrages nicht in der Öffentlichkeit diskutiert werden.«

»Perikles kann darüber diskutieren.« Die Stimme hallte im Hof wider.

»Das kann er«, sagte ich. »Doch er wird's nicht tun. Die Angelegenheit ist zu heikel. Und selbst wenn über den Vertrag gesprochen werden könnte – die Athener wären dennoch fähig, Anaxagoras des Medismus für schuldig zu befinden – oder was immer sie sonst an den Haaren herbeiziehen mögen.«

»Nur zu wahr«, sagte der Schüler. Der junge Steinmetz – oder auch Maurer – heißt Sokrates. Er ist außergewöhnlich häßlich (wie ich von Demokritus weiß), aber auch außergewöhnlich intelligent. Demokritus zuliebe übertrug ich ihm im vergangenen Sommer die Aufgabe, die vordere Mauer des Hauses zu reparieren; doch leistete er eine derartige Pfuscharbeit, daß es dort jetzt ein Dutzend neue Risse gibt, durch die der eisige Wind pfeifen kann. Ich sah mich daher gezwungen, auf den vorderen Raum völlig zu verzichten. Sokrates zeigte sich erbötig, besagte Mauer erneut in Angriff zu nehmen, doch fürchte ich, daß uns das ganze Lehmziegelhaus auf den Kopf fällt, sofern er es auch nur *flüchtig* mit seiner Kelle berührt. Als Handwerker ist er ein höchst sonderbarer Kauz. Wenn er so vor sich hin mauert, kommt es vor, daß er urplötzlich innehält und minutenlang vor sich hinstarrt, als lausche er irgend so einer Art Privatgeist. Als ich Sokrates fragte, was ihm dieser Geist denn so erzähle, lachte er nur und sagte: »Mein Daimon liebt es, mir Fragen zu stellen.«

Dies, so scheint mir, ist denn doch eine höchst unbefriedigende Art Geist – ebenso unbefriedigend wie Sokrates selbst, als Sophist *und* als Maurer.

Archelaus war mit mir derselben Meinung: Da die Konservativen Perikles nicht persönlich anzugreifen wagen, versuchen sie, ihm durch die Verurteilung seines Freundes eins auszuwischen. Als Archelaus dann jedoch hinzufügte, ich solle der Versammlung versichern, die Anklage wegen Medismus sei falsch, widersprach ich.

»Warum sollten die auf mich hören?« fragte ich. »Im übrigen wird die Hauptanklage auf Gottlosigkeit lauten – deren er ja auch schuldig ist. Genau wie du. Und wie ich. Jedenfalls in den Augen des Pöbels und jener, die ihn bezichtigen. Wer hat die Anklage vorgebracht?«

»Lysikles, der Schafhändler.« Der Name prallte gegen meine Ohren wie eine mächtige Woge. Lysikles ist ein vulgärer, überemsiger

Mensch, der sein Glück zu machen versucht, indem er Thukydides und den konservativen Interessen dient.

»Dann ist die Sache klar«, sagte ich. »Thukydides wird in der Versammlung eine Attacke starten gegen Anaxagoras – und seinen Freund Perikles. Perikles wird Anaxagoras – und seine eigene Staatsführung – verteidigen.«

»Und du ...?«

»Ich werde nichts tun«, erklärte ich mit Nachdruck. »Immerhin ist meine eigene Position hier höchst wacklig, um das mindeste zu sagen. Im selben Augenblick, wo die Konservativen befinden, es sei Zeit für einen weiteren Krieg mit Persien, wird man mich töten – es sei denn, die Zeit käme euren Politikern zuvor.« Ich rang mir ein pathetisches Husten ab; und konnte dann nicht mehr aufhören damit. Ich bin in der Tat krank.

»Was«, fragte Sokrates brüsk, »geschieht, wenn du stirbst?« Ich rang nach Luft: Erst nach einer Ewigkeit schien sich meine Brust wieder zu füllen. »Zum einen«, sagte ich, »werde ich dann nicht länger in Athen weilen.«

»Aber du bist überzeugt, daß du auf andere Weise weiterexistieren wirst?« Der junge Mensch schien aufrichtig an meiner – oder eher: der zarathustrischen – Denkweise interessiert.

»Wir glauben, daß am Anfang alle Seelen vom Weisen Herrn geschaffen wurden. Zur gegebenen Zeit werden diese Seelen einmal geboren, nur ein einziges Mal. Im Osten glaubt man hingegen, daß eine Seele geboren wird und stirbt und erneut geboren wird, tausend- und abertausendmal, in verschiedener Gestalt.«

»Pythagoras teilte diese Überzeugung«, sagte Sokrates. »Als Archelaus und ich in Samos waren, trafen wir einen von Pythagoras ältesten Schülern. Er erzählte uns, Pythagoras habe diese Doktrin von den Ägyptern übernommen.«

»Nein«, widersprach ich entschieden und ohne zu wissen, warum: Schließlich weiß ich nichts über Pythagoras. »Das hatte er von jenen, die jenseits des Indus leben – dort, wo ich gereist bin ...«

Archelaus zeigte sich ungeduldig. »Höchst interessant, Gesandter, höchst interessant. Tatsache bleibt jedoch, daß unser Freund verhaftet worden ist.«

»Tatsache bleibt auch«, fügte Sokrates gelassen hinzu, »daß Männer sterben, und was dem Geist, der in ihrem Fleische wohnt, widerfährt – oder nicht widerfährt – ist von beträchtlichem Interesse.«

»Was sollen wir tun?« Archelaus schien stürmischen Tränen nah. In seiner Jugend ist er Schüler des Anaxagoras gewesen.

»Für eine solche Frage bin ich kaum der Richtige«, sagte ich. »Geht zu General Perikles.«

»Dort waren wir bereits. Er ist nicht in seinem Haus. Er ist nicht im

Regierungsgebäude. Er ist nicht in Aspasias Haus. Er ist verschwunden.«

Irgendwie wurde ich Archelaus dann los. Inzwischen sitzt Anaxagoras im Gefängnis, und auf der nächsten Zusammenkunft der Versammlung soll er von Thukydides angeklagt werden. Ich nehme an, daß Perikles ihn verteidigen wird.

Ja, ich sage das mit Vorbehalt. Denn heute am frühen Morgen hat die Armee Spartas die Grenze nach Attika überquert. General Perikles steht im Feld, und der Krieg, der allenthalben schon so lange vorausgesagt worden ist, hat endlich begonnen.

Ich bin ziemlich sicher, daß Athen verlieren wird. Demokrit ist bestürzt. Ich versichere ihm, daß es nicht den geringsten Unterschied macht, wer verliert. Das Leben geht weiter. Die Welt besteht fort. Und im übrigen ist die Wahl zwischen Athen und Sparta ohnehin nicht sehr groß. Beides sind Griechen.

Ich will dir, Demokrit, noch grundlegend erläutern, was ich deinem Freund nicht sagen konnte, als er mich fragte, was nach dem Tode geschieht. Sobald die Seele vom Körper befreit ist, kehrt sie zum Weisen Herrn zurück. Doch muß sie zunächst die Brücke der Erlösung überqueren. All jene, welche im Leben der Wahrheit gefolgt sind, gehen zum Haus des guten Geistes, des Glücks. Jene, welche der Lüge gefolgt sind – also dem Weg von Ahriman, dem Bösen, welcher der Zwillingsbruder des Weisen Herrn ist –, gehen zum Haus der Lüge, um dort alle nur denkbaren Qualen zu erleiden. Schließlich jedoch, wenn der Weise Herr das Böse überwindet, werden alle Seelen sein wie eine einzige.

Demokrit möchte wissen, weshalb der Weise Herr Ahriman überhaupt erschaffen hat. Dies ist eine gute Frage, welche mein Großvater ein für allemal beantwortet hat.

Im Augenblick der Erschaffung sagte der Weise Herr von seinem Bruder: »Nicht unsere Gedanken und nicht unsere Taten, nicht unsere Gewissen und nicht unsere Seelen stimmen überein.«

Demokrit meint, das sei keine richtige Antwort. Ich hingegen sage, es ist tiefer als das. Du meinst, der Weise Herr erkläre nicht, *warum* er seinen bösen Bruder erschuf. Weil beide gleichzeitig erschaffen wurden. Von wem? Du bist höchst lästig auf deine griechische Weise. Laß mich erklären.

Im Augenblick der Schöpfung war nichts als unendliche Zeit. Aber dann entschloß sich der Weise Herr, Ahriman eine Falle zu stellen. Er erschuf, innerhalb der unendlichen Zeit, eine Zeit von langer Dauer. Am Ende der Zeit der langen Dauer wird der Weise Herr seinen Zwillingsbruder besiegen, und alle Dunkelheit wird fortgebrannt werden durch Licht.

Demokrit will wissen, warum sich der Weise Herr so viele Umstände gemacht hat. Weshalb ließ er die Erschaffung des Bösen zu? Weil er, Demokrit, keine Wahl hatte. *Wessen* Wahl war es denn? fragst du. Ich habe mein ganzes Leben daran gesetzt, diese Frage zu beantworten, eine Frage, die ich Gosala, dem Buddha, Konfuzius und vielen anderen weisen Männern im Osten und im Osten des Ostens vorgelegt habe.

Mach es dir also bequem, Demokrit. Ich habe ein weitreichendes Gedächtnis, und ich werde mich darin umtun. Während wir in diesem zugigen Haus auf das Anrücken der spartanischen Armee warten – welche, soweit es mich betrifft, gar nicht früh genug eintreffen kann –, werde ich mit dem Anfang anfangen und dir berichten, was ich von der Erschaffung dieser Welt weiß (und von der aller übrigen dazu). Ich werde auch erklären, warum das Böse ist – und nicht ist.

Zweites Buch

IN DEN TAGEN VON DARIUS, DEM GROSSEN KÖNIG

1

Am Anfang, da war Feuer. Die ganze Schöpfung schien in Flammen zu stehen. Wir hatten den heiligen Hoama getrunken, und die Welt wirkte so ätherisch und voll Leuchtkraft wie das Feuer, das auf dem Altar loderte.

Das war in Baktra. Ich war sieben Jahre alt. Ich stand neben meinem Großvater Zarathustra. Das rituelle Rutenbündel in einer Hand, beobachtete ich aufmerksam, wie Zarathustra das Feuer auf dem Altar entzündete. Während die Sonne unterging und das Feuer auf dem Altar aufflammte, begannen die Magians jene Hymnen zu singen, welche Zarathustra unmittelbar von Ahura Mazdah, dem Weisen Herrn, empfangen. In seinem dreißigsten Jahr hatte mein Großvater zum Weisen Herrn gebetet: Er möge ihm zeigen, wie ein Mensch Rechtschaffenheit üben könne, um zu reinem Sein zu gelangen, jetzt und für alle Zeit. Damals war es, daß sich ein Wunder ereignete.

Der Weise Herr erschien Zarathustra. Der Weise Herr erklärte Zarathustra genau, was getan werden mußte, damit er – und die ganze Menschheit – geläutert werden könne *vor* dem Ende der Zeit der langen Dauer. Und so wie der Weise Herr mit Feuer erhellte den Weg der Wahrheit, welchem wir folgen müssen, wollen wir nicht der Lüge erliegen, so entzünden Zarathustra und die Anhänger der wahren Religion das heilige Feuer an einem sonnenlosen Ort.

Noch immer kann ich sehen, wie das Licht vom Feueraltar auf die Reihe goldener Krüge voll heiligem Haoma fiel. Auch höre ich noch den Gesang der Magians, die Hymne zur Feier des Weisen Herrn. Ich erinnere mich, bis zu welcher Stelle sie gelangt waren, als plötzlich, aus dem Norden, der Tod zu uns kam.

Wir sangen jene Verse, welche das Ende der Welt beschreiben, »da alle Menschen sich vereinen zu einer Stimme und laut lobpreisen den Weisen Herrn, der diesmal zur Vollendung gebracht haben wird seine Schöpfung, so daß keine Arbeit mehr bleibt für ihn.«

Da der Haoma seine Wirkung tat, war ich nicht mehr so ganz in meinem Körper. Daher bin ich nicht sicher, was genau geschah. Ich erinnere mich noch an das charakteristische Zittern von meines Großvaters Händen, als er, zum letzten Mal, das Gefäß voll Haoma an seine Lippen hob. Mich erfüllte er mit ehrfurchtsvoller Scheu – wie gewiß auch jeden sonst. Und ungeheuer groß kam er mir vor; aber nun ja, ich war ein Kind. Später erfuhr ich, er sei von mittlerer Größe gewesen und habe zur Beleibtheit geneigt.

Ich erinnere mich, daß im Schein des Feuers die Locken seines langen weißen Bartes aus Gold gewirkt zu sein schienen. Ich erinnere mich, daß im Schein des Feuers sein Blut aussah wie geschmolzenes Gold. Ja, ich erinnere mich, mit großer Schärfe, an die Ermordung Zarathustras beim Feueraltar.

Wie geschah es?

Die Provinz Baktrien liegt an der nordöstlichen Grenze des Reiches. Die Provinzhauptstadt Baktra befindet sich nicht nur »auf halbem Wege« zwischen Persien und Indien, sondern ebenso auch zwischen den nördlichen räuberischen Stämmen und jenen alten Kulturen, welche auf die südlichen Meere blicken.

Obwohl schon seit Wochen das Gerücht ging, die nördlichen Stämme seien in Bewegung, waren keinerlei Vorbereitungen getroffen worden, um Baktra zu verteidigen. Vermutlich fühlten sich die Menschen sicher, weil unser Satrap – oder Gouverneur – kein anderer war als Hystaspes, der Vater des Großen Königs Darius. Die Baktrer glaubten nicht, daß irgendein Stamm es wagen würde, die Stadt von Darius' Vater anzugreifen. Sie irrten sich. Während Hystaspes und der größte Teil seines Heeres auf dem Marsch nach Susa waren, überfielen Turanier die Stadt. Was sie nicht raubten, verbrannten sie.

Wir, am Feueraltar, wußten von nichts – bis dann die Turanier plötzlich unter uns waren, lautlos wie Schatten. Es sind gewaltige Menschen, mit blondem Haar, roten Gesichtern, fahlen Augen. Als die entrückten Magians sie schließlich gewahrten, schrien sie und versuchten zu fliehen; doch wurden sie niedergemetzelt. Die Haoma-Becher schmetterten zu Boden, und der goldene Haoma vermischte sich mit dem dunkleren Gold des Blutes.

Demokrit möchte wissen, was Haoma ist. Ich habe nicht die leiseste Ahnung. Nur die Magians dürfen Haoma zubereiten, und ich bin kein Magian – kein erblicher Priester. Ich weiß lediglich, daß der Grundstoff für diesen heiligen, hehren, mystischen Trank eine Pflanze ist, welche im persischen Hochland wächst und jener ähnlich sein soll, welche ihr Rhabarber nennt.

Über die Jahre hinweg sind, was Zarathustras Tod betrifft, viele Geschichten erfunden worden. Da er die alten Dewas, die Teufel-Götter, so entschieden bekämpfte, haben Anbeter dieser dunklen Geister oftmals behauptet, dieser oder jener Teufel habe den Propheten des Weisen Herrn getötet. Das ist Unsinn. Jene blonden Tiere aus dem Norden vergnügten sich ganz einfach damit, eine reiche Stadt zu plündern und zu brandschatzen. Sie ahnten nicht einmal, wer Zarathustra war.

Ich bewegte mich nicht von jener Stelle, die mir zu Beginn des Rituals zugewiesen worden war. Noch immer hielt ich das Bündel aus Zweigen. Wahrscheinlich befand ich mich nach wie vor in Haoma-Trance.

Was Zarathustra betraf, so ignorierte er die Mörder. Den Blick tief in die Flamme auf dem Altar getaucht, fuhr er mit dem Ritual fort. Ich, wie gesagt, verharrte auf meinem Platz. Doch muß ich gestehen, daß ich nicht mehr ins Feuer blickte, wie vom Ritual verlangt.

Verwundert beobachtete ich das Gemetzel rings um mich herum. Angst hatte ich nicht, dank dem Haoma. Ja, als sich die nahen Häuser in gelbe Lohe verwandelten, fand ich das unglaublich schön. Währenddessen fuhr Zarathustra fort, die heilige Flamme auf dem Altar zu nähren. Und zum letzten Mal schürzten sich die weißbärtigen Lippen zu der berühmten Frage:

Hierum bitte ich dich, O Herr, sag mir die Wahrheit:
Welcher von ihnen ist der Rechtschaffene
 und welcher der Böse?
Welcher denn nur von den beiden? Bin etwa böse ich selbst
 oder ist er der Böse, welcher heimtückisch
 mich abhält von der Erlösung durch dich?
Wie wohl sollte ich ihn *nicht* für den Bösen halten?

Zarathustra sank auf die Knie.

Seit nahezu siebzig Jahren erzähle ich die Geschichte von dem, was dann geschah – habe sie schon so oft erzählt, daß ich mir manchmal vorkomme wie ein Kind in der Schule, das Halbverstandenes daherplappert in endloser Leier.

Manchmal jedoch, in Träumen, sehe ich wieder das Feuer, rieche den Rauch, erblicke den mächtigen Arm des turanischen Kriegers, die Hand mit der hocherhobenen Axt, die plötzlich niedersaust auf den Hals des Zarathustra. Während das goldene Blut schäumt und spritzt, bewegen sich die Lippen des alten Mannes weiter im Gebet, und der Barbar glotzt ihn ungläubig an. Dann erhebt Zarathustra seine Stimme, und ich höre jedes Wort, das er spricht. Für gewöhnlich richtete Zarathustra rituelle Fragen an den Weisen Herrn. Doch jetzt ist es der Weise Herr selbst, welcher spricht mit der Zunge seines sterbenden Propheten: »Da Zarathustra Spitama verworfen hat die Lüge und umarmt hat die Wahrheit, läßt der Weise Herr ihm nun zuteil werden die Wonnen des ewigen Lebens bis zum Ende der unendlichen Zeit, so wie ich allen, welche der Wahrheit folgen, diesen gleichen Segen gewähren will.«

Wieder sauste die Axt des Turaniers herab. Zarathustra fiel nach vorn auf den Altar, und er umarmte und drückte an seine Brust, was geblieben war vom Sohn des Weisen Herrn: die Glutasche des Feuers.

Auch ich wäre gemetzelt worden, hätte mich nicht ein Magian in Sicherheit gebracht. Zu meinem Glück war er zu spät eingetroffen, um

Haoma zu trinken, und seinem klaren Kopf verdanke ich meine Rettung. Wir verbrachten die Nacht zusammen in den rauchenden Ruinen des Zentralmarkts.

Kurz vor Morgengrauen zogen die Barbaren ab, eine riesige Beute mit sich führend. Alles Übrige wurde ein Raub der Flammen, ausgenommen die Stadtzitadelle, wo meine Mutter und weitere Familienmitglieder Zuflucht gefunden hatten.

An die nächsten Tage erinnere ich mich kaum. Unser Satrap Hystaspes eilte zur Stadt zurück. Unterwegs nahm er eine Anzahl Turanier gefangen. Meine Mutter erzählte mir, ich sei aufgefordert worden, einen Blick auf die Gefangenen zu werfen: Ob ich wohl Zarathustras Mörder identifizieren könne. Ich konnte es nicht. An nichts von alledem erinnere ich mich mit leidlicher Klarheit. Zu diesem Zeitpunkt befand ich mich noch in einer Zwischenwelt – zwischen Wachen und Schlafen, in Haoma-Trance. Allerdings entsinne ich mich, wie ich zusah beim Pfählen der turanischen Gefangenen. Vor dem Stadttor, außerhalb der Ruinen, wurden sie auf spitze Pflöcke gespießt.

Etliche Wochen später brachte Hystaspes meine Mutter und mich persönlich zum großköniglichen Hof in Susa, wo wir beide nicht gerade willkommen waren. In der Tat, wäre Hystaspes nicht gewesen, so bezweifle ich doch sehr, daß ich jetzt noch lebte (jeden Augenblick meines fabelhaften Alters genießend in diesem Juwel von einer Stadt, die zu besuchen ich nie die leiseste Absicht hatte – vom Dort-*Wohnen* ganz zu schweigen).

Demokrit findet Athen überwältigend. Aber du hast eben die zivilisierte Welt noch nicht gesehen. Hoffentlich wirst du eines Tages reisen und die Beschränkung deines Griechentums überwinden. Demokrit ist seit drei Monaten bei mir. Ich versuche, ihn zu erziehen. Er versucht, mich zu erziehen. Aber auch er meint, nach meinem Tode – sehr bald also schon, fürchte ich – muß er nach Osten reisen. Jetzt ist er, alles in allem, zu griechisch, zu athenisch. Schreib das nieder.

Ich mochte den alten Hystaspes. Obwohl ich damals ein Kind war, behandelte er mich wie einen Erwachsenen. Mehr noch: als sei ich irgendwie ein heiliger Mann – mit sieben Jahren! Gewiß, ich war der Letzte, der Zarathustras letzte Worte vernommen – die ersten, die der Weise Herr durch eines Menschen Lippen je gesprochen. Deshalb werde ich, bis auf den heutigen Tag, von jenen Magians, welche dem Weg der Wahrheit folgen und den der Lüge bekämpfen, als nicht ganz irdisch betrachtet. Ich bin andererseits nicht der eigentliche Erbe Zarathustras, auch wenn es eine Anzahl wohlmeinender – auch bösmeinender – Versuche gegeben hat, mich zum Haupt des Ordens zu machen.

Demokrit ruft mir ins Gedächtnis, daß ich noch immer nicht erklärt habe, was ein Magian ist. Herodot jedenfalls hat bei seinem endlosen Vortrag im Odeon auch diesen Punkt völlig verkorkst.

Die Magians sind die erblichen Priester der Meder und der Perser, so wie die Brahmanen die erblichen Priester Indiens sind. Mit Ausnahme der Griechen hat jeder arische Stamm eine Priesterkaste. Die Griechen haben sich zwar das Pantheon von Göttern und Ritualen bewahrt, besitzen jedoch keinen erblichen Priesterstand mehr. Wie es dazu gekommen ist, weiß ich nicht; doch sind, ausnahmsweise, die Griechen in diesem Fall weiser oder glücklicher als wir.

Persische Sitte verlangt, daß *alle* religiösen Zeremonien von Magians geleitet werden. Das hat ein überaus gespanntes Verhältnis zur Folge. Obgleich die meisten Magians keine Zarathustrianer sind, ist es ihre Pflicht, unsere heiligen Riten mit durchzuführen. Mein Großvater setzte alles daran, sie von ihrer Teufelsanbetung zum Monotheismus zu bekehren. Aber ein wirklicher Erfolg war ihm da nicht beschieden. Etwa jeder zehnte Magian folgt der Wahrheit; die übrigen lobpreisen – überschwenglich – die Lüge.

Mein Vater war Zarathustras dritter und jüngster Sohn. Als Kavalleriekommandeur kämpfte er im Skythenfeldzug an der Seite des Großen Königs Darius. Bei einem Scharmützel nahe der Donau wurde mein Vater verwundet. Er kehrte heim nach Baktra; und starb. Wie man mir erzählt, war er dunkel – ganz ein Spitama mit onyx-glänzenden Augen und der magischen Stimme des Propheten; sagte jedenfalls Lais, meine Mutter. Sie ist Griechin . . .

Demokrit ist erstaunt, weil ich die Gegenwartsform gebrauche. Ich bin es nicht minder. Aber was tut's. Lais lebt jetzt auf der Insel Thasos, unmittelbar gegenüber der Küstenstadt Abdera, wo sie als Kind einer ionisch-griechischen Familie zur Welt kam.

Lais' Vater war ein treuer Untertan des Großen Königs – das abscheuliche Wort Mediser kannte man noch nicht, weil eigentlich alle griechischen Städte in Kleinasien und die meisten am Hellespont und an der thrakischen Küste dem Großen König willig ihren Tribut entrichteten. Probleme gab es da erst später – dank den Athenern.

Demokrit möchte wissen, wie alt Lais ist, und wie es kam, daß sie meinen Vater heiratete. Um die letzte Frage als erste zu beantworten: Sie lernten einander kurz nach Darius' Thronbesteigung kennen. Damals herrschte eine wirre Zeit. Es gab Rebellionen in Babylon, Persien, Armenien. Darius brauchte Geld, Soldaten, Verbündete. Zu diesem Zweck schickte er meinen Vater als Gesandten an den glänzenden Hof des Polykrates, Tyrann von Samos.

Viele Jahre lang war Polykrates ein Verbündeter des ägyptischen Pharaos gegen Persien gewesen. Als er jedoch erkannte, daß Ägypten nicht länger in der Lage war, unseren Armeen zu widerstehen, wechselte er zu unserer Seite über – oder tat jedenfalls so.

Mein Vater hatte die Aufgabe, von Polykrates Geld und Schiffe zu erlangen. Es kam zu langen und unerfreulichen Verhandlungen. Jedesmal, wenn das Gerücht ging, Darius habe eine Schlacht verloren, erhielt mein Vater den Befehl, Samos zu verlassen. War er dann im Begriff, Segel zu setzen, so eilte vom Palast ein Bote herbei. Bitte, kehre zurück. Der Tyrann hat gerade das Orakel befragt, und ... Mit anderen Worten: Darius hatte eine Schlacht gewonnen und nicht verloren.

Während dieser mühevollen Verhandlungen erhielt mein Vater viel Hilfe von Megakreon von Abdera, dem Besitzer zahlreicher Silberminen in Thrakien. Megakreon war ein guter Freund Persiens und für Polykrates ein weiser Ratgeber. Außerdem war er Vater der elfjährigen Lais. Als mein Vater um ihre Hand anhielt, willigte Megakreon mit Freuden ein. Darius zeigte sich weniger erfreut. Er mißbilligte gemischte Ehen, obwohl er selbst etliche geschlossen hatte – aus politischen Gründen.

Schließlich gab Darius seine Erlaubnis unter der Bedingung, daß mein Vater dann auch mindestens eine Perserin zur Frau nehme. Aber dazu kam es nie. Außer Lais heiratete mein Vater weder eine persische noch sonst irgendeine Dame; denn er starb im selben Monat, in dem ich geboren wurde. Lais war damals dreizehn ... ist jetzt also ungefähr achtundachtzig. Das beantwortet deine erste Frage.

Lais lebt zufrieden auf Thasos, in einem Haus gegenüber Abdera. Das heißt, daß der Nordwind ständig in ihre Richtung bläst. Doch sie spürt die Kälte nie. Sie ist wie eine Skythin. Sie sieht sogar wie eine aus. Sie hat – oder hatte – blondes Haar; und ihre blauen Augen sind wie meine. Oder wie meine waren, bevor das Blau sich in Weiß verwandelte.

Diesmal bin ich in meiner Erzählung nicht durch einen neuen Gedanken abgelenkt worden, sondern durch dich, Demokrit.

Wo war ich? Mitten zwischen Baktra und Susa. Zwischen einem alten Leben und einem neuen Leben.

Es ist Nacht. Lebhaft erinnere ich mich an die Szene. Soeben habe ich das Zelt von Hystaspes, Satrap von Baktrien und Perthien betreten. Damals kam mir Hystaspes so uralt vor wie mein Großvater, doch er kann höchstens fünfundfünfzig gewesen sein. Hystaspes war ein kurzwüchsiger, breitschultriger und energievoller Mann mit einem nutzlosen linken Arm; in seiner Jugend waren die Muskeln bis auf den Knochen durchtrennt worden, in einer Schlacht.

Hystaspes saß auf einer Reisetruhe. Links und rechts von ihm flakkerten Fackeln. Als ich mich vor ihm auf den Bauch werfen wollte, streckte er seinen guten Arm nach mir und setzte mich auf einen Hocker.

»Was möchtest du werden?« Er sprach zu Kindern – jedenfalls zu mir – in derselben direkten Art, in der er zu allen sprach, auch zu seinem Sohn, dem Großen König.

»Soldat, glaube ich.« Ich hatte noch nicht wirklich darüber nachgedacht. Nur daß ich nicht Priester werden wollte, stand für mich fest. Priester, wohlgemerkt, nicht aber Magian. Zwar sind alle Magians von Geburt Priester, doch nicht alle Priester sind Magians. Ganz gewiß sind wir Spitamas keine Magians. Im übrigen will ich nicht verschweigen, daß mich von kleinauf religiöse Zeremonien gelangweilt haben; auch schmerzte mir der Kopf vom ständigen Auswendiglernen heiliger Texte. Mitunter fühlte sich mein Schädel wie ein Krug, bis zum Überlaufen gefüllt mit meines Großvaters Hymnen. Die Cathayaner, ganz nebenbei, huldigen dem Glauben, nicht der Kopf, sondern der Magen sei der Sitz des Geistes oder des Verstandes. Zweifellos erklärt das ihre peinvolle Besorgtheit beim Zubereiten und Servieren der Speisen. Womöglich erklärt es auch die Tatsache, daß sie über ein wesentlich besseres Gedächtnis verfügen als wir: Nicht im engumgrenzten Kopf werden Informationen gespeichert, sondern im dehnbaren Magen.

»Soldat? Nun, warum nicht? Zusammen mit den anderen Knaben deines Alters wirst du im Palast in die Schule gesteckt werden. Und wenn du dich bewährst, im Bogenschießen und so weiter ...« Hystaspes' Stimme verklang. Nur allzu leicht riß der Gedankenfaden bei ihm ab. Ich war das gewohnt, seine halben Sätze, sein langes Schweigen.

Während ich darauf wartete, daß er weitersprach, blickte ich müßig in die Flamme einer der Fackeln. Hystaspes nahm dies als eine Art Omen. »Siehst du? Du kannst deine Augen nicht fernhalten vom Sohn des Weisen Herrn. Das ist nur natürlich.«

Rasch blickte ich beiseite. Trotz meiner nur sieben Jahre sah ich, was jetzt kommen würde. Und es kam. »Du bist der Enkelsohn des größten Mannes, der je auf Erden wandelte. Möchtest du ihm nicht folgen?«

»Ja. Ich möchte schon. Ich versuch's.« Ich verstand es, den Knaben-Priester zu spielen; und spielte ihn. »Aber ich würde auch gern dem Großen König dienen.«

»Es gibt auf Erden keine höhere Aufgabe für einen Menschen – dich ausgenommen. Bei dir ist das anders. Du warst dort. Im Tempel. *Du* hast die Stimme des Weisen Herrn gehört.« Wenn schon die Gunst der Umstände – falls diese Wendung denn zulässig ist – mich zum Zeugen von Zarathustras Ermordung werden ließ und mithin zu einer Gestalt von permanentem Interesse für alle, welche der Wahrheit folgen und die Lüge verwerfen, so muß ich doch manchmal daran denken, daß mein Leben wohl wesentlich unkomplizierter verlaufen wäre, hätte ich als gewöhnlicher persischer Adliger das Licht der Welt erblickt, ungezeichnet durch die Gottheit. Stets komme ich mir wie ein Schwindler vor, wenn einer unserer Magians mir die Hand küßt und mich bittet, wieder einmal zu berichten, was der Weise Herr damals sagte. Natürlich bin ich gläubig. Ein Eiferer bin ich allerdings nicht. Auch stellte mich Zarathustras Erklärung – oder Nicht-Erklärung – nie zufrieden: Wie denn der Weise Herr erschaffen worden sei. Was existierte *vor* dem

Weisen Herrn? Auf der Suche nach einer Antwort auf diese allerwichtigste Frage habe ich die ganze Welt bereist. Demokrit möchte wissen, ob ich sie gefunden habe. Warte.

Vermutlich ist es Lais' ionisches Blut in meinen Adern, das mich in religiösen Dingen ungewöhnlich skeptisch gemacht hat für einen Perser, zumal für ein Miglied der heiligen Familie der Spitama. Dabei neigen von allen Ioniern jene aus Abdera am wenigsten zum Skeptizismus. Es gibt sogar einen alten Spruch, demzufolge es menschen*un*möglich ist, einfältiger zu sein als ein Abderit. Offenbar besitzt die thrakische Luft eine abstumpfende Wirkung auf den Verstand jener griechischen Kolonisten, von denen Demokrit und ich abstammen.

Demokrit wendet ein, der brillanteste aller griechischen Sophisten sei ein Abderit – und unser Vetter. Auch könne Abdera den größten lebenden Maler für sich in Anspruch nehmen: Polygnotus, welcher die lange Wandelhalle auf dem hiesigen Marktplatz – oder Agora – ausgemalt hat. Ich werde das niemals sehen können.

Hystaspes sprach zu mir wieder von seiner Verehrung für meinen Großvater. Währenddessen knetete er seinen nutzlosen Arm. »Ich war es, der ihn vor den Magians rettete. Aber nein. Das stimmt nicht ganz. Der Weise Herr rettete Zarathustra. Ich war nur das Werkzeug, dessen er sich bediente.« Und schon hob Hystaspes an zu einer Geschichte, derer er nie überdrüssig wurde und bei der ich nie hinhörte. »Der Große König Kyrus hatte mich gerade zum Satrapen von Baktrien gemacht. Ich war jung. Ich glaubte alles, was die Magians mich gelehrt hatten. Sämtliche Dewas betete ich an, zumal Anahita und Mithras. Oft trank ich Haoma, zum Vergnügen und nicht zu heiligen Zwecken; und nicht ein einziges Mal brachte ich dem Weisen Herrn Opfer dar in angemessener Menge, weil ich nicht wußte, wer er war. Dann kam Zarathustra nach Baktra.

Man hatte ihn aus seinem heimatlichen Rages vertrieben. Er war ostwärts gereist, von Stadt zu Stadt. Doch wo immer er die Wahrheit predigte, zwangen ihn die Magians, weiterzuziehen. Schließlich kam er nach Baktra. Die Magians baten mich, ihn zu verbannen. Doch ich war neugierig. Ich ließ sie in meiner Gegenwart mit Zarathustra disputieren. Sieben Tage lang sprach er. Und widerlegte ihre Argumente, eines nach dem anderen. Er entlarvte ihre Götter als Teufel, als Agenten der Lüge. Er bewies, daß es nur einen Schöpfer gibt, den Weisen Herrn. Aber zugleich mit diesem Schöpfer gibt es auch Ahriman, den Geist des Bösen. Er ist die Lüge, dawider die Wahrheit stets streiten muß . . .«

Rückblickend wird mir bewußt, daß Hystaspes dem Temperament nach ein geborener Magian, oder Priester, war. *Er* hätte Zarathustras Enkelsohn oder Sohn sein sollen. Doch spirituell war er es ja. Als Hystaspes die Lehren meines Großvaters annahm, befahl er den Magians von Baktrien, seinem Beispiel zu folgen. Offiziell bekehrten sie sich.

Insgeheim jedoch glauben die meisten von ihnen bis auf den heutigen Tag an Teufel und beten sie an.

Zarathustras Auftreten wirkte wie jenes Erdbeben, das kürzlich Sparta bis in die Grundfesten erschütterte. Er verkündete den Magians, die von ihnen verehrten Götter seien in Wahrheit Dämonen. Auch fand er die Art, in der sie ihre Rituale übten – zumal die Opferrituale –, nicht nur gottlos, sondern skandalös. Er beschuldigte sie, im Namen der Religion Orgien zu feiern. So zerhackten die Magians beispielsweise einen *lebenden* Ochsen, indes sie den heiligen Haoma schlürften. Und sie hoben für sich selbst jene Teile des Ochsen auf, welche rechtmäßig dem Weisen Herrn gehören. Natürlich waren die Magians über Zarathustra erbittert. Aber dank Hystaspes sahen sich die baktrischen Magians gezwungen, viele ihrer Rituale von Grund auf zu ändern.

Während ich mich jener Szene im Zelt des Hystaspes entsinne, beginne ich zu begreifen, welche Hoffnungen, aber auch Sorgen er für mich hegte: am Hof seines Sohnes, des Großen Königs.

Einige Jahre zuvor hatte Darius mit viel Trara den Weisen Herrn und seinen Propheten Zarathustra akzeptiert. Nach der Ermordung meines Großvaters beschloß Hystaspes, mich zu Darius zu schicken, als dauernde und sichtbare Mahnung an Zarathustra. Ich sollte die gleiche Erziehung genießen wie ein Mitglied einer der sechs edlen Familien, welche Darius mit zum Thron verholfen hatten.

»Du wirst in Susa viele Feinde finden.« Hystaspes sprach zu mir, als sei ich nicht ein Kind, sondern ein gedankenvoller Staatsmann. »Die meisten Magians sind Teufelsanbeter, zumal jene aus dem alten Medien. Sie folgen der Lüge. Auch besitzen sie am Hof viel Einfluß. Mein Sohn ist ihnen gegenüber viel zu duldsam.«

Hystaspes' Neigung, seinen Sohn Darius zu kritisieren, schockierte den altmodischen persischen Adel stets aufs neue. Nun ja: Weder er selbst noch Darius waren am Hofe erzogen worden. Tatsache ist, daß die Hauptlinie der großköniglichen Familie – die Achämeniden – mit der Ermordung der Söhne von Darius dem Großen endete. Der junge Darius, ein entfernter Verwandter, sicherte sich den Thron mit Hilfe der Sechs – und des Weisen Herrn. Dann lud er Zarathustra zu sich nach Susa ein. Doch mein Großvater wollte Baktra nicht verlassen. Hätte er's getan, wäre ihm vielleicht ein längeres Leben zuteil geworden – und ein jahrelanges gefahrvolles Dasein erspart geblieben.

Hystaspes tastete an seinem nutzlosen Arm herum. »Mein Sohn schwört mir, daß er der Wahrheit folgt. Da er ein Perser ist, kann er nicht lügen.« Jetzt, wo ich ein Historiker und ein Gegen-Historiker geworden bin, muß ich die Feststellung treffen, daß es für uns Perser nichts Schlimmeres gibt als zu lügen, während den Griechen nichts größere Wonne bereitet. Der Grund dafür, glaube ich, ist darin zu suchen, daß die Griechen ihren Lebensunterhalt verdienen, indem sie einander Waren verkaufen, und natürlich sind Kaufleute sämtlich unehrliche Menschen. Da dem persischen Adel die Sitte den Handel verbietet, scheuen Adlige die Lüge.

Dem Hystaspes war der mangelnde religiöse Eifer seines Sohnes stets ein Dorn im Auge. »Ich weiß, daß Darius über mehr als tausend Städte regieren muß, von denen jede ihre eigenen Götter hat. Als er unsere Feuertempel wiedererrichtete, gefiel dies deinem Großvater. Als er auch den Tempel von Bel-Marduk in Babylon wiederherstellen ließ, war dein Großvater entsetzt. Genau wie ich selbst. Aber da mein Sohn über das ganze Land herrscht, meint er, er müsse sämtliche Religionen akzeptieren, so verabscheuenswert sie auch immer seien.«

Hystaspes ließ seine gute Hand ganz langsam durch die Flammen einer nahen Fackel gleiten – ein alter Magian-Trick. »Am Hof des Großen Königs gibt es viele Parteien. Sei auf der Hut. Diene einzig dem Großen König – und dem Weisen Herrn. Jede der Hauptgemahlinnen hat ihre Anhänger. Meide sie. Meide die Griechen am Hofe. Unter ihnen sind viele Tyrannen, vertrieben von den neuen Demokratien. Unablässig versuchen sie, meinen Sohn zum Krieg gegen andere Griechen zu bewegen. Es sind schlechte Menschen, die sich jedoch auf die Kunst der Überredung verstehen. Da deine Mutter eine Griechin ist ...« Er brach ab. Wieder einer seiner halben, unvollendeten Sätze. Er mochte meine Mutter nicht, weil sie keine Perserin war, und er würde auch das hybride Kind nicht gemocht haben, wäre dieses nicht erwählt worden, die Worte des Weisen Herrn zu vernehmen. Dies muß Hystaspes sehr verwundert haben. Ein halbgriechischer Knabe war ausersehen worden, die Stimme des Weisen Herrn zu hören. Die Wege der Gottheit sind wahrhaftig oft unerforschlich. In diesem Punkt sind sich praktisch alle einig.

»Du wirst im Harem aus und ein gehen können, bis du alt genug bist für die Schule. Sei wachsam. Studiere die Gemahlinnen. Drei von ihnen sind wichtig. Die älteste ist die Tochter von Gobryas. Darius heiratete sie, als er sechzehn war. Sie haben drei Söhne. Der älteste ist Artobasanes. Er ist inzwischen erwachsen. In ihm sieht man den Nachfolger von Darius. Aber der Große König steht unter dem Bann von Atossa, der zweiten Gemahlin, welche Königin ist, weil sie die Tochter von Kyrus dem Großen war. Da sie Darius, bald nachdem er Großer König wurde, drei Söhne gebar, vertritt sie den Standpunkt, der älteste von diesen sei der einzige rechtmäßige Erbe. Als Kyrus' Enkelkind ist der Knabe überdies von wahrhaft königlichem Geblüt. Sein Name ist Xerxes.« Auf diese Weise vernahm ich zum erstenmal den Namen des Mannes, der mir ein Leben lang – das heißt, solange sein Leben währte – ein Freund sein sollte.

Hystaspes musterte mich tiefernst. Ich kämpfte gegen den Schlaf an; gab mir alle Mühe, hellwach zu wirken. »Atossa ist diejenige, der du dich genehm machen mußt«, sagte er, nachdem er mich doch gerade gemahnt hatte, sämtliche Gattinnen und Parteien zu meiden. »Aber mache dir die anderen Frauen und auch ihre Eunuchen nicht zu Feinden. Sei klug wie die Schlange. Um des Weisen Herrn willen mußt du überleben. Leicht wird das nicht sein. Der Harem ist ein unheiliger Ort. Astrologen, Hexen, Teufelsanbeter, alle möglichen Verruchtheiten – das ist es, was die Weiber lieben. Und die schlimmste von allen ist Atossa selbst. Sie ist des Glaubens, eigentlich hätte sie als Mann geboren werden müssen, um Großer König zu sein, genau wie ihr Vater, Kyrus. Aber sie ist nun mal kein Mann, und das versucht sie, durch Zauberei wettzumachen. Sie hat eine Art Privatkapelle, wo sie zu der Teufelsgöttin Anahita betet. Dein Leben, zwischen Atossa einerseits und den Magians andererseits, wird nicht einfach sein. Die Magians werden versuchen, dich zur Lüge zu bekehren. Gib ihnen niemals nach. Vergiß nie, daß du auf Erden der Sachwalter des Weisen Herrn bist: daß er dich nach Susa geschickt hat, damit du dort den Weg der Wahrheit wahrst, um fortzuführen das Werk von Zarathustra, dem heiligsten Mann, der je lebte.«

All dies war ein wenig viel für ein schläfriges Kind, das es entschieden vorgezogen hätte, Soldat zu werden, weil Soldaten doch längst nicht soviel Zeit in der Schule zubringen wie Magians und Priester – oder Sophisten.

2

Bei Frostwetter reisten wir nach Susa. In Wolle gehüllt, ritt ich neben meiner Mutter auf einem Kamel, eine Beförderungsart, mit der ich mich nie habe anfreunden können. Das Kamel ist ein widerwärtiges Geschöpf, dessen Bewegungen einen genauso seekrank machen können wie das Schlingern eines Schiffs. Als wir uns der Stadt näherten, murmelte meine Mutter unentwegt griechische Beschwörungsformeln.

Übrigens ist Lais eine Hexe. Das verriet sie mir mehrere Jahre nach unserer Ankunft am Hofe. »Eine thrakische Hexe. Wir sind die mächtigsten auf Erden.« Ich glaubte zuerst, sie scherze. Doch sie scherzte nicht. »Wäre ich keine Hexe gewesen«, pflegte sie zu sagen, »hätten wir in Susa niemals überlebt.« Und daran ist wohl was Wahres. Doch während sie sich insgeheim ihren thrakischen Mysterien ergab, war sie unentwegt damit beschäftigt, auf allerfrömmste Weise ihren Sohn als wahren Erben des einzigen Propheten des Weisen Herrn zu proklamieren, welcher der geschworene Feind all jener Teufel gewesen war, die sie heimlich anbetete. Lais ist eine kluge Frau.

Im Morgengrauen gelangten wir zum Fluß Karun. In langer, langsamer Reihe überquerte die Karawane die Holzbrücke, deren Planken sich ächzend bogen. Der Fluß unter uns war bedeckt von dickem Eis, während unmittelbar vor uns, in der Sonne funkelnd, Susa lag. Nie hatte ich geahnt, daß eine Stadt so groß sein konnte. Ganz Baktra hätte in einen einzigen der Marktplätze gepaßt. Zwar stimmt es, daß Susa in der Hauptsache aus behelfsmäßigen Häusern besteht, teils aus Lehmziegeln erbaut, teils – höchst sonderbarerweise – unterhalb der Erdoberfläche: schmale Gräben, mit übereinandergeschichteten Palmwedeln bedeckt, um die kochende Sommerhitze ebenso fernzuhalten wie die stechende Winterkälte. Aber man muß auch sagen, daß der Palast, den Darius kürzlich fertiggestellt hatte, das bei weitem prachtvollste Gebäude auf der gänzen Welt war. Das hohe Bauwerk beherrscht das Stadtbild auf ganz ähnliche Weise wie das – andererseits – die schneebedeckten Gipfel des Zagros-Gebirges tun.

Susa liegt zwischen zwei Flüssen in einer fruchtbaren Ebene, die rings von Bergen umgeben ist. Seit Menschengedenken war Susa die Hauptstadt von Anschan gewesen, einem zuerst von den Elamiten, dann von den Medern beherrschten Gebiet. In der südwestlichen Ecke von Anschan befindet sich das persische Hochland, dessen Klan-Führer Kyrus, der Achemänide, war, erblicher Gebieter von Anschan. Als Kyrus schließlich die Grenzen von Anschan überschritt, eroberte er Medien und Lydien und Babylon. Sein Sohn Kambyses eroberte Ägypten. Als Folge davon ist nun die ganze Welt vom Nil bis zum Indus persisch: dank Darius und seinem Sohn Kambyses; dank Darius und seinem Sohn Xerxes und dessen Sohn Artaxerxes, meinem jetzigen Herrn. Übrigens sind seit der Thronbesteigung von Kyrus bis zum heutigen Tag nur einhundertundsieben Jahre vergangen, und den größten Teil dieses wunderbaren Jahrhunderts habe ich miterlebt, und zwar am persischen Hof.

Im Sommer ist Susa so heiß, daß man schon, um die Mittagszeit, Schlangen und Eidechsen gefunden hat, von der Sonne gebraten. Doch in diesen Monaten residiert der Hof zweihundert Meilen weiter nördlich in Ekbatana, wo sich die Meder-Könige den größten (und vermutlich unbehaglichsten) Palast der Welt erbaut hatten: Das Gebäude, völlig aus Holz und in einem hohen, kühlen Tal gelegen, nimmt mehr als eine Viertelquadratmeile ein. Während Susas kalter Monate pflegte der Große König den Hof zweihundertundfünfundzwanzig Meilen ostwärts zu verlegen, nach Babylon, der ältesten und üppigsten aller Städte. Später allerdings gab Xerxes Persepolis den Vorzug vor Babylon. So überwintert der Hof jetzt in der Urheimat der Perser. Alte Höflinge – wie ich – verzichten höchst ungern auf das sinnenfrohe Babylon.

Am Tor von Susa empfing uns ein Königsauge. Stets gab es zumindest zwanzig Königsaugen, eines für jede der zwanzig Provinzen oder Satrapien. Ein solcher Beamter ist eine Art Generalinspekteur, wichtiger Beauftragter des Großen Königs. Die Aufgabe dieses Königsauges bestand darin, sich um Mitglieder der königlichen Familie zu kümmern. Voller Ergebenheit begrüßte er Hystaspes. Dann versorgte er uns mit einer militärischen Eskorte, eine Notwendigkeit in Susa, wo sich der Fremdling im Gewirr der gewundenen Straßen leicht verliert – manchmal für immer, falls er nicht von Wächtern geschützt wird.

Mich entzückte der riesige, staubige Marktplatz. Soweit das Auge reichte, sah man Zelte und Pavillons, und bunte Banner markierten jeweils Anfang und Ende einer Karawane. Es wimmelte von Kaufleuten aus allen Teilen der Welt. Auch gab es Akrobaten, Taschenspieler, Wahrsager. Schlangen wanden sich zum Klang von Flöten. Verschleierte und unverschleierte Frauen tanzten. Zauberer murmelten Sprüche, zogen Zähne, beschworen Manneskraft. Wundersame Farben, Gerüche, Geräusche . . .

Zum neuen Palast des Darius führt eine breite, gerade Prachtstraße, gesäumt von riesigen, geflügelten Stieren. Die Fassade des Palastes ist bedeckt mit glasierten Ziegeln, auf denen sich, in Basrelief, allerlei Darstellungen finden, die da künden von des Darius Siegen in der ganzen Welt. Es sind Bildnisse von Lebensgröße, in geschmackvollen Farben und direkt auf den Ziegeln modelliert: In griechischen Städten gibt es nichts von vergleichbarer Pracht. Obwohl die Figuren einander sehr ähnlich zu sein scheinen – nach altem assyrischem Stil wird jede im Profil gezeigt –, lassen sich viele doch identifizieren: die Gesichtszüge der Großen Könige sowie die ihrer engsten Gefährten.

An der Westmauer des Palastes (nahe der Ecke und gegenüber dem Erinnerungsmal eines längst verstorbenen Meder-Königs) findet sich eine Abbildung meines Vaters, wie er am Hof des Polykrates in Samos weilt. Man sieht meinen Vater mit einer zylindrischen Hülse, und das Siegel des Darius verrät, daß sie eine wichtige Botschaft enthält. Er blickt zu Polykrates. Unmittelbar hinter dem Stuhl des Tyrannen steht der berühmte Arzt Democedes. Lais findet die Ähnlichkeit mit meinem Vater »schwach«. Aber sie hat für die strengen Konventionen unserer traditionellen Kunst nun mal nichts übrig. Als Kind pflegte sie Polygnotus in seiner Werkstatt in Abdera bei der Arbeit zuzuschauen. Sie mag den realistischen griechischen Stil. Ich nicht.

Der Palast in Susa ist, auf ost-westlicher Achse, um drei Innenhöfe erbaut. Vor dem Haupttor übergab uns das Königsauge dem Befehlshaber der Palastwache, welche uns zum ersten Hof eskortierte. Dort findet sich, auf der rechten Seite, ein Portikus aus hohen Holzsäulen auf steinernen Sockeln. Und unterhalb des Portikus stand, in Reihe, die Königswache – die Unsterblichen genannt – und salutierte uns.

Durch hohe Gänge gelangten wir in den zweiten Hof. Dieser ist noch eindrucksvoller als der erste. So jung ich auch war: Als ich sah, daß das Sonnensymbol des Weisen Herrn von Sphinxen bewacht wurde, fühlte ich mich erleichtert.

Schließlich gelangten wir auf den sogenannten privaten Hof, wo Hystaspes vom Palastkämmerer und den wichtigsten Schreibern der Kanzlei begrüßt wurde: Diese leisten die eigentliche Arbeit bei der Verwaltung des Reiches. Sämtliche Kämmerer und die meisten Schreiber sind Eunuchen. Während der alte Kämmerer – Bagopates war es wohl – Hystaspes begrüßte, schwenkte eine Anzahl ältlicher Magians qualmende Weihrauchgefäße gegen uns. Indes sie, im Singsang, unverständliche Gebete murmelten, betrachteten sie mich aufmerksam. Sie wußten, wer ich war. Und sie wirkten nicht freundlich.

Nach dem Schluß der Zeremonien küßte mich Hystaspes auf die Lippen. »Solange ich lebe, werde ich dein Beschützer sein, Cyrus, Sohn des Pohuraspes, Sohn von Zarathustra.« Nun blickte Hystaspes zum Kämmerer, welcher sich pflichtgemäß krümmte. »Ich übergebe diesen jungen Menschen deiner Obhut.« Als Hystaspes ging, unterdrückte ich die Tränen.

Ein minderer Beamter geleitete meine Mutter und mich zu unserem Quartier im Harem, welcher – innerhalb der großen Stadt des Palastes – eine kleine Stadt bildet. Er wies uns zu einem kleinen, leeren Raum, der auf einen Hühnerhof hinaussah.

»Dein Quartier, o Dame.« Der Eunuch grinste.

»Ich hatte ein Haus erwartet.« Lais war wütend.

»Alles zu seiner Zeit, o Dame. Fürs erste hofft Königin Atossa, daß du mitsamt dem Kind hier glücklich sein wirst. Wenn du Wünsche hast, so brauchst du nur zu befehlen.«

Dies war meine erste Erfahrung mit dem Stil eines Hofes: Versprochen wird einem alles, gehalten wird nichts. Mochte Lais auch noch so oft befehlen, bitten, betteln, wir blieben beschränkt auf jenen kleinen Raum, der auf einen staubigen Hof hinausblickte, einen Hof mit einem trockenen Brunnen und einem Dutzend Hühnern, welche einer der Hofdamen gehörten. Meiner Mutter waren die Tiere zu laut, ich jedoch mochte sie. Es fehlte mir ganz einfach an anderer Gesellschaft. Demokritus erzählt mir, man importiere hier in Athen jetzt Hühner. Und man nennt sie – wie wohl auch sonst? – persisches Geflügel!

Ungeachtet des offiziellen Schutzes durch Hystaspes wurden Lais und ich fast ein Jahr lang wie Gefangene gehalten. Kein einziges Mal empfing uns der Große König, dessen Kommen und Gehen jeweils vom tumultösen Lärm der Trommeln und Tamburins begleitet wurde, was die Hühner in kopfloser Komik umherjagen ließ, während Lais' Miene einen tragischen Ausdruck annahm. Schlimmer noch war, daß wir im folgenden Sommer nicht mit dem Hof nach Ekbatana übersiedelten. Niemals sonst habe ich so unter der Hitze gelitten.

Von den Gemahlinnen sahen wir nur Artystone, Vollschwester von Königin Atossa – und somit eine Tochter von Kyrus dem Großen. Offenbar war sie neugierig auf uns. Eines Nachmittags erschien sie auf unserem Hof. Ich muß sagen, daß sie genauso schön war, wie man es sich erzählte. Für Lais war das eine Überraschung; sie hegte stets die Meinung, einer berühmten Person fehle es just an dem, wofür sie berühmt ist. Für eine Hexe ist alles Illusion, und vielleicht haben die Hexen damit recht. Eine Art Illusion schien es jedenfalls zu sein, wenn man behauptete, Artystone sei die einzige Frau gewesen, die Darius jemals geliebt habe. In Wahrheit liebte er niemanden auf Erden außer der Erde selbst; das heißt, er liebte seine Herrschaft über so viele Länder. Xerxes war das Gegenteil. Er liebte zu viele Menschen; und so verlor er die Herrschaft über die Erde, über all die Länder.

Artystone wurde von zwei hübschen griechischen Eunuchen begleitet, die nicht viel älter waren als ich. Sie waren dem Harem von einem berüchtigten Kaufmann aus Samos verkauft worden, der mit entführten griechischen Knaben Handel trieb. Da die Griechen der Kastrierung am meisten widerstreben, sind sie die begehrtesten Eunuchen. Der Kaufmann machte ein Vermögen.

Die angenehmsten und *brauchbarsten* Eunuchen sind Babylonier. Alljährlich unterziehen sich fünfhundert babylonische Jünglinge freudig der Kastrierung, um in den Harems des Großen Königs und seiner Edlen zu dienen. Diese Jünglinge sind meist ungewöhnlich intelligent – und ungewöhnlich ehrgeizig. Nun ja: Für den, der nicht als Adliger zur Welt gekommen ist, bleibt nur das Eunuchentum für eine Karriere bei Hofe. Es ist kein Geheimnis, daß – bis auf den heutigen Tag – die wahre Macht am persischen Hof nicht auf dem Thron zu finden ist, sondern im Harem, wo ehrgeizige Frauen und verschlagene Eunuchen Komplotte schmieden. Heutzutage sind die Eunuchen nicht nur die Hüter und Wächter der Gemahlinnen und Konkubinen, sie sind auch die Ratgeber des Großen Königs, sind Minister und mitunter sogar Generäle und Satrapen.

Artystone trug einen goldgewirkten Umhang. In der Hand hielt sie einen Elfenbeinstab. Ihr Gesicht war leicht gerötet und hatte einen gereizten Ausdruck (der sich im übrigen stets dort fand).

Da Lais Griechin und ich Halbgrieche waren, befahl Artystone den Knaben, mit uns griechisch zu sprechen.

Lais fiel ihr ins Wort. »Wir brauchen keinen Dolmetscher. Mein Sohn ist der Enkel des wahren Propheten.«

»Ja, ich weiß.« Artystone deutete mit ihrem Elfenbeinstab auf mich. »Kannst du Feuer essen?«

Ich war zu schockiert, um zu antworten.

Lais neigte zum Jähzorn. »Feuer ist der Sohn des Weisen Herrn, o Dame. Es kann gefährlich sein, Scherze über die Gottheit zu machen.«

»Oh?« Die hellgrauen Augen weiteten sich stark. Sie ähnelte ihrem Vater, Kyrus dem Großen, einem bemerkenswert schönen Mann. Ich weiß es. Ich habe seinen wachsbedeckten Körper im heiligen Pasargada gesehen. »Nun, Baktrien liegt weit von hier.«

»Baktrien ist die Heimat des Vaters des Großen Königs, o Dame.«

»Es ist nicht seine Heimat. Er ist dort nur Satrap. Er ist ein Achämenide, aus dem heiligen Pasargada.«

Lais, in ausgeblichenem Wollgewand und inmitten der Hühner, stand der Tochter des Kyrus und Lieblingsfrau von Darius gegenüber, ohne auch nur mit der Wimper zu zucken. Aber Furcht hat Lais nie gekannt. Hexenkunst?

»Aus Baktrien ist Darius gekommen, um das Reich deines Vaters wiederzugewinnen«, sagte Lais. »Und in Baktrien war es, daß Zarathustra zum erstenmal mit der Stimme des Weisen Herrn sprach, in dessen Namen dein Gatte, der Große König, über all die Länder herrscht. Hüte dich, daß du nicht den Zorn des Einen Gottes auf dich ziehst.«

Rasch hob Artystone den rechten Arm und verbarg ihr Gesicht hinter dem goldenen Ärmel – eine instinktive, schützende Geste. Dann war sie verschwunden.

Lais blickte zu mir. Ihre Augen blitzten vor Zorn. »Vergiß niemals, wer du bist. Leugne nie die Wahrheit, um der Lüge zu folgen. Denke stets daran, daß wir stärker sind als alle Teufelsanbeter.«

Ich war tief beeindruckt. Zumal da ich wußte, daß Lais nicht das leiseste Interesse an *irgendeiner* Religion hat. Thessalische Hexenkunst zähle ich nicht zur Religion. Aber Lais ist eine ebenso kluge wie praktische Frau. In Baktra hatte sie sich dazu gezwungen, tausend Hymnen und Rituale zu lernen, um Zarathustra davon zu überzeugen, daß sie eine Anhängerin der Wahrheit sei. Sodann brachte sie mir die Überzeugung bei, der Weise Herr habe gerade mich auserwählt als ständigen Zeugen der Wahrheit.

In jungen Jahren hegte ich da auch keinen Zweifel. Nun jedoch, wo mein Leben sich dem Ende nähert, weiß ich nicht, ob ich den mir vom Weisen Herrn erteilten Auftrag erfüllt habe oder nicht – so es denn je einen solchen Auftrag gab. Ich muß überdies gestehen, daß ich in den siebzig Jahren seit Zarathustras Tod in so vielen Teilen dieser riesigen Welt Göttlichkeit in derart mannigfacher Gestalt geschaut habe, daß ich keinerlei Gewißheit des Wissens mehr besitze.

Ja doch, Demokrit, ich weiß, daß ich dir versprochen habe, die Schöpfung zu erklären. Und das werde ich auch tun – soweit sie sich denn erklären läßt. Was die Existenz des Bösen betrifft, so fällt die Antwort leichter. Eigentlich bin ich erstaunt, daß du sie nicht erraten hast, die Genesis der Lüge, welche – nimm dies als Wink – die Wahrheit definiert.

3

Kurz nach Artystones Besuch wurden sämtliche Hühner unseres Hofs geschlachtet. Mir fehlte ihre Gesellschaft. Meiner Mutter nicht.

Anfang Herbst suchte uns ein minderer Beamter auf. Er kam aus der Kanzlei des Kämmerers, wo man beschlossen hatte, mich in die Palastschule zu geben. Im Frühjahr war dort für mich kein Platz gewesen; jetzt auf einmal ging es. Der Beamte wollte mich persönlich zum Unterricht geleiten.

Sofort versuchte Lais die Situation zu nutzen. Sie verlangte ein anderes Quartier. Ausgeschlossen, entgegnete er: Dafür lägen keine Weisungen vor. Sie bat um eine Audienz bei der Königin Atossa. Der Eunuch unterdrückte ein Lachen; ihre Bitte erschien ihm absurd.

Während die arme Lais weiter wie eine Gefangene auf das enge Quartier beschränkt blieb, durfte ich wenigstens die Schule besuchen. Ich war überglücklich.

Die Palastschule besteht aus zwei Teilen. Der erste ist reserviert für Miglieder der großköniglichen Familie – damals rund dreißig Prinzen zwischen sieben und zwanzig – sowie etlichen Söhnen der Sechs.

Im zweiten befinden sich die Söhne des niederen Adels und die jungen Gäste des Großen Königs, wie man die Geiseln nennt. Als Lais hörte, daß ich der zweiten Abteilung zugeteilt war, wurde sie zornig. Nun, sie ahnte wohl nicht, wie sehr wir uns glücklich preisen konnten, überhaupt noch am Leben zu sein.

Ich genoß den Unterricht. Dabei befanden wir uns in einem großen Raum mit Blick auf einen umfriedeten Park, wo man uns täglich in der Kunst des Reitens und des Bogenschießens unterwies.

Unsere Lehrer waren sämtlich Magians der alten Schule; sie haßten Zarathustra und fürchteten seinen Einfluß. Folglich wurde ich von ihnen wie auch von den persischen Schülern nach Kräften ignoriert. Meine einzigen Gefährten waren die Gäste des Großen Königs, denn in gewissem Sinn war ja auch ich ein Gast. Überdies war ich Halbgrieche.

Bald schloß ich mit einem Knaben meines Alters Freundschaft. Er hieß Milo, und sein Vater, Thessalus, war Stiefbruder von Hippias, dem regierenden Tyrannen von Athen. Zwar hatte Hippias, in der Nachfolge seines Vaters, des großen Pisistratus, das goldene Zeitalter fortgeführt; dennoch zeigten sich die Athener von ihm und seiner Familie gelangweilt. Aber das ist nun mal so bei den Athenern: Ist es ihnen eine Zeitlang zu gut gegangen, so schnappen sie über und sehnen sich nach dem Gegenteil. Nun denn. *Solche* Wünsche finden schnell Erfüllung.

In meiner Klasse befanden sich auch die Söhne von Histiäus, dem Tyrannen von Milet. Histiäus selbst war gleichfalls »Gast«; er hatte ganz einfach zuviel Macht und Reichtum erworben. Dabei mußte ihm zugute gehalten werden, daß er zur Zeit der persischen Invasion in Skythien seine Loyalität und seinen Nutzen bewiesen hatte.

Um die persische Armee nach Skythien zu transportieren, baute Darius quer über den Hellespont eine Brücke aus Schiffen. Als er dann an der Donau (wo mein Vater seine Verwundung erlitt) zurückgeschlagen wurde, wollten viele der ionischen Griechen die Brücke verbrennen, damit Darius den Skythen zum Opfer fiele. War er getötet – oder wenigstens gefangen –, so konnten die ionischen Griechenstädte ihre Unabhängigkeit von Persien erklären.

Gegen diesen Plan sprach sich Histiäus aus. »Darius ist unser Großer König«, sagte er zu seinen Mit-Tyrannen. »Wir haben ihm Treue gelobt.« Und insgeheim warnte er sie: Begebe man sich des Darius Hilfe, so werde sich der ionische Adel mit dem Pöbel verbinden und die Tyrannen ebenso zu stürzen versuchen, wie das gerade ein ähnliches Bündnis in Athen mit dem letzten der Pisistratiden tat.

Die Tyrannen folgten seinem Rat, und die Brücke blieb intakt. Darius kehrte sicher nach Haus zurück. Aus Dankbarkeit schenkte er Histiäus einige Silberminen in Thrakien. Doch auf einmal war Histiäus nicht mehr nur ein mächtiger Stadttyrann – er war so etwas wie ein machtvoller König. Darius, vorsichtig wie stets, lud ihn und seine beiden Söhne nach Susa ein, wo sie dann seine Gäste wurden. Doch Histiäus, ein feinfühliger, rastloser Mensch, war für die Rolle des »Gastes« kaum geschaffen ... Ich erwähne all dies zur Erläuterung jener Kriege, welche Herodot die persischen nennt.

In der Schule verbrachte ich den größten Teil meiner Zeit mit den griechischen Geiseln. Die Magians hatten uns zwar verboten, griechisch zu sprechen, doch außer Hörweite unserer Lehrer sprachen wir nur griechisch.

An einem kalten Wintertag hockte ich mit Milo auf dem gefrorenen Boden und beobachtete unsere Klassenkameraden beim Speerwerfen. Dank unserer persischen Kleidung – dicke Hosen mit drei Paar Unterhosen darunter – spürten wir die Kälte nicht. Ich kleide mich auch jetzt noch vernünftig und gebe den Griechen oft den Rat, es mir nachzutun. Doch man kann keinen Griechen davon überzeugen, daß mehrere Schichten leichten Stoffs einen nicht nur im Winter warm-, sondern auch im Sommer kühl halten. Sind die Griechen nicht nackt, so findet man sie umhüllt von schweißgetränktem Wolltuch.

Von seinem Vater hatte Milo die Neigung – nicht unbedingt das Talent – zur Intrige geerbt. Mit Genuß verbreitete er sich über die verfilzten Beziehungen bei Hofe. »Alle möchten, daß bei Darius' Tod Artobasanes der Nachfolger wird, weil er der älteste Sohn ist. Außerdem ist er der Enkelsohn von Gobryas, der noch immer meint, anstelle von Darius hätte *er* der Große König sein sollen. Aber die anderen fünf Edlen wählten nun einmal Darius.«

»Das mußten sie. Darius ist der Achämenide. Er ist der Neffe von Kyrus dem Großen.«

Milo sah mich mitleidig an. Ja, selbst die Knaben verstanden sich in Susa auf solche Blicke. Bei Hofe möchten auch sie, daß man glaubt, sie seien tief in tiefste Geheimnisse eingeweiht.

»Darius«, sagte Milo, »ist mit Kyrus nicht mehr verwandt als du oder ich. Gewiß sind alle persischen Adligen miteinander verwandt. So hat er wahrscheinlich etwas Achämenidenblut in seinen Adern, genau wie ich durch meine persische Mutter und du durch deinen Vater. Allerdings ist das bei *dir* nicht wirklich so, weil die Spitamas nicht wirklich adlig sind. Sie sind ja nicht einmal wirklich persisch, stimmt's?«

»Unsere Familie steht höher als jede Adelsfamilie. Wir sind heilig.« Schon war ich des Propheten Enkelsohn. »Wir sind auserwählt durch den Weisen Herrn, welcher zu mir gesprochen hat –«

»Kannst du wirklich Feuer essen?«

»Ja«, sagte ich. »Und ich kann auch Feuer speien, wenn ich göttlich inspiriert oder sehr zornig bin. Aber erzähl mir – wenn Darius nicht mit Kyrus verwandt ist, wie ist er dann Großer König geworden?«

»Weil er mit eigenen Händen den Magian-Kanzler getötet hat, der sich als Kyrus' Sohn ausgab und alle Welt täuschte.«

»Aber vielleicht war der Magian tatsächlich der Sohn von Kyrus.« Trotz meiner jungen Jahre hatte ich ein Gespür für den Lauf der Welt.

Milos Gesicht wirkte plötzlich sehr griechisch – dorisch-griechisch. Die blauen Augen rundeten, die rosigen Lippen teilten sich. »Wie konnten die Menschen eine solche Lüge verbreiten?«

»Sie sind nun einmal so.« Ich gab mich weltlich. »*Ich* allerdings kann nicht lügen, weil ich der Enkelsohn Zarathustras bin.« Jetzt spielte ich den Überlegenen, zeigte mich angewidert. »Aber andere können lügen, und sie tun's.«

»Nennst du den Großen König einen Lügner?«

Ich erkannte die Gefahr und wich behutsam beiseite. »Nein. Darum war ich ja um so überraschter, als *du* ihn gerade einen Lügner nanntest. Schließlich behauptet *er* doch, ein Achämenide und mit Kyrus verwandt zu sein, während du deinerseits erklärst, eben das sei er nicht.«

Milo wirkte tief verwirrt und beunruhigt. »Zu lügen ist völlig unmöglich für einen persischen Edlen wie den Vater meiner Mutter. Oder für einen athenischen Tyrannen wie mich ...«

»Du meinst, für einen Tyrannen, wie dein Onkel einer *war*.«

»Er ist es noch. Athen ist immer noch unsere Stadt. Denn Athen war nichts, bevor mein Großvater Pisistratus Tyrann wurde, und das wissen auch alle, gleichgültig, was die Dämagogen in der Versammlung sagen. Jedenfalls ist der Große König ein Achämenide, wenn er das behauptet. Er kann nicht lügen. Ich wollte ja bloß sagen, daß wir alle Achämeniden sind. Mit ihnen verwandt, meine ich. Vor allem Gobryas und seine Familie und Otanes und seine Familie und –«

»Dann habe ich dich wohl mißverstanden.« Ich ließ ihn durch die Maschen schlüpfen. In Susa gilt es, sich noch vor dem ersten Bartwuchs zum geübten Höfling zu mausern. Die Welt eines Königshofs ist ein überaus gefährliches Pflaster: Ein einziger Fehltritt kann den Tod – oder Schlimmeres – zur Folge haben.

Mir war schon so manches darüber zu Ohren gekommen, wie Darius den falschen Sohn von Kyrus gestürzt hatte. Allerdings hörte ich an diesem Tag zum erstenmal laut und deutlich, daß Darius wohl gar nicht mit Kyrus verwandt sei; und so verdankte ich dem eher beschränkten Milo eine wichtige und für mich höchst interessante Neuigkeit.

Die Tatsache, daß Darius genauso ein Usurpator war wie der Magian, den er gestürzt hatte, ließ mich vieles, was die Parteiungen bei Hofe betraf, besser verstehen. Ich begriff jetzt, warum Darius' Schwiegervater Gobryas seinerseits hatte Großer König werden wollen. Er war älter als Darius und, als einer der Sechs, von gleichermaßen edlem Geblüt. Doch wurde er von Darius überlistet. Gobryas akzeptierte Darius als Großen König unter der Bedingung, daß der Thron später seinem Enkel Artobazanes vorbehalten sei. Aber Darius nahm flugs des Kyrus Tochter Atossa zur zweiten Gemahlin. Und zwei Jahre danach kam, am selben Tag desselben Jahres wie ich selbst, beider Sohn Xerxes zur Welt. Mochte des Darius' Verwandtschaftsgrad mit den Achämeniden auch höchst »dürftig« sein, über die Abstammung seines Sohnes Xerxes ließ sich nicht streiten. *Er* war der Enkel von Kyrus dem Großen; er war der Achämenide.

Bei Xerxes' Geburt spaltete sich der Hof in die Partei der Königin Atossa und in jene von Gobryas' Tochter. Die Sechs neigten zu Gobryas, indes die übrigen Adligen – und auch die Magians – zu Atossa tendierten. Meine Mutter behauptet, Darius habe gleichsam jeden gegen jeden aufgewiegelt, damit niemand Zeit und Gelegenheit finde, gegen ihn zu intrigieren. Das klingt mir ein wenig simpel, und ein einfaches oder gar einfältiges Gemüt besaß Darius wahrhaftig nicht. Dennoch bleibt festzustellen, daß Darius zunächst die eine, dann die andere Partei zu favorisieren schien.

Susa bildete auch die Szene für einen weiteren internen Kampf. Da die Magians, welche die Dewas anbeteten, in der Mehrzahl waren, setzten sie alles daran, jene Handvoll Magians zu unterdrücken, die der Lehre Zarathustras folgten. Die Anhänger der Lüge hatten die Hilfe der Königin Atossa. Die Anhänger der Wahrheit hätten die Unterstützung des Großen König haben *sollen*. Aber Darius ließ sich nicht festlegen. Wie liebevoll sprach er doch von meinem Großvater! Aber dann gab er den Juden Geld für den Wiederaufbau ihres Tempels in Jerusalem, den

Babyloniern die Mittel für Instandsetzungsarbeiten an ihrem Tempel von Bel-Marduk und so weiter.

Obwohl ich zu jung war, um in diesem Religionskrieg eine aktive Rolle zu spielen, erschien den Dewa-Anbetern meine Anwesenheit bei Hofe schier unerträglich. Und ihrem Einfluß bei der Königin Atossa hatten Lais und ich es zu verdanken, daß wir eingepfercht worden waren in den engen Raum beim Hühnerhof – aus dem man uns, dank Hystaspes, schließlich erlöste. Offenbar hatte er an seinen Sohn geschrieben, um etwas über meine Fortschritte in der Palastschule zu erfahren. Nun erst begann sich etliches an unserem Leben hier zu ändern. Und zweifellos war es Hystaspes' Brief zuzuschreiben, daß Lais und mir das erspart blieb, was man das Fieber nennt: eine mysteriöse Krankheit, die unausweichlich jene dahinrafft, welche am Hofe mächtige Feinde haben.

An einem hellen Frühlingsmorgen trat in meinem Leben abermals eine Änderung ein, völlig zufällig, sofern man nicht gleich das Schicksal bemüht – die einzige Gottheit, die ihr Griechen ernst zu nehmen scheint.

Mit gekreuzten Beinen saß ich im hinteren Teil des Unterrichtsraums, wie stets – und meist mit Erfolg – bemüht, in gar keiner Weise aufzufallen. Ein Magian-Lehrer langweilte uns mit einem religiösen Text, an den ich mich nicht mehr erinnere. Wahrscheinlich handelte es sich um eine der endlosen Hymnen auf die Fruchtbarkeit von Anahita, welche die Griechen Aphrodite nennen. Alle bei Hofe wußten, daß die Königin Atossa eine Anbeterin von Anahita war, und Magians sind stets darauf bedacht, den Mächtigen zu schmeicheln.

Auf ein Zeichen des Lehrers hob die Klasse zum Lobgesang auf Anahita an. Ich allerdings blieb stumm. So hielt ich es stets, wenn zum Ruhm und zur Ehre einer Dewa-Gottheit gesungen wurde; und die Magian-Lehrer taten immer so, als merkten sie nichts. Doch an diesem Morgen war das anders.

Plötzlich unterbrach der Magian sein Seufzen und Stöhnen. Die Klasse verstummte. Der Blick des alten Mannes traf auf mich. War dies ein Zufall, war es Schicksal? Ich werde es niemals wissen. Ich weiß nur, daß ich diesen Blick als Herausforderung empfand. Ich erhob mich, bereit zum . . . Ja, wozu? Vermutlich zum Kampf.

»Du hast nicht mitgesungen, Cyrus Spitama.«

»Nein, Magian, habe ich nicht.«

Köpfe ruckten zu mir herum, ich sah die verblüfften Gesichter. Milo schien die Maulsperre zu haben. Mein Verhalten war höchst respektlos.

»Warum nicht?«

Ich nahm eine Pose ein, wie ich sie wohl tausendmal bei meinem Großvater gesehen hatte, wenn er vor dem Feueraltar in Baktra stand:

Sorgsam setzt man ein Bein vor das andere und streckt beide Arme mit aufwärts gekehrten Handflächen nach vorn.

»Magian!« Ich imitierte die Stimme Zarathustras, so gut ich konnte. »›Ich opfere nur der unvergänglichen, strahlenden, rösserschnellen Sonne. Denn wenn sich die Sonne erhebt, so wird die vom Weisen Herrn erschaffene Erde rein. Und rein wird auch das strömende Wasser. Und das Wasser in den Brunnen. Und das Wasser im Meer. Das stehende Wasser wird rein. Alle heiligen Geschöpfe werden rein.‹«

Zur Abwehr des Bösen hob der Magian beide Hände, während meine Mitschüler mich entgeistert und entsetzt anstarrten. Selbst dem Dümmsten war klar, daß ich die rösserschnelle Sonne anrief, mein Zeuge zu sein.

»›Sollte die Sonne sich nicht erheben‹«, fuhr ich mit meiner Beschwörung fort, »›so werden die Dewas in der Welt der Dinge alles zerstören. Er aber, der ein Opfer darbringt der unvergänglichen, strahlenden, rösserschnellen Sonne, er wird widerstehen der Dunkelheit und den Dewas und jenem Tod, der ungesehen herbeikriecht ...‹«

Der Magian murmelte Bannsprüche gegen mich.

Aber ich konnte nicht aufhören, selbst wenn ich es gewollt hätte. Mit lauter Stimme schleuderte ich die Wahrheit gegen die Lüge. »›So wie du stehst für Ahriman und alles, das böse ist, so rufe ich der Sonne zu, daß du vernichtet werden mögest in der Zeit der langen ...‹«

Aber ich brachte mein Anathema nicht zu Ende.

Mit einem Schrei flüchtete der Magian davon, und die anderen folgten ihm.

Ich erinnere mich, daß ich lange allein im Klassenraum stand, zitternd wie junges Laub im Frühlingswind.

Wie ich zurückgelangte zu unserem Gemach, weiß ich nicht mehr.

Aber ich weiß, daß alles, was ich gesagt und getan hatte, sich in Windeseile durch den ganzen Palast verbreitete, und kurz vor Einbruch der Dunkelheit wurde ich zur Königin Atossa befohlen.

4

Man sagt vom Palast in Susa, daß niemand weiß, wohin dort all die Korridore führen. Das will ich wohl glauben. Es heißt auch, der Palast enthalte genau zehntausend Räume; was ich sehr bezweifle. (Würde man Herodot diese Geschichte erzählen, so wären's bei ihm, wette ich, im Handumdrehen zwanzigtausend Gemächer.)

Ich erinnere mich, daß ich durch endlos lange, enge, stickige, düstere Gänge geführt wurde, deren dunkelfleckiges Fußbodenrot etwas Drohendes hatte. Eine Ewigkeit, so schien mir, wanderten wir dahin, ohne die Frauenquartiere ein einziges Mal zu verlassen, jenen Harem, der mir schon bald verwehrt sein sollte: Mit sieben Jahren werden persische Knaben von dort entfernt und der Obhut der männlichen Familienmitglieder anvertraut. Da ich in Susa außer Lais keine Verwandten hatte, durfte ich bis zum schon recht fortgeschrittenen Alter von neun Jahren im Harem bleiben. Allerdings läßt sich kaum behaupten, wir hätten am Haremsleben teilgenommen. In unserer schäbigen Unterkunft sahen wir nur Bedienstete, nie jedoch irgendwelche Hofdamen.

An der Tür zu den Privatgemächern von Königin Atossa nahmen mich zwei ungewöhnlich große und dünne babylonische Eunuchen in Empfang. Einer von ihnen schärfte mir ein, wie ich mich zu verhalten hatte. Vor dem Eintritt der Königin müsse ich mich mit dem Gesicht nach unten auf einen üppigen indischen Teppich legen. Trat sie dann ein, so hatte ich mich kriechend zu ihr zu bewegen, um ihren rechten Fuß zu küssen. Anschließend sollte ich still auf dem Boden verharren und Befehle abwarten. Forderte sie mich nicht zum Aufstehen auf, so hatte ich mich, sobald entlassen, rückwärts kriechend zur Tür zu bewegen. Auf gar keinen Fall durfte ich sie direkt ansehen. Dies ist die Art und Weise, in der sich der Niedere dem Großen König – oder der Person, die an seiner Stelle steht – zu nähern hat. Mitglieder der königlichen Familie wie auch des Adels müssen sich tief verneigen, indes sie, als Zeichen der Unterwürfigkeit, dem Souverän die rechte Hand küssen. Mitunter gewährt der Große König jemandem die Gunst eines Kusses auf seine Wange.

Am Hofe des Darius war das Protokoll besonders streng – wie meist, wenn der Monarch kein geborener Thronfolger ist. Obwohl der Hof von Xerxes, des Darius' Sohn, weit glanzvoller war als der seines Vaters, wurde das Protokoll dort lockerer gehandhabt. Als Sohn und Enkelsohn Großer Könige brauchte Xerxes die Welt nicht an seine eigene Größe zu erinnern. Dennoch ist mir oft der Gedanke gekommen, daß er vielleicht länger gelebt hätte, wäre ihm angesichts seiner Herrschergewalt ähnlich beklommen zumute gewesen wie seinem Vater. In puncto Schicksal indes kann man nun mal nicht gewinnen – dies verkünden jedenfalls die Athener unaufhörlich in den Tragödien, die sie dauernd höchst kostspielig auf ihren Bühnen inszenieren. Im Scheitelpunkt seines Ruhms ereilt den Glatzköpfigen das Fatum in Form einer Schildkröte, die ein Adler auf seinen lichten Schädel fallen läßt.

Lais sagt, mit acht Jahren sei ich der unverwechselbare, der wahre Erbe Zarathustras gewesen – und so weiter und so fort. Zwar sieht sie das mit mütterlichen Augen, aber auch anderen erschien ich offenbar ungewöhnlich selbstsicher und selbstbewußt. Machte ich wirklich diesen Eindruck? Nun, dann muß ich ein ungemein begabter Schauspieler gewesen sein, denn meist befand ich mich in einem Zustand der Angst – ganz besonders an diesem fröstligen Abend, da ich mit dem Gesicht nach unten auf dem roten und schwarzen Teppich im Gemach der Königin lag und auf ihren Eintritt wartete.

Es war ein kleiner Raum, und das einzige Mobiliar bestand aus einem Elfenbeinstuhl mit silberner Fußbank. Überdies fand sich eine kleine Statue der Göttin Anahita. Vor der Statue räucherte Weihrauch in metallener Schale. Ich atmete die schwere Luft ein und erschauerte unwillkürlich. Mit aller Schärfe wurde mir klar, wo ich mich befand: in den Händen einer Dewa-Anbeterin.

Lautlos öffnete sich eine Tür aus geschnitztem Zedernholz. Mit einem Rascheln trat die Königin Atossa ein und setzte sich auf den Elfenbeinstuhl. Ich kroch auf sie zu, die Nase bald in dieser, bald in jener Falte des üppigen Teppichs. Endlich erblickte ich, nebeneinander auf der Fußbank, zwei goldene Pantoffeln. In meiner Verwirrung küßte ich den linken. Doch die Königin schien es nicht zu bemerken.

»Steh auf.« Atossas Stimme war fast so tief wie die eines Mannes. Sie sprach noch das elegante alte Persisch des früheren Hofs von Anschan, das man heutzutage in Susa – oder wo immer sonst – kaum mehr vernimmt. Wenn man Atossa lauschte, so pflegten die alten Höflinge zu sagen, so vernahm man wieder die Stimme des toten Kyrus.

Sorgfältig darauf bedacht, die Königin nicht direkt anzuschauen, musterte ich sie aus den Augenwinkeln. Sie bot einen verblüffenden Anblick. Nicht größer als ich, glich sie einer zerbrechlichen Puppe, auf deren Hals, höchst unproportioniert, der große Kopf des Kyrus saß: jener Kopf mit der gebogenen Achämeniden-Nase, die mich so sehr an einen Hahn auf unserem Hühnerhof erinnerte, daß ich unwillkürlich schlitzartige Nasenlöcher auf dem Nasenrücken erwartete.

Atossas Haar (oder Perücke) war rotgefärbt; und das fahle Grau ihrer Augen fand sich eingebettet – nein, nicht in ein normales Weiß, sondern in ein Rot, so feurig wie ihr Haar. Sie litt an einer unheilbaren Augenkrankheit, hatte jedoch das Glück, niemals zu erblinden. Dicke, weißliche Schminke bedeckte ihr Gesicht, angeblich – so erzählte man sich jedenfalls, um einen recht männlichen Bartwuchs zu verbergen. Sie hatte zierliche, mit einer Unzahl von Ringen geschmückte Hände.

»Du bist nach meinem Vater, dem Großen König benannt worden.« Nach den Gepflogenheiten des alten Hofes konnte ein Mitglied der königlichen Familie unmöglich eine Frage stellen. Für jeden, der das höfische Leben nicht gewohnt war, konnte ein Gespräch deshalb äußerst verwirrend sein – klang eine direkte Frage doch wie eine Feststellung, während die Antworten hinwiederum wie Fragen klangen.

»Ich bin nach deinem Vater benannt worden.« Sodann betete ich sämtliche Titel Atossas her, die obligatorischen wie die optionalen. Lais hatte mich darin genauestens unterwiesen.

»Ich kannte deinen Vater«, sagte die Königin, als ich fertig war. »Deinen Großvater hingegen kannte ich nicht.«

»Er war der Prophet des Weisen Herrn, welcher der einzige Schöpfer ist.«

Zwei Augenpaare richtete sich kurz auf die lächelnde Statue von Anahita. Wie eine blaue Schlange ringelte zwischen Atossa und mir der Weihrauch empor.

»Das hast du auch im Klassenraum gesagt. Du hast deinen Lehrer erschreckt. Verrate mir jetzt die Wahrheit, Knabe. Hast du ihn mit einem Fluch belegt?« Dies war nun wirklich eine Frage, ganz im Stil des modernen Hofes.

»Nein, Große Königin. Ich besitze nicht die Macht – nicht daß ich wüßte«, fügte ich hinzu. Auf eine mögliche Waffe wollte ich keinesfalls verzichten. »Ich diene nur dem Weisen Herrn und seinem Sohn, dem Feuer.« War ich mit meinen acht Jahren tatsächlich schon so klug, so altklug? Keineswegs. Doch hatte mich Lais eingehend instruiert. Sie war entschlossen, in Susa nicht nur zu überleben, sondern zu herrschen.

»Mein Vater, der Große König Kyrus, betete die Sonne an. Also betete er das Feuer an. Doch galt seine Verehrung auch anderen hohen Göttern. Er hat den Tempel von Bel-Marduk bei Babylon instandsetzen lassen. Er hat für Indra und Mithra Tempel errichtet. Und er selbst wurde sehr von der Göttin Anahita geliebt.« Atossa wies mit dem Kopf zur Bronzestatue. Der Hals des Bildnisses war mit frischen Sommerblumen bekränzt. Dies empfand ich als ein Wunder wahrhaft beklemmender Art. Ich wußte nicht, daß man in Susa den ganzen Winter über in geschützten Räumen Pflanzen hegt, eine von den Medern erfundene luxuriöse Kunst.

Atossa befragte mich über meinen Großvater. Ich berichtete ihr über seine Offenbarungen, was ich wußte. Ich schilderte auch seinen Tod. Besonders beeindruckt zeigte sie sich, als sie erfuhr, daß ich persönlich die Stimme des Weisen Herrn vernommen hatte.

Obwohl Atossa und ihre Magians Anhänger der Lüge waren, mußten sie sich doch zu der Erkenntnis bequemen, daß der Weise Herr ein ungewöhnlich mächtiger Gott war, und sei es auch nur, weil der Große König selbst verkündet hatte, daß seine Krone und seine Siege Geschenke des Weisen Herrn an ihn seien. Da Atossa ihrem Gemahl, Darius, nicht gut widersprechen konnte, ging sie die ganze Sache mit großer Behutsamkeit an.

»Zarathustra genießt hier Verehrung«, versicherte sie, allerdings ohne Überzeugungskraft. »Und natürlich seid ihr beide, du und deine Mutter ...« Sie krauste die Stirn, suchte nach dem richtigen Wort; gebrauchte schließlich die elegante alte persische Wendung, für die es im Griechischen keine Entsprechung gibt; sie bedeutet soviel wie: »... uns auf verwandtschaftliche Weise überaus teuer.«

Ich verbeugte mich tief. Was sollte ich jetzt sagen? Auf solchen Ausbruch von Höflichkeit war ich von Lais nicht vorbereitet worden.

Doch Atossa erwartete keine Antwort. Für einen langen Augenblick starrte sie mich aus ihren merkwürdigen, blauroten Augen an. »Ich habe beschlossen, euch ein besseres Quartier zu geben. Du mußt deiner Mutter sagen, wie überrascht ich war, als ich hörte, daß ihr im alten Teil des Palastes untergebracht seid. Das war ein Irrtum. Jene, auf deren Konto er kommt, sind bestraft worden. Du kannst ihr auch ausrichten, daß ich sie, bevor der Hof nach Ekbatana übersiedelt, empfangen werde. Überdies ist entschieden worden, daß du fortan die erste Abteilung der Palastschule besuchen wirst. Gemeinsam mit den königlichen Prinzen sollst du Unterricht genießen.«

Prompt zeigte ich wohl mein Entzücken, denn prompt zeigte sich die Königin weniger entzückt.

Jahre später, als Atossa und ich Freunde waren, verriet sie mir, daß die eigentliche Entscheidung, Lais' und meine eigene Lage zu bessern, von Darius persönlich stammte. Offenbar hatte einer der Botschaften meiner Mutter Hystaspes erreicht. Zornig hatte dieser seinem Sohn Vorhaltungen gemacht, woraufhin Darius Atossa Anweisung gab, uns mit allen uns zukommenden Ehren zu behandeln.

»Aber«, sagte Atossa zwanzig Jahre später und bedachte mich mit ihrem charmantesten schwarzzahnigen Lächeln, »ich hatte keinesfalls die Absicht, dem Großen König zu gehorchen. Ganz im Gegenteil. Ich wollte dich und deine Mutter töten. Du mußt verstehen, daß ich völlig unter dem Einfluß jener bösen Magians stand. Schwer zu glauben, nicht? Wie sie doch unsere Gedanken vergifteten gegen den Weisen Herrn und Zarathustra und die Wahrheit! Ich war ja tatsächlich eine Anhängerin der Lüge!«

»Und bist es noch!« Privat war ich Atossa gegenüber immer sehr keck, was sie amüsierte.

»Niemals!« Sie schien ein Lächeln zu unterdrücken. »Jedenfalls – was euch rettete, war die Szene, die du im Klassenraum machtest. Bis dahin hatte kaum jemand von dir und deiner Mutter gehört. Als sich dann jedoch die Kunde verbreitete, daß Zarathustras Enkelsohn im Palast war und Flüche gegen die Magians schleuderte, da... Nun, da konnte man euch nicht mehr ignorieren, geschweige denn töten.

Ich meine, hätte man dich und deine Mutter erdrosselt auf dem Grund eines Brunnenschachtes gefunden – und das war mein Plan, das Fieber braucht zu lange –, so hätten mich Darius' andere Frauen bezichtigt, und das hätte ihn irritiert. Folglich mußte ich meinen Kurs ändern. So wie Lais darauf bedacht war, euer beider Leben zu retten, so war es meine Absicht, meinen ältesten Sohn zu Darius' Thronfolger zu machen. Wäre ich in Ungnade gefallen, so hätte nicht mein Sohn die Nachfolge angetreten, sondern Artobazanes, der nicht einen Tropfen königliches Blut in seinen Adern hatte – genausowenig wie Darius.«

»Oder wie Kyrus der Große«, ergänzte ich. Bis zu einem gewissen Punkt übte die alte Atossa stets Nachsicht.

»Kyrus war der erbliche Fürst der Hochland-Klans.« Atossa war von heiterer Gelassenheit. »Er wurde als Achämenide geboren. War rechtmäßiger Herr von Anschan. Was den Rest der Welt betrifft ... Nun, er eroberte ihn auf normale Weise, und wäre sein Sohn Kambyses nicht ... gestorben, so hätte es keinen Darius gegeben. Aber das ist Vergangenheit. Jetzt ist Xerxes Großer König, und alle Dinge haben sich zum Besten gewendet.«

Atossa urteilte voreilig, wir wissen es. Am Ende wendete sich alles zum Schlechten. Eben dies ist das Üble in der Natur der Dinge: daß sie enden.

Lais und ich zogen in den neuen Palast um. Wir waren (was wir nicht gewußt hatten) in einem Teil der Küche des alten Palastes einquartiert gewesen. Nunmehr besuchte ich die erste Abteilung der Palastschule, doch meinen genauen Altersgenossen Xerxes sollte ich dann erst im Sommer kennenlernen, nachdem der Hof nach Ektabana übergesiedelt war.

Die erste Abteilung unterschied sich von der zweiten praktisch nur in einem Punkt: Es gab dort keine griechischen Knaben, mit denen ich mich unterhalten konnte. Ich vermißte sie. Gewiß, ich wurde von den jungen persischen Adligen keineswegs schlecht behandelt, aber irgendwie fühlte ich mich doch fremd. Nun denn, das ließ sich kaum ändern. Zum einen war ich ja nicht von Adel, und zum andern machte mein sonderbarer Status als Enkelsohn von Zarathustra sowohl Lehrer als auch Schüler beklommen.

Wegen des Anathemas, das ich gegen den alten Magian geschleudert hatte, glaubte man mich im Besitz übernatürlicher Kräfte; und wenn ich – eine Zeitlang – auch bestritt, irgendwie anders zu sein als die anderen, so begriff ich doch bald, daß das Geheimnis der Macht – oder in diesem Fall: der Magie – nicht in ihrer Ausübung, sondern in ihrer Aura liegt. Wenn es meine Klassenkameraden also danach verlangte, in mir eine Art Wunderwirker zu sehen, warum sollte ich ihnen dann nicht ihren Willen lassen. Auch fand ich es mitunter zweckmäßig, ganz plötzlich den Weisen Herrn zu *schauen* – woraufhin meine Magian-Lehrer dann erschauerten und es mir erspart blieb, rezitieren zu müssen, was ich nicht rezitieren wollte. Alles in allem brachte mir diese Schauspielerei einen nicht unbeträchtlichen Vorteil. Wenn man sich bei Hofe nicht auf eine einflußreiche Familie stützen kann, ist es ratsam, ein Protegé des Weisen Herrn zu sein.

Die Königin Atossa hielt ihr Versprechen. Bevor der Hof nach Ektabana zog, empfing sie Lais. Und zeigte sich hocherfreut, weil diese ihr nicht mit frommen Sprüchen über »Wahrheit wider Lüge« in den Ohren lag. Lais verfügt seit jeher über das Talent, genau zu wissen, was die Leute am liebsten hören wollen. Sie kann jeden bezaubern. Zweifellos würde sie selbst dies der Hexenkunst zuschreiben, ich meinerseits glaube allerdings, daß sie ganz einfach mehr Intelligenz besitzt als andere – der allergrößte Zauber.

Da die Königin eine Anhängerin der Hexenkunst war, versorgte Lais sie mit allen möglichen Säften und Zauberformeln und sonstigem thrakischen Unsinn – von geheimnisvollen Arzneien und Giften ganz zu schweigen. Aber trotz der Gönnerschaft der Königin beruhte Lais' Position bei Hofe auf der Tatsache, daß sie die Mutter des Enkels von Zarathustra war, der Geißel von jeder Art von Dewa – von Magie gar nicht erst zu reden. So verhielt ich mich denn zweckentsprechend: Wann immer ich die Königin und Lais dabei überraschte, wie beide, Sprüche murmelnd, in einen rauchenden Kessel starrten, beschied ich mich mit Lais' Erklärung, daß beide ja nur mit irgendeiner exotischen Medizin experimentierten. Schon früh begriff ich, wie das bei Hofe war: *ungesagtes* Wort verwandelt sich nicht wie durch – ja, wie durch Zauberei in einen scharfen Dolch im Dunkeln noch in einen Trank langsam wirkenden Gifts.

5

Der Hof verließ Susa in vier Kontingenten. Da der Harem immer am langsamsten vorankam, brachen Frauen und Eunuchen als erste auf. Lais reiste im Troß der Königen Atossa, natürlich in einer Sänfte. Sie war jetzt bei Hofe eine wichtige Dame. Dem Harem folgten der Schatz und die Ausrüstung des Großen Königs. Sodann kamen die Kanzleischreiber mit ihrer Unmasse von Akten. Schließlich brachen auch die Staatsbeamten, die Gesetzesträger, die Adligen und der Große König auf, und zwar zu Pferde oder auf einem Streitwagen. Dank Milo, reiste ich mit den Adligen auf einem Streitwagen, den vier Pferde zogen.

Kurz nachdem ich der ersten Abteilung der Palastschule zugeteilt worden war, bestand Thessalus darauf, daß auch seinem Sohn dieses Privileg zuteil werde: Der Neffe des Tyrannen von Athen sei einem persischen Adligen oder Priester unbedingt ebenbürtig. So war denn Milo zu uns gekommen, und ich hatte wieder jemanden, mit dem ich griechisch sprechen konnte. Als dann der Aufbruch nach Ekbatana bevorstand, forderte Thessalus mich auf, mit ihm und Milo zu reisen.

Wir verließen Susa bei Sonnenaufgang. Beide Flüsse waren hochgeschwollen. Weißlich geflecktes Wasser trieb schnell: Im Zagros-Gebirge hatte die Schneeschmelze eingesetzt. Und doch würden, in nur einem Monat, beide reißenden Flüsse kaum mehr sein als schlammige Rinnsale. Ich kenne keinen anderen Ort auf der Welt, der so heiß ist wie Susa im Sommer – und ich habe in Indien gelebt; oder so kalt wie Susa im Winter – und ich habe den hohen Himalaya überquert.

Thessalus lenkte den Kampfwagen mit den vier Rössern selbst. Er hatte das Wagenrennen bei den Olympischen Spielen gewonnen, und genau wie Kallias war er in diese Sache völlig vernarrt. Da ist irgend etwas an diesen alle vier Jahren ausgetragenen Spielen, das selbst den intelligentesten Griechen den Verstand verdunkelt. Hätte man Thessalus vor die Wahl gestellt, entweder Tyrann von Athen oder aber Sieger bei der neunundreißigsten Olympiade zu sein, er hätte, glaube ich, das Gekränze aus Olivenzweigen vorgezogen.

Die langsamen Sänften und Wagen des Harems brauchen für die Reise von Susa nach Ekbatana mindestens ein Dutzend Tage. Bei zwei Knaben in der Obhut eines Meisterwagenlenkers waren nicht mehr als vier Tage anzusetzen. Im übrigen sah ich bei dieser Gelegenheit zum erstenmal das großartige Straßensystem, das Darius schuf. Die Straßen, außerhalb Susas, führen nach Norden, nach Südwesten, nach Osten. Alle zehn oder fünfzehn Meilen gibt es eine Posthalterei sowie ein Gasthaus und Stallungen. Um diese Zwischenstationen herum findet man meist kleine Dörfer.

Bei unserem ersten Halt erblickte ich, durch die weißen und roten Blüten von tausend blühenden Obstbäumen hindurch, die Holzhütten einer neuen Siedlung. Oberhalb von Susa ist das Land ungewöhnlich fruchtbar.

Thessalus' hohem Rang entsprechend wies der Wirt uns einen kleinen Raum mit niedriger Decke und Lehmfußboden zu. Geringere Adlige mußten mit Schuppen und Viehställen vorliebnehmen – oder gar im Freien unter den Sternen schlafen.

Männer von hohem Rang reisen in der Regel zwar mit eigenen Zelten, eigenem Mobiliar sowie einem Pulk von Sklaven, doch Thessalus wünschte, daß wir so reisten »wie richtige Soldaten. Weil es das ist, was ihr beide eines Tages sein werdet.«

»Nicht Cyrus«, sagte Milo. »Der wird Priester. Dauernd betet er und denkt sich Verwünschungen aus.« An die Stadt seiner Geburt konnte Milo kaum eine Erinnerung haben; dennoch entsprach seine spöttische Art ganz der athenischen. Das liegt denen wohl so im Blut.

Thessalus musterte mich interessiert. »Du bist ein geborener Magian?«

»Nein, bin ich nicht. Ich bin ein Perser . . .«

»Er ist kein Perser. Er ist ein Meder.« Milo war taktlos. Bei Hofe galt es niemals als geschmackvoll, die Tatsache zu erwähnen, daß der Prophet, den der Weise Herr geschickt hatte, um die Perser zu bekehren, nicht ein Perser gewesen war, sondern ein Meder aus Rages. Den Behauptungen mancher Mitglieder unserer Familie zum Trotz, hatte Zarathustra kein persisches Blut in den Adern. Andererseits glaube ich auch nicht, daß wir Meder sind. Vielmehr vermute ich, daß unser Stamm wahrhaft uralt ist – assyrisch, chaldäisch oder sogar babylonisch. Mit Ausnahme meiner selbst sind die Spitamas zu dunkel, zu exotisch, wenn nicht gar zu dämonisch, um Meder zu sein. Ich bin natürlich alles andere als typisch für die Familie. Habe – als Erbteil meiner Mutter – blondes Haar; sehe überhaupt wie ein Grieche aus.

In einer Art Ofen brachte Thessalus Holzkohle zum Glühen. Und dann machte er für uns Soldatenbrot aus gequetschtem, mit Wasser vermischtem Korn. Das Resultat seiner Bemühungen ähnelte in Aussehen wie Geschmack zweifellos einem sonnegetrockneten Kuhfladen.

»Du verfügst über ein großes Erbe«, sagte Thessalus, ein stattlicher Mann, der schon früh eine Perserin aus Milet geheiratet hatte. Seinerzeit waren die Athener nicht weniger gegen Mischehen als heute, und jeder Athener meinte, wenn denn schon ein Mitglied der regierenden Dynastie eine Perserin eheliche, so habe sie zumindest aus großköniglichem Hause zu stammen.

Thessalus soll seine Gattin auf höchst unathenische Weise wahrhaft geliebt haben. Zweifellos war er ein ungewöhnlich leidenschaftlicher Mann. So wild – wennschon kurz – war die Liebe zwischen ihm und dem späteren Tyrannenmörder Harmodius gewesen, daß dies den Lauf der attischen Geschichte beeinflußte.

Ich glaube kaum, daß unter den jetzt Lebenden jemand ist, der genau versteht, was geschah. Elpinike, für gewöhnlich in solchen Dingen ungemein bewandert, nimmt an, daß sowohl Thessalus als auch sein Stiefbruder Hipparchus verliebt waren in Harmodius, den schönen jungen Athleten aus Tanagra. Natürlich schmeichelte Harmodius die Liebe der beiden Brüder des Tyrannen von Athen. Allerdings war Harmodius so eine Art Flittchen. Offiziell galt er als die »Knabenliebe« eines anderen Tanagraners, eines Kavallerieoffiziers namens Aristogeiton. Wie in solchen Dingen üblich in Athen, lag sich nunmehr jeder mit jedem in den Haaren. Aristogeiton war voll Zorn auf die Brüder des Tyrannen, indes Thessalus *seinem* Bruder zürnte, weil dieser versuchte, ihm den Jüngling zu nehmen. Der Jüngling seinerseits... Das Ganze ist ein entsetzlicher Wirrwarr und höchstens für einen Athener von Interesse. Andererseits war es das Ergebnis eben dieses Wirrwarrs, das den Lauf der Geschichte änderte.

Bei einer öffentlichen Zeremonie beleidigte Hipparchus des Harmodius' jungfräuliche Schwester. Er soll geäußert haben, hoffentlich sei sie nicht auch so lüstern wie ihr Bruder. In hellem Zorn suchte Harmodius seinen alten Liebhaber Aristogeiton auf, und beide gelobten, die Beleidigung zu rächen. Beim Großen Pan-Athenischen Fest ermordeten sie dann Hipparchus und versuchten – vergeblich – auch den Tyrannen Hippias zu töten. Zwar wurden sie prompt hingerichtet, doch das Tyrannen-Regime war erschüttert, und Hippias' Lage wurde so schwierig, daß er Thessalus nach Susa schickte, um ein Bündnis mit Darius zu erreichen. Doch hatten sich die Dinge in Athen schon allzu weit entwickelt. Wegen eines Liebesstreits stürzte das Haus von Pisistratus, und in der Agora errichtete man den Liebenden Statuen. Übrigens nahm Xerxes sie, nachdem er Athen erobert hatte, mit nach Hause: nach Susa, wo man sie – auf meinen Rat hin – bei einem Denkmal der Familie Pisistratus aufstellte. Bis auf den heutigen Tag kann man sie sehen, die jungen Mörder, wie sie emporblicken zu jenen guten Tyrannen, die ihre Eifersucht und ihr Wahn aus einer Stadt vertrieb, die niemals wieder so etwas erleben wird wie den langen und ruhmreichen Frieden, welchen die Pisistratiden auf so ehrenhafte Weise bewahrten. Die ganze Angelegenheit ist höchst seltsam. Nur in Athen findet man dieses Gemisch sexueller Leidenschaft und Politik.

Demokrit meint, auch am persischen Hof besäßen die Lieblingsfrauen oder -konkubinen des Großen Königs oft bedeutenden Einfluß. Das ist wahr. Doch wann immer eine unserer Königinnen Macht ausübt, verdankt sie das weniger ihren sexuellen Reizen als vielmehr der Tatsache, daß die Königinnen insgesamt die drei Häuser des Harems beherrschen – und daß jede Königin, unabhängig vom Großen König, ein eigenes großes Einkommen bezieht. Schließlich und endlich kann die Königsgemahlin auch direkt mit jenen Eunuchen verhandeln, welche die Regierungskanzlei kontrollieren. Obwohl ich keinen Mann kenne, der auf weibliche Schönheit so stark reagiert wie Xerxes, wüßte ich doch kein einziges Beispiel, wo seine private Wollust die offizielle Politik gefährdet hätte – oder auch nur beeinflußt. Nun ja, einen solchen Vorfall gab es doch – aber das war gegen Ende seines Lebens. Sollten mir noch genügend Tage vergönnt sein, so will ich davon berichten.

Während wir das »Soldatenbrot« aßen, gab ich mir alle Mühe, Thessalus davon zu überzeugen, daß auch ich ein richtiggehender Soldat werden wollte.

»Es ist das beste Leben«, erklärte Thessalus. »Muß es auch sein. Die Welt ist gefährlich, wenn man nicht kämpfen kann – oder wenigstens eine Armee führen.« Er stocherte in der Holzkohle. »Oder eine Armee *ausheben.*« Er wirkte niedergeschlagen.

Wir alle wußten, daß es Thessalus nicht gelungen war, Darius zur Hilfeleistung für Hippias zu überreden. Seinerzeit schenkte Darius der griechischen Welt kaum Beachtung. Zwar kontrollierte er die griechischen Städte in Kleinasien und übte über eine Anzahl von Inseln wie Samos eine Art Oberhoheit aus; dennoch war der Große König an der westlichen Welt nie sehr interessiert, schon gar nicht nach seiner Niederlage an der Donau.

Was Darius faszinierte, war der Osten. Doch von einer Expedition zum Indus einmal abgesehen, kam er nie dazu, seine Aufmerksamkeit voll dem Osten und dem Osten des Ostens zuzuwenden. Genau wie Kyrus vor ihm, sah er sich über die Maßen in Anspruch genommen von jenen hellhäutigen nördlichen Pferdemännern, welche unablässig gegen unsere Grenzen drängen. Aber nun ja: Sie sind wir. Vor tausend

Jahren sind die ursprünglichen Arier von Norden herabgestoßen und haben die versklavt, die wir auch jetzt noch die Schwarzhaarigen nennen, die eigentlichen Bewohner von Assyrien und Babylonien. Jetzt, als Meder und Perser, sind die Stammesangehörigen zivilisiert, und unser Klanführer ist der Große König. Inzwischen werden wir neidisch beäugt von unseren Vettern aus der Steppe; sie warten auf ihre Chance.

Thessalus sprach sehnsüchtig von Athen, und trotz meiner Jugend begriff ich, daß er damit eine ganz bestimmte Absicht verband. Die Königin Atossa war die Freundin meiner Mutter. Was immer ich aufschnappte, würde auch die Königin erfahren. »Hippias ist ein guter Freund Persiens. Seine Feinde in Athen sind Persiens Feinde und Spartas Freunde.« Seine gerunzelte Stirn wurde rosig vom Holzkohlenfeuer überhaucht. »Hippias braucht die Hilfe des Großen Königs.«

Vor dem Gasthaus rief jemand: »Weg frei für den Boten des Großen Königs!« Klirrende Geräusche zeigten an, daß ein Pferdewechsel vorgenommen wurde. Schon in der damaligen Zeit konnten Königliche Boten die fünfzehnhundert Meilen von Susa nach Sardis in weniger als einer Woche zurücklegen. Darius pflegte zu sagen, die eigentliche Stütze seines Reiches seien nicht seine Armeen, sondern seine Straßen.

»Eines Tages wird sich Sparta mit den Feinden meines Bruders in Athen verbünden. Und dann werden sie gemeinsam Persien angreifen.«

Selbst in den Ohren eines Kindes klang dies absurd. Persien, das war eine ganze Welt. Von Sparta hatte ich kaum eine Vorstellung. Ich wußte nur, daß es griechisch war und klein und schwach und weit weg. Außerdem wußte ich noch, daß die Perser ausnahmslos die Griechen besiegten. Das war ein Naturgesetz.

»Mein Bruder Hippias ist alles, was zwischen Persien und Sparta steht.« Ich glaube nicht, daß Thessalus allzu viel Intelligenz besaß. Aber da er starb, bevor ich erwachsen war, lernte ich ihn nie von Mann zu Mann kennen. Allerdings kam ich häufig mit seinem Bruder Hippias in Berührung, als sich der Tyrann in Persien in seinem langen Exil befand. Hippias war nicht nur ein eindrucksvoller Mensch, er war überdies gelehrt.

»Weshalb ist Sparta so gefährlich?« fragte ich.

»Die Spartaner leben für den Krieg. Sie sind nicht wie andere Völker. Sparta ist eine Kaserne, nicht eine Stadt. Sie wollen ganz Griechenland erobern. Sie beneiden Athen. Und sie haßten unseren Vater, Pisistratus, weil er von allen Menschen und von allen Göttern geliebt wurde. Schließlich war es ja die Göttin Athene, die meinen Vater die Akropolis hinaufführte und, vor allen Bürgern, ihm und seinen Erben die Macht über die Stadt verlieh.« Ich weiß nicht, ob Thessalus diese Geschichte glaubte. Von den heutigen Athenern glaubt sie gewiß keiner. War man damals leichtgläubiger? Ich bezweifle es.

Die Wahrheit ist, daß Pisistratus und seine Freunde ein hochgewachsenes Mädchen namens Phya dazu überredeten, sich als Athene zu verkleiden. Ich hatte Gelegenheit, ihren Enkelsohn kennenzulernen, der mit Vergnügen zu erzählen pflegt, wie seine Großmutter den Pisistratus auf dem heiligen Wege zum Tempel der Athene auf der Akropolis geleitete. Da die Bürger in ihrer Mehrheit für Pisistratus waren, gaben sie vor, die Komödie zu glauben. Die übrigen schwiegen – aus Furcht.

Später wurde Pisistratus dann aus Athen vertrieben. Er ging nach Thrakien, wo er Silberminen besaß. Eine Zeitlang verband er sich mit meinem Großvater Megakreon. Sobald Pisistratus ein neues Vermögen angehäuft hatte, bestach er die Führer der aristokratischen Partei des Lykurg. Auch bei der kommerziellen Partei des Megakles wirkte sein Geld Wunder. Da er selbst die Partei der einfachen Leute kontrollierte, konnte er nunmehr als Tyrann von Athen zurückkehren, und dort starb er später mit rund siebzig Jahren eines natürlichen Todes. Ihm folgten seine Söhne Hippias und Hipparchus nach.

Was die Ermordung des Hipparchus betrifft, so gibt es zwei Theorien – zwei? Es gibt tausend! Manche meinen, das Motiv der Mörder sei politischer Natur gewesen. Andere glauben, es habe sich ganz einfach um einen blutigen Racheakt zweier Liebhaber gehandelt. Dieser Ansicht bin auch ich. Genau wie Elpinike. Erst kürzlich wies sie darauf hin, daß ja keiner der beiden jungen Männer in Verbindung gestanden habe mit jener berühmten Familie, welche den Kristallisationspunkt bildete für jene Aristokraten, welche die Tyrannei befehdeten. Ich meine natürlich die Abkömmlinge des verfluchten... buchstäblich: verfluchten Alkmeon, der etliche in einem Tempel Zuflucht suchende Männer getötet hatte. Deshalb war er mit einem Fluch belegt worden, der für Generationen vom Vater auf den Sohn übergeht. Übrigens ist Perikles mütterlicherseits ein Alkmeonide. Armer Mann! Zwar glaube ich nicht an die diversen griechischen Götter, doch an die Macht von Verwünschungen glaube ich durchaus. Jedenfalls führte des Alkmeons Enkel Kleisthenes von einem Stützpunkt in Delphi aus die Opposition gegen den populären Hippias.

»Kleisthenes ist ein gefährlicher Mann.« Thessalus' Stimme klang düster. »Überdies ist er undankbar wie alle Alkmeoniden. Als Hippias unserem Vater nachfolgte, gab er Kleisthenes ein wichtiges Amt. Jetzt ist Kleisthenes nach Sparta gegangen, um die Spartaner zu einer Invasion Athens zu bewegen. Er weiß, daß uns nur eine fremde Armee jemals vertreiben könnte. Kein Athener würde es versuchen. Wir sind populär. Die Alkmeoniden sind es nicht.«

Thessalus' Darstellung – sie war nicht unparteiisch –, erwies sich als wahr. Etwa ein Jahr nach diesem Gespräch erschien Kleisthenes mit der spartanischen Armee in Athen, und Hippias wurde gestürzt. Dieser gelobte sodann dem Großen König Bündnistreue. Mit seiner Familie ließ er sich in Sigeum, einer modernen Stadt unweit der Ruinen von Troja, nieder.

Hippias stand des Apollos Priestern in Delphi nah. Auch wachte er mit über jene Mysterien von Eleusis, wo Kallias als erblicher Fackelträger dient. Es heißt, er habe mehr über Orakel gewußt als sonst irgendein Grieche. Er konnte auch die Zukunft voraussagen. Einmal fragte ich den Tyrannen in meiner jugendlichen Unreife und Überheblichkeit, ob er denn seinen eigenen Sturz vorhergesehen habe.

»Ja«, sagte er.

Ich wartete auf eine Erklärung. Er gab keine.

Sei es aus politischem, sei es aus moralischem Anlaß – die Athener zitieren für ihr Leben gern ihren weisen Solon. So will denn auch ich dies tun. Richtigerweise warf Solon nicht dem Pisistratus, sondern den Athenern den Aufstieg des Tyrannen vor. Er sagte . . . was?

Demokritus hat Solons genaue Worte für mich gefunden: »Ihr selbst habt diese Männer groß gemacht durch eure Unterstützung, und deshalb seid ihr in üble Sklaverei gefallen. Jeder von euch geht mit den Schritten eines Fuchses, doch alles in allem genommen, ist euer Geist eitel. Denn ihr seht wohl die Zunge und die Worte eines verschlagenen Mannes, doch die Tat, die geschieht, die seht ihr nicht.«

Eine blendende Analyse des attischen Charakters – und das von einem Athener! Nur eine falsche Note findet sich. Niemand war in üble Sklaverei gefallen. Die Tyrannen erfreuten sich großer Popularität, und wäre da nicht die spartanische Armee gewesen, so hätte Kleisthenes den Hippias niemals stürzen können. Um seine Herrschaft zu konsolidieren, mußte Kleisthenes später jenem Mob, der zuvor die Tyrannen gestützt hatte, alle möglichen politischen Konzessionen machen. Das Ergebnis? Die vielgerühmte athenische Demokratie. Zu dieser Zeit war Isagoras, der Führer der aristokratischen Partei, des Kleisthenes einziger politischer Rivale.

Jetzt, ein halbes Jahrhundert später, hat sich nichts geändert, nur gibt es jetzt statt Kleisthenes den Perikles und statt Isagoras den Thukydides. Was die Erben des Pisistratus betrifft, so sind sie zufriedene Landbesitzer unweit des Hellespont. Ausgenommen allerdings mein Freund Milo. Er fiel bei Marathon, im Kampf für seine Familie – und für den Großen König.

An jenem Abend auf der Straße von Susa nach Ekbatana wurde ich ein leidenschaftlicher Parteigänger der Pisistratiden. Natürlich erzähle ich von diesem Enthusiasmus nichts den heutigen Athenern, denen man seit einem halben Jahrhundert eintrichtert, jene Familie zu hassen, welche ihre Großeltern liebten.

Einmal brachte ich dieses Thema, mit aller Behutsamkeit, Elpinike gegenüber zur Sprache. Sie zeigte sich erstaunlich aufgeschlossen. »Sie gaben uns die beste Herrschaft, die wir je hatten. Doch die Athener ziehen das Chaos der Ordnung vor. Außerdem hassen wir unsere großen Männer. Sieh doch nur, was die Leute meinem Bruder Kimon angetan haben.«

Perikles tut mir leid. Da alle der Meinung sind, er sei ein großer Mann, kann es mit ihm nur ein böses Ende nehmen. Elpinike meint, spätestens in ein, zwei Jahren sei seine Verbannung fällig.

Wo war ich? Ekbatana.

Selbst jetzt, wo die meisten meiner Erinnerungen ohne entsprechende Bilder sind – auf mysteriöse Weise scheint sich die Blindheit auch auf mein Erinnerungsvermögen zu schlagen –: selbst jetzt kann ich in meinem Kopf den unglaublich schönen Einzug in Ekbatana sehen, mehr noch: die Reise selbst.

Bergauf führt sie, durch einen dunklen Wald. Und wenn man schon glaubt, man habe sich verirrt oder die Stadt sei verschwunden, steigt sie auf wie eine Vision: Ekbatana, die Stadtfeste, siebenfach von konzentrischen Mauern umschlossen, von denen jede von anderer Farbe ist; und genau in der Mitte, umfriedet von goldenem Wall, erhebt sich der Hügel mit dem Palast.

Da das Hochland von Medien dicht bewaldet ist, besteht der Palast ganz und gar aus Zypressen- und Zedernholz. Folglich riecht es in den Räumen eher muffig, und da das Holz alt ist, bricht dauernd Feuer aus. Die Fassade des Palastes ist mit viereckigen Stücken aus grünem Kupfer bedeckt, den Platten einer Rüstung sehr ähnlich. Manche meinen, die Meder hätten auf diese Weise verhindern wollen, daß ihre Feinde den Palast in Brand setzten. Ich vermute indes, es geschah eher zu ornamentalen Zwecken. Ganz gewiß ist die Wirkung von einzigartiger Schönheit: Wenn sich nämlich im Sonnenschein das hellere Grün des Kupfers abhebt gegen die dunkelgrünen Nadelbäume auf den Bergen hinter der Stadt.

An dem Tag, an dem wir in Ekbatana Einzug hielten, konnten wir die legendären Schönheiten der Stadt neun Stunden lang genießen – so lange brauchten wir nämlich, um sämtliche sieben Tore hinter uns zu lassen. Kann das Tohuwabohu wohl irgendwo größer sein als beim Einzug des persischen Hofes in eine große Stadt?

In den langen Stunden vor den Toren von Ekbatana lernte ich von Thessalus eine Anzahl griechischer Redewendungen, die ich seither oft und mit großem Vergnügen gebraucht habe.

6

Zu meiner Zeit war das Schulleben recht anstrengend. Wir standen vor Morgengrauen auf. Man lehrte uns den Gebrauch sämtlicher Waffen. Wir wurden ebenso unterwiesen in Landwirtschaft wie in Mathematik und Musik. Wir lernten lesen und, falls nötig, sogar schreiben. Wir erhielten Unterricht im Bau von Brücken und Festungen, ja, sogar Palästen. Doch an leiblicher Nahrung gab es für uns nur eine kärgliche Mahlzeit pro Tag.

Mit zwanzig Jahren gibt es für einen persischen Adligen kaum etwas, das er nicht selbst tun kann, wenn er muß. Ursprünglich war dieses Erziehungssystem wesentlich simpler: Der Knabe, der Jüngling mußte mit Roß und Bogen umgehen können; mehr brauchte er damals nicht. Zur Zeit des Kyrus jedoch wurde klar, daß der persische Adel auch in nichtmilitärischen Angelegenheiten bewandert sein mußte. Und zur Zeit von Darius bildete man uns eigens dafür aus, den besseren Teil der Welt zu verwalten.

Einen Aspekt hielt man bei alledem jedoch vor uns geheim – den Harem. Obwohl viele unserer Lehrer Eunuchen waren, erfuhren wir nie etwas über das interne Funktionieren des Harems: über jene geheimnisvolle Welt, die für immer verschlossen war den Persern männlichen Geschlechts – ausgenommen der Große König – und ich. Schon oft ist mir der Gedanke gekommen, daß mein relativ langer Aufenthalt im Harem mir bei meiner späteren Karriere überaus förderlich war.

Als ich schließlich ins Quartier der königlichen Prinzen umzog, hatte ich fast drei Jahre im Harem verbracht. Rückschauend bin ich über diese lange Zeitspanne froh. Normalerweise wird ein junger Adliger wenigstens drei Jahre vor der Pubertät von seiner Mutter getrennt und zur Palastschule geschickt. Ich war eine Ausnahme. Und so lernte ich nicht nur die Gemahlinnen des Darius kennen, sondern auch die Haremseunuchen, die mit ihren Kollegen im ersten und zweiten Raum der Kanzlei eng zusammenarbeiteten.

Demokrit möchte wissen, um was für Räume es sich handelt. Der erste Raum befindet sich stets im hinteren Teil des ersten Hofes – gleichgültig, in welchem Palast der Große König residiert. An langen Tischen empfangen hundert Schreiber die Korrespondenz des Großen Königs sowie sämtliche Petitionen. Wenn dann alles sortiert ist, entscheiden die Schreiber im zweiten Raum darüber, was dem Großen König vorgelegt werden soll – oder eher wohl: welchen Brief und welche Petition man diesem oder jenem Staatsrat oder Gesetzesträger geben sollte. Der zweite Raum übt große Macht aus. Natürlich befindet er sich in der Hand der Eunuchen.

In späteren Jahren pflegte Xerxes mich damit aufzuziehen, daß er behauptete, ich besäße die List und Verschlagenheit eines Haremseunuchen. Ich revanchierte mich mit der Erwiderung: Wäre er nur länger im Harem geblieben, so hätte er von seiner Mutter die Staatskunst erlernen können. Dann lachte er; und stimmte mir zu. Später gab es nichts mehr zu lachen.

Ich sollte hier anmerken, daß bis zur Regierungszeit des Darius die verheirateten Frauen der herrschenden Klasse mit Männern auf gleicher Ebene verkehren konnten; es war durchaus nicht ungewöhnlich, daß eine reiche Witwe ihren Besitz ganz so verwaltete, als sei sie ein Mann. Zur Zeit des Kyrus lebten die Frauen keineswegs abgesondert, außer während der Menstruation. Aber Darius hatte andere Ansichten als Kyrus. Er entzog die königlichen Damen völlig den Blicken der Öffentlichkeit. Natürlich taten es ihm die Adligen nach: Auch ihre Frauen führten ein abgesondertes Leben. Heutzutage ist es so, daß eine persische Dame, außer ihrem eigenen Gatten, keinen Mann sehen oder sprechen kann. Nach ihrer Heirat darf sie weder ihren eigenen Vater noch ihre Brüder sehen – nicht einmal ihre Söhne, sobald diese den Harem verlassen haben.

Ich bin mir nicht ganz sicher, weshalb Darius so darauf erpicht war, die königlichen Damen vom öffentlichen Leben fernzuhalten. Ich weiß, daß er sie politisch fürchtete. Trotzdem begreife ich nicht, wieso er glaubte, sie seien weniger gefährlich, wenn man sie den Blicken der Öffentlichkeit entzog. Das genaue Gegenteil war der Fall. Ihre Macht wuchs im selben Maße, wie sie sich im Harem sicher fühlen konnten. In allergrößter Verschwiegenheit bedienten sie sich der Eunuchen, bedienten sich die Eunuchen ihrer. Während der Regierungszeit von Xerxes wurden viele der bedeutendsten Staatsämter von den Eunuchen in engster Bindung mit dieser oder jener der königlichen Gemahlinnen kontrolliert. Das schlug nicht immer zum Guten aus. Um das mindeste zu sagen.

Aber selbst zu den gestrengen Zeiten des Darius' hielt man sich nicht immer genau an die Regeln. Die Königin Atossa empfing, wen immer sie empfangen wollte: Mann, Weib, Kind oder Eunuch. Sonderbarerweise gab es ihretwegen nie einen Skandal – nicht zu meiner Zeit. In früheren Jahren hatte man sich allerdings zugeflüstert, sie habe eine Affäre mit Demokedes, dem Arzt, der ihre Brust entfernte. Ich bezweifle das. Ich kannte Demokedes. Er war ein viel zu kluger – und zu nervöser – Mann, um sich mit einer königlichen Dame einzulassen.

In ihrer Jugend zog Atossa Eunuchen normalen Männern vor. Wie die meisten Damen. Schließlich ist ein Eunuch, falls zur Zeit seiner Kastrierung geschlechtsreif, durchaus einer Erektion fähig. Hübsche Eunuchen werden von den Damen des Harems hart umkämpft. Lais, in all ihrer Sinnenfreude, begnügte sich allerdings weder mit Eunuchen noch mit Weiblichkeit. Soweit ich weiß, war sie mindestens zweimal schwanger. Beide Male sorgte sie für eine Abtreibung, was in Persien ein Schwerverbrechen ist. Aber Lais besitzt den Mut eines Löwen. Praktisch jeder hätte sie denunzieren können, doch niemand tat's. Ihre Erklärung hierfür war, sie habe den gesamten Hof – buchstäblich – beoder verzaubert. Vielleicht, wer weiß. Zweifellos war ihr der Tyrann Histäus verfallen, mit dem sie eine lange Affäre hatte.

Sonderbarerweise habe ich keine Erinnerung an meine erste Begegnung mit der wichtigsten Person in meinem Leben, Xerxes. Er seinerseits konnte sich auch nie daran erinnern. Allerdings: Warum sollte er auch? Xerxes war ein königlicher Prinz, von dem man bereits als Thronfolger sprach, während ich weder ein Adliger noch ein Priester war, eine Anomalie bei Hofe. Niemand wußte, was für einen Rang ich bekleidete oder was man mit mir anfangen sollte. Dennoch besaß ich zwei machtvolle Protektoren – Hystaspes und Atossa.

Zweifellos begegneten Xerxes und ich einander in jenem Sommer in Ekbatana. Gewiß sahen wir uns beim ersten Staatsempfang, dem ich je beiwohnte: der Vermählung von Darius mit einer seiner Nichten; ein Ereignis, das mir stets in lebendiger Erinnerung sein wird, sah ich bei dieser Gelegenheit doch endlich den Großen König Darius.

Wochenlang hatte im Harem wilder Aufruhr geherrscht. Die Damen sprachen von nichts anderem als von der Hochzeit. Manche billigten die Verbindung zwischen Darius und seiner Nichte – einer elfjährigen Enkelin von Hystaspes; andere meinten, der Große König hätte diesmal außerhalb der großköniglichen Familie heiraten sollen. Endlose und – für mich – langweilige Debatten erfüllten die drei Häuser des Harems.

Demokrit möchte wissen, was für drei Häuser das sind. Ich dachte, jedermann wüßte, was es damit für eine Bewandtnis hat. Drei Häuser sind's, ja, und das sogenannte dritte Haus wird von der Königin oder der Königinmutter bewohnt. Gibt es eine Königinmutter, so nimmt sie einen höheren Rang ein als die eigentliche Königin. Das nächste Haus ist den Frauen vorbehalten, die der Große König bereits erkannt hat. Das erste Haus enthält die Jungfrauen: Neuerwerbungen, welche noch unterwiesen werden in Musik, Tanz, Konversation.

Am Hochzeitstag gab es vor dem Palast ein militärisches Schauspiel. Zu meinem Verdruß mußte ich (während meine Schulkameraden dem Großen König am Palasttor ihre Ehre erwiesen) vom Dach des Harems aus Manövern zusehen.

Eingequetscht zwischen Damen und Eunuchen beobachtete ich voll Faszination die schwierigen Übungen der zehntausend Unsterblichen, wie man des Königs Leibwache nennt. Im hellen Sonnenschein blinkte ihre Rüstung wie die Silberschuppen eines frischgefangenen Fischs. Als sie im vollkommenen Einklang der Bewegungen ihre Speere schleuderten, wurde die Sonne verdunkelt von einem Gewölk aus Holz und Eisen.

Leider konnte ich von der Stelle, wo ich stand (die Wange gegen eine rissige Holzsäule gepreßt), nicht den Großen König sehen, der sich direkt unter mir unter goldenem Baldachin befand. Doch hatte ich einen ausgezeichneten Blick auf die Braut. Sie saß auf einer Art Hocker zwischen den Sesseln ihrer Mutter und der Königin Atossa. Ein hübsches

Kind – aber völlig verängstigt durch das, was rings um sie geschah. Während der militärischen Schaustellung flüsterte ihr bald ihre Mutter, bald Atossa etwas zu. Doch das schien ihr wenig zu helfen. Sie wirkte von Mal zu Mal verstörter.

Die eigentliche Vermählung vollzog sich in mehr privatem Rahmen. Anschließend gab es im Hauptsaal des Palastes einen Empfang, dem ich mit meinen Schulkameraden beiwohnte. Unter Darius nahm das Hofzeremoniell derartig komplizierte Formen an, daß fast immer irgend etwas schiefging. Geschieht derartiges in Cathay, so geht die ganze Prozedur von vorne los. Nur gut, daß wir uns nicht in Cathay, sondern in Persien befanden – sonst wäre uns keine Zeit für die Weltherrschaft geblieben.

Bis zu einem gewissen Grade führe ich das Durcheinander am persischen Hofe auf die großen Mengen Wein zurück, welche Perser bei Feierlichkeiten zu konsumieren pflegen. Dies hat seinen Ursprung in der Zeit, wo sie ein wilder Berg-Clan waren, der sich endlosen Saufgelagen hingab. Ja, ich sage: sie und nicht: wir. Die Spitamas sind Meder, wofern nicht noch älter; und Zarathustra haßte natürlich die Trunkenheit. Dies ist einer der Gründe, aus dem die Magians ihn so sehr haßten. Magians lassen sich nicht nur mit Wein, sondern auch mit dem heiligen Haoma vollaufen.

Ich entsinne mich noch der ehrfurchtsvollen Scheu, mit der ich damals den Löwenthron betrachtete. Ursprünglich für den König Krösus von Lydien gebaut, hat der Rückteil des Throns die Form eines lebensgroßen Löwen mit nach links gekehrtem goldenem Gesicht, smaragdgrün glänzenden Augen und entblößten Elfenbeinzähnen. Über dem Thron schwebt, an langer Kette, ein Baldachin aus gehämmertem Gold, während links und rechts vom Thron in kunstvoll geschmiedeten Silberschalen duftendes Sandelholz brennt.
In Ekbatana sind die Wände der Apadana – der Säulenhalle – mit Wandteppichen behängt, auf denen man Ereignisse aus dem Leben des Kambyses abgebildet sieht. Die Eroberung Ägyptens ist sehr detailliert dargestellt, hingegen wird der geheimnisvolle Tod des Großen Königs Kambyses taktvoll übergangen.

Mit meinen Schulkameraden stand ich rechts vom Thron. Am nächsten standen die königlichen Prinzen, dann kamen die Söhne der Sechs und dann die jugendlichen Gäste des Großen Königs. Ich stand an der Trennlinie zwischen den Gästen und den Adligen, zwischen Milo und Mardonius, dem jüngsten Sohn des Gobryas, dessen Mutter die Schwester des Großen Königs war.

Links vom Thron standen die sechs Edlen, die Darius zum Thron verholfen hatten. Zwar war, kürzlich erst, einer der ursprünglichen Sechs wegen Verrats zu Tode gekommen, doch durfte sein Sohn jetzt die erbadlige und an sich ehrenhafte Familie repräsentieren.

Während Kambyses in Ägypten war, gab sich ein Magian namens Gaumata als Mardos, Kambyses' Bruder, aus. Als Kambyses auf dem Rückweg von Ägypten starb, bemächtigte sich Gaumata des Throns. Doch mit der Hilfe der Sechs tötete Darius den falschen Mardos, heiratete Atossa, die Witwe von Gaumata *und* Kambyses, und wurde Großer König. Dies weiß die ganze Welt.

Von den Sechs interessierte mich vor allem Gobryas, ein hochgewachsener, leicht gebeugter Mann mit blutrot gefärbtem Haar und Bart. Wie mir Lais später erzählte, hatte sich der Haarschneider in den Farbtönen vertan, ein buchstäblich fataler Irrtum, fatal für den Barbier: Er wurde vom Leben zum Tode befördert. Hauptsächlich wegen dieses etwas komischen ersten Eindrucks konnte ich Gobryas damals nie so ernst nehmen, wie es die anderen taten.

Ich habe mich oft gefragt, was Gobryas von Darius hielt. Vermutlich haßte er ihn. Daß er ihn beneidete, ist kaum zweifelhaft. Schließlich hatte er genausoviel – oder so wenig – Anspruch auf den Thron wie Darius. Aber es war Darius, der Großer König geworden war, das ließ sich nicht ändern. So wollte Gobryas nun seinen Enkelsohn Artobazanes als Darius' Thronfolger sehen – eine Frage, deretwegen der Hof gespalten war. Die Sechs neigten zu Artobazanes; Atossa und die Familie von Kyrus wollten Xerxes. Darius selber hüllte sich, wie gewohnt, in Schweigen. Über die Thronfolge war noch nicht entschieden.

Plötzlich erklangen Trommeln und Zymbeln. Gegenüber dem Thron schwang die Tür aus geschnitztem Zedernholz auf, und in der Öffnung stand Darius. Er trug den Zidaris, eine hohe Kopfbedeckung aus Filz, wie sie nur der König und der Kronprinz tragen dürfen. Am unteren Teil fand sich ein blauweißes Stirnband, das Zeichen der Herrschaft, welches zuvor Kyrus und vor diesem den zehn aufeinanderfolgenden Königen der Meder gehört hatte.

Aber mehr als einen flüchtigen Blick erhaschte ich zunächst nicht, weil ich mich sofort zu Boden warf. Die königlichen Prinzen und die hohen Adligen blieben stehen, verbeugten sich jedoch tief und küßten Darius' rechte Hand. Genau wie die anderen spähte ich natürlich heimlich, obschon es als schweres Vergehen gilt, den Großen König ohne ausdrückliche Erlaubnis zu betrachten.

Darius war damals achtunddreißig, nicht besonders groß, jedoch wunderbar proportioniert. Seine sehnigen Beine steckten in engen, scharlachroten Beinkleidern. Darüber trug er ein purpurfarbenes medisches Gewand mit dem (gestickten) goldenen Bild eines Falken, der bereit ist, sein Opfer zu schlagen. Während Darius auf den Thron zuschritt, sah ich, daß seine safrangefärbten Lederschuhe mit Bernsteinknöpfen besetzt waren.

In der rechten Hand trug er eine schlanke goldene Rute, Emblem für seine Macht, den Staat zu leiten. In der linken Hand hielt er einen goldenen Lotus mit zwei Knospen, dem universellen Symbol der Unsterblichkeit.

Der ungefärbte Bart des Großen Königs war lang und von natürlicher Krause und glänzte wie das seidige Fell eines Rotfuchses. Sein Gesicht hingegen war wundervoll geschminkt. Die dunklen Linien um die Augenlider betonten die Leuchtkraft der himmelblauen Augen. Vom legendären Kyrus erzählte man sich, er sei der schönste Mann Persiens gewesen. Möglich, daß Darius auch in dieser Beziehung seine Nachfolge angetreten hatte – auf jeden Fall bot er einen überaus eindrucksvollen Anblick, während er dahinschritt zwischen den zweiundzwanzig Säulen der Apadena, fast wie ein Löwe auf der Pirsch.

Dem Großen König folgten der turbantragende Mundschenk und der Hofkämmerer, welcher des Großen Königs Mundtuch und Fliegenwedel trägt. In seiner Begleitung befanden sich überdies Hystaspes und der Vater der blutjungen Braut und sein ältester Sohn Artobazanes, ein stämmiger junger Mann von zwanzig, dessen natürliche Bartfarbe fast vom gleichen überintensiven Feuerrot war wie die verpfuschte Gesichtszierde seines Großvaters Gobryas. Artobazanes war bereits Befehlshaber an der nördlichen Grenze.

Als Darius auf den Thron zutrat, berührte er Gobryas spielerisch mit dem goldenen Zepter. Dann forderte er den Älteren mit einer Geste auf, ihn zu umarmen. Dies war ein Zeichen besonderer Gunst. Mit niedergeschlagenen Augen und ineinanderverschränkten Armen (so daß die Hände jeweils im Ärmel der anderen Hand verborgen waren) küßte Gobryas den Darius. Übrigens darf in Gegenwart des Großen Königs niemand seine Hände zeigen, es sei denn, er gebrauche sie zu bestimmten, fest umrissenen Zwecken. Der Sinn dieses Gebots ist klar. Da in Gegenwart des Großen Königs niemand eine Waffe tragen darf, wird jeder zuvor durchsucht. Um eine zusätzliche Kontrolle zu haben, gilt das Gebot, die Hände zu verbergen. Es war Kyrus, der diese – wie auch so manche andere – alte medische Sitte übernahm.

Unmittelbar vor dem Löwenthron klatschte Darius in die Hände. Alle richteten sich auf, standen sehr gerade, bereit für die Lobpreisung des Monarchen. Stets hat sie mich fasziniert, diese uralte Zeremonie – die ich gewiß nie wieder vernehmen werde.

Gobryas, erster der Sechs, war als erster an der Reihe. »Der Achämenide!« Gobryas' rauhe Stimme klang fast feindselig – zweifellos der unbewußte Ausdruck seiner wahren Gefühle.

Als nächster kam Hystaspes. »Durch die Gnade des Weisen Herrn«, rief er. »Großer König!« Dies war eine Kampfansage an jene Magians, welche der Lüge folgten – an jenem Tag und an jenem Ort weitaus die Mehrheit. Zwar konnte ich von meinem Platz aus die Magians nicht sehen, doch erfuhr ich später, beim Namen des Weisen Herrn hätten sie einander geheime Zeichen gemacht.

Nacheinander verkündeten, aus verschiedenen Teilen des Saals, Darius' Brüder seine Titel. Mit vier Ehefrauen hatte Hystaspes zwanzig Söhne gezeugt, die damals alle lebten und an jenem Tag auch wohl sämtlich anwesend waren. Zum Glück besaß Darius eine Menge Titel. Der Nennung eines jeden Titels folgte Trommelwirbel und Zymbelnklang.

Darius' ältester Bruder rief: »König von Persien!« Der nächste Bruder: »König von Medien!« Der nächste Bruder: »König von Babel!« – ein Titel, den Xerxes ablegte, als er sich gezwungen sah, das uralte Königreich für alle Zeit aufzulösen. Dann, vom anderen Ende der Halle: »Pharao von Ägypten!« – gefolgt von Darius' ägyptischem Namen. Genau wie Kambyses vor ihm, gab Darius vor, die irdische Inkarnation des ägyptischen Gottes Ra – und somit der rechtmäßige Gott-König Ägyptens – zu sein. In religiösen Dingen, fürchte ich, war Darius keinen Deut weniger opportunistisch als Kyrus. Allerdings hatte Kyrus niemals erklärt, er habe die Welt als Geschenk vom Weisen Herrn erhalten, während Darius öffentlich verkündete, daß er Großer König sei, verdanke er einzig dem Weisen Herrn. Später dann scheute er sich nicht, den Ägyptern zu versichern, sein Vorfahr Ra sei ein *größerer* Gott als der Weise Herr! Nicht ohne Befriedigung darf ich feststellen, daß es mir gelang, Xerxes dazu zu bewegen, sich nicht als Pharao zu gerieren. So ist Ägypten denn jetzt eine Satrapie wie die anderen auch, und verschwunden sind für alle Zeit jene teuflischen Gott-Könige des Nil-Tals.

Einer nach dem anderen erklangen Darius' Titel – triumphierende Rufe! Aber warum auch nicht? Schließlich ist, von Kyrus bis Darius, der größte Teil der Welt persisch geworden, und unser Großer König ist für alle nicht ein König unter vielen, sondern *der* König schlechthin.

Zur allgemeinen Überraschung war es Darius' ältester Sohn, Artobazanes, der vortrat und mit gedämpfter Stimme jenen einzigartigen Titel verkündete: »König der Könige.«

Daß hierfür Artobazanes ausersehen worden war, galt als Zeichen ganz besonderer Gunst – für die Königin Atossa zweifellos ein Rückschlag.

Ich blickte zu Gobryas. Auf dem grimmigen Gesicht mit dem feuerroten Bart zeigte sich ein breites Lächeln.

Jetzt ließ sich der Große König auf dem Löwenthron nieder.

7

Lais begann ihre Affäre mit Histiäus kurz nachdem wir uns im Palast in Ekbatana eingerichtet hatten. Histiäus war ein schwarzhaariger Mensch, der unentwegt die Stirn zu runzeln schien. Er wirkte todunglücklich und verbreitete, auf äußerst aggressive Weise, rings um sich Düsterkeit. Daß ich ihn jemals mochte, kann ich nicht behaupten. Gewiß, er hatte allen Grund, sich unglücklich zu fühlen. Zur Zeit seines höchsten Ruhms als Tyrann von Milet erhielt er den Befehl, sich als Gast des Großen Königs nach Susa zu begeben. Natürlich war er praktisch ein Gefangener. Inzwischen regierte sein Schwiegersohn Aristagoras die reiche Stadt Milet.

Wenn Lais einen Mann empfing, waren stets zwei Eunuchen zur Hand. Mit Bedacht hatte sie zwei ebenso alte wie häßliche Eunuchen gewählt: In ihrer sonderbaren Position bei Hofe lag ihr sehr daran, in den Augen der anderen Haremsdamen absolut respektabel zu wirken. Dabei hätte sie sich wegen ihrer Reputation keinerlei Sorgen zu machen brauchen. Von Anfang an galt sie bei Hofe als völlig Fremde, und so wurden die üblichen Haremsgesetze niemals auf sie angewendet. Außer Atossa war sie die freieste aller Damen, und niemanden kümmerte, was sie tat, da sie mit dem Großen König in gar keiner Weise verwandt war. Überdies war Lais stets darauf bedacht, sich mit keiner der Gemahlinnen zu verfeinden. Schließlich und endlich nahm sie, als Mutter des Zarathustra-Enkels, bei Hofe eine religiöse Sonderstellung ein – was sie sehr wohl zu nutzen verstand. Es machte ihr Spaß, religiöse Gewänder zu tragen, die weder griechisch noch persisch waren. In der Öffentlichkeit gab sie sich wie von einer anderen Welt; privatim ließ sie durchsickern, daß sie, für einen entsprechenden Preis, Horoskope stellen, Liebestränke brauen oder auch langsam wirkende Gifte bereiten würde. Sie erfreute sich großer Beliebtheit.

In Ekbatana ließ sich Histiäus den Schädel rasieren, weil er um Sybaris trauerte, eine Milet engverbundene Stadt: Etliche Monate zuvor war Sybaris von der Armee des Kroton völlig zerstört worden.

Finster pflegte Histiäus vor sich hin zu brüten, wenn er – im winzigen Hof von Lais' Gemächern – auf einem Holzstuhl meiner Mutter gegenüber saß, indes die altersschwachen Eunuchen in der Sonne dösten. Mitunter durfte ich dabei zugegen sein: Meine Anwesenheit sollte zum Schein der Respektabilität beitragen. Allerdings – sehr oft weilte ich nicht bei Lais. Diesen ersten Sommer in Ekbatana verbrachte ich hauptsächlich mit den königlichen Prinzen. Man bildete uns zu Soldaten aus.

»Du hast Glück, hier in der Schule zu sein.« Histiäus zeigte sich stets bemüht, mit mir zu sprechen. »In deinem späteren Leben wird es keinen Posten geben, den du nicht bekleiden kannst.«

»Er hat bereits einen Posten. Er wird das Haupt des zarathustrianischen Ordens sein – und Erzpriester von ganz Persien.« Damals war Lais darauf versessen, mir dieses hohe, unerwünschte – und vor allem völlig imaginäre – Amt zu veschaffen. Es gibt keinen zarathustrianischen Erzpriester von ganz Persien. Zwar existiert ein Orden, Priesterschaft in diesem Sinne jedoch nicht.

»Für den Fall, daß er sich dagegen entscheidet, stehen ihm die allerhöchsten Ämter offen – Satrap, Staatsrat, alles.« Histiäus, der ionische Grieche, war voller Verachtung für alle Religion. »Aber was immer du in deinem Leben einmal tun magst«, erklärte er gewichtig, »vergiß niemals die Sprache deiner Mutter.«

Da wir mit Histiäus immer griechisch sprachen, schien dies eine überflüssige Mahnung zu sein. »Ich unterhalte mich mit Milo auf griechisch«, versicherte ich eifrig. »Das sollen wir zwar nicht, aber wir tun's.«

»Mit Milo, Sohn des Thessalus?«

Ich nickte. »Er ist mein bester Freund.«

»Nun, für jene Familie habe ich getan, was ich nur konnte.« Histiäus blickte noch finsterer drein als sonst. »Ich habe dem Großen König gesagt, er solle eine Flotte nach Athen schicken, *bevor* die alten Landbesitzer die spartanische Armee rufen, was sie garantiert tun werden. Zweifellos ist es besser, Hippias zu helfen, während er noch Tyrann ist; später wird es *zu* spät sein. Persien muß jetzt handeln, doch unglücklicherweise –« Histiäus brach ab. Den Großen König konnte er – so direkt jedenfalls – nicht kritisieren. »Ich habe sogar meine Dienste angeboten, als Admiral. Aber ...« Eine lange Pause trat ein. Wir lauschten auf das leise Schnarchen der Eunuchen. Lais und ich wußten, was auch jeder sonst wußte: Darius traute Histiäus nicht über den Weg.

Unversehens tauchte Demokedes auf, der stets versicherte, er lehre Lais die Heilkunst. Ich vermute jetzt, daß sie ihn in Magie unterwies – sofern es sich bei beidem nicht um ein und dieselbe Sache handelt. Als der Tyrann von Samos vom persischen Satrapen in Sardis hingerichtet wurde, geriet sein Arzt Demokedes in Sklaverei. Später kam dann Darius nach Sardis, wo er vom Pferd stürzte und die Muskeln seines rechten Fußes verletzte. Obwohl er einen großen Teil seines Lebens im Felde verbracht hatte, war der Große König kein guter Reiter.

Man rief ägyptische Ärzte herbei. Nach ihrer umständlichen Behandlung – inklusive melodischem Singsang – fand sich Darius mit einem völlig verkrüppelten rechten Fuß. Er war vor Zorn außer sich.

Dann erinnerte sich irgend jemand daran, daß sich der berühmte Arzt Demokedes als Sklave in Sardis befand, wo er in einem Lagerhaus arbeitete. Nun war Demokedes ein ebenso kluger wie kühner Mann. Er wußte genau, daß er sich niemals würde freikaufen können, um nach Kroton in Sizilien heimzukehren, falls Darius herausfand, daß er ein Meistermediziner war. Als nun nach ihm geschickt wurde, stritt er jedwede medizinischen Kenntnisse ab. »Das war nicht ich«, erklärte er. »Das war ein anderer Demokedes.«

Darius befahl Brandeisen und Zangen. Prompt gab Klugheit der Kühnheit nach, und Demokedes übernahm den Fall. Er versetzte Darius für zwei Tage in Schlaf. Während dieser Zeit massierte er den

Fuß, übte seine Kunst. Am dritten Tag war Darius geheilt, und Demokedes sah seine schlimmsten Befürchtungen bestätigt. Er wurde zum Leibarzt der großköniglichen Familie ernannt. Und er genoß sogar das einzigartige Privileg, sich Tag und Nacht – und ohne die Anwesenheit von Eunuchen – um die Damen des Harems kümmern zu dürfen.

Demokedes war es auch, welcher der Königin Atossa das Leben rettete. Als sich auf einer ihrer Brüste eine große und schmerzhafte Geschwulst breitete, amputierte Demokedes diese Brust ganz säuberlich. Zur allgemeinen Überraschung kam Atossa wieder auf die Beine. Und der Ärger der ägyptischen Ärzte wurde wohl nur noch übertroffen durch den Ingrimm der anderen Gemahlinnen.

Gewiß war Atossa über den Verlust der Brust alles andere als glücklich. Doch begriff sie, daß sie mehr als die Brust, nämlich das Leben verloren hätte, wäre sie der üblichen ägyptischen Kur ausgesetzt gewesen – die Paste aus Stutenmilch, Schlangengift und zermahlenem Elfenbein, erkrankten Körperteilen aufgetan, tötet einen Patienten schneller als ein Schwert. Die Tatsache, daß sie am Leben blieb und ein hohes Alter erreichte, änderte nicht nur mein Leben – eine unwichtige Sache –, sondern auch den Lauf der Welt, eine höchst bedeutende Angelegenheit. Hätte Atossa damals ihr Leben verloren, so wäre ihr Sohn Xerxes nicht Nachfolger seines Vaters geworden. Es ist ja kein Geheimnis, daß Xerxes' Thronerhebung ausschließlich das Werk seiner Mutter war.

Eine sonderbare Sache. Nach der Amputation ihrer Brust begannen in Atossas Gesicht Haare zu sprießen. Zwar entfernte sie diese tagtäglich mit ägyptischen Enthaarungsmitteln, doch wuchsen sie immer wieder nach. Schließlich nahm sie ihre Zuflucht zu einem eigentümlichen Mittel: Sie bedeckte ihr Gesicht mit einer weißlichen, bleihaltigen Schicht, damit man die starken Rötungen durch die Enthaarungsessenzen nicht sah. Das Ergebnis war ein höchst merkwürdiger Anblick. Meine Mutter behauptete stets, nach der Amputation sei Atossa mehr Mann als Weib.

Bald nachdem Demokedes Atossa das Leben gerettet hatte, wußte er es so einzurichten, daß er im Auftrag des Großen Königs nach Italien entsandt wurde. In Tarent floh er vom Schiff; und reiste in aller Eile zu seiner Heimatstadt Kroton, wo er die Tochter von Milo heiratete. Milo ist der berühmteste Ringkämpfer der Welt und – ja, noch so ein Olympiasieger. Dieser selbe Milo befehligte auch als General die Armee, die Sybaris zerstörte.

Aber das Leben im heimatlichen Kroton langweilte Demokedes schon bald. Schließlich hatte er ja viele Jahre an prachtvollen Höfen verbracht. Er hatte Pisistratus in Athen, Polykrates in Samos und dem Großen König in Susa gedient. Er war an das Palastleben gewöhnt. Das Provinzleben konnte er nicht ertragen. Demütig fragte Demokedes bei

Darius an, ob er mit seiner Gattin nach Susa zurückkehren dürfe. Der Große König verzieh ihm nur zu gern, und Demokedes kehrte nach Persien zurück, wo ihm alle ihre Ehre erwiesen, ausgenommen seine alte Freundin Atossa. Diese konnte des Demokedes Frau nicht ertragen, sonderbarerweise. Denn wie hätte sie die Königin ungebührlich langweilen können, da sie stets nur wenige Wörter Persisch sprach? Lais ist der Ansicht, Atossa sei eifersüchtig gewesen. Falls das zutrifft, mag sehr wohl etwas an dem Gerücht sein, Atossa habe einmal eine Affäre mit dem Arzt gehabt.

Demokedes verbeugte sich tief vor dem einstigen Tyrannen von Milet, dann tauschten die beiden Männer einen Lippenkuß, wie es Perser zu tun pflegen, wenn sie einen Freund begrüßen, der ihnen ebenbürtig ist. Einem Freund von niederem Rang bietet man nur die Wange zum Kuß dar. Eigentlich hätte auch Histiäus dies tun sollen – als Tyrann von Milet stand er über Demokedes. Aber Griechen, die als Gäste beim Großen König weilen, ignorieren Landsleuten gegenüber gern die Rangunterschiede.

Demokedes war auch ein eifriger Parteigänger von Hippias. »Ich habe Hippias von kleinauf gekannt. Er war stets ein ungewöhnlicher Mensch. Er ist tiefgründig und gerecht, eine seltene Kombination – für einen Tyrannen.« Demokedes lächelte ein zahnloses Lächeln. »In unseren Tagen sind nur Athen und Milet mit ihren Tyrannen glücklich.«

»*Waren* glücklich.« Histiäus schien einer dunklen Regenwolke zu gleichen. »Hast du zu dem Großen König über Hippias gesprochen?«

»Ich versuche es. Aber Griechenland interessiert ihn nicht. Er spricht immer von Indien und von jenen Ländern im Osten des Ostens.«

»Indien liegt eine Welt von Persien entfernt.« Histiäus mischte Wasser in den Wein, den Lais ihm eingeschenkt hatte. »Athen hingegen befindet sich gleich auf der anderen Seite des Meeres, gegenüber Milet.«

Demokedes nickte. »Und Italien befindet sich, von Griechenland aus, gleich auf der anderen Seite des Meeres. Wie ja alle wissen, wurde ich nach Kroton entsandt, um für den Großen König den Weg zu bereiten. Aber er kam nicht – und ich kehrte nach Hause zurück.« Dies war Unsinn. Allerdings konnte Demokedes nicht gut zugeben, daß er aus den Diensten des Großen Königs geflohen war. Die offizielle Lesart lautete, er habe in höchst geheimer diplomatischer Mission für den zweiten Raum der Kanzlei agiert.

»Der Große König hat im Westen keinerlei Ambitionen.« Demokedes hustete ausgiebig in ein Tuch. Die meisten guten Ärzte scheinen ihrerseits ständig krank zu sein.

»Mit Ausnahme von Samos«, sagte Histiäus. Während er die Brauen hob, verlor sich kurz die Düsternis aus seinen Augen. »*Das* war eine griechische Insel im Westen.«

»Ein schwieriger Mann, der Polykrates.« Demokedes suchte auf dem

Tuch eingehend nach Spuren von Blut. Ich tat es ihm nach. Genau wie die anderen. Doch da war kein Blut – eine leichte Enttäuschung für alle außer Demokedes selbst. »Ich kam mit ihm aus. Natürlich fanden ihn die meisten –«

»Treulos, eitel, töricht«, sagte Lais.

»Ich vergesse immer, daß auch du am Hof von Samos gewesen bist.« Demokedes lächelte. Im Oberkiefer fand sich kein einziger Zahn, im Unterkiefer, in blaßrotem Zahnfleisch, sah man drei. Vor dem Essen führte er jeweils ein Holzstück in seinen Mund ein, das so geschnitzt war, daß es sich an seinen Gaumen schmiegte. Dann konnte er, wenn auch ziemlich langsam, alles kauen bis auf sehr zähes Fleisch oder sehr hartes Brot. Jetzt im Alter denke ich viel über Zähne nach – und was es bedeutet, keine zu haben. »Ja, ja. Ich erinnere mich an dich als Kind mit deinem Vater. Aus Thrakien stammt er, nicht? Ja, natürlich. Der reiche Megakreon. Silberminen. Ja, ja.«

»Ich lernte meinen Mann an Polykrates' Hof kennen«, sagte Lais mit traurigem Blick. »Das ist das einzig Gute, dessen ich mich aus jener Zeit entsinne. Ich haßte Samos. Und auch Polykrates. Er war nichts als ein Pirat. Meinem Vater hat er doch wahrhaftig erzählt, seine Freunde seien stets glücklich, wenn er ihnen geraubtes Frachtgut zurückerstatte – viel glücklicher, als wenn er es ihnen *nicht* geraubt hätte.«

»Er war ein Pirat«, pflichtete Demokedes bei. »Aber er war auch eine prachtvolle Gestalt. Ich entsinne mich, daß der Hof in Samos jenen des Pisistratus zeitweise an Glanz noch übertraf. Erinnerst du dich an Anakreon? Den Dichter? Aber das war wohl vor deiner Zeit. Ehe er nach Samos kam, lebte er im dunkelsten Thrakien.«

»Anakreon«, widersprach Lais mit aller Entschiedenheit, »lebte in Abdera. Im *griechischen* Abdera.«

Die beiden Männer lachten. Demokedes verneigte sich vor Lais. »Er lebte im sonnenhellen Thrakien, ehe er nach Samos kam. Dann zog er nach Athen weiter. Er war ein Günstling des armen Hipparchus. Das war eine traurige Geschichte, nicht? Jedenfalls muß man Polykrates eines lassen: Er blickte stets nach Westen. Er war ein wahrer Herrscher der See.«

»Ja«, sagte Histiäus, abermals mit erhobenen Augenbrauen, »ein Seeherrscher, der über *sämtliche* Inseln herrschen wollte.«

Demokedes betrachtete den einstigen Tyrannen. »Vielleicht solltest du zum Großen König von den Inseln sprechen. Schließlich war Darius über den Erwerb von Samos ja hocherfreut. Noch glücklicher machte ihn, daß ihm nunmehr die samische Flotte zur Verfügung stand. Hättest du eine schlagkräftige Flotte verfügbar –« Demokedes brach ab, musterte Histiäus.

»Als ich noch in Milet war –« Histiäus' Stimme klang fast verträumt »– hätte ich mühelos Naxos erobern können.«

Demokedes nickte. »Eine wunderschöne Insel. Fruchtbarer Boden. Tatkräftiger Menschenschlag.«

Die beiden Männer tauschten Blicke.

Also begannen die griechischen Kriege.

Damals, als Kind, begriff ich nicht, was es mit den kryptischen Bemerkungen dieser Erwachsenen auf sich hatte. Erst Jahre später wurde mir dann wie von ungefähr klar, daß die beiden intriganten Griechen in diesem Augenblick auszuhecken begannen, was sich dann auswuchs zu einem erfolgreichen Komplott, um den Großen König in die Angelegenheiten Griechenlands zu verwickeln.

Aber dies ist eine spätere Erkenntnis. Damals interessierte mich in viel stärkerem Maße, was Demokedes über Pythagoras zu berichten wußte. »Ich war in Samos mit ihm bekannt«, erklärte der alte Arzt. »Er war damals noch Edelsteinschneider – genau wie sein Vater, der Polykrates als Privatjuwelier diente, ehe sie sich entzweiten. Wer wohl hätte sich nicht irgendwann mit Polykrates entzweit? Pythagoras jedenfalls war – ist – ich sah ihn wieder, als ich in Kroton weilte – ein außergewöhnlicher Mensch. Mit sonderbaren Ideen. Er glaubt an Seelenwanderung ...«

Persische Kinder sollen Erwachsene nicht mit Fragen belästigen, doch mir ließ man da stets eine gewisse Freiheit. »Was«, wollte ich wissen, »ist das: Seelenwanderung?«

»Wie er doch seinem Großvater nachschlägt!« rief Lais triumphierend bei dieser so völlig simplen Frage. Bei jeder passenden oder unpassenden Gelegenheit spielte sie auf meine angebliche Ähnlichkeit mit Zarathustra an.

»Das bedeutet, daß beim Tod die Seele in einen anderen Körper wandert«, sagte Demokedes. »Niemand weiß, woher diese Idee stammt ...«

»Aus Thrakien«, behauptete Histiäus. »Jede verrückte Hexenidee kommt von dort.«

»Ich«, erklärte Lais mit Nachdruck, »bin Thrakierin.«

»Dann, meine Teure, weißt du ja um so besser, was ich meine.« Histiäus rang sich nahezu ein Lächeln ab.

»Ich weiß, daß wir das Land sind, das dem Himmel und der Hölle am nächsten liegt«, sagte Lais mit ihrer speziellen Hexenstimme. »So sang Orpheus, als er hinabstieg in die Unterwelt.«

Die beiden Männer sparten sich jeden Kommentar, und Demokedes fuhr fort: »Woher Pythagoras diese Vorstellung hatte, weiß ich nicht. Aber ich weiß, daß er ein oder zwei Jahre in ägyptischen Tempeln verbrachte. Möglicherweise stammt der Gedanke von dort. Ägyptische Rituale wirken sehr nachhaltig auf empfängliche Gemüter ein, das weiß ich. Glücklicherweise gehöre ich selbst nicht zu dieser Kategorie. Ganz anders Pythagoras. Wenn ich mich richtig erinnere, hatte ihm Polykrates einen Brief an seinen Freund, den Pharao, mitgegeben. Das war der alte Amasis. Und so hat Pythagoras wohl allen möglichen geheimen Ritualen beigewohnt, die gewöhnlichen Sterblichen verwehrt bleiben. Aber dann überfiel Kambyses Ägypten, und Amasis starb, und der arme Pythagoras wurde gefangengenommen. Obwohl er erklärte, er sei ein Freund des Tyrannen Polykrates, verkauften ihn die Perser an einen Juwelier in Babylon. Zu seinem Glück erwies sich dieser als großmütig. Er ließ Pythagoras bei den Magians studieren –«

»Keine gute Sache«, befand Lais mit Nachdruck.

»Weise Männer nehmen vorlieb mit dem, was sie finden, und sei es am unwahrscheinlichsten Ort.« Demokedes betrachtete die Angelegenheit aus dem Blickwinkel des Pragmatikers. »Jedenfalls war Pythagoras wie umgewandelt, als er sich schließlich vom Juwelier freikaufte und nach Samos zurückkehrte. Er mied den Hof und wohnte bei mir. Wie er erzählte, hatte er gelernt, ägyptische Hieroglyphen zu lesen und zu schreiben. Auch persisch konnte er jetzt. Er hatte neue Theorien über die Natur sowie die Ordnung innerhalb dessen, was er das Universum nannte.«

Ja, es war Pythagoras, der dieses Wort prägte, das jetzt hier in Athen tagtäglich tausendfach benutzt wird von Sophisten, die nicht die leiseste Idee davon haben, welche Feinheiten der Erfinder des Wortes mit diesem Begriff verband.

So wie ich Pythagoras verstehe – doch wer begreift ihn schon in seiner komplexen Gesamtheit? –, glaubte er, allen Dingen läge die einfache Einheit, die Eins, zugrunde. Daraus leiten sich die Zahlen ab. Aus den Zahlen: Punkte. Aus den Punkten: Verbindungslinien. Aus Linien: ebene Flächen; aus diesen: feste Körper. Hieraus wiederum die vier Elemente – Feuer, Wasser, Erde, Luft. Diese Elemente vermischen sich und bilden das Universum, welches in stetem Wandel lebt – eine Kugel, welche in ihrem Zentrum eine kleinere Kugel enthält, die Erde.

Pythagoras meinte, von allen festen Körpern sei die Kugel der schönste und von allen ebenen Flächen der Kreis die heiligste – weil sämtliche Punkte miteiander verbunden sind und es weder Anfang noch Ende gibt. Mir persönlich fiel es immer schwer, seinen mathematischen Theoremen zu folgen. Demokrit sagt, er verstünde sie. Nun, das freut mich, freut mich sogar sehr.

Demokedes schilderte auch, wie Polykrates sich mit Pythagoras zerstritt und seine Bogenschützen aussandte, um den weisen Mann zu verhaften. »Glücklicherweise konnte ich Polykrates' Chefingenieur dazu überreden, Pythagoras in einem Tunnel bei der Stadt zu verstecken. Später, in einer dunklen Nacht, schafften wir ihn an Bord eines Schiffes nach Italien. Ich gab ihm einen Brief mit an meinen alten Freund – und jetzigen Schwiegervater – Milo von Kroton . . .«

»Der Zerstörer von Sybaris.« Histiäus blickte wieder düster vor sich hin. Dieser Milo war im wahrsten Sinne des Wortes ein Vernichter. Nachdem er die sybaritischen Armeen besiegt hatte, leitete er den Lauf eines Flusses auf eine solche Weise um, daß die ganze Stadt unter Wasser verschwand.

»Was kann ich sagen?« Demokedes zeigte sich höflich. »Ich kenne Milo seit seiner Kindheit. In der Tat bin ich alt genug, um sein Großvater zu sein. Als er bei den Olympischen Spielen seinen ersten Ringkampf gewann . . .«

Demokrit meint, die Zerstörung von Sybaris habe sich erst mehrere Jahre später ereignet. Das glaube ich nicht. Allerdings muß ich anmerken, daß mir bei der Rekonstruktion eines Gesprächs, das vor sechzig Jahren stattfand, Verwechslungen dieser oder jener Art durchaus unterlaufen können.

Über eine Reihe von Jahren hinweg hörte ich von Demokedes eine ganze Menge über Pythagoras, und was ich berichte, ist wahrheitsgetreu in dem Sinn, daß ich genau wiederhole, was mir erzählt wurde. Mit der Chronologie hat es allerdings seine eigene Bewandtnis. Annalen führe ich nicht. Und so weiß ich mit Sicherheit nur, daß ich während meines ersten Sommers in Ekbatana den Namen Pythagoras vernahm. Und zwar an demselben Tag, da ich Zuhörer war, als Histiäus und Demokedes über den Seeherrscher Polykrates sprachen. Die bedeutungsvoll getauschten Blicke und die beredten Redepausen, sie waren es, die mich später begreifen ließen, daß sich die beiden Männer bei dieser Begegnung miteinander verbündeten, um Darius hineinzuziehen in die griechische Welt. Es war ihre Taktik, als Köder jenen Titel auszuwerfen, der ihm fehlte: Seeherrscher. Auch setzten sie alles daran, ihn zur Unterstützung des Tyrannen Hippias zu bewegen – durch Krieg, wenn nötig. Natürlich *war* der Krieg schließlich nötig, und zwar weitgehend wegen des unterhaltsamen Ränkespiels, das zwei Griechen an einem Sommertag in Ekbatana trieben.

»Deine Frau erzählte mir, Pythagoras habe in Kroton eine Schule gegründet.« Lais mochte des Demokedes' Ehegespons: Die Kleine stellt keine Bedrohung dar. »Aus der ganzen Welt kommen Menschen, um bei ihm zu studieren.«

»Es ist keine Schule im eigentlichen Sinn. Es ist eher . . . Nun, er und eine Anzahl anderer heiliger Männer haben ein Haus, wo sie in Übereinstimmung mit dem leben, was Pythagoras das richtige Leben nennt.«

»Sie essen keine Bohnen.« Histiäus gestattete sich ein Lachen. Bis auf den heutigen Tag gibt es keine wirksamere Methode, ein attisches Publikum zum Lachen zu bringen: Man erwähne nur des Pythagoras' Verbot, Bohnen zu essen. Den Athenern erscheint ein solches Tabu umwerfend komisch, zumal dann, wenn ein athenischer Komödiant einen Bohnen-Witz mit lautem Gefurze begleitet.

»Er glaubt, daß Bohnen die Seelen von Menschen enthalten. Schließlich ähneln sie ja menschlichen Fötussen.« Demokedes war stets ein Mann der Wissenschaft, und in der gesamten Schöpfung gab es nichts, was er nicht ernsthafter Betrachtung unterzog. »Pythagoras weigerte sich auch, Fleisch zu essen. Er fürchtete, womöglich einen Vorfahren oder Freund zu verspeisen, dessen Seele gerade in dem betreffenden Tiere weilt.«

»Wieviel Zeit«, fragte ich, »braucht Pythagoras zufolge eine Seele denn auf ihrer Wanderung von einem Lebewesen zum anderen?«

Die beiden Griechen musterten mich neugierig. Ich hatte eine entscheidende Frage gestellt. Für einen Moment war ich nicht mehr Kind, sondern Erbe Zarathustras.

»Das weiß ich nicht, Cyrus Spitama.« Mit allem schuldigen Respekt sprach Demokedes meinen Namen aus.

»Währt das bis zum Ende der Zeit von langer Dauer? Hört es schon vorher auf?« Ich war fasziniert von dem, was mir als verwirrend neue Konzeption erschien: von Tod und Wiedergeburt und ... was? »*Nach* dem Ende der endlosen Zeit kann ja sicher nichts mehr geboren werden.«

»In den Wendungen von Zarathustras innerer Schau – seiner *Wahrheit,* meine ich – kann ich nicht sprechen.« Demokedes dachte nicht daran, die Religion des Großen Königs in Frage zu stellen. »Ich kann nur sagen, wie es sich laut Pythagoras verhält. Ein jeder sollte es sich im Leben zum Ziel setzen, jenen Funken Göttlichkeit in sich selbst zu befreien, damit dieser wieder eingehe in das gesamte Universum, welches er als eine Art lebenden, unablässig bewegten Äther sieht ... als ein vollkommenes und harmonisches Ganzes.«

»›Ich bin ein Kind der Erde und des bestirnten Himmels‹«, verkündete Lais plötzlich. Voll Ungeduld nahm ich hin, daß sie uns ein sehr langes und sehr geheimnisvolles Lied über die Schöpfung vorsang: eine Weltschau durch die Augen der thrakischen Hexen.

Nachdem sie geendet hatte, sprach Demokedes weiter. »Ziel der Lehre des Pythagoras ist es, aus dem steten Kreis von Tod und Wiedergeburt auszubrechen. Dies, so glaubt er, könne man erreichen durch Selbstverleugnung, durch Ritual, durch reinigende Diät, durch das Studium der Musik, Mathematik. Was immer an einer solchen Doktrin wahr oder nicht wahr sein mag – dank ihm und seiner Schule kontrolliert Kroton jetzt fast ganz Süditalien.«

»Das ist nicht der Grund«, sagte Histiäus. »Du solltest eher deinem Schwiegervater, dem Milo, danken. Er ist ein großartiger Soldat.« Für einen Griechen zeigte sich Histiäus erstaunlich desinteressiert an Philosophie – ein Wort, das Pythagoras erfand, um die wahre Liebe zur Weisheit zu bezeichnen.

Es war auch Pythagoras, der mit Unterstützung von Demokedes (jedenfalls behauptete dieser dies) das Gehirn als Sitz all unserer Gedanken ausmachte. Beweise für diese Hypothese sind mir noch nicht zu Augen gekommen, doch würde ich sie ohnehin kaum verstehen. Immerhin erscheint mir die Sache absolut plausibel. Mit den Cathayanern hatte ich über diesen Punkt öfter Dispute. Sie glauben ja, der Magen sei der Sitz des Verstandes, da selbiger dank seines »windigen Gegurgels« mehr Empfindung oder Eindrucksfähigkeit beweise als irgendein anderer Körperteil. Demokrit sagt, davon hätte ich bereits gesprochen. Bitte also um Nachsicht. Im übrigen ist die Wiederholung das Geheimnis des Lernprozesses.

»Ich führe den Erfolg Krotons auf die Tugend seiner Bewohner zurück.« Demokedes hustete in sein Tuch. »Sie halten ihren Lehrer für einen Gott, und ich glaube, daß er das vielleicht auch ist.«

»Hält er sich selbst dafür?« Histiäus ging direkt aufs Ziel los.

Demokedes schüttelte den Kopf. »Mir scheint, daß Pythagoras glaubt, alle Dinge stünden miteinander in Wechselbeziehung: Wir alle sind Teil des einen Kosmos, und ein jeder von uns hat Teil an der gesamten Göttlichkeit. Doch können wir uns mit dem Ganzen nicht wiedervereinigen, ehe wir uns nicht befreit haben aus dem Fleisch, welches unser Grab ist.«

»Wozu?« wollte Lais wissen.

»Um den Schmerz dieser Welt zu transzendieren, das Gefühl der Unvollständigkeit . . .«

»Orpheus stieg hinab in die Hölle«, sagte Lais, als sei dies die Antwort auf eine Frage; und womöglich war das auch so. Vom Kult des Orpheus hatte ich noch nie viel Ahnung. Er war ein Thrakier, der hinunterstieg in die Hölle, um seine verstorbene Frau zurückzufordern. Nun, er kehrte zurück, sie hingegen nicht – halt ganz nach der Art der Toten. Später wurde er in Stücke gerissen – wegen Gottlosigkeit, würde ich meinen.

Der Orpheus-Kult war seit jeher populär im Hinterland, zumal im hexenwimmelnden Thrakien. In jüngster Zeit verbreitet sich dieser Kult durch die ganze griechische Welt. Aufgrund meiner bescheidenen Kenntnisse vom Orphizismus nehme ich an, daß es sich dabei nur um eine primitive Variante jener schönen und wahrhaft uralten Legende handelt, deren Held Gilgamesch ist. Auch er stieg hinab in die Hölle, um seinen toten Geliebten Enkidu zurückzuholen. Nein, Demokritus, Gilgamesch war kein Grieche, aber dennoch ein großer Held, und wie die meisten Helden wollte er zuviel. Es gab nichts, das er nicht besiegen konnte – außer dem Nichts, dem Tod. Der Held wollte ewig leben. Doch selbst der ruhmreiche Gilgamesch konnte die natürliche Ordnung der Dinge nicht umkehren. Als er diese endgültige Wahrheit akzeptierte, war er mit sich in Frieden . . . und starb.

Ich erfuhr die Gilgamesch-Geschichte in Babylon. Vor Zeiten war

Gilgamesch eine weltweit bekannte Kultfigur. Heutzutage ist er, außer in Babylon, fast vergessen. Die Zeit der langen Dauer ist in der Tat sehr lang. Das Problem mit den Griechen besteht darin, daß sie keine Vorstellung davon haben, wie alt diese Erde ist. Es scheint ihnen nicht klar zu sein, daß alles, was geschehen wird, bereits geschehen ist, ausgenommen nur das Ende. In Indien glaubt man, auch das Ende habe sich ereignet und ereigne sich immer und immer wieder, indem Zyklen der Schöpfung ausbrennen – und wieder entflammen.

Demokrit hält es jetzt für angebracht, mich in Orphismus zu unterweisen. Die Anhänger dieses Kults glauben offenbar gleichfalls an Seelenwanderung: ein Prozeß, der erst endet, wenn – durch Ritual und so weiter – das Geistige geläutert wird. Wegen weiterer Einzelheiten verweise ich an Demokrit. Schließlich stammst du ja aus Thrakien. Im übrigen hast du mich davon überzeugt, daß Lais, all ihrer Vertrautheit mit den dunklen Künsten zum Trotz, den Kult des Orpheus nie verstanden hat.

»Ich bin mir nicht sicher, ob Pythagoras behauptet, dem Hades einen Besuch abgestattet zu haben, doch hat er mir eine höchst sonderbare Geschichte erzählt.« Demokedes wirkte irgendwie beunruhigt; als empfinde er Unbehagen beim Gedanken an eben diese Geschichte. »Kurz nach seiner Rückkehr aus Babylon machten wir einen Spaziergang auf der Mole, welche Pythagoras gerade im Hafen hatte bauen lassen. Plötzlich blieb Pythagoras stehen und starrte – er ist wesentlich größer als ich – zu mir herab. ›Ich kann mich erinnern‹, sagte er. ›Ich kann mich an alles erinnern.‹ Ich hatte keine Ahnung, wovon er sprach. ›Was meinst du damit – alles?‹ fragte ich.

›Meine früheren Leben‹, erwiderte er. Etwas Bezwingendes ging von ihm aus. Er erzählte, in einer Inkarnation sei er vor Zeiten der Sohn des Gottes Hermes gewesen, den dieser mit einer Irdischen gezeugt. Hermes liebte den Knaben so sehr, daß er versprach, ihm jeden Wunsch zu erfüllen mit Ausnahme der Unsterblichkeit; denn unsterblich sind nur die Götter selbst. So bat ihn der Knabe um das, was ihn das Nächstwichtigste zu sein dünkte. ›Gib, daß ich mich bei jeder neuen Inkarnation daran erinnere, wer und was ich in meinen früheren Leben war.‹ Hermes willigte ein.

›Und‹, sagte Pythagoras, ›ich kann mich erinnern, wie es war, ein Vogel, ein Krieger, ein Fuchs, ein Argiver in Troja zu sein. All dieses war ich und bin ich und werde ich sein, bis ich wieder eingehe in das Ganze.‹«

Was Demokedes erzählte, beeindruckte mich tief, und oft habe ich bedauert, daß ich Pythagoras nie begegnet bin. Als er von einer rivalisierenden Clique aus Kroton vertrieben wurde, nahm er Zuflucht in einem Tempel in Metapontum, wo er sich langsam zu Tode hungerte. Da ich damals ungefähr zwanzig war, hätte ich mich zu ihm begeben können. Es heißt, bis zum Ende habe er Besucher empfangen. Sofern es denn das Ende *war*. Falls nicht, so könnte es durchaus sein, daß er jetzt durch die Straßen von Athen schreitet, den Kopf voller Erinnerungen an tausend frühere Inkarnationen.

Demokrit erzählt mir, in Theben gebe es eine pythagoreische Schule, bis vor kurzem geleitet von einem Krotonianer namens Lysis. Diesem Lysis wird ein Ausspruch zugeschrieben, von dem Demokrit sich tief beeindruckt zeigt: »Menschen müssen sterben, weil sie den Anfang nicht mit dem Ende verbinden können.«

Ja, das klingt in der Tat weise. Das Leben eines Menschen läßt sich darstellen als gerade und abfallende Linie. Doch wenn die Seele oder das Fragment des göttlichen Feuers in jedem von uns sich mit dem eigentlichen Ursprung des Lebens wiedervereint, dann ist die vollkommene Form erreicht, und was eine gerade Linie war, ist jetzt ein Kreis, und der Anfang hat sich mit dem Ende verbunden.

Ich sollte hier anmerken, daß ich nicht etwa eine Art Wunderkind gewesen bin. Oh, nein, in gar keiner Weise. Ich möchte nicht, daß der Eindruck entsteht, in mir habe sich ein Prophet oder Wundertäter oder Philosoph verkörpert, ob nun in frühen oder erst späteren Jahren. Es war mein Schicksal, als ein Spitama geboren worden zu sein, und – alles in allem – kann ich nicht behaupten, mit meinem Platz in der Welt je gehadert zu haben, trotz der unaufhörlichen Feindschaft der Magians, welche der Lüge folgen. Doch wurde diese Feindschaft mehr als kompensiert durch die Gunst, welche mir die drei Großen Könige erwiesen – Darius, Xerxes, Artaxerxes.

Wenn schon ich von Natur aus weder der Religon noch der Magie besonders zuneige, besitze ich doch ein spekulatives Gemüt. Auch fühle ich mich gehalten, in andere Religionen oder Gedankensysteme Einblick zu nehmen, um herauszufinden, inwieweit sie abweichen vom Weg der Wahrheit, dem zu folgen mir von Geburt an bestimmt war.

Im Laufe eines langen Lebens habe ich immer wieder voll Verblüffung entdeckt, daß es in anderen Religionen Elemente gibt, von denen ich glaubte, es handle sich um spezielle Offenbarungen des Weisen Herrn gegenüber Zarathustra. Aber nunmehr begreife ich, daß der Weise Herr in allen Sprachen der Welt sprechen kann und daß in allen Sprachen der Welt seine Worte nur selten verstanden oder befolgt werden. Aber sie ändern sich nicht. Denn sie sind wahr.

8

Während meiner Jugend führte ich zwei Leben: ein religiöses Leben zu Hause mit Lais und den Magians, welche Zarathustra folgten; und ein Leben in der Schule. Glücklicher fühlte ich mich in der Schule, in der

Gesellschaft meiner genauen Altersgenossen Xerxes und seines Vetters Mardonius, Sohn des Gobryas. Aus irgendeinem Grund wurden die Söhne des Histiäus nie in die erste Abteilung aufgenommen. Ich kann mir kaum vorstellen, daß diese Zurücksetzung dem ehrgeizigen Mann behagte.

Unsere militärische Ausbildung, obzwar hart, sagte mir zu, schon weil keiner der Magians damit befaßt war. Unterwiesen wurden wir von den Besten der Unsterblichen, will sagen, von den besten Soldaten der Welt.

Der Morgen, an dem ich zum erstenmal wirklich mit Xerxes zusammentreffen sollte, kommt mir lebendiger vor als der Morgen heute. Aber damals war ich jung. Ich konnte sehen. Sah . . . was? Die Sonne gleich einer güldenen Scheibe am blauweißen Himmel. Dunkelgrüne Zedernwälder. Schneebedeckte Berghöhen. Gelbe Felder, an deren Rainen braune Hirsche ästen. Jugend – das ist ganz und gar Farbe. Alter . . . ? Die Abwesenheit von Farbe – für mich von Sehvermögen überhaupt.

Wir begannen unseren täglichen Marsch vor Sonnenaufgang. In Zweierreihen schritten wir; jeder trug einen Speer. Aus irgendeinem Grunde hatte man mich mit Xerxes zusammengetan. Er beachtete mich nicht. Ich meinerseits beobachtete ihn sehr eingehend. Als ein Kind des Harems wußte ich: Falls es der Atossa-Partei gelang, über die Gobryas-Partei zu obsiegen, würde Xerxes eines Tages Großer König sein.

Xerxes war ein hochgewachsener Knabe mit leuchtenden hellgrauen Augen. Die dunklen, zusammengewachsenen Brauen bildeten eine gerade Linie. Auf seinen rosigen Wangen zeigte sich, trotz seiner Jugend, schon dunkelgoldener Flaum. Er war sexuell frühreif.

Ahnte er etwas von seiner späteren Bestimmung? Anzumerken war ihm nichts. In seinem Verhalten glich er den vielen anderen Söhnen des Großen Königs, schien weder mehr noch weniger zu sein als sie. Er besaß ein charmantes Lächeln. (Übrigens blieben ihm, anders als den meisten Menschen, all seine Zähne bis zum Schluß.)

Ich sagte nichts zu ihm; er sagte nichts zu mir.

Um die Mittagszeit wurde uns befohlen, bei einer Waldquelle zu halten. Wir durften Wasser trinken, jedoch nichts essen. Aus irgendeinem Grund streckte ich mich nicht mit den anderen im Moos aus, sondern schlenderte davon in den Wald.

Plötzlich teilt sich grüner Lorbeer. Ich sehe den Rüssel, die gebogenen gelben Hauer. Speer in der Hand, erstarre ich; bin außerstande, mich zu bewegen, während der mächtige, borstige Körper durch die Lorbeerhecke bricht.

Der Eber wittert mich, weicht zurück. Zweifellos ist die Bestie nicht weniger verstört als ich selbst. Aber dann wirft sich der Eber in sonderbarer Zirkelbewegung herum und attackiert.

Hoch werde ich emporgeschleudert. Als ich wieder zur Erde falle, spüre ich, daß in meiner Brust keine Luft mehr ist.

War ich nicht tot? Nicht so ganz. Denn obwohl ich nicht atmen konnte, konnte ich doch hören – und ich vernahm den fast menschlichen Schrei des Ebers, als Xerxes seinen Speer dem Tier tief in den Hals stieß. Zitternd strich wieder Luft in meine Lunge, indes der blutende Eber in den Lorbeer wankte, wo er strauchelte, stürzte, starb.

Alles eilte herbei, um Xerxes zu gratulieren. Auf mich achtete niemand. Zum Glück war ich nicht verletzt. Nein, keiner nahm von mir Notiz – außer Xerxes.

»Ich hoffe, dir fehlt weiter nichts.« Er lächelte zu mir herab.

Ich begegnete seinem Blick und sagte: »Du hast mir das Leben gerettet.«

»Ich weiß.« Er traf eine sachliche Feststellung.

Da es so vieles gab, daß wir an diesem Punkt hätten sagen können, sagten wir nichts, noch wurde die Episode je wieder zwischen uns erwähnt.

Über die Jahre hinweg hatte ich Gelegenheit, eine aufschlußreiche Beobachtung zu machen: Rettet ein Mensch einem anderen das Leben, so macht er dem Geretteten gegenüber eine Art Besitzanspruch geltend. Anders kann ich es mir nicht erklären, wieso Xerxes gerade mich zu seinem speziellen Freund erkor. Bald nach unserem Waldabenteuer zog ich, auf sein Drängen, ins Quartier der Prinzen.

Noch immer besuchte ich Lais, aber ich wohnte nicht mehr bei ihr. Darüber, daß ich Xerxes jetzt so nah war, zeigte sie sich erfreut; behauptete es jedenfalls. Jahre später gestand sie mir, unsere Freundschaft habe sie bekümmert. »Damals glaubten doch alle, Artabazenes werde Darius nachfolgen. Und wäre es so gekommen, so hätte man Xerxes samt all seinen Freunden getötet.«

War ich mir seinerzeit dieser Gefahr bewußt? Ich erinnere mich nicht mehr. Xerxes erwies sich als hinreißender Gefährte. Ihm fiel alles mühelos zu. Er war ein hervorragender Reiter; verstand sich vorzüglich auf die Handhabung sämtlicher Waffen. Für den Unterricht, den uns die Magians erteilten, interessierte er sich zwar nicht sehr, doch konnte er recht flüssig lesen. Allerdings glaube ich nicht, daß er schreiben konnte.

Jahr für Jahr folgten wir dem Großen König, im Wechsel der Jahreszeiten, von Susa nach Ekbatana, nach Babylon und wieder zurück nach Susa. Xerxes und ich zogen Babylon den anderen großen Städten vor. Aber welcher junge Mann tut das wohl nicht?

Unser – der Schüler – Leben wurde vollständig von Armeeoffizieren, Magians und Eunuchen kontrolliert. Auch blieb der Hof, ganz gleich, in welcher Stadt er residierte, nun einmal der Hof, genau wie die Palastschule die Palastschule blieb. Wir besaßen nicht mehr Freiheit als die Sklaven, die in den Silberminen meines Großvaters arbeiteten. Doch in Babylon war uns stets bewußt, daß jenseits der strikten Begrenzung von Darius' Hof ein wahrhaft lebenswertes Leben lockte. Und oft sannen Xerxes und Mardonius und ich voll Sehnsucht darüber nach, wie es wohl wäre, die Stadt zu besuchen, wenn der Hof *nicht* in Babylon residierte. In unserem neunzehnten Jahr erfüllte sich unser Wunsch.

Mardonius war ein heller Kopf, der hoch in Darius' Gunst zu stehen schien. Ich sage »schien«, weil man nie genau wußte, wie man bei Darius dran war. Er verstand sich vollendet darauf, Menschen zu manipulieren, und besaß einen geradezu brutalen Charme. In seiner ganzen Art wirkte er so unergründlich, daß man aus ihm oft erst schlau wurde, wenn es bereits zu spät war. Zweifellos nahm Darius darauf Rücksicht, daß Mardonius den Gobryas zum Vater hatte, einen überaus schwierigen Menschen und potentiellen Rivalen. Folglich zeigte sich Darius gegenüber Vater und Sohn von äußerster Nachsicht.

An seinem Geburtstag pflegt der Große König in Gegenwart von Mitgliedern und Freunden der königlichen Familie rituell sein Haupt zu salben und jenen, die ihm am nächsten stehen, Wünsche zu gewähren. In jenem Jahr – in Susa – war es Xerxes, der das Silbergefäß mit Rosenwasser hielt, und es war Mardonius, der dem Darius Bart und Haupthaar mit einem Seidentuch trocknete. »Was kann ich dir gewähren, Mardonius?« Der Große König zeigte sich aufgeräumt, obwohl er Geburtstage verabscheute, kündeten sie doch unausweichlich vom unausweichlich näherrückenden Ende.

»Die Statthalterschaft von Babylon für den dritten Monat des neuen Jahres, Großer König.«

Zwar verlangt das Protokoll, daß der Große König keinerlei Überraschung zeigt, doch berichtete mir Xerxes, sein Vater sei baß erstaunt gewesen. »Babylon? Wieso Babylon? Und weshalb die Statthalterschaft nur für einen Monat?«

Aber Mardonius gab keine Antwort. Er kauerte einfach zu Darius' Füßen – die zeremonielle Position, welche bedeutet: Ich bin dein Sklave, verfahre mit mir, wie du magst.

Darius starrte zu Mardonius hinab. Dann blickte er sich im Saal um. Zwar darf niemand den Großen König direkt ansehen, doch Xerxes scherte sich nicht darum. Als er den Blick seines Vaters auf sich wußte, lächelte er.

»Das ist ein Wunsch, so bescheiden, wie ich ihn wohl noch nie vernommen.« Darius stellte sich leicht verwirrt. »Gewiß haben viele schon in weniger als einem Monat ein Vermögen gemacht. Allerdings bestimmt nicht in Babylon. Wenn es um Geld geht, sind die Schwarzhaarigen viel gerissener als wir Perser.«

»Ich werde ihn begleiten, Großer König, sofern du mir diesen Wunsch gewährst«, sagte Xerxes. »Ich werde dafür sorgen, daß Mardonius tugendhaft bleibt.«

»Und wer wird *deine* Tugend behüten?« fragte Darius voller Ernst.

»Cyrus Spitama, sofern du ihm *seinen* Wunsch gewährst, den hier vorzubringen er mich gebeten hat.« Xerxes war von Mardonius genauestens instruiert worden. »Er wird sich um unsere religiöse Ausbildung kümmern.«

»Cyrus Spitama hat geschworen, den Hohenpriester von Bel-Marduk zum Weg der Wahrheit zu bekehren.« Mardonius gab sich sehr fromm.

»Ich bin das Opfer eines Komplotts«, sagte Darius. »Aber ich muß tun, was Königen an diesem Tag zu tun gebührt. Mardonius, Sohn des Gobryas, dir wird für den dritten Monat des neuen Jahres die Verwaltung meiner Stadt Babylon anvertraut. Xerxes und Cyrus Spitama werden dir zur Seite stehen. Doch weshalb gerade der dritte Monat?« Darius wußte natürlich ganz genau, worum es uns ging.

»Die hohen Gärten am Euphrat werden in Blüte stehen, Großer König«, erklärte Mardonius. »Es ist eine bezaubernde Jahreszeit.«

»Bezaubernder noch durch die Tatsache, daß der Große König im dritten Monat, viele Meilen entfernt, in Susa weilen wird.« Darius lachte – eine plebejische Gewohnheit, die er bis zum Ende seiner Tage beibehielt. Ich fand das keineswegs anstößig, ganz im Gegenteil.

9

Babylon ist weniger schön als vielmehr überwältigend. Alles besteht aus den gleichen, langweiligen aus Euphratschlamm gebackenen Ziegeln. Die Tempel und Paläste allerdings besitzen ägyptische Proportionen; auch waren die Stadtmauern damals so breit, daß auf den Wehrgängen ein mit vier Rossen bespannter Streitwagen hätte wenden können: Dieses Fremden zu versichern, wurden die Einwohner nicht müde, obschon garantiert noch niemand einen derartigen Unfug je beobachtet hatte. Es gab keinerlei Wachen. So vollkommen war in jenen Tagen der Friede des Großen Königs.

Es ist etwas sonderbar Spukhaftes an einer Stadt, die seit über dreitausend Jahren besteht. In Kriegen ist Babylon oft zerstört worden, doch haben es seine Bewohner – ganz einfach als »die Schwarzhaarigen« bekannt – jedesmal wieder so aufgebaut wie früher; jedenfalls behaupten sie das. Die Stadt befindet sich im Zentrum eines riesigen Gevierts, das vom dunklen, schnellfließenden Euphrat ziemlich gleichmäßig in zwei Teile geteilt wird. Ursprünglich war Babylon wohlgeschützt durch eine äußere Mauer, eine innere Mauer und einen tiefen Graben. Doch als Darius gezwungen war, die Stadt zum zweitenmal zu unterwerfen, ließ er einen Teil der äußeren Mauer schleifen. Jahre später, nach Niederwerfung einer Rebellion in der Stadt, zerstörte Xerxes praktisch sämtliche Mauern und schüttete den Graben zu. Ich halte es jetzt für recht unwahrscheinlich, daß uns die Babylonier je wieder Ärger machen werden. Vom Naturell her sind die Schwarzhaarigen sinnenfreudig und nachgiebig und gehorsam. Seit Jahrhunderten werden sie von einer ebenso komplexen wie korrupten Priesterkaste beherrscht. Von Zeit zu Zeit wiegeln die Priester des einen Tempels das Volk gegen die Priester eines anderen Tempels auf, und es kommt zu einem Ausbruch von Gewaltsamkeit, ähnlich wie bei einem Sommergewitter, und genau wie ein Sommergewitter geht es rasch vorüber.

Preise ich mich zwar glücklich, nicht als Babylonier geboren worden zu sein, so muß ich doch sagen, daß auf der ganzen Erde kein anderer Ort jungen Männern derartig viel zu bieten hat – zumal jungen Männern, welche eine strenge persische Erziehung absolvieren.

Bei Sonnenuntergang kamen wir durch das Ischtartor, benannt nach einer der Anahita oder Aphrodite ähnlichen Göttin, nur daß sie gleichermaßen Mann wie Weib ist. In beiderlei Gestalt zeigt Ischtar sich sexuell unersättlich, und die Verehrung dieser Gottheit bestimmt gleichsam die Atmosphäre in der ganzen Stadt. Das Ischtator besteht eigentlich aus zwei Toren – eines in der äußeren, eines in der inneren Stadtmauer. Die gewaltigen Tore sind mit farbigen Glasziegeln bedeckt, in blau und gelb und schwarz, und sie zeigen Darstellungen aller möglichen fremdartigen und grauenvollen Bestien, darunter auch Drachen. Die Wirkung ist weniger schön als vielmehr schauderhaft. Von den insgesamt neun Toren der Stadt – jedes nach einer Gottheit benannt – ist das der Ischtar das wichtigste, denn es führt direkt zum Herzen des linken Ufers von Babylon, wo sich die Tempel und Paläste und Schatzhäuser befinden.

Unmittelbar hinter dem ersten Tor wurde Mardonius vom eigentlichen Statthalter und seinem Gefolge empfangen. Aus begreiflichen Gründen blieb Xerxes' – wie auch meine eigene – Identität ein Geheimnis. Wir waren schlicht die Gefährten des Gouverneurs für den dritten Monat.

Nach dem üblichen Ritual – dem Anbieten von Brot und Wasser – geleitete man uns die Prozessionsstraße entlang. Dieser eindrucksvolle Prachtweg ist mit präzisen Platten aus Kalkstein gepflastert. Die mit Glasziegeln bedeckten Mauern der Gebäude zu beiden Seiten zeigen die Abbildungen von Löwen.

Auf der linken Seite der Prozessionsstraße befindet sich der einem Teufelsgott geweihte Tempel; auf der rechten Seite steht der sogenannte neue Palast, von König Nebukadnezar in fünfzehn Tagen erbaut, wie die Einheimischen behaupten. Als letzter von Babylons Heldenkönigen vertrieb Nebukadnezar die Ägypter aus Asien; außerdem eroberte er Tyrus und Jerusalem. Unglücklicherweise war er – wie so viele Babylonier – religionsbesessen. Allerdings blieb ihm wohl keine Wahl: Die

Priester von Bel-Marduk kontrollieren die Stadt, und kein König von Babylon ist wirklich König, bevor er nicht, als Priester gekleidet, die Hände von Bel ergreift: Er muß, im großen Tempel, die Hände der goldenen Statue von Bel-Marduk berühren. Kyrus, Kambyses, Darius und Xerxes – jeder von ihnen hat die Hände von Bel ergriffen.

Seine letzten Tage verbrachte Nebukadnezar hauptsächlich mit religiösen Zeremonien, bei denen er oft vorgab, die Opferziege zu sein. Einmal ließ er sich auf allen vieren nieder und fraß in den hohen Gärten Gras. Doch anders als die übliche Ziege wurde er nie wirklich geopfert. Rund fünfzig Jahre vor unserem Besuch in Babylon starb er in tiefster Umnachtung. Jeder Babylonier, den ich kennenlernte, sprach voll Vergnügen von ihm. Er war ihr letzter wahrer König. Übrigens war er von uraltem chaldäischem Stamm genau wie – ich bin da so sicher, wie man es ohne jedweden Beweis sein kann – die Familie Spitama.

Dreißig Jahre nach Nebukadnezars Tod war es die Antipriesterpartei, die Kyrus in Babylon freudig willkommen hieß. Hierbei handelte es sich um eine Vereinigung internationaler Kaufleute und Geldwechsler, die den letzten König abgesetzt hatten. Dieser sonderbare Monarch interessierte sich ausschließlich für Archäologie und hielt sich statt in Babylon meist in der Wüste auf, wo er die verlorenen Städte Sumers ausgrub. Während der König ganz der Vergangenheit zugewandt war, kümmerten sich die Priester um die Gegenwart. Sie beherrschten den Staat und überließen ihn dem Untergang – nein, dem Ruhm, da er ja an Kyrus fiel.

Im neuen Palast wies man uns prachtvolle Gemächer zu. Direkt unterhalb unseres Quartiers befand sich die Steinbrücke, welche die beiden Flußufer miteinander verbindet. Allnächtlich werden die hölzernen Brückenteile hochgezogen, damit nicht etwa Räuber den Fluß überqueren können.

Unter der Brücke hat Nebukadnezar einen Tunnel bauen lassen. Dieses bemerkenswerte Stück der Ingenieurskunst ist etwa zwanzig Fuß breit und fast genauso hoch. Wegen des ständigen Einsickerns von Euphrat-Wasser sind Wände und Boden voller Schlamm, auch riecht es wahrhaft übel – nach den Ochsen, welche die Wagen ziehen ebenso wie nach dem Qualm der Pechfackeln, die jeder Reisende an den Tunnelenden mieten kann. Als wir zur anderen Seite gelangten, war ich ziemlich außer Atem, und Xerxes meinte, er sei sich vorgekommen wie lebendig begraben. Immerhin ist der Tunnel seit einem halben Jahrhundert unfallfrei in Betrieb.

Unsere Wohnungen befanden sich ganz oben im neuen Palast, etwa vier Stockwerke über der Stadt. Von einer zentralen Loggia aus hatten wir einen prachtvollen Blick auf das, was die Babylonier ein Ziggurat nennen, ein hohes Gebilde. Das Ziggurat, das wir sahen, trägt den Namen: Haus des Fundaments von Himmel und Erde. Es ist das höchste Gebäude der Welt, das selbst die größten ägyptischen Pyramiden überragt – jedenfalls behaupten das die Babylonier. Ich bin niemals in Ägypten gewesen.

Man sieht sieben gewaltige Ziegelkuben, gleichsam gipfelstürmend übereinandergetürmt. Der größte Kubus befindet sich ganz unten, der kleinste ganz oben, so daß das Ganze einer Art Stufenpyramide gleicht. Eine Treppe führt rings um das mächtige Bauwerk. Da jeder Abschnitt einer anderen Gottheit geweiht ist, findet man von Stufe zu Stufe eine andere Farbe. Selbst bei Mondschein konnten wir das geisterhaft schimmernde Rot und Blau und Grün der diversen Sonnen-, Mond- und Sternengötter erkennen.

Unweit des Ziggurats befindet sich der Tempel von Bel-Marduk, ein Komplex lehmfarbener Gebäude und staubiger Höfe. Bis auf die hohen Bronzetüren zum Saal der Götter weist der Tempel keine nennenswerten äußeren Schönheiten auf. Das einzig wahrhaft Bemerkenswerte an ihm ist wohl dies: Er soll über dreitausend Jahre hinweg völlig unverändert geblieben sein. Unwandelbarkeit – das ist der wahre Gott oder Geist dieser Stadt. Nichts darf sich jemals ändern.

Es ist bedauerlich, daß nur wenige Athener Babylon jemals besuchen. Vielleicht würden sie Demut empfinden beim Gedanken an die lange Dauer der Zeit und an die Kürze unserer nichtigen Tage – von unseren Werken ganz zu schweigen. Bei einer derart geschichtsträchtigen Allgegenwart kann es kaum verwundern, daß die Schwarzhaarigen dem Genuß im Hier und Jetzt leben. Alles in allem scheint Babylon überaus geeignet, die Ehrgeizigen zu entmutigen. Gewiß hat keiner unserer Großen Könige dort jemals wirklich gern Hof gehalten. Es war schließlich Xerxes, der mit dem brach, was seit Kyrus alljährliche Praxis gewesen war.

Der Statthalter gab uns zu Ehren ein Bankett – in den Gärten oben auf dem neuen Palast. Diese berühmten Gärten wurden ursprünglich für Nebukadnezar geschaffen. Zunächst bauten die Ingenieure eine Serie von Kolonnaden, die stark genug waren, um eine sechs Fuß tiefe Erdschicht zu tragen. Dann pflanzte man Bäume und Blumen als Trost für eine Königin, die heimwehkrank war, und zwar – ausgerechnet! – nach Ekbatana. Schließlich wurden mechanische Pumpen installiert. Nunmehr speisen unablässig Tag und Nacht Eimer voll Euphrat-Wasser die hohen Gärten, so daß diese selbst in der Hitze des Hochsommers stets grün und kühl sind. Wahrhaftig kommt kein Genuß der Wonne gleich, oben auf einem Palast in einem Pinienhain zu sitzen, rings umgeben von Palmenbäumen.

Zum erstenmal in unserem Leben waren wir freie Männer, und ich erinnere mich jenes Abends als eines der zauberhaftesten, die ich je genoß. Wir lagerten auf Liegen unter Glyzinen, die im Mondschein wie aus Silber gehämmert wirkten. Bis auf den heutigen Tag ruft mir der Geruch einer Glyzine Babylon – und die Jugend – in Erinnerung. Nein, Demokrit, der Anblick oder das Anfühlen von Silber stimuliert keineswegs das Gedächtnis. Ich bin weder Kaufmann noch Bankier.

Der Statthalter trug einen goldenen Turban und hielt einen Elfenbeinstab in der Hand. Obwohl er wußte, wer Xerxes war, ließ er sich nichts anmerken von jenem Schrecken, den der Große König und seine Söhne so vielen einflößen. Als untadeliger Gastgeber bot er ein Dutzend Mädchen für uns auf, sämtlich wohlbewandert in den Künsten der Ischtar.

»Der Satrap Zopyrus befindet sich in seinem Haus weiter flußauf, junge Herren«, sagte der Statthalter. »Er ist schon seit etlichen Monaten krank. Sonst hätte er euch selbst begrüßt.«

»Übermittle ihm unsere Empfehlungen.« Mit unverkennbarem Vergnügen spielte Mardonius die Rolle des Statthalters, indes Xerxes und ich so taten, als ob wir vor ihm katzbuckelten – in allerbester höfischer Manier. Später waren wir uns in einem Punkt völlig einig: Was für ein Glück, daß uns nicht der Satrap empfangen hatte, hätte dieser doch die Gefährten des Großen Königs küssen müssen, und Zopyrus besaß natürlich gar keine Lippen – und auch keine Nase und keine Ohren.

Als Darius Babylon zum zweitenmal belagerte, leistete die Stadt nahezu zwei Jahre Widerstand. Zopyrus war ein Sohn eines der Sechs und ein Offizier in der persischen Armee. Schließlich fragte Zopyrus den Großen König, wieviel ihm am Besitz Babylons gelegen sei. Eine recht überflüssige Frage nach neunzehnmonatiger Belagerung, wie mir scheint. Als Darius erwiderte, die Stadt sei für ihn von höchster Wichtigkeit, versprach Zopyrus Babylon dem Großen König zum Geschenk zu machen.

Zopyrus ließ einen Metzger kommen, dem er befahl, ihm Ohren, Lippen und Nase abzuschneiden. Dann lief Zopyrus zu den Babyloniern über. Auf seinen verstümmelten Kopf deutend, sagte er: »Seht, was der Große König mit mir gemacht hat!« Man glaubte ihm. Wie hätte man, bei seinem Zustand, auch Zweifel hegen können?

Schließlich wurde Zopyrus mit hinzugezogen zu den hohen Ratsversammlungen der Priester, welche die Stadt beherrschten. Als die Nahrung knapp zu werden drohte, riet er ihnen, die meisten Frauen zu töten, damit die Soldaten ausreichend versorgt werden könnten. Fünfzigtausend Frauen wurden umgebracht. Als die Babylonier dann eines Nachts eine ihrer religiösen Zeremonien abhielten, öffnete Zopyrus das Nannar-Tor, und Babylon ward abermals erobert.

Darius übte rasche Gerechtigkeit. Außerhalb der Mauern wurden dreitausend Männer gekreuzigt. Man schleifte eine Reihe von Toren sowie die äußere Mauer. Um die Stadt wieder zu bevölkern, importierte

Darius Tausende von Frauen aus allen möglichen Teilen der Welt. Zur Zeit unseres Besuchs hatten die fremden Damen bereits gute Arbeit geleistet, und die meisten babylonischen Einwohner waren unter sechzehn.

Wie es der Brauch gebot, nahm Darius abermals die Hände von Bel und wurde – abermals – gesetzmäßiger König von Babel, wie man die Nation nannte. Sodann machte er Zopyrus zum Satrapen auf Lebenszeit. Ein sonderbarer Zufall fügte es, daß ich erst vor wenigen Tagen in der Agora seinem Enkelsohn begegnete. Er ist Kaufmann, wie er mir sagte, und »nicht länger Perser«. Ich entgegnete, er werde stets der Enkel jenes Mannes sein, den Darius als den größten Perser seit Kyrus bezeichnete. Nun ja, für unsere Nachkommen sind wir nicht verantwortlich. Ironischerweise heißt dieser Enkel Zopyrus; er ist der Sohn von Megabyzus, bis vor kurzem Persiens bester General.

»Wo befindet sich der Schatz der Königin Nitokris?« Mardonius schien in verspielter Laune.

»Ich schwöre dir, Herr, daß er sich nicht in ihrem Grab befindet.« Die Stimme des Statthalters klang so ernst, daß wir unwillkürlich lachen mußten.

»Wie der Große König bereits entdeckte.« Xerxes trank einen Becher Bier nach dem anderen. Er konnte mehr vertragen als jeder andere Mann, den ich je kannte. Auch sollte ich anmerken, daß er mit neunzehn Jahren von bemerkenswerter Schönheit war. An diesem Abend, beim Mondenschein, wirkten seine Augen wie Mondsteine, glich sein junger Bart dem Fell eines skythischen Fuchses.

»Wie«, fragte ich, »konnte es kommen, daß eine Frau über dieses Land herrschte?«

»Weil, Herr, manche unserer Königinnen sich für Männer ausgaben, auf ägyptische Weise. Und natürlich ist die Göttin Ischtar genausosehr Mann wie Weib.«

»Wir würden uns gern ihren Tempel ansehen«, sagte Xerxes.

»Vielleicht ist der berühmte Schatz ja dort versteckt«, meinte Mardonius. Rückblickend begreife ich jetzt, wie genau Darius den jungen Mardonius durchschaut hatte. Des Großen Königs Scherz – man könne womöglich innerhalb eines einzigen Monats ein Vermögen machen – hatte einen ernsten Hintergrund. Darius wußte schon damals, was ich erst nach Jahren erkannte – daß mein Freund Mardonius überaus raffgierig war.

Xerxes wollte sich das Grab der Königin ansehen, welches sich über einem der Stadttore befindet. Auf der Innenmauer des Tores fand sich der Satz eingekerbt: »Sollte es einem künftigen Herrscher meines Landes an Geld mangeln, so möge er mein Grab öffnen.«

Da Darius stets Geld brauchte, hatte er das Grab der Königin öffnen lassen. Doch das einzige, was man außer dem – in Honig konservierten – Leichnam der Königin entdeckte, war eine Steintafel, auf welche sie geschrieben hatte: »Wärst du nicht so gierig und so rücksichtslos, so wärst du nicht zum Grabräuber geworden.« Darius warf die Leiche der Königin persönlich in den Euphrat – nicht gerade die feine Art, aber er war vor Wut außer sich.

Der Statthalter versicherte uns, bei dem sogenannten Schatz der Nitokris handle es sich nur um eine Legende. Andererseits vergaß er zu erwähnen, daß man im Tempel von Bel-Marduk wahre Unmengen von Gold sehen kann – das meiste Gold der Welt, wie es scheint.

Jahre später entfernte Xerxes aus dem Tempel sämtliche goldenen Gegenstände, darunter auch die Statue von Bel-Marduk. Dann ließ er alles einschmelzen, um daraus Darikusse – Goldmünzen – zu machen und für die griechischen Kriege zu bezahlen. Wie sich denken läßt, behaupten die heutigen Babylonier, Xerxes' spätere Schwierigkeiten hätten ihre Ursache ausschließlich in diesem Sakrileg, was natürlich Unsinn ist. Vielmehr haben Kyrus und Darius und der junge Xerxes viel zuviele Konzessionen gemacht, was die zahlreichen lokalen Gottheiten des Reiches betrifft. Wenn den Großen Königen die Klugheit gebot, ihren Untertanen in diesem Punkt viele Freiheiten zu lassen, so hätten sie selbst doch niemals einen anderen Gott anerkennen dürfen, als den Weisen Herrn. Eine halbe Wahrheit, sagte Zarathustra, kommt einer ganzen Lüge gleich.

Zopyrus erwies sich als perfekter Gastgeber. Er blieb in seinem Haus weiter flußauf und ließ sich nie blicken. Uns stand es, in der Verkleidung gewöhnlicher Meder, absolut frei, die Stadt zu erforschen. Allerdings befanden sich in Xerxes' Nähe stets irgendwelche Wächter. Dafür hatte Königin Atossa gesorgt. Sie war sogar zu Darius gegangen und hatte ihn gebeten, Xerxes nicht fortzulassen. Aber ein Versprechen des Großen Königs kann nun mal nicht rückgängig gemacht werden, und so bestand Atossa darauf, wenigstens die Wachen für Xerxes aussuchen zu dürfen. Ich meinerseits mußte ihr geloben, Mardonius im Auge zu behalten. Sie meinte, er sei sehr wohl fähig, Xerxes zu töten, und keines meiner Argumente vermochte, sie vom Gegenteil zu überzeugen. »Mardonius' Vater ist Gobryas. Sein Neffe ist Artobazanes. Das genügt. Dies ist ein Komplott. Sobald mein Sohn in Babylon allein ist...« Doch Atossa irrte sich, ausnahmsweise. Mardonius war Xerxes ergeben. Genauer gesagt: Er verabscheute seinen Vater und empfand nichts für seinen Neffen Artobazanes.

Wie jeder Besucher in Babylon begaben wir uns sogleich zum Tempel von Ischtar, wo die Frauen sich prostituieren. Ein uraltes Gesetz verlangt von jeder Babylonierin, daß sie sich einmal in ihrem Leben zum Tempel der Ischtar verfügt, wo sie im Hof wartet, bis ein Mann ihr Silber anbietet, damit sie ihn liebe. Der erste, der dies tut, kann sie haben. In anderen dieser Göttin geweihten Tempeln prostituieren sich Jünglinge und Knaben, und der Mann, der es mit ihnen macht, hat – wie man allgemein glaubt – den besonderen Segen der Göttin erlangt. Zum Glück für den babylonischen Mann wird von ihm *nicht* gefordert, einmal in seinem Leben als Tempelprostituierter zu dienen. Dieses Vorrecht genießen lediglich die Damen.

Mit geweiteten Augen standen wir drei am Rand des äußeren Hofes. Etwa tausend Frauen jeglicher Größe und Gestalt, jedweden Alters und Standes saßen in der heißen Sonne auf dem Boden. Nichts spendete ihnen Schatten. Der Portikus auf der anderen Seite des Hofes bleibt den trägen Tempeleunuchen vorbehalten. Sie achten darauf, daß keiner der Besucher von den Linien abweicht, die sie auf den Boden gezeichnet haben. Jeder Mann hat sich an eine bestimmte Linie zu halten. Sonst wäre das Durcheinander zu groß. Zwischen den Linien sitzen die Frauen.

Sonderbarerweise suchen babylonische Männer nur selten den Tempel auf. Vermutlich sind sie daran gewöhnt. Auch empfinden sie wohl eine gewisse Verlegenheit beim Anblick ihrer Frauen oder Schwestern oder Töchter, welche der Göttin dienen. Zum Glück kommen aus allen Teilen der Welt genügend Fremde, um den Damen bei der Erlangung von Ischtars Segen behilflich zu sein.

Gleichsam im Gänsemarsch folgten Xerxes, Mardonius und ich einer Linie, die durch eine Gruppe sitzender Frauen führte. Man hatte uns gewarnt: Bei jenen, denen die Sache Freude zu machen scheint, handelt es sich um wirkliche Prostituierte, die vorgeben, wieder der Ischtar zu dienen. So attraktiv diese Frauen mitunter auch sind, man hat sie zu meiden. Vorzuziehen sind jene, die recht seelenvoll und tiefernst aussehen, so als seien sie irgendwie jenen Leibern entrückt, die sie der Gottheit darbieten.

Da die meisten Männer, die zum heiligen Tempelbezirk kommen, von einzigartiger Häßlichkeit sind, begreife ich nur zu gut, was für eine Wonne es für einen, sagen wir, mißgestalteten Bäcker sein muß, für einen Silberling etwa die schöne Tochter eines vornehmen Herrn zu bekommen. Nach Lage der Dinge war die Situation auch für uns, das stattliche Trio persischer Prinzen, ich blase mich da ein bißchen auf, ganz unbedingt ersprießlich. Schon wegen unserer Jugend traf so mancher lockende Blick auf uns.

Dem Brauch entsprechend trifft man seine Wahl, indem man der Frau ein Silberstück in den Schoß wirft. Sodann erhebt sie sich, nimmt den Mann beim Arm und führt ihn in den Tempel, wo Hunderte von hölzernen Trennwänden aufgestellt sind und eine Reihe türloser Zellen bilden. Wer eine leere Zelle finden kann, paart sich auf dem Boden. Obschon die Eunuchen die Schaulust in gar keiner Weise fördern, ziehen attraktive Frauen oder Männer oft doch ein beträchtliches Publikum an – für ganz kurze Zeit. Die besonderen Umstände bringen es mit sich, daß allergrößte Eile die Regel zu sein scheint in Ischtars Dienst.

Die besonderen Umstände, ja: So wird, gleichsam zur Verschleierung des alles durchdringenden Geruchs der Sexualität in den Schalen soviel Weihrauch verbrannt, daß die stickige Luft sich in ein opakes Blau verwandelt; und wenn man sich allzu lange der Feier der Göttin hingibt, so kann es geschehen, daß man sich selbst ins Bläuliche verfärbt.

Während sich die meisten Fremden bis auf die Haut entkleideten, legten wir würdigen persischen Jünglinge nicht ein einziges Stück ab, was vor allem die Griechen amüsierte. Im Handumdrehen machten wir drei Mädchen heilig, die alle von recht hohem Stand zu sein schienen. Offenbar waren sie mit uns zufrieden. Aber als Mardonius sein Mädchen fragte, ob er sie wiedersehen könne, erwiderte sie voll Ernst: Wenn sie das täte, würde sie von Ischtar für alle Zeit verdammt werden. Im übrigen sei sie verheiratet. Dann dankte sie ihm höflich für das, was er getan hatte.

Mein Mädchen schien durch das Ganze sehr verwirrt. Wie sie mir erzählte, hatte sie erst vor kurzem geheiratet. Eigentlich war es ihr Wunsch gewesen, Ischtar schon vor ihrer Ehe zu dienen, doch davon hatte ihr ihre Mutter abgeraten. Offenbar haben allzu viele babylonische Jungfrauen schlimme Erfahrungen mit grobschlächtigen Fremden gemacht. Deshalb hatte sie bis jetzt gewartet. Alles in allem, sagte sie, sei sie froh. Wir richteten unsere Kleider nach unserem kurzen Geschlechtsakt, welcher zwei blonde Männer aus dem Norden ungeheuer amüsiert hatte. In schlechtem Griechisch sagten sie: »Ja, wie können denn die irgendwas machen mit all den Kleidern an?« Wir ignorierten sie.

»Schrecklich ist es«, sagte sie, als wir wieder hinausgingen auf den Hof, »sich irgendeine Krankheit zuzuziehen. Man kann ja wahrhaftig nicht wissen, wen man bekommt. Meine Mutter hat zu mir gesagt, falls sich mir ein schmutzig aussehender Mann nähere, solle ich sabbern wie eine Schwachsinnige. Einen sauberen Mann hingegen müsse ich anlächeln. Ich bin wirklich froh, daß ich das getan habe.«

Ich fühlte mich geschmeichelt – was ja auch ihre Absicht war. Während wir auf dem Hof tief atmend unsere Lungen von all dem Weihrauch zu befreien versuchten, erzählte sie mir: »Die ganz häßlichen Frauen müssen Tag für Tag herkommen und manchmal sogar Monat nach Monat, um darauf zu warten, daß ein Mann sie kauft. Ich habe sogar gehört, daß Familien sich gezwungen sahen, einen Fremden dafür zu bezahlen, daß er die Frau nahm. Das ist natürlich verkehrt. Und ziemlich gottlos. Aber in den Augen der Göttin nicht so gottlos, als wenn man nichts tut.«

Wir schieden in bestem Einvernehmen. Das Erlebnis schien überaus erfreulich, bis ich dann eine Woche später entdecken mußte, daß ich ihr Läuse verdankte. Ich rasierte mir mein Schamhaar ab, eine Gewohnheit, die ich seither beibehalten habe.

Im Gebiet um den Tempel von Ischtar gibt es Quartiere, wo nicht religiöse, sondern höchst säkulare Prostitution geübt wird. Meist befinden sich solche Etablissements über Wein- oder Bierläden. Fast alle gehören Frauen. In der Tat sind die babylonischen Frauen niederen Standes freier als Frauen irgendwo sonst auf der Welt. Sie dürfen Eigentum besitzen. Auf den Märkten sind weitgehend sie es, die kaufen und verkaufen. Ich habe sie neben Männern arbeiten sehen, in Ziegelbrennereien ebenso wie beim Säubern der Kanäle.

Als wir den Tempel der Ischtar verließen, nahm sich einer der Gehilfen des Satrapen Zopyrus unserer an. Er agierte als unser Führer, indes uns, in diskretem Abstand, die Wächter von Xerxes im Auge behielten.

Die Hauptstraßen von Babylon verlaufen parallel zueinander und werden im rechten Winkel von kleineren Straßen gekreuzt. Ähnliche Städte habe ich in Indien und Cathay gesehen, aber nirgendwo sonst. Die Wirkung ist überaus prachtvoll, zumal wenn man im Schatten des Ziggurat steht und die lange, gerade und betriebsame Straße entlangblickt – bis zum Endpunkt, einem niedrigen eisernen Tor, welches das Flußufer markiert.

Eine Straße, eine ziemlich breite, war von Menschen mit allen möglichen Gebrechen gesäumt. Als sie unserer ansichtig wurden, riefen sie uns die Symptome ihrer Krankheiten zu. Unser Führer erklärte: »Babylonier haben zu Ärzten kein Vertrauen. So kommen die Kranken denn hierher, und wenn sie jemanden sehen, der auf sie kundig wirkt, so erzählen sie ihm von ihrem Gebrechen. Falls er ein Mittel weiß, so spricht er mit ihnen darüber.«

Wie wir beobachten konnten, blieben in der Tat viele Passanten stehen, um mit den Kranken zu sprechen und ihnen zu sagen, welches Kraut oder welche Wurzel ihnen womöglich helfen könne.

»Demokedes wäre schockiert«, sagte Xerxes. »In seinen Augen ist Medizin eine Kunst.«

»Wohl eher Schwarze Kunst.« Mardonius machte das Zeichen, um Böses abzuwehren.

Am Fuß der breiten Treppe beim Haus des Fundaments von Himmel und Erde empfing uns der Hohepriester von Bel-Marduk, ein übellauniger alter Mann, der sich von persischen Prinzen nicht im mindesten beeindruckt zeigte. Große Könige kommen und gehen; die Priesterschaft von Bel-Marduk ist ewig.

»Im Namen des Herrn Bel-Marduk, tretet näher.« Der alte Mann streckte uns seine Hände entgegen. Als Mardonius danach greifen wollte, wurden sie prompt zurückgezogen. Was von uns erwartet wurde, wußten wir nicht, da uns unser Führer jegliche Erklärung schuldig blieb; vermutlich wußte er es selber nicht. Der Hohepriester bedachte uns mit einer unverständlichen Rede in der uralten Sprache der Babylonier. Dann, auf dem ersten Absatz des Ziggurat, ließ uns der alte Mann allein.

Tausend Stufen führen hinauf zur Spitze des Hauses des Fundaments von Himmel und Erde. Auf halber Höhe blieben wir schweißtriefend stehen. Unter uns lag die Stadt, sehr exakt vom Geviert hoher Mauern umschlossen und in zwei Teile geteilt durch den trüben Fluß, der zwischen befestigten Ufern dahinströmt. Wie Trugbilder aus der Wüste schweben die grünen Wolken der hohen Gärten über dem staubigen Ziegelbraun der Stadt.

Unser Führer erklärte uns das komplexe System der Kanäle. Es bewässert nicht nur die reichste Erde im persischen Reich, sondern sorgt auch für bequeme Transportmöglichkeiten. Es bietet die billigste und angenehmste Art zu reisen, selbst wenn man sich dabei eines der kreisförmigen babylonischen Boote bedient. Übrigens hat mir noch kein Babylonier erklären können, weshalb ihre Boote nicht nur diese runde Gestalt besitzen, sondern überdies auch noch bemerkenswert untüchtig sind.

Keuchend erreichten wir die Spitze des Ziggurat, wo wir zwei Wachen sahen – an der Tür zu einem kleinen Tempel aus hellgelben Ziegeln.

»Was ist das?« fragte Mardonius.

»Ein Heiligtum für Bel-Marduk.« Der Wächter schien nicht gesonnen, uns mehr zu sagen.

In meiner Eigenschaft als religiöse Autorität fragte ich, was sich im Tempel befinde. »Denn natürlich«, erklärte ich in aller Unaufrichtigkeit, »müssen wir dem Bildnis des Gottes, falls es ein solches dort gibt, die schuldige Ehre erweisen.« Zarathustra wäre entsetzt gewesen, seinen Enkel so respektvoll von einem Dew oder Daiwa sprechen zu hören. Andererseits hätte er meine Verstellung gewiß gebilligt. Stets sagte er, daß wir ja nicht in einer von uns erschaffenen Welt leben.

»Es gibt dort keinerlei Bildnis. Das einzige wahre Bildnis von Bel-Marduk habt ihr bereits gesehen.« An jenem Morgen hatte uns unser Führer zum großen Tempel geleitet, um uns eben jenes Bildnis zu zeigen: die riesige Statue eines Mannes, der bei einem Tisch stand. Beides war aus massivem Gold. Wie an diesem Orte üblich, legten wir Blumen auf den Tisch. Die rechte Hand der Statue war glatter und heller als der Rest, war dies doch die Hand, die jeder König von Babylon in seinen beiden Händen hat halten müssen, ein viele Jahrhunderte alter Brauch. Mit leiser Stimme hatte ich zum Weisen Herrn gebetet: Er solle das Götzenbild doch stürzen. Zwanzig Jahre später wurde mein Gebet erhört.

Die ausweichende Antwort unseres Führers oben auf dem Ziggurat erweckte unsere Neugier in einem solchen Maße, daß Xerxes schließlich sagte: »Wir werden hineingehen.«

Da man dem Erben des Großen Königs nicht widersprechen kann, sprach unser Führer mit den Wächtern. Mürrisch öffneten sie die Tür des Tempels, und wir betraten einen fensterlosen Raum, dessen Kühle wir nach dem langen Aufstieg als sehr angenehm empfanden. Im Schein einer einzelnen Hängelampe sahen wir, was der Raum enthielt: nichts als ein großes Bett.

»Wer schläft hier?« fragte Xerxes.

»Der Gott Bel-Marduk.« Unser Führer schien beklommen.

»Hast du ihn jemals gesehen?« wollte ich wissen.

»Nein. Natürlich nicht.«

»Aber die Priester sehen ihn?« Solche Fragen interessieren mich stets.

»Das weiß ich nicht.«

»Woher«, fragte Mardonius, »weißt du dann, daß der Gott wirklich in diesem Bett schläft?«

»Weil man uns das erzählt.«

»Wer erzählt euch das?« Xerxes musterte den Mann streng aus grauen Achämeniden-Augen. Die Wirkung blieb nicht aus.

»Die Frauen, Herr«, flüsterte der Führer. »Jeden Abend bei Sonnenuntergang wird eine andere Frau hier heraufgebracht, ausgewählt von Ischtar, der Gemahlin von Bel-Marduk. Um Mitternacht kommt der Gott zu der Frau in diesem Raum und besitzt sie.«

»Wie sieht er denn aus?« Meine Neugier war echt.

»Das können die Frauen nicht sagen. Sie wagen es nicht zu sagen. Sie schweigen für alle Zeit. Das ist das Gesetz.«

»Ein sehr gutes Gesetz«, sagte Xerxes.

Als wir zum neuen Palast zurückgekehrt waren, befahl Mardonius dem Statthalter, nach den beiden Priestern zu schicken, die für den Tempel oben auf dem Haus des Fundaments von Himmel und Erde zuständig waren.

Als die Priester erschienen, fragte Xerxes: »Wer kommt in Wirklichkeit zu der Frau im Tempel?«

»Bel-Marduk persönlich, Herr«, erwiderten die Priester wie aus einem Mund.

Nachdem sie Mardonius dreimal die gleiche Antwort gegeben hatten, ließ er eine jener Schnüre holen, mit denen man einen Menschen im Handumdrehen erdrosseln kann. Als nun die Frage zum viertenmal gestellt wurde, erfuhren wir, daß Bel-Marduk an jedem Tag der Woche von einem anderen Priester verkörpert wird.

»Genau, wie ich's mir dachte.« Xerxes lächelte zufrieden. »Heute nacht«, sagte er herablassend, »werde ich einen eurer Priester von dieser Aufgabe befreien. Heute nacht werde ich Bel-Marduk sein.«

»Aber du bist doch kein Priester.« Die Hüter des Ziggurat zeigten sich entsetzt.

»Aber ich kann mich ebensogut als Bel-Marduk ausgeben wie irgendein Priester. Es ist lediglich eine Sache der Kostümierung, nicht wahr?«

»Aber der Priester *ist* Bel-Marduk. Er wird der Gott. Der Gott dringt in ihn ein.«

»So wie er seinerseits in das Mädchen eindringt? Ja. Ich verstehe. Eine Art Kreislauf absoluter Heiligkeit wird geschaffen.« Xerxes handhabte solche Dinge stets mit Meisterschaft. »Seid versichert, daß der Gott auch in mich eindringen wird. Schließlich – und dies teile ich euch, zu eurer Beschwichtigung, im Vertrauen mit – hat mein Vater die Hände von Bel-Marduk gehalten.«

»Dennoch ist dies ein Sakrileg, Prinz.«

»Dennoch ist dies mein Wille.«

Sodann erklärte Xerxes, daß Mardonius und ich mit ihm im Tempel sein würden. Die Priester, von offensichtlichem Schrecken erfüllt, waren natürlich ohnmächtig. Sich auf ihren Bäumchen windend, flehten sie uns an, doch wenigstens als Götter in Erscheinung zu treten. Xerxes würde sich verkleiden als Bel-Marduk, den Herrn über alle Götter, während Mardonius den Sonnengott Schamasch und ich den Mondgott Nannar verkörpern sollten – bei letzterem handelte es sich um einen Dewa, den man in Ur anbetete. Die Priester baten uns auch, nicht zu der Frau zu sprechen, zweifellos aus gutem Grund: Es ist kaum anzunehmen, daß Bel-Marduk je mit seinen babylonischen Bräuten persisch spricht.

Bei dieser Gelegenheit sollte ich vielleicht anmerken, daß die Babylonier fünfundsechzigtausend Götter verehren. Da nur der Hohepriester sämtliche fünfundsechzigtausend Namen kennt, hat er alle Hände voll zu tun, diese seinem Nachfolger einzutrichtern.

Kurz vor Mitternacht erstiegen wir die Spitze des Ziggurat. Unsere Kostüme warteten schon auf uns, und die Wachen halfen uns beim Umkleiden. Offenbar handelte es sich um eigens ausgewählte Leute. Anders als die mürrischen Wächter vom Tage, zeigten sie sich gutgelaunt und voller Humor.

Ich trug auf dem Kopf die Silberscheibe des vollen Mondes. In der Hand hielt ich einen Silberstock, dessen Knauf in eine Mondsichel auslief. Mardonius war gekrönt mit der Goldscheibe der Sonne. Xerxes trug Ketten aus Gold; seine Faust hielt eine kurze goldene Axt gepackt – notwendiges Instrument für den Herrscher über fünfundsechzigtausend aufrührerische Götter.

Als wir fertig waren, öffneten die Wächter die Tür des Tempels, und wir traten ein. Auf dem Bett lag ein Mädchen, das noch jünger war als wir. Sie war außerordentlich hübsch, mit obsidian-schwarzem Haar und leichenblasser Haut, also sehr im babylonischen Stil. Sie war nackt, wenngleich eingehüllt in jene Art Linnen, in das man Leichen wickelt. Nach einem verstörten Blick auf die drei prachtvollen hohen Götter Babylons kehrte sie das Weiße ihrer Augen heraus – und wurde ohnmächtig.

Leise besprachen wir, was nunmehr zu tun sei. Mardonius meinte, das Mädchen werde wohl aus ihrer Ohnmacht erwachen, wenn Xerxes sich auf dem Bett zu ihr geselle. Xerxes willigte ein, sie mit seinem Körper zu beehren. Ich wurde abbeordert, das Linnen zurückzuschlagen, was ich denn auch tat. Das Mädchen war nicht nur wunderschön geformt; sie hatte es auch verstanden, in der verlockendsten aller Posen ohnmächtig zu werden.

Voll Eifer bemühte sich Xerxes auf das Bett.

Mardonius bewies ein gerüttelt Maß an Arglist. »Babylonier pflegen ohne Kleider zu lieben.«

»Die Babylonier. Nicht ihre Götter.« Xerxes genierte sich sichtlich.

»Vor allem ihre Götter. Auch bist du so etwas wie der erste Mann. Und sie die erste Frau. Kleider sind überhaupt noch nicht *erfunden*.«

Ich habe es wohl bereits angemerkt: Persische Männer entkleiden sich nicht nur nicht vor den Augen anderer Perser, auch vor ihren Gattinnen oder Konkubinen erscheinen sie niemals völlig nackt; – ganz anders als die Griechen, die vor ihren Frauen mäßig verhüllt erscheinen (ausgenommen bei den Spielen), während sie miteinander schamlos nackt umgehen.

Nun war dies allerdings ein einzigartiger Augenblick. Niemals wieder würden wir Götter spielen in Babylon, wo nacktes Fleisch allgegenwärtig ist, selbst oben auf dem Haus des Fundaments von Himmel und Erde. Überdies waren wir jung. Xerxes entkleidete sich. Ich gewahrte die außerordentliche Schönheit seines Körpers. Offensichtlich schlug er dem perfekt proportionierten Kyrus nach und nicht dem Darius mit seinen kurzen Beinen und dem langen Oberkörper.

Ohne irgendwelche Befangenheit bestieg Xerxes nun das Mädchen, das wieder völlig bei Bewußtsein war. Indes Mardonius und ich die beiden Gestalten im Lampenlicht beobachteten, glichen sie wahrhaftig dem ersten Mann und der ersten Frau auf Erden. Und ich muß gestehen, daß da in der Tat etwas sehr Sonderbares ist an Babylon und seiner uralten Art.

Als Xerxes fertig war, trocknete er sich mit dem Linnen, und wir halfen ihm, sich anzukleiden. Sodann hob, überaus eindrucksvoll, Xerxes die Axt des Bel-Marduk. Aber bevor er etwas sagen konnte, lächelte das Mädchen und sagte ihrerseits in perfektem Persisch: »Lebe wohl, Xerxes, Sohn von Darius, dem Achämeniden.«

Xerxes ließ ums Haar die Axt fallen. Und Mardonius beteuerte gedankenschnell auf babylonisch: »Dies ist Bel-Marduk, Mädchen. Und ich bin der Sonnengott Schamasch. Und dort steht der Mondgott ...«

»Ich weiß, wer ihr alle seid.« Für ein junges Ding von höchstens dreizehn wirkte sie erstaunlich selbstbewußt. »Auch ich bin persisch. Oder doch halb-persisch. Ich habe dich in Susa gesehen, Prinz. Auch dich, Mardonius. Desgleichen Cyrus Spitama.«

»Haben dir die Priester verraten, wer wir sind?« fragte Xerxes voll Ingrimm.

Das Mädchen setzte sich auf. »Nein«, sagte sie. Ohne Scheu, ohne Furcht. »Meine Mutter ist eine Priesterin der Ischtar, und in diesem Jahr ist es ihre Aufgabe, die Mädchen für den Tempel auszuwählen. Heute sagte sie zu mir, nunmehr sei ich an der Reihe, von Bel-Marduk genommen zu werden, und so brachte man mich hierher. Es handelt sich um ein rein zufälliges Zusammentreffen.«

Später erfuhren wir, daß die Mutter des Mädchens Babylonierin war, ihr Vater hingegen Perser. Für einen Teil des Jahres pflegten sie in Susa zu leben, ansonsten jedoch in Babylon, wo ihr Vater mit dem Bankhaus Egibi und Söhne in allerengster Verbindung stand: in den Augen des geldbesessenen Mardonius die beste nur denkbare Empfehlung. Die Mutter des Mädchens war eine Nichte des letzten babylonischen Königs, Nabonidus, was hinwiederum Xerxes sehr interessierte. Das Mädchen selbst erwies sich als intelligent und ohne jedweden Aberglauben – zu *meinem* Entzücken.

Neunzehn Jahre später vermählte sich Xerxes mit ihr. Natürlich handelt es sich um keine andere als um die ehrfurchtgebietende Roxanna. »Welche wir zur Gemahlin nehmen«, wie Xerxes in Persepolis verkündete, »um unsere Liebe für unser treues Königreich Babel und für das Haus Nebukadnezar zu bekunden.«

In Wahrheit heiratete Xerxes sie, weil die Affäre, die auf so bizarre Weise oben auf dem Ziggurat begonnen hatte, in aller Heimlichkeit ihren überaus befriedigenden Fortgang nahm bis zu Darius' Tod. Kaum war er mit ihr vermählt, so hörte Xerxes auf, sie aktiv zu lieben. Dennoch standen sie stets gut miteinander. Von Xerxes' zahlreichen Gemahlinnen war Roxanna zweifellos die charmanteste. Und ganz gewiß war sie die beste Schauspielerin.

»Ich wußte genau, was geschehen würde, noch bevor ihr drei in den Tempel kamt«, vertraute mir Roxanna Jahre später in Susa an. »Als der Hohepriester meine Mutter warnte, der gottlose persische Prinz plane, sich als Bel-Marduk auszugeben, war sie entsetzt. Sie war eine sehr gottesfürchtige Frau und ziemlich beschränkt. Ein glücklicher Umstand fügte es, daß ich das Gespräch mit anhörte. Nachdem die Priester verschwunden waren, erklärte ich ihr, ich sei bereit, das allerhöchste Opfer zu bringen. Ich würde zum Tempel gehen. Niemals! beteuerte sie. Als ich darauf bestand, schlug sie mich. Nun sagte ich, falls sie mich nicht gehen ließe, würde ich aller Welt von Xerxes' Gottlosigkeit erzählen. Auch würde ich jedermann verraten, daß es die Priester waren, die sich allnächtlich als Bel-Marduk einmogelten. So ließ sie mich denn gehen, und auf diese Weise kam es, daß Xerxes mich entehrte – und ich schließlich Königin von Persien wurde.«

Das war eine Übertreibung. Sie war nicht Königin. Tatsächlich rangierte sie unter den Gemahlinnen an siebter Stelle. Doch zeigte sich Xerxes von ihrer Gesellschaft stets entzückt, genau wie jene von uns, die den Vorzug genossen, im Harem von ihr empfangen zu werden. Sie führte die von Atossa begonnene Tradition fort: zu empfangen, wen immer sie empfangen wollte; allerdings stets in Anwesenheit von Eunuchen, und selbst das erst nach Einsetzen ihrer Menopause.

Zur allgemeinen Überraschung zeigte Königin Amestris gegen Roxanna keinerlei Haß. Frauen sind unberechenbar.

Drittes Buch

DIE GRIECHISCHEN KRIEGE NEHMEN IHREN ANFANG

1

In den Jahren, da Xerxes, Mardonius und ich aufwuchsen, wurde die Bindung zwischen uns immer enger statt etwa lockerer. Große Könige und ihre Erben machen sich viel leichter Feinde als Freunde. Und so sind die in der Jugend gewonnenen Freunde auch Freunde fürs Leben, falls der Prinz nicht verrückt ist und der Freund nicht neidisch.

Im Laufe der Jahre war Hystaspes immer häufiger am Hofe als in Baktrien zu finden. Auf Darius hatte er stets einen günstigen Einfluß. Und hätte er ein paar Jahre länger gelebt, so wäre es ihm gelungen, die griechische Partei bei Hofe zu neutralisieren und uns auf diese Weise die langwierigen und kostspieligen Kriege zu ersparen.

In meinem zwanzigsten Jahr ernannte mich Hystaspes zum Leiter seines persönlichen Militärstabs in Susa. Da er außerhalb seiner Satrapie über keinerlei Streitmacht verfügte, handelte es sich bei dieser Position um einen reinen Ehrenposten. Hystaspes wollte mich in seiner Nähe haben, damit ich ihm helfen könne, dem Weg der Wahrheit zu folgen statt etwa dem Weg der Lüge. Ich kam mir wie ein Schwindler vor. Ich war ja nicht religiös. In allem, was den zarathustrischen Orden betraf, beugte ich mich meinem ersten Vetter, der inzwischen in einem Palast in Susa sein Hauptquartier hatte, wo er regelmäßig das geheime Feuer für Darius selbst entzündete. Nun, da er tot ist, dieser erste Vetter, kann ich sagen, daß er eine Händlerseele besaß. Aber er war der älteste Sohn des ältesten Sohns von Zarathustra, und das war das einzige, was zählte.

Zwar drängte mich Hystaspes ständig und mit allem Nachdruck, meine spirituellen und prophetischen Gaben zu entwickeln, doch mein Leben war so vollständig durch den Hof des Großen Königs geprägt, daß in meinen Gedanken nichts Platz hatte außer: Soldatendasein, Intrige – und Reisen zu fernen Orten.

Im einundzwanzigsten Jahr von Darius' Regierungszeit, etwa zur Zeit der Wintersonnenwende, ließ mich Hystaspes in sein Quartier im Palast von Susa rufen.

»Wir gehen auf die Jagd«, sagte er.

»Ist dies die Saison dafür, Herr?«

»Jede Saison hat ihr eigenes Wild.« Der alte Mann wirkte düster. Ich stellte keine weiteren Fragen.

Obwohl Hystaspes ein gutes Stück über siebzig war und stets an irgendwas litt (was auf ein und dasselbe hinausläuft), weigerte er sich, in einer Sänfte getragen zu werden, selbst an kältesten Wintertagen. Als wir Susa hinter uns ließen, stand er sehr aufrecht neben seinem Wagenlenker. Herabschwebende Schneeflocken verfingen sich in seinem langen weißen Bart und ließen ihn erglitzern im weißen Winterlicht. Ich saß hoch zu Roß. Außer mir hatte Hystaspes keinerlei Eskorte. Das war ungewöhnlich. Als ich ihn darauf ansprach, erwiderte er: »Je weniger davon wissen, desto besser.« Dann gab er seinem Lenker den Befehl: »Wir nehmen die Straße nach Pasargada.«

Doch bis nach Pasargada ging es nicht. Kurz vor der Mittagszeit erreichten wir eine Jagdhütte in einem dichtbewaldeten Tal. Erbaut hatte sie der letzte medische König, wiedererbaut hatte sie Kyrus. Darius bildete sich immer gern ein, niemand wisse, wo er sich befinde, wenn er sich in dieser »Hütte« befand. Aber natürlich wußte der Harem stets, wo der Große König war, zu jeder Minute, und mit wem. Ja, an jedem Tag – außer an diesem.

In aller Heimlichkeit war der Große König am Abend zuvor im palastartigen Gebäude eingetroffen, nicht zuletzt auch zur Überraschung der Dienerschaft. Der große Saal wirkte fröstlig-kalt (die Kohlenpfannen schienen gerade erst entzündet worden zu sein), und die Teppiche, auf denen der Große König schreitet – seine Füße dürfen nie den nackten Erd- oder Fußboden berühren – waren so hastig ausgerollt worden, daß ich mir die Mühe machte, sie zurechtzurücken.

Auf einem Podest stand ein persischer Thron: ein hoher goldener Stuhl mit einer Fußbank. Vor dem Podest hatte man in einer Reihe sechs Schemel aufgestellt. Das war ungewöhnlich. Bei Hofe sitzt nur der Große König. Doch hatte ich von geheimen Beratungen gehört, bei denen bedeutende Personen in Gegenwart des Königs sitzen durften. Natürlich war ich sehr darauf gespannt, den Großen König in seiner geheimen und wahrsten Rolle zu sehen: als Kriegshäuptling des Hochlandklans, der die Welt erobert hatte.

Empfangen wurden wir von Hystaspes' Sohn Artaphrenes, dem Satrapen von Lydien. Dieser mächtige Mann, bekannt für seine prachtvolle Hofhaltung in Sardis, der Hauptstadt des reichen und alten Königreichs Lydien (von Kyrus dem Krösus »abgenommen«), war hier nur ein Diener, ein Sklave seines jüngeren Bruders, des Großen Königs. Während Artaphrenes seinen Vater umarmte, fragte der alte Mann: »Ist *er* hier?«

Bei Hofe verrät uns die Betonung des Wortes »er«, ob der Große König gemeint ist oder nicht. Dieser »Er« war offenkundig ein anderer.

»Ja, mein Vater. Er ist bei den anderen Griechen.«

Schon damals wußte ich, daß Geheimtreffen mit Griechen Ärger bedeuteten.

»Du weißt, was ich denke.« Der alte Hystaspes knetete seinen nutzlosen Arm.

»Ich weiß, mein Vater. Aber wir müssen sie anhören. Im Westen wandelt sich so manches.«

»Wann tut es das nicht?« entgegnete Hystaspes mürrisch.

Wahrscheinlich hätte Artaphrenes seinen Vater gern einen Augenblick für sich gehabt, doch bevor ich mich empfehlen konnte, tauchte der Haushofmeister auf. Sich tief vor den beiden Satrapen verneigend, sagte er: »Wollen die hohen Herren die Gäste des Königs empfangen?«

Hystaspes nickte, und als erster trat der am wenigsten wichtige Gast ein. Dies war mein alter Freund, der Arzt Demokedes. Wenn Darius wichtige Griechen empfing, fungierte er stets als Dolmetscher. Als nächster kam Thessalus von Athen. Sodann Histiäus, der keinen Dolmetscher benötigte; er war in der persischen Sprache genauso bewandert wie in der persischen Intrige.

Als letzter Grieche trat ein hagerer, grauhaariger Mann ein. Er bewegte sich langsam, würdevoll, hieratisch. Im Umgang mit anderen zeigte er jene mühelose Leichtigkeit, wie man sie nur bei geborenen Herrschern findet. Xerxes besaß diese Qualität. Darius nicht.

Der Haushofmeister verkündete: »Hippias, Sohn des Pisistratus, Tyrann von Athen, nach dem Willen des Volkes.« Langsam trat Hystaspes auf den Tyrannen zu und umarmte ihn. Sogleich stand Demokedes bei ihnen und übersetzte geschwind die zeremoniellen Floskeln. Hystaspes behandelte Hippias stets mit gebührender Achtung. Hippias war der einzige griechische Herrscher, den der alte Mann ertragen konnte.

Im Jagdhaus spielt sich das Kommen und Gehen des Großen Königs stets geräuschlos ab. Man hört keine Trommeln, Zymbeln, Flöten. Und so saß, noch ehe wir uns dessen recht bewußt wurden, Darius auf seinem Stuhl, indes Xerxes zu seiner Rechten und Datis, der kommandierende General, zu seiner Linken standen.

Obwohl Darius erst in den Fünfzigern war, zeigte er bereits Anzeichen des Alterns. Oft klagte er über Brustschmerzen. Er hatte Atembeschwerden. Da Demokedes zu niemandem über seinen Patienten sprach, kannte keiner jemals die genaue gesundheitliche Verfassung des Großen Königs. Für alle Fälle – und in Übereinstimmung mit einer alten medischen Sitte – hatte Darius bereits die Errichtung eines eigenen Grabmals bei Persepolis befohlen, rund zwanzig Meilen westlich vom heiligen Pasargada.

An jenem Tag war Darius in schwere Winterkleidung gehüllt. Nur der blauweiße Kopfschmuck verriet seine Herrscherwürde. Unaufhörlich fingerte er an dem Dolch an seinem Gürtel. Er konnte sich nie ganz still verhalten – ein weiteres Zeichen, daß er, anders als Xerxes und Hippias, kein geborener Herrscher war.

»Ich habe den Tyrannen von Athen bereits willkommen geheißen«, sagte er. »Da ihr anderen ja stets in meiner Nähe seid, braucht ihr in meinem Hause kein Willkommen.« Jegliches Zeremoniell erfüllte Darius mit Ungeduld – sofern nicht das Zeremoniell als solches im Mittelpunkt stand.

»Ich beginne jetzt. Dies ist ein Kriegsrat.« Darius' Gesicht war wie von Fieber gerötet. Bei kalter Witterung war er anfällig.

Außer Xerxes, Datis und mir nahmen alle Platz.

»Hippias ist gerade aus Sparta gekommen.« Dies war für uns alle ein Schock, ganz wie von Darius gewollt. Einzig mit Hilfe der Armee Spartas hatten die Landbesitzer und Kaufleute seinerzeit den populären Hippias vertreiben können.

Darius zog den silbernen Krummdolch halb aus der scharlachroten Scheide. Noch jetzt kann ich die glänzende Klinge sehen – in jenem Teil meines Erinnerungsvermögens, wo Dinge sichtbar sind.

»Sprich, Tyrann von Athen.«

Obwohl sich der Tyrann alle Augenblicke unterbrechen mußte, damit Demokedes übersetzen konnte, klangen des Hippias' Worte sehr beredt und eindrucksvoll.

»Großer König, ich bin dir dankbar für alles, was du für das Haus des Pisistratus getan hast. Du hast uns erlaubt, unseren Familienbesitz in Sigeum zu behalten. Du hast dich als der beste aller Oberherren gezeigt. Und wenn der Himmel will, daß wir Gäste irgendeiner irdischen Macht sein sollen, so sind wir glücklich, deine Gäste zu sein.«

Während Hippias sprach, starrte Histiäus den Großen König an wie eine indische Schlange ein Kaninchen: Der Blick lähmt, und die Schlange stößt zu. Doch Darius war kein furchtsames Kaninchen. Obwohl schon seit einem Jahrzehnt bei Hofe, schien Histiäus für den Großen König blind. Sonst hätte er wissen müssen, daß Darius' Miene einem nie etwas verriet. Im Rat ähnelte der Große König einem steinernen Denkmal seiner selbst.

»Indes, Großer König, wünschen wir nun zurückzukehren in die Stadt, aus der wir vor sieben Jahren exiliert wurden durch eine Handvoll athenischer Aristokraten, welche sich der Hilfe der Armee Spartas versichert hatten. Glücklicherweise ist das Bündnis zwischen unseren Feinden und Sparta jetzt zerbrochen. Als König Kleomenes das Orakel auf der Akropolis von Athen befragte, erfuhr er, daß es für Sparta ein schwerwiegender Fehler gewesen war, sich mit den Feinden unserer Familie zu verbünden.«

Die Griechen setzen großes Vertrauen in ihre verwirrenden und – mitunter – korrupten Orakel. Möglicherweise verdankte der Spartanerkönig seine neue Erkenntnis tatsächlich einem Orakel, das der Familie des Pisistratus seit jeher gewogen gewesen war. Wahrscheinlicher ist jedoch, daß ihm die Landbesitzerpartei in Athen nicht mehr paßte: Ihr Führer war zu dieser Zeit einer der verfluchten Alkmeoniden, ein

Mann namens Kleisthenes, dessen Begeisterung für Demokratie kaum dazu angetan sein konnte, einen überaus konventionellen König zu entzücken. Jedenfalls forderte Kleomenes eine Konferenz von Abgesandten sämtlicher griechischer Staaten. Die Zusammenkunft fand in Sparta statt. Kleomenes bezog gegen Kleisthenes Stellung. Wie man mir erzählte, wäre Kleomenes mit dem Aristokraten Isagoras als Tyrannen zufrieden gewesen – wie auch mit jedem anderen, außer Kleisthenes.

Hippias hielt in Sparta in eigener Sache ein beredtes Plädoyer. Aber die anderen Griechen ließen sich nicht überzeugen und weigerten sich, ein Bündnis gegen Athen zu schließen – mit einer plausiblen Begründung: Da sie ihrerseits die spartanische Armee fürchteten, seien sie auf eine pro-spartanische Regierung in Athen nicht erpicht. So einfach lagen die Dinge. Allerdings sind Griechen höchst selten geradeheraus. Vor allem der Vertreter Korinths erwies sich als Diplomat von großer Raffinesse. Vor Hippias verkündete er seine Abneigung gegen *alle* Tyrannen, gute wie schlechte. Angesichts der Mehrheitsverhältnisse sahen sich die Spartaner gezwungen, auf einen Umsturz in Athen zu verzichten.

»Nunmehr, Großer König, sagte ich zu der Versammlung, daß ich mich als jahrzehntelanger Beobachter von Orakeln verpflichtet fühlte, die Korinther zu warnen: Zu gegebener Zeit werde ihre Stadt durch eben jene Athener Partei zermalmt werden, die sie jetzt unterstützen.«

Hippias' Prophezeiung sollte sich erfüllen. Allerdings konnten Kenner des griechischen Krämercharakters ohnehin kaum daran zweifeln, daß geschehen würde, was zwischen zwei benachbarten Städten in der Regel geschieht. Sie zerstreiten sich, und die stärkere unterjocht die schwächere. Und lenkt man schon nicht einen Fluß über die Trümmer (wie Kroton in Sybaris), so vernichtet man den Ruf der Besiegten, damit die Wahrheit des Krieges nie ans Licht kommt. Ganz spontan folgen die Griechen der Lüge. Das liegt in ihrem Charakter.

»Falls du, Großer König, die Rückkehr unseres Hauses unterstützt, wird Sparta dir helfen. Sie sind bereit, ihren Eid zu widerrufen. Sie werden König Kleomenes folgen. Und die Usurpatoren – die ja auch *deine* Feinde sind – werden aus der Stadt vertrieben werden, welche ihre Gottlosigkeit verunreinigt hat.«

Hippias brach ab. Darius nickte. Hippias setzte sich. Darius winkte Datis. Der kommandierende General war wohl präpariert. Er sprach schnell, und während er sprach, dolmetschte Demokedes in aller Eile, was Datis in seinem medisch gefärbten Persisch vortrug.

»Tyrann«, sagte Datis, »unter spartanischem Gesetz gibt es stets zwei Könige. Sie sind einander gleichrangig. Einer von Spartas Königen befürwortet deine Rückkehr. Der andere nicht. Vor einer militärischen Unternehmung wird zwischen den Königen per Los entschieden, welcher von beiden die Armee führt. Was würde geschehen, wenn in einem Krieg gegen Athen nicht dein Verbündeter König Kleomenes das Oberkommando erhielte, sondern dein Feind König Demaratus?«

Hippias' Antwort war gleichermaßen klug vorbereitet. »Es gibt, General, genau wie du sagst, zwei Könige in Sparta. Der eine unterstützt mich, der andere nicht. Jener, der mich nicht unterstützt, wird bald aufhören, König zu sein. Das hat das Orakel von Delphi verkündet.«

Während dies übersetzt wurde, blickte Hippias zu Boden. Darius behielt seine steinerne Miene bei. Genau wie wir anderen war er von griechischen Orakeln nicht sonderlich beeindruckt. Schließlich hatte er bei so mancher Gelegenheit so manche gekauft.

Hippias besann sich aufs Praktische. »Demaratus wird als König von Sparta abgesetzt werden, weil er illegitim ist. Kleomenes hat mir selber gesagt, daß er Beweise besitzt.«

Als Darius die Übersetzung hörte, lächelte er zum erstenmal. »Es würde mich interessieren«, sagte er nachsichtig, »zu erfahren, wie sich Legitimität oder Illegitimität beweisen läßt, dreißig Jahre nach der Empfängnis.«

Demokedes dolmetschte und nahm dem Scherz des Großen Königs ein wenig die Spitze. Sonderbarerweise sollte Hippias absolut recht behalten. Demaratus wurde tatsächlich für illegitim befunden und abgesetzt. Daraufhin begab er sich direkt nach Susa, wo er getreulich dem Großen König diente – und auch Lais. Nicht viel später starb Kleomenes in völligem Wahnsinn. Er verblutete an den Bißwunden, die er sich selber beigebracht hatte. Demaratus pflegte später das eigentümliche Ende seines Rivalen voll Genuß zu schildern.

Darius klatschte in die Hände, und der Mundschenk brachte ihm einen Silberkrug mit gekochtem Wasser aus dem Fluß, der an Susa vorüberfließt. Wo immer der Große König sich aufhalten mag: Er trinkt Wasser aus dem Choaspes, welches er nie mit jemandem teilt. Im übrigen trinkt er nur Helbon-Wein, ißt nur Assis-Weizen und verwendet nur Salz aus der Ammon-Oase in Ägypten. Wie es zu diesen Gewohnheiten kam, weiß ich nicht. Vermutlich stammen sie von den Meder-Königen, welche die Achämeniden in so vielem imitieren.

Während Darius trank, bemerkte ich, daß Demokedes seinen Patienten aufmerksam beobachtete: Ständiger Durst ist ein Zeichen von Hautfieber. Darius trank immer große Mengen von Wasser und fieberte oft. Dennoch war er ein kerniger Mann und den Strapazen im Feld durchaus gewachsen. Aber wie an jedem Hof auf der Welt stellte man unentwegt die unausgesprochene Frage: Wie lange wird der Monarch noch leben? An jenem Wintertag im Jagdhaus an der Straße nach Pasargada hatte Darius noch dreizehn Lebensjahre vor sich, und wir hätten uns wegen der von ihm konsumierten Wassermengen nicht weiter zu sorgen brauchen.

Darius trocknete sich den Bart mit dem Rücken seiner dicken, klobigen, ziemlich zernarbten Hand. »Tyrann von Athen«, begann er. Und brach ab. Demokedes begann zu dolmetschen. Dann unterbrach auch er sich. Darius hatte griechisch gesprochen.

Darius blickte empor zu den Zedernbalken, welche die rissige Decke stützten. Kalt pfiff der Wind durch das Jagdhaus. Zwar gelten die persischen Adligen aus dem Hochland als durch und durch abgehärtet, doch außer dem wie vermummten Darius fröstelten alle im Saal.

Der Große König begann zu improvisieren, ein für mich völlig neues Erlebnis, denn bislang kannte ich ihn nur bei Zeremonien mit Fragen und Antworten, die nicht weniger ritualisiert waren als die heiligen Wechselgesänge meines Großvaters.

»Zuerst kommt der Norden«, sagte er. »Dort ist die Gefahr. Thatis, wo mein Vorfahr Kyrus im Kampf gegen die Stämme fiel. Deshalb zog ich zur Donau. Deshalb zog ich zur Wolga. Deshalb metzelte ich jeden Skythen, den ich aufstöbern konnte. Aber nicht einmal der Große König kann sie alle finden. Sie sind noch immer dort. Die Horden liegen stets auf der Lauer. Warten darauf, nach Süden vorzustoßen. Eines Tages werden sie das auch tun. Sollte das noch zu meiner Zeit geschehen, so werde ich sie wieder metzeln, doch –« Darius brach ab; seine Augen waren halb geschlossen, als blicke er über ein Schlachtfeld. Vielleicht durchlebte er noch einmal seine Niederlage – jetzt darf man sie ungeschminkt so nennen – in den skythischen Wäldern. Hätte Histiäus nicht die ionischen Griechen davon abgehalten, die Brücke zwischen Europa und Asien zu verbrennen, so wäre die persische Armee vernichtet worden. Darius war Histiäus dafür stets dankbar. Ebensowenig mißtraute er ihm je. Und deshalb meinte er auch, als Gast des Großen Königs sei Histiäus weniger gefährlich als daheim in Milet. Das erwies sich als Irrtum.

Histiäus – das war ihm vom Gesicht abzulesen – brannte darauf, uns an seine bedeutsame Rolle im Skythenkrieg zu erinnern; doch wagte er es nicht, ohne Erlaubnis zu sprechen – anders als des Großen Königs Bruder Artaphrenes, der im Rat sprechen durfte, wann immer er es für angebracht hielt.

All dies war für mich, ganz nebenbei, höchst aufschlußreich. Plötzlich begriff ich, daß ich trotz meiner Erziehung am Hofe nicht im mindesten wußte, wie Persien wirklich regiert wurde. Wenn Xerxes zu mir von seinem Vater sprach, so sagte er nur konventionelle Dinge. Hystaspes nörgelte zwar manchmal über seinen Sohn, blieb jedoch einsilbig.

Erst bei jener Zusammenkunft im Jagdhaus begann mir aufzugehen, wer und was Darius eigentlich war, und selbst in seinem höheren Alter blitzte aus ihm noch etwas von dem feurigen, listenreichen Jüngling, welcher den magianischen Usurpator gestürzt und sich selbst zum Herrn der Welt emporgeschwungen hatte, ohne der Loyalität der sechs Edlen verlustig zu gehen, welche ihm seinerzeit auf den Thron verhalfen.

Auf einen Wink des Großen Königs zog sich der Mundschenk zurück. Darius blickte zu Artaphrenes. Die Brüder waren einander absolut unähnlich. Artaphrenes wirkte wie eine etwas gröbere Variante ihres Vaters Hystaspes.

»Großer König und Bruder.« Artaphrenes beugte das Haupt. Darius zwinkerte kurz; mehr nicht. Wenn die Häuptlinge der persischen Klans zusammen sind, kommt es oft vor, daß das Wesentliche in dem liegt, was *nicht* durch Worte ausgedrückt wird. Xerxes erzählte mir Jahre später, Darius habe über eine breite Skala gestischer Mittel verfügt, um seinen Willen kundzutun. Leider befand ich mich nie lange genug in seiner Gegenwart, um den hochwichtigen Code zu erlernen.

Artaphrenes begann: »Ich glaube, daß Hippias unser Freund ist, genau wie es sein Vater war, dem wir die Herrschaft in Sigeum überließen. Ich glaube, daß es in unserem Interesse liegt, das Haus des Pisistratus in Athen wieder installiert zu sehen.«

Auf Thessalus' Gesicht spiegelte sich Freude. Hippias' Gesicht jedoch wirkte genauso ausdruckslos wie das von Darius. Er war ein vorsichtiger Mann und Enttäuschungen gewohnt.

Und eine Enttäuschung erlebte er auch jetzt, als Artaphrenes abrupt das Thema wechselte. »Vor zwei Wochen empfing ich in Sardis Aristagoras von Milet.«

Histiäus saß plötzlich sehr gerade. Aus kleinen, schwarzen Augen verfolgte er jede Geste des Satrapen.

»Wie der Große König weiß –« Diese bei Hofe gern gebrauchte Floskel soll den Großen König auf etwas vorbereiten, das er nicht weiß oder nicht wissen will oder vergessen hat. »– ist Aristagoras sowohl der Neffe als auch der Schwiegersohn unseres loyalen Freundes und Verbündeten, der uns heute hier mit seiner Gegenwart beehrt.« Mit einer Geste der rechten Hand wies Artaphrenes auf Histiäus. »Der Tyrann von Milet, welcher – wie an seiner Stelle wohl jeder – die Gesellschaft des Großen Königs seiner Heimat vorzieht.«

Irgendwie hatte ich das Gefühl, daß Darius lächelte. Leider war der Bart um die Lippen zu dicht, als daß ich hätte sicher sein können.

»Aristagoras handelt in Milet im Namen seines Schwiegervaters«, sagte der Satrap. »Er versichert, uns gegenüber nicht weniger loyal zu sein als der Tyrann. Ich glaube ihm. Schließlich hat der Große König stets die Tyrannen jener griechischen Städte unterstützt, welche ihm gehören.« Artaphrenes hielt inne. Er blickte zu Darius. Wie in geheimem Einverständnis musterten sie einander.

Darius sagte: »Aristagoras ist uns teuer.« Er lächelte Histiäus an. »Weil er dir, unserem Freund, teuer ist.«

Histiäus nahm diesen Blick als Zeichen dafür, daß er jetzt sprechen durfte. Er erhob sich. »Großer König, mein Neffe ist ein geborener Krieger. Als Befehlshaber zur See hat er seine Tüchtigkeit bewiesen.«

Vielleicht hätte die Weltgeschichte einen anderen Verlauf genommen, wäre in diesem Augenblick die Frage gestellt worden, wo und wann und wie Aristagoras denn irgendwelche Kompetenz als militärischer Führer bewiesen habe.

Ich weiß jetzt, daß Histiäus und Artaphrenes miteinander im Bunde waren. Damals jedoch, jung und unerfahren, wußte ich nur sehr ungefähr, wo Milet und Sardis und Athen lagen und hatte von ihrer Bedeutung kaum einen blassen Schimmer. Gewiß war mir bekannt, daß die persische Politik darin bestand, griechische Tyrannen zu stützen. Auch wußte ich, daß unsere Lieblingstyrannen in einem fort ins Exil getrieben wurden durch die aufstrebende Klasse der Kaufleute im Verein mit dem Adel – sofern man dieses Wort denn zur Kennzeichnung irgendeines griechischen Standes verwenden kann. Hierzulande genügt der Besitz von zwei Gäulen und einem Bauernhof mit einem Olivenbaum, um einen zum Adligen zu machen.

»Aristagoras glaubt, daß die Insel Naxos verwundbar ist«, sagte der Satrap. »Sofern ihm der Große König eine Flotte zur Verfügung stellt, wird er Naxos unserem Reich einverleiben, das schwört er.«

Plötzlich erinnerte ich mich an jenen Tag in Ekbatana, an dem – Jahre war es inzwischen her – Demokedes und Histiäus von Naxos gesprochen hatten, und all meiner Unerfahrenheit zum Trotz begriff ich sofort den Zusammenhang.

»Sobald wir Naxos halten, kontrollieren wir jene Inselkette, die man die Kykladen nennt. Sobald wir diese Inseln kontrollieren, wird der Große König sowohl Herr der See wie auch Herr aller Länder sein.«

»Ich bin ein Seeherrscher«, sagte Darius. »Ich besitze Samos. Das Meer gehört mir.«

Artaphrenes machte eine unterwürfige Geste. »Ich sprach von *Inseln,* Großer König. Natürlich bist du allgewaltig. Doch wirst du Inseln benötigen, wenn du dich, Schritt für Schritt, dem griechischen Festland nähern willst, damit unsere Freunde wieder in Athen herrschen können.« Geschickt hatte Artaphrenes zwei Dinge miteinander verknüpft: des Aristagoras' Ehrgeiz, Naxos zu erobern, und die Wiedereinsetzung des Hauses von Pisistratus, dem scheinbar einzigen Grund für die Beratung.

Ein langes Schweigen trat ein. Tief in Gedanken zupfte und strich Darius an seinem schweren Wollgewand. Schließlich sprach er. »Der Handel geht schlecht in unseren griechischen Städten. Die Werften haben nichts zu tun. Die Steuereinnahmen sind gesunken.« Darius blickte zu der Sammlung von Speeren an der gegenüberliegenden Wand. »Als Sybaris fiel, verlor Milet den italienischen Markt. Das ist eine ernste Angelegenheit. Wo soll Milet all die Wolle absetzen, welche die Italiener zu kaufen pflegten?« Darius sah zu Histiäus.

Der Tyrann sagte: »Einen vergleichbaren Markt gibt es nirgendwo sonst. Deshalb habe ich mir ja das Haupt rasiert, als Sybaris ertränkt wurde.«

Ich war erstaunt, daß Darius überhaupt *irgend* etwas über etwas so Prosaisches wie den milesischen Wollhandel wußte. Später sollte ich allerdings entdecken, daß er den größten Teil seiner Zeit damit verbrachte, sich über Karawanenrouten, Weltmärkte, Handelsbeziehungen Gedanken zu machen. Ich hatte, wie so mancher, fälschlich geglaubt, der Große König sei privat genauso wie in der Öffentlichkeit – hieratisch, prunksüchtig, sorglos. Das Gegenteil war der Fall.

In der Tat hatte Darius bei der Beratung im kalten Saal des Jagdhauses den Kern der Sache sofort viel tiefer erfaßt als alle anderen. Während seine Berater meinten, sein Ziel müsse es sein, Seeherrscher zu werden, ging es ihm selbst um eine Wiederbelebung der darniederliegenden Industrien in den ionischen griechischen Städten von Kleinasien. Darius zog stets Gold der Glorie vor – zweifellos in der trefflichen Überzeugung, daß man mit dem ersten immer das zweite kaufen kann. »Wie viele Schiffe«, fragte er, »wären für die Eroberung von Naxos nötig?«

»Aristagoras glaubt, daß er Naxos mit hundert Schlachtschiffen unter Segel nehmen kann.« Artaphrenes' Antwort klang präzise. Er war nie um Worte verlegen. Auf jede Frage schien er stets die richtige Antwort zu haben. Außerdem war er völlig unfähig, wie die Ereignisse später zeigten.

»Mit zweihundert Schiffen«, sagte Darius, »kann er sich selbst zum Seeherrscher machen. In *meinem* Namen natürlich.« Darius lächelte, daran gab es diesmal keinen Zweifel; und es war ein recht gewinnendes Lächeln.

»Ich schwöre, daß er dir genauso loyal dienen wird wie ich, Großer König.« Histiäus sprach die Wahrheit – auch dies sollten spätere Ereignisse zeigen.

»Dessen bin ich sicher.« Sodann befahl Darius: »Auf den Werften unserer ionischen Städte sollen einhundert neue Triremen gebaut werden. Bis zum Zeitpunkt der Frühlingstagundnachtgleiche müssen sie fertiggestellt sein. Dann werden sie nach Milet gebracht, wo sich einhundert Schiffe von unserer samischen Flotte mit ihnen vereinen sollen. Unser Bruder, der Satrap von Lydien, wird für die Durchführung dieses Planes sorgen.«

»Dir wird in allem gehorcht werden, Großer König.« Artaphrenes gab die zeremonielle Antwort. Er war besonnen genug, sich von seiner Freude nichts anmerken zu lassen. Ganz anders Histiäus, der vor Wonne fast zu glühen schien. Die Athener hingegen wirkten mürrisch: Es ist ein weiter Weg von Naxos bis Athen.

»Unterstellen werden wir die Flotte dem Oberbefehl unseres loyalsten Admirals ...«

Histiäus ließ ein breites Lächeln sehen.

»... und Vetters Megabetes.« Aufmerksam beobachtete Darius, wie des Histiäus' breites Lächeln unversehens schrumpfte.

»Sein Stellvertreter wird Aristagoras sein.« Während Darius sich erhob, verbeugten wir uns alle tief. »Das ist des Großen Königs Wille«, sagte Darius und, dem Brauch entsprechend, wiederholten wir alle zusammen: »Das ist des Großen Königs Wille.«

Die griechischen Kriege waren in die Wege geleitet.

Noch zwei Tage blieben Hystaspes und ich im Jagdhaus. An beiden Tagen gab der König für uns ein prachtvolles Festmahl. Zwar speiste er allein oder mit Xerxes, doch gesellte er sich später beim Umtrunk zu uns. Da alle Hochländer sehr stolz sind auf die Unmengen von Wein, die sie vertragen, wunderte es mich nicht, daß im Verlauf eines jeden Gelages immer weniger Choaspes-Wasser in des Großen Königs Helbon-Wein gemischt wurde. Doch wie alle Angehörigen seines Klans hatte Darius einen starken Kopf. So viel er auch trank, er wurde nie närrisch. Allerdings schlief er mitunter plötzlich ein. Dann eilten sofort sein Mundschenk und sein Wagenlenker herbei und trugen ihn davon in sein Bett. Die Hochländer tranken die Flachland-Griechen unter den Tisch – ausgenommen Hippias, der nur von Mal zu Mal trauriger wirkte, während ihm wohl durch den Kopf ging, daß seine Mission vorerst gescheitert war.

Ansonsten ist mir wenig in Erinnerung geblieben von jenem berühmten Treffen. Ich weiß noch, daß Xerxes sich darauf freute, an der Eroberung von Naxos teilzunehmen – allerdings gab es gewisse Zweifel, ob er überhaupt die Erlaubnis dazu erhalten werde.

»Ich bin der Erbe«, sagte er zu mir, als wir an einem kalten, hellen Wintermorgen zusammen ausritten. »Das ist jetzt entschieden, doch soll's niemand wissen – noch nicht.«

»Im Harem wissen es alle«, sagte ich. »Man spricht von nichts anderem.« Das war die Wahrheit.

»Dennoch bleibt es ein Gerücht, bis der Große König wirklich davon spricht, und das wird er erst tun, wenn er bereit ist, in den Krieg zu ziehen.« Nach persischem Gesetz muß der Große König seinen Nachfolger benennen, bevor er in den Krieg zieht – sonst müßte man, im Falle seines Todes, mit einem Chaos rechnen ähnlich jenem, welches dem unerwarteten Dahinscheiden des Kambyses folgte.

Während wir auf unseren Pferden um die Wette jagten und die kalte Winterluft unsere Gehirne von den Nachwirkungen des gestrigen Gelages befreite, konnte ich nicht ahnen, daß sich zu dieser Zeit das persische Reich gleichsam am Scheitelpunkt seines Höhenfluges befand. Ironischerweise litt ich in der Blüte meiner Jugend – und der Vollblüte von Persiens Goldenem Zeitalter – dauernd an Kopfschmerzen und Magenverstimmungen, eine Folge jener ständigen Bankette und Trinkgelage. Einige Jahre später erklärte ich kurzerhand, als Enkel des Propheten könne ich nur bei rituellen Anlässen trinken. Diese weise Entscheidung hat es mir ermöglicht, so alt zu werden, wie ich jetzt bin. Aber da das Leben ein Fluch ist, begreife ich nun auch, daß ich mehr Helbon-Wein hätte trinken sollen.

2

Im Sommer des nächsten Jahres brachen Mardonius und ich von Babylon nach Sardis auf. Wir zogen gemeinsam mit vier Kompanien Kavallerie und acht Kompanien Fußsoldaten. Als wir durch das Ischtar-Tor kamen, winkten uns vom Dach des neuen Palastes die Haremsdamen nach; die Eunuchen allerdings auch.

Wir jüngeren Offiziere empfanden einen Riesenrespekt gegenüber dem runden Dutzend – wie es uns schien: unsäglich alten – Männern, die mit Darius in allen Teilen der Welt gekämpft hatten. Einer dieser Offiziere war sogar ein Bekannter meines Vaters gewesen; leider wußte er mir nichts Interessantes über ihn zu erzählen. Unsere kleine Armee wurde von Darius' Bruder Artanes befehligt, einem unscheinbaren Menschen, der später aussätzig wurde und allein in der Wildnis leben mußte. Aussätzige, so heißt es, sollen über große spirituelle Kräfte verfügen. Glücklicherweise war ich niemals einem nah genug, um das herauszufinden.

Wohl nie habe ich das Leben mehr genossen als während der Wochen, die wir von Babylon nach Sardis brauchten. Mardonius war ein bezaubernder Gefährte. Da uns beiden Xerxes' Gesellschaft fehlte, übertrug sich viel von der Zuneigung, die wir für den abwesenden Freund empfanden, auf den jeweils anderen.

Allabendlich schlugen wir unsere Zelte bei einem der Posthäuser auf, welche man in einem Abstand von dreizehn Meilen an der fünfzehnhundert Meilen langen Straße von Susa nach Sardis findet. Anschließend zechten wir los. Ich entwickelte sogar einen Geschmack für Palmwein, ein starkes, in Babylonien sehr beliebtes Getränk.

Ich erinnere mich an einen Abend, an dem Mardonius und ich und mehrere Mädchen, die mit dem Gepäcktroß reisten, eine Art Wette schlossen: Wieviel jeder von uns wohl vertragen könne. Wir saßen hoch oben auf dem sogenannten Meder-Wall, ein uraltes Gebilde, das langsam wieder zu dem Staub zerfiel, aus dem seine Ziegel und sein Mörtel einmal gemacht worden waren. In der Erinnerung sehe ich noch jetzt den goldenen Vollmond, als ich mich dort oben auf der Mauer wälzte. Und sehe auch die gleichermaßen goldene Sonne, die mir in die Augen stach, als ich unten beim hohen Wall in einer Sanddüne lag. In der Nacht war ich vom Wall herabgestürzt; weicher Sand hatte mir das

Leben gerettet. Mardonius war belustigt. Mir war tagelang vom Palmwein übel.

Während wir, den Euphrat zur Rechten, landaufwärts und gleichzeitig in Richtung See zogen, beeindruckte mich wie nie zuvor die Weite und Verschiedenartigkeit unseres Reiches. Von der heißen und üppig bewässerten Landschaft Babyloniens ging es durch das Wüstenland von Mesopotamien zum bewaldeten Hochland von Phrygien und Karien. Alle paar Meilen wechselte das Bild, änderten sich auch die Menschen. Die Flußleute im Flachland sind klein, dunkel, flink; sie haben große Köpfe. Die Bergleute dagegen sind groß, hellhäutig, langsam, mit kleinen Köpfen. In den griechischen Küstenstädten finden sich ungewöhnliche Rassenmischungen. Zwar dominieren die ionischen und dorischen Griechen, doch gibt es viele Ehen zwischen ihnen und blonden Menschen aus Thrakien, dunklen aus Phönikien, papyrus-bleichen aus Ägypten. Zweifellos ist die menschliche Vielfalt im Physischen genauso verblüffend wie die menschliche Gleichartigkeit im Charakter.

Aus gutem Grund bogen wir nicht bei Milet von der Königsstraße ab, sondern bei Halikarnassus, der südlichsten der Griechenstädte des Großen Königs. Die Einwohner von Halikarnassus sind dorische Griechen und seit altersher den Persern gegenüber loyal.

König Lydagmis bereitete uns einen freundlichen Empfang und quartierte uns in seinem Seepalast ein, einem feuchten, grauen, kasernenartigen Gebäude, welches die Küste beherrscht. Mit Mardonius teilte ich mir ein Zimmer, von dem man in der Ferne die hohe, grüne Insel Kos sehen konnte. Ich hielt mich dauernd beim Fenster auf. Zum erstenmal in meinem Leben sah ich die See. Ich muß wohl Seefahrerblut in meinen Adern haben – vielleicht aus Lais' ionischer Ahnenreihe? –, denn ich konnte mich kaum sattsehen am aufgewühlten, purpurfarbenen Wasser. Von Herbststürmen gepeitscht, prallten mächtige Wellen gegen das Fundament des Seepalasts, und das Dröhnen war so gewaltig, daß ich nachts nicht schlafen konnte; in den Pausen dazwischen hörte ich, wenn ich nur wollte – und ich spannte meine Ohren auf! –, das Lispeln und Fispeln der schäumenden See.

Mardonius fand die Faszination, die das Meer auf mich ausübte, schlichtweg absurd. »Warte nur, bis du in See stichst! Du wirst bestimmt krank. Das ist bei Magians immer so.« Seit jeher machte es ihm Spaß, mich einen Magian zu nennen. Da er ein gutmütiger Kerl war, nahm ich die Bezeichnung meinerseits leidlich gutmütig hin.

Damals kannte ich Mardonius so gut, daß ich ihn, in einem gewissen Sinn, überhaupt nicht richtig kannte. Niemals studierte ich seinen Charakter, wie man es bei neuen Bekannten tut – oder bei jenen wichtigen Persönlichkeiten, die man aus einiger Entfernung beobachten darf.

Da Mardonius später weltberühmt wurde, sollte ich wohl versuchen, mir in Erinnerung zu rufen, wie er als junger Mensch war, zumal in

Halikarnassus, wo mir aufzugehen begann, daß Mardonius weit mehr verkörperte als einen x-beliebigen jungen Adligen, den nur sein hoher Rang und seine Eigenschaft als Xerxes' Tischgefährte von anderen abhob.

Was ich von ihm seit jeher wußte, war unter anderem dies: Wie kaum ein anderer verstand er es, jede Situation blitzschnell für sich zu nutzen; auch bewies er große Verschwiegenheit, was seine Handlungen – und die Motive dafür – betraf. Nur selten ahnte man etwas von seinen Absichten, denn er scheute es, sich jemandem anzuvertrauen. Doch in Halikarnassus entdeckte ich an ihm so manches, das mir zeigte, was für eine Art Mann er war; und wäre ich aufmerksamer gewesen, so hätte ich ihn vielleicht besser verstanden. Hätte ich ihn jedoch verstanden ... Nun, es hat keinen Sinn, über das zu spekulieren, was vielleicht hätte sein können.

Was war, war dies.

An jenem Abend gab König Lydagmis, ein unbedeutend wirkender Mensch in den Fünfzigern, für zwanzig von uns ein Gastmahl. Er lagerte auf einer Liege ganz am Ende des Bankettsaals, zu seiner Rechten des Großen Königs Bruder Artanes, zu seiner Linken Mardonius, den zweithöchsten Perser unter den hier anwesenden Persern. Wir übrigen formten vor diesen Drei eine Art Halbkreis. Sklaven brachten jedem von uns einen dreibeinigen Tisch mit allen möglichen Fischgerichten. An diesem Abend aß ich zum erstenmal Austern, wagte mich jedoch an Tintenfisch, im eigenen Saft gesotten, nicht heran.

Der Bankettsaal war ein langgestreckter Raum im – für mein Auge – kahlen und unfertig wirkenden dorischen Stil. Schimmlige Binsen lagen verstreut auf dem Boden, aus dem unaufhörlich Seewasser quoll. Es ist kein Wunder, daß die Herrscher von Halikarnassus anfällig sind für solche Krankheiten, welche die Gelenke versteifen.

Unmittelbar hinter Lydagmis stand ein Stuhl, auf dem des Königs Tochter, Artemisia, saß. Sie war ein schlankes, blondes Mädchen. Da ihr Gatte ständig kränkelte, speiste sie mit ihrem Vater, als sei sie sein Sohn oder Schwiegersohn. Es hieß, sie habe einen Bruder, der jedoch umnachtet sei. Daher galt sie, nach dorischem Recht, als eigentliche Erbin des Königs. Genau wie die anderen starrte ich sie fast unentwegt an. Es war ja das erstemal, daß ich, Lais ausgenommen, in Gegenwart einer Dame speiste. Meine persischen Gefährten zeigten sich nicht weniger fasziniert als ich.

Artemisia sprach zwar nur, wenn ihr Vater das Wort an sie richtete, doch verfolgte sie aufmerksam die Gespräche, indes sie in bescheidener Haltung verharrte. Ich war zu weit von ihr entfernt, um zu verstehen, was sie sagte. Doch lernte ich von ihr, durch Beobachtung, wie man Seeigel ißt – mit zierlichen Bewegungen zupften ihre Finger das Fleisch aus dem Zentrum der stachligen Schale. Wann immer ich später Seeigel genoß, stets mußte ich dabei an Artemisia denken. Jetzt allerdings esse ich keine Seeigel mehr. Sie sind für Blinde zu gefährlich. Dies mag die Erklärung dafür sein, daß ich seit vielen Jahren nicht mehr an Artemisia gedacht habe.

Fleißig wurde dem Wein zugesprochen, und zwar auf dorische Weise, die aufs Haar der thrakischen gleicht. Ein Horn voll Wein wird herumgereicht, und jeder macht einen tiefen Zug, bevor er es weitergibt. Die letzten Tropfen werden stets über denjenigen gesprenkelt, welcher dem letzten Trinker am nächsten sitzt: eine schmuddlige Geste, die angeblich Glück bringt.

Als ich zu Bett ging, war Mardonius nicht im Zimmer. Doch bei Tagesanbruch, als ich erwachte, lag er neben mir im Bett, tief im Schlaf. Ich weckte ihn auf und machte den Vorschlag, gemeinsam den Hafen zu besuchen.

Mir scheint, daß kein anderer Teil der Welt so schön ist wie die Küste Kleinasiens. Das Land ist zerklüftet, mit vielen kleineren und größeren Buchten. Man sieht dichtbewaldete Hügel im Kontrast zu den fruchtbaren und reich bewässerten Küstenebenen. In der Ferne erheben sich, scharf umrissen, blaue Berge, die aussehen wie ganz spezielle Feuertempel, errichtet zur Anbetung des Weisen Herrn; doch war der Weise Herr seinerzeit noch unbekannt in jenem zwar schönen, indes spirituell armen Teil der Welt.

Im Hafen lagen viele Schiffe, und die Luft roch nach jenem Pech, welches die Seeleute zum Abdichten ihrer Fahrzeuge verwenden. Fischerboote liefen ein, und die Männer warfen Netze voll zappelnder, glänzender Fische an Land, während die Händler am Kai schon mit dem Feilschen anfingen. Der Lärm war ohrenbetäubend, doch erfüllt von pulsierendem Leben. Ich liebe Seehäfen.

Kurz vor der Mittagszeit oder zur Zeit des vollen Marktes – ein griechischer Ausdruck, den ich zum erstenmal in Halikarnassus hörte – trat von der Mole her ein hochgewachsener Seefahrer auf uns zu. Würdevoll begrüßte er Mardonius, der ihn mir als Skylax vorstellte, offenbar in der Annahme, damit sei eigentlich alles gesagt; doch muß ich zu meiner Schande gestehen, daß ich noch nie etwas gehört hatte von diesem Mann, der schon damals der weltbeste Nautiker war. Skylax, ein Grieche aus dem nahen Karien, wurde von Darius oft auf Expeditionen entsandt. Er war es, der vom südlichen Ozean von Indien und auch von den westlichsten Teilen des Mittelmeers Karten anfertigte. Außerdem überredete er Darius dazu, den Kanal zwischen dem Mittelmeer und der Arabischen See zu bauen. Als Xerxes Großer König wurde, sollte Skylax auf Wunsch des Herrschers ganz Afrika umschiffen. Leider war der Karer inzwischen zu alt, um die Reise zu machen.

»Wird es Krieg geben?« fragte Mardonius.

»Das solltest du wissen, Herr.« Skylax spähte aus halbgeschlossenen

Augen. Wie die meisten Seeleute machte er den Eindruck, er habe allzuoft in die Sonne geblickt. Sein Gesicht war in einem solchen Maße vom Wetter gegerbt, daß es fast von nubischer Schwärze zu sein schien; sein Hals hingegen schimmerte so hell wie Meeresschaum.

»Aber *du* bist Grieche.« Jene, die er – und sei es auch nur vorübergehend – als ebenbürtig ansah, behandelte Mardonius gern mit trockenem Witz. »Was macht Aristagoras?«

»Er ist noch nicht hier gewesen. Es heißt, er sei im Norden. Ich bezweifle, daß er sich bis hierher nach Süden wagen wird. Schließlich sind wir ja Dorer. Wir haben unseren eigenen König. Hier gibt es keine Tyrannen.«

»Wie groß ist seine Flotte?«

Skylax lächelte. »So viele Schiffe er auch haben mag, er wird es schaffen, sie alle auf Grund zu setzen.«

»Ist er nicht Seeherr?«

»Nein, er ist nicht Seeherr. Doch –« Skylax krauste die Stirn. »– wenn Histiäus in Milet wäre, *er* würde Seeherrscher sein.«

»Du hältst ihn wirklich für fähig?« Wie alle jungen Höflinge unserer Generation hielt es Mardonius für ausgemacht, daß jene Männer am Hofe, die älter waren als wir, uns in jeder Hinsicht unterlegen sein *mußten*. Jugend neigt nun mal zu einer derartigen eitlen Torheit.

»Ich kenne ihn gut. Auch der Große König kennt ihn gut. Darius handelt klug, ihn in seiner Nähe zu behalten. Histiäus könnte ein gefährlicher Mann sein.«

»Das werde ich mir merken.«

Skylax entschuldigte sich, und Mardonius und ich stiegen die engen, steilen Straßen hinan, die vom wimmelnden, nach Fisch riechenden Hafen hinaufführten zum Palast von Lydagmis.

Wir sprachen vom bevorstehenden Krieg. Da wir über keinerlei Informationen verfügten, benahmen wir uns wie Schulknaben, was wir ja bis vor kurzem auch noch gewesen waren: Wir prahlten mit jenen Heldentaten, die wir schon bald ganz gewiß vollbringen würden. Zum Glück liegt die Zukunft allemal in der Zukunft – und mithin in geheimnisvollem Dunkel.

Vor dem Palast musterte Mardonius mich plötzlich und sagte: »Da ist jemand, der mit dir sprechen möchte. Jemand, dem der Weise Herr überaus wichtig ist.« Zwar wagte es Mardonius nie, die Religion der Achämeniden offen zu verspotten, doch besaß er Atossas Begabung für geschickte Anspielungen.

»Ich bin ein Anhänger der Wahrheit.« Wie stets, wenn man von mir erwartete, die Weisheiten des Weisen Herrn zu reproduzieren, gab ich mich kurzangebunden.

Zu meiner Überraschung führten uns zwei alte Frauen zu den Gemächern von Artemisia. Seinerzeit kannte man an dorischen Höfen keine

Eunuchen. Als wir den kleinen Raum betraten, erhob sich Artemisia, um uns zu begrüßen. Aus der Nähe konnte ich jetzt sehen, daß sie wirklich nicht unattraktiv war. Auf ein Zeichen von ihr ließen uns die alten Frauen allein.

»Nehmt doch Platz«, sagte Artemisia. »Ich richte euch die Grüße meines Mannes aus. Gern hätte er euch beide empfangen. Doch er fühlt sich nicht wohl. Er befindet sich im benachbarten Gemach.« Artemisia deutete auf eine geschnitzte Holztür in einer unverputzten Steinmauer – sehr primitiv. Die einzigen Künste, auf die sich die Dorer verstehen, sind Krieg und Raub.

Sodann stellte mir Artemisia einige beiläufige Fragen über den Weisen Herrn. Doch erst als ich meine zehnte oder elfte ebenso beiläufige Antwort gegeben hatte, begann ich zu begreifen, daß Mardonius in der Nacht zuvor mit Artemisia geschlafen hatte. Nunmehr nutzte er mich geschickt für seine Zwecke, um ihr bei Tage einen höchst ehrbaren Besuch abzustatten: Was wohl hätte für eine Königstochter natürlicher sein können, als mit dem Enkel des Propheten über Religion zu reden?

Verärgert hörte ich auf, Artemisias Fragen zu beantworten. Sie bemerkte es kaum. Unverwandt starrte sie Mardonius an, ganz als wolle sie ihn sich genauso zu Gemüte führen wie die diversen ebenso stachligen wie schmackhaften Seeigel vom vergangenen Abend.

Als Mardonius sah, daß er an mir keine große Hilfe mehr hatte, begann *er* zu ihr von Religion zu schwatzen, und sie hörte ihm voller Ernst zu. Doch schließlich gingen Mardonius die religiösen Texte aus. Er wußte vom Weisen Herrn so wenig wie ich von seinem geliebten Mithras.

So saßen wir drei denn ganz einfach da, und indes die Liebenden einander versunken anblickten, gab ich vor, mich in eine Vision der Welt am Ende der Zeit der langen Dauer zu verlieren. Darauf verstehe ich mich ganz ausgezeichnet. Jedenfalls besser als mein Vetter, der gegenwärtige Erbe von Zarathustra, der stets den Eindruck erweckt, er wolle einem eine Kamelladung Teppiche verkaufen.

König Lydagmis trat ein, ohne Ankündigung, ohne jedwedes Trara – genauer: Wie auf leisen Sohlen näherte er sich. Wußte er, daß sich Artemisia und Mardonius in der vergangenen Nacht auf dem Boden in eben diesem Raum geliebt hatten? Anzumerken war ihm da nichts. Vielmehr behandelte er uns mit jener Ausgesuchtheit, wie sie einem Gastgeber ansteht, der weiß, wie man die – nein, *den* – Tischgefährten des Großen Königs bei sich aufnimmt. Denn es war Mardonius, der mit Darius speiste. Ich meinerseits niemals. Später war ich dann allerdings Xerxes' Tischgefährte bis zum Ende seines Lebens – eine große Ehre, da ich ja weder königlichen Geblüts war noch von einem der Sechs stammte.

»Cyrus Spitama ist der Enkel von Zarathustra«, sagte Artemisia. Die Situation schien ihr nicht im mindesten peinlich zu sein. Augenscheinlich war Mardonius nicht der erste, der sich mit ihr vergnügte.

»Ich weiß. Ich weiß.« König Lydagmis gab sich gütig. »Man berichtete mir, daß du diese beiden prachtvollen jungen Prinzen empfangen hast. Offenbar haben sie dich so verzaubert, daß du dein Versprechen vergessen hast, im Park mit mir auszureiten.«

Artemisia entschuldigte sich. »Das hatte ich *wahrhaftig* vergessen. Es tut mir leid. Können sie mitkommen?«

»Natürlich. Wenn sie Lust haben.«

»Mitkommen – wohin?« fragte Mardonius.

»Wir jagen Hirsche«, sagte Artemisia. »Schließt euch uns an.«

So endete dieser sonderbare Tag damit, daß Mardonius und ich gemeinsam mit Lydagmis und Artemisia unsichtbare Hirsche jagten. Die junge Frau ritt voraus, in Positur sozusagen: Das Gewand wehte hinter ihr her, wurfbereit hielt sie den Speer.

»Sie gleicht der Göttin Artemis, nicht wahr?« Lydagmis war stolz auf seine amazonenhafte Tochter.

»Noch schöner, noch schneller«, sagte Mardonius, ohne mich anzusehen.

Da Artemis eine Hauptteufelin ist, machte ich das Zeichen, mit dem man Böses abwehrt; und war damit schier allzu erfolgreich. Denn prompt wurde Artemisia durch einen tiefhängenden Ast aus dem Sattel gehoben. Da ich der Dame am nächsten war, hörte ich, daß sie wie ein dorischer Kavallerist fluchte. Doch kaum befand sich Mardonius in Hörweite, so begann sie herzzerreißend zu weinen. Behutsam half dieser ihr wieder auf ihr Pferd.

Als wir uns später auf der Straße befanden, die von Halikarnassus landeinwärts nach Sardis führt, sprachen wir ausführlich über Artemisia. Mardonius gestand, daß er sie verführt hatte. »Oder anders herum«, fügte er hinzu. »Sie besitzt einen starken Willen. Ist das bei allen dorischen Damen so?«

»Ich kenne ja keine. Lais ist ionischer Herkunft.«

Seite an Seite ritten wir durch eine dichtbewaldete Schlucht. Während der Nacht hatte es in den Bergen einen leichten Frost gegeben, und unter den Hufen unserer Pferde knisterten und knackten gefrorene Blätter und Pflanzen und Zweige. In Zweierreihe ritt unsere Einheit, teils vor, teils hinter uns.

Mit Mardonius hielt ich mich stets genau in der Mitte, unmittelbar hinter unserem Befehlshaber Artanes. Im Falle einer Schlacht würde Artanes den Angriff aus der Mitte heraus führen, indes die vordere Marschsäule sich, wie stets, in den linken Flügel und die hintere Marschsäule sich in den rechten Flügel verwandelte. Allerdings beziehe ich mich dabei auf offenes Gelände. In jener Gebirgsschlucht hätte uns, wer immer einen solchen Angriff unternahm, bis auf den letzten Mann niedergemacht. Doch an Gefahren dachten wir nicht – jedenfalls nicht an Gefahren militärischer Art.

Plötzlich sagte Mardonius: »Ich möchte sie heiraten.«

»Die Dame ist bereits verheiratet.« Ich hielt diesen Hinweis für angebracht.

»Er wird bald sterben, ihr Mann. Sie meint, es kann sich nur noch um Wochen, Monate handeln.«

»Hat sie die Absicht, die Dinge zu . . . beschleunigen?«

Mardonius nickte; er wirkte völlig ernst. »Sobald ich ihr sage, daß ich sie heiraten kann, ist sie auch schon Witwe. Das hat sie mir versprochen, auf dem Fußboden.«

»Ein solches Eheweib würde mich nervös machen.«

Mardonius lachte. »Wenn sie mich geheiratet hat, kommt sie in den Harem, den sie nie wieder verlassen wird. Keine meiner Frauen wird einen Mann jemals so empfangen, wie sie mich empfangen hat. Oder Hirsche jagen.«

»Warum willst du sie?«

Mardonius drehte den Kopf. Ich sah das hübsche, lächelnde Gesicht mit dem kantigen Kinn. »Weil ich Halikarnassus will und Kos und Nisyrus und Kalymna. Nach dem Tod ihres Vaters wird Artemisia rechtmäßige Königin über jene Orte sein. Das ist dorisches Gesetz. Auch ihre Mutter war dorischer Herkunft, aus Kreta. Und so kann sie auf Kreta gleichfalls Anspruch erheben, wie sie mir sagte. Und das wird sie auch tun, *falls* ihr Gatte stark genug ist.«

»Das würde dich zum Seeherrscher machen.«

»Das würde mich zum Seeherrscher machen.« Mardonius blickte beiseite. Das Lächeln war von seinem Gesicht verschwunden.

»Der Große König würde eine solche Ehe niemals gestatten.« Ich sprach es unumwunden aus. »Nimm doch nur Histiäus. Sobald er jene Silberminen in Thrakien besaß, wurde er nach Susa zitiert.«

»Aber er ist ein Grieche. Ich bin ein Perser. Ich bin Darius' Neffe. Ich bin Gobryas' Sohn.«

»Ja. Und weil du bist, wer du bist, ist eine solche Ehe unmöglich.«

Mardonius schwieg. Natürlich wußte er, daß ich recht hatte, und er wagte es nie, dieses Thema Darius gegenüber zur Sprache zu bringen. Als dann allerdings etliche Jahre später Artemisia alleinige Königin war, bat er Xerxes um die Erlaubnis, sie zu heiraten. Xerxes zeigte sich großköniglich amüsiert, und er ließ es sich nicht nehmen, Mardonius ein wenig aufzuziehen. »Hochländer«, sagte er vom Thron herab, »dürfen ihr Blut nie mit dem einer minderen Rasse vermischen.«

So unbotmäßig Mardonius zu Zeiten auch sein konnte – Xerxes wußte genau, daß dieser es nicht wagen würde, ihn an all das Achämenidenblut zu erinnern, das der Herrscher so munter – und oft jenseits aller Gesetze – mit dem Blut fremdländischer Frauen vermischt hatte. Sonderbarerweise taugten die Nachkommen, die er mit seinen ausländischen Gattinnen hatte, ganz und gar nichts. Allerdings muß auch wahrheitsgemäß berichtet werden, daß man ihnen kaum eine Gelegenheit gab, ihre Qualitäten zu beweisen. Unter Xerxes' Nachfolger wurden die meisten von ihnen zu Tode gebracht.

3

Im Frühherbst trafen wir in Sardis ein.

Wieviel hatte ich nicht schon gehört über diese fabulöse Stadt, erschaffen – oder wiedererschaffen – durch Krösus, den reichsten Mann auf Erden, dessen Niederlage von des Kyrus' Hand das Thema von tausend Balladen, Schauspielen, Legenden ist – selbst von milesischen Geschichten von Ausschweifungen und Völlerei.

Was hatte ich eigentlich erwartet zu sehen? Ich weiß es nicht mehr. Vermutlich wohl Gebäude aus massivem Gold. Statt dessen erblickte ich eine absolut unscheinbare Stadt von vielleicht fünfzigtausend Einwohnern, die meist beengt in Lehmbauten hausten. Da die Straßen kaum mehr als krumme Gassen waren, konnte man sich in Sardis noch leichter verirren als im gleichermaßen reizlosen Susa oder Athen.

Nachdem Mardonius und ich mit dafür gesorgt hatten, daß unsere Truppen im Süden der Stadt ein Lager aufschlugen, ritten wir nach Sardis hinein, wo wir tatsächlich prompt die Orientierung verloren. Fatal wurde die Situation für uns, als sich erwies, daß die Leute weder persisch noch griechisch sprachen. Und wer, um alles auf der Welt, spricht schon lydisch, außer den Lydern selbst?

Wir ritten, stundenlang wie es schien, bald in dieser, bald in jener Richtung. Eine ständige Gefahr bildeten überhängende Balkons, auch obere Stockwerke, zumal wenn sie hinter aufgereihter Wäsche verborgen waren. Beide fanden wir die Menschen überdurchschnittlich anziehend. Die Männer tragen ihr Haar in langen Flechten, und sie sind sehr stolz auf die Blässe ihrer zarten Haut. Kein Mann von Rang begibt sich jemals hinaus in die Sonne. Dennoch ist die lydische Kavallerie die beste der Welt und eine Hauptstütze der persischen Armee.

Schließlich saßen wir ab und führten unsere Pferde den Fluß entlang, der nicht nur die Stadt, sondern auch den Marktplatz mitten durchschneidet. Im Zweifelsfall folge einem Fluß, wie Kyrus der Große gesagt haben soll.

Der Marktplatz von Sardis war noch größer als jener in Susa. Umfriedet von einer weiten Ziegelmauer, stehen zehntausend Zelte und Basare, wo man alles kaufen kann, was es auf Erden zu kaufen gibt. Während wir – mit offenen Mäulern wie karische Bauern – umherwanderten, schenkte uns niemand die geringste Beachtung. Persische Offiziere sind in Sardis wahrhaftig nichts Neues.

Händler aus allen Teilen der Welt boten ihre Waren feil. Da gab es Amphoren und Krater aus Athen. Aus der indischen Satrapie kamen Baumwollstoff und Rubine. Aus den persischen Hochländern stammten Teppiche. Beim schlammigen Fluß sah man eine Reihe von Palmenbäumen, an die hundert bösartige Kamele gebunden waren. Manche von ihnen wurden gerade von ihren Lasten befreit, während man andere mit frischer Fracht belud – mit lydischen Gütern wie roten Feigen, zwölfsaitigen Harfen, Gold... Ja, Sardis ist in der Tat eine Stadt des Goldes, denn der schlammige Fluß ist voller Goldstaub, und es war der Vater des Krösus, der als erster durch Auswaschen Gold gewann und zu Geschmeide verarbeiten ließ. Auch Goldmünzen ließ er als erster prägen.

In den Hügeln bei Sardis gibt es Minen mit dem seltensten Metall der Welt, Silber. Ich besaß einmal eine lydische Silbermünze, deren Alter auf über hundert Jahre geschätzt wurde. Falls das stimmt, mußte sie bereits unter des Krösus Großvater geprägt worden sein, womit die Lyder recht hätten, wenn sie behaupten, die Münzprägung, wie wir sie kennen, habe in Lydien ihren Ursprung gehabt. Mein lydisches Silberstück trug das Bild eines Löwen, das allerdings schon recht flachgewetzt war. In Cathay wurde mir die Münze gestohlen.

»Sie sind so reich!« rief Mardonius aus, und fast hatte ich das Gefühl, am liebsten wäre er an Ort und Stelle auf Beutefahrt gegangen.

»Der Grund dafür ist, daß sie kein Geld für ihre Häuser verschwenden.« Ich war noch immer über die Häßlichkeit der legendären Stadt enttäuscht.

»Zuerst kommt vermutlich das Vergnügen.« Sodann winkte Mardonius einen medischen Händler herbei, und dieser erklärte sich bereit, für uns den Führer zu spielen. Während wir langsam den Marktplatz überquerten, fühlte ich mich wie betäubt von den vielen grellen Farben und stechenden Gerüchen, von dem unablässigen Stimmengewirr in hundert Sprachen.

Gleich hinter der Marktmauer befindet sich ein kleiner Park mit schattigen Bäumen. Am anderen Ende dieses Parks steht der alte Palast des Krösus, ein zweistöckiges Gebäude aus Schlammziegeln und Holz. Hier residiert der persische Satrap für Lydien.

Während wir einem Kämmerer durch einen staubigen Gang zu Krösus' Throngemach folgten, schüttelte Mardonius den Kopf. »Wäre ich der reichste Mann der Welt gewesen, so hätte ich sicher mehr zuwege gebracht als dies hier.«

Artaphrenes saß auf einem Stuhl neben dem Thron, der in Abwesenheit des Großen Königs stets leer bleibt. Mit einigem Erstaunen bemerkte ich, daß der Thron eine genaue Kopie von des Großen Königs Löwenthron war, allerdings in häßlichem Elektrum.

Obwohl Artaphrenes gerade einer Gruppe von Lydern eine Audienz gewährte, erhob er sich, als er Mardonius sah und küßte ihn auf den Mund. Ich küßte den Satrapen auf die Wange.

»Willkommen in Sardis.« Mehr denn je erinnerte mich Artaphrenes an seinen Vater Hystaspes. »Ihr werdet hier bei uns wohnen.« Artaphrenes stellte uns sodann die Lyder vor. Einer von ihnen war Ardes, der Sohn des Krösus. Im Laufe der Zeit lernte ich ihn gut kennen. Er bildete ein faszinierendes Bindeglied zur Vergangenheit.

In den nächsten Tagen trafen wir uns oft mit Artaphrenes – und den Griechen. Man konnte meinen, jeder griechische Abenteurer unter der Sonne habe seinen Weg nach Sardis gefunden. Daß sie allesamt Söldnernaturen waren, brauche ich nicht erst zu betonen, und in Artaphrenes' Sold standen sie denn auch. Er hatte sie in seine Dienste genommen, weil sie hervorragende Soldaten und Seeleute waren, überdies hochintelligent – allerdings auch voller Verrat und Heimtücke.

Demokrit ist zu höflich, um mir zu widersprechen. Aber ich habe die Griechen von einer Seite kennengelernt, die sie einander für gewöhnlich nicht präsentieren. Ich habe sie am persischen Hof erlebt. Ich habe gehört, wie sie den Großen König anflehten, ihre Heimatstädte anzugreifen; denn ein Grieche kann nun mal den Erfolg eines anderen Griechen nicht ertragen. Ohne die damaligen Machenschaften der Griechen in Persien wäre es nie zu den griechischen Kriegen gekommen, und Xerxes hätte unser Reich ausgedehnt bis zum Himalaya – ganz Indien umschließend also – und vielleicht noch darüber hinaus. Doch das Spiel mit dem »Was wäre gewesen, wenn . . .« ist ein müßiges Spiel.

Bei der ersten Beratung, der ich in Sardis beiwohnte, war auch Hippias zugegen. In seiner Begleitung befanden sich Thessalus und mein alter Schulfreund Milo.

Hippias erinnerte an unser Treffen im Jagdhaus im Winter zuvor. »Seither habe ich mich tief in die Werke deines Großvaters eingelesen.«

»Es freut mich, daß du dem Weg der Wahrheit folgst, Tyrann.« Höflich sah ich über die Tatsache hinweg, daß damals noch sehr wenig niedergeschrieben war von Zarathustras Lehre. Inzwischen sind natürlich Tausende von Tierhäuten bedeckt mit Gebeten und Hymnen und Zwiegesprächen, die sämtlich Zarathustra zugeschrieben werden.

Bei dieser allerersten Beratung, der ich in Sardis beiwohnte, schlug Hippias einen persischen Großangriff gegen Milet vor. Der alte Tyrann sprach mit gewohnter Würde. »Wir wissen, daß Aristagoras mit seiner Flotte noch bei Zypern weilt. Wir wissen, daß ihm die Dämagogen von Athen zwanzig Schiffe geschickt haben. Diese zwanzig Schiffe können nicht mehr weit von Zypern sein. Bevor sich die beiden Flotten vereinen, müssen wir Milet zurückgewinnen.«

»Die Stadt besitzt ein ausgezeichnetes Verteidigungssystem.« Artaphrenes nahm sich stets Zeit, ehe er einer bestimmten Strategie zustimmte. Zweifellos ließ er sich dabei von dem Grundsatz leiten, daß das Wesen aller Staatskunst darin besteht, gegebenenfalls nichts zu tun.

»Milet«, sagte Hippias, »begann seine Geschichte als Kolonie von Athen, und bis auf den heutigen Tag gibt es viele Milesier, die meiner Familie große Zuneigung entgegenbringen.«

Dies war Unsinn. Sofern Milet denn jemals eine athenische Kolonie gewesen war, so lange Zeit vor den Pisistratiden. Auf jeden Fall gab es in Milet nur wenige Tyrannenfreunde, wie Aristagoras entdeckte, als er auf Unabhängigkeit drang. Die oberen Klassen der Stadt weigerten sich, gegen Persien zu revoltieren, sofern Aristagoras nicht bereit war, ihnen eine Demokratie attischer Art zuzugestehen. So mußte ihnen der Abenteurer denn geben, was sie verlangten. Bald schon entdeckten wir, daß die Politik des Großen Königs gegenüber seinen griechischen Städten die Epoche der Tyrannen künstlich verlängert hatte. Allem Anschein nach konnten die herrschenden Klassen weder die Tyrannen ertragen noch ihre Verbündeten, das einfache Volk. So sind denn alle griechischen Städte jetzt dem Namen nach Demokratien, in Wirklichkeit jedoch Oligarchien. Demokrit meint, das gegenwärtige Herrschaftssystem in Athen sei denn doch komplexer. Dieser Auffassung bin ich nicht.

Mardonius unterstützte Hippias' Vorschlag. Er sah eine Gelegenheit, sich militärisch auszuzeichnen. »Dies ist meine Chance««, sagte er eines Abends zu mir, als wir zuviel süßen lydischen Wein getrunken hatten. »Wenn man mich den Angriff gegen Milet führen läßt, werden wir im nächsten Sommer zu Hause sein.«

In der Tat sollte er reichlich Gelegenheit erhalten, sich im Krieg hervorzutun. Allerdings kehrten wir im folgenden Sommer nicht nach Hause zurück. Der Krieg mit den ionischen Rebellen dauerte sechs Jahre.

Nach einer Woche angestrengter Beratungen erklärte sich Artaphrenes schließlich bereit, die halbe persische Armee und die Hälfte der lydischen Reiterei für den Angriff gegen Milet verfügbar zu machen. Mardonius wurde Stellvertreter von Artobazanes, dem ältesten Sohn von Darius und Rivalen von Xerxes.

Die ersten schlechten Nachrichten trafen während einer Zeremonie im Tempel von Kybele ein. Mir erschien das nur passend. Schließlich war ich ja absolut fehl am Platze bei den Ritualen des Teufelskults, doch hatte Artaphrenes darauf bestanden, daß wir alle gemeinsam mit ihm teilnahmen. »Wir müssen die Lyder bei guter Laune halten. Genau wie wir sind sie Sklaven des Großen Königs. Genau wie wir sind sie loyal.«

Voll Abscheu beobachtete ich, wie die Priesterinnen mit den Eunuchen tanzten. Oft wußte man kaum, wer Priesterin war und wer Eunuch, denn die einen wie die anderen trugen Frauenkleider. Allerdings waren die Eunuchen meist besser gekleidet als die Priesterinnen. Nie habe ich die Verehrung begriffen, die so viele unwissende Rassen der gierigen Muttergöttin entgegenbringen, mag sie nun Anahita oder Kybele oder Artemis oder sonstwie heißen.

In Sardis schneiden sich am Tage der Göttin jene jungen Männer, die ihr dienen wollen, die Geschlechtsteile ab und rennen durch die Straßen, die abgetrennten Genitalien in einer Hand. Weniger ehrgeizige Anbeter der Göttin halten es für ein glückliches Omen, wenn sie Spritzer vom Blut eines neuen Eunuchen abbekommen. Ein Problem ist das nicht. Blut gibt es in Mengen. Schließlich schleudert der selbstgemachte Eunuch seine abgetrennte Männlichkeit irgendwo in den offenen Eingang eines Hauses, dessen Besitzer nunmehr die Pflicht hat, sich der Kreatur anzunehmen und sie gesundzupflegen.

Ich habe diese Zeremonie mehrmals in Sardis wie auch in Babylon beobachten können. Da die jungen Männer völlig übergeschnappt zu sein scheinen, vermute ich, daß sie zuvor Haoma trinken oder etwas von jener honigartigen Substanz zu sich nehmen, die aus der Kolchis stammt und Halluzinationen hervorruft. Denn wer, der bei Sinnen ist, würde einer Teufelsgottheit wohl auf solche Weise dienen wollen?

An jenem Tag in Sardis sah ich, wie einer jener Bedauernswerten seine Genitalien in Richtung einer offenen Tür schleuderte. Allerdings verfehlte er sein Ziel und verblutete dann auf der Straße, da es als gotteslästerlich gilt, einem Möchtegern-Priester zu helfen, dem es versagt geblieben ist, eine – wenn man so will – angemessene Heimstätte für seine Geschlechtlichkeit zu finden.

Die Zeremonie für Kybele schien ewig zu dauern. Die Weihrauchwolken waren so dicht, daß sich das Bildnis der hochgewachsenen Göttin dort im – griechisch gestalteten – Portikus kaum noch erkennen ließ. Sie befand sich zwischen einem Löwen und zwei sich windenden Schlangen.

Neben der Hohenpriesterin stand der alte Ardes und tat, was immer vom letzten Angehörigen des lydischen Königshauses bei so hohem Anlaß erwartet wurde. Die Sardier zeigten sich angemessen enthusiastisch, während Artaphrenes und Hippias sich alle Mühe gaben, nicht gelangweilt dreinzuschauen. Milo allerdings gähnte. »Ich hasse dies alles«, sagte er zu mir auf seine einfache, knabenhafte Weise.

»Ich auch«, sagte ich ernst.

»Die sind ja noch schlimmer als unsere Magians seinerzeit in der Schule.«

»Du meinst, schlimmer als jene Magians, welche der Lüge folgen«, korrigierte ich prompt.

Milo lachte. »Wenn du noch immer ein Feueranbeter bist, was tust du dann in dieser Verkleidung als Soldat?«

Bevor mir eine schlagfertige Antwort einfiel, tauchte urplötzlich auf galoppierendem Pferd ein Kavallerist auf. Er saß ab und band sein Tier innerhalb des Tempelbezirks an – ein Sakrileg. Während der Mann sich mit einer Botschaft näherte, funkelte Artaphrenes ihn an. Und blickte betroffen, nachdem er die Botschaft gelesen hatte. Die ionische Flotte, so war aus der Nachricht zu erfahren, hatte sich mit der attischen Flotte vereint, und gemeinsam lagen beide jetzt vor Ephesus vor Anker. Schlimmer noch: Von Milet im Süden bis Byzanz im Norden befanden sich sämtliche ionischen griechischen Städte im offenen Aufstand gegen den Großen König.

Eine Woche später gab Artaphrenes im Palast des Krösus ein Bankett. Aus welchem Anlaß, weiß ich nicht mehr. Aber ich erinnere mich noch, daß gegen Mitternacht einer der Gäste plötzlich in der Stadt ein Feuer bemerkte. Nun war Sardis jedoch so verquer gebaut, daß sich niemand etwas dabei dachte. Tagtäglich brennen Häuser nieder, tagtäglich entstehen wieder neue. Nicht der Löwe sollte Sardis' Wappentier sein, sondern der Phönix.

Während Hippias uns wieder einmal daran erinnerte, daß seiner Familie die Zuneigung sämtlicher Griechen gewiß sei, traf eine ganze Reihe von Botschaften ein. Griechische Streitkräfte waren bei Ephesus gelandet. Sie befanden sich auf dem Marsch nach Sardis. Hatten die Stadttore erreicht. Drangen in die Stadt ein. Steckten die Stadt in Brand.

Gewiß war nicht nur Artaphrenes geschockt. Doch er ließ es sich anmerken – ein sicheres Zeichen dafür, daß er nicht geeignet war, eine führende Rolle in dem zu spielen, was sich zu einem richtiggehenden Krieg auswuchs. Allerdings: Wer hätte wohl geglaubt, daß eine Bande verwegener ionischer und attischer Griechen die Tollkühnheit besitzen würde, tief in persisches Territorium vorzustoßen und die Hauptstadt von Lydien in Brand zu stecken?

Artaphrenes befahl den Ruf zu den Waffen. Da die hohen Flammen die Nacht zum Tage machten, konnten wir einander deutlich sehen, während wir zum Park eilten, wo sich die Truppen sammelten. Mann für Mann waren die Soldaten zur Schlacht bereit. Doch wo befand sich der Feind? Inzwischen flammte der Himmel in gleißendem Rot und Gold, und die zuvor kalte Nacht war jetzt so erstickend heiß wie der Sommer in Susa.

Schließlich erschien einer von Artaphrenes' Adjutanten. Wir sollten uns, so verkündete er, »in guter Ordnung« auf die Akropolis zurückziehen. Leider kam der Befehl zu spät. Sämtliche aus der Stadt hinausführende Straßen waren von Flammen blockiert. So taten wir denn das einzige, was uns zu tun blieb: Wir eilten zum Marktplatz. Im alleräußersten Notfall konnten wir im Fluß schwimmen, bis das Feuer niedergebrannt war. Aber als wir auf dem Marktplatz eintrafen, drängten sich dort bereits die Einwohner sowie persische und lydische Soldaten.

Vielleicht wird es am letzten Tag der Schöpfung einmal so aussehen wie bei diesem Brand in Sardis. Menschen schrien, Tiere heulten und Häuser stürzten ein, indes das Feuer, von einem launischen Wind getrieben, bald hierhin, bald dorthin sprang.

Doch der Wind, der Sardis vernichtete, rettete uns das Leben. Hätte er mit weniger Kraft geblasen, wären wir wegen der Flammen erstickt. So blieb uns gerade genügend brauchbare Luft zum Atmen. Auch wirkte die hohe Mauer, die den Marktplatz umgab, wie ein Schutzwall. Außer den Palmen am Fluß fing auf dem Marktplatz selbst nichts Feuer.

Ich betete zum Weisen Herrn, und mich schauderte beim Gedanken an das geschmolzene Metall am Ende der Schöpfung. Niemals sonst habe ich mich so völlig hilflos gefühlt.

»Wir könnten ein Floß bauen«, sagte Milo. »Wir könnten uns flußabwärts treiben lassen.«

»Dort sind deine Athener. Wenn wir bei denen vorübertreiben, werden sie uns töten, einen nach dem anderen.«

»Wir könnten ja einzelne Stämme benutzen. Und uns unter ihnen verbergen. So wie die Leute dort.«

Viele Sardier befanden sich bereits im Wasser. Sie hielten Holzstükke oder auch luftgefüllte Blasen.

»Wir müssen unsere Rüstung ablegen.« Obwohl ich gegebenenfalls lieber ertrank als verbrannte, fand ich, daß im Augenblick Abwarten die beste Lösung war.

Milo schüttelte den Kopf. »Ich darf nicht waffenlos sein.« Als Berufssoldat und Erbe von Tyrannen hatte er im Kampf zu fallen. Nur gab es ja gar keinen Kampf außer jenem gegen zwei der vier Elemente.

Plötzlich jagte lydische Reiterei über den Marktplatz. Die Mähne eines Pferdes war in Flammen, ebenso die Haarflechten seines Reiters. Ohne das geringste Zögern stürzten sich Roß und Reiter gemeinsam in den Fluß.

Zum Glück erschien des Artaphrenes Stabschef auf der Szene. Ich habe seinen Namen vergessen, was undankbar von mir ist, denn er rettete uns das Leben. Er war ein großer, kräftiger Mann und trug eine kurze Peitsche bei sich, von der er ausgiebig Gebrauch machte, bei Soldaten wie Zivilisten.

»Angetreten! Nehmt eure Positionen ein. Kavallerie links, bei der Mauer. Infanterie kompanieweise am Fluß. Bleibt von den brennenden Bäumen weg. Sämtliche Zivilisten auf die andere Seite!«

Zu meiner Überraschung waren wir auf einmal wieder eine disziplinierte Armee. Ich weiß noch, wie ich dachte: Jetzt werden wir alle in perfekter Formation bei lebendigem Leibe verbrennen. Doch das Feuer blieb außerhalb der Marktmauer. Die Griechen allerdings nicht. Mit

Triumphgebrüll kamen sie auf den Marktplatz gerannt. Als sie die persische Armee und die lydische Kavallerie in Schlachtaufstellung sahen, blieben sie wie angewurzelt stehen.

Während die Bürger auseinanderstoben, um Schutz zu suchen, gab der persische Befehlshaber das Kommando zum Angriff. Prompt verschwanden die Griechen von der Bildfläche, diesmal jedoch ohne Gebrüll. Zwar versuchte die Kavallerie, ihnen durch die krummen Gassen zu folgen, doch waren die Griechen zu flink und das Feuer zu wild.

Gegen die Mitte des nächsten Tages lagen zwei Drittel von Sardis in Asche – Asche, die noch wochenlang schwelte. Doch die Stadt, die so zusammengewürfelt gewirkt hatte, wurde mit erstaunlicher Geschwindigkeit wiederaufgebaut und war nach nur sechs Monaten ihr altes, leicht verbessertes Selbst – mit Ausnahme des Tempels der Kybele, den man in Ruinen liegen ließ. Für uns war die Zerstörung des Tempels von großem Nutzen; denn die Lyder, ansonsten eher pro-griechisch eingestellt, waren über das gegen Kybele verübte Sakrileg so erzürnt, daß die lydische Kavallerie auf der Straße nach Ephesus die Hälfte der griechischen Streitkräfte vernichtete.

Insgesamt allerdings hatten die Griechen mit ihrer Strategie Erfolg gehabt. Sie hatten den Großen König im Herzen seines Reiches herausgefordert. Sie hatten die Hauptstadt von Lydien niedergebrannt. Sie hatten Artobazanes gezwungen, zugunsten der Verteidigung von Lydien die Belagerung von Milet aufzugeben. Gleichzeitig erwiesen sich, zur See, die vereinten Flotten von Aristagoras und den Athenern als unverletzlich und, eine ganze Zeitlang, unbesiegbar.

In diesem Winter schloß sich später auch noch die Insel Zypern dem Aufstand der ionischen Städte an, und Persien befand sich nunmehr im Krieg mit einer neuen Gesamtheit, bekannt als der Ionische Bund.

4

Zwei Jahre lang blieb ich in Sardis. Ich tat Dienst als Stabsoffizier. Verschiedentlich wurde ich zu Expeditionen abbeordert. Einmal versuchten wir, die nördliche Stadt Byzanz zurückzuerobern, was uns jedoch nicht gelang. In Sardis erfuhr ich von des Hystaspes Tod. Er war gestorben, während er den Bau von Darius' Grabmal überwachte. Ich trauerte um ihn. Er war der beste aller Menschen.

In Sardis half ich Mardonius beim Feiern. Zunächst feierten wir seinen Sieg in Zypern, das er für Persien zurückgewonnen hatte; sodann seine Vermählung mit Artazostra, des Großen Königs Tochter. Lais erklärte, das Mädchen sei zwar bildhübsch, aber schon von Geburt an stocktaub. Mardonius sollte vier Söhne mit ihr haben.

Kurz vor meiner Rückkehr nach Susa rebellierte Histiäus gegen den

Großen König, und Lais fand, es sei an der Zeit, ihre Familie in Abdera zu besuchen. Sie wußte stets, wann es angebracht war, von der Bildfläche zu verschwinden – oder wieder aufzutauchen. Was Histiäus betraf, so fand er sich nach absehbarer Zeit in Gefangenschaft und wurde von Artaphrenes vom Leben zum Tode befördert. Inzwischen konnte sich Lais kaum noch an seinen Namen erinnern.

Als ich nach Susa zurückkehrte, entdeckte ich zu meiner Überraschung – wie einfältig war ich damals doch noch! –, daß kaum jemand etwas vom Ionischen Aufstand hören wollte. Zwar war der Brand von Sardis ein Schock gewesen, doch zeigte man sich bei Hofe davon überzeugt, daß die Griechen bald bestraft werden würden. Was alle weitaus stärker interessierte, war der neueste Prätendent auf den Thron von Babylon. Ich kann mich nicht erinnern, daß zu irgendeiner Zeit mal *niemand* Anspruch auf den uralten Thron von Babylon erhoben hätte. Selbst heutzutage taucht von Zeit zu Zeit irgendein wilder Mensch aus babylonischen Landen auf und verkündet, er sei Nebukadnezars wahrer Erbe. Das ist für die Nachkommen der alten königlichen Familie stets ebenso peinlich, wie es für den Großen König ärgerlich ist. Die Babylonier, für gewöhnlich recht friedfertige Menschen, neigen mitunter zu Ausbrüchen von Gewalttätigkeit, zumal die Landbevölkerung, wenn sie allzusehr dem Palmwein zugesprochen hat.

»Ich werde ausgeschickt, um die Rebellion niederzuschlagen«, sagte Xerxes. Wir befanden uns auf dem Übungsgelände, wo wir einen Großteil unserer Jugend verbracht hatten. In der Nähe war die nächste Generation des persischen Adels mit Bogenschießen beschäftigt. Ich erinnere mich noch an meine Gedanken: Wie alt wir inzwischen doch sind! Und wie gut, von den Magian-Lehrern frei zu sein!

»Genießen die Rebellen im Volk große Unterstützung?«

»Nein. Des Königs Auge meint, in ein paar Tagen müßte ich alles unter Kontrolle haben ...« Xerxes runzelte die Stirn. Ich hatte ihn noch nie so erregt gesehen. Bald begriff ich den Grund. »Mardonius hat einen echten Sieg errungen, nicht wahr?«

»Zypern gehört wieder uns.« Ich war nicht umsonst am Hofe aufgewachsen und verstand es, neidischen Prinzen gegenüber den richtigen Ton anzuschlagen. »Schließlich war Mardonius ja nicht auf sich allein gestellt. Der Plan zur Invasion stammte von Artaphrenes. Und der verantwortliche Admiral ...«

»Mardonius hat den Ruhm eingeheimst. Einzig das zählt. Und ich sitze hier – untätig.«

»Du hast geheiratet. Ist das etwa nichts?« Xerxes hatte sich vor kurzem mit Amestris, der Tochter des Otanes, vermählt.

»Was hat das schon zu bedeuten!?«

»Dein Schwiegervater ist der reichste Mann der Welt. Wenn *das* nichts zu bedeuten hat ...«

Normalerweise hätte sich Xerxes belustigt gezeigt. Doch er war nicht belustigt. Vielmehr wirkte er sehr verstört. »Ihr alle seid richtige Soldaten.«

»Manche weniger als die anderen«, sagte ich im Bestreben, ihn zum Lachen zu bringen. Doch er hörte gar nicht hin.

»Ich bin praktisch ein Eunuch«, sagte er. »Eine Art Haremsmöbel.«

»Du ziehst doch gen Babylon.«

»Nur, weil es sich um eine sichere Sache handelt.«

»Du bist nun mal der Erbe des großen Königs.«

»Nein«, sagte Xerxes, »ich bin nicht der Erbe.«

Ich starrte ihn verblüfft an.

»Es hat eine Änderung gegeben«, sagte er.

»Artobazanes?«

Xerxes nickte. »Er bewährt sich in Karien. So heißt es jedenfalls. Mein Vater spricht dauernd von ihm.«

»Das will nichts besagen.«

»Der Große König hat vom Löwenthron herab verkündet, daß die Thronfolge nicht entschieden wird, ehe nicht Athen vernichtet ist.«

»Aber wenn er vorher stirbt?«

»Der Große König ist allmächtig. Er wird sterben, wenn er es für richtig befindet.« Einzig mir gegenüber ließ Xerxes sich manchmal etwas von der Erbitterung gegen seinen Vater anmerken. Allerdings stand ich ihm in gewisser Weise ja auch näher als irgendeiner seiner Brüder. Schließlich war ich nicht königlichen Geblüts. Und mithin keine Bedrohung.

»Was sagt Königin Atossa?«

»Was wohl sagt sie *nicht*?« Xerxes zwang sich ein Lächeln ab. »Die Prozession von Magians und Priestern und Hexen, die sich unablässig durch ihre Gemächer bewegt – also so was hast du noch nicht gesehen.«

»Und Darius . . . marschiert der auch durch ihre Gemächer?«

»Nein.« Die Antwort war kurz, jedoch kaum aufschlußreich. Denn Atossa kontrollierte die Verwaltung des Reiches in nicht unbeträchtlichem Maße durch die Haremseunuchen; daher konnte sie Darius oft auch – ganz diskret – aus der Ferne beeinflussen.

»Ich werde sie aufsuchen«, sagte ich.

»Bis du mit ihr gesprochen hast, bin ich längst fort. Ich werde Babylon erobern.« Xerxes versuchte zu scherzen, doch es klang lahm. Plötzlich sagte er: »Kyrus machte *seinen* Sohn zum König von Babel, ehe er starb.«

Ich gab keinen Kommentar. Ich traute mich nicht.

Während wir uns im Speerwurf übten, erzählte ich Xerxes von der Belagerung von Milet und dem Brand von Sardis. Doch er zeigte sich weit mehr an Mardonius' Affäre mit Artemisia interessiert.

»Ich beneide ihn«, sagte Xerxes – traurig, doch ohne Neid.

5

Lais hatte alle möglichen Klagen über Abdera, über die Seereise, über die jüngsten Ereignisse am Hofe. Sie war ziemlich dick geworden. »Die thrakische Küche! Alles wird mit Schweinefett gemacht. Er ist wieder wohlauf, weißt du. Mein Vater, dein Großvater. Schade, daß du ihn nie kennengelernt hast. Wir kamen prächtig miteinander aus. Ich habe ihn gesund gemacht. Aber was für ein Ort! Unsere Verwandten sind inzwischen mehr thrakisch als griechisch. Ich habe wahrhaftig gesehen, daß Vettern von mir Mützen aus Fuchsfell trugen!«

Sie lieferte nicht nur eine detaillierte Beschreibung von meines Großvaters Haus in Abdera, sondern auch eine Reihe inspirierter Porträts von Familienangehörigen, die ich erst noch kennenlernen mußte.

Typisch war, daß sie, trotz unserer dreijährigen Trennung, nicht ein einziges Mal nach meinen Erlebnissen fragte. Doch anders kannte ich es nicht bei ihr. Waren wir allein, so zeigte sie für meine Angelegenheiten nicht das leiseste Interesse. In Gegenwart von Fremden jedoch – oder auch in meiner Abwesenheit – prahlt sie dauernd mit meinen mystischen Kräften und meiner religiösen Inbrunst. Ihre Position bei Hofe verdankt sie ausschließlich mir. Daß sich Lais nie wirklich für mich interessierte, hat mich nie bekümmert. Dazu verstand ich ihren Charakter zu gut. Auch begriff ich schon früh, daß von ihren Aktivitäten stets auch ich profitierte. Wir glichen zwei Reisenden, die, per Zufall zusammengewürfelt, durch eine Reihe gemeinsam überstandener Gefahren zu Verbündeten werden.

Ich meinerseits fand Lais immer unwiderstehlich. Zweifellos verstand sie es, plausibler zu lügen als all die anderen, die ich kannte; und ich habe mein Leben an Höfen und mit Griechen verbracht.

Ich erzählte Lais, ich hätte um eine Audienz bei Königin Atossa nachgesucht, die mir jedoch noch nicht gewährt worden sei. Sie machte eine Reihe von Zeichen – zweifellos, um die Stunde meines Empfangs bei der Königin herbeizubeschwören.

Sodann bestätigte sie Xerxes' Befürchtungen. Seit Artobazanes sich im Feld als tüchtiger Befehlshaber bewährt hatte, sprach Darius häufig von einer möglichen Änderung in der Thronfolge. Und die Eroberung Zyperns durch Mardonius trug zum Ruhm der Familie des Gobryas noch bei.

Inzwischen hatte sich Königin Atossa in die inneren Gemächer des dritten Hauses des Harems zurückgezogen. Zwar wußte niemand, was sie im Schilde führte, doch Lais zeigte sich optimistisch. »Atossa findet bestimmt einen Weg, ihren Sohn zu fördern. Sie ist nun mal klüger als alle am Hofe, inklusive –«, dramatisch dämpfte Lais ihre Stimme, als sei zu befürchten, wir würden belauscht (keine Gefahr: Wir waren einfach nicht wichtig genug), »– Darius.«

»Aber warum gibt er Xerxes nicht die gleiche Chance wie den anderen?«

»Weil Darius sich vor der Kombination von Atossa und Xerxes fürchtet. Darius mag in Persien ja herrschen, doch Atossa regiert. Wäre Xerxes Befehlshaber einer siegreichen Armee in den Ebenen von ... von Karien oder so ähnlich ... mit Atossa in Susa ... und würden die Sterne in einer bestimmten Konstellation stehen, so ...«

»... Verrat?«

»Warum nicht? Solche Dinge sind vorgekommen. Und Darius weiß das. Darum sorgt er dafür, daß Xerxes zu Hause bleibt. Darum läßt er seine anderen Söhne und auch seine Neffen alle möglichen Siege erringen. Aber Atossa wird sich schon zu behaupten wissen.«

»Bist du dir da sicher?«

»Bin ich. Allerdings – leicht wird es nicht sein. Wir müssen alle mithelfen. Du kannst deinen Teil tun, indem du den dir rechtmäßig zustehenden Platz als zarathustrianischer Oberpriester einnimmst. Dein Onkel ist ein Narr. Du könntest ihn im Laufe eines Tages ablösen.«

Sodann entwarf Lais eine Strategie, mit deren Hilfe ich Führer unseres Ordens werden sollte. Lieber, dachte ich, würde ich mich von einer von Kybeles Schlangen beißen lassen – behielt den Gedanken jedoch sicherheitshalber für mich. Nein, zum Priester war ich nicht bestimmt. Allerdings ahnte ich auch nicht, in welcher Richtung meine Zukunft denn liegen mochte. Für das Kriegshandwerk hatte ich keine besondere Begabung bewiesen. Gewiß konnte ich jederzeit Staatsrat oder Hofkämmerer werden; aber leider verstehen sich Eunuchen auf derartige Dinge besser als unsereiner. Im Herzen ging es mir nur darum, meinem Freund Xerxes zu dienen – und ferne Orte kennenzulernen.

Eine Woche, nachdem der verdrossene Xerxes nach Babylon aufgebrochen war, wurde mir bei Königin Atossa eine Audienz gewährt. Wie gewöhnlich wurde die Tür zu ihren Gemächern bewacht von imposanten Eunuchen, die wie Könige gekleidet waren. In meiner Erinnerung sah ich mich hier an diesem Orte als verängstigtes Kind, das über den rotschwarzen Teppich stolperte. Inzwischen war dieser Teppich ziemlich abgewetzt, doch Dinge – oder Personen –, die sie mochte, ließ Atossa niemals durch andere ersetzen.

Ich fand Atossa unverändert. Was allerdings hätte wohl anders sein sollen bei einer dick aufgelegten weißen Maske? Umsorgt wurde sie von einem Taubstummen, stets ein gutes Zeichen. Wir würden frei miteinander sprechen können.

Ich durfte mich – ein besonderes Privileg – auf die Fußbank setzen.

Atossa kam sofort zur Sache. »Ich habe den Verdacht, daß Gobryas sich der Magie bedient. Mir scheint, Darius ist verhext worden. Natürlich tue ich, was ich nur kann. Aber Zaubersprüche, die ich nicht kenne, vermag ich nicht aufzuheben. Daher wende ich mich nunmehr an den Weisen Herrn.«

»Über mich?«

»Ja, über dich. Denn du sollst ja in Verbindung stehen mit dem einen und einzigen Gott – der ganz anders ist als alle anderen Götter der Erde und des Himmels. Nun, ich möchte, daß du den Weisen Herrn um Hilfe anrufst. Xerxes muß Großer König werden.«

»Ich werde tun, was ich kann.«

»Das genügt nicht. Ich möchte, daß du es von Amts wegen tust. Du sollst Oberhaupt der Zarathustrianer werden. Deshalb bist du hier. Ja, *ich* war es, auf deren Befehl du nach Susa zurückgeholt worden bist. Im Namen des Großen Königs natürlich.«

»Das wußte ich nicht.«

»Das solltest du auch nicht wissen. Ich habe es niemandem gesagt. Nicht einmal Lais – von der ich allerdings die Idee habe. Sie spricht ja von nichts anderem, seit ich sie kenne. Jedenfalls habe ich die Magians entsprechend instruiert – deine sowohl wie meine. Soll heißen: unsere. Du brauchst nur ein Wort zu sagen, und dein Onkel macht dir Platz. Sie fürchten dich alle, und vielleicht fürchten sie ein wenig sogar mich.« Atossas Lippen waren mit einem grellen Korallenrot bemalt. Kurz dehnten sie sich in der dicken, weißen Schicht zum Lächeln.

»Und ich fürchte den Großen König.«

»Darius mag dich. Er hätte nichts dagegen, daß du Oberhaupt der Zarathustrianer wirst. Wir haben bereits darüber gesprochen. Im übrigen ist es ja nicht, als ob er einen großen General verlöre.« Atossa konnte ihrer Boshaftigkeit nie völlig Zügel anlegen.

»Ich tue meine Pflicht . . .«

»Und deine Pflicht ist hier am Hofe. Als Oberhaupt der Zarathustrianer wirst du das Ohr des Großen Königs haben. Da er vorgibt, den Lehren Zarathustras zu folgen, bleibt ihm gar nichts anderes übrig, als dir zuzuhören. Das heißt, du wirst in einer Position sein, ihn gegen den Feind zu beeinflussen.«

»Gobryas.«

»Und Gobryas' Enkelsohn Artobazanes und Gobryas' Sohn Mardonius – sie alle. Darius ist behext, und wir werden den Dämon austreiben, von dem er besessen ist.« Atossa krampfte die Hände ineinander, löste sie wieder. Ich bemerkte, daß die Statue der Anahita schwer beladen war mit Ketten und sonderbaren Gegenständen. Gar kein Zweifel: Die Königin war fest zu einer energischen Belagerung des Himmels entschlossen. Und jetzt sollte sogar der Weise Herr persönlich bestürmt werden.

Nein, wagte ich nicht zu sagen. War Atossa schon eine gefährliche Freundin, so war sie als Feindin absolut tödlich. Ich versprach ihr, meinen Onkel aufzusuchen. »Ich bin mir allerdings nicht sicher, was er sagen wird. Er ist sehr gerne Oberhaupt . . .«

Atossa klatschte in die Hände. Eine Tür öffnete sich, und dort stand es auch schon, das Oberhaupt. Mein Onkel schien vor Angst fast buchstäblich zu schlottern, was man ihm kaum verübeln konnte. Er verbeugte sich tief vor der Königin, die sich, aus Respekt vor dem Weisen Herrn, erhoben hatte.

Sodann begann mein Onkel eine von Zarathustras berühmtesten Hymnen. »›In welches Land soll ich fliehen? Wohin führen mich meine Schritte? Ich bin verstoßen aus Familie und Stamm . . .‹«

Mit diesen Worten hatte sich Zarathustra zu Beginn seiner Mission an den Weisen Herrn gewandt. Ich ließ meinen Onkel eine Zeitlang fortfahren, Atossas sichtlicher Unruhe zum Trotz: Der Königin lag an eindeutigen Antworten der Götter auf die Fragen berufener Propheten.

Schließlich fiel ich ein – sang von der großen Verheißung, sprach mit den Worten des Propheten: »›Jedem, der wahr ist gegen mich, verheiße ich, durch die Reinheit des Geistes, das, was ich selbst am meisten begehre. Doch Unterdrückung dem, der uns zu unterdrücken sucht. O Du Weiser, ich strebe darnach, zu erfüllen deinen Wunsch durch Rechtschaffenheit. Daher die Entscheidung meines Willens und meines Geistes.‹«

Ich glaube kaum, daß meinem Onkel irgendwas hiervon gefiel. Er war des Propheten Sohn. Ich war der Enkelsohn. Zuerst kam er; dann erst kam ich. Aber nur zwei Männer, die je auf dieser Erde wandelten, haben die Stimme des Weisen Herrn vernommen. Der erste war am Altar in Baktra ermordet worden. Ich bin der zweite. Wird es je einen dritten geben?

Als ich mit der Hymne fertig war, blickte Atossa zu meinem Onkel. »Du weißt, was von dir erwartet wird?«

Das zarathustrische Oberhaupt war nervös. »Ja. Ja. Ich kehre heim nach Baktra. Dort werde ich mich um den Feueraltar kümmern. Auch werde ich damit beschäftigt sein, die wahren Worte meines Vaters aufzuzeichnen. Auf Kuhhaut. Auf die beste Kuhhaut. Das ist, nachdem die Kuh getötet wurde bei einem richtigen Opfer, wo man Haoma trinkt, *genau* wie Zarathustra uns sagte, daß Haoma getrunken werden soll, kein Tropfen zuviel, an jenem sonnenlosen Ort . . .«

»Gut!« Atossas Stimme schnitt das Geschwätz meines Onkels ab. Sie teilte ihm mit, ich müßte schleunigst in mein Amt eingeführt werden. »Die dafür notwendigen Zeremonien werden am Feueraltar hier in Susa stattfinden.« Dann entließ sie das Oberhaupt der Zarathustrianer.

»Wir werden ihn umzingeln . . . den Großen König«, sagte Atossa.

Aber da die Wände in ihrer Wohnung immer Ohren hatten, war es Darius, der *uns* umzingelte. Am Tag vor meiner geplanten Amtseinführung, aus heiterem Himmel gleichsam, wurde ich zu ihm befohlen.

Ich war vor Angst fast von Sinnen. Das ist man immer. Sollte ich hingerichtet, verstümmelt, eingekerkert werden? Oder aber behängt mit güldenen Ehrenketten? Am Hof der Achämeniden sind Überraschungen seit jeher an der Tagesordnung gewesen – unangenehme Überraschungen zumeist.

Ich legte ein Priestergewand an. Das war Lais' Idee. »Darius muß Zarathustra, wie auch seinen Erben – respektieren.« Aber auch Lais war nervös.

Lautlos verwünschte sie Atossa. »Sie ist senil, arrogant, gefährlich.« Nun, senil war die alte Königin keineswegs, aber unvorsichtig war sie gewesen. Denn der Große König hatte von unserem Gespräch erfahren.

6

Der Große König empfing mich in seinem Arbeitsraum. Diese Kammer befindet sich noch im gleichen Zustand wie zu seinen Lebzeiten. Sie ist rechteckig, mit hoher Decke. Das einzige Mobiliar besteht aus einem Tisch aus massivem Porphyr sowie, wenig dazu passend, einem hohen Holzstuhl, auf dem Darius zu sitzen pflegte, wenn er nicht umherging und den Sekretären diktierte, die mit gekreuzten Beinen neben dem Tisch saßen. War er nicht mit Diktieren beschäftigt, so lasen ihm die Schreiber die Berichte der Satrapen, Königsaugen, Staatsräte, Gesandten vor. Jene Dokumente, die nur Darius selbst lesen durfte, waren in einer speziellen Sprache mit vereinfachter Syntax abgefaßt. Alles in allem wurde hierauf große Kunstfertigkeit verwandt. Aber wie ich schon sagte, fühlte sich Darius eher im Umgang mit Zahlen zu Hause: Er konnte im Kopf addieren, subtrahieren und sogar dividieren, ohne daß er dabei – zumindest in auffälliger Weise – seine Finger zu Hilfe nehmen mußte.

Gemeldet wurde ich vom Chefkämmerer, einem Relikt aus Kyrus' Zeiten. Während ich mich vor dem Großen König verbeugte, glitten die beiden Sekretäre an mir vorbei, flink wie Schlangen. Mir wurde etwas Außergewöhnliches zuteil, eine Privataudienz. Der Schlag meines Herzens dröhnte mir so laut in den Ohren, daß ich kaum des Darius Befehl vernahm: »Erhebe dich, Cyrus Spitama.«

Mit einem eigentümlichen Schwindelgefühl richtete ich mich auf. Obwohl ich die Augen abgewendet hielt, bemerkte ich, daß Darius in den letzten Jahren beträchtlich gealtert war. Offensichtlich hatte er an diesem Tag auf seine Toilette nicht allzuviel Mühe verwandt, denn unter der blauweißen Kopfbedeckung, dem einzigen Zeichen seines Ranges, quollen graue Locken hervor. Und der graue Bart war ein unordentliches Gewirr.

Darius sah mich sehr lange an. Unwillkürlich begann mein rechtes Bein zu zucken, und ich konnte nur hoffen, daß mein priesterliches Gewand dieses äußere Symptom meiner Furchtsamkeit verbarg.

»Du hast uns in Sardis gut genug gedient.« Das klang kurz und knapp. War dieses Fast-Kompliment der Auftakt zu einem ominösen Aber?

»Ich diene auf jede Weise dem Großen König, dessen Licht –«

»Ja. Ja.« Darius unterbrach meine zeremonielle Antwort. Er schob einen Stapel Papyrusrollen aus der ägyptischen Satrapie beiseite. Ich erkannte die Hieroglyphen. Dann suchte er in einem zweiten Stapel von Dokumenten, bis er ein rechteckiges Stück roter Seide fand mit einer in Blattgold aufgemalten Botschaft, eine luxuriöse, wennschon unpraktische Form des Briefschreibens.

In welcher Sprache sie abgefaßt war, konnte ich nicht sagen. Um Persisch oder Griechisch handelte es sich mit Sicherheit nicht. Darius klärte mich auf. »Dies kommt aus Indien. Es stammt vom König irgendeines Landes, von dem ich noch nie gehört habe. Er möchte mit uns Handel treiben. Es ist immer mein Wunsch gewesen, mich wieder in Richtung Indien zu orientieren. Dort liegt unsere Zukunft. Im Osten. Das habe ich stets gesagt. Im Westen gibt es gewiß nichts, das zu gewinnen sich lohnen würde.« Ohne seine Stimme zu verändern, fuhr er fort: »Du wirst nicht das Oberhaupt der Zarathustrianer werden. Das habe ich beschlossen.«

»Ja, Herr aller Länder.«

»Vermutlich fühlst du dich jetzt erleichtert.« Darius lächelte, und ich spürte, wie meine Befangenheit schwand.

»Es war schon immer mein Wunsch, nur dem Großen König zu dienen.«

»Und das wäre sonst nicht der Fall gewesen?«

»Oh, gewiß, Herr, das wäre immer der Fall.« Augenscheinlich würde dies nicht der Tag meiner Hinrichtung werden.

»Da wäre Hystaspes wohl anderer Ansicht gewesen.« Zu meiner Überraschung lachte Darius plötzlich wie ein Hochlandkrieger. Er verzichtete auf das stilisierte Hüsteln bei Hofe. »Mein Vater hielt große Stücke auf dich. Er wollte, daß du Oberhaupt der Zarathustrianer würdest – was ja auch Wunsch der Königin ist.«

Wieder spürte ich die innere Anspannung. Darius kannte jedes Wort, das zwischen Atossa und mir gewechselt worden war. Mit einer lockeren Geste wies der Große König auf die Goldbuchstaben auf dem roten Seidenrechteck. »Doch ich habe anders entschieden. Dir fehlt die Berufung. Das war mir schon immer klar, so wie es auch dem Weisen Herrn, dem ersten aller Götter, klar gewesen ist.« Darius hielt inne, als erwarte er, daß ich ihn wegen Blasphemie zurechtwiese.

»Ich weiß, Herr, was dir schon immer klar gewesen ist.« Eine bessere Antwort brachte ich nicht zuwege.

»Gut, du bist taktvoll – anders als dein Großvater. Kyrus würde Zarathustra den Kopf abgeschnitten haben, hätte dieser jemals so zu ihm gesprochen, wie er zu mir zu sprechen pflegte. Aber ich bin ... nachsichtig.« Darius' Kriegerfinger spielten mit dem bemalten Stück Seide. »In religiösen Dingen«, fügte er hinzu. »In anderen Dingen ...« Er brach ab. Augenscheinlich überlegte er, wie weit er mich ins Vertrauen ziehen sollte.

Ich glaube, daß er dies schließlich tat, soweit es ihm irgend möglich war. Das Geheimnis absoluter Macht besteht ja in absoluter Geheimhaltung. Alles wissen darf einzig der Monarch. Zwar kann er Bruchstücke seines Wissens mit diesem oder jenem teilen, doch nur für ihn darf das gesamte Gelände überschaubar sein. Er allein ist der goldene Adler.

»Ich bin über den griechischen Krieg nicht glücklich. Histiäus glaubt zwar, er könne ihn beenden, aber das bezweifle ich. Ich sehe jetzt, daß das Ende des Krieges erst zu erwarten ist, wenn ich Athen zerstört habe, und das wird viel Zeit und viel Geld kosten – und dann habe ich für das Reich nichts weiter gewonnen als ein paar steinige Abschnitte des westlichen Kontinents, wo nichts wächst außer diesen scheußlichen Oliven.« Darius empfand den Abscheu des wahren Persers gegen die Olive. Unsere westliche Welt ist gespalten in jene, die sich ausschließlich von der Olive ernähren, und jene, denen eine Auswahl zivilisierter Öle verfügbar ist.

»Ich hatte gehofft, daß es mir in meinen letzten Jahren möglich sein würde, weiter nach Osten zu ziehen, wo die Sonne aufgeht. Das Symbol des Weisen Herrn«, fügte er hinzu und lächelte mich an. Ich wäre überrascht gewesen, wenn Darius an etwas anderes geglaubt hätte als an seine eigene Bestimmung. »Nun, die griechischen Kriege werden uns nicht länger in Anspruch nehmen als ein oder zwei Jahre, und ich denke, daß ich's doch wohl noch ein oder zwei Jahre machen werde ...«

»Der Große König soll ewig leben!« Ich stieß den traditionellen Ruf aus.

»Ganz meine Meinung.« Im privaten Gespräch war Darius ganz und gar nicht zeremoniös; so, unter vier Augen, hatte ich sogar das Gefühl, daß wir zwei Geldwechslern oder Karawanenhändlern glichen, die miteinander beratschlagen, wie man den Kunden auf dem Marktplatz am besten das Fell über die Ohren zieht.

»Verstehst du dich auf Mathematik?«

»Ja, Herr.«

»Kannst du schnell Sprachen lernen?«

»Ich glaube schon, Herr. Ich habe etwas Lydisch gelernt und –«

»Vergiß Lydisch. Cyrus Spitama, ich brauche Geld. Ich brauche sehr viel Geld –«

»– für die griechischen Kriege.« Ich hatte das Unverzeihliche getan: zwar keine direkte Frage gestellt, ihn jedoch unterbrochen.

Aber es schien Darius sehr zu gefallen, mit mir kein formales Gespräch zu führen. »Für die griechischen Kriege. Für die Arbeiten, die ich in Persepolis vorantreibe. Für die Verteidigung der nördlichen Grenze. Natürlich könnte ich die Tribute erhöhen, welche meine loyalen Sklaven mir entrichten, doch bei der gegenwärtigen Lage – die ionischen Städte im Aufstand, Karien in Verwirrung, in Babylon ein neuer Thronprätendent – ist dies keine gute Zeit, um die Abgaben zu erhöhen. Dennoch muß ich Geld haben.« Darius unterbrach sich.

Irgendwie ahnte ich wohl schon längst, weshalb er mich zu sich gerufen hatte. »Du willst, daß ich nach Indien gehe, Herr?«

»Ja.«

»Du willst, daß ich Handelsbeziehungen herstelle?«

»Ja.«

»Du willst, daß ich das Wesen der indischen Staaten analysiere?«

»Ja.«

»Du würdest gern ganz Indien dem persischen Reich einverleiben?«

»Ja.«

»Herr, ich kann mir keine größere Mission vorstellen.«

»Gut.« Darius nahm die rote Seide mit der Botschaft in die Hand. »Diese Leute wollen mit Persien Handel treiben.«

»Was haben sie zu bieten, Herr?«

»Eisen.« Darius ließ ein breites, listiges Lächeln sehen. »Man hat mir erzählt, dieses Land sei aus Eisen geradezu *gemacht*. Allerdings habe ich gehört, ganz Indien sei voller Eisen, und wer die Minen dort unter Kontrolle bekommt, hat sein Glück gemacht!« Darius glich einem jungen Kaufmann, der einen geschäftlichen Coup landen möchte.

»Willst du, daß ich einen Vertrag aushandle?«

»Tausend Verträge! Für später erwarte ich von dir ausführliche Berichte über die finanzielle Lage eines jeden der von dir besuchten Länder. Mich interessiert auch der Zustand der Straßen, die Methoden der Steuererhebung und ob man Tauschhandel treibt oder Geld verwendet. Studiere den Transport und die Versorgung ihrer Armeen. Finde heraus, was sie anbauen und wieviel Ernten sie im Jahr haben. Widme ihren Göttern besondere Aufmerksamkeit. Seit jeher ist es meine Politik gewesen, den wahrhaft volkstümlichen Religionen Unterstützung zu gewähren. Gibt man vor, die lokale Gottheit zu ehren, so hat man die Priesterschaft auf seiner Seite. Hat man die Priester für sich gewonnen, so benötigt man keine große Garnison, um die Ordnung aufrechtzuerhalten. Das ist für uns lebenswichtig. Wir Perser sind nur wenige, und die Welt ist groß. Wie Kyrus und Kambyses herrsche ich über die Nicht-Perser durch ihre Priester. Und in diesem Punkt kannst *du* mir ganz besonders von Nutzen sein.« Darius dämpfte seine Stimme, raunte fast wie ein Verschwörer. »Ich habe Berichte gehört, nach denen Zarathustra bei manchen Indern hohe Wertschätzung genießt. So wirst du also nicht nur mein Gesandter, sondern auch ein Priester sein.«

»Als Priester wäre ich gehalten, die Einzigartigkeit des Weisen Herrn zu verkünden. Ich müßte die Teufel angreifen, welche von den Indern angebetet werden.«

»Du wirst nichts dergleichen tun.« Seine Stimme klang hart. »Vielmehr wirst du mit *allen* Priestern gutes Einvernehmen halten. Du wirst Ähnlichkeiten zwischen ihren Göttern und unseren entdecken. Wehe dir, du forderst sie heraus! Eines Tages werde ich über Indien herrschen müssen. Ich werde die Priester brauchen. Deshalb mußt du ... sie bezaubern.« Es war ein Wort wie aus Atossas Mund.

Ich verneigte mich tief. »Ich werde dir in allen Dingen gehorchen, Herr.«

Darius ließ seine schwerberingte Hand auf die Tischplatte fallen. Es gab ein lautes Geräusch, und sogleich erschien der Palastkämmerer in der Tür. In seiner Begleitung befanden sich zwei Männer. Der eine war ein indischer Eunuch; der andere war der Seefahrer Skylax, den ich in Halikarnassus kennengelernt hatte. Der Große König behandelte Skylax nahezu als Ebenbürtigen und ignorierte den Eunuchen, der vor Furcht zitterte.

Darius deutete auf die große Ledertasche, die Skylax in der Hand hielt. »Du hast sie mitgebracht. Gut. Ich werde meine holen.«

Darius schob eine Tapisserie beiseite, auf der Kambyses bei der Hirschjagd dargestellt war. Sonderbarerweise kann ich mich an keinen Wandteppich mit Darius erinnern, in welchem der Paläste auch immer. Kambyses allerdings fand sich überall. Von Kyrus gibt es, soweit ich weiß, nur eine Tapisserie in Susa; das ist im Saal der Königin – ein plumpes Werk, das durch Mottenfraß nicht gerade gewonnen hat.

Hinter dem Wandteppich befand sich eine tiefe Nische mit einer jener ganz gewöhnlichen Holztruhen, in denen Kaufleute Geld aufzubewahren pflegen. Darius öffnete sie und kramte einen Augenblick darin. Dann nahm er eine kleine Kupferplatte heraus. Eine ähnliche Kupferplatte hatte Skylax inzwischen aus seiner Ledertasche geholt.

Es war das erste Mal, daß ich eine richtiggehende Reiselandkarte sah. In der Tat hatte ich bis dahin erst eine einzige Landkarte gesehen: jene ein wenig phantastische, die im neuen Palast in Babylon eine ganze Wand bedeckt. Unter der Verwendung seltener Steine sind die Städte und Häfen von Babylonien, Kleinasien und Ägypten so dargestellt, wie sie zur Zeit Nebukadnezars waren. Da die Babylonier gute Mathematiker sind, nimmt man an, daß die Entfernungen stimmen.

Darius legte die beiden kupfernen Landkarten von Indien nebeneinander auf den Tisch. Sodann wies er auf bedeutsame Unterschiede zwischen seiner Landkarte und der von Skylax hin. »Wir sind uns nur über den Indus einig, den du für mich aufgezeichnet hast.« Darius deutete auf die lange Linie des Flusses, der von den hohen Bergen in Ostbaktrien zu einem komplexen Delta strebt, das in das sogenannte Meer von Indien mündet.

Skylax erklärte, seine Karte sei jüngeren Datums. Allerdings, so fügte er hinzu, könne man keiner der beiden Karten wirklich vertrauen.

Plötzlich warf Darius das rote Seidenrechteck auf den Fußboden, so daß der indische Eunuch es lesen konnte. »Von wem kommt diese Botschaft?« fragte er. »Und woher stammt sie?« Er blickte zu Skylax. »Wieviel von Indien hast du wirklich gesehen?«

»Den Fluß, Herr. Teile des Deltas. Die Stadt Taxila im Norden.«

»Die gehört mir, nicht wahr?«

»Ja, Herr. Das ganze Tal östlich des Indus ist jetzt deine Satrapie, die zwanzigste. Die Grenze befindet sich ungefähr hier.« Skylax berührte eine Stelle auf der Karte. »Links davon liegt das Land der fünf Flüsse, das die Inder ... wie nennen?« Skylax blickte zum Fußboden, wo der Eunuch damit beschäftigt war, die Botschaft zu lesen.

»Den Pandschab, Herr Admiral.«

»Den Pandschab. Sodann ist da, im Norden, das Königreich Gandhara ...«

»Mein Königreich.«

»Der König zahlt dir Tribut, Herr«, sagte Skylax taktvoll. Sein Zeigefinger zeichnete das gewundene Band des Indus von Norden nach Süden nach. »Von den hohen Bergen bis zum Delta benötigte ich dreizehn Monate, Herr. Aber am Ende war all dieses dein.«

»Ganz zu schweigen von dem jährlichen Tribut von dreihundertundfünfzig Goldtalenten in Form von Goldstaub.« Darius schmatzte buchstäblich mit den Lippen, eine Vulgarität, die uns anderen versagt blieb. »Das ist der größte Jahrestribut aus irgendeiner meiner Satrapien, Ägypten miteinbegriffen. Man stelle sich nur vor, was all dies zusammen abwerfen würde!« Die plumpe Hand wischte über die Kupferplatte, von links nach rechts, von West nach Ost. Dann runzelte der Große König die Stirn. »Aber *was* ist all dies? Meine Karte zeigt zwei Flüsse und drei Städte, deren Namen ich nicht lesen kann. Außerdem ... schaut euch doch nur die Gestalt an! Mein Indien gleicht einer runden Scheibe. Dein Indien ist fast so etwas wie eine Halbinsel. Und hier drüben am anderen Rand, was ist das? Gibt es dort ein Meer? Oder stürzen wir über das Ende der Erde hinunter?«

»Es gibt dort ein Meer, Herr. Und auch hohe Berge, Dschungel – und dann ein großes Reich ... so heißt es jedenfalls.«

»Cathay. Ja, ich habe den Namen gehört. Aber *wo* befindet es sich?«
»Zur Regierungszeit von Kyrus, Herr, kamen einmal Abgesandte aus Cathay. Seide und Jade brachten sie mit.«

»Ich weiß. Ich weiß. Ich habe die Liste mit der Aufstellung gesehen.

Gern würde ich mit denen Handel treiben. Aber das ist nicht eben leicht mit einem Land, dessen Lage man nicht einmal kennt. Oh, Skylax, ich träume von Kühen! Es gelüstet mich nach Kühen!« Darius lachte.

Skylax lächelte. Zu lachen wagte er nicht.

Wovon war die Rede? Was bedeutet diese Anspielung auf Kühe? Ich hatte keine Ahnung. Später, in Indien, sollte ich die Wendung dann tausend und abertausendmal hören. Für jene arischen Stämme, die Persien genauso eroberten, wie sie Assyrien und Griechenland und Indien erobert hatten, waren Kühe das Maß für Reichtum. Für uns gilt dieses Maß zwar nicht mehr, doch die hochzivilisierten indischen Nachfahren jener längst dahingeschiedenen Viehdiebe, sagen noch immer: »Ich träume von Kühen«, wenn sie meinen, daß sie nach Reichtum streben. Als echter arischer Häuptling hörte Darius nie auf, von Kühen zu träumen – eine den Achämeniden und den indischen Ariern ebenso vertraute wie für uns andere fremdartige Redewendung.

»Nun, Skylax, für uns ist die Zeit gekommen, weitere Kühe zu erwerben. Augenscheinlich sind wir aufgefordert, dem Viehgehege einen Besuch abzustatten. Und zwar in... Wo liegt das?« Darius blickte zu dem Eunuchen unten.

»Magadha, Großer König. Die Botschaft stammt von dem dortigen König, Bimbisara. Er läßt dir aus seiner Hauptstadt zu Radschagriha seine Grüße entbieten.«

»Was für sonderbare Namen die dort haben! Schlimmer als die Griechen. Nun, Skylax – Grieche, der du bist – wo liegt Magadha? Auf meiner Karte ist es nicht.«

Skylax deutete auf einen langen Fluß, der vom nordwestlichen zum südöstlichen Rand der Karte verlief. »Dies ist der Ganges, Herr. Hier, am südlichen Teil des Flusses, liegt das Königreich Magadha. Radschagriha müßte sich hier befinden. Richtig gekennzeichnet ist da nichts.«

»Ich brauche eine zuverlässige Karte von ganz Indien, Cyrus Spitama.«

»Ja, Herr.« Beim Gedanken an das Abenteuer spürte ich Erregung – und war gleichzeitig erschrocken über die gewaltigen Ausmaße Indiens: dreizehn Monate nur um einen Fluß bis zur Mündung zu verfolgen!

»Was weiß dieser... Inder sonst noch zu sagen?«

»Er sagt, sein Großvater habe mit dem Großen König Kyrus Gesandte ausgetauscht. Er sagt, er selbst stehe in enger Verbindung mit dem Königreich Gandhara...«

»*Meinem* Königreich.«

»Ja, Großer König.«

»Aber dieser Bimb... – oder wie er heißt – erkennt meine Souveränität nicht an?«

»Die ganze Welt erkennt sie an!« Der Eunuch zitterte wie ein Blatt im Wind.

»*Er* jedoch nicht. Das heißt, daß es für uns Arbeit gibt. Er will mit uns Handel treiben?«

»Ja, Großer König. Er spricht von Eisen. Teak. Baumwolle. Rubinen. Affen.«

»Alles, was das Herz begehrt!« Darius pochte mit dem Zeigefinger auf die Karte. Es klang, als schlüge er auf einen kleinen Gong. Dann nahm er die rote Seide vom Eunuchen und hielt sie sich dicht vors Gesicht. Im Alter war Darius äußerst kurzsichtig. Behutsam löste er eine der goldenen Lettern von der roten Seide. Dann steckte er sich das Fragment in den Mund und biß, gleich einem Schmuckhändler, auf das Metall. »Gold«, sagte er glücklich. »Und allerbeste Qualität.«

Darius spie das Gold auf den Boden und versetzte dem Eunuchen gut gelaunt einen Tritt. »Du wirst eine Botschaft an diesen Sarabimba verfassen. Sage ihm, der Große König, Herr *aller* Länder, der Achämenide und so weiter, blickt mit Wohlgefallen auf seinen Sklaven und läßt sich dazu herab, ihm als Gesandten jemanden zu schicken, der seinem Busen nah ist, Cyrus Spitama, Enkelsohn von Zarathustra, dem arischen Propheten – betone arisch sowie die Tatsache, daß wir alle zu einer Rasse gehören, getrennt nur durch die Geographie. Eine Trennung, die ich persönlich unerträglich finde. Nein, *das* laß aus der Botschaft raus. Wir wollen ihn nicht alarmieren. Sage ihm, daß wir für Eisen mit Goldmünzen zahlen werden – sofern sie Münzen benutzen – oder auf andere, jedoch gleichwertige Weise, falls sie das nicht tun. Füge die übliche Aufstellung dessen bei, was unsere Lagerhäuser zu bieten haben. Du bist ein Inder, du wirst wissen, was ihnen gefällt. Woher stammst du?«

»Aus Koschala, Großer König. Das ist das älteste und ruhmreichste der arischen Königreiche. Es liegt nördlich des Ganges.«

»Wer ist dein Herrscher? König kann ich ihn ja kaum nennen. Es gibt nur einen König auf dieser Erde.«

»Falls er nocht lebt, Herr – es ist Pasenadi, ein heiliger und guter Mann, dessen Schwester die erste Königin von Bimbisara von Maghada ist und die Mutter von –«

»Erspare mir die Details. Teile sie jedoch alle meinem Gesandten mit.« Darius lächelte mir zu. Träume von Kühen verliehen ihm ein jüngeres Aussehen. Das wirre graue Haar wirkte fast blond, und die blauen Augen glänzten. »Du mußt Vorbereitungen treffen, Cyrus Spitama. Und du da unten mußt ihn sprechen lehren, was immer man in jenem Teil der Welt spricht. Du wirst mit meinem Gesandten reisen.« Darius versetzte dem Eunuchen einen Abschiedstritt. »Bereite eine ähnliche Botschaft an diesen deinen Herrscher vor. So ein Einführungsschreiben für meinen Gesandten – und so weiter.«

Nachdem der Eunuch verschwunden war, begannen Skylax und Darius die Reise zu planen – *meine* Reise.

»Du wirst die Poststraße nach Baktra nehmen, das sollte für dich recht angenehm sein«, sagte Darius zu mir. »Du wirst deine alte Heimat wiedersehen. Ich war letztes Jahr dort. Die Stadt bietet mit all ihren neuen Bauten ein völlig anderes Bild.« Sein Zeigefinger zeichnete eine unsichtbare Linie auf die Karte. »Dann kannst du deine Reise hier fortsetzen, den Oxus-Fluß entlang zum hohen Gebirge. Kreuze diesen Paß, den es vermutlich gar nicht gibt. Es gibt ja nie welche, wenn man sie braucht. Dann bist du in Gandhara, wo du bequem den Indus hinunterreisen kannst bis ... wohin?« Darius blickte zu Skylax.

»Taxila. Vom Indus ist es eine Drei-Tage-Reise bis zu der Stadt, wo sich alle Karawanenwege vereinen.«

»Wege? Gibt es denn keine Straßen?«

»Genaugenommen nicht, Herr. Aber das Land ist flach, und die Wege oder Fährten sind gut zu erkennen. Andererseits sind die Dschungel dicht. Es gibt dort viele wilde Tiere, auch Banditen. Wir werden eine Kompanie Soldaten brauchen. Außerdem gilt es, fünf Flüsse zu überqueren, bevor man den Yamuna-Fluß erreicht. Sodann gelangen wir mit Booten oder Flößen zur Gangesebene, wo sich die sechzehn Königreiche befinden.«

»Woher weißt du das alles?« Darius musterte Skylax mit einiger Verwunderung. »Du bist doch nie östlich vom Indusdelta gewesen?«

»Auch ich träume von Kühen, Herr«, sagte Skylax. »In deinem Namen natürlich.«

Darius umarmte Skylax mit einer Herzlichkeit, welche die Söhne oder Brüder des Großen Königs vor Neid hätte erblassen lassen. »Du sollst deine Kühe haben, Skylax. Kümmere dich um den Jüngling.« Ich blieb Nebensache. »Du kannst hundert Soldaten haben, genug zum Schutz des Gesandten, jedoch nicht genug, um die Kuhhirten zu alarmieren. Überdies noch das übliche Personal, Kartenzeichner, Architekten und so weiter. Der Eunuch – wie heißt er noch? – wird passende Geschenke für die beiden Herrscher vorbereiten. Aber nichts zu Üppiges. Schließlich gehören mir, als dem Herrn aller Länder, auch ihre Länder, gemäß dem Recht des – des Weisen Herren«, fügte er zu meiner Erbauung hinzu.

Plötzlich wandte sich Darius mir zu. Mit Verwunderung wurde mir bewußt, daß wir etwa gleich groß waren. Ich hatte ihn immer für einen körperlichen Riesen gehalten. Der Große König blickte mir direkt in die Augen, und plötzlich fühlte ich mich wie auf schwankendem Grund. Es ist nicht erlaubt, dachte ich, während jene dunkelblauen Augen mit den leicht geröteten Lidern in mich hineinstarrten. »Du darfst mich nicht enttäuschen, Cyrus Spitama. Ich gebe dir ein Jahr – äußerstenfalls zwei. Im Laufe dieser Zeit will ich alles erfahren, was ich für eine Invasion Indiens wissen muß. Ich wäre bereit, bis zum Rande der Welt zu ziehen – oder bis Cathay – welches von beiden zuerst kommt.«

»Hören heißt gehorchen, Herr.«

»Ich sehe in Indien mein letztes Geschenk an die Klanmitglieder. Also mußt du klug und umsichtig und wißbegierig sein. Du wirst den Weg der Wahrheit predigen, ohne jenen zu drohen, welche dem Weg der Lüge folgen.«

Zurecht fürchtete Darius das Eiferertum des echten Zarathustrianers. Ihm konnte schwerlich daran gelegen sein, durch den religiösen Fanatismus seines Gesandten in den sechzehn indischen Königreichen Sympathien zu verlieren.

»Ich werde tun, wie der Achämenide befiehlt.« Den Großen König bei seinem wahren Namen zu nennen war fast so etwas wie das Ablegen eines Gelübdes gegenüber dem Weisen Herrn.

»Gut.« Darius gab mir seine Hand, und ich küßte sie.

Solchermaßen ward ich geadelt. Ich konnte, wenn eingeladen, an seiner Tafel speisen. Allerdings sollte sich zeigen, daß ich dazu nie eingeladen wurde, dennoch: Mein Rang war nunmehr gefestigt. Ich war ein persischer Adliger, und sofern ich meine Mission überlebte, war mein Glück gemacht.

Viertes Buch

INDIEN

1

Von Susa aus gelangte die »Gesandtschaft zu den sechzehn Königreichen von Indien« – wie man uns im zweiten Raum der Kanzlei spöttisch bezeichnete – zum Tigris. In Flachboden-Booten fuhren wir den Fluß hinunter bis zum Delta. Dort fanden wir Skylax mit zwei Triremen, welche die katastrophale Belagerung von Naxos überlebt hatten. Ich hätte das wohl als Omen nehmen sollen, war dafür jedoch in viel zu guter Stimmung.

Dort, wo sich im Delta Tigris und Euphrat zu einer Art von seichtem, saurem See vereinigen, hat es wegen der Schlammablagerungen der Flüsse nie einen richtigen Hafen gegeben. Perser, Babylonier, Assyrer – sie alle haben versucht, an diesem strategisch überaus wichtigen Punkt einen Hafen zu etablieren, doch der von den Flüssen unablässig mitgeführte Schlamm ließ jedes derartige Unternehmen scheitern. Zur Regierungszeit von Darius gab es einen Behelfshafen am Rand eines Salzsumpfes, den man nur, über Schlamm und Schwemmsand hinweg, auf aneinandergereihten Flößen überqueren konnte: Nahezu eine Meile maß diese Strecke. Einmal sah ich ein Kamel und dessen Treiber so schnell in der feuchten Masse verschwinden, daß dem Mann kaum Zeit für einen Entsetzensschrei blieb.

Skylax hatte ursprünglich die Absicht gehabt, mit den Triremen Afrika zu umschiffen. Nun jedoch gebührte Indien der Vorrang, und gar so unangenehm schien das Skylax nicht zu sein, obschon sie der Traum seines Lebens war, die Umschiffung Afrikas, die noch nie jemandem gelungen war und wohl auch nie jemandem gelingen wird – was immer die Phönizier behaupten mögen. Wenn man sie so reden hört, dann haben sie den Ozean, der die Erde umgürtet, Fuß für Fuß vermessen.

Jede Trireme benötigte einhundertundzwanzig Ruderer sowie rund dreißig weitere Seeleute, Zimmerleute, Köche. Da diese Schiffe für den Krieg und nicht für den Handel gebaut sind, gibt es zwar genügend Platz für Soldaten, jedoch nicht für Reisende. Außer von der hundert Mann starken Einheit wurde ich von einem Stab von zwölf Männern begleitet, die als Experten für Indien galten. Auch war da ein wertvolles Geschenk von Königin Atossa – ein indischer Sklave namens Caraka: »Er wird unseren Zwecken nützen«, sagte sie nur; mehr nicht. Überdies hatten wir noch Geschenke für die beiden Könige, Nahrungsmittel für uns selbst sowie acht Pferde samt Pferdeknechten. Die Schiffe waren fast schon bedrohlich überfüllt.

Zu meinem Verdruß benötigte Skylax mehrere Tage, um uns alle an Bord unterzubringen. Aber er hatte recht: Bei langen Seereisen ist es von höchster Wichtigkeit, jedem Mann von vornherein seinen Platz zuzuweisen. Wissen nicht alle genau, wer wo was zu tun hat, so brechen Streitigkeiten aus, und die Disziplin verschlechtert sich. Ein günstiger Umstand war, daß wir uns bis zum Indus dicht bei der persischen Küste halten sollten: Allabendlich würden die Matrosen am Ufer festmachen, und jeder würde bequem unter den Sternen schlafen können. Ich meinerseits gab mir alle erdenkliche Mühe, den klugen Kommandanten zu spielen, doch verstand es Skylax auf ebenso behutsame wie mir angenehme Weise, das Kommando in meinem Namen zu übernehmen.

Nie werde ich die Aufregung beim Auslaufen vergessen. Als bei Sonnenaufgang ein Westwind aufkam, befahl Skylax jedem der Schiffe, seinen Mast aufzurichten. Sodann legten sich die Ruderer ins Zeug, und zum erstenmal vernahm ich die rhythmischen Geräusche, indes die Ruderer zum taktfesten Klang einer Flöte ihren Singsang begannen. Entspricht dieser Singsang dem inneren Pulsieren des Menschen, so kann er eins werden mit dem Schiff, dem Himmel, der See – ein dem Liebesakt verwandtes Gefühl.

Als wir genügend weit vom Land entfernt waren, wurden die rechteckigen Segel gehißt, und während der Wind sie blähte, konnten die Ruderer ruhen. Zur linken Hand glitzerte eine Wüste in der Sonne, und der heiße Westwind roch nach See, nach Salz, nach verwestem Fisch. Überall dort an der Küste haben die Einheimischen primitive »Salzsiedereien« angelegt. Ist das Wasser unter der Sonneneinwirkung verdunstet, so sammeln die Leute die Rückstände, reines Salz nämlich, das sie an Karawanen verkaufen. Überdies konservieren sie an Ort und Stelle Fische. Diese sonderbaren Menschen leben in merkwürdigen Zelten, deren Gerüste aus Walbein gemacht sind.

Wir waren kaum eine Stunde unter Segel, als Caraka zu mir trat – um mir meinen täglichen Unterricht in der indischen Sprache zu erteilen, wie ich meinte. Doch er hatte etwas anderes auf dem Herzen. »Herr Gesandter«, sagte er, und es gefiel mir sehr, so angesprochen zu werden, obschon meine neue Würde nichts weiter war als – so könnte man sagen – der zukunftsweisende Schatten des Darius.

»Ich habe mir das Schiff angesehen.« Caraka sprach sehr leise, als fürchte er, Skylax könne ihn hören. Doch der Admiral befand sich im vorderen Teil des Schiffes, wo er mit dem Obermaat sprach.

»Ein prächtiges Schiff«, sagte ich, als hätte ich es selbst gebaut. Vom ersten Augenblick an liebte ich die See; und wenn ich jetzt irgend etwas bedauere, dann die Tatsache, daß ich ihn nie wieder hören werde, den

Singsang der Ruderer; nie wieder fühlen, die salzige Gischt; nie wieder sehen, den Auf- oder Untergang der Sonne am stets veränderlichen, unveränderlichen Bogen des Meeres.

»Ja, Herr. Aber der Rumpf ist voller *Nägel!*«

Ich war verblüfft. »Womit sonst hält man denn ein Schiff zusammen?« fragte ich, der ich von Schiffsbau so gut wie nichts wußte. Einzig bei einem kurzen Besuch in Halikarnassus war ich mit einem Seehafen wirklich in Berührung gekommen.

»Aber die Nägel sind aus *Metall*, Herr.« Caraka zitterte vor Furcht.

»Aber Holzstifte taugen nicht für ein seetüchtiges Schiff.« Ich gab mich bewandert. Dabei erinnerte ich mich, gehört zu haben, daß Holzstifte metallenen Nägeln sehr wohl überlegen seien. Während ich sprach, stand ich mit auseinandergespreizten Beinen – ein eifriger Schüler erfahrener Seeleute.

»Herr, ich habe diese Reise schon früher gemacht. Doch bin ich nur mit indischen Schiffen gereist, und wir verwenden keine Nägel. Das wagen wir nicht. Es ist unheilbringend.«

»Warum?«

»*Magnetische* Felsen.« Auf dem runden, schwarzen Gesicht zeigte sich echtes Entsetzen. Caraka besaß die Stumpfnase und die Wulstlippen des ursprünglichen indischen Menschenschlages, manchmal Nagas genannt, manchmal auch Drawidas. Diese dunkelhäutigen Menschen, in Südindien nach wie vor dominant, unterscheiden sich in Sprache und Brauchtum stark von den hochgewachsenen, hellhäutigen arischen Stammesangehörigen, die vor so langer Zeit die nördlichen Königreiche und Republiken unterwarfen.

»Was, um alles in der Welt, ist ein magnetischer Felsen?« fragte ich, ebenso wißbegierig wie beunruhigt.

»Dort!« Caraka wies zu den kahlen, windgeglätteten Hügeln der Küste. »Jene Hügel bestehen aus Felsen, welche die Kraft besitzen, Metall anzuziehen. Gerät ein Schiff zu sehr in ihre Nähe, so fliegen die Nägel vom Schiff zu den Felsen, und alle Holzteile fallen auseinander, und wir müsen ertrinken.«

Da ich keinen Grund sah, ihm zu mißtrauen, ließ ich Skylax rufen und fragte, ob wir da irgendwie gefährdet seien. Skylax beschwichtigte mich: »Gewisse Felsen ziehen *tatsächlich* Metall an, doch wenn das Metall zuvor mit Pech bedeckt worden ist, bleiben die magnetischen Kräfte ohne Wirkung. Da all unsere Nägel sorgfältig geschützt worden sind, haben wir nichts zu fürchten. Schließlich ist dies schon meine dritte Reise entlang der Küste, und ich verspreche dir, daß bei unserer Ankunft in Indien noch jeder einzelne Nagel an Ort und Stelle sein wird.«

Später fragte ich Skylax, ob denn wahr sei, was Caraka mir erzählt hatte. Skylax zuckte die Schultern. »Wer weiß? Vielleicht ist es für manche Felsen an manchen Küsten wahr – hier an dieser Küste trifft es nicht zu. Das weiß ich.«

»Warum hast du dann die Nägel mit Pech bedeckt?«

»Habe ich gar nicht. Das erzähle ich immer bloß den Indern. Sonst würden die sich vom Schiff verdrücken. Allerdings ist mir etwas Sonderbares aufgefallen. Nie hat jemand nachgesehen, ob die Nägel auch wirklich mit Pech bedeckt sind.«

Bis auf den heutigen Tag frage ich mich, ob es solche magnetischen Felsen wirklich gibt. Jedenfalls bin ich nie auch nur einem einzigen indischen Seemann begegnet, der *nicht* genau wußte, was geschehen würde, wenn beim Bau eines Schiffes auch nur ein winziges Stück Metall verwendet worden war: Eine dämonische Macht würde es herauszwingen aus dem Leib des Schiffes, und das Schiff würde sinken. Inder halten ihre Schiffe mit Tauen zusammen.

»Nicht die schlechteste Methode beim Schiffsbau«, räumte Skylax ein. »Selbst bei aufgewühlter See oder bei starkem Wind kann man nicht sinken, weil das Wasser nicht das Schiff vollschlägt, sondern zwischen den Planken wieder abfließt.«

Vom Tigris- und Euphrat-Delta bis zum Indus-Delta sind es rund neunhundert Meilen. Die Wüste zwischen dem Meer und dem persischen Hochland muß wohl die ödeste auf der ganzen Welt sein. Da es nur wenig Frischwasser gibt, ernährt die Küste kaum eine Handvoll Fischer, Salzmacher, Perlentaucher, Piraten.

Am dritten Tag auf dem Meer sah ich bei Sonnenuntergang unmittelbar hinter einer Gruppe von Koralleninseln den Feueraltar zu Baktra, sah auch meinen Großvater, sah den turanischen Überfall, sah das Gemetzel. Obwohl diese magische Erscheinung nur ein oder zwei Minuten dauerte, war ich wie vom Blitz getroffen durch das, was ich für eine Botschaft von Zarathustra hielt. Er erinnerte mich daran, daß alle Menschen dem Weg der Wahrheit folgen müßten, und ich fühlte mich schuldbeladen, weil ich zu dieser Reise aufgebrochen war, nicht um dem Weg der Wahrheit, sondern dem Weg des goldenen Adlers des Achämeniden zu folgen. Später, in Indien, sollte sich dieses Schuldgefühl noch steigern. Obschon ich niemals den Glauben an Zarathustras Lehre verlor, wurde mir durch die Begegnung mit indischen Weisen doch unbehaglich bewußt, daß es genauso viele Schöpfungstheorien gibt wie Götter in Babylon, und unter diesen Theorien sind einige, die mich faszinieren – wenngleich ich zögere, sie als wahr – oder gar WAHR – zu erachten.

Demokrit möchte wissen, welche Theorie die sonderbarste war. Diese Frage kann ich beantworten. Daß es eine Schöpfung niemals gegeben hat, daß wir nicht existieren, daß dies ein Traum ist. Wer ist der Träumer? Jener, der aufwacht – und sich erinnert.

Während der Wochen, die wir benötigten, um den Indus zu erreichen, litten wir entweder unter Flaute (und mußten auf unsere Ruderer zurückgreifen, die unter der glutenden Sonne immer schwächer wurden), oder aber stürmische Winde trieben uns mit wilder Kraft nordostwärts. Unter vollem Segel befand sich unser Leben stets in Gefahr, denn wir hielten uns so nahe bei der Küste mit ihren gezackten Korallenbänken, daß wir bei einer jähen Windbö dort hätten zerschellen können. Aber Skylax war ein Meister seines Fachs und hatte noch nie ein Schiff verloren. Das sagte er jedenfalls – und weckte damit in mir Beklommenheit: Wer kleinere Katastrophen noch nicht hat überstehen müssen, dem steht in der Regel noch eine große ins Haus.

Immerhin konnte ich die Wochen auf See zu meinem Vorteil nutzen. In meiner Jugend besaß ich eine rasche Auffassungsgabe, und Caraka war ein ausgezeichneter Lehrer. Als wir schließlich den blauschwarzen Schlamm des Indus-Deltas sichteten, verfügte ich bereits über grundlegende Kenntnisse der indischen Sprache – jedenfalls glaubte ich das. Doch stellte sich heraus, daß Caraka mir einen drawidischen Dialekt beigebracht hatte, ein für die Arier der sechzehn Königreiche fast genauso unverständliches Idiom wie Persisch.

Zum Glück kannte Caraka genügend arische Worte, um mein Verständnis zu wecken, nicht nur für eine neue Sprache, sondern auch für eine neue Welt; denn es ist die Sprache eines Volkes, die uns viel über seine Götter verrät und natürlich über die Menschen selbst: Wie sie sind, und wie sie sein möchten. Während das Indo-Arische mit dem Drawidischen überhaupt keine Verwandschaft hat, sind Ähnlichkeiten mit dem Persischen unverkennbar, womit die uralte Theorie bewiesen wäre, derzufolge wir alle vor Zeiten Angehörige ein und desselben nördlichen Stammes waren und dieselben Götter anbeteten, bis Zarathustra kam. Nunmehr sind die arischen Götter unsere Teufel.

Skylax erzählte mir viel von seiner ersten Fahrt den Indus hinab. »Anfangs wollte Darius ganz Indien. Natürlich will er es auch jetzt noch, nur – unter uns gesagt – ist er für einen langen Feldzug inzwischen viel zu alt. Gleich nachdem ich ihm das Indus-Tal gesichert hatte, hätte er ostwärts ziehen sollen.«

»Das konnte er nicht. In Babylon gab es eine Rebellion. Es gab auch –«

»Da gibt es immer etwas, und da wird es auch immer etwas geben. Aber wenn man die Welt will, muß man unbedeutende Orte vergessen – Babylon zum Beispiel.«

Ich lachte. Es ist stets sehr erholsam, nicht am Hofe zu sein. Genau wie Skylax trug ich nur einen Lendenschurz und, als Schutz gegen die Sonne, einen indischen Baumwollschal. Äußerlich unterschieden wir uns in nichts von den Ruderern. Skylax war damals wohl bereits über fünfzig, doch sein sehniger, muskelfester Körper glich dem eines jungen Mannes. Salz konserviert nicht nur Fische, sondern auch Männer. Seeleute wirken immer jünger, als sie sind.

»Babylon ist die großartigste Stadt auf der Welt«, sagte ich.

Skylax widersprach. »Vielleicht früher einmal. Jedenfalls sind die indischen Städte weitaus reicher, großartiger.«

»Hast du wirklich welche mit eigenen Augen gesehen?«

»Nur Taxila. Und Taxila ist so groß wie Sardis und viel reicher. Dennoch behaupten die Inder, Taxila sei nicht mehr als ein Grenzstädtchen.«

»Warum hat Darius dann so lange gewartet?«

Skylax hob die Schultern. »Das ist wie mit den Pharaonen und ihren Grabmälern, scheint mir. Er fürchtet, sobald ihm Indien gehört, müsse er sterben, weil es dann auf der Welt nichts mehr zu erobern gibt.«

»Cathay?«

»Ist das wirklich ein Teil der Welt?« Für einen professionellen Seefahrer wirkte Skylax mitunter wenig unternehmungslustig. Allerdings muß man ihm lassen, daß er der erste war, der auf systematische Weise vom Gebiet des indischen Ozeans, bis hin zur Insel Ceylon, Karten anfertigte. Ich sage: der erste; aber das stimmt nicht ganz. Als ich, etliche Jahre später, dem Großen König eine ziemlich genaue Karte von Indien überreichte, zeigte er mir eine ähnliche Karte, die kurz zuvor in den Archiven des Tempels von Bel-Marduk in Babylon gefunden worden war. Offenbar standen die Babylonier und die Inder schon lange vor Darius und Skylax miteinander in Verbindung und pflegten eine regelmäßige Korrespondenz. In dieser alten Welt gibt es nichts Neues – außer uns selbst.

Im weiten Delta des Indus finden sich, über beträchtliches Gelände hinweg, alle möglichen Flüsse und Flüßchen. Ein Teil der fruchtbaren schwarzen Erde ist mit Reis bepflanzt, ein anderer Teil ist brackiges Sumpfgebiet, das für nichts taugt außer für Wasservögel wie die indische Ente – ein prachtvoller Schmaus, wenn entsprechend zubereitet. Hier und dort bilden Gruppen von Weidenbäumen faszinierende Silhouetten vor bleifarbenem Himmel: Die alljährlichen Regenfälle kamen in diesem Jahr mit einmonatiger Verspätung, und die Inder sprachen von nichts anderem. Ohne diese Regenfälle stirbt das halbe Land. In jenem Jahr war jedoch alle Sorge überflüssig. An dem Tag, da wir uns ein Stück flußaufwärts im Hafen von Patalene ausschifften, kam der Regen mit stürmischen Güssen, und ganz trocken sollten wir während der folgenden drei Monate nie mehr sein. Mein erster Eindruck von Indien war: Wasser. Zweifellos hat für jene, die indische Monsune überstanden haben, die Schöpfungstheorie des Griechen Thales eine Menge für sich.

Während der Fahrt flußaufwärts nach Patalene zeigte mir Skylax, was er für sehenswert hielt. »Beide Seiten des Flusses sind persisch«, erklärte er nicht ohne Genugtuung.

»Was dir zu verdanken ist«, erwiderte ich höflich.

»Ja«, sagte er ohne jede Eitelkeit. »Dreizehn Monate habe ich gebraucht. Zum Glück ist den Menschen hier ein tausend Meilen weit entfernter Oberherr weit lieber als einer in der Nähe. Sie ziehen es vor, von einem Achämeniden in Susa statt von einem lokalen König regiert zu werden.«

»Aber es gibt doch einen Satrapen.«

Skylax nickte und runzelte die Stirn. »Den ersten habe ich selbst ausgesucht. Er war ein Arier aus dem Punjab. Er starb dann, und jetzt haben wir es mit seinem Sohn zu tun.«

»Ist er loyal?«

»Ich bezweifle es. Doch ist er mit dem Jahrestribut immer pünktlich. Soviel Goldstaub, wie es in diesem Teil der Welt gibt, hast du bestimmt nirgendwo sonst gesehen.«

Wie aus dem Nichts heraus tummelte sich rings um uns plötzlich ein Schwarm Delphine. Eines der Tiere schnellte sogar in hohem Bogen über den Schiffsbug hinweg. Während es, einen Wimpernschlag lang, in der trägen Luft zu schweben schien, warf es uns einen überaus lustigen Blick zu.

»Das bedeutet Glück«, sagte Skylax.

»*Süß*wasserdelphine?« Ich hatte nicht gewußt, daß es solche Wesen gab.

»Ja. Aber nur in indischen Flüssen, soweit ich weiß«, ergänzte er. Skylax war ein sehr gewissenhafter Forscher, der allein Tatsachen vertraute. Was er nur vom Hörensagen wußte, betrachtete er mit Skepsis. Nie fiel ihm ein, Dinge als wahr zu behaupten, die er nicht selbst gesehen hatte – anders als jene dorischen Griechen, die niederschreiben, was sie Historien nennen.

Wir schifften uns in Patalene aus, einer großen, doch wenig bemerkenswerten Hafenstadt. Regen lag in der stickigen Luft, und der Himmel hing bedrückend tief.

Ich sollte hier anmerken, daß es in Indien drei Jahreszeiten gibt. Vom frühen Frühjahr bis zum Sommeranfang brennt die Sonne gnadenlos, und gäbe es nicht die großen Flüsse sowie das ausgeklügelte Bewässerungssystem, so würde sich die Erde bald in Staub verwandeln, und die Menschen müßten sterben. Dann, bei Sommeranfang, wehen die Monsunwinde, und für ein Drittel des Jahres gibt es soviel Regen, daß die Flüsse über die Ufer treten. Dieser Jahreszeit folgt ein allzu kurzer Winter. Die Tage sind kühl, der Himmel ist von durchdringendem Blau, und Blumen wachsen in solcher Überfülle, daß die Rosengärten von Ekbatana im Vergleich dazu kärglich wirken.

Kaum hatte ich in Patalene den Fuß an Land gesetzt, als eine gewaltige Windbö unsere Trireme gegen das Ufer schmetterte, so daß wir im Fluß zwei Pferde verloren. Sodann zerriß der Himmel, und warme Fluten stürzten hernieder. Bis auf die Haut durchnäßt, wurden wir von des

Königs Auge willkommengeheißen. »Der Satrap«, sagte er zu uns, »befindet sich in Taxila. Er bittet seine Abwesenheit zu entschuldigen.«

Man eskortierte uns zum Regierungshaus, einem behelfsmäßigen Holzbau mit sehr defektem Dach. Nie zuvor in meinem Leben hatte ich diese Erfahrung gemacht: das Gefühl von Feuchtigkeit und Hitze zugleich – ein unangenehmer Zustand, doch charakteristisch für die Regenzeit in jenem Teil der Welt.

Am folgenden Tag schieden Skylax und ich voneinander. Er fuhr weiter flußaufwärts nach Taxila, indes ich aufbrach zu meiner Landreise zu den Königreichen Koschala und Magadha. Ein überwältigendes Gefühl: endlich auf eigenen Füßen. Ich war furchtlos. Ich war töricht. Ich war jung. Demokrit meint, bei töricht und jung sei die umgekehrte Reihenfolge angebracht, da letzteres aus ersterem folge. Aber ich würde nie so unhöflich sein, einen solchen Zusammenhang auch nur anzudeuten. Jedenfalls sorgte des Königs Auge für Kamele, Proviant, Führer; und Caraka kannte, mehr oder weniger, die Route.

Wir reisten nach Nordosten, in Richtung auf Mathura, eine Stadt am Yamuna. Hundert Meilen östlich vom Yamuna stößt man auf den Ganges. Beide Flüsse verlaufen parallel von Norden nach Süden bis zu jenem Gebiet, das man die Gangesebene nennt. Dort schlägt der Ganges einen schroffen Bogen nach Osten, und an diesem westöstlichen Strang des Flusses befinden sich die zentralen Königreiche und Republiken und bedeutenden Städte des modernen Indien.

Fast fühlte ich mich wie der Große König, als ich in strömendem Regen aufbrach, Caraka an meiner Seite. Mein gesamtes Gefolge umfaßte dreihundert Mann, fünf Konkubinen und *keinen* Eunuchen. Caraka hatte mich in Susa gewarnt: Die Inder empfänden einen so starken Widerwillen gegen die Kastration, daß man selbst Tiere damit verschone. Wegen dieser Absonderlichkeit werden indische Harems von sehr alten Männern und Frauen bewacht. Doch irrt sich, wer meint, dies sei eine schlechte Lösung: Energische alte Leute sind nicht nur wachsam, sie sind auch unbestechlich. Schließlich haben sie keine Zukunft, für die sie planen müßten – anders als unsere ehrgeizigen jungen Eunuchen.

Ich ritt zu Pferde, genau wie Caraka und meine persönlichen Wächter. Alle anderen saßen entweder auf Kamelen oder marschierten zu Fuß den Karawanenweg entlang, der von dem vielen Regen in eine Art Rinne aus dickem, gelbem Schlamm verwandelt worden war. Wir reisten langsam, unsere Waffen stets griffbereit. In Indien wimmelt es nämlich von Räuberbanden, die allerdings in der Regenzeit gern im trockenen Unterschlupf bleiben. In der Tat konnte es wohl nur einem ebenso eifrigen wie unwissenden Gesandten einfallen, bei einem solchen Wetter zu einer Tausend-Meilen-Reise über Land aufzubrechen.

Wann immer wir an eine Grenze gelangten – und das geschah wenigstens einmal am Tag –, wurden wir von bewaffneten Soldaten angehalten. Nicht nur, daß es in jenem Teil Indiens zahllose Fürstentümer gibt; jedes dieser Fürstentümer ist überdies in eine Anzahl halbautonomer Staaten unterteilt, deren Haupteinkünfte aus der Besteuerung von Karawanen stammen. Als Gesandter des Großen Königs war ich von solchen Abgaben befreit. In der Praxis ließ ich es mir jedoch stets angelegen sein, etwas zu zahlen. Infolgedessen stellte man uns oft eine Ehrenwache, die uns dann bis zur nächsten Grenze begleitete. Diese Eskorten sollten nicht zuletzt Räuber abschrecken.

Nur ein starker König vermag das offene Land für Reisende sicher zu machen, und damals gab es in ganz Indien nur einen starken König. Das war Bimbisara, an dessen Hof in Magadha ich akkreditiert worden war. Zwar herrschte Pasenadi von Koschala über ein Reich, das größer, älter und wohlhabender war als Magadha, doch war er ein schwacher Herrscher, und Koschala war für Reisende ein gefährliches Gelände.

Wir kamen durch Dschungel mit grellbunten, lautkreischenden Papageien und mähnenlosen Löwen, die vor uns das Weite suchten. Einmal blickte ich auf und sah auf einem Baumast einen zusammengekrümmten Tiger. Ich starrte in helle, sonnengelbe Augen, er starrte mir in die Augen. Ich schlotterte vor Angst, ihm ging's wohl ähnlich. Abrupt verschwand er im dunklen, feuchten Grün – wie ein Trugbild oder ein Tagtraum.

Die gefährlichsten von allen indischen Tieren sind die wilden Hunde. Sie jagen in Rudeln. Lautlos. Und unwiderstehlich. Selbst jene Tiere, die schneller sind als die Hunde, fallen ihnen am Ende zum Opfer; denn das Rudel setzt sich tagelang zäh auf die Fährte eines Hirschs oder eines Tigers, ja, selbst eines Löwen, bis die Beute erschöpft zu straucheln beginnt, und dann, in völliger Lautlosigkeit, attackieren die Hunde.

Außerhalb der verödeten Stadt Gandhai bemerkte ich eine Anzahl von Erdlöchern, die auf der einen Seite des schlammigen Karawanenweges einen präzisen Halbkreis bildeten. Als ich Caraka fragte, worum es sich handelte, sagte er: »Jeder Hund gräbt sich ein Loch. Dann kriecht er rückwärts hinein und schläft. Oder liegt auf der Lauer. Siehst du? Die glänzenden Augen.« Trotz des Regens konnte ich die glänzenden Augen der wilden Hunde ausmachen. Sie verfolgten jede unserer Bewegungen.

An jenem Abend verließ uns an den Toren von Gandhai in plötzlicher Hast unsere Eskorte. »Sie glauben«, sagte Caraka, »daß es in der Stadt spukt.«

»Und – tut es das?« fragte ich.

»Falls es das tut«, erwiderte er mit einem Lächeln, »so handelt es sich um die Geister meines Volkes. Daher sind wir in Sicherheit.«

Wir ritten eine zentrale Straße entlang. Sie führte zum Hauptplatz einer Stadt, die vor Tausenden von Jahren von den Urindern erbaut worden war, vor der Ankunft der Arier. Die Stadt mit ihren Häusern aus gebrannten Ziegeln und den schnurgeraden Hauptstraßen besitzt eine große Ähnlichkeit mit Babylon. Am westlichen Rand befinden sich die Ruinen einer Festung, die von den Ariern zerstört wurde. Nach der Zerstörung vertrieben die Arier aus irgendeinem Grund die Urbevölkerung, und seither ist die Stadt verödet.

»Die Menschen, die diese Stadt erbauten, wurden Harappas genannt. Jene, die nicht ihr Leben lassen mußten, zogen wohl nach Süden.« Carakas Stimme hatte einen bitteren Klang.

»Aber das ist schon so lange her.«

»Fünfunddreißig Generationen, das ist für uns nicht lang«, sagte er.

»Du sprichst wie ein Babylonier«, sagte ich, und er nahm's als Kompliment.

Kurz vor Sonnenuntergang bezogen wir ein großes Gebäude, das einmal als Kornspeicher gedient hatte. Zwar befand sich das uralte Kacheldach in besserem Zustand als das neue Dach des Regierungshauses in Palatene, doch die Deckenbalken sackten gefährlich durch. Nachdem wir eine Kolonie wütender Affen verjagt hatten, befahl ich, am einen Ende der Halle mein Zelt aufzustellen. Bald brannten Feuer, und man bereitete die Abendmahlzeit.

Zu dieser Zeit war Caraka bemüht, mich mit indischem Essen vertraut zu machen – ein langwieriger Prozeß, da ich in solchen Dingen sehr vorsichtig bin. Meine erste Erfahrung mit Mango fand ich weniger erbaulich, indes Ananas mir sogleich ein Gaumenschmaus war. Auch schmeckte mir indisches Geflügel: Ein weißfleischiger Vogel, der so zahm ist, daß ihn die Inder nicht nur wegen der Eier und des Fleisches halten, sondern auch wegen der Federn, welche in Kissen Verwendung finden. Diese Vogelart ist eng verwandt mit jener, welche die Griechen persisches Geflügel nennen – derzeit hier in Athen eine Novität.

Normalerweise speiste ich mit Caraka allein. Zum einen bleiben persische Offiziere gern für sich, zum anderen nahm ich hier gleichsam den Platz des Großen Königs ein. Folglich umgab mich auch etwas von seiner Würde.

»Du siehst, was für eine hohe Kultur wir besessen haben.« Caraka wies auf die gewaltige Halle. Ich meinerseits konnte nur an das verrottete Dachgebälk denken. »Sehr eindrucksvoll«, pflichtete ich bei.

»Wir erbauten diese Stadt tausend Jahre, ehe die Arier kamen.« Caraka sprach, als sei er selbst der Architekt gewesen. »Wir waren Baumeister, Händler, Verfertiger von Dingen. Sie waren Zeltbewohner, Viehhüter, Nomaden – Zerstörer.«

Sooft ich Caraka – oder sonstwen – auch fragte, wer und was die Harappas denn genau gewesen seien, stets erhielt ich eine unbefriedigende Antwort. Was nützt es, daß ihre Fürsten und ihre Kaufleute zylinderförmige Siegel in weichem Ton rollten, in häufig sehr schöne Bilderschriften? Niemand hat die Texte bislang entziffern können.

»Sie beteten die Mutter aller Götter an«, erklärte Caraka ein wenig unbestimmt. »Und auch den gehörnten Gott.«

Viel mehr erfuhr ich von ihm nicht. Aber über die Jahre hinweg hörte ich doch so manches über solche Harappa-Götter wie Naga, den Drachen, Nandi, den Stier, Hanuman, den Affen, wie auch über eine Reihe von Tier- und Baumgöttern. Am mächtigsten ist offenbar der Schlangengott, während dem machtvollsten ihrer menschenartigen Götter aus jeder Schulter eine Schlange wächst, wie Ahriman.

Bald schon – und ohne viel Hilfe durch Caraka – lernte ich das richtige Indo-Arisch der Herrschenden. Zu meiner Überraschung entdeckte ich, daß Perser und Indo-Arier dieselbe Bezeichnung benutzen für jenes gemeinsame arische Ursprungsland, dem auch die dorischen und achäischen Griechen entstammen. Dieses Land liegt irgendwo im Norden der Welt, weshalb der Nordstern allen Ariern heilig ist. Ich muß sagen, daß es mir seit jeher kaum in den Kopf wollte, daß wir so eng mit jenen blonden, wilden, Vieh haltenden Stämmen verwandt sind, die bis auf den heutigen Tag über die kleinen, dunklen Menschen des Südens herfallen, um ihre Städte zu plündern und niederzubrennen – so wie die Turanier in Baktra.

Vor tausend Jahren – die Gründe dafür sind längst vergessen – beschlossen bestimmte arische Stammesangehörige, die südlichen Städte nicht zu zerstören, sondern sich dort niederzulassen. Als dies in Medien und Attika und Magadha geschah, wurden besagte Arier durch ihre Sklaven zivilisiert. Überdies betrieben sie allen Tabus zum Trotz Inzucht. Wenn das geschieht, wird selbst der wildeste Wilde so zivilisiert wie die Menschen, die er unterworfen hat. Das kann man selbst jetzt beobachten, wo Persiens Grenzen ständig heimgesucht werden von jenen wilden Steppenvölkern, die heute so sind, wie wir einst waren, und die gern wären, wie wir jetzt sind – zivilisiert.

Übrigens war sich Kyrus sehr der Gefahr bewußt, daß seine persischen Hochländer den genußsüchtigen Schwarzhaarigen, die sie unterworfen hatten, immer ähnlicher werden mochten. Um dem vorzubeugen, bestand Kyrus auf einer knochenharten militärischen Erziehung für alle jungen Perser. Wir sollten unser arisches Erbe niemals vergessen. Aber als Xerxes zu dem melancholischen Schluß gelangte, daß die Perser sich jetzt in nichts von den von ihnen Beherrschten unterscheiden, verzichtete er auf einen großen Teil von Kyrus' Erziehungssystem. Ich hielt dies für verkehrt und sagte ihm das auch. Aber er war nun mal der Achämenide.

In Nordindien hatten sich die Arier zwar schon lange vor Kyrus niedergelassen, doch glaube ich, daß die Vorfahren sowohl der Meder als auch der Perser etwa zur gleichen Zeit jenen Teil der Erde erreichten, der jetzt Persien ist. Aber während die Perser im Hochland siedelten, nahmen die Meder die assyrischen und elamischen Kulturen in Besitz. Schließlich wurden die ehemals arischen Meder von den dunklen uralten Rassen so vollständig aufgesogen, daß zur Zeit des Kyrus der arische König von Medien ebensogut ein assyrischer oder elamischer König hätte sein können. Zufällig brachte es die Geographie mit sich, daß die persischen Klans ihren wilden arischen Geist bewahren konnten, bis Kyrus sich zum universalen Monarchen machte, wie man in Indien sagt.

Anders als den Medern ist es den Indo-Ariern seit fast vierzig Generationen gelungen, sich unvermischt zu halten, gleich ob mit den Nagas, den Drawidas oder den Harappas. Sie rühmen sich ihrer hellen Haut, ihrer geraden Nasen, ihrer lichten Augen. Überdies haben sie sich – in sehr kluger Weise – in vier Klassen unterteilt. Die erste Klasse bilden die Priester, die man Brahmanen nennt – unseren Magians sehr ähnlich; die zweite bilden die Krieger; die dritte die Kaufleute; die vierte die Bauern oder Handwerker. Dann sind da noch die ursprünglichen Einwohner dieses Landes, dunkle, mürrische, niedergedrückte Menschen – wie Caraka. Millionen von ihnen leben noch im Norden und dienen widerstrebend ihren fremden Herren.

Der Theorie nach darf es zwischen den vier indo-arischen Klassen keine ehelichen Verbindungen geben, und Heiraten mit Angehörigen der Urbevölkerung sind absolut verboten. Doch in dem Jahrtausend, das seit der Ankunft der Arier in Indien vergangen ist, sind diese im Vergleich zu ihren persischen Vettern beträchtlich gedunkelt – Haut und Augen. Dennoch beteuern die Indo-Arier höchst ernsthaft, diese Dunkelheit sei eine Folge der glutenden Sonne in der trockenen Jahreszeit. Ich stimme stets zu.

Als ich mich für die Nacht in mein Zelt zurückziehen wollte, tauchte im Eingang des Kornspeichers plötzlich ein hochgewachsener, nackter Mann auf. Einen Augenblick lang stand er zwinkernd im ungewissen Licht. Das Haupthaar hing ihm fast bis zu den Fußknöcheln herab. Seine Finger- und Zehennägel waren so lang und so krumm wie Papageienschnäbel; allerdings brachen sie wohl ab, sobald sie eine bestimmte Länge erreichten. Er trug einen Besen. Sobald seine Augen sich ans Licht gewöhnt hatten, bewegte sich der Mann langsam auf mich zu, während er gleichzeitig den Boden vor seinen Füßen fegte.

Jene meiner Bediensteten, welche noch wach waren, musterten ihn genauso verblüfft wie ich selbst. Schließlich zog einer der Wächter sein Schwert, doch bedeutete ich ihm, den Mann passieren zu lassen.

»Wer, um alles auf der Welt, ist das?« fragte ich Caraka.

»Irgendeine Art heiliger Mann. Vielleicht ist er ein Dschaina. Oder ein Verrückter. Oder beides.«

Der Mann blieb vor mir stehen und hob seinen Besen, wie zum

Gruß. Dann sagte er etwas, das ich nicht verstand; doch Caraka verstand es. »Er ist verrückt«, erklärte Caraka. «*Und* er ist ein Dschaina. Das ist eine unserer ältesten Sekten.«

»Sind alle Dschainas verrückt?«

»Ganz im Gegenteil. Aber dieser hier behauptet, *er* sei der Macher der Flußüberquerung, und das ist er nicht. Das kann er nicht sein. Seit Anbeginn der Zeiten hat es nur dreiundzwanzig solcher Macher gegeben.«

Ich begriff nicht ein Wort. »Was ist das – ein Macher der Flußüberquerung?« fragte ich. »Und warum ist dieser Mann nackt? Und wozu dient der Besen?«

Ohne um Erlaubnis zu bitten, fegte der Mann auf dem Boden zu meinen Füßen eine Stelle für sich frei. Dort ließ er sich mit gekreuzten Beinen nieder; und murmelte Gebete.

Das Benehmen seines Landsmanns setzte Caraka so sehr in Verlegenheit, daß er sich zunächst weigerte, mir irgendeine Erklärung zu geben. Das änderte sich erst, als ich ihm versicherte, der Große König sei ganz besonders an allen Religionen Indiens interessiert, was der Wahrheit entsprach: Sofern sich Indien nur gewinnen ließ, indem er nackt mit einem Besen umherwandelte, würde Darius eben dies tun.

»Ein solcher Macher ist ein sehr heiliger Mann. Der letzte wirkte vor etwa zweihundert Jahren. Ich habe gehört, daß auf Erden ein neuer erschienen sein soll, doch bin ich ganz sicher, daß dieser nackter Mann nicht der Macher ist. Schon deshalb, weil ausschließlich Extremisten nackt gehen – oder wolkengewandet, wie die Dschainas sagen.«

»Der Besen?«

»Um Insekten beseitezukehren. Ein Dschaina darf keine lebende Kreatur töten. Oft tragen sie sogar Masken, um Insekten nicht etwa einzuatmen. Sie weigern sich, Bauern zu sein, weil beim Umwenden des Landes Insekten getötet werden. Sie können keinen Honig essen, weil die Bienen dann verhungern müßten. Sie können auch nicht –«

»Was *können* sie denn?«

»Sie sind hervorragende Geschäftsleute.« Caraka lächelte. »Mein Vater war ein Dschaina. Ich meinerseits nicht. Der Kult ist sehr alt ... aus vorarischer Zeit. Die Dschainas haben die arischen Götter niemals akzeptiert. Sie glauben nicht an Varuna, Mithra, Brahma ...«

»Weil das Teufel sind«, sagte ich und zitierte kurz Zarathustra.

»Für Zarathustra mögen das Teufel sein, für die Arier sind es wirkliche Götter. Für uns sind sie ganz einfach nichts. Wir sind sehr viel anders. Arier glauben an ein Leben nach dem Tode. An einen Himmel für die Guten. An eine Hölle für die Bösen. Wir nicht. Wir glauben an die Wanderung der Seele von einem Menschen zu einem anderen – oder zu einem Stein oder einem Baum oder einem Tier. Wir glauben, daß der erstrebenswerteste Zustand das Nirwana ist. Das heißt: zu erlöschen wie eine Kerze. Der langen Kette von Wesenheiten ein Ende setzen. Von allem Materiellen befreit emporsteigen zum Gipfel der Welt und dort in erhabener seliger Ruhe verharren. Doch um diesen Zustand zu erreichen, muß man, wie die Dschainas sagen würden, den Fluß überqueren. Muß aufhören, irdische Dinge zu begehren. Muß den ewigen Gesetzen gehorchen.«

Seit nunmehr vielen Jahren versuche ich herauszufinden, ob Pythagoras wohl je mit den Dschainas in Verbindung stand. Bislang habe ich keine Hinweise darauf entdecken können. Sofern ihm niemals irgend jemand etwas über Reinkarnation erzählte, sondern der Gedanke der Seelenwanderung ganz von allein bei ihm auftauchte, so – ja, so könnte man annehmen, daß diese uralte Vorstellung der Wahrheit entspricht.

Was mich persönlich betrifft, so finde ich diese Idee allerdings abstoßend. Es genügt doch wohl, einmal geboren zu werden und einmal zu sterben. Nach dem Tode, sagt Zarathustra, wird jeder von uns gerichtet werden. Die Guten werden sich des Paradieses erfreuen, die Bösen werden in der Hölle leiden. Hat jedoch die Wahrheit erst einmal die Lüge ausgemerzt, so wird alles in Wahrheit verwandelt. Dies scheint mir nicht nur eine vernünftige, sondern auch höchst zweckmäßige Religion zu sein. Deshalb kann ich mir auch nichts Abscheulicheres vorstellen, als von Körper zu Körper zu hüpfen; oder von Schlange zu Wespe zu Baum. Allerdings ist gemeinhin nicht damit zu rechnen, daß man sich – wie Pythagoras – früherer Inkarnationen entsinnt. Aber das ist auch gar nicht der – springende? – Punkt. Persönlich bin ich ganz unbedingt für Nirwana – ein schwer zu übersetzendes Wort. Nirwana ist so etwas wie das Ausblasen einer Flamme, doch enthält das Wort noch weitere Bezüge, die nicht nur unübersetzbar sind, sondern – für einen Nichtgläubigen wie mich – auch kaum zu begreifen.

»Wie wurde die Erde erschaffen?« Ich stellte die gewohnte Kardinalfrage.

»Das wissen wir nicht, und das interessiert uns auch nicht.« Caraka sprach für den heiligen Mann, der noch immer Gebete murmelte. »Die Arier allerdings behaupten, es habe einmal vor langer Zeit, am Anbeginn, Zwillinge gegeben – einen Mann und eine Frau.«

»Yama und Yima?« Ich war überrascht: Auch Zarathustra hatte diese Zwillinge anerkannt, und sie werden noch heute vom Landvolk verehrt.

Caraka nickte. »Eben diese. Yama wollte ein Kind. Doch Yima fürchtete den Inzest. Schließlich überzeugte sie den Mann, daß sie sich paaren mußten, und so nahm die menschliche Rasse ihren Anfang. Allerdings – wer wohl hatte die Zwillinge gemacht? Die Arier sprechen von einem Ei, welches ausbrütete der Gott Brahma. Gut. Aber wer hatte das Ei gelegt? Wir wissen es nicht, und es ist uns egal. Wir sind wie die sechs blinden Männer, die einen Elefanten zu definieren versuchten.

Einer berührte ein Ohr und sagte, dies ist kein Tier, sondern ein ledriges Blatt. Ein anderer befühlte den Rüssel und sagte, dies ist eine Schlange. Und so weiter. Das einzige, was zählt, ist das, was ist – und wie sich am Ende das, was ist, verwandelt: Wenn man nicht länger jene Dinge braucht, die das Leben nicht nur zum Unglück, sondern auch unheilig werden lassen.«

Muß ich erst noch sagen, daß Caraka keineswegs die Worte sprach, wie ich sie hier wiedergegeben habe? Vielmehr versuche ich, in gedrängter Kürze jene Auskünfte zu bündeln, die ich über viele Jahre hin einzuholen vermochte.

Nichtsdestoweniger steht mir jener Abend im Kornspeicher jener verödeten Stadt noch lebhaft in Erinnerung. Und so weiß ich, daß der nackte Dschaina auf einmal richtig zu sprechen begann – Dank sei Caraka dafür, daß er mich die falsche Sprache gelehrt hatte. Denn zu meiner Überraschung konnte ich nun die Worte des Nackten so deutlich verstehen, daß sie noch jetzt in meinem Gedächtnis nachhallen. »Als der neunte vor dem letzten der Flußüberquerer geboren ward, da hatte er einen Bruder, welcher so böse war wie er selber gut. Schlangen sprangen von den Schultern des dunklen Bruders, und er verübte jegliche Übeltat. So wie der eine Bruder absolut gut war, so war der andere Bruder absolut böse. Und so fuhren sie fort, bis schließlich das Licht das Dunkle in sich aufsog und alles überstrahlte. So wird es sein, wenn uns der letzte Flußüberquerer gebracht hat von der dunklen Seite des Flusses zum sonnenhellen Ufer.«

Ich gab mir alle Mühe, den heiligen Mann zu befragen. Doch er konnte oder wollte nicht darauf eingehen. Er wiederholte einfach Geschichten, sang Lieder, sprach Gebete. Auch Caraka erwies sich nicht gerade als Hilfe. Aber ich war jetzt begierig, auf eine Frage eine Antwort zu finden – denn eine Antwort darauf *mußte* es doch geben, irgendwo auf der weiten Erde.

Hatte Zarathustra nichts weiter getan, als uns die Religion zu offenbaren, welche die unsere gewesen war, *bevor* die Arier Medien und Persien eroberten? Zarathustra hatte ganz gewiß nicht zu den Ariern gehört. Wie ich schon früher sagte, bin ich davon überzeugt, daß die Spitama-Familie chaldäisch ist. Doch hat sich jene Rasse inzwischen so sehr mit anderen Rassen vermischt, daß unsere ursprüngliche Religion weitgehend vergessen oder entstellt ist. Doch selbst wenn Zarathustras sogenannte Reformen nichts weiter waren als eine Wiederherstellung der ursprünglichen wahren Religion der menschlichen Rasse, so würde das sehr wohl die Unerbittlichkeit erklären, mit der Zarathustra jene Götter attackierte, welche die Arier aus dem Norden mitgebracht hatten.

»Das sind keine Götter, das sind Teufel«, pflegte er zu sagen. Und die Tatsache, daß so viele einfache Menschen diese seine Botschaft akzeptierten, bedeutet zweifellos, daß die ursprüngliche göttliche Vision in ihren Seelen niemals erloschen war. Das würde auch erklären, weshalb die Achämeniden Zarathustras Lehren nie sonderlich ernst nahmen. Mit Ausnahme von Hystaspes gaben sie nur vor, meinen Großvater zu ehren, indes sie, als arische Häuptlinge, nach wie vor jenen Stammesgöttern ergeben sind, welche ihnen die ganze Welt südlich der Steppen gaben.

Ich muß sagen, daß meine eigentliche religiöse Erziehung in Gandhai begann. Während der Regen auf das Ziegeldach prasselte, erzählte uns der nackte heilige Mann mit allerlei rhetorischen Ausschmückungen, daß Geist in allen Dingen ist, selbst in Steinen.

Übrigens ist das Wort, das er für Geist gebrauchte, nahezu identisch mit jenem griechischen Wort, das Anaxagoras geprägt haben soll. Er sagte uns auch, daß nichts wahr sei, außer von einem einzigen Blickpunkt her. Von einem anderen betrachtet, erscheint ein und dasselbe Ding ganz verschieden; daher die Geschichte von den blinden Männern und dem Elefanten. Doch gibt es eine absolute Wahrheit, welche nur jener erkennen kann, welcher den Fluß überquert hat oder erlöst ist. Leider drückte sich unser heiliger Mann ein wenig unklar aus, was die Möglichkeiten betraf, ein Erlöster zu werden. Er sei einer, versicherte er, weil er die fünf Gelübde erfüllt habe, die da sind: nicht töten, lügen, stehlen, unkeusch sein, dem Vergnügen frönen.

Letzteres schien nicht unproblematisch, wie ich zu Caraka bemerkte, als wir am folgenden Tag weiterreisten. »Angenommen, es bereitet einem Vergnügen, nackt herumzulaufen und persische Gesandte zu belehren? Das wäre doch ein Bruch des fünften Gelübdes, nicht wahr?«

»Aber vielleicht ist es ihm ja zuwider, persische Gesandte zu belehren!«

»Gewiß nicht. Es bereitete ihm ausgesprochenes Vergnügen. Ich habe das Gefühl, daß er kein wahrer Flußüberquerer ist.«

»Oder auch nur ein Dschaina.« Caraka schien durch das Erlebnis ziemlich irritiert. Seiner Meinung nach war ich wohl mit einer Seite der drawidischen Kultur in Berührung gekommen, die ihm selbst nicht ganz behagte. Obschon er die arischen Eroberer offensichtlich verabscheute, blieb es eine Tatsache, daß er sein ganzes bisheriges Leben unter ihnen zugebracht hatte, ob nun in Indien oder Persien. Folglich war er weder das eine noch das andere – ein Zustand, in dem auch ich mich oft befunden habe. Schließlich bin ich halb Perser oder Chaldäer und halb ionischer Grieche. Ich diene dem arischen Großen König, aber ich bin auch Zarathustras Enkelsohn. Die arischen Götter lehne ich ab, die arischen Könige hingegen nicht. Ich glaube an den Weg der Wahrheit, weiß jedoch in Wahrheit nicht, wo er zu finden ist.

2

Ungefähr vierhundert Meilen östlich des Indus befinden sich der Yamuna und die reiche Stadt Mathura. Hier empfing uns der Gouverneur, ein kleiner, dicker Mann mit einem violetten und gelben Kinnbart. Während unsere Barbiere für alternde Männer jugendliche Hauttönungen zu kreieren versuchen, ist der indische Barbier bekannt für seine Phantasie. Ein Bart in vier Farben gilt als überaus wünschenswert. Daher gibt es kaum einen merkwürdigeren Anblick als eine Versammlung indischer Höflinge, jeder mit Regenbogenbart, weißem Schuhwerk (mit geradezu gefährlich dicken Sohlen) und hellem Sonnenschirm.

Obwohl der Gouverneur von König Pasenadi von Koschala ernannt worden war, versicherte mir Caraka, Mathura sei praktisch unabhängig wie die meisten Städte von Koschala. »Niemand fürchtet Pasenadi. Sein Reich zerfällt. Doch das interessiert ihn nicht.«

»Was interessiert ihn dann?«

»Haarspalter und Aalschlängler.«

»Was ist das?«

»Wanderer. Weise Männer – behaupten sie jedenfalls.« Wie man sieht, besaß das Indien von vor fünfzig Jahren große Ähnlichkeit mit dem Athen von heute, wo solche Haarspalter und Aalschlängler wie Protagoras und Sokrates das Wort führen und nichts wahr oder unwahr ist.

Jetzt im Alter beginne ich endlich zu verstehen, was in unserer Welt vor sich gegangen ist. Seit geraumer Zeit haben die Urbevölkerungen von Griechenland und Persien und Indien versucht, die Götter – oder Teufel – der Arier zu stürzen. In all diesen Ländern lehnt man Zeus-Varuna-Brahma ab. Da der athenische Pöbel in seinem Aberglauben noch arisch ist, wagen es nur wenige, die Staatsgötter öffentlich in Frage zu stellen. Privat wendet man sich indes vorarischen Mysterienkulten oder solch radikalen Propheten wie Pythagoras zu – sofern man nicht zum Atheismus neigt. In Indien liegen die Dinge offener. Die arischen Götter werden allgemein verworfen. Uralte religiöse Überzeugungen wie die Seelenwanderung sind wieder populär, und auf dem Land wimmelt es von heiligen Männern und Asketen, welche den arischen Göttern abgeschworen haben und diesem oder jenem alten Glauben anhängen. Man weiß sogar von arischen Königen, die ihren Thron aufgaben, um im Dschungel zu leben, wo sie meditieren und das Fleisch kasteien.

Zarathustra gebührt das Verdienst, der Menschheit das Einzigartige der Gottheit gezeigt zu haben und auch den damit einhergehenden Dualismus, der eine notwendige Bedingung wahrer Göttlichkeit ist. Wahrheit kann nicht wahr sein ohne die Lüge, und die Lüge kann nicht widerlegt werden ohne das Wahre. Folglich ist jedes menschliche Leben eine Kampfstätte zwischen beiden.

Demokrit sieht einen Widerspruch, wo ich vollkommene Helle sehe. Aber er verbringt seine Tage mit Sophisten.

In Mathura wohnten wir in einem kleinen, komfortablen Holzhaus, einer Art Miniaturausgabe des Meder-Palastes in Ekbatana. Leider hat, in der Monsunzeit, der Geruch von feuchtem Holz etwas eigentümlich Bedrückendes, und selbst aller Weihrauch der Welt scheint die fauligen Dünste nicht aus den Räumen vertreiben zu können.

Zwei Wochen lang blieben wir in Mathura. Während dieser Zeit trafen Boten der Könige von Koschala und Magadha ein. Jeder wünschte, daß ich zuerst sein Königreich besuchte. Da wir uns bereits in Koschala befanden, meinte Caraka, ich sollte zunächst Pasenadi meine Aufwartung machen. Aber da der Brief an Darius von Bimbisara gekommen war, fühlte ich mich verpflichtet, diesen König in Rajagriha zu beehren. Überdies war Bimbisara Besitzer jener Eisenminen, die Darius so faszinierten.

Ich schickte einen Boten nach Susa mit einem Bericht über den bisherigen Reiseverlauf. Sodann traf ich Vorbereitungen für den nächsten Abschnitt der Reise: die Überquerung des Yamuna sowie die Fahrt auf dem Ganges, flußabwärts bis Varanasi. Falls der Ganges über die Ufer getreten war, würden wir wohl über Land reisen müssen – sofern wir uns nicht gar gezwungen sahen, in Mathura das Ende der Regenzeit abzuwarten. Wie sich zeigte, führten der Yamuna und der Ganges Hochwasser, und wir mußten warten. Unablässig fiel Regen, und ich fühlte mich von Tag zu Tag bedrückter. Caraka seinerseits blühte sichtlich auf. Regen, das ist für diese Menschen Leben.

In Mathura begegnete ich der am meisten verhaßten – dennoch häufig verehrten – religiösen Gestalt von ganz Indien.

Ich hatte den Gouverneur gebeten, mir die verschiedenen Tempel und religiösen Einrichtungen der Stadt zu zeigen. Er war die verkörperte Liebenswürdigkeit gewesen, was soweit ging, daß er sogar vorgab, von Zarathustra zu wissen. Dank seiner Bemühungen verbrachte ich etliche Tage damit, von einem Tempel zum nächsten zu eilen. Warum ich das tat, weiß ich nicht. Die arischen Götter sind stets dieselben, ganz egal wie sie heißen. Da gibt es Agni, den Feuergott, und Indra, den Sturmgott. Da gibt es die sehr populären Mutter-Göttinnen, deren Heiligtümer gewiß Atossas Wohlgefallen gefunden hätten. Und so weiter.

An einem frühen Morgen, mit Sonnenschirmen gegen den Regen bewaffnet, unternahmen Caraka und ich einen Spaziergang durch die Basare. Vor einer Bude, wo es Körbe voller Schlangen gab, hielt mich plötzlich ein alter Mann an. Er trug keinen Sonnenschirm, sondern einen hölzernen Stab. Obschon er von oben bis unten durchnäßt war, schien er nicht zu bemerken, daß Wasser seine dunklen Augen füllte, ihm von der Nase tropfte. Einen Moment lang musterten wir einander. Ich bemerkte, daß sein Bart weiß war, unbemalt. Schließlich fragte ich: »Möchtest du Almosen?«

Der alte Mann schüttelte den Kopf. »Kommt mit mir«, sagte er. Sein Akzent war der eines Ariers der höchsten Kaste. Indes er den Marktplatz überquerte, blickte er nicht zurück. Offenbar war er sicher, daß wir ihm gehorchen würden. Und das taten wir. Auch waren diesmal nicht wir es, die angestarrt wurden, sondern er. Manche Leute machten das Zeichen, mit dem man den bösen Blick abwehrt, andere küßten den Saum seines nassen Tuchs. Er seinerseits beachtete keinen.

»Ein heiliger Mann«, sagte Caraka mit gewohntem Scharfsinn.

Wir folgtem dem Alten durch wimmelnde Gassen zu einem großen, rechteckigen Haus mit einem Hof in der Mitte. Eine Holzveranda schützte Reihen mannshoher Löcher. Diese Löcher bildeten die Eingänge zu den Zellen der Mönche: Es war dies das erste von vielen Klöstern, die ich in Indien noch sehen sollte.

Der Alte führte uns in einen langen, leeren Raum. Indes er sich auf den Boden aus gestampfter Erde setzte, bedeutete er uns, es ihm nachzutun. Der Boden war unangenehm feucht – wie ganz Indien in der schrecklichen Regenzeit.

»Ich bin Gosala«, sagte der Alte. »Ihr seid aus Persien. Wie ich höre, wünscht euer großer König, von uns Weisheit zu lernen. Das ist gut. Doch muß ich euch warnen, daß es in diesem Lande viele Aalschlängler gibt, die sich aufspielen als Eroberer, Erleuchtete, Flußüberquerer. Ihr müßt auf der Hut sein, und ihr dürft dem Großen König nur melden, was wahr ist.«

»Und was ist wahr, Gosala?« Taktvoll nahm ich davon Abstand, es *ihm* zu sagen.

»Ich kann dir sagen, was nicht wahr ist.« Ich begriff, daß ich mich in der Gegenwart eines erprobten Lehrers befand. Natürlich hatte ich keinerlei Ahnung, wer Gosala war. Hätte ich es gewußt, so wäre meine einzige Begegnung mit ihm zweifellos noch aufschlußreicher gewesen für mich.

»Die Dschainas glauben, daß man heilig werden – oder doch der Heiligkeit näherkommen – kann, indem man kein Lebewesen tötet, keine Lüge sagt, nicht dem Vergnügen frönt.« Wir erhielten die übliche Aufzählung dessen, was man nicht tun soll. Diese Liste ist all jenen Religionen gemein, welche die Seele läutern wollen – den Menschen, einfacher gesagt. Allerdings sind die beiden keineswegs ein und dasselbe, dank der wesenhaften Dualität der Schöpfung. Die Seele kommt direkt vom Weisen Herrn. Das Fleisch ist stofflich. Zwar durchdringt das erste das zweite, doch ein und dasselbe sind sie nicht. Die Seele ist ewig; das Fleisch ist flüchtig.

»Aber du, Gosala, bist doch ein Dschaina.« Caraka wußte genau, wer Gosala war.

»Ich bin ein Dschaina. Doch habe ich mich von jenem getrennt, der sich Mahavira nennt. Man hält ihn für den vierundzwanzigsten Flußüberquerer, aber das ist er nicht.«

»Bist du es?« Caraka war wirklich interessiert.

»Ich weiß es nicht. Es ist mir egal. Ich liebte Mahavira. Wir waren wie Brüder. Wir waren wie ein Mensch. Alle Gelübde befolgten wir gemeinsam. Wir bestätigten die alte Weisheit. Aber dann begann ich, jene Dinge zu studieren, welche die Menschen vergessen haben, und wir mußten uns trennen; – weiß ich jetzt doch genau, was wahr ist und muß die Wahrheit jedem künden, der bereit ist zuzuhören.«

»Aber du hast doch gerade gesagt, du würdest uns nur mitteilen, was *nicht* wahr ist.« Behende wies ich ihn auf eine vermeintliche Ungenauigkeit hin.

»Bejahung ergibt sich aus der Verneinung.« Gosala zeigte sich geduldig. »Es ist *nicht* wahr, daß irgendein lebendes Wesen der Heiligkeit oder dem Nirwana näherkommen kann, indem es ein gerechtes Leben führt oder all unsere Gelübde strikt befolgt. Wahr jedoch *ist* . . .« Gosala musterte mich mit einem strengen Blick, der mir die Fassung raubte. Der Alte wirkte gelassen und gnadenlos zugleich. »Wahr jedoch ist, daß jeder von uns als ein Atom oder eine Lebensmonade beginnt. Und jede Lebensmonade muß eine Folge von vierundachtzigtausend Wiedergeburten durchmachen, beginnend mit dem ursprünglichen lebenden Atom und sodann fortschreitend durch jedes der Elemente von Luft, Feuer, Wasser, Erde und danach in so komplexe Zyklen wie Steine, Pflanzen, Lebewesen aller Art. Ist die Folge von vierundachtzigtausend Wiedergeburten vollendet, so wird die Lebensmonade entlassen, ausgelöscht.«

Ich muß wohl recht töricht dreingeblickt haben, denn plötzlich, wie um einem Kind gefällig zu sein, erhob sich Gosala. Von seinem Gürtel nahm er eine Art Knäuel, welches er in der Hand hielt. »Denke dir diesen Faden als gesamten Lauf einer Lebensmonade. Jetzt – schau, wie sie aufsteigt.«

Gosala schleuderte das Knäuel gegen einen der Deckenbalken. Sobald sich der Faden voll enträufelt hatte, fiel er zu Boden. »Jetzt hat er ein Ende erreicht. Und das«, sagte Gosala, »ist die Geschichte unserer Existenz. Wir wandeln uns von Atom zu Luft zu Feuer zu Erde zu Stein zu Gras zu Insekt zu Reptil zu Mensch zu Gott zu – nichts. Am Ende sind all jene Masken, die wir haben aufsetzen und absetzen müssen, völlig bedeutungslos, weil es nichts mehr zu maskieren gibt. Das ist in Wahrheit die Bedingung unserer Existenz. Doch mein einstiger Bruder Mahavira wird euch sagen, dieser Vorgang ließe sich beschleunigen, indem man ein tugendsames Leben führt, indem man die fünf Gelübde befolgt. Er lügt. *Jeder von uns muß den gesamten Zyklus von Anfang bis Ende durchmachen. Da gibt es kein Drumherum.*«

»Aber woher, Gosala, weißt du, daß dies wahr ist?«

»Ich habe mein Leben damit verbracht, unsere heilige Weisheit zu studieren. Diese ist uns über Jahrhunderte hinweg enthüllt worden. Niemand kann sein Schicksal beschleunigen oder verändern.«

»Aber Mahavira lehrt doch Rechtschaffenheit. Ist das nicht ein gut Ding?« Caraka fühlte sich durch Gosalas kompromißlose Strenge genauso verwirrt wie ich selbst.

»Mahavira befindet sich gerade in jener Phase seiner Entwicklung.« Gosala zeigte sich nachsichtig. »Augenscheinlich gelangt er ans Ende seines Fadens. Zweifellos sind manche Menschen dem Nirwana näher als andere. Aber ob sie nun Gutes oder Böses tun, macht keinerlei Unterschied. Sie *sind* ganz einfach. Sie tun, was ihnen zu tun bestimmt ist, und sie ertragen, was sie ertragen müssen, und sie kommen zu einem Ende, wenn es an der Zeit ist – und nicht eher.«

»Warum aber –« Ich zog das nähere Ende des Fadens zu mir, zum Trost? »– lehrst du dann? Weshalb möchtest du mir sagen, was nicht wahr ist und was wahr ist?«

»Mein Abgang steht bevor, und es ist meine Pflicht. Es ist auch ein Beweis dafür, daß ich dem Ende nahe bin. So bleibt mir da gar keine Wahl. Es ist mir –« Er lächelte. » –sozusagen auferlegt.«

»Du weißt von Zarathustra?«

Gosala nickte. »Nach allem, was ich gehört habe, muß er sehr jung gewesen sein.« Der Alte wrang sein nasses Tuch aus. Vom bloßen Zusehen begann ich mich naß zu fühlen. »Es ist ein Zeichen extremer Jugend, sich Sorgen über korrekte religiöse Prozeduren zu machen und Himmel und Hölle und Jüngste Gerichte zu erfinden. Ich meine dies nicht unfreundlich«, fügte er hinzu. »Vor Tausenden von Jahren machte ich den gleichen Zustand durch. Denn – siehst du – es ist unentrinnbar.«

Es ist unentrinnbar.

Das war Gosalas erschreckende Botschaft, und ich habe sie nie vergessen. Trotz meines langen Lebens bin ich nie wieder einer solchen unversöhnlichen Weltschau begegnet. Zwar wurde Gosala überall in Indien sehr geschmäht, doch gab es eine beträchtliche Anzahl von Menschen, die ihm, da er dem Ende nah war, jedes Wort glaubten. Natürlich gehörte ich nicht dazu.

Schon aus praktischen Erwägungen nicht. Denn träfe Gosalas Vision von einer unerbittlichen, unwandelbaren Schöpfung zu, so müßte dies den völligen Zusammenbruch der menschlichen Gesellschaft zur Folge haben. Wären Gut und Böse nichts als Charakteristiken eines beliebigen Lebewesens an beliebigem Platz innerhalb der sich abspulenden Kette, so gäbe es keine Notwendigkeit zu rechtschaffenem Tun, wenn man sich etwa noch am Anfang besagter Kette befände, und ohne rechtschaffenes Tun kann es keinerlei wie auch immer geartete Zivilisation geben, ganz zu schweigen von Erlösung, wenn die Wahrheit die Lüge besiegt. Dennoch finde ich es sonderbar, daß in meinem Leben seither kein Tag vergangen ist, an dem ich nicht an Gosala und seine Kette gedacht hätte.

3

Da es in Indien so viele Flüsse, jedoch keine vernünftigen Brücken gibt, sind Fähren eine absolute Notwendigkeit. So ganz begriff ich dies erst, als es für uns Zeit wurde, den angeschwollenen Yamuna zu überqueren. Als wir uns der Gnade schurkischer Fährleute überließen, verstand ich plötzlich, warum die vierundzwanzig sogenannten Erlöser der Dschainas Macher der Flußüberquerung genannt werden. Die Dschainas sehen die Welt als reißenden Fluß. Wir werden am einen Ufer geboren, welches das Leben der Welt ist. Doch vertrauen wir uns dem Macher der Überquerung an, so können wir zur anderen Seite gelangen, zur Befreiung vom Schmerz, selbst zur endgültigen Erlösung. Diese spirituelle Fähre ist das Sinnbild der Läuterung.

Was die weltliche Fähre bei Mathura betraf, so entpuppte sie sich als schlichtes, doch großes Floß, das von zwei eher schwächlichen Erlösern zur anderen Seite hinübergestakt wurde. Ich bin mit der Dschaina-Religion nicht genügend vertraut, um sagen zu können, ob die Fähren-Metapher ergänzt wird durch einen Hinweis auf jene Unglücklichen, die bei dieser Prozedur ertranken – ein Schicksal, dem wir mit knapper Not entrannen. Wir entkamen dem wirbelnden gelben Wasser, ganz als seien wir ordnungsgemäß geläutert worden.

Sodann ging es über Land weiter zum Ganges, wo mehrere Flachboden-Boote darauf warteten, uns rund zweihundert Meilen flußabwärts zu bringen zur alten und heiligen Stadt Varanasi im Königreich Koschala, unweit der Grenze von Magadha.

Die Reise zwischen den beiden Flüssen war ereignislos. Das Land ist flach. Einen großen Teil des Dschungels hat man gerodet, um Platz für Reisfelder zu schaffen. Im Laufe des letzten Jahrhunderts hat sich die Bevölkerung der Gangesebene mehr als verdoppelt, dank der Mühelosigkeit, mit der Reis angebaut werden kann. Zum einen bietet der Monsunregen der wasserhungrigen Pflanze, was sie braucht; zum anderen ermöglicht – nach Beendigung der Regenfälle – die Flachheit des Landes den Bauern eine mühelose Bewässerung ihrer Felder mit Wasser vom stets tiefen, schnellen, erstaunlich kalten Ganges.

Die Straßen waren so schlecht, wie man mir sie geschildert hatte. Auf dem offenen Land folgten wir schlammigen Wegen. In den

Dschungeln waren wir der Willkür der Führer ausgeliefert, die tageweise besoldet wurden. Daher verbrachten wir mehr Tage als nötig in jener heißen grünen Wildnis, wo im Unterholz Schlangen gleiten und Moskitos von phantastischer Größe das Blut des Reisenden trinken. Zwar läßt die persische Tracht nur Gesicht und Fingerspitzen frei, doch vermag der Rüssel des indischen Moskitos einen dreischichtigen Turban zu durchdringen.

Die Dörfler, auf die wir trafen, waren scheu, doch freundlich. Laut Caraka war die Landbevölkerung von altem, vorarischem Stamm, während die arischen Eindringlinge in den Städten wohnten. Die beiden Gruppen vermischen sich selten.

»Es ist hier nicht anders«, sagte Caraka, »als im drawidischen Süden.«

»Aber du hast mir doch erzählt, im Süden gebe es keine Arier.«

Caraka zuckte mit den Achseln. »Das mag sein«, sagte er. Caraka litt an dem angeborenen indischen Leiden namens Jain: schon möglich oder auch nicht. »Aber Dörfler sind von ganz anderem Stamm als Städter. Nie haben sie den Wunsch, ihr Land und ihre Tiere zu verlassen.«

»Es sei denn«, betonte ich, »sie hätten ihn doch, diesen Wunsch.« Die meisten populären indischen Geschichten handeln von einem Dorfburschen, der zu einer großen Stadt zieht, mit einem Zauberer Freundschaft schließt, des Königs Tochter heiratet, sich mit Ghee salbt, einer halbflüssigen, widerlichen Buttersubstanz, welche die Reichen entzückt. Tempelpriester pflegen ihre Götterbildnisse in diesem übelriechenden, klebrigen Zeug zu baden.

Varanasi ist eine gewaltige Stadt am Südufer des Ganges. Die Einwohner behaupten, sie sei die älteste bewohnte Stadt auf der Welt. Aber da die Welt sehr groß und sehr alt ist, begreife ich nicht so ganz, woher sie das wissen wollen. Doch habe ich Verständnis für ihre Gefühle. Auch die Babylonier rühmen sich des Ur-Alters ihrer Stadt. Aber während es in Babylon viele schriftliche Dokumente aus früheren Zeiten gibt, ist dergleichen in indischen Städten kaum zu finden. Wie die Perser bevorzugen sie – zumindest bis in die jüngste Zeit – die mündliche Überlieferung.

Seit über tausend Jahren rezitieren die arischen Eroberer ihre Lieder oder Hymnen des sogenannten göttlichen Wissens: Diese werden Veden genannt. Die Sprache der Veden ist sehr alt und ganz anders als die modernen Dialekte. Vermutlich handelt es sich um dasselbe arische Idiom, das einst die Perser sprachen, und viele der Erzählungen ähneln jenen persischen Geschichten, welche noch heute auf Marktplätzen von alten Männern dargeboten werden. Sie handeln von genau den gleichen Helden und Ungeheuern, endlosen Kriegen und jähen göttlichen Offenbarungen. Sonderbarerweise ist Agni, der Feuergott, die indische Gottheit, die am häufigsten angerufen wird.

Überall in Indien sind die Brahmanen darauf bedacht, diese Hymnen zu bewahren. Allerdings gibt es unter den Brahmanen eine starke Spezialisierung. Manche Brahmanen sind bekannt wegen ihrer tiefen Kenntnisse solcher Veden, die, sagen wir einmal, vom Gott Mithra handeln oder von einem halbgöttlichen Helden wie Rama; andere sorgen für die ordnungsgemäße Darbringung von Opfern – und so weiter.

Obschon die Brahmanen die höchste arische Klasse bilden, machen sich die Krieger gern über sie lustig, und selbst Standesniedere verspotten die Brahmanen offen in Liedern und Theateraufführungen. Sie gelten als faul, korrupt und gottlos. Wie vertraut mir all dies in den Ohren klang! Nicht anders schätzen die Perser die Magians ein. Die Götter, denen die Brahmanen dienen, werden allerdings von vielen Menschen sehr ernst genommen. Agni, Mithra, Indra, sie alle haben ihre Anhänger, zumal unter den einfacheren arischen Klassen.

Ich glaube nicht, daß es auf Erden irgend jemanden gibt, der sich restlos auskennt mit der Komplexität der ineinanderverästelten Religionen. Als Zarathustra sich mit einem ähnlichen Verwirrspiel von Gottheiten konfrontiert sah, deklarierte er den ganzen Haufen schlichtweg zu Teufeln und fegte sie ins heilige Feuer. Das Unangenehme ist nur, daß sie, wie der Rauch, immer wiederkehren.

Bei starkem Regen legten wir in Varanasi an einem Holzkai an. Offenbar befanden wir uns im Zentrum der Stadt. Der Gouverneur war über unsere bevorstehende Ankunft verständigt worden, und so stand eine Abordnung stark durchnäßter Würdenträger zu unserem Empfang bereit. Überaus höflich wurde uns bedeutet, daß in der Regenzeit für gewöhnlich niemand reist. Augenscheinlich waren die Götter mit uns zufrieden.

Man brachte mir eine Leiter, damit ich den Rücken eines Elefanten erklimmen konnte. Da dies meine erste Erfahrung solcher Art war, versuchte mich der Elefantenführer mit der Bemerkung zu beruhigen, diese Tiere seien kaum weniger intelligent als Menschen. Obschon ich den Eindruck hatte, daß Menschenkenntnis nicht gerade seine Stärke war, konnte ich doch beobachten, daß Elefanten auf eine Anzahl von gesprochenen Befehlen reagieren; auch empfinden sie ebensosehr Zuneigung wie Eifersucht. Tatsächlich sieht jeder Elefant in seinem Führer *seinen* Führer, und wenn dieser auch nur das geringste Interesse für einen anderen Elefanten bekundet, so setzt es einen gewaltigen Krach. Ein Stall voll Elefanten gleicht aufs Haar dem Harem in Susa.

Ich saß auf einer Art Holzthron unter einem Schirm. Der Führer sprach mit dem Tier, und die Reise begann. Da ich mich noch nie so weit oberhalb des Bodens in Bewegung befunden hatte, wagte ich erst nach längerer Zeit auf die schlammbedeckte Straße hinabzublicken, wo sich eine große Menschenmenge drängte, um den Gesandten aus dem fernen Westen zu sehen.

Bis ganz vor kurzem war der Name Persien in der Gangesebene unbekannt. Aber da dem prosperierenden Königreich Magadha gute Universitäten fehlen, werden die intelligentesten jungen Männer zu Bildungszwecken entweder nach Varanasi oder nach Taxila geschickt. Natürlich geben sie Taxila den Vorzug, da es weiter entfernt liegt als Varanasi, und junge Leute haben nun mal gern einen möglichst großen Abstand zwischen sich und der Heimat. Jedenfalls bietet sich den jungen Magadhaniern in Taxila Gelegenheit, so manches über die Macht Persiens zu erfahren und überdies Perser aus der zwanzigsten Satrapie kennenzulernen.

Der Vizekönig von Varanasi empfing uns in seinem Palast. Er war so dunkelhäutig wie ein Drawida, gehörte jedoch der arischen Kriegerklasse an. Als ich mich näherte, verneigte er sich tief, und während ich meine gewohnte Ansprache hielt, zitterte er wie eine Weide im Wind. Er schlotterte buchstäblich vor Angst, wie ich nicht ohne Befriedigung merkte. Mögen sie Darius fürchten, dachte ich, und seinen Gesandten *auch* ...

Als ich mit meinen Höflichkeitsfloskeln fertig war, drehte der Vizekönig den Kopf und wies auf einen großen, blassen Mann mit einem goldenen Turban, unter dem eine kupferfarbene Haarsträhne sichtbar war. »Herr Gesandter, dies ist unser geehrter Gast, Varschakara, oberster Kämmerer des Königs von Magadha.«

Mit der Plumpheit eines Kamels bewegte sich Varschakara auf mich zu, und wir begrüßten einander auf die formelle indische Weise. Dazu gehört mehrmaliges Nicken sowie das Verschränken der Hände – der eigenen. Einen körperlichen Kontakt gibt es nicht.

»Mit freudiger Erwartung harrt König Bimbisara des Gesandten von König Darius.« Für einen so großen Mann klang Varschakaras Stimme erstaunlich dünn. »Der König weilt in Rajagriha, wo er dich noch vor dem Ende des Regens zu empfangen hofft.«

»Mit freudiger Erwartung sieht der Gesandte des *Großen* Königs der Begegnung mit König Bimbisara entgegen.« Inzwischen war ich in der Lage, zeremonielle Konversationen ohne die Hilfe eines Dolmetschers zu führen. Und gegen Ende meiner indischen Mission konnte ich meinerseits Caraka in der Hofsprache unterweisen.

Anfangs bezeichnete ich Darius immer als den Großen König. Aber als Bimbisaras Höflinge diesen Titel dann für Bimbisara gebrauchten, nannte ich Darius den König der Könige. Damit konnten sie niemals gleichziehen.

»Es ist ein überaus glücklicher Umstand«, sagte der Kämmerer und zupfte an seinem grünen Bart, »daß wir uns beide zur selben Zeit in Varanasi aufhalten. Mein größter Wunsch und meine liebste Hoffnung wäre es, daß wir beide zusammen nach Rajagriha reisen könnten.«

»Das würde uns Freude bereiten.« Ich blickte zum Vizekönig, wollte ihn mit ins Gespräch ziehen. Doch mit verstörtem Ausdruck lagen seine Augen auf Varschakara. Offensichtlich war nicht ich es, der den Vizekönig und sein Gefolge so in Angst und Schrecken versetzte, sondern der Magadhanier.

Voll Neugier ließ ich Protokoll Protokoll sein und fragte: »Was führt den Kämmerer nach Varanasi?«

In einem Lächeln entblößte Varschakara grellrote Zähne – die Folge ständiger Betelkauerei. »Ich bin in Varanasi,um dem Hengst nah zu sein«, sagte er. »Momentan befindet er sich im Hirschpark außerhalb der Stadt. Er mag den Regen genausowenig wie unsereins. Doch bald schon wird er seine heilige Reise fortsetzen, und wenn er nach Varanasi gelangt –« Varschakara brach mitten im Satz ab und ließ wieder seine grellroten Zähne sehen. Das dunkle Gesicht des Vizekönigs glich jetzt der Asche eines längst erstorbenen Feuers.

»Wessen Pferd«, fragte ich, »befindet sich im Hirschpark? Und warum ist diese Reise heilig?«

»Ein wahrhaft großer König bereitet während seiner Regierungszeit wenigstens einmal das Pferdeopfer vor.« Ich schwieg zum unangemessenen Gebrauch des Beiworts »groß«: Zweifellos würde ich noch Gelegenheit finden, den Kämmerer ins Bild zu setzen. Vor meinem geistigen Auge sah ich den Adler des Darius hoch über ganz Indien – regentriefend.

»Ein Hengst wird mit einem Besen ins Wasser getrieben. Sodann erschlägt der Sohn einer Hure einen vieräugigen Hund. Als arischer Priester wirst du die Bedeutung dieser Handlung begreifen.«

Ich blickte feierlich; begriff nichts.

»Der Körper des Hundes gleitet dann unter dem Bauch des Pferdes gen Süden, wo die Toten leben. Danach wird der Hengst freigelassen und kann umherschweifen, wie es ihm beliebt. Dringt er in ein anderes Land ein, so muß die Bevölkerung dieses Landes entweder die Oberherrschaft unseres Königs akzeptieren oder aber um ihre Freiheit kämpfen. Falls es den Leuten gelingt, das Pferd einzufangen, ist das Schicksal des Königs natürlich ernsthaft . . . überschattet. Wie du sehen kannst, ist das Pferdeopfer nicht nur eines unserer allerältesten Rituale, sondern auch, seinen Möglichkeiten nach, das ruhmträchtigste.«

Jetzt begriff ich die Nervosität des Vizekönigs von Varanasi. Sollte das Pferd in die Stadt eindringen, so mußten die Einwohner entweder Bimbisara als ihren König anerkennen – oder aber kämpfen. Doch gegen wen?

Der Kämmerer verriet es mir mit Genuß. Unverkennbar weidete er sich an der Furcht unserer Gastgeber. »Natürlich überlassen wir das Schicksal unseres Königs nicht so einfach dem Zufall. Dem Pferd folgen dreihundert unserer besten und edelsten Krieger. Jeder von ihnen ist beritten – allerdings nicht mit einer Stute! Der Hengst darf ein Jahr lang keinen Geschlechtsverkehr haben, genau wie der König. Dieser muß des Nachts keusch zwischen den Beinen seines begehrenswertesten Weibes schlafen. Nun denn – inzwischen sind wir hier. Sollte der Hengst seinen Weg nach Varanasi nehmen, so werden diese guten Leute –« Varschakaras arrogante Geste umschloß den Vizekönig und sein Gefolge. »– Untertanen von König Bimbisara, was ihnen gewiß nicht unlieb wäre. Schließlich ist unser König ja mit der Schwester ihres gegenwärtigen Herrschers, des Königs von Koschala, vermählt.«

»Wir sind Geschöpfe – wir alle – des Schicksals«, seufzte der Vizekönig.

»Deshalb bin ich ja auch hier. Ich meine, ich bin hier, um unsere Freunde, Nachbarn, Vettern – ihr seht, daß wir die Einwohner von Varanasi bereits als Teil der Magadhan-Familie betrachten – dazu zu überreden, dem Hengst keinen Widerstand zu leisten, sollte er sich entschließen, die Stadt zu betreten und tief aus dem Ganges zu trinken.«

Alles in allem ein ungünstiger Auftakt für meine Mission, dachte ich, als man uns zu unserem Quartier im Palast des Vizekönigs geleitete. Ein Krieg zwischen Magadha und Koschala würde den Eisenhandel zweifellos unterbrechen; andererseits kann ein Krieg zwischen zwei mächtigen Staaten durch die Intervention einer dritten Macht beendet werden. Vor Jahren hatte sich einmal ein indischer König erboten, zwischen Kyrus und dem König der Meder zu vermitteln. Natürlich war er von beiden Parteien zurückgewiesen worden. Zwar dürfen Westler ostwärts reisen, doch darf man Ostler nie ermutigen, ein Gleiches in Richtung Westen zu tun!

Um des Eisenhandels willen hoffte ich, daß das Pferd im Hirschpark bleiben würde. Im Hinblick auf den künftigen Ruhm des persischen Reiches wünschte ich, das Tier würde Durst bekommen und aus dem Ganges trinken.

Zwei Tage später wandte sich der Hengst südwärts, und Varanasi war sicher. Trotz seiner unverkennbaren Wut gab Varschakara sich gelassen. »Du mußt«, sagte er einen Tag nach dem Verschwinden des Pferdes zu mir, »mich zum Tempel des Agni begleiten. Er ist genau wie euer Feuergott, und ich bin sicher, daß du ihn in indischer Umgebung anbeten möchtest.«

Ich erzählte dem Kämmerer nichts vom Weisen Herrn. Denn inzwischen hatte ich den Entschluß gefaßt, nur mit Brahmanen, heiligen Männern und Königen über Religion zu reden. Doch mich interessierte, ob sich der Einfluß meines Großvaters über die persischen Grenzen hinaus verbreitet hatte.

Durch endlos lange, ebenso enge wie krumme und vor allem menschenwimmelnde Straße trug man uns in vergoldeten Sänften zum Tempel des Agni, einem kleinen, häßlichen Bauwerk aus Holz und Ziegeln. Am Eingang empfing uns respektvoll der Hohepriester, dessen

Schädel – bis auf ein Haarbüschel – kahlgeschoren war. Er trug scharlachrote Gewänder und schwang eine Fackel.

Neben der Tempeltür befand sich ein runder Steinaltar, durch eine Art Baldachin gegen den Regen geschützt. Mit lässiger Gebärde entzündete der Hohepriester mit seiner Fackel etwas Ghee. Ich war über dieses Sakrileg entsetzt. *Das heilige Feuer darf nur an einem sonnenlosen Ort entzündet werden.* Aber vielleicht konnte man Indien ja als sonnenlosen Ort begreifen: Schließlich hatte die Sonne schon seit Monaten nicht mehr geschienen.

Nunmehr betraten Varschakara und ich den Tempel, wo eine hölzerne Statue von ranziger Butter glänzte. Der Gott dort sitzt auf einem Widder. In einem seiner vier Arme hält er einen Speer, Sinnbild des Feuers, während seinen Kopf eine reichverzierte Holzkrone schmückt, welche Rauch verkörpert. Andere Bildnisse im Tempel zeigen Agni mit sieben Zungen; und so weiter. Wie die meisten indo-arischen Gottheiten umfaßt Agni alle möglichen Wesenheiten. Im Herd ist er das Feuer. Am Himmel ist er der Blitz. Und gleichzeitig ist er stets Vermittler zwischen Mensch und Gott, ist es doch das Feuer, welches das verbrannte Opfer gen Himmel befördert; in diesem letzten Punkt – aber auch nur in diesem – ähnelte Agni Zarathustras Feuer.

Es gab eine Menge Rituale, recht verwirrend zumeist, jedenfalls für einen Nicht-Brahmanen. Auch gebrauchte der Priester eine archaische Sprache, die weder Caraka noch ich verstanden.

»Ich glaube, daß die das auch nicht verstehen«, sagte er später. Obwohl Carakas Eltern Dschainas waren, behauptete er gern, ein Anbeter von Naga, dem drawidischen Schlangengott, zu sein, auf dessen zusammengerolltem Körper die Welt ruht. In Wirklichkeit war Caraka areligiös.

Nach einer Stunde sinnlosen Singsangs wurde jedem von uns, in einem gemeinsamen Becher, ein übelriechendes Getränk gereicht. Pflichtgemäß nahm ich einen Schluck. Das Zeug wirkte schnell und unendlich viel stärker als Haoma. Aber da ich die vedischen Götter nicht akzeptiere, hatten meine Wachträume mit jenen Zeremonien nichts weiter zu tun. Allerdings schien es einmal, als ob sich Agnis' vier Arme bewegten; auch täuschte irgendein Trick einen flammenden Speer vor.

Ich murmelte ein Gebet – sprach es für das Feuer, als dem Boten von Ahura Mazdah, dem Weisen Herrn. Später erfuhr ich, einer der Namen für den arischen Hauptgott Varuna sei Aschura. Dies bedeutet, daß er unser Ahura – oder: Weiser Herr – ist. Danach begriff ich so manches: Nachdem mein Großvater erkannt hatte, daß die Hauptgottheit der Arier der einzige Schöpfergott war, hatte er alle übrigen Götter als überflüssige Dämonen verworfen. Mit den Anbetern der vedischen Götter teilen wir nichts außer Ahura-Varuna oder Ahura Mazdah sowie den Glauben, daß durch die richtigen Rituale und Opfer die Harmonie zwischen dem, was erschafft, und dem, was erschaffen wird, erhalten werden muß. Allerdings scheint mir, daß der haarsträubende Wirrwarr, den die Indo-Arier mit ihren Göttern veranstalten, nur ein Anzeichen dafür ist, daß sie sich Zarathustras Vorstellung nähern: dem Gedanken an eine Einheit, die alles in sich umschließt. Kommt eine endlose Zahl von Göttern – wie in Babylon – nicht dem Eingeständnis nahe, daß es nur Einen gibt?

Im Grunde deutet der Weise Herr die Opfer, welche diesem oder jenem Teufel dargebracht werden, als Gaben für sich selbst. Sonst würde er dergleichen ja nicht zulassen. Inzwischen schickt er uns heilige Männer, die uns sagen, wann und was geopfert werden soll. Der heiligste war Zarathustra.

In Indien gibt es alle möglichen heiligen Männer oder Lehrer dieses oder jenes Weges, und viele dieser Gestalten sind ebenso faszinierend wie beunruhigend. Die meisten lehnen die vedischen Götter ab; und auch den Gedanken an ein Leben nach dem Tode. Nach der vedischen Religion enden Übeltäter in einer Hölle, bekannt als das Haus des Lehms, indes die Guten aufsteigen in ein Gefilde, welches Welt der Federn genannt wird; und damit hat es sich. Die gegenwärtige Generation heiliger Männer glaubt an Seelenwanderung, eine vorarische Konzeption. Bestimmte heilige Männer – oder Arhats – glauben, daß dieser Prozeß beendet werden kann; andere glauben das nicht. Eine große Anzahl verhält sich völlig gleichgültig; sie würden bei einem von Aspasias Gastmählern einen passenden Rahmen abgeben.

Da die indo-arischen Teufelsanbeter das Feuer für einen Aspekt des Guten halten, weil es die Dunkelheit fortbrennt, machte es mir nicht das Mindeste aus, an jener Zeremonie in Varanasi teilzunehmen. Die Inder nennen den Wachträume bewirkenden Trank, dem auch ich zusprach, Soma: eine Abart unseres Haoma zweifellos. Leider hüten die Brahmanen ihre kleinen Geheimnisse genauso sorgsam wie unsere Magians die ihren, und so konnte ich denn nicht herausbekommen, wie und woraus der Trank gemacht wird. Jedenfalls weiß ich, daß ich irgendwann sah – das heißt: mir einbildete –, wie Agni seinen feurigen Speer himmelwärts schleuderte.

Auch hörte ich, ganz deutlich, den Hohepriester vom Ursprung aller Dinge sprechen. Zu meiner Überraschung war die Rede nicht von einem kosmischen Ei oder von einem Riesen oder von Zwillingen. Vielmehr sprach er sehr klar von einem Augenblick, da selbst das Nichts nicht existierte.

Der Gedanke faszinierte mich. Nie hatte ich mir das Nichts vorstellen können, wohl weil es für etwas Existierendes – einen Menschen – unmöglich ist, *kein* Ding zu begreifen.

»Es gab weder Existenz noch Nichtexistenz; es gab keine Luft, keinen Himmel.« Jedesmal wenn der Priester eine Zeile der sogenannten Schöpfungshymne beendete, schlug er auf eine kleine Trommel in seiner Hand.

»Was bedeckte alles? und wo?« Die Hymne berichtet sodann von einer Zeit – welche Vor-Zeit war –, in der »es weder Tod noch Unsterblichkeit gab, weder Tag noch Nacht. Aber dann, wegen der Hitze –« Wo, fragte ich mich, kam die Hitze her? – entstand eine Einheit, bekannt als das Eine. »Hinfort gab es Begehren, den Ursamen und den Keim des Geistes.« Von dem Einen kamen Götter und Menschen, diese Welt, Himmel und Hölle. Danach nimmt die Hymne eine höchst sonderbare Wendung.

»Wer weiß«, tönte der Singsang des Hohepriesters, »wo alles herkam? und wie die Schöpfung geschah? Die Götter, auch Agni, wissen nichts, denn sie kamen erst später. Wer also weiß? Der höchste aller Götter im Himmel, weiß *er*, wie es begann – oder ist unwissend auch er?«

In meinen Ohren klang das wie Atheismus. Allerdings habe ich nie herausbekommen können, was die Brahmanen denn wirklich glauben. Mögen unsere Magians auch ebenso kompliziert wie konfus – und überdies verschlagen – sein: In bestimmten Dingen beweisen sie Beständigkeit. Die Urzwillinge existieren für sie als der erste Mann und die erste Frau. Auch kann ich mir nicht vorstellen, daß irgendein Magian plötzlich – während einer religiösen Zeremonie! – die Existenz des Schöpfergottes anzweifelt.

In stark berauschtem Zustand kehrte ich zum Gouverneurspalast zurück, wo Varschakara mit mir des längeren über politische Fragen zu sprechen wünschte. Doch ich entschuldigte mich. Der Soma, der Regen und die über tausend Meilen weite Reise, all das hatte mich erschöpft. Ich schlief drei Tage lang.

Schließlich weckte mich Caraka.

»Varschakara hat sich erboten, uns nach Rajagriha zu eskortieren. Was soll ich zu ihm sagen – ja?«

»Ja.« Obwohl noch halb im Schlaf, merkte ich, daß irgend etwas anders war als sonst. Dann wurde mir bewußt, daß ich zum erstenmal seit fast vier Monaten das Trommeln des Regens auf dem Dach nicht hörte. »Der Regen ...«

»... hat aufgehört. Für den Augenblick jedenfalls. Die Monsunzeit neigt sich so nach und nach dem Ende zu.«

»Ich habe von jenem Pferd geträumt.« Das stimmte. In meinem Traum befand ich mich beim Grabmal des Kyrus bei Persepolis. Ich saß auf dem Hengst. Vor mir standen Atossa und Lais, jede mit einem Schwert in der Hand.

»Dies ist Persien!« rief Atossa.

»Und *das* ist das falsche Pferd«, sagte Lais mit fester Stimme; dann weckte Caraka mich auf.

Ich hätte mir den Traum sogleich auslegen lassen sollen. Inder verstehen sich ganz ausgezeichnet darauf. Doch vergaß ich das, und erst jetzt, ein halbes Jahrhundert später, fällt mir der Traum wieder ein – eine ebenso lebendige wie augenscheinlich nutzlose Erinnerung.

»Das Pferd befindet sich wieder in Rajagriha«, sagte Caraka. »Alles ist erregt, zumal Bimbisara. Er hatte gehofft, Varanasi seinem Königreich einverleiben zu können. Oder doch zumindest eine jener kleinen Republiken nördlich des Ganges. Doch bis jetzt hat das Pferd Magadha überhaupt nicht verlassen. Ich habe für dich eine Begegnung mit Mahavira arrangiert.«

»Mit wem?« Ich war noch immer halb im Schlaf.

»Dem Macher der Flußüberquerung. Dem Helden der Dschainas. Er befindet sich in Varanasi und hat sich bereit erklärt, sich mit dir zu treffen.«

Der Name Mahavira bedeutet großer Held. Der eigentliche Name des vierundzwanzigsten und letzten Machers der Flußüberquerung war Vardhamana. Zwar entstammte er einer Kriegerfamilie, doch erwiesen sich seine Eltern als wahrhaft gläubige Dschainas, denn sie machten mit der Dschaina-Überzeugung ernst, wonach der beste aller Tode darin besteht, das eigene Leben langsam, absichtlich und voll Ergebenheit zum Erlöschen zu bringen – durch Verhungern.

Als Vardhamana dreißig Jahre alt war, hungerten sich seine Eltern zu Tode. Auf mich wirkten sie wie echte, wenn nicht gar große Helden. Der Tod seiner Eltern beeindruckte Vardhamana so sehr, daß er sein Weib und seine Kinder verließ und ein Dschaina-Mönch wurde. Nach zwölf Jahren der Abgeschiedenheit und Selbstverleugnung erreichte er einen Zustand, den die Inder Kevala nennen. Dies bedeutet, daß er sich auf irgendeine besondere Weise mit dem Kosmos verbunden hat.

Vardhamana erhielt den Namen Mahavira und wurde Oberhaupt des Dschaina-Ordens. Als ich in Indien war, bestand der Orden aus etwa vierzehntausend im Zölibat lebenden Männern und Frauen. Sie wohnen in getrennten Klöstern. Manche der Männer gehen ohne Kleider, und man nennt sie »wolkengewandet«. Frauen dürfen sich nicht so himmlisch geschmückt zeigen.

Auf einem niedrigen Hügel oberhalb des Ganges hatte eine Gruppe von Dschaina-Mönchen ein verfallenes Lagerhaus zu einem Kloster umgestaltet: Unterschlupf für Mahavira während der Regenzeit. Es war uns bedeutet worden, just nach dem Mittagsmahl einzutreffen. Da dieses Mahl im Kloster nur aus einer Handvoll erbetteltem Reis besteht, ist es vorüber, kaum daß es begonnen hat. So geleiteten uns denn gleich nach der Mittagsstunde zwei Mönche in einen höhlenartigen, feuchten Raum, wo mehrere hundert Ordensangehörige bei lautem Gebet versammelt waren. Den meisten von ihnen sah man an, daß sie sich nicht eben oft wuschen, auch wirkten viele krank oder gebrechlich.

Unsere Begleiter führten uns zu einer Art Anbau, der vom eigentlichen Lagerhaus durch einen Vorhang getrennt war. Hinter diesem Vorhang erblickten wir den großen Helden in persona. Mahavira saß mit gekreuzten Beinen auf einem üppigen lydischen Teppich. Er trug ein goldenes Gewand. Mir kam das ein wenig unasketisch vor, doch versicherte Caraka, ein jeder der vierundzwanzig Macher der Flußüberquerung habe, vom Anbeginn der Zeit, seine besondere Farbe und sein besonderes Emblem besessen. Mahaviras Farbe war Gold, und sein Emblem war der Löwe.

Mahavira muß damals Ende Siebzig gewesen sein. Er war ein kurzwüchsiger, dicklicher Mann mit einer hohen, bezwingenden Stimme. Wenn er sprach, sah er einen nur selten an – was ich stets irritierend finde. Aber nun ja, ich wuchs an einem Hofe auf, wo man niemanden anblicken darf, der königlichen Geblütes ist. Meidet also jemand meinen Blick, so fühle ich mich irgendwie zurückversetzt. In königliche Gesellschaft? In die Gesellschaft eines *angemaßten* Monarchen?

»Willkommen, Gesandter des Großen Königs Darius. Willkommen, Enkel von Zarathustra, welcher da sprach für den Weisen Herrn, wenn es je einer tut.«

Daß Mahavira mich kannte, freute mich. Weit weniger erfreut war ich über die Doppeldeutigkeit von: »Wenn es denn je einer tut«. Meinte er damit, Zarathustra sei *nicht* der Prophet? Ich sollte es bald erfahren.

Ich begrüßte Mahavira auf die umständliche indische Weise, während Caraka ihm, als Zeichen der Achtung, die Füße küßte. Sodann ließen wir uns am Rand des Teppichs nieder. Von der anderen Seite der Vorhangs klangen, in endlosem Singsang, die Stimmen der Mönche.

»Ich bin gekommen, alle Menschen die Wege des Weisen Herrn zu lehren«, sagte ich.

»Wenn es jemanden gibt, der das tun kann, so ganz gewiß du.« Wieder war da jenes kaum merkliche Lächeln, das zu besagen schien, er wisse mehr – oder bilde sich dies zumindest ein. Ich beherrschte meine Gereiztheit. Und sang dann, ihm gleichsam zum Tort, eine von Zarathustras Gathas.

Als ich damit fertig war, sagte Mahavira: »Es gibt viele Götter, genauso wie es viele Menschen gibt und viele – Moskitos.« Letzteres als Nachgedanken, als ein besonders großes Exemplar dieser Gattung eine bedächtige Runde um sein Haupt machte. Als Dschaina durfte Mahavira das Insekt nicht aus dem Leben befördern. Und als Gast der Dschainas war mir dies wohl gleichfalls versagt. Paradoxerweise endete das Scharmützel damit, daß sich der Moskito (auf meinem Handrücken) an meinem Blut labte statt an seinem.

»Wir bestehen alle aus dem gleichen Stoff«, erfuhr ich. Winzige

Partikel – oder Lebensmonaden – fügen sich mal zu dieser, mal zu jener Form. »Manche steigen auf zum Lebenszyklus«, sagte er, »manche steigen ab.«

Die Dschainas glauben, der Kosmos sei mit Atomen gefüllt. Ich gebrauche das Wort, das Anaxagoras erfand: zur Bezeichnung der kleinsten Teile der Materie, welche die Schöpfung bilden. Allerdings sind die Lebensmonaden der Dschainas nicht genau dasselbe wie die Atome.

Anaxagoras würde zum Beispiel niemals annehmen, daß etwa eine Winzigkeit Sand Leben enthält. Für die Dschainas hingegen ist *jedes* Atom eine Lebensmonade. Manche Monaden gelangen, vom Sand und vom Wasser her, in den Lebenszyklus über pflanzliche und tierische Bereiche, bis hinauf zu jenen höheren Lebewesen, welche fünf Sinne besitzen: eine Kategorie, die nicht nur Menschen, sondern sogar die Götter mitumschließt. Oder die Lebensmonaden lösen sich auf und steigen aus dem Zyklus ab. Zuerst verlieren sie die sogenannten fünf Fähigkeiten zum Handeln genauso wie die fünf Sinne; sodann zersetzen sie sich allmählich in jene Elemente, aus denen sie ursprünglich bestanden.

»Aber wann und wie begann dieser Prozeß des Auf- und Absteigens?« fragte ich – die Antwort fürchtend, die ich dann auch prompt erhielt.

»Es gibt weder Anfang noch Ende. Es ist unser Schicksal, uns von Stufe zu Stufe zu bewegen, aufwärts oder abwärts, wie wir es stets getan haben und stets tun werden, bis dieser Zyklus der Welt endet – um erneut zu beginnen. Inzwischen bin ich der letzte Macher der Flußüberquerung in diesem Zyklus. Wir befinden uns im Abstieg, wir alle.«

»Auch du?«

»Es geht mir, wie es allen Dingen geht. Aber ich bin der Macher der Flußüberquerung. Ich zumindest habe diamantenklar machen können die Lebensmonade, welche mein Sein beseelt.«

Offenbar gleicht eine Lebensmonade einem getrübten oder gedunkelten Kristall, wenn nicht gar einem gefärbten, und zwar durch eine der sechs karmischen – oder schicksalsträchtigen – Farben. Wenn man jemanden mit Absicht tötet, so wird die eigene Lebensmonade schwarz. Tötet man unabsichtlich, so wird sie dunkelblau – und so weiter. Sofern man jedoch getreulich sämtliche Vorschriften des Ordens befolgt, wird man rein, ohne allerdings je Macher der Flußüberquerung werden zu können. Als solcher kommt man schon zur Welt.

Die Gewißheit, mit der Mahavira sprach, entsprang der Tradition einer uralten Religion, deren Dogmen er als so absolut ansah, daß nichts anderes für ihn auch nur vorstellbar war. Als ich ihn darauf hinwies, daß das Spannungsverhältnis zwischen einer Lebensmonade und den sie trübenden Farben jenem Ringen zwischen dem Weisen Herrn und Ahriman nicht unähnlich sei, lächelte er höflich und sagte: »In jeder Religion, so unentwickelt sie auch sei, besteht zumeist ein Spannungsverhältnis zwischen dem Begriff des Guten und dem Begriff des Bösen. Jungen Religionen gebricht es jedoch an der absoluten Wahrheit. Es ist ihnen unmöglich, das Ende der menschlichen Persönlichkeit zu akzeptieren. Sie beharren auf einer Höhle aus Lehm oder auf irgendeiner Art von urtümlicher Heimstätte, wo das Individuum – als es selbst – fortdauern kann bis in alle Ewigkeit. Das ist natürlich kindisch. Ist denn nicht klar, daß kein Ende haben kann, was keinen Anfang hatte? Ist denn nicht klar, daß wieder absteigen muß, was aufgestiegen ist? Ist denn nicht klar, daß es kein Entrinnen gibt? Es sei denn, man werde vollkommen; so wie ich es getan habe, indem ich einging ins gesamte Universum.«

»Wie wurde dies erreicht?« Ich war höflich; sogar neugierig.

»Zwölf Jahre lang sonderte ich mich ab. Ich lebte ohne Kleider, aß selten, war keusch. Natürlich wurde ich von Dörflern geschlagen und gesteinigt. Doch wußte ich ja, daß der Leib unrein und vergänglich ist – ein Anker, an den sich die Fähre kurz klammert während der Überfahrt. Und so ignorierte ich all die Bedürfnisse eben dieses Leibes, bis endlich – wenn auch nur allmählich – meine Lebensmonade sich herauskristallisierte. Da ich nunmehr unempfänglich bin für alle Dinge, kann ich nicht wiedergeboren werden, nicht einmal als König der Götter – was man stets zu fürchten hat, wurde durch einen solchen Glanz doch schon mehr als nur ein Kristall verdunkelt. Einer der höchsten Götter zu sein, ist in der Tat die höchste Versuchung, die außergewöhnlichste, der am schwersten widerstanden werden kann. Schau dir doch nur deinen Ahura Mazdah an. Er hat beschlossen, der Weise Herr zu sein. Wäre er indes wahrhaft weise gewesen, so hätte er den nächsten und endgültigen Schritt getan und sich jenem kosmischen Wesen einverleibt, von dem wir alle ein Teil sind: jenem Giganten, innerhalb dessen Körper wir sämtlich nur Atome bilden, die sich wieder und wieder umformen werden, bis – in letztendlicher Vollendung – es eine Erlösung vom Selbst geben wird und man, einer Blase ähnlich, oben auf dem gewölbten, sternenbesäten Schädel treibt und alles vorbei und vorüber ist.«

Was mich an den Dschainas fasziniert, ist weniger ihre Selbstgewißheit – dieses Merkmal teilen sie mit allzu vielen anderen Religionen – als vielmehr das ungeheure Alter ihres Glaubens. Womöglich ist ihre atomistische Betrachtung des Menschen die älteste religiöse Theorie überhaupt. Jahrhundertelang haben die Dschainas jeden Aspekt des menschlichen Lebens studiert und in ihre Weltschau miteinbezogen. Mag die Selbstauflösung auch das erklärte Ziel eines jeden Dschaina-Mönches sein – nur wenige werden es je erreichen. Doch die aufgewendete Mühe wird den Weg ebnen für eine bessere Wiedergeburt, sofern es dergleichen denn gibt.

»Kannst du dich an irgendeine deiner früheren Inkarnationen erinnern?«

Zum erstenmal sah Mahavira mich an. »Aber woher denn. Welchen

Sinn sollte das haben? Schließlich kostet es ja keinerlei Mühe, sich *vorzustellen*, wie es ist, ein Löwe zu sein – oder der Gott Indra – oder eine blinde Frau – oder ein Sandkorn.«

»Ein Grieche namens Pythagoras behauptet, er könne sich an alle seine früheren Leben erinnern.«

»Oh, armer Mensch!« Mahavira schien aufrichtig bedrückt. »Sich an vierundachtzigtausend vormalige Existenzen zu erinnern! Das ist in der Tat die Hölle – sofern es dergleichen denn gäbe.«

Die Zahl vierundachtzigtausend erinnerte mich an Gosala. Ich erzählte Mahavira, daß ich seinem einstigen Freund begegnet war.

Mein Gegenüber zwinkerte heftig. Mahavira ähnelte einem freundlichen, fetten Affen. »Sechs Jahre lang waren wir einander nah wie Brüder«, sagte er. »Dann hörte ich auf, ich selbst zu sein. Mir lag nicht länger an ihm. Noch an irgendwem sonst. Ich hatte erreicht, was man Integration nennt – das Aufgehen im Ganzen. Dem armen Gosala ist das versagt, wird es versagt bleiben. So schieden wir voneinander. Als wir uns sechzehn Jahre später wieder trafen, war ich der Macher der Flußüberquerung. Da er das nicht ertragen konnte, haßte er sich selbst. Aus diesem Grund verleugnete er auch den Glaubenskern der Dschainas. Gelingt uns – zumindest einigen von uns – nicht das Aufgehen im Ganzen, so bleibt unser Tun ohne Sinn. Und Gosala befand damals, daß all unser Streben ohne Zweck ist, weil... Hat er für dich ein Knäuel ausgeworfen?«

»Ja, Mahavira.«

Mahavira lachte. »Was, so frage ich mich, geschieht wohl mit jenen winzigen Partikeln des Fadens, die sich beim Aufräufeln verselbständigen? Manche, so scheint mir, werden im Ganzen aufgehen, meinst du nicht auch?«

»Ich habe keine Ahnung. Erzähle mir von diesem Zyklus der Schöpfung, welcher endet...«

»Was gibt es da zu erzählen? Er endet...«

»Um erneut zu beginnen?«

»Ja.«

»Aber warum haben diese Zyklen ursprünglich begonnen? Und weshalb setzen sie sich fort?«

Mahavira hob die Schultern. »Was ohne Ende ist, ist ohne Anfang.«

»Aber was ist mit diesem – Giganten? Wo kam er her? Wer erschuf ihn?«

»Er wurde nicht erschaffen, weil er schon war, und alles ist Teil von ihm, für immer.«

»Zeit –«

»Zeit existiert nicht.« Mahavira lächelte. »Falls dir das unbegreiflich erscheint –« Er blickte zu Caraka, dem Drawiden. »– so denke dir die Zeit als eine Schlange, die ihren eigenen Schwanz verschlingt.«

»Zeit ist ein Kreis?«

»Zeit ist ein Kreis. Es gibt keinen Anfang. Es gibt kein Ende.« Und Mahavira neigte sein Haupt: Die Audienz war vorüber. Als ich mich zum Gehen erhob, sah ich, daß sich ein Moskito auf Mahaviras nackter Schulter niedergelassen hatte und sein Blut saugte. Er ließ das Insekt gewähren.

Einer der Mönche bestand darauf, uns durch das nahe Tierasyl zu führen. Es besteht aus einer Anzahl baufälliger Hütten, wo alle möglichen verletzten oder kranken Tiere liebevoll gepflegt wurden. Der Gestank war unbeschreiblich, der Lärm – ein unablässiges Jaulen und Brüllen und Zetern – war es auch.

»Pflegt ihr auch Menschen?« fragte ich, meine Nase mit einem Tuch schützend.

»Das tun andere, Herr. Wir ziehen es vor, den wahrhaft Hilflosen zu helfen. Laß mich dir diese herzzerbrechende Kuh zeigen, die wir fanden . . .«

Doch Caraka und ich eilten davon.

Am selben Tag lernte ich einen der wichtigsten Kaufleute der Stadt kennen. Zwar blicken die Brahmanen und die Krieger auf den Kaufmannsstand hinab, doch sind es die Kaufleute, welche in den indischen Staaten den größten Teil des Reichtums kontrollieren, und oft werden sie von gesellschaftlich Höhergestellten umschmeichelt.

Gern würde ich den Namen des Mannes nennen, doch habe ich ihn vergessen. Merkwürdigerweise stand er in Korrespondenz mit den allgegenwärtigen »Egibi und Söhne«, den babylonischen Bankiers. Seit Jahren versuchte er, Karawanen mit ihnen auszutauschen. »Karawanen sind das Fundament allen Wohlstands.« Es klang, als zitiere er aus einem religiösen Text. Als ich ihm sagte, es sei der Wunsch des Großen Königs, aus Magadha Eisen zu importieren, meinte er, da könne er wohl von Nutzen sein. In Rajagriha habe er eine Reihe von Geschäftspartnern. Mit ihnen müsse ich mich ins Benehmen setzen. Einige seien Bankiers, die Geld benutzten.

Alles in allem prägen die Inder nicht viele Münzen. Sie wickeln ihre Geschäfte per Tauschhandel ab oder verwenden grob gekennzeichnete Silber- oder Kupfergewichte. Sonderbarerweise prägen sie kein Gold, obschon unser persischer Darikus sehr geschätzt wird. Dabei produzieren sie beträchtliche Mengen Gold, die für sie von Riesenameisen gefördert werden. Daß diese uralten und hochzivilisierten Länder in bezug auf Geld so rückständig sind, verwunderte mich; um so mehr allerdings war ich beeindruckt von ihrem Kreditsystem.

Wegen der Räuber reisen Inder nur selten mit Truhen voll Gold oder irgendwelchen Schätzen. Vielmehr vertrauen sie ihren wertvollsten Besitz einem geachteten Kaufmann in ihrer Heimatstadt an. Dieser gibt ihnen eine schriftliche Erklärung, worin bestätigt wird, daß ihm Gut von gewissem Wert anvertraut worden sei. Und er ersucht seine Kaufmannskollegen in den sechzehn Königreichen, den Besitzer besagter Erklärung mit Geld oder Gütern zu versorgen – das Geld oder die Güter in seiner Obhut bieten ja ausreichende Garantie. Dieser Bitte wird mit Vergnügen entsprochen. Was Wunder! Nicht nur, daß es sich um ein sicheres Geschäft handelt – der Geldleiher streicht überdies achtzehn Prozent Zinsen ein. Zum Glück zahlt der Kaufmann, in dessen Obhut sich Geld oder Gut befinden, oft seinerseits stattliche Prozente, da der ihm anvertraute Besitz seine Bürgschaft für fette Geschäfte war.

In puncto Sicherheit und Praktikabilität scheint dieses System kaum zu übertreffen zu sein. Während meiner Mission in Indien machte ich tatsächlich mehr Geld, als ich ausgab. Inzwischen ist es etliche Jahre her, daß ich ein ähnliches Kreditsystem in Persien einführte. Allerdings glaube ich nicht, daß es sich je durchsetzen wird. Perser sind ehrlich und mißtrauisch zugleich – nicht gerade die ideale Mentalität für Geschäftsleute.

Während ich mit dem Kaufmann sprach, trat eine ältliche Bedienstete herein. Sie trug einen Krug voll Wasser.

»Ich muß eines der fünf Opfer darbringen, wenn du mir vergeben willst.« Der Kaufmann trat zu einer Nische, wo auf einer elegant glasierten Kachelfläche eine Anzahl primitiver Tonfiguren zu sehen war. Er schüttete Wasser auf den Boden davor und murmelte etliche Gebete. Dann gab er den Krug der Bediensteten, die sich lautlos davonstahl.

»Das war das Gebet an meine Vorfahren. Jeden Tag müssen wir verrichten, was wir die fünf großen Opfer nennen. Das erste gilt Brahma, dem Weltgeist. Für ihn rezitieren wir aus den Veden. Später folgt die Ausgießung des Wassers für unsere Vorfahren, indes wir für die Götter Ghee ins heilige Feuer schütten. Sodann streuen wir Körner für die Tiere, Vögel, Geister. Schließlich verehren wir den Menschen, indem wir einem Fremden Gastfreundschaft bieten. Ich habe soeben –« Er verbeugte sich ganz tief vor mir. »– die Ehre gehabt, gleichzeitig zwei Opfer zu verrichten.«

Ihm zu Gefallen zitierte ich einen sinnverwandten arischen Spruch aus der Zeit vor Zarathustra. Sodann begehrte mein neuer Bekannter zu wissen, wie die Perser ihren Nachwuchs erzögen. Ganz besonders interessierte ihn das Schulsystem in Kyrus' Palast.

»Unsere Könige sollten es genauso halten«, sagte er. »Aber wir sind hier sehr träge. Das hat wohl mit der Hitze, dem Regen zu tun. Unsere Kriegerklasse erlernt das Bogenschießen, manche wissen sogar, wie man kämpfen muß – viel mehr allerdings nicht. Sofern sie auch nur eine einzige Veda auswendig kennen, gelten sie als gebildet. Alles in allem glaube ich, daß wir Kaufleute die Gebildetsten sind. Gewiß – die Brahmanen lernen Tausende und aber Tausende Veden. Aber nur selten lernen sie Dinge, die wir für wichtig halten – wie Mathematik, Astronomie, Etymologie. Der Ursprung der Sprache fasziniert uns. Oben im Norden, in Taxila, war die persische Sprache ein Studienobjekt, lange bevor Darius Kontrolle über den Indus gewann. Wir sind seit jeher fasziniert gewesen von den Wörtern, die uns sowohl trennen als auch verbinden. Ich meinerseits unterstütze hier in Varanasi eine Schule, wo wir sowohl die sechs Schulen der Metaphysik als auch die Geheimnisse des Kalenders lehren.«

Obschon durch die Eigentümlichkeiten der indischen Erziehung ein wenig außer Fassung gebracht, willigte ich ein, vor meiner Weiterreise nach Rajagriha zu einer Gruppe von Studenten zu sprechen. »Sie werden sich geehrt fühlen«, versicherte er mir, »und aufmerksam sein.«

Die Schule bestand aus einer Reihe von Räumen in einem alten Gebäude unmittelbar hinter einem Bazar, wo man sich auf Metallarbeiten spezialisierte. Das stete Herumhämmern auf Kupfer trug nicht gerade zur Qualität meines Vortrags bei. Allerdings: Aufmerksam waren die Studenten ganz gewiß. Die meisten von ihnen wiesen eine ziemlich helle Haut auf. Einige gehörten zur Kriegerklasse, die übrigen zur Kaufmannsklasse. Brahmanen waren nicht darunter.

Demokrit möchte wissen, woher ich denn gewußt hätte, wer zu welcher Klasse gehörte. Hier die Erklärung. Ist ein indischer Knabe alt genug für das, was seine zweite Geburt als Arier genannt wird, so bekommt er eine Kordel aus drei ineinanderverwobenen Fäden, die er für den Rest seines Lebens quer über die Brust tragen wird, von der linken Schulter zum rechten Arm. Für den Krieger ist die Kordel aus Baumwolle; für den Priester aus Hanf; für den Kaufmann aus Wolle. In Persien haben wir ein ähnliches Initiationsritual – allerdings ohne irgendwelche ersichtlichen Klassenmerkmale.

Ich saß auf einem Stuhl an der Seite des Lehrers. Obwohl er dem Kaufmannsstand angehörte, war er tief religiös. »Ich bin ein Schüler Gosalas«, sagte er bei der ersten Begegnung voller Ernst zu mir. »Wir nennen ihn den Erleuchteten oder den Buddha.«

Ich fand die Studenten neugierig, höflich, scheu. In Sachen Geographie herrschte einige Verwirrung. Wo genau lag Persien? Und wie viele Familien lebten in Susa? Die Inder messen die Bevölkerung nicht an der Anzahl einzelner Freistämmiger, sondern an der Menge der Familien. Seinerzeit lebten in Varanasi wohl vierzigtausend Familien respektive rund zweihunderttausend Individuen, Fremde und nichtarische Einheimische nicht miteinbezogen.

Ich sprach mit einiger Ausführlichkeit vom Weisen Herrn. Dafür schienen sie sich zu interessieren. Bewußt mied ich den wilden Stil, der für die Exhortationen meines Großvaters charakteristisch gewesen war. Weil die Inder sämtliche Götter akzeptieren, fällt es ihnen auch nicht schwer, den Gedanken an einen einzigen Gott zu akzeptieren. Sie akzeptieren sogar die Möglichkeit, daß es überhaupt keinen Schöpfer gibt und daß es sich bei den arischen Göttern ganz einfach um die natürlichen Kräfte von Übermenschen handelt, die eines Tages – wenn dieser Zyklus der Schöpfung endet – erlöschen werden, damit ein neuer Zyklus seinen Anfang nehmen kann: Das glauben sie jedenfalls.

Ich begreife sehr wohl, daß dieser Mangel an Sicherheit in Glaubensfragen gerade jüngst zu einer Überfülle an neuen Schöpfungstheorien geführt hat. Zuerst war ich hoffnungslos verwirrt. Schließlich war ich in dem Glauben erzogen worden, der Weise Herr sei allumfassend: Wer immer Zarathustras Vision anzweifelte, lief Gefahr, in einem Disput von mir »vernichtet« zu werden. Doch kein Inder leistete Widerrede. Alle akzeptierten Ahura Mazdah als den Weisen Herrn. Sie akzeptierten sogar die Tatsache, daß ihre hohen Gottheiten – Varuna, Mithra, Rudra – für uns Teufel waren.

»Alle Dinge entwickeln und wandeln sich«, sagte der junge Lehrer, als die Stunde endete. Sodann bestand er darauf, daß wir mit ihm den Hirschpark außerhalb der Stadt besuchten. Mein Kaufmann-Freund hatte für einen vierspännigen »Triumphwagen« gesorgt, so daß wir in aller Bequemlichkeit durch Varanasi fahren konnten. Wie so viele alte Städte war der Ort ganz einfach gewachsen, ohne bestimmten Plan. Gerade Straßen gab es nicht, und die Stadt wucherte gleichsam am Flußufer entlang. Es gab viele Häuser mit vier, wenn nicht fünf Stockwerken – nicht selten allerdings absolut einsturzreif. Tag und Nacht wimmelt es in den engen, krummen Straßen von Menschen, Tieren, Karren, Elefanten. Tempel oder öffentliche Gebäude von irgendwelchem Interesse gibt es nicht mehr. Das vizekönigliche Domizil ist nichts als ein Haus, das seine Nachbarn um ein weniges überragt. Die Tempel sind winzig, schmuddlig und stinken nach Ghee.

Einen Hirsch gab es im Hirschpark nicht, soweit ich das beurteilen kann. Es handelte sich ganz einfach um einen reizenden, wildwuchernden Park, in dem es sonderbare Blumen und noch merkwürdigere Bäume gab. Da das gemeine Volk den Park nach Belieben benutzen darf, vergnügen sich die Leute damit, unter den Bäumen zu sitzen, zu essen, Spiele zu spielen und berufsmäßigen Geschichtenerzählern – und selbst weisen Männern – zu lauschen.

Nach den vier Regenmonaten war das Grün des Parks so intensiv, daß Wasser in meine Augen trat. Ich vermute, daß meine Augen damals überempfindlich, wenn nicht gar krank gewesen sind.

»Hier war es, wo Gautama sich niedersetzte, als er Varanasi zum erstenmal besuchte.« Der junge Lehrer wies auf einen Baum, der sich einzig dadurch auszeichnete, daß niemand nähertrat, es sei denn, um ihn anzustarren, so wie wir.

»Wer?« Zu meinem Leidwesen hatte ich den Namen, den er kaum eine Stunde zuvor genannt, bereits wieder vergessen.

»Gautama. Wir nennen ihn den Buddha.«

»Oh, ja. Dein Lehrer.«

»*Unser* Lehrer.« Mein Begleiter gab sich ganz sachlich. »Unter jenem Baum wurde ihm die Erleuchtung zuteil, und er wurde der Buddha.«

Ich hörte mit weniger als dem halben Ohr zu. Siddhartha Buddha und seine Erleuchtung interessierten mich nicht sonderlich. Was mich hingegen interessierte, war die Tatsache, daß König Bimbisara dem buddhistischen Glauben anhing; und ich entsinne mich, daß ich dachte: Ja, er ist ein Buddhist auf die gleiche Weise, wie Darius ein Anhänger Zarathustras ist. Könige erweisen volkstümlichen Religionen stets ihre Achtung.

Als wir uns trennten, sagte ich zu dem jungen Mann, ich sei im Aufbruch nach Rajagriha.

»Dann befindest du dich bereits in des Buddhas Fußspuren.« Der junge Mann sprach sehr ernst. »Als die Regenzeit endete, verließ der Buddha diesen Park und reiste ostwärts nach Rajagriha, genau wie du es tun wirst. Er wurde von König Bimbisara empfangen, genau wie du empfangen werden wirst.«

»Aber damit wird der Vergleich zwischen uns auch wohl enden.«

»Oder anfangen. Wer weiß, wann oder wie die Erleuchtung kommen wird?«

Darauf gab es schlechthin keine Antwort. Genau wie die Griechen verstehen sich die Inder besser auf Fragen als auf Antworten.

4

Mit großem Gepräge brach die persische Gesandtschaft von Varanasi auf. Üblicherweise gelangt der Reisende per Boot den Ganges hinunter zum Hafen von Pataliputra, wo er sich ausschifft, um über Land nach Rajagriha weiterzureisen. Aber da der Ganges noch gefährlich angeschwollen war, bestand Varschakara darauf, daß wir über Land per Elefant reisten.

Nach ein oder zwei Tagen in einem Zustand, den man nur als Seekrankheit bezeichnen kann, gewöhnt man sich an diese Art des Reisens und entwickelt sogar eine Zuneigung zu dem Reisetier. *Mich* würde es nicht überraschen, sollten sich Elefanten als intelligenter denn Menschen erweisen. Schließlich haben sie größere Köpfe als wir, und die Tatsache, daß sie nicht sprechen, mag durchaus ein Zeichen ihrer Überlegenheit sein.

Unserem kühlen Herbst entspricht in der Gangesebene eine heiße und stürmische Jahreszeit. Während die Monsune allmählich abklingen, ist die Luft feucht und stickig, und man hat das Gefühl, unter Wasser dahinzutreiben. Die seltsamen, federartigen Bäume sind wie Seefarne, zwischen deren Wedeln nicht Fische, sondern bunte Vögel hin und her flitzen.

Die Straße nach Rajagriha ist außergewöhnlich schlecht. Als ich das zu Varschakara sagte, zeigte er sich erstaunt. »Dies ist eine unserer besten Straßen, Herr Gesandter.« Dann lachte er. Sprühender roter Speichel verfehlte mich knapp. »Wäre die Straße besser, würden täglich Armeen gegen uns marschieren.«

Dies war kryptisch, um das mindeste zu sagen. Da Magadha der mächtigste Staat in Indien ist, gibt es keine Armee, die es wagen würde, gegen ihn zu marschieren. Allerdings mochte die Antwort des Kämmerers eine versteckte Anspielung auf Darius enthalten. Zwar hatte ich oft Mühe zu verstehen, was Varschakara sagte, ihn als Person zu begreifen, bereitete keinerlei Schwierigkeit. Varschakara war ebenso skrupellos wie ehrgeizig. Er würde alles daran setzen, die Macht Magadhas zu vergrößern. Er würde . . . Aber darauf werde ich zu gegebener Zeit noch kommen.

Mich beeindruckte die Fruchtbarkeit des Landes in der sogenannten großen Ebene. Es gibt dort zwei Ernten pro Jahr. Die eine im Winter, der einzigen erträglichen Jahreszeit; die andere zur Zeit der Sommersonnenwende. Gleich nach der Sommerernte werden Reis und Hirse angebaut, und die Felder, die solchermaßen bestellt waren, sahen für mich aus wie gelbgrüne Teppiche, ausgebreitet über das flache Land. Die Menschen sind wohlgenährt, bei geringer Mühe. Und hätten sie nicht die komplexe Aufgabe, weite städtische Gebiete mitzuernähren, so könnten die indischen Dorfbewohner ohne Arbeit leben. Die Früchte und Nüsse von den Bäumen, das Hausgeflügel, die Wasservögel, die Vielfalt der Flußfische – all das bietet einen unerschöpflichen Reichtum freier Nahrung.

Der Städte wegen ist jedoch eine umfangreiche Agrikultur vonnöten. Folglich werden die gewaltigen Herden der arischen Eroberer jetzt »eingedämmt«, indem Weideland in Ackerland verwandelt wird, und über diese Veränderung der Lebensgrundlage spricht man sehr viel. »Was ist ein Arier ohne seine Kuh?« fragen die Brahmanen. Natürlich erwarten sie keine Antwort.

Unmittelbar hinter dem Wald – oder Dschungel – von Varanasi gibt es viele Dörfer. Jede dieser Ansiedlungen ist umgeben von nicht allzu trutzigem Pfahlwerk – einer Palisade nicht zur Abwehr feindlicher Armeen, sondern zum Schutz gegen Tiger und andere Raubtiere, damit diesen kein Vieh und keine Kinder zum Opfer fielen. In jeder dieser ein wenig verstreuten Gemeinden gibt es ein zentrales Gasthaus, wo Reisende umsonst auf dem Boden schlafen können und wo es spottbillige Mahlzeiten gibt.

Zu meiner Überraschung erfuhr ich, daß die indischen Bauern freie Männer sind und daß jedes indische Dorf seinen eigenen gewählten Gemeinderat besitzt. Zwar muß man dem jeweiligen Oberherrn Abgaben zahlen; ansonsten jedoch wird man mehr oder minder in Frieden gelassen. Zweifellos erklärt dies die hohen Ernteerträge. Nicht umsonst ist jedem Landbesitzer auf Erden bekannt, daß ein »abbeorderter« Bauer oder Sklave nur die Hälfte dessen an Nahrung produziert, was ein Freier, dem das Land gehört, an Erträgen erzielt. Offenbar handelt es sich bei dem indischen Dorfsystem um ein Überbleibsel aus einer früheren, urtümlicheren Zeit.

Die Reise von Varanasi nach Rajagriha dauerte zwei Wochen. Wir kamen langsam voran. Doch war die Reise, von der Tageshitze abgesehen, recht angenehm. Allabendlich wurden, für den Kämmerer und für mich, prachtvolle Zelte aufgebaut. Mein Zelt teilte ich mit Caraka, indes der Rest meines Gefolges in einem dörflichen Gasthaus oder aber unter den Sternen schlief.

Allnächtlich ließ ich einen abscheulichen Weihrauch brennen, um so die Insekten zu verjagen, die sich an schlafenden Menschen nähren. Ein weiteres Problem stellten die indischen Schlangen dar. Da gegen diese weder Weihrauch noch Gebete helfen, überließ Varschakara mir ein kleineres, schlangenfressendes Pelztier, Mungo genannt. Man kette einen Mungo an einen Pfosten beim Bett, und keine Schlange wird einen im Schlaf stören.

Die Abende verliefen ruhig. Caraka und ich pflegten uns über das am Tage Geschehene und Gehörte Notizen zu machen. Auch überwachten wir die Anfertigung neuer Landkarten, da sich herausgestellt hatte, daß Skylax' Karte das Innere Indiens – im Gegensatz zur getreulichen Darstellung der Küstengebiete – sehr unzuverlässig wiedergab. Waren erst die Zelte aufgebaut, so pflegte ich mit Varschakara zu Abend zu essen. Er war in bezug auf mich ebenso neugierig wie ich in bezug auf ihn. Natürlich tauschten wir übereinander zahllose notwendige Lügen aus; dennoch konnte ich eine Menge nützlicher Informationen sammeln über die exotische Welt, in die ich gerade erst einzudringen begann. Bequem lehnten wir uns zurück auf unseren Diwanen, welche eine gewisse Ähnlichkeit mit griechischen Liegen haben, nur daß sie gepolstert sind und überhäuft mit Kissen. Bei jedem Diwan befand sich der unvermeidliche Spucknapf. Inder kauen unentwegt auf irgendeinem – narkotischen – Blatt herum.

Indisches Essen ist lydischem gar nicht so unähnlich. Safran wird vielfach verwendet, überdies eine scharfe Mischung von Gewürzen, die man Curry nennt. Als Bratfett verwenden die Reichen Ghee, das sich, selbst bei heißem Wetter, lange hält. So nach und nach gewöhnte ich mich an Ghee. Wäre mir das nicht gelungen, so hätte ich verhungern müssen. Was nicht in Ghee gebraten wird, wird damit durchtränkt. Ich zog das Öl vor, das arme Inder verwenden. Es wird aus Sesam gewonnen, ist leichter als Ghee und schmeckt nicht schlechter. Sesamöl ist für die Massen, was Olivenöl für die Athener ist.

Aber an königlichen – oder doch reichen – Tafeln darf einzig Ghee Verwendung finden, und da ich unerschrocken alles aß, was man mir vorsetzte, wurde ich, zum ersten und einzigen Mal in meinem Leben, so fett wie ein Eunuch. Übrigens wird Beleibtheit beim männlichen wie beim weiblichen Geschlecht von den Indern sehr bewundert. Eine Frau kann überhaupt nicht zu fett sein, während man einen Prinzen von sphäroidischen Proportionen für von den Göttern gesegnet und vollkommen glücklich erachtet.

Der Kämmerer allerdings aß eher spärlich. Andererseits sprach er sehr gern einem kraftvollen Gebräu zu, welches aus destilliertem Zuckerrohr gewonnen wird. Auch ich gewann Gefallen daran. Doch achteten wir beide streng darauf, in gemeinsamer Gesellschaft nicht zuviel davon zu genießen. Varschakara betrachtete mich mit dem gleichen Mißtrauen wie ich ihn. Während wir uns, auf indische Weise, mit den üppigsten Schmeicheleien bedachten, wartete ein jeder auf eine unbesonnene Handlung des anderen; aber dazu kam es nie.

An ein Gespräch im Zelt erinnere ich mich noch. Nach einem außergewöhnlich schweren Mahl tranken wir den Zuckerrohrwein, welchen eine Bedienstete unentwegt in unsere irdenen Krüge nachschenkte. Ich war halb im Schlaf; er nicht minder. Doch entsinne ich mich, daß ich fragte: »Wieviel länger wird das Pferd noch umherstreunen?«

»Bis zum Frühling. Also noch so fünf oder sechs Monate. Habt ihr in Persien eine ähnliche Zeremonie?«

»Nein. Allerdings ist das Pferd unseren Königen auf ganz besondere Weise heilig. Einmal im Jahr bringen unsere Priester beim Grabmal von Kyrus, dem Großen König, ein Pferd als Opfer dar.«

Das indische Pferdeopfer machte mir einen großen Eindruck. Allein diese absonderliche Tatsache: daß ein Krieg entstand, bloß weil ein Pferd zufällig in diesem oder in jenem Land weidete. Natürlich hatte ich die endlosen Strophen des blinden Homer gehört, welcher uns versichert, die Griechen hätten irgendwann einmal Troja angegriffen – in unserem Teil der Welt jetzt Sigeum genannt –, weil das Weib eines griechischen Häuptlings mit einem trojanischen Jüngling durchgebrannt sei. Für jeden, der die Griechen und Sigeum kennt, ist völlig klar, daß die Griechen seit jeher den Eingang zum Schwarzen Meer und zu den reichen Landen dahinter kontrollieren wollten. Aber um diese Kontrolle zu gewinnen, mußten sie zunächst Troja – resp. Sigeum – erobern. Gegenwärtig ist dies der Traum des Perikles. Ich wünsche ihm Glück. Er wird es brauchen. Sollte – inzwischen – des Perikles Weib mit dem Sohn des alten Hippias von Sigeum durchbrennen, so wäre dies für die Griechen ein passender Vorwand zum Krieg, und du, Demokrit, könntest das Ergebnis in Versen feiern.

Wir Perser sind freimütiger als andere Völker. Wir bekennen offen, daß wir ein Imperium schufen, um reicher und sicherer zu sein, als wir es zuvor waren. Überdies: Hätten wir nicht unsere Nachbarn bezwungen, so hätten sie uns besiegt. Das ist der Weg der Welt. Und ganz gewiß ist es die Art jener arischen Stämme, von denen Homer so ziemlich in gleicher Weise sang, wie die Brahmanen Indiens von den Helden ihrer arischen Vergangenheit singen. Ganz nebenbei: Die vedische Erzählung von einem jungen König namens Rama mag sehr wohl die längste Hymne sein, die jemals geschrieben wurde. Man hat mir gesagt, daß selbst der klügste Brahmane zehn Jahre brauche, um sie Zeile für Zeile auswendig zu lernen. Aber nach ein-, zweitägigem Anhören dieser Hymne wirkt sie noch langweiliger als Homers Erzählung. Was mich betrifft, so ist das einzig wirklich Interessante an all diesen Geschichten, daß es sich bei den Göttern im Grunde nur um Superhelden handelt. Von wahrer Göttlichkeit findet sich weder hier noch dort eine Spur. Die arischen Götter benehmen sich genauso wie gewöhnliche Männer und Frauen, nur daß sie ewig zu leben scheinen; auch übertreffen ihre Gelüste jene der Sterblichen, meist auf deren Kosten.

Demokrit sagt mir, intelligente Griechen hätten die homerischen Götter nie ernst genommen. Dem mag ja so sein. Doch ist der gewaltige Tempel für Athene, welcher hinter uns auf der Akropolis unter ungeheuren Kosten errichtet wird, ein Mahnmal für eine Göttin, die sehr ernst genommen wird von der Bevölkerung und den Herrschern der Stadt ihres Namens. Auch ist es nach wie vor *offiziell* ein Verbrechen, die homerischen Götter zu verhöhnen oder zu verleugnen – zumindest in der Öffentlichkeit.

Die Inder waren seinerzeit – und womöglich sind sie es auch jetzt – eindeutig klüger als die Griechen. Für sie sind die Götter ganz einfach existent oder auch nicht, je nach Wahrnehmungsvermögen. Die Vorstellung der Gottlosigkeit ist dem indischen Geist fremd. Nicht nur, daß arische Könige es genießen, Gespräche mit Atheisten zu führen, welche die hohen Götter der arischen Stämme offen verspotten; – es würde sich auch kein arischer Herrscher je träumen lassen, die vorarischen Götter der Landbevölkerung zu verbieten.

Der Versuch meines Großvaters, aus den arischen Göttern Teufel zu machen, erschien den indischen Ariern weniger als Zeichen von Gottlosigkeit denn als Übung in Sinnlosigkeit. Unter solchen Namen wie Brahma und Varuna findet sich überall die Vorstellung vom Weisen Herrn. Warum also – so pflegte man mich zu fragen – die Existenz der niederen Götter leugnen? Ich antwortete mit Zarathustras Geboten: Man müsse sich läutern; Teufel austreiben; alle Menschen zur Wahrheit bekehren. Doch gewann ich nicht einen einzigen Konvertiten. Allerdings war meine Mission ja auch politischer Natur.

Varschakara wußte nicht, wann oder wie oder warum das Pferdeopfer begonnen hatte. »Es ist sehr alt. Sehr heilig. In der Tat ist es die wichtigste Zeremonie im Leben eines Königs – außer der Krönungszeremonie natürlich.«

»Weil dem Reich neues Territorium einverleibt wird?«

Varschakara nickte. »Welch besseres Zeichen für die Gunst des Himmels könnte es geben? Wäre das Pferd in Varanasi eingedrungen, so hätte unser König wahrhaften Ruhm davongetragen. Jedoch . . .« Varschakara seufzte.

»Ich möchte nicht unfromm sein, Herr Kämmerer« – der kräftige Wein hatte meine Zunge ein wenig gelöst – »aber können nicht jene Krieger, die dem Pferd folgen ... können nicht sie seine Richtung bestimmen?«

Varschakara lächelte, und von seinen betelfarbigen Zähnen schien Blut zu tropfen. »Selbst die leiseste Andeutung, das Roß sei geleitet von irgend etwas anderem als dem Schicksal, ist nicht tolerierbar und irreligiös . . . wenngleich teilweise wahr. Ja, man kann das Pferd unauffällig leiten, wenn auch nur bis zu einem gewissen Punkt. Da Städte auf Pferde meist abschreckend wirken, ermutigen wir das Tier für gewöhnlich, seinen Weg rund um die Stadt herum zu nehmen. Das genügt uns vollauf. Kontrolliert man den Umkreis einer Stadt, so kontrolliert man auch die Stadt selbst. Natürlich müssen unsere Soldaten sodann deren Soldaten besiegen. Doch dieser Teil ist leicht – für uns. Koschala ist im Begriff zu zerfallen, und ohne jedwede Mühe hätten wir – aber das Pferd hielt in südlicher Richtung. Unsere einzige Hoffnung besteht darin, daß es sich nach Nordosten zum Ganges wenden wird, zu den Republiken auf der anderen Seite. Dort lauert die eigentliche Gefahr.«

»In den Republiken?«

Wieder ließ Varschakara seine roten Zähne sehen, doch nicht in einem Lächeln. »Es gibt neun Republiken. Von der Shakya-Republik in den nördlichen Bergen bis zu den Licchavi-Republiken gleich auf der anderen Seite des Ganges, von Magadha aus. Und alle neun werden vereint durch einen erbarmungslosen Haß gegen Magadha.«

»Wie können neun kleine Republiken eine geballte Drohung bilden gegen ein großes Königreich?«

»Wie? Nun, weil sie derzeit im Begriff sind, sich zu einer Föderation zusammenzuschließen, die genauso machtvoll sein wird wie Magadha. Im vergangenen Jahr erkoren sie einen General-Sangha.«

Am besten übersetzt man dieses Wort wohl mit Versammlung. Aber während die athenische Versammlung den Gemeinen ebenso offenstehen soll wie den Edlen, bestand der Sangha der indischen Republiken aus Vertretern aus allen neun Staaten. Allerdings traten der Föderation schließlich doch nur fünf Republiken bei, und zwar jene Staaten, welche Magadha am engsten benachbart waren und König Bimbisara und seinen Kämmerer Varschakara am meisten fürchteten. Aus gutem Grund. Das Verhältnis dieser Republiken zu Magadha glich dem Verhältnis der ionischen griechischen Städte zu Persien. Der einzige Unterschied: In den Tagen des Darius waren die Griechenstädte Kleinasiens keine Republiken, sondern Tyrannenstaaten.

Dennoch fand ich die Analogie recht treffend. Und so sprach ich davon. »Wir haben die Erfahrung gemacht, daß keine Republik es je mit einer populären Monarchie aufnehmen kann. Man betrachte nur die Griechen . . .« Ich hätte ebensogut von den Mondbewohnern sprechen können. Zwar besaß Varschakara eine leidliche Vorstellung von Persien, in minderem Maße auch von Babylon und Ägypten; ansonsten allerdings existierte der Westen für ihn nicht.

Ich versuchte ihm darzulegen, daß es unmöglich ist, zwei Griechen zu finden, die sich wenigstens zeitweise über eine gemeinsame Politik verständigen können. Und so werden sie entweder von disziplinierten fremden Armeen besiegt oder aber von inneren – demokratischen – Fraktionskämpfen zerrissen.

Dies genügte Varschakara, um das indische Wort für Republik zu definieren. »Diese Länder werden nicht von populären Versammlungen regiert. Damit hatte es schon lange vor unserer Ankunft ein Ende. Nein – jene Republiken werden beherrscht von Versammlungen oder Räten, welche sich zusammensetzen aus den Oberhäuptern edler Familien. Was wir eine Republik nennen, ist in Wahrheit eine –« Er gebrauchte das indische Wort für Oligarchie.

Später erfuhr ich, daß die uralten Stammesversammlungen, die er erwähnt hatte, keineswegs vorarisch waren; vielmehr gehörten sie untrennbar zum ursprünglichen arischen Stammessystem. In freier Versammlung wurden die Führer gewählt. Aber nach und nach schwand dieser Brauch, wie überall. An seine Stelle trat die Erbmonarchie, wie überall.

»Du hast recht, wenn du meinst, daß wir von keiner dieser Republiken etwas zu fürchten haben. Eine Föderation hingegen stellt eine echte Gefahr dar. Schließlich trennt uns nur der Ganges von deren südlicher Grenze.«

»Was ist mit Koschala?« Zwar war ich mir in indischer Geographie meiner Sache nie völlig sicher, andererseits schien mein geistiges Abbild von jenem Teil der Welt auch nicht gänzlich falsch zu sein. Vor meinem inneren Auge konnte ich die hohen Berge im Norden sehen. Es heißt, sie seien die höchsten auf der Welt. Aber wer wohl hätte sie je gemessen? Oder all die anderen Berge gesehen, die es auf dieser weiten Erde gibt. Das Himalaya-Gebirge wirkt gewiß eindrucksvoll, zumal wenn man es von der niederen Gangesebene sieht. An seinem Fuße liegen die neun kleinen Republiken: in einem fruchtbaren Tal zwischen dem Rapti-Fluß im Westen und den dichtbewaldeten Ausläufern im Osten. Etwa in der Mitte dieses Territoriums verläuft der Gandak-Fluß, welcher in den Ganges mündet, der nördlichen Grenze von Magadha.

Die wichtigste der indischen Handelsstraßen nimmt ihren Anfang im fernöstlichen Hafen Tamralipti und führt, auf ihrem Wege nach Taxila und Persien, durch die Republiken. Seit jeher ist Magadha auf jene Handelsstraße neidisch gewesen.

Westlich der Republiken lag Koschala, eine unglaublich wohlhabende und bevölkerungsreiche Nation. Unglücklicherweise war König Pasenadi ein schwacher Herrscher. Er hatte nicht die Kraft, die Ordnung aufrechtzuerhalten. Bei vielen seiner Städte konnte er keinen Tribut eintreiben, weil deren Herren oft gegen ihn rebellierten. Dennoch waren sich Arier und Drawidas seinerzeit in einem Punkt einig: Auf der ganzen Erde gab es keine Stadt, die es mit Schravasti, der Hauptstadt von Koschala, aufnehmen konnte. Dank dem in der Vergangenheit angehäuften Reichtum sowie dem hochzivilisierten Charakter von Pasenadi war Schravasti ein zauberhafter Ort, wie ich entdecken sollte. Eine Zeitlang war es mir Heimat; sollten meine Söhne noch leben, so befinden sie sich dort.

»Koschala bildet eine Gefahr für uns.« Offenbar war die ganze Welt gefährlich für den gefährlichen Varschakara. »Natürlich verfolgt unsere Politik die Absicht, das Königreich gegen die Föderation zu stützen. Doch im Endeffekt besteht die Staatskunst in der Beherrschung des konzentrischen Kreises.«

Selbst in den Beziehungen zwischen souveränen Staaten haben die Inder ein verwickeltes Regelwerk entwickelt. »Der unmittelbare Nachbar ist stets der Feind. Das liegt in der Natur der Dinge. Deshalb muß man Bündnisse mit dem Land jenseits des Nachbarn anstreben, mit dem nächsten konzentrischen Ring. Und so richten wir unseren Blick auf Gandhara . . .«

»Und auf Persien.«

»Und auf Persien.« Kurz entblößten seine Lippen die roten Zähne. »Wir haben überall Agenten oder Sympathisanten. Doch ist die Föderation weit gewitzter als wir. In ganz Magadha gibt es keinen Winkel, den die nicht infiltriert hätten.«

»Spione?«

»Schlimmer. Schlimmer! Aber das weißt du ja. Denn du hattest ja bereits Verbindung mit unseren Feinden, Herr Gesandter.«

Mein Herz schlug ein wenig unregelmäßig. »Verbindung mit einem Feind Magadhas, Herr Kämmerer? Nicht, daß ich wüßte.«

»Oh, zweifellos war dir unbekannt, daß es sich um solche handelte. Nichtsdestoweniger bist du bei ihnen gewesen. Und diese Feinde sind viel ärger als Spione, weil sie die Absicht haben, uns mit fremdartigen Ideen zu schwächen, genauso wie sie Koschala geschwächt haben.«

Plötzlich begriff ich. »Du meinst die Dschainas?«

»Und die Buddhisten. Und jene, welche Gosala folgen. Es muß dir doch aufgefallen sein, daß der sogenannte Mahavira und der sogenannte Buddha keine Arier sind. Schlimmer noch: Beide kommen aus den Republiken.«

»Aber ich dachte, euer König sei ein Schutzherr des Buddha ...«

Varschakara schneuzte sich mit Daumen und Zeigefinger. Im allgemeinen stehen uns die Inder in ihren Manieren kaum nach; doch macht es ihnen nichts, sich in aller Öffentlichkeit zu schneuzen, um sich vom Nasenschleim zu befreien. »Oh, es ist bislang unsere Politik gewesen, diese Leute kommen und gehen zu lassen, wie es ihnen beliebt. Doch halten wir sie unter strikter Beobachtung, und ich vermute, daß unser König sie schon bald als das sehen wird, was sie sind – Feinde von Magadha.«

Ich dachte an Gosala und seine Kette, an Mahavira und sein völliges Entrücktsein von der ihn umgebenden Welt. »Ich kann mir nicht vorstellen, daß diese ... Asketen das geringste Interesse am Aufstieg oder Niedergang von Königreichen haben.«

»Das heucheln sie. Aber ohne die Dschainas wäre Varanasi heute unsere Stadt.«

Das Kauen von Betel trübt auf Dauer die Sinne auf ganz ähnliche Weise wie der Genuß von Haoma. Spricht man ihm allzu häufig zu, so zerstört Haoma die Grenze zwischen Träumen und Wachen. Aus diesem Grund erließ Zarathustra so strenge Vorschriften für den Genuß von Haoma. Das Kauen von Betel hat auf lange Sicht die gleiche Wirkung, und an jenem Abend kam ich zu der Erkenntnis, daß Varschakaras Verstand in Unordnung war, und zwar auf höchst gefährliche Weise. Denn trotz seiner verzerrten Schau der Wirklichkeit verstand er es stets, sehr plausible Erklärungen zu geben.

»Als das Pferd in den Hirschpark eindrang, trabte es – ganz aus eigenen Stücken – zu jenem Tor, welches in die Stadt führt. Ich weiß es. Meine Kundschafter befanden sich dort. Plötzlich huschten zwei wolkengewandete Dschainas durch das Tor. Das Roß scheute. Und lief in anderer Richtung davon.«

»Du glaubst nicht, daß es sich bei ihrem Auftauchen um einen Zufall gehandelt hat?«

»Um einen Zufall? Nein! Die Föderation will nicht, daß Varanasi in unsere Hände gelangt. Und Mahavira wurde in der Hauptstadt der Licchavi-Republik geboren. Nun, es wird andere Gelegenheiten geben. Zumal wir jetzt in Persien einen neuen und geschätzten Verbündeten besitzen.«

Wir tranken auf das Bündnis.

Ich hoffte sehr, daß Varschakara durch seine »Kundschafter« nicht erfahren hatte, mit welcher Akribie die Geographen in meinem Gefolge die Gangesebene »vermaßen«. Ich träumte von nichts anderem als von der Eroberung Indiens. Ich träumte von Kühen! Die persische Armee würde Taxila besetzen. Mit diesem nördlichen Stützpunkt würde es unseren Streitkräften möglich sein, in die Ebene hinabzustoßen. Von Koschala war Widerstand nicht zu erwarten, Magadha jedoch würde kämpfen. Wir würden uns riesigen gepanzerten Elefanten gegenübersehen. Würde die persische Kavallerie in Panik geraten? Egal. Ich war sicher, daß Darius irgendwie die Oberhand behalten würde. Das war ja stets so.

Während wir von jenen Spionen und Feinden sprachen, welche Magadha bedrohten, fragte ich mich, ob Varschakara wohl bewußt sei, daß ich der Hauptspion des Hauptfeindes war. Die Antwort: Zweifellos. Varschakara war alles andere als ein Narr.

Seit dem Uranfang der Geschichte hat es bei Rajagriha eine Siedlung gegeben. Der Grund dafür liegt auf der Hand. Fünf schützende Hügel bilden, rund zwanzig Meilen südlich des Ganges, eine Art natürlicher Feste. Doch gleich zu Beginn der Regierungszeit von Bimbisara breitete sich die Stadt immer weiter in die Ebene aus, und der König baute einen massiven Wall aus grob zurechtgehauenen Steinen, um sowohl die neue Stadt als auch das Ackerland, die Gärten, die Parks, die Seen zu schützen. Daher gibt es, im Belagerungsfall, innerhalb der Mauern stets ausreichend Nahrung und Wasser. Dies beunruhigte mich zunächst. Aber dann wies Caraka darauf hin, daß sich eine Hauptstadt stets ergibt, wenn das übrige Land von ihr abgeschnitten wird, so wie ein Körper vom Kopf.

Während wir uns Rajagriha näherten, ging die Sonne unter, und im Halblicht wirkten die Mauern wie natürliche Felsklippen mit hier und dort plump aufgesetzten Wachtürmen. Da Indien überaus reich ist an Holz und Lehm, verwendet man beim Bauen nur selten Steine, und es gibt nur wenige tüchtige Maurer im Land. Selbst wichtige Gebäude werden entweder aus Holz oder aus einer Kombination von Holz und Lehmziegeln erbaut.

Als wir in die Stadt einritten, war der Himmel noch voller Licht. Zu unseren Ehren blies man Trompetenschnecken, und uns umdrängte das gemeine Volk wie stets, wenn es Höhergestellte zu sehen gibt – von Elefanten ganz zu schweigen.

Jene von Bimbisara erbaute Stadt besaß weitgehend das gleiche Gittermuster, welches ich so sehr in Babylon – und auch in der verlassenen Harappa-Stadt – bewundert hatte. Jede von ihnen beginnt bei einem Stadttor und mündet in den Zentralplatz, der dominiert wird von einem gewaltigen Gebäude, wo Reisende gegen Entgelt schlafen und essen können.

Unmittelbar hinter der neuen Stadt befinden sich die fünf schützenden Hügel sowie die Altstadt mit ihrem Gewirr von Straßen und Gassen, ähnlich wie in Sardis oder Susa.

Mit dem Architekten in meinem Gefolge pflegte ich darüber zu disputieren, ob es in den ersten Städten der Menschen geradlinige Straßen gegeben habe, die im rechten Winkel aufeinander trafen. Er war der Meinung, bei jenen ältesten Orten habe es sich ganz einfach um Dörfer gehandelt, welche gleichsam auswucherten – so wie Sardis oder Susa oder Ekbatana oder Varasani. Das »Gittermuster« sei erst später verwendet worden, wenn ein König eine Stadt gründete oder zumindest neu aufbaute. Ich widersprach. Nach meiner Überzeugung wurden schon die frühesten Städte sämtlich im Gittermuster angelegt. Verfielen sie dann jedoch irgendwann, so bedeutete dies das Ende der großen Prachtstraßen. An ihre Stelle traten krumme Gassen, welche sich dahinwanden zwischen neuen, aufs Geratewohl zwischen den Ruinen erbauten Gebäuden. Wir werden es nie genau wissen.

Der neue Teil von Rajagriha ist eindrucksvoll. Viele der Häuser sind fünf Stockwerke hoch und von tadelloser Konstruktion. Der König hatte eine Anzahl von Bauvorschriften erlassen, an die man sich strikt hielt. Seine Befehle wurden überhaupt streng befolgt, weil der Geheimdienst von Magadha ein exzellentes Machtinstrument war – dank Varschakara. Es gab nichts, was der König nicht wußte; und wenn nicht der König, dann der Kämmerer.

Hoch oben, auf meinem Elefanten thronend, konnte ich in die Fenster der ersten Etage blicken. Von dort, hinter feingeschnitztem Gitterwerk, haben die Frauen die Möglichkeit, ungesehen das Leben der Stadt zu beobachten. Viele Dächer tragen ebenso reizende wie luftige Pavillons, wo die Besitzer in heißen Nächten schlafen.

Vor den Fenstern der oberen Stockwerke finden sich meist Balkons voller Töpfe mit blühenden Sträuchern. Männer und Frauen warfen Blumen auf unseren Weg. Alle wirkten sehr freundlich.

In der Luft lagen jene wie betäubenden Gerüche, die ich stets mit Indien verbinden werde: blühender Jasmin, ranziges Ghee, Sandelholz und, natürlich, Verwesung – nicht nur ehemals lebender Wesen, sondern der Stadt selbst. In Ländern, wo der Regen nicht nur fällt, vielmehr flutet, haben Holzgebäude ein recht kurzes Leben.

Der königliche Palast befindet sich in der Mitte eines großen, ungepflasterten Platzes, wo es keinerlei Denkmäler gibt, aus einem einfachen Grund vermutlich: Die Stadt ist – oder war damals – so neu. Sonderbarerweise findet man in Rajagriha keine Arkaden. Dabei scheinen Arkaden unerläßlich in einem Klima, wo man entweder vom Regen durchnäßt oder von der Sonne versengt wird. Aber in Magadha kennt man dergleichen nicht. Die Einheimischen sind es zufrieden, ihre Geschäfte unter bunten Baldachinen am Straßenrand abzuwickeln. Oder auch in der glutenden Sonne. Die meisten Einwohner besitzen eine dunkle Haut; bei manchen ist sie gar blauschwarz.

König Bimbisaras Palast, vier Stockwerke hoch, hat ein Ziegelfundament, ist im übrigen aber aus Holz erbaut. Doch im Unterschied zum Meder-Palast in Ekbatana, welcher zur Gänze (und mit bedrückender

Wirkung) aus Zedernholz besteht, hat bei Bimbisaras elegantem Bauwerk jede Art Edelholz Verwendung gefunden, Teak ebenso wie Eben- und Sandelholz, und in vielen Räumen sind die Wände mit Perlmutt oder geschnitztem Elfenbein ausgelegt. Jeder Teil des Palastes besitzt seinen eigenen charakteristischen Geruch, eine Folge von sorgfältig ausgewählten aromatischen Hölzern im Verein mit Weihrauch und blühenden Pflanzen. Gewölbte Decken sorgen mit dafür, daß das Innere des Palastes selbst an den heißesten Tagen erträglich kühl ist.

Es gibt vier Innenhöfe. Zwei davon sind den Haremsdamen vorbehalten, der dritte dem Hof. Der vierte, voller Bäume und Blumen und Springbrunnen, gehört allein dem König. Um zu verhindern, daß Unbefugte den König dort beobachten, hat man sämtliche Fenster »versiegelt«, mit Ausnahme jener in seinem eigenen Quartier. Doch ist dies nur Theorie. Schon bald erfuhr ich, daß der Geheimdienst den König durch alle möglichen Gucklöcher unter ständiger Beobachtung hielt: Die Augen des Königs, die für ihn spionieren sollten, spionierten ihm nach. Nirgendwo sonst habe ich einen derart intrigenträchtigen Hof kennengelernt, und ich war bis zum Ende bei Xerxes in Susa.

Zusammen mit Caraka wurde ich im ersten Stock des Palastes im sogenannten Prinzenquartier untergebracht. Dies war eine große Ehre, wie man nicht müde wurde, uns zu versichern. Wir verfügten über sechs Räume, von denen wir Ausblick hatten auf den Innenhof der Adligen auf der einen Seite und auf den großen Platz auf der anderen. Mein Gefolge wurde in einem nahen Haus einquartiert.

Ich hatte meine wichtigsten Agenten gewarnt: Im Land wimmele es von Spionen, die jedes gesprochene Wort belauschten, und man müsse damit rechnen, daß sie Persisch verstünden. Ich legte meinen Leuten ans Herz, Informationen über die wahre militärische Stärke von Magadha zu sammeln. Wahr – ein treffenderes Beiwort finde ich nicht. Denn ich habe noch keinen Staat gekannt, der über sein militärisches und wirtschaftliches Potential nicht so viele Lügen verbreitet, daß er am Ende nicht an Selbsttäuschung zugrunde ginge.

Hier in Athen vergeht kein Tag, an dem man mir nicht erzählt, wie zwei- oder dreitausend – oder gar nur -hundert? – Griechen die persische Armee und Marine in Stärke von zwei oder drei *Millionen* Mann besiegt hätten. Die Griechen haben jene Kriege in einem solchen Maße umgefälscht, daß sie schließlich Opfer ihrer eigenen Lügen geworden sind. Dergleichen erweist sich stets als Fehler. Wer nicht zählen kann, sollte weder zum Markt – noch gar in einen Krieg ziehen.

5

Eigentlich müßte ich sagen, daß ich nirgends sonst so viel nacktes Fleisch gesehen habe wie in Indien. Aber anders als die Griechen entblößen die Inder ihren Körper nicht, um einander zu erregen; sie enthüllen sie lediglich, weil sie in einem heißen Land wohnen. Sie tragen nur zwei Kleidungsstücke. Sowohl Männer als auch Frauen tragen eine Art Rock, der in der Taille von einem geschmückten Gürtel gehalten wird. Außerdem tragen sie einen am Hals verknoteten oder sonstwie befestigten Schal. Innerhalb schützender Wände lieben sie es, sich des oberen Kleidungsstücks zu entledigen. Die höfische Kleidung unterscheidet sich von der gewöhnlichen lediglich durch die Qualität des Materials.

Hofdamen finden nichts dabei, vor Ebenbürtigen ihre Brüste zu entblößen. Sie haben bemalte Brustwarzen, enthaarte Achselhöhlen, und ihren Bauchnabel zieren kostbare Steine. Sind die Damen nicht zu fett, so können sie außergewöhnlich schön sein. Sie besitzen eine besonders zarte Haut, die nach aromatischen Salben duftet.

Sowohl Männer als auch Frauen bemalen sich die Gesichter. Die Augen werden sorgfältig mit Schwärze umrandet, eine medische Sitte, welche Kyrus übernahm und die seither fortgeführt wurde von allen Großen Königen und dem größten Teil des Hofs. Kyrus war der Meinung, Perser sollten möglichst wie Götter aussehen, zumal wenn sie sich ihren fremden Untertanen zeigen. Glücklicherweise sind Perser im allgemeinen größer und muskulöser als andere Völkerschaften, und mit bemalten Augen und geröteten Wangen wirken sie in der Tat wie lebende Abbilder von Kriegergöttern.

Doch Inder beiderlei Geschlechts bemalen nicht nur ihre Augen, sondern auch ihre Lippen – diese mit rubinroter Farbe. Zweifellos heben Kosmetika die Erscheinung, aber es ist doch recht lästig, sie aufzutragen und sich dann wieder abzuschminken. An indischen Höfen war ich gezwungen, mich zweimal pro Tag zu schminken oder schminken zu lassen. Als Perser meiner Generation fand ich eine solche Selbstfaszination durch das eigene Erscheinungsbild lächerlich, unmännlich – und ermüdend. Allerdings ist es eine schläfrig-schlaffe Verlockung von höchstem Reiz, sich von hübschen Mädchen baden und ölen zu lassen, um sodann von einem alten Herrn, der einem die Augen mit Augenwasser spült und den Bart färbt, den Tagesklatsch zu erfahren. Übrigens tragen die Inder nur Kinnbärte – vermutlich, weil auf ihren Wangen kein Haar wächst.

Am Tag nach meiner Ankunft ließ König Bimbisara nach mir schikken. In einem langen, hohen Raum mit vielen Fenstern – Sonnenlicht zeichnete durchbrochene Muster auf den hellgrünen Fliesenboden – waren etliche hundert Höflinge versammelt.

Varschakara empfing mich an der Tür zum Throngemach. Er trug einen scharlachroten Turban und einen durchsichtigen Schal, der durch eine Kette aus ungeschliffenen Rubinen an Ort und Stelle gehalten wurde. Wie so viele beleibte indische Höflinge hatte er Brüste wie eine Frau. Wie so viele indische Männer trug er kothurnartige Schuhe, um größer zu wirken.

Unverkennbar hatte sich Varschakara große Mühe gemacht, um mich zu beeindrucken. Doch im Vergleich zum Hof der Achämeniden war der von Magadha provinziell, um das mindeste zu sagen. Ich fühlte mich an Sardis erinnert. Der Kämmerer trug einen Elfenbeinstab; und er hielt eine kurze Ansprache an mich und meine sieben persischen Begleiter. Ich erwiderte knapp. Sodann geleitete Varschakara uns zu dem hohen Elfenbeinthron, wo Bimbisara, König von Magadha, mit gekreuzten Beinen saß. Über seinem von einem goldenen Turban gekrönten Haupt befand sich eine Art Baldachin aus Straußenfedern.

Die alte Königin saß zur Linken des Königs auf einem Stuhl. Anders als in Persien oder in Athen können Damen in Indien kommen und gehen, wie es ihnen beliebt – innerhalb gewisser Anstandsgrenzen. Beispielsweise darf eine indische Dame, lediglich von einer alten Bediensteten begleitet, ein Geschäft aufsuchen – allerdings nur in der Morgen- oder der Abenddämmerung, damit der Ladenbesitzer sie nicht deutlich erkennen kann. Paradoxerweise kann sie sich vor Männern ihrer eigenen Klasse praktisch nackt zeigen.

Die alte Königin trug einen üppigen Kopfschmuck. Er bestand aus Perlen, die, auf silberne Fäden aufgezogen, kunstvoll mit ihrem eigenen weißen Haar verwoben zu sein schienen. Ihr Umhang war aus Pfauenfedern gemacht. Sie wirkte überaus würdig und sogar intelligent. Eine Zeitlang glaubte ich, sie könne so etwas wie das indische Gegenstück zu Atossa sein. Doch an einem Hof, wo Frauen nicht völlig abgeschieden leben; und wo es – vor allem – keine Eunuchen gibt, liegt die Macht ganz und gar beim König und seinen Beratern. Der Harem besitzt praktisch keinerlei Einfluß.

Rechts vom König war Prinz Ajataschatru. Der Thronerbe wirkte geradezu ungeheuer und – für indische Maßstäbe – bewundernswert fett. Er besaß das Gesicht eines Riesenbabys mit sanftgewölbtem Triplekinn, auf dem der zarte Flaum eines hellgrünen Bartes sproß. Der Prinz lächelte oft, und er lächelte süß. Seine Ohrläppchen waren mit schweren Diamantohrringen geschmückt, und den mächtigen Leib umschloß ein breiter Gürtel aus goldenen Kettengliedern. Seine Unterarme wirkten erstaunlich muskulös.

König Bimbisara war ein alter Mann mit einem langen, violetten Bart. Ob er kahlschädlig war, sollte ich nie erfahren, denn stets war sein Haupt von einem kostbaren Turban aus goldenen Fäden bedeckt – dem Gegenstück zum persischen Zidaris. Bimbisara war groß und sehnig, und in der Hochblüte seines Lebens mußte er einmal über enorme, wenn nicht gewaltige körperliche Kräfte verfügt haben.

Da ich mich im – wenn womöglich auch schwachen – Schatten des Großen Königs befand, warf ich mich nicht nieder. Doch berührte ich mit einem Knie den Boden. Meine Begleiter öffneten die Truhen, welche Darius' Geschenke für Bimbisara enthielten: eine Anzahl mediokrer Edelsteine sowie etliche erlesene Teppiche aus Lydien und Medien.

Nach einer kurzen Ansprache reichte ich Varschakara den Brief, den der indische Eunuch in Darius' Namen geschrieben hatte. Mit schwungvoller Gebärde gab der Kämmerer den Brief sodann dem König, der nicht einmal einen Blick darauf warf. Später erfuhr ich, daß Bimbisara nicht lesen konnte. Doch konnte er ganz ausgezeichnet sprechen, und er gebrauchte nicht nur das alte Arisch des Hofes und der Tempel, sondern auch den modernen Dialekt.

»Wir heißen dich willkommen, als seiest du unser Bruder Darius, dessen Taten uns selbst in dieser großen Ferne bekannt sind.« Bimbisaras Stimme klang rauh wie die eines Kavalleriekommandeurs. Er sprach ohne Umschweife. Und er stockte nie.

»Wir sind glücklich, daß er unseren Brief erhalten hat. Wir sind glücklich, daß er dich uns geschickt hat, einen heiligen Mann und Krieger zugleich.« Als Inder hätte ich nicht gleichzeitig zur Kriegerklasse gehören können. Ich wäre ein Brahmane gewesen. Über Bimbisaras Einschätzung konnte ich nur glücklich sein, entstammen indische Herrscher doch fast ausnahmslos der Kriegerklasse – und sie lieben es, die formal über ihnen Stehenden, die Brahmanen, ständig herauszufordern.

»Wir werden euch zeigen, was ihr sehen wollt. Wir werden unser Eisen gegen euer Gold tauschen. Wir werden euch behandeln, als wären wir tatsächlich Brüder; als trenne uns nur ein Fluß und nicht die ganze Welt.« In dieser Art ging es noch eine Weile weiter.

Der lange Tag endete schließlich mit einer Reihe religiöser Opfer für jene arischen Götter, die nicht nur über magische Kräfte und geheime Wirkungen verfügen, sondern auch über ein paar Extra-Arme und -Köpfe.

Sodann lud man uns in des Königs Gemächer zu einem Festmahl, bei dem sich während des ersten Gangs gleichsam der Mond zu uns gesellte, der volle Mond. Er tauchte empor über dem Dach des Palastes und schien dort für einen unvergeßlichen Augenblick einer goldenen Scheibe gleich zu ruhen.

Wir speisten auf einer breiten Veranda mit Ausblick auf des Königs private Gärten. Dies sei, wie Varschakara flugs betonte, eine große Ehre. »Einzig die königliche Familie sowie die erblichen Minister werden hierher eingeladen. Der König hat euern Darius in der Tat als jüngeren Bruder akzeptiert.«

Ich war ein Diplomat. Und so sprach ich nicht davon, daß viele von Darius' zwanzig Satrapien reicher und größer sind als Magadha. Andererseits gibt es nirgendwo sonst soviel Eisen oder so viele Elefanten. Ich gestehe, daß ich mich als Satrapen der sechzehn indischen Königreiche sah – und der neun Republiken! Warum auch nicht? Wie sollte ich meine Satrapie nennen? Großindien? Die Gangesstaaten? Ich träumte von einem Imperium, wie das jeder in seiner Jugend tut. Und ich begriff auch, daß der Mann, dem es gelingt, all jene Staaten zu einem einzigen Reich zu vereinen, ein Rivale des Großen Königs sein wird. Ein Ergebnis meiner Mission besteht darin, daß die heutige persische Politik beharrlich das Ziel verfolgt, keinen der indischen Staaten so groß werden zu lassen, daß er die anderen absorbieren könnte. Schließlich haben Darius und Xerxes von der Eroberung des Ostens geträumt; also mag eines Tages auch Indien einen Herrscher hervorbringen, den ein vergleichbarer Ehrgeiz treibt – wenn auch in umgekehrter Himmelsrichtung.

Zur Zeit meiner Mission war Bimbisara nicht nur der mächtigste König in ganz Indien: Er schien überdies seinem Ziel recht nah, Herrscher über alle Länder zu werden. Durch seine Gemahlin war er in den Besitz eines beträchtlichen Teils von Kasi gelangt, einem der Staaten von Koschala. Die Hauptstadt von Kasi ist Varanasi, und Bimbisara hatte gehofft, mit Hilfe des Pferdeopfers einen Vorwand zu ihrer Annektierung zu finden. Nun würde er sich etwas anderes einfallen lassen müssen.

Ich lag auf einem Diwan gegenüber dem des Königs. Wieder wurde Bimbisara von der Königin und dem Kronprinzen flankiert. Gemeinsam mit den Herren speiste eine Anzahl von Hofdamen. Auf recht lässige Art, so schien es, ließen diese den oberen Teil ihrer Gewänder fallen. Später erfuhr ich, daß die Kunst des Sich-Kleidens noch übertroffen wird von einer anderen: der des Sich-Entkleidens in der Öffentlichkeit. Viele Damen hatten ihre Brustwarzen rot gefärbt. Manche zeigten auf ihren Bäuchen komplizierte Ornamente. Zuerst meinte ich, es handle sich um Tätowierungen. Doch sie waren mit farbiger Sandelholzpaste aufgetragen. Niemals hat mich etwas stärker schockiert.

Eine weitere Kuriosität: Wir wurden beim Mahl von Frauen bedient. Natürlich kommt es einem Perser sonderbar vor, wenn er keine Eunuchen sieht; doch wie sehr ihre Existenz für mich eine Selbstverständlichkeit war, begriff ich erst in Indien.

Man kredenzte mir ein Dutzend verschiedener Weine und Obstsäfte. Immer wieder – und schier endlos – wurden Fisch und Wild und Gemüse aufgetragen. Im Garten saß ein halbes Dutzend Musiker im Schein des vollen Mondes und spielte oder improvisierte eine Reihe monotoner Melodien, die von unregelmäßigen Trommelschlägen begleitet wurden. Das Hauptinstrument ähnelt einer lydischen Harfe, hat jedoch zehn Saiten. Auch Flöten und Zymbeln sind beliebt.

Die königlichen Personen sprachen während des Mahls kaum. Mitunter tauschten Vater und Sohn ein paar Worte. Die Königin schwieg gänzlich. Da sie sehr viel aß, ohne indes dick zu sein, vermutete ich, daß sie an Auszehrung litt; was sich bestätigte. Auch Caraka war dies sogleich aufgefallen. »Sie wird noch vor der nächsten Monsunzeit sterben«, versicherte er mit der Selbstgewißheit eines Arztes, der sich kein X für ein U vormachen läßt. Wie sich später zeigte, blieben der Königin noch zwei Jahre.

Man hatte eine sehr hübsche Frau neben mich placiert. Sie trug einen zwei oder drei Ellen hohen Kopfputz, ein phantastisches Gebilde aus Edelsteinen und Haar, von dem ein Teil ihr eigenes war. Als sie ihren Schal abnahm, sah ich, daß jede ihrer Brüste verziert war mit einem scharlachroten Blumenkranz – höchst exquisit mit Sandelholzpaste aufgemalt, wie ich nicht umhin konnte zu bemerken. Sie war die Frau des Ministers für Krieg und Frieden – und einem Flirt recht zugeneigt, wobei sie zweifellos auf Weisung handelte.

»Ich habe gehört, daß in eurem Land die Damen abgeschieden leben müssen und daß niemand sie je sieht.«

»Mit Ausnahme ihrer Ehegatten – und ihrer Eunuchen.«

»Ihrer was?«

Ich erklärte ihr, was ein Eunuch war. Es ist verwirrend, eine fremde Frau zu betrachten, die von der Stirn bis zum Bauchnabel nackt ist.

Auch die Dame wirkte verwirrt. »Ich bin mir nicht sicher, daß *das* ein Gesprächsthema ist«, befand sie und wechselte es ebenso prompt wie prüde. »Wir dürfen mit Männern unserer eigenen Klasse speisen. Natürlich haben in jedem Haushalt die Frauen ihr eigenes Quartier, was ein gewisses Maß von Abgetrenntsein mit sich bringt, das ist nur normal. In früheren Tagen durften junge Männer und Frauen einander allerdings so oft sehen, wie sie wollten. Die Mädchen kämpften sogar in Schlachten mit. Noch zur Zeit meiner Großmutter wurden Damen in Poesie und Tanz und Musik unterwiesen. Jetzt ist das anders. Nur Frauen niederen Standes, welche Männern willig zu Diensten sind, dürfen die vierundsechzig Künste praktizieren, was schrecklich unfair ist, aber sie kennen ja die Brahmanen ...«

»Sie gebieten ...?«

»Gebieten und verbieten. Und sie werden sich erst zufrieden geben, wenn auch die letzte von uns unter Verschluß lebt wie eine Dschaina-Nonne.«

Es war ein ebenso sonderbares wie reizvolles Gefühl, mit einer intelligenten Frau zu sprechen, die keine Prostituierte war. An indischen Höfen gibt es solche Damen zuhauf. Außerhalb Indiens jedoch habe ich nur drei Damen gekannt, die wirklich intelligent waren: Elpinike, Königin Atossa und Lais. Daß ich mit Atossa und Lais Umgang hatte, verdankte ich dem Zufall. Wäre ich auf die übliche Weise als persischer

Adliger erzogen worden, so hätte ich beide nach meinem siebenten Lebensjahr nicht mehr gesehen.

»Gibt es denn keine Probleme mit...« Ich dachte an uneheliche Zeugung, den Hauptgrund für die Abtrennung von Frauen. Der Sohn eines Mannes *mußte* von ihm stammen. Gab es da irgendwelche Zweifel, so gerieten Besitztümer in Gefahr – von Königreichen ganz zu schweigen. Ich suchte in meinem kleinen Vorrat indischer Wörter und fand eines: »... mit der Eifersucht? Ich meine, wenn Damen des Hofes so – so wie hier speisen?«

Sie lachte. Sie war eine vergnügte junge Frau. »Oh, wir kennen einander zu gut. Außerdem werden wir streng bewacht. Würde man in den Frauengemächern eines großen Hauses – oder gar des Palastes – einen fremden Mann finden, so würde man ihn sofort pfählen, und es würde ihm recht geschehen. Gewiß, das gewöhnliche Volk sieht uns *nie*. Ebensowenig wie die Brahmanen«, fügte sie mit Entschiedenheit hinzu. »Wir verachten sie zutiefst.«

»Sie sind sehr gelehrt«, befand ich ausweichend. Eines war mir klar: Großen Eindruck machte ich nicht auf »meine« Dame, trotz meines für sie exotischen persischen Kostüms. Im übrigen schwitzte ich wie verrückt (und lange vor Ende der heißen Jahreszeit war der persische Gesandte indisch gewandet).

»Bist du verheiratet?« fragte sie.

»Nein.«

»Ist es wahr, daß ihr Westler viele Ehefrauen habt?«

Ich nickte. »Genau wie ihr.«

»Aber dem ist doch nicht so. Nicht wirklich. Der König ist gezwungen, oft zu heiraten, aus politischen Gründen. Doch in unserer Klasse heiratet man selten mehr als einmal.«

»Aber wer sind dann die Frauen in euren Harems?«

»Dienerinnen, Sklavinnen, Konkubinen. Die in unseren Augen ideale Beziehung zwischen Mann und Frau ist jene zwischen Rama und Sita.« Dies waren der Held und die Heldin aus dem heiligen Buch dieser Inder. Rama ist ein Held von ähnlicher Art wie Homers Odysseus, nur daß Rama mit anderen stets ehrlich umgeht. Und gleich Odysseus und Penelope sind auch Rama und Sita im wesentlichen monogam, weshalb – alles in allem genommen – ein Mann der herrschenden indischen Klasse nur selten zu gleicher Zeit mehr als ein Eheweib hat.

Nach einem köstlichen Gang Jungpfau (mit seinen eigenen Schwanzfedern geschmückt) bedeutete mir König Bimbisara, ihn beim Spaziergang durch den Garten zu begleiten.

Während wir die Veranda verließen, entfernten Bedienstete die Tische, und die Gäste gesellten sich zueinander. Eine Menge Geschirr ging zu Bruch – ein Geräusch, an das zu gewöhnen ich in Indien noch ausgiebig Gelegenheit hatte, sind die Bediensteten dort doch ebenso ungeschickt und untüchtig wie liebenswürdig und intelligent.

Der Garten war voller Farben, selbst im Mondschein. Der Duft von Jasmin erfüllte die warme Luft. Nachtvögel sangen in den hohen Bäumen. Der Palast ähnelte einem silbernen Berg, einem eigentümlich verschlossenen Gebilde. Die wie blinden Fenster verstärkten diesen Eindruck noch.

Bimbisara nahm mich beim Arm und führte mich einen Weg entlang, den der Mond in reinstes Silber verwandelt hatte.

»Es ist gut, daß du hier bist.«

»Es ist mir eine Ehre...«

Der alte Mann hörte, doch hörte er nicht zu: eine Gewohnheit der Herrschenden. »Ich bin sehr begierig, mehr über Darius zu erfahren. Wie viele Soldaten hat er?«

Auf eine derart direkte Frage war ich nicht gefaßt. »Innerhalb von dreißig Tagen kann er eine Armee von einer Million Mann auf die Beine stellen.« Dies entsprach mehr oder minder der Wahrheit. Allerdings ließ ich unerwähnt, daß es sich bei dieser Million hauptsächlich um nutzlose Bauernlümmel handeln würde. Damals bestand die Armee des Großen Königs aus weniger als einhunderttausend erstklassig ausgebildeten Männern.

Zweifellos dividierte Bimbisara die von mir genannte Zahl auf übliche Weise durch zehn. »Wie viele Elefanten hat er?«

»Keine, Herr. Doch seine lydische Kavallerie –«

»Keine Elefanten? Ich muß ihm ein paar schicken. Ich habe eintausend.«

Diesmal war ich es, der durch zehn dividierte.

»Auf jeden Elefanten«, sagte der König, »placiere ich, in einem metallenen Turm, sechs Bogenschützen. Sie sind absolut sicher, niemand kann sie töten. Sie ihrerseits können jede Armee vernichten.«

»Aber die Elefanten können doch gewiß getötet werden.«

»Auch sie sind gepanzert. Sie sind unbezwingbar.« Die Warnung – über mich an Darius – ließ sich nicht überhören.

In der Mitte des Gartens befand sich ein kleiner Pavillon mit einem großen Diwan, auf dem sich Bimbisara zurücklehnte, indes ich mich auf den Rand setzte. Durch die Fenster mit ihren Schmuckgittern fiel hell, ja, wärmend das Licht des Mondes. Indien ist das einzige Land, wo der Mond – jedenfalls der Vollmond – Wärme verbreitet. Nachts weht in den Hügeln von Rajagriha stets ein kühlender Wind.

»Ich komme oft hierher.« Mit den Fingern beider Hände kämmte sich Bimbisara den parfümierten violetten Bart. »Wir können nicht belauscht werden. Siehst du?« Er deutete auf die vier gewölbten Fenster in den Wänden des Pavillons. »Niemand kann sich nähern, ohne daß ich ihn sehe.«

»Gewiß bespitzelt niemand den König.«

»*Jedermann* bespitzelt den König!« Bimbisara lächelte. Im Mondlicht sah auch er aus, wie aus Silber gemacht. »Indes der König jedermann bespitzelt. Es gibt nichts in Magadha oder Koschala, von dem ich nicht wüßte.«

»Und Persien?«

»*Du* wirst meine Augen und meine Ohren sein.« Er gestikulierte höflich. »Ein König, der innerhalb so kurzer Zeit einhunderttausend Mann aufzubieten vermag, erregt meine Neugier.« Er hatte in der Tat durch zehn dividiert. Ich verbesserte ihn nicht. Statt dessen begann ich von all jenen Ländern zu erzählen, über die Darius herrschte. Aber Bimbisara unterbrach mich: »Mein Großvater schickte Kyrus eine Botschaft ähnlich jener, die ich Darius sandte. Doch eine Antwort erhielt er nicht.«

»Vielleicht ist die Botschaft nie eingetroffen.«

»Vielleicht. Aber eine Generation später befand sich Darius' Armee am Indus. Könnte das wohl eine... verspätete Botschaft gewesen sein?«

»Oh, nein!« Ich sprach von Darius' Friedensliebe. Von seiner Bewunderung für Bimbisara. Von den Schwierigkeiten mit den Griechen. Dies stimmte immerhin. Während ich schwatzte, saß der alte Mann bewegungslos im Mondschein, ein halbes Lächeln auf der mir zugekehrten Gesichtshälfte.

Nicht weit von uns fuhren die Musiker fort zu spielen. Durch eines der Fenster konnte ich die Veranda sehen, wo wir gespeist hatten. Eine Anzahl nackter Mädchen tanzte. Im Laufe der Zeit sollte ich zu einem begeisterten Anhänger der indischen Tanzkunst werden, die sich mit keiner anderen auf Erden vergleichen läßt. Unter anderem bewegt sich der Kopf der Tänzerin auf dem Hals in einer Weise vor und zurück, die einfach unglaublich scheint. Währenddessen scheint der Körper vom Kopf völlig getrennt zu sein, und die wellenförmigen Bewegungen von Bauch und Hüften haben etwas ungemein Reizvolles. Viele Tänzerinnen werden reich, berühmt, ja, mächtig. Es gab eine, der es gelang, ein beträchtliches Vermögen zu erwerben und sich zu erhalten, ohne daß sie es nötig gehabt hätte, sich als irgend jemandes Weib oder Konkubine zu etablieren. Die Empfänge in ihrem Haus waren genauso begehrt wie die Einladungen zu des Demokrit Freundin, der Prostituierten Aspasia.

»Ist es Darius mit seinem Wunsch, unser Freund zu sein, so ernst, daß er uns vielleicht Truppen schicken würde, um die Föderation von Republiken zu zerbrechen?«

»Dessen bin ich sicher.« Ich war erregt. Bimbisara hatte sich uns gegenüber eine Blöße gegeben. Mir war inzwischen eine Gegenwaffe für die Elefanten eingefallen. Diese riesigen Tiere fürchten sich vor Mäusen. Im kritischen Augenblick würden unsere Truppen eintausend dieser Nager freilassen. Die Elefanten würden in wilder Flucht davonjagen, und ich würde Satrap von Großindien sein. So träumte ich.

»Vielleicht werde ich ihn zu Hilfe rufen.« Bimbisara spielte mit seinem Bart. »Du sollst auch unseren teuren Bruder Pasenadi von Koschala besuchen.«

»Ja, Herr. Der Große König hat eine Botschaft für den König von Koschala.«

»Pasenadi ist ein guter Mensch, aber schwach. Meine Schwester ist sein Weib. Sie hat immer gesagt, daß er sein Königreich eines Tages verlieren wird, weil ihn das Herrschen nicht interessiert. Es ist wirklich traurig. Als ich ein Knabe war, war Koschala die größte Nation auf der Welt. Jetzt ist es nur ein Name. Die Arroganz seiner Edlen und die Arglist seiner Strolche haben dafür gesorgt, daß sich das Königreich immer mehr aufgelöst hat. Ich finde dies tragisch.« Aus dem halben Lächeln war ein volles Lächeln geworden. Die Tragödie anderer verfehlt auf Fürsten ihre Wirkung nicht.

»Wünscht König Pasenadi deine Hilfe?«

»Nein. Er ist sich der Gefahr nicht bewußt. Oder sie läßt ihn gleichgültig. Er ist nämlich Buddhist. Ja, Buddha verbringt für gewöhnlich die Regenzeit sogar in Schravasti. Danach kommt er für ein oder zwei Monate zu uns. Wie du wohl weißt, gibt es in Rajagriha viele Buddhistenklöster. Wir halten ihn für überaus heilig.«

Unwillkürlich verglich ich Bimbisara mit Darius. Während der indische Herrscher von Buddha wahrhaft fasziniert war, hatte Darius an Zarathustra keinerlei Interesse.

»Wer hat dich stärker beeindruckt, Herr Gesandter, Gosala oder Mahavira?«

Ich fragte den König nicht, woher er wußte, daß ich den beiden heiligen Männern begegnet war. Für derartige Dinge bedarf ich keiner Erleuchtung. Es lag auf der Hand, daß ich seit meiner Ankunft in Indien bespitzelt worden war.

»Beide haben mich beeindruckt«, erwiderte ich wahrheitsgemäß. »Allerdings erschien mir Gosalas Überzeugung ziemlich trostlos. Wenn es keine Möglichkeit gibt, das eigene Schicksal durch gute Taten zu ändern – ja, was hindert einen dann, so böse wie nur möglich zu handeln?«

»Eben dies habe auch ich zu ihm gesagt. Aber er scheint zu denken, daß die Befolgung aller Gelübde in sich selbst eine gute Sache ist: Sofern einem dies gelingt, ist das ein Zeichen, daß das eigentliche Ende nicht mehr weit sein kann. Er glaubt auch, daß das Leben eines Menschen irgendwie einem Teich ähnlich ist: Fügt man kein neues Wasser hinzu, so verdunstet das vorhandene. Doch verwirft er den Gedanken, das Schicksal – oder Karma – könne durch gute oder schlechte Taten geändert werden. Alles ist vorherbestimmt. Man gelangt an den Endpunkt, wenn man an der Reihe ist, und keinen Augenblick früher. Von den Herrschern dieser Welt, so behauptet er, sei keiner dem Ausgang auch nur nahe.« Bimbisara blickte traurig vor sich hin. Mir schien, daß er wirklich glaubte, was er sagte. »Ich fürchte, daß ich mich in meinem nächsten Leben zurückentwickeln werde. Gewisse Anzeichen sprechen dafür, daß ich Mara sein werde, der Gott des Bösen – und dieser Welt. Ich bete, davon verschont zu bleiben. Ich versuche, all die Gelübde zu befolgen. Ich halte mich an die vier edlen Wahrheiten des Buddha. Aber Schicksal ist Schicksal. Schlimmer noch als ein König zu sein wie ich, ist es, ein Gott zu sein.«

Ich durfte natürlich nicht widersprechen. Doch der Gedanke an eine Existenz als Gott erschien mir ebenso verlockend wie verwirrend. Da die Götter nicht sterben oder enden können, bevor dieser Zyklus der Schöpfung endet, wie kann dann irgend jemand ein Gott werden, welcher bereits existiert. Als ich einem Brahmanen diese Frage stellte, brauchte er für die Antwort einen halben Tag. Längst schon sind mir beide Hälften jenes Tages vergessen.

»Mich überrascht, Herr, der Zeitsinn, den eure heiligen Männer haben. Sie messen Existenzen nach Tausenden.«

»Mehr als das«, sagte Bimbisara. »Manche Brahmanen verkünden uns, ein wirklich schlechtes Karma könne nur getilgt werden durch dreißig Millionen Millionen Millionen Wiedergeburten multipliziert mit der Anzahl der Sandkörner im Bett des Ganges.«

»Das ist eine lange Zeit.«

»Das ist eine lange Zeit.« Bimbisara wirkte sehr ernst. Ob er all dies glaubte, wußte ich nicht. Er hatte die Gewohnheit, den jeweils letzten Satz seines Gegenübers zu wiederholen; dann das Thema zu wechseln. »Wer ist jetzt König von Babylon?«

»Darius, Herr.«

»Das wußte ich nicht. Vor langer Zeit trieben wir mit Babylon Handel. Aber dann gingen auf See zu viele Schiffe verloren. Es lohnte sich nicht.«

»Es gibt eine Überland-Route, Herr.«

»Ja, und es ist mein Herzenswunsch, die Straße zwischen uns bald zu Staub zu zermahlen. Würde es dir gefallen, ein Weib zu nehmen?«

Ich war zu verdutzt, um zu antworten. Der König wiederholte seine Frage, fügte dann hinzu: »Da wir hoffen, daß du Rajagriha als deine Heimat ansehen wirst, wäre es uns lieb, wenn du eine unserer Damen heiraten würdest, genauso wie ich eine der Töchter deines Königs heiraten werde und er eine von meinen.«

»Dies ist gewiß eine unverdiente Ehre«, versicherte ich. »Doch wäre ich überaus entzückt, Herr.«

»Gut. Wir werden alles arrangieren. Hast du schon Gattinnen.«

»Nein, Herr.«

»Gut. Manche Brahmanen haben sich ziemlich albern, was die Anzahl der möglichen Ehefrauen betrifft, obwohl unsere Religion in dieser Hinsicht recht großzügig ist.« Bimbisara erhob sich. Die Audienz war vorüber.

Während wir durch die duftende Silberluft zur Veranda zurückgingen, hatte ich für einen Augenblick das Gefühl, Rajagriha sei meine Heimatstadt.

6

Am Ende der Woche des Pferdeopfers wurde ich vermählt. Beide Zeremonien fanden im Spätwinter statt, einer kurzen, lieblichen Jahreszeit, die so etwa dem Frühsommer in Ekbatana entspricht.

Anders als meine Ehe erwies sich das Pferdeopfer als minderer Erfolg. Nach einem Jahr des Herumstreunens hatte der Hengst es geschafft, sowohl die republikanische Föderation als auch Koschala zu meiden. Gerüchteweise verlautete, der verzweifelte Varschakara habe einmal versucht, das Pferd auf eine Fähre zu treiben, um das Roß über den Ganges hinweg zur Licchavian-Republik zu befördern; doch habe das Tier im letzten Augenblick gescheut und den Ganges niemals überquert.

Mit schier menschlicher Arglist hielt sich der Hengst während des gesamten Jahres seiner Wanderung ausschließlich im Königreich Magadha auf. Dies war für Bimbisara ein schlechtes Omen. Andererseits wurde das Pferd von keinem Feind gefangen, und das war ein gutes Omen. Am Ende des Jahres brachte man das Tier nach Rajagriha zurück, um es nach einem dreitägigen Fest zu opfern.

Das Pferdeopfer ist ein höchst merkwürdiges Phänomen. Der Ursprung dieses Rituals liegt im dunkeln. Sämtliche Brahmanen stimmen darin überein, daß es aus arischer Vergangenheit stammt, aus einem ganz einfachen Grund: Bis zur Ankunft der Bleichhäutigen aus dem Norden war das Pferd in diesem Teil der Welt ja unbekannt. Doch im übrigen sind sich die Brahmanen über nichts einig. Ein großer Teil der Zeremonie wird in einer Sprache abgehalten, die so alt ist, daß nicht einmal die Priester, welche die heiligen Hymnen singen, die Bedeutung der Worte kennen. Hierin ähneln sie den Magians, die der Lüge folgen. Allerdings fragten mich die führenden Brahmanen bei Hofe eingehend über jene persischen Opfer aus, welche den ihren gleichen; und ich konnte ihnen erzählen, daß in Persien das Pferd noch immer dem Sonnengott geopfert wird – von jenen, die der Lüge folgen. Über den Ursprung unserer Opfer wußte ich allerdings genausowenig wie sie über die ihren.

Für einen indischen Herrscher ist das Pferdeopfer von allergrößter Wichtigkeit. Zum einen verkörpert sich darin die Erneuerung seiner Königswürde. Zum anderen wird er, falls es ihm gelingt, sein ererbtes Reich zu vergrößern, als ein hoher König oder Maharadscha gelten: ein Rang, den manche ehrgeizige Inder gern dem des Großen Königs gleichsetzen würden. Taktvoll pflegte ich ihnen zu bedeuten, ein Maharadscha sei eher so etwas wie der Pharao in Ägypten oder der König von Babel, zwei Titel, welche Darius *unter anderen* besaß.

Das Pferdeopfer wurde auf einer Art Festgelände unmittelbar innerhalb der Stadtmauer vollzogen. In der Mitte des Feldes hatte man einen vierstöckigen goldenen Turm errichtet. Vor diesem Turm bildeten dreihundert Fahnenmasten eine Art Quadrat. Da sich an diesem Tag kein Windhauch regte, hingen die bunten Banner schlaff.

Der Hengst, durch irgendein Betäubungsmittel friedlich gestimmt, wurde an einen der Masten gebunden. Und auch an jeden der anderen Masten banden die Brahmanen ein Tier: Pferde, Kühe, Gänse, Affen, sogar glotzende Schildkröten – sie alle sollten an diesem Tag geopfert werden. Musikanten spielten. Gaukler und Akrobaten traten auf. Ganz Rajagriha schien auf dem Festgelände versammelt zu sein.

Ich stand an der Tür zum Turm, rings umgeben vom Hofstaat. Die königliche Familie befand sich im Turm und bereitete sich auf das Ritual vor.

Genau zur Mittagszeit traten der König und seine fünf Frauen aus dem Turm hervor. Alle trugen Weiß. Auf dem weiten Gelände war nichts zu hören als die Laute, welche die Tiere von sich gaben, die Vierbeiner und die Vögel, selbst Delphine mit ihren sonderbaren, wie menschenartigen Geräuschen.

Der Hohepriester persönlich führte den Hengst vom Fahnenmast zum König. Dann umschritten Bimbisara und die Frauen das Tier. Eine der Frauen salbte die Flanken des Hengstes, während eine andere ein Blumengewinde um seinen Hals schlang. In der Nähe führte eine Gruppe von Brahmanen eine Art Schauspiel auf, die Zelebrierung einer Scheinehe, mit allerlei obszönen Gesten. Die Sprache konnte ich nicht verstehen.

Auf dem Festgelände herrschte eine sonderbar feierliche Stimmung. Für gewöhnlich neigen indische Menschenmassen zu lärmender Lustigkeit. Aber an diesem Tag standen wohl alle im Bann eines Ereignisses, das in seiner Art meist einmalig ist während der Regierungszeit eines Königs, obschon eine uralte Überlieferung besagt, der erste irdische König, welcher einhundert Pferdeopfer feiere, werde den Gott Indra stürzen und seinen Platz im Himmel einnehmen.

Vermutlich gibt es kaum etwas Langweiligeres als eine sich endlos dehnende, in einer fremden Sprache abgehaltene Zeremonie, gewidmet einem Gott oder Göttern, welche einem nichts gelten.

Doch gegen Ende der Zeremonie wurde es überaus faszinierend. Man führte das Pferd zu jener Stelle zurück, wo es angebunden gewesen war. Der Hohepriester bedeckte das Gesicht des Hengstes mit einem Tuch. Langsam erstickte er das Tier. Krachend stürzte das Pferd in den Staub, und minutenlang zuckten seine Beine im Todeskampf. Dann schritt die alte Königin über das tote Tier hinweg. Die Menschenmenge verhielt sich sehr still. Behutsam streckte sich die alte Königin neben dem Kadaver aus. Sodann bedeckte der Hohepriester Königin und Pferd mit einem seidenen Tuch.

Als sie aller Blicke entzogen waren, sprach er mit lauter, klarer Stimme: »Im Himmel seid ihr bedeckt, beide. Und möge der fruchtbare Hengst, der Samenspender, den Samen drinnen lassen.«

Ich brauchte einen Augenblick, um zu begreifen, was eigentlich geschah. Nach den Ritualen der Ischtar in Babylon hatte ich geglaubt, mich könne nichts mehr überraschen oder schockieren. Ich hatte mich geirrt. Die alte Königin, dort unter der Seidendecke, sollte das Glied des toten Hengstes in sich aufnehmen – so die allgemeine Erwartung.

Der rituelle Dialog war ebenso dunkel wie obszön. Er begann mit einem schrillen Schrei der alten Königin. »Oh, Mutter Mutter Mutter! Keiner will mich nehmen! Der arme Klepper schläft. Mich, dieses wunderbare kleine Geschöpf, ganz gekleidet ins Laub und die Rinde des Pampilabaums.«

Der Hohepriester rief: »Ich werde ihn anstacheln, den Erzeuger. Doch ihn anstacheln mußt auch du.«

Die alte Königin sprach zu dem toten Hengst: »Komm, lege den Samen tief in den Schoß des Weibes, das dir ihre Schenkel geöffnet hat. Oh, Symbol der Fruchtbarkeit, setze in Bewegung das Organ, welches für Weiber der Macher des Lebens ist und in ihnen hin und her gleitet, in Dunkelheit, der heimliche Geliebte.«

Unter der Decke war viel Bewegung. Dann heulte die alte Königin. »Oh, Mutter Mutter Mutter, keiner nimmt mich!«

Es folgte ein obszönes Nebenspiel zwischen dem Hohepriester und einer Dame. Er deutete auf ihr Geschlecht. »Die kleine Henne ist so erregt und so hungrig. Seht nur, wie sie gefüttert werden will.«

Die Dame zeigte auf das Geschlecht des Priesters. »Dort windet es sich, fast so groß wie deine Zunge. Schweige, Priester!«

Währenddessen schollen ununterbrochen die Schreie der alten Königin: »Oh, Mutter Mutter Mutter, keiner nimmt mich!«

Mit jeder der Gemahlinnen des Königs tauschte der Hohepriester kryptische Obszönitäten aus. Der König selbst sprach kein einziges Wort. Schließlich vollzog sich, was sich zu vollziehen hatte. Irgendwie schien die alte Königin das Glied des Hengstes in ihre Scheide aufgenommen zu haben. Die seidene Decke wurde fortgezogen. Die Frauen des Königs sangen gemeinsam eine Hymne auf ein fliegendes himmlisches Pferd. Als man ihnen Schüsseln brachte, wuschen sie sich rituell Gesicht und Hände und sangen eine Hymne aufs Wasser. Sodann wurden sämtliche Tiere, gleich ob Vierbeiner oder Vögel oder Fische, geschlachtet und Feuer entzündet.

Die alte Königin saß neben dem toten Hengst auf einem Stuhl und sah zu, wie vier Brahmanen das Tier geschickt zerlegten. Dann kochte der Hohepriester die Knochen. Während das Mark brodelte, atmete König Bimbisara den Dampf ein. So wurde er von Sünde geläutert. Dann brieten sechzehn Priester jeweils einen Teil des Pferdes, und als dies geschehen war, stiegen aus der Menge laute Rufe. Bimbisara galt jetzt als universeller Monarch.

Ich habe von allen möglichen Fruchtbarkeitskulten gehört, in wilden Bereichen Lydiens und Thrakiens; aber das Pferdeopfer war bei weitem das sonderbarste und, den Brahmanen zufolge, auch das älteste. Ursprünglicher Anlaß für die Zeremonie, so glaubt man, sei der Wunsch gewesen, dem König und seinen Frauen Fruchtbarkeit zu verbürgen. Doch mit Sicherheit wird man das niemals wissen, weil kein Lebender all die Hymnen versteht, welche die Brahmanen seit zweitausend Jahren auswendig lernen und singen. Ich kann nur sagen: Die Zeremonie mitzuerleben ist voller Schrecken. Urplötzlich scheint man zurückzukehren zu einer Zeit vor der Zeit.

Die ganze Nacht hindurch wurde gefeiert und getanzt. Bei Morgenanbruch zog sich die königliche Familie in ihren goldenen Turm zurück. Wie die meisten, die dem Opfer beigewohnt hatten, schlief ich auf offenem Feld.

Am folgenden Tag wurde mir eröffnet, meine Vermählung mit der Tochter des Prinzen Ajataschatru sei beschlossene Sache. Und man wurde nicht müde, mir zu versichern, was für eine große Ehre dies doch war. Da ich stellvertretend für den Großen König kam, akzeptierte man mich als der Kriegerklasse zugehörig. Aber weil ich nun einmal nicht der Große König selber war, konnte ich keine Tochter von König Bimbisara heiraten. Immerhin befand man mich für wert und würdig, eine von Ajataschatrus dreiundzwanzig Töchtern zu ehelichen.

Anfangs fürchtete ich, man werde irgendein uraltes vedisches Gesetz hervorkramen, demzufolge ich mein Weib ihrer Familie hätte abkaufen müssen. Doch das uralte vedische Gesetz besagte offenbar das genaue Gegenteil. Man bezahlte mich – und das keineswegs kärglich – dafür, daß ich die zwölfjährige Ambalika zur Frau nahm: Ihr sie innig liebender Vater log mir vor, sie habe noch nicht menstruiert. Inder halten dies für ein hochwichtiges Detail, mit der einleuchtenden Begründung, bei der ihren Frauen großzügig gewährten Freiheit könne man nicht damit rechnen, daß ein geschlechtsreifes Mädchen lange in jungfräulichem Zustand verbliebe – in jenem Klima und an einem solchen Hofe.

Die ersten – höchst formellen – Verhandlungen fanden statt zwischen Varschakara, welcher die königliche Familie repräsentierte, und Caraka, der mich vertrat. Die endgültige Vereinbarung jedoch schlossen in freundschaftlichster Weise Ajataschatru und ich selbst, und zwar in der Spielhalle der Fünf Hügel, dem größten von den zahlreichen Glücksspiel-Etablissements der Hauptstadt.

Inder sind leidenschaftliche Spielernaturen. Sie riskieren unglaublich viel. So mancher verliert ein Vermögen beim Würfelwurf oder dem »Rate-die-Zahl«. Unter König Bimbisara wurden sämtliche Spielhallen streng vom Staat kontrolliert. Fünf Prozent der Gewinne gingen für die Unterhaltung einer solchen Halle drauf. Da kein Spieler seine eigenen Würfel verwenden darf, macht der Staat auch durch Würfelverleih ein ganz gutes Geschäft. Nie erleidet die Halle schwere Verluste – sind die Würfel gefälscht, die Spiele abgekartet, ist die Gunst der Umstände der Grund? –, und die für den König anfallenden Beträge sind so enorm, daß die genaue Summe zu den am besten gehüteten Geheimnissen von ganz Magadha gehört. Zumindest konnten wir Perser sie nie in Erfahrung bringen.

Was König Bimbisara betraf, so verabscheute er persönlich das Glücksspiel und versuchte entsprechend auf seinen Hofstaat einzuwirken. Hingegen war der Kronprinz eine Art Dauergast der Spielhalle der Fünf Hügel, dem elegantesten dieser Etablissements der Hauptstadt. Man tuschelte sogar, Ajataschatru sei Besitzer dieser Halle; auch wollte man wissen, daß er die Regierung skrupellos um deren Gewinnanteile betrog.

Mein Schwiegervater in spe war nur wenige Jahre älter als ich. Von Anfang an kamen wir prächtig miteinander aus; allerdings konnte er, wenn er nur wollte, einen unwiderstehlichen Charme entwickeln wie niemand sonst. An jenem Abend in der Spielhalle der Fünf Hügel stach er sich gleichsam selber aus; er hatte sich sogar die Brustwarzen rot gefärbt, etwas, das Hofdandys nur bei festlichen Anlässen tun.

Arm in Arm betraten wir den Hauptsaal, einen schmalen, länglichen Raum mit Spieltischen zu beiden Seiten. Am anderen Ende befand sich ein durch einen Vorhang abgeteilter Alkoven. Dort standen Diwane, bezogen mit Stoff aus Cathay, wo der Prinz sich ruhen konnte, ein unbeobachteter Beobachter: Im staubigen Vorhang gab es mehrere Gucklöcher.

Während uns der Oberaufseher zum Alkoven führte, bemerkte ich, daß keiner der Spieler den Prinzen anblickte. »Du siehst«, sagte Ajataschatru leise zu mir, und sein Atem war schwer von Parfüm, »daß ich unsichtbar bin.«

Die Erklärung schien auf der Hand zu liegen. Es geziemte sich nicht, den Prinzen mit Blicken zu belästigen, wenn dieser sich zur Lustbarkeit unter gewöhnliche Menschen mischte. Erst später erfuhr ich die Wahrheit. Wer es wagte, den Prinzen bei seinen Vergnügungen zu beobachten, riskierte sein Leben.

Der Prinz und ich ließen uns auf den Diwanen nieder, der Vorhang wurde zugezogen, und blutjunge Mädchen brachten uns in silbernen Gefäßen würzige Weine. Eines der Mädchen war noch nicht einmal geschlechtsreif, was den Prinzen erregte. Während er zu mir sprach, streichelte er sie, so wie ein Magian einen Hund streichelt, indes er tiefernst über die richtige Zubereitung von Haoma oder über die Erschaffung der Welt spricht.

»Du wirst uns Freude und Glück bringen.« Der Prinz lächelte. Anders als der Kämmerer hielt er seine Zähne sauber, und zwar mit einer Art kosmetischer Gummimasse, welche sämtliche Essensreste beseitigt. Auch fand sich, wie ich aus unmittelbarer Nähe beobachten konnte, auf seinem massigen Körper kein einziges Härchen – offenbar abrasiert oder durch irgendwelche Mittel entfernt. Wären nicht seine muskulösen Unterarme und brutalen Hände gewesen, so hätte ich meinen können, neben meiner Schwieger*mutter* in spe zu sitzen.

»Die Ehre, die du mir erwiesen hast, ist von jener Art, die sich nicht aufwiegen läßt in Silber oder Gold. Mein Herr, der Große König, wird zufrieden sein.«

»Wir müssen ihn nach Magadha einladen. Natürlich nicht zur Hochzeit«, fügte Ajataschatru hastig hinzu. Für mich gab es nie einen Zweifel: Der Geheimdienst in Rajagriha war über die persischen Absichten mehr oder minder im Bilde. Dennoch glaube ich, daß wir in unserer Spionagearbeit bemerkenswert geschickt vorgingen. Keiner der fünf Männer, die ich damit beauftragt hatte, Magadhas militärische Stärke abzuschätzen, hielt jemals irgend etwas Schriftliches fest. Jeder von ihnen war gehalten, sämtliche Fakten seinem Gedächtnis einzuverleiben, wobei wir davon ausgingen, daß es doch mindestens *einem* von ihnen gelingen würde, lebend nach Susa zurückzukehren.

Was Handelsrouten, Manufakturen und Rohmaterial betraf, so machten wir aus unserem Interesse kein Hehl, und schon bald besaßen wir eine gute Vorstellung vom bemerkenswerten Reichtum des Landes. Die Steuereinkünfte des Reiches resultierten zum beträchtlichen Teil aus den Abgaben, welche fremde Karawanen in Magadha zu entrichten hatten, Karawanen im Transitverkehr. Besonders lukrativ war die berühmte Südost-Nordwest-Route, eine sich dahinziehende Fährte – das Wort Straße ist in Indien auf dem Lande so gut wie überhaupt nicht anwendbar.

Für die Herstellung von Textilien und Waffen besitzt der Staat ein Monopol. Der Oberaufseher für Weberei brauchte drei Tage, um mir die diversen Werkstätten zu zeigen, wo Frauen vom frühen Morgen bis zur einbrechenden Dunkelheit mit Spinnen und Weben beschäftigt sind. Der Export der fertigen Baumwolle ist für die Könige von Magadha eine ihrer finanziellen Hauptquellen. Die Arsenale wurden mir zwar vorenthalten, doch gelang es meinen Leuten, eine Reihe von Geheimnissen zu lüften. Zu ihrer Überraschung zeigte sich eine gewisse

Rückständigkeit hinsichtlich der Bearbeitung von Eisen. Andererseits waren sie beeindruckt von dem Geschick, mit dem man Waffen – aber auch Ackergeräte zusammenzusetzen verstand.

Ein Beispiel. Eine Gruppe von Arbeitern hat die Aufgabe, den Holzstiel einer Hacke zu fertigen. Eine zweite Gruppe gießt, mit Hilfe einer Form, aus Eisen den metallenen Teil. Eine dritte Gruppe fügt Stiel und Körper zusammen, und eine vierte lädt die Endprodukte auf einen Wagen. Die Geschwindigkeit, mit der eine große Anzahl Hacken gefertigt und verfrachtet werden kann, ist wahrhaft erstaunlich.

Leider gelang es mir nie, in Susa irgend jemanden für diese Dinge zu interessieren. Zum einen verabscheuen persische Adlige Handel und Gewerbe. Zum anderen hatte ich als Angehöriger des Hofs nie Gelegenheit, Leute kennenzulernen, welche einen solchen Versuch – die Herstellung von Produkten in Menge – vielleicht unternommen hätten.

»Du wirst in meinem Kind ein wahres Kleinod finden. Sie wird dir so ergeben sein, wie Sita Rama ergeben war.« Dies war eine konventionelle Floskel.

»Daß sie deine Tochter ist, ist mir mehr als genug.«

»Sie steht mir von all meinen Kindern am nächsten.« Tränen traten in die glänzenden, mit Augenwasser gespülten Augen. Später erzählte mir Ambalika, daß ihr Vater sich nicht einmal die Namen seiner Töchter gemerkt hatte. Ihn interessierten ausschließlich seine Söhne. »Ich fürchtete ihn«, sagte Ambalika später. »Wir alle fürchteten ihn. Nie richtete er eigentlich ein Wort an mich – bis zu dem Tag, an dem er zu mir sagte, ich würde einen persischen Edelmann heiraten. Als ich ihn fragte, wo und was Persien war, erwiderte er, das ginge mich nichts weiter an.«

»Du wirst gewiß Prinz Jeta, den Großvater meines lieblichen Kindes kennenlernen wollen. Er ist gleichfalls mit meinem geliebten Onkel, dem König von Koschala, verwandt. Wir sind eine schöne und glückliche Familie, geteilt nur, wie ich zu sagen pflege, durch den Ganges.« Das rundliche Gesicht verfinsterte sich plötzlich. »Und durch die Föderation. Oh, mein Lieber, du mußt uns mit deinem weisesten Ratschlag dienen.« Für einen kurzen Augenblick ruhte die kraftvolle Hand auf dem Rücken meiner Hand. Seine Finger verströmten eine intensive Hitze. Der Palmwein, dem wir regelmäßig zusprachen, erhitzt das Fleisch und verstört die Sinne.

»Wir sind stärker. Doch die sind gerissener. Sie schüren Unruhe an der Grenze. Sie infiltrieren die religiösen Orden. Die Klöster der Dschainas und der Buddhisten sind voller republikanischer Agenten. Aber da mein Vater – möge er ewig leben – dem Buddha ergeben ist, können wir nichts tun. Noch schlimmer ist, daß republikanische Agenten im letzten Jahr Zugang zu den Gilden gefunden haben. Derzeit kontrollieren sie hier in Rajagriha den Rat der Töpfergilde. Auch im Rat der Webergilde sitzen zwei von ihren Leuten. Und das Übelste von allem: Der Älteste der Schuhmachergilde ist erklärter Republikaner. Wir sind von innerer Auszehrung bedroht – oh, mein teurer Freund, was sollen wir tun?«

»Die Gilden säubern, mein Prinz. Die Republikaner eliminieren.«

»Oh, mein Liebster, du kennst unsere kleine Welt nicht. Unsere Gilden sind fast so alt und fast so heilig wie die Monarchie. Was ihre Säuberung anbelangt... Nun, *ich* würde sie gerne zerschmettern. Mein Vater auch – heimlich natürlich. Aber sie sind zu mächtig. Sie sind zu reich. Sie verleihen Geld, zu exorbitantem Zinssatz. Sie unterhalten ihre eigenen Milizen...«

»Aber das ist gefährlich, mein Prinz. Einzig der Herrscher sollte die Macht besitzen, Truppen aufzustellen.« Mich hatte da so manches schockiert. Nicht nur, daß die Gilden von Magadha das kommerzielle Leben des Landes beherrschen – zu allem Überfluß wohnen die im selben Gewerbe Tätigen auch noch im selben Stadtteil, winzigen Nationen überaus ähnlich: Jede Gilde hat ihre eigene Gerichtsbarkeit, ihre eigenen Finanzen, ihre eigenen Truppen.

»Nun, wir kontrollieren die Gilden, bis zu einem gewissen Punkt. Im Krieg werden die Gildenmilizen automatisch der Armee des Königs eingegliedert. Wenn jedoch kein Kriegszustand besteht...«

»... dann sind sie praktisch selbständig?«

»Mehr oder minder, ja. Natürlich sind die Gilden für uns von Nutzen. Kein König, kein Geheimdienst könnte eine so große Bevölkerung wie die unsere jemals unter Kontrolle halten. So halten die Gilden denn für uns Ordnung. Auch wissen sie bei der Festsetzung von Preisen über die Erfordernisse des Marktes für gewöhnlich besser Bescheid.«

»Aber wie könnt ihr sie kontrollieren? Wäre ich der... sagen wir einmal... Älteste der Schuhmachergilde, so würde ich versuchen, soviel wie möglich für ein Paar Schuhe herauszuholen. Ich würde den Preis verdoppeln, und die Leute müßten meine Ware zu dem Preis kaufen, weil ja nur meine Gilde Schuhe herstellen und verkaufen darf.«

Der Prinz lächelte süß, eine Folge des Weins, den er reichlich genossen hatte. »Zum einen besitzen wir, wir allein, die Macht über Leben und Tod. Selten wenden wir diese Macht gegen die Gilden an, doch sie ist stets vorhanden, und das weiß man dort. Praktisch gesprochen, beruht unsere Macht auf der Tatsache, daß wir sämtliche Rohmaterialien kontrollieren. Wir kaufen billig ein und verkaufen mit geringem Gewinn. Beispielsweise werden zu einer bestimmten Zeit im Jahr Kühe geschlachtet. Wenn das geschieht, kaufen wir alle Häute auf und lagern sie in Lagerhäusern. Wird Rindsleder knapp, so verkaufen wir davon zu vernünftigen Preisen an die Gilden. Sollte eine Gilde ihre Schuhe zu überhöhten Preisen auf den Markt bringen, so halten wir das Leder zurück, bis man wieder vernünftig wird.«

Nirgendwo sonst auf der Welt habe ich ein solches monarchisches System gefunden: so klug und geschickt darauf berechnet, mit einem Minimum an Zwang aus der Bevölkerung ein Maximum an Abgaben herauszuholen.

»Werdet ihr mit der Föderation Krieg führen?« Ich war genügend berauscht, um dem Prinzen die Frage zu stellen, auf deren Beantwortung ganz Indien nervös wartete.

Ajataschatru breitete die Arme aus, die Handflächen nach oben gekehrt. Die Fingerspitzen waren rot bemalt. »Krieg ist stets das, was man sich am allerwenigsten wünscht. Wäre das Pferdeopfer anders ausgegangen, so hätten wir zumindest ein Zeichen vom Himmel gehabt – daß es für uns an der Zeit sei, für unser Überleben zu kämpfen. Aber nach Lage der Dinge . . . Ich weiß es nicht, mein Lieber.«

Der Prinz tätschelte das nackte neun- oder zehnjährige Mädchen, das auf seinem Schoß lag. Sie hatte große, wachsame Augen. Vermutlich war sie eine Geheimdienstagentin. In Magadha werden schon Kinder, meist obdachlose Waisen, zu Agentendiensten gedungen.

Falls die Kleine eine Agentin war, so erfuhr sie an jenem Abend nichts. Wie stets zeigte sich der Prinz verschwiegen. Mehr als einmal hatte ich erlebt, wie er sich bis zur Bewußtlosigkeit betrank. Dennoch ließ er nie ein unbedachtes Wort entschlüpfen. Wein machte ihn sentimental, zärtlichkeitsbedürftig, wirr. Sein unablässiges »mein Lieber« überflutete mich wie ein Monsunregen. Seine heiße Hand preßte meine Hand, und liebevoll zog sein mächtiger Arm mich an seine Brust. An diesem Abend wurde ich gestreichelt, getätschelt, gedrückt und – mehr oder minder – als Mitglied der königlichen Familie von Magadha akzeptiert, welche von ihren Vettern von Koschala getrennt war durch den Ganges . . . und durch die verruchte Föderation der Republiken. An diesem Abend in der Spielhalle der Fünf Hügel hatte ich den Eindruck, daß die Entscheidung bereits gefallen war – *für* den Krieg.

»Nie hat es einen Soldaten wie meinen Vater gegeben, weißt du. Nicht einmal euer Kyrus der Große kommt ihm gleich. Glaube mir, Bimbisara war schon lange vor dem Pferdeopfer hoher König. Schließlich ist er es gewesen, der das Volk von Anga besiegte. Dadurch gewannen wir den Hafen Champa. Und somit die Kontrolle über den gesamten Verkehr den Ganges hinunter zu dem Meer, welches nach Cathay führt.«

Nun weinte Ajataschatru, rührselig im Rausch. »Ja, es war Bimbisara, welcher sie erschuf, die nunmehr mächtigste Nation in der ganzen Welt. Es war Bimbisara, welcher eintausend Straßen baute und eintausend Dämme über die Sümpfe. Es war Bimbisara . . .«

Ich hörte nicht mehr hin. Wenn Inder Zahlen nennen, gibt es kein Halten mehr. Es trifft zwar zu, daß Bimbisara eine Menge unbefestigter Straßen anlegen ließ, die sich bei Monsunwetter in Schlamm verwandelten, doch brachte er es nie fertig, wenigstens die große Karawanenroute von Champa nach Taxila instand zu halten. Überdies gibt es, sonderbarerweise, nirgends in Indien irgendwelche Brücken. Wegen der periodischen Überschwemmungen seien Brücken unpraktisch, heißt es; doch glaube ich, daß es den Indern ganz einfach an der Fähigkeit gebricht, Flüsse zu überbrücken, und sei es mit Hilfe aneinander befestigter Flöße. Allerdings ist eine der mächtigsten Gilden in Magadha jene der Fährleute, und (wie die Inder zu sagen pflegen) noch nie hat sich eine Gilde selbst aufgelöst.

Nachdem, an diesem Abend, der Prinz eingeschlummert war, vergnügte ich mich eine Zeitlang mit Caraka beim Würfelspiel. Doch sobald ich zu verlieren begann, hörte ich auf. Caraka seinerseits war dazu außerstande. Schließlich befahl ich ihm, die Halle zu verlassen. Zum erstenmal begriff ich, in welchem Maße die Spielleidenschaft einem Menschen den Verstand rauben kann. Es ist wie Haoma oder geschlechtliche Begehrlichkeit. Doch während hier die Wirkung mit der Zeit abnimmt, hält die Spielleidenschaft an.

Ich muß sagen, daß ich Bimbisara bewunderte, weil es ihm gelang, auf so mühelose Weise aus der Süchtigkeit der Menschen beträchtlichen Gewinn zu schlagen. Eine Zeitlang experimentierten wir in Susa mit einer Spielhalle. Aber die Perser sind keine Spielernaturen – weil sie keine Händler sind? Und nur Griechen besuchten die Halle. Da die Griechen unweigerlich mehr Geld verloren, als sie aufbringen konnten, wurde das Etablissement geschlossen.

7

Kaum gelange ich zu dem Schluß, die Menschen seien einander ziemlich ähnlich, finde ich mich mit ein paar beträchtlichen Unterschieden zwischen den Rassen konfrontiert. Inder sind Spielernaturen. Perser nicht. Die vedischen Götter Indiens sind Zarathustras Teufel in Persien. Warum glauben manche Menschen, der Kosmos sei eine einzige Einheit, während andere glauben, er bestehe aus vielen Dingen? Oder aus vielen Dingen in einem Ding? Oder aus keinem, gar keinem Ding. Wer oder was erschuf den Kosmos? Existiert er oder existiert er nicht? Existierte ich, ehe ich diese Frage an Demokrit richtete? Existiere ich jetzt? Existierte ich vor meiner Geburt in anderer Gestalt? Werde ich abermals wiedergeboren als etwas anderes? Gäbe es auf Erden keine Menschen, um die unter der Sonne sich verlängernden Schatten zu sehen – gäbe es dann so ein Ding wie die Zeit?

Das Nachdenken über »erste Dinge«, wie er es nannte, bereitete Prinz Jeta noch mehr Vergnügen als mir. Zur Hochzeit seiner Enkeltochter kam er von Koschala nach Magadha herüber, und gleich bei unserer ersten Begegnung lud er mich in sein Landhaus nördlich von Rajagriha ein. Er bat mich, um die Mittagszeit zu kommen und mir wegen der Hitze keine Sorgen zu machen. Zu dieser Jahreszeit stattet man einander für gewöhnlich erst nachmittags Höflichkeitsbesuche ab. Aber er versicherte mir: »Es wird dir zur Mittagsstunde so kühl sein, als befändest du dich in dem Land des Schnees.« Dies war eine uralte Redewendung, die auf die ersten Arier zurückging. Ich bezweifle, daß es am Hof von Magadha auch nur ein Dutzend Leute gab, die jemals Schnee gesehen hatten.

Eine Lehmziegelmauer mit einem einfachen hölzernen Tor umgab Prinz Jetas Anwesen. Sehr eindrucksvoll wirkte es nicht, und man hätte meinen können, wir seien im Begriff dem, sagen wir, Hauptquartier der Müllergilde einen Besuch abzustatten. Aber kaum hatten wir das Tor durchquert, so zeigte sich sogar der Anti-Arier Caraka beeindruckt.

Am Ende einer langen Allee mit blühenden Bäumen befand sich ein Pavillon mit hohen, gewölbten Fenstern, die überschattet waren von hellblauen Baldachinen aus einem neuartigen Baumwollgewebe (und nicht aus Seide, wie man zunächst meinen mochte).

Der Duft der Blumen und der Kräuter wandelte sich von einem Abschnitt des Gartens zum nächsten. Prinz Jeta hatte die Eintönigkeit der flachen Landschaft zwischen dem Ganges und Rajagriha geschickt unterbrochen durch eine Anzahl künstlicher kleiner Hügel und Miniaturgebirge. Niedere Bäume und Blumenböschungen zierten die Hügel, während die Miniaturgebirge, von einzigartiger Schönheit, eine Art Nachbildung des grauen Himalaya zu sein schienen.

Das Innere des Pavillons, ganz ohne grelles Licht, wirkte ebenso kühl wie verheißungsvoll. In regelmäßigen Abständen sprühte Wasser auf das Grün der Pflanzen vor den Fenstern. Später gelang es einem meiner Leute, das hydraulische Prinzip zu entdecken, auf dem dieses System beruhte, und eine Zeitlang fand es Anwendung in den neuen Palastgärten in Babylon. Doch erging es ihm wie allen Neuerungen in jener Stadt: Man verzichtete schon bald wieder darauf. Alles, was aus der Zeit nach dem Modernisten Nebukadnezar stammt, gilt als leicht anrüchig. Die Babylonier sind vermutlich das konservativste Volk auf der Erde.

Prinz Jeta war weder jung noch alt. Seine Haut wirkte heller als die des durchschnittlichen Magadhaniers, und an beiden Augen hatte er eine sonderbare Hautfalte, ein charakteristisches Merkmal der Gebirgsbewohner im Himalaya-Gebiet – und auch der Menschen in Cathay. Er war schlank und für einen indischen Adligen, zumindest in der Sommerzeit, bemerkenswert agil – zweifellos dank der Kühle durch das sprühende Wasser, die schattigen Bäume, die wie durch Zauberei rotierenden Fächer.

Prinz Jeta begrüßte uns formvollendet. Sodann versicherte er mir, wie sehr ihn meine Vermählung mit seiner Enkeltochter entzücke. Diese sei, wie alle wüßten, leichtfüßig wie eine Gazelle, fruchtbar wie frischer Salat – und so weiter. Was mich angenehm berührte: Er tat nicht so, als ob er das Kind überhaupt persönlich kannte.

Im Anschluß an die Förmlichkeiten gab es ein leichtes, doch köstliches Mahl. »Ich esse kein Fleisch«, sagte er. »Aber wenn du magst, so steht dir das natürlich frei.«

»Nein.« Ich fühlte mich erleichtert. An einem heißen Sommertag machte mich die Kombination von Fleisch und Ghee genauso stumpfsinnig wie einen dickwanstigen Brahmanen. Ich fragte meinen Gastgeber, ob sein Verzicht auf Fleisch womöglich religiöse Gründe habe.

Prinz Jeta machte eine knappe, irgendwie selbst-abschätzige Handbewegung. »Ich wäre gern wahrhaft erleuchtet. Aber ich bin es nicht. Ich befolge die Gelübde so genau wie möglich, aber was heißt das schon? Ich bin weit, weit vom Nirwana entfernt.«

»Vielleicht«, sagte ich, »wird der Weise Herr deine jetzigen Absichten für die Tat nehmen und dir erlauben, die Brücke der Erlösung zum Paradies zu überqueren.« Wie es geschehen konnte, begreife ich nicht: daß ich nämlich die Taktlosigkeit besaß, von Religion zu sprechen im Haus eines Mannes, der dem Buddha nahe war. Gewiß hatte man mich gelehrt, daß unsere Religion die einzige wahre sei und daß man sie allen Menschen bringen müsse, ganz gleich, ob ihnen – oder ihren Dämonen – dies gefiel. Doch war ich überdies ein Höfling und, wichtiger noch, ein Gesandter. Darius hatte sich zu diesem Punkt nachdrücklich geäußert. Weder sollte ich fremde Götter herabsetzen, noch Fremden den Weisen Herrn aufdrängen.

Aber Prinz Jeta war großmütig genug, meiner Ungeschliffenheit mit Freundlichkeit zu begegnen. »Es wäre in der Tat sehr gnädig von deinem Weisen Herrn, einen so Unwürdigen seine Brücke überqueren zu lassen ins – äh, Paradies.« Die Vorstellung von einem Paradies als der Welt der Väter ist für die meisten Indo-Arier recht verschwommen. Völlig ignoriert wird sie von jenen, welche ihre vedischen Götter ersetzt haben durch den Glauben an eine lange Kette von Toden und Wiedergeburten, die nur endet durch persönliche Erleuchtung oder weil die Zyklen der Schöpfung zum Erliegen gekommen sind – um erneut zu beginnen.

Ich ließ das Thema Weiser Herr fallen. Zu meinem Bedauern tat dies auch Prinz Jeta. Er sprach vom Buddha. »Du wirst ihm begegnen, wenn du uns in Koschala besuchst. Es würde mir das Herz brechen, müßten wir verzichten auf die große – wie soll ich sagen? – Ausstrahlung deiner Gegenwart in Schravasti, nicht nur als Abgesandter des Großen Königs, sondern mehr noch als Enkelsohn von Zarathustra.« Wie alle Inder verstand es Prinz Jeta, Blumengirlanden aus Worten zu winden. Wie alle persischen Höflinge verstand auch ich mich darauf. Doch nach dem Mahl ließen wir die Blumen welken und kamen zu wesentlicheren Dingen.

»Laß uns spazierengehen«, sagte Prinz Jeta und nahm meinen Arm. Dann führte er mich zu einem künstlichen See, der, von Schilf und Lotuspflanzen umgeben, so geschickt angelegt war, daß man ihn für ein besonders gelungenes Werk der Natur halten konnte. Durch irgendeinen perspektivischen Trick wirkte der See enorm breit und tief, und auf der anderen Seite grenzte er an ein Gebirge.

Am Ufer entledigte sich Prinz Jeta seines Obergewandes. »Schwimmst du?« fragte er.

»Das wird uns mit als erstes beigebracht«, erwiderte ich.

In Wahrheit hatte ich nie richtig schwimmen gelernt. Dennoch konnte ich mit Prinz Jeta mithalten, als er sich eher gemessen durch das flache Wasser zum Miniaturgebirge hinbewegte. Zwischen unseren Beinen tummelten sich bunte Fische, und vom Rand des Sees beäugten uns feuerfarbene Flamingos. An jenem Tag glich der Ort irgendwie dem Paradies.

Als wir nur noch wenige Fuß vom künstlichen Felsen entfernt waren, sagte Prinz Jeta: »Halte dir jetzt die Nase zu und tauche unter den Berg. Im nächsten Augenblick war er verschwunden wie eine Seemöwe auf der Jagd nach einem Fisch.

Da ich vom Tauchen keine Ahnung hatte, duckte ich vorsichtig meinen Kopf und strampelte mit den Beinen – in der Erwartung sogleich ertrinken zu müssen. Aber dann öffnete ich, zum erstenmal in meinem Leben, unter Wasser die Augen und fühlte mich wie verzaubert durch die bunten Fische, die schwankenden grünen Farne, die Lotusketten auf dem Weg zur Oberfläche. Als mir die Luft knapp wurde, erblickte ich den Eingang zu einer Höhle. Kräftig strampelnd schnellte ich hinein und schoß zur Oberfläche empor.

Prinz Jeta half mir aus dem Wasser. Auf feinem, weißem Sand standen hier und dort Diwane, Tische und Stühle. Allerdings wirkte der Sand gar nicht weiß, sondern blau. Alles in der Höhle glühte gleichsam in intensivem blauem Licht, so als brenne unter dem Wasser ein Feuer. Doch hatte diese Wirkung eine andere Ursache: In Höhe des Sees gab es mehrere kleine Öffnungen. So hatten Licht und Luft Zugang zur Höhle, doch konnte niemand hereinspähen. »Oder uns belauschen«, sagte mein Gastgeber. »Dies ist der einzige Ort in Magadha, für den selbst Varschakaras Ohren nicht lang genug sind.«

»Du hast diese Höhle gebaut?«

»Auch den Berg. Und den See. Und den Park. Ich war damals natürlich jung. Ich hatte noch keine Gelübde abgelegt. Alle Lustbarkeiten der Welt bedeuteten mir viel, und eine solche Abhängigkeit ist die Ursache von Schmerz, nicht wahr?«

»Aber es gibt doch oft mehr Freude als Schmerz. Betrachte doch nur deine wunderschöne Schöpfung –«

»– für die ich werde bezahlen müssen in meiner nächsten Existenz als Pariahund.« Der Prinz wirkte so still-gelassen, daß ich nicht wußte, ob er es ernst meinte oder nicht – ein Zeichen allerhöchster Kultiviertheit.

Aber Prinz Jeta konnte auch direkt sein. »Wie ich höre, hast du mit meinem Vetter Bimbisara einen Vertrag abgeschlossen.«

»Wir sind dabei, einen Vertrag abzuschließen, ja. Eisen für Persien. Gold für Magadha. Der Preis ist noch nicht festgesetzt. Vielleicht muß ich nach Susa, um dort das endgültige Wort des Königs einzuholen.«

»Ich verstehe. Wann kommst du nach Koschala?«

»Das kann ich nicht sagen.«

»Ich bin nicht nur wegen deiner Hochzeit mit meiner Enkeltochter hier. Im Auftrag von König Pasenadi lade ich dich ein, ihm an seinem Hof so bald wie möglich die Aufwartung zu machen.«

Ich ließ eine »diplomatische« Pause verstreichen. Dann reagierte ich auf den drängenden Tonfall meines Gastgebers. »Du glaubst, daß es Krieg geben wird?«

»Ja. Bald. Flußaufwärts werden Truppen in Marsch gesetzt.«

»Um in die Föderation einzufallen?«

»Ja ...« Prinz Jetas Augen wirkten so blau wie das Wasser in der Höhle. Bei normalem Licht besaßen sie eine Tönung, die ich für mich Himalaya-Grau nannte. Es ist dies eine Farbe oder Farbschattierung, wie man sie nur bei der Bevölkerung in jenem hochliegenden Teil der Welt findet.

»Was wird Koschala tun?«

»Was wird Persien tun?«

Seine Unverblümtheit übertrumpfte meine noch, und darauf war ich nicht gefaßt. »Von Taxila nach Magadha sind es tausend Meilen.«

»Wir haben gehört, daß die Armeen des Großen Königs schnell marschieren.«

»Sicher wirst du auch wissen, daß die Armee des Großen Königs im Westen engagiert ist, und zwar mit den Griechen, welche –« Ich brach ab. Gewiß war es überflüssig, einen so kultivierten Mann wie Prinz Jeta über die Griechen ins Bild setzen zu wollen. Falls sie für ihn von irgendwelchem Interesse waren, wußte er über sie zweifellos Bescheid. Nun ja. Es zeigte sich, daß in puncto Europa bei ihm Unkenntnis herrschte.

»Ein weiteres Kontingent befindet sich an der nördlichen Grenze«, sagte ich, »im Kampf gegen die Stämme.«

»Unsere Vettern.« Prinz Jeta lächelte.

»Vor dreißig oder vierzig Generationen. Aber wie immer das gewesen sein mag mit dieser unserer Verwandtschaft in uralter Zeit, jetzt sind sie der gemeinsame Feind.«

»Ja, natürlich. Doch gewiß unterhält der Große König eine Armee in seiner Satrapie am Indus.«

»Nur zur Verteidigung. Niemals würde er sie nach Magadha schicken.«

»Bist du sicher?«

»Der Große König kontrolliert das Indus-Tal seit weniger als einer Generation. Ohne eine persische Besatzung . .«

»Ich verstehe.« Der Prinz seufzte. »Ich hatte gehofft . .« Er machte eine kaum merkliche, doch vielsagende Handbewegung. Aber ich kannte sie noch nicht, die Sprache der Hände, wie die Inder es nennen. Um Subtilstes auszudrücken, bedienen sie sich oft nicht der Worte, sondern der Gesten, eine Art der Kommunikation, die von prähistorischen Tänzen herrührt.

»Du findest meinen Schwiegersohn sympathisch?«

»Oh, ja. Er wirkt sehr elegant und . . sentimental.«

»Sentimental ist er gewiß. Als sein Lieblingsvogel starb, weinte er eine ganze Woche lang.«

»Aber der Kämmerer weint nicht!« Jetzt, dachte ich, werden wir sehen, wie das ist: Reichen die »Lauscher« des Geheimdienstes von Magadha bis in die Grotte von Prinz Jeta?

»Nein. Er ist ein harter Mann. Er träumt davon, Varanasi zu annektieren. Er träumt vom Zusammenbruch Koschalas.«

»Ist das nur ein Traum?«

»Pasenadi ist ein heiliger Mann. Diese Welt bedeutet ihm nichts. Er selbst ist ein Arhat. Das heißt, daß er der Erleuchtung nah ist, der endgültigen Auflösung des Selbst.«

»Ist aus diesem Grund auch sein Königreich der Auflösung, wennschon nicht der Erleuchtung nah?«

Prinz Jeta zuckte die Achseln. »Warum sollte es mit Königreichen anders sein als mit Menschen? Sie werden geboren. Sie wachsen. Sie sterben.«

»Was kümmert es dich dann, wenn Koschala jetzt einem Leichnam gleicht?«

»Oh, es kümmert mich. Es kümmert mich. Wegen des Sangha.«

Sangha ist das Wort für den Orden oder die Gemeinschaft von Buddhisten. Doch Wort und Begriff sind um Jahrhunderte, wenn nicht um Jahrtausende älter als Buddha. In den Republiken ist Sangha der Rat sämtlicher Familienoberhäupter. In manchen Republiken bezeichnet man jedes Mitglied des Rats oder der Versammlung als Radscha oder König, ein hübsches Ausweichmanöver in Sachen monarchistisches

Prinzip: Wenn jeder König ist, ist keiner König. In jener Zeit gab es nirgends in den Republiken einen Alleinherrscher.

Da der Buddha der Sohn eines Ratsmitglieds in der Republik der Shakyas war, bezeichnet man ihn oft als Königssohn. Aber sein Vater war nur einer von tausend Königen, die zusammenkamen, um die Republik zu regieren. Doch während bei einem republikanischem Sangha zur Beschlußfassung eine einfache Mehrheit genügt, gelten beim buddhistischen Sangha nur einstimmige Beschlüsse. Nachdem der Buddha dahingegangen war, verursachte diese Regel im Orden eine Menge Schwierigkeiten.

»Du fürchtest König Bimbisara?«

»Nein. Er ist unser Freund.«

»Varschakara?«

Beiläufig oder absichtsvoll zeichnet Prinz Jeta einen Stern in den weichen weißen – nein, blauen – Sand. »Er ist ein typischer königlicher Kämmerer. Ihm erscheint der Orden – jeder Orden – gefährlich.«

»Republikanisch?«

»Genau. Und da Bimbisara alt und Varschakara jung ist, scheint es ratsam, mit dem Allerschlimmsten zu rechnen.« Prinz Jeta lachte. »Du begreifst, warum ich ein so unvollkommener Buddhist bin? Statt den Gelübden zu obliegen, muß ich mich mit Politik befassen.«

»Welchen Gelübden obliegst du *nicht*?« Ich nahm damals alles sehr wörtlich. Überdies bewirkten die zahllosen indischen Religionen bei mir eine völlige Verwirrung. Inder scheinen alles zu akzeptieren, und das bedeutet genausoviel, wie nichts zu akzeptieren. Zündete ich mitunter an einem sonnenlosen Ort das heilige Feuer an, so wohnten dem regelmäßig ein paar neugierige Brahmanen bei. Sie waren stets höflich und stellten interessierte Fragen. Nie jedoch kamen sie zurück. Ich fragte mich, wie es wohl mein Großvater angestellt hätte, sie zu bekehren.

»Ich bin zu sehr von der Welt«, sagte Prinz Jeta. Er schleuderte einen Kiesel ins blauschimmernde Wasser zu unseren Füßen. Im nächsten Augenblick schwamm ein Schwarm Delphine auf uns zu. So sah es jedenfalls aus. Doch als sie hervortauchten, die Delphine, entpuppten sie sich als junge Mädchen. Ein jedes hatte ein Musikinstrument bei sich, das in schützender Lederhülle steckte.

»Ein wenig Musik, habe ich mir gedacht, wird dich gewiß erfreuen. Den Berg und die Grotte habe ich im Hinblick auf den allerbesten Musikgenuß entworfen. Zwar praktiziere ich nicht alle vierundsechzig Künste, doch verstehe ich mich auf die Musik, die einzige Kunst, welche ihrem Wesen nach wohl nahe der –« Er brach ab. Klugerweise versagte er es sich, das, was er für unvergleichlich hielt, mit irgend etwas zu vergleichen.

Ich kann nicht behaupten, daß mir das Konzert soviel Genuß bereitete wie das Blauwasserlicht, das alle Dinge so körperlos wie in einem Haoma-Traum erscheinen ließ.

Unwillkürlich frage ich mich jetzt, ob all dies mit Vorbedacht geplant gewesen war. Jedenfalls kann ich sagen, daß vieles von dem, was Prinz Jeta mir im weiteren Verlauf über den Buddha erzählte, in meinem Gedächtnis haften geblieben ist. Kann es sein, daß Licht und Musik sich in ihrer Wirkung vereinten, um jene Art von Vision zu erzeugen, wie sie uns zuteil wird durch das heilige Haoma oder selbst durch der Teufel Soma? Einzig Prinz Jeta könnte die Antwort wissen, doch hat er den Leib, der neben mir saß, schon lange eingetauscht gegen – wogegen wohl? Zumindest gegen eine mindere indische Gottheit, wie sich hoffen läßt, und zwar eine mit nur zwei Armen sowie einer glückseligen Fast-Ewigkeit vor dem endgültigen Nichts.

Während die Musik klang, erläuterte Prinz Jeta des Buddhas vier edle Wahrheiten. »Die erste Wahrheit ist, daß alles Leben Leiden bedeutet. Bekommt man nicht, was man begehrt, so leidet man. Bekommt man, was man begehrt, so leidet man auch. Zwischen Bekommen und Nicht-Bekommen gleicht das menschliche Leben einem flackernden Feuer. Meinst du nicht auch?«

»Ja, Prinz Jeta.« Ich sage immer Ja: um mehr zu lernen. Ein echter Aalschlängler wie Protagoras oder Sokrates würde wissen wollen, was eigentlich damit gemeint ist. Mit Leiden. Bekommen und Nicht-Bekommen. Ist das Messer zum Haarespalten nur scharf genug, so kann man damit selbst die Tatsache des Lebens zu nichts zerhacken. Ich halte das für Zeitverschwendung. In einer blauen Höhle unter einem künstlichen Berg bin ich bereit, zumindest für den Augenblick, die Vorstellung zu akzeptieren, die menschliche Existenz sei ein flackerndes Feuer.

»Wir lieben es, in den fünf Sinnen zu schwelgen. Natürlich versuchen wir, Schmerz und Leid zu meiden. Wie geschieht dies? Durch die fünf Sinne, welche das Feuer schüren, bis es lodert. So lautet denn die zweite Wahrheit: Das Begehren von Lust oder – schlimmer noch – das Begehren von Dauerhaftigkeit in einer Schöpfung, wo alles im Fluß ist, kann das Feuer nur verstärken. Und wenn es dann nachläßt, ganz unausweichlich, so werden Schmerz und Leid nur um so größer sein. Meinst du nicht auch?«

»Ja, Prinz Jeta.«

»So ist denn klar, daß das Leid nie enden wird, solange das Feuer Nahrung erhält. Also darf man dem Feuer keine Nahrung geben. Meinst du nicht auch?«

»Ja, Prinz Jeta.«

»Gut. Das ist die dritte Wahrheit. Die vierte Wahrheit zeigt, wie das Feuer zum Erlöschen gebracht werden kann. Dies gelingt durch Nicht-Begehren.«

Prinz Jeta brach ab. Für einen Augenblick lauschte ich der Musik, die mir sonderbar anziehend erschien. Wenn ich sonderbar sage, so meine ich, daß ich mit indischer Musik noch nicht vertraut war. Doch wirkte die ganze Szene auf mich so verzaubernd, daß mir alles gefiel – und ich also den Wahrheiten des Buddha weiter entfernt war denn je! Ich fühlte mich der Welt weder entrückt noch enthoben. Ganz gewiß war es nicht mein Wunsch, zu erlöschen.

Plötzlich wurde mir bewußt, daß Prinz Jetas vierte Wahrheit gar nichts war, was in sich selbst eine Wahrheit ist, wie wohl manche Athener – und selbst Abderiten – sagen würden. Ich blickte zu meinem Gastgeber. Er lächelte. Bevor ich meine Frage stellen konnte, beantwortete er sie. »Um die Flamme dieser leidvollen Existenz auszublasen, muß man dem achtfachen Weg folgen. Das ist die vierte edle Wahrheit.«

Früher oder später kommen einem Inder mit Zahlen. Und da sie in puncto Mathematik recht schwach besattelt scheinen, mache ich da stets Abstriche, mag die Anzahl der Sandkörner im Bett des Ganges auch tatsächlich Millionen Millionen Millionen betragen.

»Achtfach?« Ich gab mich interessiert. »Aber ich denke, es sind nur vier Wahrheiten.«

»Die vierte Wahrheit verlangt, daß man dem achtfachen Weg folgt.«

»Und was, Prinz Jeta, ist *das?*« Das Spiel einer Flötenspielerin störte mich in meiner Aufmerksamkeit. Sie spielte in einer falschen – oder aber mir unbekannten – Tonart.

Für dich, Demokrit, sei angemerkt, was der achtfache Weg beinhaltet. Erstens: richtiges Verständnis. Zweitens: richtiger Vorsatz. Drittens: richtiges Reden. Viertens: richtiges Handeln. Fünftens: richtige Lebensweise. Sechstens: richtige Bemühung. Siebtens: richtiges Bewußtsein. Achtens: richtige Konzentration.

Schließlich merkte Prinz Jeta, daß ich mich langweilte. »Diese Dinge mögen dir allzu simpel erscheinen ...«

»Nein, nein.« Ich war höflich. »Aber sie wirken so ... allgemein. Es gibt da nichts Spezifisches – wie etwa die sehr präzise Anweisung des Weisen Herrn an meinen Großvater, wie ein Stier zu opfern sei.«

»Die Opfer des Buddhas sind keine Tieropfer, sondern das Opfer des Tieres im Selbst.«

»Ich verstehe. Aber was im besonderen ist, sagen wir einmal, die richtige Lebensweise?«

»Es gibt da fünf Moralregeln.«

»Vier edle Wahrheiten, ein achtfacher Weg und fünf Moralregeln ... Wenigstens sind die Zahlen des Buddha nicht so gewaltig wie die von Mahavira.« Dies war sehr grob von mir.

Aber Prinz Jeta blieb gelassen. »Wir empfinden Mahaviras Ansichten als irgendwie ähnlich«, sagte er nachsichtig. »Aber er ist nur der

Macher von Flußüberquerungen. Der Buddha *hat* den Fluß überquert. Er ist erleuchtet. Er ist vollkommen. Er existiert nicht.«

»Außer, daß er jetzt in Schravasti residiert.«

»Ein Körper ist dort. Er jedoch ist nicht dort.«

Da du, Demokrit, die fünf Moralregeln wissen möchtest, seien sie genannt. Die falschspielende Flötistin hat jedes Wort des Prinzen gleichsam in mein Gedächtnis geheftet. Hier sind sie, die fünf moralischen Regeln: Nicht töten. Nicht stehlen. Nicht lügen. Sich nicht betrinken. Sich nicht in Wollust ergehen.

Diese letzte Regel stellte ich in Frage. »Was würde mit dem Menschengeschlecht geschehen, befolgte jedermann tatsächlich die fünf moralischen Regeln?«

»Das Menschengeschlecht würde aufhören zu existieren, was in den Augen des Buddha eine vollkommene Angelegenheit ist.«

»Obschon damit auch der buddhistische Orden aufhören würde?«

»Ziel und Zweck des Ordens ist sein Sich-Auflösen. Unglücklicherweise wird nur ein winziger Bruchteil der Menschheit sich je zum Orden hingezogen fühlen, und von diesem Bruchteil wird hinwiederum im Lauf der Jahrtausende nur ein winziger Bruchteil zu den Erleuchteten gehören. Du hast nichts zu befürchten, Cyrus Spitama.« Prinz Jeta zeigte sich amüsiert. »Das Menschengeschlecht wird existieren, bis der gegenwärtige Zyklus endet.«

»Aber was für einen Zweck hat eine Religion, die nur wenigen vorbehalten ist? Zumal, wie du gerade gesagt hast, selbst von diesen wenigen kaum einer den endgültigen Zustand des Nirwana erreichen wird?«

»Der Buddha hat kein Interesse an Religion. Er hilft nur jenen, die am Flußufer stehen. Er wird ihnen die Fähre zeigen. Sollten sie das andere Ufer erreichen, so werden sie entdecken, daß es weder Fluß noch Fähre noch selbst zwei Ufer gibt...«

»Und auch nicht den Buddha?«

»Und auch nicht den Buddha. Das Feuer wird erloschen sein, der Traum von dieser Existenz vergessen, und wachen wird der, der erleuchtet ist.«

»Wo?«

»Ich bin nicht erleuchtet. Ich bin dem falschen Ufer noch immer zu nah.«

Dies war es, was in meiner Erinnerung haften blieb von jenem zauberhaften, wenngleich verwirrenden Nachmittag in der Grotte des Prinzen Jeta. Als ich den Buddha später sah und hörte, erhielt ich eine klarere Vorstellung von seiner Lehre, die im Grunde gar keine »Lehre« ist.

Demokrit sagt, er sehe eine Ähnlichkeit zwischen den Wahrheiten des Buddha und denen von Pythagoras. Ich nicht. Pythagoras und Gosala und Mahavira, sie alle glaubten an Seelenwanderung: von Fisch zu

Baum zu Mensch, und was weiß ich. Aber eine solche Vorstellung war dem Buddha fremd, weil er letztlich überhaupt nicht an Existenz glaubte. Wir sind nicht hier, sagte er. Wir sind auch nicht dort. Wir bilden uns nur ein, daß das Feuer flackert.

Dennoch ist es eine Tatsache, daß man existiert. Ich bin – ohne jedweden Zweifel – ein alter, blinder Mann, der in Athen in einem kalten und zugigen Hause sitzt und von all dem Baulärm in unserer Nähe taub zu werden droht. Ich weiß – oder glaube doch zu wissen –, daß ich mit einem jungen Verwandten aus Abdera über vergangene Zeiten spreche. Folglich existiere ich, wennschon nur mühsam: mehr Asche als Flamme.

Für den Buddha war die Vorstellung von Existenz etwas sehr Schmerzvolles. Und wie hatte er doch recht! Sich zu befreien von aller Begierde mit Einschluß der Begierde, sich von allen Begierden zu befreien! Zweifellos gelang dies nur wenigen – jedenfalls in der Ewigkeit. Dennoch bin ich so ziemlich davon überzeugt, daß jene, die seinen Weg eingeschlagen, in bezug auf diese Welt besser dran sind als solche, welche dies nicht tun.

Sonderbar. Ich hätte nie geglaubt, daß ich zu einer derartigen Ansicht gelangen würde. Ähnlich erging es Prinz Jeta. »Nichts, was ich dir erzählt habe, ist wirklich wichtig«, sagte er, als wir uns anschickten, die lichte Höhle zu verlassen

»Weil das Ziel der Materie Sunyata ist«, versetzte ich – zu seiner Überraschung – und zu meinem irdischen Entzücken über meine Klugheit. »Und Sunyata bedeutet das Nichts und dient euch auch als Wort für den Kreis, der für nichts steht und dennoch existiert.« Prinz Jeta blieb einen Augenblick am Rand des Wassers stehen. Über sein Gesicht huschte, spinnwebengleich, der Widerschein des bläulichen Lichts.

»Du mußt Tathagata kennenlernen«, sagte er so leise, als solle nicht einmal das Wasser seine Stimme vernehmen.

»Wer ist das?«

»Ein anderer Name für Buddha. Unser privater Name. Tathagata bedeutet: der, welcher gekommen und gegangen ist.« Und damit entschwand auch Prinz Jeta. Er tauchte ins Wasser. Ungeschickt folgte ich ihm.

Jahre später fand ich heraus, daß jedes unserer Worte in der Grotte belauscht worden war. Von einem Agenten des Geheimdienstes von Magadha natürlich. Irgendwie war es Varschakara gelungen, durch den weichen Stein des Berges eine Art engen Tunnel zu treiben, bis hin zur Grotte. Zum Glück war Prinz Jeta zu bedeutend, als daß man ihn hätte festnehmen können, während ein Gesandter des Großen Königs als unantastbar galt.

Die Rückreise nach Rajagriha zog sich endlos hin. Auf der staubigen Straße drängten sich Menschen, Karren, Kamele, Elefanten, Soldatentrupps. Alle wollten die Stadt rechtzeitig erreichen, also vor Sonnenuntergang: bevor die Tore schlossen.

Ich muß gestehen, daß ich mich nie daran gewöhnen konnte, wie sich Inder in aller Öffentlichkeit erleichtern. Es ist unmöglich, irgendwo in Indien zu reisen, ohne mitansehen zu müssen, wie sich Dutzende von Männern und Frauen vergnügt am Straßenrand niederhocken. Dabei tun sich Mönche, ganz gleich ob Dschainas oder Buddhisten, besonders unangenehm hervor. Da ein Mönch nur essen darf, was er sich erbettelt hat, geschieht es nicht selten, daß er verdorbene Speisen genießt (die man ihm mitunter absichtlich in seine Schale tut). Was immer man ihm gibt, *muß* er essen. Die unerquicklichen Folgen für seine Verdauung liegen, wennschon nicht auf der Hand, so doch – in aller Öffentlichkeit – auf der Straße.

Ich sah etwa ein Dutzend buddhistischer Mönche. Alle waren in Lumpen gekleidet, und jeder hatte eine Bettlerschale. Keiner trug eines jener gelben Gewänder, wie sie heutzutage für den Orden charakteristisch sind, denn damals lebten die ergebensten Buddhisten noch in der Wildnis, fernab der Versuchung. Doch erwies sich das einsame Leben schließlich als unvereinbar mit dem Bedürfnis des Ordens, sämtliche Sutras oder Wörter festzuhalten und weiterzugeben, welche der Buddha je gesprochen. Nach und nach bildeten sich Gemeinschaften aus jenen Männern und Frauen, die dem Buddha wahrhaft ergeben waren. Schon während meines ersten Besuchs in Indien fand der Orden allmählich heraus aus der ursprünglichen Vereinzelung seiner Mitglieder.

Die allerersten Schüler oder Jünger waren mit dem Buddha gewandert, und außer in der Regenzeit hielt er nie länger Rast. Während seiner letzten Jahre neigte er dazu, sich in einem Kreis zu bewegen, der in Schravasti begann und endete. Dort verbrachte er die Regenzeit in einem Park, den Prinz Jeta dem Orden überlassen hatte. Keinesfalls war der Park das Geschenk eines Kaufmanns aus Schravasti, der Anathapindika hieß und mit frecher Stirn behauptete, er habe Prinz Jeta für den Park eine Riesensumme gezahlt. Da Prinz Jeta es stets sorgfältig vermied, für seine guten Taten Lob oder gar Ruhm in Anspruch zu nehmen, gilt jetzt Anathapindika als der großzügigste Gönner des Buddhas. Nie habe ich einen edleren Menschen als Prinz Jeta gekannt.

Nach dem Ende der Regenzeit besuchte der Buddha mitunter seine Shakya-Heimat in den Ausläufern des Himalaya. Sodann wanderte er südwärts durch die Republiken, berührte Städte wie Kuschinara und Vaischali, überquerte beim Hafen von Pataliputra den Ganges und wanderte in südlicher Richtung weiter nach Rajagriha, wo er wenigstens einen Monat in einem Bambushain gleich innerhalb der Stadtmauer zubrachte. Stets schlief er unter den Bäumen. Und es war ihm lieber, sich seine Nahrung auf Landstraßen zu erbetteln, statt in den wimmelnden Gassen von Rajagriha. Während der Hitze des Tages pflegte er unter einem Baum zu meditieren, und alle möglichen Leute kamen, um ihn zu sehen, darunter auch König Bimbisara.

Ich will hier anmerken, daß der Anblick heiliger, unter Bäumen hockender Männer in Indien zu den Alltäglichkeiten gehört. Von vielen weiß man, daß sie jahrelang in derselben Haltung ausharren. Der Regen durchnäßt sie, die Sonne versengt sie, der Wind spielt ihnen mit. Sie leben von den Speisen, die man ihnen bringt. Manche sprechen nie; manche hören nie auf zu sprechen.

Von Rajagriha pflegte der Buddha weiterzuwandern nach Varanasi. Hier wurde er stets empfangen wie ein siegreicher Held. Tausende neugieriger Menschen begleiteten ihn zum Hirschpark, wo er zum erstenmal das Rad der Lehre in Gang gesetzt hatte. Wegen der Menge hielt er sich nur selten länger im Hirschpark auf. Mitten in der Nacht wanderte er weiter in nordwestlicher Richtung zu Städten wie Kauschambi und Mathura. Und kurz vor Beginn der Regenzeit kehrte er nach Schravasti zurück.

Der Buddha wurde von allen verehrt, selbst von jenen Brahmanen, die in ihm eine Bedrohung ihres Ansehens hätten erblicken können. Schließlich gehörte er zur Kriegerklasse. Aber er war mehr als ein Krieger, mehr als ein Brahmane. Er war der Goldene. Und so fürchteten ihn die Brahmanen, weil er war wie niemand sonst. Aber genau genommen war er ja auch niemand. Er war gekommen; und er war gegangen.

8

Nachdem Ajataschatru mir die Mitgift ausgezahlt hatte, sagte er: »Du mußt dir jetzt ein Haus kaufen. Es darf weder zu groß noch zu klein sein – irgendwo in der Mitte zwischen meinem Haus und dem Palast des Königs. Es muß einen zentralen Innenhof mit einem Brunnen von reinstem Wasser haben. Auch muß es zehn verschiedene Arten blühender Büsche geben. Zwischen zwei Bäumen muß eine Schaukel hängen, auf der zwei Menschen nebeneinander schaukeln können, viele glückliche Jahre lang. Das Schlafgemach muß ein breites Bett haben mit einem Betthimmel aus Cathay-Stoff. Auch sollte ein Diwan stehen bei einem Fenster mit Ausblick auf einen blühenden Baum.« Nachdem er alles aufgezählt hatte, was mein Haus enthalten müsse, wölbte er seine Augenbrauen zu hohen Bögen und fragte: »Aber *wo* ist dieser vollkommene Ort zu finden? Mein Lieber, wir müssen suchen. Wir dürfen keinen Augenblick verlieren!«

Natürlich *hatte* Ajataschatru bereits ein ideales Haus für uns gefunden. Es gehörte ihm sogar. Und so endete die Sache damit, daß ich meinem Schwiegervater die Hälfte des Mitgiftgeldes zurückgab, um ein zwar attraktives, aber leicht verfallenes Haus in einer lärmreichen Straße zu erstehen.

Zu meiner Überraschung unternahm man keinen Versuch, mich vor der Hochzeit zur Teufelsanbetung zu bekehren. Von mir wurde nichts weiter erwartet, als daß ich in einer uralten arischen Zeremonie (unserer eigenen durchaus vergleichbar) den Bräutigam spielte. Genau wie in Persien wird der religiöse Teil der Zeremonie von der Priesterkaste zelebriert. Dem, was sie sagen und tun, braucht man mithin nicht die leiseste Beachtung zu schenken.

Am späten Nachmittag traf ich beim langen, niedrigen Holzhaus von Ajataschatru ein. Am Eingang bejubelte mich eine große Menge gewöhnlicher Menschen, die meine Erscheinung mit wohlwollenden Äußerungen bedachten. In der Tat bot ich ein prachtvolles Bild, obschon mir die Hitze gehörig zusetzte. Ich trug einen goldgewirkten Schal sowie einen Turban, für dessen ordnungsgemäße Wicklung ein Bediensteter eine Stunde gebraucht hatte. Des Königs höchsteigener Leibbarbier war es gewesen, der meine Augen schwarz ummalte und meinen Lippen Lack applizierte. Im übrigen hatte besagter Barbier meinen Körper mit Hilfe farbiger Sandelholzpaste »ornamentiert«, meine Brust in das Laub und das Geäst eines Baumes verwandelnd, dessen zierlich gezeichneter Stamm über meinen Bauch hinabreichte bis zu meinen Genitalien, welche – malerisch – zu Wurzelwerk umgestaltet worden waren. Auf jeder meiner Waden ringelte sich eine gleichsam gleißende Schlange. Ja, der Barbier war ein Dravida und konnte der Versuchung nicht widerstehen, vorarisches Beiwerk beizumischen. Bei heißem Wetter lieben es modebewußte Inder, sich mit Sandelholzpaste vollzuschmieren, weil dies angeblich Kühlung bewirkt. Es bewirkt nichts dergleichen. Man schwitzt wie ein Pferd, doch immerhin riecht der Schweiß wie das exotische Parfüm.

Ich wurde von Caraka und der ganzen Gesandtschaft begleitet. Inzwischen kleideten wir uns alle wie Inder. Das Klima hatte über den Patriotismus obsiegt.

An der Palasttür wurden wir von Ajataschatru und Varschakara empfangen. Beide waren noch prächtiger gekleidet als ich. Varschakara trug burmesische Rubine von der Farbe seiner Zähne, während den Thronerben eintausend tausend Diamanten schmückten, wie die Inder sagen würden. Diamanten hingen ihm in Ketten um den Hals, bedeckten seine Finger, fielen in Kaskaden von seinen Ohrläppchen, umgürteten den gewaltigen Leib.

Uralter Sitte gemäß, bot mir Ajataschatru einen Silberbecher voll Honig und geronnener Milch dar. Nachdem ich diese unappetitliche Mischung getrunken hatte, wurde ich auf den zentralen Innenhof geführt, wo ein buntes Zelt stand, das wir nun betraten. Auf der entfernteren Seite waren meine noch unsichtbare Braut, ihre Mutter, ihre mutter, ihre Schwester sowie Tanten und weibliche Bedienstete. Auf unserer Seite befanden sich die Männer der königlichen Familie, angeführt von König Bimbisara, der mich ebenso feierlich wie gütig begrüßte. »Dieser Tag wird vereint sehen die Arier aus dem fernen Persien und die Arier von Magadha.«

»Deine Gedanken, Herr, entsprechen denen des Großen Königs Darius, dem wahren Licht der Arier, und ich bin glücklich, die bescheidene Brücke zu bilden zwischen dem glanzvollen Zwillingsgestirn der Herrscher über die ganze Welt.« Was ich da sprach, war wohlvorbereiteter Unsinn, gefolgt von ähnlichen Floskeln, welche besser dem Vergessen anheimfallen sollten. Es kam ja auch nur darauf an, den richtigen Ton zu treffen: jenen Ton, der die Illusion stärkte, Persien und Magadha stünden nunmehr vereint gegen die Föderation der Republiken sowie, wenn nötig, auch gegen Koschala.

Bimbisara und Ajataschatru geleiteten mich ins Zelt. Silberlampen verbreiteten funkelnde Helle. Blumen waren verwoben zu eintausend tausend – beachte, Demokrit, daß ich jetzt wirklich in der blumigen indischen Ausdrucksweise denke und meine Gedanken, welcher Art sie auch sein mögen, sodann ins steinerne Griechisch übertrage. Obwohl es viele ähnliche Worte gibt, lassen sich die beiden Sprachen in ihrem Stil nicht vereinbaren. Doch sei dem, wie dem sei – es gab eine Unmenge Blumengewinde, und die stickige Luft roch nach Jasmin und Sandelholz.

Der Boden war mit Cathay-Teppichen bedeckt. Einer von ihnen war besonders schön – ein blauer Drache vor weißem Himmel. Als Ajataschatru seine Tochter später fragte, was sie sich am meisten wünschte, erwiderte sie: den Teppich. Er weinte vor Freude. Nichts, so versicherte er, werde ihn glücklicher machen als der Anblick des Cathay-Drachenteppichs im Hause seiner Lieblingstochter. Wir erhielten ihn nie, den Teppich. Dies war die Art von Glück, die Ajataschatru sich versagte.

Ein rosenfarbener Vorhang teilte das Zelt in zwei Teile. Auf unserer Seite des Vorhangs sangen Brahmanen vedische Texte. In aller Ausführlichkeit wurde die vollkommene Liebe beschworen, welche geherrscht hatte zwischen Rama und Sita. Amüsiert bemerkte ich, daß die Edlen nicht einmal so taten, als ob sie zuhörten. Sie waren viel zu sehr damit beschäftigt, einander zu studieren – die prachtvolle Kleidung, die bemalte Haut.

Schließlich entzündete, in einer Art Metallschale, der Hohepriester von Magadha ein Feuer. Dann gesellten sich drei Brahmanen zu ihm. Der erste hielt eine Schüssel voll Reis; der zweite hielt eine Schüssel voll Ghee; der dritte hielt eine Schüssel voll Wasser.

Im Zelt war es jetzt so heiß, daß ich spürte, wie der Baum auf meiner Brust seine Blätter verlor. Ich schwitzte ungefähr so, wie der Große Kyrus dies vom persischen Soldaten gefordert hatte: Erst dann sei dieser wert und würdig, seine Tagesmahlzeit – die eine, einzige – zu verzehren.

Von der anderen Seite des Vorhangs vernahmen wir die Stimmen der Damen im Mantras-Gesang. Sodann flüsterte König Bimbisara mit dem Hohepriester. Gleich darauf hob sich der Vorhang, und jetzt konfrontierten einander die Damen und die Herren der königlichen Familie.

Mein erster Eindruck war dieser: Der jeweilige Kopfschmuck der Damen ragte in etwa zu gleicher Höhe empor wie die Damen selbst. Meine Frau erzählte mir später, daß das Arrangieren eines solchen Kopfschmucks – oder Kopfputzes – einen ganzen Tag (inklusive Nacht) dauert, so daß die betreffende Dame gezwungen ist, auf einem schräggestellten Brett zu schlafen, damit sie die eigens für sie kreierte Pracht nicht gefährdet.

Zwischen der alten Königin und der Hauptgemahlin von Ajataschatru stand ein kleines, hübsches Mädchen. Es konnte sechs Jahre alt sein – oder auch sechsundzwanzig. Jener rote, kreisrunde Punkt, den indische Damen so lieben, befand sich zwischen ihren Augenbrauen. Sie war einfach gekleidet, als Jungfrau.

Für eine Augenblick starrten die Männer die Frauen an, während die Frauen so taten, als blickten sie die Männer nicht an. Zu meiner angenehmen Überraschung trugen beide Geschlechter die Brust bedeckt, ein Tribut an jene ursprüngliche arische Schamhaftigkeit, welcher das schwüle Klima der Gangesebene so wirkungsvoll Abbruch getan hatte.

Schließlich setzte sich der Hohepriester in Bewegung. Von einer Dienerin nahm er einen Korb mit ungekochtem Reis entgegen. Auf einem Teppich bildete er daraus sieben Häufchen. Währenddessen überquerte Ajataschatru die Trennungslinie zwischen Männern und Frauen. Während er seine Tochter bei der Hand nahm, stieß Varschakara mich an. »Geh zu ihnen«, flüsterte er.

Beim heiligen Feuer gesellte ich mich zu Vater und Tochter. Meine Antworten hatte ich auswendig gelernt; zum Glück waren es nur wenige.

»Cyrus Spitama«, sagte Ajataschatru, »arischer Krieger, Gesandter des persischen Königs, nimm meine Tochter, Ambalika, und gelobe zu befolgen die arischen Gelübde: daß du ihr bringen wirst Reichtum, daß du ihr geben wirst Wonne.«

Ich versicherte, mich aus besten Kräften bemühen zu wollen. Sodann verknüpfte Ajataschatru das Ende meines Obergewandes mit dem Ende des ihren. Gemeinsam nährten Ambalika und ich das Feuer mit Reis und Ghee. Dieser Teil der Zeremonie sagte mir sehr zu, befanden wir uns doch beim Sohn des Weisen Herrn an einem sonnenlosen Ort. Dann nahm ich das Mädchen bei der Hand und führte sie um das Feuer herum und herum, bis jemand einen Mühlstein vor Ambalika hinlegte.

Für einen Augenblick stand sie davor. Noch jetzt weiß ich nicht, was der Mühlstein bedeutet.

Unbehaglich aneinandergeknüpft, machten wir sieben Schritte, wobei wir darauf achtgaben, daß ihr Fuß wie der meine für einen Augenblick auf jedem der sieben Reishäufchen verharrte. Was *diese* darstellten, weiß ich: die sieben Muttergottheiten des vorarischen Indiens. Jene Damen sind ewig und allgegenwärtig.

Nachdem wir über den Drachenteppich hinweggehüpft waren, besprenkelte uns der Hohepriester mit Wasser, das kühl genug war, um mir bewußt zu machen, wie sehr mein Körper kochte. Und das war's dann; wir waren verheiratet.

Bis zum Vollzug unserer Ehe hatten wir uns allerdings noch zu gedulden. Zunächst mußten wir drei Nächte lang Seite an Seite schlafen. Seinerzeit wurde mir der Ursprung dieser strikten Enthaltsamkeit erklärt, doch habe ich die Erklärung vergessen. Auch waren wir gehalten, in der ersten Nacht in unserem Haus gemeinsam den Nordstern zu betrachten – eine Mahnung für jedes frischvermählte Paar, daß die Stämme in uralter Zeit von Norden kamen.. wohin sie eines Tages auch wieder zurückkehren werden?

Ich mochte Ambalika. Dabei hatte ich mit dem Gegenteil gerechnet. Schließlich habe ich's mir zum Grundsatz gemacht, im Leben immer das Schimmste zu erwarten, und die Tatsache, daß sich diese meine Erwartungen mitunter nicht erfüllen, ist ein Quell dunklen Trostes.

Gegen Mitternacht verließ der letzte Hochzeitsgast das Haus. Mein Schwiegervater war ziemlich betrunken. »Mein Lieber«, schluchzte er, »diese Tränen sind die Tränen jenes unvergleichlichen Kummers, welcher dem Wissen entstammt, daß ich nie, nie wieder solch vollkommene Freude erleben werde!« Während er mich anblinzelte, geriet Wimperntusche in seine Augen und rief echte Tränen hervor. Er wischte mit dem Rücken seiner diamantfunkelnden Hand darüber. »Oh, mein liebster Lieber, behandle gut den Lotus meines Herzens, den Liebling unter meinen Kindern!« Wie in einem Wirbel parfümierter Gewänder und funkelnder Juwelen entschwand die königliche Familie, und ich blieb allein zurück.. allein mit meiner ersten Gattin.

Ich sah sie an und überlegte, was ich sagen sollte. Doch meine Sorge erwies sich als überflüssig. Ambalika war im Frauenquartier vortrefflich erzogen worden. Sie glich einer weltläufigen Dame mit jahrzehntelanger Erfahrung bei Hof.

»Wenn du das heilige Feuer entzündet hast«, sagte sie, »gehen wir wohl besser hinauf zum Dach und betrachten den Nordstern.«

»Natürlich. Auch uns ist Feuer heilig«, fügte ich hinzu.

»Gewiß.« Ambalika zeigte nie auch nur das leiseste Interesse für den Weisen Herrn oder Zarathustra. Was sie jedoch faszinierte, waren Geschichten vom Leben am persischen Hof.

Ich entzündete das Feuer in einer Art Metallpfanne. Alles war für uns vorbereitet von einem halben Dutzend Bediensteter, welche sich im Laufe des Tages bei uns eingestellt hatten. Offiziell waren sie ein Geschenk der alten Königin. In Wirklichkeit gehörten sie sämtlich zum Geheimdienst. Wie man das wissen kann? Zeigt sich in Magadha ein Diener tüchtig und gehorsam, so handelt es sich um einen Geheimagenten. Gewöhnliche Diener sind faul, unehrlich und lustig.

Gemeinsam erklommen wir die wackligen Stufen zum Dach. »Termiten«, sagte Ambalika leise. »Mein Herr und Meister, wir werden versuchen müssen, sie auszuräuchern.«

»Wie kannst du wissen, daß es sich um Termiten handelt?«

»Das ist ganz einfach eins von den Dingen, die wir wissen müssen«, sagte sie ziemlich stolz. »Genau wie die vierundsechzig Künste, welche mich die alte Königin lehrte, bloß daß es außer ihr kaum eine gibt, die sich damit noch auskennt. Sie stammt ja aus Koschala, wo man meint, eine Dame sollte so etwas lernen. Hier werden nur noch Huren in den Künsten unterwiesen, was sehr bedauerlich ist, denn früher oder später finden die Herren ihre Gattinnen langweilig, und sie schließen sie ein und verbringen dann ihre Tage und Nächte in Spielhallen – oder in den Häusern von Huren, welche die verkörperte Lieblichkeit sein sollen. Eine meiner Dienerinnen hat für eine Hure gearbeitet, und sie hat zu mir gesagt: ›Du meinst, dein Palastquartier sei schön – nun, du solltest einmal das Haus von der Soundso sehen.‹ Dieses Vergnügen werde ich gewiß nie haben, da ich eine solche Person niemals besuchen könnte. Aber Männer können das. Doch hoffe ich, daß du dir damit Zeit lassen wirst. Daß du solche Häuser erst aufsuchst, wenn ich schon ziemlich alt bin.«

Man hatte auf dem Dach ein Zelt aufgeschlagen. Im Schein des Halbmonds konnten wir die fünf glatten Hügel der alten Stadt erkennen.

»Dort ist der Nordstern.« Ambalika nahm meine Hand, und gemeinsam betrachteten wir, was nach Anaxagoras' Ansicht ein Stein ist. Wie so oft fragte ich mich, woher wohl wir alle stammten. Wo hatten sich die Arier zum erstenmal versammelt? In den Wäldern nördlich der Wolga? In den weiten skythischen Ebenen? Waren sie von dort aufgebrochen? Und warum waren wir südwärts nach Griechenland, nach Persien, nach Indien gezogen? Wer waren die Dunkelhaarigen, welche wir in sumerischen und harappanischen Städten gefunden hatten, und woher stammten *sie*? Oder waren sie ganz einfach der Erde entsprungen wie Lotusblüten, wenn ihre Zeit gekommen ist?

Demokrit möchte wissen, weshalb der Lotus östlichen Völkern heilig ist. Hier die Erklärung. Wenn der Lotus emporstrebt vom Schlamm zur Wasseroberfläche, bildet er eine Kette von Knospen. Sobald eine Lotusknospe aus dem Wasser an die Luft gelangt, öffnet sie sich, blüht, stirbt; und wird ersetzt durch die nächste Knospe einer endlosen Kette. Würde man, so scheint mir, lange genug über den Lotus meditieren, so käme man wohl zu der Vorstellung der Gleichzeitigkeit von Tod und Wiedergeburt. Natürlich kann es sich auch andersherum verhalten haben. Vielleicht fand jemand, der an Reinkarnation glaubte, daß sich in der Erscheinung des Lotus die Kette des Lebens widerspiegelte.

Pflichtgemäß betrachteten wir den Nordstern; betraten dann unser Dachzelt. Ich nahm meinen Schal ab. Der Baum auf meiner Brust hatte den Regen meines Schweißes nur mit Mühe überlebt.

Doch Ambalika war fasziniert. »Das muß ein lieblicher Baum gewesen sein.«

»Das war er auch. Hast du einen Baum?«

»Nein.« Sie nahm ihren Schal ab. Da ich ihres Vaters Leidenschaft für Kinder nicht teilte, sah ich mit Erleichterung, daß sie eine vollentwickelte Frau war. Gemalte Blätter und Blumen umkränzten die beiden kleinen Brüste. An ihrem Bauchnabel breitete ein weißgesichtiger Vogel die roten Flügel. »Dies ist Garuda«, sagte sie, ihren Bauch mit flacher Hand tätschelnd. »Der Sonnenvogel. Vishnu reitet ihn. Er bringt großes Glück, nur Schlangen nicht. Er ist der Feind aller Schlangen.«

»Schau«, sagte ich und zeigte ihr meine mit Schlangen bemalten Beine.

Ambalika hatte ein reizendes, sehr natürliches Lachen. »Das bedeutet, daß du unseren Gesetzen gehorchen mußt, sonst wird mein Garuda deine Schlange vernichten.«

Ich war nervös. »Drei Tage lang müssen wir zusammen liegen, ohne uns zu lieben?«

Ambalika nickte. »Drei Tage, ja. Aber es wird dir gar nicht so lang erscheinen. Schließlich verstehe ich mich auf die vierundsechzig Künste. Jedenfalls auf die meisten davon. Ich werde dich ergötzen. Natürlich bin ich in keiner dieser Künste eine Meisterin. Ich meine, ich bin keine Hure. Ich kann die Laute spielen und darauf improvisieren. Ich tanze ziemlich gut. Ich singe – nicht so gut. Wenn ich in alten Schauspielen mitwirke, bin ich *ganz* ausgezeichnet, zumal wenn ich eine der Gottheiten wie Indra spiele. Ja, ich spiele lieber einen Gott als eine Göttin. Ich kann auch Poesie niederschreiben, nachdem ich sie mir im Kopf zurechtgelegt habe, aber so auf der Stelle – wie die alte Königin – kann ich das nicht, und auch aufs Fechten, ob mit einer Klinge oder einem Stock, verstehe ich mich nicht richtig, doch mit Pfeil und Bogen weiß ich umzugehen. Und dann . . . dann kann ich auch noch künstliche Blumen machen, so daß man meint, es seien echte. Und Kränze kann ich flechten und Blumen arrangieren . . .«

Ambalika beschrieb in welchem Maße sie die vierundsechzig Künste beherrschte. Die komplette Liste bringe ich nicht mehr zusammen. Aber ich weiß noch, daß ich mich darüber wunderte, wie ein Mensch –

und um wieviel mehr ein weiblicher Mensch – imstande sein sollte, sich auf alles das, was sie nannte, gleichermaßen zu verstehen; wozu dann noch kamen: Hexenmeisterei, Zimmermannskunst, die Erfindung von Zungenbrechern und das Abrichten von Vögeln – zumal letzteres. Besitzt doch jede indische Dame zumindest einen kreischenden, buntgefiederten Vogel, dem sie beigebracht hat, »Rama« oder »Sita« zu sagen. Wenn ich an Indien denke, denke ich an Vogelgeschwätz – an Flüsse und Regen, an eine Sonne wie Gott.

Ambalika hielt ihr Wort. Drei Tage und drei Nächte lang ergötzte sie mich, und obwohl wir im Dachpavillon Seite an Seite schliefen, war ich imstande, das vedische Gesetz zu befolgen.

Als ich ihr erzählte, Ajataschatru habe sie als seine Lieblingstochter bezeichnet, lachte sie: »Ich bin ihm zum erstenmal begegnet, nachdem ich als deine Zukünftige auserkoren worden war. Die eigentliche Wahl hatte die alte Königin getroffen. Ich bin *ihre* Lieblingsenkelin. War das Pferdeopfer nicht phantastisch? Die alte Königin wirkte so erregt. ›Jetzt kann ich zufrieden sterben‹, sagte sie später zu uns. Und, weißt du, sie wird schon bald sterben. Das letzte Horoskop war nicht gut. Schau! Dort ist eine Sternschnuppe. Die Götter feiern ein Fest. Sie bewerfen einander mit allen möglichen Dingen. Komm – wünschen wir uns etwas.«

Da ich Anaxagoras noch nicht begegnet war, konnte ich ihr nicht erklären, daß das, was sie für eine Handvoll reinsten Lichtes hielt, in Wirklichkeit nichts war als ein Stück feuriges Metall auf dem Weg zur Erde.

»Hat dein Vater eine Lieblingsfrau?« fragte ich.

»Nein. Er mag neue. Natürlich nicht Ehefrauen. Die kosten auf Dauer zuviel, und er hat bereits drei. Vielleicht wird er noch einmal – oder sogar zweimal – heiraten. Aber erst, wenn er König ist. Jetzt könnte er sich keine weitere Frau leisten. Doch schläft er mit eleganten Huren. Bist du schon einmal mit ihm in einem von deren Häusern gewesen?«

»Nein. Wenn du sagst, er besäße nicht genügend Geld ...«

»Meine Schwestern und ich haben oft davon gesprochen, uns als junge Männer zu verkleiden, um uns so Zugang zu verschaffen zum Haus einer Hure. Damit wir, wenn sie ein Fest gibt, sehen können, wie sie alle Künste richtig praktiziert. Vielleicht hätten wir ja auch als verschleierte Tänzerinnen gehen können. Wären wir jedoch entdeckt worden, so ...«

»Ich werde in ein solches Haus gehen. Und dir berichten, wie es dort ist.«

»Ich glaube nicht, daß du so etwas zu deiner ersten Frau sagen solltest, *bevor* du mit ihr das Vergnügen hattest.«

»Aber wäre es nicht viel schlimmer, es ihr *hinterher* zu sagen?«

»Das ist wahr. Was meinen Vater betrifft ... ich meine, daß er kein Geld hat ...« Das Kind war wendig. Sie hatte gehört, was ich sagte. Sie hatte gehofft, mich abzulenken. Als ihr das nicht gelang, zeigte sie sich freimütig – und vorsichtig. Ein kurzes Zupfen am Ohrläppchen, und ich begriff. Sie wollte mir bedeuten, wir würden belauscht. Dann krauste sie die Stirn und berührte mit dem rotbemalten Zeigefinger ihre zusammengepreßten Lippen. Sie war eine hervorragende Mimin. Ohne ein Wort warnte sie mich, im Haus – selbst um Mitternacht hoch oben auf dem Dach – über gewisse Dinge zu reden. »Er ist gegen jedermann zu großzügig«, sagte sie laut. »Er möchte, daß die Menschen glücklich sind. Und so macht er ihnen zu viele Geschenke. Deshalb kann er sich keine neuen Ehefrauen leisten, was uns alle sehr glücklich macht. Wir wollen ihn mit niemandem teilen.« Diese kleine Darbietung war ein Meisterstück der achtundzwanzigsten Kunst, welche da heißt: Schauspielerei.

Als wir am folgenden Tag Seite an Seite auf dem Innenhof schaukelten, flüsterte sie mir ins Ohr: »Das ganze Geld meines Vaters wird dazu verwendet, eine Armee zum Kampf gegen die Republiken aufzustellen. Das gilt zwar als Geheimnis, doch alle Frauen wissen davon.«

»Warum hebt nicht der König die Armee aus?«

»Die alte Königin sagt, er wolle wirklich Frieden. Schließlich ist er seit dem Pferdeopfer der universelle Monarch. Weshalb sollte er jetzt also in den Krieg ziehen?«

Ich verbesserte sie nicht. Sagte ihr nicht, daß nicht Bimbisara, sondern Darius der universelle Monarch war. Denn von Anfang an vermutete ich, daß ihre Loyalität in erster Linie ihrer Familie galt und nicht mir. Folglich rechnete ich damit, sie werde jede meiner Äußerungen – sofern politischer Natur – ihrem Vater oder Varschakara hinterbringen. »Was hält der König von deines Vaters Plänen?«

»Er weiß nichts davon. Woher auch? Die alte Königin wird ihm nichts sagen, weil sie meinen Vater fürchtet. Wieso, weiß ich nicht. Schließlich ist sie seine Mutter.«

»Aber der Kämmerer würde es ihm sagen.«

»Wer weiß, was der Kämmerer irgendwem insgeheim anvertraut?« Ambalika wirkte plötzlich doppelt so alt. »Aber er haßt die Republiken.«

»Ja, das hat er mir gesagt.«

»Nun ja, jeder weiß, was er *sagt*.« Sie war voller Ehrgeiz. Damals fragte ich mich, ob es nicht auch noch eine fünfundsechzigste Kunst gäbe – mit Namen Diplomatie; oder Verschwörung?

Wir wurden unterbrochen. Ambalikas Großvater, Prinz Jeta, erschien. Da dies der dritte Tag war, brachte er uns Geschenke, und wir bewirteten ihn im Hauptgemach des Hauses. Trotz der Eleganz des Mobiliars und der sonstigen Einrichtung lag gleichsam auf der Hand, daß das Haus bald einstürzen würde – der Termiten und der Fäulnis wegen. Wie gewöhnlich war der Handel nicht zum Nachteil meines Schwiegervaters ausgeschlagen.

Als Ambalika so tat, als wolle sie sich zurückziehen, bedeutete ihr Prinz Jeta mit einer Handbewegung, sie möge bleiben. »Denn wie oft hat ein Mann schon Gelegenheit, eine seiner Enkeltöchter kennenzulernen?«

Ambalika blieb.

Prinz Jeta blickte zu mir. »Du bist, höchst offiziell, eingeladen an den Hof von König Pasenadi.« Prinz Jeta sprach ohne jenes Drängen, das er zweifellos empfand. »Gern würde der König dich persönlich empfangen, noch bevor die Regenfälle wieder einsetzen.«

»Er erweist mir Ehre.« Ich äußerte die üblichen Floskeln und fügte hinzu: »Leider muß ich warten, bis die erste Eisenlieferung nach Persien auf den Weg gebracht wird.«

»Das wird Anfang des nächsten Monats geschehen, Herr Gesandter.« Prinz Jeta lächelte, und ich machte gute Miene, ließ mir nicht anmerken, wie sehr es mich irritierte, daß er über die höchst geheimen Abmachungen zwischen Varschakara und mir im Bilde war. Wir hatten einen Preis für das Eisen vereinbart, und wir waren uns auch einig, daß das Eisen in Taxila gegen Gold eingetauscht werden sollte. Alles in allem war ich mit meinem ersten Handelsvertrag recht zufrieden. Daß Prinz Jeta davon wußte, gefiel mir allerdings ganz und gar nicht.

»Da deine Karawane durch Schravasti kommen wird, hatte ich gehofft, daß du sie vielleicht begleitest.«

»Wir werden auch wohlbeschützt sein«, erklärte Ambalika mit plötzlichem Interesse. »Weißt du, überall in Koschala gibt es Räuberbanden – auch Flußpiraten. Trotzdem verlangt es mich, Schravasti zu sehen. Die alte Königin hat mir erzählt, auf der ganzen Welt gäbe es keine schönere Stadt.«

»Da bin ich ihrer Meinung«, sagte Prinz Jeta. »Allerdings«, fügte er hinzu und sah mich an, »habe ich nur das Land zwischen den beiden Flüssen gesehen, wie wir unsere kleine Welt nennen.«

»Natürlich werde ich versuchen, die Reise zu machen«, hob ich an.

»Oh, nun sag schon ja!« Ambalika bewies die Ungeduld eines Kindes. Alles muß auf der Stelle geschehen. Lais ist ihr darin sehr ähnlich.

Prinz Jeta lächelte seiner Enkeltochter zu. »Dein Mann wird auch den Buddha kennenlernen wollen – über den in den Frauenquartieren so schreckliche Dinge verbreitet werden.«

»Das ist nicht wahr, Prinz Jeta. Viele unserer Damen bewundern den Herrn Buddha.« Ambalika war plötzlich eine ganz taktvolle königliche Prinzessin.

»Wirklich?«

»Nun, genau weiß ich das alles nicht. Ich meine, ich kann nicht sagen, daß mir die Vorstellung gefällt, wie eine Kerze ausgeblasen zu werden. Ich finde, Mahavira ist viel interessanter.«

»Hast du Mahavira gesehen und gehört?« fragte Prinz Jeta mit unverkennbarer Neugier.

Ambalika nickte. »Als ich ungefähr sechs Jahre alt war, nahm mich die Kammerfrau einmal zum Dschaina-Kloster mit, das unweit deines Hauses an der Flußstraße liegt. Mahavira saß vor der Versammlung auf dem Boden. Niemals sonst sah ich eine solche Menschenmenge!«

»Erinnerst du dich noch an das, was er sagte.« Prinz Jeta schien an seiner Enkeltochter echt interessiert. Weil sie meine Frau war?

»Nun, mir hat gefallen, wie er die Schöpfung erklärte. Daß alles Teil eines Giganten sei und daß wir uns irgendwo um dessen Leibesmitte befinden. Zwar stimmt Mahaviras Geographie nicht ganz mit dem überein, was man uns in der Schule lehrte, aber mir gefiel die Sache mit den verschiedenen Meereskreisen. Daß es da einen gibt aus Milch und einen aus geklärter Butter und einen aus Zuckerrohr. Oh...« Sie unterbrach sich, gewohnheitsmäßig. »Ganz besonders hat mir seine Beschreibung des ersten Zyklus' der Schöpfung gefallen, wo jeder sechs Meilen groß war, und wir waren alle Zwillinge, und jeder Zwillingsbruder heiratete seine Zwillingsschwester, so wie die das heutzutage in Persien tun, und niemand brauchte zu arbeiten, weil es zehn Bäume gab, auf denen alles wuchs, was man sich nur jemals wünschen konnte. Ein Baum hatte Blätter, die zu Töpfen und Pfannen wurden. Auf einem anderen Baum wuchsen alle Arten von Speisen, bereits fertig gekocht. Dieser Baum gefiel mir am besten. Ich war wohl ein ziemlich gieriges Kind. Dann gab es noch einen Baum, auf dem Kleider wuchsen, und sogar einen mit Palästen, obwohl mir nicht ganz klar ist, wie man einen Palast abpflücken kann wie eine Banane. Aber vielleicht war's ja so: Wenn ein Palast reif war, ruhte er auf dem Boden, der aus Zucker bestand, während das Wasser Wein war...« Wieder fiel Ambalika sich selbst ins Wort. »Aber ich bin nicht ernst genug. Ich erzähle euch nur, was ich erinnere. Er war sehr alt, fand ich. Ich weiß auch noch, daß ich froh war, weil er ein richtiges Gewand trug und nicht wolkengewandet war.«

Unsere Hochzeitsnacht verlief überaus angenehm. Ich war zufrieden. Sie war zufrieden. Vermutlich waren auch die vedischen Götter zufrieden, denn neun Monate später kam mein erster Sohn zur Welt.

Schon bald nach der Hochzeit, mitten in den Trockenmonaten, wurde mir bei König Bimbisara eine Privataudienz gewährt. Er empfing mich in einem kleinen Gemach mit Ausblick auf trockene, staubige Gärten, in dem es von Grillen wimmelte und lärmte.

Bimbisara war sachlich-nüchtern. Stets wirkte er wie ein Krieger-König, obwohl ihm zum universellen Monarchen einiges fehlte. Übrigens glaubte ich, bevor ich nach Cathay kam, die Idee eines universellen Monarchen sei spezifisch arisch – man denke an unseren Großen König. Aber in Cathay erzählte man mir, vor langer Zeit habe einmal ein einziger Monarch über das ganze Mittlere Königreich oder auch Reich der Mitte – so nennt man Cathay in Cathay – in vollkommener Harmonie mit dem Himmel geherrscht; und eines Tages werde er wiederkehren, und man werde ihn kennen als den Sohn des Himmels. Da es nur eine Gottheit gibt, kann es nur den universellen Monarchen geben. In Wahrheit gibt es am Himmel natürlich eine Menge falscher Götter, am Himmel *und* auf Erden, genauso wie es auf der Welt alle möglichen Könige und Fürsten gibt. Dennoch spüre ich deutlich, wie die ganze Menschheit nach Einssein hungert. Die Cathayaner sind in gar keiner Weise mit den Ariern verwandt, doch sie denken genau wie wir. Offenkundig hat sie der Weise Herr inspiriert.

Ich ersuchte Bimbisara um die Erlaubnis, mit der Karawane nach Schravasti reisen zu dürfen.

»Das steht dir frei, mein Sohn.« Bimbisara behandelte mich wie ein Mitglied seiner Familie, was ich nach vedischem Gesetz ja auch war.

»Ich bin begierig, dem Buddha zu begegnen.« Natürlich erwähnte ich mit keinem Wort die dringliche Einladung von König Pasenadi.

»Ich würde mein Königreich aufgeben, um dem Buddha zu folgen«, sagte Bimbisara. »Doch das ist mir nicht gestattet.«

»Der universelle Monarch darf tun, was ihm beliebt.« An einem Königshof nimmt man's mit der Wahrheit nie ganz genau.

Bimbisara zupfte an seinem violetten Bart. »Es gibt keinen universellen Monarchen.« Er lächelte. »Wie du sehr wohl weißt. Sollte es einen geben, so wäre es vermutlich Darius. Dies äußere ich natürlich nur unter vier Augen. Euer Darius ist Herr über viele Länder. Doch ist er nicht, wie er behauptet, Herr über *alle* Länder. Wie du sehen kannst ...«

»Wie ich sehen kann, Herr König.«

»Wie du sehen kannst«, wiederholte er undeutlich. »Sollte der Buddha dich nach dem Pferdeopfer fragen, so sage, ich sei gehalten gewesen, den arischen Göttern meine Achtung zu bezeugen.«

»Wird er das mißbilligen?«

»Er mißbilligt nie. Er billigt nie. Doch im Prinzip hält er alles Leben für heilig. Deshalb ist Tieropfer stets verkehrt, genauso wie Krieg stets verkehrt ist.«

»Aber du bist ein Krieger und ein König und ein Arier. Du mußt deinen Göttern Tiere opfern und deine Feinde im Krieg und Übeltäter im Frieden töten.«

»Und da ich all dies im alleräußersten Maße *bin*, wird mir in dieser Inkarnation Erleuchtung nicht zuteil werden.« Der König hatte Tränen in den Augen, echte Tränen – und nicht diesen ewig bereiten Tränenfluß wie sein Sohn. »Wie oft habe ich gehofft, all dies eines Tages los zu sein.« Er berührte seinen juwelengeschmückten Turban. »Doch sobald ich nichts bin, kann ich dem achtfachen Weg des Buddhas folgen.«

»Warum tust du es nicht?« Aus meiner Frage klang echtes Interesse.

»Ich bin schwach.« Anderen gegenüber war Bimbisara wachsam, vorsichtig, kryptisch. Mir gegenüber war er oft überraschend freimütig. Da ich so gar nicht zu seiner Welt gehörte, hatte er wohl das Gefühl, offen mit mir sprechen zu können – über nichtpolitische Dinge. Mochte ich auch mit seiner Enkeltochter verheiratet sein, so war und blieb ich dennoch der Gesandte des Großen Königs. Eines Tages allerdings würde meine Mission beendet sein.

Aus Taktgefühl mied man es bei Hofe, von meiner irgendwann ja fälligen Abreise zu sprechen. Ich meinerseits dachte unentwegt an die Rückkehr nach Persien, und bei unserer letzten Zusammenkunft dachte zweifellos auch Bimbisara daran. Er mußte ja damit rechnen, daß ich mit der Karawane in Richtung Westen zog. In der Tat trug ich mich mit dem Gedanken daran. Meine Mission war erfüllt. Die Handelsverbindungen zwischen Persien und Magadha hatten ihren Anfang genommen, und was wohl hätte ihren Erfolg trüben sollen, solange die eine Seite Gold und die andere Eisen besaß.

Dennoch war ich zu diesem Zeitpunkt unentschlossen. Ganz gewiß hatte ich nicht die Absicht, Ambalika zurückzulassen. Andererseits wußte ich nicht, ob sie innerlich bereit war, von Indien Abschied zu nehmen. Und im übrigen war mir nicht ganz geheuer beim Gedanken an Ajataschatrus mögliche Reaktion: Würde er mich in falschen Tränen ertränken oder im echten Ganges?

»Ich bin schwach«, wiederholte Bimbisara und trocknete sich die Augen mit seinem Schal. »Mir bleibt hier noch Arbeit. Ich versuche, ein Sangha mit sämtlichen Dorfältesten einzurichten. Natürlich treffe ich mit ihnen einzeln zusammen. Jetzt möchte ich, daß sie sich wenigstens einmal im Jahr versammeln und mir ihre Probleme darlegen.«

»Du wirst Magadha zu einer Republik machen.« Ich lächelte, um zu zeigen, daß ich nur scherzte. Offen gestanden, beunruhigte es mich ein wenig, daß es ihn danach verlangte, mit einem Ausländer über Innenpolitik zu sprechen.

Aber Bimbisara dachte ganz einfach laut. »Die Dorfältesten sind das Geheimnis unseres Wohlstands. Hat man sie auf seiner Seite, so ist das Gelingen sicher. Unterdrückt man sie, so wird man scheitern. Ich bin der erste König von Magadha, der jeden Dorfältesten persönlich kennt. Deshalb bin ich universeller Monarch. Nein, ich schaffe keine Republik.« Meine Bemerkung war ihm also nicht entgangen. »Ich verachte jene Staaten, wo jeder vermögende Mann sich für einen König hält. Das ist unnatürlich. Es kann in jedem Land nur einen einzigen König geben, genauso wie es am Himmel nur eine Sonne und an der Spitze einer Armee nur einen General geben kann. Sage Pasenadi, daß unsere Zuneigung für ihn von Dauer ist.«

»Ja, Herr König.« Bimbisara schien auf einen ganz bestimmten Punkt zuzusteuern; auf welchen genau, wußte ich nicht.

»Sage ihm, daß seine Schwester blüht und gedeiht. Sage ihm, daß sie das Pferdeopfer vollzogen hat. Sage ihm, er möge jene unbeachtet lassen, die ... zwischen uns Unfrieden stiften wollen. Es wird ihnen nicht gelingen, solange ich lebe.«

Ich sah ihn erwartungsvoll an. Einen indischen König darf man betrachten. Ja, er wäre beleidigt und beunruhigt, sähe man ihn nicht direkt an – sondern voll Demut.

»Geh zum Buddha. Wirf dich nieder vor dem Goldenen. Sage ihm, daß in den siebenunddreißig Jahren, die seit unserer ersten Begegnung vergangen sind, ich sechsmal monatlich die achtfache Sterblichkeit praktiziert habe. Sage ihm, ich hätte erst kürzlich begonnen, die Wahrheit dessen zu begreifen, was er mir einst verkündete: ›Der einzige absolute Gewinn ist die absolute Aufgabe.‹ Sage ihm, ich hätte insgeheim das Gelübde abgelegt, innerhalb eines Jahres alles Irdische aufzugeben und ihm zu folgen.«

Niemand wird jemals wissen, ob es König Bimbisara ernst war mit seiner Absicht, alles Weltliche aufzugeben. Allerdings schien *er selbst* davon überzeugt – was, in religiösen Dingen, ein wenig mehr als nichts bedeutet.

Ajataschatru nahm von mir Abschied im Palast seines Vaters, in der Kanzlei dort. Für einen Liebhaber des Vergnügens verbrachte er erstaunlich viel Zeit mit dem Kronrat des Königs sowie dessen Chefberater.

In Magadha ist es der Chefberater, der die eigentliche Regierungsarbeit leistet. Ihm zur Seite stehen dreißig Unterberater, von denen viele ihr Amt geerbt haben: Inkompetent sind die meisten. Als Palastkämmerer war Varschakara nicht nur für den Hof, sondern auch für die Geheimpolizei zuständig. Natürlich besaß er mehr Macht als der Kanzler, und gewiß wäre er mächtiger als der König gewesen, hätte Bimbisara seine Herrschaft nicht im engsten Bündnis mit den Dorfältesten ausgeübt. Diese sahen im Souverän nicht nur einen Freund an einem korrupten und intriganten Hof, sondern trieben in seinem Namen auch Steuern ein, die sie, nach Abzug ihres Anteils, an das Schatzamt abführten. Der König wurde selten betrogen.

Genau wie in Susa befassen sich die verschiedenen Berater mit den verschiedensten Staatsgeschäften. Traditionsgemäß steht überall der Hohepriester dem König am nächsten. Doch der Buddhist Bimbisara konsultierte nur selten den offiziellen Treuhänder der vedischen Götter, dessen einzige »Ruhmestat« in dem kürzlich zelebrierten Pferdeopfer bestand. Von den Mitgliedern des Kronrats ernennt der König eines zum Minister für Krieg und Frieden und ein weiteres zum hohen Richter, der über die minderen Richter präsidiert und an seinem Gerichtshof jene Fälle verhandelt, die nicht direkt zum König gehen; überdies ernennt er einen Schatzmeister und einen Hauptsteuereintreiber. Diese beiden Amtsträger sind von großer Wichtigkeit, und – traditionellerweise – sterben sie reich. Unter Bimbisara wurden sie jedoch an kurzer Leine gehalten. Durch sein Bündnis mit den Dorfältesten hatte er sie unter Kontrolle.

Es gibt noch einen Haufen Unterminister, die man Superintendenten oder auch Aufseher nennt. Da alles Erz dem König gehört, werden die Eisenminen von einem Superintendenten verwaltet, der von mir nicht mehr als einen patriotischen Obolus von fünf Prozent (des Exportwertes von seines Herrn Eisen) verlangte; natürlich bezahlte ich. Da sämtlicher Wald Eigentum des Königs ist, unterstehen Elefanten, Tiger, exotische Vögel sowie Bau- und Feuerholz der Aufsicht eines einzigen Superintendenten. Tatsächlich reguliert in Indien der Staat fast alles, was Gewinn abzuwerfen verspricht. Es gibt sogar Superintendenten für Glücksspiel, für den Verkauf von destilliertem Alkohol, für die Häuser der Prostitution. Alles in allem funktioniert das System nicht übel. Ist ein Monarch auf der Hut, so kann er, wenn er will, die Dinge schnell in Bewegung setzen. Ansonsten ist die alltägliche Administration des Staates ein langsames Geschäft, und das finde ich gut. Was man nicht tut, kann nie gänzlich falsch sein. Dies, Demokrit, ist eine Erfahrung politischer und nicht religiöser Art.

Die dreißig Mitglieder des Kronrats saßen in einem hohen Raum im Erdgeschoß des Palastes auf niedrigen Diwanen. In gewisser Weise entspricht dieser Raum dem zweiten Raum unserer Kanzlei. Als ich eintrat, erhob sich Ajataschatru, und während ich mich tief verbeugte – vor dem Schwiegervater wie vor dem Prinzen –, nahm er mich in die Arme. »Du wirst uns doch nicht verlassen, mein Lieber! Oh, sag bitte, daß du das nicht tun wirst!« Ausnahmsweise standen seine Augen mal *nicht* voller Tränen. Sie glänzten, glitzerten wie die eines Tigers, der aus dem Geäst eines Baumes zu einem herabspäht.

Ich hielt eine angemessene – und wohlvorbereitete – kleine Rede. Sodann zog mich Ajataschatru zum anderen Ende des langgestreckten Raums. Er senkte seine Stimme, wie das wohl in allen Palästen der Welt üblich ist. »Mein Liebster, sage König Pasenadi, daß sein Neffe sich um ihn sorgt, als sei er sein eigener Sohn.«

»Das werde ich tun, mein Prinz.«

»Sage ihm –«, Ajataschatru flüsterte mir jetzt ins Ohr; sein Atem roch nach Curry. »– sage ihm, so diplomatisch wie nur möglich, daß unsere Polizei in Erfahrung gebracht hat, daß ein Anschlag auf sein Leben geplant ist. Sehr, sehr bald schon. Du verstehst – und er wird es verstehen –, daß wir ihn nicht offen warnen können. Zuzugeben, daß wir in Koschala Agenten haben, wäre eine für uns unzumutbare Peinlichkeit. Du deinerseits bist neutral. Du kommst von außerhalb. Du kannst ihm sagen, er möge auf der Hut sein.«

»Aber wer sind die Verschwörer?« fragte ich. Und gestattete mir dann den Gedankenblitz eines Höflings. »Die Föderation der Republiken?«

Ajataschatru war offenkundig dankbar für diesen Vorschlag, der ihm – ebenso offenkundig – in diesem Augenblick nicht gekommen war. »Gewiß doch! Die wollen, daß Koschala in Trümmern liegt, was ja auch jetzt schon – fast! – der Fall ist. Deshalb arbeiten sie ja so eng zusammen, insgeheim und auf hochverräterische Weise mit dem Hauptverschwörer, welcher –«, lautlos formten Ajataschatrus Lippen die Worte, »– kein anderer ist als Virudhaka, der Sohn des Königs.«

Ich weiß nicht, warum ich schockiert war. Schließlich hatte der Mann, dessen Namen ich trug, seinen Schwiegervater getötet. Aber ein Schwiegervater ist nicht *der* Vater, und der Glaube des Ariers an die Heiligkeit des Vaters ist ein Teil, ein ganz wesentlicher Teil, seines Weltbilds. Glaubte ich Ajataschatru? Das habe ich längst vergessen. Vermutlich nicht. Er hatte so eine Art zu sprechen, wie ein Vogel singt. Er trillerte, schwatzte, ließ die Luft vibrieren von bedeutungslosen Geräuschen.

Am nächsten Tag, zur Mittagszeit, begleitete mich Varschakara bis zum Nordtor von Rajagriha. Der erste Teil der Karawane war schon vor dem Morgengrauen aufgebrochen, und nahezu zwei Meilen trennten den Kopf der Karawane jetzt von ihrem Schwanz. Ich sollte in der Mitte reisen, nur von einer Handvoll meiner Leute begleitet. Noch immer war ich mir nicht sicher, ob ich mit der Karawane nach Persien zurückkehren würde. Seit über zwei Jahren fühlte ich mich von der wirklichen Welt abgeschnitten. Während dieser Zeit war keine einzige Botschaft von Susa zu mir gelangt. Ich fühlte mich isoliert, um das Mindeste zu sagen.

»Wir betrachten Pasenadi als guten Verbündeten.« Varschakara spie einen Bogen roten Betelsaft auf einen Paria-Hund: verfleckte ein Ohr der Kreatur.

Gen Norden hin, soweit das Auge schauen konnte, bewegten sich tausend mit Eisen beladene und von Ochsen gezogene Karren dahin durch eine Wolke aus gelbem Staub. Das geschmolzene Eisen war von außergewöhnlicher Qualität, was wir einem meiner Leute verdankten, der den Magadhanern beigebracht hatte, Eisen auf persische Weise zu schmelzen.

»Weil ein schwacher Verbündeter ein guter Verbündeter ist?« Mit Varschakara zu scherzen war ein gefährliches Spiel: als stochere man mit einem Stock in einem äußerst zerbrechlichen Tigerkäfig.

»Manchmal. Manchmal auch nicht. Doch zweifellos ziehen wir den Alten seinem Sohn vor.«

Da wir uns mitten in der indischen Menge befanden, deren Lärm alles übertönte, bestand kaum Gefahr, daß uns irgend jemand belauschte.

»Ist das wahr?« fragte ich.

Varschakara nickte. »Vor dem Ende der Regenzeit wird es einen neuen König geben.«

»Hoffentlich bin ich dann nicht hier.«

»Ich hoffe, daß du das verhüten kannst.«

»Wie?«

»Du mußt den Alten warnen. Ich bin sicher, daß Persien an einem starken König in Koschala genausowenig gelegen ist wie uns.«

»Wie kann es einen starken König geben, wenn die Buddhisten das Land kontrollieren?«

Varschakara musterte mich überrascht. »Aber das tun sie nicht. Und wenn sie's täten, welchen Unterschied würde das machen?«

Offensichtlich hatte Varschakara vergessen, was er mir einmal gesagt hatte: über die Gefahr, welche der etablierten Ordnung von seiten der Buddhisten und der Dschainas drohte. Da ich ihn für verrückt hielt, bedachte ich jedes meiner Worte: »Ich habe geglaubt, die Klöster seien voller Republikaner; und daß diese in voller Absicht danach trachteten, Koschala zu schwächen – und auch Magadha.«

»Ganz im Gegenteil.« In flottem Ton widerrief Varschakara alles, was er mir auf der Straße von Varanasi her erzählt hatte. »Die Dschainas und die Buddhisten sind für jeden König eine enorme Hilfe. Nein, es ist Pasenadi selbst, der Schuld hat. Er ist ein heiliger Mann, der nur an die nächste Welt denkt... oder an keine Welt oder an all das, woran jene Menschen glauben. Dies mag ja bewundernswert sein bei einem Menschen, jedoch nicht bei einem König. Der alte Narr hätte schon längst abdanken sollen. Dann hätten wir... den Sohn zähmen können.«

Was Varschakara über Pasenadis Charakter sagte, interessierte mich zwar nicht weiter (schon aus Prinzip glaubte ich nie auch nur ein Wort, das er über politische Dinge äußerte), doch faszinierte mich die Erkenntnis, daß er jetzt, allem Anschein nach, den Buddhismus billigte. Ich fragte ihn, aus welchem Grund.

Varschakaras Antwort wirkte freimütig. »Jedwede Religion, die den Standpunkt vertritt, daß diese Welt eine Art Krankheit ist, derer man sich entledigen muß durch Gebet sowie die Achtung vor allem Leben und indem man sich keinen irdischen Besitz errafft – eine solche Religion ist für jeden Herrscher von ungeheurem Wert. Wollen die Menschen keine irdischen Güter, so wollen sie auch nicht, was wir haben. Achten sie das Leben, alles Leben, so werden sie nie versuchen, uns zu töten oder die Regierung zu stürzen. Offen gesagt, tun wir unser Bestes mit Hilfe der Geheimpolizei, die Dschainas und die Buddhisten zu ermutigen. Sollten wir in ihnen allerdings jemals eine Bedrohung sehen...«

»Aber ihre Tugenden sind doch völlig negativ. Sie wollen nicht arbeiten. Sie sind Bettler. Wie könnte man aus ihnen Soldaten machen?«

»Das versuchen wir gar nicht erst. Im übrigen handelt es sich dabei nur um die Mönche. Die Mehrzahl der Dschainas und der Buddhisten ehren ganz einfach Mahavira und den Buddha, und dann obliegen sie ihren Geschäften wie jedermann sonst – mit einem Unterschied. Sie verursachen uns weniger Kopfzerbrechen als irgendwer sonst.«

»Weil sie im Herzen Republikaner sind?«

Varschakara lachte. »Selbst wenn sie das wären, was könnten sie tun? Doch interessiert sie sie ohnehin nicht, die Welt, wie wir sie lieben – und uns ihr hingeben.«

Mein Ochsenkarren war jetzt fahrbereit. Ich nahm Abschied von Varschakara. Dann schob ich mich mit Caraka durch die Menge zu jener Stelle, wo meine Wachen warteten: gekleidet wie Inder, bewaffnet wie Perser.

Ich hatte befohlen, den Ochsenkarren – mein Reisegefährt – mit Sonnendach und gepolsterten Sitzen auszustatten. Zu meiner Überraschung war der Befehl befolgt worden. Sobald Caraka und ich Platz genommen hatten, tanzte die Peitsche des Kutschers über die Flanken der Ochsen, und mit einem Ruck begann sie, die zweihundertundzwanzig Meilen lange Reise nach Schravasti.

Ambalika begleitete mich nicht, da sie mit Fieber darniederlag. Weil sie überdies schwanger sein mochte, hatten wir gemeinsam befunden, daß eine Reise für sie zu gefährlich sei. »Aber du *wirst* doch zurückkommen, nicht wahr?« Ambalika wirkte so alt, wie sie war – und sehr verloren.

»Ja«, sagte ich. »Sobald die Regenzeit vorüber ist.«

»Dann wirst du auch erleben können, wie ich deinen Sohn zur Welt bringe.«

»Ich werde zum Weisen Herrn beten, daß ich dann wieder daheim bin.« Ich umarmte sie.

»Nächsten Winter«, erklärte Ambalika mit fester Stimme, »werden wir zu dritt nach Susa reisen.«

9

Die Karawane überquerte den Ganges beim Flußhafen Pataligama, wo die Fährleute nicht nur wegen ihres Ungeschicks berüchtigt sind, sondern auch wegen des Entzückens, das ihnen jedwede Art von Katastrophe bereitet. Was uns betraf, so hatten sie zweimal Gelegenheit zu allergrößter Freude: Beide Male verloren wir eine Wagenladung Eisen an einem Tag, an dem der Fluß so glatt und sanft war wie ein polierter Metallspiegel.

Wegen der enormen Hitze reisten wir bei Nacht und schliefen am Tage. Räubern begegneten wir nicht, bis wir in den Wald unmittelbar südlich von Vaischali kamen. Hier wurden wir von mehreren hundert wohlbewaffneten Banditen angegriffen, die eine Menge Lärm machten, uns jedoch nichts anhaben konnten. Es handelte sich um eine Bande, die in ganz Indien Wertschätzung genießt: Ihr dürfen nur die legitimen Söhne von Männern angehören, welche schon in der dritten Generation Mitglieder der Diebesgilde sind. Dieses uralte Gewerbe ist so einträglich, daß die betreffende Gilde es nicht durch Amateure ruinieren lassen möchte.

Vaischali, die Hauptstadt von Licchavis, ist gleichzeitig die Hauptstadt der Union der Republiken, mitunter auch Vajjian-Föderation genannt.

Begrüßt wurden wir vom Gouverneur der Stadt, der uns die Kongreßhalle zeigte, den Versammlungsort der Delegierten aus den anderen Republiken. Aber da der Kongreß zu dieser Zeit nicht tagte, war die riesige Holzhalle leer. Man führte uns auch zum Geburtshaus von Mahavira, einem unauffälligen Gebäude in der Vorstadt, das jedoch unverkennbar das Aussehen eines Heiligtums anzunehmen begann.

Ich brauchte lange, um zu begreifen, daß sowohl der Buddha als auch Mahavira für ihre Anhänger weitaus mehr waren als Lehrer oder Propheten. Man hielt sie für *größer als irgendeinen von allen Göttern*. Ich fand diese Vorstellung ebenso verwirrend wie abstoßend. Zwar beten die gewöhnlichen Buddhisten und Dschainas weiterhin zu Varuna und Mithra und den anderen vedischen Göttern, doch betrachten sie all diese Götter als *geringer* gegenüber dem vierundzwanzigsten Erleuchteten und dem vierundzwanzigsten Macher der Flußüberquerungen, und zwar mit folgender Begründung: Kein Gott könne Nirwana oder Kevala erreichen, ohne wiedergeboren zu werden als Mensch. Ich werde das wiederholen, Demokrit. Kein Gott kann Erleuchtung und sodann Erlöschen erlangen, ohne zuvor als Mensch wiedergeboren zu werden.

Ein wahrhaft erstaunlicher Gedanke: daß damals – sollte es heute anders sein? – Millionen Menschen glaubten, es sei zweien von ihnen gelungen, einen *höheren Zustand* zu erlangen als sämtliche Götter, die es jemals gab, noch jemals geben wird. Dies ist Titanismus, wie die Griechen sagen würden. Dies ist Wahnsinn.

In Vaischali gewann ich den Eindruck, daß die Republiken zwar mit einem Angriff von seiten Magadhas rechneten, jedoch einige Schwierigkeiten hatten, Truppen auszuheben. Dies ist ganz unvermeidlich in Ländern, wo sich jeder Mann von Vermögen für einen König hält. Mit zehntausend Generälen kann man keinen Krieg führen. Ungeachtet jener gnadenlosen »Volksweisheiten«, die man hierorts zu erdulden hat, weiß doch jeder Narr, daß das Volk von Demagogen leicht zu manipulieren – und im übrigen auch ganz schlicht zu bestechen – ist. Schlimmer noch: Es ist das Volk nicht gerade begierig darauf, sich jener Disziplin zu unterwerfen, ohne die man einen Krieg nicht führen – geschweige denn gewinnen – kann. Ich prophezeie die Rückkehr der Tyrannen nach Athen. Demokrit widerspricht.

Bei Tagesanbruch erreichten wir das nördliche Ufer des Ravati-Flusses. Schravasti liegt am südlichen Ufer. Da der langsame, träge, wie von der Hitze verengte Fluß an dieser Stelle einen weiten Bogen schlägt, besitzt Schravasti die Gestalt eines Halbmonds. Auf der Landseite ist es umgeben von hohen Ziegelmauern und formidablen Wachtürmen. Auf der Flußseite gibt es alle möglichen Werften und Docks und Lagerhäuser – das übliche Gewirr wie bei allen indischen Flußhäfen. Eine eher behelfsmäßige Palisade trennt den Hafen von der eigentlichen Stadt: Von der Flußseite her befürchten die Einwohner offenbar keinen Angriff. In einem Land ohne Brücken und Kriegsschiffe bilden Gewässer die ideale Verteidigungsanlage. Mit Vergnügen vermerkte ich, daß der Große König Schravasti in einem einzigen Tag einnehmen könnte. Und mit gleich großem Vergnügen bemerkte ich, daß – im frühen Morgenlicht – die hohen Türme von Schravasti aus Rosen gemacht zu sein schienen.

Da die Karawane in nördlicher Richtung nach Taxila zog, gab es für sie keinen Grund, den Fluß zu überqueren. So nahm ich denn Abschied von meinen Leuten – natürlich mit Ausnahme meiner Leibwächter sowie des unschätzbaren Caraka.

Während wir über den Fluß setzten, begriff ich zumindest ansatzweise so manches von dem, was Buddhisten wie Dschainas in ihrer Vorstellung mit Flüssen und Fähren, mit Überquerungen und dem »anderen« Ufer verbinden. Als mir, etwa in der Flußmitte, so richtig bewußt wurde, wie schnell am nördlichen Ufer die Karawane zusammenschrumpfte, während gleichzeitig die Mauern und Türme und Tempel der Stadt immer mehr emporwuchsen, fühlte ich mich lebhaft an das Inbild von Prinz Jeta erinnert. Mehr noch: Als ich mich der Residenz des Goldenen näherte, *erfuhr* ich dieses Inbild gleichsam in mir selbst. Das Ufer, das ich zurückgelassen hatte, war das vertraute, gewöhnliche Leben. Der Fluß war die reißende Strömung der Existenz, in welcher man leicht ertrinken konnte. Und vor mir lag weniger die Stadt Schravasti als vielmehr das, was die Buddhisten »das entferntere Ufer von Geburt und Tod« nennen.

Meine Ankunft in Schravasti war erwartet worden, und ein glanzvolles Empfangskomitee hieß mich willkommen. Prinz Jeta persönlich machte mich mit dem Gouverneur der Stadt und seinem Gefolge bekannt. Diese Würdenträger sind heller an Haut und Haar als die ihnen Vergleichbaren in Magadhan. Auch wirken sie weitaus selbstbewußter. Allerdings erhob König Pasenadi ja auch keinen Anspruch auf universelles Monarchentum; überdies hatte er keinen Kämmerer vom Schlage eines Varschakara, dessen Geheimpolizei mit ihren unvermuteten Verhaftungen für ständige Anspannung sorgte. Mochte Koschala als

Staat auch mit mancherlei Übeln behaftet sein – für jene, die sich in Schravasti ein behagliches Leben leisten konnten, ließ es sich dort offenbar besonders angenehm leben: in der üppigsten und luxuriösesten aller Städte dieser Welt.

»Ehrengäste kommen für gewöhnlich aus dem Süden, wo wir sie an den Toren empfangen, mit einer sehr attraktiven Zeremonie. Hier am Fluß jedoch ...« Der Gouverneur entschuldigte sich für die große Menge von Hafenarbeitern, Fischern, Schiffern. Sie bedrängten und schubsten uns trotz der Polizeieinheit, welche die Menge zurückstieß, um sodann von der Menge zurückgestoßen zu werden. Obwohl alle gutartig waren und es kein böses Blut gab, war es doch, wie stets, eine beunruhigende Erfahrung, vom dunklen, riechenden Fleisch einer indischen Menschenmenge gleichsam erstickt zu werden.

Plötzlich brach der Polizeikordon auseinander, und der Druck der Masse preßte uns gegen die Palisade. Zum Glück bewahrten uns meine persischen Wächter davor, buchstäblich zu Tode gequetscht zu werden. Die Perser zogen ihre Schwerter. Die Menge wich zurück. Dann erteilte der Gouverneur mit lauter Stimme den Befehl, die Tore zu öffnen. Doch die Tore blieben geschlossen. Wir schienen jetzt ausgesetzt zwischen der raubtierhaften Masse und den hölzernen Palisaden.

»So stehen die Dinge in Koschala«, sagte Prinz Jeta, und er schlug mit aller Kraft auf einen Arm – den Arm eines Diebes, der sich zwischen zwei persischen Wächtern reckte.

»Nun, die Leute wirken ... fröhlich«, sagte ich.

»O, sie sind bemerkenswert fröhlich.«

»Und sie sind so viele«, fügte ich geistlos hinzu.

»Oh ja, in Schravasti leben siebenundfünfzigtausend Familien.«

Jetzt brüllte der Gouverneur mit alleräußerster Lungenkraft, während er gleichzeitig mit den Fäusten an ein Tor trommelte. Nach einer Ewigkeit – man hätte meinen können: dem gesamten Zyklus der vedischen Schöpfung – schwangen die Tore auf, knarrendes, ächzendes Holz, und hinter den Palisaden erblickte ich zu meiner Erleichterung einen Haufen Soldaten mit bereitgehaltenen Speeren. Die Menschenmenge hielt sich zurück, und wir betraten Schravasti mit wesentlich mehr Eile als Würde.

Von Pferden gezogene Triumphwagen warteten auf uns, doch beteuerte ich, es sei mir lieber, zu Fuß zu gehen, denn »nach drei Wochen auf einem Ochsenkarren sind meine Beine steif«. So schritt ich denn, an der Spitze eines – zweifellos leicht gereizten – Zuges eine der Prachtstraßen entlang, zum Glück die kürzeste von insgesamt vier, die in den Karawanenplatz mündeten. Die übrigen drei kommen aus südwestlicher, südöstlicher und südlicher Richtung. Von den jeweiligen Toren streben sie her, und jede dieser Routen mündet in den End- oder auch Aufbruchspunkt des Karawanenweges.

Seinen gewaltigen Reichtum verdankt Schravasti seiner geographischen Lage: Die Stadt befindet sich am Kreuzpunkt der Karawanen von Ost nach West (und umgekehrt) sowie jener von Nord nach Süd (und umgekehrt). Folglich wird die Stadt von reichen Magnaten dominiert, was praktisch darauf hinausläuft, daß die Brahmanen und Krieger hinter der Kaufmannsklasse den zweiten und dritten Rang einnehmen – eine Anomalie in der vedischen Welt, die von den vertriebenen oder, eher wohl, ignorierten herrschenden Klassen strikt verurteilt wird. In der Friedenszeit hängen Könige und Adlige und Brahmanen völlig von den Kaufleuten ab, und diese sind wie Kaufleute überall – interessiert an Handel, Geld, Frieden. Nur im Krieg kommen die herrschenden Klassen zu ihrem »Recht«, was die Kaufleute dazu zwingt, in Deckung zu gehen, bis die Gefahr vorbei ist.

Prinz Jeta glaubte ganz einfach, daß die Klasse der Kaufleute die Buddhisten und die Dschainas aus *einem* Grund unterstützte: Beide Orden respektieren alles Leben und mißbilligen den Krieg. Überdies besitzen beide Orden für jene Dörfler Anziehungskraft, welche die vorarischen Götter verehren. Zum einen geben Dörfler dem Frieden gegenüber dem Krieg den Vorzug; zum anderen verabscheuen sie das ungeheure und sinnlose Dahinschlachten von Pferden und Stieren und Widdern, welches die Brahmanen unaufhörlich den vedischen Göttern darbieten. Kein Dörfler ist bereit, sein Vieh irgendwem zu opfern, sei es ein Arier oder Nicht-Arier, sei es Mensch oder Gott. Mir erscheint es durchaus möglich, daß die buddhistischen wie die dschainistischen Orden eines Tages die arischen Götter ersetzen werden – dank der Mühe der reichen Kaufleute in Verbindung mit der nichtarischen Bevölkerung des Landes.

Bevor ich nach Indien kam, hatte ich geglaubt, die Städte seien nichts weiter als zusammengewürfelte Straßen und Häuser. Selbst in Babylon wirkten die Gebäude an langen, geraden Straßen so leer und fensterlos wie in irgendeiner persischen oder griechischen Stadt. Gäbe es nicht, hier und da, die griechische Arkade, so wäre die Monotonie wahrhaft bedrückend, zumal in jenen klimatischen Bereichen, wo das gemeine Volk dazu neigt, das ganze Jahr über »im Freien« zu leben.

Nun denn. Schravasti ist ganz anders als westliche Städte. Jedes Haus brüstet sich gleichsam mit Fenstern und Balkonen, und auf den Dächern sieht man phantastische Türmchen. Wände sind häufig verziert mit Szenen aus Ramas endlosem Leben. Viele dieser Gemälde sind wunderschön ausgeführt – oder *wieder* ausgeführt –, da sie der Regen ja alljährlich wegwäscht. Manche Hauseigentümer bedecken ihre Wände jetzt mit Basreliefs, und die Wirkung ist zauberhaft.

Da der Gouverneur und ich uns inmitten der wimmelnden Prachtstraße nur langsam entlangbewegten, machten pferdegezogene Wagen für uns Platz, während reiche Kaufleute von Elefanten zu uns herabspähten. Anders als die Menschenmenge im Hafen wirkten die Stadtleute pompös. Aber natürlich waren sie Fremde gewohnt. Sie hatten schon früher Perser gesehen, ganz zu schweigen von Babyloniern, Ägyptern, Griechen und sogar Besuchern von der anderen Seite des Himalaya, den gelbhäutigen Bewohnern Cathays'.

»Zur Linken«, sagte Prinz Jeta, selbst jetzt beflissener Fremdenführer, »befinden sich die Basare sowie die Manufakturen.« Er hätte es mir nicht zu sagen brauchen. Ich konnte die jeweilige Eigenart der Straßen, welche von der Hauptstraße abgingen, hören oder auch riechen. Die eine roch nach Blumen; eine andere stank nach gebeizten Häuten. Hier und dort hallte es wider von ungeheurem Lärm, während andernorts das Zwitschern von Singvögeln klang, die verkauft werden sollten: als Lieblinge oder als Nahrung.

»Zur Rechten befinden sich die Regierungsgebäude, die großen Häuser, der Königspalast. Während hier – wir sind jetzt auf dem gewaltigen Zentralplatz – die Karawanen aus aller Welt zusammenkommen.«

Der Karawanenplatz von Schravasti bietet einen erstaunlichen Anblick. Tausende von Kamelen, Elefanten, Ochsen und Pferden füllen den riesigsten Platz in einer Stadt, den ich jemals gesehen. Tag und Nacht treffen Karawanen ein, brechen Karawanen auf, entledigen sich ihrer Lasten, befrachten sich mit neuen. Drei große Springbrunnen versorgen sowohl Mensch als Tier, indes ganz nach Gutdünken Zelte aufgebaut und Buden errichtet werden. Kaufen und verkaufen, das ist die Devise der durch nichts zu erschütternden Kaufleute. Mit ernsten Mienen hüpfen sie von der einen Fracht zur nächsten, und ihre glitzernden Augen sind so scharf wie jene der Aasvögel, welche am Ende einer Schlacht unvermittelt auftauchen.

Vom Karawanenplatz führte unser Weg zu einem grünen Park, in dessen Mitte ein üppiger Holz- und Ziegelpalast lag. Mochte er auf den ersten Blick auch weniger eindrucksvoll wirken als Bimbisaras jüngste Schöpfung, so war er doch weitaus schöner.

Inzwischen fühlte ich mich erschöpft. Meine Begleitung desgleichen. Der lange Spaziergang in der Hitze, zu dem ich sie genötigt hatte, war ganz und gar nicht nach dem Geschmack dieser Männer gewesen. Kaum waren wir im Palast, so hatten sie ihre Rache. »Der König hat gesagt, du sollst ihn sofort aufsuchen.« Der schwitzende Kämmerer war hochzufrieden.

Ich war's nicht. »Aber ich bin eingestaubt ...«

»Heute kümmert den König das Protokoll nicht weiter.«

»Wenn dem so ist, dann wird der König gewiß nichts dagegen haben, daß ich aus diesen Kleidern schlüpfe und ...«

»Auch wenn ihm das Protokoll gleichgültig ist, Herr Gesandter, so erwartet er doch, daß du ihm in allen Dingen gehorchst.«

»Aber ich habe Geschenke vom Großen König ...«

»Ein andermal.«

»Es tut mir leid«, flüsterte Prinz Jeta.

Während der Kämmerer mich durch eine Reihe hoher Räume führte, welche verziert waren mit Silber, Perlmutt und Elfenbein, wurde mir unbehaglich bewußt, in welch eklatantem Widerspruch die Herrlichkeit dieser Räume zum schandbaren Zustand meiner eigenen Person stand.

Schließlich wurde ich, ohne zeremonielle Umschweife, in einen kleinen Raum geführt, wo man durch Spitzbogenfenster Ausblick hatte auf Bäume, blühende Weinranken und einen marmornen Springbrunnen ohne Wasser. Vor einem der Fenster sah ich zwei ältliche buddhistische Mönche mit geschorenen Schädeln.

Für einen Augenblick glaubte ich, man habe mich in den falschen Raum gebracht. Verdutzt betrachtete ich die beiden älteren Männer. Sie ihrerseits lächelten mich an. Wie Brüder sahen sie aus. Dann sagte der kleinere der beiden: »Willkommen, Cyrus Spitama, an unserem Hof.«

Als ich mich auf ein Knie niederlassen wollte, hinderte mich König Pasenadi. »Nein, nein. Du bist ein heiliger Mann. Du darfst nur für jene knien, die das Feuer anbeten ... ja, das Feuer, nicht wahr?«

»Wir beten nur den Weisen Herrn an. Das Feuer ist nur sein Bote an uns.« Ich war viel zu müde, um eine längere Predigt zu halten, und des Königs liebenswürdige Worte erschienen mir gnadenlos.

»Natürlich. Natürlich. Ihr verehrt einen Himmelsgott. Genau wie wir, nicht wahr, Sariputra?«

»Ja, in der Tat. Wir haben alle nur denkbaren Götter«, bestätigte der hochgewachsene, gebrechlich wirkende Sariputra.

»Vorstellbare und *un*vorstellbare«, fügte Pasenadi hinzu.

»Der Weise Herr ist der einzige Gott«, sagte ich.

»Auch wir haben *einzige* Götter. Nicht wahr, Sariputra?«

»In Menge, mein Lieber.«

Inzwischen war sie mir wohlvertraut, die Art und Weise, in der indische heilige Männer ihre Jünger anredeten ... als sprächen sie zu kleinen Kindern, die sie ins Herz geschlossen haben. Wie sanft, wie gütig wirkte es doch, das »Mein Lieber«, so ganz anders als das irgendwie drohende »Mein Lieber« aus dem Mund Ajataschatrus, dessen Koseflosklen stets darauf berechnet waren, andere aus dem inneren Gleichgewicht zu bringen.

»Ich finde, das ist ein Widerspruch«, sagte ich steif.

»Wir haben solche auch«, beharrte König Pasenadi freundlich.

»Es ist ja das Leben selbst ein Widerspruch, wenn auch nur, weil –« Sariputra ließ eine Art Kichern hören. »– die Geburt ausnahmslos die direkte Ursache des Todes ist.«

Die beiden alten Männer lachten zufrieden.

Ich war jetzt so durch und durch mißgelaunt, daß ich formell wurde.

»Ich komme zu euch von dem Achämeniden – von Darius dem Großen König, dem Herrn aller Länder, dem König der Könige.«

»Mein Lieber, wir wissen, wir wissen! Und du wirst uns alles über Darius erzählen können, wenn wir dich, höchst offiziell, an unserem Hofe empfangen. Dann, und nur dann, empfangen wir den Boten – nein, den Gesandten jenes persischen Königs, dessen Präsenz im Tal des Indus für uns alle ein Grund zu großer Besorgnis ist. Jetzt jedoch sind wir ganz einfach zwei alte Männer, welche dem achtfachen Weg folgen möchten. Als König kann ich nicht so weit gehen, wie es mir lieb wäre. Doch zum Glück bin ich jetzt ein Arhat, während Sariputra nunmehr der Erleuchtung ungewöhnlich nahe ist.«

»Mein Lieber, das bin ich ganz und gar nicht! Ich diene dem Buddha und dem Orden, auf bescheidene Weise . . .«

»Nun hör dir das an, Cyrus Spitama! Es war Sariputra, welcher den Orden schuf. Und es ist Sariputra, der dafür sorgt, daß nichts von dem vergessen wird, was der Buddha sagt oder gesagt hat. In der Tat erinnert sich Sariputra an jedes einzelne Wort, das der Buddha gesprochen hat seit jenem Tag im Hirschpark bei Varanasi.«

»Mein Lieber, du übertreibst. Es ist Ananda, nicht ich, der noch *jedes* Wort weiß. Ich meinerseits bringe jene Worte nur in Verse, welche selbst kleine Kinder lernen können.« Er sah mich an. »Singst du, mein Lieber?«

»Nein. Ich meine, nicht gut.« Ich hatte das Gefühl, den Verstand zu verlieren. War es denn wirklich wahr, daß der eine dieser beiden alten Männer ein Land von der Größe Ägyptens regierte – und daß der andere das Oberhaupt des buddhistischen Ordens war? Auf mich wirkten sie beide wie komplette Einfaltspinsel.

»Ich kann sehen, daß du nicht verstehst. Aber du bist müde. Dennoch wirst du wissen wollen, was geschah. Nun denn. Eines Tages traf eine junge Dame in Schravasti ein. Sie behauptete, vom Gautama-Clan zu stammen, genau wie der Goldene! Oh, wie war ich fasziniert! Nach unserer Verheiratung erfuhr ich dann vom Goldenen, daß man mir einen unerhörten Streich gespielt hatte. Offenbar widerstrebte es den Shakyas, ihr edles Blut mit dem des königlichen Hauses von Koschala zu vermischen. Andererseits wagten sie nicht, mich zu verprellen. Deshalb schickten sie mir eine gewöhnliche Prostituierte. Und ich heiratete sie. Aber als ich die Wahrheit entdeckte – war ich da wütend, lieber Sariputra?«

»Du warst vor Zorn außer dir, Liebster.«

»O nein, das war ich nicht.« Pasenadi wirkte gekränkt.

»O doch, das warst du. Du warst so sehr in Rage, daß wir um dich fürchteten.«

»Ich *schien* es zu sein, vielleicht.«

»Mein Lieber, du warst es.«

»Mein Lieber, ich war es nicht.«

Gnädigerweise hat irgendeine große Hand den Rest jener Szene aus meinem Gedächtnis gelöscht. Verlor ich vielleicht das Bewußtsein? Durchaus möglich.

Die persische Gesandtschaft war in einem kleinen Gebäude am einen Ende der Palastgärten untergebracht. Zwischen uns und dem Palast gab es Springbrunnen, Blumen, Bäume – und Stille. Nicht einmal die Pfauen gaben irgendeinen Laut von sich – hatte man ihnen die Zungen gespalten? –, und das Rudel heiliger Affen beobachtete uns aus den Baumkronen in absolutem Schweigen. Mitten in einer großen Stadt hatte der König ein Stück Waldeinsamkeit erschaffen.

Während der Woche, die man mir zugestand, um mich für den formellen Empfang beim König vorzubereiten, kümmerte sich Prinz Jeta um mich. Er lud mich in sein Haus ein – ein hohes Gebäude mit Blick auf den Fluß. In seiner kultivierten Gesellschaft erschien mir meine Begegnung mit den beiden törichten alten Männern wie die Ausgeburt eines fiebernden Gehirns. Als ich Prinz Jeta von meinem Empfang bei König Pasenadi erzählte, zeigte er sich amüsiert und beunruhigt zugleich. »So ist er, der alte Mann«, sagte er.

Wir saßen auf dem Dach von Prinz Jetas Haus. Hinter trübblauen Hügeln ging die Sonne unter, und die Wolken hatten ein sonderbares, streifenförmiges Muster – charakteristisches Kennzeichen für die bevorstehende Monsunzeit.

Der Himmelsdom, der die indische Erde überwölbt, wirkt geheimnisvoll hoch – eine Täuschung durch das Licht? Ich kenne die Ursache nicht, doch die Wirkung hat etwas Niederschmetterndes. Winzig klein kommt man sich vor als Mensch.

»Pasenadis Verhalten – ist das eine Erklärung dafür, daß der Staat sich auflöst?«

»So schlimm liegen die Dinge nicht.« Prinz Jetas Antwort klang sehr bestimmt. »Koschala ist noch immer eine große Macht. Pasenadi ist noch immer ein großer König.«

Ich sprach das Wort aus. »Spione?«

Prinz Jeta nickte. Doch bis zu einem bestimmten Punkt hatte er gemeint, was er sagte. »Das Problem besteht darin, daß Pasenadi jetzt sowohl ein Arhat als auch ein König ist, und es ist sehr schwer, beides zu sein. Das weiß ich auf meine eigene, bescheidene Weise.«

»Was ist ein Arhat?«

»Das Wort bedeutet: ›Einer, der den Feind getötet hat.‹ In diesem Fall: menschliche Begierde.«

»Wie der Buddha.«

»Nur daß ein Arhat noch existiert – anders als der Buddha, der gekommen und gegangen ist. Manche glauben, Sariputra sei genauso heilig wie Gautama; auch er habe Nirwana erlangt. Aber das ist nicht möglich. Buddha ist stets einzigartig – in der Gegenwart. In der Vergangenheit hat es dreiundzwanzig Buddhas gegeben. In der Zukunft wird es noch einen Buddha geben, und das wird das Ende sein, für diesen Zeitzyklus.«

»Hält man Sariputra wirklich für ... heilig?«

»Oh, ja! Bei Pasenadi mag es ja einige Zweifel geben, doch bei Sariputra? – Nein! Nach dem Buddha ist er von allen Menschen jener, welcher der Erlösung am nächsten ist. Im übrigen ist er natürlich der ausschließliche Gründer des Ordens. Er war es, welcher den Mönchen ihre Vorschriften gab. Jetzt sammeln er und Ananda jedes Wort, das der Buddha geäußert hat.«

»Schreiben sie diese Worte auf?«

»Natürlich nicht. Warum sollten sie?«

»Ganz recht. Sie sollten nicht!« Damals glaubte ich, daß heilige Worte, sobald niedergeschrieben, ihre religiöse Kraft verloren. Ich meinte, die Worte des Weisen Herrn sollten nicht als Schrift auf einer Kuhhaut leben, sondern im Geist des wahren Gläubigen. Leider war es mir unmöglich, meine Vettern in Baktra davon zu überzeugen. Sie, die Zarathustrianer, hatten von den Griechen die Schreibmanie übernommen.

Demokrit glaubt, die frühesten religiösen Texte seien ägyptisch. Wer weiß? Wen kümmert's? Ich bin nach wie vor davon überzeugt, daß das Niederschreiben von Hymnen und heiligen Geschichten unausweichlich zu einer Verminderung religiöser Gefühle führt. Zweifellos gibt es nichts von größerer magischer Kraft als ein Gebet, ein Gebot, eine Gottesgeschichte, wenn sie wirken im menschlichen Geist, und nichts könnte wirkungsvoller sein als die menschliche Stimme, wenn sie die Worte der Wahrheit heraufholt aus den Tiefen der Erinnerung. Dennoch hat sich, über die Jahre hinweg, meine Haltung gewandelt. Mir liegt jetzt an einer vollständigen Aufzeichnung der Worte meines Großvaters, weil – dies ist der einfache Grund – vielleicht andere überleben, falls uns, den Unmittelbaren, dies nicht gelingt: – und dann wird der wahre Zarathustra gleichsam verschüttet sein unter einem Haufen erleuchteter Kuhhäute.

Ohne irgendwelche Umschweife gesellte sich, oben auf dem Dach, ein stattlicher Mann von vierzig zu uns. Er war in voller Rüstung und trug einen Helm, der aus Gold zu sein schien.

Prinz Jeta fiel auf die Knie. Ich ließ mich auf ein Knie nieder in der – richtigen – Annahme, daß dies Virudhaka, der Thronerbe, sei.

Virudhaka erlöste uns sofort aus solcher Förmlichkeit. Mit huldvoller Geste bedeutete er uns, auf dem Diwan Platz zu nehmen. »Morgen werden wir einander offiziell begegnen, Herr Gesandter. Doch glaubte ich, es sei vergnüglicher, wenn wir uns zuvor auf diese Weise träfen, bei unserem edlen Freund.«

Im Namen des Großen Königs pflichtete ich bei. Aus dem Augenwinkel betrachtete ich den Prinzen. Drei Fragen bedrängten mich. Trug er sich mit dem Gedanken an Vatermord? Falls ja: Würde es ihm gelingen? Und falls es ihm gelang: Was würde das für Persien bedeuten?

Nichtsahnend – soweit es meine dunklen Gedanken betraf – stellte mir Virudhaka eine Reihe intelligenter Fragen über Persien. Im Unterschied zu Bimbisara erkannte er – als erster Inder von hohem Rang – die große Macht des Großen Königs an. »In mancherlei Hinsicht«, sagte er, »scheint Darius jenem seit langem vorhergesagten universellen Monarchen sehr nah zu sein.«

»Wir glauben, Herr Prinz, daß er der universelle Monarch ist.« Alle Farbe war aus dem Himmel gewichen. Nachtvögel stiegen auf, tauchten hernieder. Die Luft roch nach Regen.

»Aber sollte dieses Universum nicht Koschala mitumschließen? Und die Republiken? Und Magadha? Und den Süden von Indien? Und hinter jenen Bergen –« Er deutete zum hohen, dunklen Himalaya. »– da liegt Cathay, eine Welt, weit größer als Persien und sämtliche westlichen Länder zusammen. Sollte der universelle Monarch nicht auch über Cathay herrschen?«

»Es heißt, daß man dort behauptet, einen eigenen universellen Monarchen zu haben.« Ich war taktvoll.

Virudhaka schüttelte den Kopf. »In Cathay gibt es viele Königreiche. Doch es fehlt ihnen der Monarch, der sie vereinigen wird.«

»Monarch? Oder Gott?« fragte Prinz Jeta. »Mir scheint, daß ein wahrer universeller Monarch einem Gott sehr ähnlich sein müßte.«

»Ich dachte, ihr Buddhisten wäret Atheisten.« Virudhaka lachte, um zu zeigen, daß er es ernst meinte.

»Nein, wir akzeptieren alle Götter. Sie sind ein notwendiger Bestandteil der kosmischen Landschaft.« Prinz Jeta wirkte gelassen. »Natürlich, der Buddha ignoriert sie. Natürlich, die Götter verehren ihn.«

»Um solche Dinge mache ich einen Bogen«, sagte Virudhaka. »Mich interessiert nur eines. Und das ist Koschala.« Er blickte zu mir. »Wir haben unsere Probleme.«

»Welches Königreich hätte keine, Herr Prinz.«

»Manche weniger als andere. Bimbisara behauptet jetzt, der universelle Monarch zu sein. Du warst beim Pferdeopfer. Du hast also gesehen. Du hast gehört.«

»Aber ich kann nicht sagen, daß ich verstanden habe. Schließlich ist Bimbisaras Reich insgesamt weder so groß noch so wohlhabend wie des Großen Königs Satrapie Lydien.« Von Anfang an war es meine Strategie, die Inder zu beeindrucken, ohne sie allzusehr zu beunruhigen. Besonders erfolgreich, will mir scheinen, war ich da nicht. »Und Lydien ist nur eine von zwanzig Satrapien.«

»Dem mag ja so sein«, sagte Virudhaka. »Aber in diesem Teil der Welt untersteht nur das Indus-Tal persischer Herrschaft, und jene...

Satrapie ist weit von Koschala entfernt. Überdies muß dein König wissen, daß wir nie im Krieg besiegt worden sind. Was uns besorgt, ist dies: Bimbisara behauptet, universeller Monarch zu sein. Doch das Pferdeopfer ging schief. Er hatte gehofft, Varanasi sich einverleiben zu können. Das gelang ihm nicht. Jetzt hebt mein Vetter Ajataschatru eine Armee aus. Das bedeutet: Sobald die Regenzeit endet, wird er den Ganges überqueren, und wir werden im Krieg sein.«

»Wenn ich das richtig verstehe, –« Ich fühlte mich wie ein Schwimmer *unter* Wasser. »– so fürchtet Prinz Ajataschatru nur die Republiken.«

»Er fürchtet sie genausosehr wie wir, und das heißt: überhaupt nicht.« Virudhakas Stimme klang scharf. »Nein, der Krieg wird nicht gegen die Republiken gerichtet sein, sondern gegen uns. Natürlich werden wir siegen.«

»Natürlich, Herr Prinz.« Ich wartete auf das unvermeidliche Auf-den-Busch-Klopfen.

»Persien kontrolliert das Indus-Tal.«

»Aber – wie du selbst gerade gesagt hast – liegt die indische Satrapie weit von Koschala entfernt.«

Ich verspottete Virudhaka mit seinen eigenen Worten. Doch das scherte ihn nicht. »In der trockenen Jahreszeit«, sagte er, »muß eine Entfernung von fünfhundert Meilen nicht die Welt bedeuten.«

Während wir sprachen, entschwanden wir gleichsam in der mondlosen Nacht, und unsere körperlosen Stimmen vermischten sich mit den Stimmen vom Flußufer tief drunten. An einem Punkt stockte das Gespräch, und plötzlich hatte ich das Gefühl, wir seien erloschen. Ist dies Nirwana? fragte ich mich.

Aber dann rief uns Virudhaka in die wirkliche Welt zurück. Für einen indischen Prinzen war er direkt. Er eröffnete mir, ihm sei an einem Bündnis mit Persien gegen Magadha gelegen. Als ich ihn fragte, was Persien dabei zu gewinnen habe, überschüttete er mich geradezu mit guten Dingen. »Wir kontrollieren die Überland-Route nach Cathay. Wir besitzen ein Monopol für den Seidenhandel. Wir befinden uns im Zentrum aller bedeutenden Routen zum fernsten Osten und zurück. Aus Burma importieren wir Rubine und Jade. Über uns könnt ihr nach Südindien gelangen, nicht nur über Land, sondern auch über Wasser, sobald wir wieder über die Hafenstadt Champa verfügen.« In dieser Art ging es noch eine Zeitlang weiter. Sodann sagte er mir ganz genau, wie viele Soldaten benötigt werden würden – und wo und wann. Der Vortrag, den Virudhaka mir hielt, war aufs sorgfältigste vorbereitet worden.

Während der Prinz sprach, stellte ich mir Darius' Gesichtsausdruck vor: Wenn er aus meinem Munde von all dem Reichtum erfuhr, den ich auf Schravastis Karawanenplatz aufgehäuft gesehen hatte. Ich konnte mir auch denken, was im Kopf des Großen Königs vorgehen würde, wenn er hörte, daß der Prinz ein Bündnis mit Persien wünschte. Hier war – endlich – der perfekte Vorwand für die Eroberung von ganz Indien. Koschala würde die persische Armee willkommenheißen. Magadha würde zermalmt werden und Koschala schmerzlos einverleibt.

Darius war ein Meister der kniffligen Kunst, sich dem Königreich eines anderen zu oktroyieren. Aber kennt nicht jeder persische Schuljunge des Kyrus' berühmte Rede an die Meder, und zwar auswendig? »Durch eure jetzige Unterwerfung habt ihr euer Leben gerettet. Was die Zukunft betrifft, so wird euch, wenn ihr euch weiterhin so verhaltet, kein Übel heimsuchen, es sei denn, es herrsche ein anderer über euch als zuvor. Aber ihr werdet in denselben Häusern wohnen, und ihr werdet dasselbe Land bestellen ...«

In dieser Rede schlägt sich die dauerhafte Politik der Achämeniden nieder. Für ein besiegtes Volk ändert sich nichts – außer dem Herrscher; und da der Achämenide stets ein gerechter Herrscher ist, wird er meist mit Freuden begrüßt, so wie Kyrus von den Medern. Überdies versucht der Achämenide, wo irgend möglich, zumindest Reste der Macht des ehemaligen Herrscherhauses intakt zu lassen. Es gab keinen Grund, aus dem Ajataschatru und Virudhaka *nicht* hätten bleiben können als Satrapen ... nein, keinen Grund, außer daß der Achämenide, der auch nur einem der beiden schlitzohrigen Prinzen traute, ein kompletter Narr sein mußte.

»Ich werde tun, was ich kann, Herr Prinz.« Ich gab mich ebenso rätselhaft wie ermutigend – im besten Susa-Stil.

»Es bleibt nicht viel Zeit. Bald schon kommt der Regen. Und wenn es soweit ist, bleibt die Seeroute unzugänglich, indes die Überland-Route – wo rastet deine Karawane während der Monsunzeit?«

»In Taxila. Ich habe noch drei Monate, um die endgültigen Verhandlungen abzuschließen.«

»Aber wenn der Regen aufhört, könntest du nach Persien zurückkehren?«

»Ja ... Doch da du dich unter Zeitdruck fühlst, könnte ich den Entwurf eines Vertrages zwischen uns dem Satrapen von Indien schicken. Er seinerseits würde ihn nach Susa senden, und wir könnten vor Einsetzen der Regenzeit eine Antwort haben.« Ich brauche wohl nicht zu betonen, daß ich nichts hiervon ernst meinte. Ich versuchte, Zeit zu gewinnen. Zunächst einmal galt es, die Karawane auf den Weg zu schikken. Sodann mußte ich Darius Bericht erstatten. Und dann ... Wer wollte wissen?

Virudhaka stand jetzt. Auch wir erhoben uns. Drei Gestalten, ein wenig dunkler als der nächtliche Himmel. Virudhaka bedachte mich mit einer rituellen Umarmung. »Der Staatsrat wird einen Vertrag vorbereiten«, sagte er. »Ich hoffe, daß du mit denen zusammenarbeiten wirst. Und daß du persönlich den Vertragstext ins Persische übersetzt. Das ist ungemein wichtig.«

»Der König ...«, hob Prinz Jeta an und sprach nicht weiter.

»Der König wird zustimmen«, sagte Virudhaka. »Er ist seinem Reich noch nicht völlig entrückt.« Dann war er verschwunden.

Prinz Jeta und ich traten zur Brüstung und spähten hinab. Eintausend Feuer brannten in der Schwärze der Nacht. Die Menschen am Fluß waren dabei, ihre Abendmahlzeit zu bereiten. Während wir hinunterblickten, flüsterte ich Prinz Jeta ins Ohr, was man mir in Magadha erzählt hatte.

Prinz Jeta machte eine sonderbare Gebärde: eine Abwärtsbewegung mit beiden Händen. »Denen lag daran, daß du mir dies erzählst.«

»Zweifellos. Aber ist es wahr?«

Prinz Jeta schüttelte den Kopf. »Der Sohn ist dem Vater gegenüber loyal. Warum sollte er das nicht auch sein? Der Sohn hat freie Hand. Pasenadi mischt sich selten ein. Er –« Prinz Jeta unterbrach sich, sagte dann: »Man läßt uns also eine Botschaft zukommen. Aber was bedeutet sie? Was wollen die wirklich?«

»Sie wollen einen Krieg mit den Republiken.«

»Auch mit Koschala. Doch können sie's mit der Föderation *und* mit Koschala nicht gleichzeitig aufnehmen. Wenn sie Koschala also teilen könnten, indem sie zwischen Vater und Sohn Unfrieden stiften ...« Prinz Jeta brauchte den Satz nicht zu beenden.

»Das ist raffiniert ausgedacht«, sagte ich.

»Allerdings, –« Prinz Jeta starrte mich an, als könne er in der Dunkelheit wirklich meinen Gesichtsausdruck ausmachen. »– wenn wir's keinem sagen, kann's auch keine Teilung geben, oder?«

Wir kamen überein, niemandem etwas von Ajataschatrus Warnung an Pasenadi zu sagen. Aber natürlich war jeder von uns darauf bedacht, diese Information zu nutzen, um seine eigene Sache zu befördern, denn dies ist nun mal der Weg der Höfe und der Welt überhaupt. Dennoch fühlte ich mich verwirrt, weil mir Prinz Jeta verwirrt vorgekommen war. Hatte mich Ajataschatru angelogen? Und falls er das getan hatte – aus welchem Grund?

10

Als ich am folgenden Morgen für die Präsentation beim König in persische Tracht gekleidet wurde, goß der erste Monsunregen auf die Dächer von Schravasti. Wenige Augenblicke später gesellte sich der durchnäßte und aufgelöste Caraka zu mir.

»Irgend etwas stimmt da nicht«, erklärte er, ohne auf den beflissenen Barbier zu achten. »Schon den ganzen Morgen über hält der König Rat.

Der Prinz ist mit den Bogenschützen auf den Mauern –« Caraka brach ab. Erst jetzt bemerkte er den Barbier.

»Kann es sein ...« Ich ließ den Satz unvollendet. Caraka verstand auch so, was ich meinte.

»Das weiß ich nicht«, sagte er. »Ich glaube kaum.«

Der Barbier lächelte, während er meine Lippen mit Lack bestrich. Was wir nicht wußten, wußte er – ein hochrangiger Angehöriger des Geheimdienstes von Koschala.

Gegen Mittag wurde ich zur überfüllten Empfangshalle geleitet. Zu Füßen des Silberthrons lagen die Geschenke des Großen Königs, doch war der Silberthron leer. Die sonst so gelassen, ja kaltblütig wirkenden Edlen von Koschala schienen erregt, und das Gewirr ihrer Stimmen vermischte sich mit dem Prasseln des Regens auf dem Ziegeldach. Ich verharrte im Eingang, unbeachtet trotz meines Prachtgewands.

Endlich bemerkte mich der Kämmerer. Er eilte näher, ließ in der Hast seinen Amtsstab fallen. Und hob ihn auf, hielt ihn verkehrt, begrüßte mich falsch und stammelte: »Es tut mir leid, Herr Gesandter. Du mußt uns für Wilde halten. Aber es ist da etwas vorgefallen – bitte. Komm mit mir. Dein Gefolge auch.«

Wir wurden in ein kleines Nebengemach geführt. Hinter uns knallte die Tür zu. Caraka und ich tauschten einen Blick. Der Regen trommelte jetzt so laut aufs Dach, daß wir nur undeutlich vernahmen, was ein tausendkehliger Ruf zu sein schien: »Lang lebe der König!«

»Welcher König?« fragte Caraka.

Ich hob die Schultern. Ob ich mit Pasenadi verhandeln würde oder mit Virudhaka, war mir gleich. Meine Sorge galt einem ganz anderen Umstand: daß es zwischen Magadha und Koschala Krieg geben könne, bevor Darius dazu kam, die Situation zu nutzen.

Plötzlich erklangen aus einem Tritonshorn drei Stöße. Da dies das traditionelle Signal zur Schlacht ist, war ich zum erstenmal beunruhigt. War das Königshaus gestürzt worden? Befanden sich feindliche Soldaten im Palast? Der Kämmerer tauchte wieder auf; außer Atem, als sei er gelaufen. »Der König ist auf dem Thron«, sagte er. »Hier entlang, Herr Gesandter.«

In aller Eile ging's in die Empfangshalle, wo auf dem Silberthron jetzt eine glanzvolle Gestalt zu sehen war, in der einen Hand ein Schwert, in der anderen ein Elfenbeinzepter.

Der Kämmerer meldete die Ankunft des Gesandten des Großen Königs von Persien. Von Zeremoniendienern geleitet, näherte ich mich dem Thron, dessen Inhaber keinerlei Ähnlichkeit hatte mit jenem unansehnlichen Mönch, dem ich an meinem ersten Tag in Schravasti begegnet war. Ich entbot dem Souverän meinen Gruß, und erst jetzt verlor sich der letzte Zweifel. Dieser steife, juwelengeschmückte Monarch war tatsächlich Pasenadi. Das sorgfältig bemalte Gesicht wirkte so ausdrucksleer wie die Gesichter vedischer Götter. Nichts, aber auch gar nichts ließ etwas ahnen von dem kichernden Mönch, den ich an Sariputras Seite erlebt hatte.

Mit kalter Formalität sagte der König: »Wir hoffen auf gute Beziehungen zu unserem Bruder in Persien.« Die Stimme war laut, deutlich, ohne Emotion. »Diesem Ziel soll unser Bemühen gelten. Wir entbieten ihm unsere guten brüderlichen Wünsche. Wir –«

Pasenadi unterbrach sich. Er schien den Faden verloren zu haben. Betretenes Schweigen herrschte, während wir den König ansahen. Dieser blickte an uns vorbei zur Tür. Ich hörte Schritte hinter mir, wagte jedoch nicht, dem König den Rücken zuzukehren. Dann ging Virudhaka an mir vorüber; er war regennaß. Am Fuß des Thrones entbot er Pasenadi seinen Gruß und sagte so leise, daß nur sein Vater und ich ihn verstanden: »Es ist wahr.«

Pasenadi legte das Zepter nieder. Er erhob sich. Mit beiden Händen hielt er den Knauf des Schwertes: als sei es eine Fackel, die ihm auf düsterem Weg leuchten sollte. »Wir haben soeben erfahren, daß unser geliebter Bruder, König Bimbisara, von seinem Sohn, Prinz Ajataschatru, gestürzt worden ist. Der Prinz bittet um unsere Billigung. Wir gewähren sie nicht. Verflucht ist der Sohn, der die Hand erhebt gegen jenen, der ihn zeugte. Verflucht ist das Land, dessen Souverän den Platz seines Vaters usurpiert. Verflucht ist Ajataschatru.«

Mit bemerkenswerter Behendigkeit hüpfte der alte Mann die Stufen herab, und König, Prinz und Staatsräte eilten in gleichsam wirbelnden Seidengewändern hinaus. Um uns kümmerte sich – abermals – der Kämmerer. Er hastete voran, fort aus dem Saal. Unverkennbar waren, am Hof zu Schravasti, formelle Zeremonien derzeit außer Kraft gesetzt, und die Geschenke des Großen Königs erfreuten sich schierer Nichtbeachtung. Caraka war besonders mürrisch; schließlich hatten wir die Truhen voller Teppiche und Kleinodien durch die halbe Welt geschleppt.

»Es ist sehr ärgerlich«, sagte er, »die Geschenke des Großen Königs nicht gewürdigt zu sehen.«

»Krieg hat nun mal Vorrang«, befand ich mit staatsmännischem Scharfsinn. »Aber da es bis zur trockenen Jahreszeit keine Kämpfe geben kann, werden wir den König sicher schon bald wiedersehen.«

Doch zwei Monate lang sahen wir weder den König noch den Prinzen. Trotz des Regens trafen tagtäglich Abordnungen ein, aus allen Teilen des Königreichs. Der Kronrat befand sich in Dauersitzung. Die Straße der Metallarbeiter war für alle gesperrt, und nur Spionen gelang es, dorthin vorzudringen. In eben dieser Eigenschaft bewies Caraka sein Talent. Und er berichtete: »Schwerter, Speerspitzen, Rüstungen – man arbeitet dort Tag und Nacht.« Der Krieg hatte in der Tat Vorrang: vor *allem* anderen.

Es war Prinz Jeta, der mir erzählte, was in Rajagriha geschehen war. Während einer Ratssitzung hatte Ajataschatru einen Antrag gestellt: Überquerung des Ganges, um die Föderation der Republiken anzugreifen. Bimbisara war zwar gleichfalls der Meinung, daß die Föderation den magadhanischen Streitkräften nicht würde standhalten können, doch erklärte er ohne Umschweife, die Sache lohne keinen Krieg, weil nach dem Sieg das Regieren über jene zanksüchtigen Staaten zur unerträglichen Mühsal werden müsse. Im übrigen: *War* er denn nicht bereits universeller Monarch? Er nahm das Pferdeopfer sehr ernst. Allzu ernst, wie sich zeigte. Wenige Tage später erhob Ajataschatru ohne Rücksprache mit seinem Vater im Namen seiner Mutter Anspruch auf Varanasi. Bimbisara war außer sich; er erklärte, Varanasi sei ein integraler Bestandteil von Koschala. Und er entließ den Kronrat.

Am nächsten Abend, kurz nach Sonnenuntergang, drang Ajataschatrus Leibwache in den königlichen Palast ein und nahm den König gefangen. Dies geschah so schnell und kam so unerwartet, daß es keinerlei Widerstand gab.

»Bimbisara wird jetzt im Geiergipfel gefangengehalten. Das ist ein Turm in der Altstadt.« Prinz Jeta zeigte sich weder überrascht noch bekümmert. Er kannte die Welt. »Es heißt, aus dem Geiergipfel sei noch nie jemand entkommen.«

»Was geschieht jetzt?«

»Mein Schwiegersohn, und dein Schwiegervater, ist ein ebenso ehrgeiziger wie entschlossener Mann, und es scheint, daß er Krieg will. Wenn das stimmt, so wird er ihn auch bekommen.«

Wir saßen auf der inneren Veranda von Prinz Jetas Haus. Ganz in der Nähe zitterten Bananenbäume im nach Regen riechenden Wind.

»Das hätte ich nicht gedacht«, sagte ich. »Ajataschatru brach immer so leicht in . . . in Tränen aus.«

»Er hat allen etwas vorgespielt. Jetzt wird er er selbst sein.«

»Nein. Er wird nur in eine neue Rolle schlüpfen, in eine Rolle ohne – oder auch mit – jenen Tränen. Am Hof«, fügte ich mit brahmanischer Selbstgewißheit hinzu, »verbringen die meisten ihr Leben mit unaufhörlichem Maskenwechsel.«

Prinz Jeta zeigte sich amüsiert. »Du klingst wie einer von uns. Allerdings – statt Masken zu wechseln, wechseln wir Existenzen.«

»Anders als ein Höfling habt ihr jedoch keinerlei Erinnerung an irgendeinen früheren Zustand.«

»Ausgenommen der Buddha. Er ist fähig, sich an seine früheren Inkarnationen zu erinnern.«

»Wie Pythagoras.«

Prinz Jeta ignorierte diesen obskuren Hinweis. »Aber der Buddha hat einmal gesagt: Würde er sich tatsächlich die Mühe machen, jede einzelne seiner früheren Existenzen ins Gedächtnis zurückzurufen, so bliebe ihm keine Zeit, die jetzige Inkarnation auszuleben, welche die wichtigste – weil letzte – ist.«

Ein jäher Windstoß riß Bündel unreifer Bananen von den Bäumen. Regen fiel.

»Bimbisara hat mir erzählt, er hoffe, in einem Jahr Mönch zu werden.«

»Laß uns beten, daß man ihm das gestatten wird.«

Eine Zeitlang sahen wir dem Regen zu. »Wie sonderbar«, sagte ich schließlich. »Ich meine, daß Ajataschatru wollte, daß ich Pasenadi vor *dessen* Sohn warne.«

»Aber wie raffiniert! Indes wir in Schravasti ein Komplott befürchten, führt er in Rajagriha eines durch.«

»Aber wozu die Mühe, mich irrezuleiten?«

»Um dich von der richtigen Fährte abzulenken. Schließlich muß er ja, früher oder später, mit Persien verhandeln. Daran gibt es für uns keinen Zweifel, seit euer König eines unserer reichsten Länder annektierte.«

»Annektierte, Prinz Jeta? Aber nicht doch. Die Herrscher des Indus-Tals baten den Großen König, sie in sein Reich aufzunehmen.« Ich kam mir vor wie ein achtzigjähriger Hofeunuch aus der Zeit Kyrus' des Großen.

»Verzeih mir. Ich war taktlos.« Prinz Jeta lächelte. »Jedenfalls liegt Ajataschatru daran, Koschala alle nur möglichen Schwierigkeiten zu bereiten. Was nicht von außen erreicht werden kann, soll durch inneren Hader gelingen. Und so versucht er, den Sohn gegen den Vater zu hetzen.«

»Hat er das geschafft?«

»Er braucht sich nicht erst zu mühen. Pasenadi will sowohl König als auch ein Arhat sein. Doch das ist unmöglich. Und so ist Virudhaka auch keineswegs ... glücklich. Wer wohl wollte ihm das verübeln?«

Einige Tage später brachte mir Caraka eine persönliche Botschaft von Ajataschatru; auf Kuhhaut geschrieben, mit roter Tinte, eine passende Farbe. Gemeinsam entzifferten wir die schwierige Schrift. Im Kern lautete die Botschaft: »Du bist unserem Herzen so nah wie immer. Du bist so geliebt in unseren Augen, als wärst du unser eigener Sohn. Und so wirst du beklagen, genau wie ich, den Tod meines Vaters, des universellen Monarchen Bimbisara. Er war im achtundsiebzigsten Jahr seines Lebens und im einundfünfzigsten Jahr seiner ruhmreichen Regierung. Der Hof wird in Trauer sein bis zum Ende der Regenzeit, und dann werden wir erwarten, daß unser geliebter Sohn, Cyrus Spitama, beiwohnt unserer Krönung.«

Natürlich fand sich keinerlei Hinweis darauf, wie Bimbisara gestorben war. Einige Tage später erfuhren wir, daß Ajataschatru seinen Vater selbst erdrosselt hatte, und zwar mit einer Seidenschnur – ganz wie es das indische Protokoll im Fall eines abgesetzten Monarchen verlangt.

Ich verbrachte eine Reihe unruhiger Wochen in den schwülen, üppigen Gärten von Pasenadis Palast. Weder der König noch der Prinz ließ mich zu sich rufen. Aus Susa kam keinerlei Botschaft. Selbst die Karawane in Taxila ließ nichts von sich hören. Endlich durchbrach etwas meine Isolation. Prinz Jeta und der Mönch Sariputra suchten mich auf. Unangemeldet erschienen sie auf der Veranda. Ich half ihnen, ihre Gewänder auszuwringen.

»Ich sah Sariputra zufällig im Garten«, erklärte Prinz Jeta, »und ich sagte ihm, wie gern du mit ihm sprechen würdest.« Ich entschuldigte die Lüge. Verzweifelt sehnte ich mich nach Gesellschaft, und sei es die Gesellschaft eines buddhistischen Arhat mit schwärzlichem Zahnfleisch.

Während Caraka nach Wein schickte, setzte sich Sariputra auf den Boden und Prinz Jeta auf ein Kissen. Ich nahm auf einer Art Schemel Platz.

Der Alte bedachte mich mit einem Gesichtsausdruck, den ich für ein Lächeln hielt. »Mein Lieber –«, begann er und brach ab.

»Vielleicht würdest du ihm gern Fragen stellen.« Prinz Jeta musterte mich erwartungsvoll.

»Vielleicht«, gab ich zurück (nicht ohne Hintersinn und eingedenk *meiner* religiösen Mission), »würde er gern *mir* Fragen stellen.«

»Man weiß vom Buddha, daß er Fragen gestellt hat.« Prinz Jeta war taktvoll. »Und man weiß es auch von Sariputra.«

»Gewiß.« In der unwankbaren Güte des Alten war etwas, das mich an ein wohlgenährtes Baby erinnerte; andererseits wirkten die scharfen Augen so kalt und starr wie die einer Schlange. »Magst du Spiele, mein Kind?«

»Nein«, sagte ich. »Und du?«

»Ewige Spiele, ja!« Sariputra lachte, allein.

»Warum«, fragte ich, »hast du überhaupt kein Interesse am Weisen Herrn und an seinem Propheten Zarathustra?«

»*Alle* Dinge sind interessant, mein Kind. Und da es für dich offenbar interessant ist, mir vom Weisen Herrn zu erzählen, so mußt du es tun. Augenblicklich! Wahrheit kann nicht warten, heißt es. Warum, weiß ich nicht. Alles andere wartet doch. Aber erzähl mir.«

Und ich tat's.

Als ich geendet hatte, sagte Sariputra zu Prinz Jeta: »Dieser Weise Herr wirkt auf mich wie Brahma, der versucht, sich für einen Perser auszugeben. Oh, diese Götter! Sie wechseln ihre Namen von Land zu Land und glauben, wir bemerkten nichts. Aber natürlich merken wir's – immer! Sie können uns nicht täuschen, nicht wahr? Oder uns entkommen. Aber dieser Brahma! Der ist bei weitem der Ehrgeizigste. Er hält sich für den *Schöpfer*. Man stelle sich das vor! Oh, du hättest ihn hören sollen, als er zum erstenmal zum Buddha kam. Nein, das war nicht beim ersten, das war beim zweiten Mal. Das erste Mal – das war, als er den Buddha bat, das Rad der Lehre in Bewegung zu setzen. Oh, der Brahma war sehr hartnäckig, sehr beredt! Weil er weiß, daß er, um Nirwana zu erlangen, als Mensch wiedergeboren werden muß; und daß er, nach der Wiedergeburt, Nirwana nur durch den Buddha erreichen kann. Er ist wahrhaftig kein Narr, weißt du. Er *klingt* nur so. Jedenfalls ließ der Buddha sich überreden, da Brahma von allen Göttern der beste ist, was ja nicht viel besagen will, nicht wahr? Also erklärte sich der Buddha – nach ihrer ersten Begegnung – bereit, das Rad in Bewegung zu setzen, was für den Buddha ein großes Opfer bedeutete, weil er selbst Nirwana bereits erlangt hatte und nicht mehr hier oder dort oder sonstwo ist, anders als der arme Brahma.

Dann suchte Brahma ihn zum zweitenmal auf. In Rajagriha war das. Wir müssen Ananda fragen, wann und wo genau das geschah, er erinnert sich an alles, so trivial es auch sei. Das war alles vor meiner Zeit. So sagte Brahma denn zum Buddha: ›Ich bin Brahma. Ich bin der große Brahma, der König der Götter. Ich kann zunichte machen. Und erschaffen. Ich habe die Welt erschaffen. Ich bin der Herrscher über die Welt. Ich kann erschaffen und verändern und entstehen lassen. Ich bin der Vater aller Dinge.‹ Nun wissen wir aber, daß dies völliger Unsinn ist. Doch der Buddha ist stets höflich. Und er ist erhaben. ›Falls du existierst, Brahma‹, sagte er behutsam, ›so wurdest du erschaffen. Falls du erschaffen wurdest, so entwickelst du dich. Wenn du dich entwickelst, so muß es dein Ziel sein, erlöst zu werden von Feuer und Flut der Schöpfung. Deshalb mußt du zu dem werden, was ich bereits bin. Du mußt den letzten Schritt tun auf dem achtfachen Pfad. Du mußt aufhören zu werden und zu sein.‹«

»Was erwiderte Brahma darauf?« Niemals sonst habe ich eine derartige Blasphemie vernommen.

»Oh, er war erregt. Wer an seiner Stelle wäre das wohl nicht gewesen? Ich meine – dort ist er, genau wie dein Weiser Herr, so ganz von sich selbst erfüllt und voller Macht; glaubt er jedenfalls. Aber wenn er *all*mächtig ist, muß er ja auch *nicht sein* können, ein Zustand, nach dem er sich sehnt, den er jedoch nicht erreichen kann; weshalb er denn auch den Buddha bittet, das Rad der Lehre in Bewegung zu setzen.«

»Bist du vollkommen sicher, daß dies wirklich der Weise – ich meine, Brahma war, der zum Buddha sprach?«

»Natürlich bin ich nicht sicher! All dies ist ein Traum, mein Lieber, und in Träumen erscheinen manche Dinge weniger sinnvoll als andere. Ich meine, es kommt ganz darauf an, wo man steht, wenn man schläft, nicht wahr?«

Ich muß gestehen, daß auch ich das Gefühl hatte, zu träumen – oder aber den Verstand zu verlieren. »Zarathustra vernahm tatsächlich die Stimme des Weisen Herrn –«, begann ich.

»– genau wie Brahma die Antworten des Buddha vernahm.« Sariputra nickte mir aufmunternd zu: wie einem begriffsstutzigen Schüler, dem es endlich gelungen war, eins und eins zusammenzuzählen.

»Die Verehrung gebietet mir klarzustellen, daß es Zarathustra war, welcher die Antworten des Weisen Herrn vernahm – und nicht andersherum.«

»Ich sage es andersherum, aus Verehrung für den Buddha. Es gibt immer nur einen Buddha.«

»Es gibt nur einen Weisen Herrn.«

»Sofern er sich nicht gerade nach Indien schleicht, um sich als Brahma auszugeben. Er ist keinesfalls der einzige Gott. Er ist nur der Eingebildetste.«

Ich bewahrte meine starre Höflingsmaske, so gut es irgend ging. »Du bestreitest, daß der Weise Herr der alleinige Schöpfer aller Dinge ist?«

»Natürlich, mein Lieber. Genau wie du selbst.« Und der heimtückische Alte wiederholte, was ich ihm aus dem heiligsten unserer Texte vorgetragen hatte: »›Vor dem Akt der Schöpfung war Ahura Mazdah nicht der Weise Herr. Nach dem Akt der Schöpfung wurde er der Weise Herr, begierig zu gedeihen, weise, frei von Unglück, in seinen Werken sich zeigend –‹ Den Rest seiner Attribute, die du uns freundlicherweise gerade erst aufgezählt hast, habe ich vergessen. Mein Gedächtnis ist nicht mehr, was es einmal war.«

Mit Ingrimm vollendete ich: »›– stets Ordnung schaffend, voller Güte, all-begreifend.‹«

»Ja, ja. ›Und mit klarem Blick sah Ahura Mazdah, daß der zerstörerische Geist nie ablassen würde von Vernichtung ...‹ Und so geht er hin und macht eine Falle für den zerstörerischen Geist, indem er die Zeit der langen Dauer erfindet – aus der endlosen Zeit heraus. Oh, mein Lieber, dies ist alles so umständlich! Wenn er der all-mächtige Schöpfer ist: Weshalb erfand er dann überhaupt den zerstörerischen Geist? Welchen Sinn hat das? Und nachdem dieser Geist erfunden war – warum macht er sich die Mühe, seine eigene Erfindung zu bekämpfen? Das war wirklich nicht sehr weise von ihm, nicht wahr? Und dann noch darauf zu beharren, daß die menschliche Rasse, eine weitere Erfindung von ihm, mit seiner ersten Erfindung unablässig im Kampf liegen muß ... Nun, das ist nicht gerade liebevoll.«

»Genausowenig wie die Tatsache des Bösen, Sariputra. Aber es gibt nun einmal beides, das Gute und das Böse, und der Kampf zwischen beiden wird andauern, bis das Gute triumphiert – am Ende der Zeit der langen Dauer.«

»Da das Gute ohnehin obsiegt – wozu erst die Mühsal des Kampfes?«

»Weil dies der Wille des Weisen Herrn ist. Aus sich heraus erschuf er alle menschlichen Seelen auf einmal. Und diese ewigen Geister existieren in ihm, bis sie menschliche Gestalt annehmen müssen. Dann treffen sie eine Wahl. Sie folgen entweder der Wahrheit oder der Lüge. Folgen sie der Wahrheit, so werden sie Verdienst ernten. Folgen sie der Lüge ...«

»Ja, liebes Kind. So langsam mein Gehirn auch arbeitet, ich habe den Grundgedanken begriffen. Aber – warum denn alle so leiden machen?«

»Wie sonst könnte das Böse überwunden werden?«

»Indem man zunächst die Welt entfernt und dann das Selbst. Oder sofern du das vorziehst – und dazu fähig bist – zuerst das Selbst, dann die Welt.«

»Die Welt ist. Das Selbst ist. Das Böse ist. Das Gute ist. Und Kampf ist – unausweichlich und vorherbestimmt.«

»Dann ist es doch besser, *gar* nicht zu sein, nicht wahr? Und das läßt sich erreichen durch den achtfachen Weg.«

Er konnte einen rasend machen, dieser alte Mann, mehr noch als der schlimmste unserer hiesigen Sophisten. »Alle Dinge liegen im Kampf –«, begann ich.

»– mit Ausnahme jener, welche nicht im Kampf liegen«, vollendete er den Satz. »Aber genau wie unser stolzer, listenreicher Brahma ist euer Weiser Herr in Dunkelheit getaucht wie all seine Schöpfungen. Er weiß nicht, wohin er geht; und genausowenig weiß er, woher er kam.«

»Der Weise Herr weiß, daß er, in der Zeit der langen Dauer, den bösen Ahriman stellen und vernichten wird. Wenn er das tut, werden alle Seelen gerettet sein.«

»Das *sagt* er. Aber auch er entwickelt sich ja. Es gab eine Zeit, da er nicht existierte. Dann existierte er. Und existiert jetzt. Aber *wird* er auch existieren?«

»Vor dem Weisen Herrn war der Weise Herr.«

»Und *da*vor? Er sagt, falls du ihn richtig zitiert hast: ›Vor dem Akt der Schöpfung war ich nicht Herr.‹ Wenn er nicht Herr war, wer dann? Und woher kam dieser Schöpfer?«

»Zeit –«

»Ah, Zeit! Aber woher kommt Zeit?«

»Zeit war. Ist. Wird sein.«

»Vielleicht. Vielleicht auch nicht. Ich spreche, liebes Kind, von ersten Dingen, weil sie dich interessieren. Uns interessieren sie nicht. Uns erfüllt keine Neugier nach dem Ursprung der Dinge, nach der Schöpfung oder Erschaffung. Wir haben keine Möglichkeit zu wissen, was zuerst war; oder ob es so etwas gibt wie das erste Ding in Zeit und Raum oder außerhalb von Zeit und Raum. Es ist alles ein und dasselbe. Götter, Menschen, Geister, Tiere, Fische, Bäume ... sie alle sind Manifestationen einer Schöpfung, in welcher der Schmerz eine Konstante ist, weil sich alles im Fluß befindet und nichts unverändert bleibt. Ist das nicht wahr?«

»Es gibt einen einzigen Ursprung –«, hob ich an.

Doch Sariputra hörte mir nicht mehr zu. »Ich führe unsere Novizen als erstes immer auf Friedhöfe, wo ich ihnen die verwesenden Leichname zeige. Wir studieren das neue Leben, das den Toten entspringt. Wir beobachten, wie die Maden ihre Eier ins verfaulende Fleisch legen. Dann brüten die Eier aus, und eine neue Generation von Maden mästet sich innerhalb einer kurzen Zeitspanne – einer Zeit von sehr, sehr kurzer Dauer –, bis nichts mehr übrig ist als Gebein, und die armen Würmer hungern und sterben. Doch aus ihrem Staub kommen Pflanzen, Insekten, unsichtbare Lebenskeime, und die Kette setzt sich fort und fort und fort – und wer würde diese Kette der Schmerzen nicht zerbrechen wollen, wenn er das könnte?«

»Die Kette zerbricht, wenn der Weise Herr obsiegt und alles im Lichte ist.«

»Ich muß sagen, das klingt sehr nach Brahma. Doch wie er selbst eingesteht – sofern er nicht gerade Lügen erzählt –, weiß er über seinen Ursprung ebensowenig wie darüber, wie alles enden wird. Er befindet sich in der Flußmitte, genau wie wir anderen. Natürlich ist sein Fluß größer als unserer, doch im Prinzip sind alle Flüsse gleich. So wie du es uns so schön ... nein, nein, *wahrhaftig* schön vorgesungen hast: ›Zeit ist mächtiger als beide Schöpfungen – die Erschaffung des Weisen Herrn und die Erschaffung des zerstörerischen Geistes.‹ Für uns, Kind, ist Zeit nur ein Teil des Traums, aus dem man erwachen muß, wenn man erleuchtet werden soll.«

»Und ausgelöscht?«

»Du hast die Lektion gelernt, Cyrus Spitama!« Der arglistige Greis applaudierte mir.

Zwar gab es für keines von Sariputras Argumenten eine stichhaltige Begründung, doch rief ich mir Darius' Auftrag ins Gedächtnis zurück. Ich sollte lernen sowohl als lehren, oder anders ausgedrückt: Man kann nicht lehren, wenn man nicht zuvor weiß, was andere für wahr halten. Damals zweifelte ich keinen Augenblick an meiner Mission, welche darin bestand, allen Menschen die Wahrheit zu bringen. Gleichzeitig jedoch erfüllte mich eine tiefe Wißbegierde nach dem – so es ihn denn gab – Ursprung der Schöpfung; und Sariputra hatte, auf für mich ein wenig peinliche Weise, meine Aufmerksamkeit auf einen bestimmten Punkt gelenkt: auf die eigentümliche Lücke, welche sich in Zarathustras Vorstellung von Göttlichkeit fand. Ja, Demokrit, auch dir ist eben diese Unterlassung aufgefallen. Aber das liegt daran, daß du dich nur für das Materielle – das Stoffliche – interessierst. Wir interessieren uns für das, was heilig ist.

Ich gebe zu, daß nie klar gewesen ist, wie oder wann oder warum der Weise Herr aus der endlosen Zeit heraus geboren wurde, welche ja selbst nie wahrhaft begriffen werden kann, denn was endlos oder unendlich ist, ist – der Definition nach – nicht nur noch nicht, sondern *niemals* noch nicht. Aber bevor ich den Buddhisten begegnete, glaubte ich, es könne keine Religion oder Philosophie oder Weltanschauung von auch nur leidlicher Komplexität geben ohne eine Theorie der Erschaffung, sei sie auch noch so vage. Aber hier war eine Sekte oder ein Orden oder eine Religion, welche die Vorstellungskraft zweier mächtiger Könige und vieler weiser Männer eingefangen hatte, und dies war dem Orden gelungen, ohne sich jemals ernsthaft mit dem zu befassen, was doch die einzige große Frage war: Wie war der Kosmos entstanden?

Schlimmer noch: Buddhisten betrachten alle Götter mit der gleichen liebenswürdigen Verachtung, wie dies die gebildeten Athener tun. Nur fürchten sich die Athener vor der Verfolgung durch die öffentliche Meinung, während sich die Buddhisten gegenüber dem Aberglauben der Brahmanen gleichgültig zeigen. Die Götter sind ihnen so unwichtig, daß sie sie nicht einmal in Teufel verkehren, wie Zarathustra das tat. Die Buddhisten akzeptieren die Welt, wie sie ist, und versuchen sie zu eliminieren.

Inzwischen jedoch, im Hier und Jetzt, vertreten sie die Meinung, für den gewöhnlichen buddhistischen Laien sei es vielleicht empfehlenswert, voll Freude, Freundlichkeit, Gleichmut und Mitgefühl zu sein; Ordensangehörige allerdings müssen nicht nur die Sorgen, sondern auch die Freuden dieser Welt aufgeben.

»Nach dem Studium der verwesenden Leichname mache ich den Novizen klar, wie wahrhaft widerwärtig der lebende Körper ist. Viele Novizen sind noch jung und fühlen sich von Frauen angezogen, was sie natürlich eingliedert in die Kette des Seins. So zeige ich ihnen, daß der Körper auch der schönsten Frau wie eine Wunde ist, mit neun Öffnungen, aus denen es widerlich quillt, während der ganze Körper bedeckt ist von einer klebrigen Haut, die –«

»So langsam *mein* Gehirn auch arbeitet, ich habe den Grundgedanken begriffen«, sagte ich, die Rechnung ein wenig ausgleichend.

»Mein Lieber, falls du wirklich begriffen hast, so drehst du jetzt das Rad der Lehre! So ein kluges Kind.« Sariputra blickte zu Prinz Jeta. Der Mönch lächelte, doch seine Augen wirkten so hell und starr wie die eines Papageis. Er war eine beunruhigende Gestalt.

»Mir scheint«, sagte Prinz Jeta, »für unseren Freund ist die Zeit gekommen, den Buddha aufzusuchen.«

»Warum nicht?«

Demokrit möchte wissen, wer genau der Buddha war und woher er kam. Die erste Frage läßt sich vermutlich nicht beantworten. Als ich in Indien war, habe ich sie oft genug gestellt, und mir wurde in wundersam vielfältiger Weise erwidert. Inder besitzen nicht unser Interesse an Tatsachen; ihr Zeitsinn unterscheidet sich von dem unseren, während ihre Einschätzung der Wirklichkeit auf der tiefen Überzeugung beruht, die Welt sei unwichtig, da sie nichts ist als flüchtiger Stoff. Sie glauben, daß sie träumen.

11

Dies ist es, was ich über den Buddha zu wissen glaube. Zu der Zeit, da ich ihm begegnete – vor mehr als einem halben Jahrhundert –, war er etwa zweiundsiebzig oder dreiundsiebzig Jahre alt. Er stammte aus der Shakya-Republik am Fuß des Himalaya. Seine Familie war eine Kriegerfamilie namens Gautama. Bei seiner Geburt wurde er Siddhartha genannt. Seine Erziehung erhielt er in der Hauptstadt Kapilavastru. Gautamas Vater hatte in der Republik einmal ein hohes Amt inne; ein König allerdings, wie das gewisse Snobs in Schravasti und Rajagriha selbst jetzt noch behaupten, war er wohl kaum.

Siddhartha heiratete. Er hatte einen Sohn, Rahula – was soviel bedeutet wie Bindeglied oder Band. Vermutlich erhielt das Kind ursprünglich einen anderen Namen, doch konnte ich nie herausfinden, was für ein Name das war. Gewiß bildete er ein Band mit jener Welt, die der Buddha eliminieren würde – für sich selbst.

Mit neunundzwanzig Jahren begann Siddhartha das, was er die edle Suche nannte. Da er nur zu genau wußte, daß er »wegen des Selbst der Geburt verhaftet war und ausgesetzt der Gefahr in allem, was der Geburt folgt, suchte er die endgültige Sicherheit vor den Bindungen dieser Welt – Nirwana.«

Siddharthas Suche dauerte sieben Jahre. Er lebte im Wald. Er tötete das Fleisch ab. Er meditierte. Und schließlich gelang es ihm durch eigenes Bemühen – oder einfach, weil er sich im Lauf all seiner früheren Inkarnationen dorthin entwickelt hatte? –, nicht nur die Ursache von Schmerz, sondern auch dessen Heilung zu ergründen. Er sah alles, was war, und alles, was sein wird. In einem magischen Kräftemessen besiegte er den bösen Gott Mara, welcher da ist der Herr dieser Welt.

Siddhartha wurde der erleuchtete Buddha. Da er nicht nur sich selbst eliminiert hatte, sondern auch die dinghafte Welt, steht er höher als alle Götter: Sie befinden sich noch in der Entwicklung, er hingegen nicht. Sie fahren fort zu existieren in einer Welt, die er völlig aufgelöst hat. Da Erleuchtung ein Ziel in sich selbst ist – *das* große Ziel –, hätte den Buddha die nunmehr eliminierte Welt nicht zu bekümmern brauchen. Doch die Welt, aus der er erwacht war, kehrte gleichsam zu ihm zurück, als der hohe Gott Brahma vom Himmel herabkam und ihn bat, anderen den Weg zu zeigen. Aber der Buddha war nicht interessiert. Wir sprechen, sagte er, von etwas, das nicht beschrieben werden kann? Doch zeigte sich Brahma so beharrlich, daß der Buddha einwilligte, nach Varanasi zu gehen und das Rad der Lehre in Bewegung zu setzen. Er legte die vier Wahrheiten dar; und er offenbarte den achtfachen Weg. Dabei war – ist – die ganze Übung paradoxerweise zwecklos, weil er ja diese wie auch alle anderen Welten aufgegeben hat.

»Alles, was der Kausalität unterliegt«, sagte der Buddha, »ist wie ein Trugbild.« Für ihn ähnelt die menschliche Persönlichkeit einem schlechten Traum – den man am besten los wird, indem man erwacht... ins Nichts? Es gibt eine Grenze, über die ich dem Buddha nicht folgen kann. Aber er ist ja auch erleuchtet, und ich bin es nicht.

Die Lehre des Buddha widerspricht in jeglicher Hinsicht jener des Weisen Herrn. Für Buddhisten und Dschainas verschlechtert sich die Welt; deshalb ist Erlöschen das Ziel des Weisen. Laut Zarathustra muß jeder Mensch den Weg zur Wahrheit oder aber zur Lüge finden, und in Ewigkeit wird er gerichtet werden gemäß dem, was er in einem einzigen Leben tat oder nicht tat. Schließlich – nach einer Zeitspanne im Himmel oder in der Hölle – werden alle menschlichen Seelen teilhaben am Sieg des Weisen Herrn über Ahriman, und wir werden einen vollkommenen Zustand des Seins erlangen, der gar nicht soviel anders ist als des Buddhas Sunyata oder leuchtende Leere – sofern dies die angemessene Übersetzung eines Wortes ist, das so präzise das Unerklärbare erklärt.

Für die Inder unterliegen alle Geschöpfe ständiger Inkarnation. Und in jedwedem Leben sind Sühne und Belohnung die Folge früherer Taten in früheren Leben. Man unterliegt völlig seinem Karma oder Schicksal. Für uns gibt es Freude oder Leid in der Zeit der langen Dauer und, schließlich, die Vereinigung mit Ahura Mazdah in ewiger Zeit. Für sie gibt es endlosen Tod und endlose Wiedergeburt, durchbrochen nur für sehr wenige durch Nirwana, welches nichts ist, und Sunyata, welches ist, was es ist, falls es ist.

Demokrit meint, die beiden Glaubenshaltungen seien gar nicht so sehr verschieden voneinander. Ich *weiß*, daß sie *grund*verschieden sind. Gewiß hat des Buddhas Idee von Sunyata etwas Leuchtendes, wenngleich recht Vages, und je mehr ich über des Buddhas Wahrheiten nachdenke, desto stärker beschleicht mich das Gefühl, ich versuchte, mit zwei plumpen Händen einen jener flinken Aale zu fangen, die sich nachts durch warme südliche Meere schlängeln, erstrahlend in kaltem Licht. Im Kern des buddhistischen Systems gibt es eine Leere, welche keineswegs das erstrebte Nirwana ist. Sondern perfekter Atheismus.

Meines Wissens hat der Buddha, wenn denn überhaupt, nur sehr beiläufig über irgendwelche Götter gesprochen. Er leugnete sie nicht; er ignorierte sie einfach. Aber trotz seines beträchtlichen Dünkels setzte er sich nicht an die Stelle der Götter, denn als er das Rad seiner Lehre in Bewegung setzte, hatte er selbst aufgehört zu sein, was der endgültige Zustand der Entwicklung ist. Aber als ihm Gautamas Fleisch noch Behausung bot, erlaubte er anderen, den Sangha zu gründen, um für die wenigen Erwählten das Leid des Lebens zu lindern.

Zunächst wurden nur Männer zum Orden zugelassen. Aber dann überredete Ananda den Buddha dazu, auch Frauen aufzunehmen. Sie sollten in eigenen Gemeinschaften leben und dem achtfachen Weg folgen. Wennschon der Buddha einwilligte, machte er doch einen Scherz, der von Weiberfeinden oft zitiert wird. »Hätte der Orden nur aus Männern bestanden, Ananda, so würde er tausend Jahre bestehen. Nun, da auch Frauen dazu gehören, wird er nur fünfhundert Jahre existieren.« Mir scheint, hier war der Buddha, so oder so, allzu optimistisch.

Gegen Ende der Regenzeit begleitete ich Prinz Jeta zu dem Park, den er vermutlich über den Kaufmann Anathapindika zur Nutznießung des Buddhas verkauft hat. Hier leben tausend Mönche, Anhänger, Bewunderer. Viele Asketen schlafen im Freien, während Pilger in Gasthäusern wohnen und Ordensmitglieder in einem großen Gebäude mit einer Art Schilfdach.

Unweit dieses Klosters hatte man auf einer niedrigen Plattform eine Holzhütte errichtet. Hier, auf einer Matte, saß der Buddha. Da die Hütte ohne Wände war, lebte er gleichsam vor den Augen der Welt.

Sariputra hieß uns beim Kloster willkommen. Er bewegte sich wie ein Knabe, mit hüpfendem Schritt. Einen Schirm trug er nicht. Der warme Regen schien ihn nicht im mindesten zu stören. »Du hast Glück. Tathagata ist zum Reden aufgelegt. Wir freuen uns sehr für dich. Seit dem Vollmond hat er geschwiegen. Heute jedoch nicht.« Sariputra tätschelte meinen Arm. »Ich habe ihm gesagt, wer du bist.«

Falls er erwartet hatte, daß ich ihn nach des Buddhas Meinung über den persischen Gesandten fragen würde, so sah er sich enttäuscht. Ich gab mich förmlich. »Ich freue mich auf unsere Begegnung.« Ich gebrauchte das Wort *upanishad*, das nicht nur Begegnung bedeutet, sondern auch eine ernste Erörterung spiritueller Dinge.

Sariputra geleitete Prinz Jeta und mich zum Pavillon auf der Plattform, zu der man über acht flache Stufen gelangte – eine für jeden Teil des achtfachen Wegs? Auf der ersten Stufe begrüßte ein großer, kräftiger, gelbhäutiger Mann Sariputra, der ihn uns dann vorstellte. »Dies ist Fan Ch'ih«, sagte Sariputra. »Er ist von Cathay gekommen, um vom Buddha zu lernen.«

»Es ist unmöglich, *nicht* vom Buddha zu lernen.« Fan Ch'ih sprach den Koschala-Dialekt noch besser als ich, doch mit überaus starkem Akzent.

Da Fan Ch'ih und ich später enge Freunde wurden, möchte ich hier nur anmerken, daß er nicht nach Indien gekommen war, um vom Buddha zu lernen; er befand sich, für eine kleine Nation im Südosten

Cathays, auf Handelsmission. Später erfuhr ich von ihm, daß er an jenem Tag zum Park gekommen war, um den persischen Gesandten zu treffen. Er war von Persien so fasziniert wie ich meinerseits von Cathay.

Wir folgten Sariputra die Stufen hinauf und in die Hütte, wo sich zu unserer Begrüßung alle erhoben, ausgenommen der Buddha, der auf seiner Matte sitzen blieb. Ich konnte sehen, warum man ihn den Goldenen nannte. Er war so gelb wie irgendein Bewohner von Cathay. Nicht nur, daß er kein Arier war, er war auch kein Drawida. Augenscheinlich hatte irgendein Stamm aus Cathay den Himalaya überquert und den Gautama-Clan begründet.

Der Buddha war klein, schlank, geschmeidig. Er saß sehr gerade, mit gekreuzten Beinen. Seine Schlitzaugen wirkten so schmal, daß sich nicht mit Sicherheit sagen ließ, ob sie offen oder geschlossen waren. Irgend jemand hat die Augen des Buddha als strahlend wie der Nachthimmel im Sommer beschrieben. Ich weiß es nicht. Ich habe sie nie richtig gesehen. Gewölbte Augenbrauen, eigentümlich hell, waren so dicht zusammengewachsen, daß sie in der Mitte ein Haarbüschel bildeten. In Indien gilt das als ein Zeichen von Göttlichkeit.

Die Haut des alten Mannes war zwar welk, verriet jedoch eine geradezu strotzende Gesundheit. Sein kahler Schädel glänzte wie gelber Alabaster. Den Buddha umwob ein Geruch von Sandelholz, den ich wenig asketisch fand. Solange ich bei ihm war, bewegte er kaum einmal Kopf oder Körper. Mitunter gestikulierte er mit der rechten Hand. Seine Stimme klang leise und angenehm, und er schien ohne Atem zu sprechen. Ja, auf geheimnisvolle Weise schien er überhaupt nicht zu atmen.

Ich verbeugte mich tief. Mit einer Handbewegung forderte er mich zum Sitzen auf. Ich hielt eine vorbereitete kleine Rede. Als ich damit fertig war, lächelte der Buddha. Das war alles. Er machte sich nicht die Mühe, mir zu antworten. Eine Verlegenheitspause trat ein.

Dann fragte ein junger Mann plötzlich: »O Tathagata, bist du der Ansicht, daß die Welt ewig sei und alle anderen Ansichten falsch?«

»Nein, Kind, ich bin nicht der Ansicht, daß die Welt ewig ist und alle anderen Ansichten falsch.«

»Bist du dann der Ansicht, daß die Welt *nicht* ewig sei und alle anderen Ansichten falsch?«

»Nein, Kind, ich bin nicht der Ansicht, daß die Welt nicht ewig ist und alle anderen Ansichten falsch.«

Sodann fragte der junge Mann den Buddha, ob der Kosmos endlich oder unendlich sei, ob der Körper der Seele ähnlich oder unähnlich sei, ob ein heiliger Mann nach dem Tode existiere oder nicht existiere und so weiter. Auf jede Frage gab der Buddha dem Jüngling die gleiche Antwort oder Nicht-Antwort, die er ihm auf die Frage gegeben hatte, ob die

Welt ewig oder nicht ewig sei. Schließlich fragte der junge Mann: »Welchen Einwand hat dann Tathagata gegen all diese Theorien, daß er sich keine davon zueigen gemacht hat?«

»Weil, Kind, die Theorie, daß die Welt ewig sei, ein Dschungel ist, eine Wildnis, ein Puppentheater, ein Sich-Winden und eine Kette, für alle Zeit verbunden mit Not, Elend, Verzweiflung und Schmerz – diese Theorie trägt nichts bei zur Abwendung, Wunschlosigkeit, Ruhe, Stille, Wissen, höchster Weisheit und Nirwana.«

»Ist dies Tathagatas Antwort auf jede Frage?«

Der Buddha nickte. »Dies ist der Einwand, den ich habe gegen diese offenkundig widerstreitenden Theorien, und deshalb habe ich mir auch keine zueigen gemacht.«

»Aber hat Tathagata eine eigene Theorie?«

Eine Pause trat ein. Ich muß gestehen, daß ich plötzlich das Blut in meinen Wangen spürte, ja, mich wie im Fieber fühlte. Begierig harrte ich der Antwort oder Nicht-Antwort.

»Der Buddha ist frei von allen Theorien.« Die Stimme klang sanft. Die Augen schienen nicht zu uns zu blicken, sondern zu irgendeiner Welt oder Nicht-Welt, die wir nicht begreifen konnten. »Es gibt natürlich Dinge, die ich weiß. Ich kenne die Natur der Materie. Ich weiß, wie Dinge entstehen, und ich weiß, wie sie vergehen. Ich kenne die Natur sinnlicher Wahrnehmungen. Ich weiß, wie eine solche Empfindung entsteht und wie sie vergeht. Wie Bewußtsein beginnt, um wieder aufzuhören. Da ich diese Dinge *kenne*, war es mir möglich, mich von allen Bindungen frei zu machen. Das Selbst ist aufgegeben, verschwunden, fort.«

»Aber Tathagata, wirst du . . . wird der Priester, der sich in einem solchen Zustand befindet wie du, wird er wiedergeboren?«

»Zu sagen, er werde wiedergeboren, trifft es nicht.«

»Heißt das, er wird nicht wiedergeboren?«

»Auch das trifft es nicht.«

»Dann wird er sowohl wiedergeboren als auch nicht wiedergeboren?«

»Nein. Simultaneität trifft es nicht.«

»Ich bin verwirrt, Tathagata. Entweder trifft das eine oder das andere zu oder sogar beides gleichzeitig, jedoch –«

»Genug, Kind. Du bist verwirrt, weil es oft nicht möglich ist, das zu sehen, was direkt vor dir ist, da du in die falsche Richtung blickst. Ich will dir eine Frage stellen. Wenn vor deinen Augen ein Feuer brennen würde, würdest du es bemerken?«

»Ja, Tathagata.«

»Wenn das Feuer ausgehen würde, würdest du das bemerken?«

»Ja, Tathagata.«

»Nun denn, wenn das Feuer ausgeht, wohin geht es? Nach Osten? Nach Westen? Nach Norden? Nach Süden?«

»Aber die Frage hat doch keinen Sinn, Tathagata? Wenn ein Feuer aus Mangel an Nahrung ausgeht, dann ... nun, dann ist es fort, erloschen.«

»Du hast jetzt deine eigene Frage beantwortet, ob ein heiliger Mann wiedergeboren wird oder nicht. Die Frage hat keinen Sinn. Wie das Feuer geht er aus, weil der Brennstoff fehlt, er ist fort, erloschen.«

»Ich verstehe«, sagte der junge Mann. »Ich begreife.«

»Vielleicht *beginnst* du zu begreifen.«

Der Buddha blickte in meine Richtung. Ob er mich je *an*sah, vermag ich nicht zu sagen. »Diese Erörterung haben wir oft«, sagte er. »Und ich gebrauche stets das Bild des Feuers, weil es leicht begreiflich scheint.«

Ein langes Schweigen trat ein.

Plötzlich sagte Sariputra: »Alles, was der Kausalität unterliegt, ist Schein.« Wieder trat Schweigen ein. Inzwischen hatte ich all meine vorbereiteten Fragen vergessen. Genau wie das figurative Feuer war mein Geist ausgegangen.

Prinz Jeta sprach für mich. »Tathagata, der Gesandte des Großen Königs von Persien möchte gern wissen, wie die Welt erschaffen wurde.«

Der Buddha wandte mir seine so sonderbar blinden Augen zu. Dann lächelte er. »Vielleicht«, sagte er, »möchtest du es mir erklären.« Des Buddhas entblößte Zähne waren fleckig und gelb, und ihre Ähnlichkeit mit Fangzähnen wirkte verstörend.

Was ich sagte, weiß ich nicht mehr. Vermutlich schilderte ich ihm die gleichzeitige Erschaffung von Gut und Böse. Wiederholte die Doktrinen meines Großvaters. Beobachtete jene schmalen Augen, die in meine Richtung – es gibt dafür kein anderes Verb – zielten.

Als ich fertig war, kam vom Buddha eine höfliche Erwiderung. »Da niemand mit Sicherheit wissen kann, ob seine Ansicht von der Erschaffung richtig ist oder nicht, ist es ihm auch absolut unmöglich zu wissen, ob die Ansicht eines anderen falsch ist.« Sodann ließ er das einzige wichtige Thema fallen, das es gibt.

Das nächste Schweigen war das längste von allen. Ich lauschte auf das Geräusch des Regens auf dem Schilfdach, auf das Rauschen des Windes in den Bäumen, auf den Gesang der Mönche im nahen Kloster.

Schließlich fiel mir wieder eine der vielen Fragen ein, die ich ihm hatte stellen wollen: »Sage mir, Buddha, wenn das Leben dieser Welt ein Übel ist, warum *gibt* es die Welt dann?«

Der Buddha starrte mich an. Und diesmal, so wollte mir scheinen, sah er mich wirklich, obschon das Licht in der Hütte jetzt so trüb und so grün war wie das Wasser eines Teiches, wenn man unterhalb der Oberfläche die Augen öffnet.

»Die Welt ist voller Schmerz, Leid und Übel. Das ist die erste Wahrheit«, sagte er. »Begreife diese erste Wahrheit, und die anderen Wahrheiten werden offenbar werden. Folge dem achtfachen Weg und –«

»– und Nirwana löscht das Selbst aus oder auch nicht.« Den Anwesenden schien der Atem zu stocken. Ich hatte den Buddha unterbrochen. Dennoch beharrte ich bei meiner Unhöflichkeit. »Aber meine Frage lautet: Wer oder was hat eine Welt erschaffen, deren einziger Zweck, wie du sagst, darin besteht, Schmerzen zu verursachen ohne jeden Zweck?«

Der Buddha war voll Nachsicht. »Mein Kind, laß uns sagen, du habest in einer Schlacht gekämpft. Du seist von einem vergifteten Pfeil getroffen worden. Du leidest Schmerzen. Du fieberst. Du fürchtest den Tod – und die nächste Inkarnation. Ich bin in deiner Nähe. Ich bin ein erfahrener Wundarzt. Du kommst zu mir. Worum wirst du mich bitten?«

»Den Pfeil heraus zu operieren.«

»Sofort?«

»Sofort.«

»Du würdest nicht wissen wollen, von wessen Bogen der Pfeil schnellte?«

»Interessieren würde es mich schon, natürlich.« Ich erkannte, in welche Richtung er zielte.

»Würdest du denn, bevor ich den Pfeil heraus operiere, wissen wollen, ob der Schütze groß oder klein, ein Krieger oder ein Sklave, hübsch oder häßlich ist?«

»Nein, aber –«

»Dann ist das alles, was der achtfache Weg dir bieten kann. Das Freisein vom Schmerz des Pfeils und ein Gegenmittel gegen das Gift, welches diese Welt ist.«

»Aber wenn der Pfeil entfernt worden ist und ich wieder gesund bin, mag es mich noch immer interessieren, wessen Pfeil mich traf.«

»Wenn du wahrhaft dem Weg gefolgt bist, wird die Frage wesenlos sein. Du wirst erkannt haben, daß dieses Leben ein Traum ist, ein Trugbild, etwas, das erzeugt worden ist vom Selbst. Und zusammen mit dem Selbst verschwindet es.«

»Du bist Tathagata – jener, der gekommen und gegangen und wiedergekommen ist. Wenn du hier bist, bist du hier. Aber wenn du gehst, wohin gehst du dann?«

»Wohin das Feuer geht, wenn es ausgeht. Mein Kind, Wörter können Nirwana nicht definieren. Versuche nicht, in einem Netz vertrauter Floskeln einzufangen jenes, welches ist und nicht ist. Schließlich ist schon das Nachsinnen über die Idee von Nirwana ein Beweis dafür, daß der Nachsinnende sich noch am diesseitigen Ufer des Flusses befindet. Jene, die den Zustand erlangt haben, versuchen nicht zu benennen, was namenlos ist. Inzwischen laß uns den Pfeil entfernen. Laß uns das Fleisch heilen. Laß uns, wenn wir können, eine Fahrt machen auf der Fähre, die zum anderen Ufer geht. So folgen wir dem mittleren Weg.

Ist dies der richtige Weg?« Im Dämmerlicht ließ sich das Lächeln des Buddhas kaum noch erkennen. Dann sagte er: »Da der Raum des Universums erfüllt ist von zahllosen Rädern feuriger Sterne, ist die Weisheit, die dieses Leben durchdringt, grenzenlos tief.«

»Und schwer zu begreifen, Tathagata«, sagte Sariputra, »selbst für jene, die wach sind.«

»Weshalb denn auch, Sariputra, es niemals jemand *durch* Wachsein begreifen kann.«

Die beiden alten Männer platzten heraus: lachten über das, was offensichtlich ein vertrauter Scherz war.

Weiter reichen meine Erinnerungen an jene Begegnung mit dem Buddha nicht. Ich glaube, daß wir, ehe wir den Park verließen, noch das Kloster besuchten. Dort lernte ich dann wohl Ananda kennen. Er war ein kleiner Mann, dessen Lebensaufgabe darin bestand, alles, was der Buddha gesagt oder getan haben sollte, getreulich seinem Gedächtnis einzuverleiben.

Ich erinnere mich daran, daß ich Prinz Jeta fragte, ob der Buddha irgend etwas zu mir gesagt habe, das er nicht schon tausendmal zuvor geäußert hatte.

»Nein. Er gebraucht dieselben Bilder wieder und wieder. Das einzig Neue – für mich – war das Paradoxon über das Wachsein.«

»Aber für Sariputra war's nicht neu.«

»Nun, Sariputra sieht ihn häufiger als irgend jemand sonst, und sie erzählen einander andere komplizierte Scherze. Sie lachen viel zusammen. Worüber weiß ich nicht. Obwohl ich doch weit genug vorangeschritten bin, um über diese Welt zu lächeln, so vermag ich doch noch nicht, über sie zu lachen.«

»Aber warum ist er so gleichgültig gegenüber der Idee der Schöpfung?«

»Weil er sie – buchstäblich – für wesenlos hält. Die letztendliche menschliche Aufgabe besteht darin, das Selbst zu entmaterialisieren. In seinem eigenen Fall ist ihm das gelungen. Jetzt hat er das Rad der Lehre für andere aufgestellt, damit sie es drehen, so gut sie das vermögen. Er selbst ist gekommen – und er ist gegangen.«

Demokrit findet diese Ideen leichter begreiflich als ich. Ich kann zwar den Gedanken akzeptieren, daß die ganze Schöpfung im Fluß ist und daß das, was wir für die wirkliche Welt halten, eine Art wechselhafter Traum ist, den jeder von uns anders wahrnimmt als jeder andere, ohne das Ding selbst erkennen zu können. Aber das Nichtvorhandensein von Göttlichkeit, von Ursprung und von Ende, von Gut im Widerstreit mit Böse ... schließlich auch das Nichtvorhandensein von Sinn und Zweck: Das macht mir des Buddhas Wahrheiten zu fremdartig, als daß ich sie akzeptieren könnte.

12

In der letzten Woche der Regenzeit trat der Fluß über die Ufer. Das gelbe Wasser stieg, bedeckte die Kais, barst durch die Umpfählung, überflutete die halbe Stadt.

Wer in hohen Häusern wohnte, wie Prinz Jeta, siedelte einfach in die höheren Stockwerke über. Doch die Bewohner ebenerdiger Häuser mußten auf die Dächer flüchten. Zum Glück lag das Palastgelände etwas höher als die übrige Stadt, und mein eigenes Quartier wurde nur bis zur Knöchelhöhe überflutet.

Am zweiten Tag der Überschwemmung speiste ich zusammen mit Caraka und Fan Ch'ih. Plötzlich unterbrachen mehrere Stöße aus einem Tritonshorn unser Mahl. Dann vernahmen wir die ominösen Geräusche von Metall auf Metall. Da in Indien Überschwemmungen und ziviler Ungehorsam zusammengehören, kamen wir zu dem Schluß, jene, denen der Fluß den Besitz geraubt hatte, attackierten den Palast.

Von persischen Wachen begleitet, eilten wir zum Palast. Ich erinnere mich, daß uns der heiße Wind den Regen in die Augen blies. Ich erinnere mich an den schlüpfrigen Schlamm unter unseren Füßen. Ich erinnere mich an unsere Verblüffung, als wir entdeckten, daß der Garteneingang zum Palast unbewacht war.

Mit gezogenen Schwertern drangen wir in die Vorhalle ein, die hüfthoch voll Wasser stand. Niemand war zu sehen, doch aus anderen Teilen des Gebäudes klangen Rufe herbei. Am Eingang zum Empfangssaal erwartete uns ein eigentümlicher Anblick. Die Wachen des Königs kämpften miteinander, jedoch sehr langsam, da das Wasser ihre Bewegungen behinderte. Während wir noch diese sonderbare, traumartige Schlacht beobachteten, schwangen die Türen zur Halle auf, und in der Öffnung erschien eine Linie von Speerträgern mit zum Angriff gesenkten Waffen. Als die Wachen der Speerträger ansichtig wurden, ließen sie ihre Schwerter in den Scheiden verschwinden. Im Schweigen endete der Kampf. Im Schweigen erschien König Pasenadi in der Tür; um den Hals hatte er eine lange Kette, an der ihn ein Offizier seiner eigenen Garde mit einer Hand hielt. Und in der gleichsam wäßrigen Stille glich das rhythmische Gerassel der Kette jener grelltönenden Musik, welche die vedischen Götter so ergötzt.

Als der König an uns vorüberkam, verneigte ich mich. Doch er sah mich nicht. Überhaupt schenkte niemand dem persischen Gesandten die geringste Beachtung. Sobald der König verschwunden war, watete ich zur Tür des Empfangssaals und sah ein Dutzend toter Soldaten im gelben, rotverfleckten Wasser treiben. Am anderen Ende des Raums waren mehrere Männer damit beschäftigt, den umgestürzten Thron wieder auf die Plattform zu stellen. Einer dieser Männer war Virudhaka.

Als Virudhaka mich sah, überließ er das Aufrichten des silbernen Stuhls den anderen. Langsam watete er auf mich zu und wischte sich mit einem Zipfel seines nassen Gewands übers Gesicht. Ich weiß noch, wie merkwürdig es mir vorkam, daß ein Mann, der mit Blut und Flußwasser benetzt war, sich das verschwitzte Gesicht mit nassem Tuch trocknen wollte.

»Wie du siehst, Herr Gesandter, sind wir auf ein Zeremoniell absolut nicht vorbereitet.«

Ich ließ mich auf ein Knie nieder. Ich hatte wahrlich genug gesehen, um zu wissen, was von mir erwartet wurde. »Mögen die Götter König Virudhaka ein langes Leben gewähren.«

Auch Caraka und Fan Ch'ih äußerten diese fromme Hoffnung.

Virudhakas Antwort klang feierlich. »Ich werde alles tun, um mich dessen würdig zu erweisen, was die Götter mir an diesem Tag gegeben haben.«

Es krachte laut, der Thron war wieder von der Plattform gerutscht. Kein sehr verheißungsvoller Auftakt für eine Regierungszeit.

»Schon seit etlichen Jahren hatte mein Vater den Wunsch abzudanken.« Virudhakas Worte klangen glatt. »Heute morgen rief er mich zu sich, und er bat mich, ihn von den Bürden dieser Welt zu befreien. So habe ich denn heute, auf seine inständige Bitte, seinem Wunsch entsprochen und seinen Platz eingenommen.«

Offensichtlich hatte des Buddhas Behauptung, diese Welt sei ein Traum, ihre Wirkung auf Virudhaka wie auf den gesamten Hofstaat nicht verfehlt. Niemals wurde, zumindest in meiner Gegenwart, der blutige Sturz Pasenadis erwähnt. Wurde sein Name überhaupt genannt, was selten genug geschah, so hieß es, er habe sich in die langersehnte Einsiedelei im Wald zurückgezogen und sei völlig zufrieden. Gerüchteweise verlautete sogar, er habe Nirwana erlangt.

In Wirklichkeit war, wie ich später erfuhr, Pasenadi noch am selben Tag in eine Anzahl kleiner Stücke gehackt worden, die man dem Flußgott als Opfer darbot. Da der Fluß sich prompt wieder zwischen seine Ufer verfügte, war das Opfer offensichtlich akzeptabel.

Nicht lange danach begegnete ich Prinz Jeta in einer menschenwimmelnden Straße, wo sich der Staub vom trockenen Flußschlamm so sehr ballte, daß wir uns feuchte Tüchter vors Gesicht halten mußten; und flach atmeten.

Während wir zum Karawanenplatz schlenderten, sagte Prinz Jeta: »Pasenadi versprach immer wieder, abzutreten, überlegte sich's dann aber im letzten Augenblick, Mal für Mal. ›Nur noch einen Monat‹, pflegte er zu sagen. Offensichtlich blieb er einen Monat zu lange.«

»Offensichtlich. Aber er war so alt. Warum hat . . . *er* nicht gewartet?« In Indien ist es immer ratsam, anstelle großer Namen Pronomen zu gebrauchen.

»Furcht. *Er* ist ein gläubiger Mann, und obwohl er deutlich erkannte, daß sein Vater Koschala zerstörte, war er bereit zu warten. Aber als Ajatashatru in Maghada die Macht ergriff, wußte er, daß es Krieg geben würde. So tat er, was er für einzig richtig hielt, um zu retten, was vom Königreich noch vorhanden ist.«

Wir hielten bei einer Bude mit eigentümlich glasierten Töpfereiprodukten aus Cathay, kürzlich von Fan Ch'ih eingeführt. »Billigst du, was er getan hat?«

Prinz Jeta seufzte. »Wie kann ich das? Ich bin ein Buddhist. Ich glaube, daß man keinem Lebewesen ein Leid antun soll. Auch war der... Tote mein alter Freund. Aber –« Mit verwischter Gebärde deutete Prinz Jeta auf einen Topf mit aufgesetztem Drachenkopf. »– man hat mir erzählt, daß es viele solcher Kreaturen in Cathay gibt.«

»Das hat mir Fan Ch'ih auch erzählt. Die beste Medizin wird aus Drachengebein gemacht.« Ich wartete auf eine Antwort auf meine Frage.

Prinz Jeta erstand den Topf. »Wenn irgend jemand dieses Land vor Ajatashatru schützen kann, dann ist es der neue König«, sagte er.

»Wie hat der Buddha reagiert?«

»Der Buddha lachte – wie ein Löwe.«

»Er hat kein Mitgefühl.«

»Wie kann er das haben? Er ist gekommen und gegangen. Könige sind nur ein Teil jenes peinigenden Puppenspiels, dem der Vollkommene nicht länger beiwohnt.«

Während der heißen Jahreszeit traf aus Rajagriha Ambalika mit unserem Sohn ein. Prinz Jeta machte seiner Enkelin und seinem Urenkel einen Flügel des großen Hauses am Fluß verfügbar, und ich zog mit ihnen ein. Inzwischen hatte mich, über Taxila, eine Botschaft aus Susa erreicht. Der Große König rügte mich dafür, zuviel für die Lieferung Eisen bezahlt zu haben, aber da ich die alte Handelsroute zwischen Persien und Magadha wiedereröffnet hatte, war er mit seinem Sklaven eher zufrieden als unzufrieden, und ich galt am Hof als Held – dies ließ sich zumindest dem Brief des Kanzlers für den Osten entnehmen. Ich solle, so hieß es, umgehend nach Hause zurückkehren.

Sorgfältig machte ich meine Pläne. Ich beorderte Caraka nach Rajagriha zurück, wo er als Handelsagent für den Großen König fungieren sollte. Im übrigen war es seine Aufgabe, eine zweite Karawane mit Eisen aus Magadha zu organisieren, allerdings zu einem annehmbareren Preis als dem von mir akzeptierten. Ambalika und unser Sohn sollten in Schravasti bleiben, bis ich nach ihnen schickte oder selbst zurückkehrte.

Zur allgemeinen freudigen Überraschung fand der Krieg zwischen Magadha und Koschala nicht statt. Zwar setzte Ajataschatru Truppen gegen Varanasi in Marsch, versuchte jedoch nicht, die Stadt einzunehmen. Inzwischen führte Virudhaka die Koschala-Armee nicht südlich zu seiner eigenen belagerten Stadt Varanasi, sondern ostwärts zur Shakya-Republik. Innerhalb weniger Tage brach die Republik zusammen, und ihr Territorium wurde von Koschala einverleibt. Die Föderation der Republiken stand jetzt am Rande eines Krieges.

Alles in allem war ich glücklich, wieder zurückzukehren nach Persien, wo Schlachten in beträchtlicher Entfernung von Susa stattzufinden pflegen und das Schwerverbrechen des Vatermords praktisch unbekannt ist unter *unseren* Ariern. Was mir jedoch so sonderbar verabscheuenswert erschien, daß nämlich die beiden mächtigsten arischen Könige Indiens von ihren Söhnen ermordet worden waren, schien Prinz Jeta nicht weiter zu beunruhigen. »Wir haben ein altes Sprichwort: ›Prinzen, genau wie Krebse, fressen ihre eigenen Eltern.‹« Meine Mission in den indischen Königreichen wickelte sich auf blutigste Weise im astrologischen Zeichen des Krebses ab.

Praktisch gesehen, fand ich in Virudhaka einen weit angenehmeren Partner als zuvor in seinem Vater. Er war auf jeden Fall ein hervorragender Administrator und binnen kurzem war Koschala wieder, was es in jener großen Zeit gewesen sein mußte, von der mir alle so gern erzählten. Allerdings habe ich noch keine Stadt auf der Welt besucht, wo man mir *nicht* versicherte, ich hätte soeben das Goldene Zeitalter verpaßt. Ich scheine mich regelmäßig zu verspäten.

Ich war Ehrengast bei Virudhakas Krönung, einem uralten Zeremoniell, das auf einer Art Vergnügungsplatz gleich außerhalb der Stadt abgewickelt wurde. An Einzelheiten kann ich mich kaum noch erinnern; nur daran, daß alles ein bißchen überstürzt wirkte.

Einige Bilder haften jedoch in meinem Gedächtnis. So der magische Augenblick, wo der neue König drei Schritte auf einem Tigerfell machte, in Nachahmung der drei Schritte, die der Gott Vischnu tat, als er die Schöpfung durchquerte und das Universum mit Licht füllte. Ananda sagt, der Buddha habe, kurz nach seiner Erleuchtung das gleiche getan. Soweit ich das zu beurteilen vermag, hat der Buddha selbst allerdings von dieser bemerkenswerten Tour durchs Universum niemandem je etwas erzählt, Ananda ausgenommen. Ich hatte den – möglicherweise irrigen – Eindruck gehabt, der Buddha neige nicht zu so übertriebenen Gesten.

Obwohl Virudhaka den Buddha gebeten hatte, seiner Thronbesteigung beizuwohnen, war es dem Vollkommenen angemessen erschienen, am Abend zuvor Schravasti zu verlassen. Man sah ihn zuletzt auf der Straße zum Land der Shakyas. Später wurde erzählt, der Buddha habe gewußt, daß der König einen Angriff auf sein Heimatland plante, und daß er bei Kriegsausbruch bei seinem Volk sein wollte. Als ich Jahre später Prinz Jeta fragte, ob dies der Wahrheit entspräche, schüttelte er den Kopf. »Den Buddha hätte das weder so noch so bekümmert. Alle Versuche, ihn in Politik zu verwickeln, schlugen fehl. Bis zum Ende lachte er über das Puppentheater. Es stimmt, daß die Shakyas glaubten, er werde vielleicht helfen, sie zu retten, weil er ihre *sangha* zu billigen schien. Womöglich tat er das auch. Aber es war nicht die shakyanische, sondern die buddhistische *sangha,* die ihn interessierte – wenn denn überhaupt irgendwas.«

Dieses Gespräch fand während meines letzten Besuchs in Indien statt. Wenn das Glück dir hold ist, Demokrit, so wirst du lange genug leben, um von etwas sagen zu können, es sei das letzte Mal gewesen – und dabei zu wissen, daß du die simple Wahrheit gesprochen hast. Ich werde niemals wieder scharlachrote Papageien, gelbäugige Tiger, wolkengewandete Irre erblicken. Ich werde niemals wieder reisen in jenem heißen, flachen Land, wo schnelle, bleiche Flüsse steigen und fallen und man stets etwas zu überqueren hat.

»Warum hat Virudhaka die Shakyas angegriffen?«

Zuerst gab Prinz Jeta die offizielle Begründung. »Er wollte die Beleidigung an seinem Vater rächen. Als ein Arhat war Pasenadi verpflichtet, den Shakyas zu verzeihen, daß sie ihm eine Prostituierte als Ehefrau geschickt hatten. Virudhaka hingegen, als Krieger, konnte diese Schmähung niemals vergeben.«

»Aber es muß einen anderen Grund geben.« Ich akzeptiere niemals offizielle Begründungen, wofür auch immer. Schließlich habe ich im zweiten Raum der Kanzlei zu Susa selbst genügend edle Vorwände ausgeheckt, um notwendige, wennschon häßliche Aktionen zu decken.

»Virudhaka fürchtete die Republiken genausosehr wie Ajataschatru. Vermutlich glaubte er, mächtiger zu werden als sein Vetter, falls es ihm als erstem gelang, sie niederzuzwingen. Wer weiß? Virudhaka war ohne Glück.«

Dabei schien Virudhaka an seinem Krönungstag vom Himmel gesegnet zu sein. Denn als er den letzten seiner drei Schritte auf dem Tigerfell machte, kamen alle Götter vom Himmel hernieder und von der Hölle herauf, um ihn zu begrüßen, und die Menschen bejubelten dieses reizende Schauspiel.

»Hier kommt Vischnu«, sagte Prinz Jeta. »Er ist stets der erste.«

Der Gott Vischnu, von der doppelten Größe eines normalen Mannes, ragte über die Köpfe der aufgeregten Menge empor. Sein hübsches Gesicht war blauschwarz, und er trug einen hohen, kostbaren Kopfschmuck. In der einen Hand hielt er einen Lotos wie der Große König. In der anderen trug er eine Muschel. Erleichtert sah ich, daß er sich an diesem Tag dafür entschieden hatte, ohne seine anderen zwei Arme auszukommen. Während Vischnu langsam auf das Tigerfell zuschritt, wo Virudhaka stand, fiel das Volk auf die Knie. Viele schlängelten sich näher, um den Saum seines Gewandes zu berühren.

Plötzlich schien es auf dem ganzen Platz von menschlichen Schlangen zu wimmeln.

Gleich hinter Vischnu kam sein Weib Lakschmi. Die Brustwarzen der Göttin waren rot angemalt, und die goldene Haut glänzte vor Ghee, ganz wie die Lakschmi-Statuen am Tor der Stadt. Während die beiden hohen Götter Virudhaka mit Kränzen schmückten, begann die ekstatische Menge zu heulen und zu tanzen wie haoma-trunkene Magians.

»Wer, um alles auf Erden, sind die?« fragte ich Prinz Jeta.

»Auf Erden wie im Himmel sind sie die Götter der Arier!« Meine Verwirrung amüsierte ihn.

Auch Caraka lachte. »Euer Vischnu ist schon allzu lange in Indien«, sagte er zu Prinz Jeta. »Er hat die gleiche Farbe wie einer unserer alten Götter.«

»Ich bin sicher, daß sie alle miteinander verwandt sind.« Höflich wechselte Prinz Jeta das Thema. »Natürlich ist dies eine höchst seltene Gelegenheit. Nur ein- oder zweimal innerhalb einer Generation wird ein König alle Götter zu sich rufen.« Während Prinz Jeta noch sprach, tauchte am anderen Ende des Platzes der streitbare, rotgesichtige Indra auf. In der einen Hand hielt er einen Donnerkeil, in der anderen eine große Flasche Soma, aus der er trank. In der Nähe, ganz in Schwarz und mit blitzenden Augen, stand Agni in einem Streitwagen, gezogen von feuerroten Rossen.

Strahlend und unheimlich, so näherten sich aus allen Richtungen die vedischen Götter feierlich dem König Virudhaka.

Prinz Jeta war sich meiner Reaktion nicht ganz sicher. Ich selber auch nicht – bis auf den heutigen Tag. Hatte ich für einen Augenblick geglaubt, die Götter seien wirklich gegenwärtig? Durchaus möglich. Gewiß war es ein ehrfurchtsgebietendes Schauspiel. Aber eben ein Schauspiel nur, wie mir Prinz Jeta versicherte. »Die Götter«, sagte er, »werden von Schauspielern dargestellt.«

»Aber diese Schauspieler sind Riesen!«

»Jeder Gott besteht eigentlich aus zwei Schauspielern. Der eine sitzt auf den Schultern des anderen, und die Gewänder umhüllen beide. Die Wirkung ist überzeugend, nicht wahr?«

»Und beunruhigend.« Ich hatte das Gefühl, in einem Haoma-Traum zu sein. »Glauben die Leute wirklich, dies seien ihre Götter?«

Prinz Jeta zuckte die Achseln. »Manche ja. Manche nein.«

»Die meisten glauben es«, sagte Caraka. Er blickte zu Prinz Jeta. »Ihr Arier habt die Idee von uns übernommen. Zu Neujahr, wenn unsere Leute zu den Tempeln gehen, um Opfer darzubringen, erscheinen sämtliche Götter. Sie drohen den Menschen mit Pest und Hungersnot. Und die Tempelpriester bitten um Gaben für den Tempel, auf daß Unglück vermieden werde. Wenn unsere Schauspieler-Götter wirklich überzeugend agieren, kann ein Tempel seine Einnahmen verdoppeln.«

»Wenn dem so ist – war es Brahma oder ein Schauspielergespann, die Buddha im Hirschpark besuchten?« fragte ich Prinz Jeta scherzend.

»Das weiß ich nicht. Ich war nicht zugegen.« Die Antwort klang gelassen. »Der Buddha allerdings auch nicht, da er bereits erloschen war. Der Brahma – oder wer immer ihn verkörperte – vergeudete nur seine Zeit.«

Ich muß gestehen, daß die riesigen Gottheiten, die sich auf dem menschenwimmelnden Platz bewegten, auf mich eine höchst enervierende Wirkung hatten. In gewissem Sinne fand ich hier alle Hauptteufel meines Großvaters verkörpert, und ich beobachtete, wie eine zarathustraische Hölle aussehen mochte.

Ambalika hingegen machte die Sache einen Riesenspaß. »Sie wirken so echt! Was genausogut ist, als ob sie echt wären, nicht?« Sie hatte der Krönung im Gefolge der alten Königin beigewohnt. Ambalika war etwas rundlicher als vor der Geburt meines Sohnes. »Ich bin für deinen Geschmack doch nicht zu schwer, oder?« Das war ihre Begrüßung für mich, als ich ihr am Stadttor begegnete. In einem taktlosen Augenblick hatte ich ihr gegenüber einmal darüber geklagt, daß am Hof von Magadha alle zu fett waren, ich selbst nicht ausgenommen. Innerhalb von drei Jahren hatte ich mein Gewicht fast verdoppelt.

»Nein. Du bist genau richtig.«

»Falls ich's nicht bin, so sag's mir.« Wir befanden uns im Hauptgarten von Prinz Jetas Haus.

»Das werde ich.« Ich war von Ambalika hingerissen. Und sagte ihr das auch.

»Dann wirst du mich nach Susa kommen lassen?«

»Falls ich kann.«

»Denn ich bin sicher, daß du niemals hierher zurückkommen wirst.« Ambalika blickte traurig drein, doch ihre Stimme klang munter.

Ich versicherte ihr, daß ich gewiß zurückkommen würde, schon aus einem ganz prosaischen Grund; weil nämlich »der Handel anwachsen wird zwischen Persien und Magadha. Und auch Koschala.«

Die Entwicklung gab mir recht. Bereits vor meiner Abreise aus Schravasti traten alle wichtigen Kaufleute der Stadt an mich heran. Jeder wünschte besondere Handelskonzessionen. Nicht wenige versuchten mich zu bestechen, doch ich schlug so manche stattliche Summe aus und akzeptierte nur eine Art »Vorschuß« für meine Dienste von der Töpfergilde, und zwar in Form eines zinslosen Darlehens. Das Darlehen selbst sollte von der Gilde abgezahlt werden, sofern ich dafür sorgte, daß die persischen Importe indischer Töpferwaren nicht verzollt würden. Dieses Arrangement traf ich, damit Ambalika und meine Kinder – sie war wieder schwanger – versorgt waren für den Fall, daß Prinz Jeta starb oder in Ungnade geriet. Natürlich rechnete ich damit, mich beim nächsten Wiedersehen mit meiner Frau und meinen Kindern in

Begleitung des Herrn von ganz Indien zu befinden, also bei Darius, dem Großen König.

Im Herbst desselben Jahres schloß ich mich einer westwärts ziehenden Karawane an. Außer von meiner Leibwache wurde ich von Fan Ch'ih begleitet. Er hatte all die ursprünglichen Gefährten seiner Expedition verloren. Sie waren getötet worden oder an Fieber gestorben oder nach Hause zurückgekehrt.

»Die Menschen von Cathay reisen nicht gern.« Fan Ch'ih lächelte sein ständiges, jedoch niemals aufdringliches Lächeln. »Da Cathay die Welt ist, wozu irgendwohin sonst reisen?«

»Perser empfinden genauso.«

Die Tage waren kühl und trocken, und so ritten wir zu Pferde. In der Tat zeigte sich das Wetter von einer so prachtvollen Seite, daß man überglücklich war, jung und am Leben zu sein – alles in allem ein seltenes Gefühl.

Während der Reise nach Westen erfuhr ich viel über Cathay, worauf ich am geeigneten Platz noch kommen werde. Ich hatte erwartet, Fan Ch'ih mit der Pracht des persischen Reiches beeindrucken zu können. Statt dessen beeindruckte er mich mit der – von ihm behaupteten – Großartigkeit der Cathay-Welt, wo einmal ein einziges Imperium existiert hatte, genannt das Mittlere Reich. Doch wie alle Imperien, so zerbrach auch dieses, und heutzutage besteht Cathay aus einer Anzahl widerstreitender Staaten, genau wie Indien. Und wie in Indien führen diese Staaten nicht nur dauernd Krieg miteinander, sondern es gibt auch keinen Herzog, Graf oder Baron, der in seiner Festung nicht davon träumte, sich eines Tages zum alleinigen Herrscher eines wiedererschaffenen Mittleren Reiches aufzuschwingen.

»Aber dies kann nur geschehen, wenn der Herrscher – wer immer er sei – das Mandat des Himmels erhält.«

Im selben Augenblick, da ich diesen Ausdruck zum erstenmal hörte, erblickte ich in der dunstig-violetten Ferne die traumartigen Türme von Taxila. Für gewöhnlich riecht der Reisende eine Stadt, bevor er sie sieht. Diesmal jedoch sahen wir zuerst die Türme, rochen dann erst den Rauch der Kochfeuer.

»Wir nennen das Mandat des Himmels den ehrfurchtgebietenden Herrscherglanz«, sagte ich. »Einer unserer alten Teufels-Götter hatte ihn verliehen, und nur er, er allein, konnte einem Herrscher Glanz und Glorie verleihen – oder auch wieder nehmen. Nun allerdings wissen wir, daß es nicht der Teufelsgott ist, sondern der Weise Herr, welcher den ehrfurchtgebietenden Herrscherglanz gibt oder nimmt.«

»Meister K'ung würde sagen, der Gewährer sei der Himmel, welches wohl ein und dasselbe ist, nicht wahr?«

Einige Jahre später sollte ich Meister K'ung begegnen, und von allen Männern, die ich gekannt habe, war er der weiseste. Nimm mein Wort dafür, Demokrit. Eine andere Wahl bleibt dir ohnehin kaum. Denn vermutlich bin ich in der westlichen Welt der einzige, der diesen außergewöhnlichen Lehrer jemals kennengelernt hat.

Nein, Meister K'ung – oder Konfuzius, wie er auch genannt wird – war nicht wie Protagoras. Konfuzius war nicht schlau. Er war weise. Ich werde bei Gelegenheit versuchen, den Unterschied zu erklären. Allerdings kann es sein, daß mir das beim besten Willen nicht gelingt. Schließlich ist griechisch die Sprache der Haarspalter und Debattensieger; es ist nicht die Sprache des Gottes – im Gegensatz zu Göttern.

Fünftes Buch

DIE VERGÄNGLICHKEIT DES EHRFURCHTGEBIETENDEN HERRSCHERGLANZES

1

Als ich in Susa eintraf, waren vier Jahre minus drei Tage vergangen, seit ich mit meiner Gesandtschaft aufgebrochen war zu den sechzehn Königreichen von Indien – eine absolute Fehlbezeichnung schon damals zur Zeit meiner Abreise. In der Gangesebene gab es weniger als sechzehn Reiche, und niemand hat sich je die Mühe gemacht, genau nachzuzählen, wie viele Nationen es eigentlich im Süden gibt. Die Kanzlei stimmte mir darin zu, daß man künftige Gesandte nur zu den Königen von Magadha und Koschala schicken solle.

Der Hof befand sich zwar noch in Susa, aber Darius selbst war bereits ins Winterquartier nach Babylon übergesiedelt. Indes die Kanzlei ihre Abreise vorbereitete, wurde der Harem auf Wagen in langsamem Zug nach Westen befördert. Von der königlichen Familie war in Susa nur noch Xerxes anwesend.

Während meiner Abwesenheit hatte der Haremskrieg mit einem triumphalen Sieg Atossas geendet; als ob es daran je einen wirklichen Zweifel gegeben hätte. Hatte sie sich etwas in den Kopf gesetzt, so pflegte sie das auch durchzusetzen (von der für mich ursprünglich geplanten Amtseinsetzung als Oberzarathustrianer einmal abgesehen). Sie hatte Darius dazu verpflichtet, Xerxes als seinen Erben anzuerkennen; und dabei blieb es.

Ich wurde vom Kronprinzen in den Privatgemächern empfangen. Als ich mich vor ihm niederwerfen wollte, hielt Xerxes mich mit der linken Hand zurück, und wir umarmten einander wie Brüder.

Rückblickend begreife ich jetzt, wie glücksverwöhnt wir damals waren. Beide befanden wir uns in der Blüte unserer Jahre. Leider waren wir uns dessen nicht bewußt. Ich war des Reisens überdrüssig. Xerxes hatte von Mardonius genug. Kein Mensch weiß es jemals, wenn er glücklich ist; er kann nur wissen, wann er glücklich war.

Während wir Helbon-Wein tranken, erzählte ich Xerxes von meinen Abenteuern in Indien. Er war fasziniert. »Ich muß die Armee führen!« Die hellgrauen Augen glühten wie die einer Katze. »Der Große König ist zu alt. Er wird mich schicken müssen. Aber –« Die Brauen, die sich normalerweise in gerader Linie trafen, bildeten jetzt eine Einbuchtung. »– das wird er nicht tun. Er wird Mardonius schicken.«

»Ihr könnt beide gehen. Mardonius würde unter dir dienen.«

»*Falls* ich gehen dürfte.« Das Licht in den grauen Augen erlosch. »Er bekommt alles. Ich bekomme nichts. Er hat hundert Siege errungen. Ich nicht einen einzigen.«

»Du hast Babylon erobert«, sagte ich. »Oder warst jedenfalls im Begriff, das zu tun, damals vor meiner Abreise.«

»Ich habe einen Aufstand niedergeschlagen, mehr nicht. Aber als ich darum bat, zum König von Babel gemacht zu werden wie Kambyses, sagte der Große König nein. Für mich sei es genug, Babylonien zu verwalten, was ich auch tue. Außerdem habe ich einen neuen Palast gebaut, in dem ich nur wohnen darf, wenn er nicht da ist.«

Es ist mir nie ganz klar geworden, ob Xerxes seinen Vater mochte oder nicht. Vermutlich nicht. Zweifellos verübelte er ihm das Verwirrspiel wegen der Thronfolge und empfand es als absichtliche Beleidigung, daß er nie ein militärisches Kommando von irgendwelcher Bedeutung erhielt. Dennoch war er Darius gegenüber unbedingt loyal; und fürchtete ihn genauso, wie Darius Atossa fürchtete.

»Warum bist du so spät in der Saison noch hier?« fragte ich. Privat sprachen wir immer sehr direkt miteinander und blickten uns in die Augen.

»Kalt, nicht?« Im Raum war es eisig. In keiner anderen Stadt der Welt schlägt das Wetter so schroff um wie in Susa. Am Tag zuvor hatte noch ausgesprochene Schwüle geherrscht. Doch als ich am Morgen von meinem Quartier im nördlichen Teil des Palastes hinübergegangen war zu Xerxes' Gemächern, waren die schön gestalteten Teiche von einer dünnen Eisschicht bedeckt gewesen, und ich hatte in der klaren Luft meine eigenen Atemwölkchen sehen können. Ich konnte verstehen, daß der alternde Darius kaltes Wetter verabscheute; bei der ersten Vorahnung von Frost pflegte er sich ins warme Babylon zurückzuziehen.

»Ich bin der Hauptmaurer des Großen Königs.« Xerxes hob seine Hände. Die kurzen Nägel waren voll Mörtel. »Über den Palast, den ich in Babylon gebaut hatte – für mich, nicht für ihn –, zeigte er sich so erfreut, daß er mir die Aufgabe übertragen hatte, diesen hier zu Ende zu bringen. Überdies läßt er mir in Persepolis freie Hand. So baue ich denn und baue. Ich habe die meisten ägyptischen Baumeister durch ionische Griechen ersetzt. Die verstehen sich am besten auf Steinmetzarbeiten. Ich habe sogar ein paar von deinen Indern als Holzschnitzer. Es gibt kaum etwas, worüber ich nicht verfüge – außer Geld. Was Darius sich jeweils abringt, ist kaum mehr als ein Tropfen auf den heißen Stein. Ich glaube, seit den griechischen Kriegen habe ich keinen Bogner mehr gesehen.«

Es war das erste Mal, daß ich das Slangwort Bogner hörte: die Bezeichnung der Griechen für die Goldmünze mit dem gekrönten Darius, der in einer Hand einen Bogen hält. Gängiger persischer Witz: Gegen persische Bogenschützen ist kein Grieche gefeit.

Xerxes gab mir seine Version der Ereignisse während meiner Abwesenheit in Indien. Ich sage seine Version, weil es so etwas wie einen wahrheitsgetreuen Bericht über irgendwas nicht gibt. Jeder sieht die Welt von seiner eigenen Warte. Wie ich wohl nicht zu betonen brauche, ist ein Thron nicht gerade der günstigste Aussichtspunkt: Sieht man von dort doch kaum mehr als die Rücken sich niederwerfender Menschen.

»Nach einer langen Belagerung fiel Milet. Wir töteten die Männer. Frauen und Kinder brachten wir hierher, nach Susa. Der Große König plant, sie irgendwo in der Nähe anzusiedeln; bis dahin haben wir also etliche tausend sehr attraktive junge Mileterinnen, die in der alten Kaserne untergebracht sind. Such dir was aus. Mit dem Weinen und Klagen haben sie so ziemlich aufgehört. Ich selbst habe bereits eine junge Witwe in meinem Harem aufgenommen. Sie unterweist mich im Griechischen – oder versucht's jedenfalls. Sie ist gescheit wie alle Mileterinnen.« Diese gescheite Dame war die Tante von Aspasia.

Aber das muß unter uns bleiben, Demokrit. Wenn die Athener wüßten, daß die Mutter von Perikles' unehelichem Sohn die Nichte der Konkubine des Großen Königs ist, so würden sie ihn verbannen. Demokrit bezweifelt, daß die Versammlung den Scharfsinn besäße, den Zusammenhang zu erkennen. Nun, die wohl kaum. Dafür aber Thukydides.

Ein kalter Wind ließ die Markise knattern, die noch nicht, für die Winterzeit, herabgenommen worden war. Durch den offenen Portikus sah ich wirbelndes braunes Laub. Ich erinnerte mich an meine Schulzeit hier in diesem Palast und fröstelte unwillkürlich; wenn ich als Kind in Susa gewesen war, schien hier stets Winter gewesen zu sein.

»Nachdem wir Milet eingenommen hatten, steckte eine Gruppe von Medern – wer auch sonst? – den Tempel des Apoll zu Didyma in Brand und ließ ihn bis auf die Grundfesten niederbrennen, samt Orakel und allem. Dann sandte dieser Idiot Artaphrenes allen griechischen Städten eine Botschaft, worin er erklärte, die Brandschatzung des Tempels sei die Vergeltung für das Niederbrennen des Tempels der Sibylle zu Sardis.«

»Und dem war nicht so?«

»Bruder meiner Jugend, die Priesterschaft des Apoll zu Didyma, die Priesterschaft des Apoll zu Delos, die Priesterschaft des Apoll zu Delphi, sie werden alle vom Großen König unterstützt. Alljährlich schickt er ihnen ganze Divisionen von Bognern.«

Demokrit möchte wissen, ob wir noch immer für das griechische Orakel zu Delphi bezahlen. Nein, das tun wir nicht. Die Kriege sind vorbei. Überdies haben die Priester ihre Lektion gelernt. Heutzutage sparen sich Orakel in der Regel Kommentare zu politischen Angelegenheiten.

»Jedenfalls ist der Große König seither aus dem Sich-Entschuldigen kaum noch herausgekommen. Außerdem wird er für den Wiederaufbau des Tempels bezahlen müssen. Und das bedeutet: weniger Geld für Persepolis.« In jenen Tagen konnte Xerxes ein halbes Dutzend Krüge voll unvermischtem Helbon-Wein leeren, ohne jede üble Nachwirkung. Ich meinerseits habe auch in meiner Jugend stets Wein mit Wasser gemischt – wie ein Grieche.

Xerxes befahl dem Mundschenk, uns mehr Wein zu bringen. Dann schilderte er den Zusammenbruch des karianischen Aufstands. »Nach dem Fall von Milet war das das Ende für jene Tölpel. Was auch sonst? Histiäus wurde gefangengenommen und von dem Idioten in Sardis zu Tode gebracht, was den Großen König erzürnte, denn er mochte Histiäus und gab ihm keinerlei Schuld an der milesischen Geschichte. Aber die Anklage gegen das alte Schlitzohr lautete natürlich auf Piratentum und nicht auf Verrat, und ein Pirat war er während seiner letzten Lebensjahre ganz gewiß. Deine Mutter schien völlig außer Fassung, als er hingerichtet wurde.« Xerxes fand die Machenschaften und Verhältnisse meiner Mutter immer amüsant.

»Nach der Rebellion von Milet waren sie nicht länger Freunde. Zumindest gewann ich diesen Eindruck. Aber ich weiß es natürlich nicht wirklich.« Ich war stets sorgfältig darauf bedacht, mich von der griechischen Fraktion zu distanzieren.

»Nur in dem Sinn, daß sie einander nie wiedersahen. Aber sie waren einander noch sehr ergeben.« Xerxes grinste. »Ich *weiß*«, sagte er, und natürlich wußte er. Xerxes hatte ein Dutzend Spitzel im Harem – anders als Darius, der dazu neigte, Haremsintrigen zu ignorieren, sofern nicht Atossa mit im Spiel war. Sie bespitzelte er ebenso unentwegt wie sie ihn. Darin glichen sie benachbarten Souveräns.

»Nach Milet schickten wir die Flotte die ionische Küste hinauf. Dann passierte unsere Flotte – jetzt zumeist Phönizier – die Meerenge, und der örtliche Tyrann war dermaßen beunruhigt, daß er sich spornstreichs nach Athen begab. Warum weiß ich nicht. Als einer der loyalsten Vasallen des Großen Königs war er völlig ungefährdet. Jetzt ist er ein Verräter.«

Derart beiläufig, Demokrit, erwähnte Xerxes den Miltiades, einen untergeordneten persischen Vasallen, der kaum drei Jahre später von den griechischen Verbündeten zum Oberbefehlshaber gewählt wurde. Ihm wird das Verdienst am sogenannten griechischen Sieg bei Plataea zugeschrieben. Demokrit sagt mir, Miltiades habe nicht bei Plataea gekämpft, sondern bei Marathon. Mindere Details dieser Art sind zweifellos für eine griechische Geschichte wichtig. Dies ist eine persische Geschichte.

»Dann, im letzten Frühjahr, erhielt Mardonius den Oberbefehl über die Flotte und die Armee.« Da Xerxes Mardonius wie einen Bruder liebte, waren dessen Erfolge für ihn nur um so unerträglicher.

»In weniger als sechs Monaten eroberte Mardonius Thrakien und

Mazedonien. Seit der Zeit von Kambyses, der uns Ägypten gab, hat niemand dem Imperium soviel neues Land hinzugewonnen. Ich kann von Glück sagen, daß er des Großen Königs Neffe ist und nicht sein Sohn.«

»Warum erhältst du nicht die gleichen Chancen?«

Xerxes hob seinen rechten Arm, mit geöffneter Handfläche, in die Höhe – die traditionelle Huldigungsgeste für den Großen König bei Staatszeremoniellen. »Mein Leben sei zu wertvoll, sagt man. Aber wie soll ich selbst einmal Großer König sein, wenn ich niemals ins Feld gezogen bin? Oh, ich brauche Siege! Ich wünsche mir, so zu sein wie Mardonius. Nur ...« Xerxes' Arm fiel herab auf den Tisch. Die offene Hand wurde zur Faust.

»Königin Atossa?«

»Ja. Ihr verdanke ich es, daß ich der Erbe bin. Und ihr verdanke ich es auch, daß ich weniger bin als mein Vetter, weniger als du.«

»Du bist ganz gewiß mehr als ich.«

»Nun, ja, natürlich. Aber ich habe Indien nicht gesehen, im Gegensatz zu dir. Und durch dich sind wir jetzt in der Lage, eine ganze Welt zu annektieren. Nun, laß uns beten, daß das mein Werk sein wird. Laß uns auch beten, daß Darius Mardonius erlaubt, weiter gegen die Griechen zu kämpfen, was Mardonius sich wünscht. Warum, verstehe ich nicht ganz. Im Westen gibt's doch nichts, was jemand begehren könnte.«

»Will der Große König nicht Vergeltung üben für die Brandschatzung von Sardis?«

»Das kann doch irgendeiner von hundert Generälen erledigen. Man braucht nur Athen niederzubrennen. Ein Kinderspiel. Und völlig sinnlos. Aber Indien ...!« Der reichlich genossene Wein beflügelte ihn. Er packte meinen Unterarm; seine Finger waren durch militärische Übungen gehärtet. »Wenn du dem Großen König Bericht erstattest, so sage ihm, ich muß – aber nein, du kannst ihm nicht sagen, daß er irgend etwas tun *muß*, doch ...«

»Ich kann Andeutungen machen. Ich kann auch mit Königin Atossa sprechen.«

»Tu's nicht. Sie möchte mich sicher in Babylon wissen.«

»Wenn sie davon überzeugt wäre, daß es sich bei der Eroberung der indischen Königreiche um eine leichte Angelegenheit handelt, würde sie dich ziehen lassen. Sie ist keine Närrin, um das mindeste zu sagen.«

Mit der Spitze eines Dolches schabte Xerxes den Mörtel unter einem Daumennagel hervor. »Vielleicht würde sie helfen. Es läßt sich schwer sagen. Wir werden sehen.« Er lächelte. »Falls ich darf, kommst du mit.«

Zufrieden planten wir künftigen Ruhm, wie junge Männer das tun;

eine unvergleichliche Wonne, die versagt bleibt den Alten, da nun alle Pläne überflüssig sind, so wie ein Spinnweb, wenn die Spinne tot ist.

»Wenn wir Glück haben, gelingt es uns, die Dinge in Bewegung zu setzen, *bevor* Mardonius auf der Bildfläche erscheint.« Xerxes stach sich plötzlich in den Daumen. Das Blut formte zwei winzige rote Perlen. Er leckte es ab.

»Was ist mit Mardonius? Ist er krank?«

»Verwundet.« Xerxes unterdrückte seine Genugtuung, so gut es ging. »Auf dem Rückweg von Mazedonien wurde er aus dem Hinterhalt überfallen. Von Thrakiern. Eine Beinsehne wurde stark beschädigt. So humpelt er nun herum und ergeht sich ständig in Klagen, obwohl er jeden Tag an der Tafel des Großen Königs sitzt. Zur rechten Hand sitzt, wenn ich nicht dort bin. Und Darius füttert ihn von seinem eigenen Teller.«

»Aber wenn er verwundet ist, dann hat doch diese griechische Sache ein Ende.« Ich gab mir immer alle Mühe, Xerxes auf andere Gedanken zu bringen, wenn er ins Grübeln geriet über die Gleichgültigkeit seines Vaters gegen ihn. Aber, nein, Gleichgültigkeit ist nicht das richtige Wort. Darius sah in Xerxes eine Art »Ausläufer« von Atossa, Tochter des Kyrus; und Darius hegte gegenüber seiner Frau und ihrem Sohn nicht nur Scheu, sondern Furcht. Ich werde bald auf den Grund hierfür kommen.

»Nun ja, es *sollte* das Ende sein. Im Westen ist für uns nichts weiter zu holen – abgesehen von Mardonius' Ehrgeiz, Satrap aller Griechen zu werden. Zum Glück ist er für eine Frühjahrskampagne nicht tauglich. Ich jedoch bin es. Und so, mit ein bißchen . . . Glück . . .« Xerxes gebrauchte den griechischen Ausdruck. ». . . werde ich im kommenden Frühjahr die persische Armee führen. Und wir werden ostwärts, nicht westwärts ziehen.« Sodann sprach Xerxes über Frauen. Dieses Thema interessierte ihn über alle Maßen. Er wollte alles von Ambalika wissen. Ich erzählte. Wir waren beide der Meinung, daß mein Sohn zum persischen Hof gebracht werden sollte. Dann sprach Xerxes von seiner Hauptfrau, Amestris. »Du weißt, daß sie von Atossa für mich ausgewählt wurde. Zuerst wußte ich nicht warum.«

»Wegen Otanes' Geld, hätte ich gedacht.«

»Das war eine Überlegung. Aber bei Atossa steckt mehr dahinter. Atossa wählte Amestris, weil Amestris wie Atossa ist.« Xerxes lächelte ein freudloses Lächeln. »Amestris kümmert sich um sämtliche Rechnungen. Sie verwaltet meinen Haushalt. Sie verbringt viele Stunden mit Eunuchen, und du weißt, was das bedeutet.«

»Sie ist politisch?«

»Sie ist politisch. Atossa möchte sicherstellen, daß sich nach ihrem Tod eine weitere Atossa um mich kümmert. Natürlich verehre ich meine Mutter. Ihr ist es zu danken, daß ich der Erbe bin.«

»Der älteste lebende Enkelsohn von Kyrus mußte logischerweise der Erbe sein.«

»Ich habe zwei jüngere Brüder.« Mehr brauchte Xerxes nicht zu sagen. Was er befürchtete, war nicht, durch Artobazanes verdrängt zu werden, sondern durch einen seiner eigenen königlichen Brüder. Schließlich hatte ja Darius, als er Großer König geworden war, drei ältere Brüder sowie einen Vater und einen Großvater gehabt, die sämtlich noch lebten. Nun war das zwar eine anomale Situation, die sich in der persischen Geschichte wohl kaum je wiederholen wird; aber es gibt doch eine ganze Menge Beispiele dafür, daß der ältere Sohn zugunsten eines jüngeren übergangen wurde: Man nehme nur meinen jetzigen Herrscher, Artaxerxes.

»Wir müssen dir eine persische Frau besorgen.« Xerxes wechselte das gefährliche Thema. »Du mußt eine meiner Schwestern heiraten.«

»Das geht nicht. Ich gehöre nicht zu den Sechs.«

»Ich glaube nicht, daß diese Bestimmung für die königlichen Töchter gilt. Wir werden die Gesetzesträger fragen.« Xerxes leerte das letzte Weingefäß. Er gähnte zufrieden. »Die Gesetzesträger werden auch eine Frau aussuchen müssen für diesen Inder . . . ?«

»Ajataschatru.«

Xerxes grinste. »Ich werde dieser Hochzeit persönlich beiwohnen.«

»Das wäre für Magadha eine große Ehre.«

»Ich werde auch seiner Bestattung beiwohnen, eine noch größere Ehre.«

Am nächsten Tag verließen wir Susa während eines Hagelsturms. Nach Indien war ich so sehr an schlechtes Wetter gewöhnt, daß mir das nicht das geringste ausmachte, doch Xerxes betrachtete schlechtes Wetter als ein Zeichen himmlischen Trotzes und sann stets auf irgendeine Möglichkeit, den Regen oder den Wind zu bestrafen. »Was für einen Zweck hat es, Herr des Universums zu sein«, pflegte er zu sagen, »wenn man wegen eines Sturms nicht auf die Jagd gehen kann?«

Ich versuchte, ihn Gelassenheit zu lehren, doch ohne großen Erfolg. Einmal ging ich sogar soweit, ihm den Buddha zu schildern. Xerxes lachte über die vier edlen Wahrheiten.

Ich war irritiert. Weshalb, weiß ich nicht. Ich selbst hatte den Buddha als befremdliche, ja gefährliche Gestalt empfunden. Doch an jenen edlen, offenkundigen Wahrheiten konnte man kaum Zweifel haben. »Sind sie so amüsant?«

»Dein Buddha ist es. Weiß er nicht, daß das Wollen, *nicht* zu wollen, immer noch Wollen ist? Seine Wahrheiten sind nicht edel. Sie sind nicht einmal wahr. Er hat für nichts eine Antwort. Es gibt keine Möglichkeit, nicht menschlich zu sein, außer durch den Tod.« Xerxes war von dieser Welt, ganz und gar.

Südwestlich der unregelmäßigen Linie roter Sandsteinhügel, der natürlichen Begrenzung der Landschaft um Susa, wurde das Wetter warm und mild, und prompt besserte sich Xerxes' Laune. Als wir Babylon erreichten, konnte selbst er nicht länger herumnörgeln am prangenden Himmel.

Kurz vor Mitternacht gelangten wir zu den Toren der Stadt. Ebenso taktvoll wie unpräzise begrüßten die Wachen Xerxes als König von Babel. Dann schwangen, mit dröhnendem Geräusch, die Torflügel aus Zedernholz auf, und wir ritten in die schlafende Stadt. Zu beiden Seiten der breiten Prachtstraße, die zum neuen Palast führt, leuchteten die winzigen Dornenfeuer der Armen wie irdene Sterne. Wo immer man auf Erden ist, da sind auch sie.

2

Da ich eine Welt erforscht hatte, von der am Hofe niemand wußte (geschweige denn, daß sie jemand gesehen hätte), war ich fest davon überzeugt, daß meine Rückkehr einige Aufregung verursachen würde, und freute mich sehr darauf, im Mittelpunkt der Aufmerksamkeit zu stehen. Ich hätte es besser wissen müssen. Das einzige, was den Hof interessiert, ist – der Hof. Meine Abwesenheit war gar nicht bemerkt worden, meine Rückkehr wurde ignoriert.

Andererseits brachte Fan Ch'ihs Äußeres die Leute zum Lachen. Zum Glück bekümmerte ihn das nicht. »Ich finde ihr Aussehen auch höchst sonderbar«, sagte er. »Außerdem riechen sie ganz übel – wie altes Ghee. Vermutlich kommt das daher, daß sie so viele Haare auf ihrem Körper haben. Sie sehen wie Affen aus.« Da die Körper der gelben Männer von Cathay fast völlig haarlos sind, hat ihr Schweiß einen höchst kuriosen Geruch, wie gekochte Orangen.

Ich meldete mich im ersten Raum der Kanzlei. Nichts hatte sich dort geändert. Man schickte mich zum zweiten Raum, wo dieselben Eunuchen an denselben langen Tischen saßen, Buch führten, im Namen des Großen Königs Briefe schrieben, den mühseligen Geschäften des Imperiums oblagen. Daß ich in Indien gewesen war, interessierte sie nicht im mindesten. Ein Unterkämmerer ließ mich wissen, daß ich womöglich schon bald vom Großen König in Privataudienz empfangen werden würde. Aber nun ja ... der persische Hof ist ewig in seiner Unwandelbarkeit.

Unverändert war auch Lais. »Du siehst viel älter aus«, sagte sie. Dann umarmten wir uns. Wie gewöhnlich stellte sie keine Fragen über mich persönlich. Sie war auch nicht an Indien interessiert. »Du mußt deinen alten Freund Mardonius besuchen. Sogleich. Er ist der weitaus mächtigste Mann am Hof.« Lais reagierte auf Macht wie die Rute eines Rutengängers, die sofort ausschlägt, wenn sie unter der Erde auch nur eine Spur von Wasser wittert. »Darius hat einen Narren an ihm gefressen. Atossa ist außer sich vor Zorn. Aber was kann sie tun?«

»Ihn vergiften?« regte ich an.

»Das würde sie, wenn sie ungeschoren davonkommen könnte. Dabei versichere ich ihr immer wieder, daß Mardonius keine wirkliche Bedrohung ist. Woher auch? Er ist ja nicht des Großen Königs Sohn. ›Es wäre nicht das erste Mal, daß Neffen erben‹, sagt sie. Vier Zähne hat sie in diesem Jahr verloren. Sind ihr einfach ausgefallen. Falls du nicht verstehen kannst, was sie sagt, laß es dir *ja nicht* anmerken. Tu so, als hättest du jedes Wort verstanden. Sie ist da sehr gehemmt und haßt es, sich wiederholen zu müssen. Gefällt dir Xerxes' Palast?«

Wir befanden uns auf dem Dach von Lais' Wohnung im neuen Palast. Im Norden, nur ein kurzes Stück hinter dem Ziggurat, ragte Xerxes' Gebäude in all seiner goldenen Pracht empor.

»Ja, soweit ich's bisher gesehen habe. Aber ich war nur in der Kanzlei.«

»Das Interieur ist wunderschön. Und so behaglich. Darius gefällt's so sehr, daß der arme Xerxes gezwungen war, wieder hierher zu ziehen, wenn sich der Hof in Babylon befindet, was immer häufiger der Fall ist.« Lais senkte ihre Stimme. »Er ist gealtert.« Lais bedachte mich mit ihrem geheimen Hexenblick. In ihrer Welt ist *nichts* natürlich. Wenn Darius gealtert war, so war das nicht das gewohnte Werk der Zeit, sondern die Wirkung eines magischen Spruchs oder Tranks.

Ich hörte ein Rascheln. Lais' uralter Eunuch erschien in der Tür. Er sah mich an. Er sah sie an. Das Ganze wiederholte sich. Dann zog er sich zurück. Sie kannten einander so gut, daß sie sich ohne Worte oder Zeichen verständigen konnten.

»Ich habe einen neuen Freund.« Lais war nervös. »Ich hoffe, daß er dir genauso gefällt wie mir.«

»Mir haben deine Griechen immer gefallen. Wo ist dieser her? Sparta?«

Es hat Lais nie behagt, daß ich durch sie hindurchsehen kann, wie sie angeblich durch andere hindurchsehen kann. Nicht umsonst bin ich der Enkel des heiligsten Mannes, der jemals lebte, sowie der Sohn einer Zauberin. Es eignen mir Kräfte, die Gewöhnlichen versagt sind.

Demokritus hat mich gebeten, ihm diese Kräfte zu demonstrieren. Ich demonstriere dir eine. Mein Erinnerungsvermögen.

Der Grieche war nicht viel älter als ich. Aber auch meine Mutter ist ja nicht viel älter als ich. Er war groß. Er hatte ein blasses Gesicht und dorisch-blaue Augen. Bis auf die Sandalen, die er anstelle von Schuhen trug, war er persisch gekleidet und fühlte sich sichtlich unbehaglich. Ich hatte richtig geraten. Er war Spartaner. Wie ich das wissen konnte? Das dunkelrote Haar, das ihm bis auf die Schultern fiel, war noch nie gewaschen worden, außer vom Regen.

»Demaratus, Sohn des Ariston.« Lais' Stimme klang ehrfurchtsvoll. »König von Sparta.«

»König nicht mehr. Sohn des Ariston nicht mehr. Dank Delphi.«

»Die Prophetin ist entfernt worden.« Es klang, als hätte Lais höchstselbst diesen Wechsel veranlaßt.

»Zu spät für mich.«

Ich hatte damals nicht die leiseste Ahnung, wovon sie sprachen. Später erfuhr ich dann fast schon zuviel über den sogenannten Spartanischen Skandal – eine inadäquate Bezeichnung genaugenommen; wenn man nämlich bedenkt, wie viele Skandale es Jahr für Jahr in Sparta gibt, zumeist Fälle von Beamtenbestechung. Von allen Griechen sind die Spartaner die Bogner-Gierigsten.

Die Verfassung Spartas verlangt nicht einen, sondern zwei Könige, eine törichte Einrichtung. Demaratus zerstritt sich mit dem anderen König, Kleomenes, der die Prophetin in Delphi durch Bestechung zu der Aussage bewog, Demaratus sei nicht der Sohn des Ariston. Nachdem Demaratus' Unrechtmäßigkeit als *erwiesen* galt, war er nicht länger König. Seinerzeit, in Darius' »Jagdhütte«, hatte Hippias das ja vorhergesagt; doch niemand von uns hatte ihm geglaubt. Der Große König war der Ansicht gewesen, nicht einmal das Orakel von Delphi könne, so viele Jahre nach dem Zeugungsakt, den Beweis erbringen, wer wessen Vater sei. Doch das Orakel obsiegte, und genau wie jeder andere in Mißkredit geratene griechische König oder Tyrann oder General kam Demaratus prompt nach Susa, wo Darius ihn aufnahm. Demaratus erhielt Ländereien in der Troas und wurde zum General ernannt.

Wir tauschten die üblichen Höflichkeiten aus. Dann sagte ich (mit dem Gefühl, all dies schon zuvor mit Histiäus durchlebt zu haben): »Du versuchst jetzt, den Großen König dazu zu bewegen, Athen im Frühjahr anzugreifen. Wenn Athen fällt, wirst du dann wünschen, daß der Große König auch Sparta erobert?«

»Nur Athen«, erwiderte Demaratus. Ich bemerkte, daß die kalten blauen Augen von der gleichen Farbe waren wie die glasierten blauen Kacheln des Ishtar-Tors uns genau gegenüber. »Die spartanische Armee ist stärker als die persische Armee.«

»Keine Armee ist stärker als die des Großen Königs!« sagte Lais nervös.

»Ausgenommen die spartanische«, sagte Demaratus. »Das ist eine Tatsache.« Ich bewunderte die Kaltblütigkeit des Ex-Königs. Weit weniger bewunderte ich seine Füße. Er trug offene Sandalen, und seine Zehen waren so schwarz wie die eines babylonischen Bauern. Um den Blick auf sein Haar und seine Füße zu meiden, heftete ich meine Augen auf Demaratus' Bart. Dieser war so verkrustet von altem Staub, daß es aussah, als sei er aus gebackenem Lehm.

»Ohne Verbündete ist Sparta verwundbar«, sagte ich. »Sparta stützt sich auf die athenische Flotte. Wenn Athen jedoch fällt ...« Ich ließ die Schlußfolgerung unausgesprochen.

Demaratus bedachte mich mit einem mörderischen Blick. Dann schob er gereizt seine langen persischen Ärmel zurück. »Eretria, Euböa und Athen – das sind die Operationsziele des Großen Königs für das kommende Jahr. Was die spartanischen Angelegenheiten betrifft, so ist das eine andere Sache, und sie wird von den Spartanern geregelt werden. Inzwischen wird wieder Mardonius die Armee führen.«

Lais sah mich an, als hätte ich Grund, zufrieden zu sein. Ich sah sie an, um sie daran zu erinnern, daß unsere Fraktion *nicht* die von Mardonius und den Griechen war, sondern von Xerxes und Atossa.

»Bist du sicher?« Doch meine Frage, an Demaratus gerichtet, wurde von Lais beantwortet.

»Nein«, erklärte sie. »Die Ärzte sagen, er werde nie wieder richtig gehen können.«

»Mardonius ist des Großen Königs bester General«, sagte Demaratus mit unbewegter Stimme. »Wenn es sein muß, kann er die Expedition von einer Sänfte aus leiten. Aber das wird nicht nötig sein. Ich habe das Bein gesehen. Es wird heilen.«

»Falls es jedoch nicht heilt –« Lais wirkte plötzlich sehr ernst und sibyllinisch. »– , so gäbe es keinen Grund, weshalb nicht ein spartanischer König die Armee führen könnte.«

Demaratus' schwarze Zehen krümmten sich wie die Finger einer Faust. Ich blickte zur Seite. »Es gibt einen sehr guten Grund, aus dem ich die Armee nicht führen könnte.« Die Stimme klang merkwürdig sanft. »Ich bin kein Perser – bis jetzt.«

Später am selben Tag hatte ich mit Lais einen heftigen Streit. Ich erklärte ihr klipp und klar: »Das wahrhaftig Allerletzte, das du und ich uns wünschen sollten, ist eine weitere griechische Expedition.«

»*Unsere* Zukunft liegt im Westen«, hielt Lais dagegen. »Mag Mardonius Xerxes doch für ein oder zwei Jahre überstrahlen. Was für einen Unterschied macht das schon? Xerxes wird trotzdem eines Tages Großer König sein, und wenn er das ist, dann wird er, dank Mardonius oder Demaratus, auch über alle Griechen herrschen, von Sigeum bis Sizilien, und zudem Seeherrscher sein.«

Lais und ich standen jetzt in zwei verschiedenen Lagern. Tatsache ist, daß wir von diesem Tag an für mehrere Jahre nicht miteinander sprachen. Da ich Xerxes unterstützte, setzte ich alles daran, die perische Politik in östliche Richtung zu lenken, während Lais fortfuhr, alle Griechen am Hof zu empfangen, um sie bei ihren zahllosen Anliegen zu unterstützen. Demungeachtet pflegte sie ihre Freundschaft mit Atossa. Als, Jahre später, Lais und ich wieder besser miteinander standen, erzählte sie mir, wie sie es angestellt hatte, mit beiden Parteien in gutem Einvernehmen zu bleiben.

»Ich redete Atossa ein, ich sei dabei, Mardonius zu vergiften. Ganz langsam natürlich, so daß man für seinen Tod das nicht heilende Bein verantwortlich machen würde.«

»Aber was dachte Atossa, als Mardonius nicht starb?«

»Nachdem er als General abgelöst worden war, sagte ich zu ihr: ›Wozu ihn jetzt noch umbringen?‹ und sie stimmte mir zu. Also stellte ich die angebliche Vergiftung ein.«

Kurz nach meiner Begegnung mit Demaratus empfing mich Atossa, die sehr bedauerte, daß ich mich mit Lais überworfen hatte. »Schließlich hat deine Mutter dir das Leben gerettet.«

»*Du* hast mir das Leben gerettet, Große Königin.«

»Gewiß. Aber ich tat's für Lais. Wie ich diese Stadt hasse.« Obwohl das dritte Haus des Harems von Xerxes' Palast prächtiger war als sein Gegenstück in Susa, beklagte Atossa sich ständig über die Hitze, den Lärm, die Babylonier – nicht, daß sie je einen Babylonier zu Gesicht bekommen hätte außer denen, die schon immer am Hof gewesen waren.

»Natürlich bin ich mit dir zufrieden.« Atossas Aussprache war in der Tat beeinträchtigt durch den kürzlichen Verlust mehrerer wichtiger Zähne. Sie kompensierte das, indem sie auf höchst irritierende Weise die geschminkten Lippen vorstülpte und schmatzende Geräusche von sich gab.

»Ich weiß, daß du, was du tust, für Xerxes tust. Ich weiß, daß du dich mit deiner Mutter über die Griechen und Mardonius gestritten hast. Mardonius –« Sie besann sich. Mir will jetzt scheinen, daß sie sich versucht fühlte, mir anzuvertrauen, ihr brillanter Neffe werde bald tot sein, dank Lais. Doch falls dies die momentane Versuchung war, so widerstand sie ihr. Und versetzte statt dessen mit silberglänzendem Schuh dem alten abgewetzten Teppich, der sie überallhin begleitete, ein paar leichte Tritte. Was den Teppich betraf, schien sie abergläubisch zu sein. Ich meinerseits jedenfalls war es.

Atossa sprach zum Teppich. »Es heißt, Mardonius werde in diesem Frühjahr nicht ins Feld ziehen können.« Dann blickte sie zu mir. »Erzähle mir von Indien.«

Ich erzählte ihr von Indien.

Die alten Augen glänzten vor Gier. »Reich, reich!« sagte sie immer wieder.

»Und leicht erworben«, erklärte ich. »Durch Xerxes.«

»Er darf nicht gefährdet werden.« Ihre Stimme klang fest.

»Er muß beweisen, daß er Armeen führen kann, bevor der Große König stirbt.«

»Zu gefährlich. Zumal jetzt. In diesen Zeiten. Wir sind alle so alt. Oh, das Grab!« Wegen ihrer beeinträchtigten Aussprache war es besonders schwer, der Großen Königin zu folgen, wenn sie allzu rasch das Thema wechselte.

Ich sah sie verständnislos an.

»Das Grab. Das Grabmal von Darius.« Sorgsam formten ihre Lippen jede einzelne Silbe. »Es ist empörend.«

»Das Mondsymbol?« Das Teufelssymbol ziert die Fassade von Darius' Grab, als Gegenstück zur Sonne des Weisen Herrn. Hystaspes war beim Grab gestorben – in einem Wutanfall über die Blasphemie. Nunmehr befindet sich Hystaspes *im* Grab, und das Mondsymbol befindet sich immer noch auf der Fassade.

»Das ist so, wie's sein sollte.« Atossa löste eine Blume aus der Girlande um ihren Hals und warf sie zum Anahita-Bildnis in der Ecke. »Der Mond ist *ihr* Symbol, und ich würde unter keinem anderen liegen wollen. Nein, es handelt sich um etwas anderes. In der Gruft ist nur für zwölf von uns Platz. Der alte Hystaspes und zwei von Darius' Brüdern nehmen bereits ein Bord ein. Darius und ich und meine Schwester Artystone werden auf einem weiteren Bord liegen. Bleiben noch zwei, die sechs der Neffen vorbehalten sein sollten. Das hatten Darius und ich miteinander ausgearbeitet. Heute morgen jedoch hat Darius den Platz, den der junge Artaphrenes bekommen sollte, Parmys zugeteilt. Ausgerechnet Parmys! Sie ist übrigens vorige Woche gestorben. Höchst qualvoll, wie man mir sagt!«

Atossa preßte ihre dünne, gelbe Hand gegen die Stelle, wo ihre Brust gewesen war. »Ja, die gleiche Krankheit. Aber ich hatte Demokedes. Und überlebte. Sie hatte nur Ägypter. Und starb, höchst qualvoll. Es heißt, sie habe am Ende weniger gewogen als ein einjähriges Kind.« Diese vergnügliche Vorstellung wich umgehend dem Gedanken, daß Parmys »für alle Ewigkeit bei uns in jener Steinkammer wäre. Oh, ich sage dir, es ist unerträglich! Und geheimnisvoll. Natürlich wird geklatscht, daß – aber die Frage ist, *warum* er das Undenkbare getan hat? Außer um mich zu ärgern, was ihm auch gelungen ist. Ich kann den Gedanken nicht ertragen, daß ich für alle Ewigkeit neben der Tochter eines Mörders und Verräters und Schwindlers liegen muß.«

Ich will gestehen, daß mir das alles entfallen war: Parmys, die Tochter des Magian-Usurpators Gaumata. Lais hatte mir erzählt, wie verblüfft der Hof gewesen war, als Darius von seiner Absicht sprach, sie zu heiraten. Noch mehr verwunderte alle seine Erklärung: »Mag er auch der falsche Bardya, also ein Schwindler, gewesen sein, so war der Magian dennoch für ein Jahr Großer König. Folglich ist seine Tochter Parmys die Tochter eines Großen Königs von Persien. Folglich ist es angemessen, daß sie meine Frau werde.«

»Versprich mir im Namen Anahitas – nun gut, im Namen des Weisen Herrn – daß du, wenn Darius tot ist und wenn ich tot bin, Xerxes dazu überredest, dieses abscheuliche Weib aus der Gruft zu entfernen. Schwöre!«

Während ich schwor, beäugte Atossa mich argwöhnisch. »Wenn du den Eid brichst, so kann ich dir zwar *hinieden* nichts antun. Aber die Göttin ist mächtig. Die Göttin ist überall.« Atossas rote Augen funkelten mich an.

»Ich werde tun, was ich kann. Aber gewiß würde ein Wort von dir zu Xerxes –«

»Dieses Wort hat er erhalten. Doch er ist vergeßlich. Und überdies imstande, sich durch andere Erwägungen beeinflussen zu lassen.« Genaueres sagte sie nicht. »Daher zähle ich auf dich. Auf dich allein.«

Atossa hatte weitere Klagen. Sie sähe Xerxes nur selten. Sei der Hof in Susa oder Ekbatana, so befinde er sich in Babylon oder Persepolis. »Er hat eine Manie fürs Bauen.« Atossa runzelte die Stirn. »Die hatte mein Vater natürlich auch. Aber es ist ein sehr teures Hobby, wie er entdeckte. Und endlos.«

Über die Jahre hinweg konnte ich beobachten, wie Xerxes in Persepolis den schönsten Komplex unvollendeter Gebäude auf der Welt erschuf. Als Kallias zu den Friedensverhandlungen nach Persien kam, reiste ich mit ihm nach Persepolis. Elpinike erzählt mir, er sei von Xerxes' Bauwerken so ungeheuer beeindruckt gewesen, daß er einem seiner Sklaven befahl, von den wichtigsten Gebäuden Zeichnungen anzufertigen. In just diesem Augenblick sind die Athener eifrig damit beschäftigt, Xerxes' Werk zu imitieren. Glücklicherweise werde ich niemals Phidias' krude Kopien sehen.

Atossa gestand eine gewisse Einsamkeit und Isolation ein. »Natürlich, ich habe Lais. Doch ist sie durch griechische Politik derangiert. Für gewöhnlich bin ich mit den Eunuchen völlig zufrieden. Schließlich sind sie seit meinen Kindertagen meine Augen, meine Ohren, meine Hände gewesen. Doch ist die jüngere Generation nicht wie die alte. Entweder sind sie zu sehr wie Weiber, oder sie sind zu sehr wie Männer. Ich weiß nicht, was da fehlgegangen ist. Zur Zeit meines Vaters waren sie völlig im Gleichmaß und absolut ergeben. Sie wußten, was man wollte, ohne daß man es ihnen sagte. Jetzt sind sie arrogant und stumpfsinnig und gleichgültig, und in beiden Räumen der Kanzlei herrscht das Chaos. Nichts wird ordentlich erledigt. Mir scheint, das liegt an all den Griechen von Samos. Sie sehen sehr gut aus, gewiß. Sind sogar intelligent. Aber als gute Eunuchen taugen sie nicht. Sie taugen überhaupt zu nichts, stiften nur Unruhe. Du weißt, daß Lais wieder einmal Komplotte schmiedet.«

»Ja. Ich habe den König von Sparta getroffen.«

»Im Harem nennt man Lais die Königin von Griechenland. Nein, das macht mir nichts. Wenn sie nicht wäre, wüßte ich gar nicht, was jene lästigen Leute im Schilde führen.«

»Was führen sie denn im Schilde?« Bei ernsten Angelegenheiten stellte ich Atossa direkte Fragen, auf die sie manchmal direkte Antworten gab.

»Sie wollen eine Frühjahrsoffensive. Athen soll zerstört werden, und so weiter. Die ganze Sache ist völlig sinnlos, doch Hippias –«

»Immer Hippias.«

»Unterbrich mich nicht.«

»Das war nur so eine Art Echo, Große Königin.«

»Dann laß es, das Echo. Hippias hat Darius – wieder – davon überzeugt, daß die Athener ihn als Tyrannen zurückhaben wollen. Darius wird alt.« Anders als Lais flüsterte Atossa ihre Verräterei nicht. Sie rief sie laut heraus, wohl wissend, daß der Geheimdienst Darius jedes Wort berichten würde. Auf diese Weise verständigten sie sich miteinander. Erst nach Darius' Tod erfuhr ich, warum sie ihn nicht fürchtete; warum er sie fürchtete.

»Darius kann nicht klar denken. Er glaubt tatsächlich, Athen wolle die Tyrannen wiederhaben, jetzt wo alle anderen griechischen Städte Demokratien geworden sind.«

Ich war verblüfft. »Aber bestimmt sind alle ionischen Städte –«

»– jetzt Demokratien. Die Tyrannen sind verschwunden, samt und sonders. Dank Mardonius. Zuerst war Darius zornig. Aber dann erkannte er, wie schlau Mardonius war.« Atossas Augen glichen einer staubigen Glasur bei Fackellicht. »Mardonius *ist* schlau. Überschlau, wie mir manchmal scheint. Als er von Stadt zu Stadt zog, erkannte er, daß die Tyrannen unpopulär waren, wegen ihrer Loyalität gegenüber Persien.«

»Ein vortrefflicher Grund, sie zu behalten.«

»Das hätte ich auch gedacht. Aber Mardonius ist gewitzter als wir. Er ließ es sich angelegen sein, mit den führenden griechischen Kaufleuten zusammenzukommen. Du weißt, jene Art Leute, die den Pöbel kontrollieren, wenn der sich zur Abstimmung versammelt. Dann entmachtete Mardonius, in des Großen Königs Namen, plötzlich die Tyrannen. Einfach so. Jetzt ist er der Held der ionischen Demokratien. Wirklich atemberaubend.«

»Mögen die Tyrannen auch verschwunden sein – ich bin sicher, daß Mardonius in Halikarnassus eine Königin zurückgelassen hat.« Solche Dinge pflegten Atossa zu amüsieren.

»Oh, ja. Artemisia ist noch Königin. Sie ist auch eine schöne Witwe.«

»Eigentlich ist sie wohl eher eine häßliche Witwe.«

»Alle Königinnen haben als schön zu gelten«, befand Atossa mit Nachdruck. »Außer für ihre Gatten. Jedenfalls befindet sich Persien jetzt, dank Mardonius, in der lächerlichen Lage, in den ionischen Städten Förderer der Demokratie zu sein, während es die athenische Demokratie zu stürzen versucht, um die Tyrannei wieder einzuführen.«

»Mardonius ist sehr kühn.«

»Zur Zeit meines Vaters hätte man ihm, wegen Anmaßung der

Rechte des Großen Königs, am Palasttor bei lebendigem Leib die Haut abgezogen. Doch wir leben heute in einer anderen Zeit, wie ich mir oft klarmachen muß.« Wie zur Probe pochte Atossa mit einem Finger gegen einen ihrer noch vorhandenen Zähne; und zuckte schmerzlich zusammen. »Mardonius kann von Glück sagen, daß er Thrakien und Mazedonien erobert hat. Sonst wäre Darius wohl sehr zornig auf ihn gewesen. Aber so wie die Dinge liegen, hört Darius auf Mardonius – und nur auf ihn. In dieser Saison jedenfalls. Und das bedeutet, daß es eine weitere griechische Kampagne geben wird, mit oder ohne Mardonius. Es sei denn . . . Erzähle mir mehr von Indien.«

Atossa war eine höchst praktische und realistische Politikerin. Sie wußte, daß sich Xerxes früher oder später in einem Krieg bewähren mußte, und im Licht von Mardonius' Siegen war früher zweifellos besser. Wenn Atossa keineswegs fürchtete, Xerxes könne als Feldherr versagen, so fürchtete sie doch, er könne von der Gobryas-Partei ermordet werden. Sie wußte überdies, daß es weitaus leichter war, einen Befehlshaber im Feld umzubringen als einen gutbewachten Prinzen am Hof.

Als ich geendet hatte, sprach Atossa die furchteinflößenden Worte: »Ich werde mit Darius reden.« In all den Jahren, da ich sie kannte, gebrauchte sie diesen Satz wohl nicht mehr als dreimal. Es war wie eine Kriegserklärung. Dankbar küßte ich ihr die Hand. Wieder einmal waren wir Verschworene.

Ich versuchte mehrmals, Mardonius zu sehen, doch er war zu krank, um mich zu empfangen. Das Bein war brandig geworden, und man sprach von Amputation. Alle meinten, es sei doch ein wahres Unglück, daß Demokedes nicht mehr lebe.

Fan Ch'ih war von Babylon sehr angetan. »Hier leben wenigstens sechs Männer aus Cathay, und einer ist ein Partner von den Egibis.« Wie alle Welt – außer Demokrit – weiß, sind Egibi und Söhne die reichsten Bankiers der Welt. Seit drei Generationen finanzieren sie Karawanen, Flotten, Kriege. Ich habe nie einen von ihnen gut gekannt; Xerxes hingegen war mit ihnen allzu vertraut. Wegen seiner Bauleidenschaft litt er ständig unter Geldmangel, und die Egibis zeigten sich ausnahmslos hilfsbereit und mitunter anständig. Für gewöhnlich verleihen sie Geld zu einem Zinssatz von zwanzig Prozent. Für Xerxes reduzierten sie den Zinssatz auf zehn Prozent, was es ihm ermöglichte, in seinem Leben ein Dutzend Paläste anzufangen, gleichwohl nicht unbedingt zu vollenden – und außerdem die griechischen Kriege zu führen. Xerxes' Frau Roxanna war die Enkeltochter eines Egibi und schämte sich ihrer Herkunft sehr, während er sich darüber um so amüsierter zeigte. »Einem Verwandten können sie Geld nicht verweigern«, pflegte er zu sagen.

Darius verachtete Bankiers, was sonderbar schien, da er selbst im Grunde ein Mann des Marktplatzes war. Ich glaube, ihm ging's darum, den Zwischenhändler auszuschalten, den Mittelsmann. Jedenfalls finanzierte er das Reich mit Hilfe von Tribut und Beute. Xerxes zufolge nahm Darius fast niemals ein Darlehen auf. »Allerdings glaube ich auch nicht, daß mein Vater das System jemals begriff.«

Ich ließ es mir nie einfallen, dem Großen König Xerxes zu erzählen, daß es in puncto Finanzen sehr wenig gegeben hatte, was sein Vorgänger nicht verstand. Im Schatzamt war er wegen der von ihm eingeräumten »Rabatte« gefürchtet. Es heißt, von Hippias habe er den Trick gelernt, Untertanen kräftig übers Ohr zu hauen; aber oft genug war's wohl andersherum. Immerhin bleibt festzuhalten, daß in Darius' Tagen das Goldmünzsystem immer ehrlich blieb. »Ich bin der Bogenschütze«, pflegte er zu sagen, während er eine seiner Münzen auf den Tisch klimpern ließ. »Das ist mein Gesicht, meine Krone, mein Bogen. Männer müssen mein wahres Gewicht zu schätzen wissen.« Das taten sie. Das tun sie. Erst seit kurzem hat sich der Wert der Goldmünzen gemindert.

Es gelang mir, zwischen Fan Ch'ih und Xerxes mehrere Zusammenkünfte zu arrangieren. Als Dolmetscher sorgte ich dafür, daß sie gut miteinander auskamen. Nicht nur, daß es mir gelang, Xerxes für Indien zu interessieren: Fan Ch'ihs Berichte über die Städte von Cathay faszinierten uns beide.

»Wie groß die Welt ist!« rief Xerxes einmal aus. Uns waren gerade die Landkarten ausgegangen, und wenn es um Routen nach Cathay ging, gab uns Fan Ch'ih keine sehr ausführlichen Erläuterungen. Er erzählte uns von zwei Landwegen. Der eine führte durch die hohen Berge östlich der alten Shakya-Republik; der andere ging durch die weite nördliche Wüste jenseits des Oxus-Flusses. Fan Ch'ih selbst war über die See zur Hafenstadt Champa in Magadhan gelangt. »Aber ich habe über ein Jahr gebraucht«, sagte er. »Und ich möchte nicht auf demselben Weg zurückkehren. Ich möchte einen guten Landweg finden – eine Seidenstraße, die uns mit euch verbindet.«

Später, in Cathay, sagte mir Fan Ch'ih, er habe sich absichtlich so vage geäußert über die Routen zum sogenannten Reich der Mitte, weil er überwältigt gewesen sei von der Unermeßlichkeit von Darius' Imperium. »Ich hatte geglaubt, Persien gleiche Magadha. Statt dessen fand ich einen universellen Monarchen vor, der, zu unserem Glück, keine Vorstellung davon hatte, wieviel Universum es eigentlich gibt. Deshalb meinte ich, es sei keine gute Idee, wenn er Cathay besuchte. Eine persische Armee am Gelben Fluß – das wäre doch recht beunruhigend.«

Man beachte den Unterschied zwischen einem Mann aus Cathay und einem Griechen. Aus verletzter Selbstachtung ist der Grieche stets bereit, sein Heimatland zu verraten. Obgleich das Reich der Mitte in Dutzende einander befehdender Staaten zersplittert ist, würde es – ausgenommen vielleicht der sogenannte Sohn des Himmels – keinem Mann aus Cathay einfallen, die Armee einer fremden Rasse um Hilfe zu bitten. Die gelben Menschen sind nicht nur außergewöhnlich intelligent, sondern auch fest davon überzeugt, unter allen Völkern der Welt ganz einzigartig zu sein. In ihren Augen sind *wir* Barbaren! Deshalb kommen auch nur wenige abenteuerlustige Seelen wie Fan Ch'ih auf die Idee, Cathay jemals zu verlassen. Die übrigen interessieren sich nicht für das, was jenseits ihres Reichs der Mitte liegt.

Fan Ch'ih hatte mit Egibi und Söhne im Handumdrehen eine Reihe geschäftlicher Vereinbarungen getroffen. Geschickt machte er sich ihre Leidenschaft für Seide – oder Cathay-Tuch – zunutze. Er verkaufte, was er hatte; kaufte, was er sich leisten konnte; lieh gegen künftige Gewinne.

Während ich noch auf eine Privataudienz beim Großen König wartete, gelang es Fan Ch'ih einen Konvoi von Frachtschiffen zu finanzieren, die ihn nach Indien bringen sollten, wo er seine Waren dann per Karawane weiterbefördern würde. Nach der Durchquerung Indiens wollte er durch die hohen Berge nach Cathay; – eine lange und gefährliche Reise von jener Art, wie junge Männer sie antreten, ohne einen zweiten Gedanken daran zu verschwenden.

Nach einer kurzen Trauerzeit für Parmys gab Darius einen Empfang, und ich nutzte diese Gelegenheit, um Fan Ch'ih bei Hof einzuführen. Zuerst gab es aus dem zweiten Raum der Kanzlei alle möglichen Einwände. War der gelbe Mann wirklich ein Gesandter? Wenn ja – von welchem König? Falls er nur ein Kaufmann sei, könne er nicht empfangen werden. Das war unzweideutig. Schließlich intervenierte Xerxes, und der Gesandte Fan Ch'ih wurde aufgefordert, dem Großen König seine Aufwartung zu machen und ihm das Schreiben zu überreichen, worin der Herzog von Lu die Oberhoheit des Großen Königs anerkannte.

Gegen Mittag trafen wir in der Säulenhalle ein. Dieses ansehnliche Gebäude, nordwestlich vom Palast, war von Xerxes gerade erst fertiggestellt worden. Höflich empfing mich der Hofkämmerer. Respektvoll behandelten mich die persischen Edlen, die nie so recht gewußt haben, was sie von mir halten sollten. Priester mögen sie nicht, schon aus Prinzip. Nun bin ich allerdings so wenig ein Priester, wie ich ein Edler bin. Dennoch stehe ich der königlichen Familie nah. Und so bedenken mich alle Edlen mit einem höflichen Lächeln, geflüsterten Komplimenten, dargebotenen Wangen – alle bis auf Gobryas. Mehr als ein Nicken hatte er nie für mich übrig. Als Mitglied der Atossa-Xerxes-Partei war ich der Feind. Ich bemerkte, daß der Backenbart des alten Mannes erneut eine Wandlung durchgemacht hatte. Wie bei Herbstlaub war aus grellem Rot ein mattes Gold geworden.

Mardonius konnte ich zwar nirgends erblicken, doch waren über hundert Söhne und Neffen des Großen Königs anwesend. Zum erstenmal sah ich Artaphrenes, den Sohn des Satrapen von Lydien. Er ähnelte seinem Vater, nur war in sein Gesicht der Ausdruck von Ehrgeiz geradezu eingebrannt. Neben ihm stand der medische General Datis, den ich Jahre zuvor im Jagdschloß an der Straße nach Pasagarda kennengelernt hatte.

Das griechische Kontingent gruppierte sich links vom Thron. Hippias sah sehr alt aus; doch resolut. Er umklammerte einen Arm von Milo, der zum stattlichen Mann gereift war. Ich verbeugte mich vor Hippias. Und umarmte Milo, der verwundert sagte: »Du bist schwarz geworden.«

»Zuviel Feueresserei«, sagte ich und wandte mich fort. Ich wollte mit dem König von Sparta nicht reden.

Fan Ch'ih hielt sich in meiner Nähe. Die Edlen starrten ihn an wie ein fremdartiges Tier. Er starrte zurück. Die persische Architektur sagte ihm nicht recht zu, doch bewunderte er die Pracht der Kostüme. »Aber«, fragte er plötzlich, »wo sind die Egibis?«

»Dies ist der Hof.« Ich hielt das für eine ausreichende Antwort.

»Ich weiß. Und ich weiß auch, daß sie dem Kronprinzen Geld leihen. Warum sind sie also nicht hier?«

»Dies ist der Hof«, wiederholte ich. »Die Egibis sind Bankiers, Kaufleute. Der Große König kann sie nicht empfangen.«

»Aber seine Familie tätigt Geschäfte mit ihnen.«

»Ja, aber nur privat. Am Hof können nur die Edlen dem Großen König ihre Aufwartung machen. Ist das in Cathay nicht auch so?«

»Es heißt, in der alten Zeit sei es womöglich so gewesen.« Fan Ch'ih war ein Meister der nicht-informativen Verweisung, wie sie gemeinhin seinem Lehrer, Meister K'ung, zugeschrieben wird.

In jeder von des Großen Königs Hauptstädten entspricht das Hofzeremoniell jeweils dem, was dort als Protokoll vor der Gründung des persischen Reiches entstanden war. In Memphis ist er Pharao und ein Gott. Im heiligen Pasargada ist er Clan-Führer. In Babylon ist er ein chaldäischer König, dem eine Priesterschaft die Macht gewährt; und diese Priesterschaft ist der Auffassung, daß das Hofzeremoniell – mag die Stadt derzeit auch von einem sterblichen persischen König beherrscht werden – niemals aufhören darf, ein irdisches Abbild von Bel-Marduks unsterblicher Glorie zu sein. Und so spielen die Musikanten eine Musik, die eher für einen Abend bei Huren taugt als für einen Empfang beim Großen König, indes Tempeltänzerinnen irritierend obszöne Bewegungen vollführen zur Huldigung von Ishtar, welche ist Kybele, welche ist Anahita, welche ist Diana, welche ist – überall!

In Babylon agiert der Hohepriester von Bel-Marduk als Zeremonienmeister. An jenem Tag war der Hohepriester ausgezeichnet bei Stimme. Er stand am Eingang zur Säulenhalle und heulte uns auf Alt-

Chaldäisch an. Sodann brüllte der Kommandeur der Garde: »Der Große König Darius, Herr aller Länder, König von Babel, König der Könige!«

Im Eingang erschien Darius, hinter sich die Sonne. Als er seinen Fuß auf den langen Sardis-Teppich setzte, der zum Thron führte, warfen wir uns nieder.

Der Große König war in das purpurfarbene medische Gewand gehüllt, das nur der Souverän tragen darf. Auf seinem Kopf saß die hohe Filz-Zidaris, wie umsäumt von des Kyrus blauweißem Band. In der rechten Hand hielt er das goldene Zepter, in der linken den goldenen Lotos. Der Hofkämmerer trug symbolisch Fliegenwedel und gefaltetes Mundtuch. Der Gardekommandeur trug den Fußschemel. Ein Angehöriger der babylonischen Königsfamilie hielt den traditionellen Sonnenschirm über das Haupt des Großen Königs. Er war aus Gold und hatte einst den alten assyrischen Königen gehört. Ein kurzes Stück hinter dem Großen König schritt der Kronprinz.

Während Darius sich langsam und würdevoll der Mitte des Saals näherte, hoben die Priester von Bel-Marduk zu feierlichem Singsang an. Obwohl wir auf den rotgetönten Boden blicken sollten, beobachteten wir alle den Großen König.

Darius war jetzt blond – als Skythe. Ich suchte nach Anzeichen des Alterns und fand sie: was niemals schwerfällt, außer im eigenen Spiegel. Etliche Monate zuvor hatte Darius irgendeine Lähmung erlitten. Als Folge davon zog er, wenn auch nur leicht, das linke Bein nach, und die linke Hand, die den Lotos hielt, wirkte steif. Später erfuhr ich, daß Darius' ganze linke Körperhälfte ohne Kraft war und daß man den Lotos an seinen Fingern festgebunden hatte.

Sein Gesicht indessen war noch immer hübsch, und er schien nicht stärker bemalt zu sein als sonst. Die blauen Augen wirkten klar. Dennoch war der Kontrast zwischen ihm und Xerxes eklatant. Xerxes überragte seinen Vater um einen halben Kopf, und er war jung. In der linken Hand hielt Xerxes einen goldenen Lotos. Die rechte Hand war noch leer.

Vermutlich war sich Darius vollkommen bewußt, daß es in der Halle niemanden gab, der sich nicht fragte, wie lange es noch dauern würde, bis ein neuer Herrscher auf dem Löwenthron saß – nur daß in Babylon kein Löwenthron verwendet wurde. Auf Drängen der Priester mußte der Große König vorliebnehmen mit einem weit weniger eindrucksvollen vergoldeten Stuhl, der tausend Jahre lang den akkadischen Königen gedient hatte – behauptete jedenfalls der Hohepriester. Als Babylon später ein letztes Mal rebellierte, ließ Xerxes den Stuhl zu Kleinholz hacken und verbrennen. Während er die rauchigen Flammen beobachtete, sagte er: »Da sieht man's, ich hatte recht! Es ist neues Holz. Die fälschen hier alles.«

Der Altertumskult war in Babylon schon immer eine Art Manie. Das Hauptverdienst hieran hatte wohl Nabonidus, der letzte babylonische König. Er verbrachte sein Leben damit, vergessene Städte auszugraben. Als Kyrus Babylonien eroberte, war Nabonidus so sehr damit beschäftigt, die Inschriften des Steinfundaments eines zweiunddreißig Jahrhunderte alten Tempels zu entziffern, daß ihm erst dann aufging, daß er nicht länger König war, als er eines Abends zur Stadt zurückkehrte und fand, daß Kyrus im neuen Palast residierte. Zumindest ist das die Version, die einem die Schwarzhaarigen aufzutischen lieben. In Wirklichkeit wurde Nabonidus gefangengenommen, eingekerkert, freigelassen. Prompt kehrte er zu seiner Ausgraberei zurück.

Nabonidus und sein Freund Amasis, der Pharao von Ägypten, sorgten nicht nur für das ständige Ausgraben der Vergangenheit, sondern auch für ihre Imitation. Nichts konnte – und kann – für den wahren Liebhaber des Altertums je alt und häßlich genug sein. Schlimmer noch: Es sind, zumal in Ägypten, alle möglichen längst vergessenen religiösen Riten wiederbelebt worden. Zu Kyrus' ewiger Schande muß man sagen, daß er es war, der diese Altertümelei seiner babylonischen und ägyptischen Untertanen ermutigte. Und noch schlimmer: Es gehörte zu seiner Politik, die Achämeniden mit jeder erloschenen Dynastie von auch nur leidlicher Bedeutung zu identifizieren. Mit Ausnahme von Xerxes haben auch all seine Nachfolger diesem Wahn gehuldigt. Über zwanzig Jahre lang mühte sich in einem Hintergemach im Palast von Susa ein Dutzend Magians damit ab, für Darius plausible Stammbäume auszubrüten. Am Ende war er mit allen verwandt von Zeus bis Amon Ra, und stets in direkter Linie!

Darius nahm Platz. Xerxes stand hinter ihm. Wir erhoben uns und verharrten, Hände in den Ärmeln, mit achtungsvoll gebeugten Köpfen. Der babylonische Hohepriester zählte im Singsang des Großen Königs Titel auf, dann folgte ein erotischer Tanz von Frauen aus Ischtars Tempel. Die gesamte Zeremonie war äußerst unpersisch.

Der Hofkämmerer, mit diversen Listen bewaffnet, begann Darius ins Ohr zu flüstern, was er wissen mußte. Alldieweil Darius jetzt ziemlich schwerhörig war, gab es eine Menge Verwirrung. Häufig geschah es, daß dem falschen Adressaten ein Kommando übertragen wurde über einen nichtexistenten Grenzposten. Dennoch bestand Darius darauf, jede Ernennung persönlich vorzunehmen; anders als Xerxes, der solche Routinesachen der Kanzlei überließ. Dementsprechend verlor Darius nie die Kontrolle über eine Regierungsmaschinerie, die Xerxes seinerseits niemals meisterte.

Sodann sprach Darius von allgemeinen Angelegenheiten. Mitunter verhaspelte er sich bei einfachen Wörtern, ein Charakteristikum bei jenen, die eine teilweise oder gänzliche Paralyse der linken Körperhälfte erlitten haben. Demokedes sagte mir einmal, in einem solchen Fall sei nichts zu machen. Ist der Patient allerdings ein kräftiger und willensstarker Mann, so kann man bestimmte Kräuterpackungen verschreiben, weil, so die Begründung, »sie dem Patienten praktisch nicht schaden können«. Er war ein seltenes Exemplar von einem Arzt.

An den nördlichen Grenzen, sagte Darius, stünde alles zum besten. Die Stämme verhielten sich ruhig. In Armenien sei es zu zivilem Ungehorsam gekommen. Dem habe der Große König Einhalt geboten. Aus Ägypten das Übliche: alarmierende Meldungen. Doch Ägypten ähnelte Babylon insofern, als es dort von religiösen Fanatikern, Irren und Abenteurern wimmelte. Der Große König hatte die Ruhe wiederhergestellt.

Während Darius sprach, beobachtete ich die Griechen. Demaratus und Hippias führten gemeinsam eine Gruppe von etwa zwanzig Exilierten an. Außer Hippias gab es am Hof keine Tyrannen mehr. Jene Ära war beendet. Bei den anderen Griechen handelte es sich um murrende Generäle, Admiräle, Beamte, die, oft zu Recht, der Meinung waren, sie seien von den diversen Demokratien übel behandelt worden. Besonders verbittert waren die Athener. Allerdings ist die athenische Versammlung auch außergewöhnlich pervers. Es kann jedem Bürger widerfahren, daß er schleunigst seine Siebensachen packen muß; wenn nämlich eine Mehrheit dieser mitunter korrupten, stets jedoch frivolen Versammlung für seine Verbannung stimmt. Früher oder später muß so ziemlich jeder verdiente Staatsmann ins Exil. Demokrit meint, ich übertreibe. Keineswegs. Eines Tages werden sie sich des Generals Perikles entledigen, einfach weil er sie langweilt.

»Was nun den Westen betrifft...« Darius kreuzte die Arme. Zepter und Lotos wechselten die Seiten, so wie Zepter und Geißel es tun, wenn Ägyptens Pharao seine Herrschaft über das Doppelreich symbolisieren will.

»Wir sind hochzufrieden mit unserem Neffen Mardonius. Er hat die Macht der westlichen Griechen gebrochen, soweit sie denn Macht besaßen. Die Thrakier haben uns, zur Anerkennung unserer Souveränität, Erde und Wasser geschickt. König Alexander von Mazedonien hat uns Erde und Wasser geschickt. Er ist unser Sklave, auf ewig. Die Angelegenheit mit den westlichen Griechen ist erledigt. Es wird keine Frühjahrskampagne geben.«

Obwohl Xerxes mit der Ausdruckslosigkeit einer Statue hinter dem Stuhl seines Vaters zu stehen hatte, sah ich deutlich, wie sich seine Lippen zu einem Halblächeln öffneten.

Bei den Griechen war kein Lächeln zu sehen. Der Große König hatte vom Thron aus gesprochen. Nur in Privataudienzen konnten die Griechen ihre Argumente für einen Krieg vorbringen, und das würden sie auch gewiß tun. Mit einem friedlichen Winter durfte Darius nicht rechnen.

Der Große König sah sich im Saal um. Als er mich erblickte, nickte er. »Wir empfangen jetzt unseren Gesandten zu den sechzehn Königreichen jenseits des Indus. Wir belobigen Cyrus Spitama für die Öffnung einer Handelsroute zwischen unserer Satrapie Indien und den Ländern … von … von …«

Es gab eine Menge Gemurmel zwischen Darius und dem Hofkämmerer. Der Kämmerer hatte Mühe, die Wörter Koschala und Magadha auszusprechen, was Darius allerdings ohnehin nicht hören konnte. Gereizt gab Darius dem Kämmerer einen Stups mit dem Zepter, auf daß er verstumme.

»… und den sechzehn Ländern«, beendete Darius den Satz. »Die erste Karawane traf kurz vor dem vollen Mond in Baktra ein, mit einer großen Fracht von geschmolzenem Eisen. Im kommenden Jahr werden wir weitere Metalle und Textilien und Juwelen erhalten aus diesen … diesen fernen Orten. Tritt näher, Cyrus Spitama.«

Zwei Höflinge traten vor. Sie geleiteten mich zum Thron.

Ich warf mich vor dem goldenen Fußschemel nieder.

»Du bist jetzt meine Augen«, sagte Darius.

Der Kanzler hatte mir bereits gesagt, daß ich zum Königsauge ernannt werden sollte. Als hoher Staatsbeamter würde ich dann vom Schatzamt ein angemessenes Gehalt beziehen. Auch konnte ich in jedem beliebigen Königspalast wohnen; und reisen, wohin immer ich wollte; auf Staatskosten und begleitet von einer Ehrenwache und einem Ausrufer, dessen Schrei: »Weg frei für des Königs Auge!« vollauf genügte, um die halbe Bevölkerung des Imperiums angstschlotternd zu Boden stürzen zu lassen. Jede Satrapie wird in regelmäßigen Abständen von einem Königsauge überprüft. Sämtliche Klagen der Bewohner über den Satrapen und seine Verwaltung werden dem Königsauge vorgelegt, und dieser besitzt die Macht, auf der Stelle Abhilfe zu schaffen. Solange er dieses Amt ausübt, handelt des Königs Auge stellvertretend für den Monarchen. Da viele der Satrapien ungeheuer reich sind – ich denke da vor allem an Ägypten und Lydien und Indien – stirbt ein korruptes Königsauge als reicher Mann. Ich war nicht korrupt. Natürlich wurde ich auch nie zu einer reichen Provinz geschickt. Ich machte eine Dienstreise durch die ionischen Städte, wo es keinen großen Reichtum gibt; und eine weitere durch Baktrien, das arm ist.

Ich gab meiner Dankbarkeit Ausdruck, gegenüber dem Großen König und gegenüber dem Weisen Herrn, der ihn inspiriert hatte. Ein leichter, eher liebenswürdiger Tritt gegen meine Schulter ließ mich schließlich verstummen. Darius hatte aus meinem Mund genügend Dankbarkeitsbekundungen vernommen. Als ich mich erhob, sah ich, wie ausgezehrt das bemalte Gesicht wirkte. Doch die Augen waren noch voll Glanz, ja Boshaftigkeit.

»Es gibt«, verkündete der Große König, »im Osten des Ostens ein

Land, das Cathay heißt.« Unverkennbar amüsierte sich Darius auf Kosten der Griechen, die nicht das leiseste Interesse an meiner Gesandtschaft hatten. Sonderbarerweise waren die meisten persischen Adligen genauso gleichgültig gegenüber den Verlockungen neuer, zu erobernder Welten. Persien, meinten sie, sei auch so groß genug. Es hat ihnen stets an Neugier gefehlt.

»Dieses ferne Land ist voller Städte und Flüsse, voller Gold und Kühe.« Darius sprach jetzt zu seinem eigenen Vergnügen und vielleicht auch zu meinem. »Jene Menschen stammen von einem gelben Gott ab, und sie leben zu beiden Seiten eines gelben Flusses, welcher niemals austrocknet. Einst hatten sie einen vom Himmel geschickten Herrscher. Doch seit er starb, tun die Edlen nichts als einander befehden, genau wie wir es einst taten. Was einmal ein einziges reiches Reich war, ist jetzt ein unglückliches Land kleiner und unruhiger Staaten, die einen großen König brauchen, der sie beschützt und ihnen eine gesunde Währung und eine untadelige Gerichtsbarkeit gibt. Der Herrscher eines dieser Länder im Osten des Ostens ist jetzt bereit, uns Erde und Wasser darzubieten. Er hat uns einen Gesandten geschickt.«

Das war alles recht trügerisch, um das mindeste zu sagen. Fan Ch'ih befand sich auf einer Handelsmission, nicht auf einer Gesandtschaft. Aber Darius wußte genau, was er tat. Er wollte das Interesse der Clans schüren. Er wollte ihnen etwas einschärfen, von dem er seit jeher überzeugt gewesen war: Persiens Zukunft liegt im Osten; und im Osten des Ostens.

Zum Glück verstand Fan Ch'ih kein Wort Persisch, und ich erzählte ihm nur, was ich für angebracht hielt. Dann erzählte ich dem Großen König, was ich *ihn* hören lassen wollte. Da keiner der Anwesenden den indischen Dialekt verstand, in dem Fan Ch'ih und ich uns unterhielten, konnte ich dolmetschen, wie's mir gerade gefiel.

Fan Ch'ih warf sich vor dem Großen König nieder. Und wenn unseren selbstgenügsamen Hof die östliche Ferne auch nicht interessierte: das Äußere des Mannes aus Cathay tat es ganz gewiß. Alle starrten ihn an. Zwar gibt es in jeder bedeutenden persischen Stadt gelbe Männer, doch so aus der Nähe hatte wohl noch kein persischer Adliger einen gesehen, es sei denn, er befaßte sich mit Handel; kaum sehr wahrscheinlich, da ein persischer Adliger weder Handel treiben noch Geld leihen darf – der Theorie nach zumindest. Die gelben Menschen von Cathay existieren am Hof nur als Gerücht, genau wie jene doppelköpfigen Afrikaner, die Skylax gesehen haben will.

Von Kopf bis Fuß war Fan Ch'ih in karmesinrotes Cathay-Tuch gekleidet. Er war ein gutaussehender Mann, etwa in meinem Alter. Der Kriegerklasse entstammend, hatte er bei der Armee gedient: im Heer einer der führenden Familien des Herzogtums Lu. Wie die meisten jungen Männer seiner Rasse und Klasse wollte er die Welt draußen sehen.

Der Handelsauftrag nach Westen war ihm dabei Mittel zum Zweck: für seine Reisen nach Indien und nach Persien.

Fan Ch'ih sagte: »Ich erweise dem Großen König meine Ehrerbietung.« Beim Dolmetschen ersetzte ich Großer König durch universeller Monarch.

Fan Ch'ih sagte: »Ich bin hier, um die Handelsstraße zwischen Cathay und Persien wiederzueröffnen.«

Dies übersetzte ich getreulich. Und fügte hinzu: »Ich komme als Gesandter des Herzogs von Lu, einem Land so groß und reich wie Lydien. Mein Herr läßt dir sagen, du mögest mit deinen Armeen zu ihm kommen, er wird dir Erde und Wasser darbieten und sich dir als dein Skalve unterwerfen.«

Dies rief in der Säulenhalle einiges Aufsehen hervor. Außer bei den Griechen. Was nicht griechisch ist, existiert für einen Griechen nicht. Darius wirkte sehr zufrieden. »Sage deinem Herrn, daß ich kommen werde mit meiner ganzen Heerschar. Sage ihm, daß ich mit meinen eigenen Händen entgegennehmen werde die dargebotene Erde und das Wasser. Sage ihm, daß ich ihn dann machen werde zu meinem Satrapen von ... von ganz Cathay.« Darius war überragend. Er hatte genausowenig eine Vorstellung von Cathay wie ich. Wir hätten beide ebensogut über den Mond sprechen können. Doch für den Hof klang Darius kenntnisreich, souverän, allmächtig.

Fan Ch'ih war offenkundig verwundert über die zwischen Darius und mir gewechselten Worte, betrug ihr Umfang doch ein Vielfaches von dem, was er mit seiner schlichten Bitte um Wiedereröffnung der Handelsroute geäußert hatte.

Ich sagte zu Fan Ch'ih: »Der Große König gewährt seinen Schutz jeder Karawane von Persien nach Cathay. Er gebietet dir, für ihn eine Liste aufzustellen mit all jenen Dingen, die dein Land gegen persisches Gold oder ähnliches tauschen kann.«

»Sage dem Großen König, daß ich seinem Befehl nachkommen werde. Sage ihm, daß durch ihn mein Herzenswunsch erfüllt wird.«

Ich sagte zum Großen König: »Wenn du nach Lu kommst, wirst du den Herzenswunsch des dortigen Herrschers erfüllen, welcher verspricht, dir als Satrap von ganz Cathay loyal zu dienen.«

Das Schauspiel, das Darius und ich boten, war für den Rest des Winters Hofgespräch. Selbst der stumpfsinnigste persische Adlige zeigte sich jetzt fasziniert vom Gedanken an eine mögliche Kampagne im Osten und im Osten des Ostens.

Über Nacht wurde es Mode, etwas aus Cathay-Tuch zu tragen. Bald war auf dem Markt kein Fetzen Seide mehr zu haben, sehr zum Entzücken der Egibis, die damals – wie auch jetzt – den Seidenhandel kontrollierten. Persisches Gold wurde für Cathay-Tuch ausgegeben, und Egibi und Söhne würde nicht nur am Darlehen für Fan Ch'ih zwanzig

Prozent verdienen, sondern auch noch am Seidenverkauf auf den Märkten.

Am Tag nach dem Empfang schickte der Große König nach mir. Darius zog kleine Räume stets großen vor. Hierin ähnelte er dem Berglöwen, der sich in einem Felsspalt seine Zuflucht schafft; auch saß er wie die meisten Herrscher dieser Welt, die ich gekannt habe, ausnahmslos mit dem Rücken zur Wand.

Bei meinem Eintritt fand ich ihn auf einen Haufen Rechnungen starrend. Mit seinen altersschwachen Augen konnte er Schriftzeichen nur aus allernächster Nähe entziffern. Ich warf mich vor ihm nieder. Minutenlang beachtete er mich nicht. Während ich auf sein mühseliges Atmen lauschte, konnte ich ein löwenartiges Grummeln in seiner Brust hören, ein ominöses Geräusch. Schließlich sagte er: »Steh auf, Königsauge. Laß uns hoffen, daß du nicht so mangelhaft bist, wie des Königs richtige Augen.«

Aufmerksam betrachtete ich ihn unter respektvoll gesenkten Lidern. Das ungleichmäßig gefärbte Haupt- und Barthaar befand sich in gewohnter Unordnung. Das ungeschminkte Gesicht wirkte fahl. In seiner verfleckten und verkrumpelten Tunika hätte er auch ein griechischer Pferdetrainer sein können. Den geschwächten linken Arm und die Hand hatte er auf eine so natürliche Weise auf die Tischplatte gestützt, daß einem die physische Beeinträchtigung nicht bewußt wurde.

»Du hast für das Eisen zuviel bezahlt.«

»Ja, Großer König.« Bei Darius gab es keine Widerrede.

»Aber ich werde eine zweite Lieferung wollen. Diesmal werden wir nicht in Gold bezahlen, sondern in Naturalien. Weißt du, was diese Leute haben wollen?«

»Ja, Herr. Ich habe eine Liste aufgestellt und dem zweiten Raum der Kanzlei gegeben.«

»Wo sie für alle Zeiten verschwinden wird. Sage dem Ratgeber für den Osten, daß ich die Liste noch heute haben will.« Darius legte die Dokumente, die er in seiner guten rechten Hand gehalten hatte, auf den Tisch und lehnte sich auf seinem Stuhl zurück. Er lächelte breit. Seine Zähne waren stark, gelb – ja, löwenartig. Dies ist mein festes Erinnerungsbild des Großen Königs. »Ich träume von Kühen«, sagte der Löwe, wesensgemäß.

»Es gibt sie, Herr. Zu Millionen. Und sie warten darauf, zu einer Herde vereinigt zu werden.«

»Wie lange werde ich brauchen, um sie zusammenzutreiben?«

»Wenn die Armee im kommenden Frühjahr zum Indus-Tal aufbricht, so könnte sie den Sommer – das ist die indische Regenzeit – in Taxila zubringen. Beginnt dann in der Zeit, die unserem Herbst entspricht, das gute Wetter, so bleiben dir vier Monate, um Koschala und Magadha zu erobern.«

»So werde ich also, vom Anfang bis zum Ende, ein Jahr brauchen.« Darius schob die Dokumente beiseite, und ich sah die kupferne Landkarte, die ich für ihn angefertigt hatte. Mit dem Goldring an seinem Zeigefinger pochte er auf das Metall; es gab ein klingendes Geräusch. »Erläutere mir die Entfernungen. Die Art des Terrains. Und was ist mit all diesen Flüssen? Ich habe noch nie so viele Flüsse in einem Land gesehen. Wie schnell fließen sie? Werden wir eine Flotte brauchen? Oder gibt es genügend Holz, um dort eine zu bauen? Falls nicht – müssen wir das Holz mitbringen? Und welche Art Schiffe?«

Noch nie waren mir innerhalb einer einzigen Stunde so viele Fragen gestellt worden. Zum Glück konnte ich die meisten beantworten. Zum Glück war das Gedächtnis des Großen Königs perfekt, und er stellte eine Frage nie zweimal.

Darius' besondere Neugier galt Ajataschatru. Als ich ihm sagte, ich sei der Schwiegersohn seines künftigen Vasallen, lachte er. »Prächtig! Wir werden dich zum Satrapen von Magadha machen. Schließlich bist du ein Mitglied ihrer königlichen Familie, und es ist unsere Politik, die Dinge so wenig wie möglich zu ändern. Wir werden dich wohl ein bißchen eindunkeln müssen. Die sind doch alle schwarz, nicht wahr?«

»Das gewöhnliche Volk, ja. Aber die herrschende Klasse ist fast so hellhäutig wie wir. Sie sind gleichfalls Arier.«

»Was immer das sein mag. Jedenfalls werden wir dich in Henna tauchen. Allerdings bist du auch so schon ziemlich schwarz. Aber wie ist das mit all diesen Menschen in Cathay? Sind sie so gelb wie der, den du zum Hof gebracht hattest?«

»So hat man's mir berichtet.«

»Nie zuvor habe ich einen so aus der Nähe gesehen. Die Augen sehen höchst sonderbar aus, nicht? Wie komme ich nach Cathay?« Darius träumte bereits von Cathay-Kühen.

Ich deutete auf die nordöstliche Ecke der Karte. »Durch diese Berge führt ein Paß. Aber er ist nur in der heißen Jahreszeit offen. Es sei eine Sechs-Monate-Reise, heißt es.«

»Und auf dem Wasserweg?«

»Das würde mindestens drei Jahre dauern – von Persien aus.«

»Von Indien aus demnach ein Jahr. Vermutlich würden wir dabei viele Inseln passieren. Reiche Inseln.«

»Inseln, Halbinseln, das Festland. Fan Ch'ih sagt, südlich von Cathay gebe es nichts als Dschungel. Aber er sagt auch, es gebe eine Reihe guter Häfen – und viele Perlen.« Wer sich Darius' Aufmerksamkeit sichern wollte, war stets gut beraten, Perlen oder ähnliches zu erwähnen.

»Nun, wir werden die Cathay-Perlen auslesen, sobald wir die indischen Kühe im Pferch haben.« Mit gerunzelter Stirn nahm Darius seinen linken Arm in die rechte Hand und schob ihn vom Tisch. Ein sonderbares Gefühl überkam mich. Die gleiche Geste hatte ich hundertmal bei seinem Vater gesehen. Plötzlich wurde ihm bewußt, was er vor meinen Augen getan hatte. »Ich kann noch immer ein Pferd reiten«, sagte er. Seine Stimme klang sachlich.

»Und eine Armee führen, Herr.« Ich verbeugte mich tief.

»Und eine Armee führen. Xerxes würde gern nach Indien gehen.« Mitunter hatte Darius' Lächeln etwas Knabenhaftes trotz des wirren Barts, der die vollen, geschwungenen Lippen fast verbarg. »Er beklagt sich bei dir, ich weiß.«

Ich fühlte, wie mir das Blut in die Wangen stieg. Lag eine Anklage wegen Verats in der Luft? »Herr, er beklagt sich *niemals* ...«

Aber Darius war in guter Stimmung. »Unsinn. So wie ich loyale Augen habe –« Er deutete auf mich. »–, so habe ich auch loyale Ohren. Ich nehm's ihm ja gar nicht übel. Vielmehr würde ich's ihm übelnehmen, wenn er sich *nicht* beklagte. Er ist im selben Alter wie Mardonius, und man sehe sich nur an, was Mardonius geleistet hat. Für das Leben, das mein Sohn führt, ist die Königin verantwortlich. Sie möchte ihn ungefährdet sehen. Also laß ich mich von ihr leiten.« Darius hatte einen kurzen Hustenanfall. Dann sagte er: »Ich bin nicht zu alt, um die Armee zu führen.«

Da Darius sich offenbar gedrängt fühlte, eine solche Erklärung zu wiederholen, erschien mir als deutliches Anzeichen dafür, daß er sich des Versagens seiner Kräfte nur allzu bewußt war. »Ich habe mich aus den griechischen Kriegen herausgehalten, weil sie meine Zeit und meine Mühe nicht wert waren. Auch kann ich die Griechen nicht ausstehen. Auf dem letzten Empfang in Susa zählte ich in der Säulenhalle mehr Griechen als Perser.«

Darius mochte zwar Schwierigkeiten beim Lesen haben, zählen konnte er jedoch mit größter Leichtigkeit. »Ich bin umgeben von Bogner-geilen Griechen.« Es schockierte mich immer ein wenig, wenn Darius diesen Slang-Ausdruck gebrauchte. »Geil auf beide Arten von Bogenschützen«, fügte er hinzu. »Aber jetzt habe ich's der ganzen Bande eingetränkt. Es wird keine Frühjahrskampagne geben. Mardonius ist fassungslos. Aber ich habe zu ihm gesagt, du würdest die Armee ja doch nicht führen können, selbst wenn's eine Kampagne gäbe. Daraufhin hielt er mir einen Vortrag über sämtliche Schlachten, die von Generälen in Sänften gewonnen worden seien, was schierer Unsinn ist. *Ich* kann noch immer von Sonnenaufgang bis Sonnenuntergang im Sattel sitzen.« Mit dieser wilden Behauptung überzeugte Darius mich davon, daß er nie wieder ins Feld ziehen würde. Ich war hoch zufrieden. Bald würde Xerxes seine Chance erhalten.

»Du hast dich bewährt.« Darius schob die Karte zur Seite. »Sage der Kanzlei, was wir deiner Meinung nach an Botschaften nach Cathay schicken sollten. Schreibe den beiden Königen – den indischen, meine ich –, daß der Große König auf seine Sklaven herniederlächelt. So das

Übliche. Und teile ihnen mit, daß wir vor Ende des kommenden Jahres eine Karawane entsenden werden.« Darius lächelte. »Laß unerwähnt, daß ich selbst der Herr der Karawane sein werde. Und daß unsere Fracht aus Metall bestehen wird – Schwerter, Schilde, Speere! Bevor ich sterbe, werde ich ... Wie, sagst du, hat sich jener kleine Mann genannt?«

»Universeller Monarch.«

»Ich werde der *erste* universelle Monarch sein. Ich träume von Perlen und Seide – von Inseln und Cathay!«

Wäre Darius zehn Jahre jünger gewesen und ich zehn Jahre älter, so – davon bin ich überzeugt – wäre die ganze bekannte Welt, soweit sie denn zählte, jetzt persisch. Doch es kam, wie ich vermutet hatte. Darius führte die Clans nie wieder in die Schlacht. In weniger als fünf Jahren sollte er in der Felsgruft außerhalb von Persepolis neben seinem Vater liegen.

3

Mardonius empfing mich an Bord eines Hausboots, das am Kai des neuen Palasts vertäut war. Der Oberbefehlshaber der Armee und Marine des Großen Königs wirkte bläßlich und hinfällig und noch jünger, als er war. Er lag in einer zwischen zwei Balken aufgehängten Hängematte. Während das Boot sich in der Strömung des Flusses wiegte, schwang die Hängematte mit.

»Wenn das Boot schaukelt, sind die Schmerzen nicht so stark«, sagte Mardonius, als ich die Leiter zu seinem Quartier hinunterstieg. Das schwärende Bein lag bloß; es war schwarz, geschwollen. Zwei Sklaven fächelten die Fliegen fort. Das in einer Metallschale brennende Sandelholz vermochte den Geruch von faulendem Fleisch nicht zu überdecken.

»Häßlich, nicht wahr?«

»Ja.« Ich war unverblümt. »Laß es abschneiden.«

»Nein. Ich muß zwei Beine haben.«

»An dieser Art Fäulnis kannst du sterben.«

»Das Schlimmste ist überstanden. Sagt man mir jedenfalls. Und wenn nicht ...« Mardonius zuckte die Achseln; verzog dann das Gesicht, weil offenbar die winzigste Bewegung schmerzte.

Von überall her klangen die gewohnten Geräusche eines betriebsamen Hafens. Männer riefen, Taue knarrten, und die kreisförmigen babylonischen Boote verursachten klatschende Geräusche, während sie gegen die Flußströmung fuhren.

»Stört dich der Lärm nicht?«

Mardonius schüttelte den Kopf. »Im Gegenteil. Wenn ich die Augen schließe, habe ich das Gefühl, noch bei der Flotte zu sein. Hättest du Lust, im nächsten Frühjahr mit mir zu segeln?«

»Nach Thrakien?« Ich weiß nicht, warum ich so taktlos war, das Land zu erwähnen, wo er nicht nur verwundet worden war, sondern in einem Sturm auch einen Teil seiner Flotte verloren hatte.

Mardonius krauste die Stirn. »Ja. Auch Thrakien. Wo sich deine Verwandten jetzt im Aufstand befinden.«

»Mag sein, daß Abdera rebelliert, jedoch nicht Lais' Familie. Die sind alle pro-persisch.«

»Ich habe deinen Großvater kennengelernt. Ich hatte keine Ahnung, daß er so reich ist.«

»Ich habe ihn nie kennengelernt, wie ich leider sagen muß. Ich weiß jedoch, daß er dem Großen König gegenüber stets loyal war.«

»Er ist Grieche.« Mardonius zog an den Schnüren seiner Hängematte, um diese weiter ausschwingen zu lassen. »Warum hast du Xerxes mit all den Geschichten über Indien so angestachelt?« Mardonius' Stimme klang vorwurfsvoll.

»Er hat mich gefragt. Und ich habe ihm erzählt. Wenn du willst, erzähle ich dir dieselben Geschichten. Unsere Zukunft liegt im Osten.«

»Das glaubst du, weil du an der östlichen Grenze aufgewachsen bist«, sagte Mardonius gereizt. »Du hast ja keine Vorstellung davon, wie Europa ist. Wie reich es ist – an Silber, Getreide, Menschen.«

»Darius hat versucht, Europa zu erobern. Und wurde vernichtend geschlagen. Oder hast du das vergessen?«

»Das ist Hochverrat«, sagte Mardonius ohne jeden Beiklang von Scherz. »Der Große König ist niemals geschlagen worden.«

»Genauso wie seine Befehlshaber niemals verwundet werden?« Ich sprach zu Mardonius stets als Ebenbürtiger. Vermutlich gefiel ihm das nicht, aber da er und ich und Xerxes für so viele Jahre wie ein einziger gewesen waren, konnte er kaum etwas dagegen einwenden. Auch mochte er mich mehr als ich ihn. Das setzt einen immer in Vorteil. Da ich niemals eine Armee befehligen konnte, war ich für ihn keine Bedrohung. Im übrigen glaubte er, den Ratschlag beeinflussen zu können, den ich Xerxes gab.

»Das war ein dummer Fehler.« Mardonius, in der Hängematte, verlagerte sein Körpergewicht. Ich versuchte, nicht auf das Bein zu blikken; und tat natürlich eben dies.

»Es gibt keinen Grund, aus dem nicht *du* die Armeen nach Indien führen könntest.« Ich war absolut festgelegt auf die sogenannte Ostpolitik, und ich bin bis zum heutigen Tag nicht davon abgerückt. Mardonius seinerseits war der einzige wirkliche Befürworter der Westpolitik. Eine leichte Aufgabe hatte er nicht. Nach seiner Niederlage an der Donau hatte der Große König das Interesse an Europa verloren; er verbrachte seine Tage damit, sich wegen der nördlichen Stämme zu sorgen – und neue Methoden auszuhecken, um zu Geld zu kommen. An sich hatte Darius der Sinn wohl kaum nach weiteren Eroberungen gestanden, bevor ich seine Phantasie mit meinen Erzählungen von Indien und Cathay befeuerte.

Mehrere Stunden lang debattierten Mardonius und ich in jener stinkenden Kabine, deren unablässiges Schaukeln mir leichte Übelkeit verursachte. Obwohl Mardonius von meiner Privataudienz bei Darius wußte, war er zu klug, um mich zu fragen, worüber wir gesprochen hätten. Vielleicht wußte er es bereits. Am persischen Hof gibt es nicht viele Geheimnisse. Daß ich zusammen mit Xerxes nach Babylon gekommen war, hatte sich längst herumgesprochen.

»Ich möchte, daß Xerxes die nächste griechische Expedition führt. Ich werde sein Stellvertreter sein.« Mardonius, ich sah es ihm an, kam sich sehr pfiffig vor.

Ich schmetterte ihn ab. »Atossa wird ihn nicht ziehen lassen.«

»Amestris jedoch wird ihn dazu bewegen.« Mardonius lächelte. »Sie übt großen Einfluß auf unseren Freund aus.«

»Das habe ich gehört. Will sie denn, daß er geht?«

»Natürlich will sie's. Es ist ihr zuwider, daß ich den ganzen Ruhm einheimse. Was ich ihr nicht verüble. Darum bin ich auch bereit, die Ehre für die Eroberung Europas zu teilen.«

»Und wieviel von Europa erwartest du zu gewinnen?« Dies war eine echte Frage. Damals wußten wir über Ausdehnung und Vielfalt der westlichen Lande noch weniger als heute. Zwar hatten wir durch phönizische Händler eine gute Vorstellung von den Häfen oder potentiellen Häfen an der nördlichen Küste des Mittelmeers, doch das Innere jenes dichtbewaldeten und großenteils leeren Kontinents war damals, genau wie jetzt, ein Geheimnis, das zu lüften sich nicht lohnte – nach meiner Überzeugung natürlich.

»Aus Prinzip sollten wir Athen und Sparta zerstören und die Einwohner hierher schaffen, wie die Mileter. Als nächstes würde ich Sizilien besetzen. Es ist eine stattliche Insel, wo wir genügend Getreide anbauen können, um ganz Persien damit zu versorgen; gutes Korn, damit wir nicht so auf diese verdammte Gerste angewiesen wären.« Mardonius zog ein Gesicht. »Wenn du dir ein richtiges Bild von den Babyloniern machen willst, dann denke bloß an Gerste – und Palmwein. Die leben von nichts anderem, und sieh sie dir an!«

»Sie sind doch recht hübsch, für den schwarzhaarigen Typus.«

»Ich spreche nicht von Schönheit. Ich will keine Huren. Ich will Soldaten, und solche gibt es hier nicht.«

Bald schon gab es sie doch. Unversehens tauchte fast die gesamte Griechenpartei am Hofe in der Kabine auf.

Der betagte Hippias umarmte mich. »Dies wird meine letzte Kampagne sein«, flüsterte er mir ins Ohr. Obwohl er alt war, mit einem

Mund voll lockerer Zähne, konnte er noch immer reiten, als sei er eins mit seinem Roß. »Letzte Nacht träumte mir, meine Mutter hielte mich in ihren Armen. Das ist immer ein gutes Zeichen. Ich bin jetzt sicher, daß ich bald in Athen sein werde, Athene ein Opfer darbringend.«

»Laß uns darauf hoffen, Tyrann.« Ich gab mich höflich.

Demaratus war grob. »Laßt uns hoffen, daß es überhaupt eine Kampagne gibt.« Der Spartaner musterte mich mißvergnügt, und die anderen nahmen das als Fingerzeig. Selbst Milos' rosiges Gesicht wirkte traurig bei dem Gedanken, daß ich vielleicht, wirklich und wahrhaftig, ein Feind sein könne.

Als ich mich empfahl, betonte Mardonius, ich müßte ihn unbedingt wieder besuchen. »Nächstes Mal habe ich für dich eine Karte von Europa – von jener Art, die jedes Königsauge erfreuen sollte.« Er lachte. Die griechischen Verschwörer lachten nicht.

Heiß brannte die Sonne hernieder, als ich die Stufen emporstieg vom Hafen zum niedrigen Tor am Ende der Prachtstraße von Bel-Marduk. Hier warteten meine Wachen und mein Ausrufer. Ich hatte sie fast vergessen. Noch immer konnte ich mich an die Vor- wie Nachteile meines hohen Rangs nicht recht gewöhnen. Genießt man solche Ehren in einem fremden Land wie Magadha, wo einem die Menschen unbekannt und gleichgültig sind, so ist das etwas ganz anderes, als wenn man auf der Hauptstraße von Babylon schreitet oder reitet, eskortiert von Wachen mit gezückten Schwertern und einem Ausrufer, der mit lauter Stimme fordert: »Weg frei für des Königs Auge!« Und der Weg wird freigegeben. Die Leute scheuen zurück wie vor einem gefährlichen Feuer, was des Königs Auge in der Tat auch ist.

Wenn sich der Hof in Babylon befindet, ist die Stadt überfüllt. In den Tempeln herrscht großer Betrieb; nicht nur in Form religiöser Andachten und ritueller Prostitution, sondern auch, weitaus am wichtigsten, in Gestalt von Geldwechsel und Geldverleih. Es heißt, das Bankwesen sei von den Babyloniern erfunden worden. Mag sein, daß dem so ist. Allerdings haben andernorts die Inder wie auch die Cathayner, völlig eigenständig, ihre eigenen Systeme entwickelt. Oft habe ich angesichts der Tatsache gestutzt, daß die Zinssätze in allen Teilen der Welt ziemlich gleich sind. Dabei hat zwischen den drei Ländern nur wenig und zudem unregelmäßig Verbindung bestanden. Ich finde dies wahrhaft mysteriös.

Zu Fuß setzte ich meinen Weg fort durch die engen, gewundenen Seitenstraßen. Dank dem Ausrufer und den Wachen gelangte ich zu den Hauptbüros von Egibi und Söhne ohne allzuviel Gedränge – und Gespucke. Die Schwarzköpfe rächen sich an ihren persischen Herren, indem sie sie anspucken, wann immer sie sich in einer genügend großen Menschenmenge vor Entdeckung sicher fühlen.

Die Fassade des bedeutendsten Bankhauses der Welt besteht aus einer schmucklosen Lehmmauer, in der sich eine einfache Zederntür mit einem kleinen Fenster befindet. Diese Tür schwang vor mir auf. Schwarze Sklaven mit rituell genarbten Gesichtern führten mich unter Verbeugung zu einem kleinen Innenhof, wo mich das Oberhaupt der Familie, Shirik, ein lächelnder kleiner Mann, erwartete. Als mein Ausrufer die Anwesenheit von des Königs Auge verkündete, fiel er auf die Knie. Respektvoll half ich ihm hoch.

Shirik war liebenswürdig, wachsam; und von mir ganz und gar unbeeindruckt. Er führte mich in einen langgestreckten, hohen Raum mit Regalen voller Tontafeln, Tausenden wohl. »Manche dieser Aufzeichnungen reichen über hundert Jahre zurück«, sagte er. »Bis zu der Zeit, da unsere Familie nach Babylon kam.« Er lächelte. »Nein, sie waren *keine* Sklaven. Einer Legende zufolge waren wir jüdische Gefangene, die nach dem Fall Jerusalems hierher gebracht wurden. Sklaven indes waren wir nie. Bevor die kamen, hatten wir uns schon lange in Babel etabliert.«

Zu uns gesellten sich Fan Ch'ih und der Cathay-Mann, der Shirik diente. Wir saßen um einen runden Tisch inmitten von Tontafeln, die Millionen Schafe, Tonnen von Gerste, Massen von Eisen repräsentierten; und wohl so ziemlich jeden Bogner, der je geprägt worden war.

Ich glaube, ich hätte das Zeug zu einem Bankier gehabt, wäre da nicht meine Erziehung gewesen, die das Priestertum ebenso für mich ausschloß wie das Kriegersein. Ich habe zwar die Verachtung des persischen Adligen für den Handel, doch fehlt mir seine Leidenschaft für Krieg und Jagd und unmäßigen Weingenuß. Ich habe zwar eines Priesters tiefes Wissen um Religion, doch bin ich nicht sicher, *was* wahr ist. Obschon ich einmal die Stimme des Weisen Herrn hörte, muß ich jetzt im Alter bekennen, daß hören und hinhören zwei verschiedene Dinge sind. Es ist die Schöpfung, die mich verwirrt.

Shirik kam zur Sache. »Ich bin bereit, eine Karawane nach Cathay zu finanzieren. Fan Ch'ih beeindruckt mich. Er beeindruckt auch meinen Kollegen aus dem benachbarten Herzogtum von Wei.« Shirik wies auf seinen gelbhäutigen Assistenten, einen nichtssagenden Menschen mit einem erblindeten Auge. In all seinen Angaben bewies Shirik Präzision. Er wußte, daß Wei kein Königreich war, sondern ein Herzogtum. Shirik verstand es, sich alle für seine Geschäfte notwendigen Informationen zu verschaffen – verläßliche Informationen. Mit Ausnahme von Darius bin ich nie einem Mann mit einem solch leidenschaftlichen Interesse für die Details dieser Welt begegnet.

»Natürlich bestehen da Schwierigkeiten«, sagte Shirik mit durchschaubarer Taktik: Er versuchte, den Darlehensnehmer in die Defensive zu drängen.

»Zahlreiche, doch überwindbare, Herr Shirik.« Fan Ch'ih sprach inzwischen eine Art Persisch, das in seiner Lückenhaftigkeit ein reizendes

Gegenstück zu Shiriks zwar flüssigem, jedoch sonderbar akzentuiertem Persisch war. Shirik war Babylonier, und bis auf den heutigen Tag vermeiden es die Leute aus Babel, persisch zu lernen, und zwar aus einem nie eingestandenen Grund: Früher oder später, glauben sie, werden die Perser entweder wieder abziehen oder aber von Babylons älterer und überlegener Kultur absorbiert werden.

Eine Weile sprachen wir über mögliche Routen nach Cathay. Die sicherste schien der Landweg von Schravasti zu den Gebirgspässen zu sein. Wir waren uns alle darin einig, daß der Seeweg endlos ist, und daß die Fährte von Baktrien nach Osten wegen der skythischen Stämme nicht in Frage kam. Während wir sprachen, bewegte Shirik die Elfenbeinscheiben eines Abakus so blitzschnell hin und her, daß sie wie Kolibriflügel zu schwirren schienen.

»Natürlich ist eine einzelne Karawane wertlos.« Shirik kredenzte uns Wein in massiv-goldenen Bechern, deren helle Pracht einen eigentümlichen Kontrast bildete zu all jenen verstaubten Tontafeln, welche die Wände säumten, den zusammengestürzten Lehmziegeln irgendeiner toten Stadt überaus ähnlich. Doch eben diesen unansehnlichen und nur zu lebendigen Tontafeln verdankten die goldenen Becher ihre Existenz.

»Sagen wir, die Karawane erreicht Lu oder Wei. Sagen wir, eine zweite Karawane kehrt wohlbehalten nach Babylon zurück mit Waren, deren Wert den der ursprünglichen Lieferung übertrifft. Sagen wir, all dies verläuft nach Wunsch, auch wenn die Chancen eins zu sieben sind, daß die erste Karawane in Cathay ankommt, und eins zu elf, daß die zweite Karawane Babylon jemals erreicht.« Ich hatte den Eindruck, daß er, auf welche Weise auch immer, die Erfolgschancen auf seinem Abakus präzise kalkuliert hatte.

»Doch ich bin bereit, ein Risiko einzugehen. Seit fünf Generationen ist es der Traum unserer Familie, eine Route zu eröffnen zwischen Babylon – das heißt Persien – und Cathay. Wir haben seit jeher unsere Verbindungen mit Indien.« Shirik blickte zu mir. »Der Kaufmann-Bankier, mit dem du in Varanasi Geschäfte gemacht hast, ist ein geschätzter Kollege von uns. Natürlich werden er und ich uns in dieser Welt nie persönlich begegnen, doch korrespondieren wir ein- oder zweimal im Jahr miteinander und betreiben nach Kräften unsere Geschäfte.«

In weniger als einer Stunde machte Shirik mir sein Angebot. »Wir glauben, daß dieses Unternehmen ein großer Erfolg wäre, wenn du die Karawane als des Großen Königs Gesandter zum Reich der Mitte begleiten würdest. Wie du weißt, geben die Cathayaner noch immer vor, ihr Imperium existiere.«

»Das tut es«, sagte Fan Ch'ih, »und das tut es nicht.«

»Eine Bemerkung«, sagte Shirik, »wert des Buddha.«

Ich war verblüfft, den Namen des Buddha von den Lippen eines babylonischen Bankiers zu vernehmen, zweitausend Meilen von den Ufern des Ganges. Es gab wenig, was Shirik nicht wußte über die Welt, wo er seine Geschäfte machte.

»Ich würde überdies, in aller Ergebenheit, vorschlagen, daß du vor Beginn der Frühjahrskampagne aufbrichst.«

»Es wird keine Frühjahrskampagne geben«, sagte ich.

Shirik lächelte sein sanftes, heimliches Lächeln. »Ich kann des Königs Auge unmöglich widersprechen! Ich bin zu gering, Herr. So laß mich sagen, daß für den Fall, daß es durch ein Wunder zu einem kombinierten Land- und Seeangriff gegen Eretria und Athen kommt, die Kosten für eine derartige Invasion gewaltig sein werden. Egibi und Söhne würden sich in einem solchen Fall jedoch verpflichtet fühlen, ihren Beitrag zu leisten, mit Freuden, mit großen Freuden! Laß mich das sagen. Angesichts dieser Militärausgaben würde ich indes anregen, daß des Königs Auge, welches uns heute die Ehre seiner Anwesenheit zuteil werden läßt, jenem ruhmreichen Souverän, dem es dient, ins Ohr flüstere, daß eine Gesandtschaft entsendet werde nach Cathay, bevor die persische Flotte von Samos ausläuft.«

»Es wird in diesem Jahr keinen griechischen Krieg geben.« Ich war felsenfest in meiner Unwissenheit. »Schließlich sprach ich ja mit –« Ums Haar beging ich eine für einen Hofmann unverzeihliche Sünde: anderen von einem Privatgespräch mit dem Großen König zu erzählen.

»– mit dem Herrn Admiral Mardonius, ja.« Behende bewahrte mich Shirik vor einer Indiskretion. »Deinem teuersten Freund, nach deinem wahrhaft teuersten Freund, dem Herrn Xerxes, dem Kronprinzen, dem Vizekönig von Babel ... Ja, ja, ja.« Er behandelte mich in etwa so wie ein griechischer Philosoph aus dem Sklavenstand den Sohn seines Herrn behandeln mag. Er war sowohl unterwürfisch als auch hochmütig, gab sich gleichzeitig höflich und verächtlich.

»Ja«, sagte ich. »Ich bin gerade von Mardonius gekommen. Es wird keinen Krieg geben. Er ist physisch nicht in der Lage, die Expedition zu führen.«

»Letzteres ist nur allzu wahr. Herr Mardonius wird des Großen Königs Streitkräfte nicht führen. Doch es *wird* einen Krieg geben. Die Entscheidung ist gefallen. Der Oberbefehl wird geteilt werden. Ich verrate dir keine Staatsgeheimnisse, denn wären dies welche, woher sollte der arme Shirik aus dem Haus der Egibi sie kennen? Der eine Oberbefehlshaber wird Artaphrenes sein, der Sohn des Satrapen von Lydien. Der andere wird Datis der Meder sein. Sechshundert Triremen werden sich bei Samos versammeln. Sodann sollen sie sich nach Rhodos, Naxos, Eretria, Athen in Marsch setzen. Aber all dies weißt du ja, Herr. Es bereitet dir halt Vergnügen, wenn sich ein bedeutungsloser alter Mann zum Narren macht, indem er dir erzählt, was doch alle wissen, welche dem Rat des Großen Königs beiwohnen.«

Ich gab mir alle Mühe, mich als wahrhaften Träger kostbarster Staatsgeheimnisse in Szene zu setzen. In Wirklichkeit war ich wie vor den Kopf geschlagen. Zwar überraschte mich nicht, daß der Bankier Dinge wußte, von denen ich nicht einmal etwas ahnte. Doch war ich mir ziemlich sicher, daß Mardonius nichts von der Frühjahrskampagne wußte; und ich war mir völlig sicher, daß Xerxes über die Pläne seines Vaters im dunkeln war. Falls Shirik recht hatte, so war es der griechischen Partei aus unbekannten Gründen wieder einmal gelungen, den Großen König zu einem Krieg im Westen zu bewegen.

Ich stimmte Shirik darin zu, daß die Gesandtschaft und die Karawane gemeinsam reisen sollten, und versprach, mich dem Großen König als Gesandter anzubieten. Aber während wir Pläne machten, konnte ich an nichts anderes als an Darius' Doppelzüngigkeit denken. Er hatte mir eine Invasion Indiens versprochen. Gewiß, Große Könige sind nicht gehalten, die ihren Sklaven gemachten Versprechungen einzulösen; doch hatte Darius ja selbst ausdrücklich festgestellt, daß Persien sich nach Osten orientieren sollte. Was hatte seinen Sinneswandel bewirkt?

In jenen Tagen liebte es Xerxes, verkleidet in Babylon umherzuwandern. Er pflegte sich in einen chaldäischen Mantel zu hüllen, und zwar so, daß die Kapuze den verräterischen eckig geschnittenen Bart verdeckte. Mit dem solchermaßen verhüllten Gesicht sah er aus wie ein mäßig erfolgloser junger Händler aus irgendeinem Dorf am Fluß. Wenn Atossa ihm wegen dieser Abenteuer Vorhaltungen machte, pflegte er zu sagen: »Sollte ich getötet werden, so werde ich halt getötet. Wenn's geschieht, geschieht's.« Schließlich geschah's.

In unserer Jugendzeit war Xerxes, dank Atossa, niemals ganz für sich. Wohin er auch ging, stets waren Wachen in der Nähe. Dennoch muß ich sagen, daß mir bei seinen Ausflügen nie ganz wohl zumute war. »Warum setzt du dich auf solche Art Gefahren aus?«

»Ich genieße das. Und da ja niemals jemand im voraus weiß, wann genau ich verschwinden werde – nicht mal ich selbst –, ist ein Hinterhalt doch ausgeschlossen, nicht wahr?«

Am Tag nach meiner Unterredung mit Shirik »verschwanden« Xerxes und ich gemeinsam. Ich verzichtete auf die Dienste meines Ausrufers und meiner Wachen, während Xerxes' Leibwächter als Bauern verkleidet waren, die zum Markt kamen. Sodann führte Xerxes mich genießerisch durch das Viertel mit jenen Bordellen in Privathand, welche um so vieles besser sind als die entsprechenden Tempeleinrichtungen. In einem guten Privatfreudenhaus kann man ausgezeichnet speisen, Musik hören, Mädchen aus allen Teilen der Welt genießen. Oft sind es liebliche Mädchen; und stets sauber.

Xerxes' Lieblingshaus befand sich in einer Gasse zwischen der hinteren Mauer des Ishtar-Tempels und dem Kamelmarkt. Eigentümerin und Herrin der Lustbarkeiten war eine leicht bärtige Frau, die von unserer wahren Identität nichts ahnte. Stets jedoch entsann sie sich, mit übertriebener Freundlichkeit, des grauäugigen jungen Persers, der gut zahlte und keinen Ärger machte. An der Tür begrüßte sie uns mit ihrem gewohnten: »Edle junge Prinzen, ihr seid wie die Sonne an dunklem Ort! Tretet ein, tretet ein!«

Kurioserweise sprach sie die Sprache des alten babylonischen Hofs, wo sie ihre Jugend verbracht hatte, und zwar – das behauptete sie jedenfalls – als eine der Konkubinen des Nabonidus. Die anderen Hausbesitzer im Distrikt versicherten uns jedoch, sie sei keine Konkubine, sondern eine Köchin gewesen. Babylonische Boshaftigkeit ist eine Kunst ganz eigener Art und stets amüsant, sofern man nicht selbst die Zielscheibe ist.

»Inzwischen allerdings«, sagte ein bejahrter Konkurrent, »bildet sich die alte Schachtel tatsächlich ein, Königin von Babylon gewesen zu sein. Aber sie war das Niedrigste vom Niedrigen. Ich verstehe einfach nicht, warum ihr netten Burschen überhaupt zu der geht. Die hat doch alle möglichen Krankheiten. Und natürlich ist sie ein Eunuch. Habt ihr das nicht gewußt? Habt ihr nicht den kleinen Bart bemerkt?«

Wie immer zahlten wir im voraus, was Xerxes entzückte. Es machte ihm Spaß, sich als gewöhnlicher Sterblicher auszugeben. Wie stets zahlte ich für uns beide. Der Kronprinz kann keine Börse bei sich haben. Sodann wurden wir nach oben geführt in einen großen Raum, wo wir uns nebeneinander auf einen niedrigen Diwan legten.

Unsere Gastgeberin, die Xerxes' Vorliebe für Helbon-Wein kannte, schickte uns ein Dutzend Flaschen herauf. Jede wurde von einem anderen Mädchen gebracht – eine reizvolle Art, uns die Angebote des Hauses vorzuführen. In einem benachbarten Raum spielte man phrygische Musik. Nachdem das letzte Mädchen die letzte Weinflasche abgesetzt hatte und verschwunden war, berichtete ich Xerxes von meinem Besuch bei Shirik.

Xerxes, den gefüllten Becher in der Hand, lehnte sich in ein Kissen zurück; er schloß die Augen und murmelte: »Nein.«

»Hat dir der Große König denn nichts gesagt?« fragte ich. Es war warm, und der Geruch von Weihrauch schien alles zu durchdringen, selbst den Wein. Ich begreife nicht, was die Leute an einem solch widerwärtigen Duft finden. Aber arabischer Weihrauch ist rar, und *das* mag der Grund sein. Der Satrap von Arabien liefert dem Großen König pro Jahr über sechzigtausend Pfund, als Tribut.

»Mein Vater erzählt mir nichts. Wir sprechen übers Bauen. Wir sprechen –« Mit weitausholender Geste bedeutete mir Xerxes, daß er die Satrapie Babylonien meinte. »– über all dies, und wie es, im Unterschied zu meiner Praxis, regiert werden *sollte*. Er findet viel auszusetzen.« Xerxes seufzte. »Datis stellt keine Bedrohung dar. Mein Vetter Artaphrenes hingegen ...« Er brach ab.

»Hoffen wir, daß er die militärische Tüchtigkeit seines Vaters geerbt hat. Ich war in Sardis, als die Stadt niederbrannte – dank der Schlampigkeit des Alten.«

»Gobryas taugte nie fürs Kriegshandwerk, und sieh dir *seine* Söhne an.« Xerxes lächelte plötzlich. »Nun, zumindest wird nicht Mardonius den Oberbefehl haben.« Xerxes klatschte in die Hände, und ein Mädchen erschien in der niedrigen Tür. »Ich möchte lydische Musik«, sagte er. »Und lydische Speisen.«

Im Nu waren wir mit beidem versehen. Während man uns Gang auf Gang brachte, ertönte für uns auf zwölfsaitigen Harfen Melodie um Melodie. Zwischen den Gängen unterhielten wir uns miteinander.

»Ich habe mir alle Mühe gegeben«, sagte er. »Ich habe Darius erklärt, wir sollten im nächsten Frühjahr nach Osten gehen.« Xerxes tunkte seine Hand in einen irdenen Topf voll Honigkitz und Piniennüsse.

»Was hat er erwidert?«

»Er hat zugestimmt. Er hat gesagt: ›Ja, wir sollten nach Osten gehen.‹ Das ist natürlich so seine Art. Er sagte: ›sollten‹ und machte mich denken, er habe: ›werden‹ gesagt. Aber ... irgend etwas ist sonderbar. Denn was du ihm erzählt hattest, hatte ihn wirklich erregt.«

»Aber warum –«

»Das weiß ich nicht. Das weiß ich ja nie. Offensichtlich ist er von den Griechen am Hof bearbeitet worden. Vor allem von Hippias. Der besitzt besonderen Einfluß auf ihn. Den Grund dafür kenne ich nicht. Aber jedesmal, wenn der Alte sagt: ›Bei Athene und Poseidon, ich schwöre, daß ich auf der Akropolis wieder Opfer darbringen werde‹ –« Perfekt imitierte Xerxes des Hippias' sonore Stimme, aus der erst seit kurzem das Altmänner-Tremolo klang. »– hat Darius Tränen in den Augen und schwört, ihm zu helfen.«

»Was ist mit dem König von Sparta?«

»Frag deine Mutter.« Xerxes war mürrisch. »Ich hatte mit ihm nichts zu schaffen. Sicher will er, daß wir ihn wieder an die Macht bringen. Was sonst? Er soll ja ein guter Soldat sein. Hoffentlich bringt Lais ihm bei, ab und zu mal ein Bad zu nehmen.«

»Lais und ich haben uns gestritten.«

»Wegen der Griechen?«

Ich nickte. »Und deinetwegen. Und wegen Mardonius.«

Xerxes stützte sich auf einen Ellbogen hoch. Er zog mich so dicht zu sich, daß ich an meiner Wange seinen weichgekräuselten Bart spürte, die Wärme seiner Lippen fühlte, den Duft von Sandelholz in seinen Kleidern roch, während er mir ins Ohr flüsterte: »Vergiftet sie Mardonius?«

Ich löste mich von ihm. »Nein«, sagte ich mit normaler Stimme. »Ich glaube nicht, daß dieses Mädchen ihn überhaupt liebt.«

»Aber ich habe gehört, daß sie nach ihm verschmachtet – dahinschmilzt, Tag für Tag, jeweils ein Tropfen, in den Becher.« Unser Spiel amüsierte Xerxes.

»Ich glaube, dieses Mädchen möchte, daß bestimmte Leute *denken*, sie sei verliebt, obwohl sie es gar nicht ist.«

Xerxes nickte. »Ich verstehe. Dennoch ...«

Zu meiner Freude traten zwei indische Tänzerinnen auf, Zwillinge aus Taxila, die sich überrascht zeigten, als ich sie in ihrer Sprache anredete. Ich bat sie, den berühmten Natsch-Tanz vorzuführen, was sie auch taten. Fasziniert beobachtete Xerxes, wie sich ihre Bäuche erst in der einen, dann in der anderen Richtung bewegten. In den Pausen zwischen den Tänzen verriet er mir, er sei sich der Thronfolge noch immer nicht ganz sicher.

»Du hast da wahrhaftig nichts zu befürchten«, sagte ich. Und ich muß gestehen, daß er mich ein wenig langweilte mit dem, was ich für grundlose Ängste hielt. Xerxes war seit mehreren Jahren Kronprinz. Er hatte keinen Rivalen.

»Gobryas möchte nach wie vor seinen Enkelsohn als Thronfolger sehen.« Xerxes war wie besessen. »Und Artabazanes hat nie vergessen, daß er ja einmal selbst Kronprinz war.«

»Ich muß sagen, das hatte ich fast vergessen.«

Der Hof hatte sich in Ekbatana befunden, als Darius plötzlich bekanntgab, er werde zur nordöstlichen Grenze aufbrechen. Nun verlangt aber die persische – eigentlich die medische – Sitte, daß der Herrscher, wenn er das Land verläßt, einen Erben benennen muß, und Darius' Wahl fiel auf seinen ältesten Sohn, Artabazanes. Damals waren Xerxes und ich etwa dreizehn oder vierzehn Jahre alt. Mir sagte das Ganze nichts, bis Lais mich dann fragte, wie Xerxes reagiert habe. Als ich erwiderte, er habe überhaupt nicht reagiert, schüttelte sie den Kopf. Jahre später erzählte mir Xerxes, welche Anstrengung es ihn gekostet hatte, sein Entsetzen zu verheimlichen. »Denn wäre Darius nicht von der Grenze zurückgekehrt, so wäre Artabazanes Großer König gewesen, und man hätte alle Söhne Atossas getötet.«

Während wir Flasche um Flasche leerten, sprach Xerxes von seinem Bruder Ariamenes als potentieller Bedrohung. Ariamenes war überdies Satrap von Baktrien, einer Provinz, die zur Rebellion neigte. »Von Spitzeln weiß ich, daß er die Absicht hat, meinen Platz einzunehmen.«

»Wie?«

»Gift. Rebellion. Ich weiß nicht.«

»Was hält Atossa von diesem ... ihrem Sohn?«

»Es war Atossa, die mich warnte.« Xerxes schüttelte den Kopf, schien verwirrt. »Weißt du, der einzige von all meinen Brüdern und Halbbrüdern, den ich je mochte, war Ariamenes, der mich umbringen will.«

»Es sei denn, du kommst ihm zuvor.«

Xerxes nickte. »Leider liegt Baktrien weit von hier. Deshalb hatte ich gehofft –« Er ließ seine Hand auf meiner Schulter ruhen. »–, daß du nach Cathay die nördliche Route – durch Baktrien – nehmen würdest.« Langsam ließ Xerxes die Lider über seine Katzenaugen gleiten.

Ich verwandelte mich in Eis. »Das ist ein schrecklich . . . schwieriger Auftrag.« Wie, fragte ich mich verzweifelt, sollte ich den Satrapen von Baktrien in seiner eigenen Hauptstadt töten?

»Nun, noch habe ich ihn dir nicht erteilt. Sei dir jedoch bewußt, daß du eines Tages in die Lage kommen könntest, deinem Schwager deine Liebe beweisen zu müssen.«

Verständnislos sah ich ihn an; musterte ihn mit dem gleichen weinumschleierten Blick wie er mich. Dann umarmte mich Xerxes. Triumphierend sagte er: »Ich hab's mit den Gesetzesträgern ausgefochten. Und ich habe gewonnen. Am Neujahrstag wirst du meine Schwester heiraten.«

»Ich bin nicht würdig.« Dies ist die übliche Antwort. Doch mir schien, daß sie auch zutraf. Wer war ich, daß ich eine Tochter des Großen Königs heiraten durfte? Das sagte ich auch; und noch mehr in der Art. Doch Xerxes ließ keine Einwände gelten. »Wir müssen dich in der Familie haben. Zumindest *ich* muß dich in der Familie haben. Atossa ist entzückt.«

»Was sagte der Große König?«

»Zuerst war er nicht sehr erbaut. Aber dann fing er an, von Zarathustra zu sprechen und darüber, wie sehr er die Anhänger deines Großvaters enttäuscht hat, den er doch höher schätze als alle Magians. Du weißt ja, was für Reden er zu schwingen pflegt, wenn's ihm darum geht, für nichts etwas zu bekommen. Als er wieder aufhörte, war es ihm gelungen, sich selbst davon zu überzeugen, daß es eigentlich seine Idee sei, eine seiner Töchter mit dir zu verheiraten, um das Blut von Kyrus dem Großen mit dem des heiligen Zarathustras zu vermischen. *Mein* Blut zu vermischen, eigentlich, denn er ist ja mit Kyrus genausowenig verwandt wie du.«

Meine Erinnerung an den Rest dieses Tages im Bordell ist ziemlich verschwommen. Ich weiß noch, daß ich mich mit Xerxes in die indischen Zwillinge teilte. Und daß ich mich irgendwann übergab. Unsere Gastgeberin gab mir irgendeine starke Arznei zu trinken, die mir sofort einen klaren Kopf machte, der sodann zu schmerzen begann.

Bei Sonnenuntergang machten wir uns, durch wimmelnde Menschenmengen, auf unsicheren Beinen auf den Rückweg zum neuen Palast. Am Fuß des Ziggurat fragte ich: »Welche deiner Schwestern werde ich heiraten?«

»Du heiratest . . . äh . . .« Er brach ab; dachte angestrengt nach; schüttelte dann den Kopf. »Ich erinnere mich nicht. Ich kenne auch nur zwei von den fünf. Jedenfalls hat Atossa gesagt, du kriegst die beste von allen. Frag doch Lais? Die kennt den Harem.«

»Ich rede nicht mehr mit ihr.«

»Na, dann frag Atossa. Oder warte einfach ab.« Im bronzefarbenen Abendlicht sah ich sein Grinsen. »Schließlich – was für einen Unterschied macht das schon? Du heiratest eine Achämenidin, und das ist das einzige, was in dieser Welt wichtig ist.«

4

Aus unbekannten Gründen hatte der Große König sein Gesicht wieder dem Westen zugewandt. Solange er regierte, würde es keine Expedition nach dem Osten geben. Traurig sagte ich Lebewohl zu Fan Ch'ih. Glücklich heiratete ich des Großen Königs Tochter; und während der nächsten fünf Jahre erfreute ich mich verschiedener hoher Ämter an Darius' Hof, darunter auch des vielbegehrten Rangs: des Königs Freund, ein Titel, den ich noch immer besitze, jedoch am heutigen Hof nicht zu verwenden wagen würde. Ich bin stets der Ansicht gewesen, daß Titel und tatsächlicher Status einander in etwa entsprechen sollten.

Als Königsauge wurde ich entsandt, um ionische Städte zu inspizieren. Ich genoß diese Aufgabe. Zum einen machte man viel von mir her, nicht nur meines Rangs wegen, sondern auch weil ich Halbgrieche war. Zum anderen konnte ich Abdera besuchen, wo ich meinem Großvater begegnete, der mich aufnahm wie einen einzigen Sohn. Er war reich. Er war witzig. Er war ein Sophist, bevor diese Gattung erfunden wurde. Gewiß arbeitete der junge Protagoras als Holzschneider bei ihm, und es ist möglich, daß er meinen Großvater beeinflußte. Ebensogut könnte jedoch mein Großvater ihn beeinflußt haben. Auch meinen Onkel lernte ich kennen – *deinen* Großvater Demokrit. Er war ein junger Mann. Und ausschließlich an Geld interessiert. Ich unterlasse es, ein Thema weiterzuverfolgen, das dir vertrauter ist als mir.

Von Abdera aus segelte ich wieder heim. Nach einer ereignislosen Seereise landeten wir bei Halikarnassus, bei strahlendem Morgenanbruch, als am westlichen Himmel noch Sterne blinkten. Während ich an Land ging, erwartete ich so halb und halb, mein jüngeres Selbst zu sehen: Wie es staunend nicht nur das Meer bewunderte (das es zum erstenmal sah), sondern auch die eindrucksvolle und reife Gestalt des Königsauges, welches es einmal werden sollte. Doch statt meines eigenen jugendlichen Selbst sah ich den erwachsenen Mardonius. Er saß am Ende der Mole inmitten von Fischern, die ihre Netze ausluden.

»Weg frei für des Königs Auge!« brüllte mein Ausrufer.

»Weg ist frei.« Mardonius erhob sich und verbeugte sich tief. »Willkommen in Halikarnassus.«

»Herr Admiral!« Während wir uns umarmten, fühlte ich durch seinen schweren Umhang hindurch den mageren Körper. Zwei Jahre waren seit seiner Verwundung vergangen, und er war immer noch nicht genesen. Doch in seinem blassen Gesicht saßen lebendige Augen, die mit kindlicher Klarheit die Morgenhelle der See widerspiegelten.

»Ich bin dieser Welt völlig abhanden gekommen«, sagte er, als wir in Richtung der Straße gingen, welche hügelaufwärts zu Artemisias Palast führt. »Bin unsichtbar. Vergessen.«

»Für den Hof unsichtbar. Jedoch nicht vergessen. Was tust du hier?«

Mardonius blieb am Fuß des Hügels stehen. Er atmete schwer, und auf seiner Stirn stand Schweiß. »Als ich den Oberbefehl verlor, sagte ich dem Großen König, daß ich mich gern vom Hof zurückziehen wollte.«

»Für immer?«

»Wer weiß? Ich meine, das einzige wirkliche Für-Immer ist der Tod. Stimmt das nicht, lieber Vetter?« Er musterte mich mit einem sonderbaren Blick. »Wer hätte je gedacht, daß du in unsere Familie heiraten würdest!«

»In *deren* Familie.« Und ich äffte seinen Tonfall nach: »Lieber Vetter.«

»Auch die meine, durch Blutsverwandtschaft. Deine durch Heirat. Und durch Xerxes' unerschütterliche Liebe.« Als wir zum Meerespalast aufstiegen, nahm Mardonius meinen Arm. Er schwankte mehr, als daß er hinkte: Auf eigentümliche Weise schwang sein Körper von Seite zu Seite, da Mardonius nach Möglichkeit vermied, sein geschwächtes Bein allzusehr zu belasten. In halber Höhe des Hügels ließ er meinen Arm los. »Steigen ist das Schlimmste«, keuchte er; und sank auf den Rand eines Kalksteins nieder.

Ich setzte mich neben ihn. Die Häuser unter uns sahen aus wie hingestreute Würfel am Ufer jenes jetzt purpurfarbenen Wassers, welches das Festland von den dunkelgrünen Bergen der Insel Kos trennte. Wohnstätte des Gottes Pan, dachte ich – und besann mich dann. Ich dachte an die Seeräuber, die in jenen lieblichen Bergen hausten; dachte an die lasche Zivilverwaltung der Insel, an die rückständigen Steuern. Ich war ganz der strenge Prüfer, das absolut unkorrumpierbare Königsauge.

Mardonius berichtete: »Sobald der junge Artaphrenes und Datis nach Griechenland aufbrachen, kam ich nach Halikarnassus. Und seither war ich nirgends sonst.«

»Kommst du wieder zu Kräften?«

»Ja.« Mardonius sah mich ein wenig herausfordernd an. »Ich rechne damit, im nächsten Jahr wieder den Oberbefehl zu erhalten.«

»Aber wird's denn im nächsten Jahr wieder eine Kampagne geben? Wenn Athen erst zerstört ist, welchen Zweck hätte das dann noch?« Ich befühlte einen kleinen Fisch, der in den Kalkstein eingebettet war, ein Relikt aus den Zeiten der babylonischen Flut.

»Zweck und Ziel einer solchen Kampagne ist Großgriechenland. Sizilien. Italien.« Mardonius grinste. »Ich habe dir wohl nie meine Karte gezeigt, wie?«

»Nein. Aber ich habe dir ja auch nie *meine* Karte von den indischen Königreichen gezeigt.«

»Wir werden nie übereinstimmen.«

»Nein. Aber sollte dich das scheren?« Ich war leicht verbittert. Du verfügst über eine Art Zauberbann über den Großen König. Wenn du sagst: Greife die Griechen an, so tut er's.«

»Hippias ist der Zaubermeister mit dem Zauberbann.« Mardonius sprach im Ernst. »Ich hoffe nur, daß dieser Bann noch immer wirksam ist. Trotz seines Alters befindet er sich bei der Flotte. Und das gilt für all unsere Griechen mit Ausnahme von Demaratus, der in Susa bleibt, wo er den Großen König für sich hat.«

»Hast du eine Ahnung, was Demaratus will?«

»Die Welt will er! Was denn sonst lohnt sich?« Mardonius brüllte mir geradezu ins Ohr; und für einen kurzen Augenblick lief das bleiche Gesicht korallenrosa an. Plötzlich war mir klar, daß er nicht nur wieder genesen, sondern, wenn schon nicht die Welt, so doch den Oberbefehl erlangen würde.

Ein Ziegenhirt näherte sich mit seiner Herde. Er verbeugte sich tief; sagte irgend etwas im Dialekt und zog weiter. Offensichtlich wußte er nicht, wer wir waren. Vermutlich hielt er uns für Fremde auf dem Weg zum Palast.

Mardonius' Reaktion glich der meinen aufs Haar. »Wir herrschen über Millionen Menschen«, sagte er mit unverkennbarer Verwunderung, »doch sie kennen nicht einmal unsere Namen.«

»Nicht unsere vielleicht. Aber sie wissen, daß Darius der Große König ist.«

Mardonius schüttelte den Kopf. »Dieser Ziegenhirt hat keine Ahnung, wer Darius ist.«

Ich widersprach; und so wetteten wir miteinander. Während Mardonius auf dem Kalkstein sitzen blieb, ging ich mitten durch die Ziegenherde zum Hirten, der mir beunruhigt entgegensah. Ich sagte etwas zu ihm; er sagte etwas zu mir. Ich fand seinen primitiven dorischen Dialekt so verwirrend wie er mein ionisches Griechisch. Schließlich erarbeiteten wir uns eine Art gemeinsamer Sprache, die meinen Zwecken angepaßt war. So fragte ich denn einfach: »Wer ist dein Souverän?«

»Demetrius, junger Herr. Ihm gehört der ganze hintere Teil jenes Berges dort. Ihm gehört diese Herde.«

»Aber wer ist Demetrius' Herr?«

Der Mann krauste die Stirn und überlegte. Während er mit dieser für ihn neuen Vorstellung rang, nutzte eine Laus die reglose Stille, um einen geschwinden Ortswechsel vorzunehmen: Vom Haupthaar hinter dem linken Ohr des Hirten wechselte sie über zum wirren Bart, der in halber Höhe seiner Wangen begann. Die Laus fand ein sicheres Refugium im Bartdickicht, und ich war zufrieden: Wer nicht von Natur aus Jäger ist, schlägt sich auf die Seite des Gejagten.

»Weiß ich nicht«, sagte er schließlich.

Ich wies zum grauen Palast über uns. »Was ist mit der Königin?«

»Königin?« Er sprach das Wort, als hätte er es nie zuvor gehört.

»Die Dame, die dort oben wohnt?«

»Ach, die *Dame!* Ja, die habe ich gesehen. Sie reitet ein Pferd wie ein Mann. Sie ist sehr reich.«

»Sie ist die Königin von Halikarnassus.«

Der Mann nickte. Meine Feststellung sagte ihm offenkundig nichts. »Ja, ja«, sagte er. »Die Ziegen sind schlimme Streuner, junger Herr.«

»Aber wer ist *ihr* Herr?«

»Ihr Mann, nehme ich an.«

»Sie ist Witwe. Dennoch steht jemand über ihr, und er ist ihr Souverän.«

Wieder verwirrte ihn ein unvertrautes Wort. »Souverän?« wiederholte er. »Also ich komme nur selten auf diese Seite des Berges. Es gibt hier eine Menge Leute, die ich nicht kenne.«

»Aber gewiß kennst du den Namen des Großen Königs. Er ist dein Souverän, und er ist mein Souverän, und jedermann auf der Welt kennt seinen Namen.«

»Und welcher Name wäre das, junger Herr?«

Mardonius war über den Gewinn der Wette glücklich. Ich war es nicht. »Es muß doch eine Möglichkeit geben, an diese Leute heranzukommen«, sagte ich.

»Wozu die Mühe? Er kümmert sich um seine Ziegen und zahlt irgendeine Art Pacht an einen Landbesitzer, und der zahlt Steuern an die Königin, und sie zahlt Tribut dem Großen König. Was wollen wir denn noch mehr von solch einem Trottel? Warum sollte er sich den Kopf darüber zerbrechen, wer wir sind oder wer Darius ist?«

Als wir unseren Aufstieg zur Felshöhe fortsetzten, bedeckte der Schweiß Mardonius' Gesicht wie ein warmer indischer Regen. »Der Hof ist nicht die Welt«, sagte er plötzlich.

»Nein.« Ich war wieder ganz Königsauge. »Aber es ist unsere Welt – und auch ihre. Ob die Leute das nun wissen oder nicht.«

»Du bist nie zur See gefahren.« Mardonius' Antwort war kryptisch. Als ich ihn daran erinnerte, daß ich die südliche See gekreuzt hatte, schüttelte er den Kopf. »Das meine ich nicht. Du hast niemals dein eigenes Schiff befehligt. Es gibt nichts, das sich damit vergleichen läßt.«

»Ja, Seeherr.« Ich verspottete ihn freundschaftlich. Er konnte sich nicht revanchieren; er war wieder außer Atem. Wir ließen uns unmittelbar vor dem Palast auf einer abgebrochenen Säule nieder und sahen die Bittsteller kommen und gehen.

»Was gibt's Neues von Xerxes?« Mardonius wischte sich mit dem Ärmel übers Gesicht. Das frühmorgendliche Frösteln hatte sich aus der Sonnenhelle verloren, und jetzt schien die Hitze direkt aus der Erde zu steigen.

»Er ist in Persepolis«, sagte ich. »Beim Bauen.«

»Bauen?« Mardonius las einen Kiefernzapfen auf. »Das ist doch kein Leben.« Er bog die Schuppen des Zapfens zurück, suchte nach Nüssen; und fand keine und schleuderte den Zapfen gegen den Baum, von dem er gefallen war. »Ich habe dem Großen König gesagt, er solle Xerxes die Armeen gegen Athen führen lassen.« Das war eine Lüge, doch ich enthielt mich jeden Kommentars. »Darius war einverstanden.«

»Dennoch erhielt Xerxes nicht die Erlaubnis.«

Mardonius strich mit der Hand über die rauhe Granitoberfläche der Säule. »Xerxes braucht Siege«, sagte er und streichelte den Stein, wie man Pferde zu streicheln pflegt. »Als mir im letzten Jahr klar wurde, daß ich nicht kräftig genug sein würde, um ins Feld zu ziehen, riet ich Darius, die Frühjahrsoffensive abzublasen, im Westen, und die Armee in dein Affenland zu entsenden.«

»Ist das wahr?« Die Frage war ungehörig. Weil ich die Antwort nicht kannte.

»Ein persischer Edelmann lügt nicht«, sagte Mardonius, ohne zu lächeln. »Nicht einmal dann«, fügte er hinzu, »wenn er's tut.« Er sah aus, als litte er Schmerzen. »Ja, es ist wahr. Ich wollte nur eines – der Bezwinger der Griechen sein. Und mir liegt nichts daran, diesen Ruhm mit Artaphrenes und Datis zu teilen. Daher hatte ich gehofft, daß Xerxes die Armee in diesem Jahr über den Indus führen würde.«

»Im nächsten Jahr würdest du dann die Armee nach Westen führen?«

»Ja, so hatte ich's mir gedacht. Aber daraus wurde nichts.«

Ich glaubte Mardonius. Schließlich war es kein Geheimnis, daß er nur zu gern Satrap der Griechen in Europa werden wollte. Da es jetzt den Anschein hatte, als werde der junge Artaphrenes jenes hohe Amt bekleiden, wechselte ich das Thema. »Ist Königin Artemisia mit ihrer Position zufrieden?«

Mardonius lachte. »Mit welcher? Sie hat mehrere.«

»Ich spreche als Königsauge. Sie ignoriert den Satrapen. Sie verhandelt direkt mit dem König. Der Satrap ist nicht glücklich.«

»Aber Artemisia ist glücklich, und das Volk auch. Dies ist eine dorische Stadt, und die Dorer neigen dazu, ihre königlichen Familien zu verehren. Außerdem ist sie natürlich ihrer eigenen Persönlichkeit wegen populär, wie ich feststellen konnte. Als ich die ionischen Tyrannen absetzte, setzte ich auch sie ab. So schickte sie mir eine Botschaft, in der es hieß: Wenn ich eine Dynastie verjagen wolle, die so alt sei wie die arischen Götter, dann müßte ich im Feld gegen sie, Artemisia, kämpfen.«

»Von Mann zu . . . Frau?«

»So war's offenbar gemeint.« Mardonius grinste. »Jedenfalls schickte ich ihr eine besänftigende Botschaft, der ich meine stattliche Person folgen ließ, mit damals noch heilem Bein.«

»Hat sie dich auf dem Fußboden begrüßt?«

»Auf dem Thron. Dann auf dem Bett. Fußböden taugen nur für die ganz jungen. Sie ist eine großartige Frau, und ich würde ein . . . ich würde mein *schlechtes* Bein dafür geben, sie zu heiraten. Aber das ist nicht möglich. Also lebe ich ganz offen mit ihr wie eine Art Gemahl. Es ist erstaunlich. Diese Dorer sind nicht wie andere Griechen oder wie sonst irgendwer. Die Frauen tun, was ihnen gefällt. Sie erben Besitztümer. Sie haben sogar ihre eigenen Spiele, genau wie die Männer.«

Mit Ausnahme von Halikarnassus habe ich nie eine dorische Stadt besucht. Vermutlich ist Halikarnassus von allen die beste, so wie Sparta die schlimmste ist. Die Selbständigkeit der dorischen Frauen war für Xerxes immer ein Ärgernis. Schließlich trennte er sich von seinen dorischen Gemahlinnen und Konkubinen mit der Begründung, er könne ihre Melancholie nicht ertragen. Sie nehmen es tatsächlich übel, im Harem leben zu müssen! Allerdings habe ich festgestellt, daß es keine Haltung oder Einstellung gibt, die zu bizarr wäre, als daß man ihr nicht begegnete, wenn man nur weit genug reist.

Artemisia empfing uns in einem langgestreckten, niedrigen Gemach mit kleinen Fenstern, die auf das Meer und das dunkelgrüne Kos hinausblickten. Sie wirkte ein wenig fülliger, als ich sie in Erinnerung hatte, doch das goldene Haar war noch immer golden, und das Gesicht war angenehm trotz der unverkennbaren Formung eines zweiten Kinns.

Dem Brauch gemäß, kündigte mein Ausrufer mich an. Dem Brauch folgend verbeugte sich die Königin, nicht vor mir, sondern vor meinem Amt. Nachdem sie mich in Halikarnassus willkommengeheißen hatte, sprach ich zu ihr von der Zuneigung des Großen Königs zu seiner Vasallin. Mit lauter Stimme gelobte sie der persischen Krone Gehorsam; dann zog sich unser Gefolge zurück.

»Cyrus Spitama ist ein gnadenloser Inspektor.« Mardonius war jetzt in guter Stimmung. »Er hat geschworen, den Tribut, den du zahlst, um die Hälfte zu erhöhen.« Mardonius streckte sich auf einem schmalen Bett aus, von wo er, durch ein Fenster, hinabblicken konnte auf den Hafen. Er erzählte mir, daß er seine Tage hauptsächlich damit verbrachte, Schiffe kommen und gehen zu sehen. An diesem Morgen hatte er, beim ersten Tageslicht, die Segel meines Schiffs ausgemacht und war zum Hafen gehumpelt, um mich zu begrüßen.

»Meine Schatzkammer gehört dem Großen König.« Artemisia war formell. Sehr gerade saß sie auf einem hohen Holzstuhl. Ich saß auf meinem Stuhl, der nicht ganz so hoch war wie ihrer, fast genauso gerade. »Desgleichen meine Armee, desgleichen ich selbst.«

»Das werde ich dem Herrn über alle Lande ausrichten.«

»Du magst ihm auch sagen, daß wenn Artemisia erklärt, sie gehöre ihm, sie dies auch wirklich meint. Jedoch nicht für den Harem. Sondern für das Schlachtfeld.«

Zweifellos war mir meine Verblüffung vom Gesicht abzulesen. Doch bei aller Kampfbereitschaft wirkte Artemisia irgendwie friedlich. »Ja, ich bin bereit, jederzeit bereit, meine Armee in jegliche Schlacht zu führen, die zu schlagen der Große König für gut befindet. Ich hatte gehofft, an der Frühjahrsoffensive gegen Athen teilnehmen zu können, wurde jedoch von Artaphrenes zurückgewiesen.«

»So sind wir jetzt damit beschäftigt, einander zu trösten«, sagte Mardonius. »Zwei Generäle ohne einen Krieg zum Kämpfen.«

Artemisia war für meinen Geschmack ein wenig zu maskulin. Zwar besaß ihr Körper eine überaus weibliche Üppigkeit, doch ihr hübsches, aber hartes Gesicht war das eines skythischen Kriegers. Das einzige, was ihr fehlte, war der Schnurrbart. Allerdings erzählte mir Mardonius, von den vielen hundert Frauen, die er gekannt habe, sei sie im Liebesspiel die befriedigendste für ihn. Man weiß doch nie, wie andere wirklich sind.

Wir sprachen über den Krieg in Griechenland. Seit Artaphrenes die Stadt Eretria niedergebrannt und ihre Einwohner in die Sklaverei geführt hatte, war von dort keine Nachricht mehr gekommen. Vermutlich hatte er inzwischen Athen besetzt. Dank Mardonius' Absetzung der ionischen Tyrannen war das demokratische Element pro-persisch, und größerer Widerstand von seiten dieser Stadt ließ sich kaum erwarten. Schließlich waren die meisten führenden Männer Athens entweder pro-persisch oder aber sie standen in persischem Sold. Oder beides.

Als ich von unserem Sieg in Eretria sprach, verstummte Mardonius, und Artemisia sah plötzlich bekümmert drein. Dies war kein Thema zur Erbauung unseres verwundeten Löwen. Sie unterbrach kurzerhand meine gründliche Analyse der militärischen Situation in Griechenland: »Wir haben gehört, daß du vor kurzem die Tochter des Großen Königs geheiratet hast.«

Mardonius' Miene hellte sich auf. »Ja, er ist jetzt mein Vetter. Eben war er noch so etwas wie ein Magian, der immerzu Haoma säuft, und hastdunichtgesehen – schon ist er ein Mitglied der königlichen Familie.«

»Ich bin *kein* Magian.« Es ärgert mich immer, wenn jemand so etwas sagt; was Mardonius nur zu genau wußte. Aber Jugendfreunde sind nun mal so, sofern sie nicht offene Feinde sind.

»*Behauptet* er. Aber laß ihn nur an einen Feueraltar heran, und schon grabscht er nach den heiligen Zweigen und singt das –«

»Welche der edlen Damen ist die Mutter deiner Gattin?« Energisch brachte Artemisia Mardonius zum Schweigen.

»Die Königin Atossa«, erwiderte ich formell, »Tochter von Kyrus dem Großen, nach dem ich benannt wurde.« Es verwunderte mich ein wenig, daß Artemisia nicht längst den Namen meiner Frau kannte. Aber womöglich kannte sie ihn schon; und stellte sich nur unwissend.

»Hier am Meer sind wir so fern von allem«, sagte sie. »Ja, weißt du, daß ich noch nie in Susa gewesen bin?«

»Du kommst mit mir, wenn ich an den Hof zurückkehre.« Mardonius richtete sich auf und setzte sein schlechtes Bein auf den Boden; bewegte die Muskeln.

»Das wäre wohl kaum sehr taktvoll.« Artemisia bedachte uns mit einer Kostbarkeit: einem Lächeln. Sofort wirkte sie weiblich, sogar hübsch. »Wie heißt diese edle Dame, deine Gattin?«

»Parmys«, antwortete ich.

Demokrit möchte mehr über meine Ehe wissen. Der Name meiner Frau fasziniert ihn. Mir erging's damals nicht anders. Nachdem ich mitangehört hatte, wie sich Atossa über Darius' Gemahlin Parmys ausließ, wollte ich meinen Ohren nicht trauen, als der Hofkämmerer mir eröffnete, ich würde Atossas Tochter Parmys heiraten. Ich erinnere mich, daß ich den Eunuchen bat, den Namen zu wiederholen. Was er auch tat; um hinzuzufügen: »Sie ist die schönste von Königin Atossas Töchtern.« Das ist eine konventionelle Hoffloskel, die entweder das Gegenteil bedeutet – oder gar nichts. Als ich wissen wollte, ob sie nach der Tochter des Usurpators Parmys genannt worden sei, konnte oder wollte der Kämmerer keine Antwort geben.

Atossa war auch nicht gerade auskunftsfreudig. »Parmys ist ein bedeutender Name für eine Achämenidin, das ist alles. Du wirst sie übellaunig finden, jedoch auch sehr intelligent. Zwei Eigenschaften, die mir, wäre ich ein Mann, bei einer Frau ganz und gar nicht behagen würden. Aber ich bin ja kein Mann, mein Pech. Jedenfalls kommt's nicht darauf an, wer sie ist, sondern *was* sie ist. Nimm sie. Wenn sie's zu wild treibt, schlag sie.«

Ich nahm sie. Ich schlug sie. Einmal. Es half nichts. Parmys war eine Frau von furiosem Temperament und starkem Willen, eine irgendwie fehlentwickelte Atossa. Äußerlich ähnelte sie Darius. Doch jene Züge, die auf dem Gesicht des Großen Königs im Normalzustand anziehend wirkten, riefen auf ihrem Gesicht einen völlig anderen Eindruck hervor. Als wir heirateten, war sie fünfzehn – und entsetzt, mich zum Gatten zu bekommen. Sie hatte erwartet, mindestens einen Sproß der Sechs zu heiraten; und möglichst den Souverän irgendeines benachbarten Königreichs. Statt dessen war sie nun das Weib eines bloßen Königsauges. Um das Übel für mich noch ärger zu machen: Sie entpuppte sich als überzeugte Teufelsanbeterin und hielt sich die Ohren zu, wenn Zarathustras Name auch nur zufällig fiel. Einmal beleidigte sie mich so sehr, daß ich, so hart ich nur konnte, mit dem Handrücken zuschlug. Sie fiel quer über einen niedrigen Tisch und brach sich das linke Handgelenk. Es heißt, eine Frau werde den Mann lieben, der sie brutal behandelt. Auf Parmys traf dies nicht zu. Von jenem Augenblick an haßte sie mich mehr denn je.

Mehrere Jahre lang hatte ich in Susa mein eigenes Haus, und Parmys teilte das Frauenquartier mit Lais, die – überflüssig, dies zu betonen – Parmys sehr mochte. Lais' Absonderlichkeiten kennen keine Grenzen. Ich hielt keine Konkubinen im Haus, da es nicht groß genug war; und ich nahm auch kein weiteres Weib. So waren die beiden Damen viel zusammen. Ich hatte nie den Wunsch zu erfahren, worüber sie sprachen. Ich kann mir ihre Gespräche allzugut vorstellen.

Nachdem ein Töchterchen tot zur Welt gekommen war, hörte ich auf, Parmys zu besuchen. Als Xerxes Großer König wurde, bat ich ihn, sie zurückzunehmen, was er auch tat. Sie starb, während ich in Cathay war. Dies ist eine sehr unglückliche Geschichte, Demokrit, und ich möchte nicht dabei verweilen.

Ich befragte Artemisia über ihr Verhältnis zum Satrapen. Als Königsauge war es meine Pflicht, nach dem Rechten zu sehen, auch wenn das für manch einen unbequem sein mochte. Artemisia antwortete auf meine Fragen ebenso gelassen wie humorvoll: »Wir haben das beste Verhältnis, das sich denken läßt, nämlich gar keins. Er kommt nie, um mich zu besuchen; ich meinerseits statte ihm niemals einen Besuch ab. Tribut entrichte ich direkt ans Schatzamt in Susa, und der Schatzkämmerer scheint zufrieden zu sein. *Er* hat mich mehrmals besucht.«

»Wer ist dieser Schatzmensch?« Mardonius tat gern so, als kenne er keinen der Beamten in der Kanzlei beim Namen, weil er, Mardonius, viel zu groß sei für die kleinen Schreiberlinge. Aber natürlich wußte er genau wie wir alle, daß es eben diese »Schreiberlinge« in der Kanzlei – und die Eunuchen im Harem – sind, die das Reich regieren.

»Baradkama«, erwiderte ich. »Er gilt als ehrlich. Ich weiß, daß er über alle Ausgaben in Persepolis eine genaue Abrechnung verlangt; und wenn auch nur eine einzige Lieferung Zedernholz nicht ordnungsgemäß verbucht ist, dann rollen Köpfe.«

»Ich wünschte, ich könnte mich ähnlich getreuer Diener rühmen«, sagte Artemisia. »In meiner kleinen Hofhaltung.«

Plötzlich wurde im Nebenraum eine Lyra angeschlagen. Mardonius stöhnte; und Artemisia saß auf ihrem Stuhl sehr gerade.

In der Tür stand ein hochgewachsener, blonder Mann in Bettlerkleidung. In der einen Hand hielt er eine Lyra, in der anderen eine Art Wanderstab. Mit der Hand, die diesen Stab faßte, spielte er gleichzeitig sein Instrument – entsprechend unbeholfen. Während er sich uns näherte, tappte er mit seinem Stock auf den Boden, wie so viele Blinde das zu tun pflegen; ich allerdings nicht. Wenige Menschen scheinen zu wissen, daß Blinde das Vorhandensein eines Gegenstands oder Hindernisses spüren können, so daß sie nicht dagegen zu stoßen brauchen. Eine Erklärung hierfür habe ich nicht, doch ist es eine Tatsache. Daher stolpere ich nur selten, geschweige denn, daß ich gegen eine Mauer prallte. Bestimmte Blinde jedoch – Bettler zumeist – lieben es, ihr Gebrechen hinauszuposaunen, indem sie beim Gehen mit einem Stock auf den Boden stoßen.

»Heil, o Königin!« Die Stimme des Blinden war laut und alles andere als angenehm. »Und heil euch, o edle Herren! Erlaubt einem bescheidenen Barden, euch zu entzücken mit den Gesängen seines Vorfahren, des blinden Homer, welcher entsprang jener gebirgigen und fluß-gesegneten Insel Kos. Ja, ich bin von seinem Blut, welcher da sang von jenen Argivern, welche segelten gen Troja, das Hochtorige. Ja, ich singe die Lieder, die Homer gesungen hat, Geschichten von der schönen Helena und dem falschen Paris, vom schicksalsgeprüften Patroklus und seinem reizbaren Buhlknaben Achill, vom großmächtigen Priamus und seinem unseligen Sturz! So lauscht mir denn!«

Und damit hob der Barde zu einem Gesang von grauenvoller Länge an, zur Begleitung einer stümperhaft gezupften Lyra. Nicht nur, daß die Stimme des Sängers unangenehm klang; sie war schier ohrenbetäubend. Das Sonderbarste von allem indes war der Gesang, den er vortrug; oder eher, wie er ihn vortrug. Natürlich kenne ich, wie jeder, der griechisch spricht, eine Menge Homer auswendig, und kannte so manchen der Verse, die von den Lippen des Blinden fielen – nein, schleuderten, als würden sie von einer Steinschleuder katapultiert. Das ging ungefähr so.

Zuerst sang er uns einen Vers aus der *Ilias*, wobei er pro Zeile die sechsfache Betonung gröblichst übertrieb. Sodann wechselte er zu einem völlig anderen Vers über, mit sieben Betonungen, jedoch auf den falschen Silben und absolut gegen jeden Sinn, völlig ohne Zusammenhang mit dem Vorhergegangenen. Ich hatte das Gefühl, einen Traum von jener Art zu träumen, von denen man mitunter nach einem allzu üppigen lydischen Mahl heimgesucht wird.

Als der Barde endlich aufhörte, lag Mardonius reglos wie ein Toter, während Artemisia stocksteif auf ihrem Stuhl saß und des Königs Auge glotzte – nein, starrte ist wohl das angemessenere Wort.

»Herr Cyrus Spitama«, sagte Artemisia, »laß mich dir meinen Bruder, Prinz Pigres, vorstellen.«

Pigres bedachte mich mit einer tiefen Verbeugung. »Ein bescheidener Barde singt mit Vergnügen für einen Argiver-Herrn.«

»Ich bin eigentlich Perser«, sagte ich ein wenig dümmlich. »Ich meine natürlich, ich bin Halb-Grieche . . .«

»Das habe ich erkannt! Die Augen! Die Stirn! Die bezwingende Erscheinung, ganz wie Achill!«

»Dann bist du also nicht blind?«

»Nein. Doch bin ich ein echter Barde, abstammend von Homer, welcher jenseits dieser Meerenge lebte.« Er deutete zum Fenster. Obschon Homer nicht auf Kos, sondern auf Chios geboren wurde, schwieg ich. »Seine Musik durchströmt mich.«

»Das habe ich gehört.« Ich war höflich. Dann erinnerte ich mich an seine Charakterisierung des Achill. »Zweifellos war Achill älter als Patroklus, und zweifellos waren beide keine Buhlknaben. Waren sie nicht vielmehr Liebhaber von der griechischen Art?«

»Eine gewisse Freiheit der Inspiration brauche ich nun einmal, edler Herr. Auch ist es kein Geheimnis, daß mein Vorfahr glaubte, Achill sei der jüngere gewesen, dies jedoch nicht zu sagen wagte.«

»Pigres ist der wiedergeborene Homer«, sagte Artemisia. Ob sie im Ernst sprach, ließ sich nicht sagen. Mardonius lag jetzt mit dem Rücken zu uns; er schnarchte.

»Der persische Odysseus schläft«, flüsterte Pigres. »Und so müssen wir leise sprechen«, sagte er, seine Stimme hebend. »Doch, oh, es ist ein weiter Weg von hier bis zu seinem Heim in Ithaka, wo seine Gattin Penelope sich mit der Absicht trägt, ihn zu Tode zu befördern, weil es ihr gefällt, Königin von Ithaka zu sein, ihren Harem voller Männer.«

»Aber Penelope war doch überglücklich, Odysseus wiederzuhaben und –« Ich brach ab. Endlich ging mir ein Licht auf. Pigres war nicht bei Verstand. Es ist behauptet worden, Pigres habe seine Verrücktheit nur vorgetäuscht, und zwar aus Furcht vor Artemisia, welche die Krone an sich riß, die nach dem Tod des Vaters rechtmäßig Pigres gehörte. Falls dies der Wahrheit entspricht, so war aus Täuschung Wirklichkeit geworden. Trage eine Maske nur lange genug, und du wirst ihr ähnlich werden.

In den Jahren, da seine Schwester regierte, hatte Pigres die gesamte *Ilias* umgearbeitet. Jeder Zeile von Homer ließ er eine eigene folgen, was schier zum Rasend-Werden war, zumal wenn er selber sang. Er schrieb auch eine außergewöhnlich gescheite Fabel über eine Schlacht zwischen Fröschen und Mäusen und gab sie bescheiden als Homers Werk aus. An einem Sommernachmittag sang er's mir vor, und zwar mit überaus angenehmer Stimme. Ich amüsierte mich köstlich über den scharfen Witz, mit dem er das anmaßende Gebaren der arischen Kriegerklasse verspottete – eine Klasse, zu der ich gehöre und nicht gehöre. Ich applaudierte ihm herzlich. »Dies ist ein hervorragendes Werk!«

»Sollte es wohl auch sein«, sagte er, während er den Kopf zurückkippte und sich blind stellte. »Homer hat es verfaßt. Ich singe es nur. Ich bin bloß seine Stimme.«

»Du bist der wiedergeborene Homer?«

Pigres lächelte; legte seine Finger auf die Lippen; schritt auf Zehenspitzen davon. Ich habe mich oft gefragt, was mit ihm wurde, dort in Artemisias feuchtem Palast am Meer.

Es war in Halikarnassus, wo wir die schlimme Nachricht aus Griechenland erhielten. Ich weiß nicht mehr, wer uns die Botschaft brachte. Irgendein Kauffahrer vermutlich. Ich habe auch vergessen, was genau man uns berichtete. Aber ich erinnere mich noch, daß wir beide, Mardonius und ich, so beunruhigt waren, daß wir am nächsten Morgen von Halikarnassus nach Susa aufbrachen.

5

Bis auf den heutigen Tag betrachten sie die Schlacht von Marathon als den größten Sieg in der ganzen Kriegsgeschichte. Sie übertreiben, wie gewöhnlich. Was sich ereignete, war dies. Bis zu dem Zeitpunkt, da Datis Eretria plünderte und die Tempel der Stadt niederbrannte, war Athen zur Kapitulation bereit gewesen. Die athenische demokratische Partei wurde von den Alkmeoniden geführt, dem Clan unseres edlen Perikles; und sie hatten wissen lassen, daß sie die Oberhoheit des Großen Königs bereitwilligst anerkennen würden, falls Persien ihnen half, die aristokratische Partei zu vertreiben. Was genau sie mit Hippias vorhatten, ist nicht klar. Zwar hatte sich die demokratische Partei oftmals mit den Peisistratiden verbündet, doch war die Zeit der Tyrannen vorbei, und schon das Wort als solches galt jetzt als verrucht, ein Wort, das einmal die Widerspiegelung von Göttlichkeit auf Erden gewesen war.

Ich habe nie begriffen, warum die Tyrannen so sehr in Verruf gerieten. Allerdings sind die Griechen von allen Völkern das flatterhafteste und wankelmütigste, weil es sich so leicht langweilt. Sie können es nicht ertragen, daß die Dinge so bleiben, wie sie sind. In ihren Augen kann nichts, was alt ist, gut sein, während Neues einfach nicht schlecht sein kann – bis es alt ist. Sie lieben radikale Änderungen bei allem und jedem, außer in ihrem Selbstverständnis als tiefreligiöses Volk, was sie nicht sind. Perser sind das Gegenteil. Große Könige mögen kommen und gehen, oft unter blutigen Begleiterscheinungen, doch die Institution des Königtums ist bei uns so unwandelbar wie in Indien und Cathay.

Als Datis die Stadt Eretria zerstörte, verlor er den Krieg. Wäre er mit den Demokraten von Eretria ein Bündnis eingegangen, so hätten sie Darius Erde und Wasser dargeboten, und mit ihnen als Verbündete hätte er weiterziehen können nach Athen, wo man ihn mit offenen Armen aufgenommen haben würde.

Demokrit ist da anderer Meinung. Er glaubt, auch wenn Eretria nicht zerstört worden wäre, hätte Athen den Persern Widerstand geleistet. Ich bezweifle das. Jahre später, als Athens größter Feldherr, Themistokles, von denselben Leuten, die er gerettet hatte, verbannt wurde und nach Susa kam, unterhielt ich mich mit ihm häufig über die Griechen im allgemeinen und die Athener im besonderen. Themistokles war davon überzeugt, daß – wäre Eretria verschont worden – die Schlacht von Marathon nie stattgefunden hätte. Aber nach der Zerstörung Eretrias gerieten die Athener in Panik und riefen ihre Verbündeten zu Hilfe. Die Spartaner, wie gewöhnlich, bekundeten ihr Bedauern. Diese kriegerische Rasse beweist eine bemerkenswerte Erfindungskraft bei der Begründung für die *Nicht*einhaltung militärischer Bündnisse. Offenbar war der Mond gerade voll – oder nicht voll – oder was immer sonst. Ich habe zwar nie versucht, der Sache auf den Grund zu gehen, doch würde es mich nicht wundern, wenn das persische Schatzamt dahintergesteckt hätte: indem es die spartanischen Könige fürs Zuhausebleiben gut bezahlte. Baradkama klagte oft darüber, daß von allen, die geheime Geldmittel erhielten, die Spartaner sich am raffgierigsten und unzuverlässigsten erwiesen.

Einzig die Platäer folgten dem verzweifelten Hilferuf der Athener. Und so nahmen denn, auf der einen Seite des schmalen Wasserstreifens, der Eretria von Attika trennt, athenische und platäische Truppen Aufstellung in der Ebene von Marathon, unter der Führung des früheren Tyrannen Miltiades. Mit überragendem politischen Geschick hatte es dieser vormalige Vasall des Großen Königs verstanden, sich zum Feldherrn von Athen wählen zu lassen, gestützt von den Konservativen. Naturgemäß war er den Demokraten verhaßt. Dank Datis' Fehlverhalten in Eretria scharten sich jedoch beide Parteien um Miltiades, und unsere Streitkräfte wurden zum Stehen gebracht. Nein, ich werde sie nicht wieder schlagen, diese Schlacht, die in diesem Augenblick in jeder Schenke in der Stadt von neuem durchlebt wird von alten Männern, die das genußvoll auszuspinnen verstehen. Ich will nur sagen, daß die athenischen Verluste genauso groß waren wie die persischen. Aber wer in Athen ist willens zu glauben, daß so etwas wahr sein könnte?

In guter Ordnung schifften sich unsere Truppen wieder ein. Sodann befahl Datis der Flotte, kürzesten Kurs auf Piräus zu nehmen. Er hoffte, Athen einnehmen zu können, bevor die griechische Armee von Marathon zurückkehrte. Als Datis' Flotte Kap Sunion umschiffte, signalisierten ihm die Alkmeoniden, die Stadt sei leer und er solle angreifen.

Doch nahe Phaleron wurde Datis von Winden aufgehalten, und als die Winde sich legten, befand sich die athenische Armee innerhalb der Stadt, und die persische Expedition war zu Ende. Datis nahm Kurs auf die Heimat. In Halikarnassus erfuhren wir nur, Datis und Artaphrenes seien zurückgeschlagen worden.

Noch nie hatte ich Mardonius in so hochgemutem Gemütszustand erlebt. Er setzte merklich Gewicht an und vergaß von Zeit zu Zeit sogar zu humpeln. »Im nächsten Jahr werde ich den Oberbefehl haben«, sagte er, als wir zu Pferde von Halikarnassus aufbrachen. Die Luft war schwer vom Geruch gärender Trauben, und dunkel und dicht wucherten Oliven. »Die haben ihre Chance gehabt«, krähte er. »Und sie haben *versagt!* Ich hätte es wissen müssen. Vor Jahren hat die Sibylle von Delos gesagt, ich würde als Herr von ganz Griechenland sterben.« Er sah mich an, sein Gesicht glühte. »Du kannst mit mir kommen. Ich werde dich zum Statthalter von Athen machen ... Nein, das genügt nicht. Du willst doch nicht Statthalter von einem Haufen Ruinen sein. Du kannst von mir aus Sizilien haben.«

»Ich ziehe Indien vor«, sagte ich.

Weder der eine noch der andere Traum sollte sich erfüllen.

Darius war außer sich vor Zorn über Datis' Versagen. Aus Loyalität gegenüber dem älteren Artaphrenes machte er dem jüngeren jedoch keine Vorwürfe. Er setzte ihn einfach auf die inaktive Liste – zu Xerxes' großer Freude. Aber als der Kronprinz fragte, ob er die nächste Expedition gegen Athen führen dürfe, erwiderte der Große König, es sei nicht genügend Geld da. Er brauche Zeit, um den Staatsschatz wieder aufzufüllen, eine neue Flotte zu bauen, weitere Armeen auszubilden.

Darius' letzte Lebensjahre verliefen überrachend friedlich. Er hatte inzwischen akzeptiert, daß er niemals wieder eine Armee führen würde. Überdies glaubte er, fälschlich, es gebe keine Generäle, auf deren Tüchtigkeit er bauen könne. Mardonius war zwar noch immer Darius' Günstling, doch liebte es der Große König, seinen ehrgeizigen Neffen als einen Mann seines eigenen Alters zu behandeln, anfällig gegen die gleiche Art von Gebrechen.

»Was für ein Paar sind wir doch«, pflegte Darius in den Gärten von Ekbatana zu sagen, während er, an Mardonius' Arm geklammert, langsam hin und her schritt. »Zwei alte Soldaten, die ihre besten Tage hinter sich haben. Man sehe sich nur dein Bein an! Wär's meins, würde ich's abschneiden lassen. Warum kein Holzbein, wenn die Tage der Schlachten vorüber sind. Und für uns sind sie vorüber. Oh, es ist traurig!«

Es machte Darius Freude, Mardonius zu quälen. Weshalb, weiß ich nicht. Schließlich mochte er seinen Neffen lieber als sonst irgendeinen Mann meiner Generation. Vermutlich verhielt es sich so: Als Darius klar wurde, daß er selbst nie wieder kämpfen würde, wünschte er sich Mardonius als Gefährten im Wohlleben wie im Gram. Ja, es war Gram, den man in Darius' alten Augen sah, wenn er die jungen Offiziere bei ihren Übungen beobachtete.

Mardonius war tief betrübt über sein Verschwinden von der aktiven Liste. Einmal, in den Gärten von Ekbatana, sah ich, wie er einen gespenstischen Hopsertanz vollführte, um Darius zu beweisen, wie gut sein Bein verheilt war. In Wirklichkeit konnte Mardonius jedoch nie wieder richtig gehen. Was das Reiten betraf, so ging's damit ziemlich gut; und in seinem Streitwagen hatte er überhaupt keine Probleme; dort war er so sicher angeschnallt, daß das schlechte Bein praktisch überhaupt kein Gewicht zu tragen hatte.

Das Leben am Hofe war während Darius' letzter Jahre gespickt mit Komplotten und Gegenkomplotten – und entsprechend gefährlich. Ich kann nicht behaupten, daß ich mich an diesen Aspekt der damaligen Zeit mit großem Vergnügen erinnerte. Überdies gab's für mich wenig zu tun. Nachdem ich für meine Arbeit als Königsauge belobigt worden war, wurde ich meiner Pflichten entbunden und erhielt kein neues Amt. Dennoch fiel ich nie in Ungnade. Noch immer war ich Darius' Schwiegersohn. Noch immer trug ich den Titel Königsfreund. Geschehen war, was so oft am Hofe geschieht. Der Souverän hatte keine Verwendung mehr für mich. Außerdem glaube ich, daß Darius sich, wann immer ich zugegen war, an jene Kühe erinnert fühlte, von denen er einmal geträumt hatte – und die er nun niemals zusammentreiben würde. Wem gefällt es schon, an all das erinnert zu werden, was er in seinem Leben *nicht* erreicht hat?

Dem Hof war bewußt, daß sich Darius' Zeit dem Ende zuneigte. Das heißt, wir machten uns mit dem Gedanken vertraut, daß er wohl nicht mehr sehr lange leben würde. Eine Welt ohne ihn war allerdings für keinen von uns wirklich vorstellbar. Unser Leben lang war er, Darius, Großer König gewesen. Wir hatten keinen anderen gekannt. Nicht einmal Xerxes konnte sich innerlich wirklich an Darius' Stelle versetzen, und meinem Jugendfreund ließ sich mangelndes Selbstbewußtsein gewiß niemals nachsagen.

Atossa beherrschte weiterhin den Harem. Sie hatte alles getan, um die Ostpolitik zu fördern; und war damit gescheitert. Allerdings waren abenteuerliche Pläne für Darius in jenen letzten Jahren ohne Anziehungskraft. Die meiste Zeit verbrachte er mit seinem Inneren Rat. Tagtäglich sah er den Befehlshaber der Garde, Aspathines, und den Schatzkämmerer Baradkama. Darius bestellte sein Haus.

Gobryas' plötzlicher Tod klärte die Luft. Wenige Wochen danach zog sich der frühere Kronprinz Artobazanes vom Hof zurück und siedelte nach Sidon über. Er kam nie wieder nach Susa. Atossa erlebte jetzt noch den Triumph der totalen Niederlage der Gobryas-Partei.

Obschon die Griechen jetzt weit weniger in Erscheinung traten, war es Demaratus doch gelungen, ein enger Vertrauter von Darius zu werden. Zweifellos hatte Lais' Hexenkunst im Falle Demaratus über das normale Maß hinaus gewirkt. Sie konnte sich unbedingt zugute halten, daß ihr Spartaner jetzt viel sauberer war als früher und auch nicht mehr so roch wie ein eingepferchter Fuchs. Die anderen Griechen waren entweder tot oder in Ungnade gefallen.

Xerxes fuhr fort, Paläste zu bauen. Was sonst hätte er auch tun sollen, außer überdies jene Männer und Eunuchen um sich zu scharen, die ihm nach Darius' Tod dienen sollten. Etwa zu dieser Zeit wurde Xerxes auf Artabanus aufmerksam, einen jungen persischen Offizier, entfernt verwandt mit dem Otanes-Clan. Artabanus war arm; und er war ehrgeizig. Xerxes ernannte ihn später zum Befehlshaber seiner Leibwache, während im zweiten Raum der Kanzlei seine Vertrauensperson Aspamitres werden sollte, ein Eunuch von ungewöhnlichem Charme.

Xerxes und Mardonius standen einander wieder so nah wie – beinahe hätte ich gesagt: Brüder. Doch in einer Herrscherfamilie entspringt engen Blutsbanden nicht unbedingt bindende Treue, sondern oft genug – Blut. Jedenfalls waren beide wieder Freunde, und man erwartete, daß er Xerxes' Oberbefehlshaber sein würde. So suchte sich Xerxes also mit großer Mühe und Sorgfalt jene Männer aus, die seinen Ruin bewirken sollten. Doch selbst im nachhinein kann ich nicht behaupten, daß die Wahl, die er jeweils traf, irgendwann an sich falsch gewesen wäre. Im Endeffekt kommt es darauf an, ob die Zeichen günstig stehen oder nicht. Bei meinem Freund standen sie ungünstig – was er schon damals wußte, ich jedoch nicht.

In Darius' letztem Lebensjahr traf ich mich mehrmals mit den Egibis, um eine private Karawane nach Indien zu schicken. Doch immer ging irgend etwas schief. Etwa um diese Zeit erhielt ich eine Botschaft von Caraka. Er hatte einen zweiten Konvoi mit Eisen von Magadha nach Persien in Marsch gesetzt. Leider verschwand die Karawane irgendwo zwischen Taxila und Baktra. Vermutlich war sie Skythen in die Hände geraten. Vor meiner Abreise aus Indien hatten Caraka und ich einen Privatcode ausgearbeitet. Mit seiner Hilfe erfuhr ich nun aus einem scheinbar harmlosen Geschäftsbrief, daß Koschala nicht mehr existierte, daß Virudhaka tot war, daß Ajataschatru über die Gangesebene herrschte. Da Prinz Jeta bei Ajataschatru in guter Gunst stand, waren meine Gattin und meine beiden Söhne – auch das zweite Kind war ein Knabe – in Sicherheit. Mehr erfuhr ich nicht. Ich vermißte Ambalika, zumal dann, wenn ich mit Parmys zusammen war.

Fünf Jahre nach Fan Ch'ihs Abreise erhielt ich auch von ihm eine Botschaft. Noch immer war er nicht in Cathay. Die Karawane, versicherte er indes, komme gut voran. Er hatte eine neue Route nach Cathay entdeckt und hegte große Hoffnungen auf die Eröffnung einer Seidenstraße zwischen Cathay und Persien. Ich las den Brief Xerxes vor, der genügend interessiert war, um dem Großen König eine Abschrift zu schicken. Einen Monat später erhielt ich eine formelle Eingangsbestätigung vom Ratgeber für den Osten, dann – Schweigen.

In einem gewissen Sinn war Mardonius schuld an Darius' Tod. Als Mardonius nach und nach zu Kräften kam, wurde er wieder Mittelpunkt der griechischen Partei; jedenfalls von dem, was am Hof noch davon übrig war. Besonders umworben wurde er von Demaratus. Übrigens verbot ich Lais, in meinem Haus irgendeinen Griechen zu empfangen. Sie gehorchte – solange ich nicht in der Nähe war. Befand ich mich jedoch fern von Susa, so steuerte alles, was bei Hofe pro-griechisch war, schnurstracks mein Haus an, und ich konnte nichts dagegen tun. Es sei denn, ich hätte Lais hinausgewiesen – und das läßt man bei einer thrakischen Hexe lieber bleiben.

Mardonius wünschte sich einen letzten griechischen Krieg, während Xerxes einen Sieg im Felde wollte, gleich wo. Mardonius lockte Xerxes mit Ruhm. Gemeinsam würden sie Griechenland erobern. Xerxes würde der Oberbefehlshaber sein, Mardonius sein Stellvertreter. Da über Indien nicht mehr gesprochen wurde, war ich von ihren Beratungen ausgeschlossen. Was mich nicht traurig stimmte. Ich hatte die griechischen Kriege seit jeher mißbilligt, weil ich die Griechen kannte. Xerxes kannte sie nicht.

Ich hatte den Eindruck, daß Darius Frieden wollte. Gewiß war er seinerzeit auf Datis zornig gewesen, weil es diesem nicht gelungen war, Athen zu zerstören; doch brütete er nicht weiter darüber nach. Weder Athen noch irgendeine andere griechische Stadt nahm Darius jemals wirklich ernst. Woher denn auch? Pilgerten ihre führenden Männer nicht unentwegt nach Susa und baten ihn um Hilfe bei ihrem Verrat an ihren Heimatstädten? Darius bewunderte die Griechen zwar als Soldaten, ihre ewigen Zänkereien indes langweilten ihn zutiefst. Schließlich sagte er: »Zwei Kampagnen sind genug.« Der erste Feldzug war ein voller Erfolg gewesen, der zweite hingegen nicht nur erfolglos, sondern auch teuer. Zu einem dritten bestand kein Anlaß.

Was für Mardonius kein Hinderungsgrund war. Er setzte alle unter Druck, sogar Königin Atossa, die schließlich gleichfalls meinte, es sei nun an der Zeit, daß Xerxes ins Feld ziehe. Seit Artobazanes von der Bildfläche verschwunden war, schien Xerxes ohne Rivalen, was ihren Ängsten den Stachel nahm. Der gemeinsame Druck, der nun auf Darius ausgeübt wurde, sollte auf katastrophale Weise Erfolg haben.

Der Große König rief uns in der Halle der zweiundsiebzig Säulen zu Susa zusammen. Ich ahnte zwar nicht, daß dies Darius' letzter öffentlicher Auftritt bleiben sollte, doch weiß ich noch, daß ich dachte, wie anders er doch aussah als jener energiegeladene junge Eroberer, den ich einmal in dieser selben Halle gesehen hatte. Wo sich einst ein Löwe unter uns bewegt hatte, kroch jetzt ein gebrechlicher Greis auf den Thron zu. Der Große König war in seinem vierundsechzigsten Jahr.

Demokrit möchte wissen, wie alt Xerxes damals war. Xerxes, Mardonius und ich, wir waren alle vierunddreißig. Herodot glaubt, Xerxes sei erst achtzehn gewesen. Was ein bezeichnendes Licht auf die sogenannte Historie wirft. Wir waren zwar keine Jünglinge mehr, jedoch von hohem Alter genausoweit entfernt wie von der Jugend.

Während Xerxes seinem Vater auf den hohen goldenen Thron half, waren aller Augen auf den verfallenden Souverän und seinen Nachfolger gerichtet. Darius trug die spitze Kriegskrone. Mit der rechten Hand umklammerte er das goldene Zepter. So diskret wie möglich hob Xerxes den nutzlosen linken Arm seines Vaters an und legte ihn auf die Armlehne des Throns.

Dann stieg Xerxes vom Thron herab. »Der König der Könige«, sagte er mit einer Stimme, die durch die ganze Halle tönte. »Der Achämenide!«

Wir standen aufrecht, die Hände in den Ärmeln. Während mein Blick über die Reihe der jungen Prinzen und Edlen glitt, dachte ich an Xerxes und Mardonius und mich und Milo vor nunmehr so vielen Jahren. Inzwischen waren neue Jünglinge an unsere Stelle getreten, so wie bald schon Xerxes den Platz jener zusammengeschrumpften Gestalt auf dem Thron einnehmen würde. Es gibt nichts, was mich eindringlicher an den gelassenen Lauf der Zeit gemahnt als die unwandelbare Wandelbarkeit des persischen Hofs.

Als Darius sprach, klang seine Stimme schwach, jedoch sorgsam moduliert. »Der Weise Herr will, daß wir die Athener bestrafen, die unsere heiligen Tempel zu Sardis niederbrannten.«

Dies war regelmäßig die Formel, welche die Kanzlei benutzte, um jedwede Expedition gegen die westlichen Griechen zu rechtfertigen. Verschiedentlich machte ich dem Kämmerer deswegen Vorhaltungen. Auch zu Xerxes sprach ich darüber. Auf jede erdenkliche Weise versuchte ich, eine Abänderung dieser Formel zu erreichen; doch die Kanzlei ist wie der sprichwörtliche Berg, den man *nicht* versetzen kann. Als ich versicherte, der Weise Herr hätte die Zerstörung jener Tempel zweifellos gewünscht, ob nun durch die Griechen oder sonst irgendwen, da beachtete in der Kanzlei niemand meine Worte. Auch von seiten der zarathustrischen Gemeinde erhielt ich keine Hilfe. Um bei Hofe die am meisten geehrten Priester zu sein, nahmen – und nehmen – sie gern in Kauf, daß sie auch die am meisten ignorierten sind. Das Gebot meines Großvaters, all jene zu bekehren, welche der Lüge folgen, beachten sie schon längst nicht mehr. Um ehrlich zu sein: ich genausowenig. Einzig die Gemeinde in Baktra ist noch relativ rein und militant.

»Wir haben befohlen, sechshundert Triremen zu bauen. Wir heben in allen Teilen des Reiches Truppen aus. Wir erhöhen den Tribut, den jede der Satrapien zu zahlen hat.«

Darius wies mit dem Zepter auf Baradkama, der nun die Steuerrolle verlas. Leises Seufzen klang durch die Halle, als die Adligen vernahmen, wieviel sie jetzt aufzubringen hatten. Zwar sind die persischen Clans von Steuerabgaben jedweder Art befreit, doch wird erwartet, daß sie jene Truppen stellen, welche den Kern der persischen Armee bilden. In einem gewissen Sinn sind es die Perser, die am bittersten dafür zu zahlen haben, wenn der Große König in den Krieg zieht.

Als Baradkama fertig war, ergriff wieder Darius das Wort. »Unser Sohn und Erbe Xerxes wird die Expedition führen.« Sein Lebenlang hatte Xerxes auf einen solchen Befehl gewartet; dennoch bewegte sich in seinem Gesicht nicht ein Muskel.

»Unser Neffe Mardonius wird die Flotte befehligen.«

Dies war eine Überraschung. Jeder hatte erwartet, daß Mardonius zum Stellvertreter ernannt werden würde. Möglicherweise schloß der Posten des Generals das mit ein; möglicherweise auch nicht. Der Große König ließ sich darüber nicht aus. Ich blickte zu Mardonius, der rechts vom Thron stand. Deutlich sah ich, daß sich unter dem sorgsam gestutzten Bart Mardonius' Lippen krümmten. Er war zufrieden. Ich war es nicht. Ich würde mit Xerxes nach Griechenland gehen. Falls ich den Feldzug überlebte, würde ich eines fernen Tages – vielleicht – nach Indien zurückkehren und Ambalika und unsere Söhne wiedersehen. Ich muß gestehen, daß ich sehr niedergeschlagen war. Ich sah für Persien keine Zukunft im Westen. Das Scheitern meiner Ehe mit Parmys ließ mir Ambalika nur um so begehrenswerter erscheinen. Demokrit möchte wissen, warum ich mir nicht weitere Gattinnen genommen hätte. Die Antwort ist einfach: Mir fehlte das Geld. Allerdings hoffte ich stets auch insgeheim, mich mit Ambalika in Schravasti niederlassen zu können; oder aber sie – und vor allem meine Söhne – nach Persien zu holen.

Am Ende der Audienz stützte sich Darius mit dem rechten Arm hoch, auf die Füße. Einen Augenblick stand er leicht schwankend; sein Körpergewicht ruhte ausschließlich auf dem rechten Bein. Als Xerxes eine Bewegung machte, um ihm zu helfen, winkte ihn der Große König zurück. Dann begann Darius den langsamen, zögernden, schmerzhaften Abstieg vom Thron.

Auf der unteren Stufe schwang Darius das schwache linke Bein nach vorn, um es, wie er meinte, auf den Boden zu setzen. Doch er hatte sich verschätzt. Da war noch eine weitere Stufe. Gleich einer hohen vergoldeten Tür, die jeden Augenblick zuschlagen wird, schwang der Große König auf seinem rechten Bein langsam zu uns herum und fiel – überlangsam, wie es dem entsetzten Hof erschien – mit dem Gesicht voraus auf den Boden. Noch immer hielt er mit der einen Hand das Zepter umklammert, doch die Krone polterte herab, und voller Schrecken sah ich, daß der Reif des tödlichen Golds direkt auf mich zugerollt kam.

Ich warf mich auf den Bauch. Da die Ereignisse uns unvorbereitet trafen – denn etwas derartiges war noch nie geschehen – stellten wir uns alle tot und wagten uns nicht zu bewegen, während Xerxes und der Hofkämmerer Darius auf die Füße halfen.

Als der Große König an mir vorbei halb getragen, halb geschleppt wurde, hörte ich sein schweres Keuchen und sah auf dem rotgetönten Boden eine Spur von frischem, glänzendem Blut. Er hatte sich die Lippe aufgeschlagen; er hatte sich seinen guten Arm gebrochen. Der Große König hatte angefangen zu sterben.

Es gab keinen griechischen Krieg, nicht in diesem Jahr, nicht im nächsten. Der Krieg wurde aufgeschoben, aber nicht wegen Darius' Behinderung, sondern weil es den Ägyptern gefiel, eine Rebellion anzuzetteln, statt die höheren Steuern zu bezahlen. Und so wurde die Armee, die der Große König für die Eroberung Griechenlands aufgestellt hatte, zur Befriedigung und Bestrafung Ägyptens eingesetzt. Vom einen Ende der Erde bis zum anderen verkündeten Herolde, Darius werde die Armee im Frühjahr führen und Ägypten werde zerstört werden.

Aber drei Monate später, als sich der Hof im schwülen Babylon befand und Susa unter dem schlimmsten Schneesturm seit Menschengedenken begraben lag, starb der Große König im Alter von vierundsechzig Jahren.

Der Tod ereilte Darius in – ausgerechnet – Königin Atossas Schlafgemach. Sie hatten sich gestritten. Das heißt, er hatte mit ihr streiten wollen; behauptete Atossa jedenfalls. »Aber ich versuchte, wie stets, den Frieden zu wahren.«

Ich befand mich in ihren Privaträumen in Babylon. Es war am Tag vor dem allgemeinen Aufbruch nach Pasargada zu Darius' Bestattung und Xerxes' Krönung. »Ich wußte, wie krank er war. Auch er wußte es. Dennoch war er in furchtbarem Zorn, scheinbar gegen mich, in Wahrheit gegen sich selbst. Er konnte seine eigene Schwäche nicht ertragen, und wie hätte ich ihm das verübeln sollen? Ich kann ja auch meine nicht ertragen. Jedenfalls kam er zu mir, heimlich, in einer Damensänfte mit geschlossenen Vorhängen. Er konnte nicht mehr gehen. Konnte sein Wasser nicht mehr halten. Er litt Schmerzen. »*Dort* lag er.« Atossa deutete auf eine Stelle zwischen ihrem Stuhl und mir. »Ich wußte, daß er im Sterben lag. Aber ich glaube nicht, daß er es wußte. Das weiß man nicht, weißt du. Wenn man krank ist, setzt an irgendeinem Punkt alles Zeitempfinden aus, und du glaubst, du wirst niemals sterben, weil du ja noch da bist, nicht tot. Du *bist*, und das ist alles. Nichts wird sich ändern.

Ich versuchte ihn abzulenken. Als wir jung waren, pflegten wir uns Rätsel aufzugeben. Auch mochte er Wortspiele, sonderbarerweise, je komplizierter desto besser. Also versuchte ich ihn abzulenken, schlug verschiedene Spiele vor. Doch er war nicht – abzulenken. Er kritisierte Xerxes. Ich schwieg. Er kritisierte mich. Ich schwieg. Ich kenne meine Position.« Atossa über- oder untertrieb gern, des Effekts wegen.

»Dann lobte Darius unseren Sohn Ariamenes. ›Er ist der beste von all meinen Satrapen. Ihm ist es zu danken, daß die nördlichen Stämme aus Baktra hinausgetrieben wurden.‹ Du weißt ja, wie sich Darius wegen dieser Wilden immer ereiferte. ›Ich möchte, daß Ariamenes die Armee nach Ägypten führt. Ich habe nach ihm geschickt.‹ Ich fürchte, daß ich an diesem Punkt nicht länger still sein konnte. ›Der Oberbefehl fürs Frühjahr ist Xerxes versprochen worden‹, sagte ich. ›Und Xerxes ist dein Erbe.‹ Dann fing Darius an zu husten. Noch immer kann ich dieses schreckliche Geräusch hören.«

Zu meiner Überraschung strömten Tränen über Atossas Gesicht; ihre Stimme indes klang völlig ruhig. »Ich würde gern sagen, daß unser letztes Zusammensein friedlich verlief. Doch dem war nicht so. Darius konnte nie vergessen, daß er die einzige Legitimität, die er auf dieser Erde besaß, durch mich hatte, und er haßte seine Abhängigkeit. Warum weiß ich nicht. Er mag die Krone ja durch List bekommen haben, aber mit der Krone bekam er ja auch mich, und durch mich war er dann der Vater von Kyrus' Enkelsohn. Was mehr konnte sich der Mann wünschen? Ich weiß es nicht? Es ist mir nie leicht gefallen, ihn zu verstehen. Allerdings habe ich ihn in den letzten Jahren auch kaum zu Gesicht bekommen. Natürlich waren sein Geist, sein Gemüt durch die Krankheit verwirrt. Das konnte ich sehen. Trotzdem hätte ich nie geglaubt, daß er nach Ariamenes schicken würde. ›Du wirst einen Bürgerkrieg auslösen‹, sagte ich. ›Ariamenes wird dein Nachfolger werden wollen. Das jedoch lassen *wir* nicht zu. Das schwöre ich.‹ Oh, ich war hart. Und Darius war zornig. Er versuchte mir zu drohen, doch er war dazu nicht imstande. Wegen des Hustens brachte er, atemlos, kein Wort heraus. Doch er funkelte mich an und machte die Geste des Halsdurchschneidens. Das brachte mich so auf, daß ich meinerseits *ihm* drohte. ›Falls du Ariamenes ermutigst, so – das schwöre ich dir – werde ich mich selbst nach Pasargada begeben. Ich werde mit eigenen Händen das Banner der Achämeniden erheben. Ich werde die Clans zusammenrufen, und *wir* werden den ältesten Enkelsohn von Kyrus' zu unserem Großen König machen.‹ Dann ...«

Atossa lehnte sich in ihren Stuhl zurück. »Darius hob den rechten Arm und ballte die Hand zur Faust. Dann fiel der Arm zur Seite der Sänfte. Darius öffnete die Augen ganz weit. Und sah mich so an, wie er Fremde anzusehen pflegte. Erinnerst du dich? Höflich, doch ganz von fern. Dann hörte er, während er mich noch höflich anblickte, plötzlich auf zu atmen.«

Heftig bewegte Atossa die Lider über den jetzt sandtrockenen Augen. Dann wurde sie sehr geschäftlich. »Ariamenes ist auf dem Marsch nach Susa. Es wird Bürgerkrieg geben.«

Dank Xerxes gab es jedoch keinen Bürgerkrieg. Am Tag nach Darius' Tod brach Xerxes an der Spitze der zehntausend Unsterblichen von Babylon auf. Er bemächtigte sich des Palasts in Susa und auch des Staatsschatzes. Von Susa schickte er seinen Schwiegervater Otanes zu Verhandlungen mit Ariamenes. Die genaueren Einzelheiten dieses Treffens habe ich nie erfahren. Doch ich weiß, daß es gelang, Ariamenes ohne Blutvergießen umzustimmen. Vermutlich half kräftige Bestechung dabei nach. Jedenfalls fand sich Ariamenes, als Zeichen seines guten Willens, dazu bereit, Xerxes' Krönung in Pasargada beizuwohnen. Zweifellos spricht es sehr zu Xerxes' Gunsten, daß er seinen anmaßenden Bruder nicht töten ließ. In solchen Fällen ist Großmut für gewöhnlich ein Fehler, weil der Mann, der dem Mann verzeihen kann, der ihm verzeiht, großen Seltenheitswert besitzt. Aber Ariamenes war eine Ausnahme. Er bewies seinem Bruder gegenüber Loyalität. Später, in den griechischen Kriegen, starb er den Tod eines Helden.

Zu Anfang verstand Xerxes Männer; und ihre Eitelkeit.

6

An einem hellen, kalten Tag fand Darius' Leichnam seinen Platz in der Felsengruft an der Seite des alten Hystaspes und der unglücklichen Parmys – deren Überreste auf Atossas beharrliches Drängen dann bald entfernt wurden.

In der Kleidung eines einfachen Kriegers betrat Xerxes den kleinen Feuertempel gleich gegenüber dem Grab von Kyrus. Wir übrigen warteten draußen. Noch nie hatte ich so gefroren. Es war ein Tag von jener eisigen Art, daß einem die Härchen in den Nasenlöchern gefrieren, indes die Sonne ein grelles, nicht-wärmendes Licht verstrahlt. Ich erinnere mich, daß der Himmel völlig klar war bis auf jene winzigen weißen Rauchwölkchen, die von den Feuern aufstiegen, wo bald eintausend Stiere dem Weisen Herrn geopfert werden würden.

Im Tempel wurde Xerxes von Magians ein einfaches Mahl aus saurer Milch, Kräutern und Datteln gereicht. Nachdem er von der traditionellen Speise gekostet hatte, legte er den goldbestickten medischen Mantel von Kyrus an. Dann reichte Ariamenes ihm des Kyrus' Kriegskrone, welche Xerxes in den Händen hielt, bis der Erz-Magian den genauen Zeitpunkt der Wintersonnenwende anzeigte. In diesem gunstgesegneten Augenblick setzte sich Xerxes die Krone aufs Haupt und wurde Großer König. An sich hatte sich die Wintersonnenwende schon etliche Stunden früher ereignet, doch in solchen Dingen nehmen es die Magians selten genau; um so schlimmer.

Als Xerxes in der Tür des Tempels erschien, jubelten wir ihm zu, bis unsere Stimmen streikten. Nie habe ich mich tiefer bewegt gefühlt als an jenem Wintertag, wo mein Freund seit Kindertagen in Kyrus' Mantel vor uns stand und Lotus und Zepter in den hocherhobenen Händen hielt. Die goldgezackte Krone auf Xerxes' Haupt erschien mir wie ein irdisches – nein, *un*irdisches Fragment der Sonne selbst. So begann seine Regierungszeit.

Einen Monat lang blieb der Hof in Persepolis. Während dieser Zeit setzte ich seine erste Proklamation auf. Sie ist unweit von Darius' Grab in einen Felsen gemeißelt. Xerxes hatte mit einer Lobpreisung seiner selbst beginnen wollen, in Nachahmung jener uralten elamischen Könige, welche dem Leser oder Lauscher unentwegt mit ihrer furchtbaren Macht drohen. Ich überredete Xerxes jedoch dazu, dem Beispiel seines Vaters zu folgen, der *seine* erste Proklamation mit einer Lobpreisung des Weisen Herrn begonnen hatte. Muß ich erst noch sagen, daß ich stark unter dem Druck der gesamten zarathustrischen Gemeinde stand?

Als Xerxes schließlich einwilligte, den Vorrang des Weisen Herrn anzuerkennen, genoß ich zum ersten und einzigen Mal in meinem Leben große Beliebtheit bei all meinen zahlreichen Onkeln, Vettern, Neffen. Noch zufriedener zeigten sie sich etliche Jahre später, als Xerxes auf mein Einwirken hin darauf verzichtete, sich in Babylon und in Ägypten als Herrscher von Gnaden der dortigen Gottheiten auszugeben.

»Ein großer Gott ist der Weise Herr, welcher erschuf diese Erde, welcher erschuf den Menschen, welcher erschuf den Frieden für den Menschen –« Dieser letzte Satz stammte von Xerxes, nicht von mir. Anders als die meisten Herrscher genoß er den Krieg nie um seiner selbst willen, als blutiges Handwerk. »– welcher machte Xerxes zum König, einen König von vielen, einen Herrscher von vielen ...« Und so weiter. Sodann führten wir alle Länder auf, über die er herrschte. Die kürzliche Unruhe in Baktrien wurde zwar, wenn auch eher beiläufig, erwähnt, die Rebellion in Ägypten hingegen nicht. Das war eine zu heikle Angelegenheit. Ich konnte Xerxes auch dazu bewegen, die Dewas oder Daiwas und ihre Anhänger viel nachdrücklicher zu brandmarken, als Darius das je getan hatte. Allerdings beeinträchtigte Xerxes ein wenig die Wirkung, indem er jene Eigenschaft des Weisen Herrn rühmte, die man Arta nennt – Gerechtigkeit. Solange man Arta als einen Aspekt der *einzigen* Gottheit betrachtet, kann von Gotteslästerung gewiß nicht die Rede sein. Doch seit einer Reihe von Jahren neigen die einfachen Menschen – von gewissen Magians ermutigt – deutlich dazu, die bloßen Aspekte des Weisen Herrn als eigene Gottheiten anzusehen. Ich fürchte, sogar Xerxes selbst neigte zu dieser Ketzerei. Er betete genausoviel zu Arta wie zum Weisen Herrn. Ja, er nannte sogar seinen Sohn, unseren gegenwärtigen Großen König, Arta-Xerxes.

Als Xerxes entschied, daß der Hof für einen Monat in Persepolis bleiben sollte, wunderte ich mich, daß er bereit war, für so lange Zeit vom Harem getrennt zu sein. Als ich darauf anspielte, lächelte er. »Du ahnst nicht, was für eine Erleichterung es ist, nicht von Atossa und Amestris beraten zu werden.« Er hielt es überdies für einen günstigen Umstand, daß er seine Regierung im Herzen des persischen Kernlands antrat, von Clan-Führern umgeben.

Bei der Krönungsfeier speisten fünfzehntausend der wichtigsten

Männer des Reichs im Haupthof von Darius' Winterpalast. Ich sah einmal eine Liste all der Tiere, die aus diesem Anlaß geschlachtet wurden, und mir schien, daß im ganzen Hochland kaum ein Schaf, eine Gans, ein Stier verschont geblieben sein konnten. Aber trotz der ungeheuren Kosten standen alle Zeichen günstig; jedenfalls glaubten wir das. Die Gäste aßen und tranken neun Stunden lang. Vielen war übel. Alle waren ekstatisch. Der ehrfurchtgebietende Herrscherglanz war, auf höchst angenehme Weise, auf den wahren Achämeniden übergegangen. Dies geschieht nicht allzuoft.

Xerxes selbst speiste mit seinen Brüdern in einem Alkoven, den ein dicker, grün-weißer Vorhang von dem Saal abtrennte, wo einhundert Königsfreunde saßen. Später wurde der Vorhang aufgezogen, und Xerxes trank mit uns. Noch später trat er hinaus in den Hof, und der Jubel der Clans klang wie das Branden von Wogen, wenn sie rhythmisch, im Einklang mit dem Mond, ans Ufer schlagen. Ja, Demokrit, unter der Oberfläche der äußeren Meere gibt es machtvolle Gezeiten, wie sie im Mittelmeer unbekannt sind, wo die Wellen durch launische Winde verursacht werden. Nein, die Ursache dafür kenne ich nicht. Irgendwie folgen die Gezeiten des Ozeans dem Zu- und Abnehmen des Mondes, ähnlich den Perioden der Frauen.

Ich saß zwischen Mardonius und Artabanus. Wir waren so betrunken wie jedermann sonst. Nur Xerxes blieb nüchtern. Er mischte Wasser in seinen Wein, was er sonst selten tat. Er war auf der Hut. Schließlich saß ja Ariamenes am Fuß seiner goldenen Couch. Der Möchtegern-Usurpator war ein kräftiger, jugendlich wirkender Mann mit Armen wie ein Eisenarbeiter. Mich erfüllte noch immer tiefes Mißtrauen gegen ihn. Alle anderen auch; nur Xerxes nicht.

Artabanus empfand ich als sehr angenehm. Allerdings kann ich nicht sagen, daß ich ihn besonders ernst nahm, obwohl ich wußte, daß Xerxes im Begriff stand, ihn zum Befehlshaber der Palastwache zu machen – eine Position von enormer Bedeutung, da der Gardekommandant nicht nur die Verantwortung für den Schutz des Großen Königs trägt, sondern auch für die tägliche Versorgung des Hofs. Darius hatte seine Gardebefehlshaber stets an der kurzen Leine gehalten, und so nahm ich an, Xerxes werde dies gleichfalls tun.

Artabanus war ein blonder, blauäugiger Hyrkanier, ein oder zwei Jahre jünger als Xerxes. Angeblich liebte er es, destillierte Gerste zu trinken – aus einem menschlichen Schädel. Aber was für Gewohnheiten er persönlich auch haben mochte, sein öffentliches Auftreten war tadellos. Mir gegenüber gab er sich ehrerbietig. Allerdings fand ich ihn eher einfältig, und eben diesen Eindruck wollte er uns allen machen. Wie sich herausstellen sollte, waren wir die Einfaltspinsel, nicht er.

Für gewöhnlich wird der Gardekommandeur am persischen Hof durch den Hofkämmerer in Schach gehalten. Der weise Souverän tut sein Bestes, um diese beiden Beamten in ständiger Fehde miteinander zu halten, was ein Kinderspiel ist. Da der Kämmerer Zugang zum Harem haben muß, handelt es sich stets um einen Eunuchen. Und da virile Soldaten alle Eunuchen verachten, ergibt sich ganz von selbst eine höchst befriedigende Feindschaft zwischen Gardekommandeur und Hofkämmerer. Auf Amestris' Empfehlung hin hatte Xerxes bereits Aspamitres zum Hofkämmerer ernannt. Der Hof war, alles in allem, zufrieden. Jeder wußte, daß Aspamitres, wenn er sich bestechen ließ, dafür auch wirklich Entgegenkommen zeigte. Außerdem war er ein hervorragender Verwaltungsfachmann, wie ich an Xerxes' Krönungstag entdeckte.

Schon beim dritten Gang waren Mardonius und ich leicht berauscht. Ich entsinne mich, daß es Wildbret gab, genau nach meinem Geschmack zubereitet – mit Essig beträufelt und mit Hahnenkämmen serviert. Ich hatte ein Stück gegessen. Mit noch vollem Mund wandte ich mich Mardonius zu, der stärker berauscht war als ich. Er sprach von Krieg, wie gewöhnlich. »Ägypten ist besser als nichts«, sagte er. »Macht mir nichts weiter aus. Nicht wirklich. Ich möchte dem Großen König dienen.« Wir hatten uns noch nicht ganz daran gewöhnt, daß jener ehrfurchtsgebietende Titel nunmehr für immer unserem Jugendfreund gebührte. »Trotzdem ist es ein vergeudetes Jahr im Hinblick auf...« Mardonius rülpste und verlor den Faden.

»Auf Griechenland. Ich weiß. Aber Ägypten ist wichtiger als Griechenland. Ägypten ist reich. Und es gehört – oder gehörte – uns.« Ich langte nach einem weiteren Stück Wildbret, fand jedoch keines. Die Platte war leer. Ich fluchte laut.

Mardonius musterte mich aus trüben Augen. Dann lachte er. »Darfst den Sklaven nicht mißgönnen, was auf der Platte ist.«

»Tu ich aber!« Und ich tat's.

Plötzlich stand Aspamitres an meiner Seite. Er war jung, blaß, scharfäugig; und hatte keinen Bart, mußte also schon vor der Pubertät kastriert worden sein, wie die besten Eunuchen. Von seinem Platz nahe bei Xerxes' Couch hatte er alles beobachtet.

»Du warst noch nicht fertig, Herr?«

»Nein, war ich nicht. Der Herr Admiral auch nicht.«

»Wir werden die Übeltäter bestrafen.«

Aspamitres war zweifellos eine respektheischende Erscheinung. Im Handumdrehen war das Wildbret wieder da. Später an jenem Abend wurden sechs Bedienstete hingerichtet. Als Folge davon ging der schwunghafte Handel mit Speisen von der königlichen Tafel beträchtlich zurück, obgleich er niemals völlig zum Erliegen kam. Doch zumindest während der frühen Jahre von Xerxes' Regierung konnte man sein Mahl relativ unbeeinträchtigt zu sich nehmen. Dafür schuldeten wir Aspamitres Dank.

Seinerzeit tuschelte man, Aspamitres sei seit seinem siebzehnten Jahr der Liebhaber der Königin Amestris. Ich weiß es nicht. Ich gebe nur wieder, was sich die Leute zuflüsterten. Wenn Haremsdamen – selbst Königinnen – oft allerlei Verhältnisse mit ihren Eunuchen haben, möchte ich doch bezweifeln, daß unsere verehrte Königinmutter Amestris solchermaßen Gebrauch machte von Aspamitres, ungeachtet, daß sein Geschlecht angeblich von ungewöhnlicher Größe war für jemanden, den man schon im zehnten oder elften Jahr kastriert hatte.

Demokrit berichtet mir jetzt vom allerjüngsten Klatsch aus der Agora. Offenbar möchten die Griechen glauben, die Königinmutter habe derzeit eine Affäre mit dem gegenwärtigen Hofkämmerer, einem dreiundzwanzigjährigen Eunuchen, der einen künstlichen Bart (samt Schnurrbart) trägt. Ich darf den skandal-versessenen Athenern versichern, daß die Königinmutter im siebzigsten Lebensjahr steht und gleichgültig ist gegen die Freuden des Fleisches. Präziser gesagt, ist ihr Macht stets wichtiger gewesen als sonstige Wonnen, genau wie ihrer Vorgängerin, der Königin Atossa. Allerdings halte ich es durchaus für möglich, daß die *junge* Amestris mit Eunuchen tändelte. Aber das war eine andere, längst vergangene Welt.

Eine wunderschöne Welt für uns, damals. Zumal in jenem Winter in Persepolis, als alles möglich schien – außer daß man sich je wieder behaglich fühlen würde. Die Paläste waren unvollständig. Eine Stadt, die diesen Namen verdient hätte, gab es nicht, nur die Hütten der Arbeiter sowie einen brandneuen Komplex von Gebäuden, die rings um Darius' Schatzhaus errichtet worden waren. Diese Vorratskammern, Ausstellungsräume, Säulenhallen und Büros wurden, vorübergehend, als Quartiere für die Kanzleischreiber benutzt.

Mardonius und ich teilten uns einen kleinen, luftlosen, eisigen Raum im Harem des Winterpalastes. Da das Frauenquartier für Darius' relativ bescheidene Sammlung von Ehefrauen und Konkubinen berechnet gewesen war, erwies es sich für Xerxes' sogenannte Stadt der Frauen als inadäquat. So erging denn der erste Befehl, den Xerxes als Großer König erteilte, an seine Architekten. Sie sollten die Frauenquartiere erweitern, und zwar in Richtung Schatzhaus. Schließlich mußte, um für den neuen Harem Platz zu schaffen, ein Teil des ursprünglichen Schatzhauses niedergerissen werden.

Eines Nachmittags ließ Xerxes mich zu sich rufen. »Komm und sieh dir das Grabmal deines Namensvetters an«, sagte er. So ritten wir zusammen die beträchtliche Strecke zum Grab von Kyrus dem Großen. Auf einer hohen Plattform erhebt sich ein kleines, weißes Gebäude aus Kalkstein mit einer Front schlanker Säulen. Die Steintür ist so gemeißelt, daß sie einer Holztür ähnelt. Hinter dieser Tür liegt Kyrus auf einem goldenen Bett.

Obwohl der für das Grab zuständige Magian offensichtlich ein Teufelsanbeter war, stimmte er uns zuliebe prompt eine Hymne auf den Weisen Herrn an. Übrigens wohnt dieser Hüter in einem Haus nahe dem Grab, und einmal im Monat bringt er dem Geist des Kyrus ein Pferd als Opfer dar – eine uralte arische Sitte, von Zarathustra oft beklagt.

Xerxes befahl dem Magian, das Grab zu öffnen. Zusammen betraten wir die dumpfige Kammer, wo der mit Wachs konservierte Körper von Kyrus auf seinem goldenen Bett liegt. Neben dem Bett steht ein goldener Tisch, vollgehäuft mit kostbarsten Juwelen, Waffen, Gewändern. Sie glänzten im Flackerlicht der Fackel, welche Xerxes hielt.

Ich muß sagen, daß es ein sonderbares Gefühl ist, einen berühmten Mann zu betrachten, der seit über einem halben Jahrhundert tot ist. Kyrus trug scharlachrote Hosen und einen Mantel aus überlappenden Goldplättchen. Am Hals lag der Mantel eng an, damit man den klaffenden Schnitt nicht sah, verursacht durch des Barbaren Axt. Wie beiläufig öffnete Xerxes den Mantel, entblößte die dunkle Höhlung, wo Kyrus' Hals gewesen war.

»Die Wirbelsäule ist durchschlagen worden«, sagte Xerxes. »Ich finde nicht, daß er so hübsch aussieht, findest du's?« Kritisch betrachtete Xerxes das Gesicht unter der Schicht aus klarem Wachs.

»Er war alt«, wisperte ich. Von einem leichten Grauschimmer der Haut abgesehen, wirkte Kyrus wie ein Schlafender, und ich jedenfalls wollte ihn nicht wecken. Ehr*furcht* erfüllte mich.

Anders Xerxes. »Ich möchte einmal für meine Einbalsamierung einen Ägypter haben.« An Kyrus' Einbalsamierern hatte er eine Menge auszusetzen. »Die Farbe ist schlecht. Der Geruch auch.« Xerxes sog die dumpfige Luft ein und schnitt eine Grimasse. Ich meinerseits roch nur die diversen Salben, welche die Einbalsamierer benutzt hatten.

»Schlafe gut, Kyrus Achämenid.« Keck grüßte Xerxes den Gründer des Imperiums. »Du hast deine Ruhe verdient. Ich beneide dich.« Ich war mir nie sicher, wann Xerxes etwas ernst meinte und wann nicht.

Xerxes hatte sich eine Art Amtssitz geschaffen in jenem Gebäude, das man Darius' Annex nennt, obwohl es ganz und gar von Xerxes gebaut wurde, als er noch Kronprinz war. Von Kallias hörte ich, daß dieses anmutige Bauwerk derzeit von Phidias kopiert wird. Ich wünsche ihm Glück. Der Annex war das erste Gebäude auf der Welt, das auf allen vier Seiten eine Säulenfront hatte. Demokrit bezweifelt, daß dies wahr sei. Wenn ich meine Tage mit Philosophen zubrächte, hätte ich auch meine Zweifel.

Kurz nach dem Besuch von Kyrus' Grab ließ mich Xerxes offiziell zu sich rufen. Aspamitres empfing mich in der Vorhalle des Annex. Wie stets war er bemüht, sich genehm zu machen. In der Tat mußte man ihm dafür dankbar sein, daß die Trägheit und Unhöflichkeit der Kanzleischreiber gleichsam über Nacht verschwunden waren. Die Beamten zeigten sich nun eifrig und hilfsbereit, und sie blieben eifrig und hilfsbereit, fast ein ganzes Jahr, bis sie dann wieder – träge und unhöflich wurden, ja gewiß. Aber das liegt so in der Natur von Kanzleischreibern, von Eunuchen ganz zu schweigen.

Ich kam vorbei an Arbeitstischen, die in Reihen geordnet waren zwischen bunten Säulen aus gipsbedecktem Holz: so ziemlich die billigste Art, Säulen zu bauen. Überdies ist Gips für Ornamente weitaus leichter zu bearbeiten als Stein. Wie ich höre, hat Phidias die Absicht, all seine Säulen aus reinem Marmor zu machen. Sollte er die Narretei tatsächlich so weit treiben, so prophezeie ich den Athenern ein leeres Staatssäckel. Die Granitsäulen der Hauptgebäude in Persepolis sind bis zum heutigen Tage nicht ganz bezahlt.

Heizpfannen mit brennender Holzkohle wärmten behaglich Xerxes' Gemach; Weihrauch aus zwei Bronzebehältern auf Dreifüßen machten die Luft unangenehm stickig. Allerdings verursacht mir Weihrauch regelmäßig Kopfschmerzen: zweifellos, weil ich ihn mit Teufelsanbetung in Verbindung bringe! Zarathustra wetterte gegen die Verwendung von Sandelholz und Weihrauch, weil diese Düfte den Teufeln heilig seien. Obwohl unsere Großen Könige behaupten, an den einen und einzigen Weisen Herrn zu glauben, gestatten sie es anderen, sie wie Götter auf Erden zu behandeln. Dieser Widerspruch ist mir ein Ärgernis. Doch es ist leichter, den Lauf der Sonne zu ändern als das Protokoll des persischen Hofs.

Xerxes saß in der fensterlosen Kammer an einem kleinen Tisch. Für einen kurzen Augenblick sah er, im Schein der Lampe, auf bestürzende Weise Darius ähnlich. Ich warf mich vor ihm nieder. Mit hoher Stimme betete Aspamitres meine Namen und Titel her. Dann verflüchtigte er sich wie ein Hauch.

»Steh auf, Cyrus Spitama!« Die Stimme war die des alten Xerxes. Ich erhob mich und blickte zu Boden, wie es die Sitte verlangt.

»Des Königs Freund mag seinen Freund ansehen. Zumindest wenn wir allein sind.« Also sah ich ihn an, und er sah mich an. Er lächelte, und ich lächelte. Doch nichts war so, wie es gewesen war, und nie wieder würde es so sein. Er war der König der Könige.

Xerxes kam sofort zur Sache. »Ich muß meine Autobiographie abfassen, bevor ich nach Ägypten gehe, also bleibt mir dafür nicht viel Zeit. Ich möchte, daß du mir beim Schreiben des Textes hilfst.«

»Was möchte der König der Könige die Welt wissen lassen?«

Xerxes schob ein zerfleddertes Papyrusbündel auf mich zu. Es war bedeckt mit elamischer Schrift. »Dies ist das einzige Exemplar von Kyrus' Autobiographie, die wir im Haus der Bücher finden konnten. Du siehst selbst, wie zerschlissen sie ist. Offenbar ist er nie dazu gekommen, sie neu zu schreiben. Der Text ist unverändert, seit dem Jahr meiner Geburt. Übrigens werde ich erwähnt. Nun ja. Jedenfalls dies als Muster nehmen, so gut es geht.«

Ich sah mir den elamischen Text an. »Die Sprache ist sehr altmodisch«, sagte ich.

»Um so besser«, sagte Xerxes. »Ich möchte ganz genauso klingen wie Darius, der so klang wie Kambyses, der so klang wie Kyrus, der die Mederkönige nachahmte und so weiter bis zum Anfang, wann immer und wo immer das auch war.« Ich erinnere mich, daß ich an Darius dachte. Er hatte stets von dem Pseudo-Mardos als seinem Vorgänger gesprochen, Xerxes hingegen erwähnte diesen nie.

Drei Tage und drei Nächte arbeiteten der Große König und ich an der Abfassung seiner offiziellen Autobiographie. Als wir fertig waren, wurden jeder Stadt des Imperiums Abschriften geschickt als greifbarer Ausdruck des Willens und Charakters des Souveräns. In der ersten Person beschreibt Xerxes seine Abstammung, seine Leistungen, seine Absichten. Letzteres ist von besonderer Bedeutung, weil des Großen Königs persönliches Testament in jedem Gerichtshof als Ergänzung zu den geltenden Gesetzen verwendet werden kann.

Wir arbeiteten folgendermaßen. Xerxes sagte mir, was er ausdrücken wollte. Ich machte mir sodann Notizen für mich selbst. War ich zum Diktat bereit, so wurden die Sekretäre gerufen. Während ich auf persisch vortrug, übersetzte man meine Worte ins Elamische, Akkadische und Aramäische, die drei Schriftsprachen der Kanzlei. In der damaligen Zeit wurde Persisch selten niedergeschrieben. Ich muß sagen, daß es mich immer wieder verblüffte, mit welcher Geschwindigkeit die Kanzleisekretäre persische Sätze in anderen Sprachen wiedergeben konnten.

War dann alles niedergeschrieben, so wurde es in jeder der drei Kanzleisprachen Xerxes vorgelesen, der aufmerksam zuhörte und dann Klarstellungen traf und Änderungen vornahm. Letztlich ist es die allerwichtigste Aufgabe eines Großen Königs, sich jedes Wort eines Kanzlei-Textes genau anzuhören. Zu Anfang von Xerxes' Regierung ging kein Wort in seinem Namen hinaus, das er nicht sorgfältig geprüft hatte, um sicherzugehen, daß es auch wirklich genau dem entsprach, was er sagen wollte. Aber am Ende lauschte er nur noch der Musik und dem Haremsklatsch.

In der Nacht des dritten Tages wurden Xerxes die endgültigen Texte vorgelesen, und er fügte jeder Version persönlich sein Siegel bei. Alles in allem meine ich, daß unser Werk des Darius' prahlerischer und inakkurater Darstellung seiner Usurpation überlegen war.

Nachdem sich Aspamitres und die Sekretäre zurückgezogen hatten, klatschte Xerxes in die Hände. Flugs erschien, einem Geist oder einem Trugbild gleich, der Mundschenk. Er goß Wein ein; trank aus Xerxes' Becher; verschwand so schnell, wie er gekommen. Xerxes zeigte sich über das Ritual des Mundschenks stets amüsiert. »Alle meinen, wenn der Wein vergiftet sei, werde der Koster sofort tot umfallen. Aber was ist, wenn es sich um ein langsam wirkendes Gift handelt? Es könnte sein, daß es Monate dauert, bis wir beide tot wären.«

»Soll das Ritual nicht den Mundschenk davon abhalten, den Souverän zu vergiften?«

»Ja. Wobei vorausgesetzt wird, daß er über kein Gegenmittel verfügt. Doch ein gewitzter Meuchelmörder könnte uns beide so langsam töten, daß niemand etwas merkt.« Xerxes lächelte. »Sieh doch nur, auf welche Weise Lais mit ihren thrakischen Mixturen Menschen mordet.«

Es setzte mich immer in Verlegenheit, wenn von Lais als von einer Hexe und Mörderin gesprochen wurde, und sei es im Scherz. Ich kann mir beim besten Willen nicht vorstellen, daß sie irgend jemanden getötet haben könnte. Andererseits weiß ich, daß sie für Atossa alle möglichen Tränke mischte, und es ist ja kein Geheimnis, daß jedwede Haremsdame, die der alten Königin mißfiel, früher oder später an irgendeiner geheimnisvollen und fatalen Krankheit zu leiden begann.

»Ein eigentümliches Gefühl, hier zu sein.« Xerxes gab sich unerwartet melancholisch. »Ich habe nie geglaubt, daß es Wirklichkeit werden würde.«

»Aber es war doch abzusehen, daß Darius sterben würde.«

»Gewiß. Aber ich habe nie geglaubt, er...« Xerxes drehte den rotschwarzen Becher zwischen den Händen hin und her wie ein samischer Töpfer. »Ich bin zu alt.«

Ich starrte ihn an, verdattert, sprachlos.

Xerxes löste das schwere goldene Kollar von seinem Hals und ließ es auf den Zederntisch fallen. Ungeniert kratzte er sich. »Ja, ich bin zu alt, um zu...« Wieder verstummte er. Er schien nicht zu mir, sondern zu sich selbst zu sprechen. »Ich habe keine Siege errungen. Keine richtigen, jedenfalls.« Mit den Fingerkuppen pochte er auf sein Exemplar des ausgearbeiteten Textes. »Ich habe Rebellionen niedergeschlagen, jedoch dem Reich meines Vaters nicht eine einzige Handvoll Erde oder einen Becher voll Wasser hinzugefügt. Gebaut habe ich, das ist alles.«

»Du bist der größte Bauherr, der jemals lebte!« Ich übertrieb nicht. Ich glaube, Xerxes ist – war – nein, *ist* der großartigste Schöpfer von Städten und Bauwerken, der jemals lebte, wobei ich jene provinziellen Wilden miteinschließe, die vor so langer Zeit Ägyptens unsäglich stupide Pyramiden und Pylonen zusammenfügten.

»Ist das wirklich von irgendwelchem Belang?« Xerxes wirkte tiefernst. Noch nie hatte ich ihn in so bedrückter Stimmung gesehen. Es war, als bereite ihm das Amt des Herrschers über all die Lande nicht Freude, sondern Qualen. »Mir scheint, daß mein Leben völlig vergeudet gewesen ist. Das einzige, was ich getan habe, war warten und warten, und jetzt bin ich fünfunddreißig...«

»Kein wirkliches Alter! Sieh dir Mardonius an.«

»Ich habe ihn mir angesehen.« Xerxes lächelte. »Er schwankt umher wie ein alter Mann. Nein, dies –« Mit einer raschen Geste zeichnete er die Krone in die Luft. »– hätte zehn Jahre früher kommen sollen, als ich im gleichen Alter war wie Darius, als er den Großen König tötete.«

»Den Großen König?« Ich starrte Xerxes an. »Du meinst den Usurpator Gaumata?«

»Ich meine den Großen König.« Xerxes leerte den Becher Wein und wischte sich mit der Rückseite des bestickten Ärmels über die Lippen. »Du weißt es nicht?«

Ich schüttelte den Kopf.

»Ich dachte, du wüßtest. Ich weiß, daß Atossa es Lais erzählt hat. Augenscheinlich ist deine Mutter verschwiegener als meine. Jedenfalls ist es Zeit, daß du das so blutige Geheimnis unserer Familie erfährst.«

Gar nicht selten geschieht es, daß ein Herrscher, wenn er jemandem ein Geheimnis anvertraut, über diesen gleichzeitig das Todesurteil verhängt. Plötzlich war mir sehr kalt. Ich wollte nicht hören, was ich hörte. Doch ich konnte ihn nicht davon abbringen. Er bestand darauf, daß ich erfuhr, was damals nur eine Handvoll Menschen wußte.

»Darius war niemals der Achämenide. Er war mit der Familie nur entfernt verwandt. Aber das ist jeder persische Clan-Führer. Als Kambyses nach Ägypten aufbrach, machte er seinen Bruder Mardos zum Regenten. Falls Kambyses etwas zustieß, sollte Mardos Großer König werden. Kambyses wurde in Ägypten vergiftet. Von wem, weiß ich nicht. Kambyses selbst hielt die dortigen Priester für schuldig. Er litt furchtbare Qualen. Meist war er nicht richtig bei sich. Doch wenn er's war, dann war sein Verstand sehr klar.« Xerxes hielt inne; strich mit dem Daumen über den Rand des Kollars. »Im Gegensatz zu dem, was man uns alle gelehrt hat, war Kambyses zweifellos ein genauso großer Herrscher wie sein Vater Kyrus.«

Ich hörte zu, konnte kaum atmen.

»Als die Nachricht von Kambyses Krankheit Susa erreichte, machte Mardos sich selbst zum Großen König. Kaum jedoch hatte Kambyses davon erfahren, so verdammte er seinen Bruder und machte sich auf den Rückweg. Während dieser Reise wurde Kambyses abermals vergiftet, diesmal von jemandem aus seiner unmittelbaren Umgebung. Du wirst dich erinnern, daß er sich angeblich mit seinem eigenen Schwert geschnitten hat. Aber das Schwert war mit einem tödlichen Gift bestrichen worden, und Kambyses starb. Jetzt war Mardos der legitime Große König. Er hatte keinen Rivalen. Er war populär.

Aber dann begannen Gerüchte zu kursieren. Es hieß, Mardos sei nicht wirklich Mardos. Zwei Magian-Brüder hätten ihn ermordet, und der eine von ihnen, Gaumata, gebe sich für den Toten aus. Wie die ganze Welt weiß, töteten Darius und Die Sechs den Pseudo-Mardos, und Darius machte sich zum Großen König. Dann heiratete Darius Atossa, Tochter von Kyrus, Schwester und Gattin von Kambyses, Schwester und Gattin des sogenannten Pseudo-Mardos. Und so machte Darius dann seinen Sohn, mich, zum legitimen Achämeniden.«

Xerxes klatschte in die Hände. Der Mundschenk erschien. Wenn er etwas gehört hatte, so ließ er sich jedenfalls nichts anmerken. Das wäre für ihn auch gefährlich gewesen.

Als er wieder verschwunden war, stellte ich die naheliegende Frage. »Wen hat Darius getötet?«

»Mein Vater tötete den Großen König Mardos, den Bruder von Kambyses, den Sohn von Kyrus.«

»Aber bestimmt hat Darius *geglaubt,* es sei der Magian Gaumata, der Pseudo-Mardos, den er töte ...«

Xerxes schüttelte den Kopf. »Es gab da keinen Magian. Es gab nur den Großen König, und Darius tötete ihn.«

Schweigend tranken wir unseren Wein.

»Wer«, fragte ich und wußte die Anwort schon, »war der Mann, der das Schwert von Kambyses vergiftete?«

»Des Großen Königs Speerträger.« Xerxes' Stimme klang unbewegt. »Darius, Sohn des Hystaspes.« Xerxes lehnte sich zurück. »Jetzt weißt du es.«

»Ich wollte es nicht wissen, Herr.«

»Nun, jetzt weißt du's aber.« Wieder war da diese tiefe Traurigkeit. »Jetzt weißt du, daß ich bin, wer ich bin, weil mein Vater meine beiden Onkel umbrachte.«

»Wie sonst werden Throne gewonnen, Herr?« Ich redete drauflos. »Schließlich hat Kyrus ja seinen Schwiegervater umgebracht und ...«

»Das war Krieg. Dies war – unheilig. Heimtückisch und ohne ein anderes Motiv als den eigenen Aufstieg meuchelte ein persischer Clansmann die Häuptlinge seines eigenen Clans.« Xerxes lächelte mit zusammengepreßten Lippen. »Ich mußte an meinen Vater denken, als du mir von den beiden indischen Königen erzähltest, die von ihren Söhnen getötet wurden. Ich dachte: Nun, wir sind nicht anders. Auch wir sind Arier. Aber wir wissen – und auch jene Inder wissen es zweifellos –, daß verflucht ist, wer unser heiligstes Gesetz bricht; verflucht auch seine Nachkommen.«

Xerxes war fest davon überzeugt, daß ihn das Schicksal für die Untaten seines Vaters bestrafen werde. Ich widersprach ihm. Ich sagte, wenn er der Wahrheit folge, so werde der Weise Herr es gewiß nicht ihm verargen, daß sein Vater der Lüge gefolgt sei. Doch Xerxes quälten all jene Teufel und dunklen Mächte, die mein Großvater für immer aus dieser Welt zu verbannen versucht hatte. Xerxes glaubte, der Sohn werde für alles bezahlen müssen, wofür der Vater nicht bezahlt hatte – in Blut. Früher oder später würden die alten Götter die Ermordung der beiden Großen Könige rächen; und nur heiliges Blut kann die Flecken auswaschen, die heiliges Blut hinterlassen hat.

»Wußte Hystaspes davon?« fragte ich.

»Oh, ja. Er wußte. Er war entsetzt. Er hoffte, Darius' Verbrechen wiedergutmachen zu können, indem er sich Zarathustra ergab. Aber das ist nicht möglich, nicht wahr?«

»Nein«, sagte ich. »Nur Darius selbst hätte das tun können, mit Hilfe des Weisen Herrn.« Ich fühlte mich zu benommen, um ihn beschwichtigen zu können.

»Das dachte ich mir.« Xerxes stellte seinen Becher verkehrt herum auf den Tisch. Er hatte genug Wein getrunken. Und er war stocknüchtern.

»Es klebt Blut an meinem Thron. Atossa hält das für normal. Aber sie ist Halb-Mederin, und Meder sind in diesen Dingen nicht wie wir.«

»Wann hast du all dies erfahren?«

»Als Kind. Im Harem. Die alten Eunuchen tuschelten. Ich lauschte. Schließlich fragte ich Atossa. Zuerst log sie. Doch ich ließ mich nicht abspeisen. ›Wenn ich nicht die Wahrheit kenne‹, sagte ich, ›wie soll ich dann wissen, wann ich selbst ihn zu ergreifen habe, den ehrfurchtgebietenden Herrscherglanz?‹ So erzählte sie es mir. Sie ist eine starke Frau. Aber das brauche ich dir nicht zu sagen. Sie hat dir das Leben gerettet. Sie hat auch mir das Leben gerettet; und dafür gesorgt, daß ich nun hier bin.«

»Wie hat sie es geschafft, ihr eigenes Leben zu retten?« fragte ich.

»Durch List«, sagte Xerxes. »Als Darius Mardos tötete, schickte er nach Atossa. Er wollte auch sie beseitigen, weil sie die einzige war, die mit absoluter Sicherheit wußte, daß der von ihm Ermordete in der Tat ihr Gatte und Bruder, der wahre Mardos, war.«

»Wußte man das denn nicht im ganzen Harem?«

»Woher? Als Kambyses lebte, war sein Bruder Mardos Regent, und ein Regent ist nun mal nicht im Harem seines Bruders zu Hause. Als dann jedoch Kambyses' Tod gemeldet wurde, heiratete Mardos in aller Eile Atossa – zu ihrer großen Freude. Er war ihr Lieblingsbruder. Als Darius ein Jahr später nach Susa kam, streute er das Gerücht aus, Mardos sei nicht Mardos, sondern ein Magian und ein Schwindler. Diesen sogenannten Schwindler tötete Darius dann. Jetzt gab es auf Erden nur noch einen Menschen, der die Wahrheit kannte. Atossa.«

Über das, was sodann geschah, habe ich drei verschiedene Versionen gehört: eine von Atossa selbst, eine von Lais und eine von Xerxes. Bei aller Verschiedenheit sind sich die drei Geschichten jedoch im Kern sehr gleich.

Als Darius im Harem Atossa aufsuchte, fand er sie vor der lebensgroßen Statue von Kyrus dem Großen sitzen. Sie trug ihre Krone. Sie wirkte völlig unverkrampft; gab sich jedenfalls so. Mit einer Handbewegung schickte sie ihre Bediensteten hinaus.

Dann jedoch stieß Atossa wie eine indische Kobra zu. »Du hast meinen Gatten und Bruder, den Großen König Kambyses, getötet.«

Darius wurde völlig überrumpelt. Er hatte geglaubt, Atossa werde sich ihm zu Füßen werfen und um ihre Leben flehen. »Kambyses ist an einer Wunde gestorben«, sagte Darius und ließ sich in die Defensive drängen, ein Fehler, den er sich im Krieg niemals geleistet hätte. »Durch einen selbstverschuldeten Unfall.«

»Du warst Königsfreund. Du warst Speerträger. Du hast Gift auf die Schwertspitze getan.«

»Deine Behauptung macht das noch lange nicht wahr.« Darius hatte sich von seiner ersten Verblüffung erholt. »Kambyses ist tot. Das ist eine Tatsache. Wie er starb, ist nicht deine Sache.«

»Was den Achämeniden betrifft, ist sehr wohl meine Sache – und meine allein. Denn ich bin die letzte. Ich habe den Beweis dafür, daß du meinen Gatten und Bruder, den Großen König Kambyses, getötet hast...«

»Was für ein Beweis ist das?«

»Unterbrich mich nicht«, zischte Atossa. Wenn sie wollte, konnte sie wie eine richtige Pythonschlange klingen. »Ich bin die Achämeniden-Königin. Ich weiß auch – genau wie du selbst – daß du meinen Gatten und Bruder, den Großen König Mardos, getötet hast.«

Darius, halb schon im Begriff, sich von dieser beunruhigenden Frau zurückzuziehen, hielt mitten in der Bewegung inne. »Er war dein Gatte, jedoch nicht dein Bruder. Er war Gaumata, ein Magian.«

»Er war so wenig ein Magian wie du. Er war der Achämenide, der du nicht bist und niemals sein kannst.«

»Ich bin Großer König. Ich bin der Achämenide.« Darius hatte jetzt einen Elfenbeinstuhl zwischen sich und Atossa gerückt. Ich zitiere aus Atossas Version. »Ich habe den Magian, den Schwindler, den Usurpator getötet...«

»Du bist der Usurpator, Darius, Sohn des Hystaspes; und ein Wort von mir zu den Clans, und ganze Persien wird im Aufstand sein.«

Dies brachte Darius zur Besinnung. Er stieß den Stuhl beiseite, näherte sich der sitzenden Königin. »Es wird kein Wort von dir geben«, sagte er, dicht zu ihr gebeugt. »Verstehst du? Nicht ein einziges Wort. Denn wer immer zu glauben wagt, der Magian sei in Wahrheit Mardos gewesen, wird den Tod erleiden.«

»Nur zu, kleiner Abenteurer. Töte mich. Und warte ab, was geschieht.« Atossa bedachte ihn mit einem Lächeln: mit einem in jenen Tagen zweifellos lieblichen Lächeln – weiße Perlen anstelle von schwarzen. Zu diesem Zeitpunkt geschah es im übrigen, daß Atossa den blauäugigen, braunhaarigen Usurpator ungewöhnlich anziehend fand; so jedenfalls erzählte sie es Lais. Daß sie und Darius im gleichen Alter waren, vestärkte die Begierde, statt sie zu mindern.

Atossa wagte den kühnsten Zug ihres Lebens. »Ich habe bereits Boten nach Babylon, nach Sardis, nach Ekbatana losgeschickt. Für den Fall, daß ich getötet werde, sollen sie den Militärbefehlshabern unserer loyalen Städte enthüllen, daß Darius ein zwiefacher Königsmörder ist. Du weißt, daß Kambyses bewundert wurde. Du weißt, daß Mardos geliebt wurde. Du weißt, daß sie die letzten Söhne von Kyrus dem Großen waren. Die Städte werden rebellieren. Dessen kannst du sicher sein. Du bist ein verwegener junger Mann, mehr nicht – bisher.«

Dieses »Bisher« bedeutete den Beginn eines komplizierten Friedensvertrages, dessen Hauptbedingungen von Atossa diktiert wurden. Wenn Darius sie heirate und beider Erstgeborenen zu seinem Erben mache, werde sie der Welt versichern, er habe in der Tat jenen Magian getötet, den zu heiraten man sie gezwungen hatte. Zwar machten beide einander eine Reihe von Konzessionen, am Kern des Vertrages wurde jedoch nicht gerüttelt.

Demokrit möchte wissen, ob Atossa wirklich Boten nach Babylon etc. geschickt hatte. Natürlich nicht. Am brillantesten war sie stets, wenn sie, ein großes Ziel vor Augen, improvisierte. Glaubte Darius ihr? Niemand wird es je erfahren. Das einzige, was wir wissen, ist, daß Darius niemals aufhörte, Atossa zu fürchten und zu bewundern. Während der folgenden sechsunddreißig Jahre tat er sein möglichstes, sie von Regierungsgeschäften fernzuhalten, und man muß sagen, daß ihm dies mitunter auch gelang. Atossa ihrerseits war von dem jungen Königsmörder hingerissen; und sah in ihm einen überragenden Verwalter von ihres Vaters Reich. Das Ergebnis des blutbefleckten Vertrages war Xerxes. Unglücklicherweise gehörte er zu jenen Menschen, die meinen, es liege in der Natur aller Dinge, im Gleichgewicht zu sein. Geht das eine Ende eines Bretts, das auf einem Kloben ruht, in die Höhe, so muß das andere Ende nach unten kippen. Da Darius für seine Untaten nicht gebüßt hatte, würde der Sohn büßen müssen.

Ich habe all dies, Demokrit, nicht einfach enthüllt, weil ich dem Mann aus Halikarnassus am Zeuge flicken will: Seine Version ist eine hübsche Geschichte für Kinder, und Darius ist ihr strahlender Held. Die Wahrheit ist dunkler und kein Ruhmesblatt für unser Herrscherhaus. Ich habe sie dennoch berichtet, um die Natur meines geliebten Xerxes erklären zu können. Von dem Augenblick an, da er die Wahrheit über seines Vaters Aufstieg erfuhr, sah er mit absoluter Klarheit sein eigenes blutiges Ende voraus. Dieses Vorher-Wissen erklärt, warum er war, wer er war, und warum er tat, was er tat.

Glücklicherweise hatte Xerxes noch vor Ende des Monats seine Melancholie abgestreift. Er ließ beide Räume der Kanzlei Tag und Nacht für sich arbeiten. Er zählte persönlich Gold und Silber im Schatzhaus.

Gemeinsam inspizierten wir das Haus der Bücher, und ich las ihm alle möglichen alten Aufzeichnungen vor, zumal solche über Indien und Cathay.

»Du möchtest wieder hin, nicht wahr?« Wir waren beide voll Staub von den alten Tontafeln, dem schimmligen Papyrus, den Bambusstreifen.

»Ja, Herr, das möchte ich.«

»Übernächstes Jahr.« Xerxes wischte sich den Staub aus dem Bart. »Wir machen uns auf, sobald in Ägypten wieder alles im Lot ist, das verspreche ich. Deine Berichte habe ich nicht vergessen. Und ich habe auch nicht vergessen, daß ich, so alt ich auch schon bin, früher oder später mein Erbe vergrößern muß.«

Wir lächelten beide. Inzwischen erwartete Xerxes nicht mehr von mir, daß ich die Anspielungen auf sein fortgeschrittenes Alter ernst nahm. Rückblickend muß ich allerdings sagen, daß er offenbar davon überzeugt war, seine Zeit als Soldat sei vorbei. Krieg ist ein Handwerk für sehr junge Männer.

Bevor der Hof Persepolis verließ, verfügte Xerxes meine Wiedereinsetzung als Königsauge. Sodann wurde ich beauftragt, Ariamenes nach Baktrien zu begleiten. Und ich sollte nicht nur Auge sein, sondern auch ganz Ohr. Xerxes hatte seinen Bruder voll Nachsicht behandelt, traute ihm jedoch nicht. Jetzt, wo ich die Familiengeschichte besser kannte, fand ich seine Zweifel alles andere als unsinnig.

Ariamenes akzeptierte meine Begleitung in guter Haltung. Obwohl wir mit beträchtlichem Gefolge reisten, blieb es uns nicht erspart, jenen Banditen, welche die Fährte durch das persische Hochland kontrollieren, einen Wegzoll zu zahlen – stets eine erniedrigende Angelegenheit.

Ich erkannte Baktra nicht wieder. Nach dem großen Brand war die gesamte Stadt auf eine Weise neuerstanden, die ihr mehr Ähnlichkeit mit Schravasti oder Taxila verlieh als mit Susa. Die ehedem primitive Grenzsiedlung ist jetzt eine östliche Stadt ganz ohne persische Prägung.

Anfangs bewies Ariamenes mir gegenüber großes Mißtrauen. Mit der Zeit kamen wir jedoch ganz gut miteinander aus. Und unsere Beziehungen verbesserten sich noch, als ich an seiner Handhabung der Verwaltungsgeschäfte praktisch nichts zu bekritteln fand. An seiner Person war allerdings etwas Rätselhaftes. Bis heute weiß ich nicht, warum er, und sei es auch nur für kurze Zeit, eine Rebellion versuchte. Möglicherweise hat die Fremdartigkeit und die abgelegene Lage Baktriens etwas damit zu tun. Jenseits der Berge, nach Süden hin, liegt Indien; jenseits der Wüste, nach Osten hin, liegt Cathay; im Norden sind die kalten Wälder und die kahlen Ebenen der Stämme. Die Zivilisation beginnt erst dreihundert Meilen weiter westlich. Baktrien, am Rande von überall, liegt nirgendwo.

Außerdem ist Baktrien ebensosehr eine Stimmung wie ein Ort, und diese Stimmung ist wild, gewalttätig, ekstatisch. Die baktrischen Magians, welche der Lüge folgen, gehören zu den fremdartigsten Menschen auf der Erde. Sie sind ständig von Haoma berauscht und von unvorstellbarer Grausamkeit. Den Lehren Zarathustras und den Geboten der drei Großen Könige zum Trotz beharren sie darauf, Kranke und Sterbende gefesselt zu den Toten zu legen. In sengender Sonne, in eisigem Schnee rufen die Sterbenden um Hilfe, die ihnen niemand zu gewähren wagt. Aasgeier und Hunde mästen sich nicht nur von Leichen, sondern auch von Lebenden.

Als ich vor Ariamenes Klage darüber führte, sagte er: »Ich kann nichts tun. Die Baktrier fürchten die Magians mehr als mich. Warum kannst *du* ihnen nicht Einhalt gebieten? Du bis des Propheten Erbe. Auf dich werden sie hören.«

Ariamenes amüsierte sich auf meine Kosten. Wo selbst Zarathustra gescheitert war, da – das wußte er nur zu gut – würde sein Enkel wohl kaum Erfolg haben. Ich sprach über die Angelegenheit mit den führenden Persönlichkeiten der zarathustrianischen Gemeinde. Die meisten von ihnen waren mit mir verwandt, und etliche schienen Verständnis zu haben. Nahezu alle jedoch waren . . . weltlich ausgerichtet, nennt man das wohl. Sie gaben vor, der Wahrheit zu folgen, während sie Geld und Ehren nachjagten. Sie versicherten mir, der Brauch, Nicht-Tote auszusetzen, werde unterbunden werden. Dennoch dauert er bis zum heutigen Tage fort.

An der Stätte, wo Zarathustra ermordet worden war, hatte man ein großes Heiligtum errichtet. Es war ein sonderbares Gefühl, vor dem versengten Altar zu stehen, dessen flache Stufen einst von goldenem Haoma und von Blut überschwemmt worden waren. Ich sprach ein Gebet. Mein Vetter, das Oberhaupt des Ordens, stimmte zur Erwiderung einen Gesang an. Dann schilderte ich, dort vor dem Feueraltar stehend, einem Dutzend meiner Verwandten – kleinen, dunklen, chaldäisch aussehenden Männern – den Tod des Propheten und erzählte von jenen Worten, welche der Weise Herr durch Zarathustras sterbende – tote? – Lippen zu mir sprach.

Sie waren tief bewegt. Tief bewegt war auch ich. Doch als ich die vertrauten Worte sprach, entsann ich mich ihrer nicht mehr so, wie sie damals an mein Ohr geklungen waren. Das ständige Wiederholen hat mich schon seit langem der getreulichen Erinnerung beraubt. Dennoch erblickte ich, dort vor dem Altar stehend, bruchstückhaft ein Bild von mir als Kind, die Augen wie geblendet von der Allmacht von Tod und Gott.

Dann führte man mich in den Raum der Ochsenhäute. Hier sitzen ein Dutzend Schriftkundige und lauschen den alten Mitgliedern der Gemeinde, wie sie zarathustrianische Texte rezitieren. Indes die alten

Männer singen, werden die Verse, oder Gathas, niedergeschrieben. Da ich manche dieser Gathas von den Lippen meines Großvaters vernommen hatte, entging mir nicht, daß leichte Abwandlungen vorgenommen wurden – absichtlich? In einigen Fällen, scheint mir, verändert man meines Großvaters Worte für eine neue Generation. Häufiger jedoch hat der Betreffende ganz einfach den ursprünglichen Text vergessen, was mich, nach langem Widerstreben, zu der Einsicht gebracht hat, daß es wichtig ist, diese Dinge aufzuzeichnen, wo der Fehler nur verhältnismäßig wenige sind.

Bei der gegenwärtig allgemein verbreiteten Neigung, alles und jedes niederzuschreiben –: Wann, wo, warum hat es angefangen? Die wirklichen Worte von Zarathustra, von Buddha, von Mahavira, Gosala, Meister K'ung werden für künftige Generationen bewahrt bleiben, obschon – paradoxerweise – ein geschriebener Text weitaus leichter zu verfälschen ist als die Erinnerung eines Priesters, der eine Million Wörter auswendig gelernt hat und es nicht wagt, ein einziges dieser Wörter zu ändern aus Angst, er werde alle übrigen verlieren. Andererseits ist es ziemlich leicht, einen neuerfundenen Text auf eine Kuhhaut zu schreiben und ihn für uralt und authentisch auszugeben.

Zarathustras Gebote gegen den Mißbrauch von Haoma sind bereits zu meinen Lebzeiten so abgeändert worden, daß sie der Magian-Tradition entsprechen. Kürzlich erst wurde die Eigenschaft Arta – Gerechtigkeit – zum Gott erhoben, während der Dewa Mithras nie völlig aus dem zarathustrianischen Glauben verbannt worden ist, weil, wie mein letzter lebender Vetter aus meiner Generation überaus fromm bekundet, Mithras ja nichts anderes als die Sonne sei. »Und ist nicht die Sonne das Zeichen des Weisen Herrn?« Verstohlen also kehren, einer nach dem anderen, die Teufel wieder. Was der Mensch anbeten will, das betet er an. Mein Großvater hat nur ein paar Gewichte verschoben. Das ist alles.

Als ich der Gemeinde erzählte, Xerxes habe versprochen, einzig den Weisen Herrn als Gott anzuerkennen, zeigten sie sich sehr erfreut. »Allerdings«, bemerkte das Ordensoberhaupt dazu, »werden dann die Magians, die der Lüge folgen, wohl kaum dem Großen König folgen.«

Ausführlich schilderte man mir die tagtäglichen Auseinandersetzungen zwischen unseren und den anderen Magians. Ich erfuhr auch von den endlosen Streitereien zwischen den Zarathustrianern am Hofe und jenen, die in Baktra geblieben waren.

Obwohl ich mir alle Mühe gab, den Eindruck zu erwecken, ich sei ganz zu Diensten, hatte ich das Gefühl, daß diese kleinen, dunklen Männer der Grenze ziemlich enttäuscht von mir waren. Sie hatten von mir geglaubt, ich sei einer von ihnen. Statt dessen sahen sie sich nun einem blauäugigen Mann gegenüber, der das Persisch des Hofes sprach. Als Königsauge war ich doch allzusehr ein Teil der profanen Welt, und ich bin sicher, es kam ihnen nicht weniger merkwürdig vor, als es mir selbst heute noch vorkommt: daß von allen Menschen auf dieser Erde ausgerechnet ich derjenige gewesen sein sollte, der diese Stimme des Weisen Herrn vernommen hatte. Wegen dieses einen Augenblicks in meiner Kindheit gelte ich heute noch als Persiens heiligster Mann. Es ist absurd. Aber nun ja, wir sind selten, was wir sein möchten; während das, was wir sein möchten, uns entweder versagt bleibt – oder mit den Jahreszeiten wechselt.

Bin ich nicht weise, Demokrit? Nun, da der Winter für mich gekommen und das Eis schwarz ist, weiß ich genau, wer und was ich bin – ein Leichnam auf Abruf.

Sechstes Buch

CATHAY

1

Zwei Jahre nach Xerxes' Thronbesteigung wurde ich zum Gesandten ernannt, und zwar für sämtliche Königreiche, Herzogtümer und sonstige Staaten, aus denen jenes ferne Land besteht, das wir Cathay nennen – eine Welt, die noch nie ein Perser gesehen hatte. Die Reise, die ich seinerzeit so gern zusammen mit Fan Ch'ih gemacht hätte, würde ich nun mit einer von ›Egibi und Söhne‹ organisierten Karawane machen. Zwei Cathayaner waren mir als Dolmetscher zugeteilt, während baktrische Kavallerie und baktrische Fußsoldaten die militärische Eskorte bildeten.

Wie nicht anders zu erwarten, opponierte der zweite Raum der Kanzlei gegen meine Mission; aber da der Große König gesprochen hatte, begnügte man sich damit, eine Rechtfertigung für das – wie der Schatzkämmerer meinte – Hinausschleudern des Geldes zu suchen: Man beauftragte mich formell, zwischen Persien und Cathay eine Handelsstraße zu »eröffnen«, eine Aufgabe wie das Bauen einer Leiter zum Mond. Doch war ich mehr als gewillt, den Versuch zu wagen. Zwar hätte ich es vorgezogen, die lange und relativ sichere Reise durch Indien zu machen – und Ambalika und meine Söhne zu sehen –, doch Fan Ch'ihs Brief hatte ich entnehmen können, daß die nördliche Route jenseits des Oxus-Flusses den kürzesten, wennschon gefährlichsten Weg nach Cathay darstellte. Und so hielt ich mich nördlich. Was sich als Torheit erwies. Doch ist Torheit eine nicht eben seltene Eigenart der Jugend. Demokrit sagt mir, auch er hätte den kürzesten Weg nach Cathay gewählt. Womit meine These bewiesen wäre.

Fan Ch'ih hatte mir erzählt, verhüttetes Eisen sei in Cathay praktisch unbekannt, so daß es für gutes persisches Metall – und gute persische Metallarbeiter – zweifellos eine Marktlücke gäbe. Egibi und Söhne waren derselben Meinung. Sie erklärten sich bereit, die Karawane zu finanzieren – obschon unsere Chancen, jemals wiederzukehren, so niederschmetternd gering waren, wie Shirik seinerzeit auf dem Abakus errechnet hatte. Daß er das Risiko dennoch einging, begründete er so: »Falls es dir gelingt, die nördliche Route zu eröffnen, so werden wir – zum erstenmal – eine richtige Seidenstraße haben.« Traditionsgemäß werden alle Landrouten nach Cathay Seidenstraßen genannt. Egibi und Söhne hatten eine lange Liste von Dingen, die sie gegen das Eisen einzuhandeln wünschten – von Seide bis zu Drachengebein für medizinische Zwecke. Mein Glück wollte es, daß es für die Magenbeschwerden des alten Shirik nur ein Linderungsmittel gab: pulverisiertes Drachengebein aus Cathay. Mithin hatte er nicht nur ein geschäftliches, sondern auch ein persönliches Interesse am Gelingen meiner Mission.

Zu Frühlingsanfang verließ ich Baktra in Richtung aufgehende Sonne. Meine Schilderung der langen Reise wird in einer Eisentruhe im Haus der Bücher in Persepolis aufbewahrt, und nur der Große König besitzt einen Schlüssel zu dieser Truhe, sofern er ihn nicht verloren hat. In weniger als einem Jahr fand ich nach Cathay einen Weg, den im Westen niemand zuvor gekannt hatte. Aber da ich ein Perser und ein Königsfreund bin, habe ich nicht die Absicht, den Griechen auch nur das winzigste Detail meiner Reise nach Cathay zu verraten. Übrigens könnte ich ohne entsprechende Unterlagen – die von uns gemachten Landkarten sowie Ortsbestimmungen mit Hilfe der Gestirne – ohnehin nur eine vage Beschreibung jener Reise geben, die vor – wieviel Jahren stattfand? Achtunddreißig, falls ich richtig rechne.

Nach Überquerung des Oxus kamen wir durch endloses Weideland. Hier leben die nördlichen Stämme. Sie griffen uns verschiedentlich an, verursachten jedoch keinen Schaden, da ich über eine Eskorte von tausend baktrischen Soldaten verfügte. Auch sind die Baktrer eng verwandt mit jenen wilden Nomaden, welche die Steppe bewohnen. Und die Wüste.

Die Wüste! Jene östliche Wüste, die wohl die größte ist, die es auf Erden gibt. Zweifellos ist es die tödlichste. All unsere Pferde kamen um. Zum Glück überlebten die meisten Kamele. Viele, allzuviel Männer allerdings nicht. Von den zweitausend Kameltreibern, Soldaten, Gehilfen, die an einem strahlenden Frühlingsmorgen von Baktra aufgebrochen waren, überlebten nur zweihundert die Durchquerung dieser Wüste, die ohne Ende zu sein schien, bis auf jene ebenso kurzen wie grausamen Trugbilder verblüffendster Art. Mitunter erblickten wir unversehens einen reißenden Bergbach oder Wasserfall; oder auch kühlen Schnee, herabrieselnd in tiefe Wälder. Und immer wieder geschah es, daß sich einige Männer in das hineinstürzten, was ein erquickender See oder Fluß zu sein schien. Männer starben, den Mund voll sengendem Sand.

Zwar gibt es in der östlichen Wüste viele Oasen, doch braucht man einen zuverlässigen Führer, um sie zu finden. Ein solcher Führer stand uns nicht zur Verfügung: Dafür sorgten die Wüstenstämme. Und hätten wir nicht gewußt, daß Cathay in der Richtung der aufgehenden Sonne lag, so wären wir rettungslos verloren gewesen. Unter den Umständen dauerte unsere Reise einen Monat länger als nötig und kostete uns viele Menschenleben. Gegen Ende reisten wir nur noch nachts, um die Trugbilder und auch die Hitze zu meiden. Und erschien dann die

Sonne über dem flachen, grauen Horizont, so gruben wir uns Erdlöcher wie indische Hunde. Dort schliefen wir, Tücher über den Köpfen, wie Tote.

Trotz meiner langen Gespräche mit Fan Ch'ih wußte ich sehr wenig über die Geographie von Cathay. Zwar war mir bekannt, daß sich die Mehrzahl der Einzelstaaten zwischen dem Jangtsekiang und dem Gelben Fluß befindet, doch wie groß die Entfernung zwischen diesen beiden Flüssen war und in welches Meer sie mündeten, wußte ich nicht. Fan Ch'ih hatte mir erzählt, sein Heimatland Lu läge in einem Becken, das vom Gelben Fluß gebildet werde. Darüber hinaus wußte ich nichts über Cathay oder seine Ausdehnung.

Die Wüste wechselte über zu Weideland, wo uns gelbgesichtige Hirten aus sicherer Entfernung beobachteten. Sie machten keinen Versuch, uns zu belästigen. Da es zahlreiche Quellen und viel Wild gab, litten wir keinen Mangel. Schließlich, als gerade die Witterung umschlug und es kalt wurde, erreichten wir einen Wasserlauf, den westlichsten Teil des Gelben Flusses, wie sich herausstellte. Tief und dunkel schlängelte er sich hier durch niedrige grüne Hügel, die uns mit ihren Nadelbäumen an die arische Heimat der Väter erinnerten.

In einem Bambushain am Flußufer schlugen wir unser Lager auf. Während die Männer badeten und Fische fingen, machte ich Inventur. Wir hatten viele Männer und Pferde verloren, aber dank der Widerstandsfähigkeit der Kamele besaßen wir noch den größten Teil der Eisenfracht sowie genügend Waffen, um uns zu verteidigen, wenn's nicht gerade gegen eine Armee war. Während der Woche, in der wir am Fluß lagerten, schickte ich ein Dutzend Boten aus. Nur einer kehrte zurück – als Gefangener einer Armee, die sich prompt anschickte, uns zu umzingeln.

Tausend Reiter auf tausend Pferden starrten uns mit der gleichen Verwunderung an, mit der wir sie musterten. Gelbe Haut war zwar, dank Fan Ch'ih, für mich nichts Neues, diese Männer jedoch hatten die Farbe von dunklem Honig. Ihre Gesichter waren rund, die Nasen flach, die Schlitzaugen schräg. Sie trugen dickgepolsterte Jacken und sonderbare Reiterkappen. Wie festgewachsen saßen sie auf ihren kurzbeinigen Pferden. Auf diese Weise machte ich an einem grauen Tag, an dem der erste Schnee fiel, die Bekanntschaft der frisch aufgestellten Kavallerie des Herzogtums Ch'in, des westlichen Staates von Cathay.

Da ich, über nahezu sechs Monate hinweg, von meinen beiden Dolmetschern in die Anfangsgründe ihrer komplexen Sprache eingeführt worden war, konnte ich mich mit dem Kavalleriekommandeur direkt verständigen. Viel zu besprechen gab es zwischen uns allerdings nicht. Als seine Gefangenen wurden wir, unter Bewachung, nach Yang, der Hauptstadt von Ch'in, gebracht.

An diese Reise habe ich kaum eine Erinnerung. Es überraschte mich allerdings, daß der Kavalleriekommandeur noch nie von Persien gehört hatte. Als ich ihm sagte, die Fracht Eisen sei für Lu bestimmt, lachte er und spie auf den Boden – solchermaßen Ch'ins Verachtung für Lu Ausdruck verleihend.

Ich hatte angenommen, in den Städten der gelben Leute werde es ähnlich zugehen wie in jenen der Gangesebene. Doch zu meinem Erstaunen erwiesen sich die Einwohner von Yang als schweigsame, ja mürrische Menschen, sämtlich in die gleichen grauen und langen Gewänder gekleidet. Die Straßen der Stadt erinnerten mich an ein Armeelager. Für jegliches Verhalten gibt es genaue Vorschriften. Männer haben sich auf der einen Straßenseite zu halten, Frauen niederen Standes auf der anderen. Selbst auf dem Hauptmarktplatz geht es beklemmend leise zu, dank einer Schar von Inspektoren, die in einem fort die Gewichte der Verkäufer und die Münzen der Käufer prüfen. Wer eines der zahllosen Gesetze bricht, wird entweder getötet oder verstümmelt. Fast jedem zweiten fehlt ein Ohr oder eine Nase oder eine Hand. Ich sah niemanden in der Öffentlichkeit lächeln, auch nicht das allgegenwärtige Militär.

Während meiner ersten Tage in Ch'in fragte ich mich, ob Fan Ch'ih mich wohl hatte hinters Licht führen wollen: Dies war gewiß nicht das von ihm geschilderte Cathay. Später fand ich heraus, daß Ch'in nicht nur anders ist als der Rest des Reichs der Mitte: Es ähnelt keinem anderen Land auf der Welt, Sparta vielleicht ausgenommen.

Meine Karawanenbegleiter wurden in ein Lagerhaus innen bei der Stadtmauer eingesperrt. Mich eskortierte man, mehr oder minder respektvoll, zu einem niedrigen Holzgebäude im Zentrum der Stadt, wo man mich – eher weniger als mehr – respektvoll in eine kleine Zelle einschloß.

Noch nie hatte ich mich so verlassen gefühlt. Obwohl ich mich in der Sprache verständlich machen konnte, sprach niemand mit mir. Schweigsame Männer brachten mir Nahrung und vermieden es, mich anzusehen. Denn wenn sie es taten, so waren sie offensichtlich beunruhigt durch das, was sie sahen. Blaue Augen verschrecken Cathayaner. Helle Haut stößt sie ab. Glücklicherweise hatte ich kein rotes Haar; sonst hätte man mich auf der Stelle einem der sogenannten Sternengötter geopfert.

Ich wurde weder schlecht behandelt noch gut. Irgendwie wurde ich überhaupt nicht behandelt. Einmal am Tag bekam ich zu essen, entweder Reis oder eine Art Fleischsuppe. Aber wenn ich mit den Bediensteten zu sprechen versuchte, schienen sie mich nicht zu hören. Eine Zeitlang glaubte ich, sie seien taubstumm.

Schließlich führte man mich vor – nein, nicht den Fürsten, bei dem ich akkreditiert war, sondern vor den Vorsitzenden des Ministerrats, einen höflichen alten Kauz, der ein wenig dem Cathayaner ähnelte, welchen ich in Shiriks Büro in Babylon kennengelernt hatte. Der Ministerpräsident hieß Huan Soundso. Ich habe seinen zweiten Namen vergessen. Allerdings habe ich mich mit Cathayaner-Namen immer schwergetan. Jeder Mann von Wert hat einen öffentlichen Namen, einen privaten Namen, einen geheimen Namen, einen Beinamen – sämtlich zusätzlich zu seinen diversen Titeln. Auch kleidet sich jeder gemäß seinem Rang. Manche tragen Fuchspelz; andere tragen Schafwolle; wieder andere rote Seide. Jeder Mann von Rang trägt einen Gürtel, behangen mit allerlei juwelenbesetzten Ornamenten, welche Rang, Familie und Land bezeichnen. Ein recht praktisches System. Da man den Rang eines Fremden auf den ersten Blick erkennt, weiß man genau, wie man ihn zu behandeln hat.

Das Innere von Huans Audienzraum glich dem eines wunderschön polierten Holzkästchens. Die meisten staatlichen Gebäude in Cathay sind aus Holz, die Häuser der Armen hingegen aus Lehmziegeln und Schilfdächern. Aus Stein bestehen nur Festungsbauten, und die sind ziemlich primitiv. Alle Gebäude werden entsprechend den vier Haupthimmelsrichtungen konstruiert, Nord, Süd, Ost, West. Jede dieser Richtungen hat ihre Besonderheiten: Schlafe mit dem Kopf nach Norden, und du wirst sterben; und so weiter.

Wie sich herausstellte, war ich im Haus des Ministerpräsidenten unter Verschluß gewesen. Als höchster Staatsbeamter unter Herzog P'ing stand Huan einem Rat von sechs Ministern vor, von denen jeder aus einer der sechs Familien stammte, die Ch'in kontrollieren. Herzog P'ing war offensichtlich ein Liebhaber des berauschenden Getränks, das aus vergorener Hirse gemacht wird. Folglich zog er es vor, sein Leben weitgehend in seinem Palast zu verbringen, umgeben von Konkubinen und Zechgefährten. Einmal im Jahr erschien er im Ahnentempel seiner Familie und brachte dem Himmel Opfer dar: Gemessen an seinem Einfluß oder Nicht-Einfluß auf die Staatsgeschäfte, hätte er ebensogut selbst einer dieser Ahnen sein können.

Natürlich ahnte ich von alldem nichts bei meiner ersten Begegnung mit dem Ministerpräsidenten, der mich, wie mir schien, mit ausgesuchtester cathaynischer Höflichkeit begrüßte. In Wirklichkeit behandelte er mich wie einen teuren Sklaven.

Mit einer Geste bedeutet mir Huan, ihm gegenüber niederzukauern. Obwohl ich das Cathayanische später recht geläufig sprach, hörte es doch niemals auf, mich zu verwirren. Zum einen haben die Verben keine Tempi. Man weiß niemals, ob etwas bereits geschehen ist, gerade geschieht oder geschehen wird. Zum anderen sind die Substantive weder im Singular noch im Plural, so daß man nie sicher sein kann, wie viele Wagen Seide man denn nun genau für das geschmolzene Eisen bekommen wird. Doch mit jener Eindeutigkeit, die der cathayanischen Sprache mangelt, sei hier festgestellt, daß die Cathayaner nicht nur vortreffliche, sondern meist auch ehrliche Geschäftsleute sind.

Während ich sämtliche Titel des Großen Königs aufzählte und kurz, jedoch eindringlich seine Macht umriß, hörte Huan höflich zu. Dann sagte er: »Du bist gekommen, um mit uns Handel zu treiben, wie ich vermuten möchte.« Bei jeder Feststellung, die er traf, nickte er, wie um sicherzugehen, daß wir uns einig seien.

»Um mit allen Ländern von Cathay Handel zu treiben, ja.«

Wieder nickte er, doch diesmal bedeutete das Kopfnicken das Gegenteil: Nichteinverständnis – eine recht enervierende Angelegenheit. »Ja. Ja. Doch hinwiederum nein. Es gibt nur ein Cathay. Es gibt nur ein Reich der Mitte. Und was für Truppen auch immer sich befinden mögen im Reich der Mitte, sie sind temporär und –« Er musterte mich triumphierend. »– nicht existent.«

»Ja, ja.« Ich imitierte ihn, selbst das Nicken. »Aber ich weiß, daß es hier in Ch'in einen Herzog gibt und auch einen Herzog in Lu und einen Herzog in Wei ...«

»Wahr. Wahr. Aber jeder Herzog regiert nur zum Wohlgefallen des Sohns des Himmels, welcher allein das Mandat besitzt, weil er allein abstammt vom Gelben Kaiser.«

Ich hatte keine Ahnung, wovon er sprach, blieb jedoch beharrlich. »Ja, Herr Huan. Wir wissen von diesem machtvollen Monarchen. Und der Große König läßt ihm durch mich Unwürdigen seine Grüße entbieten. Aber wo, wenn ich fragen darf, ist er zu finden?«

»Wo er ist. Wo sonst?« Huans Kopf wippte auf und nieder. Er schien außerordentlich glücklich.

»Dann werde ich zu ihm gehen. Ich werde dorthin gehen, wo er ist.«

»Ja. Ja.« Huan seufzte. Wir starrten einander an. Während der nächsten Jahre sollte ich noch alle möglichen Variationen hören über das Thema von dem Kaiser, der ist und nicht ist, wo er ist und nicht ist. In Wirklichkeit hat es seit dreihundert Jahren keinen wahren Kaiser des Himmels gegeben; und der Herzog von Chou, der sich selbst als Kaiser betitelt, wird von allen verachtet.

Was die Vergangenheit betrifft, so erfährt man von den Cathayanern ebensoviel Verschwommenes wie von den Indern. Alle stimmen jedoch darin überein, daß es vor langer Zeit einmal eine Kaiserdynastie mit dem Namen Shang gab. Über eine Reihe von Generationen hinweg besaßen diese Kaiser das Mandat des Himmels oder, wie wir es nennen würden, den ehrfurchtgebietenden Herrscherglanz. Doch vor sieben- oder achthundert Jahren wurde das Mandat zurückgezogen, wie es früher oder später ja stets geschieht, und ein westlicher Stamm von Barbaren besetzte das Reich der Mitte und etablierte eine neue Dynastie mit dem Namen Chou.

Der erste Chou-Kaiser hieß Wen. Ihm folgte sein Sohn Wu. Zwei Jahre nach Erringung des Mandats – das heißt, nach Niedermetzlung seiner letzten Shang-Widersacher – wurde Wu sehr krank, und nicht einmal die Brühe aus Drachengebein brachte ihn wieder auf die Füße. Schließlich bot sich sein jüngerer Bruder Tan, der Herzog von Chou, an der Statt des älteren dem Himmel an. Übrigens unterscheidet sich der cathayanische Himmel von dem arischen Himmel (sowie jedweder anderen Art Himmel, soweit mir bekannt) sehr deutlich darin, daß es sich um einen schattenhaften Ort handelt, dem nicht ein Gott oder Götter vorstehen, sondern die toten Ahnen, angefangen beim ersten Menschen, dem sogenannten Gelben Ahnen oder Kaiser. Weshalb der tugendhafte Tan denn auch nicht das cathayanische Gegenstück zum Weisen Herrn anrief, sondern drei jenseitige Herrscherahnen. Es sollte hier angemerkt werden, daß die Religion dieser Menschen eine höchst sonderbare Religion ist, weil es sich dabei im Grunde um überhaupt keine Religion handelt. Doch obwohl ihre sogenannten Sternengötter eher unseren Teufeln gleichen, ist die Verehrung dieser minderen Gottheiten von Belang für das Wohl des Staates, das auf die Erhaltung der Harmonie zwischen Himmel und Erde gründet. Man erreicht dies, indem man die Zeremonien zu Ehren der Ahnen auf das Allersorgfältigste beobachtet.

Die drei toten Könige waren über Tans Angebot, anstelle seines Bruders zu sterben, so gerührt, daß sie Wu wiedergenesen ließen und zum Austausch dafür auch nicht Tans Leben forderten. Tan ist, genau wie sein Vater Wen, für viele Cathayaner ein Held. Wu hingegen, die Verkörperung militärischer Skrupellosigkeit, wird nicht immer bewundert. Wie sich von selbst versteht, behaupten die Herzöge von Ch'in, in direkter Linie von Wu abzustammen, und sie bestreiten die Rechtmäßigkeit des Prätendenten, der von Wen abstammt. Die Ch'inesen sprechen fortwährend von Hegemonie und meinen, diese Hegemonie stehe ihnen von Rechts wegen zu. Im gegebenen Fall bedeutet Hegemonie Oberhoheit über alle einander befehdenden Staaten, aus denen das Reich der Mitte jetzt besteht. Bislang hat der Himmel die Cathayaner so sehr geliebt, daß er den Herzögen von Ch'in das Mandat vorenthalten hat. Wie ich später herausfand, werden die Herrscher von Ch'in von allen Cathayanern gehaßt, auch von den von ihnen unterdrückten Ch'inesen. Wenn ich von Herrschern spreche, so meine ich nicht die Herzöge. Ich meine den Rat der Sechs, die über Ch'in herrschen; und von den sechs meine ich Huan, der zweifellos einer der bemerkenswertesten Männer war, denen ich je begegnet bin; und auch einer der allerübelsten.

Ich wurde sechs Monate lang gefangengehalten. Meine Begleiter verkaufte man in die Sklaverei, und die Eisenfracht konfiszierte man. Es gelang mir, mein Leben zu retten, indem ich Huan davon überzeugte, daß ich der einzige sei, der wisse, wie man Eisenerz verhütte. In der Tat hatte ich eine ganze Menge darüber gelernt, und zwar durch Beobachtung der Schmelzer, die ich nach Magadha geholt hatte. Damals war, was die Verhüttung von Eisen betrifft, kein anderes Land so weit fortgeschritten wie Persien. Die Cathayaner waren am rückständigsten. Daß die Ch'inesen jetzt tüchtige Eisenarbeiter sind, verdanken sie mir.

Ich wurde gut behandelt. Oft speiste ich allein mit Huan. Gelegentlich begleitete ich ihn auf Besuchen bei anderen Adligen. Dem Herzog wurde ich jedoch nie vorgestellt.

Nachdem für mich feststand, daß ich mich in keiner unmittelbaren Gefahr mehr befand, begann ich, Huan fast genauso viele Fragen zu stellen wie er mir. Ihn amüsierte, was er für meine barbarische Unverblümtheit hielt. Weniger amüsierten ihn manche meiner Fragen. »Warum ist der Herzog nicht ersetzt worden? Schließlich regiert er doch gar nicht.«

»Wie entsetzlich!« Huan zeigte sich in der Tat entsetzt. Hastig zeichnete er irgendein magisches Muster – zur Abwehr von Bösem? – auf den Rand der Matte, auf der er saß. Wir befanden uns in einem nicht sehr hohen Raum, der hinaussah auf einen Garten mit einer Reihe von Pflaumenbäumen in zarter, duftender Blüte.

»Oh, zu barbarisch! Wirklich, zu barbarisch! Selbst für eine Person von jenseits der Wüste.«

»Ich bitte um Vergebung, Herr Huan.« Zerknirscht blickte ich auf den polierten Holzfußboden.

»Es ist so furchtbar, diesen Gedanken *ausgedrückt* zu hören, daß es mich schaudert, und, oh, wie mir der Verstand schmerzt!« Er griff sich nach der Magengegend. Dort, so glauben die Cathayaner, sei der Sitz des Geistes. »Unser Herzog ist heilig, weil er von dem Kaiser Wu abstammt. Er und er allein besitzt das Mandat des Himmels. Selbst ein Barbar sollte das wissen.«

»Ich weiß es, Herr Huan. Aber wie du selbst gesagt hast, ist das Reich der Mitte noch nicht seines. Das Gleichgewicht zwischen Erde und Himmel – jener große Blasebalg, wie eure Weisen es nennen – befindet sich noch nicht im richtigen Gleichgewicht.«

»Wahr. Wahr. Aber es ist, natürlich.« Ja, genauso sagte er's. Ich konnte mich nie wirklich anfreunden mit der Art und Weise, auf welche die Cathayaner in ihrer tempilosen Sprache Vergangenheit, Gegenwart und Zukunft durcheinanderbringen.

Huan *schien* zu sagen, das Mandat des Himmels gehöre Herzog P'ing bereits. In Wirklichkeit meinte er, das Mandat werde ihm eines Tages gehören, weil es bereits seines sei, und es sei seines bereits gewesen, weil er war, wer er war. In der cathayanischen Sprache gibt es sehr viele Feinheiten; und endlose Verwirrung.

»Aber da ist doch schon der Kaiser in Loyang.«

»Er ist *nicht* der Kaiser. Er ist Herzog von Chou.«

»Aber er stammt doch von Wus Vater Wen ab. Und Loyang ist die heilige Hauptstadt des Reiches der Mitte.«

»Trotzdem ist er nur einer der fünfzehn Herzöge des Reiches der Mitte. Und von diesen fünfzehn Herzögen stammen nur elf von dem einen oder dem anderen der fünfundzwanzig Söhne des Gelben Kaisers ab, der das Feuer erfand, dessen Nachkomme die Welt vor der Wasserflut rettete und sodann vom Himmel den großen Plan mit seinen neun Unterteilungen erhielt, jenen Plan, der schließlich in den Besitz seines Nachkommen, des Kaisers Wu, gelangte, welcher ihn weitergab über die Generationen hinweg an *ihn*, welcher nach Süden blickt.« Respektvoll verneigte Huan sich in Richtung der herzöglichen Residenz. Mit der Bezeichnung »welcher nach Süden blickt« meint man den Kaiser mit dem rechtmäßigen Himmelsmandat. Den Grund dafür kenne ich nicht. Vielleicht hätte ein Sternenkundiger eine Erklärung. Ob es wohl etwas mit dem arischen Stern – dem Nordstern – zu tun hat? Dieser Gedanke ist mir oft durch den Kopf gegangen. Jedenfalls steht der Kaiser bei öffentlichen Anlässen immer nördlich von seinem Volk.

Der rechtmäßige Kaiser ist ein lebendes Abbild des Himmels, jenes geisterhaften Wohnsitzes der Kaiser, deren Linie zurückreicht bis zum Gelben Urahn, der alle Dinge erschuf, als er eine Art kosmisches Ei öffnete, dessen obere Hälfte der Himmel und dessen untere Hälfte die Erde wurde. Einzig durch des Menschen Verehrung gegenüber dem Himmel kann Harmonie bewahrt werden zwischen den beiden Hälften einer geteilten Welt. Daher sind religiöse Riten für die Cathayaner von gewaltiger Bedeutung. Wie viele primitive Völker glauben sie, daß es keine Herbsternte geben wird, falls, sagen wir, das Frühlingsterrassenspiel nicht richtig aufgeführt wird – und dabei handelt es sich um eine höchst komplizierte Zeremonie mit zahllosen Schauspielern, Tänzern, Sängern und Musikern sowie dem Herrscher, der allein zu den kaiserlichen Ahnen sprechen darf, während sie herabschauen auf ihn und all seine Werke – mit freundlichen und finsteren Blicken.

»Dann hat Herzog P'ing also bereits die Ernennung durch den Himmel erhalten.« Tief beugte ich den Kopf, als ich den Namen des Herzogs sprach; und noch tiefer, als ich den Himmel nannte.

»Ja, ja.« Huan lächelte. Aber natürlich besaß Herzog P'ing eine solche »Ernennung« ebensowenig wie der eigentliche Prätendent in Loyang. Dies ist die Dauerkrise von Cathay. Und so nimmt es kaum wunder, daß es nicht einen einzigen cathayanischen Herrscher gibt, der nicht davon träumte, die Hegemonie und die Billigung des Himmels zu erlangen – in dieser Reihenfolge. Doch scheint es höchst zweifelhaft, daß es je einem Herrscher gelingen wird, seine Nachbarn so zu unterwerfen, wie das Kyrus oder selbst Ajataschatru gelang.

Soweit ich das beurteilen kann, ist das Reich der Mitte größer als die Gangesebene, jedoch kleiner als das persische Reich. Vor hundert Jahren errang der nördliche Staat Tsin beinahe die Hegemonie; dann wurde der südliche Staat Ch'iu so mächtig wie Tsin, und so wurde das Himmelsmandat auch weiterhin nicht vergeben. Dies war der Stand der

Dinge, als ich mich damals in Cathay befand, und ich bezweifle, daß es seither irgendeine Veränderung gegeben hat. Trotz gegenteiliger Beteuerungen möchte kein Herrscher das Reich der Mitte vereinigt sehen – außer durch ihn selbst. Soviel über das Gleichgewicht oder Nicht-Gleichgewicht dort.

Schon zu Anfang meiner Gefangenschaft gelang es mir, an Fan Ch'ih in Lu eine Botschaft auf den Weg zu bringen. Er war meine einzige Hoffnung, je wieder nach Persien zu gelangen; doch wußte ich nicht, ob es überhaupt in seiner Macht liegen würde, mich freizubekommen, denn nie wurde mir gesagt, was denn nun genau mein Status sei. Galt ich als Sklave, so konnte Fan Ch'ih mich kaufen. Doch wenn ich Huan zu verstehen gab, man werde für mich wohl ein Lösegeld zahlen, so erwiderte er regelmäßig: »Aber du bist doch ein geehrter Gast.« Sodann pflegte er in die Hände zu klatschen, und man brachte mich zurück zu meiner Zelle, deren Tür nie abgesperrt wurde, da ich ja ohnehin nicht entkommen konnte. Ich war in Ch'in genauso auffällig wie ein Schwarzer in Susa. Nein, auffälliger. In Susa gibt es Hunderte von Schwarzen, während ich in ganz Ch'in offenbar der einzige Weiße war.

Als ich die Sprache geläufiger sprechen konnte, befragte Huan mich eingehender über die Verwaltung in Persien. Zwar zeigte er kein besonderes Interesse am Großen König, wenn es um Dinge ging wie die Festsetzung von Preisen auf dem Markt, die Regulierung von Zinsen bei Gelddarlehen, die Kontrolle der Bevölkerung durch die Polizei und den Geheimdienst, doch um so eifriger lauschte er meinen Geschichten von Persien und von den indischen Königreichen.

Ich erinnere mich an ein Festmahl, bei dem ich in der Tat als Ehrengast behandelt wurde von Huan, der es stets genoß, sich vor seinen Adelskollegen mit mir zu brüsten. Bei dieser Gelegenheit war fast der gesamte Staatsrat anwesend. Während wir auf Matten knieten, kamen schlurfende Bedienstete mit Schemeln, welche sie neben jeden von uns stellten. Ich wollte mich immer auf meinen Schemel setzen, aber das wäre bei einem formellen cathayanischen Mahl völlig unmöglich. Der Schemel ist ausschließlich dazu da, um sich dagegen zu lehnen. Da selbst Cathayaner stundenlanges Knien unbequem finden, ist der Schemel nützlich, wenn man sein Gewicht verlagert.

Vor jedem von uns stand eine Anzahl von Tellern und Schalen. Einem Minister stehen acht Teller oder Gerichte zu; bei mir waren es sechs. Jeweils zur Linken hat man Fleisch, bis auf den Knochen durchgegart, und ein Schälchen mit Reis; zur Rechten einen Teller mit in Scheiben geschnittenem Fleisch und eine Schale mit Suppe. Diese Ordnung muß stets eingehalten werden. Außerhalb dieser Teller und Schalen befinden sich weitere, in einem Kreis; sie enthalten kleingehacktes und geröstetes Fleisch, gedämpfte Zwiebeln, Pickles und so weiter. Gekochter Fisch wird im Winter so serviert, daß sich der Fischbauch rechts vom Gastgeber befindet; im Sommer befindet er sich links. Getrocknetes Fleisch ist nach links gefaltet. Gefäße müssen mit dem vorderen Teil zum Gastgeber zeigen. Und so weiter und so weiter.

Das Ritual eines cathayanischen Gastmahls ist fast so kompliziert wie eine religiöse Zeremonie. Ist man zum Beispiel von niedrigerem Rang als der Gastgeber – was für mich gleichsam automatisch galt –, so muß man die Schale mit Reis oder Hirse oder einer anderen Körnerfrucht hochheben, sich vor dem Gastgeber verneigen und das Gericht ablehnen, indes man sich scheinbar zum Gehen anschickt. Sodann erhebt sich der Gastgeber und bittet den Gast zu bleiben, was dieser auch tut. Aber da alles, was auf der Welt geschehen kann, auch schon geschehen ist, muß wohl auch dies schon geschehen sein. Ich möchte nicht in der Haut des Gastes gesteckt haben, der wirklich hinauszugehen wagte.

Es gab weitere Feinheiten, die man zu beobachten hatte, doch ich habe sie vergessen. Niemals vergessen werde ich hingegen die hervorragende Kochkunst, wie man sie in allen vornehmen Häusern in Cathay findet. Selbst die warmen Speisen, die man auf dem Markt kaufen kann, sind von hoher Qualität, und kein Vergnügen auf Erden kommt dem folgenden gleich: zu speisen auf einem Schiff, das festgemacht ist an einem Weidenbaum im Wei-Fluß zur Zeit des Sommermonds.

Hat man die diversen Zeremonien hinter sich gebracht, so kann ein cathayanisches Gastmahl fast genauso sophistisch-ergötzlich sein wie ein Gastmahl in Athen. Natürlich sind die Umgangsformen in Cathay strikter als in Athen. Aber wo wären sie das nicht? Dennoch war die Konversation während Huans Mahl mitunter sehr lebhaft, ja scharf. Gegen Ende, als man schon allzuviel Hirsewein getrunken hatte, kam es sogar zu Meinungsverschiedenheiten.

Ich erinnere mich noch, wie sehr ich meine erste »Begegnung« mit dem berühmten gebackenen Ferkel genoß. Dies ist eine recht ungenügende Bezeichnung für ein Gericht, das damit beginnt, daß ein mit Datteln ausgestopftes Ferkel in Stroh und Lehm gebacken wird; sodann bricht man die Lehmhülle auf, und das Fleisch wird in Scheiben geschnitten und in zerlassenem Fett gebraten; nun kocht man die Scheiben mit Kräutern drei Tage und drei Nächte lang und serviert sie mit gesäuertem Rindfleisch und Essig. In ganz Lydien gibt es nichts so Köstliches. Ich fürchte, daß ich mich an Huans Tafel vollstopfte – was man bei einem cathayanischen Mahl niemals tun soll; nur daß es jeder tut.

Nachdem Huan mir erklärt hatte, wie das Ferkel zubereitet worden war, und ich das Ergebnis in allerhöchsten Tönen pries, sagte er: »Aber gewiß kannst du auch in deinem Land so speisen.« Er nickte aufmunternd.

Auch ich nickte; und sagte: »Nein, niemals. Ihr habt jene Vollkommenheit erreicht, nach welcher wir nur suchen.«

»Oh, nein, nein!« Dann wandte Huan sich den anderen Gästen zu und sagte: »Cyrus Spitama ist, trotz seines kuriosen Namens und seiner charakteristischen Blässe, eine sehr scharfe Waffe.« Eine scharfe Waffe ist die cathayanische Bezeichnung für einen gescheiten Menschen.

Die anderen musterten mich mit mehr als nur höflichem Interesse. Allerdings hatte wohl keiner von ihnen jemals einen Weißhäutigen gesehen. Daß ich ihre Sprache sprach, verblüffte Cathayaner stets aufs neue. Von einem Barbaren erwarteten sie, er werde grunzen wie ein Schwein.

Höflich fragte mich einer der Edlen nach Persien. Wo lag es? Wie weit entfernt? Als ich erwiderte, tausend Meilen westlich von Champa – eine Hafenstadt, von der sie alle gehört hatten – nickten ein Dutzend Köpfe in absolutem Unglauben.

»Er erzählt mir«, sagte Huan mit seinem fast zahnlosen Lächeln, »daß in seinem Land alle Menschen dem Staat untertan sind und daß allein der Staat darüber befindet, was gut und was böse ist.«

Die Edlen nickten und lächelten, und ich tat es ihnen nach. Muß ich erst noch sagen, daß ich Huan dergleichen *niemals* erzählt hatte?

»Aber gewiß«, sagte ein alter Mann, »müssen selbst in einem Barbarenland die Gebote des Himmels Vorrang haben vor jenen des Staates.«

Huan blickte zum Dachbalken, als sei dort der Himmel. »Solange das Mandat dem Herrscher anvertraut ist, solange ist des Herrschers Wille absolut. Hast du mir nicht gesagt, so sei es in deinem glücklichen Land?« Huan lächelte mir zu.

»Ja, Herr Huan.« Ich ließ es mir nicht einfallen, meinem Gefangenenwärter zu widersprechen.

»Aber gewiß –« Und jetzt wandte sich der alte Mann in meine Richtung, offenbar froh, mich gleichsam als Ersatz für den Ministerpräsidenten ansprechen zu können. »– Aber gewiß gibt es bestimmte Gesetze des Himmels, denen euer Herrscher gehorchen muß?«

Huan antwortete an meiner Statt. »Nein. Es gibt keine, solange das Mandat ihm gehört. Diese westlichen Barbaren glauben, genau wie wir, daß der Staat die Kette ist, die mit dem Individuum beginnt, das ein Glied der Familie ist, die ein Glied des Dorfes ist, das ein Glied des Staates ist. Jedes Glied in der Kette muß stark sein. Jedes Glied dient dem Ganzen, das der Staat ist. Im glücklichen Land unseres verehrten Gastes –« Ein Nicken in meine Richtung. »– sind die Menschen nicht mehr so, wie sie zu Anfang waren, als jeder Mann für sich allein lebte, was bedeutete, daß zwei Männer, wenn sie zusammentrafen, auch verschiedene Ansichten über Gut und Böse hatten, was eine sehr schlechte Sache ist, denn niemand kann bestreiten, daß alles Leid der Welt mit den Meinungsverschiedenheiten der Menschen über Gut und Böse beginnt. Nun, die Barbaren von Persien sind weiser als wir. Ja, ja! Könnte jedermann tun und denken, was ihm beliebt, so – das glauben sie – könnte es keine Ordnung, keine Harmonie, keinen Staat geben. Deshalb muß der weise Herrscher, wenn er das Mandat des Himmels erhalten hat, seinem Volk sagen, daß, was er für richtig hält, für alle Menschen richtig ist, und was er für falsch hält, für alle Menschen falsch ist. Aber natürlich gibt es immer welche, die gegen ihren Herrscher ungehorsam sind, und so hat der persische König gesagt: ›Sollte sich eine Stimme erheben gegen das Amtlich-Gute, so muß jeder, der jene Stimme hört, dies der Obrigkeit melden.‹ Was für ein weises Gebot! Wie wahrhaft weise! Jedermann muß dem Herrscher oder seinen Beamten jegliche Übeltat, ja jeglichen Verdacht auf eine mögliche Übeltat melden. Die Folge? Vollkommenes Glück! Weil die westlichen Barbaren alle Unordnung und Disharmonie beseitigt haben. Jeder dient einem Staat, der sich stützt auf ... wie lautet jene treffliche Formulierung noch, Cyrus Spitama? Oh, ja! Das Prinzip der Übereinstimmung mit dem Höheren.«

Huan verneigte sich vor mir, als sei ich der imaginäre persische Monarch, der dieses unheilige Regierungssystem ausgetüftelt hatte. Einige Jahre später erfuhr ich, daß Huans Gastmahl historische Bedeutung beigemessen werden mußte. Seit mehr als einer Generation hatte es zwischen den ch'inesischen Adligen heftige Dispute darüber gegeben, wie der Staat zu organisieren sei. Huan glaubte, die einzige Möglichkeit, Ch'in zu beherrschen, bestehe darin, die Menschen bis zu einem Grad zu versklaven, wie das nie zuvor versucht worden war, in Cathay nicht und auch nirgends sonst, nicht einmal in Sparta. Jedermann wurde angehalten, jedermann zu bespitzeln. Man zerbrach Familien, um taugliche Männer nach Belieben einsetzen zu können, in der Armee, bei der Feldbestellung, zum Straßenbau, was immer sonst. Da Kaufleute und Handwerker gewohnt sind, sich frei zu bewegen, drängte Huan darauf, diese Aktivitäten zu verbieten. Um die absolute Vorherrschaft des Staates sicherzustellen, arbeitete er schließlich in aller Heimlichkeit darauf hin, seine eigene Klasse, die Aristokratie, zu vernichten.

Natürlich waren Huans Adelsgenossen nicht gerade erbaut von seinen Theorien – von seinen Praktiken ganz zu schweigen. Während des Gastmahls gab es eine ganze Menge höflichen Widerspruchs. Einige Jahre später war der Widerspruch weniger höflich, und Huan wurde von einer rivalisierenden Faktion ermordet. Doch er hatte gründliche Arbeit geleistet. Zwar prosperierten Kaufmanns- und Handwerkerstand weiterhin, auch hat der Adel seine Macht behalten, doch gewöhnliche Männer und Frauen sind kaserniert, über ihr Leben bestimmt ausschließlich der Staat. Wagt es jemand, gegen Huans Herrschaft des Himmels nur ein Wort zu erheben, so wird er in zwei Stücke gehackt, die von der Öffentlichkeit zu besichtigen sind: das eine auf der einen Seite des Stadttores, das andere auf der anderen.

Während wir gebackenes Ferkel aßen, sprach der alte Mann, den Umweg über mich nehmend, zu Huan. »In der Zeit unserer Ahnen lebte jeder gemäß dem Gebot seiner inneren Natur, und es gab viel Güte in der Welt und wenig Hader. Gewiß möchte euer persischer König, daß seine Untertanen so leben wie ihre Ahnen, in Harmonie mit dem Himmel und sich selbst.«

Huan klatschte vergnügt die Hände ineinander. »Aber als ich diesem weisen Barbaren die gleiche Frage stellte, sagte er, und ich hoffe, daß ich dich getreulich zitiere...«

»Oh, das wirst du! Das wirst du, Herr Huan!« Ich klang wie einer jener indischen Vögel, die man das Sprechen gelehrt hat.

»Du hast mir gesagt, in frühen Zeiten seien die Menschen gut gewesen, weil es nur wenige Menschen gab, der Dinge jedoch viele. Nun aber gibt es viele Menschen und wenige Dinge. Selbst in der fernen Zeit des Kaisers Yu war das Leben schon so hart, daß Yu persönlich auf den Feldern arbeitete, bis von seinen Unterschenkeln alles Haar abgewetzt war. Jetzt aber gibt es zehntausendmal so viele Menschen wie zur Zeit von Yu. Deshalb müssen wir sie, zum Gemeinwohl, unter Kontrolle halten, damit sie einander nicht behindern. Wie kann dies getan werden? Ich muß gestehen, daß es mir selbst an der nötigen Klugheit mangelte, um mir eine Lösung auszudenken. Doch dein weiser persischer König hat mir eine Antwort geliefert.« Huan beugte seinen Oberkörper in meine Richtung, so daß ich meinen noch tiefer beugen mußte, bis mir der Magen gurgelte. Die Cathayaner nehmen Magengeräusche sehr wichtig. Ich hoffte nur, daß mein Magengurgeln in keiner Weise aufrührerisch klang.

»›Mache dir die menschliche Natur zunutze‹, sagt der persische König. ›Da Menschen ihre Neigungen und Abneigungen haben, kann man sie mit Hilfe von Lohn und Strafe kontrollieren, und dies sind die Mittel, durch die sich der Herrscher seine Herrschaft erhält.‹«

»Falls nun aber diese ... Mittel versagen, was würde der weise Perser dann raten?« Der alte Mann sah mich an; seine Augen waren blutunterlaufen. Er haßte Huan. Da gab es keinen Zweifel.

»Das Wort, das der weise Perser gebrauchte, war ›Gewalt‹.« Huans Stimme klang gütig. »›Gewalt‹, sagte er, ›ist die Medizin, welche die Massen in Unterordnung hält.‹«

Trotz der herrlichen Speisen kann ich mich an kein weniger komfortables Gastmahl erinnern. Mit mir als unfreiwilligem »Mittelsmann« forderte Huan seine Adelsgenossen heraus. Zum Glück für die Ch'inesen machten sich die Aristokraten Huans radikale Auffassungen keineswegs völlig zu eigen, und Huan selbst strebte niemals danach, mehr zu sein, als er schon so viele Jahre gewesen war: Erster unter Gleichen. Was die einfachen Menschen betrifft, so ist jedoch deren Leben durch seine Maßnahmen grundlegend verändert worden, daß es zweifellos den Zusammenbruch des Staates braucht, um sie aus der ihnen aufgezwungenen Sklaverei zu befreien. Die Spartaner werden wenigstens dazu erzogen, ihren Staat zu lieben und ihr hartes Leben als selbstverständlich hinzunehmen. Die Menschen von Ch'in lieben ihre Herren nicht, um das mindeste zu sagen.

Das Gastmahl endete, als alle den Himmel anflehten, er möge dem Herzog ein langes Leben gewähren. Die Inbrunst, mit der die Tischgäste sich an den Himmel wandten, verwunderte mich. Schließlich besaß der Herzog ja keine Macht; doch die Adligen vergossen echte Tränen bei dem Gedanken, er könne sterben. Ich schob ihre Gefühle auf den Hirsewein. Aber als dann, drei Monate später, Herzog P'ing tatsächlich starb, begriff ich, daß es keine Rausch-Tränen gewesen waren.

An jenem schicksalhaften Tag erwachte ich am frühen Morgen durch Glockenklang. Es folgte unregelmäßiges Trommelschlagen. Vom einen Ende der Stadt bis zum anderen tönte Wehklagen.

Hastig kleidete ich mich an und eilte auf den Hof. Ich sah, wie Huan in seinen Wagen stieg. Er trug alte Kleider und sah aus wie ein Bettler. Mit einem Schrei peitschte der Wagenlenker auf die vier Pferde ein, und schon waren sie davon.

Einer der höheren Bediensteten berichtete: »Der Herzog ist kurz vor Sonnenaufgang gestorben. Es heißt, er habe allzuviel Wein genossen und den Eunuchen gerufen, damit dieser ihm beim Erbrechen helfe, was er auch tat. Aber statt Wein zu erbrechen, erbrach der Herzog Blut. Oh, dies ist ein furchtbarer Tag für Ch'in! Ein schwarzer Tag, wahrlich, wahrlich!«

»Beim Himmel, ja. Sonst wäre er doch nicht der gewesen, der nach Süden blickt, nicht wahr? Nun ist er tot.« Der Diener brach in Tränen aus. Ganz Ch'in schien zu weinen. Mir war das rätselhaft. Ich wußte, daß Herzog P'ing nicht populär gewesen war. Genauer gesagt: Er hatte seine Existenz ausschließlich seinem Nutzen als zeremonielle Figur verdankt, manipuliert von sechs Familien. Wo also war der Grund für soviel Trauer?

Ich fand es während der Bestattungszeremonie heraus. Zusammen mit Huans Hauspersonal stand ich auf dem Platz, in dessen Mitte sich die herzogliche Residenz befindet. Bis auf die Reihe von Fahnenmasten gleich gegenüber dem Eingang wirkt das Gebäude weniger stattlich als der Palast des Ministerpräsidenten. Die aufgezogenen Fahnen bedeuten, daß, wer hier wohnt, das Mandat des Himmels besitzt. An diesem Tag waren die Fahnen schwarz und rot, ein unheilvoller Anblick. Da kein Windhauch das schwere Tuch bewegte, hing es schlaff in der heißen Sonne. Der Tag schien ohne Luft zu sein. Obwohl ich fortwährend hinter vorgehaltenem Ärmel gähnte, konnte ich nie genügend Atem bekommen. Daran schien mir nicht nur die Hitze schuld zu sein, sondern auch das schwere Atmen der zehntausend tiefernsten Männer und

Frauen, die völlig stumm standen und zum Palasttor starrten. Mag das Volk von Ch'in auch das ruhigste und gehorsamste auf der ganzen Erde sein, ich fand soviel Schweigsamkeit stets ein wenig beunruhigend – wie die Vorahnung eines Erdbebens.

Die Türen des Palastes schwangen auf. Huan und der Staatsrat erschienen, gefolgt von einem hochlackierten Palankin, der auf den Schultern von einem Dutzend Soldaten ruhte. Auf dem Palankin lag der Herzog. Der Leichnam war in scharlachrote Seide gekleidet und geschmückt mit tausend Juwelen. Auf seiner Brust lag eine prachtvolle Scheibe aus dunkelgrünem Jade, dem Symbol für die Gunst des Himmels.

Ein langer Zug von Sklaven tauchte aus dem Palast hervor mit Truhen voller Seide, mit goldenen Dreifüßen, mit Ledertrommeln, mit Elfenbeinstatuen und vergoldeten Waffen, mit Wandschirmen aus Federn, mit einem silbernen Bett. All diese prächtigen Gegenstände sollten der Ausstattung der herzoglichen Grabstätte dienen – zu wahrhaft atemberaubenden Kosten. Ich weiß, wovon ich rede. Huan beauftragte mich, eine komplette Aufstellung all dessen anzufertigen, was in das Grab gebracht worden war, damit die Gesamtsumme ins Budget eingebracht und dem Staatsrat vorgelegt werden könne, wenn dieser dem neuen Herzog seine Aufwartung mache.

Auf der anderen Seite des Platzes setzten sich Huan und seine Ministerkollegen an die Spitze des Trauerzuges, der sich bald über eine Meile dehnte. Den Wagen der Adligen folgte ein von acht Schimmeln gezogenes Gefährt. Der Leichnam des Herzogs war dergestalt an ein Brett gebunden, daß er die Pferde zu lenken schien – ein eher abstoßender Anblick. Die für das Grabmal bestimmten Gegenstände waren auf mehrere Wagen verteilt, zusammen mit Hunderten von Haremsdamen. Hinter den Schleiern klang Schluchzen und Stöhnen.

Über eine Stunde brauchten Wagen und sonstige Gefährte, um quer durch die Stadt zum Südtor zu gelangen. Dort brachte Huan irgendeinem lokalen Teufel ein Opfer dar. Dann führte er den Leichenzug weiter, eine sich windende Straße entlang: zu dem Tal, wo die Herrscher unter künstlichen kleinen Hügeln bestattet werden, ähnlich wie in Sardis.

Überraschenderweise nahm mich, in einem rotlackierten Wagen, ein schlanker, hochgewachsener Mann mit, der zu mir sagte: »Ich habe für weiße Menschen eine Schwäche. Drei von ihnen waren mein Eigentum. Aber zwei sind inzwischen tot, und der dritte kränkelt. Du darfst mir die Hand küssen. Ich bin der Herzog von Sheh, ein Vetter des verstorbenen Herzogs von Ch'in wie auch der Herzöge von Lu und von Wei. Aber wir Herzöge sind, durch unseren gemeinsamen Ahnen, den Kaiser Wen, alle miteinander verwandt. Woher kommst du?«

Ich versuchte es ihm zu erklären. Von Persien wußte der Herzog zwar nichts, doch war er mehr im Westen gereist als irgendeiner der Ch'inesen, die ich dort kennengelernt hatte. »Ich habe ein Jahr in Champa zugebracht«, sagte er. »Hat mir nicht gerade gefallen. Entweder war es dort zu heiß, oder es regnete. Und die Menschen sind für meinen Geschmack viel zu dunkel. Ich hatte gehofft, sie würden weiß sein, so wie du. Doch man sagte mir, um weiße Menschen zu finden, müßte ich wenigstens ein halbes Jahr weiter nach Westen reisen, und ich konnte den Gedanken nicht ertragen, so lange aus der Welt zu sein.« Er kniff mir in die Wange; starrte angespannt auf das Fleisch zwischen seinen Fingern. »Es wird rot!« Er war entzückt. »Genau wie bei meinen anderen Sklaven. Ich kann mich gar nicht satt sehen daran, wie das Rot kommt und geht. Meinst du wohl, daß Huan dich mir verkaufen würde?«

»Ich bin mir ganz und gar nicht sicher –« Ich wog jedes Wort. »– daß ich ein Sklave bin.«

»Oh, aber ich bin sicher. Du bist ein Barbar, auch wenn du dein Gewand nicht nach links schlägst. Du solltest es eigentlich tun. Das ist für uns amüsanter. Und dein Haar solltest du lose tragen. Du darfst nicht versuchen, zu zivilisiert auszusehen, sonst gebricht's dir am Reiz der Neuheit. Jedenfalls bist du zweifellos ein Sklave. Du lebst im Haus des Ministers. Und du tust, was er dir gebietet. Ich möchte meinen, daß du ganz unbedingt ein Sklave bist. Und ich verstehe nicht, warum Huan dir das nicht gesagt hat. Einfach ungehörig von ihm, wirklich. Aber er ist so schüchtern. Vermutlich hält er es für unziemlich, dir ins Gesicht zu sagen, daß du ein Sklave bist.«

»Kriegsgefangener, würde ich es eher nennen.«

»Krieg? Was für ein Krieg?« Der Herzog von Sheh erhob sich auf dem Wagen und blickte sich um. »Ich sehe keine Armeen«, sagte er. Und gewiß wirkte die graugrüne Landschaft sehr friedvoll, während sich der Leichenzug wie eine stumme, endlose Schlange dahinwand zwischen den gezackten Kalksteinhügeln, welche die herzogliche Begräbnisstätte markierten.

»Ich kam als ein Gesandter des Großen Königs.«

Der Herzog zeigte sich an meiner Geschichte mäßig interessiert. Persien sagte ihm nichts. Magadha dafür um so mehr. Als ich ihm erzählte, ich sei mit einer Tochter Ajataschatrus verheiratet, war er sehr beeindruckt. »Ich bin mehreren Mitgliedern jener Familie begegnet, unter anderem auch Ajataschatrus Onkel, der Vizekönig war, als ich mich in Champa befand.« Der Herzog wurde überaus lebhaft, ja fröhlich. »Dein Besitzer wird vom König zweifellos ein stattliches Lösegeld erhalten – weshalb ich dich Huan unbedingt abluchsen muß. Dann werde ich dich an deinen Schwiegervater verkaufen. Denn – siehst du – ich leide stets an Geldknappheit.«

»Dabei hätte ich gedacht, der Herrscher von Sheh werde allerreichste

Unterstützung finden – durch den Himmel!« Langsam lernte ich es, den vielschichtigen Stil der Cathayaner besser zu handhaben. Nichts Gesprochenes bedeutet ganz das, was es zu bedeuten scheint, indes die Gesten von Arm, Hand und Körper geradezu unglaublich komplex sind. Ich beherrschte nie auch nur die Anfangsgründe.

»Das Sheh, dessen Herzog ich bin, ist nicht mehr das Sheh, das es war, und so habe ich noch nie den Fuß dorthin gesetzt. Ich ziehe es vor, mit meinem Hof zu reisen und meine zahlreichen Vettern zu besuchen und Drachengebein zu sammeln. Wahrscheinlich hast du schon gehört, daß ich die größte Sammlung von Drachenknochen auf der Welt besitze. Nun, was du gehört hast, ist wahr. Aber da die Knochen immer mit mir reisen, muß ich zehntausend Wagen unterhalten, und das ist sehr teuer. Sollte ich dich jedoch an den König von Magadha verkaufen können, so wäre ich wahrhaft reich.«

Der Herzog von Sheh war eine phantastische Gestalt, welche die Cathayaner sehr amüsierte. Eigentlich hieß er Sheh Chu-liang und war der illegitime Sohn eines Herzogs von Lu. Mit seinem ambivalenten Status unzufrieden, ernannte er sich selbst zum Herzog von Sheh. Aber Sheh ist gar kein Land. Das Wort bedeutet heilige Stätte und bezieht sich auf jenen künstlichen Erdhügel, den man am Rand eines jeden cathayanischen Staates findet. Der Herzog tat gern so, als habe es irgendwo und irgendwann einmal einen Staat namens Sheh gegeben, dessen erblicher Herzog er sei. Räuberische Nachbarn hätten sich diesen Staat einverleibt, so daß Sheh aufhörte zu existieren, und von dieser verlorenen Welt einzig ihr vagabundierender Herzog übrigblieb. Ob er – über Lu – tatsächlich einem Herzogsgeschlecht angehörte, ist einer jener subtilen Punkte, über welche die cathayanischen Edlen zu disputieren lieben. Da, andererseits, seine Abstammung vom Kaiser Wen eine Tatsache war, sahen sich sämtliche cathayanischen Herrscher gezwungen, ihren geehrten Vetter zu empfangen. Weil nun der Herzog unentwegt von Hof zu Hof zog, konnte er relativ billig leben. Er unterhielt eine Gruppe ältlicher Gefolgsleute, vierzehn gleichermaßen angejahrte Rösser, sechs Wagen – zehntausend ist eine Form von cathayanischer Hyperbel und bedeutet zahllose – sowie einen Triumphwagen mit gebrochener Achse.

Manche hielten den Herzog für ungeheuer reich, jedoch sehr böse. Andere meinten, er sei ein armer Mann, der vom Handel mit Drachenknochen lebte. Er sammelte diese riesigen, felsbrockenartigen Fragmente im Westland, wo sie ziemlich häufig vorkommen; dann verkaufte er sie an Ärzte im Osten, wo Drachen selten sind. Ich hatte das Glück, nie eine dieser schrecklichen Kreaturen zu Gesicht zu bekommen, doch ließ ich mir erzählen, der Herzog habe über dreißig erschlagen. »In meiner Jugend, natürlich. Ich bin nicht mehr, was ich war, fürchte ich.« Fortwährend malte er Abbilder von diesen Bestien und verkaufte sie, sofern sich Interessenten fanden.

Als sich der Leichenzug dem hohen Grabhügel näherte, wo den Ch'inesen zufolge der Kaiser Wu ruht, meinte der Herzog, es müsse sich doch eine Möglichkeit finden lassen, mich von Huan freizubekommen. »Gewiß besitzt du einigen Einfluß auf ihn. Denn wäre das nicht der Fall, so hätte er dich zweifellos längst getötet. Er fühlt sich leicht gelangweilt, wie so viele schüchterne Männer.«

»Ich glaube nicht, daß ich auch nur den geringsten Einfluß auf den Ministerpräsidenten habe. Er verwendet mich für kleinere Dienste. Zur Zeit führe ich für ihn Buch.«

»Bist du ein erfahrener Mathematiker?« Der Herzog drehte den Kopf und musterte mich mit zusammengekniffenen Augen. Die sinkende Sonne, tiefstehend schon, sandte schräge Strahlen; sie schien die Luft verbrannt zu haben. Nie zuvor und nie seither habe ich solche Mühe beim Atmen gehabt wie damals während der heißen Jahreszeit von Ch'in.

»Ja, Herzog.« Als Mittel zum Zweck war mir jede Lüge recht – sofern er mich bloß kaufte. »Mein Volk hat die Pyramiden erbaut, als Übung in Himmelsmathematik.«

»Ich habe davon gehört.« Der Herzog war beeindruckt. »Nun, ich werde mir etwas einfallen lassen. Denke auch du nach. Wie schade, daß du kein Verbecher bist, denn für Verbrecher gibt es immer eine Amnestie, wenn ein neuer Herzog den Thron besteigt. Aber vielleicht können wir den neuen Herzog trotzdem dazu bewegen, dich freizulassen, sofern Huan ihn läßt, was ich bezweifle. Andererseits: Wenn du frei bist, wie kann er dich dann verkaufen? Ist ja irgendwie ein Rätsel, nicht?«

Ich stimmte zu. Aber natürlich stimmte ich allem zu, was dieser berückende Verrückte mir sagte. Er war meine einzige Hoffnung, aus Ch'in zu entkommen, und dieser Wunsch wuchs mehr und mehr – gesteigert noch, so das denn möglich war, durch die Bestattungszeremonien beim Grabhügel von Kaiser Wu.

Das Leichengefährt und die anderen Wagen bildeten einen Halbkreis vor dem konisch geformten Hügel, der, wenn vielleicht auch nicht den legendären Wu, so doch einen Monarchen von sichtbarlich hohem Alter barg, da der Hügel bedeckt war mit jenem Symbol der Majestät, der Zwergkiefer, die tausend Jahre braucht, um die anmutig hieratischen Formen zu entwickeln, welche die Cathayaner bewundern.

Da die Wagen ranggemäß Aufstellung nahmen, befanden sich der Herzog von Sheh und ich ziemlich in der Nähe des Ministerpräsidenten, so daß wir die Ereignisse ausgezeichnet verfolgen konnten. Hinter uns standen, weit über die niedrigen silbergrauen Hügel ausgefächert, schweigend mehrere tausend der einfachen Menschen.

Was für Zeremonien ich eigentlich erwartete, weiß ich nicht. Vermutlich würde man Opfer darbringen; und so war es auch. Südwestlich vom Grabhügel wurden Feuer entzündet, und man schlachtete Pferde, Schafe, Schweine und Tauben in großer Zahl.

Bei der Verteilung des Opferfleisches zeigt sich die Obrigkeit von Ch'in so einfallsreich wie in vielen anderen Dingen auch. Jeder erhält einen Stock, einen Meßstab, der ihn zu genau berechneten Portionen vom Fleisch berechtigt. Deshalb ist nicht nur für alle genügend Fleisch da, es kommt auch nie zu jenen häßlichen Krawallen, wie sie für babylonische, ja selbst persische Zeremonien typisch sind. Wie ich erfuhr, zeichnete Huan verantwortlich für diese Neuerung, die schließlich von allen cathayanischen Staaten übernommen wurde. Als ich die Idee des Meßstabs den Magians nahezubringen versuchte, lehnten sie ab. Sie geben dem abscheulichen Chaos den Vorzug, das all ihre Haoma-durchtränkten Rituale begleitet.

Der neue Herzog stand nördlich von uns. Er war allein, wie es das Ritual verlangt. Und er sah so alt aus wie sein Vorgänger, wenn nicht älter. Allerdings erzählte mir der Herzog von Sheh, es handle sich nicht um einen der Söhne des Toten, sondern um einen Vetter. Die Regierung hatte Herzog P'ings Söhne sämtlich abgelehnt zugunsten dieses Vetters ersten Grades, »dessen Beschränktheit sprichwörtlich ist. Genau der richtige Mann, aus Sicht der Regierung.«

»Sind es immer die Minister, die den Souverän auswählen?«

»Er, welcher vom Himmel eingesetzt worden ist, wählt als Minister nur seine loyalen Sklaven aus.« Plötzlich klang die Stimme des Herzogs schrill. Als ich ihn besser kennenlernte, wurde mir klar, daß er über zwei völlig verschiedene Verhaltensweisen verfügte, sofern sich in ihm nicht sogar zwei voneinander getrennte Persönlichkeiten verkörperten. Die eine Art des Verhaltens wurde gekennzeichnet durch eine eher leise, gedämpfte Stimme sowie Vertraulichkeit und Listigkeit; die andere Verhaltensweise wirkte überaus kryptisch und wurde charakterisiert durch eine dünne, hohe, monotone Stimme. Er machte unmißverständlich klar, dies sei weder der Ort noch die Zeit, die anomale Position seiner herzoglichen Vettern zu erörtern. Ich sollte bald erkennen, daß sie, von wenigen Ausnahmen abgesehen, keinerlei Macht besitzen; und ihre Reiche werden von erblichen Ministern regiert, entweder allein oder gemeinsam mit anderen erblichen Staatsbeamten. Das Mandat des Himmels ist nicht mehr als ein goldener Traum von dem, was sein könnte, jedoch niemals ist und, vielleicht, auch niemals war.

Mit lauter Stimme sprach der neue Herzog von Ch'in zu seinen Ahnen. Ich verstand kein einziges Wort. Während er zum Himmel redete, trugen Sklaven die Truhen, Dreifüße, Möbel in eine Art Naturhöhle am Fuße des steilen Kalksteinfelsens. Die ganze Zeit über spielte Musik. Da es rund dreihundert Musiker waren, die gleichzeitig spielten, wirkte das auf das Ohr des Fremdlings höchst befremdend. Später jedoch hörte ich einen guten Teil der cathayanischen Musik sehr gern.

Besonders bestrickten mich die lieblichen Klänge, die entstehen, wenn man spezielle Steine von verschiedener Größe mit einem Hammer anschlägt.

Als der Herzog mit seiner Ansprache an die Ahnen fertig war, hob ein Dutzend Männer den Palankin mit dem Leichnam des Vorgängers auf ihre Schultern. Die Musik brach ab. In der Stille wurde der Palankin am neuen Herzog vorbei in die Höhle getragen. Sobald der Leichnam nicht mehr zu sehen war, atmeten alle aus. Die Wirkung war unheimlich – wie der erste Hauch eines Sommersturms.

Ich blickte zum Herzog von Sheh. Wie ein Vogel in der Mauser kauerte er am Rand des Wagens, die glänzenden Augen auf die Höhle gerichtet. Die Männer, die den Leichnam in die Höhle getragen hatten, kamen nicht wieder heraus. Statt dessen bewegten sich in langsamer Prozession hundert verschleierte Frauen auf die Höhle zu. Manche waren die Gattinnen des vestorbenen Herzogs; andere waren Konkubinen, Tänzerinnen, Sklavinnen. Den Frauen folgte ein getrennter Zug von Männern und Eunuchen, an der Spitze jener alte Edelmann, der am Ferkel-Mahl teilgenommen hatte. Ein Teil dieser Männer waren Gardeoffiziere; bei anderen handelte es sich um hochrangige Höflinge. Ihnen folgten Musiker mit ihren Instrumenten; Köche und Aufwärter mit Bambustischen, auf denen alles vorbereitet war für einen köstlichen Schmaus. Einer nach dem anderen verschwanden die Männer und die Frauen in dem, was offensichtlich nicht nur eine Höhle war, sondern ein in den Kalkstein getriebenes Riesengewölbe.

Kaum waren die insgesamt fünfhundert Männer und Frauen verschwunden, so sprach der neue Herzog abermals zu seinen Ahnen im Himmel. Diesmal verstand ich so ungefähr, was er sagte. Er pries seine Ahnen mit Namen. Dies dauerte einige Zeit. Dann bat er die Ahnen, seinen Vorgänger im Himmel aufzunehmen. Er nannte Herzog P'ing den Allerbarmer. In Cathay nennt man einen Toten nie bei seinem richtigen Namen, und das aus einleuchtendem Grund: Der ausgesprochene Name könnte bewirken, daß der Geist des Verstorbenen zur Erde zurückkehrt und einen heimsucht. Werde der Allerbarmer im Himmel aufgenommen, so – das gelobte der Herzog – werde er mit größter Sorgfalt alle Rituale einhalten, welche die Harmonie zwischen Himmel und Erde gewährleisten. Sodann erflehte er den Segen sämtlicher Ahnen für die Waise. Ich hatte keine Ahnung, wovon er sprach. Später erfuhr ich, daß sich der Herrscher oft selbst als die Waise oder den Einsamen bezeichnet, da sein Vater, oder Vorgänger, notwendigerweise tot ist. Seine Hauptfrau bezeichnet er als jene Person, während die Leute sie jene Person des Herzogs nennen. *Sie* bezeichnet sich selbst als den kleinen Jungen. Weshalb, weiß ich nicht. Sie sind ungewöhnlich, die Cathayaner.

Aus dem Inneren der Höhle klang jetzt Musik. Offensichtlich war ein Fest im Gange. Eine Stunde lang standen wir mit dem Gesicht nach Norden, indes der neue Herzog nach Süden blickte. Dann verstummten nacheinander alle Instrumente. Der letzte Klang kam von einer angeschlagenen Bronzeglocke. Aller Augen waren jetzt auf den Höhleneingang gerichtet. Der Herzog von Sheh, neben mir, zitterte. Zuerst glaubte ich, er fühle sich krank; aber er war nur erregt.

Als der letzte Ton der Bronzeglocke verklang, stieß der Herzog von Sheh einen langen Seufzer aus. Doch im selben Augenblick, wie auf ein Zeichen, seufzten alle. Plötzlich tauchten die Männer, welche den Palankin getragen hatten, aus der Höhle hervor. Jeder Mann hielt in der rechten Hand ein Schwert; von jedem Schwert tropfte Blut.

Feierlich salutierten die Männer ihrem neuen Herrn, der sein Gesicht zum Himmel hob und ein Heulen ausstieß wie ein Wolf. Von all seinen Untertanen, südlich von ihm, kam Antwort, gleichfalls ein Heulen. Nichts sonst hat mich je so in Schrecken versetzt. Was ich für Menschen gehalten hatte, waren in Wirklichkeit maskierte Wölfe. Jetzt, vor meinen Augen, entpuppte sich ihr wahres Wesen. Selbst der Herzog von Sheh fiel in das Geheul ein. Schnauze himmelwärts gerichtet, entblößte er übernatürlich lange Zähne.

Selbst heute höre ich noch jenes grauenvolle Geheul – in jenen Träumen, in denen ich den furchtbaren Anblick wieder durchlebe, da die zwölf bluttriefenden Männer, nach getaner Pflicht, aus der Höhle hervortauchten. Fünfhundert Männer und Frauen waren getötet worden, damit ihre Leichen in alle Ewigkeit ihrem Herrn dienten.

Zwar sind Menschenopfer auch in unserem Teil der Welt nicht unbekannt, doch nie habe ich dergleichen in einem solchen Umfang praktiziert gesehen wie in Cathay. Stirbt ein wahrer Sohn des Himmels, so erzählte man mir, dann müssen ihm bis zu tausend Angehörige des Hofes in den Tod folgen – womit ich die Erklärung hatte für die so eigentümliche Inbrunst der Gebete für die Gesundheit des Herzogs am Ende des Ferkel-Mahls. Als Lebender war der Herzog nur eine verächtliche Figur; als Toter konnte er viele aus seinem Hofstaat mit sich nehmen. Was allerdings den Staatsrat betrifft, so wird immer nur einer der Minister geopfert, und ihn bestimmt das Los. Ein ungünstiges Geschick und ein listenreicher Huan sorgten dafür, daß jener alte Minister, der ihm beim Mahl getrotzt hatte, das unselige Stäbchen zog.

Die Höhle wurde versiegelt. Es gab Musik, Tanz, ein Fest. Später würde man einen Hügel errichten und den Eingang zur Höhle zuschütten. Naturgemäß ist eine herzogliche Begräbnisstätte für Grabräuber eine solche Verlockung, daß die so schönen und kostbaren Gegenstände, die man dem Toten mitgegeben hat, sich meist schon bald nach der Bestattung im Handel befinden.

Huan weigerte sich, mich dem Herzog von Sheh zu verkaufen.

»Wie«, sagte Huan, »kann ich einen Gesandten verkaufen, dem es freisteht, zu kommen und zu gehen?«

»In dem Fall, Herr Huan, ist es für mich vielleicht an der Zeit zu gehen, in Gesellschaft des Herzogs von Sheh.«

Diese Unverfrorenheit brachte meinen Herrn zum Lächeln. »Gewiß würdest du nicht dein Leben aufs Spiel setzen wollen in der Gesellschaft eines Mannes, der in der Wildnis nach Drachen sucht, der mit Räubern kämpft, der mit Hexen verkehrt. Oh, es ist gefährlich, den Herzog von Sheh zu kennen. Unmöglich kann ich jemanden, den ich liebgewonnen habe, solchen Gefahren im fremden Land ausgesetzt sehen. Nein, nein, nein!«

Das war das. Doch mein Entschluß blieb gefaßt. Es mußte mir gelingen, von dort fortzukommen, so oder so. Als ich dem Herzog davon erzählte, erwies er sich als unerwartet listenreich. »Wir werden dich verkleiden«, flüsterte er. Wir befanden uns bei der allwöchentlichen Audienz des Ministerpräsidenten. Bittsteller aus ganz Ch'in hatten die Erlaubnis, sich Huan zu nähern, der am einen Ende eines eher niedrigen Raumes stand. Goldene Dreifüße, links und rechts von Huan, symbolisierten Autorität.

Der Ministerpräsident empfing jeden Bittsteller mit einer ruhigen Höflichkeit, die in auffälligem Widerspruch zu seinen radikalen politischen Ansichten stand. Er war klug genug, um zu wissen, daß sich ein widersetzliches Volk nicht versklaven läßt, es sei denn, man betöre es zuvor. Auf jeden Fall muß man den Menschen weismachen, daß es im Grunde ihre Gedanken sind, die man denkt, und daß es sich bei den Ketten, die man für sie geschmiedet hat, um unerläßliche Ornamente handelt. In gewissem Sinn ist dies den Großen Königen immer bewußt gewesen. Von Kyrus bis zu unserem jetzigen aufgeklärten Herrn, Artaxerxes, haben die verschiedenen Völker des Reiches ziemlich so leben dürfen, wie sie seit jeher gelebt haben, dem Großen König nicht mehr schuldend als die alljährlichen Steuerabgaben, wofür er ihnen Gesetz und Sicherheit gewährt. Huan war es gelungen, den – zugegebenermaßen – barbarischen und fernab lebenden Ch'inesen einzureden, zwar habe es einmal ein Goldenes Zeitalter gegeben, da Menschen frei leben konnten, wie es ihnen gefiel, doch hätte dieses Zeitalter ein Ende gefunden, als –« und wie sehr liebte er es, diese Wendung zu gebrauchen! – »es zu viele Menschen und zu wenige Dinge gab.«

In Wirklichkeit ist Cathay verhältnismäßig unterbevölkert, und große Teile dieses reichen Landes sind leer. Abgesehen von einem halben Dutzend Städten mit je einhunderttausend Einwohnern, ist Cathay ein Land von Dörfern mit Schutzmauern gelegen inmitten einer welligen Landschaft zwischen den beiden Flüssen. Ein großer Teil von Cathay ist dicht bewaldet, zumal im Westen, während es im Süden Dschungel von mehr indischer Art gibt. So kommt es, daß – mit Ausnahme der gut disziplinierten und total kontrollierten Ch'inesen – die Cathayaner viel im Lande umherziehen. Hat eine Überschwemmung Ackerland ausgewaschen, so schultern der Bauer und seine Familie einfach ihre Pflüge und den ererbten Herdstein und ziehen in ein anderes Land, wo sie von neuem beginnen und einem neuen Herrn Tribut zahlen.

Die wichtigsten Reisenden sind die Shih. Für dieses Wort – oder diese Klasse – gibt es weder im Griechischen noch im Persischen eine Entsprechung. Um die Shih zu verstehen, muß man das cathayanische Klassensystem verstehen.

An der Spitze steht der Kaiser oder Sohn des Himmels. Gegenwärtig gilt, daß er war und womöglich wieder sein wird, jedoch nicht *ist*. Während ich dies sage, wird mir plötzlich klar, wie klug die Cathayaner sind, eine Sprache ohne Vergangenheits-, Zukunfts- oder Gegenwartsform zu besitzen. Unterhalb des Kaisers gibt es fünf Adelsränge. Der höchste ist der eines Herzogs. Bis auf wenige Ausnahmen – wie der des verrückten Herzogs von Sheh – sind die Herzöge die nominellen und mitunter auch die tatsächlichen Herrscher der Staaten, so daß sie unseren Königen und Tyrannen entsprechen; und wie unsere Könige und Tyrannen, die den Großen König als Oberherrn und Ursprung der Legitimität anerkennen, hat jeder dieser Herzöge, theoretisch zumindest, seine Autorität vom Sohn des Himmels empfangen, der gar nicht existiert. Sollte es ihn einmal geben, so wäre er vermutlich kein anderer als der Herzog von Chou, der direkte Nachfahre des Kaisers Wen, der über das Reich der Mitte die Vorherrschaft der Chou errichtete. Ganz gewiß wäre es *nicht* der Herzog von Ch'in, der von Wens brutalem Sohn Wu abstammt.

Der älteste Sohn eines Herzogs ist ein Marquis, und wenn der Herzog stirbt, so rückt dieser Sohn zum Herzog auf, sofern es sich bei dem Tod des Vaters nicht um einen der häufigen, allzu offensichtlich »gelegen kommenden« Unglücksfälle handelt. Die übrigen Söhne des Herzogs sind gleichfalls Marquis, und während der älteste Sohn des zweiten Sohnes diesen Titel behält, gleiten die weiteren Söhne in den nächstniederen Adelsrang ab; und deren Söhne wieder in den nächstniederen; und deren Söhne in den Rang eines Barons. Die Söhne eines Barons – des niedrigsten Adelsranges – sind Shih. Während der sechs- oder siebenhundert Jahre seit Errichtung der Chou-Hegemonie ist die Zahl der Chou-Nachfahren so angestiegen, daß man sie jetzt nach Zehntausenden zählt, und jene ohne Rang sind Shih oder, sagen wir, Ritter, denen nur ein erbliches Privileg geblieben ist: Ein Shih darf mit einem Streitwagen in den Krieg ziehen, vorausgesetzt, er kann sich einen leisten.

In den letzten Jahren hat die Zahl der Ritter noch beträchtlich zugenommen. Diese Nicht-ganz-Edelleute findet man überall. Viele spezialisieren sich auf die Verwaltung, ähnlich wie unsere Eunuchen. Viele sind Armee-Offiziere. Einige obliegen einer Art Priesterberuf, wobei sie auf die Einhaltung jener religiösen Rituale achten, welche die richtige Harmonie zwischen Himmel und Erde verbürgen. Schließlich und endlich dienen die Ritter in den meisten cathayanischen Nationen jenen erblichen Staatsbeamten, welche die Macht der Herzöge usurpiert haben, wennschon nicht deren Göttlichkeit.

Auf den Landstraßen von Cathay wimmelt es geradezu von ehrgeizigen Rittern. Hat ein Shih, beispielsweise, keine Position im Polizeiministerium in Lu gefunden, so zieht er weiter nach Wei, wo seine Dienste von der lokalen Verwaltung vielleicht höher geschätzt werden als daheim. Bei der allgemeinen Verdrehtheit der menschlichen Natur steigen die Aussichten auch eines Shih, je weiter er sich von seiner Heimat entfernt.

Und so sind denn stets Tausende unterwegs. Da sie enge Verbindung miteinander halten, bilden sie eine Art eigenes Reich der Mitte. Anstelle eines Sohns des Himmels gibt es jetzt zehntausend Ritter, die Cathay regieren, und obgleich die Staaten ständig Krieg miteinander führen, gelingt es den Rittern oft, die Grausamkeit ihrer Herren abzumildern – außer in Ch'in, wo sie auf Huan und seine Mitdespoten wenig oder gar keinen Einfluß besitzen.

Bleibt noch zu sagen, daß ein neues Element eingeführt worden ist in das Klassensystem. Es gibt jetzt eine Kategorie – Klasse kann man es nicht nennen – die man als edle Menschen bezeichnet, kurz Edle genannt. Ein solch edler Mensch kann jeder werden, wenn er den Weg des Himmels befolgt – eine komplizierte Angelegenheit, auf die ich noch zu sprechen kommen werde, wenn ich Meister K'ung – oder Konfuzius – schildere. Er soll dieses Konzept vom edlen Menschen entwickelt haben; eine Idee von großer Anziehungskraft für die Ritter und kaum jemanden sonst.

Während Huan Bittschriften entgegennahm und sich Beschwerden anhörte, planten der Herzog von Sheh und ich meine Flucht. »Du mußt dir den Bart abrasieren.« Der Herzog tat, als bewundere er einen Feder-Schirm. »Wir werden dir Frauenkleidung beschaffen. Du wirst als eine meiner Konkubinen reisen.«

»Eine *weiße* Konkubine?«

»Genau die Art von Konkubine, die den Herzog von Sheh reizen würde, wie alle Welt weiß.« Der Herzog musterte mich amüsiert. »Aber wir werden kein Risiko eingehen. Es ist besser, wenn du dein Gesicht dunkler färbst. Ich werde dir dafür ein Mittel schicken, das ich selbst benutze. Und natürlich mußt du außerdem verschleiert sein.«

»Wird man dein Gefolge durchsuchen?« Ich wußte, daß es nicht nur an den Stadttoren von Yung strenge Kontrollen gab, sondern auch an anderen Kontrollstellen überall in Ch'in. Immer wieder versuchten Menschen, Huans totaler Herrschaft zu entkommen.

»Das würde man nicht wagen! Schließlich bin auch ich ein Souverän. Sollte man es dennoch versuchen, so...« Mit einer knappen Geste umschrieb der Herzog jenen universellen Vorgang, den man Bestechung nennt.

Plötzlich tauchte Huan bei uns auf. Er besaß die Gabe der lautlosen Allgegenwart. Mitunter erinnerte er mich an den Schatten einer schnell dahintreibenden Wolke.

»Herr Herzog... geehrter Gesandter! Wie ich sehe, bewundert ihr den Feder-Schirm.«

»Ja«, sagte der Herzog von Sheh zungenfertig, »und ich wollte deinem Gast gerade dessen Bedeutung erklären.« Ich blickte zum Schirm und nahm ihn zum erstenmal bewußt wahr. Acht schwarze Vögel vor sturmbewölktem Himmel.

»Wer, wenn nicht du, kennt die Bedeutung, Herr Herzog.« Huan wandte sich zu mir. »Es gibt nichts, was unser Herr von Sheh nicht über unsere herzogliche Familie wüßte, die ja auch seine Familie ist.«

»Allerdings. Der Urgroßvater des verstorbenen Allerbarmers war mein Großonkel. Er hieß P'ing. Eines Tages empfing er eine Gruppe von Musikanten aus dem Norden. Diese behaupteten, alle Musik zu kennen, die jemals am Hof des Kaisers Wu gespielt worden sei. Herzog P'ing war skeptisch. Wer wäre das wohl nicht? Schließlich weiß jeder, daß der größte Teil der heiligen Musik des originalen Chou-Hofs entweder hoffnungslos entstellt oder aber völlig vergessen ist. Das sagte er zu ihnen denn auch. Aber der Musikmeister – der nicht blind war, ein verdächtiges Detail, da jeder richtige Musikmeister blind sein muß – der Musikmeister entgegnete: ›Wir werden beweisen, daß wir den Himmel nahe zur Erde bringen können.‹

So begannen sie zu spielen. Die Musik klang fremdartig und wie aus einer anderen Welt. Wie aus einer anderen Welt, aber *nicht* wie aus dem Himmel. Acht schwarze Vögel erschienen, von Süden her, und tanzten auf der Terrasse des Palastes. Dann fuhr ein gewaltiger Wind durch die Stadt. Er riß die Ziegel vom Dach des Palastes. Die Ritualgefäße wurden zerschmettert. Herzog P'ing erkrankte, und drei Jahre lang wuchs in Ch'in nichts, nicht einmal ein einziger Grashalm.«

Huan lächelte mich an. »Der Herr Herzog kennt sie gut, diese traurige, diese warnende Geschichte. Ich nehme sie sehr ernst, o ja. Deshalb habe ich auch immer diesen Schirm in meiner Nähe – damit ich nie in Versuchung komme, die falsche Musik zu spielen. Wir wollen niemals wieder erleben, daß von Süden her acht schwarze Vögel auf uns herabstoßen.«

Noch in derselben Nacht bestach des Herzogs Kammerherr einen von Huans Dienern. Dieser kam zu mir in die Zelle und brachte Rasiermesser, Schminke, Frauenkleider. Flugs verwandelte ich mich in eine ungewöhnlich große cathayanische Dame. Dann folgte ich dem Diener durch den trüb erhellten Palast, ängstlich auf das Knarren der Dielenbretter lauschend, während wir vorbeischlichen an zwei schlafenden – das heißt, betäubten – Wächtern, zu einer Seitentür, die hinausging auf einen umfriedeten Garten. Hier wartete der Kammerherr des Herzogs von Sheh. Zum Glück war es eine mondlose Nacht – und eine sternenlose dazu, wegen des schweren Gewölks, das voll Regen schien.

Den Geistern der Toten gleich, eilten wir durch enge, gewundene Gassen; verbargen uns in Hauseingängen, wann immer ein Trupp nächtlicher Wächter sich näherte, mit Bronzelampen, deren Licht lang über den Boden fiel, feurigen Lanzen ähnlich. Da es den Bürgern verboten war, ihre Häuser zwischen Sonnenuntergang und Sonnenaufgang zu verlassen, glich Yung einer Stadt der Toten. Der Kammerherr hatte die Erlaubnis, sich draußen aufzuhalten; ich hingegen nicht. Ob er für den Notfall eine Erklärung bereithielt, erfuhr ich nie. Denn zum Glück brach mit einem Tosen wie zehntausend Trommeln der Sturm los über der Stadt.

Durch die herabstürzende Regenflut gelangten wir zum Stadttor, wo die Wagen des Herzogs von Sheh zur Abfahrt bereitstanden. Der Kammerherr hob die Bodenbretter eines Wagens hoch und bedeutete mir, in die Vertiefung zu schlüpfen, die für mich mehr als knapp bemessen war. Sobald ich mich hineingequetscht hatte, wurden die Bretter über mir festgenagelt. Durch das Toben des Sturms konnte ich irgendwelche Befehle zur Abreise nicht vernehmen; doch fühlte ich das Rucken des Wagens, als der Fahrer die Maultiere antrieb und wir durch das Tor rumpelten.

Zwei Tage später kam es, wie ich erwartet hatte. Plötzlich war – wir befanden uns im Hanku-Paß – die Polizei da. Gründlich durchsuchte sie alle Wagen, fand mein Versteck. Nur befand ich mich nicht darin. Der Herzog hatte in kluger Vorsorge überall entlang der Straßen Posten aufgestellt. Er wußte, daß man ihn verdächtigen würde, mir bei der Flucht geholfen zu haben. Die Posten signalisierten einander mit Hilfe von glänzenden Bronzescheiben, die das Sonnenlicht reflektierten – eine blitzschnelle Verständigung von Mann zu Mann.

Sobald wir wußten, daß Polizei in der Nähe war, versteckte ich mich auf einem Baum, indes die Wagen weiterfuhren. Als die Polizei dann auftauchte, zeigte sich der Herzog wahrhaft souverän. Er erklärte den Beamten, er sei ein Vetter ihres neuen Herzogs sowie ein direkter Nachfahre des Gelben Kaisers, des Kaisers Wen und aller übrigen. Dessen ungeachtet werde er ihnen gestatten, die Wagen zu durchsuchen. Er hoffe nur, solch frevelhaftes Verhalten werde nicht über Gebühr bestraft werden von seinen Ahnen im Himmel.

Die Polizei durchsuchte die Wagen; prüfte sorgfältig jeden Bediensteten, gleich ob männlich oder weiblich; war völlig verblüfft, mich nicht zu finden. In einem total regulierten Staat wie Ch'in verschwindet niemand ohne offizielle Billigung. Schließlich durfte der Wagenzug seine Fahrt fortsetzen; doch zu meinem Schrecken bestand die Polizei darauf, ihn zu begleiten, und zwar während der nächsten fünf Tage: bis er jenes Steinmonument erreichte, das die Grenze zwischen Ch'in und Chou markiert.

Ich mußte mich nicht nur vor der Polizei in acht nehmen, sondern auch vor den Wolfsrudeln, die sich neugierig heranzuschleichen versuchten, mit Augen wie grün-gelbe Feuer in der Nacht. Ich schlief in Bäumen, trug stets einen Stock bei mir und fluchte, weil zu meiner Frauenverkleidung keine Waffen gehörten. Ich sah einen schwarzen Bären; ich sah einen braunen Bären. Möglich, daß sie mich erspähten, Interesse bekundeten sie jedoch nicht. Angeblich hausen Räuber in jenem finsteren Wald, aber ich begegnete keinem menschlichen Wesen. Hätte ich nicht von Zeit zu Zeit Geräusche von des Herzogs Konvoi vernommen, so wäre ich von der Menschenwelt völlig abgeschnitten gewesen.

Stieß ich auf einen Teich oder Bach, so trank ich, wie Tiere zu trinken pflegen, auf allen vieren. Ich aß unbekannte Beeren, Wurzeln, Früchte. Oft fühlte ich mich krank. Einmal glaubte ich, einen Drachen zu sehen: schimmernde Umrisse im Halblicht des Waldes. Doch der Drache entpuppte sich als ein sonderbares spitzenförmiges Gebilde aus grünem und weißem Jade, dem schönsten aller Steine.

Ich stand in einem Wäldchen nahe der Stelle, wo sich die Flüsse Wei und Tai vereinen, und beobachtete, wie die Polizisten vor dem Herzog von Sheh salutierten und dann zurückstrebten in das Dickicht des großen Waldes. Auf der anderen Seite des Tai-Flusses sah ich die bestellten Felder von Chou. Das Überwechseln von Ch'in nach Chou war wie das Wechseln von der Nacht zum Tag.

Auf der Chou-Seite des Flusses wurde der Herzog voller Ehrerbietung empfangen vom Grenzkommandeur, der seinen Paß nur flüchtig prüfte und den Wagenzug freundlich weiterwinkte in Richtung Loyang, der Hauptstadt des Reichs der Mitte. Was mein eigenes Betreten des Chou-Ufers betraf, so vollzog es sich weniger formell. Unter einem primitiven Floß aus Weidenzweigen trieb ich den Tai-Fluß hinüber.

Der Herzog zeigte sich über mein Auftauchen verblüfft. »Was für eine Freude!« Er klatschte in die Hände. »Jetzt werde ich das Lösegeld aus Magadha bekommen. Oh, ich bin entzückt! Und auch überrascht. Denn ich war sicher, daß dich, wenn schon nicht die Wölfe, so doch die Wolfsmänner kriegen würden.« Es war das erste Mal, daß ich – auf Chou-Boden, wie sich versteht – jenes Wort hörte, mit dem die zivilisierten Cathayaner die barbarischen Ch'inesen bezeichnen.

Der Herzog gab mir von seinen eigenen Vorräten zu essen. Auch erhielt ich von ihm eines seiner nach unten weit auslaufenden Gewänder aus feinstem Gewebe sowie ein fast neues Außengewand aus schwarzem Schaffell. Nachdem die herzoglichen Emblembe davon entfernt waren, sah ich aus wie ein Ritter – nicht mehr und nicht weniger. Dennoch fühlte ich mich höchst unbehaglich. Zum erstenmal seit meinen Knabentagen hatte ich keinen Bart. Ich sah genauso aus wie ein Eunuch. Glücklicherweise tragen viele cathayanische Männer keinen Bart, so daß dies wenigstens nicht auffiel.

2

Zum erstenmal, seit ich mich in Cathay befand, begann ich das Leben zu genießen. Zwar war ich noch immer ein Gefangener, wenn nicht gar ein Sklave, doch erwies sich der Herzog als unterhaltsamer Gefährte, eifrig darauf bedacht, mir das wahre Cathay zu zeigen. »Du darfst das Bild, das du dir vom Reich der Mitte machst, keinesfalls an Ch'in ausrichten. Ch'in gehört gar nicht so richtig dazu, ungeachtet der ein wenig irregulären Abstammung seiner Herzöge vom Kaiser Wu. Trotzdem gieren diese primitiven Provinzler nach der Hegemonie! Aber der Himmel ist gütig, und das Mandat ist keinem verliehen worden. Sollte es gewährt werden, so bestimmt – dessen bin ich sicher – meinem geliebten Vetter, dem Herzog von Chou. Du wirst ihn inspirierend finden. Wenn auch nicht ohne Fehl. Er tut, als sei er bereits der Sohn des Himmels, was der Gipfel der Anmaßung ist. Natürlich haben alle Herzöge von Chou unter der gleichen Einbildung gelitten, da das letzte Mandat des Himmels in der Tat einem ihrer Ahnen gewährt wurde. Aber das war vor dreihundert Jahren, und das Mandat ging verloren, als eine unheilige Bande aus Barbaren und Adligen ihn ermordete. Des Kaisers Sohn floh hierher nach Chou und rief sich selbst zum Kaiser aus. Doch natürlich fehlte ihm die Vorherrschaft. Daher war er in Wirklichkeit nur Herzog von Chou, weshalb wir bis zum heutigen Tag in Loyang nicht mehr haben als einen Schattensohn des Himmels – in dieser Schattenhauptstadt des sehr realen Reichs der Mitte. Der Herzog von Chou ist *beinahe* Kaiser. Aber das genügt nicht, nicht wahr? Zumal da Chou eines der schwächsten Herzogtümer ist und früher oder später von irgendeinem Nachbarn – vermutlich den Wolfsmännern – beherrscht werden wird. Inzwischen blicken wir alle nach Loyang, mit Tränen in den Augen, mit Hoffnung im Magen.«

Der Herzog erzählte mir dann von seiner Urgroßmutter, welche auch die Urgroßmutter des gegenwärtigen Herzogs von Chou gewesen war: eine Frau von ungeheurem Stolz, die von sich selbst immer nur als vom kleinen Knaben sprach. Eines Tages brach in dem Palastflügel, wo sie wohnte, ein Feuer aus, und alle flüchteten, ausgenommen nur der kleine Knabe. Die alte Dame blieb in ihrem Empfangssaal sitzen und beschäftigte sich gelassen mit Wahrsagerei. Als eine Dienerin die Herzogin anflehte, den brennenden Palast zu verlassen, sagte die alte Dame: »Der kleine Knabe darf den Palast nicht verlassen, sofern er nicht begleitet wird vom Sohn des Himmels oder von einem männlichen Verwandten mindestens im Rang eines Marquis; und natürlich darf der kleine Knabe außerhalb des Palastes niemals gesehen werden ohne eine diensttuende Hofdame, welche älter ist als der kleine Knabe.« Dann nahm sie die Wahrsagerei, einen beliebten cathayanischen Zeitvertreib, wieder auf.

Die Dienerin eilte davon, um jemanden zu suchen, der den entsprechenden Rang besaß, um die Herzogin in Sicherheit zu bringen. Aber der Ranghöchste, den sie fand, war ein Graf, und nirgends sah sie eine Hofdame, die älter war als die Herzogin. So drangen denn der Graf und die Dienerin, feuchte Tücher vor den Gesichtern, in den flammensprühenden Palast ein, und dort fanden sie die alte Dame, noch immer auf ihrer Seidenmatte sitzend und die Wahrsagestäbchen legend.

»Bitte, jene Person des Sohns des Himmels«, sagte der Graf, der auch ihr Neffe war, »komm mit mir.«

Die Herzogin war sehr zornig. »Wer hätte je so etwas gehört? Ich darf mein Quartier nicht verlassen ohne die Begleitung einer älteren Frau sowie eines Mannes aus meiner Familie, dessen Rang nicht niedriger sein darf als der eines Marquis. Etwas anderes zu tun wäre unschicklich.« Und so verbrannte die Herzogin denn im Namen der Schicklichkeit, für Cathayaner eine Tugend von allergrößter Wichtigkeit.

Der Tod dieser Dame war in Cathay Anlaß zu endlosen Disputen. Manche sehen in ihr eine ebenso bewunderns- wie nachahmenswerte Gestalt. Andere finden sie lächerlich. »Schließlich«, meinte Fan Ch'ih dazu, »war sie ja weder eine Jungfrau noch eine verheiratete junge Frau. Sie war eine sehr alte Dame, die sich wegen der geziemenden Anstandsbegleitung nun wirklich keine Sorgen zu machen brauchte. Von Bescheidenheit keine Spur. Sie war vielmehr genauso hochmütig wie alle anderen Mitglieder des Hauses Chou. Und Hochmut ist in den Augen des Himmels niemals schicklich.«

Als wir uns der Peripherie von Loyang näherten, nahm der Verkehr immer mehr zu. Männer und Frauen jedweder Art strebten in Richtung Hauptstadt. Die Reichen fuhren in Luxuswagen oder wurden in Sänften getragen. Arme Bauern schleppten ihre Produkte auf dem Rücken. Reiche Bauern und Kaufleute thronten auf Karren mit Ochsengespannen. Die gewöhnlichen Menschen waren gut gekleidet, und sie hatten lächelnde Gesichter, anders als die mürrischen Ch'inesen, deren Züge sich übrigens stark von denen der östlichen Cathayaner unterscheiden. Die Menschen von Ch'in haben in der Regel eine bronzefarbene Haut und platte Nasen. Die Menschen von Chou und auch die aus den inneren Staaten sind von hellerer Hautfarbe als die Ch'inesen und haben auch feinere Gesichtszüge. Doch alle eingeborenen Cathayaner haben schwarze Haare, schwarze Augen, runde Köpfe und nahezu unbehaarte Körper. Sonderbarerweise werden sie, gleich den Babyloniern, die Schwarzhaarigen genannt, und zwar von der Chou-Kriegerklasse, welche das Reich der Mitte um etwa die gleiche Zeit eroberte, da die Arier nach Persien, Indien, Griechenland kamen. Woher stammen die Chous? Es wäre interessant, wenn wir gemeinsame Vorfahren besäßen.

Wir betraten Loyang durch ein hohes Steintor in einer rauhen Ziegelmauer. Ich fühlte mich sogleich zu Hause. Die Menschenmengen ähneln jenen, die man in Susa oder Shravasti sieht. Die Leute lachen, rufen, singen, räuspern sich und spucken; sie kaufen, verkaufen, spielen und essen an vielerlei Ständen in allen Straßen.

Unweit des Hauptmarkts kaufte der Herzog von einem Mann an einem Stand gekochten Karpfen. »Der beste Karpfen in ganz Cathay«, sagte der Herzog, brach ein Stück ab und reichte es mir.

»Ich habe nie besseren Fisch gekostet«, sagte ich mit leidlicher Aufrichtigkeit.

Der Herzog lächelte dem Fischverkäufer zu. »Ich komme immer zuerst zu dir, wenn ich in Loyang bin. Nicht wahr?« Obwohl er mit vollem Mund sprach, war der Herzog nicht ohne Anmut.

Der Mann verneigte sich tief, wünschte dem Herzog ein langes Leben; erhielt eine Münze. Als nächstes kaufte der Herzog ein großes Blatt, das trichterförmig zusammengedreht worden war und Bienen enthielt, gebraten in ihrem eigenen Honig. Er pries dies als exzellente Delikatesse, doch mir behagte sie nicht so recht. Seit meinen Tagen in Lydien habe ich mir nie etwas aus Honig gemacht.

Der Herzog von Sheh quartierte sich regelmäßig in einem großen Gebäude gegenüber dem Herzogspalast ein. »Dieses Haus gehörte einem Verwandten«, sagte er etwas unbestimmt. Schließlich war er ja so ziemlich mit jedem verwandt. »Aber es wurde an einen Kaufmann verkauft, der Zimmer vermietet, und zwar für sehr viel Geld, ausgenommen an mich. Mir macht er einen Sonderpreis, weil ich ein Mitglied der kaiserlichen Familie bin.«

Wenn der Herzog mich auch nicht als Gefangenen behandelte, so war doch eben dies mein Status, wie ich sehr wohl wußte. Wenn wir reisten, brachte er mich entweder in seinem eigenen Zimmer oder in einem Raum gemeinsam mit seinem Kammerherrn unter. Stets war, wenn nicht er selbst, so doch jemand aus seinem Gefolge in meiner Nähe.

Nach Ch'in war ich von Loyang so bezaubert, daß einige Zeit verging, bevor mir bewußt wurde, wie nahe die Stadt und die Nation dem wirtschaftlichen Zusammenbruch waren. Nachbarstaaten hatten sich des größten Teils von Chou bemächtigt. Einzig die Gestalt des Herzogs mit ihrer problematischen Göttlichkeit hielt die Herrscher von Cheng oder Wei davon ab, Loyang selbst zu besetzen. Die Fiktion, der Herzog sei der Sohn des Himmels, blieb mehr oder minder unangetastet – während man ihm fortdauernd Land raubte und ihn hinter seinem Rücken wegen seines Anspruchs verhöhnte.

Loyang machte den irgendwie verwunderten Eindruck einer Hauptstadt, der erst kürzlich das dazugehörige Reich abhanden gekommen war. Babylon wirkt ähnlich: leicht heruntergekommen und sozusagen enttäuscht. Allerdings war Loyang trotzdem voller Musik, Glücksspiele, Gaukler; sowie, natürlich, Zeremonien.

Wir wohnten den Riten des neuen Jahres bei, die im Ahnentempel der Herzöge von Chou stattfinden. Das Gebäude muß von außergewöhnlicher Schönheit gewesen sein, als es vor dreihundert Jahren, bald nach der Ankunft des letzten Kaisersohnes, errichtet wurde.

Der Tempel besitzt ein hohes, steiles Dach mit prachtvoll glasierten Ziegeln in einem wellenförmigen Muster von wechselndem Grün und Gold. Die Holzsäulen sind verziert mit einem komplizierten Wasserlinsenmuster, das nur der Sohn des Himmels verwenden darf. Das Fundament des Tempels besteht aus Stein, die Wände hingegen aus dunklem Holz. Sie sind über und über mit Waffen bedeckt, und zwar mit uralten wie mit modernen. Der Theorie nach enthält der Ahnentempel des Herrschers das Waffenarsenal der gesamten Nation. In Wirklichkeit werden in solchen Tempeln jedoch nur Scheinwaffen aufbewahrt. Als, vor Zeiten, der Herrscher nicht mehr war als der Anführer eines Clans, sicherte er sich seine Vorrangstellung durch den unmittelbaren Besitz sämtlicher Waffen. Aber das ist schon sehr, sehr lange her. Damals war die Gemeinschaft nicht mehr als eine Familie, die ihrem Vater gehorchte, der seinerseits nicht nur ein Sohn seines eigenen Häuptlingsvaters, sondern auch des Himmels war.

Am einen Ende des gewaltigen Innenraums befindet sich die höchst sonderbare, etwas überlebensgroße Terrakottastatue eines Mannes. Er trägt die Kleidung eines Kriegers der Dynastie von Chou; seinen Mund bedeckt ein dreifaches Siegel. Am Sockel der Statue findet sich die Inschrift: »Je weniger man spricht, desto leichter wird alles gut.« Weshalb sich in der Ahnenhalle der Chous eine Statue mit einer solchen Mahnung befindet, bleibt ein Geheimnis; es sei denn, die Botschaft bedeutet genau das, was sie sagt – nicht mehr und nicht weniger.

Der gegenwärtige Sohn des Himmels war ein lebhafter kleiner Mann von vierzig mit einem langen, spitzen Bart. Er trug ein kostbares, zeremonielles Gewand mit einem goldenen Drachen auf dem Rücken. In der einen Hand hielt er einen Elfenbeinstab mit einer großen Scheibe aus grünem Jade, dem äußeren Symbol des wankelmütigen Mandats des Himmels.

Der Herzog von Chou stand allein am nördlichen Ende des Raums, hinter sich den Altar. Zwischen ihm und dem Hof standen die Marschälle der Linken und der Rechten; sie sind die großen Offiziere des Reichs. Als nächste kamen die erblichen Priester; sodann die verschiedenen Meister der Musik und Zeremonie, die Höflinge und die Gäste von Chou. Dank dem hohen Rang des Herzogs von Sheh – einem genauso »blendenden« Rang, wie es der des sogenannten Himmelssohnes war –, konnten wir eine schier endlose Zeremonie beobachten, die mein Herr mit folgendem gemurmeltem Kommentar bedachte: »Das Ganze ist ein aufgelegter Schwindel. Einfach ein Skandal!«

Besonders empört zeigte sich der Herzog, als die Thronfolgemusik gespielt wurde. »Dies darf *ausschließlich* in Gegenwart dessen gespielt werden, der sowohl das Mandat als auch die Hegemonie besitzt. Oh, es ist ein absolutes Sakrileg!«

Die Thronfolgemusik ist vor mehr als tausend Jahren komponiert worden. Zu ihren Klängen führen Tänzer in außergewöhnlichen Kostümen eine Art Spiel auf, die friedliche Thronnachfolge eines legendären Kaisers namens Shun. Wird die Musik richtig gespielt und zu ihr entsprechend agiert, so soll sie Erde und Himmel in vollkommener Harmonie miteinander verbinden.

Demokrit möchte wissen, wie Musik über tausend Jahre hinweg erinnert werden kann. Das fragen sich auch viele Cathayaner, die der Ansicht sind, die originale Musik sei während der langen Jahrhunderte entweder entstellt oder aber völlig vergessen worden; was man heutzutage in Loyang höre, sei eine Travestie des Originals, und aus eben diesem Grunde werde das Mandat des Himmels vorenthalten. Ich weiß es nicht. Ich kann nur sagen, daß die Wirkung bizarr ist für westliche Ohren – und Augen.

Als Musik und Spiel endeten, bat der Herzog von Chou den Gelben Kaiser um den Segen des Himmels für das Reich der Mitte. Dann bestätigte der Sohn des Himmels alle hohen Herrn von Cathay in ihrem Rang. Dieser Teil der Zeremonie war ebenso eindrucksvoll wie bedeutungslos.

Mit feierlicher Gebärde winkte der Herzog von Chou die hohen Herren des Reichs der Mitte zu sich heran. Fünfzehn prächtig gekleidete Männer trippelten auf den Herzog zu. Ich sollte hier erwähnen, daß sich eine Person von niederem Rang einer Person von höherem Rang stets folgendermaßen präsentiert: Sie senkt den Kopf, hebt die Schultern, neigt den Körper, beugt die Beine, so daß sie möglichst klein wirkt in Gegenwart des Großen.

Unmittelbar vor dem Herzog verharrten die fünfzehn glanzvollen Gestalten. Dann boten die Marschälle der Linken und Rechten dem Herzog fünfzehn Bronzetafeln dar, bedeckt mit der wunderschönen und für mich für alle Zeit unverständlichen cathayanischen Schrift.

Der Herzog nahm die erste Tafel; dann wandte er sich einem ältlichen Mann in silbernem Gewand zu. »Tritt näher zu mir, geliebter Vetter.«

Der alte Mann bewegte sich krabbenartig auf den Herzog zu. »Es ist des Himmels Wille, daß du uns weiterhin als loyaler Sklave dienst. Nimm dies –« Der Herzog legte die Tafel in des alten Mannes Hände. »– als ein Zeichen des himmlischen Willens, daß du fortfahren wirst, sowohl uns als auch dem Himmel als Herzog von Wei zu dienen.«

Ich war tief beeindruckt. In der staubigen Halle, deren dunkles Gebälk halb von Termiten weggefressen war, hatten sich sämtliche Herzöge von Cathay versammelt, um sich vom Sohn des Himmels in ihrer Autorität bestätigen zu lassen. Es gibt elf Herzöge der inneren Staaten und vier Herzöge der sogenannten äußeren Reiche. Während jeder Herzog das Emblem der Autorität und Bestätigung in Empfang nahm, spielte die Musik, sangen die Priester; und der Herzog von Sheh lachte leise. Ich wagte es nicht, ihn nach dem Grund zu fragen. Zuerst meinte ich, er sei ganz einfach zornig, weil, was immer Sheh auch sein mochte, es nicht länger ihm gehörte. Doch als der Herzog von Ch'in mit kriecherischer Dankbarkeit das Zeichen der Souveränität in Empfang nahm, sah ich voll Verblüffung, daß es sich nicht um denselben Mann handelte, den ich zuletzt dabei beobachtet hatte, daß er beim Grabhügel des Kaisers Wu wie ein Wolf heulte.

»Das ist nicht der Herzog«, flüsterte ich.

»Natürlich nicht.« Mein exzentrischer Herr kicherte.

»Aber wer ist das denn?«

»Ein Schauspieler. Alljährlich werden die fünfzehn Herzöge von Schauspielern verkörpert. Alljährlich gibt der Sohn des Himmels vor, die Autorität der wirklichen Herzöge zu erneuern. Oh, es ist ein wahrer Skandal. Doch was soll mein armer Freund tun? Die wirklichen Herzöge kommen nicht nach Loyang.«

»Hast du nicht gesagt, daß sie ihn alle als Sohn des Himmels akzeptieren?«

»Das tun sie ja auch.«

»Warum ehren sie ihn dann nicht?«

»Weil er nicht der Sohn des Himmels ist.«

»Das verstehe ich nicht.«

»Er auch nicht. Nicht wirklich. Dabei ist es einfach. Solange sie *vorgeben*, er sei der Sohn des Himmels, kann keiner von ihnen Anspruch erheben auf das Mandat. Aus diesem Grunde ist dieses Scheinzeremoniell so wichtig. Da alle Herzöge davon träumen, eines Tages das Mandat zu erringen, sind sich auch alle Herzöge darin einig, vorläufig so zu tun, als sei der Herzog von Chou tatsächlich das, was er zu sein behauptet. Aber früher oder später wird einer der Herzöge die Hegemonie erlangen, und wenn das geschieht, wird Loyang verschwinden wie ein Traum, und der Gelbe Fluß wird rot sein von Blut.«

Die Schauspieler-Herzöge zogen sich zurück, und der Sohn des Himmels verkündete: »Hier im Norden steht der Einsame. Das Mandat des Himmels ist *hier!*«

Die Musiker vollführten einen schreckenerregenden Lärm, und hundert Männer mit phantastischem Federkopfschmuck und mit Tierschwänzen begannen eine Serie von Tänzen, die so ungewöhnlich waren wie irgend etwas, das ich jemals in Babylon sah, wo man nun wirklich *alles* sieht. Inmitten eines Wirbels aus grellen Farben und schrillen Klängen zog sich der Sohn des Himmels zurück.

»Sie spielen die Musik der vier Haupthimmelsrichtungen«, sagte der Herzog. »Puristen mißfällt das. Aber Puristen mißfällt ja jede Neuerung. Ich persönlich ziehe die neue Musik der alten vor. Das gilt mancherorts als Ketzerei, aber dies sind nun einmal ketzerische Zeiten. Beweis? Es gibt keinen Herzog in Sheh.«

Wie lange wir in Loyang blieben, weiß ich nicht mehr. Um so deutlicher entsinne ich mich, daß ich mich zum erstenmal seit meiner Gefangennahme fast frei fühlte. Zusammen mit dem Herzog nahm ich an zahlreichen Gastmahlen teil. Er liebte es, mich gleichsam vorzuzeigen; allerdings ohne durchschlagenden Erfolg. Cathayaner im allgemeinen und die Höflinge in Loyang im besonderen haben wenig Interesse für die Welt jenseits dessen, was sie die vier Meere nennen. Schlimmer noch: Ich besaß ein absonderliches Aussehen und sprach ihre Sprache mit einem unangenehmen Akzent, zwei offenkundige Defekte, die alles andere als Popularität verbürgen. Zu meiner Verwunderung – und zur Enttäuschung des Herzogs – zeigte sich kaum jemand an der westlichen Welt interessiert. Was nicht das Reich der Mitte ist, das gibt es nicht. In den Augen der Cathayaner sind wir barbarisch, und sie sind zivilisiert. Ich habe feststellen können, daß – reist man nur weit genug – links zu rechts wird, oben zu unten, Norden zu Süden.

Dennoch empfand ich die allgemeine Interessenlosigkeit des Hofes zu Loyang als eigentümlich anziehend. Die Höflinge wollten sich amüsieren, weiter nichts. Sie spielten Wortspiele, die für mich zu hoch waren. Sie klatschten hinterhältig übereinander. Sie speisten ausgezeichnet, doch von arg mitgenommenem Geschirr, tranken aus zerbeulten Bechern, trugen abgewetzte Gewänder, mit Eleganz.

Bei Streifzügen durch Loyang gewann man den Eindruck, daß dies einmal eine eindrucksvolle, wennschon ein wenig primitive Hauptstadt gewesen sein mußte. Auch hatte man das Gefühl, daß Loyangs große Zeit für immer der Vergangenheit angehört. Geistern gleich, kamen die Bediensteten des Himmelssohns ihren zeremoniellen Pflichten nach, die sie sehr unvollkommen erfüllten, wie der Herzog von Sheh versicherte; und Geistern gleich, die lustvoll fleischliche Gestalt annahmen, brannten sie darauf, sich zu ergötzen nach gehabter Müh, als ahnten sie, daß ihre Tage gezählt waren, und daß der Hof, dem sie dienten, einem schrumpfenden Schatten glich, dem Schatten einer für immer verlorenen Welt.

Wir besuchten die Halle des Lichts, ein uraltes Gebäude, geweiht dem Weisen Herrn . . . dem Himmel, meine ich. Es ist merkwürdig, daß ich diese beiden Vorstellungen austauschbar finde; doch wann immer ich den Weisen Herrn erwähnte vor den cathayanischen Priestern, blickten sie betreten drein; wechselten das Thema; sprachen vom Gelben Kaiser, von kaiserlichen Nachfahren, von dem Mandat . . . dieses ewige Mandat! Sie können oder wollen sich nicht einlassen auf die Idee, daß es ein Ur- und Grundprinzip des Universums gibt. Sie haben keinen Begriff vom Krieg zwischen der Wahrheit und der Lüge. Statt dessen sind sie besorgt, ein harmonisches Gleichgewicht zu bewahren zwischen dem wolkigen Willen des Himmels und der Erde wütendem Wahn. Dies, so glauben sie, sei am ehesten erreichbar durch die genaue Befolgung jener komplexen Zeremonien, welche die Ahnen besänftigen.

Zum Entsetzen des Herzogs war die Halle des Lichts gefüllt mit Musikanten, Gauklern, Imbißverkäufern. Ein überaus buntes, wenn auch nicht gerade religiöses Bild.

»Ich verstehe nicht, weshalb er dies gestattet!«

»Was sollte hier denn stattfinden?« Fasziniert beobachtete ich, wie eine Gruppe von Gnomen schwierige akrobatische Kunststückchen vollführte; sehr zum Entzücken einer Zuschauerschar, die den kleinen Artisten kleine Münzen zuwarf.

»Nichts. Dies ist als ein Refugium gedacht, wo man sich in Betrachtungen über die Idee des Lichts versenken mag. Und natürlich werden hier auch religiöse Zeremonien abgehalten. Vermutlich erhält der Herzog von den Verkäufern Miete. Trotzdem ist es schockierend, findest du nicht?«

Nicht ich war es, der dem Herzog Antwort gab, sondern eine sehr melodiöse Stimme, die plötzlich hinter uns erklang. »Überaus schokkierend, Herr Herzog! Höchst betrüblich! Aber so ist nun einmal das Wesen des Menschen, nicht wahr?«

Der Besitzer dieser so anziehenden Stimme war ein graubärtiger Mann mit, für einen Cathayaner, ungewöhnlich *offenen* Augen; Augen voller Humor – oder Trauer. Beides ist ja oft ein und dasselbe, wie dieser bemerkenswerte Mann zu demonstrieren liebte.

»Li Tzu!« Der Herzog begrüßte den Weisen mit einer trefflichen Ausgewogenheit zwischen Respekt und Herablassung. Falls ich es noch nicht erwähnt haben sollte: Tzu ist das cathayanische Wort für Meister oder Weiser. Und so werde ich Li Tzu nunmehr Meister Li nennen.

»Dies«, sagte der Herzog zu Meister Li, »ist der Schwiegersohn des Königs des reichen Magadha.« Selten nur vergaß der Herzog mein königliches Verwandtschaftsverhältnis, das, wie er hoffte, ihn eines Tages reich machen würde. »Er ist zu uns gekommen, um zivilisiert zu werden. Und jetzt –« Der Herzog blickte zu mir. »– hast du den weisesten Mann im ganzen Reich der Mitte kennengelernt, den Hüter der Archive des Hauses Chou, den Meister aller dreitausend Künste...« Der Herzog war überschwenglich in seiner Lobpreisung des Meisters Li. Wie so viele verarmte Edelleute fühlte er sich verpflichtet, den Glanz und Pomp, den er sich nicht leisten konnte, wettzumachen durch übersteigerte Komplimente und überfeinerte Manieren.

Meister Li zeigte mehr als nur höfliches Interesse für mein Ausländertum; er war auch der erste Cathayaner, der mir auf den ersten Blick ansah, daß ich nicht aus Magadha stammen konnte. Obwohl er noch nie von Persien gehört hatte, war ihm doch bekannt, daß es jenseits des Indus ein Land mit blauäugigen Menschen gab; und da er wissen wollte, was wir wußten, lud er den Herzog und mich ein, mit ihm am Rande des Grundes für das Opfer an die Erde zu speisen. »Es hat dem Einsamen gefallen, mir die Benutzung des alten Pavillons zu gestatten. Wir werden ein üppiges Mahl zu uns nehmen und über Tao reden.« Das Wort Tao bedeutet der Weg. Es hat auch viele andere subtile Bedeutungen, wie ich noch entdecken sollte.

Wir bahnten uns einen sehr irdischen Weg durch eine Gruppe von halbnackten Tanzmädchen. Soweit ich sehen konnte, tanzten sie niemals wirklich; vielmehr lungerten sie in der Halle des Lichts herum und warteten darauf, daß irgend jemand ihre Gunst kaufte. Der Herzog war über die Blasphemie entsetzt. »Nie hätte ich gedacht, daß ein Sohn des Himmels, ungeachtet der –« Weise ließ er den Satz unvollendet.

Gelassen vollendete der Weise ihn an seiner Statt. »– ungeachtet des Allerbarmens! O ja, die Waise ist voll Erbarmen, voll tiefen Mitgefühls. Die Menschen glücklich zu machen, das ist sein einziger Wunsch. Er strebt nicht nach dem, was unmöglich ist. Er ist ein Adept des Wu-Wei.« In der cathayanischen Sprache bedeutet Wu-Wei: nichts tun; und für Meister Li ist die Kunst des Nichts-Tuns das Geheimnis nicht nur des Herrschens, sondern auch des menschlichen Glücks. Meint Meister Li nun aber wirklich: Überhaupt nichts tun? Nein, Demokrit. Meister Li meint etwas noch Eigentümlicheres als das. Ich werde später versuchen, ihn zu interpretieren.

Wir schritten durch die geschäftigen Gassen von Loyang. Warum ich mich so völlig daheim fühlte, weiß ich nicht. Ich war wohl allzu lange in der Wüste, im Wald, im wilden Ch'in gewesen. Die Menschen von Chou müssen die fröhlichsten auf der ganzen Welt sein, und falls ihr Niedergang in der Welt sie traurig stimmt, so wissen sie das vortrefflich zu verbergen. Auch praktizieren sie wie so viele geschäftige Leute Wu-Wei, ohne es zu wissen. Ja, Demokrit, das ist ein Paradox, das bald näher betrachtet werden soll.

Der Grund für das Opfer an die Erde befindet sich in einem Park nördlich der Stadt, unweit jenes konischen Erdhügels, wie man ihn am Rande jeder cathayanischen Stadt findet. Dieser Hügel, Sheh genannt, heiliger Boden, symbolisiert den Staat und liegt stets in der Nähe eines Hains von Bäumen, die nicht nur charakteristisch sind für die Region, sondern auch heilig. In Chou ist der Kastanienbaum heilig.

Im dritten Monat eines jeden Jahres wird auf diesem Grund das sogenannte Frühlingsterrassenspiel dargeboten. Eigentlich handelt es sich nicht um ein einziges Spiel, sondern um eine Reihe von Spielen, Tänzen, Zeremonien. Ist das Frühlingsterrassenspiel kein Erfolg – das heißt, mangelt es dem Ritual an Präzision –, so wird es eine schlechte Ernte geben oder überhaupt keine Ernte. Die Terrasse ist eine Art Erdwall, wo die Gläubigen sitzen und die Zeremonien beobachten können. Dies ist das einzige Ereignis im ganzen Jahr, bei dem sich Männer und Frauen frei untereinander mischen dürfen. Da das Frühlingsterrassenspiel für alle Cathayaner der Höhepunkt des Jahres ist, buhlt so mancher Mächtige um die Gunst des Himmels – und der Leute –, indem er die Festlichkeiten finanziert, ähnlich wie das heutzutage in gewissen griechischen Städten geschieht. Ursprünglich glichen diese Fruchtbarkeitsriten ein wenig jenen, die man noch immer in Babylon feiert, wo sowohl Frauen als auch Männer der Prostitution dienen, um eine gute Ernte zu gewährleisten. Doch über die Jahre hinweg hat sich das cathayanische Frühlingsterrassenspiel zu einer höchst sittsamen Darbietung entwickelt – und zu einer inakkuraten, wie der Herzog und Meister Li behaupteten. Ich kann dazu nichts sagen. Aus irgendeinem Grund wohnte ich dieser Zeremonie während meiner Jahre im Reich der Mitte niemals bei; doch hätte ich's getan, so wäre ich ohne jeden Maßstab gewesen für die Beurteilung des dargebotenen Spiels.

Als wir den Erdhügel passierten, zeigte sich der Herzog von Sheh erleichtert, daß dort kein einziger Grashalm wuchs. »Wenn der heilige Boden nicht absolut rein gehalten wird...« Der Herzog machte ein Zeichen zur Abwehr des Bösen. Dann verbeugte er sich vor dem Erdaltar, welcher quadratisch ist, weil die Cathayaner glauben, die Erde sei ein Quadrat, während sie meinen, der Himmel sei rund: Im Süden jeder Stadt gibt es einen runden Altar für den Himmel.

Meister Li führte uns über eine schmale Steinbrücke zu einem reizenden Pavillon auf einem großen Brocken aus Kalkstein, der umflossen wurde von einem schnellen, weißschäumenden Bach. Ich muß sagen, daß ich nirgends sonst etwas so Sonderbares oder Liebliches wie die cathayanische Landschaft gesehen habe, zumindest in der Region zwischen den beiden großen Flüssen. Die Hügel besitzen jegliche phantastische Gestalt, die sich nur vorstellen läßt, und die Bäume sind ganz anders als irgend etwas, das man im Westen findet. Auch stößt der Reisende immer wieder überraschend auf Wasserfälle, Schluchten; blickt in kühle, blau-grüne Tiefen, die von magischer Verlockung und überaus gefährlich sind, ist Cathay doch das verwunschene Land der Drachen und Geister und der Gesetzlosen. Zwar bekam ich weder Drachen noch Geister zu Gesicht, dafür jedoch so manchen Briganten. Cathays schöne, scheinbar leere Landschaft ist für den Reisenden ein verderbendrohendes Gefilde. Aber wohin man auch auf dieser Erde kommt, alle Dinge werden von Menschen verdorben.

Der Pavillon bestand aus gelben Ziegeln und hatte ein steiles Dach. Moos wuchs in jedem Spalt, und vom Gebälk, inmitten von Spinnweben, hingen Fledermäuse. Der alte Diener, der unser Mahl bereitete, behandelte Meister Li als Ebenbürtigen; uns ignorierte er. Wir kümmerten uns nicht darum. Hungrig schlangen wir frischen Fisch in uns hinein, zum beruhigenden Geräusch heftig plätschernden Wassers.

Während wir auf unseren rustikalen Matten knieten, sprach Meister Li über die Bedeutung – oder eine Bedeutung – von Tao. »Wörtlich«, sagte er, »bedeutet Tao eine Straße oder ein Weg. Ein hoher Weg. Oder ein *tiefer* Weg. Ein Weg.« Ich bemerkte, daß Meister Lis Hände aussahen, als seien sie aus zerbrechlichem Alabaster; und ich begriff, daß er viel älter war, als ich zunächst geglaubt hatte. Später erfuhr ich, daß er über hundert Jahre alt war.

»Wo«, fragte ich, »beginnt der – das heißt, *dein* – Weg?«

»*Mein* Weg würde mit mir beginnen. Aber ich habe keinen Weg. Ich bin ein Teil *des* Weges.«

»Welcher *was* ist?«

Der Herzog von Sheh begann zufrieden zu summen und sich in den Zähnen zu stochern. Er genoß solche Art Disput.

»Welcher ist, was er ist. Die ursprüngliche Einheit der ganzen Schöpfung. Der erste Schritt, den ein Mensch auf dem Weg tun kann, besteht darin, in Harmonie zu sein mit den Gesetzen des Universums, mit dem, was wir nennen das Immer-so.«

»Wie geschieht dies?«

»Denke dir den Weg als Wasser. Wasser fließt immer auf tiefem Grund und durchdringt alle Dinge.« Ich hatte das unbehagliche Gefühl, mich wieder in der Gangesebene zu befinden, wo komplexe Dinge so einfach ausgedrückt werden, daß sie auf einmal voller Geheimnis sind.

Zu meiner Überraschung las Meister Li meine Gedanken. »Mein lieber Barbar, du glaubst, ich sei absichtlich dunkel. Aber ich kann nichts dafür. Schließlich ist die Lehre vom Weg bekannt als die *wortlose* Lehre. Deshalb ist, was immer ich auch sage, nichtssagend. Du kannst ebensowenig wissen, was ich als den Weg weiß, wie ich die Schmerzen fühlen kann in deinem linken Knie, das du auf der Matte hin und her rückst, weil du dich noch nicht an unsere Art des Sitzens gewöhnt hast.«

»Aber du begreifst meine Schmerzempfindung doch, auch wenn du sie nicht fühlst. Vielleicht also kann ich meinerseits den Weg begreifen, ohne ihm zu folgen wie du.«

»Sehr gut«, sagte der Herzog und rülpste, um seine Zufriedenheit zu zeigen, mit dem Mahl wie auch mit uns. Die Cathayaner betrachten Rülpsen als die ernsthafteste Äußerung des Geist-Magens.

»Dann denke dir den Weg als einen Zustand, wo es keine Gegensätze oder Unterschiede gibt. Nichts ist heiß. Nichts ist kalt. Nichts ist lang. Nichts ist kurz. Derartige Vorstellungen sind bedeutungslos außer in bezug auf andere Dinge. Für den Weg sind sie alle eines.«

»Aber für uns sind sie viele.«

»Das scheinen sie zu sein. Ja, es gibt keine *wirklichen* Unterschiede zwischen den Dingen. Im Grunde gibt es nur den Staub, aus dem wir bestehen, ein Staub, der zeitweilig diese oder jene Gestalt annimmt, jedoch niemals aufhört, Staub zu sein. Es ist wichtig, dies zu wissen. Genauso wie es wichtig ist zu wissen, daß es unmöglich ist, gegen die Tatsache der Natur zu rebellieren. Leben und Tod sind dasselbe. Ohne das eine kann es das andere nicht geben. Und ohne das andere kann das eine nicht sein. Letztlich indes existiert keines von beiden, außer in bezug auf das andere. Es gibt nichts als das Immer-so.«

Obschon ich diese Konzeption einer Ureinheit akzeptabel fand, konnte ich doch nicht umhin, jene Unterschiede zu gewahren, die Meister Li in seinem Meer des Immer-so so behende ertränkte. »Aber zweifellos«, sagte ich, »muß ein Mensch nach seinen Taten beurteilt werden. Es gibt gute Taten und böse Taten. Die Wahrheit und die Lüge...« Ich sprach als Zarathustras Enkel. Als ich fertig war, antwortete mir Meister Li mit einer sonderbaren Parabel.

»Du sprichst weise.« Der alte Mann beugte höflich seinen Kopf. »Natürlich gibt es in der relativen Führung eines gegebenen Lebens richtige und unrichtige Taten, und ich bin sicher, daß wir uns einig wären über das, was richtig ist und was nicht. Aber der Weg läßt solche Dinge zunichte werden. Laß mich dir ein Beispiel geben. Nehmen wir an, du seist ein Macher von Bronze –«

»Eigentlich ist er ein Eisenschmelzer, Meister Li – eine nützliche Kunst, welche die Barbaren beherrschen.« Der Herzog musterte mich, als habe er persönlich mich erschaffen aus ureinheitlichem Staub.

Meister Li ignorierte des Herzogs Einwurf. »Du bist ein Macher von Bronze. Du möchtest eine Glocke gießen, und du hast eine Form vorbereitet für das geschmolzene Metall. Doch als du das flüssige Metall gießen willst, weigert sich die Bronze zu fließen. Sie sagt: ›Ich will keine Glocke sein. Ich will ein Schwert sein, wie das makellose Schwert von Wu.‹ Als Bronzemacher wärst du doch wohl ungehalten über dieses widersetzliche Metall, nicht wahr?«

»Ja. Aber Metall kann sich seine Gußform nicht wählen. Das Geschmolzene hat keine Wahl.«

»Nein.« Das leise Nein war von ebenso fröstelnder Wirkung wie Gosalas geworfene Schnur. »Du kannst gegen den Weg genausowenig rebellieren, wie deine Hand gegen deinen Arm rebellieren kann oder das Metall gegen die Gußform. Alle Dinge sind Teil des Universums, welches ist das Immer-so.«

»Welches sind die fundamentalen Gesetze? Und wer war ihr Schöpfer?«

»Das Universum ist die Einheit aller Dinge, und den Weg akzeptieren heißt die Tatsache dieser Einheit akzeptieren. Ob lebendig oder tot, du bist für alle Zeit ein Teil des Immer – so, dessen Gesetze einfach die Gesetze des Werdens sind. Wenn Leben kommt, ist es Zeit. Wenn Leben geht, ist auch dies natürlich. Mit Gelassenheit akzeptieren, was immer auch geschieht heißt sich jenseits von Schmerz oder Freude befinden. So folgt man dem Weg, indem man Wu-Wei erlangt.«

Wieder verwirrte mich dieser Ausdruck, der wörtlich Nichts-Tun bedeutet.

»Aber wie soll unsere Welt funktionieren, wenn man sich völlig passiv verhält? Irgendwer muß doch Bronze gießen, damit wir Glocken, Schwerter haben können.«

»Wenn wir von Nicht-Tun sprechen, so meinen wir: Tu nichts, was nicht natürlich oder spontan wäre. Verstehst du dich aufs Bogenschießen?«

»Ja. Ich wurde als Krieger ausgebildet.«

»Genau wie ich.« Meister Li sah so unkriegerhaft aus wie nur möglich. »Ist dir aufgefallen, wie leicht es ist, das Ziel zu treffen, wenn du müßig für dich allein übst?«

»Ja.«

»Doch wenn du mit anderen um die Wette schießt, wenn es einen goldenen Preis zu erringen gibt, dann findest du es schwerer, das Ziel zu treffen, als wenn du allein bist oder nicht im Wettbewerb?«

»Ja.«

»Wenn du es zu angestrengt versuchst, verkrampfst du. Wenn du verkrampfst, gelingt dir nicht dein Bestes. Nun, diese Art von Verkrampfung vermeiden, nennen wir *Wu-Wei*. Oder anders ausgedrückt: Höre auf, was du tust, bewußt zu tun. Sei natürlich. Hast du jemals, um es zu essen, ein Tier geschlachtet?«

»Ja.«

»Findest du es schwer, die Teile des Körpers voneinander zu trennen?«

»Ja. Aber ich bin ja auch kein Metzger oder ein Magian – ich meine, ein Priester.«

»Ich auch nicht. Aber ich habe Metzger bei der Arbeit beobachtet. Sie arbeiten stets schnell, stets genau. Was uns schwerfällt, fällt ihnen leicht. Warum? Ich habe einmal den Hauptmetzger des Einsamen gefragt, wie es sich erkläre, daß er einen Ochsen zerlege in der gleichen Zeit, die ich brauchen würde, um einen kleinen Fisch zu putzen. ›Das weiß ich nicht so genau‹, sagte er. ›Meine Sinne scheinen stillzustehen, und mein Geist – oder was immer sonst – übernimmt's.‹ Das ist es, was wir mit *Wu-Wei* meinen. Tu nichts, das nicht natürlich ist, das sich nicht in Harmonie mit den Prinzipien der Natur befindet. Die vier Jahreszeiten kommen und gehen mit Gelassenheit, weil sie dem Weg folgen. Der weise Mensch betrachtet diese Ordnung und beginnt zu begreifen, welche Harmonie im Universum waltet.«

»Auch ich finde, daß es weise ist, die natürliche Welt zu akzeptieren. Aber selbst der weiseste Mensch muß alles in seiner Macht Stehende tun, um das Gute zu unterstützen und dem Bösen zu trotzen ...«

»Oh, mein lieber Barbar, diese Idee des Tuns ist es, die alle Probleme bewirkt. Nicht *tun!* Das ist das beste Tun. Bleibe im Zustand des Nicht-Tuns. Wirf dich in den Ozean der Existenz. Vergiß, was du für gut, für böse hältst. Da beide nicht existieren, ohne die Beziehung zueinander, vergiß die Beziehung. Überlaß die Dinge sich selbst. Befreie deinen eigenen Geist. Werde gelassen wie eine Blume, wie ein Baum. Denn alle wahren Dinge kehren zu ihren Wurzeln zurück, ohne zu wissen, daß sie dies tun. Jene Dinge – jener Schmetterling, jener Baum –, denen Wissen mangelt, verlassen niemals den Zustand der Ureinfachheit. Sollten sie jemals Bewußtheit erlangen, so wie wir, so würden sie ihre Natürlichkeit verlieren. Sie würden den Weg verlieren. Für einen Menschen ist Vollkommenheit nur möglich im Mutterschoß. Er gleicht dann einem unbehauenen Block, bevor der Bildhauer ihn bearbeitet und, indem er das tut, den Block verdirbt. In diesem Leben ist, wer andere braucht, allezeit gefesselt. Er, der von anderen gebraucht wird, ist allezeit traurig.«

Aber ich konnte die Passivität von Meister Lis Lehre vom Weg ebensowenig akzeptieren, wie mir die Wünschbarkeit von des Buddhas Nirwana begreiflich schien.

Ich befragte Meister Li über die wirkliche Welt – oder die Welt der Dinge, da das Wort »wirklich« für den taoistischen Weisen Anlaß sein mochte, eine Reihe selbstzufriedener Fragen über die Natur des Wirklichen zu formulieren. »Was du sagst, verstehe ich. Oder *beginne* ich doch zu verstehen«, fügte ich hastig hinzu. »Wenn ich auch dem Weg wohl kaum folgen werde, so hast du mir doch einen Blick darauf gewährt. Ich bin in deiner Schuld. Jetzt laß uns praktisch sprechen. Staaten müssen regiert werden. Wie soll dies geschehen, wenn der Herrscher Wu-Wei praktiziert?«

»Gibt es einen solch vollkommenen Herscher?« Meister Li seufzte. »Die Geschäftigkeit der Welt der Dinge verführt dazu, das Sich-Versenken in den Weg zu verhindern.«

»Wir Herzöge können höchstens einen Blick erhaschen auf die Straße, die ihr Weisen wandelt.« Der Herzog von Sheh schien mit sich hochzufrieden, sah schläfrig aus. »Doch wir ehren eure Reise. Beklagen unser eigenes hohes, geschäftiges Amt. Warten darauf, daß ihr uns sagt, wie wir unser Volk regieren sollen.«

»Das Ideal, Herzog, wäre es, wenn der weise Fürst – der Fürst-Weise – die Gehirne der Menschen leerte und ihre Bäuche füllte. Er muß ihren Willen schwächen, während er ihre Knochen stärkt. Fehlt den Menschen Wissen, so fehlt ihnen Begehrlichkeit. Fehlt ihnen Begehrlichkeit, so werden sie nichts tun, was für Menschen nicht natürlich wäre. Dann wird das Gute allgemein sein.«

Als Konzept der Staatskunst unterschied sich dies nicht sehr von den Vorstellungen des brutalen Huan. »Aber –« Ich sprach höchst respektvoll. »– falls nun ein Mensch Wissen erlangt und falls er sodann begehrt, sein Los zu ändern – oder sogar den Staat selbst –, wie würde der Fürst-Weise auf einen solchen Mann reagieren?«

»Oh, der Fürst sollte ihn töten.« Meister Li lächelte. Zwischen zwei langen Schneidezähnen war nur dunkles Zahnfleisch. Plötzlich ähnelte er einer der schlafenden Fledermäuse über uns.

»Dann haben also jene, die dem Weg folgen, keine Einwände gegen das Töten von Menschen?«

»Weshalb sollten sie? Der Tod ist so natürlich wie das Leben. Auch ist der, der stirbt, ja nicht verloren. Nein. Ganz im Gegenteil. Nach seinem Tod ist er jenseits allen Leids.«

»Wird sein Geist wiedergeboren werden?«

»Der Staub wird wieder Gestalt gewinnen, gewiß. Doch ist das wohl nicht das, was du mit Wiedergeburt meinst.«

»Was geschieht«, fragte ich, »wenn die Geister der Toten zu den Gelben Quellen gehen?« Wenn in Cathay jemand stirbt, sagen die einfachen Menschen, er sei zu den Gelben Quellen gegangen. Doch wenn man sie fragt, was für ein Ort das ist und wo er sich befindet, so bekommt man verwirrende Antworten. Allem Anschein nach handelt es sich bei den Gelben Quellen um eine uralte Vorstellung; es scheint eine Art Limbus zu sein, ähnlich dem Hades der Griechen. Einen Gerichtstag gibt es nicht. Die Guten und die Bösen teilen das gleiche Schicksal.

»Es will mir scheinen, daß es sie überall gibt, die Gelben Quellen.« Meister Li strich sich die rechte Hand mit der linken. Eine magische Gebärde? »Gibt es sie überall, so kann niemand dort hingehen, weil er bereits dort ist. Aber natürlich wird der Mensch geboren, er lebt, er stirbt. Obwohl er ein Teil des Ganzen ist, verleitet ihn die Tatsache seiner kurzen Existenz dazu, der Ganzheit zu widerstehen. Nun, wir folgen dem Weg, um dem Ganzen nicht zu widerstreben. Allen – oder doch fast allen –« er verneigte sich vor mir »– ist jetzt klar, daß mit der Zersetzung des Körpers auch der Geist –« er klopfte sich mit der Hand auf die Magengegend »– dahingehen muß. Jene, die nicht den Weg erfahren haben, finden dies beklagenswert, sogar schreckensvoll. Wir haben keine Furcht. Da wir uns mit dem kosmischen Prozeß identifizieren, widerstreben wir nicht dem Immer-so. In Anbetracht des Lebens und des Todes tut der vollkommene Mensch nichts, gerade sò wie der wahre Weise nichts erschafft. Er widmet sich nur der Kontemplation des Universums, bis er das Universum wird. Dies ist es, was wir das geheimnisvolle Ineinswerden nennen.«

»Nichts tun –«, begann ich.

»– ist eine gewaltige spirituelle Arbeit«, vollendete Meister Li. »Der Weise kennt keinen Ehrgeiz. Deshalb kennt er kein Scheitern. Wer niemals scheitert, hat stets Erfolg. Und wer stets Erfolg hat, ist all-mächtig.«

»Darauf, Meister Li«, sagte ich, »gibt es keine Antwort.« Ich kannte, von den Athenern her, bereits dieses Argumentieren im Kreis, das für die Griechen das ist, was den Buddhisten das Rad der Lehre bedeutet.

Zu meiner Überraschung widersprach der Herzog Meister Li, was die beste Art des Regierens betraf. »Zweifellos«, sagte er, »sind doch jene, die dem Weg folgen, stets gegen die Todesstrafe gewesen, mit der Begründung, kein Mensch habe das Recht, über einen anderen Menschen ein solch furchtbares Urteil zu verhängen. Dies zu tun ist das genaue Gegenteil von Wu-Wei.«

»Viele Anhänger des Weges sind deiner Ansicht, Herr Herzog. Ich persönlich finde die Sache ohne Belang. Schließlich ist ja die Natur erbarmungslos. Sie wütet unter uns mit Überschwemmungen, Hungersnöten, Seuchen. Sollte der Mensch anders sein als die Natur? Natürlich nicht. Dennoch gefällt mir die Vorstellung, daß es wohl besser wäre, unsere Welt ihren eigenen Weg gehen zu lassen und gar nicht erst zu versuchen, sie zu regieren, da ein wahrhaft gutes Regieren unmöglich ist. Jeder weiß: Je mehr gute Gesetze der Herrscher erläßt, desto mehr Diebe und Banditen wird es geben, welche diese Gesetze brechen. Jeder weiß auch: Wenn der Herrscher für sich zu hohe Steuern fordert, werden die Menschen verhungern. Dennoch fordert er stets zuviel; dennoch verhungern sie immer. Laßt uns also in vollkommener Harmonie mit dem Universum leben. Laßt uns keinerlei Gesetze machen und glücklich sein.«

»Ohne Gesetze kann es kein Glück geben.«

»Wahrscheinlich nicht.« Meister Li lächelte fröhlich.

»Ich bin davon überzeugt, daß es eine richtige Art des Regierens geben muß«, sagte ich. »Mit all den falschen Arten sind wir wohl zur Genüge vertraut.«

»Zweifellos. Im Grunde jedoch – wer weiß?« Bei jedem Argument bog er sich wie ein Schilfrohr.

Ich wurde ungeduldig. »Was«, fragte ich, »*kann* ein Mensch wissen?«

Die Antwort kam schnell. »Er kann wissen, daß das Einssein mit dem Weg so ist wie der Himmel, und so undurchdringlich. Er kann wissen, daß, wenn er den Weg besitzt, er nicht vernichtet wird, auch wenn sein Körper aufhört zu existieren. Der Weg ist wie ein Becher, der niemals leer wird, der nie gefüllt werden muß. Alle Komplexitäten werden reduziert zu Einfachheit. Alle Gegensätze werden aufgehoben, alle Kontraste ausgeglichen. Der Weg ist so still wie die Ewigkeit. *Halte nur an der Einheit fest.*« Meister Li hielt inne. Das war das.

Der Herzog saß sehr gerade, mit hocherhobenem Haupt; er schlief fest und schnarchte leise. Das Geräusch des Wassers unter uns glich dem, das man vernimmt, wenn man sich eine Muschel dicht ans Ohr hält.

»Sage mir, Meister Li«, bat ich, »wer hat den Weg erschaffen?«

Der alte Mann blickte auf seine jetzt gefalteten Hände. »Ich weiß nicht, wessen Kind er ist.«

3

Dem Sohn des Himmels wurde ich niemals präsentiert. Vermutlich gab es kein Protokoll für den Empfang eines Barbaren-Gesandten, der überdies ein Sklave war. Doch wohnte ich mehreren Zeremonien mit dem Herzog von Chou bei. Da er stets den Anschein von Göttlichkeit erweckte, schien er für seine symbolische Rolle wie geschaffen. Was mein Herr für gut befand, »weil er weniger intelligent ist als die meisten.«

Oft machten wir Spaziergänge mit Meister Li und seinen Schülern. Die Pflichten des Archivars von Chou waren gewiß nicht allzu beschwerlich; stets hatte er Zeit, mit uns in aller Ausführlichkeit über seine wortlose Lehre zu sprechen. Meines Großvaters Dogma von Gut und Böse tat er beiläufig mit der Begründung ab, die Ureinheit schließe solch kleine Unterteilungen aus. Ich zog es vor, ihm nicht zu widersprechen. Statt dessen erzählte ich ihm von Gosala, Mahavira, dem Buddha, Pythagoras. Er fand nur den Buddha interessant. Er bewunderte die vier edlen Wahrheiten und meinte, des Buddhas Triumph über die Sinne stehe im Einklang mit *Wu-Wei.* »Wie jedoch«, fragte Meister Li, »kann er so sicher sein, daß er, wenn er stirbt, erlöschen wird?«

»Weil er die vollkommene Erleuchtung erlangt hat.«

Wir standen in der Nähe des Erdaltars. Ein hoher Wind schüttelte Blätter von den Bäumen: Der Winter war nah. Ein Dutzend junger Männer aus dem Ritterstand hielt sich in respektvoller Entfernung. »Wenn er denkt, daß er das hat, dann hat er es nicht. Weil er noch immer denkt.« Dieses belanglose Spiel mit Worten entzückte die jungen Männer; sie kicherten kennerisch.

Der Herzog sagte: »Weisheit! Weisheit!«

Ich verteidigte den Buddha nicht. Schließlich haben mich weder der cathayanische Weg noch die buddhistischen edlen Wahrheiten je wirklich angesprochen. Das eine wie das andere verlangt ein Verbannen der Welt, wie wir sie kennen. Ich verstehe zwar, daß dies sehr wünschenswert sein mag, doch sehe ich nicht, wie es erreicht werden könnte. Dennoch bin ich Meister Li dankbar, denn ungewollt brachte er an jenem Nachmittag beim Erdaltar die Ereignisse ins Rollen, die es mir ermöglichen sollten, nach Persien zurückzukehren.

Meister Li saß auf einem Felsbrocken. Die jungen Männer bildeten einen Kreis um uns. Einer fragte: »Meister, als der Wolken-Geist dem Chaos begegnete, wollte er von ihm wissen, auf welche Weise man am besten Himmel und Erde in Harmonie miteinander bringen könne, und Chaos erwiderte, das wisse es nicht.«

»Weise ist Chaos.« Meister Li nickte billigend.

»Sehr weise«, sagte der junge Mann. »Doch der Wolken-Geist sprach: ›Die Menschen blicken zu mir, um sich ein Beispiel zu nehmen. Ich muß etwas tun, um ihre Angelegenheiten wieder ins Gleichgewicht zu bringen.‹«

»Vermessen«, sagte Meister Li.

»Sehr vermessen«, sagte der junge Mann. Doch er fuhr fort: »Der Wolken-Geist fragte: ›Was soll ich tun? Die Dinge sind sehr schlecht auf der Erde.‹ Und Chaos pflichtete bei und sagte, die Grundprinzipien der Welt würden fortwährend verletzt und die wahre Natur der Dinge werde fortwährend entstellt. Aber Chaos sagte, der Grund hierfür sei –«

»– das Versagen der Herrschenden.« Meister Li vollendete den Satz, der offenkundig zu einem uralten Dialog gehörte. »Ja. Das war – und ist – eine kluge Beobachtung.«

»Aber«, sagte der junge Mann, »der Wolken-Geist war nicht zufrieden ...«

»... ist es nie.« Im scharfen Wind bauschte sich Meister Lis Umhang, und die weißen Haarsträhnen auf seinem Kopf standen nach oben. »Doch hätte er sich zufriedengeben sollen, als Chaos ihm sagte, es sei die Idee des *Handelns* in der Welt, die alle Probleme schaffe. *Steh ab!*« Die Stimme des Meisters klang plötzlich so laut, als schlage im tosenden Wind ein Hammer gegen eine Bronzeglocke.

»Aber, Meister Li, sollen wir Chaos folgen und nicht dem Wolken-Geist?« Der junge Mann schien eine wirkliche Frage zu stellen – und sprach doch nur seinen Teil der Litanei.

»In dieser Sache – ja. Zumal, wenn Chaos sagt: ›Nähre deinen Geist. Raste in der Position des Nicht-Tuns, und die Dinge werden sich selber regeln. Nie erfrage den Namen der Dinge; versuche nicht einzudringen in das geheimnisvolle Wirken der Natur. Alle Dinge gedeihen von allein.‹«

»Wunderschön«, sagte der Herzog von Sheh.

»Euer Wort für Chaos –«, begann ich.

». . . ist auch eines unserer Wörter für Himmel«, sagte Meister Li.

»Ich verstehe«, sagte ich und verstand nichts. Da Dinge ohne Ordnung nicht gedeihen können, hätte Himmel doch das Gegenstück zu Chaos sein müssen. Aber ich dachte nicht daran, den alten Meister in einen Disput zu verwickeln. Er besaß den Vorteil, die Bedeutung aller Wörter seiner Sprache zu kennen – und das ist das Geheimnis der Macht, Demokrit. Nein, im Augenblick möchte ich dazu nichts weiter sagen.

Einer der jungen Männer teilte offenbar nicht das Entzücken seiner Gefährten über des Meisters Lobpreisung der Inaktivität. Er trat vor, mit gebeugtem Kopf; ein schmächtiger Jüngling, der am ganzen Leibe zitterte – ob wegen des kalten Winds oder vor Ehrfurcht, konnte ich nicht sagen. »Aber gewiß, Meister, sollte man des Wolken-Geistes Wunsch nach Harmonie zwischen Himmel und Erde nicht geringschätzen. Denn warum sonst beten wir an diesem Ort zur Erde?« Der junge Mann verneigte sich in Richtung des nahen Altars.

»Oh, wir müssen tun, was sich gehört.« Meister Li hüllte sich fester in seinen Mantel; sog Luft in die Nase – die scharfe Witterung von Schnee.

»Würde Chaos solche Befolgung von Bräuchen mißbilligen?«

»Nein, nein. Chaos würde sie akzeptieren als ebenso natürlich wie das Zur-Neige-Gehen des Jahres. Oder wie den Winterschlaf der Wurzeln im Boden. Tu nichts, was nicht natürlich ist – und das Ritual ist natürlich –, und alles wird zum Besten sein.«

»Bist du dann, Meister, auch der Ansicht, daß, wenn ein Herrscher sich auch nur für einen einzigen Tag dem Ritual unterziehen könnte, jedermann unter dem Himmel seine Gutheit erwidern würde?«

Meister Li musterte den jungen Mann und runzelte die Stirn. Die übrigen Schüler standen mit geweiteten Augen. Selbst der Herzog merkte plötzlich auf. Eine Art Ketzerei war geäußert worden. Der junge Mann schien unter Fieberzuckungen zu erschauern.

»Was ist das für eine Gutheit, von der du sprichst?« Die sonst so betörende Stimme von Meister Li klang plötzlich schrill.

»Das weiß ich nicht. Ich weiß nur, daß durch korrektes Ritual Gutheit erlangt werden kann. Und damit der Staat gedeihe, muß Gutheit ihren Ursprung im Herrscher selbst haben. Sie kann nicht von anderen kommen.«

»Der Sohn des Himmels reflektiert den Himmel, welcher alle Dinge ist, wie wir wissen. Aber diese Gutheit, was ist sie, wenn nicht *Wu-Wei?*«

»Es ist das Ding, getan sowohl als nicht getan. Es ist, nicht anderen tun, was man von anderen nicht getan haben möchte. Und wenn man sich so verhalten kann, so wird man keine feindseligen Gefühle gegen sich erwecken, oder –«

Meister Li stieß ein nicht allzu würdevolles Gelächter aus. »Du zitierst Meister K'ung, obschon du doch wissen mußt, daß er und ich einander so unähnlich sind wie die helle Seite des Hügels der dunklen.«

»Aber ob nun hell oder dunkel, gewiß ist es doch derselbe Hügel«, sagte der Herzog sanft.

»Keinen Dank an Meister K'ung. Oder Konfuzius, wie die Ungehobelten ihn nennen. Du mußt nach Wei gehen, Knabe.« Zwei der Schüler halfen Meister Li auf die Füße. Der zitternde Jüngling schwieg, Blick auf dem Boden. »Oder wo immer sonst Konfuzius jetzt sein mag. Er hält sich nirgends sehr lange auf. Stets begrüßt man ihn mit Ehrerbietung. Aber dann fängt er an, Reden zu halten und Beamte zu plagen, selbst Herrscher. Einmal hat er gar versucht, den Sohn des Himmels zu unterweisen! Oh, es war demütigend. Aber er ist ein eitler und törichter Mann, der nur einen Gedanken im Kopf hat, nämlich ein öffentliches Amt innezuhaben. Er giert nach weltlichen Würden und nach Macht. Vor Jahren bekleidete er einen kleinen Posten im Polizeiministerium von Lu. Aber da er nur ein Ritter ist, konnte er nie werden, was er werden wollte, nämlich Minister. So zog er weiter nach Key. Doch der Ministerpräsident fand ihn – ich zitiere den Ministerpräsidenten wortwörtlich: ›Unpraktisch, eingebildet, mit vielen Absonderlichkeiten, unter anderem einer Obsession für die Details alter Zeremonien.‹« Meister Li blickte zum Herzog von Sheh. »Später hat ihm doch wohl dein Vetter –« Meister Li lächelte in den fröstligen Wind. »– , der verstorbene Herzog von Wei, einen untergeordneten Posten gegeben.«

Der Herzog nickte. »Mein Vetter, der Unvergleichliche, hat ihm in der Tat irgend so einen Posten gegeben. Aber dann starb der Unvergleichliche. Oder eher«, sagte er zu mir, »erlag er jener Art Unheil, das vor kurzem den All-Erbarmer in Ch'in ereilte. Beide konnten einfach nicht aufhören, Hirsewein zu trinken. Allerdings war der Unvergleichliche so bezaubernd, wie der All-Erbarmer langweilig war.« Der Herzog blickte zu Meister Li. »An sich hat Konfuzius Wei schon vor dem Tod des Unvergleichlichen verlassen ...«

»Wir hörten von einem Streit zwischen Konfuzius und dem Ministerium des Unvergleichlichen.« Meister Li zog sich seinen Mantel über den Kopf. Uns allen war inzwischen kalt.

»Sofern es Streit gab, ist er beigelegt. Erst gestern erzählte mir der Sohn des Himmels, Konfuzius befinde sich wieder in Wei, wo unser junger Vetter Herzog Chu ihn sehr hoch schätzt.«

»Geheimnisvoll sind die Wege des Himmels«, sagte Meister Li.

Ich fror; und langweilte mich – denn was sollte mir all das Gerede über einen Mann, von dem ich nichts wußte. Zwar hatte Fan Ch'ih sehr gern Konfuzius zitiert, doch an Einzelheiten erinnerte ich mich kaum.

Es ist schwer, den Weisen einer anderen Welt ernst zu nehmen, zumal aus zweiter Hand.

»Konfuzius ist von Herzog Ai eingeladen worden, nach Lu zurückzukehren«, sagte der zitternde junge Mann; sein Gesicht war so grau wie die Wolken am Winterhimmel. Das Licht verblaßte.

»Bist du sicher?« Der Herzog ließ sich dazu herab, den Jüngling anzublicken.

»Ja, Herr Herzog. Ich bin gerade von Lu gekommen. Gern wäre ich geblieben, um Konfuzius zu treffen. Doch ich war gezwungen, nach Hause zurückzukehren.«

»Das *tut* mir leid«, flüsterte Meister Li. Boshaftigkeit ließ sein uraltes Gesicht fast jung wirken.

»Mir auch, Meister.« Der junge Mann war geradeheraus. »Ich bewundere Konfuzius für all das, was er nicht tut.«

»Ja, er ist berühmt für das, was er nicht tut.« Der Herzog sprach in vollem Ernst, und ich war umsichtig genug, nicht zu lachen.

Meister Li fing meinen Blick auf und lächelte verständnisinnig. Er sah zum jungen Mann. »Erzähle uns doch, welche von den Dingen, die er nicht tut, du am meisten bewunderst?«

»Es gibt da vier Dinge, die er nicht tut und die ich bewundere. Er nimmt nichts als selbstverständlich. Er ist niemals überpositiv. Oder starrsinnig. Oder egoistisch.«

Meister Li nahm die Herausforderung des jungen Mannes an. »Zwar trifft es zu, daß Konfuzius wenig als selbstverständlich nimmt, doch zweifellos ist er der positivste, starrsinnigste, egoistischste Mann innerhalb der vier Meere. Ich bin ihm nur einmal begegnet. Er zeigte sich respektvoll, bis er anfing, uns über die richtige Befolgung irgendeiner Zeremonie zu belehren. Während ich ihm zuhörte, dachte ich bei mir: Wer wohl möchte unter einem Dach leben mit einem Mann, der so wichtig tut, der die Nase so hoch trägt? In seiner Gegenwart wirkt das weißeste Weiß verwischt und ist ungenügend die Macht, die sonst genügte.« Diese letzten Sätze waren Verse, wundervoll gesprochen, mit dem Nordwind als Begleitung. Die Schüler applaudierten. Der zitternde Jüngling applaudierte nicht. Dann verließ alles Licht den Himmel, und es war Nacht; und Winter.

Auf dem Rückweg zu unserem Quartier sprach der Herzog liebevoll von Konfuzius. »Ich war natürlich nie ein Schüler. Das macht mein Rang unmöglich. Doch ich pflegte ihm zu lauschen, wann immer ich mich in Lu aufhielt. Auch in Wei begegnete ich ihm. Allerdings fällt mir ein, daß ich ihn niemals in ...« Während der Herzog belanglos weiterplauderte, hatte ich nur einen Gedanken: Wir müssen nach Lu, wo ich Fan Ch'ih finden werde; lebt er noch, wird er mir die Freiheit verschaffen.

Während der nächsten Tage heuchelte ich ein solches Interesse an

Konfuzius, daß der Herzog Feuer fing. »Er ist wahrhaftig der weiseste Mann innerhalb der vier Meere. Ja, er ist wahrscheinlich ein göttlicher Weiser, wie im übrigen auch ein intimer Freund von mir. Meister Li ist natürlich ganz vortrefflich. Doch du wirst wohl bemerkt haben, daß er nicht wirklich von *dieser* Welt ist, weil er schon als Teil zum Weg gehört, während Konfuzius für uns übrige ein Führer *zum* Weg ist.« Die letzte Formulierung gefiel dem Herzog so gut, daß er sie wiederholte.

Meine Reaktion war schieres Entzücken. »Oh, was würde ich dafür geben, zu Füßen des göttlichen Weisen zu sitzen!« Ich seufzte. »Aber Lu liegt so weit von hier.«

»So weit nun auch wieder nicht. Man folgt dem Fluß für etwa zehn Tage in östlicher Richtung. Eine wenig beschwerliche Reise eigentlich. Aber du und ich, wir ziehen südwärts über die große Ebene zum Jangtse-Fluß und von dort zum Seehafen Kweichi, und dann ... auf zum Land des Goldes!«

Aber ich hatte einen Samen gepflanzt, den ich täglich nährte. Der Herzog fühlte sich versucht. »Schließlich«, grübelte er, »gibt es in Lu eine Anzahl Seehäfen, die recht brauchbar sind, wenn auch mit Kweichi nicht zu vergleichen.« Offenkundig ließ sich dort ein Schiff nach Champa finden. Zwar würde, von Lu aus, die Seereise länger dauern, die Landreise dafür jedoch abgekürzt werden. Der Herzog räumte auch ein, daß ihn der Gedanke an eine Durchquerung der großen Ebene mit einem Konvoi von Drachenknochen wenig erbaute. Auf der großen Ebene wimmelt es nur so von Räubern. Auch bekannte er, daß es in Lu einen großen Markt für Drachengebein gab.

Von Tag zu Tag reizte den Herzog der Gedanke an Lu offensichtlich mehr. »Ich bin ein *bluts*verwandter Onkel von Herzog Ai, einem charmanten jungen Mann, der jetzt seit elf Jahren auf dem Thron sitzt. Mein Halbbruder, sein Vater, war außergewöhnlich musikalisch. Mein Halbbruder, sein Onkel, war es nicht. Der Onkel war Herzog, bis er von den Baronen vertrieben wurde, wie du weißt. Aber natürlich weißt du es nicht. Wie solltest du auch?«

Wir spazierten in einem Maulbeerbaumhain unweit der Hügelkuppe, wo ungewünschte Neugeborene ausgesetzt werden. Während wir schlenderten, vermischte sich das katzenartige Wimmern sterbender Babies mit dem Zwitschern südwärts ziehender Vögel. Die Cathayaner lassen, gleich nach der Geburt, alle deformierten männlichen und die meisten weiblichen Säuglinge sterben. Auf diese Weise halten sie eine Population im Gleichgewicht, bei der es keine Anzeichen dafür gibt, daß sie übermäßig anwächst. Ich habe nie verstanden, weshalb in einem so großen, reichen, menschenleeren Land der Brauch der Kindesaussetzung so rigoros praktiziert wird.

Natürlich handelt es sich um eine ebenso universelle wie unerläßliche Sitte: Keine Gesellschaft wünscht sich zu viele gebärende Frauen, zumal in den griechischen Staaten nicht, wo der Boden zu kärglich ist, um eine große Bevölkerung zu ernähren. Dennoch ist, früher oder später, jede griechische Stadt überbevölkert. Wenn dies geschieht, so werden Scharen von Menschen davongeschickt, um eine neue Kolonie zu gründen, in Sizilien oder Italien oder Afrika – wohin auch immer die Schiffe sie bringen. Als Folge davon erstrecken sich griechische Kolonien inzwischen vom Schwarzen Meer bis zu den Säulen des Herakles – und all das wegen des rauhen Bodens von Attika und der meisten ägäischen Inseln. Die Griechen prahlen gern damit, ihre Tüchtigkeit im Krieg und im Sport sei das Resultat der Auslese, welche sie treffen, indem sie nicht nur ungewünschte weibliche Säuglinge töten, sondern auch unvollkommene männliche. Allein die Starken – und natürlich die Schönen – dürfen überleben, so heißt es jedenfalls. Aber Demokrit meint, während der letzten Jahre seien die Athener da wohl recht lax geworden. Was die männliche Bevölkerung der Stadt betreffe, so wirke sie zum überwiegenden Teil recht abstoßend und neige überdies zu allen möglichen entstellenden Krankheiten, vor allem solchen der Haut. Ich weiß es nicht. Ich bin blind.

Als ich Fan Ch'ih fragte, warum die Cathayaner immer behaupten, es gäbe zu viele Menschen in ihrer lieblichen leeren Welt, gebrauchte er dasselbe Argument wie der Diktator Huan: »Als wir wenige waren und der Dinge waren viele, gab es allgemeines Glück. Nun, da der Dinge wenige sind, der Menschen jedoch viele ...« Ich vermute, daß es für all dies irgendeinen religiösen Grund gibt. Genaueres konnte ich allerdings nie erfahren. Wenn die Cathayaner einem etwas verschweigen wollen, so beweisen sie eine Meisterschaft des ebenso umschweifigen wie nichtssagenden Worts.

Der Herzog erging sich in Erinnerung an seinen Halbbruder Herzog Chao, der rund dreißig Jahre zuvor aus Lu vertrieben worden war. »Er war ein übellauniger Mensch. Viel älter als ich. Obschon keineswegs der Liebling unseres Vaters, war er doch der Erbe. Dies wurde von allen anerkannt, selbst von den erblichen Ministern. Mir gegenüber zeigte sich Chao *stets* respektvoll. Mir gegenüber räumte er sogar ein, daß ich der Höherrangige sei, weil mein Titel, der durch meine Mutter, die Herzogin von Sheh, auf mich kam, der älteste Titel im Reich der Mitte ist.« Schon damals wußte ich, daß mein Herr nicht nur eine Dynastie, sondern auch ein Land für sich erfunden hatte. In Wahrheit war er der Sohn entweder der dritten Gattin oder der ersten Konkubine des alten Herzogs von Lu. Genau schien das niemand zu wissen. Doch alle waren sich darin einig, daß ihm der Titel eines Marquis zustand, hätte er es nicht vorgezogen, selbsternannter Herzog des nicht-existenten heiligen Bodens zu sein.

Mein wundersamer Herr blickte zum Hügel, wo inmitten von tausend und abertausend winzigen weißen Knochen ein halbes Dutzend blaugrauer Babys lag. Träge schwebten Geier in der frischen Winterluft. Ich dachte an die Toten und die Sterbenden in Baktra. Sprach lautlos ein Gebet für die Sterbenden.

»Triviale Dinge können große Katastrophen auslösen.« Der Herzog hielt inne. Ich blickte aufmerksam. Im Reich der Mitte weiß man nie, ob es sich um ein Sprichwort handelt oder um Unsinn. Für ein fremdes Ohr können beide gefährlich ähnlich klingen.

»Ja«, fuhr der Herzog fort, während er den Schmuck aus Jade, Gold und Elfenbein an seinem Gürtel ordnete, »ein Hahnenkampf veränderte die Geschichte von Lu. Ein Hahnenkampf! Der Himmel hört niemals auf, über uns zu lachen. Ein Baron der Chi-Familie besaß einen prachtvollen Kampfvogel. Einen solchen besaß auch ein Verwandter aus der herzoglichen Familie. So beschlossen sie, die beiden Vögel gegeneinander antreten zu lassen. Der Kampf wurde außerhalb des südlichen Hochtores der Hauptstadt ausgetragen. Oh, was für ein tragischer Tag. Ich weiß es. Ich war dort. Ich war natürlich sehr jung. Ein Knabe.«

Später erfuhr ich, daß der Herzog dem berühmten Hahnenkampf nicht beigewohnt hatte. Zweifellos jedoch glaubte er längst schon seine eigene Darstellung: So oft hatte er diese Geschichte inzwischen erzählt. Ich habe viele Jahre gebraucht, um mich an Leute zu gewöhnen, die einem ohne jeden besonderen Grund Lügen auftischen. Da Perser nicht lügen müssen, lügen sie auch nicht – allgemein gesprochen. Wir Perser haben einen Horror davor, nicht die Wahrheit zu sprechen, was auf den Weisen Herrn zurückgeht. Griechen kennen solch ein Gefühl nicht, und sie lügen phantasievoll. Cathayaner lügen zweckdienlich. Die meisten Eunuchen und der Herzog von Sheh lügen zum Vergnügen. Aber ich tue dem Herzog unrecht. Bei ihm waren Wahrheit und Phantasie so in eins vermischt, daß er wohl selbst niemals recht wußte, was nun was war. Er lebte in einer selbstgemachten Welt gleichsam im, wie Pythagoras sagen würde, spitzen oder rechten Winkel zum Immer-so.

»Der Chi-Baron tat auf die Sporne seines Kampfvogels ein feines, doch schnell wirkendes Gift. Nach einem kurzen Scharmützel fiel der herzogliche Hahn tot um. Ich brauche dir wohl nicht zu sagen, daß es viel böses Blut gab an jenem sonnigen Tag am hohen Südtor. Die halbe Stadt war dort, auch Herzog Chao selbst. Die Chi-Familie war vor Freude außer sich. Die herzogliche Familie war es nicht. Als der Baron seine Wettgewinne kassierte, kam es verschiedentlich zu Handgemengen. Sodann zog sich der arglistige Baron für die Nacht in den Chi-Palast zurück. Am nächsten Morgen sammelte sich vor dem Palast eine Menschenmenge. Während der Nacht hatte man das Gift entdeckt. Zornig kam der Herzog mit seiner Leibwache zum Palast. Er befahl die Verhaftung des Barons. Doch der Schuldige war, als Diener verkleidet, bereits aus dem Haus geschlüpft und flüchtete nordwärts, in Richtung Key. Herzog Chao machte sich auf die Verfolgung. Dann –«

Abrupt ließ sich mein Herr auf einem Baumstumpf nieder; blickte ernst, düster. »Dies sind schlechte Zeiten für das Reich der Mitte.« Er senkte die Stimme, als könnten wir belauscht werden; dabei war weit und breit niemand zu sehen. »Die Chi-Familie kam ihrem Verwandten zu Hilfe. Desgleichen die Meng-Familie. Und die Shu-Familie. Dies sind die drei Baronsfamilien, die illegal in Lu herrschen. Am Gelben Fluß griffen ihre Truppen die Armee meines Bruders an. Ja, der vom Himmel eingesetzte Herzog von Lu, der Nachkomme des Gelben Kaisers, der Nachkomme des Herzogs Tan von Chou, wurde von seinen eigenen Sklaven angegriffen und gezwungen, über den Gelben Fluß zu schwimmen und im Herzogtum Key Zuflucht zu suchen. Und obwohl Herzog Chao freundlich zu ihm war, wollte er ihm doch nicht helfen, seinen rechtmäßigen Platz wiederzugewinnen. Die Chi-Familie ist zu mächtig, ihre Privatarmee ist die größte im Reich der Mitte, und sie herrschen über Lu. Ja, das Haupt der Familie – oh, mich schaudert dies auch nur auszusprechen! – *hat bei mehr als nur einer Gelegenheit die herzoglichen Insignien getragen.* Solch ein Sakrileg! Solch ein Sakrileg! Der Himmel hätte auf der Stelle ein Machtwort einlegen sollen. Doch der Himmel schwieg. Und mein armer Bruder starb im Exil.« Gerade als der Herzog seine Augen wieder mit dem Ärmel verdecken wollte, zog eine Schar schwarzer Vögel seine Aufmerksamkeit an. Er studierte ihre Formation, auf der Suche nach Omen. Falls er eines fand, so behielt er das für sich. Er lächelte nur, was ich als gutes Omen nahm – für mich.

»Wer folgte deinem Bruder nach, Herr Herzog?«

»Unser jüngerer Bruder, der Offenherzige. Dann starb er, und auf ihn folgte sein Sohn, mein reizender Neffe Herzog Ai.«

»Und die Chi-Familie?«

»Die gehorchen ihrem Herzog jetzt in allen Dingen. Wie könnte das auch anders sein? Ungehorsam wäre Widersetzlichkeit gegen den Willen des Himmels. Du wirst sehen, wie sie sich ducken in Gegenwart des Erben des ruhmreichen Tan.«

Wir würden also nach Lu reisen. Ich war vor Freude fast außer mir.

Als wir Loyang verließen, war es Frühling. Die ersten Mandelblüten hatten sich geöffnet, und die Felder verwandelten sich von schlammigem Rot-Braun zu Gelb-Grün. Blühender Hartriegel, zu beiden Seiten unseres Weges, glich rosa Gewölk, herabgeglitten auf die Erde. Wenn junge Blätter sich entfalten, scheint nichts, absolut nichts unmöglich zu sein. Für mich ist der Frühling die beste Zeit des Jahres.

Wir reisten über Land. Ein- oder zweimal versuchte der Herzog, per Flußboot zu reisen, doch die Strömung war zu schnell. Übrigens können diese Boote auch flußaufwärts fahren. Um gegen die Strömung anzukommen, spannt man von dem Boot Taue zu einem Ochsengespann, welches das Boot dann flußaufwärts zieht. Die Ochsen trotten auf speziellen Straßen, die aus dem weichen Stein am Flußufer herausgeschlagen sind. Auf diese Weise lassen sich selbst schmale und steile Stellen das ganze Jahr über beschiffen – ausgenommen nur das frühe Frühjahr, wenn Hochwasser das Befahren allzu riskant macht.

Die Landschaft entzückte mich. Der Boden ist fruchtbar. Die Wälder sind zauberhaft. Nie waren wir weit vom Fluß entfernt. Nachts wiegte einen das leise Rauschen in angenehme, friedvolle Träume.

Mitunter verlief unsere Straße direkt am Fluß. Bizarr geformte Inseln sahen aus, als hätte irgendein Gott oder ein Teufel sie ins Silberwasser geschleudert. Viele ähnelten Miniaturgebirgen aus Kalkstein, von Zypressen und Kiefern bedeckt. Auf jeder Insel gibt es zumindest ein Heiligtum für die örtliche Gottheit. Manche dieser Inselheiligtümer sind wunderschön gestaltet, mit glasierten Ziegeldächern; andere wirken eher primitiv und stammen aus der Zeit des Gelben Kaisers – erzählen jedenfalls die Leute.

Mitten in einem hellgrünen und gelben Bambushain stieß der Kammerherr des Herzogs einen furchtbaren Schrei aus. »Herr Herzog! Ein Drache!«

Schwert in der Hand, sprang der Herzog von seinem persönlichen Wagen herab und bezog hinter einem Hinterrad Posten. Alle anderen entschwanden im Hain, ausgenommen ein Dutzend Ritter, die sich uns in Loyang angeschlossen hatten. Sie zückten ihre Schwerter. Ich war beunruhigt; und neugierig.

Der Herzog sog Luft durch die Nase. »Ja«, flüsterte er. »Er ist in der Nähe. Er ist sehr, sehr alt. Sehr, sehr grimmig. Folgt mir.«

Während der Herzog in den Bambushain eindrang, bogen sich die jungen Schößlinge vor ihm wie vor einem himmlischen Wind. Dann verloren wir ihn aus den Augen. Doch vernahmen wir seinen schrillen Ruf: »Tod!« Es folgten laute Geräusche wie von einem Ungetüm, das in entgegengesetzter Richtung durch den Hain brach.

Einen Augenblick später kehrte der Herzog zurück, mit schweißglänzendem, blassem Gesicht. »Er ist entkommen, welch Mißgeschick! Wäre ich zu Pferde gewesen, so hätte ich jetzt seinen Kopf.« Mit dem Ärmel trocknete der Herzog sich das Gesicht. »Natürlich, die kennen mich alle, was es mir noch schwerer macht, einen zu erschlagen.«

»Aber es sind doch bloß Tiere«, sagte ich. »Wie können Tiere einen Menschen der Reputation nach kennen?«

»Wie kennt dich dein Hund? Er ist doch ein Tier, nicht wahr? Im übrigen sind Drachen eine Klasse für sich. Sie sind weder Menschen noch Tiere, sondern irgend etwas anderes. Auch leben sie praktisch ewig. Es heißt, manche seien so alt wie der Gelbe Kaiser. Und sie kennen ihren Feind, wie ihr gerade gesehen habt. Nur ein Blick auf mich, und er floh vor Entsetzen.«

Später erzählte mir einer der Ritter, er habe den sogenannten Drachen gesehen, der sich allerdings als Wasserbüffel entpuppte. »Ich stand neben dem Kammerherrn auf dem ersten Wagen. Entweder ist der Kammerherr blind, oder er hat bewußt vorgegeben, einen Drachen zu sehen.« Dann erzählte mir der junge Ritter über den Herzog eine amüsante Geschichte. Diese Geschichte ist in der Tat sehr amüsant. Kein Wunder also, daß ich sie in Cathay später noch in mindestens einem Dutzend Versionen hörte.

»Wie du weißt, hat der Herzog von Sheh eine Passion nicht nur für Drachengebein, sondern für Drachen.«

»Oh ja«, sagte ich. »Er hat viele getötet.«

Der junge Ritter lächelte. »Das behauptet er. Doch im Reich der Mitte gibt es nur noch wenige oder überhaupt keine Drachen mehr, außer in der Vorstellung des Herzogs von Sheh.«

Ich war verblüfft. Schließlich gibt es in fast allen Ländern Drachen, und viele zuverlässige Zeugen haben Begegnungen mit ihnen beschrieben. Als ich ein Kind war, gab es in Baktrien einen berühmten. Er pflegte Kinder und Ziegen zu fressen. Schließlich starb er oder ging davon.

»Aber wenn es so wenige gibt«, fragte ich »wie erklärt sich dann, daß der Herzog in so großer Menge Drachenknochen sammelt, zumal im Westen?«

»Alte, alte Knochen. In uralter Zeit muß es innerhalb der vier Meere einmal Millionen Drachen gegeben haben, aber das war so zur Zeit des Gelben Kaisers. Was man heutzutage an Drachengebein findet, ist so alt, daß es sich in Stein verwandelt hat. Was hingegen lebende Drachen betrifft, so ist dein Herzog ein Verrückter, wie du weißt.«

»Verückt kann man ihn kaum nennen. Immerhin verdient er ganz gut am Verkauf von Drachenknochen.«

»Sicher. Aber mit des Herzogs Passion für lebende Drachen ist das etwas anderes. Vor einigen Jahren besuchte er Ch'u, ein wildes, südliches Land am Jangtse, wo Drachen noch zu finden sind. Natürlich sprach sich in Windeseile herum, daß der berühmte Drachenjäger in der Stadt weilte, in einem Schlafgemach im ersten Stock eines kleinen Gasthauses.

Eines Morgens, bei Tagesanbruch, fuhr der Herzog von seinem Schlaflager hoch. Er spürte, daß er beobachtet wurde, und trat zum Fenster und schob die Läden zurück. Und sah einen Drachen vor sich, der ihn anglotzte, das Gebiß zu freundlichem Grinsen gefletscht. Entsetzt eilte der Herzog die Treppe hinunter. Und stolperte in der Haupthalle über etwas, das wie ein zusammengerollter Teppich aussah. Aber es war kein Teppich. Es war der Schwanz des Drachen, der zum Gruß krachend auf den Fußboden klopfte. Der Herzog wurde auf der Stelle ohnmächtig. Und das war, soweit wir wissen, die knappeste Begegnung, die der Herzog von Sheh jemals mit einem lebenden Drachen hatte.« Ich wagte zwar nie, den Herzog zu fragen, ob diese Geschichte wahr sei, doch an unserem ersten Tag in Ch'u-fu spielte er selbst darauf an.

Die Hauptstadt von Lu ähnelt in vielem Loyang, ist jedoch wesentlich älter. Erbaut wurde sie nach dem gleichen Gittermuster, welches ein Charakteristikum bildet für die von der Chou-Dynastie gegründeten Städte. Aber zwischen den vier breiten, geraden Prachtstraßen finden sich zahllose Gassen, die so eng sind, daß sich zwei Passanten, wollen sie aneinander vorüber, flach an eine Wand drücken müssen. Im übrigen läuft man dort ständig Gefahr, den Inhalt eines Nachttopfs über den Kopf geschüttet zu bekommen. Dennoch überwiegen in cathayanischen Städten durchaus die angenehmen Gerüche, wird doch an jeder Kreuzung auf offenen Herden würzige Nahrung gekocht, und in privaten wie in öffentlichen Häusern verbrennt man süß riechendes Holz.

Die Menschen selbst haben einen eigentümlichen, jedoch keineswegs unangenehmen Geruch, wie ich bereits angemerkt habe. Eine cathayanische Menschenmenge riecht mehr nach Orangen als nach Schweiß. Warum, weiß ich nicht. Vielleicht hat ihre gelbe Haut etwas mit ihrem Geruch zu tun. Zweifellos essen sie nur wenige Orangen; und baden sich weitaus seltener als Perser, deren Schweiß viel stärker riecht. Nichts, natürlich, läßt sich vergleichen mit jenem Duft der wollenen Unterhosen, in welche athenische Jünglinge im Herbst schlüpfen, ohne sie bis zum folgenden Frühjahr auch nur einmal zu wechseln. Demokrit erzählt mir, die jungen Männer der Oberklasse wüschen sich täglich im Gymnasium. Er sagt, sie benützten nicht nur Öl, um ihre Haut glänzen zu lassen, sondern in der Tat auch Wasser. Aber warum schlüpfen sie, nachdem sie sich gesäubert haben, wieder in diese dreckigen Wollunterhosen? Zweifle, Demokrit, in solchen Dingen nicht die einem blinden Mann noch verbleibenden Sinne an.

Der Herzogspalast ist dem Palast des Himmelssohns überaus ähnlich – will sagen, der Palast ist alt und verfallen, und die Fahnen vorm Haupteingang sind zerrissen und staubig.

»Der Herzog ist fort.« Mein Herr konnte die Botschaft auf den Bannern ebenso leicht lesen, wie ich die akkadische Schrift lesen kann – konnte. »Nun, wir müssen den Kämmerer von unserer Ankunft verständigen.«

Zu meiner Überraschung fand sich in der Eingangshalle des Palastes niemand außer zwei verschlafenen Wachen an der Tür zum inneren Hof. Entgegen den Beteuerungen meines Herrn ist der Herzog von Lu genauso machtlos wie der sogenannte Sohn des Himmels. Doch hat der Herzog von Chao wenigstens eine symbolische Rolle zu spielen, und sein Palast in Loyang ist stets von Pilgern aus allen Teilen des Reichs der Mitte überfüllt. Die Tatsache, daß es sich beim Himmelsmandat des Herzogs um eine Fiktion handelt, hält einfache Menschen nicht zurück. Sie kommen dennoch, um einen Blick auf den Einsamen zu werfen, um seinen Segen zu empfangen, um eine Gabe darzubringen, Geld oder was immer. Es heißt, der Herzog von Chao lebe ausschließlich von den Gaben der Getreuen. Der Herzog von Lu ist zwar reicher als sein Vetter in Loyang, jedoch nicht annähernd so reich wie irgendeine der drei hochherrschaftlichen Familien von Lu.

Während wir auf den Kämmerer warteten, erzählte mir der Herzog seine Version der Drachengeschichte. Sie glich weitgehend jener, die ich von dem jungen Ritter gehört hatte, nur war der Protagonist nicht der Herzog selbst, sondern ein hochfahrender Höfling, und die Moral lautete: »Vermeide falschen Enthusiasmus. Indem er Passion heuchelte für etwas, das er gar nicht kannte, setzte sich ein sehr törichter Mann tödlichem Entsetzen aus. Man muß bei allem der Wahrheit treu bleiben.« Der Herzog konnte bemerkenswert sentenziös sein; allerdings bin ich noch nie einem wirklich inspirierten Lügner begegnet, der sich über die Tugend der Wahrheitsliebe nicht lyrisch verbreiten konnte.

Der Kämmerer begrüßte den Herzog mit allen Zeichen von Respekt, musterte mich mit höflicher Verwunderung; erzählte uns sodann, Herzog Ai halte sich im Süden auf. »Aber wir erwarten ihn jeden Augenblick. Die Boten haben ihn gestern gefunden. Du kannst dir vorstellen, wie bestürzt wir waren, Herr Herzog.«

»Weil mein erlauchter Neffe auf die Jagd gegangen ist?« Der Herzog hob eine Augenbraue, ein Signal, daß mehr Information erwünscht sei.

»Ich dachte, du wüßtest. Seit drei Tagen befinden wir uns jetzt im Krieg. Und falls der Herzog diesen Stand der Dinge nicht den Ahnen meldet, werden wir verlieren. Oh, es ist eine schreckliche Krise, Herr. Wie du siehst, befindet sich ganz Lu in einem Zustand des Chaos.« Ich dachte an die friedliche Alltagsmenge, die ich gerade auf den Straßen der Hauptstadt gesehen hatte. Offenkundig ist Chaos eine relative Angelegenheit im Reich der Mitte, und wie von mir bereits angemerkt, ist das cathayanische Wort für Chaos auch ein Wort für Himmel – und auch für Schöpfung.

»Wir haben nichts gehört, Kämmerer. Krieg mit wem?«

»Key.« Wann immer von der Hegemonie gesprochen wird – und wann wohl nicht? –, betrachtet man diese Nation nördlich des Gelben Flusses als Hauptanwärter für das himmlische Mandat. Ursprünglich kam Keys Reichtum vom Salz. Heutzutage ist Key mit Sicherheit der wohlhabendste und fortgeschrittenste aller cathayanischen Staaten. Übrigens wurden die ersten cathayanischen Münzen dort geschlagen, was Key zu einer Art von östlichem Lydien macht.

»Die Armee von Key steht am Steintor.« Dies ist die Grenze zwischen Key und Lu. »Unsere Truppen sind natürlich bereit. Doch einen Sieg kann es nicht geben, ehe nicht der Herzog sich in den Ahnentempel begibt und dem Gelben Kaiser und dann unserem Gründer, Herzog Tan, Bericht erstattet. Erst wenn er das getan hat, werden wir ihren Segen erhalten.«

»Hat man schon die Schale der weissagenden Schildkröte befragt?«

»Die Schale ist vorbereitet worden. Aber nur der Herzog selbst kann die Botschaft des Himmels auslegen.«

In krisenhaften Zeiten wird in jedem der cathayanischen Reiche die äußere Seite eines Schildkrötenpanzers in Blut getaucht. Sodann hält der Oberaugur einen erhitzten Bronzestab gegen die Innenseite des Schilds, bis sich auf der blutbedeckten Außenfläche irgendwelche Linien oder Muster zeigen. Theoretisch darf allein der Herrscher diese Zeichen vom Himmel auslegen. In Wirklichkeit jedoch ist es der Hauptaugur, der sich auf das Auslegen dieser Muster versteht, auf eine Prozedur, die noch komplexer ist als die übliche Art der cathayanischen Zukunftsdeutung mit Hilfe von geworfenen Stäben, deren jeder ein ganz bestimmtes Hexagramm enthält. Diese werden dann in ihrem Verhältnis zueinander beurteilt, was mit Hilfe eines uralten Textes, genannt *Das Buch der Wandlungen*, geschieht. Als Ergebnis erhält man dann einen ähnlichen Spruch, wie sie die Pythia in Delphi zu produzieren pflegt. Einziger Unterschied: Das Buch verlangt kein Gold für seine Prophezeiungen.

Der Kämmerer versicherte uns, sobald Herzog Ai seine zeremoniellen Pflichten erfüllt habe, werde er seinen herzoglichen Onkel empfangen. Obwohl der herzogliche Onkel es nicht fehlen ließ an dem deutlichen Hinweis, keinesfalls werde er die Einladung, im Palast zu wohnen, schnöde zurückweisen, zog es der Kämmerer vor, ihn nicht zu verstehen. In übler Laune zog sich der Herzog zurück.

Wir begaben uns sodann zum Zentralmarkt, wo der herzogliche Kammerherr schon mit den Drachenknochenverkäufern verhandelte. Warum ich cathayanische Märkte so sehr genieße, weiß ich nicht zu sagen. Es wird wohl am so ganz und gar Fremdartigen liegen. An sich ist ein Markt ein Markt, wo auch immer auf der Erde. Aber die Cathayaner sind phantasievoller als andere Völker. Die Art und Weise, wie sie Nahrungsmittel zur Schau stellen, erinnert an exquisite Gemälde oder Skulpturen, und die Vielfalt der angebotenen Waren ist unerschöpflich: Körbe aus Ch'in, Fahnen aus Cheng, Seidenschnüre aus Key – zehntausend Dinge.

Der Herzog war zu bedeutend, als daß er mit den Wiederverkäufern seines Artikels gesprochen hätte, doch quittierte er ihre tiefen Verbeugungen mit einer Reihe hieratischer Gebärden. Zwischendurch flüsterte er mir leise zu: »Ich wußte doch, wir hätten nach Süden gehen sollen. Wenn es einen richtigen Krieg gibt, sitzen wir mittendrin. Schlimmer noch: Mein Neffe wird viel zu beschäftigt sein, um sich vernünftig um mich zu kümmern. Es wird keinen offiziellen Empfang geben, keine Bekundung seiner Wertschätzung, keine Unterkunft.« Letzteres besorgte ihn am meisten. Er haßte es, für ein Quartier bezahlen zu müssen – oder für was immer sonst.

Mir fiel auf, daß der Krieg die Marktleute nicht im mindesten interessierte. »Warum regt sie das so wenig auf?« fragte ich, als der Herzog und ich durch den wimmelnden Markt schlenderten. Ungeheuer lebendig wirkte alles unter dem niedrigen Himmel. Aus irgendeinem Grund scheint der cathayanische Himmel der Erde näher zu sein, als man das anderswo findet; zweifellos hält man von dort oben den Blick aufmerksam auf die Herzöge gerichtet, um sich darüber klar zu werden, welcher denn nun das Mandat erhalten sollte.

»Sich aufregen? Wozu? Zwischen Key und Lu gibt es doch immer eine Art Krieg. Für den Herzog und den Hof schrecklich lästig, gewiß, aber für die gewöhnlichen Leute nicht wirklich von Belang.«

»Sie könnten doch getötet werden. Womöglich wird die Stadt niedergebrannt...«

»Oh, die Art von Krieg haben wir hier nicht. Dies ist ja nicht Ch'in, wo Krieg ein blutiges Geschäft ist, weil Ch'inesen Wolfmänner sind. Nein. Wir sind zivilisiert. Die beiden Armeen werden sich beim Steintor treffen – wie gewöhnlich. Es wird ein oder zwei Scharmützel geben. Ein paar hundert Männer werden fallen oder Verwundungen davontragen. Man wird Gefangene machen, um sie gegeneinander auszutauschen oder um für sie Lösegeld einzuhandeln. Dann wird es einen Vertrag geben. Unsere Leute lieben es, Verträge zu machen. Zur Zeit gibt es zwischen den Staaten des Reiches der Mitte zehntausend Verträge, und da jeder dieser Verträge mit Sicherheit gebrochen werden wird, heißt das, daß jeweils ein neuer Vertrag den alten ersetzen muß.«

In Wahrheit sind die Angelegenheiten des Reichs der Mitte weder so schlecht noch so gut, wie mich der Herzog glauben ließ. Sechzig Jahre zuvor hatte der Ministerpräsident des schwachen Staates Sung eine Friedenskonferenz organisiert. Das Ergebnis war, daß man sich auf Waffenruhe einigte. Zehn Jahre lang herrschte Frieden im Reich der Mitte. Zehn Jahre sind, wenn man die Menschheitsgeschichte so betrachtet, eine ziemlich lange Zeit. In den zurückliegenden Jahren hat es zwar viele kleinere Kriege gegeben, doch leisten der Waffenruhe von Sung alle noch immer Lippendienste, was denn auch erklärt, weshalb noch kein einzelner Herrscher die Zeit für günstig gehalten hat, um nach der Hegemonie zu greifen.

Der Herzog schlug vor, den großen Tempel aufzusuchen. »Ich bin sicher, daß wir dort die Chi-Familie finden werden, wie sie ihre gewohnten Blasphemien verüben. Nur der legitime Erbe von Herzog Tan darf zum Himmel sprechen. Doch die Chi-Familie tut, was ihr beliebt, und das Oberhaupt der Familie, Baron K'ang, gibt gern vor, der Herzog zu sein.«

Der große Tempel von Herzog Tan ist so eindrucksvoll wie der Tempel in Loyang und viel größer. Herzog Tan gründete Lu vor sechshundert Jahren. Kurz nach seinem Tod wurde dieser Tempel zu seinem Gedächtnis erbaut. Natürlich ist das wirkliche Alter von Gebäuden immer strittig, egal wo. Da die meisten cathayanischen Tempel aus Holz bestehen, bin ich ziemlich sicher, daß es sich auch bei dem angeblich ältesten Tempel um eine phönixartige Neuerschaffung des längst verschwundenen Originals handelt. Die Cathayaner allerdings behaupten – genau wie die Babylonier –, sie seien beim Kopieren der Originalgebäude stets so sorgfältig, daß das Original praktisch immer erhalten bleibe.

Vor dem Tempel standen tausend Fußsoldaten in Schlachtordnung. Sie trugen lederne Jacken. Über die Schultern hatten sie Bogen aus Ulmenholz geschlungen. An ihren Gürteln hingen lange Schwerter. Die Truppen waren völlig umzingelt – von Kindern, Straßenweibern, Essenverkäufern. Am anderen Ende des Platzes rösteten über Altarfeuern Opfertiere. Die Stimmung war eher festlich als kriegerisch.

Der Herzog fragte eine der Wachen an der Tempeltür, was sich drinnen abspiele. Der Mann erwiderte, Baron K'ang spreche im Tempel zum Himmel. Als mein Herr wieder zu der Stelle kam, wo ich in der Menge stand, war seine Laune entsprechend. »Es ist wirklich unerhört. Und ein Sakrileg dazu. Er ist ja nicht der Herzog.«

Ich wollte wissen, was sich denn im Tempel abspiele. Mein Herr gab sich große Mühe, es mir zu erklären. »Der Pseudoherzog berichtet den Ahnen, die nicht *seine* Ahnen sind, daß das Reich angegriffen worden ist. Er sagt, wenn der Himmel und alle Ahnen auf ihn herniederlächelten, würde er den Feind am Steintor zum Stehen bringen. Einstweilen bringt er den Ahnen die üblichen Opfer, Gebete, Musik. Dann wird sich der kommandierende General die Nägel schneiden und –«

»Er wird – was?«

Der Herzog musterte mich ein wenig überrascht. »Schneiden sich eure Generäle vor der Schlacht denn nicht die Nägel?«

»Nein. Weshalb sollten sie?«

»Nun, wenn jemand, den wir kennen, stirbt, so schneiden wir uns vor dem Begräbnis immer die Nägel, zum Zeichen des Respekts. Da im Krieg Männer sterben, macht sich unser kommandierender General sozusagen im voraus für das Begräbnis bereit, indem er ein Trauergewand anlegt und sich die Nägel schneidet. Dann führt er seine Armee durch ein Tor mit einem bösen Omen – das ist hier das niedrige Nordtor – und zieht zu Felde.«

»Ich hätte gedacht, ein General würde sich nur mit guten Omen verbünden wollen.«

»So ist es ja auch«, sagte der Herzog ein wenig gereizt. Wie die meisten Menschen, die für ihr Leben gern erklären, haßte er es, Fragen zu beantworten. »Wir gebrauchen Gegensatzpaare, so wie der Himmel. Hinaus geht's durchs Unglückstor, zurück jedoch durchs Glückstor.«

Ich habe auf meinen Reisen gelernt, daß die meisten religiösen Bräuche keinen Sinn machen, solange man nicht in den innersten Mysterien des jeweiligen Kults Aufnahme gefunden hat.

»Er wird außerdem dreizehn Gebete an die Nummer oder Zahl dreizehn richten.«

»Warum dreizehn?«

Der Herzog kaufte eine kleine gebratene Eidechse von einem Verkäufer. Er bot mir nicht das kleinste Stück davon an, was ich als schlechtes Zeichen nahm; zweifellos hätte er es als ein gutes genommen. »Dreizehn«, sagte er, den Mund voller Eidechse, »ist wichtig, weil der Körper neun Öffnungen hat –«

Ich dachte an Sariputras' abscheuliche Beschreibung dieser Öffnungen. »– und vier Glieder. Neun und vier macht dreizehn oder einen Mann. Nach der Feier der Zahl Dreizehn, welche der Mann selbst ist, wird der General darum beten, daß seine Leute frei von Todesstellen sind. Eine Todesstelle«, sagte er rasch, ehe ich eine weitere Frage stellen konnte, »ist jener Teil des Körpers, der vom Himmel *am wenigsten* geschützt ist und also am anfälligsten für den Tod. Vor Jahren erfuhr ich, wo sich meine Todesstelle befand, und ich habe seither sehr darauf geachtet, sie niemals einer Gefahr auszusetzen. Ich habe sogar –«

Weiteres über die Todesstelle des Herzogs vernahm ich nicht. Denn in diesem Moment schwangen die Flügel der bronzenen Tempeltür auf. Mit Jadestöcken wurden Trommeln geschlagen. Glocken bimmelten. Soldaten schwenkten glänzende Seidenfahnen. Aller Augen waren jetzt auf die Tür gerichtet, wo der erbliche Diktator von Lu stand.

Baron K'ang war ein kleiner, dicker Mann mit einem Gesicht so glatt wie eine Eierschale; er trug Trauerkleidung. Feierlich drehte er uns den Rücken zu und verbeugte sich dreimal zu den Ahnen drinnen. Dann kam ein großgewachsener, stattlicher Mann aus dem Tempel; auch er trug Trauerkleidung.

»Das ist Jan Ch'iu«, sagte der Herzog. »Der Kammerherr der Chi-Familie. Er wird die Chi-Armee zum Steintor führen.«

»Gibt es keine Lu-Armee?«

»Ja. Die Chi-Armee.« Wie die meisten Cathayaner hatte der Herzog keinen Begriff von nationalen Armeen. In fast allen Ländern besitzt jeder Clan seine eigenen Truppen. Da der mächtigste Clan naturgemäß die meisten Truppen hat, übt er im jeweiligen Reich auch die größte Macht aus. Die einzige Ausnahme von dieser Regel ist Ch'in, wo Baron Huan es fertiggebracht hatte, in einer einzigen Armee sämtliche Truppen seiner Mitaristokraten und jeden wehrfähigen Mann im Land zu vereinen. Die Folge ist ein spartanischer Militärstaat, eine Anomalie im Reich der Mitte.

Um sich des Siegs zu versichern, absolvierten der Diktator und sein General vor den Augen der Menge eine Reihe geheimer Riten.

»Wer«, fragte ich, »wird den Krieg gewinnen?«

»Key ist ein reicherer und mächtigerer Staat als Lu. Aber Lu ist besonders heilig und alt. Alles, was die Menschen des Reiches der Mitte als weise und gut betrachten, wird mit dem Gründer dieser Stadt, Herzog Tan, in Zusammenhang gebracht.«

»Aber um einen Krieg zu gewinnen, genügt es schwerlich, weise und gut und uralt zu sein.

»Oh doch. Der Himmel entscheidet über diese Dinge, nicht die Menschen. Wäre es Sache der Menschen, so würden die Wölfe von Ch'in uns alle versklaven. Doch der Himmel hält die Wölfe in Schach. Ich vermute, daß dies ein kurzer Krieg werden wird. Key würde es nicht wagen, das Gleichgewicht der Welt zu stören, indem es Lu erobert, selbst wenn es könnte, was zweifelhaft ist. Jan Ch'iu ist ein feiner General. Und außerdem Konfuzius ergeben. Er ging sogar ins Exil mit ihm. Aber vor sieben Jahren hat Konfuzius ihm klargemacht, daß seine Pflicht hier sei, und seither ist er der Kammerherr der Chi. In meinen Augen besitzt er viele hervorragende Qualitäten, mag er auch ein Nichtadliger sein. Aus diesem Grund bin ich *immer* höflich zu ihm gewesen.« Der Herzog zollte sein allerhöchstes Lob.

Der Diktator umarmte seinen General. Dann wurde an die Soldaten Opferfleisch verteilt. Als die Stücke verschlungen waren, rief Jan Ch'iu einen Befehl, den ich nicht verstand. Von der anderen Seite des Platzes rumpelte ein Kampfwagen mit zwei Männern auf uns zu.

Natürlich erkannte der Herzog den Offizier in dem Wagen – wie denn auch nicht? Er habe, pflegte er zu sagen, mehr Leute von Stand kennengelernt als irgendwer sonst im Reich der Mitte. »Das ist der stellvertretende Befehlshaber. Gleichfalls ein Schüler von Konfuzius. In der Tat sind es Konfuzius-Schützlinge, welche der Chi-Familie an höchster Stelle dienen, weshalb denn auch Baron K'ang nach all diesen Jahren nach ihm geschickt hat.« Der Herzog betrachtete den Stellvertreter, welcher jetzt dem Diktator salutierte. »An den Namen dieses Mannes kann ich mich nicht erinnern. Doch ist er eine gefährliche Person. Ich habe einmal gehört, wie er sagte, niemand von uns solle von der Arbeit anderer leben. Ich war bestürzt. Konfuzius desgleichen, wie ich mit Freuden feststellen darf. Ich entsinne mich seiner Antwort, die ich schon oft zitiert habe: ›Du mußt tun, was dir nach deinem Stand im Leben bestimmt ist, genau wie die gewöhnlichen Menschen tun müssen, was ihnen zu tun bestimmt ist. Wenn du weise bist und gerecht, so werden sie zu dir blicken, ihre Babys auf den Rücken gebunden. Vergeude also nicht deine Zeit, indem du versuchst, deine eigene Nahrung anzubauen. Überlasse das den Bauern.‹ Konfuzius sagte auch etwas sehr Treffendes über...«

Ich hörte ihm nicht mehr zu. Denn ich hatte den stellvertretenden Befehlshaber erkannt. Es war Fan Ch'ih. Hastig überlegte ich. Sollte ich gleich zu ihm gehen? Oder war es besser zu warten, bis er aus dem Krieg zurückkehrte? Aber was, wenn er getötet wurde? Dann, damit mußte ich rechnen, würde ich den Rest meines Lebens als Sklave des verrückten Herzogs vom heiligen Boden verbringen. Während unseres Aufenthalts in Loyang hatte ich begriffen, daß der Herzog viel zu flatterhaft war, um die lange und gefahrvolle Reise nach Magadha zu unternehmen. Als sein Sklave würde ich bis ans Ende meiner Tage mit ihm von Ort zu Ort ziehen, so daß er mich überall vorführen konnte wie eine Art Lieblingsäffchen: mir in die Wange kneifend, um Cathayanern zu zeigen, wie das Rot kam und wieder schwand. Einem solchen Leben war der Tod allemal vorzuziehen – oder die Flucht. Ich faßte meinen Entschluß, dort auf dem überfüllten Platz vor dem großen Tempel von Lu.

Hastig drängte ich mich durch die Menge; duckte mich hinter eine Reihe von Soldaten; lief auf Fan Ch'ih zu. Gerade als ich etwas zu ihm sagen wollte, packten mich zwei Mitglieder der Chi-Garde bei den Armen. Ich befand mich nur wenige Schritte von Baron K'ang, dessen Gesicht ausdruckslos war. Jan Ch'iu stand mit gerunzelter Stirn. Fan Ch'ih blinzelte.

»Fan Ch'ih!« rief ich. Mein alter Freund wandte mir den Rücken zu. Ich war entsetzt. Nach cathayanischem Gesetz galt ich jetzt als entlaufener Sklave. Ich konnte hingerichtet werden.

Als die Wachen mich fortzuschleppen begannen, rief ich auf persisch: »Behandelt man so den Gesandten des Großen Königs?«

Fan Ch'ih fuhr herum. Einen Augenblick lang starrte er mich an. Dann wandte er sich zu Jan Ch'iu und sagte etwas, das ich nicht hören konnte. Auf eine Handbewegung von Jan Ch'iu ließen die Wachen mich los. Mich auf cathayanische Art krümmend, näherte ich mich Fan Ch'ih. Eine solche Furcht hatte ich nicht mehr empfunden seit den Tagen, da ich mich als Kind auf Königin Atossas Teppich wand.

Fan Ch'ih stieg aus dem Streitwagen, und mein Herz, das für einen Augenblick ausgesetzt hatte, begann wieder zu schlagen. Während Fan Ch'ih mich umarmte, flüsterte er mir auf persisch ins Ohr: »Wie? Was? Schnell!«

»Gefangengenommen von den Ch'inesen. Jetzt ein Sklave des Herzogs von Sheh. Hast du meine Botschaften erhalten?«

»Nein.« Fan Ch'ih löste die Umarmung. Er trat zu Baron K'ang. Verbeugte sich tief. Sie tauschten ein paar Worte. Das eiähnliche Gesicht des Diktators verriet keinerlei Emotion, doch er nickte kaum merklich. Dann stieg Fan Ch'ih in den Streitwagen. Jan Ch'iu schwang sich auf einen Rappenhengst. Befehle ertönten. In einer Art Laufschritt bewegten sich die Soldaten der Chi-Familie quer über den Platz in Richtung des niedrigen Nordtors, des Tors mit dem bösen Omen.

Baron K'ang beobachtete seine Armee. Ich wußte nicht, was tun; fürchtete, man habe mich vergessen. Als der letzte Soldat vom Platz verschwand, tauchte der Herzog von Sheh neben mir auf. »Welch peinliches Schauspiel!« sagte er. »Ich fühle mich gedemütigt! Du hast dich barbarisch benommen. Komm mit! Auf der Stelle.« Er zerrte mich am Arm. Doch ich stand, als seien meine Füße festgenagelt auf der gestampften roten Erde.

Plötzlich blickte der Diktator zu uns. Der Herzog von Sheh besann sich auf seine höfischen Manieren. »Lieber Baron K'ang, welch ein Vergnügen, dich an diesem Tag der Tage zu sehen! Da der Sieg meinem geliebten Neffen, dem Herzog von Lu, winkt.«

Cathayanische Umgangsformen sind ausnehmend förmlich. Obwohl mein Herr kaum mehr war als ein verarmter Schmarotzer, wurde er an jedem cathayanischen Hof als Herzog empfangen; und obgleich es im Reich der Mitte kaum einen richtigen Herzog gibt, der von seinen erblichen Ministern nicht verächtlich angesehen wird, behandelt man dennoch jeden Herzog, ganz gleich ob privat oder öffentlich, als himmlische Gestalt, als echten Nachkommen des Gelben Kaisers.

Baron K'ang beschränkte sich auf das absolute Minimum jener physischen Gesten, die obligatorisch sind, wenn sich ein einfacher Baron, und sei er auch Herr des Staates, in Gegenwart eines Herzogs befindet. Als Baron K'ang schließlich sprach, war die Stimme genauso ausdruckslos wie das Gesicht. »Dein Neffe, dessen Sklave ich bin, sollte vor Einbruch der Nacht hier sein. Ich nehme an, daß du bei ihm wohnen wirst.«

»Nun, da bin ich mir nicht ganz sicher. Ich sprach gerade mit dem Kämmerer. Er schien sehr verwirrt, was begreiflich ist. Schließlich ist dies kein gewöhnlicher, sondern ein Schildkrötentag. Allerdings ist ein Tag, an dem des Herzogs Onkel zu Besuch kommt, ja auch kein gewöhnlicher Tag, nicht wahr, Baron?«

»Der Himmel scheint uns verwöhnen zu wollen, Herzog. Du sollst mir in meiner freundlichen Hütte willkommen sein.«

»Das ist sehr liebenswürdig von dir, Baron, wie ich sagen muß. Ich werde deinen Haushofmeister schon finden. Kümmere dich nicht weiter um mich. Ich komme schon zurecht.« Der Herzog blickte zu mir. »Komm«, sagte er.

In diesem Moment schaute ich zu Baron K'ang. Er blickte an mir vorbei zum Herzog. »Dein Sklave wird bei mir bleiben.«

»Du bist zu gütig! Allerdings hatte ich gehofft, du würdest ihn im Palast nächtigen lassen, doch wollte ich nicht darauf dringen.«

»Er wird im Palast wohnen, Herzog. Als mein Gast.«

Auf solche Weise gewann ich die Freiheit wieder. Der Herzog von Sheh war vor Zorn außer sich, konnte jedoch nichts tun. Schließlich war Baron K'ang ja der Diktator, und damit hatte es sich.

Im Chi-Palast wies mir ein respektvoller Diener ein Gemach zu; er sagte: »Der Herr wird dich heute abend nach den Schildkröten-Augurien empfangen.«

»Bin ich ein Sklave?« Meine Frage war sehr direkt.

»Nein. Du bist ein geehrter Gast von Baron K'ang. Du kannst kommen und gehen, wie es dir gefällt, aber da der Herzog von Sheh versuchen könnte, dich zurückzuholen ...«

»Ich werde weder kommen noch gehen. Ich werde hierbleiben, wenn ich darf.«

Es war bereits nach Mitternacht, als der Diktator nach mir schickte. Er empfing mich freundlich, soweit ich das beurteilen konnte: Weder sein Gesicht noch sein Körper verrieten irgendeine Emotion. Nachdem ich die vorgeschriebene Anzahl von Verbeugungen, Wendungen, Handbewegungen vollführt hatte, bedeutete er mir, auf einer Matte zu seiner Rechten Platz zu nehmen. Hinter einem Feder-Schirm spielten zwei Frauen eine klagende Musik. Ich nahm an, daß es Konkubinen waren. Erhellt wurde der Raum durch eine einzige Bronzelampe, die gefüllt war mit dem, was die Cathayaner Orchideenduft-Fettöl nennen. Obschon dieses Öl nicht aus geruchlosen Orchideen gewonnen wird, parfümiert man es zart mit Hilfe irgendwelcher Blumen; es ist außergewöhnlich teuer.

»Wie du siehst, habe ich dir den Ehrenplatz zu meiner Rechten gegeben«, sagte der Baron.

Ich neigte den Kopf. War aber ein wenig verwirrt. Denn im Reich der Mitte ist der Ehrenplatz links vom Gastgeber.

Der Baron erriet meine Verwirrung. »In Friedenszeiten ist der Ehrenplatz links. In Kriegszeiten ist er rechts. Wir befinden uns im Krieg, Cyrus Spitama.« Er sprach den fremden Namen ohne Mühe aus; es hieß, er habe das beste Gedächtnis in ganz Cathay. »Du bist kein Sklave mehr.«

»Ich bin dankbar, Herr Baron –«, begann ich.

Er unterbrach mich mit einer huldvollen Handbewegung. »Fan Ch'ih sagt, du seist verwandt mit dem Großen König jenseits der westlichen Wüste. Er erzählt mir auch, du habest ihm geholfen. Also tun wir nur, was du für unseren Freund und Gefährten getan hast.«

Tränen traten mir in die Augen. Ich war überreizt, um das mindeste zu sagen. »Ich bin ewig dankbar –«

»Ja, ja. In diesen Dingen, als Gastgeber, folge ich nur der Weisheit des Konfuzius.«

»Wo immer ich auch bin, vernehme ich das Lob dieses göttlichen

Weisen«, sagte ich. »Er wird fast so sehr bewundert wie du ...« Der Baron ließ sich von mir so ausgiebig schmeicheln, daß mir aufging, in welchem Maße das ausdruckslose Gesicht in der Tat ein Werk der Kunst war – und zweifellos Schwerarbeit. Wie die meisten mächtigen Männer konnte Baron K'ang von Lobpreisungen einfach nicht genug bekommen, und in mir hatte er einen Panegyriker, wie er ihm innerhalb der vier cathayanischen Meere wohl noch nie begegnet war. Meine Worte gefielen ihm so gut, daß er prompt einen aus vergorenen Pflaumen gemachten Wein kommen ließ. Während wir tranken, stellte er mir zahllose Fragen über Persien, Magadha, Babylon. Meine Schilderungen des Hoflebens in Susa faszinierten ihn. Er wollte im Detail wissen, wie die Satrapien regiert werden. Daß ich mich auf die Kunst der Eisenverhüttung verstand, entzückte ihn. Er hoffe auf meine Hilfe bei der Instruierung seiner Metallarbeiter. Ich mußte ihm persische Streitwagen, Rüstungen, Waffen beschreiben.

Plötzlich hielt er inne; entschuldigte sich. »Es geziemt sich nicht, daß zwei kultivierte Männer soviel vom Krieg reden, eine Aktivität, welche man besser den Tölpeln überläßt, die sich darin hervortun.«

»Unter den Umständen ist das doch begreiflich, Herr Baron. Dein Land befindet sich im Krieg.«

»Für mich nur um so mehr Grund, meine Gedanken bei jenen Dingen weilen zu lassen, welche wahrhaft wichtig sind. Zum Beispiel: Wie kann man dem Reich einen einzigen Tag vollkommenen Friedens bringen? Sollte dies jemals geschehen, so wird süßer, nach Honig schmeckender Tau herniederfallen auf das Land.«

»Ist so etwas schon einmal geschehen, Herr Baron?«

»Alles ist geschehen. Alles wird geschehen.« Ich *glaube*, dies war's, was er sagte. In einer Sprache ohne Tempi kann man nie sicher sein. »Wie lange wirst du uns mit deiner Anwesenheit ehren?«

»Ich möchte so bald wie möglich nach Persien zurückkehren. Natürlich ...« Ich ließ den Satz unvollendet, den nur er beenden konnte.

»Natürlich«, wiederholte er. Doch er verfolgte das Thema nicht weiter. »Ich sah heute nacht am Hofe den Herzog von Sheh.« Eine Art Lächeln veränderte den unteren Teil des Eis. »Er war sehr bekümmert. Du seiest, sagte er, sein Freund ebenso wie sein Sklave. Er habe dich vor den Wolfmännern gerettet. Und gehofft, mit dir nach Magadha zu reisen, wo dein Schwiegervater der König ist. Auch habe er die Hoffnung gehegt, mit dir als Partner eine dauerhafte Handelsroute nach Champa und Rajagriha zu erschließen.«

»Er wollte Lösegeld für mich herausschlagen. Von einer Handelsroute war nie die Rede.«

Baron K'ang nickte freundlich. »Ja«, sagte er informell. Es gibt zwei Arten von Ja in der cathayanischen Sprache. Die eine ist formell; die andere informell. Ich nahm es als gutes Zeichen, daß er sich entschied, mit mir informell zu sein. »König Ajataschatru interessiert mich sehr. Zu Beginn seiner Regierung schrieb er an den Sohn des Himmels in Loyang. Jeder Herzog erhielt Abschriften dieser Briefe. Dein ehrfurchtgebietender Schwiegervater versicherte, er sei am Handel mit uns interessiert. Ich nehme an, daß er das noch immer ist.«

»Oh, ja. Er hatte sogar Hoffnungen gehegt, ich könnte mich als das Bindeglied erweisen.« Ich mochte meinen eigenen Ohren nicht ganz trauen. Der allzu lange und allzu enge Umgang mit dem Herzog von Sheh hatte mich offenbar zu einem Phantasten von ähnlichem Schlag werden lassen; überdies war der Pflaumenwein unerwartet stark und hirnverwirrend. Ausführlich sprach ich von meiner Mission, Persien, Indien und Cathay in einer einzigen Welt zu vereinen. Im Detail beschrieb ich eine bogenförmige Karawanenroute von Susa nach Baktra, nach Ch'in, nach Lu, nach Champa, nach Schravasti, nach Taxila, nach Susa. Ich redete Unsinn. Doch der Baron war höflich. Anders als die meisten Herrscher hörte er aufmerksam zu. Während meine Rede träge floß, fällte er blitzschnell nüchterne Urteile. Spürte die wichtigen ungesprochenen Wörter auf, sortierte Nebensächliches aus. Ich begann für ihn Bewunderung, ja sogar Sympathie zu empfinden. Nie allerdings legte ich meine Furcht vor ihm ab.

Als mir schließlich, zu meiner eigenen Erleichterung, die Luft ausging, versicherte er, die von mir ins Auge gefaßte Handelsroute sei auch ein Traum von ihm. Dies war ein Ausdruck seiner Höflichkeit. Immerhin ist die Route über eine Reihe von Jahrhunderten hinweg der Traum vieler Reisender gewesen. Er wisse wenig über Persien und den Westen, sagte er, verfüge jedoch über ein paar Kenntnisse hinsichtlich der Königreiche der Gangesebene. Sodann beschrieb er sie mit beträchtlichen Einzelheiten und schloß: »Ajataschatru ist jetzt universeller Monarch. Er hat Koschala zerstört. Von ein paar Gebirgsrepubliken abgesehen, verfügt er über die Hegemonie –« Er ließ eine Pause eintreten; fuhr dann fort: »– in Indien.«

»Ajataschatru ist ein wahrhaft vortrefflicher Krieger, ein gerechter Herrscher.« Der Pflaumenwein erzeugte eine Reihe von Epitheta, die eher geeignet schienen, zur Erbauung von Bauern in Felsen gemeißelt zu werden, statt als Schmuck der Konversation mit diesem Mann zu dienen, der doch mein Befreier zu sein schien, zumindest bis zu diesem Augenblick.

»Ich finde es sonderbar«, sagte der Baron, als ich mit meinem Gestammel endlich fertig war, »daß sowohl Persien als nunmehr auch Indien jeweils einen Monarchen haben, der den himmlischen Auftrag erhalten hat.«

»Ich dachte, ein solcher Auftrag könne nur an den Sohn des Himmels ergehen, an den Herrn des Reichs der Mitte.«

»Eben das haben wir stets geglaubt. Aber jetzt fangen wir an, uns klarzumachen, wieviel Welt es doch noch jenseits der vier Meere gibt. Und mir kommt die Vermutung, daß wir nichts sind als ein einziges Korn in der großen Scheune. Jedenfalls nehme ich es als ein gutes Omen, daß das Mandat doch wieder erteilt wird, und sei es auch für Barbaren in fernen Ländern.«

»Vielleicht«, sagte ich, allzu kühn, »wird es der Herzog von Lu erhalten.«

»Vielleicht«, sagte er. »Oder ein anderer«, fügte er hinzu. Ein Diener brachte uns Eier, die etliche Jahre im Erdboden gelegen hatten. Wir aßen sie mit winzigen Löffeln. Die Eier schmeckten auf köstliche Weise moderig. Später vergrub ich in Susa und in Halikarnassus so manches Ei, doch verfaulten sie sämtlich. Entweder ist cathayanische Erde anders als unsere, oder sie präparieren die Eier auf irgendeine geheimnisvolle Weise.

Der Baron sorgte dafür, daß ich mehr Fragen beantwortete als stellte. In seiner Wißbegier über den Westen war er unersättlich. Allerdings erstreckte sich seine Neugier auch auf alles andere. Da ähnelte er einem Griechen.

Als ich es wagte, ihn nach den Schildkrötenpanzeraugurien des Abends zu fragen, schüttelte er den Kopf. »Ich darf darüber nicht sprechen. Das mußt du mir nachsehen.« Der Klang seiner Stimme verriet mir allerdings, daß die Augurien vortrefflich verlaufen waren. »Für gewöhnlich sind unsere Beziehungen mit Key gut. Aber als man Herzog Chao – einem, wie ich fürchte, keineswegs guten Mann – Asyl gewährte, entstand zwischen den Reichen eine gewisse Spannung. Wir hielten es für äußerst unfreundlich, daß man unserem Feind Zuflucht gab so nahe beim Steintor, wo er als Sammelpunkt für alle möglichen Unzufriedenen dienen konnte. Wir protestierten. Doch der alte Herzog von Kay war ein starrsinniger Mann. Und er liebte es, Unruhe zu stiften. Daher ermutigte er unseren früheren Herzog bei dessen Ansprüchen.« Der Baron seufzte leise und rülpste laut. »Glücklicherweise starb Herzog Chao dann eines natürlichen Todes. Danach waren die Beziehungen zwischen unseren beiden Ländern gut. Jedenfalls glaubten wir das. Aber dann ... Oh, wir leben in einer überaus *interessanten* Zeit!« Cathayaner gebrauchen das Wort »interessant« ähnlich, wie die Griechen das Wort »katastrophal« gebrauchen. »Herzog Ting wurde Nachfolger seines Bruders Chao, und mein unwürdiger Großvater erhielt den Befehl, das Amt des Ministerpräsidenten zu übernehmen, eine Aufgabe, für die er so wenig geeignet – oder erwünscht – war wie ich.« Große cathayanische Herren lieben es, sich auf diese Weise auszudrücken – und gleichen dabei Eunuchen, die sich bereitmachen, die Speisekammer des Harems zu plündern. »Als mein Großvater starb, machte sich einer seiner Sekretäre, eine Kreatur namens Yang Huo, zum Ministerpräsidenten. Da er nur ein Ritter war, gehörte sich das ganz und gar nicht.

Oh, wir fühlten uns tief entmutigt.« Der Baron legte seinen Löffel aus der Hand. Gemeinsam lauschten wir auf das Arbeiten seines emsigen Verstandes, das heißt auf die gurgelnden Geräusche seines Magens. Dann brachte man uns eingemachte Aprikosen. Von allen Früchten in Cathay wird diese am meisten geschätzt. Mir haben Aprikosen noch nie geschmeckt. Doch mit scheinbarem Hochgenuß aß ich alles, was der Diktator auftragen ließ.

Bezeichnenderweise erfuhr ich nicht von Baron K'ang, sondern von anderen den wahren Grund für die tiefe Entmutigung. Yang Huo hatte die Regierungsgewalt an sich gerissen. Drei Jahre lang war er absoluter Diktator gewesen. Wie so viele illegitime Herrscher erfreute er sich beim einfachen Volk ungeheurer Beliebtheit. Er versuchte sogar, sich mit dem Herzog gegen die drei Baronsfamilien zu verbünden. »Ich diene Herzog Ting als sein erster Minister«, pflegte er zu sagen, »damit die Chou-Dynastie die ihr rechtmäßig zustehende Vorherrschaft in Lu wiedererlangen kann. Wenn das geschieht, wird das Mandat des Himmels herabkommen auf unseren Herzog, den Erben des gottartigen Tan.«

Herzog Ting war besonnen genug, um zwischen sich und dem Usurpator eine möglichst große Distanz zu halten, und zwar ganz buchstäblich: Der Herzog befand sich dauernd auf der Jagd. Zur Hauptstadt kam er nur, um pflichtgemäß seine Ahnen anzurufen. Ich an seiner Stelle wäre mit Yang Huo ein Bündnis eingegangen. Gemeinsam hätten sie die Baronsfamilien vernichten können. Doch der Herzog war zaghaft. Auch fehlte es ihm an der Vorstellungskraft und dem Selbstbewußtsein, sich selbst als eigentlichen Herrscher zu sehen. Fünf Generationen hindurch war seine Familie von den drei Familien dominiert worden. Und so ging er auf die Jagd.

Schließlich überschätzte Yang Huo seine Macht. Er versuchte, den Vater von Baron Yang zu töten. Doch die Chi-Streitkräfte scharten sich um ihren Häuptling, und Yang Huo flüchtete mit dem größten Teil des Nationalschatzes nach Key. Die Regierung von Lu verlangte die Auslieferung des Rebellen mitsamt dem geraubten Schatz. Als diese Forderung ignoriert wurde, verschlechterten sich die Beziehungen zwischen Key und Lu.

Der Baron versicherte mir, Yang Huo sei derzeit damit beschäftigt, seine Rückkehr zu planen, um, wie er es nannte, »ein Chou im Osten« zu schaffen – das heißt eine Restauration des ursprünglichen himmlischen Kaisers. Yang Huo muß ein Mann von großer Überredungskraft gewesen sein. Zweifellos besaß er in Lu viele heimliche Bewunderer, zumal unter jenen, die, wie sie es nannten, am Hergebrachten hingen. Doch soweit ich weiß, kehrte er niemals zurück. Die Chi-Familie ist viel zu mächtig, und Baron K'ang ist – oder war – zu klug und zu bedeutend. Als ich den Baron kennenlernte, war er bereits seit acht Jahren Ministerpräsident. Trotz seiner Position als absoluter Diktator fürchtete er jedoch noch immer Yang Huo. Er war überdies verunsichert durch die Revolte seines fähigsten Befehlshabers, des Kommandanten der Festung Pi.

Seit dem Auseinanderbrechen des Chou-Reiches haben die Edelleute immer wieder Festungen erbaut. Zunächst waren diese Burgen dazu bestimmt, Schutz zu bieten gegen Räuber und feindliche Armeen. Doch nach und nach, über die Jahre hin, sind die Festungen zum sichtbaren und äußeren Zeichen der Macht bestimmter Familien geworden. Durch Heirat, Verrat, Unruhestiften versucht jede Familie in den Besitz möglichst vieler befestigter Orte zu gelangen. Da die Chi-Familie gegenwärtig die größte Anzahl von Befestigungen in Lu kontrolliert, herrschen sie, im angespannten Bündnis mit ihren Rivalen von der Meng- und der Shu-Familie, über eine Million Menschen. Muß ich erst noch sagen, daß der Herzog keine einzige Festung besitzt? Tatsächlich besitzt er überhaupt nichts außer seinem Palast, für dessen Unterhalt nie genügend Geld vorhanden ist. Yang Huo hatte versprochen, all das zu ändern; sogar das Schleifen der Chi-Festungen hatte er in Betracht gezogen. Ich nehme an, daß es weniger der Mordversuch am alten Baron war, der Yang Huos Sturz bewirkte, als vielmehr die Bedrohung für die Burgen.

Ein Dutzend Jahre vor meiner Ankunft in Lu rebellierte der Hüter der Burg Pi gegen seine Chi-Herren. Fünf Jahre lang hielt er die Festung. Schließlich mußte er sie aufgeben und nach Key fliehen. Es war kein Geheimnis, daß Baron K'ang ihn für den Hauptanstifter des Krieges zwischen Key und Lu hielt, während andere meinten, diese Ehre gebühre Yang Huo. Jedenfalls hatte es der einstige »Burghüter« verstanden, sich als ein weiterer Anhänger der Herzogsfamilie zu etablieren. Auch er wollte »Chou im Osten« schaffen.

Der Baron spielte auf diese Rebellion an. Direktheit war seine Sache nun einmal nicht. »Offenbar ist es der Wille des Himmels, daß uns ein völlig ungestörtes Leben vorenthalten bleibt. Dennoch versuchen wir, den Himmel zu versöhnen und beachten alle traditionellen Riten. Unglücklicherweise gibt es für uns Übelwollende nach Norden zu ...« Baron K'ang hielt inne, um zu sehen, ob ich den Doppelsinn begriffen hatte. Ich hatte. Key liegt nördlich von Lu, während die Wendung »nach Norden zu« auch den himmlischen Kaiser meint. »Du verstehst dich auf unsere Eigenarten, wie ich sehe. Ich meine natürlich Key, welches unseren Feinden Zuflucht gewährt. Warum, verstehe ich nicht. Wir haben niemals auch nur einen einzigen Gegner ihrer Regierung aufgenommen. Menschen sind unergründbar, nicht wahr?«

Ich pflichtete ihm bei. In Wahrheit jedoch habe ich Menschen stets ergründbar gefunden. Sie verfolgen einzig ihre eigenen Interessen. Andererseits finde ich es oft rätselhaft, auf welche Weise Menschen die Tatsache der, sagen wir einmal, Schöpfung erklären oder interpretieren.

Während ich mit Baron K'ang in jenem schwach erhellten Raum saß, erfüllte die feine Musik die Luft um uns eher mit dem Widerhall eines Klangs als mit dem Klang selbst. Mir war inzwischen längst bewußt, daß mein Gastgeber mich für irgendwelche Zwecke zu verwenden gedachte. Auf seine verschlungene Weise stellte er mich auf die Probe. Er erhitzte gleichsam das Innere eines Schildkrötenpanzers, um die geheimnisvolle Schrift lesen zu können, die auf der blutüberzogenen Außenseite erscheinen mußte. Ich blieb so unbewegt wie – wie ein Schildkrötenpanzer.

»Die Restauration des Hauses Chou ist unser Traum«, sagte er ein wenig unerwartet.

»Steht sie denn bevor?«

»Wer kann das sagen? Jedenfalls: zuerst die Vorherrschaft, dann das Mandat.«

Plötzlich verunzierten zwei winzige parallele Linien den oberen Teil der Eierschale. Der Baron krauste die Stirn. »Es gibt solche, die meinen, der Prozeß sei umkehrbar. Ich selbst teile diese Auffassung zwar nicht, doch viele weise und auch nicht so weise Männer hängen ihr an. Sie glauben, daß, wenn man einem rechtmäßigen Herzog seine altangestammte *weltliche* Vorrangstellung gewährt, die Gewährung durch den Himmel folgen wird. In den letzten Jahren haben ... Abenteurer diese falsche Vorstellung verstärkt. Deshalb befindet sich unsere Armee am Steintor. Abenteurer sind leicht im Zaum zu halten.« Der obere Teil des Eis war wieder glatt. »Wir fürchten Verräter nicht. Doch wir fürchten – und respektieren – unsere göttlichen Weisen. Du kennst die Lehren des Konfuzius?«

»Ja, Herr Baron. Fan Ch'ih hat mir viel über ihn erzählt, als wir zusammen im Westen waren. Auch sprechen natürlich alle gebildeten Männer von ihm. Selbst Meister Li«, fügte ich mit einem Lächeln hinzu. Ich begann zu ahnen, aus welcher Richtung der Wind wehte.

»Selbst Meister Li«, wiederholte er. Im unteren Teil des Eis zeigten sich jetzt, kurz, zwei winzige Einbuchtungen. Der Diktator hatte gelächelt. »Sie lieben einander nicht, diese weisen Männer.« Er sprach mit leiser Stimme. »Konfuzius kehrt nach Lu zurück – auf meine Bitte. Er war vierzehn Jahre lang fort. Während dieser Zeit hat er fast alle Länder innerhalb der vier Meere bereist. Er gibt sich gern der Vorstellung hin, von meinem verehrten Vater, dem Ministerpräsidenten, exiliert worden zu sein. Aber ich versichere dir, daß das nicht der Fall war. Konfuzius hat uns exiliert. Er ist sehr streng. Als der Herzog von Key meinem Vater eine Anzahl religiöser Tänzerinnen zum Geschenk machte, –« Der Ausdruck, den der Baron für religiöse Tänzerinnen gebrauchte, ähnelte dem babylonischen Ausdruck für Tempelprostituierte. »– meinte Konfuzius, mein Vater solle dieses Geschenk nicht annehmen, weil sich das nicht gehöre. Er führte die traditionelle Begründung an: Solche Tänzerinnen seien dazu bestimmt, die Willenskraft ihrer Besitzer zu schwächen. Mein Vater erklärte höflich, er betrachte das Geschenk als ein Zeichen dafür, daß die Regierung von Key auf Versöhnung bedacht sei angesichts der Tatsache, daß man dort dem Verräter Yang Huo Unterschlupf gewährt hat. Daraufhin legte Konfuzius all seine Ämter nieder. Er war der oberste Justizbeamte der Stadt Chung-fu – ein reizender Ort, den du während deines Aufenthalts hier besuchen mußt. Er war überdies Assistent des Oberaufsehers der Arbeiten ... nein, nein, ich irre mich, in dieser Funktion war er befördert worden. Er war Unterminister der Polizei, ein wichtiges Amt, das er höchst kompetent versah.«

Ich beobachtete den Baron, während er zu der Wand hinter meinem Kopf sprach. Die Windrichtung war jetzt unverkennbar. Er wußte, daß ich ein Freund von Fan Ch'ih war. Fan Ch'ih seinerseits war ein Schüler von Konfuzius; genau wie der Chi-Kammerherr Jan Ch'iu. Ich begann, Gedanken zu verknüpfen.

Ich fand die naheliegende Verknüpfung. »Ging Konfuzius nach Key?«

»Ja.«

Wir tranken Pflaumenwein; lauschten der Musik; reichten einander ein glattes Stück Jade, um unsere Hände zu kühlen.

Nie bin ich in einem anderen Land einem Mann begegnet, der eine Stellung einnahm, welcher jener des Konfuzius im Reich der Mitte vergleichbar wäre. Durch Geburt war er der erste Ritter von Lu. Das bedeutete, daß er dem Rang nach unmittelbar den Staatsministern aus dem Hochadel folgte. Dennoch stammte er aus einer armen Familie. Es hieß, sein Vater habe in der Armee der Meng-Familie einen niederen Offiziersrang bekleidet. Genau wie die anderen Baronsfamilien unterhielten die Mengs eine Schule für die Söhne ihrer Gefolgsleute. Konfuzius war der brillanteste Schüler, den jene Schule je hatte. Er lehrte *Das Buch der Lieder, Das Buch der Schriften, Das Buch der Wandlungen;* er bildete sich zu einem Experten der Vergangenheit, damit er nützlich werden könne in der Gegenwart. Als Sohn des ersten Ritters wurde er überdies zum Soldaten ausgebildet. Er bewies sich als hervorragender Bogenschütze, bis dann, in mittleren Jahren, seine Augen sich bewölkten.

Konfuzius unterhielt sich und seine Familie – er hatte mit neunzehn geheiratet –, indem er für den Staat arbeitete. Sein erster Posten, glaube ich, war der eines Schreibers bei den staatlichen Kornkammern. Seine Buchführung scheint korrekt gewesen zu sein, machte er doch eine erfolgreiche Karriere als Regierungsbeamter. Er erklomm die oberste Sprosse der Leiter, welche für einen Ritter ein Posten ist, wie er ihn im Polizeiministerium innegehabt hatte.

Es wäre eine Untertreibung, wollte man behaupten, Konfuzius sei bei so manchem unbeliebt gewesen. Nicht nur seine Kollegen haßten und verabscheuten ihn, sondern auch die hohen Staatsbeamten. Aus einem einfachen Grund. Er war ein Nörgler. Er wußte immer ganz genau, wie und warum dies und das getan werden sollte und hielt mit seiner Meinung seinen Vorgesetzten gegenüber nie hinter dem Berg. Doch er war ein zu wertvoller Mann, als daß man ihn hätte ignorieren können; deshalb gelangte er auf die für ihn höchste erreichbare Sprosse. Mit sechsundfünfzig war er Unterminister der Polizei, und das hätte normalerweise der Endpunkt sein müssen. Er hatte eine erfolgreiche Karriere als Regierungsbeamter hinter sich. Er wurde allgemein geehrt, wenn auch nicht gerade geliebt. Er war die anerkannte Autorität für das Reich des Himmels der Chous. Obwohl er selbst nichts schrieb, war er der Hauptinterpret der Chou-Texte. Es hieß, er habe *Das Buch der Wandlungen* so oft gelesen, daß die Riemen, welche die Bambusstreifenseiten zusammenhalten, ein Halbdutzendmal erneuert werden mußten. Er hatte das Leder auf ähnliche Weise verschlissen wie die Geduld seiner Kollegen in der Verwaltung von Lu.

Irgendwann wurde Konfuzius zum Lehrer. Wann oder wie dies seinen Anfang nahm, habe ich nie herausfinden können. Es muß allmählich vor sich gegangen sein. Während er älter und weiser und gelehrter wurde, kamen zu ihm junge Männer mit Fragen über dies oder das. Als er fünfzig war, hatte er wohl so dreißig oder vierzig Vollzeit-Schüler; junge Ritter wie Fan Ch'ih, die ihm stundenlang zuhörten.

Obwohl in gewisser Weise jenen Philosophen vergleichbar, die man in Athen sieht – oder eher: die ich in Athen *höre* –, nahm er jedoch praktisch kein Geld von den Jungen, und im Gegensatz zu deinem munteren Freund Sokrates stellte er keine Fragen, um die Jungen zur Weisheit zu führen. Konfuzius *beant*wortete Fragen, und viele seiner Antworten entstammten einem wahrhaft archivarischen Gedächtnis. Er kannte die gesamte aufgezeichnete wie auch erinnerte Geschichte der Chou-Dynastie. Er kannte außerdem die Geschichte ihrer Vorläufer, der Shang. Obschon viele Cathayaner Konfuzius für einen göttlichen Weisen halten – einen jener seltenen, vom Himmel gesandten Lehrer, die soviel Schaden anrichten –, bestritt Konfuzius selbst beharrlich nicht nur jegliche Göttlichkeit, sondern auch Weisheit. Dennoch erreichte sein Ruhm außerhalb von Lu solche Ausmaße, daß aus dem ganzen Reich der Mitte Männer kamen, um ihn zu besuchen. Er empfing jeden höflich; sprach von dem, was war, und von dem, was sein *sollte*. Und eben dies – seine Beschreibung dessen, was sein sollte –, war es, was ihn in Schwierigkeiten brachte.

Konfuzius begann sein Leben als Vasall der Meng-Familie. Dann erhielt er sein Amt von der Chi-Familie. Aber trotz der Patronage der Baronsfamilien ließ er diese nie vergessen, daß sie die Vorrechte des

Herzogs usurpiert hatten. Es ging ihm darum, diese Situation zu korrigieren: erstens, indem man die Chou-Rituale wiederherstellte, und zwar in ihrer ursprünglichen Form; und zweitens, indem die – illegale – Macht der Barone wieder auf den rechtmäßigen Herzog überging. Tue man diese beiden Dinge, so werde der Himmel zufrieden sein und das Mandat erteilt werden.

Solche Rede entzückte die Barone nicht gerade. Dennoch blieb die Chi-Familie gegenüber dem Weisen voll Nachsicht. Sie gab überdies seinen Schülern den Vorzug. Allerdings blieb ihr da auch kaum eine Wahl: Sämtliche Konfuzianer waren durch ihren Mentor überragend geschult, und zwar im Verwaltungs- wie im Kriegswesen. Außerdem war die Bewahrung des Friedens zwischen den Staaten Konfuzius' erklärtes Ziel, und dagegen konnten sich die Barone – zumindest öffentlich – nicht gut aussprechen.

Oft wurde Konfuzius zu Friedenskonferenzen geschickt, wo er die übrigen Teilnehmer regelmäßig mit himmlischer Gelehrsamkeit überwältigte. Mitunter war er sogar nützlich. Aber trotz seines jahrelangen Wirkens als Administrator und Diplomat verstand er sich niemals auf Takt. Baron K'ang erzählte mir ein berühmtes Beispiel für die Grobheit des Weisen. »Kurz bevor Konfuzius Lu zum erstenmal verließ, wohnte er einer Feier für unseren Familienahnentempel bei. Als er sah, daß mein Vater vierundsechzig Tänzerinnen engagiert hatte, war er wütend. Da der Herzog sich bei der Anrufung seiner Ahnen nur acht Tänzerinnen habe leisten können, sagte Konfuzius, hätte mein Vater höchstens sechs haben dürfen. Oh, wie sehr schalt Konfuzius doch meinen Vater, der überaus amüsiert war!«

Die wirkliche Geschichte war ganz und gar nicht amüsant. Konfuzius hatte dem alten Ministerpräsidenten mit aller Deutlichkeit erklärt: Da dieser sich unverhohlen die Vorrechte des Souveräns anmaße, werde er den Zorn des Himmels auf sich ziehen. Als der Baron zu Konfuzius sagte, er solle sich um seine eigenen Angelegenheiten kümmern, zog sich der Weise zurück. Während er den Raum verließ, hörte man ihn sagen: »Wenn dieser Mann zu ertragen ist, wer ist dann *nicht* zu ertragen?« Ich muß sagen, daß mein Großvater niemals so weit zu gehen wagte.

Konfuzius versuchte Herzog Ting dazu zu bewegen, die Festungen der drei Baronsfamilien zu schleifen. Zweifellos hätte der Herzog das getan, wäre er dazu in der Lage gewesen. Doch er war machtlos. Jedenfalls verschworen sich die beiden Männer, wenn auch nur kurz, gegen die drei Familien, und es ist ziemlich sicher, daß sie für die Revolte der Chi-Festung in Pi verantwortlich waren. Beweis? Kurz nachdem der Hüter der Burg Pi nach Key flüchtete, gab Konfuzius all seine Ämter auf und verließ Lu.

Über das, was in Key geschah, gehen die Berichte auseinander. In einem Punkt ist man sich allerdings einig: Sowohl Yang Huo als auch der Hüter von Pi hätten versucht, sich der Dienste des Konfuzius zu versichern. Beide versprachen, die Baronsfamilien zu stürzen und dem Herzog seinen rechtmäßigen Platz zurückzugeben; beide baten Konfuzius, ihm als Ministerpräsident zu dienen. Das Angebot des Hüters, so hieß es, habe Konfuzius sehr verlockt. Doch wurde aus der Sache nichts, weil sich Yang Huo und der Hüter nie miteinander verbündeten. Hätten sie es getan – das meint jedenfalls Fan Ch'ih –, so wäre es ihnen sicher gelungen, die Barone zu verjagen und die Macht des Herzogs wiederherzustellen. Doch die Abenteurer hegten gegeneinander genausoviel Mißtrauen wie gegenüber den Baronen.

Konfuzius blieb nicht lange in Key. Obwohl seine Gespräche mit den beiden Rebellen unbefriedigend verliefen, zeigte sich der Herzog von Key von Konfuzius entzückt und forderte ihn auf, in die Regierung einzutreten. Der Weise fühlte sich versucht. Aber der Ministerpräsident von Key wünschte keinen solchen Tugendbold in seiner Administration, und das Angebot wurde zurückgezogen.

Während der nächsten Jahre wanderte Konfuzius von Staat zu Staat, auf der Suche nach einem Amt. Zu keiner Zeit wünschte er, ein berufsmäßiger Lehrer zu sein. Aber da wir im Leben stets bekommen, was wir nicht wollen, geschah es, daß er überall von Möchte-gern-Schülern belagert wurde. Junge Ritter und sogar Adlige waren darauf erpicht, von ihm zu lernen. Und obwohl Konfuzius von der Wiederherstellung der alten Ordnung sprach, um dem Himmel zu gefallen, so war er in Wirklichkeit doch der Führer einer höchst radikalen Bewegung, deren Ziel ganz einfach darin bestand, den korrupten, allmächtigen und immer mehr ins Kraut schießenden Adel fortzufegen, um endlich wieder Platz zu schaffen für einen Sohn des Himmels, dessen Blick südwärts gerichtet sein würde auf seine loyalen Sklaven mit einer großen Anzahl von Rittern, die im Höchstmaß geschult waren in der neuen konfuzianischen Ordnung.

Dies bildete den Hintergrund für die Rückkehr von Konfuzius nach Lu in seinem siebzigsten Jahr. Obwohl er persönlich nicht als Bedrohung für das Regime galt, beunruhigten seine Ideen die Adligen jedoch so sehr, daß Baron K'ang entschlossen war, den Wanderungen des Weisen ein Ende zu setzen. Im Namen des Herzogs schickte er ihm eine Abordnung mit einer Botschaft. Der weise Mann wurde beschworen, nach Hause zurückzukehren; ein hohes Amt wurde in Aussicht gestellt. Konfuzius schluckte den Köder. Er befand sich jetzt auf dem Weg von Wei nach Lu.

»Hoffen wir«, sagte mein Gastgeber, »daß unser kleiner Krieg mit Key vor seiner Rückkehr beigelegt sein wird.«

»Möge dies der Wille des Himmels sein.« Ich gab mich fromm.

»Über den Willen des Himmels wirst du von Konfuzius eine Menge hören.« Eine längere Pause trat ein. Ich hielt den Atem an. »Du wirst hier wohnen, dicht bei mir.«

»Die Ehre –« Ich kam nicht dazu, den Satz zu beenden.

»Und wir werden dafür sorgen, daß du irgendwie in dein Heimatland zurückkehren kannst. Inzwischen ...« Der Baron blickte auf seine glatten, kleinen Hände.

»Werde ich dir auf jedwede Weise dienen, Herr Baron.«

»Ja.«

Auf diese Weise – ohne ein weiteres gesprochenes Wort – wurde vereinbart, daß ich während meines Aufenthalts in Lu Konfuzius bespitzeln sollte, um dann heimlich dem Baron zu berichten, welcher Yang Huo und den Hüter fürchtete, welcher seinem eigenen Gardebefehlshaber Jan Ch'iu mißtraute, welcher beunruhigt war über die moralische Kraft des Konfuzius und seiner Lehren. Manchmal ist es klug, das, was man fürchtet, anzugehen, statt es zu meiden. Aus diesem Grund hatte der Baron nach Konfuzius geschickt. Er wollte dem Ärgsten ins Auge blicken.

4

Die Hauptstadt von Lu erinnert mich an Loyang. Allerdings sind alle cathayanischen Städte einander mehr oder minder ähnlich. Es gibt da jene erstaunlich engen, gewundenen Straßen, die lauten Marktplätze, die stillen Parks mit Altären für den Himmel, den Regen, die Erde. Die Stadt Ch'u-fu war älter als Loyang, und sie roch nach verkohltem Holz, eine Folge schier zahlloser Feuer. Lu galt als leicht rückständig, zumindest bei solch aufblühenden Staaten wie Key, dessen Hauptstadt in ähnlich hohem Ansehen stand wie Sardis früher bei uns. Nichtsdestoweniger war der Herzog von Lu der Erbe des legendären Tan, dessen Name dort genausosehr in aller Munde ist wie der des Odysseus bei den Griechen. Doch während Odysseus wegen seines Listenreichtums berühmt ist, war Tan übewältigend edel und aufopferungsvoll, ein Vorbild nicht nur für den vollkommenen cathayanischen Herrscher, sondern auch, genauer noch, für den vollkommenen, edlen Menschen – eine von Konfuzius erfundene oder neudefinierte Kategorie. Zwar ist in der Regel ein edler Mensch ein Ritter, doch ist nicht jeder Ritter ein edler Mensch. Edles oder angemessenes Verhalten ist das konfuzianische Ideal. An gegebener Stelle werde ich versuchen zu beschreiben, was das ist.

Immer wenn Konfuzius etwas Wichtiges sagen wollte, schrieb er dies Tan zu. Auch versicherte er stets: »Ich vermittle nur, was ich gelehrt worden bin. Nie erfinde ich etwas aus eigenen Stücken hinzu.« Vermutlich glaubte er dies, und wahrscheinlich ist es in einem gewissen

Sinn sogar wahr. Schließlich *ist* ja alles längst gesagt worden, und wenn man die aufgezeichnete Vergangenheit kennt, kann man immer einen altehrwürdigen Vorwand finden, ob nun fürs eigene Handeln – oder für einen Aphorismus.

Zwei Wochen, nachdem ich in den Chi-Palast übergesiedelt war, endete der Krieg zwischen Lu und Key. Jan Ch'iu und Fan Ch'ih hatten einen bemerkenswerten – will sagen: unerwarteten – Sieg errungen. Es war ihnen sogar gelungen, die Stadt Lang auf der Key-Seite der Grenze einzunehmen. Es hieß, man habe Yang Huo und den Hüter von Pi in der Key-Armee gegen ihre eigenen Landsleute kämpfen sehen. In dieser Hinsicht sind die Cathayaner wie die Griechen. Eigenliebe geht über Vaterlandsliebe.

Demokrit macht sich über mich lustig. Er fragt eben, wie das denn mit jenen persischen Abenteurern gewesen sei, welche Große Könige stürzten, denen sie Gefolgschaft gelobt hatten. Ein solcher Vergleich hinkt. Gewiß hat es auch bei uns genug Usurpatoren gegeben. Aber mir fällt kein einziger Fall ein, wo ein unzufriedener Perser von Rang sich jemals einer ausländischen Armee angeschlossen hätte, um seine Heimat anzugreifen.

Ich wurde als Gast der Chi-Familie behandelt; und erhielt den Titel geehrter Gast. Auch wurde ich am herzoglichen Hof empfangen. Obwohl Herzog Ai keinerlei Macht ausübte, erwies ihm Baron K'ang nicht nur zeremonielle Ehren, sondern konsultierte ihn auch in Staatsangelegenheiten. Wenn auch nichts darauf hinweist, daß der Baron je den Rat des Herzogs beherzigt hätte, so waren ihre Beziehungen jedoch äußerlich ungetrübt.

Als die siegreiche Chi-Familienarmee zur Hauptstadt zurückkehrte, wohnte ich einem Empfang für die Helden bei, und zwar in der Langen Schatzkammer, einem Gebäude gegenüber dem Herzogspalast. Da ich zum Gefolge des Ministerpräsidenten gehörte, trug ich zum erstenmal den Hofschurz – ein sonderbares Kleidungsstück aus Seide, halbkreisförmig unter einem breiten Ledergürtel schwingend, mit daran befestigten Rangabzeichen in Gold, Silber, Elfenbein und Jade. Was meinen Gürtel betraf, so war er – wie wohl auch anders? – praktisch leer; bis auf eine Art kleinen Knopf aus Silber, der mich als Ehrengast kennzeichnete.

Etwa fünfzig von uns folgten Baron K'ang in die Haupthalle der Langen Schatzkammer. Dieses Gebäude war einmal die Bastion nicht nur des Schatzministeriums, sondern auch der Herzöge gewesen. Als Herzog Chao seine rechtmäßige Macht wiederzuerlangen versuchte, nahm er in der Langen Schatzkammer Zuflucht. Doch die Truppen der drei Familien überwältigten seine Wachen und steckten das Gebäude in Brand. Chao entkam dem Feuer; das Gebäude nicht. Lange stritt man darüber, ob dieses Symbol herzoglicher Macht wiedererbaut werden sollte oder nicht. Baron K'ang gab schließlich die Erlaubnis, und im Jahr vor meiner Ankunft in Lu hatte sich die Lange Schatzkammer wieder aus der Asche erhoben.

Im nördlichen Teil des Raumes stand Herzog Ai. Er war ein schlanker, stattlicher Mann mit den Beinen eines leidenschaftlichen Jägers, das heißt mit jener Art Beine, die sich bereitwillig biegen, um sich runden Pferdeflanken zu fügen. Er trug ein prachtvolles Gewand in Blau und Gold, ein Kleidungsstück, das einmal dem legendären Tan gehört hatte.

Die Meng- und die Shu-Familie waren bereits zugegen, desgleichen die Herzogsfamilie und Gefolgsleute. Unter ihnen sah ich den finsterblickenden Herzog von Sheh. Zumindest blickte er finster, als er mich sah.

Baron K'ang verbeugte sich vor dem Herzog; wünschte ihm ein langes Leben; beglückwünschte ihn zu *seinem* Sieg gegen Key. Dann präsentierte der Baron Jan Ch'iu dem Herzog, welcher mit Worten erwiderte, welche so himmlisch und archaisch waren, daß ich kaum eines verstand.

Während Herzog Ai sprach, betrachtete ich den langen, hohen Raum, eine genaue Nachbildung des niedergebrannten. Gegenüber von Ai befand sich eine große, ziemlich ungefüge Statue von Herzog Tan; im übrigen war der Raum leer. Mit Ausnahme der Höflinge natürlich, deren prachtvolle Gewänder einen reizvollen Anblick boten: Der Raum ähnelte mehr einem Garten im Frühling als einem Versammlungsort von Männern mit grimmigem Ehrgeiz.

Nach der Ansprache aus dem Norden gab es Musik. Und einen rituellen Tanz. Und eine Menge Hirsewein, den alle allzu reichlich genossen. Irgendwann schlüpfte der Herzog hinaus – ein trauriges Zeichen verlorener Macht: Das allgemeine Protokoll verlangt, daß vor dem Herrscher niemand einen Raum verläßt.

Sobald der Herzog verschwunden war, begann man sich in der Halle umher zu bewegen. Es gab endlose Verneigungen und Verbeugungen und Verkrümmungen. Ich fand das cathayanische Protokoll stets ebenso lächerlich wie nervenaufreibend. Allerdings war Fan Ch'ih von unserer Art der Höflichkeit in Babylon auch nicht gerade beeindruckt gewesen.

Schließlich geschah, was ich erwartet hatte. Der Herzog von Sheh, leicht angetrunken, stellte mich. »Selbst wenn ich zehntausend Jahre alt werden sollte . . .«

»Ich bete darum, daß solches geschehen möge«, sagte ich hastig und beugte und krümmte mich vor ihm wie vor einem richtigen Herzog.

». . . werde ich hoffentlich einer solchen Undankbarkeit nie wieder begegnen.«

»Ich war hilflos, Herr Herzog. Ich wurde gefangengenommen.«

»Gefangengenommen.« Er deutete auf den Silberknopf an meinem Gürtel. »Ehrengast! Du ... den ich vor dem sicheren Tod bewahrt habe ... bist ein Sklave. *Mein* Sklave. Von mir bezahlt. Von mir ernährt. Von mir behandelt als eine Art Menschenwesen. Verraten hast du nun deinen Wohltäter, deinen Retter!«

»Niemals! Meine Dankbarkeit dir gegenüber währt ewig. Aber Baron K'ang –«

»– ist irgendwie in Bann geschlagen. Ich kann die Zeichen erkennen. Nun, ich habe meinen Neffen, den Herzog, gewarnt. Er wird dich im Auge behalten. Ein falscher Schritt und ...«

Wohin der falsche Schritt mich hätte führen können, werde ich niemals erfahren, weil im selben Augenblick Fan Ch'ih zwischen uns trat. »Lieber Freund«, sagte er zu mir. »Herr Herzog«, sagte er zu meinem ehemaligen Herrn.

»Alle Ehre für diesen Tag«, erwiderte murmelnd der Herzog und schritt davon. Ich sah ihn niemals wieder. Aber es war mein Ernst gewesen, als ich versichert hatte, daß ich ihm immer dankbar sein würde, weil er mich vor den Wolfmännern von Ch'in gerettet hatte.

Fan Ch'ih wollte in allen Einzelheiten wissen, was mir widerfahren war. Ich berichtete, so gut ich konnte. Immer wieder schüttelte er den Kopf und murmelte: »Wie ungehörig, wie ungehörig«, als ich ihm von den zahlreichen Wechselfällen meines Schicksals im Reich der Mitte erzählte. Als ich schließlich außer Atem war, sagte er: »Du hast dafür gesorgt, daß ich hierher zurückkehren konnte. Ich werde dafür sorgen, daß du nach Persien kommst. Das verspreche ich dir.«

»Baron K'ang hat gleichfalls versprochen, mir zu helfen – dank dir.«

Fan Ch'ih sah ernst aus, sehr ernst – ein für sein fröhliches Gesicht ungewöhnlicher Ausdruck. »Es wird natürlich nicht leicht sein. Zur Zeit jedenfalls nicht.«

»Ich dachte, ich könnte ein nach Champa gehendes Schiff finden –«

»Es gibt nicht viele Schiffe, die nach Champa wollen. Und von denen, die's versuchen, kommt nur selten eines an. Und solche, die ankommen ... nun, die kommen ohne Passagiere an.«

»Piratenschiffe?«

Fan Ch'ih nickte. »Gleich in der ersten Nacht auf See würde man dich ausrauben und über Bord werfen. Nein. Du mußt schon mit deinem eigenen Schiff fahren oder mit einem Regierungsschiff mit Fracht. Leider hat der Staat kein Geld.« Fan Ch'ih spreizte die Finger beider Hände mit nach oben gekehrten Innenflächen; dann drehte er seine Hände herum – die cathayanische Gebärde für Leere, Nichts, Armut. »Zuerst stahl Yang Huo den größten Teil des Schatzes. Dann kamen die Kosten für die Wiedererbauung dieses Gebäudes.« Mit einer Geste umriß er den länglichen Raum, in dem die blumenähnlichen Höflinge inzwischen gleichsam alle zu welken begannen. »Dann gab's eine ganze

Reihe von Problemen und nun, schließlich, diesen Krieg mit Key, den *nicht* zu verlieren uns immerhin gelungen ist.« Cathayaner genießen Untertreibungen; ergötzen sich an kryptischen Kommentaren.

»Ihr habt einen großartigen Sieg errungen. Ihr habt für Lu neues Territorium hinzugewonnen.«

»Was wir gewonnen haben, macht keinesfalls wett, was wir ausgeben mußten. Baron K'ang wird neue Steuern erheben müssen. Das heißt, daß du warten mußt, bis wir das Geld haben, um dich zurückzuschikken. Nächstes Jahr, vielleicht.«

Ich gab mir alle Mühe, zufrieden dreinzublicken. In Wahrheit war ich verzweifelt. Seit nahezu fünf Jahren hatte ich Persien nicht mehr gesehen.

»Aus egoistischen Gründen bin ich entzückt, dich hier zu haben.« Fan Ch'ih lächelte; sein Gesicht ähnelte dem herbstlichen Mond. »Jetzt kann ich dir entgelten, was du für mich in Babylon getan hast.«

Ich versicherte, ich hätte nichts getan; und so weiter. Dann fragte ich: »Gibt es in Lu eine Bankfirma so ähnlich wie Egibi und Söhne?«

»Nein. Aber wir haben alle möglichen Kaufleute, Schiffseigner, Seekapitäne, raffgierige Männer.«

Irgendwann in unserem Gespräch fiel der Name Konfuzius. In welchem Zusammenhang, weiß ich nicht mehr. Aber ich erinnere mich, daß Fan Ch'ihs Augen plötzlich vor Vergnügen glänzten. »Erinnerst du dich an all die Geschichten, die ich dir über Meister K'ung erzählt habe?«

»Oh, ja. Ja! Wie könnte ich sie vergessen?« Mein Enthusiasmus war nicht gespielt. Ich hatte eine Aufgabe zu erfüllen.

Fan Ch'ih nahm meinen Arm und führte mich durch die Menge der Höflinge. Ihre Manieren waren zwar genauso präzise und exquisit wie sonst, doch klangen ihre Stimmen jetzt ein wenig zu laut. All dies erinnerte sehr an den persischen Hof, mit einem Unterschied: Der cathayanische Herrscher – oder, in diesem Fall, die cathayanischen Herrscher – verschwindet beim ersten Anzeichen von Trunkenheit, während der Große König bis zum Ende bleibt. Wegen dieser alten persischen Sitte will uns Herodot jetzt einreden, nur im Zustand der Trunkenheit entscheide der Große König über Politik. In Wirklichkeit ist das Gegenteil wahr. Jedes bei einem königlichen Gelage gesprochene Wort wird von einem Schreiber festgehalten, und jeder vom trunkenen Souverän erteilte Befehl wird im nüchternen Licht des nächsten Tages sorgfältig geprüft. Sollte die Entscheidung des rechten Sinns entbehren, so übergeht man sie mit Stillschweigen.

Ich folgte Fan Ch'ih durch die volle Halle. Bemerkte, wie Baron K'ang durch eine Seitentür hinausschlüpfte. Er hatte den Sieg seiner Truppen mit demselben Gleichmut aufgenommen, mit dem er allem zu begegnen pflegte. In vieler Hinsicht war er ein musterhafter Herrscher.

Ich werde ihn stets bewundern, so sonderbar ich ihn – und seine Welt – auch fand.

Bei der ein wenig ominösen Statue des Herzogs Tan stand Jan Ch'iu, umringt von einem Dutzend Gratulanten. Ein rascher Blick verriet mir, daß sie alle zur Ritterklasse gehörten, auch der General selbst. Fan Ch'ih stellte mich seinem Oberbefehlshaber vor. Wir tauschten die üblichen Formalitäten aus. Sodann lenkte Fan Ch'ih meine Aufmerksamkeit auf einen hochgewachsenen, schlanken alten Mann mit einem bleichen Gesicht, großen Ohren, gewölbter Stirn, dürftigem Bart und einem Mund, der eher für die Bedürfnisse eines grasfressenden Hasen als für jene eines fleischessenden Menschen geschaffen schien. Die beiden Vorderzähne waren so lang, daß, selbst bei gschlossenem Mund, die gelben Spitzen leicht, doch deutlich sichtbar auf der Unterlippe ruhten.

»Meister K'ung, erlaube, daß ich dir meinen Freund aus Persien vorstelle, den Schwiegersohn zweier Könige, den –«

»– den geehrten Gast«, ergänzte Konfuzius präzise: Er hatte auf meinen Gürtel geblickt; und das dürftige Symbol meines in höchstem Maße problematischen Rangs gesehen.

»Erster Ritter«, entgegnete ich. Inzwischen war ich ein kompetenter Gürtelleser. Wir tauschten die üblichen Formalitäten aus. Obwohl sich Konfuzius auf geradezu penible Weise korrekt ausdrückte, vermittelte er den Eindruck absoluter Aufrichtigkeit. Man muß die cathayanische Sprache kennen, um zu begreifen, wie schwierig das ist.

Sodann wurde ich einem halben Dutzend der Schüler des Meisters vorgestellt. Sie hatten das Exil mit ihm geteilt. Jetzt waren sie wieder daheim. Alle wirkten recht selbstzufrieden, zumal ein gebeugter alter Mann, der kein anderer war als Konfuzius' Sohn, obschon er kein Jahr jünger wirkte als sein Vater. Ich kann mich nicht erinnern, daß irgend etwas Bedeutsames gesagt worden wäre. Das Gespräch drehte sich ausschließlich um Jan Ch'ius Sieg, den dieser bescheiden Konfuzius' Lehren zuschrieb. Und ich glaube, er meinte das wirklich.

Einige Tage später nahm mich Fan Ch'ih mit zu des Meisters Haus, einem unauffälligen Gebäude unweit der Regenaltäre. Da Konfuzius' Frau schon lange tot war, sorgte eine verwitwete Tochter für ihn.

Morgens pflegte Konfuzius mit jedem zu sprechen, der ihn besuchte. So füllte sich denn der Innenhof des Hauses im Handumdrehen so sehr mit jungen und nicht so jungen Männern, daß der Meister sich oft genötigt sah, mit der ganzen Schar zum Maulbeerbaumhain bei den Regenaltären zu gehen.

Nachmittags empfing Konfuzius seine Freunde oder Schüler. Zwischen diesen beiden Kategorien gab es keinen Unterschied, denn niemals war er nicht der Lehrer, niemals waren die Freunde nicht die Schüler. Unablässig wurden ihm Fragen gestellt über Politik und Religion, Gut und Böse, Leben und Tod, Musik und Ritual. Für gewöhnlich beantwortete er eine Frage mit einem Zitat, und oft stammte dieses Zitat von Herzog Tan. Wurde er genügend bedrängt, so wandte er das Zitat auf die vorliegende Frage an.

Lebhaft erinnere ich mich an meinen ersten Besuch in seinem Haus. Ich stand hinten auf dem Innenhof. Zwischen dem Weisen und mir kauerten hundert Lernbegierige auf dem Boden. Wie ich schon sagte, nahm Konfuzius von diesen jungen Männern wenig oder gar kein Geld. Geschenke waren akzeptabel, solange sie bescheiden blieben. Gern sagte er: »Keiner, der durch mich Belehrung wünscht, ist jemals abgewiesen worden, mag er auch noch so arm sein – selbst wenn er nur ein wenig getrocknetes Fleisch bringen kann.« Eine Einschränkung gab es dabei allerdings. Nie verschwendete er seine Zeit auf Beschränkte. »Ich lehre nur jemanden, der vor Eifer, vor Erregung sprudelt, der wissen möchte, was ich weiß.« Sowohl die Lernbegierigen als auch jene Schüler, die man seine Jünger nennen konnte, bezeichnete er als »die Kleinen«, als seien sie Kinder.

Da ich von den Texten, die Konfuzius zitierte, nur eine höchst vage Kenntnis besaß, war ich nicht gerade ein idealer, sprudelnder, aufgeregter Schüler. Doch als der Meister langsam und mit ziemlich hoher Stimme zu sprechen begann, hörte ich plötzlich mit großer Aufmerksamkeit zu, obwohl ich nur die Hälfte des von ihm Zitierten verstand. Aber wenn er dann einen der uralten Texte interpretierte, so war er so klar wie die Wasser des Choaspes-Flusses.

Ich entsinne mich einer Frage, die ihm ein unverkennbar sprudelnder und übererregter Schüler stellte: »Wenn unser Herr Herzog Meister K'ung bitten würde, in seiner Regierung zu dienen, was würde Meister K'ung tun?«

Fan Ch'ih flüsterte mir ins Ohr: »Dies könnte ein Hinweis sein.«

Konfuzius musterte den jungen Mann einen Augenblick. Dann zitierte er eine alte Maxime: »Wirst du gewünscht, dann geh; wirst du verschmäht, verbirg dich.«

Fan Ch'ih zeigte sich über die ausweichende Antwort entzückt. Ich meinerseits war nicht sehr beeindruckt. Jedermann wußte, daß Konfuzius sein Leben lang versucht hatte, einen Herrscher zu finden, der ihn möglichst die Staatsgeschäfte würde führen lassen – oder doch zumindest auf seinen Rat hören. Auch mit siebzig war der alte Mann noch voller Ehrgeiz zu herrschen.

»Würdest du das Zitat interpretieren, Meister?« Der junge Mann war nervös. Ich überlegte, ob ihm vielleicht Baron K'ang den Auftrag gegeben hatte, die Frage zu stellen. »Viele glauben, es sei nach dir geschickt worden, damit du den Staat lenkest.«

Konfuzius lächelte; er hatte noch die meisten seiner Zähne. »Kleiner, ich weiß, daß du glaubst, da sei etwas, das ich euch verschweige, irgendeine Art Geheimnis. Glaube mir, ich habe keine Geheimnisse. Hätte ich welche, so wäre ich nicht ich.«

»Vortrefflich«, flüsterte mir Fan Ch'ih ins Ohr.

Ich erinnere mich an ein weiteres Gesprächsfragment von jenem Morgen. Ein ernster, schwerfälliger Jüngling sagte: »In meinem Dorf heißt es, du seist als sehr gelehrt bekannt, aber man fragt sich, weshalb du niemals wirklich etwas getan hast in der Welt, oder wieso du keinen richtigen Namen dir erwarbst.«

Die anderen schienen den Atem anzuhalten. Fan Ch'ih erstarrte. Konfuzius lachte. Er war unverkennbar belustigt. »Deine Freunde haben absolut recht. Ich habe mich niemals in irgend etwas wirklich hervorgetan. Aber es ist ja nie zu spät, nicht wahr? Ich werde also zu üben anfangen. Heute. Aber was? Bogenschießen? Wagenrennen? Wagenrennen! Ja, ich werde an den Rennen teilnehmen, sobald ich soweit bin.« Alle lachten erleichtert.

Am Nachmittag suchte ich wieder Konfuzius auf. Diesmal war nur ein Dutzend seiner engsten Freunde anwesend. Meine Gegenwart schien ihn nicht zu stören. Ich erinnere mich, daß ich dachte: Vielleicht hat er tatsächlich keinerlei Geheimnisse. Sollte er jedoch welche haben, so war es meine Aufgabe, sie zu entdecken und Baron K'ang darüber zu berichten.

Konfuzius saß in der Gästehalle auf einer Matte. Flankiert wurde er von seinem ältesten Jünger, Tzu-lu, und seinem geliebtesten Jünger, dem noch jungen, doch kränklichen Yen Hui. Im Hintergrund kauerte der vorzeitg gealterte Sohn, im Vordergrund saß *dessen* Sohn Tze-ssu. Konfuzius behandelte den Enkelsohn, als sei dieser der Sohn, und den Sohn, als sei er ein Bekannter; denn der Sohn war ein Narr. Dies scheint das Gesetz der Familien zu sein. Wie auch immer der Vater sein mag, nie ist der Sohn vom gleichen Schlag.

Die Jünger mutmaßten in aller Offenheit über Baron K'angs Pläne für Konfuzius. Auch der Meister tat dies: Ich bin heimgekehrt, weil mir versichert wurde, ich würde gebraucht, und gebraucht werden heißt dem Staat dienen, in welcher Eigenschaft auch immer.«

Yen Hui schüttelte den Kopf. »Warum sollte der Meister seine wertvolle Zeit auf das Geschäft eines Amtes verschwenden?« Als Yen Hui spach, klang seine Stimme so leise, daß wir uns alle vorlehnen mußten, die gewölbte Hand hinter dem Ohr. »Ist es nicht das beste, wenn du sprichst zu uns, zu den jungen Rittern, welche kommen, um dich zu sehen, zu den Staatsbeamten, welche deinen Rat suchen? Weshalb solltest du die Bürde des Polizeiministeriums auf dich nehmen, wenn du der einzige bist, der den Leuten die Art und Weise der Ahnen erläutern und die Menschen solchermaßen zur Gutheit führen kann?«

Tzu-lu antwortete Yen Hui. »Du hast den Meister zehntausendmal sagen hören: ›Wer in einem Staat keinen Rang bekleidet, hat bei dessen

Politik nicht mitzureden.‹ Nun, Baron K'ang hat nach Konfuzius geschickt. Das heißt, daß er ihn braucht. Das heißt, daß der harmonische Zustand der Angelegenheiten, von dem wir seit der Zeit der Chou geträumt haben, dicht bevorsteht.«

Über diese beiden Standpunkte entspann sich ein ausführlicher Disput. Konfuzius hörte jedem Sprecher zu, als erwarte er Worte von erschütternder Weisheit. Daß dergleichen dann ausblieb, schien ihn jedoch nicht zu irritieren. Tzu-lu war ein heftiger alter Mann und eigentlich, hätte man denken sollen, gar nicht von jenem Typ, der sich einem Weisen anschließt – im Gegensatz zu Yen Hui, der sanft, kontemplativ und in sich zurückgezogen wirkte.

Fan Ch'ih sprach von der hohen Wertschätzung, welche Baron K'ang für Konfuzius hege; in der Tat habe der Ministerpräsident erst kürzlich die Möglichkeit erwähnt, Konfuzius zum obersten Richter zu ernennen. Die meisten anderen hielten dies für eine angemessene Ehre. Alle zogen es vor zu ignorieren, daß Konfuzius ja nur ein Ritter war und folglich *keines* der hohen Ämter bekleiden konnte.

Als dann Konfuzius sprach, äußerte er sich nicht direkt zum Thema. »Ihr wißt, mit fünfzehn Jahren brannte ich darauf zu lernen. Mit dreißig hatte ich meine Füße fest auf den Boden gesetzt. Mit vierzig litt ich nicht länger an ... Verworrenheiten. Mit fünfzig kannte ich die Gebote des Himmels. Mit sechzig befolgte ich sie. Jetzt bin ich in meinem siebzigsten Jahr.« Der Meister blickte auf den Rand der Matte, auf welcher er saß. Sorgfältig glättete er eine für uns unsichtbare Unebenheit. Dann hob er den Kopf. »Ich bin in meinem siebzigsten Jahr«, wiederholte er. »Ich kann den Geboten meines eigenen Herzens folgen, weil meine Wünsche nicht länger die Grenzen dessen überschreiten, was recht ist.«

Keiner wußte richtig, wie dies zu interpretieren sei. Allerdings erwies sich das auch als überflüssig, denn im selben Augenblick betrat Jan Ch'iu den Raum mit der Meldung: »Unser Herr würde sich freuen, wenn der Meister ihm im Palast seine Aufwartung macht.«

Die Tzu-lu-Fraktion zeigte sich entzückt. Ihre Mitglieder meinten, Konfuzius solle ein Amt übertragen werden. Yen Hui blickte traurig drein. Und traurig blickten dann auch die anderen, als Jan Ch'iu hinzufügte: »Ich meine unseren Herrn, Herzog Ai.«

Konfuzius lächelte seinen Jüngern zu; ihre Enttäuschung war ihm bewußt. »Meine Kleinen«, sagte er leise, »wenn ich aus dem gesamten *Buch der Lieder* einen einzigen Satz nehmen müßte, um den Kern meiner Lehre zu umschließen, so würde ich sagen: ›Laßt nichts Böses in euren Gedanken sein.‹«

Nur selten sah ich Baron K'ang im geheimen. Da der Sieg über Key den nationalen Schatz erschöpft hatte, verbrachte der Ministerpräsident seine Tage damit, neue, ausgetüftelte Steuern zu erfinden, welche von den nicht weniger erfindungsreichen Bürgern von Lu meist umgangen wurden. Ich fühlte mich an die ruinösen Kosten der griechischen Kriege erinnert, welche Darius zu so drastischen Steuererhöhungen gezwungen hatten, daß Ägypten dann rebellierte.

Nach mehreren Zusammenkünften mit Konfuzius meldete ich schließlich Baron K'ang direkt in der Langen Schatzkammer, was immer er zu hören begehren mochte. Er saß am Kopfende eines großen Tisches voller Bambusstreifen, auf denen Staatsbestände verzeichnet waren. An einem zweiten Tisch ordneten Schreiber weitere Streifen; machten Notizen; addierten und subtrahierten. Hinter dem Baron starrte die Statue von Herzog Tan himmelwärts.

»Vergib mir«, sagte der Baron, ohne sich zu erheben. »Dies ist der Tag, an dem wir mit staatlichen Inventuren beschäftigt sind. Ein recht entmutigender Moment, fürchte ich.«

In Cathay, genau wie in Indien, sorgt jeder Staat für eine Getreidereserve. Wird Getreide knapp, so werden die Reserven mit geringem Profit verkauft. Zu Zeiten des Überflusses wird Getreide vom Markt ferngehalten. Auch für eine Reserve an Waffen, Ackergerät, Tuch, Wagen, Ochsen und Pferden sorgt der Staat für alle nur denkbaren Fälle. Es war kein Geheimnis, daß in Lu zur Zeit an allem Mangel herrschte, nicht zuletzt auch an den nötigen Münzen.

Als ich mich auf Zehenspitzen näherte, mit eingekrümmten Schultern und gleichsam wackelndem Kopf (um Demut und Fassungslosigkeit vorzutäuschen) – auf die Art und Weise also, in der man sich einem hohen Amtsinhaber zu nähern hatte –, bedeutete mir der Baron mit einem Wink, auf einem niedrigen Schemel neben ihm Platz zu nehmen.

»Geehrter Gast, deine Tage sind nicht zu elend, hoffe ich, in dieser unwürdigen Stadt.« In dieser Weise können Cathayaner stundenlang fortfahren. Glücklicherweise gab Baron K'ang solch konventionelle Laute immer nur sehr kurz von sich; für gewöhnlich war er ganz Geschäft. In gewisser Weise glich er Darius – will sagen, Darius, dem Höker; nicht Darius, dem Großen König.

»Du hast Konfuzius viermal gesehen.«

Ich nickte, nicht im mindesten überrascht, daß ich, der Spitzel, bespitzelt worden war.

»Herzog Ai hat ihn mehrmals empfangen, was höchst angemessen ist.«

»Aber *du* hast ihn nicht empfangen, Herr Baron.« Ich kleidete die Frage in die Form einer Feststellung, eine nützliche persische Kunst, bislang im Reich der Mitte unbekannt.

»Der Krieg.« Mit einer Handbewegung wies der Baron auf die Schreiber am anderen langen Tisch. Dies bedeutete, daß er mit Konfuzius noch nicht unter vier Augen gesprochen hatte.

»Nach meinem Eindruck glaubt er, du habest nach ihm schicken lassen, um ihn zu verwenden.«

»Das ist auch mein Eindruck.« Baron K'ang blickte tiefernst, ein sicheres Zeichen, daß er belustigt war. Während meiner drei Jahre in Lu lernte ich es, mit größter Leichtigkeit in seinem Gesicht zu lesen. Am Ende wechselten wir kaum noch Worte. Wir brauchten sie nicht. Wir verstanden und verständigten uns auch ohne sie. Im übrigen ließ der Baron von Anfang an keinen Zweifel daran, daß ich sehr hart würde arbeiten müssen, bevor er mich aus seinem reizenden Käfig entließ.

Ich erstattete Bericht. Ich berichtete alles von Interesse, das Konfuzius gesagt hatte, und fast alles, was Fan Ch'ih über das Thema »der Meister« geäußert hatte. Als ich fertig war, sagte der Baron: »Du mußt ihn interessieren.«

»Ich bin nicht sicher, daß das möglich ist.« Ich gestattete mir ein verbotenes Lächeln. In Gegenwart eines Höherstehenden muß ein Höfling stets unterwürfig und bänglich dreinblicken – eine nicht gar so schwere Aufgabe an einem cathayanischen Hof.

Es gehörte zur Genialität der Chou-Dynastie, die zerstörerische Natur des Menschen zu mäßigen durch komplizierte Rituale, Gebräuche, Manieren und Musik. Ein Mann des Hofes muß dreihundert Regeln von Hauptritualen kennen und befolgen. Die Matte, auf der er sitzt, muß glatt sein; Bettücher müssen genau anderthalbmal so lang sein wie der Schläfer; die wirklichen Namen kürzlich Verstorbener dürfen nicht erwähnt werden; und so weiter. Außer den dreihundert Hauptvorschriften muß ein wahrer Herr noch dreitausend weitere Regeln befolgen. Für einen Ausländer kann der Umgang mit einem pedantischen Cathayaner wahrhaft nervenaufreibend sein. Unentwegt vollführt ein solch cathayanischer Herr geheimnisvolle Handbewegungen, während er gleichzeitig zum Himmel oder zur Erde blickt, ganz zu schweigen von seitlichem Augenrollen, Gebetsgewisper sowie Hilfeleistung, wenn man gar keiner bedarf, während jegliche Hilfe ausbleibt, wenn eine helfende Hand von Nutzen wäre. Auch Baron K'angs Redepausen, kryptische Bemerkungen, der Gebrauch oder Nicht-Gebrauch seiner Gesichtsmuskeln gehörten sämtlich zum Kodex des feinen Herrn – mir, dem Ausländer zuliebe, ein wenig modifiziert. Doch haben, wo auch immer auf Erden, mächtige Männer die Neigung, im privaten Kreis auf öffentlich zur Schau getragene Förmlichkeiten zu verzichten. Darius pflegte ungeniert auszuspeien; auch lachte er wie ein Soldat.

»Du mußt ihn interessieren.« Auf diese Weise befahl mir der Baron, Konfuzius zu bespitzeln.

»Welche Themen sollte ich zur Sprache bringen, um ... ihn zu interessieren?« Auf diese Weise akzeptierte ich den Auftrag.

»Du bist der Enkelsohn eines göttlichen Weisen. Das wird ihn interessieren.« Nach einer ebenso langen wie langweiligen Aufzählung sogenannter interessanter Themen kam der Baron zur Sache. »Key ist für ihn – wie auch für mich – ein hochinteressantes Thema. Ich glaube, daß uns aus Key schon bald außergewöhnliche Nachrichten erreichen werden. Wie er darauf reagieren wird, weiß ich nicht. Schließlich ist er Herzog Chien eng verbunden. Oft befand er sich in Gesellschaft des Hüters von Pi . . .«

»Der Verräter!« Ich war angemessen empört.

»Um ihn beim richtigen Namen zu nennen, ja. Es ist mir auch bekannt, daß der Hüter versprach, Konfuzius zum Ministerpräsidenten von Lu zu machen, wenn dieser ihm hülfe, sein Heimatland zu verraten.«

Die Sache begann, mich zu interessieren. »Hat Konfuzius sich dazu bereit erklärt?«

»Eben das sollst du herausfinden. Zweifellos hat der Hüter sich entschieden dafür ausgesprochen, dem Herzog von Lu wieder ganz die Macht zu geben; doch hat – wie wir wissen – der Herzog nicht ein einziges Quentchen jener wahren Macht verloren, die ihm von seinen himmlischen Ahnen gegeben worden ist.« Die Überzeugung von der Allmacht des erblichen Herrschers ist Dreh- und Angelpunkt für die dreiunddreißighundert rituellen Gebote eines Herrn. Alles, was der Diktator tat, tat er im Namen von Herzog Ai.

»War das die Ursache des Krieges? Die – wie man es fälschlich nennt – Restauration des Herzogs?«

»Ja. Der Hüter überzeugte Herzog Chien davon, die Zeit zum Angriff sei gekommen. Natürlich würde Key uns gern schwächen, ja sogar annektieren. Doch vor über einem Jahr überquerte Konfuzius den Gelben Fluß und ließ sich in Wei nieder. Warum, weiß ich nicht. Doch würde ich den Grund gern erfahren. Hatte er sich mit dem Hüter überworfen, wie er sich ja mit den meisten überwirft? Oder war es eine List, um uns glauben zu machen, er habe nichts zu tun mit unseren Feinden in Key oder mit dem kürzlichen Krieg?«

Noch nie hatte ich den Baron so direkt sprechen hören. Ich war gleichermaßen direkt. »Hältst du Konfuzius für einen Geheimagenten des Hüters?«

»Oder des Herzogs Chien. Sollte er einer sein, so wäre das allerdings kaum von Belang, abgesehen von der Tatsache –« Der Baron blickte mir direkt in die Augen, was man als feiner cathayanischer Herr eigentlich nicht tut. »– daß seine Jünger in sämtlichen Ministerien unserer Regierung Ämter bekleiden. Mein bester General ist ein erklärter Konfuzianer. Dein bester Freund und mein zweiter Befehlshaber, Fan Ch'ih, würde sein Leben für den Meister geben. Nun, mir wäre es das Liebste, wenn kein Leben gegeben werden müßte. Verstehst du mich?«

»Ja, Herr Baron.«

Baron K'ang fürchtete, im Verein mit den Streitkräften von Herzog Chien könnten ihn die Konfuzianer in seiner eigenen Regierung stürzen, zumal es ihm jetzt an den Mitteln fehlte, einen zweiten Krieg zu führen. Der Baron hatte Konfuzius nicht nach Hause geholt, um ihn im Auge zu behalten, sondern um ihn zu neutralisieren für den Fall eines neuen Krieges. In einem gewissen Sinn war ich für den Baron der ideale Agent. Ich war ein Barbar: niemandem verpflichtet als dem Baron, welcher allein die Macht besaß, mich nach Hause zu schicken. Obwohl er mir genausowenig vertraute wie ich ihm, blieb uns beiden in der Sache kaum eine Wahl. Also akzeptierte ich den Auftrag. Ich würde mich Konfuzius interessant machen – ganz und gar keine leichte Aufgabe, da die Welt außerhalb der vier Meere für Cathayaner ohne jeden Belang ist. Glücklicherweise erwies Konfuzius sich als Ausnahme. Ihn faszinierte die Welt der vier Barbaren: das heißt, jene die im Norden, Süden und Osten im Reich der Mitte leben. Tatsächlich pflegte er, wenn er entmutigt war, zu sagen: »Ich glaube, ich werde mich einfach auf ein Floß setzen und hinaustreiben aufs Meer.« Diese cathayanische Redewendung bedeutet: in irgendeinem barbarischen und unzivilisierten Teil der Welt verwildern.

»Wie«, fragte ich Baron K'ang, »muß ich es anstellen, um ihn ganz für mich zu haben?«

»Gehe mit ihm fischen«, sagte der Baron und widmete sich wieder der düsteren Aufgabe, einen vor dem finanziellen Kollaps stehenen Staat nach Möglichkeit zu retten.

Wie gewöhnlich hatte der Baron recht. Konfuzius hatte tatsächlich eine Leidenschaft fürs Fischen. Wie ich ihn dazu brachte, sich zu mir zu gesellen an dem Bach, der gleich nördlich der Regenaltäre den Weidenhain durchfließt, weiß ich nicht mehr genau; doch an einem hellen Morgen im Frühsommer waren wir dort, nur wir beide, jeder ausgerüstet mit Bambusrute, Seidenschnur, Bronzehaken, Weidenkorb. Konfuzius fischte nie mit einem Netz. »Welches Vergnügen könnte das bereiten?« pflegte er zu sagen. »Es sei denn, man müßte für seinen Lebensunterhalt möglichst viele Fische fangen.«

In ein altes, gepolstertes Gewand gehüllt, saß Konfuzius mit gekreuzten Beinen auf dem feuchten, grünen Ufer. Ich saß neben ihm auf einem Felsen. Die silbrige Oberfläche des träge dahinfließenden Flüßchens reflektierte das Sonnenlicht. Daran erinnere ich mich noch. Und auch daran, daß an jenem Tag am weißen Frühlingshimmel nicht nur die dunstige Sonne stand, sondern auch, einem Geisterschädel gleich, der halbe Mond.

Wir hatten den Fluß ganz für uns. Übrigens war es das erste Mal, daß ich den Meister ohne seine Schüler betrachten konnte. Ich fand ihn überaus angenehm und ganz und gar nicht priesterlich. In der Tat wirkte – oder wurde – er nur dann unangenehm, wenn sich irgendein Mächtiger ungehörig benahm.

Konfuzius entpuppte sich als Meisterangler. Sobald ein Fisch geködert war, ruckte er die Schnur ganz sacht bald in diese, bald in jene Richtung; es war, als werde sie nicht von einer menschlichen Hand, sondern von der Flußströmung bewegt. Wenn er dann zog, paßte er genau den richtigen Moment ab.

Nach längerem Schweigen sagte er: »Wenn man doch nur so weitermachen könnte, Tag für Tag.«

»Fischen, Meister?«

Der alte Mann lächelte. »Auch das, geehrter Gast. Allerdings meinte ich den Fluß, welcher niemals aufhört, welcher allzeit ist.«

»Meister Li würde sagen, daß alles bereits ein Teil des Immer-So ist.« Es gibt kein besseres Mittel, einen Mann zu einer Blöße zu verleiten, als die Erwähnung eines Rivalen. Aber Konfuzius ließ sich nicht dazu verlocken, auf Meister Li einzugehen. Statt dessen befragte er mich über den Weisen Herrn. Ich antwortete mit gewohnter Ausführlichkeit. Er hörte mir höflich zu. Ich gewann den Eindruck, daß ihn das Alltagsleben eines guten Zarathustrianers mehr interessierte als der Krieg zwischen der Wahrheit und der Lüge. Auch wünschte er möglichst viel zu erfahren über die verschiedenen Regierungssysteme, denen ich bei meinen Reisen begegnet war. Ich berichtete, was ich wußte.

Ich fand Konfuzius überaus eindrucksvoll, obwohl ich natürlich nicht einmal ansatzweise die ungeheure Gelehrsamkeit abzuschätzen vermochte, deretwegen er im Reich der Mitte so verehrt wurde. Da ich nichts wußte von den Ritualen, vom *Buch der Lieder*, dem *Buch der Schriften*, die er seinem Gedächtnis einverleibt hatte, konnte ich mich auch nicht an der Mühelosigkeit erbauen, mit der er aus diesen uralten Werken zitierte. Ich erkannte nicht einmal immer, ob es sich um ein Zitat handelte oder um die Auslegung eines Zitats. In der Regel sprach er ganz einfach, anders als so viele Griechen, die mit Hilfe der Syntax einfache Dinge schwierig machen, um sodann – triumphierend – zu erhellen, was sie durch noch komplexere Syntax noch mehr verdunkelt haben.

Es verdutzte mich, wie oft dieser traditionalistische Weise zu überkommenen Ansichten in Widerspruch stand. Als ich ihn beispielsweise danach fragte, was die jüngsten Schildkrötenpanzeraugurien prophezeit hätten, sagte er: »Der Panzer bat darum, mit der Schildkröte wiedervereint zu werden.«

»Ist das ein Sprichwort, Meister?«

»Nein, geehrter Gast, ein Scherz.« Und in einem Lächeln zeigte er in ganzer Länge seine beiden Vorderzähne. Wie so viele Menschen mit entstellten Zähnen litt er an Magenbeschwerden – wofür er sehr bewundert wurde. Ständige laute Störungen in jener Körperregion bedeuten in Cathay, daß ein überlegener Verstand unentwegt am Werk ist.

Konfuzius sprach über die Armut des Staates. »Erst gestern fragte mich Herzog Ai, was er tun könne. Daraufhin fragte ich ihn, ob der Staat alle für dieses Jahr fälligen Abgaben eingetrieben habe, und er erwiderte ja, doch hätte der Krieg so viel gekostet, daß nichts übriggeblieben sei.«

»Alle Abgaben wird man erhöhen müssen«, sagte ich und dachte an die bekümmerte Gestalt des Barons, wie er in der Langen Schatzkammer vor sich hin brütete.

»Aber das wäre äußerst unklug«, sagte Konfuzius, »und ungerecht. Wenn der Herrscher in guten Zeiten gern am Überfluß teilhat, so sollte er sich auch mit der Tatsache abfinden, daß es in schlechten Zeiten nicht soviel gibt, wie er das gern hätte.«

Ich meldete diese Bemerkung dem Baron, weil dies bedeuten mochte, daß Konfuzius darauf bedacht war, den Staat für den Fall eines Angriffs von Key zu schwächen. Der Baron hielt das für möglich, jedoch unwahrscheinlich. »Er hat diese Auffassung seit jeher vertreten. Er meint, die Menschen schuldeten dem Staat einen festen Teil ihres Einkommens und nicht mehr; und er ist zornig, wenn eine Regierung ändert, was er als heiligen Vertrag ansieht.«

Konfuzius erzählte mir von einem weisen Mann, den er in seiner Jugend gekannt hatte. Offenbar ließ es sich dieser Staatsmann – er war der Ministerpräsident eines der weniger mächtigen Herzogtümer – angelegen sein, die Gesetze des Reichs der Mitte zu sammeln und zu ordnen; auch ließ er sie in Bronze aufzeichnen, ähnlich wie das Darius tat, als er uns unser Gesetzeswerk gab. Der Weise – Tzu-Ch'an mit Namen – arbeitete überdies eine neue Reihe wirtschaftlicher Vereinbarungen aus, zum Entsetzen der Konservativen. Doch seine Reformen erwiesen sich als so wirksam, daß er heute einer der am meisten bewunderten modernen Cathayaner ist. Konfuzius war in der Lobpreisung seines Mentors geradezu überschwenglich. »Tzu Ch'an besaß die vier Tugenden des vollkommen edlen Menschen.« Ein Fisch zupfte an der Schnur des Meisters. Sacht schwenkte er seine Rute flußabwärts; dann, energischer, stromaufwärts. »Er sitzt am Haken«, sagte er glücklich.

»Was sind die vier Tugenden?« fragte ich. Östlich des Indus wird alles numeriert.

Während Konfuzius vorsichtig seine Schnur einzog, zählte er diese kostbaren Eigenschaften auf: »Der vollkommen edle Mensch ist im Privatleben höflich. Er ist von pedantischer Genauigkeit im Umgang mit dem Herrscher. Er gibt den einfachen Menschen nicht nur, was ihnen zusteht, sondern mehr. Schließlich und endlich ist er von absoluter Gerechtigkeit gegenüber jenen, die ihm dienen, sowie in seinen Beziehungen zum Staat.«

»Tzu-Ch'an macht mir den Eindruck eines göttlichen Weisen.« Ich war höflich. In Wahrheit kam mir der weise Mann vor wie einer jener Meister des Gemeinplatzes, die von Stumpfsinnigen stets so ausführlich zitiert werden.

Konfuzius ließ, am Uferrand, den Fisch sich müde zappeln. »Ich bezweifle, daß wir in unserer Zeit jemals einen göttlichen Weisen sehen werden. Doch wir können immer darauf hoffen, einen vollkommen edlen Menschen zu finden.«

»Du, Meister, giltst als ein solcher. Wenn nicht als mehr.« Ich sprach zu ihm wie zu einem Herrscher.

Aber Konfuzius schien sich selbst keineswegs als selbstverständlich zu nehmen, jedenfalls nicht ganz in derselben Weise, wie das die meisten bedeutenden Männer tun. »Das, wofür man mich hält, und das, was ich bin, sind zwei verschiedene Dinge. Ähnlich wie der Fisch, der im Wasser ein Ding ist und auf dem Teller ein anderes. Ich bin ein Lehrer, weil niemand mich die Angelegenheiten eines Staates besorgen läßt. Ich gleiche der bitteren Kürbisfrucht: Man hängt mich als Dekoration an die Wand, eine andere Verwendung hat man für mich nicht.« Er sagte dies ohne spürbare Bitterkeit. Dann schleuderte er den Fisch, einen stattlichen Flußbarsch, mit Schwung an Land. Rasch löste er den Haken, warf den Fisch in den Korb, befestigte am Haken einen frischen Köder und warf die Schnur wieder aus – all dies innerhalb einer Zeitspanne, die ein gewöhnlicher Mensch braucht, um auf eine Frage eine ihm längst bekannte Antwort zu geben.

Als ich Konfuzius wegen seiner Geschicklichkeit als Angler Komplimente machte, lachte er und sagte: »Ich bekleide kein hohes Amt. Deshalb besitze ich so viele Fertigkeiten.«

»Es heißt, der Herzog von Key habe dir ein hohes Amt angeboten.«

»Das war der alte Herzog. Und liegt viele Jahre zurück. Kürzlich habe ich mit seinem Sohn gesprochen. Herzog Chien ist ein ernsthafter Mann. Doch ich besitze keinerlei Einfluß in Key.«

»Das ist klar, Meister.« Ich begann, Baron K'angs Auftrag auszuführen. Gleichzeitig ging mir ein Fisch an die Angel.

»Weshalb ist das so klar, geehrter Gast?« Konfuzius war einer der wenigen weisen Männer, die richtige Fragen stellen, um herauszufinden, was sie nicht wissen. In der Regel ziehen es die Weisen dieser Welt vor, den Zuhörer mit sorgfältig konstruierten Fragen zu ködern, um Antworten hervorzulocken, welche die unwankbaren Ansichten des Weisen aufs schönste bestätigen. Dies ist ein wahres Kinderspiel, wie du ja neulich bemerkt hast, Demokrit, als ich Sokrates dazu zwang, *meine* Fragen zu beantworten. In dieser Dunkelheit, in der ich mich allezeit befinde, kann ich dich lächeln *hören.* Nun, du wirst schon eines

Tages sehen, daß ich recht habe. Die Weisheit nahm ihren Anfang nicht in Attika, mag hier aber sehr wohl ihr Ende finden.

»Wegen des letzten Krieges, gegen den du dich gestellt hast.«

»Ich war nicht in Key, als der Krieg begann.« Konfuzius blickte auf meine straffe Schnur. »Flußabwärts, aber sacht«, riet er. Ich bewegte die Rute, jedoch nicht sacht; und verlor den Fisch. »Schade«, sagte er. »Dazu gehört feinstes Fingerspitzengefühl. Allerdings habe ich in diesem Fluß mein Leben lang gefischt. Ich kenne die Strömung. Es überrascht mich, daß irgend jemand auf den Gedanken kommen könnte, ich hätte den Krieg vielleicht befürwortet.« Konfuzius wußte genau, wonach *ich* fischte. Auf seinem ureigenen Terrain ließ er sich nicht narren, und ich versuchte es auch nicht.

Ich kam zum Kern. »Man glaubt, du hättest den Hüter der Burg Pi dazu bewegen wollen, dem Herzog wieder zur Macht zu verhelfen.«

Konfuzius nickte; und ließ seine Schnur aus. »Es ist durchaus wahr, daß ich mit dem Hüter gesprochen habe. Es ist wahr, daß er mir ein Amt anbot. Es ist wahr, daß ich nein sagte. Er ist ein Abenteurer und nicht verläßlich.« Der alte Mann sah mich plötzlich an. Seine Augen waren heller als die der meisten Cathayaner. »Es ist auch wahr, daß es kein richtiges Gleichgewicht zwischen Himmel und Erde geben wird, ehe wir nicht die alten Zeremonien, die alte Musik, die alten Manieren und die Dynastie wiederherstellen. Wir leben in bösen Zeiten, weil wir nicht gut sind. Sage das Baron K'ang.« Es störte ihn nicht, daß ich beauftragt worden war, ihn zu bespitzeln. Vielmehr benutzte er mich als eine Art Verbindungsmann zum Ministerpräsidenten.

»Was ist Gutheit, Meister?«

»Wer immer sich dem Ritual unterwirft, ist gut.« Eine Wolke aus Mücken sammelte sich um uns. »Rühr dich nicht«, sagte er. »Sie werden weiterziehen.« Wir saßen sehr still. Sie zogen nicht weiter. Ich entdeckte, daß ich Mücken einatmete. Der Meister hingegen schien sie nicht zu gewahren. »Ein edler Mensch oder ein Herrscher –« wieder ließ Konfuzius in einem Lächeln seine Vorderzähne sehen, »– die zwei, weißt du, können ein und derselbe sein – darf nichts tun, was gegen das Ritual verstößt. Er sollte jedermann auf die gleiche höfliche Art behandeln. Er sollte niemals etwas tun, von dem er nicht möchte, daß es ihm getan werde.«

»Aber wenn ein Herrscher einen Menschen wegen eines Verbrechens tötet, so ist das doch gewiß nicht, was er selbst erleiden möchte.«

»Der Mensch, der getötet wird, hat sich ja wahrscheinlich gegen das Ritual vergangen. Er hat Böses getan in den Augen des Himmels.«

»Aber angenommen, er dient seinem Land in einem Krieg?« Inzwischen kämpften wir beide gegen die Mücken an. Konfuzius benutzte seinen Fächer; ich benutzte meinen breitrandigen Strohhut. Schließlich zogen die Mücken ab, in Gruppen, militärischen Einheiten ähnlich.

»Krieg bedingt eine andere Art von Ritualen. Gerade, wenn sich eine Nation im Frieden befindet, muß der gute Herrscher auf der Hut sein, muß die vier häßlichen Dinge vermeiden.«

Wieder die Zahlen! Da von mir erwartet wurde, danach zu fragen, worum es sich bei diesen vier häßlichen Dingen handelte, tat ich es. Inzwischen waren die letzten der wahrhaft häßlichen Mücken weitergezogen.

»Erstens: Einen Menschen zu Tode befördern, ohne ihn gelehrt zu haben, was richtig ist; dies nennt man Unzivilisiertheit. Zweitens: Zu erwarten, daß eine Aufgabe bis zu einem bestimmten Zeitpunkt erledigt wird, ohne den Betreffenden zu mahnen; dies ist Unterdrückung. Drittens: Verschwommene Befehle geben, obschon der Herrscher genaueste Ausführung erwartet; dies bedeutet, ein Peiniger zu sein. Schließlich: Jemandem nur widerwillig geben, was ihm zusteht; das ist verachtenswert und kleinlich.«

Da sich die Häßlichkeit dieser Dinge kaum bestreiten ließ, machte ich keinerlei Bemerkung dazu. Er erwartete keine. »Was genau meinst du mit Ritual, Meister?« Das Wort für Ritual wird in Cathay immerfort gebraucht und bedeutet weit mehr als bloße religiöse Vorschrift.

»Die uralten Riten von Chou reinigen uns, indes das Opfer für die Ahnen Erde und Himmel in vollkommener Harmonie verbindet, *falls* der Herrscher gut ist und die Riten ganz genau ausgeführt werden.«

»In Loyang habe ich die Ahnenzeremonien beobachtet. Ich muß gestehen, daß ich sie verwirrend fand.«

Konfuzius hatte wieder einen Fisch am Haken. Die Bambusrute bog sich stark. Der Fisch war schwer, doch des Anglers Hand blieb leicht. »Wer all diese Ahnenopfer verstünde, könnte mit jeglichem unter dem Himmel ebenso leicht fertig werden wie ich ... mit –« Mit kraftvollem Schwung ließ Konfuzius seine Rute aufwärts schnellen, und ein fetter Brassen segelte über unsere Köpfe hinweg. Wir lachten beide vor Vergnügen. Es ist immer eine Genugtuung, etwas vortrefflich ausgeführt zu sehen. »– diesem Fisch.« Während Konfuzius den Satz vollendete, fiel der Fisch in einen Fliederbusch. Ich holte ihn für den Meister, welcher sagte: »Alle Ahnenzeremonien gleichen ein bißchen dem Fischefangen. Ist man zu ungestüm, so reißt die Schnur, bricht die Rute. Ist man zu zaghaft, so verliert man den Fisch – und die Rute dazu.«

»Gut sein heißt also in Übereinstimmung mit dem Willen des Himmels handeln.«

»Natürlich.« Der alte Mann tat seinen letzten Fang beiseite.

»Was«, fragte ich, »ist Himmel?«

Konfuzius nahm sich ungewöhnlich viel Zeit, als er an seinem Haken einen frischen Köder befestigte. Er antwortete erst, nachdem er die Schnur wieder ausgeworfen hatte. Ich bemerkte, daß der Tageslichtmond verschwunden war. Die Sonne stand jetzt schräg am weißen Himmel.

»Der Himmel – jener andere Himmel – ist der Gewährer von Leben und Tod, Glück und Unglück.« Es war ihm bewußt, daß er meine Frage nicht beantwortet hatte. Ich schwieg. Er fuhr fort. »Himmel – das ist der Ort, wo der Urahne wohnt. Wenn wir dem Himmel Opfer darbringen, so bringen wir ihm Opfer dar.«

Ich fing einen Aal. Und dieser sich windende Aal, so schien mir, war gleichsam ein Abbild von Konfuzius, soweit es das Thema Himmel betraf. In diesem Punkt blieb er recht verschwommen – aus einem einfachen Grund: Er glaubte ebensowenig an den Himmel wie an den sogenannten allerhöchsten Ahnen.

Konfuzius war Atheist. Dessen bin ich sicher. Doch glaubte er an die Kraft von Ritual und Zeremonie, so wie sie entwickelt worden waren von der längst dahingegangenen Chou-Dynastie, weil ihm an Ordnung, Gleichgewicht, Harmonie in den menschlichen Verhältnissen lag. Da die gewöhnlichen Menschen an alle möglichen Sternengötter glauben und da die herrschende Klasse glaubt, in direkter Linie abzustammen von Reihen himmlischer Ahnen, welche sie unter genauer Beobachtung halten, war Konfuzius bestrebt, diese uralten Überzeugungen zu nutzen, um eine harmonische Gesellschaft zu schaffen. Der Chou-Dynastie räumte er eine Vorrangstellung ein, weil – abgesehen von dem Reiz von Herzog Tans Belehrungen – der letzte Sohn des Himmels ein Chou gewesen war. Um ein vereinigtes Reich der Mitte zu schaffen, war es deshalb notwenig, einen neuen Sohn des Himmels zu finden, möglichst aus jener Familie. Aber da Konfuzius zu Recht befürchtete, ein Herrscher von unerwünschter Art könne auf den Plan treten, strich er unaufhörlich heraus, was nach seiner Behauptung die Tugenden der alten Dynastie gewesen waren. Ich bin zwar ziemlich sicher, daß er eine ganze Menge hinzuerfand, doch beteuerte Fan Ch'ih mir gegenüber, Konfuzius tue nichts anderes als vorliegende Texte zu interpretieren. Worauf ich erwiderte: »Dann interpretiert er sie nur, um sie gegenwärtigen Gegebenheiten anzupassen.« Woran Fan Ch'ih nichts auszusetzen fand.

Als ich ihm von Konfuzius' Scherz über den Schildkrötenpanzer erzählte, runzelte er die Stirn. »Das war ungehörig.«

»Wieso?«

»Die Kunst der Zukunftsschau stammt von den Ahnen her. Sie gaben uns auch *Das Buch der Wandlungen*, das er hoch achtet.«

»Dennoch lächelte er.«

Fan Ch'ih blickte unglücklich drein. »Es ist kein Geheimnis, daß sich der Meister nicht so für die Zukunftsschau interessiert, wie er das eigentlich sollte. Es heißt sogar, er habe gesagt, ein Mensch schaffe sich seine Zukunft selbst, indem er die Gesetze des Himmels befolge.«

»Des Himmels, an dessen Existenz er nicht glaubt.«

Fan Ch'ih war schockiert. »Wenn du das meinst, so hast du ihn nicht verstanden. Natürlich, du bist ein Barbar.« Er grinste. »Du dienst jenem höchst merkwürdigen Gott, der das Böse erschuf, damit er einen Vorwand hatte, um seine anderen Schöpfungen zu quälen.«

Ich würdigte diese Blasphemie keiner Antwort.

Soweit ich weiß, war Konfuzius der einzige Cathayaner, den weder Gespenster noch Dämonen, noch die Geisterwelt interessierten. Man könnte fast meinen, er habe an dergleichen nicht geglaubt. Ich befragte ihn mehrmals deswegen, erhielt jedoch nie eine wirklich zufriedenstellende Antwort.

Ich erinnere mich noch, daß ich – gerade als ich den Aal von meinem Haken zu nehmen versuchte – Konfuzius fragte: »Was ist mit den Toten? Wohin gehen sie? Werden sie gerichtet? Stehen sie wieder auf? Oder werden sie wiedergeboren?« Der Aal wand sich so stark, daß es mir nicht gelingen wollte, den Haken aus den Kiemen zu lösen. »Liegt denn nicht *irgendein* Verdienst darin, Gutes zu tun, welches im Himmel belohnt werden wird? Und wenn nicht, warum sollte dann –«

»Laß besser mich den Aal vom Haken nehmen«, sagte der Meister. Mit geübter Bewegung beförderte der alte Mann den Aal von der Schnur in den Korb. Dann trocknete er sich die Hände auf dem Gras. »Wie gut«, fragte er, »kennst du das Leben?«

»Ich bin nicht sicher, daß ich weiß, was du meinst. Ich bin in fremde Länder gereist, habe alle möglichen Menschen kennengelernt . . .«

»Aber du hast nicht alle Rassen, alle Menschen kennengelernt?«

»Natürlich nicht.«

»Dann, geehrter Gast, da du das Leben noch nicht verstehst, wie kannst du den Tod verstehen?«

»Verstehst du das Leben, Meister?«

»Natürlich nicht. Ich kenne ein paar Dinge. Ich liebe es zu lernen. Ich habe versucht, diese Welt zu verstehen. Ich höre jedermann zu. Ich lege zur einen Seite, was zweifelhaft erscheint, und bin vorsichtig gegenüber dem Übrigen.«

»Glaubst du nicht an göttliche Offenbarung?«

»Wie zum Beispiel?«

Ich erzählte ihm, wie ich die Stimme des Weisen Herrn vernommen hatte. Ich berichtete auch von der Vision des Pythagoras, von der Erleuchtung des Buddha, von den jenseitigen Erlebnissen unserer eigenen Magianer – zugegebenermaßen *haoma*bewirkt, aber dennoch wahre Vision. Der alte Mann hörte zu und lächelte – oder machte jedenfalls diesen Eindruck: Die Spitzen der beiden Vorderzähne waren immer sichtbar. Deshalb zeigte sich in Konfuzius' Miene meist ein Ausdruck leiser Belustigung.

Als ich geendet hatte, zog Konfuzius seine Schnur ein und packte sein Angelgerät säuberlich zusammen. Ich tat es ihm nach, weniger säuberlich. Einen Augenblick lang glaubte ich, er habe vergessen, worüber wir gesprochen hatten. Doch als er sich erhob – mit ein wenig Hilfe von meiner Seite: Er hatte spröde Gelenke –, sagte der Meister ganz beiläufig: »Ich habe viele Geschichten gehört von der Art, wie du sie erzählt hast, und früher beeindruckten sie mich gewaltig. Sie beeindruckten mich so ungeheuer, daß ich schließlich fand, für mich sei die Zeit gekommen, Meditation zu versuchen. Ich verbrachte einen ganzen Tag ohne Nahrung, eine ganze Nacht ohne Schlaf. Ich war völlig konzentriert. Und was glaubst du, was dann geschah?« Zum erstenmal redete er mich ohne Förmlichkeit an. Ich war akzeptiert worden.

»Ich weiß nicht, Meister.«

»Nichts. Absolut nichts. Mein Verstand war völlig leer. Ich sah überhaupt nichts. Ich begriff überhaupt nichts. Deshalb denke ich, es ist besser, wirkliche Dinge in einer wirklichen Welt zu studieren.«

Wir schritten langsam zwischen den Bäumen unmittelbar hinter den Altären. Alle, die uns begegneten, erkannten und grüßten Konfuzius; er erwiderte die Grüße freundlich, höflich, distanziert.

Vor den Altären tauchte plötzlich ein ungeschlachter Ritter auf. »Meister!« Er begrüßte Konfuzius überschwenglich.

»Tzu-Kung.« Des Meisters Gruß war korrekt; mehr nicht.

»Ich habe eine wunderbare Neuigkeit!«

»Erzähle uns.«

»Erinnerst du dich, daß ich dich fragte, ob es irgendeine Regel gäbe, nach der ich den ganzen Tag und jeden Tag handeln könnte und sollte?«

Konfuzius nickte. »Ich erinnere mich, ja. Ich sagte zu dir: ›Niemals tue anderen etwas, wovon du nicht möchtest, daß sie es dir tun.‹«

»Das war vor über einem Monat, und dank dir, Meister, ist es jetzt so, daß jenes, wovon ich nicht möchte, daß andere es mir tun, ich überhaupt nicht begehre – glaube mir! – überhaupt nicht begehre, anderen zu tun.«

»Mein Lieber«, sagte Konfuzius und tätschelte Tzu-Kungs Arm, »bis zu jenem Punkt bist du noch nicht so ganz gelangt.«

5

Ich berichtete Baron K'ang. Welchen Eindruck mein Bericht von jenem ersten Gespräch mit Konfuzius ihm machte, weiß ich nicht. Er hörte mir ernst zu; bat mich dann, mir alles ins Gedächtnis zurückzurufen, was über den früheren Hüter von Pi geäußert worden sei. Dieser schien ihn mehr zu interessieren als der Herzog von Key.

Als ich die Bemerkung wagte, ich hielte es für höchst unwahrscheinlich, daß ein Mann wie Konfuzius jemals einen Staatsumsturz versuchen würde, schüttelte Baron K'ang den Kopf. »Du kennst diesen großen Mann nicht so gut wie wir. Er mißbilligt die gegenwärtige Ordnung. Du hast gehört, was er über meinen verehrten Vater sagte, den erblichen Ministerpräsidenten: ›Wenn man diesen Mann ertragen kann, kann man alles ertragen.‹ Das sprach er offen aus, vor dem ersten Exil.«

»Warum hat dein Vater ihn nicht zum Tode befördert?«

Der Baron machte mit einer Hand eine rollende Bewegung.

»Weil er Konfuzius ist, lassen wir seine zornigen Anwandlungen über uns ergehen. Auch kennt er den himmlischen Weg. Also müssen wir ihn ehren. Ihn aber gleichzeitig sorgsam im Auge behalten.«

»Einen *Siebzig*jährigen, Herr Baron?«

»O ja. Die Annalen des Reichs der Mitte sind voller arglistiger alter Männer, welche versuchten, den Staat zu zertrümmern.« Sodann teilte mir der Baron mit, es werde meine Aufgabe sein, die staatlichen Metallarbeiter in der Verhüttung von Eisen zu unterweisen. Im übrigen sollte ich sooft wie möglich Konfuzius aufsuchen und regelmäßig Bericht erstatten. Der Baron gewährte mir täglichen Zugang zu seiner Person, was bedeutete, daß ich nach Belieben seinem Hof beiwohnen konnte. Aus irgendeinem Grund wurde ich niemals zu den Empfängen der Meng- wie auch der Shu-Familie zugelassen. Am herzoglichen Hof war ich jedoch immer willkommen.

Ich erhielt einen bescheidenen Lohn, ein wohnliches, wenngleich recht kühles Haus nahe der Schmelzhütte, zwei Bedienstete und zwei Konkubinen. Cathayanische Frauen sind zweifellos die schönsten auf der Erde und die allergeschicktesten, wenn es darum geht, einem Mann Wonnen zu bereiten. Beide Mädchen wurden mir außerordentlich lieb. Als Fan Ch'ih Konfuzius von meinen fleischlichen Genüssen erzählte, lachte der Meister und sagte: »Mein Leben lang habe ich nach einem Mann gesucht, dessen Drang, seine moralische Kraft aufzubauen, ebenso stark war wie sein geschlechtlicher Trieb. Ich dachte, womöglich könnte unser Barbar dieser Mann sein. Jetzt muß ich weitersuchen.«

Im allgemeinen lachte Konfuzius nicht sehr oft in der Zeit, da ich ihn kannte. Schon bald nach seiner Rückkehr wandte sich vieles zum Schlechten. Ich war am Hofe zugegen, als Herzog Ai verkündete: »Mein von Herzen geliebter Vetter, der Herzog von Key, ist ermordet worden.«

Protokollwidrig ging ein hörbares Keuchen durch den Raum. Der erste Ritter keuchte zwar nicht, bewegte sich auch nicht, tat überhaupt nichts Ungehöriges, doch aus seinem Gesicht wich alles Blut.

Anscheinend hatte in Key eine Baronsfamilie die Macht auf ganz ähnliche Weise ergriffen, wie die Chi-Familie die Herzöge von Lu entmachtet hatte. Der Freund und Gönner von Konfuzius wurde vor seinem eigenen Ahnentempel ermordet. Als Herzog Ai zu reden aufhörte, bat Konfuzius um die Erlaubnis, in seiner Eigenschaft als erster Ritter zum Thron sprechen zu dürfen.

Als ihm die Erlaubnis gewährt wurde, sagte er: »Ich bitte um Vergebung dafür, daß ich mir nicht zuerst mein Haupt und meine Glieder gebadet habe, wie es sich für einen Flehenden schickt. Aber ich wußte nicht, daß ich mich an diesem furchtbaren Tag in einer solchen Situation befinden würde.« Obwohl die Stimme des alten Mannes vor innerer Anspannung zitterte, hielt er eine eloquente Rede. Die Ermordung eines rechtmäßigen Monarchen, so sagte er, sei eine Schmähung des Himmels und müsse bestraft werden. »Wird der Mord nicht umgehend gesühnt, so werden wohl alle Nationen der Gunst des Himmels verlustig gehen.«

Die Antwort des Herzogs klang würdevoll. »Ich teile das Entsetzen des ersten Ritters über die Ermordung meines Vetters. Was *ich* tun kann, um ihn zu rächen, werde ich tun.« Das Gesicht des Herzogs wirkte gebührend grimmig, wie sich das für einen Mann ohne Macht geziemt. »Ich schlage nunmehr vor, daß du diese Angelegenheit im Rat mit den Drei besprichst.«

Konfuzius suchte stracks Baron K'ang auf, der ihm ohne Umschweife erklärte, einem in Key begangenen Mord stehe man in Lu machtlos gegenüber. Konfuzius war zornig; er war außerdem hilflos.

An jenem Abend kam Fan Ch'ih zu meinem Haus bei der Schmelzhütte. Während uns die beiden Mädchen gerösteten Reiskuchen servierten – wir lebten in jenen Nachkriegstagen recht frugal –, sagte Fan Ch'ih zu mir: »Damit haben wir seit dem Krieg dauernd gerechnet.«

»Mit der Ermordung des Herzogs?«

Fan Ch'ih nickte. »Er wollte Herzog Ai wieder zur vollen Macht verhelfen. Aber als er den Krieg verlor, verlor er die Unterstützung seiner eigenen Barone. Und so haben sie ihn, mit Hilfe von außerhalb, dann umgebracht.«

»Hilfe von außerhalb?« Plötzlich fiel mir ein, daß Baron K'ang gesagt hatte, bestimmte Ereignisse stünden bevor.

Fan Ch'ih legte den Finger auf die Lippen. Auf eine Handbewegung von mir zogen sich die Mädchen zurück. Als wir allein waren, erzählte mir Fan Ch'ih, Baron K'ang sei bei der Ermordung Mitverschwörer der Barone in Key gewesen. Nun begriff ich, weshalb Baron K'ang so sehr darauf bedacht gewesen war, daß ich herausfand, wie Konfuzius wohl reagieren würde und, wichtiger noch, bis zu welchem Grad Jan Ch'iu und Fan Ch'ih beeinflußt werden würden durch Konfuzius' zu erwartenden Zorn über die Ermordung eines Herrschers, welcher überdies ein persönlicher Freund war. Begreiflicherweise fürchtete Baron K'ang immerfort Verrat. Und zweifellos hatte er jeden Grund zur Besorgnis. Schließlich war in seinem Leben so manches geschehen. Ein Chi-Diener hatte sich zum Diktator von Lu gemacht; der Hüter seiner eigenen

Burg hatte rebelliert; und der Herzog von Key war ins Land eingedrungen. Wer also hätte dem Baron einen tief verwurzelten Argwohn verübeln wollen?

»Ich habe versucht, ihn zu beruhigen«, sagte ich. »Aber ich glaube kaum, daß mich der Baron sehr ernst nimmt.«

»Vielleicht doch. Du bist von außerhalb.«

»Wann wohl, glaubst du, könnte ich mich wieder nach außerhalb *wenden?*« Obschon ich in jenem reizvollen, wenn auch etwas gefährlichen Land angenehme Tage verbrachte, wurde ich oft von Einsamkeit überwältigt. Lebhaft erinnere ich mich an das Gefühl der Fremdheit, das mich an einem Morgen im Herbst erfüllte. Das erste Mädchen hatte mich gebeten, in aller Frühe zum Markt zu gehen, um mir ein paar teure Fasane anzuschauen. Ich weiß noch, wie kalt es um diese Tageszeit war. Ich erinnere mich noch an den Morgennebel. Ich erinnere mich an das unaufhörliche Vergnügen, welches der Markt bot – wohl noch immer bietet. Während der Nachtzeit rollen Wagen und Karren voller Produkte in die Stadt. Sodann werden Gemüse und eßbare Wurzeln auf erlesene Weise ausgelegt, und zwar nicht entsprechend den Preisen, sondern nach Farbe, Größe und Schönheit. Runde Bottiche enthalten lebende Süß- und Salzwasserfische, überdies Oktopusse, Garnelen, Krebse. Auch exotische und kostspielige Delikatessen sind verfügbar: Bärentatzen, Vogelnester, Haifischflossen, Fasanenleber, vergrabene Eier aus der Zeit des Gelben Kaisers.

Just wenn die Sonne über den Markt steigt und der Nebel sich aufzulösen beginnt, erreicht das Kaufen und Verkaufen einen Höhepunkt. Es ist eine ergötzliche Szene, bei der ich für gewöhnlich zufriedener Teilnehmer war. Doch als ich an jenem Herbstmorgen vor einer Reihe von Weidenkäfigen mit bronzefarbenen Fasanen stand, wurde ich plötzlich von Einsamkeit überwältigt. Niemals sonst habe ich mich der wirklichen Welt so fern gefühlt. Dort stand ich: inmitten von Menschen einer fremden Rasse, deren Sprache ich kaum verstand, deren Kultur so verschieden war von jeder, die ich zuvor gekannt hatte. Sollte es tatsächlich eine arische Heimstatt der Väter oder einen Hades geben, so – dessen bin ich sicher – würde man sich dort ähnlich fühlen, wie ich mich fühlte, als ich die Fasane durch tränengetrübte Augen betrachtete. Mir fiel eine Stelle aus Homer ein, wo der Geist von Achill sehnsuchtsvoll zurückdenkt an sein altes Leben in der Welt unter jener Sonne, die er niemals wiedersehen wird. In diesem Augenblick wäre ich lieber ein Schafhirte in den Hügeln bei Susa gewesen als etwa der Sohn des Himmels. Zwar gab es solche Anwandlungen von Schwäche nicht oft, doch wenn sie kamen, nahmen sie mich ziemlich mit. Mitunter träume ich noch jetzt, ich stünde auf einem Markt inmitten gelber Menschen. Versuche ich zu entkommen, so versperren mir Käfige voller Fasane den Weg.

Fan Ch'ih versuchte mich zu trösten. »Wir werden zusammen aufbrechen. Bald. Dem Baron gefällt die Idee. Kein Wunder. Schließlich habe ich allem Anschein nach die ursprüngliche Seidenstraße nach Indien entdeckt. Wir könnten schon morgen abreisen, nur . . .«

»Kein Geld?«

Fan Ch'ih nickte. »Es ist schlimmer, als du glaubst. Der Chi-Schatz ist fast leer. Vom herzoglichen Schatz ist gar nichts mehr vorhanden.«

»Was ist mit der Meng- und der Shu-Familie?«

»Auch die haben's schwer. Im vergangenen Jahr gab's eine schlechte Ernte. Der Krieg war verheerend kostspielig, und wir gewannen nichts außer Lang, der ärmsten Stadt in Key.«

»Du hast mir gesagt, Bankiers gäb's hier nicht. Aber bestimmt reiche Kaufleute, die bereit sind, dem Staat Geld zu leihen.«

»Nein. Unsere Reichen geben vor, arm zu sein. Folglich leiht niemand Geld, weil . . . nun, das Leben ist hier so unsicher.«

Nicht unsicherer als anderswo auch, dachte ich. Allerdings bleibt zu sagen, daß die langen Perioden von relativem Frieden und relativer Stabilität in Babylon und sogar in Magadha komplexe Bankprozeduren ermöglicht hatten. Das Reich der Mitte ist allzu zersplittert für jedwedes hochkomplizierte System von Darlehensnahme und Darlehensgewährung.

»Morgen –« Fan Ch'ih machte eine sehr betrübte Miene, obwohl vor uns jetzt das Gericht der vier Jahreszeiten stand, für dessen Zubereitung die Mädchen vier Tage gebraucht hatten: eine Köstlichkeit, für die man gern weitere vier Tage aufwenden würde, um sie mit Besinnlichkeit zu genießen. »– wird Baron K'ang neue Steuern verkünden. Sie sollen jedermann auferlegt werden. Niemand soll davon ausgenommen sein. Nur auf diese Weise können wir den Reichen Geld abzwacken.«

»Und alle anderen ruinieren.« Ich war beunruhigt. Etliche Monate zuvor war zum Unwillen aller Bürger die Kriegssteuer erhoben worden. Konfuzius hatte die Regierung damals gemahnt: Die Steuer sei viel zu hoch. »Noch schlimmer ist«, hatte er gesagt, »daß die Regierung, indem sie derart viel für den Staat fordert, die Fähigkeit jedes einzelnen mindert, mehr Reichtum zu schaffen. Selbst der Bandit im Wald nimmt von einer Kaufmannskarawane niemals mehr als zwei Drittel. Schließlich liegt es im Interesse des Banditen, daß der Kaufmann prosperiert, damit's für ihn immer etwas zu rauben gibt.« Ich fragte Fan Ch'ih, ob Konfuzius konsultiert worden sei.

»Nein. Baron K'ang möchte keine neue Belehrung. Jan Ch'iu wird die Verlautbarung an der Mauer der Langen Schatzkammer anbringen. Sodann werden er und seine Soldaten von Haus zu Haus gehen und versuchen, möglichst viel zusammenzubringen.«

»Hoffentlich weiß der Baron, was er tut.«

»Er weiß, was er zu tun hat.« Fan Ch'ih war alles andere als glücklich. Die neuen Steuern würden öffentliche Unruhe auslösen, und außerdem sah die Regierung voller Besorgnis Konfuzius' Reaktion entgegen. Ich war immer wieder von neuem verblüfft über die Ehrfurcht, die man gegenüber diesem machtlosen alten Mann hegte. Zwar gab es keinen Herrscher, der ihm ein Amt übertrug, wie er es sich wünschte, oder der in politischen oder religiösen Fragen seinen Rat befolgte; doch jeder Beamte wünschte sich seinen Segen. Selbst heute ist mir noch nicht begreiflich, wie ein einzelner Gelehrter ohne politische Macht, ohne Reichtum eine solche Position erlangen konnte. Offenbar hatte ihm der Himmel, wenn auch für niemanden sichtbar, ein spezielles Mandat übertragen.

An dem Tag, an dem die neuen Steuern in Kraft traten, befand ich mich bei Konfuzius. Im Halbkreis waren die Jünger um den Meister versammelt, der sich sitzend mit dem Rücken gegen den hölzernen Pfeiler lehnte, welcher die Decke des inneren Raums stützte. Mit seinem Rücken schien der alte Mann Kummer zu haben, denn bald preßte er das eine, bald das andere Schulterblatt gegen die harte Oberfläche des Holzes. Von der jüngsten Steuerverfügung sprach niemand; Konfuzius' Ansichten hierzu waren allzugut bekannt. Statt dessen sprachen wir – passenderweise, wenn man so will – über Bestattungen und Trauerfeiern, über die Toten und darüber, was man ihnen schulde. Tzu-lu saß zur Linken des Meisters. Yen Hui saß zur Rechten des Meisters. In einem anderen Teil des Hauses lag Konfuzius' Sohn im Sterben. Der Tod lauerte gleichsam in der Luft.

»Sicherlich«, sagte Konfuzius, »kann man es, was das Trauern betrifft, gar nicht genau genug nehmen. Denn das schulden wir dem Andenken der Toten. Ich würde sogar die uralte Regel befolgen, wonach ein Mensch, welcher morgens bei einem Begräbnis gewehklagt hat, des Abends seine Stimme nicht zu einem Lied erheben soll.«

Alle waren sich darin einig, daß man bei der Beobachtung von Bestattungsriten gar nicht sorgfältig genug sein könne – beispielsweise dürfe man nach dem Genuß von Knoblauch oder Wein niemals den Toten opfern –; doch gab es unterschiedliche Ansichten darüber, wie lange man um Vater oder Mutter trauern sollte, verglichen mit der Trauer um ein Kind, einen Freund, die Gattin.

Ein junger Mann sagte: »Ich bin davon überzeugt, daß ein Trauerjahr für den eigenen Vater genügt; aber der Meister besteht auf drei vollen Trauerjahren.«

»Ich *bestehe* auf nichts, Kleiner. Ich richte mich nur nach dem Brauch.« Obwohl Konfuzius sein gewohntes sanftmütiges Selbst war, *bemerkte* ich, daß er immer wieder angespannte Blicke auf den kränklichen Yen Hui warf.

»Aber ist es denn nicht Brauch, alle gewöhnlichen Tätigkeiten auszusetzen, wenn man um seinen Vater trauert?«

»Das ist der Brauch«, sagte Konfuzius.

»Aber, Meister, wenn ein Mann drei Jahre lang die religiösen Riten nicht praktiziert, so werden die Riten verfallen. Wenn er keine Musik macht, wird er diese Kunst verlernen. Bebaut er seine Felder nicht, so wird es keine Ernte geben. Dreht er nicht den Bohrstab im Holz, so wird es kein neues Feuer geben, wenn das alte Feuer erlischt. Ein Jahr ohne diese notwendigen Tätigkeiten ist doch gewiß mehr als genug.«

Konfuzius wendete seinen Blick von Yen Hui, dem jungen Jünger zu. »Würdest du«, fragte er, »nach nur einem Trauerjahr wieder mit Genuß den besten Reis essen und feine Seidengewänder tragen können?«

»Ja, Meister, das würde ich.«

»Wenn dem so ist, dann tu's. Ganz unbedingt. Vergiß jedoch nicht –« Die leise Stimme hob sich leicht. »– daß dem wahren Edlen, wenn er zur Zeit der Trauer Musik hört, diese Musik schrill in den Ohren tönen wird. Gute Speise wird ihm nach nichts schmecken. Ein bequemes Bett wird für ihn sein wie ein steiniges Feld. Eben deshalb findet er es leichter – und angemessener –, sich solchem Luxus zu enthalten. Doch wenn du dich unbeschwert fühlst bei den Genüssen, nun, dann scher dich nicht drum!«

»Ich wußte, daß du verstehen würdest, Meister.« Mit großer Erleichterung empfahl sich der Jünger.

Nachdem der junge Mann verschwunden war, schüttelte Konfuzius den Kopf. »Wie überaus unmenschlich! Der Vater dieses jungen Mannes ist erst seit einem Jahr tot, und nun möchte er nicht länger um ihn trauern. Aber als er ein Kind war, verbrachte er seine ersten drei Jahre in den Armen seiner Eltern. Man sollte meinen, daß er zumindest für eine ebenso lange Zeit um seinen Vater trauern könnte.«

Obwohl Konfuzius mich ermutigte, Fragen zu stellen, tat ich dies selten in Gegenwart anderer. Ich zog es vor, den Weisen zu befragen, wenn ich mit ihm allein war. Außerdem hatte ich entdeckt, daß er mit einer Angelrute in der Hand am mitteilsamsten war. Dann stellte er sogar selber Fragen und hörte sich meine Antworten aufmerksam an. Daher war ich selbst überrascht, daß ich Konfuzius jetzt in Gegenwart der Jünger eine Frage stellte. Vermutlich hatte sich die allgemeine Anspannung auch auf mich ausgewirkt. Konfuzius' Sohn lag im Sterben; Yen Hui war krank; den Meister empörten die neuen Steuern in einem solchen Maße, daß eine Spaltung in den Reihen der Jünger eine nicht von der Hand zu weisende Möglichkeit war. Um von all dem abzulenken, auch um zu lernen, fragte ich – hörte ich mich fragen: »Es ist mir aufgefallen, daß in manchen Teilen des Reichs der Mitte nach dem Tod eines großen Herrn eine Anzahl von Männern und Frauen getötet wird. Ist dies in den Augen des Himmels nicht ungehörig, Meister?«

Plötzlich lagen aller Augen auf mir. Da es auf der Erde keine menschliche Gesellschaft gibt, welche keine verewigten alten Bräuche kennt, die einem nachdenklichen Zeitgenossen peinlich sein müßten, war meine Frage ganz gewiß ungehörig.

Konfuzius schüttelte den Kopf, als wolle er mit dieser Geste verurteilen, wofür er eine Erklärung, wenn nicht eine Rechtfertigung finden mußte. »Seit der Zeit des Gelben Kaisers ist es Brauch, daß große Menschen nach ihrem Tod ihre treuen Sklaven mit sich nehmen. Im Westen ist diese Sitte noch sehr gebräuchlich, wie du in Ch'in mit eigenen Augen sehen konntest. Wir hier im Osten sind weniger traditionell. Der Grund dafür ist der Herzog von Chou, dessen Worte über diesen Gegenstand die ganze Angelegenheit in einem etwas anderen Licht erscheinen lassen.«

Wenn Konfuzius den Herzog von Chou erwähnte, konnte man ziemlich sicher sein, daß er selbst im Begriff war, angestammte Sitten zu verwerfen: im Namen des legendären Gründers von Lu, dessen Aussprüche nie im Widerspruch zu stehen schienen mit Konfuzius' eigenen Ansichten. »Da unsere Herrscher in ihren Grabkammern gern genauso bedient werden möchten, wie sie in ihren Palästen bedient wurden – ein geziemender Wunsch und völlig traditionell –, ist es Sitte gewesen, alle möglichen nützlichen Männer und Frauen, Pferde und Hunde zu töten. Dies ist angemessen, bis zu einem bestimmten Punkt – und diesen Punkt erhellte der Herzog von Chou auf so wunderbare Weise, wie er dies bei allem tat. Er bedachte die Tatsache, daß Menschenleiber schnell verwesen und daß ihr Fleisch sich bald in Erde verwandelt. In allerkürzester Zeit verliert auch die allerschönste Konkubine ihre Gestalt und wird zu gewöhnlichem Staub. Nun sagte der Herzog von Chou: ›Wenn diese gemetzelten Männer und Frauen zu Staub werden, verlieren sie ihre ursprüngliche Gestalt und Funktion. Ersetzen wir also das vergängliche Fleisch durch irdene Bildnisse, die im Feuer derart gehärtet wurden, daß sie ewig bestehen werden. Von irdischem Staub umgeben ist der große Herrscher so oder so. Formt man daraus jedoch Bildnisse, die dauerhaft ihre Gestalt bewahren, so wird der Geist des Herrschers allezeit die getreuen Sklaven betrachten können.‹«

Die Jünger waren zufrieden. Ob der Herzog von Chou dergleichen jemals gesagt hatte oder nicht, spielte keine Rolle. Konfuzius hatte gesagt, er habe es gesagt, und das genügte. Zweifellos teilte jeder intelligente Cathayaner die Ansicht, daß Menschenopfer im großen Maßstab eine unsinnige Verschwendung seien – überdies, laut Konfuzius, durch die Chou-Dynastie verworfen. »Natürlich«, bemerkte Tzu-lu, »gilt den Menschen von Ch'in menschliches Leben nicht viel.«

»Stimmt«, sagte ich. »Als ich den Diktator von Ch'in fragte, weshalb er sich verpflichtet fühle, so viele Menschen wegen geringer Verbrechen zu Tode zu befördern, sagte er: ›Wenn du dir den Kopf richtig wäschst, wirst du immer ein paar Haare verlieren. Wenn du dir den Kopf überhaupt nicht wäschst, wirst du alle Haare verlieren.‹«

Zu meiner Überraschung schienen die meisten Anwesenden Huan beizupflichten. Allerdings neigen die Menschen des Reichs der Mitte dazu, die Todesstrafe zu befürworten für Verbrechen, die wir mit einfacher Verstümmelung oder gar nur Schlägen bestrafen würden.

Bestattungen, Trauer, die Schuldigkeit gegenüber den Toten – solche Themen faszinieren die Cathayaner noch mehr als uns. Der Grund dafür wurde mir erst richtig bewußt, als Tzu-lu den Meister fragte: »Wissen die Toten, daß wir für sie beten?«

Es war mir – wie wohl auch jedem anderen – klar, daß Konfuzius stets einen tiefen Abscheu vor unbeantwortbaren Fragen empfand. »Bist du nicht auch der Ansicht«, fragte er zurück, »daß es völlig genügt, wenn *wir* wissen, was wir tun, wenn wir sie ehren?«

»Nein.« Als Konfuzius' ältester und erprobtester Jünger ließ Tzu-lu es sich nicht nehmen, dem Meister gegebenenfalls zu widersprechen. »Wenn es keine Geister und Gespenster gibt, so sehe ich keinen Grund, weshalb wir uns die Mühe machen sollten, sie zu besänftigen oder ihnen zu dienen.«

»Aber falls sie doch existieren?« Konfuzius lächelte. »Was dann?«

»Wir sollten sie natürlich ehren, aber –«

»Da wir nicht mit Sicherheit wissen können, wäre es da nicht das Beste, es so zu halten, wie es unsere Ahnen gehalten haben?«

»Vielleicht. Aber die Kosten für ein Begräbnis können eine Familie ruinieren.« Tzu-lu war störrisch. »Es muß eine andere, vernünftigere Möglichkeit geben, sowohl den Geistern als auch den Lebenden zu dienen.«

»Mein alter Freund, bis du gelernt hast, wie man lebenden Menschen richtig dient, wie kannst du hoffen, ihnen zu dienen, wenn sie tot sind?« Konfuzius blickte – unwillkürlich, wie mir schien – zu Yen Hui, der den Blick erwiderte und lächelte; plötzlich war jede Einzelheit seines Schädels sichtbar, unter loser Haut.

»Außerdem«, fuhr Konfuzius fort, »ist die Welt, auf die es ankommt in dieser Welt, die lebendige Welt. Aber da wir jene lieben und achten, die vor uns kamen, befolgen wir die Riten, welche uns an unsere Einheit mit den Ahnen erinnern. Die eigentliche Bedeutung dieser Rituale ist jedoch nicht leicht begreiflich, auch einem Weisen nicht. Für die einfachen Menschen ist das ganze ein Mysterium. Sie betrachten solche Zeremonien als eine Pflicht, die man erfüllt, um schreckensvolle Geister zu besänftigen, was nicht der Fall ist. Der Himmel ist weit. Der Mensch ist nah. Wir ehren die Toten um der Lebendigen willen.«

Immer wieder faszinierte es mich, wie Konfuzius es verstand, dem Thema »Himmel« auszuweichen. Bevor ich dazu kam, ihm weitere Fragen zu stellen, wurden wir durch das Erscheinen von Jan Ch'iu und Fan Ch'ih unterbrochen. Sie kauerten sich im hinteren Teil des Raums nieder – wie Schuljungen, die zu spät zum Unterricht gekommen sind.

Konfuzius blickte Jan Ch'iu lange an. Dann fragte er: »Warum kommst du so spät?«

»Staatsangelegenheiten, Meister.« Jan Ch'ius Stimme klang leise.

Konfuzius schüttelte den Kopf. »Hätte es heute abend Staatsgeschäfte gegeben, so wäre mir das bekannt, auch wenn ich kein Amt innehabe.« Es entstand ein verlegenes Schweigen. Dann fragte Konfuzius: »Billigst du die neuen Steuern?«

»Heute früh habe ich die Verfügungen an die Mauer der Langen Schatzkammer geschlagen, auf Befehl von Baron K'ang.«

»Das ist wohlbekannt.« Ausnahmsweise waren die beiden Vorderzähne nicht mehr zu sehen; der alte Mann verzog seinen Kaninchenmund zu einem Ausdruck von uncharakteristischer Strenge; plötzlich sah er einer Teufels-Gottheit der Blitze ähnlich. »Ich habe dich nicht danach gefragt, ob du die neuen Verfügungen angeschlagen hast: Ich habe dich gefragt, ob du sie billigst.«

Jan Ch'iu wirkte hilflos und nervös. »Als Kammerherr der Chi-Familie bin ich verpflichtet, dem Ministerpräsidenten zu gehorchen.«

Konfuzius war dem Zorn so nah, wie es ihm nur möglich war. »In allen Dingen?« fragte er.

»Ich habe Pflichten, Meister. Und es ist stets dein Grundsatz gewesen, daß man seinem rechtmäßigen Herrn zu gehorchen hat.«

»Selbst wenn er von dir verlangt, ein Sakrileg zu begehen?«

Jan Ch'iu musterte ihn verwirrt. »Sakrileg, Meister?«

»Ja, Sakrileg. Im vergangenen Frühjahr begab sich Baron K'ang zum Berg T'ai. Er bot dem Geist des Berges Jade dar. Da allein der Souverän dies tun darf, beging er ein Sakrileg. Hast du ihm bei jenen Zeremonien auf dem Berg T'ai assistiert?«

»Ja, Meister.«

»Dann hast du ein Sakrileg begangen.« Konfuzius klappte seinen offiziellen Fächer zusammen. »Hast du damit begonnen, die neuen Steuern einzutreiben?«

Jan Ch'iu nickte mit zu Boden gewandtem Blick.

»Was du tust, ist ungerecht. Die Steuern sind viel zu hoch. Die Menschen werden darunter leiden. Du hättest versuchen sollen, Baron K'ang Einhalt zu gebieten. Du hättest ihn vor den Folgen seiner Maßnahmen warnen sollen.«

»Ich habe ihn gewarnt, daß die Steuern ... mißfallen würden.«

»Wenn der Herrscher sich weigert, Gerechtigkeit zu üben gegenüber dem Volk, dann ist sein Diener verpflichtet zurückzutreten. Deine Pflicht war klar. Du hättest deinen Posten als Kammerherr der Chi-Familie zu Verfügung stellen müssen.«

Eine Art Zischen ging durch den Raum, so heftig atmeten die Anwesenden plötzlich ein. Ich erlebte etwas, das es noch nie gegeben hatte. Konfuzius hatte einen Jünger gerügt – einen Jünger, der einer der mächtigsten Männer des Staates war. Jan Ch'iu erhob sich. Er verbeugte sich tief vor dem Meister und zog sich zurück. Fan Ch'ih blieb. Freundlich lächelnd wechselte Konfuzius das Thema.

Eine Zeitlang schien Lu am Rande einer Revolution zu stehen. Ich fühlte mich an die ägyptische Reaktion auf Darius' Kriegsabgaben erinnert. Es gibt immer einen Punkt, über den hinaus man Menschen nicht treiben kann, und wenn dieser Punkt erreicht ist, dann muß der Herrscher entweder alle versklaven oder aber eine kluge Möglichkeit zum Rückzug finden.

Konfuzius wurde jetzt zum Mittelpunkt für jene Anti-Chi-Ritter, die dem Herzog und auch den Shu- und Meng-Familien dienten. Obwohl die Barone gegen die Steuern waren, wagten sie es nicht, Baron K'ang zu widersprechen. Genau wie Herzog Ai machten sie kryptische Bemerkungen. Genau wie Herzog Ai unternahmen sie nichts. Die Chi-Familienarmee war nicht nur schlagkräftig, sie war auch loyal gegenüber dem Diktator. Außerdem hatte, einen Tag vor Inkrafttreten der neuen Steuern, Baron K'ang den Sold für all seine Soldaten erhöht. In schweren Zeiten ist Loyalität kostspielig.

Während dieser angespannten Periode verbrachte ich meine Tage in der Schmelzhütte. Da Baron K'ang nicht nach mir schickte, wohnte ich auch nicht dem Chi-Hof bei. Natürlich machte ich Konfuzius keinerlei Besuche. Überdies mied ich den herzoglichen Hof, wo sich stets Unzufriedene sammelten. Der einzige, den ich zu Gesicht bekam, war Fan Ch'ih, welcher mich besuchte. Er war das einzige Bindeglied zwischen mir und der gefährlichen Welt des Hofes.

Fan Ch'ih kam gern zur Schmelzhütte, um den Eisenschmelzern zuzuschauen. Er fand den Prozeß faszinierend. Ich fand die cathayanischen Metallarbeiter faszinierend. Nirgendwo sonst habe ich Menschen getroffen, die neue Techniken derartig schnell erlernen und meistern. Obwohl ich offiziell für die staatliche Eisenproduktion verantwortlich war, gab es für mich nach den ersten paar Monaten nur sehr wenig zu tun. Die Metallarbeiter wußten jetzt genausoviel wie ihre persischen Kollegen; ich war überflüssig.

Eine Woche nach dem neuen Steuererlaß besuchte mich Fan Ch'ih. Ich übergab meine Arbeit meinem Chefassistenten und trat aus der Glut und dem grellen Licht, welche geschmolzenes Metall verbreitet, hinaus in den violetten Dunst eines Abends, der geprägt wurde durch herabschwebende große Flocken von Schnee. Während wir in Richtung meines Hauses schlenderten, erfuhr ich die jüngsten Neuigkeiten. Baron K'ang schien die Situation völlig unter Kontrolle zu haben. Die Steuern wurden eingetrieben, und der Staat war vor innerer Zwietracht ziemlich sicher. »Aber der Meister hat sich geweigert, Jan Ch'iu zu sehen. Oder Baron K'ang.«

Wir befanden uns in der Straße der Shang-Töpfer. Die Shang sind die dunkelhaarigen Vor-Chou-Einwohner, die von den nördlichen Stämmen unterworfen wurden. Bevor die Chou ins Reich der Mitte kamen, waren die Shang Priester und Administratoren, Meister des Lesens und Schreibens: Jetzt sind sie ohne Macht. Sie stellen Töpferwaren her. Allerdings stammen seit einiger Zeit viele von Konfuzius' Edlen aus altem Shang-Geschlecht. Auf diese Weise kehren die Dunkelhaarigen zur Macht zurück, wie das ähnlich überall auf der Welt der Fall zu sein scheint. Zarathustra, der Buddha, Mahavira – selbst Pythagoras – haben die alten Religionen der prä-arischen Welt wiederbelebt, und langsam sterben allerorts die Pferdegötter.

»Ist es«, fragte ich, »für Konfuzius nicht gefährlich, Baron K'ang herauszufordern?« Wir standen vor einem Töpfer-Stand. Da es bei jeder Shang-Bude eine einzige Laterne gibt, welche die Gelb-, Rot- und Blautöne der glasierten Töpferwaren erglänzen läßt wie glühende Kohle in einem Ofen, ähnelte Fan Ch'ih plötzlich einem fleischgewordenen Regenbogen.

Fan Ch'ih lächelte. »Dies ist ›Chou im Osten‹. Jedenfalls behaupten wir das. Unser göttlicher Weiser ist gefeit, was immer er auch sagt.«

»Er sagt, er sei kein göttlicher Weiser.«

»Er ist bescheiden, ein Zeichen von Göttlichkeit, wenn es denn je eines gab. Aber er ist grausam. Jan Ch'iu leidet.«

»Er könnte seinem Leiden ein Ende machen, indem er als Kammerherr zurücktritt.«

»Er möchte nicht zurücktreten.«

»Er zieht's also vor zu leiden?«

»Er zieht die Macht der Gutheit vor. Das ist nicht ungewöhnlich. Allerdings würde er genausogern gut wie mächtig sein, was durchaus ungewöhnlich ist. Er hält dies für möglich. Der Meister ist da anderer Meinung.«

Fan Ch'ih kaufte für uns geröstete Kastanien. Als wir sie schälten, verbrannten wir uns die Finger; als wir sie aßen, verbrannten wir uns den Mund. Unaufhörlich fielen weiche, klebrige Schneeflocken, eisigen Federn gleich, aus trübem Silberhimmel auf trübe Silbererde. »Du mußt mit ihm sprechen«, sagte Fan Ch'ih, den Mund voller Kastanien.

»Mit Jan Ch'iu?«

»Mit Konfuzius. Du bist eine neutrale Figur, ein Außenseiter. Auf dich wird er hören.«

»Das bezweifle ich. Außerdem – was kann ich sagen?«

»Du kannst die Wahrheit sagen. Der Staat leidet, weil keine Harmonie besteht zwischen dem Herrscher und dem göttlichen Weisen. Wenn nun Konfuzius Jan Ch'iu empfangen würde ...«

Ich versprach, mein Möglichstes zu tun. Und erkundigte mich – einmal mehr – nach den Möglichkeiten meiner Rückkehr.

Fan Ch'ih war nicht optimistisch. »In diesem Jahr ist da nichts zu wollen. In den Staatsfinanzen herrscht nach wie vor ein Defizit. Andererseits weiß ich, daß Baron K'ang am Landweg nach Indien sehr interessiert ist.«

»Deine Seidenstraße?«

»Meine Seidenstraße, ja. Aber eine solche Reise wäre ein gewichtiges Unternehmen.«

»Ich werde alt, Fan Ch'ih.« Bis auf den heutigen Tag verbindet sich für mich ärgste Einsamkeit mit fallendem Schnee, brennenden Kastanien.

»Bringe Baron K'ang und Konfuzius zusammen. Wenn du das tust, wirst du bekommen, was du wünschst.« Obwohl ich ihm nicht glaubte, versprach ich, mein Möglichstes zu tun.

Der nächste Tag war der letzte des alten Jahres, und so ging ich zu Konfuzius' Ahnenstätte. Ich hätte dafür keinen schlechteren Augenblick aussuchen können. Unter anderem war nämlich der Austreibungsritus in vollem Gang. Dies dürfte so ziemlich die lärmvollste Zeremonie auf der ganzen Erde sein. Alles rast umher, bläst Hörner, schlägt Trommeln, schüttelt Klappern. Man glaubt, die bösen Geister des alten Jahres nur durch den größtmöglichen Lärm verjagen zu können, um Platz zu schaffen für die guten Geister des neuen Jahres. Während des Austreibungsritus pflegte Konfuzius nach alter Gewohnheit ein Hofgewand anzulegen und sich oben auf die Stufen der Ahnenstätte zu stellen. Erreichte der Lärm dann seinen ohrenbetäubenden Höhepunkt, so sprach der Weise beschwichtigend zu den Geistern der Ahnen. Er sagte zu ihnen, sie sollten sich durch das furchtbare Getöse nicht verblüffen oder verängstigen lassen. Und er bat sie inständig zu bleiben, wo sie waren.

Doch zu meiner Überraschung hatte Konfuzius diesmal nicht seinen gewohnten Platz auf den Stufen zum Heiligtum eingenommen. War er krank? Ich eilte zu seinem Haus. Versuchte jedenfalls zu eilen: Alle paar Schritte wurde ich durch die Narreteien der Exorzisten und ihrer offiziellen Verrückten aufgehalten.

Für eine Summe Geldes ist ein Exorzist bereit, von Haus zu Haus zu gehen, um böse Geister zu vertreiben. Der Exorzist wird begleitet von vier unglaublich lärmlustigen Männern, die man Verrückte nennt. Ob diese Gestalten wirklich verrückt sind oder nicht, spielt keine Rolle. Auf jeden Fall ist ihr Benehmen so grotesk wie nur möglich. Jeder trägt über Kopf und Schultern ein Bärenfell; und hält in den Händen eine Pike und einen Schild. Sobald sie in einem Haus sind, verleiten die Verrückten die Dienerschaft zu wahren Ekstasen ohrenzerreißender Schreie, indes der Exorzist wild im Haus umherjagt und Verwünschungen heult gegen die bösen Geister, die im Keller, im Dachgebälk, in versteckten Räumen hausen.

Die weißgetünchte Fassade von Konfuzius' Haus war mit safrangelber Farbe beschmiert worden. Was diese Sudeleien zu bedeuten hatten, erfuhr ich nie. Da die Vordertür halb offen stand, trat ich ein. Ich erwartete, irgendeine Art religiöser Zeremonie zu sehen. Doch befanden sich im äußeren Raum, der grabeskalt war, keine Priester, nicht einmal Schüler.

Als ich den Vorraum durchquerte, vernahm ich aus dem Inneren des Hauses Klagelaute. In der Annahme, es sei ein Exorzist, blieb ich unwillkürlich stehen und versuchte mich daran zu erinnern, wie man sich in einem solchen Fall zu verhalten hatte. War es erlaubt, das Haus eines anderen während der Austreibungsriten zu betreten?

Hinter mir schlüpfte ein Jünger in die Vorhalle, und er war es, der mir Aufklärung gab. »Der Sohn ist tot«, flüsterte er. »Wir müssen dem Vater unsere Aufwartung machen.« Er führte mich zum Privatquartier.

Konfuzius saß in Trauerkleidung auf einer einfachen Matte, mit dem Rücken zur hölzernen Säule. Der Raum war zur Hälfte mit Jüngern gefüllt. Aller Gesichter trugen nicht nur einen Ausdruck von Trauer, sondern auch von Bestürzung.

Der Meister erwiderte meinen Gruß mit gewohnter Höflichkeit. Beide machten wir die Gesten, welche der traurigste aller Anlässe erforderte. Als ich neben Tzu-lu niederkniete, murmelte er: »Er ist nicht zu trösten.«

»Wie sollte er auch, wo es das größte Unglück ist, den ältesten Sohn zu verlieren?« Ich gebrauchte die traditionelle Wendung.

»Er hat mehr als das verloren«, sagte Tzu-lu.

Zunächst begriff ich nicht, was er meinte. Der Verlust des ältesten Sohnes ist, konventionell gesehen, das Schlimmste, was einem Mann widerfahren kann. Ich stimmte in die Trauerweisen ein; wiederholte die Gebete; produzierte trostvolle Laute. Aber Konfuzius weinte jetzt wirklich, während er gleichzeitig rituell klagte.

Schließlich sagte Tzu-lu mit respektvoller, doch fester Stimme: »Meister, du hast alle Zurückhaltung aufgegeben. Geziemt sich ein solches Weinen?«

Konfuzius hörte auf zu wehklagen; Tränen glänzten auf seinen Wangen wie Schneckenspuren. »Geziemt es sich?« wiederholte er. Bevor Tzu-lu antworten konnte, weinte Konfuzius frische Tränen. Gleichzeitig sprach er mit erstaunlich steter Stimme: »Wenn der Tod irgendeines Menschen ungehemmte Tränen rechtfertigen kann, so der *seine*.«

Plötzlich begriff ich, daß Konfuzius nicht an ein Leben nach dem Tode glaubte. Was immer er auch, rituellerweise, sagen mochte über den Himmel als Wohnort der Ahnen, er persönlich glaubte nicht daran, daß es dergleichen gab. Dennoch verwunderte es mich ein wenig, daß ihn dies so mitnahm: der Tod eines Sohnes, der ihm doch sehr wenig bedeutet hatte. Oft war dieser Sohn für den Vater ja sogar die Ursache von Peinlichkeiten gewesen. Mehr als einmal hatte man ihm vorgeworfen, von Konfuzius' Schülern Geld genommen und für sich behalten zu haben. Schlimmer noch: Er war ein Dummkopf gewesen.

Dann sagte ein alter Mann, den ich nie zuvor gesehen hatte: »Meister, laß mich deinen Wagen haben, damit ich ihn als angemessenes Gestell für den Sarg meines Sohnes verwenden kann.«

Die Sache wurde immer rätselhafter. Wer war dieser alte Mann? Wer war der tote Sohn? Plötzlich hörte Konfuzius auf zu weinen. Er blickte zu dem alten Mann. »Nein, mein Freund, du kannst ihn nicht haben. Du hast einen Verlust erlitten. Auch ich habe einen Verlust erlitten. Mehr. Ich habe einen doppelten Verlust erlitten, verlor ich doch meinen eigenen Sohn, wie er nun einmal war, und habe nun auch deinen Sohn verloren, den besten und weisesten aller jungen Männer.«

Jetzt begriff ich, daß auch Yen Hui tot war. Zweimal in schneller Aufeinanderfolge war der Meister geschlagen worden vom... Himmel.

Yen Huis Vater begann unwillig zu jammern. »Dann wäre es also nicht von allergrößter Wichtigkeit, daß einem so brillanten Jüngling jede mögliche Ehre zuteil werde? War er denn nicht des weisesten Mannes weisester Schüler?«

Konfuzius blinkte mit den Augen, und Verdruß trat an die Stelle von Gram. Im Widerspruch zur landläufigen Meinung schlägt bei alten Leuten die Stimmung stets schneller um als bei jungen. »Dein Sohn war wie ein Baum, den ich hegen konnte, bis er zu blühen begann. Doch lebte der Baum nicht lange genug, um Frucht zu tragen.« Konfuzius hielt inne; holte tief Luft; sprach dann ohne fühlbare Emotion weiter. »Ich kann nicht zulassen, daß mein Wagen als Gestell für einen Sarg verwendet wird. Denn als mein Sohn bestattet wurde – nicht daß ich die beiden miteinander vergleichen will –, gewährte ich auch ihm kein Sarggestell. Zum einen hätte es sich nicht geziemt, und zum anderen darf ich mich, da ich der erste Ritter bin, nicht zu Fuß zum Grab begeben. Die Sitte verlangt, daß ich fahre. Da dies das Gesetz ist, haben wir in der Sache keine Wahl.«

Trotz seines offenkundigen Mißvergnügens wagte Yen Huis Vater nicht weiter zu drängen. Tzu-lu indes tat's. »Zweifellos, Meister, müssen wir Yen Hui mit jedwedem möglichen Zeremoniell bestatten. Für ein Sarggestell können wir Holz auftreiben, so daß du deines Wagens nicht beraubt zu werden brauchst. Ganz gewiß müssen wir Yen Hui jegliche Ehre erweisen. Das schulden wir dem Himmel. Das schulden wir den Ahnen. Das schulden wir dir, der ihn gelehrt hat.«

Ein langes Schweigen trat ein. Dann senkte Konfuzius den Kopf und flüsterte wie für sich: »Der Himmel hat mir geraubt, was mein war.«

Kaum war diese Blasphemie ausgesprochen, da gab der Himmel auch schon Antwort. Ein Exorzist stürzte herein, gefolgt von vier heulenden

Verrückten. Während sie umhertanzten, mit Glocken rasselten, Trommeln schlugen, Schmähungen schrien gegen all die bösen Geister des alten Jahres, schlüpfte Konfuzius aus dem Raum; und ich eilte quer durch die Stadt zum Chi-Palast.

Ich fand Fan Ch'ih in jenem Teil des Palastes, welcher daheim dem zweiten Raum des Kanzlers entspricht. Hier werden die täglichen Staatsgeschäfte von hellhäutigen Chou-Rittern und schwarzhaarigen Shang-Herren betrieben. Wie viele dieser Beamten Konfuzianer waren, konnte ich niemals in Erfahrung bringen. Vermutlich die Mehrheit.

Fan Ch'ih hatte bereits von den beiden Todesfällen gehört. »Dies ist natürlich sehr traurig. Yen Hui war ein bemerkenswerter Mann. Er wird uns allen fehlen.«

»Was ist mit dem Sohn?«

Fan Ch'ih machte eine wegwerfende Handbewegung. »Zumindest verschafft uns all diese Trauer eine Atempause.«

Jan Ch'iu gesellte sich zu uns. Obwohl er erschöpft aussah, begrüßte er mich mit jener ausgesuchten Höflichkeit, die einem Ehrengast zusteht. Auch er wußte bereits Bescheid. »Ich wünschte, ich könnte zu ihm gehen. Ich weiß, daß er leidet. Was hat er gesagt?«

Ich berichtete von Konfuzius' Bemerkung über den Himmel.

Jan Ch'iu schüttelte den Kopf. »Das geziemte sich nicht, wie er als erster einräumen wird, wenn er nicht mehr leidet.«

»Früher«, versicherte Fan Ch'ih, »hätte er so etwas niemals gesagt, und wäre er auch noch so bekümmert gewesen über den Willen des Himmels.« Über das für Konfuzius so uncharakteristische Verhalten waren Jan Ch'iu und Fan Ch'ih weit mehr verstört als über den Tod des tugendhaften Yen Hui.

»Wirst du dem Begräbnis beiwohnen?« Ich sprach zu Jan Ch'iu.

»Natürlich. Das wird ein großes Ereignis werden. Dafür hat der Vater gesorgt.«

Ich war verdutzt. »Aber der Meister sagte, die Zeremonien für Yen Hui müßten so einfach sein wie für seinen eigenen Sohn.«

»Er wird enttäuscht sein.« Jan Ch'iu traf eine nüchterne Feststellung. »Ich habe bereits die Pläne gesehen. Der Vater hat sie mir heute morgen gezeigt. Geehrter Gast –« Mit dem Zeigefinger berührte er sacht meinen Unterarm, eine Geste des Vertrauens. »–, wie du weißt, bin ich im Haus des Meisters nicht willkommen. Nichtsdestoweniger ist es dringend, daß ich ihn so bald wie möglich sehe.«

»Er wird mindestens drei Monate lang trauern«, sagte Fan Ch'ih. »Und während dieser Zeit wird niemand mit ihm sprechen können über . . . andere Dinge.«

»Wir müssen eine Möglichkeit finden.« Wieder ruhte der Zeigefinger, leicht wie ein Schmetterling, auf meinem Arm. »Du bist ein Barbar. Du bist ein Priester. Du interessierst ihn. Vor allem hast du ihn niemals erzürnt oder verärgert. Willst du uns einen Gefallen erweisen – und damit meine ich dieses Land und nicht nur die Familie, der ich diene –, so versuche zwischen ihm und Baron K'ang ein Zusammentreffen zu vermitteln.«

»Aber der Baron kann doch einfach nach ihm schicken. Als erster Ritter müßte er der Aufforderung folgen.«

»Nach einem göttlichen Weisen kann man nicht schicken.«

»Aber er bestreitet doch –«, begann ich.

»Im Reich der Mitte«, sagte Jan Ch'iu, »ist er der göttliche Weise. Daß er die Tatsache so heftig bestreitet, ist ganz einfach der Beweis dafür, daß er wirklich ist, wofür wir ihn halten. Baron K'ang braucht Konfuzius.« Jan Ch'iu blickte mir in die Augen. Dies ist oft ein Anzeichen dafür, daß ein Mann lügt. Aber der Kammerherr hatte keinen Grund, mich zu belügen. »Wir haben viele, viele Schwierigkeiten.«

»Die Steuern?«

Jan Ch'iu nickte. »Sie sind unmäßig. Doch ohne sie können wir die Armee nicht bezahlen. Ohne die Armee ...« Jan Ch'iu blickte zu Fan Ch'ih, der mir daraufhin von der jüngsten Bedrohung für den Staat berichtete.

»Bei der Burg Pi befindet sich eine Art heilige Stätte, genannt Chuan-yu. Es war Herzog Tan selbst, der sie autonom machte. Obwohl sich dieses Territorium innerhalb der Grenzen von Lu befindet, ist es seit jeher unabhängig gewesen. Die Festung von Chuan-yu ist fast so gewaltig wie die Burg Pi.«

Ich begann zu begreifen. »So hat der frühere Hüter von Pi ...«

»... sich Chuan-yus bemächtigt.« Fan Ch'ihs unwiderstehlich vergnügtes Gesicht lag gleichsam im Widerstreit mit seiner unverkennbar erregten Stimme. »Es ist nur eine Frage der Zeit, ehe wir wieder eine Rebellion haben.«

»Baron K'ang würde die Festung gerne schleifen.« Jan Ch'iu spielte mit den Ornamenten auf seiner Schärpe. »›Wenn wir das nicht tun‹, hat er gesagt, ›so wird das mein Sohn oder mein Enkelsohn tun müssen. Wir können nicht zulassen, daß eine so mächtige Festung in den Händen unserer Feinde bleibt. Zweifellos wird Konfuzius einen Angriff auf diese heilige Stätte ebenso verwerfen wie auf jede andere.‹« Jan Ch'iu blickte mich zum zweitenmal an. Ich fand das ziemlich enervierend. Wie so viele Chou-Ritter hatte Jan Ch'iu die gelben Augen eines Tigers. »Als Minister des Barons stimmen wir zu. Als Jünger von Konfuzius befinden wir uns im Widerspruch zum Baron.«

»Glaubst du wirklich, daß irgend jemand Konfuzius dazu überreden kann, etwas so – Ungehöriges zu tun?« Ich begriff das Dilemma, sah jedoch keinen Ausweg.

»Wir müssen es versuchen.« Fan Ch'ih lächelte. »*Du* mußt es versuchen. Sage ihm, er muß Baron K'ang empfangen. Sage ihm, man werde ihm ein hohes Amt anbieten. Sonst ...«

»Sonst wird der Baron die Festung auch so schleifen.« Ich machte keine Umschweife.

»Ja«, sagte Jan Ch'iu. »Doch mache ich mir weniger Sorgen wegen der Festung als wegen der letzten Tage von Konfuzius. Viele Jahre lang haben wir auf ein bestimmtes Ziel hingearbeitet: den göttlichen Weisen an die Macht zu bringen, damit er die Dinge ordnen kann.«

»Und jetzt versuchst du mir klarzumachen, daß Konfuzius nur an die Macht kommen kann, wenn er es gutheißt, daß der Baron Unrecht begeht.« Meine Stimme klang scharf.

Jan Ch'iu zog den Angriff der Verteidigung vor. »Ob zu Recht oder zu Unrecht: Baron K'ang glaubt, Konfuzius habe auf den Sturz der Chi-Familie hingearbeitet, als er mit dem verräterischen Hüter von Pi verhandelte. Ob zu Recht oder zu Unrecht: Der Baron glaubt, der letzte Krieg sei von Konfuzius angestiftet worden. Ob zu Recht oder zu Unrecht: Der Baron glaubt, Konfuzius könne eines Tages versuchen, sich mit Hilfe seines Prestiges im ganzen Reich der Mitte zum Sohn des Himmels aufzuschwingen.«

»Wäre daran auch nur ein Quentchen wahr, so wäre euer göttlicher Weiser des Verrats schuldig.« Ich war bedachtsam genug, das Hof-Lächeln zu lächeln.

»Ja«, sagte Jan Ch'iu ohne jedes Lächeln. »Glücklicherweise haben wir den Krieg gewonnen, und unser alter Feind, der Herzog von Key, ist tot.«

Jetzt erkannte ich das ganze Ausmaß des Komplotts. »Baron K'ang ...« Ich wollte sagen: »... ermordete den Herzog.« Doch ich zog eine Umschreibung vor. »... war in der Lage, den Staat zu retten«, schloß ich lahm.

Fan Ch'ih nickte. »Jetzt brauchen wir nur noch die Rebellen in Chuan-yu zu vernichten. Dann können wir ruhig schlafen. Da die Rebellen in Chuan-yu für die Feinde des Barons die letzte Hoffnung sind, steht einzig jene Festung noch zwischen uns und dem vollkommenen Frieden.«

»Zuvor jedoch muß der Meister zustimmen, daß die Festung geschleift wird.«

Jan Ch'iu schüttelte den Kopf. »Ob er zustimmt oder nicht, die Mauern von Chuan-yu werden niedergerissen. Sollte er jedoch rückhaltlos zustimmen, so wird sich der Traum zehntausender weiser Männer erfüllen. Konfuzius wird die Führung des Staates angeboten werden. Er hat stets gesagt: ›Gebt mir drei Jahre, und ich kann die Dinge in Ordnung bringen.‹ Ich möchte, daß er diese drei Jahre hat, ehe es zu spät dazu ist. Wir alle möchten das.«

Richtig zu verstehen, vermochte ich Jan Ch'iu nie. Ich glaube, daß er dem Meister aufrichtig ergeben war; schließlich hatte seine Loyalität bewiesen, als er etliche Jahre zuvor Konfuzius ins Exil gefolgt war. Andererseits galt seine Loyalität gleichermaßen Baron K'ang. Er hoffte, eine Brücke zu schlagen zwischen – nun ja, Himmel und Erde; und falls ich ihm half, eine solche Brücke zu bauen, so würde ich zur Belohnung heimreisen dürfen. Zu diesem Übereinkommen gelangten wir am Abend jenes dunklen Tages, an dem Konfuzius dem Himmel zürnte wegen Yen Huis Tod.

Als Fan Ch'ih mich zur Vorhalle des Chi-Palastes begleitete, äußerte ich mich über die kalte Art, in der Konfuzius den Vater von Yen Hui behandelt hatte. Warum eigentlich sollte Yen Hui kein prachtvolles Begräbnis haben? Und wieso wollte Konfuzius nicht mit der alten Sitte brechen und zu Fuß gehen, statt in einem Wagen zu fahren?

»Ich fürchte, daß es dir am rechten Verständnis fehlt für den weisesten Mann, der jemals lebte«, sagte Fan Ch'ih.

»Wie denn auch nicht, da ich selbst ganz und gar nicht weise bin.« Ich übte mich in den üblichen cathayanischen Bescheidenheitsfloskeln.

»Für Konfuzius ist das moralische Leben das einzige, worauf es ankommt. Stehen also persönliche Wünsche oder Interessen im Widerspruch zum rechten Handeln, so müssen diese Wünsche oder Interessen zurückgestellt werden. Als Mensch möchte er Yen Hui ehren. Als Befürworter dessen, was recht ist, kann er nicht mit dem brechen, wovon er weiß, daß es das rechte Verhalten ist.«

»So erhält der bescheidene Yen Hui ein bescheidenes Begräbnis?«

»Ja. Ein Mann hat bestimmte Pflichten gegenüber dem Souverän, den Eltern, den Freunden, der Menschheit. Aber zwischen diesen Pflichten gibt es mitunter Konflikte. Natürlich hat die Pflicht gegenüber einem Souverän Vorrang vor der Pflicht gegenüber einem Freund. Dennoch kann es zu unterschiedlichen Auffassungen kommen. Für Konfuzius ist Herzog Ai unser rechtmäßiger Souverän. Für uns ist es Baron K'ang. In gewissem Sinn hatte Konfuzius recht. In gewissem Sinn haben wir recht. Doch will er nicht nachgeben, und wir unsererseits dürfen nicht nachgeben. Daher besteht – Mißstimmung.«

»Wer entscheidet letztlich, was richtig ist?« Ich befand mich bei der großen Tür zum Palast.

»Der Himmel, geehrter Gast.«

»Was ist der Himmel, Fan Ch'ih?«

Mein Freund lächelte. »Der Himmel ist das, was richtig ist.« Wir lachten beide.

Ich glaube, daß die Konfuzianer – praktisch gesehen – Atheisten sind. Sie glauben nicht an ein Leben nach dem Tode und nicht an einen Tag des Gerichts. Es interessiert sie nicht, wie und zu welchem Zweck diese Welt erschaffen wurde. Statt dessen handeln sie so, als sei dieses Leben alles, was es gibt, und als käme es einzig darauf an, sich geziemend zu verhalten. Für sie ist Himmel einfach ein Wort, um korrektes Benehmen zu bezeichnen. Da die einfachen Menschen hinsichtlich des Himmels alle möglichen irrationalen Gefühle hegen – die Vorstellung des Himmels ist wahrhaft uralt –, hat Konfuzius eben diese Vorstellung klug benutzt, um seinen Äußerungen über die Art und Weise, wie Menschen einander behandeln sollten, magische Autorität zu verleihen. Um jedoch auch die Gebildeten zu beeindrucken, und zwar Chou wie Shang, trug er Sorge, sich zum größten Gelehrten im Reich der Mitte zu machen. So kommt es, daß es keinen Chou-Text gibt, den er nicht zu seinem Vorteil zitieren kann. Trotz meiner tiefen Abneigung gegen Atheismus und obwohl so manche konfuzianische Kritik mich irritiert hat, muß ich feststellen, daß ich keinen anderen Mann gekannt habe, der eine so klare Vorstellung davon hatte, wie öffentliche und private Angelegenheiten geregelt werden sollten. Selbst Demokrit findet seine – von mir aus dem Gedächtnis zweifellos fehlerhaft zitierten – Aussprüche faszinierend. Will man den Schöpfer aller Dinge eliminieren, so ist es sicher eine gute Idee, den Schöpfer durch eine sehr klare Vorstellung von dem zu ersetzen, was auf menschlicher Ebene Gutheit bedeutet und begründet.

6

Ich machte alle Anstrengungen, um den verärgerten Weisen und den verstimmten Diktator zusammenzubringen. Zunächst machte ich dabei kaum Fortschritte. Zum einen trauerte Konfuzius noch immer um seinen Sohn und um Yen Hui; zum anderen stand es mit seiner Gesundheit nicht zum besten. Dennoch fuhr er fort zu lehren. Auch war er inzwischen daran interessiert, die Geschichte von Lu zu schreiben. »Ich glaube, das könnte von Nutzen sein«, sagte er zu mir. »Um zu zeigen, wie und warum zehn Generationen von Herzögen ohne Macht gewesen sind.«

Ich fragte ihn, was *er* für die Hauptursache hielte für den Verfall der herzoglichen Macht und den Aufstieg der erblichen Minister.

»Das begann, als die frühen Herzöge dem Adel das Einziehen der Steuern übertrugen.« Konfuzius war in seinen Analysen stets von nüchterner Sachlichkeit. »Am Ende behielten die Adligen die Steuern für sich, und wer die Finanzen kontrolliert, der kontrolliert den Staat, wie jeder weiß. Auch währt keine Dynastie länger als zehn Generationen. Und auch die Barone, wenn die Macht auf sie übergegangen ist –« Der alte Mann lächelte sein Kaninchenlächeln. »– können ihre Herrschaft selten länger als fünf Generationen aufrechterhalten. Ich habe den Eindruck, die Familien der Chi, Meng und Shu sind jetzt, nach fünf Generationen von Machtbesitz, nicht mehr ganz das, was sie einmal waren.«

Ich wagte es nicht, Konfuzius direkt zu beeinflussen. Statt dessen wirkte ich auf Tzu-lu ein, der ja als einziger Konfuzius stets offen seine Meinung sagte. »Wäre ich nicht dagewesen, um ihn zu bremsen«, so erzählte er mir, »er würde sich glatt mit dem Hüter von Pi verbündet haben. Er glaubte diesem Schurken aufs Wort, als der ihm versicherte, er werde ein Chou im Osten schaffen. Ich sagte zu Konfuzius, er wäre ein Narr, wenn er sich mit dem Hüter einließe. Sollte es je ein Chou im Osten geben, so wird es auf natürliche Weise kommen – und weil der Meister allen klargemacht hat, daß so etwas nicht nur wünschenswert, sondern auch möglich ist.«

Inzwischen war Tzu-lu mit mir der Meinung, es sei nunmehr an der Zeit, daß Konfuzius mit Baron K'ang seinen Frieden mache. »Keine Sorge«, sagte Tzu-lu, »ich weiß ihn schon zu nehmen.«

Nach vielem Hin und Her akzeptierte Konfuzius eine Einladung zu einem Zusammentreffen mit dem Baron in dessen sogenannter Waldhütte. An einem hellen Sommertag brachen wir in Begleitung einer Kompanie Chi-Soldaten in einem leichten, vierspännigen Wagen von der Stadt auf.

»Ich hoffe doch«, hatte der Baron zu mir gesagt, als die letzten Arrangements getroffen wurden, »daß es ihm nichts ausmacht, wenn ich ihn in der alten Jagdhütte meines Vaters empfange. Ich kann mir nur wünschen, daß sie in ihrer rustikalen Einfachheit seinen Sinn für Proportionen ansprechen wird.« Das eiähnliche Gesicht des Barons verriet, wie gewöhnlich, keinerlei Emotion, als er hinzufügte: »Du, Cyrus Spitama, geehrter Gast, hast uns einen Dienst erwiesen, den wir nicht so bald vergessen werden.«

Die Reise durch den Wald war angenehm. Alle möglichen Vögel, jüngst aus dem fernen Süden zurückgekehrt, befanden sich im Flug, indes die Bäume frühe Blätter trieben und Wildblumen die Luft mit jenen feinen Düften erfüllten, die mir ein unkontrollierbares Niesen verursachen.

Am ersten Abend speisten wir königlich von frischgefangenem Wild und Fisch. Wir schliefen in Zelten. Wir sahen keine Drachen, Trolle oder Banditen. Doch begegneten wir am nächsten Morgen einem einsamen Einsiedler; und wie die meisten einsamen Einsiedler konnte er, da sich nun Gelgenheit dazu fand, einfach nicht aufhören zu reden. Offenbar ist ein Schweigegelübde das wirksamste Mittel, die Zunge eines Menschen zu lösen.

Kopf- und Barthaar des Mannes waren seit Jahren nicht mehr geschnitten oder gewaschen worden. Er lebte in einem Baum unweit der Waldfährte, so daß er den Reisenden in jenem Teil der Welt wohlbekannt war. Gleich einem indischen Äffchen pflegte er umherzuflitzen und Fremde zu verspotten. Mit Vorliebe strich er die einfache Vollkommenheit seines Lebens gegenüber der Weltlichkeit aller anderen heraus. Cathayanische Einsiedler-Weise sind genauso lästig wie jene in der Gangesebene; zum Glück sind sie nicht so zahlreich.

»Ah, Meister K'ung!« begrüßte er Konfuzius, der aus dem Wagen gestiegen war, um sich sittsam in einem Hain wilder Maulbeerbäume zu erleichtern.

Konfuzius erwiderte den Gruß des Mannes höflich.

»Sage mir, Meister K'ung, gibt es ein Verbrechen, das größer ist, als wenn man zu viele Wünsche hat?«

»Einen *falschen* Wunsch zu haben ist ein Verbrechen.« Konfuzius zeigte sich nachsichtig. Er war die Beleidigungen der Einsiedler-Weisen gewohnt. Wie der Buddha wollten sie eine Welt eliminieren, die Konfuzius nur korrigieren wollte. Sie hatten dem Leben abgeschworen; er nicht.

»Gibt es ein größeres Unglück als einen Mangel an Unerschütterlichkeit?« fragte der wilde Mann.

»Unzufriedenheit mit der Rolle, die einem im Leben füglich zukommt – dies könnte man ein Unglück nennen.«

Dem Einsiedler-Weisen behagte es ganz und gar nicht, seine rhetorischen Fragen so buchstäblich beantwortet zu bekommen. »Gibt es ein größeres Unheil als Begehrlichkeit?«

»Kommt es dabei nicht darauf an, was man begehrt? Zu begehren, was gut ist, kann in den Augen des Himmels schwerlich ein Unheil sein.«

»Weißt du, was der Himmel ist?«

»Für dich, der du Meister Li folgst –« Konfuzius kannte seinen Feind. »–, ist es der Weg, der nicht mit Worten beschrieben werden darf. Und so will ich mich denn Meister Li beugen und den Weg nicht mit Worten beschreiben.«

Auch diese Antwort war wenig nach dem Geschmack des Einsiedler-Weisen. »Meister K'ung, du glaubst an die überragende Bedeutung des Ahnenopfers, dargebracht vom Sohn des Himmels.«

»Daran glaube ich in der Tat.«

»Aber es gibt keinen Sohn des Himmels mehr.«

»Es gab einen. Es wird einen geben. Inzwischen wird das Ahnenopfer weiterhin dargebracht, wenn auch, in Abwesenheit des Einsamen, weniger vollkommen.«

»Was für eine Bedeutung hat das Ahnenopfer überhaupt?«

Zu meiner Überraschung zeigte sich Konfuzius ziemlich aus der Fassung gebracht durch das, was für ihn auf dieser alten Welt eine absolute Rarität sein mußte: eine neue Frage. »Was für eine Bedeutung hat das Ahnenopfer?« wiederholte er.

»Ja. Wie hat es angefangen? Was besagt es? Erkläre mir das, Meister K'ung.«

»Das kann ich nicht.« Konfuzius betrachtete den wilden Mann, als sei er ein Baumstamm, der ihm, unversehens umgestürzt, den Weg versperrte. »Wer das Opfer wahrhaft verstünde, für den wären alle Dinge unter dem Himmel ebenso leicht wie dies.« Und Konfuzius legte den Zeigefinger der rechten Hand gegen den flachen Teller der linken.

»Wenn du das wichtigste von all unseren Opfern nicht verstehst, wie kannst du dann den Willen des Himmels auch nur ahnen?«

»Ich vermittle nur die Weisheit der weisen Ahnen. Mehr nicht.« Konfuzius versuchte gleichsam, um den sperrigen Baumstamm einen Bogen zu machen. Doch der Einsiedler-Weise dachte nicht daran, ihn gehen zu lassen; er legte die Hand auf den Arm des Meisters.

»Dies ziemt sich nicht«, sagte Fan Ch'ih und schlug den zudringlichen Arm herab. Als Konfuzius wieder im Wagen Platz nahm, spiegelte sich auf dem Gesicht des wilden Mannes ein Ausdruck, aus dem eher Haß sprach als jenes kühle »Nichts-Tun«, welches die Verkünder des Immer-so preisen.

Die Versuchung, ihn zu provozieren, war groß. »Wie«, fragte ich, »ist all dies entstanden? Wer hat das Universum erschaffen?«

Für einen Augenblick glaubte ich, der wilde Mann habe mich nicht gehört. Er sah mich nicht an; seine Augen ruhten auf Konfuzius' gebeugtem Rücken. Doch gerade als ich weitergehen wollte, sagte oder zitierte er: »Der Geist des Tals stirbt nie. Das geheimnisvolle Weibliche wird dies genannt. Das Tor des geheimnisvollen Weiblichen nennt man die Wurzel von Himmel und Erde. Es ist stets in uns allen. Und soviel man auch davon schöpft, ausschöpfen wird man es nie.«

»Soll das heißen, daß wir von den Wassern irgendeines Urschoßes kamen?« Meine Frage blieb unbeantwortet. Statt dessen rief der Einsiedler plötzlich Konfuzius zu. »Meister K'ung, glaubst du, Böses sollte mit Gutem vergolten werden?«

Konfuzius antwortete dem wilden Mann, ohne ihn anzusehen. »Wenn man Böses mit Gutem entgilt, wie will man dann Gutes belohnen?«

Inzwischen befand ich mich wieder im Wagen. Und hörte, wie Konfuzius leise murmelte: »Der Mann ist ein Idiot.«

»Wie Meister Li«, sagte Tzu-lu.

»Nein.« Konfuzius runzelte die Stirn. »Meister Li ist schlau. Er ist arglistig. Er hat gesagt, da die Ahnenriten immer mehr verkämen, verschwänden Treue und Vertrauen, und Unordnung greife um sich. In meinen Augen verkündet er eine wahrhaft *un*ordentliche Lehre.«

Die »Waldhütte« von Baron K'angs Vater war wohl das schönste private Domizil, das mir je zu Augen gekommen ist. Merkwürdigerweise hatte keiner meiner Reisegefährten bis dahin dieses Refugium gesehen, welches der alte Diktator rund fünfzig Meilen südlich der Hauptsadt für sich geschaffen hatte.

Inmitten einer weiten Waldlichtung erhoben sich Terrassen, die so angelegt waren, daß man, indem man die Stufen zum höchsten Pavillon erklomm, den Eindruck hatte, auf einem riesigen grünen Meer zu treiben, dessen südliche Begrenzung ein zerklüftetes, noch vom Winterschnee bedecktes Insel-Gebirge bildete.

Am Fuße der ersten Terrasse begrüßte uns ein Kämmerer, der uns sodann bis ganz nach oben geleitete. Die »Waldhütte« besteht aus einem Komplex von Gemächern, Hallen, Galerien und Pavillons, erbaut auf vier künstlichen Terrassen in der Mitte einer ganzen Reihe von herrlichen Gärten. Und ob man sich nun drinnen befindet oder draußen, von überall sieht man den Himmel und Blumen und Bäume. Die Gärten und der Palast waren geschaffen worden von Architekten aus Ch'u, einem südlichen Land am Jangtse-Fluß, berühmt im Reich der Mitte wegen seiner prachtvollen Gebäude, Gärten, Frauen – und Drachen, wie der Herzog von Sheh zu seinem Schrecken entdeckte.

Dekorative Teiche reflektierten das wäßrige Licht des bleichen Mittagshimmels. Hellgrüne Wasserlinsen bedeckten die Wasseroberfläche wie ein Netz, in dessen feinen Maschen sich Lotosblüten verfangen hatten. Und am Ufer prangten gelbe Orchideen, Schmetterlingen ähnlich, die mitten im Flug erstarrt zu sein schienen. Die Bediensteten in den Gärten waren sämtlich in Leopardenfelle gekleidet. Warum, weiß ich nicht. Doch ich weiß, daß die Wirkung bizarr war und von geheimnisvoller Schönheit – im übrigen absolut typisch für einen Ch'u-Garten, wie mir versichert wurde.

Auf der höchsten Ebene erhebt sich ein zweistöckiges Gebäude aus hochpoliertem roten Stein. Unter tiefen Verbeugungen führte uns der Kämmerer in eine Halle, die so hoch und so breit und so lang war wie das Gebäude selbst. Alle fühlten wir uns überwältigt von der Schönheit und Schwerelosigkeit des Inneren – das heißt, alle außer Konfuzius, denn dieser blickte höchst grimmig drein.

Der glänzende, graugrüne Stein des Inneren bildet einen eindrucksvollen Kontrast zum Rot der Außenmauern. In der Mitte der Halle erhebt sich eine stattliche schwarze Marmorsäule von der Gestalt eines Baums. Sie stützt die Decke, deren strahlenartig verlaufendes Teakgebälk so geschnitzt ist, daß es Geäst ähnelt, schwer von allen möglichen – vergoldeten – Früchten.

Direkt gegenüber der Haupttür verbirgt eine Art Behang aus bläulichen Pelzen den Eingang zum eigentlichen Palast. Während wir staunend standen, zogen unsichtbare Hände oder Seile diesen Behang zur Seite und gaben den Blick frei auf Baron K'ang. Unser Gastgeber war einfach, doch korrekt gekleidet. Und korrekt begrüßte er den ersten Ritter mit Kopfnicken, Handkrümmen, Schulterzucken, zischendem Atem – schier endlos. Offenkundig war dies ein höchst förmliches und höchst bedeutendes Ereignis.

Nachdem Konfuzius sämtliche Feinheiten der Begrüßung ebenso

korrekt erwidert hatte, führte uns der Baron in eine lange Galerie mit Blick auf eine ganze Reihe von terrassierten Gärten. Hier wurden wir bei einem Bankett von einem Dutzend unglaublich schöner Mädchen aus Ch'u bedient. Sie gehören zum Bestand der Ausstattung, wenn nicht gar der Architektur, und wir waren alle wie geblendet, ausgenommen Konfuzius. Er nahm den Ehrenplatz ein und war in seinen Manieren korrekt bis ins letzte. Doch hielt er seine Augen von den Dienerinnen abgewendet. Keiner von uns hatte auch nur geahnt, daß es irgendwo in Lu einen solchen Luxus gab. Der Chi-Familienpalast in der Hauptstadt ist zwar ein großes Gebäude, jedoch von angemessener Kärglichkeit, so wie das zu dem Verwaltungszentrum eines verarmten Staates paßt. Aus nur ihm bekannten Gründen hatte sich der Diktator entschlossen, uns einen Aspekt seines Lebens zu zeigen, welchen kennengelernt zu haben sich wohl nur wenige rühmen konnten. Wir waren tief beeindruckt, ganz wie es in seiner Absicht lag. Konfuzius war entsetzt – lag auch dies in der Absicht des Barons? Ich weiß es bis heute nicht.

Das Bankett war köstlich, und wir tranken viel zu viel vom honigduftenden, jadedunklen Wein und aßen schier zahllose Gerichte, welche man uns auf südliche Weise servierte, das heißt: auf bittere Speise folgte salzige Speise, auf salzige dann saure, auf diese pfeffrige, auf diese nun süße. Ich erinnere mich an gesottene Schildkröte; an Gans in saurer Sauce; an gedünstete Ente; an geröstetes Zicklein mit Yam-Sauce; an getrocknetes Kranichfleisch mit saurem Rettich – und an die berühmte bitter-saure Suppe von Wu.

Mit Ausnahme von Baron K'ang und Konfuzius stopften sich alle auf höchst widerliche Weise voll. Der Weise und der Diktator aßen mäßig und genossen den Wein nur in kleinen Schlucken.

Zwischen den einzelnen Gängen boten junge Frauen die sehr verführerischen Tänze von Cheng dar zur Begleitung von Zither, Flöten, Glocken und Trommeln. Dann sang eine faszinierende Schönheit aus Wu eine Reihe von Liebesliedern, die sogar Konfuzius pries wegen ihrer hohen Verfeinerung – und ihres ebenso hohen Alters. An sich verabscheute er alle Musik, die seit der Chou-Zeit komponiert worden war.

Ich entsinne mich des Gesprächs noch bruchstückhaft. In meinem Gedächtnis wird es getönt und verschönt durch die Erinnerung an den prachtvollen Tag, an Speise, Musik, Frauen. Irgendwann wandte sich der Baron Konfuzius zu. »Sage mir, Meister, welcher deiner Jünger liebt das Lernen am meisten?«

»Der, welcher nun tot ist, Ministerpräsident. Unglücklicherweise hatte Yen Hui ein kurzes Leben. Jetzt«, sagte Konfuzius und musterte mit hartem Blick seine anwesenden Jünger, »ist keiner da, der seinen Platz einnehmen könnte.«

Der Baron lächelte. »Natürlich, du bist der Richter, Meister. Immerhin hätte ich Tzu-lu für weise gehalten.«

»Wirklich?« Konfuzius entblößte die Spitzen seiner Vorderzähne.

»Ich halte ihn überdies für einen geeigneten Mann, um ein Staatsamt zu bekleiden. Würdest du dem zustimmen, Meister?« Auf solche Weise – und ohne übermäßiges Feingefühl – wurde Konfuzius bestochen.

»Tzu-lu ist tüchtig«, sagte Konfuzius. »Deshalb sollte er ein Amt bekleiden.« Tzu-lu besaß genügend Lebensart, um verlegen dreinzublicken.

»Was ist mit Jan Ch'iu?«

»Er ist vielseitig«, erwiderte Konfuzius knapp. »Wie du ja weißt, da er bereits ein Amt innehat.«

»Fan Ch'ih?«

»Versteht es, sich durchzusetzen, wie du bereits weißt.«

Jan Ch'iu und Fan Ch'ih genossen das Bankett nur noch mäßig, nachdem sich der Baron nun auf ihre Kosten amüsierte. Im übrigen schien er sich auf geheimnisvolle Weise mit Konfuzius zu verständigen. »Deine Jünger dienen mir gut, Meister.«

»Ich wünschte, der Gutheit würde gleichermaßen gut gedient, Ministerpräsident.«

Der Baron zog es vor, diese scharfe Erwiderung unerwidert zu lassen. »Sage mir, Meister. Welches ist der beste Weg, um die gewöhnlichen Menschen ehrerbietig und loyal zu machen?«

»Anders als durch Beispiel?« Plötzlich wurde mir bewußt, daß in Konfuzius der Zorn wuchs. Fast war es, als kämen ihm die so mäßig genossenen Speisen hoch. Der Baron blickte aufmerksam, als hätte Konfuzius noch nicht gesprochen. »Behandle die Menschen mit Würde.« Konfuzius runzelte die Stirn, rülpste. »Dann werden sie dich achten. Befördere jene Diener des Staates, die es verdienen, und schule solche, denen es an Kompetenz mangelt.«

»Wie einzigartig wahr!« Der Baron gab vor, über diese Banalität entzückt zu sein.

»Ich freue mich, daß du dieser Ansicht bist.« Konfuzius blickte noch verdrossener drein. »Zweifellos darf das Gegenteil niemals praktiziert werden.«

»Das Gegenteil?«

»Unternimm es nicht, jene zu schulen, welche bereits kompetent sind. Befördere nicht die Unfähigen.«

Glücklicherweise wurde das Gespräch durch eine traurige Ts'ai-Ballade unterbrochen. Danach fuhr Baron K'ang mit seinen zwar respektvollen, doch provozierenden Fragen fort. »Wie du weißt, Meister, ist die Verbrechensrate enorm gestiegen, seit du mit so trefflichem Erfolg als Unterminister der Polizei gedient hast. Mir selbst – dem bescheidenen

Diener des Herzogs – ist es geschehen, daß in mein Haus dreimal eingebrochen wurde. Was würdest du tun, um diese Epidemie der Gesetzlosigkeit zu stoppen?«

»Wären die Menschen nicht besitzgierig, Ministerpräsident, so könnte man keinen Einbrecher dingen, um jemanden zu berauben. Weil es dann nämlich gar nichts gäbe, was das Rauben lohnte.«

Der Baron ignorierte diese – Roheit. Denn anders kann man die Antwort des Meisters kaum bezeichnen. Konfuzius war offensichtlich außer sich über die Zurschaustellung maßloser Verschwendung, die der Baron zu einer Zeit veranstaltete, da der Staat verarmt war. »Aber Diebstahl ist doch Unrecht, Meister. Und jene von uns, die herrschen – nun, wie sollen wir die Menschen dazu bringen, dem Gesetz Gehorsam zu leisten?«

»Wenn du einer geraden Straße folgst, wer wird dann einer krummen folgen?«

Inzwischen war uns allen recht unbehaglich zumute; leicht betrunken waren wir außerdem. Dem Baron jedoch schien nichts etwas anzuhaben. »Ich glaube, Meister, daß jeder von uns sich auf einer Straße befindet, die ihm gerade *erscheint*. Jene, welche einen krummen Weg wählen – nun, was sollte der Herrscher mit ihnen tun? Sollte man sie zum Tode befördern?«

»Als Ministerpräsident bist du ein Herrscher, nicht ein Metzger. Willst du aufrichtig das Gute, so werden die Menschen dasselbe wollen. Ein Edler ist wie der Wind, und die gewöhnlichen Menschen sind wie Gras. Streicht der Wind über eine Wiese, so beugt sich das Gras stets.« Konfuzius glich wieder seinem sonstigen gelassenen Selbst.

Der Baron nickte. Er schien wirklich zuzuhören. Aber worauf war er aus? Witterte er so etwas wie – Verrat? Mir war höchst unbehaglich zumute. Den anderen auch; ausgenommen Konfuzius, dessen Gemüt, im Gegensatz zu seinem Magen, im Augenblick friedvoll zu sein schien.

»Aber verstehen die gewöhnlichen Menschen denn den Weg des Edlen?«

»Nein. Doch können durch das rechte Beispiel dazu gebracht werden, diesem Weg zu folgen.«

»Ich verstehe.« Der Baron bekam einen Schluckauf, worin die Cathayaner eine hörbare Manifestation innerer Weisheit sehen. Selbst Konfuzius wirkte weniger streng, als ihm bewußt wurde, daß sein Antagonist ihm aufmerksam zuhörte. »Sage mir, Meister, kann ein Herrscher, welcher nicht diesem Weg folgt, seinem Volk Frieden und Wohlstand bringen?«

»Nein, Ministerpräsident, das kann er nicht.«

»Wie war das dann mit dem letzten Herzog von Wei? Der war doch ein durch und durch unehrenhafter Mann, der sich von seiner Konkubine manipulieren ließ; eine Frau, die du einmal besucht hast, glaube ich.«

Die Spitze war unverkennbar, und Konfuzius krauste die Stirn. »Sollte ich je etwas Unrechtes getan haben«, sagte er, »so bete ich, daß der Himmel mir vergebe.«

»Ich bin sicher, daß der Himmel das schon getan hat. Aber erkläre mir doch bitte, warum der Himmel nicht diesen unehrenhaften Herrscher bestrafte? Vor zehn Jahren starb er, alt und reich und zufrieden.«

»Der verstorbene Herzog hielt es für angebracht, sich der Dienste vortrefflicher Leute zu versichern: des besten Außenministers, des ergebensten Hohepriesters und des hervorragendsten Generals im Reich der Mitte. Das war das Geheimnis seines Erfolges. Bei der Besetzung solcher Posten folgte er dem Weg des Himmels. Dergleichen ist selten«, fügte Konfuzius hinzu und starrte den Diktator an.

»Mir will scheinen, daß wenigen Herrschern solch gute und tugendhafte Diener zur Verfügung standen wie dem verstorbenen unehrenhaften Herzog.« Der Diktator sprach sanft.

»Mir will scheinen, daß wenigen Herrschern die Gabe gegeben ist, Gutes und Tugendhaftes zu erkennen, wenn sie es sehen.« Konfuzius wirkte entspannt und – auf gleichsam verheerende Weise – ungerührt.

Wir anderen waren alle ziemlich nervös, während der Meister und der Diktator ihr Duell zu genießen schienen.

»Was ist gutes Regieren, Meister?«

»Wenn jene, die nah sind, es billigen, und jene, die fern sind, sich angezogen fühlen.«

»Dann sind wir geehrt, weil du, der du fern von uns warst, dich nunmehr genähert hast.« Dies war wahrhaftig glatt, sehr glatt. »Es ist unser Gebet, daß deine Anwesenheit in unserer Mitte die Billigung unserer Politik bedeutet.«

Konfuzius musterte den Ministerpräsidenten mit unverhohlener Schärfe. Dann gab er seine – ein wenig einfallslose – Standardantwort. »Wer in einem Staat kein Amt bekleidet, spricht nicht über dessen Politik.«

»Deine sogenannten Kleinen bekleiden hohe Ämter.« Der Baron deutete auf Jan Ch'iu und Fan Ch'ih. »Sie helfen uns, gute Gesetze zu machen, vernünftige Verfügungen zu erlassen –«

Konfuzius fiel dem Diktator ins Wort. »Ministerpräsident, wenn du darauf beharrst, das Volk mit Hilfe von Regeln, Vorschriften, Erlässen und Strafen zu regieren, so werden die Menschen sich dir entziehen und einfach ihren Geschäften nachgehen. Würdest du hingegen durch moralische Kraft und persönliches Beispiel herrschen, so kämen sie aus eigenen Stücken zu dir. Sie werden gut sein.«

»Was, Meister, ist Gutheit?«

»Sie ist der Weg des Himmels, wie er praktiziert wird von den göttlichen Weisen.«

»Aber da du selbst ein göttlicher Weiser bist –«

»Nein! Ich bin kein göttlicher Weiser. Ich bin unvollkommen. Ich gehöre bestenfalls zu den Edlen. Ich habe bestenfalls einen Fuß auf dem Pfad, mehr nicht. Mein Herr Baron, Gutheit ist ein Erkennen der Gleichartigkeit aller Dinge, und der, dessen Herz auch nur im mindesten nach Gutheit trachtet, wird sich dieser Gleichartigkeit bewußt sein, so daß es ihm unmöglich ist, irgendeinen Menschen zu verabscheuen.«

»Auch einen bösen Menschen nicht?«

»Vor allem einen bösen Menschen nicht. Das Trachten nach Rechtschaffenheit währt ein ganzes Leben. Und Rechtschaffenheit ist der Hauptbeweggrund eines wahrhaft Edlen. Er praktiziert sie gemäß dem Ritual, welches er demütig übt und getreulich vollendet. Reichtum und Macht durch nichtrechtschaffene Mittel zu erringen, ist vom Ideal eines Edlen gewißlich genauso weit entfernt wie eine schwebende Wolke.«

Der Baron war gerade so »nichtrechtschaffen« wie die meisten Herrscher; dennoch beugte er wie ehrfurchtsvoll sein Haupt. »Jedoch«, sagte er zu der Seidenmatte, auf der er saß, »was ist für einen demütigen Diener des Staates eigentlich Rechtschaffenheit?«

»Wenn du das nicht bereits weißt, kann ich es dir nicht sagen.« Konfuzius saß sehr gerade. »Doch bin ich sicher, daß du wie jeder Edle tief in deinem Bauch weißt, was recht ist, und so will ich dich daran erinnern, daß dazu zweierlei gehört: Rücksicht auf andere und Loyalität für andere.«

»Wenn ich rücksichtsvoll bin, Meister, was tue ich dann?«

»Du tust *nicht*, wovon du nicht willst, daß andere es dir tun. Das ist einfach genug. Was Loyalität betrifft, so schuldest du sie deinem Souverän, wenn er rechtschaffen ist. Ist er es nicht, so mußt du deine Loyalität verweigern, selbst wenn dir dies zum Schaden gereicht.«

»Sage mir, Meister, hast du je einen Menschen getroffen, der wahrhaft nach dem Guten strebte, der wirklich Verruchtheit haßte?«

Konfuzius blickte auf seine Hände. Immer wieder fielen mir seine ungewöhnlich langen Daumen auf. Als er antwortete, klang seine Stimme leise. »Ich kann mich an keinen einzigen erinnern, dem es gelungen wäre, mit aller Kraft gut zu sein, und sei es auch nur für einen einzigen Tag.«

»Aber gewiß bist doch du durch und durch gut.«

Konfuzius schüttelte den Kopf. »Wäre ich durch und durch gut, so würde ich nicht hier bei dir sein, Ministerpräsident. Wir speisen in Luxus, indes dein Volk hungert. Das ist nicht gut. Das ist nicht rechtschaffen. Das geziemt sich nicht.«

Überall sonst auf der Erde wäre Konfuzius' Kopf prompt vom Rumpf getrennt worden. Wir waren alle zu Tode erschrocken. Sonderbarerweise hatte Konfuzius jedoch das Allerklügste getan. Indem er den Diktator offen aus moralischen Gründen attackierte, bewies er, daß er für die Chi-Familie in gar keiner Weise politisch gefährlich war. Er war schlimmstenfalls ein Ärgernis. Und bestenfalls ein Ornament für ihr Regime. Der widerspenstige Weise, der an jedem etwas auszusetzen findet, ist oft der sicherste Mann im ganzen Reich – darin einem Hofnarren ähnlich –, nur hört man selten genug auf ihn. Baron K'ang hatte befürchtet, Konfuzius und seine Jünger seien mit Key im Bunde und arbeiteten insgeheim am Sturz der Baronsfamilien und an der Wiederherstellung der herzoglichen Macht. Doch überzeugte Konfuzius' Verhalten in der »Waldhütte« den Diktator davon, daß er von den Konfuzianern nichts zu befürchten hatte.

Ausführlich legte Baron K'ang dem Weisen dar, weshalb der Staat neue Abgaben benötigte. Für die verschwenderische Pracht des Waldpalastes entschuldigte er sich mit dem Argument, dieser sei »von meinem Vater erbaut worden, nicht von mir. Auch handelt es sich zu einem großen Teil um ein Geschenk von der Regierung von Ch'u.«

Konfuzius schwieg. Der Sturm war vorbei. Während das Gespräch sich nun in allgemeineren Bahnen bewegte, wurden die Bewegungen der Tänzerinnen immer erotischer. Wie ich in jener Nacht ins Bett kam, weiß ich nicht mehr. Ich erinnere mich nur noch, daß ich am nächsten Morgen in einem Schlafgemach mit scharlachroten, schwarz abgesetzten Wänden erwachte. Als ich mich im Bett aufsetzte, zog ein bildschönes Mädchen die langen blauen seidenen Bettvorhänge zurück. Sie hielt mir ein Becken hin, dessen Inneres einen goldenen, aus den Flammen emporsteigenden Phönix zeigte – das beste aller Omen, dachte ich, während ich mich erbrach. Noch nie war mir so übel gewesen, noch dazu in so unvergleichlich schöner Umgebung.

Die nächsten Tage waren idyllisch. Selbst Konfuzius schien sich wohl zu fühlen. Immerhin hatte ihn Baron K'ang mit entsprechendem Gepränge zum Staatsminister ernannt, und so schien es nunmehr, als sollte der bittere Kürbis von der Wand herabgenommen und verwendet werden.

Dieser Meinung waren jedenfalls alle – außer Tzu-lu. »Es ist das Ende«, sagte er zu mir. »Die lange Reise ist vorüber. Der Meister wird niemals Gelegenheit zum Regieren erhalten.«

»Aber er ist doch Staatsminister.«

»Baron K'ang ist gütig. Und schlau. Konfuzius ist öffentlich geehrt worden. Aber er wird niemals Verwendung finden. Es ist das Ende.«

An unserem letzten Tag in der »Waldhütte« wurde ich in Baron K'angs Amtsraum gerufen. Er gab sich überaus jovial. »Du hast uns gut gedient«, sagte er. Für einen winzigen Augenblick war auf dem eiglatten Gesicht tatsächlich ein Lächeln sichtbar. »Nicht zuletzt dank deinen guten Diensten grollt uns unser göttlicher Weiser nicht mehr. Überdies herrscht Frieden in einem Land, dessen Grenzen so ruhig sind wie der ewige Schlaf des Berges T'ai.«

Der elliptische Stil des Diktators bedurfte, wie gewöhnlich, der Interpretation. Später erfuhr ich von Fan Ch'ih, daß am selbigen Morgen eine Nachricht eingetroffen war: Truppen der Chi-Familie hatten die heilige Stadt Chuan-yu eingenommen und die Zitadelle geschleift. Das Beste, aus der Sicht des Diktators, war dabei wohl, daß es von jenseits der Grenze keinerlei Reaktion gegeben hatte. Der rebellische Hüter war inzwischen alt. Der rebellische Yang Huo galt als tot. Der neue Herzog von Key war mit internen Angelegenheiten beschäftigt. Für den Augenblick befand sich Lu – und sein Diktator – im Frieden. Unser Empfang in der Waldhütte war (was wir damals allerdings nicht wußten) für Baron K'ang eine Feier gewesen anläßlich des Erfolgs einer ebenso langen wie schwierigen Außen- und Innenpolitik. Die Investitur von Konfuzius als Staatsminister war eine symbolische, wennschon leere Geste mit dem Ziel, Konfuzius' Bewunderer zu entzücken und die Unzufriedenheit aller Ritter und Edlen in staatlichen Diensten zu beenden.

»Doch stehen wir noch in deiner Schuld für die Unterweisung in der westlichen Art, Metall zu machen. Dein Name – so barbarisch er auch ist – wurde ehrenvoll in den Annalen von Lu verzeichnet.« Er musterte mich, als hätte ich gerade aus seinen Händen einen Goldschatz entgegengenommen.

Mit Tränen in den Augen dankte ich ihm für diesen außerordentlichen Beweis seiner Wertschätzung. Er hörte mir zu, während ich eine höfliche cathayanische Floskel an die andere reihte, ähnlich einem Töpfer, welcher einen Teller glasiert. Als ich schließlich innehielt, um Luft zu schöpfen, sagte er: »Ich möchte die Seidenstraße nach Indien wiedereröffnen.«

»*Wieder*, Herr Baron?«

Der Baron nickte. »Ja. Es ist zwar nicht allgemein bekannt, doch in den Tagen der Chou – als der Sohn des Himmels von Shensi südwärts blickte – gab es einen regelmäßigen Handelsverkehr zu Land zwischen uns und den Barbaren der Gangesebene. Dann kam diese lange ... Unterbrechung. Ohne einen wahren Sohn des Himmels sind viele Dinge nicht das, was sie einmal waren. Zwar ist die Seidenstraße niemals völlig aufgegeben worden, doch kam der regelmäßige Handelsverkehr vor nahezu dreihundert Jahren zum Erliegen. Nun habe ich – genau wie mein makelloser Vater – stets gute Beziehungen zu Ch'u unterhalten, jener schönen Nation südlich von uns. Dein Auge mag mit Wohlgefallen auf die Ch'u-Gärten geblickt haben, die hier von uns geschaffen worden sind. Nun, sie sind nichts im Vergleich zu dem Land von Ch'u in seiner Gesamtheit, das einem riesigen Garten gleicht, bewässert vom Jangtse-Fluß.« Mit einiger Ausführlichkeit erzählte mir der Baron die

Geschichte von Ch'u. Obwohl mein Herz flatterte wie ein gefangener Vogel, gab ich vor, aufmerksam zuzuhören.

Schließlich kam der Diktator zur Sache. »Nun, da wir innerhalb und außerhalb des Reiches Frieden haben, dank auch deiner Mitwirkung, teurer Freund, wird unser Herzog mit dem Herzog von Ch'u einen Vertrag schließen, und gemeinsam werden wir eine Landexpedition nach Indien ausrüsten, und du wirst Geschenke von unserem Herrscher für den König von Magadha mit dir führen.«

Wie durch Zauberei war der Raum plötzlich voller Kaufleute. Zwei waren Inder. Einer stammte aus Rajagriha; die übrigen aus Varanasi. Sie erzählten, sie seien über das Meer nach Cathay gekommen. Unmittelbar südlich von Kweichi hätten sie Schiffbruch erlitten. Vor dem Ertrinken seien sie von zwei Meerjungfern gerettet worden, von denen es in der südlichen See nur so wimmele. Diese Geschöpfe leben sowohl in der Tiefe des Wassers als auch auf dem Land – jedenfalls auf fernen Felsen, wo sie aus Seekraut wunderschöne Gewänder weben. Meerjungfern sind bekanntermaßen Männern sehr geneigt, und wenn sie weinen – für gewöhnlich nachdem sie von menschlichen Seeleuten verlassen worden sind –, so bilden ihre Tränen vollkommene Perlen.

Ausführlich besprachen wir die Expedition. Baron K'ang hatte zwar so getan, als gebe es für die Reise eigentlich nur einen Grund: mich für meine der Chi-Familie erwiesenen Dienste zu belohnen. Doch entdeckte ich bald, daß dies nicht mehr war als die gewohnte cathayanische Hyperbel. Denn mindestens einmal im Jahr brach von Key eine Karawane auf und zog nach Lu, sodann südwärts nach Ch'u. Bei jedem Aufenthalt kam neue Ware hinzu. Bald begriff ich mit einiger Bitterkeit, daß ich schon etliche Jahre zuvor Lu hätte verlassen können. Allerdings bleibt festzuhalten, daß mich der Diktator, nachdem ich mir die Reise gleichsam verdient hatte, tatsächlich davonziehen ließ. Alles in allem war er ein bewundernswerter Herrscher. Daran gibt es keinen Zweifel.

An die restliche Zeit, die wir in der Waldhütte verbrachten, habe ich kaum eine Erinnerung. Allerdings weiß ich noch, daß Konfuzius, im Gegensatz zu den hochbeglückten Jan Ch'iu und Fan Ch'ih, über sein hohes Amt nicht im mindesten erfreut zu sein schien. Tzu-lu wirkte gleichermaßen mürrisch. Erst als wir das Stadttor erreichten, begann mir ein Licht aufzugehen. Während unser Wagen am inneren Tor vorbeirollte, fragte ein Wächter eine unserer Wachen: »Wer ist der erhabene alte Mann?«

»Ein Staatsminister«, war die förmliche Antwort. »Der erste Ritter, Konfuzius.«

»Oh, ja.« Der Wächter lachte. »Das ist doch der, der immer sagt, auch wenn's keinen Zweck hat, darf man nicht aufhören zu versuchen.«

Konfuzius' Gesicht blieb ausdruckslos, doch durch seinen ganzen Körper ging ein Schaudern wie von einer Krankheit. Der schwerhörige Tzu-lu hatte zwar nicht vernommen, was der Wächter sagte, doch bemerkte er das Schaudern. »Du mußt auf deine Gesundheit achten, Meister. Es ist eine schlechte Zeit.«

»Welche Zeit wäre das nicht?« Wie sich zeigen sollte, war Konfuzius tatsächlich krank. »Und was kommt's darauf schon an?«

Konfuzius hatte weniger vor dem Ministerpräsidenten kapituliert als vielmehr vor der Zeit. In der Waldhütte hatte er die Tatsache akzeptiert, daß er den Staat niemals führen werde. Zwar hoffte er noch immer, irgendwie verwendet zu werden. Aber der Traum, sein Heimatland ins rechte Lot zu bringen, war zu Ende.

7

Der Rest des Sommers verging mit Vorbereitungen für die Abreise. Kaufleute aus Lu, die mit Indien Handel treiben wollten, mußten ihre Waren zum zentralen Lagerhaus schaffen. Ich lernte sie alle kennen und machte mich so nützlich wie möglich. Obwohl die cathayanischen Kaufleute im Handel mit Indien über sehr begrenzte Erfahrungen verfügten, wußten sie doch mit erstaunlichem Scharfsinn, welche Waren Inder besonders schätzen. Ich habe schon immer angenommen, daß jede Rasse ein besonderes Gedächtnis besitzt, ganz unabhängig von mündlicher oder schriftlicher Überlieferung. Bestimmte Arten von Informationen gehen vom Vater auf den Sohn über. Obgleich seit dem regelmäßigen Handel zwischen Ost und West dreihundert Jahre vergangen waren, schienen die meisten cathayanischen Kaufleute von Geburt an zu wissen, daß Seide und Perlen und Pelze, Federschirme und Jade und Drachenknochen geschätzt werden im Westen, wo man Gold und Rubine und Gewürze, welche man im Osten so sehr begehrt, im Überfluß finden kann.

Der Führer der Expedition war ein Marquis aus Key. Im Laufe des Sommers hatte er mir einen Besuch abgestattet. Ich gab mir alle Mühe, ihn mit meinen Beziehungen zu Ajataschatru zu beeindrucken, welcher jetzt, wie es hieß, Herr der gesamten Gangesebene war, ausgenommen nur die Licchavi-Republik. Auf die Bitte des Marquis erklärte ich mich bereit, als Mittelsmann zwischen der Expedition und der Regierung von Magadha zu agieren. Ob ich bei meinem ungestümen Schwiegervater allerdings noch immer in Gunst stand, war eine Frage, die ich gar nicht erst stellen mochte. Schließlich konnte es durchaus sein, daß Ambalika und meine Söhne tot waren. Ajataschatru mochte dem Wahnsinn verfallen sein. Und wenn ihm der Sinn danach stand, dann konnte er mich zum Tode befördern, wegen Desertion – oder einfach zu seinem

Vergnügen. Die Cathayaner sprachen immer nur in besorgtem Tonfall von ihm.

»Noch nie hat es einen so blutrünstigen König gegeben«, sagte Fan Ch'ih. »In den vergangenen Jahren hat er ein Dutzend Städte niedergebrannt und Zehntausende von Männern, Frauen und Kindern abgeschlachtet.«

Da ich wußte, daß Ajataschatru sogar noch schlimmer sein konnte, als die Cathayaner vermuteten, stellte ich ihn als weitaus annehmbarer dar, als sie befürchteten. Im übrigen würden wir uns ganz einfach auf unser Glück verlassen müssen. Allerdings war ich ziemlich sicher, daß ihm daran gelegen sein mußte, auf der Seidenstraße einen regelmäßigen Handelsverkehr zu etablieren. Folglich konnte er kaum daran interessiert sein, den Handel zu beeinträchtigen, indem er ehrbare Kaufleute ermordete und ausraubte. So jedenfalls erzählte ich's mir selbst – und dem nervösen Marquis von Key.

Kurz nach unserer Rückkehr aus dem Waldpalast wurde Konfuzius bettlägerig. Eine Woche später verbreitete sich durch das Reich der Mitte die Nachricht, daß der göttliche Weise im Sterben lag.

Sobald wir davon hörten, eilten Fan Ch'ih und ich zu des Meisters Haus. Die Straße vor dem Haus war überfüllt mit schweigenden, angespannten, traurigen jungen Männern. Auf Anweisung von Tzu-lu durften nur die eigentlichen Jünger zum Sterbelager. Ich wurde nur eingelassen, weil ich mich in Begleitung Fan Ch'ihs befand.

Im äußeren Raum waren dreißig Jünger versammelt. Sie trugen Trauerkleidung. Ich roch den Rauch der aromatischen Blätter, die im Schlafgemach verbrannt wurden. Der Geruch, für Menschen keineswegs unangenehm, bereitete den bösen Geistern Übelkeit – jedenfalls glauben das die Cathayaner. Aus dem Raum klang ein Klagelied.

Als Fan Ch'ih den Gesang hörte, begann er zu weinen. »Dies bedeutet, daß er wirklich stirbt. Das Lied wird nur gesungen, wenn der Geist den Körper verläßt.«

Wenn man in Cathay nicht den Himmel und die Erde anfleht, sich um einen Sterbenden zu kümmern, so wird er zurückkehren und jene heimsuchen, welche nicht willens waren, zu seinem Heil die beiden Hälften des ursprünglichen Eis miteinander zu versöhnen. Die Cathayaner glauben, jeder Mensch habe in sich zwei Geister. Der eine ist ein Lebensgeist, welcher endet, wenn der Körper stirbt. Der andere ist ein Persönlichkeitsgeist, welcher weiter existiert, solange seiner gedacht und er durch Opfer geehrt wird. Geschieht die Ehrung nicht auf korrekte Weise, so kann der Geist furchtbare Rache üben. Selbst in diesem traurigen Augenblick mußte ich daran denken, wie wirr jede Religion doch ist. Konfuzius selbst glaubte nicht an Geister oder Gespenster. Vermutlich auch seine Jünger nicht. Und doch bestand bei Konfuzius' Tod Tzu-lu darauf, alle alten und überholten Zeremonien zu beobachten. Das war, als hätte mein Großvater im Augenblick *seines* Todes die Teufelsgöttin Anahita gebeten, für ihn Fürbitte zu halten bei den Hütern der arischen Heimstatt der Väter.

Die Jünger im Hof stimmten in den Klagegesang ein. Ich fühlte mich unbehaglich und fehl am Platz. Auch empfand ich wirkliche Trauer, denn ich hatte gelernt, den weisen, unbeugsamen Mann zu bewundern.

Dann brach der Gesang ab. Tzu-lu erschien im äußeren Raum. Er hatte ein gespenstiges Aussehen, fast als sei er es, der im Sterben liege. Hinter ihm stand Jan Ch'iu.

»Der Meister ist ohne Bewußtsein. Es ist fast vorbei.« Tzu-lus Stimme zitterte. »Sollte er jedoch wieder zu Bewußtsein gelangen, so müssen wir ihm Ehre erweisen.« Tzu-lu deutete auf einen der Jünger, der in beiden Armen ein großes Bündel hielt. »Hier sind die Gewänder, welche das Gefolge eines großen Ministers trägt. Wir müssen sie anlegen. Rasch!«

Tzu-lu, Jan Ch'iu, Fan Ch'ih und weitere vier Jünger zogen die schlecht sitzenden Gewänder an. Dann betraten sie, das Lob des großen Staatsministers singend, das Schlafgemach. Da niemand Anstalten machte, mir dies zu verwehren, folgte ich ihnen.

Konfuzius lag auf einer einfachen Matte mit dem Kopf nach Norden – wo die Toten wohnen. Sein Gesicht war sehr bleich; sein Atem kam unregelmäßig. In einer Metallpfanne brannten aromatische Blätter.

Als Tzu-lu und die anderen zu schwanken und zu stöhnen begannen, öffnete Konfuzius die Augen. Er wirkte verdutzt; wie ein Mann, der aus normalem Schlaf erwacht. »Tzu-lu!« Seine Stimme klang erstaunlich kräftig.

Die Jünger brachen ihre Wehklage ab, und Tzu-lu sagte: »Großer Minister, wir sind hier, um dir im Tode zu dienen wie im Leben. Wir haben die Riten der Sühne absolviert. Wir haben die Himmelsgeister in der Höhe und die Erdgeister in der Tiefe angerufen ...«

»Meine Sühne begann vor langer Zeit.« In das bleiche Gesicht kehrte etwas Farbe zurück. »Ich brauche keine Riten. Entweder ist, was ich in meinem Leben getan habe, in den Augen des Himmels gut oder nicht. All dies ist ... überflüssig.« Der alte Mann zwinkerte; bemerkte die Gewänder, welche die Jünger angelegt hatten. »Als was, um alles auf der Welt, tretet ihr denn da auf?«

»Als Gefolge eines großen Ministers«, sagte Tzu-lu weinend.

»Aber ich bin kein großer Minister.«

»Du bist ein Staatsminister ...«

»Das ist nichts, wie wir alle wissen. Nur ein großer Minister kann ein Gefolge haben, das solche Kleider trägt.« Konfuzius schloß die Augen. »Dies ist eine Travestie, Tzu-lu.« Er schlug die Augen wieder auf; sie wirkten jetzt hell und wach. Auch klang die Stimme kräftiger. »Wenn ihr vorgebt, daß ich etwas bin, das ich nicht bin, wen narrt ihr dann? Den Hof? Dort weiß man es besser. Den Himmel? Nein! Ich ziehe es vor zu sterben –« Ein leises Lächeln spielte um seine Mundwinkel. »– gemäß meinem bescheidenen Rang.«

Tzu-lu schwieg. Jan Ch'iu sprach in die beklommene Stille. »Meister, ich habe dir eine spezielle Arznei mitgebracht.« Jan Ch'iu streckte die Hand vor. Zwischen den Fingern hielt er eine kleine, zugestöpselte Flasche. »Es handelt sich um ein Geschenk von Baron K'ang, der für deine Wiedergenesung betet.«

»Danke ihm für die Gebete. Und für die Medizin.« Konfuzius hob die Hand, als wolle er die Flasche entgegennehmen. Doch bevor Jan Ch'iu sie ihm geben konnte, schloß er die Hand zur Faust und sagte: »Da ich nicht weiß, was die Flasche enthält, wage ich's nicht zu nehmen. Außerdem –« Und endlich entblößten sich, im berühmten Kaninchenlächeln, die Vorderzähne. »– müßte der Ministerpräsident wissen, daß ein Edler keine Medizin von einem Arzt nehmen kann, dessen Vater und Großvater seiner Familie früher nicht gedient haben.«

Konfuzius starb nicht. Im Spätsommer klopfte er bei Baron K'ang wegen eines ordnungsgemäßen Ministeriums an. Als ihm mitgeteilt wurde, derzeit sei keines verfügbar, begriff er, daß der bittere Kürbis nun für immer seinen Platz an der Wand hatte.

Mit Gelassenheit und in guter Haltung fuhr Konfuzius fort, seine Zeit teils dem Studium der Chou-Texte, teils seinen Schülern zu widmen. Es heißt, Konfuzius' Privatschule sei die erste im ganzen Reich der Mitte gewesen, die von Adelsfamilien völlig unabhängig war. Konfuzius selbst war in der Privatschule der Meng-Familie erzogen worden. Jetzt war er der Erzieher der gesamten Ritterklasse wie auch einer Anzahl Adliger. Wichtiger noch: Er war der Schöpfer edler Menschen. Vor Konfuzius hatte niemand den Rang – nein, nicht den Rang – die Stellung eines Edlen anstreben können. Konfuzius sagte, jeder könne ein Edler werden, wenn er dem rechten Weg mit Eifer folge. Die besitzlosen Shang-Gelehrten waren es zufrieden. Die Chou-Adligen nicht.

Einen guten Teil seiner Zeit widmete Konfuzius überdies dem Ordnen der Annalen von Lu. Er hielt es für wichtig, genau zu wissen, was während der Jahre geschehen war, in denen die Herzöge ihre Macht verloren hatten. Er verbrachte viele glückliche Stunden mit den verstaubten Annalen, welche Herzog Ai für ihn verfügbar machte. In Cathay besitzen nur die großen Familien in nennenswertem Umfang Bücher. Laut Konfuzius bilden die meisten dieser Bücher ein furchtbares Durcheinander, und zwar aus folgendem Grund. Die Bambusstreifen, auf die man schreibt (und dies von oben nach unten und nicht von Seite zu Seite), werden mit einem Lederriemen zusammengebunden, welcher durch ein Loch oben im Streifen verläuft. Mit der Zeit verschleißen die Riemen jedoch, und dann stimmt die Reihenfolge der Streifen nicht mehr. Es war Konfuzius' Traum, möglichst viel Chou-Literatur in die richtige Ordnung zu bringen. Dies bedeutete, daß Ahnenhymnen von höfischen Liedern getrennt werden mußten; und so weiter. Alles in allem ein großartiges Unterfangen. Ich habe keine Ahnung, ob er lange genug lebte, um die Aufgabe zu vollenden. Ich bezweifle es jedoch.

Ich sah ihn zum letztenmal hinter den Regenaltären. Er schritt inmitten einer Anzahl junger Schüler. Als er mich erblickte, lächelte er. Ich schloß mich der Gruppe an; und hörte eine Weile zu. Obgleich er nichts sagte, was ich nicht bereits aus seinem Mund vernommen hatte, war es für mich einmal mehr faszinierend, auf welche Weise er seine Weisheit mitteilte – jeweils den Menschen und der Situation entsprechend. Er verabscheute solche, welche gedankenlos daherleiern, was sie, indischen Vögeln ähnlich, auswendig gelernt haben. »Lernen und dann nicht nachdenken über das Gelernte ist völlig nutzlos. Nachdenken, ohne zuvor gelernt zu haben, ist gefährlich.« Die Aalglatten allerdings konnte er nicht ausstehen. Ich erinnere mich an einen Disput, bei dem ein junger Mann Konfuzius' eigene Worte gegen den Meister kehrte. Dieser nahm die Spitzfindigkeiten scheinbar gelassen auf. Doch als wir uns entfernten, grollte er: »Wie ich Zungenfertigkeit hasse!« Athener hätten ihm wohl kaum gefallen.

Ich glaube, Demokrit, daß selbst dein Lehrer Protagoras Konfuzius darin beipflichten würde, daß es überaus notwendig ist zu überprüfen, was man gelernt hat. Konfuzius vertrat auch die Auffassung, ein Lehrer müsse stets in der Lage sein, das Alte anhand des Neuen zu interpretieren. Dies ist augenfällig. Leider ist gleichermaßen augenfällig, daß die meisten Lehrer zu nichts anderem fähig sind als zum Herunterleiern alter Sprüche. Für Konfuzius bedeutet wahre Weisheit, das Ausmaß dessen zu kennen, was man nicht so gut weiß wie das, was man weiß. Probiere das mal bei deinem Freund Sokrates – oder jenem Dämonen, zu dem er zu reden liebt. Demokrit meint, ich sei gegenüber Sokrates ungerecht. Falls dem so ist, dann zweifellos, weil ich große und weise Männer von einer Art gekannt habe, wie man sie nicht findet an diesem Ort – oder in dieser Epoche.

Als Konfuzius und die Jünger das Flußufer erreichten, sagte ich: »Meister, ich reise ab. Ich möchte Lebewohl sagen.«

Konfuzius wandte sich den Jüngern zu. »Geht heim, meine Kleinen.« Dann hakte er sich bei mir ein, eine Geste der Intimität, die er selten machte, selbst bei Tzu-lu. Zusammen schritten wir genau zu der Stelle, wo wir drei Jahre zuvor zum erstenmal zusammen gefischt hatten. »Hoffentlich wirst du manchmal an uns hier denken, wenn du – dort bist.« Er war zu höflich, um das »Dort« mit seinem eigentlichen cathayanischen Namen zu benennen: Land der Barbaren.

»Das werde ich. Oft. Ich habe viele Dinge von dir gelernt, Meister.«

»Glaubst du? Es würde mich natürlich freuen, wenn dem so wäre. Aber wir sind so verschieden.«

»Es ist ein und derselbe Himmel über Persien wie über Cathay.« Ich empfand aufrichtige Zuneigung für ihn.

»Doch die *Mandate* sind nicht dieselben.« Der alte Mann ließ die Kaninchenzähne sehen. »Deshalb glaubt ihr noch an den Weisen Herrn und den Tag des Gerichts und das ganze flammende . . . Ende der Dinge?«

»Ja. Dennoch ist der Weg der Rechtschaffenheit für uns – auf Erden – derselbe wie dein Weg.«

»Des Himmels Weg«, korrigierte er mich. Wir befanden uns dicht am Fluß. Diesmal setzte er sich auf den Felsen, wo ich damals gesessen hatte. Ich kniete neben ihm. »Ich fische nicht mehr«, sagte er. »Mir ist die Geschicklichkeit abhanden gekommen.«

»Kann man so etwas jemals verlieren?«

»Was kann man nicht verlieren? Außer der Vorstellung des Guten. Und das Ritual. Ich weiß, daß du insgeheim über unsere dreitausenddreihundert Vorschriften lachst. Nein, streite es nicht ab. Ich verstehe dich. Deshalb liegt mir daran, daß du uns verstehst. Ohne Ritual, siehst du, wird Höflichkeit lästig. Vorsicht wird Zaghaftigkeit. Wagemut wird zum Risiko. Unbeugsamkeit wird Härte.«

»Ich lache niemals über dich, Meister. Nur fühle ich mich manchmal etwas verwirrt. Dennoch hast du mich gelehrt, was ein wirklicher Edler ist – oder jedenfalls sein sollte. Und das ist es, was du bist.«

Der alte Mann schüttelte den Kopf. »Nein.« Seine Stimme klang traurig. »Der wahre Edle ist gut. Deshalb ist er niemals unglücklich. Er ist weise. Deshalb ist er niemals begriffsstutzig. Er ist mutig. Deshalb fürchtet er sich nie. Einen großen Teil meines Lebens habe ich in Furcht, Begriffsstutzigkeit, Unglücklichsein verbracht. Ich bin nicht, was ich sein möchte. Und darum habe ich versagt, um die Wahrheit zu gestehen.«

»Meister, du bist ein berühmter Lehrer . . .«

»Ein passabler Rennwagenlenker ist berühmter als ich. Nein. Ich bin nicht bekannt. Doch ich gebe nicht dem Himmel und auch nicht den Menschen die Schuld.« Er strich sich eine weiße Haarsträhne aus der vorgewölbten Stirn. »Ich tröste mich mit dem Gedanken, daß im Himmel die Menschen Anerkennung erhalten für die Art ihres Lebens und für das, was sie angestrebt haben. Sollte dem so sein, so bin ich zufrieden.«

Wir lauschten auf Vogelrufe aus einem nahen Obstgarten; auf die Rufe von Frauen, welche die hungrigen Vögel verjagten. »Meister, glaubst du an den Himmel?«

»Die Erde ist eine Tatsache.« Der alte Mann schlug mit der flachen Hand auf den moosbedeckten Boden.

»Ist der Himmel eine Tatsache?«

»So ist es uns von den Chou gelehrt worden; und vor den Chou von den Shang.«

»Einmal abgesehen von ihren Lehren, ihren Ritualen – glaubst du daran?«

»Als ich vor Jahren das erste Mal in Key war, hörte und sah ich den Thronfolgetanz. Ich war wie geblendet. Nie zuvor hatte ich auch nur geahnt, was vollkommene Schönheit war, was vollkommene Gutheit war. Noch ein ganzes Vierteljahr lang war ich wie benommen. Endlich hatte ich eine Vorstellung davon, wie der Himmel sein mußte, weil ich auf Erden der Vollkommenheit, der Gutheit so nahe gewesen war.«

»Aber woher stammte diese Musik? Wer hat sie erschaffen?«

Konfuzius faltete die Hände; die überlangen Daumen kreuzten einander. »Wenn ich dir vom Himmel erzähle, wirst du mich fragen, wer den Himmel erschaffen hat. Und diese Frage werde ich dir nicht beantworten, weil kein Bedürfnis besteht zu wissen, was wir nicht wissen können. Es gibt hier so viel für uns, womit wir uns befassen müssen. In Himmels *Namen*, wir haben gewisse Rituale geschaffen, die es uns ermöglichen, gleichsam über uns hinauszuwachsen. In Himmels Namen sind wir verpflichtet, bestimmte Bräuche, Sitten, Vorstellungen zu beobachten, welche für Harmonie, für Rechtschaffenheit, für Gutheit sorgen. Worte, die nicht leicht zu definieren sind.« Der alte Mann krauste die Stirn. »Das einzige große Hindernis auf meinem Weg – wie auch bei jedermann sonst – ist die Sprache. Wichtige Wörter sind wolkig mit zu vielen Bedeutungen und Nicht-Bedeutungen. Wenn ich die Macht besäße, würde ich jedes Wort neu definieren.« Er schwieg, lächelte dann listig. »So daß es wieder seiner ursprünglichen Chou-Bedeutung entspräche.«

»Aber all diese Zermonien, Meister! Wie hat dir zum Beispiel gefallen, was Tzu-lu inszenierte, als du so krank warst?«

Konfuzius zog die Augenbrauen zusammen. »Die Gewänder waren wahrhaftig eine Blasphemie.«

»Ich meinte eher die Gebete an den Himmel und an die Erde für deinen Geist, wo du selbst an Geister doch nicht glaubst.«

»Das«, sagte der Meister, »ist ein exquisiter Punkt. Ich befürworte das Ritual aus mancherlei Gründen. Es tröstet die Lebenden, es beweist Respekt für die Toten, es erinnert uns an unsere Verbindung mit all jenen, die vor uns waren. Zahlenmäßig sind sie uns um Millionen überlegen, weshalb ich nicht an Geister glauben kann. Wären diese Geister überall um uns herum, so gäbe es keinen Platz für die Lebenden. Wir würden auf Schritt und Tritt ein Gespenst sehen.«

»Aber was ist mit all den Menschen, die behaupten, sie hätten die Geister der Toten gesehen?«

Konfuzius warf mir einen kurzen Seitenblick zu, als sei er sich nicht ganz sicher, wie weit er mich ins Vertrauen ziehen könne. »Nun«, sagte er, »ich habe mit vielen Menschen gesprochen, welche glauben, die Geister der Toten gesehen zu haben, und ich stelle ihnen stets eine Frage, welche sie schockiert. War der Geist nackt? Ausnahmslos erzählen sie, der Geist habe dieselben Kleider getragen, in denen er begraben wurde. Nun wissen wir aber, daß Seide und Leinen und Schafwolle ebenso leb- wie seelenlos sind. Auch ist bekannt, daß diese Dinge genauso verfaulen und verfallen wie ein Leichnam. Wie also kann ein Geist dann die Kleider tragen?«

Ich wußte nichts Rechtes damit anzufangen. »Vielleicht scheint der Geist nur bekleidet zu sein«, sagte ich lahm.

»Vielleicht scheint der Geist nur zu sein«, verbesserte er sacht. »Vielleicht existiert der Geist überhaupt nicht – außer in der Vorstellung eines geängstigten Menschen. Bevor du geboren wurdest, warst du ein Teil der ursprünglichen Kraft.«

»Das ist nicht weit von dem entfernt, was Zarathustra uns verkündet.«

»Ja, ich erinnere mich.« Konfuzius sprach beiläufig. Nie war es mir gelungen, ihn für meines Großvaters Wahrheit zu interessieren. »Wenn du stirbst, kehrst du zurück zur ursprünglichen Kraft, wirst wieder ein Teil von ihr. Da du jedoch kein Bewußtsein hattest und also auch keine Erinnerung an die ursprüngliche Kraft, als du geboren wurdest, wie kannst du da dieses befristete menschliche Bewußtsein behalten, wenn du gestorben bist und zurückkehrst zur ursprünglichen Kraft?«

»In Indien glaubt man an die Wiedergeburt auf Erden – als ein anderer – oder als etwas anderes.«

»Für allezeit?«

»Nein. Man wird wiedergeboren, bis der gegenwärtige Zyklus der Schöpfung endet. Die einzige Ausnahme ist derjenige, welcher die Erleuchtung erlangt hat. Er erlischt, *bevor* der Zyklus der Schöpfung endet.«

»Und wenn er ... erlischt, wohin geht er dann?«

»Das ist schwer zu beschreiben.«

Konfuzius lächelte. »Das will ich glauben. Mir schien seit jeher klar zu sein, daß der Geist, welcher den menschlichen Körper belebt, beim Tode wieder zu jener ursprünglichen Einheit zurückkehren muß, welcher er entstammte.«

»Um wiedergeboren oder um gerichtet zu werden?«

Konfuzius hob die Schultern. »Wozu auch immer. Eines ist jedenfalls sicher. Ein erloschenes Feuer läßt sich nicht wiederentfachen. Solange in dir Leben brennt, kannst du ein neues Lebewesen zeugen; doch wenn dein Feuer erloschen ist, kann dich niemand wieder zum Leben erwecken. Die Toten, lieber Freund, sind kalte Asche. Sie besitzen kein Bewußtsein. Aber das ist kein Grund, nicht ihr Andenken zu ehren; und uns selbst und unsere Nachkommen.«

Wir sprachen von Zukunftsschau. Obschon er nicht daran glaubte, war er der Ansicht, die Formen und Rituale seien für Menschen nützlich. Er meinte, sie dienten der Verbesserung der Beziehungen zwischen den Menschen. Irgendwie erinnerte mich Konfuzius an einen Gärtner, welcher unentwegt an seinen Bäumen herumstutzt, damit sie bessere Früchte tragen.

Wir sprachen über den Staat. »Ich habe mich dreingeschickt«, sagte er. »Ich bin wie die Vase von Herzog Tan im Ahnentempel. Hast du sie gesehen?« Als ich verneinte, erzählte er mir, wie zur Zeit der Gründung von Lu der Herzog die Vase eigenhändig in den Tempel gestellt habe. »Wenn die Vase leer ist, steht sie aufrecht und ist sehr schön. Füllt man sie jedoch, so rollt die Vase auf eine Seite, und alles, was sich darin befindet, kippt auf den Boden, was gar nicht schön ist. Nun, ich bin jene leere Vase. Mit Macht und Glorie darf man mich zwar nicht füllen, aber ich stehe aufrecht.«

Am Schluß, im Schatten der uralten Regenaltäre, bedachte mich Konfuzius mit der rituellen – was auch sonst? – Umarmung eines Vaters, der einem Sohn für immer Lebewohl sagt. Als ich den alten Mann verließ, waren meine Augen tränenblind. Warum, weiß ich nicht. Ich glaube nicht, was er glaubte. Dennoch fand ich, alles in allem, daß er gut war. Ganz gewiß bin ich auf meinen Reisen niemandem begegnet, der sich mit ihm vergleichen ließe.

Siebtes Buch

WARUM DIE WASSER DES GANGES ROT WURDEN VON BLUT

1

Die Reise von Lu nach Magadha über die Seidenstraße dauerte fast ein Jahr. Die meiste Zeit war ich krank. Aber das waren alle – krank von dem Fieber, welches in jenen schrecklichen südlichen Dschungeln so verbreitet ist. Obwohl ein Drittel der Expeditionsteilnehmer unterwegs starb, betrachtete der Key-Marquis unsere Verluste als verhältnismäßig leicht.

An unsere genaue Route erinnere ich mich nicht mehr in irgendwelchen Einzelheiten. Und täte ich's, so würde ich sie keinem Griechen verraten. Ich habe seinerzeit einen Reisebericht verfaßt, und vermutlich befinden sich meine Aufzeichnungen in Persepolis im Haus der Bücher unter Verschluß.

Im Laufe jenes furchtbaren Jahres kamen mir mitunter Zweifel, ob ich Susa wohl jemals würde wiedersehen. Dann wieder geschah es, daß mir alles völlig gleichgültig war. Das Fieber hat diese Wirkung. Man möchte lieber sterben, als Tag und Nacht von Fieberdämonen gejagt zu werden. Konfuzius allerdings glaubt nicht an die Existenz einer solchen Geisterwelt. Doch angenommen, es gäbe sie tatsächlich nicht: Wer und was sind dann die Alptraumkreaturen, welche uns während des Fiebers heimsuchen? Sie sind, zu diesem Zeitpunkt, wirklich; also *sind* sie auch offenkundig wirklich. Demokrit zweifelt an meiner Logik. Aber du bist ja auch noch nie krank gewesen, geschweige denn von Geistern verfolgt.

Meine Rolle in der Expedition war niemals völlig klar. Einerseits Ehrengast von Lu und Schwiegersohn des Königs von Magadha, galt ich offenbar gleichzeitig als eine Art Sklave. Obschon mich der Key-Marquis tadellos behandelte, hatte ich das Gefühl, für ihn ein zwar nützlicher, gegebenenfalls jedoch durchaus entbehrlicher Gegenstand zu sein.

Als wir in Champa, der Hafenstadt am Ganges, eintrafen, bat ich den Marquis, mich zur Hauptstadt vorausreisen zu lassen. Zunächst schlug er mir die Bitte ab. Doch ich hatte Glück. Da mich der Vizekönig in Champa früher einmal am Hofe kennengelernt hatte, erwies er mir soviel Ehre, daß mich der Marquis nicht gut als Gefangener halten konnte in diesem Land, das ja schließlich auch mein Land war. Ich vereinbarte mit dem Marquis ein Zusammentreffen in Rajagriha. Dann brach ich mit einem Kontingent magadhanischer Truppen von Champa auf. Natürlich dachte ich nicht im Traum daran, mich nach Rajagriha zu begeben. Zum einen scheute ich ein Wiedersehen mit meinem Schwiegervater; zum anderen sehnte ich mich nach einem Wiedersehen mit meiner Frau und meinen Söhnen in Schravasti.

Zwanzig Meilen östlich von Champa trennte ich mich von meiner militärischen Begleitung. Die Leute setzten ihre Reise nach Rajagriha fort, während ich mich einer zweiten Einheit magadhanischer Truppen anschloß. Diese Männer waren zum Dienst an der republikanischen Grenze abkommandiert, und ihr Befehlshaber gab sich überglücklich, den Schwiegersohn des Königs begleiten zu dürfen; in Wirklichkeit fürchtete er mich. Bald begriff ich auch, weshalb.

Obwohl wir selbst in Cathay Geschichten über Ajataschatrus Grausamkeit gehört hatten, war ich doch geneigt gewesen, sie nicht allzu ernst zu nehmen. Natürlich wußte ich, daß er skrupellos war. Er hatte, gleichsam wie ein Krebs, seinen eigenen Vater verschlungen. Aber dergleichen war in der Gangesebene eher die Regel als die Ausnahme. Ganz gewiß hatte ich ihn niemals für bösartig grausam gehalten. Doch war dies ein Irrtum.

Mich bestürzte das Ausmaß der Zerstörung in jenen Gebieten, die einst eine stolze und blühende republikanische Föderation gebildet hatten. Während wir nordwärts durch diese eroberten Territorien reisten, war es, als sei die Erde selbst abgetötet worden. Nichts wuchs mehr, wo es zuvor Hirsefelder, Obstgärten, Weideland gegeben hatte.

Als wir zu einem Feld voll branddunkler Ziegelsteine kamen, sagte der Befehlshaber: »Dies war die Stadt Vaischali.« Die Zerstörung hätte totaler nicht sein können. Hunde und Katzen und Raubvögel, Schlangen und Skorpione und Eidechsen hausten jetzt in den Ruinen einer, vor nur einem Jahrzehnt, noch blühenden Stadt, wo man mir die Kongreßhalle und das Heiligtum für Mahavira gezeigt hatte.

»Natürlich plant der König, die Stadt wiederaufzubauen.« Der Befehlshaber stieß mit dem Fuß gegen einen Knochenhaufen.

»Wenn er das tut, so wird die Stadt gewiß selbst mit Rajagriha wetteifern«, sagte ich loyal. Ich gab mir in der Tat alle Mühe, als loyaler Schwiegersohn des Mannes zu erscheinen, den die Inder für den größten jemals lebenden Monarchen hielten; doch gelegentlich gewann meine Neugier die Oberhand. »Gab es hier denn großen Widerstand? War es wirklich notwendig, die ganze Stadt dem Erdboden gleichzumachen?«

»O ja, Herr Prinz! Ich war hier. Ich nahm an der Schlacht teil, welche acht Tage dauerte. Die Kämpfe spielten sich hauptsächlich dort drüben ab.« Er wies gen Westen, wo eine Reihe von Palmenbäumen den geschrumpften Fluß markierte. »Wir trieben sie vom Flußufer zurück. Als sie in der Stadt Zuflucht suchen wollten, stellten wir sie bei den

Mauern. Der König selbst führte den Angriff durch das Haupttor. Der König selbst setzte das erste Gebäude in Brand. Der König selbst schnitt dem republikanischen General die Kehle durch. Der König selbst machte die Wasser des Ganges rot von Blut.« Wie eine Art Singsang klangen jetzt die Worte aus dem Mund des Hauptmanns. Ajataschatrus Siege wurden bereits in Versform verkündet, damit künftige Generationen singen konnten von seinem Ruhm und seiner Blutrünstigkeit.

Zwölftausend republikanische Soldaten waren gepfählt worden zu beiden Seiten der Straße, die von Vaischali nach Schravasti führte. Da die letzte Schlacht während der Trockenzeit stattgefunden hatte, waren die Leichen in der heißen Sonne mumifiziert worden. So kam es, daß die toten Soldaten aussahen, als ob sie noch lebten, mit weit aufgerissenen, wie schreienden oder nach Luft schnappenden Mündern; der Tod mußte wohl sehr langsam gekommen sein dort oben auf den hölzernen Pfählen. Zu meiner Überraschung war jeder Soldat sorgfältig entmannt worden: Inder mißbilligen diesen Brauch. Später, in Schravasti, sah ich, wie haltbar gemachte Hodensäcke zum Verkauf angeboten wurden, und mindestens für eine Saison waren sie als Geldbörsen sehr in Mode. Damen trugen sie, am Gürtel befestigt, als Zeichen von Patriotismus.

Wir streiften die Grenze dessen, was von der Licchavi-Republik noch übrig war. Trotz der Zerstörung der Hauptstadt kämpfte der Rest der Republik weiter. »Das sind sehr bösartige Menschen«, sagte mein Begleiter. »Der König ist zornig auf sie, weil sie nicht kapitulieren.«

»Ich kann's ihm nicht verdenken. Beten wir, daß er sie bestraft – und zwar bald!«

»O ja, Herr Prinz. Wir hassen sie, wir hassen sie!« Doch es war kein Haß in der Stimme des jungen Mannes. Er war genauso ein Opfer von Ajataschatrus Blutdurst wie die endlosen Reihen brauner, verkrümmter Leichen links und rechts von uns.

Während wir auf der Nordstraße weiterzogen, schwang ein Geier herab und ließ sich auf den Schultern eines mumifizierten Soldaten nieder. Mit schier menschlicher Neugier, ja Scharfsinnigkeit spähte der Geier in die Augenhöhle, die längst ohne Auge war, und pickte probeweise; da er nichts fand, flog er wieder davon. Er war zum Festmahl zu spät gekommen.

An einem schönen, kühlen, wolkenlosen Herbsttag hielt ich Einzug in Schravasti. Glücklicherweise hatte Ajatashatru die Hauptstadt von Koschala verschont. Als ich von Schravasti Abschied genommen hatte, war ich sieben- oder achtundzwanzig Jahre alt gewesen. Jetzt war ich vierzig, und Sonne und Wind hatten mein Gesicht so sehr gegerbt, daß es aussah wie eine Teakholzmaske. Schlimmer noch: Das Haar, das diese Maske umrahmte, war völlig weiß. Und am schlimmsten: Der Eigentümer dieser Maske war nicht mehr jung.

Prinz Jetas Haus am Fluß wirkte unverändert. Ich klopfte an die

Haupttür. Argwöhnisch spähte ein Bediensteter durch ein Fenster in der Tür. Als ich ihm sagte, wer ich war, lachte er. Als ich ihm drohte, im Namen Ajataschatrus, verschwand er. Wenige Augenblicke später ging die Tür auf, und ein respektvoller Kammerherr empfing mich. Obwohl ich für ihn ein Fremder war, erklärte er mir, er wisse alles über den Mann aus dem Westen, der Ambalikas zwei Söhne gezeugt habe. Auf diese Weise erfuhr ich, daß meine Frau und meine Söhne lebten. Was Prinz Jeta betraf...

Mein alter Freund saß im inneren Garten. Er war in der Tat mein *alter* Freund. In diesem ausgemergelten Menschen jenen lebensvollen Mann wiederzuerkennen, den ich seinerzeit bewundert hatte, war schier unmöglich.

»Komm näher«, sagte er. Da er sich nicht erhob, um mich zu begrüßen, trat ich zu der Couch, auf der er mehr lag als saß. Erst als ich ihn umarmte, wurde mir bewußt, daß er vom Kopf abwärts völlig gelähmt war.

»Es ist im vorigen Jahr geschehen.« Seine Stimme klang entschuldigend. »Ich hätte einen raschen Abschied vorgezogen, doch es ist entschieden worden, daß ich in langsamen Phasen sterben soll. Offenbar war meine letzte Inkarnation wenig glückvoll. Aber ich darf nicht klagen. Schließlich habe ich lange genug gelebt, um dich wiederzusehen.«

Bevor ich antworten konnte, gesellte sich eine füllige Frau mittleren Alters mit zwei ernsten, blauäugigen Knaben zu uns. Ich erkannte Ambalika erst, als sie zu sprechen begann. »Schau dich nur an!« Sie verlegte sich unverzüglich auf den Angriff. »Du bist *alt*! Oh, mein armer Mann – und Herr.« Wir umarmten einander. Ich würde nicht behaupten wollen, daß unser Wiedersehen jenem von Odysseus und Penelope allzusehr glich. Allerdings gab's auch keine Freier, die ich hätte umbringen müssen – soweit ich wußte.

Mein älterer Sohn war natürlich kein »Knabe« mehr, sondern ein Mann; der jüngere befand sich an der Schwelle zur Reife. Die heiße Sonne der Gangesebene läßt alles schneller reifen, wie aus Sorge, es könne nicht genügend Zeit zur Fortpflanzung geben.

Die Knaben starrten mich verwundert an. Ich starrte sie an. Die Kombination von nördlichen blauen Augen und dunkler südlicher Haut wirkte frappant: Sie waren ungemein anziehend.

»Ich finde sie gleichfalls sehr hübsch«, sagte Ambalika, nachdem wir die Knaben fortgeschickt hatten. »Aber natürlich hält sie hier jeder für Dämonen, eben wegen dieser blauen Augen. Sie haben endlose Probleme. Doch sobald sie richtig erwachsen sind...« Ambalika hielt inne. Wir blickten beide auf Prinz Jetas gebrechlichen Körper. Wie stets war ich von Ambalikas Charme verzaubert. Ich habe keine andere Frau gekannt, deren Gesellschaft mich derart entzückte. Man konnte mit ihr sprechen wie mit einem Mann – nicht einem *Staats*mann, ähnlich Königin Atossa. Was ihre Erscheinung betraf... nun, die indische Sonne hatte ihr Werk getan. Ambalika war entschieden überreif. Ihr Körper hatte keinerlei Form, das Kinn dafür zahlreiche Ableger. Einzig die Augen waren dieselben; sie glänzten noch genauso wie in jener Nacht, in der wir zusammen den Nordstern beobachtet hatten.

»Fange«, sagte Prinz Jeta, »mit dem Anfang an.«

Das tat ich. Ich erzählte ihnen, was ich für sie für interessant hielt. Zu meiner Verwunderung schien Persien für beide als Thema unergiebig zu sein. Als ich Ambalika seinerzeit geheiratet hatte, hatte sie von nichts anderem gesprochen. Allerdings war es ja auch ihre Hoffnung gewesen, mit mir nach Susa zu gehen. Jetzt hatte sie alles Interesse am Westen – und an mir – verloren.

Cathay hingegen faszinierte beide. Wie sich herausstellte, gehörte Prinz Jeta zu einem Konsortium, das mit der Wiedereröffnung der Seidenstraße befaßt war.

»Jetzt«, sagte ich mit vom langen Reden trockener Kehle, »erzählt mir, was sich hier zugetragen hat.«

Mit kaum merklicher Geste warnte mich Ambalika, daß wir bespitzelt wurden. Dann sagte sie mit verzückter Stimme: »Mein Vater ist jetzt der universelle Monarch. Wir sonnen uns in seinen Siegen. In seiner Weisheit. In seiner Güte.« Es folgte noch eine ganze Reihe ähnlich leerer Floskeln.

Als ich mich nach dem Buddha erkundigte, sagte Prinz Jeta: »Er hat vor vier Jahren Nirwana erlangt.«

»Nach einem sehr schweren Abendmahl aus Schweinefleisch und Bohnen.« Ambalika war wieder so unvorsichtig wie gewöhnlich.

»Das ist bloßes Gerede.« Prinz Jeta war von ihrer Leichtfertigkeit wenig erbaut. »Mit Sicherheit wissen wir nur, daß er uns friedlich verlassen hat. Seine letzten Worte waren: ›Alle Dinge sind vergänglich. Arbeitet mit Eifer an eurer Erlösung.‹«

»Ist Sariputra noch Oberhaupt des Ordens?«

Prinz Jeta schüttelte den Kopf. »Er starb vor dem Buddha. Ananda ist jetzt verantwortlich. Sie halten sich übrigens alle am Ort auf.«

»Vollauf damit beschäftigt, sich darüber zu streiten, was der Buddha gesagt hat und was er nicht gesagt hat.« Gegenüber jener anderen Welt und ihren Anhängern war Ambalika noch nie sehr nachsichtig gewesen.

»Ananda ist ein guter Sachwalter«, versicherte Prinz Jeta ohne große Überzeugungskraft. »Er hält darauf, daß die Mönche fortfahren, alles ihrem Gedächtnis einzuverleiben, was der Buddha sagte, genauso wie sie es taten, als er noch lebte.«

»Nur daß –« Und ich sprach aus den traurigen persönlichen Erfahrungen eines Priesters. »– der Buddha nicht mehr da ist, um sie zu korrigieren.«

»Das ist wahr. Und ich brauche dir wohl nicht erst zu sagen, daß es bereits jetzt schwerwiegende Meinungsverschiedenheiten gibt über das, was er gesagt haben mag – oder auch nicht.«

»Das wird immer ärger werden.« Über die Jahre hinweg hat es mich immer wieder erstaunt und erzürnt, was für neue, ihnen genehme Doktrinen die Zarathustrianer im Namen meines Großvaters verkünden. Kurz vor meiner jüngsten Abreise aus Susa stattete ich dem Hauptzarathustrianer einen Besuch ab. Als er meinem Großvater etliche unsinnige Verse zuschrieb, erklärte ich ihm in scharfem Ton, dergleichen habe Zarathustra niemals gesagt. Ungerührt erwiderte der Scharlatan: »Du hast recht. Der Prophet hat das nicht gesagt in *diesem* Leben. Er sprach diese Verse zu mir in einem Traum, den ich jüngst hatte; und er gebot mir, sie nach dem Erwachen unverzüglich niederzuschreiben.«

Auf diese Weise obsiegt die Lüge über die Wahrheit – zumindest in der Zeit der langen Dauer. Nun, jene falschen Priester werden das geschmolzene Metall fühlen. Das ist eine Tatsache.

Die folgenden Wochen verliefen überaus angenehm. Zwar zog die füllige Ambalika mich sexuell nicht länger an, doch fand ich sie ebenso gesellig wie gescheit. In unserer ersten gemeinsamen Nacht führte sie mich auf das Dach, von wo man den Fluß sehen konnte. Ich erinnere mich an den abnehmenden Mond, an den ätzenden Rauch der Kochfeuer auf der Anlegestelle unter uns, an das Gefühl, daß sich in Indien niemals etwas ändert.

»Jetzt kann uns niemand hören.« Wir saßen Seite an Seite auf einem Diwan, das Licht des Mondes direkt in unseren Augen. Fern im Osten erkannte man undeutlich den Himalaya, eine dunkle Masse vor dem Himmel.

»Wo ist dein Vater?« Ich hatte nicht den leisesten Wunsch, jenem unberechenbaren Menschen zu begegnen, sofern sich das irgend umgehen ließ.

»In der Trockenzeit befindet er sich stets bei der Armee. Also wird er vermutlich irgendwo an der Licchavi-Grenze sein. Die sind sehr hartnäckig. Ich verstehe nicht recht, warum. Wenn sie kapitulieren, wird er vielleicht einige verschonen. So jedoch wird er alle töten.«

»Er ist wirklich der universelle Monarch, wie?« Da ich nicht wußte, in welchem Maße meine Frau Parteigängerin ihres Vaters war, blieb ich auf der Hut.

»Nun, ein Pferdeopfer hat es nicht gegeben, aber ... Ja, er ist der erste aller Könige in unserer Geschichte.«

Wir beobachteten Sternschnuppen und hörten, wie jemand unter uns auf einer verstimmten Zither spielte.

»Vermutlich hast du dich wiederverheiratet?« Sie stellte die Frage ohne jedwede besondere Betonung.

»Ja. Ich bin – oder war – mit der Schwester des Großen Königs verheiratet.«

»Waren da Kinder?«

»Nein. Meine einzigen Kinder haben dich zur Mutter.«

»Ich fühle mich geehrt.« Ambalikas Stimme klang zwar ernst, doch zweifellos verspottete sie mich.

Ich ignorierte den Spott. »Soweit ich weiß, ist es ohne Beispiel, daß jemand wie ich in einem fernen Land von einer Königstochter Söhne hat.«

»*Persien* ist das ferne Land.« Plötzlich klang ihre Stimme scharf. »*Wir* sind die Heimat.«

»Ich nahm an, du wolltest mit mir nach Persien kommen.«

Ambalika lachte. »Sagen wir einmal, es wäre mir genauso lieb, mit dir nach Persien zu gehen, wie es dir lieb wäre, wenn ich hier bliebe!«

»Mir wäre es lieb –«

»Sei nicht albern!« Plötzlich ähnelte sie wieder sehr dem jungen Mädchen, das ich geheiratet hatte. »Du würdest nicht wissen, was du mit mir tun solltest, und ich würde nicht wissen, was ich tun sollte in einem Land voll Eis und Schnee und blauäugiger Menschen.« Sie schüttelte sich bei dem Gedanken.

»Aber unsere Söhne –«

»– müssen hierbleiben.«

»Müssen?« Ich war plötzlich zornig. Schließlich waren es ja *meine* Söhne, und ich wollte sie unbedingt mit nach Hause nach Susa nehmen, ob nun mit oder ohne ihre Mutter.

»Ja, müssen. Du hast dabei ohnehin nichts zu entscheiden. Genausowenig wie ich«, fügte sie hinzu. »Es ist meines Vaters Wille. Er ist sehr von dem Gedanken angetan, persische Enkelsöhne zu haben. Er meint, sie könnten eines Tages von Nutzen sein.«

»Um sie als Gesandtschaften auszuschicken? Aber wenn sie ihr Heimatland niemals besucht haben, wie können sie da von Nutzen sein?«

»Er wird schon eine Verwendung für sie finden. Keine Sorge. Jedenfalls hat er nach dem alten Caraka geschickt. Damit er sie Persisch lehrt.«

Es freute mich, daß Caraka noch lebte. Ambalika erzählte mir, er sei Oberaufseher der Eisenwerke von Magadha gewesen.

»Wie war das in Cathay?« fragte sie, während sie im warmen Nachtwind ihr glitzerndes Gewand drapierte. »Hast du dort geheiratet?«

»Ich hatte zwei reizende Konkubinen. Aber keine Ehefrau.«

»Keine Kinder?«

»Nein. Cathayanische Frauen beherrschen die Kunst, keine Babys zu bekommen.«

Ambalika nickte. »Davon habe ich gehört. Natürlich haben wir bestimmte Zaubersprüche, die stets wirken – außer wenn sie versagen.«

»Cathayanische Frauen nehmen irgendeinen Trank zu sich. Aber wenn man sie fragt, worum es sich dabei handelt, kichern sie nur. Cathayaner sind sehr verschwiegen. Meine beiden Mädchen waren jedenfalls ganz entzückend. Du hättest deine Freude an ihnen gehabt.«

»Ich hätte an so ziemlich *jeder* Gesellschaft hier meine Freude gehabt. Als einziges Eheweib eines unsichtbaren Ehemanns im Hause eines Großvaters, der keine Konkubine unter sechzig Jahren hat, bin ich ziemlich auf mich selbst gestellt. Was ist mit deinen Mädchen geworden, als du aus Cathay abgereist bist?«

»Die eine habe ich nach Hause geschickt in ihr Dorf; mit genügend Geld, um zu einem Ehemann zu kommen. Die andere fand Aufnahme im Haushalt eines Freundes.« Fan Ch'ih war von meiner zweiten Konkubine so bezaubert gewesen, daß es mir besondere Freude bereitet hatte, ihm ein Geschenk machen zu können, das er wahrhaft schätzte.

»Ihre Gesellschaft wird mir versagt bleiben.« Ambalikas Stimme klang fast traurig. »Allerdings werde ich auch bald schon deine Gesellschaft entbehren müssen, nicht wahr?«

»Ich muß dem Großen König Bericht erstatten«, sagte ich.

»Und bis du das hinter dir hast, wirst du viel zu alt sein, um jemals hierher zurückzukehren.« Ambalikas Direktheit hat mich stets verblüfft – und entzückt. Während ich in der Dunkelheit auf ihre klare, spöttische Stimme lauschte, gelang es mir, die Fleischwülste zu ignorieren, welche so gänzlich jenes schlanke Mädchen umhüllten, das ich, wie mir scheinen wollte, in einem anderen Leben geheiratet hatte.

»Möchtest du, daß ich bleibe?«

»Ich glaube nicht«, sagte sie. »Wir sind zu lange voneinander getrennt gewesen.«

»Was ist mit dem König?«

Ambalika schwieg. Ich legte meinen Arm um ihre Schultern. Das erwies sich als Fehler. Die durch die Dunkelheit geschaffene Illusion der Jugend wurde durch die Berührung verscheucht. Doch hielten wir einander eine Zeitlang in den Armen; und sie erzählte mir von den blutigen Geschehnissen, welche die Länder der Gangesebene erlebt hatten. »Besonders große Angst hatten wir, als die Armee von Koschala vernichtet wurde. Wir bereiteten uns schon darauf vor, die Stadt zu verlassen, als der König uns heimlich die Nachricht zukommen ließ, daß wir bleiben sollten, daß Schravasti verschont werden würde, da der Buddha dort Aufenthalt genommen habe!« Sie lachte leise gegen meinen Hals. »Meines Vaters Interesse am Buddha ist so groß wie meines. Aber er wußte, daß der Buddha populär war. Und er wußte auch, daß der buddhistische Orden König Virudhaka wegen der Zerstörung der Shakya-Republik haßte. Natürlich vermutete niemand, daß mein Vater, nach seiner Krönung in Schravasti, sämtliche anderen Republiken eliminieren werde. Die Menschen hier begrüßten meinen Vater als eine Art Befreier. Und bis jetzt hat er sich ja auch zurückgehalten.«

»Seht ihr einander?«

»Oh, ja. Wir sind sehr freundlich miteinander, und natürlich ist er über seine Enkel hochentzückt. Er fragt mich immer wieder nach dir, hofft, dich wiederzusehen, weint...«

»Noch immer?«

»Noch immer. Doch gibt es jetzt soviel mehr zu beweinen als damals.« Von diesem einen Satz abgesehen, übte Ambalika an ihrem Vater keine Kritik. Aber Frauen fühlen sich von Macht ja immer angezogen. Ich glaube nicht, daß es jemals einen Eroberer geben könnte, der so blutrünstig wäre, als daß nicht die meisten Frauen ihm bereitwillig beiwohnen würden in der Hoffnung, von ihm einen Sohn zu empfangen, der genauso blutrünstig ist wie der Vater.

2

Kurz vor dem alljährlichen Karneval, der Schravasti gleichsam im Sturm nimmt mit Tagen voller Lust und Lustbarkeiten, besuchten Prinz Jeta und ich Ananda im Buddhistenkloster. Ich begleitete Prinz Jetas Sänfte zu Fuß.

»Ich verlasse nur selten das Haus«, murmelte er, während wir uns durch fröhliche Menschenmengen einen Weg bahnten. »Aber ich möchte dabei sein, wenn du mit Ananda sprichst. Deine cathayanischen Geschichten werden ihn entzücken.« Da meine Erzählungen von Konfuzius und Meister Li ihn fasziniert hatten, nahm Prinz Jeta an, sie würden den neuen Führer des buddhistischen Ordens gleichermaßen interessieren. Es war das einzige Anzeichen von Naivität, das ich bei meinem alten Freund jemals entdeckte. Wenn es etwas gibt, das der berufsmäßige Priester verabscheut, dann sind das Berichte über rivalisierende Religionen oder Gedankensysteme.

Der Bambuspark war jetzt völlig dem buddhistischen Orden vorbehalten. Eine niedrige Mauer umgab die Hütte, in der der Buddha gelebt hatte, und ganz in der Nähe entstand ein großes neues Gebäude. »Ein Frauenkloster«, sagte Prinz Jeta. »Ambapali errichtet es. Und sie wird die erste Nonne sein.«

»Die Kurtisane von Vaischali.«

»Ja. Nach Buddhas Tod kam sie hierher ... mit all ihrem Geld. Und das war ein Glück.«

»Ja. Ich habe die Ruinen von Vaischali gesehen.«

»Sie widmet den Rest ihres Lebens dem Orden. Ich bewundere sie zutiefst. Sie ist sehr heilig.«

»Und auch sehr alt«, fügte ich unwillkürlich hinzu. Es kommt häufiger vor, daß erfolgreiche Kurtisanen, ist ihre Schönheit erst einmal verwelkt, sich der Religion oder der Philosophie zuwenden. Es wird interessant sein zu beobachten, was mit Aspasia wird.

Ananda besaß mit dem Buddha eine gewisse Ähnlichkeit, eine Tatsache, die er denn auch keineswegs zu unterschlagen trachtete. Unter vielen Verbeugungen geleitete das Oberhaupt der Sangha Prinz Jetas Sänfte in die Haupthalle des Klosters. Ich folgte.

Mehrere hundert junge Mönche rezitierten des Buddhas Worte. Mir fiel auf, daß viele von ihnen neugefertigte gelbe Gewänder trugen. Dies war eine Neuerung. In der alten Zeit hatten sie nur erbettelte Lumpen tragen dürfen.

Ananda führte uns in einen niedrigen Raum hinter dem dritten Klosterhof. »Hier tue ich mein Bestes, um mich zu erinnern«, sagte er.

Nachdem sich Prinz Jetas Sänftenträger zurückgezogen hatten, blickte Ananda zu mir. »Ich entsinne mich deiner mit Vergnügen«, sagte er. »Sariputra sprach mit soviel Achtung von dir.«

Als Prinz Jeta Ananda von meinen cathayanischen Abenteuern erzählte, gab sich der heilige Mann interessiert. Doch es war Prinz Jeta und nicht Ananda, der mich bat, etwas über die Weisheit der Cathayaner zu sagen. Ich tat es, kurz nur. Ananda war höflich gelangweilt. Schließlich sagte er: »Meister Konfuzius scheint mir so sehr von dieser Welt zu sein, daß man ihn wohl kaum wirklich ernst nehmen kann.«

»Er glaubt, daß die Welt der Menschen die einzige Welt ist, die es gibt«, sagte ich. »Eben deshalb legt er soviel Gewicht auf unser Verhalten in der einzig existierenden Welt.«

»Über diesen letzten Punkt dürften wir uns wohl einig sein, auch kommt seine Vorstellung von einem wahrhaftig Edlen jenem sehr nahe, was wir als wahr wissen. Gerade deshalb finde ich es so seltsam, daß ihm noch nicht aufgefallen ist, was doch gleichsam auf der Hand liegt – die Tatsache des Nirwanas. Er scheint so eindeutig auf dem Weg von den vier edlen Wahrheiten zu sein –« Ananda erzeugte ein lautes, vulgäres Geräusch, wie ein Platzen, indem er mit der Zungenspitze die Innenseite seiner aufgeblähten Wange traf. »– und bleibt dann stehen.«

»Ich glaube nicht, daß ihm daran liegt, über diese Welt hinauszugehen.«

»Das ist zu bedauern.«

»Ich glaube kaum, daß man Konfuzius zu bedauern braucht.« Meine Worte klangen schärfer als beabsichtigt, und Prinz Jeta wandte seinen Blick von Ananda zu mir.

Ananda lächelte. »Unser Mitleid ist allgemeiner Art, mein Lieber. Unser Mitleid gilt allen Lebewesen. Leben heißt, gefangen sein im Zyklus von Geburt und Wiedergeburt. Nur von ihm, der hier war und dann fortging, kann man sagen, daß er erlangt habe, was das bewußte Ziel aller Menschen sein sollte.«

»Meister K'ung würde dem nicht beipflichten.« Zu meiner Überraschung sprach ich wie ein Jünger des Konfuzius. Dabei hatte mich doch seine völlige Gleichgültigkeit gegenüber dem Weisen Herrn entsetzt. Nicht nur, daß ihn die *Idee* der Schöpfung gleichgültig ließ; er hatte sich überdies geweigert, jene Dualität zu akzeptieren, welche doch allen Dingen innewohnt. Obwohl Konfuzius völlig von dieser Welt war, verteidigte ich ihn Ananda gegenüber. Das Paradoxe im Menschen kennt doch keine Grenzen. Mir scheint, daß man sich stets zum Widerspruch herausgefordert fühlt bei jenen, welche glauben, daß sie – und sie allein – die Wahrheit besitzen oder den Weg oder den Schlüssel zum Geheimnis.

»Was für eine Vorstellung hat Konfuzius denn vom Tod?« Prinz Jeta zuliebe heuchelte Ananda Interesse.

»Das weiß ich eigentlich gar nicht. Vermutlich meint er, der Tod sei nicht weiter wichtig. Ihn interessiert nur das Leben ...«

»Im Leben gefangen! Der arme Mensch!«

»Wer ist nicht – gefangen? Konfuzius ist ein aufrichtiger Mann. Er ist oft traurig. Er bekennt, unvollkommen zu sein, was nach meiner Erfahrung höchst selten ist bei den heiligen Männern dieser Welt.« Ananda nahm meine Beleidigung mit einem glatten Lächeln auf. Ich fuhr fort: »Er wollte einen Staat zum allgemeinen Wohl regieren. Als ihm dies verweigert wurde, litt er, und weil er litt, sagte er allen, dies sei der Beweis dafür, daß er keinesfalls ein vollkommener Weiser sei.«

»Keinesfalls ein vollkommener Weiser«, wiederholte Ananda. »Bist du sicher, daß es bei ihm keinerlei Anzeichen dafür gab, aus dem Zyklus von Geburt und Wiedergeburt ausbrechen zu wollen?«

»Ich glaube nicht, daß er den Zyklus akzeptiert.«

»Das ist Ignoranz, fürchte ich.«

»Nein, nicht Ignoranz. Einfach eine andere Art von Wissen. Er hat die Vorstellung von einer Ureinheit, von welcher wir kommen und zu der wir wieder gehen.«

»Das ist aufschlußreich, überaus aufschlußreich.« Ananda blickte zu Prinz Jeta. »Es ist ein Beweis für die absolute Weisheit des Buddha, daß selbst im barbarischen Cathay ein Lehrer einen Blick auf die Wahrheit erhaschen kann – nicht zu *begreifen*, gewiß nicht, aber doch irgendwie ahnen.« Ananda lächelte mich an. »Wir freuen uns sehr, dies zu hören.« Die Selbstzufriedenheit des kleinen Mannes war zutiefst abstoßend.

»Ich bin sicher«, sagte ich, »daß sich Konfuzius freuen würde, wenn er wüßte, daß man auch in einem fernen Land etwas von seinen Wahrheiten ahnt.«

Ananda ignorierte meine Worte, meine Herausforderung. Er blickte zu Prinz Jeta. »Gewiß wird es dich freuen, wenn du hörst, daß wir endlich ein Kanalisationssystem perfektioniert haben, das einzigartig ist –

zumindest für Schravasti. Wir haben einen unterirdischen Bach umgeleitet, so daß er nunmehr direkt unterhalb der Abtritte fließt. Außerdem haben wir ...« Mit großer Ausführlichkeit verbreitete er sich über Hygiene, ein Dauerproblem für indische Städte.

Schließlich wandte sich Ananda wieder höflich mir zu. »Wenn mein Gedächtnis nicht trügt, so hast du bei deinem ersten Besuch hier ganz andere Auffassungen vertreten, als du sie jetzt zu haben scheinst. Damals glaubtest du an ein höheres Wesen, an einen Gott als alleinigen Schöpfer des Universums. Jetzt hingegen bist du ausschließlich interessiert am ... Betragen in der Alltagswelt.«

Ich hatte nicht damit gerechnet, daß er sich an das erinnern würde, was ich vor so vielen Jahren über den Weisen Herrn gesagt hatte. Dies war töricht von mir. Wenn es ums Gedächtnis geht, ist der berufsmäßige Priester noch schlimmer – oder besser – als der Dichter.

»Ich habe mich nicht geändert«, behauptete ich. »Ich glaube nach wie vor an den Weisen Herrn. Die Lehren des Konfuzius erwähnte ich nur, um zu zeigen –« Ich unterbrach mich, weil ich mich nicht mehr erinnern konnte, *was* ich eigentlich hatte beweisen wollen, indem ich den weltlichen Konfuzius zitierte.

»Um die Ähnlichkeiten zwischen seinem Weg und dem Weg des Buddha aufzuzeigen. Natürlich, ich verstehe.« Ananda lächelte zum Rasendwerden. »Zweifellos«, fuhr er fort, »verrät dein Cathayaner, indem er die Idee eines Schöpfergottes wie Brahma oder der Weise Herr verwirft, einen Ansatz echter Intelligenz.«

Ich nahm diese Blasphemie, wie ich hoffe, mit der gleichen Unerschütterlichkeit hin, mit der er zuvor auf meine Herausforderung reagiert hatte. »Es ist echte Intelligenz«, sagte ich, »daß aus nichts nichts entstehen kann. Folglich mußte die Welt von irgendwoher beginnen. Die Welt mußte erschaffen werden, und das wurde sie auch – vom Weisen Herrn.«

»Aber wer hat ihn erschaffen?«

»Er selbst.«

»Woraus?«

»Aus nichts.«

»Aber du hast doch gerade gesagt, daß aus nichts nichts entstehen kann.«

Jawohl, Demokrit, ich war in die älteste aller Fallen getappt. Rasch schlug ich einen Haken. »Nichts ist nicht das Wort, das ich meinte. Laß uns sagen, daß was damals war und jetzt ist und das Immer-So sein wird.« Gedankenlos hatte ich Meister Lis Konzept übernommen. »Es war vom Immer-So, daß der Weise Herr die Erde, den Himmel und den Menschen erschuf. Die Wahrheit erschuf und die Lüge ...«

»Oh, mein Bester.« Ananda seufzte. »Dies ist sehr primitiv. Vergib mir. Ich möchte deine Gefühle nicht verletzen. Ich respektiere deinen tiefen Glauben an das, was dein Großvater für wahr hielt. Aber selbst dein cathayanischer Freund verschmäht die Vorstellung von einem allmächtigen Himmelsgott wie dem Weisen Herrn oder Brahma oder dem Himmel selbst oder wie immer du ihn oder es nennen willst. Weißt du, da war mal ein Brahmane, der sehr zornig auf den Buddha zu werden pflegte. Schließlich sagte er: ›Wie kannst du Brahma als den Schöpfer leugnen wollen? Begreifst du denn nicht, daß jedes Glück und jeder Gram, jedes Gefühl, das ein Mensch hat, zu ihm von einer hohen Gottheit kommt?‹«

»Was entgegnete der Buddha darauf?« Offenkundig hatte Prinz Jeta diesen Teil der Lehre doch nicht gehört – weil es sich um eine kürzliche Offenbarung handelte?

»Ich zitiere des Buddhas Antwort«, sagte Ananda. Er schloß die Augen und begann eine Art Singsang: »›So werden denn, dank der Erschaffung durch eine hohe Gottheit Menschen zu Mördern, Dieben, Lüstlingen, Lügnern, Verleumdern, Schmähern, Schwätzern, Neidern, Bösartigen, zu Leuten mit perversen Ansichten. Und so besteht für jene, die sich dafür entscheiden, einen Schöpfergott als wesenhafte Ursache anzunehmen, weder der Wunsch noch der Antrieb noch die Notwendigkeit diese oder jene Tat zu tun.‹«

»Gut«, flüsterte Prinz Jeta.

»Unsinn!« Ich war zornig. »Das ist nur ein Teil davon. Nachdem der Weise Herr sich selbst erschaffen hatte und sein Schatten-Böses, erschuf er den Menschen und überließ ihm die Wahl: Diene der Wahrheit oder diene der Lüge. Jene, welche der Lüge dienen, werden leiden beim jüngsten Gericht, während –«

»Wie kompliziert, wie überaus kompliziert«, sagte Ananda. »Und so typisch für eine der hohen Gottheiten. All die Bösartigkeit. All die Albernheit. Schließlich – wenn er ein höheres Wesen ist, warum läßt er es dann zu, daß das Böse existiert?«

»Damit jeder Mensch seine Wahl treffen kann.«

»Wäre ich eine hohe oder höchste Gottheit, so würde ich mir nicht die Mühe machen, Böses zu erschaffen oder den Menschen oder sonst irgend etwas, das mir nicht völlig gefiele. Ich fürchte, wenn sich's um deine höchste Gottheit dreht, so bist du gezwungen, rückwärts vorzugehen. Das Böse existiert. Den Grund dafür weißt du nicht. Also verwandelst du deinen Schöpfer in eine Art grausamen Sportsmann, der mit dem menschlichen Leben Spiele spielt. Werden sie oder werden sie nicht gehorchen? Soll ich sie martern oder nicht martern? Liebes Kind, es ist alles so primitiv. Aus diesem Grunde haben wir seit langem die Vorstellung von einer höchsten Gottheit aufgegeben. Und genau das, so scheint mir, hat auch dein Freund Konfuzius getan. Genau wie uns ist auch ihm klar, daß das Akzeptieren eines solchen Ungeheuers eine Billigung des Bösen bedeutet, da sich ja auch Böses in seiner Schöpfung findet. Glücklicherweise blicken wir an Brahma vorbei und auch am Weisen Herrn. Wir blicken zur Natur des Universums, und wir sehen, daß es ein Kreis ist, ohne Anfang und ohne Ende; und für jenen, der dem mittleren Weg folgt, ist es möglich, direkt durch den Kreis zu blikken und zu erkennen, daß das Ganze eine Illusion ist – wie die Ewigkeit. Schließlich finden wir, aus praktischen Gründen, daß Menschen sich besser benehmen in einer Welt, wo keine höchste Gottheit Böses billigt und Einfaches verwirrt. Wie euer Konfuzius so weise sagt: ›Der Himmel ist weit. Der Mensch ist nah.‹«

Ich verfolgte das Thema nicht weiter. Atheisten können jenen, die an den Weisen Herrn glauben, stets ein Bein stellen. Wir wissen, was wahr ist. Sie wissen es nicht. Ich habe Konfuzius sympathisch gefunden, weil er nicht versuchte, den Himmel von der Erde zu lösen. Er akzeptierte, was er nicht verstehen konnte. Der Buddha dagegen trotzte dem Himmel durch Gleichgültigkeit. Ich glaube nicht, daß es jemals auf der Erde einen solchen arroganten Menschen gegeben hat. Praktisch sagte er doch: »Ich existiere. Aber wenn ich aufhöre zu existieren, werde ich nicht mehr existieren, und es wird nirgendwo irgendwelche Existenz geben. Was andere für Existenz halten, ist Illusion.« Dies verschlägt einem den Atem.

Demokrit sagt, *ihm* habe das nicht den Atem verschlagen. Er glaubt, daß der Buddha etwas anderes meint. Die Schöpfung setze sich fort, sagt Demokrit, und die einzige Anomalität sei das irrende Selbst, welches die Schöpfung beobachtet. Beseitige das Selbst, und die Materie bleibt, wie stets. Das Immer-So? Ich kann all dem nicht folgen. Für mich ist nun mal, was ist.

3

Während der folgenden Wochen verhandelte ich mit verschiedenen Kaufleuten und Gilden, welche mit Persien Geschäfte treiben möchten. Inzwischen war ich selbst so etwas wie ein Kaufmann. Ich wußte, was man uns in Susa verkaufen konnte; und zu welchem Preis. Ich genoß sie, die Stunden des Feilschens in den Zelten auf dem Zentralmarkt. Und ich brauche wohl kaum zu sagen, daß in der Gesellschaft eines wichtigen Kaufmanns oder Gildenschatzmeisters unweigerlich der Name Egibis fiel. In gewissem Sinne war jene Firma so etwas wie der universelle Monarch. Wohin auf der Welt man auch kommt, stets waren schon Firmenagenten dort und haben Geschäfte getätigt.

Mich kam's ziemlich hart an, mit meinen Söhnen zu reden. Zunächst waren sie voller Argwohn gegen mich. Ich hatte das Gefühl, daß ihnen ihr eigenes Anderssein mißfiel und sie mir dafür die Verantwortung gaben. Dennoch gelang es mir, das Vertrauen des älteren Knaben zu gewinnen. Er war ganz ungeheuer stolz auf seinen Großvater, den König.

»Er wird der oberste Herr der ganzen Schöpfung sein.« Wir überquerten den Hauptmarkt, wobei mein Sohn gesehen hatte, wie ich von einer Kaufmannsvereinigung eine Anzahl von Darlehen akzeptierte. Unverkennbar hatte er sich große Mühe gegeben, sich nichts anmerken zu lassen von seiner Kriegerkastenverachtung gegenüber den Kaufleuten, mit denen ich verhandelte.

»Was meinst du mit Herr der ganzen Schöpfung?«

»Der König schaut gen Westen. Der König schaut gen Osten.« Der Knabe zitierte unverkennbar aus irgendeinem Palast-Text.

»Du glaubst, er hat Absichten auf deines Vaters Heimatland?« fragte ich.

Der Knabe nickte. »Eines Tages wird ihm die ganze Welt gehören, weil es noch nie einen gegeben hat wie ihn. Schließlich hat es noch nie einen Herrn von ganz Indien gegeben.«

»Ganz Indien? Was ist mit den Licchavis? Und dem Königreich Avanti? Und *unserer* Provinz Indien? Und was ist mit dem Süden?«

Er zuckte die Achseln. »Das sind Einzelheiten. Aber als Ajatashatru auf diesen Platz ritt – ich war damals ein Kind, aber ich erinnere mich noch, wie er aussah –, da war er wie die Sonne. Und die Menschen hießen ihn willkommen, als sei er die Sonne nach langen Regenfällen.«

Ich versagte es mir, ihm zu erklären, daß sie womöglich entsetzt gewesen waren über ihren neuen Herrscher, welcher der gnadenlosen Hochsommersonne glich, welche die Felder ausdörrt und Wüsten schafft.

»Mag er dich?«

»Oh, ja. Ich stehe in seiner Gunst.« Der Knabe, nein, Jüngling besaß bereits die Gestalt des Kriegers, der er bald sein würde. Obwohl er meine Augen hatte – auch die Augen der thrakischen Hexe Lais – war er mir doch völlig fremd. Doch entging es mir nicht, daß er ehrgeizig und energisch war. Er würde, am Hof von Magadha, seinen Weg machen. Da gab's nicht den mindesten Zweifel.

»Würdest du gern Persien besuchen?« fragte ich.

Seine Zähne waren sehr weiß und sein Lächeln voller Charme. »Oh, ja! Meine Mutter hat mir soviel von Susa und Babylon und dem Großen König erzählt. Und immer wenn der alte Caraka uns besuchen kommt, erzählt auch er mir Geschichten.«

»Würdest du zusammen mit mir zurückkehren?« Ich wagte es nicht, ihn anzusehen. Im Land der dunklen Menschen ist es irgendwie merkwürdig, wenn zwei blaue Augenpaare ineinanderblicken, wie in Spiegel ... nur, daß einer der Spiegel von Dunkelheit umrahmt war.

»Ich muß meine Studien beenden, Vater.« Eine solche Antwort hatte ich erwartet. »Anschließend muß ich auf die Universität in Taxila. Ich bin zwar nicht versessen darauf, doch mein Großvater hat mir befohlen, Sprachen zu lernen. Also muß ich gehorchen.«

»Vielleicht wird er dich als Gesandten verwenden wie mich.«

»Das wäre eine zweifache Ehre.« Der Knabe war bereits ein Höfling.

Mein jüngerer Sohn war verträumt und schüchtern. Als ich ihn endlich soweit hatte, daß er mit mir sprach, wollte er Geschichten von Drachen und Meerjungfrauen hören. Ich gab mir Mühe, ihn mit phantasievollen Geschichten zu ergötzen. Er interessierte sich auch für Buddha. Ich vermutete, daß er von seinem Urgroßvater jene Art von Verstand geerbt hatte, welche die andere Welt als etwas absolut Natürliches betrachtet. Jedenfalls war keiner meiner Söhne bereit, Indien zu verlassen. Was mich zwar nicht überraschte, aber dennoch tief enttäuschte.

Am Tag vor dem Aufbruch meiner Karawane nach Taxila saß ich auf dem Dach des Flußhauses neben Prinz Jetas Sänfte.

»Ich werde bald sterben«, sagte er. Er wandte mir seinen Kopf zu. »Deshalb bin ich so froh, daß ich dich wiedersehen konnte.«

»Warum? Wenn du erst einmal tot bist, wirst du mich vergessen.« Da Prinz Jeta über den Tod zu lachen liebte, gab ich mich bei dem Thema so vergnüglich, wie nur möglich; keine ganz leichte Aufgabe. Selbst jetzt kann ich mich noch nicht mit dem Gedanken versöhnen, diesen zugegebenermaßen verfallenen Körper preiszugeben für den langen Weg zum fernen Ende – oder: so bete ich zum Weisen Herrn, zur Brükke des Erlösers.

»Ah, aber wenn ich mit dir in meinen letzten Tagen spreche, so mag das mein Schicksal auf wichtige Weise ändern. Dank dir mag ich dem Ausgang näher sein bei meiner Wiedergeburt.«

»Ich hätte gedacht, du seiest nur noch einen Schritt vom Nirwana.«

»Mehr als einen Schritt, fürchte ich. Ich bin der Sorge verbunden. Meine nächste Wiedergeburt könnte schlimmer sein als selbst diese.« Er blickte an seinem gelähmten Körper herab.

»Wir werden nur einmal geboren«, sagte ich. »Jedenfalls *glauben* wir das«, fügte ich höflich hinzu.

Prinz Jeta lächelte. »Was du glaubst, spielt keine Rolle, falls du mir die Bemerkung verzeihst. Wir können uns keinen Gott vorstellen, der eine unsterbliche Seele nimmt, ihr die Wiedergeburt gestattet, Spielchen mit ihr spielt, sodann ein Urteil über sie fällt und sie zu ewiger Pein oder Lust verdammt.«

»Nicht für ewig. Schließlich wird, in der Ewigkeit, alles wie eines sein.«

»Ich bin mir nicht sicher, daß ich deine Vorstellung von der Ewigkeit ganz begreife.«

»Wer kann das schon?« Ich wechselte das Thema; sprach von meinen Söhnen. »Ich hatte gehofft, sie würden mit mir zurückreisen. Auch Ambalika.«

Prinz Jeta schüttelte den Kopf. »Sie würden sich dort ebenso deplaziert vorkommen wie du hier. Außerdem . . .«

Prinz Jeta brach ab. Er hatte etwas auf der anderen Seite des Flusses gesehen. Auch ich spähte. Die Ebene zwischen den Bergen und dem Fluß schien von einem Sandsturm erfüllt. Dabei war es ein windloser Tag.

»Was, um alles auf der Welt, ist das?« fragte ich. »Ein Trugbild?«

»Nein.« Prinz Jeta krauste die Stirn. »Es ist der König.«

Ich fröstelte im warmen Sonnenschein. »Ich dachte, er sei an der Licchavi-Grenze.«

»War er auch. War er auch. Jetzt ist er hier.«

»Ich glaube, ich sollte mich vor seiner Ankunft entfernen.«

»Zu spät«, sagte Prinz Jeta. »Er wird dich sehen wollen.«

»Aber da er nicht weiß, daß ich nicht hier bin, könnte ich doch –«

»Er weiß, daß du hier bist. Er weiß alles.«

Am nächsten Morgen wurde ich in aller Frühe zum König auf der anderen Seite des Flusses befohlen. Ich verabschiedete mich von Ambalika, wie zum letztenmal. Sie war voller Trost. »Du bist sein Schwiegersohn. Der Vater seines Lieblingsenkels. Du hast nichts zu fürchten.« Aber noch während sie sprach, hatte ich das Gefühl, daß sie mir zum letztenmal Lebewohl sagte.

Es gibt nichts auf Erden, das sich mit einer indischen Armee vergleichen läßt. Zum einen ist es keine Armee – es ist eine Stadt. Man stelle sich eine Zeltstadt vor mit zwei- oder dreihunderttausend Männern, Frauen, Kindern, Elefanten, Kamelen, Pferden, Ochsen, die sich sämtlich durch eine staubige Landschaft bewegen, und man hat eine gewisse Vorstellung von dem, wie es ist, wenn ein indischer König in den Krieg zieht. Griechen zeigen sich empört über die Tatsache, daß der Große König in den Krieg zieht samt seinen Frauen, seinen Möbeln und seinen Gefäßen voll Choaspes-Wasser – auch über die Tatsache, daß die Unsterblichen die Freiheit haben, mit ihren Frauen und persönlichen Sklaven zu reisen. Kommt es jedoch zum Kampf, so werden persische Bedienstete samt aller Bagage wohlweislich aus den Kämpfen herausgehalten. Anders in Indien. Zunächst greifen die Elefanten die gegnerische Armee an. Sollte der Feind einen Mangel an Elefanten haben, so ist die Schlacht an diesem Punkt beendet. Gibt es Widerstand, so treten Speerwerfer und Bogenschützen in Aktion. Inzwischen sind, im feindlichen Territorium, Märkte, Tavernen, Werkstätten und Waffenkammern so von Menschen und Dingen überfüllt, daß alles wie verstopft erscheint.

Attackieren einander zwei Armeen von gleicher Größe, so erringt jene den Endsieg, der es gelingt, den Führer der anderen Seite zu töten. Gelingt dies keiner der einander befehdenden Parteien, so gibt es ein endloses Kuddelmuddel – zwei Städte, die hoffnungslos ineinander vermengt sind. Es gibt Geschichten von Königsarmeen, die so irrsinnig miteinander vermischt waren, daß sich beide Seiten gezwungen sahen, einen Waffenstillstand abzuschließen, um erst einmal alles ordnungsgemäß zu »sortieren«.

Mein Fahrer und ich brauchten eine Stunde von den ersten Wachen über den Fluß bis zum Herzen des militärischen Lagers, wo Ajatashatrus goldenes Zelt errichtet worden war. Ich hatte eher das Gefühl, mich in einem riesigen Basar als in einem Militärlager zu befinden. Langsam, langsam fuhren wir durch Märkte, vorbei an Arsenalen und Schlachthäusern zur inneren Stadt, wo die Zelte des Königs und seines Hofstaates standen.

Beim Eingang zum königlichen Zelt hielt der Fahrer, und ich stieg herab. Ein Bediensteter führte mich zu einem benachbarten Zelt, wo mir ein Sklave eine Silberschüssel voll Rosenwasser darreichte. Rituell wusch ich mir im Rosenwasser Hände und Gesicht; dann trocknete mich ein zweiter Sklave mit einem Linnen. Man behandelte mich sehr respektvoll, aber völlig schweigend. Sobald ich gesäubert war, ließ man mich allein. Langsam verging die Zeit, um so hurtiger war die Phantasie am Werk. Da ich annahm, ich sollte getötet werden, gab es keine Hinrichtungsart, die ich mir nicht auf das anschaulichste mit allen entsetzlichen Details vorstellte. Ich dachte gerade an langsames Erdrosseln – wovor ich einen Horror habe –, als Varschakara in der Zeltöffnung erschien. Ich reagierte etwa so wie ein Schwimmer, wenn sich das, was er für einen treibenden Baumstamm hielt, sich als Krokodil entpuppt.

Aber er nahm mir meine Ängste. »Du bist fast unverändert«, sagte er, als wir einander umarmten.

»Und du bist noch genau derselbe!« Und das entsprach in der Tat der Wahrheit. Varschakara war noch genau so, wie er es gewesen war, als wir uns vor vielen Jahren in Varanasi zum erstenmal begegnet waren. Als wahrer Meister des Verrats hatte er mit absoluter Mühelosigkeit den Übergang aus den Diensten des ermordeten Vaters zur Position des Mörder-Sohnes vollzogen. Der Kinnbart war jetzt knallrot, gleichsam als Ersatz für die roten Zähne, die ihm inzwischen fehlten.

Wir sprachen von Cathay. Er war ganz wild auf die winzigste Neuigkeit, und zum Glück konnte ich dieses Raubtier mit mehr füttern als nur mit Winzigkeiten.

»Du mußt einen Bericht abfassen«, sagte er schließlich. »Wir sind *sehr* an der Wiedereröffnung der Seidenstraße interessiert. Wie wir deinem Gefährten erzählten – welcher sich übrigens noch in Champa befindet.«

Daß er bereits Verhandlungen mit dem Key-Marquis aufgenommen hatte, überraschte mich nicht. Ich fragte mich nur mit einigem Unbehagen, was mein cathayanischer Kollege über mich gesagt haben mochte. Schließlich hatte ich ihn ja im Stich gelassen. Aber Varschakara sprach nicht weiter über das Thema.

Dann erklangen rings um uns donnerartige Geräusche: Trommeln kündigten die Ankunft von Ajataschatru an. Wir traten hinaus, und ich starrte ungläubig auf einen Elefanten, wie es ihn größer kaum geben konnte ... ein weißer Elefant, der, ein gleichsam juwelengeschmückter Berg, langsam auf uns zutrottete. Auf dem Elefanten war eine Art Silberpavillon, mit Diamanten verziert. Und in diesem glänzenden Gebilde befand sich eine riesige, glänzende, goldene Gestalt.

»Ajataschatru!« Alle Stimmen waren zum Jubelruf vereinigt. Lobpreisungen wurden ihm zugeschrien. Musikanten vollführten einen entsetzlichen Lärm. Bittsteller warfen sich in den Staub.

Als der Elefant stehenblieb, stellte man beim Tier eine Leiter auf. Zwei Berufsakrobaten eilten hinauf. Dann halfen sie ihm auf die Füße und, ganz langsam, die Leiter hinab.

Ajataschatru war jetzt der dickste Mann, den ich je gesehen hatte. Er war in der Tat so schwer, daß seine Beine das Gewicht des wie aufgequollenen Körpers nicht tragen konnten. Daher stützte er sich, wie jetzt, mit je einem Arm auf die Schultern der Akrobaten; gelegentlich benutzte er auch dicke Elfenbeinstöcke. Während er langsam vorwärtsschlurfte, verschmolzen Kopf, Hals, Schultern, alles zu einer sonderbaren Wulstigkeit, und irgendwie glich er einer riesenhaften, goldenen Spinne.

Als Ajataschatru sich näherte, hielt ich den Blick zu Boden gerichtet. Ich hatte gehofft, er werde stehenbleiben, mich gleichsam offiziell wahrnehmen, doch wortlos glitt er an mir vorbei. Angestrengt starrte ich auf den scharlachroten Teppich. Genau wie der Große König setzte Ajataschatru seinen Fuß nie auf unbedeckte Erde.

Etliche Stunden später kam Varschakara zu mir, mit einem einschmeichelnden Lächeln. Irgendwie fehlten mir die blutigen Zähne; und fragte mich, ob er gezwungen worden war, das Kauen des den Geist zerrüttenden Betels aufzugeben; erst kürzlich erzählte mir eine Person, welche in solchen Dingen bewandert ist, daß man ein Betelstück zwischen der Innenseite der Wange und dem zahnlosen Zahnfleisch halten kann – und die geistige Störung genießen.

Varschakara geleitete mich zu Ajataschatru, der, inmitten von zahllosen Seidenkissen auf einem gewaltigen Diwan ausgestreckt war. In unmittelbarer Reichweite befand sich ein Dutzend kleiner Tische mit Schalen voller Speisen und Flaschen voller Wein; gleichfalls in unmittelbarer Reichweite waren ein Dutzend sehr hübscher vorpubertärer Mädchen und Knaben. Der sexuelle Geschmack meines Schwiegervaters hatte sich mit fortschreitendem Alter nicht geändert. Allerdings habe ich festgestellt, daß ein Mensch, was er in der Jugend ist, auch im Alter sein wird, was nicht unbedingt zum Besseren ist.

Ein Knabe von acht oder neun wischte des Königs Gesicht liebevoll mit einer Leinenserviette ab. Ajataschatrus Körper glänzte vor Schweiß. Durchquerte er auch nur den Raum, so war er völlig erschöpft. Doch obwohl mir schien, daß sein Leben nahezu vorüber war, wirkte sein Gesicht unverändert. Möglicherweise wirkte mein Schwiegervater wegen der Unmassen von Fett jünger als ich. Es ist mir aufgefallen, daß in Ländern mit großer Hitze, wo die Körper früh reifen und rasch altern, Männer und Frauen absichtlich Gewicht ansetzen, um, wennschon nicht die Schönheit der Jugend, sich zumindest den Charme der Kindheit zu erhalten.

Ajataschatru strahlte. »Liebster!« Das riesige Babygesicht blickte mich so erwartungsvoll an, als sei ich im Begriff, ihm irgend etwas Leckeres in den Mund zu stecken. Dann breitete er die Arme, von denen, seidenumhüllt, Fettpolster wie Bettpolster hingen. »Komm zu mir!«

Ich kam zu ihm. Als ich mich vorbeugte, um seine Hand zu küssen, stolperte ich und fiel auf den Diwan. Die Kinder kicherten. In Susa – oder an irgendeinem anderen Hof – würde man für eine derartige Annäherung an den König auf der Stelle vom Leben zum Tode befördert werden. Doch mir wurde verziehen.

Der König packte mich unter den Armen, und halb hob, halb zog er mich quer über den Diwan, als sei ich eine Puppe. Die dicken Arme verfügten noch immer über eine enorme Kraft. Während ich gegen den ausladenden Busen fiel, der nach hundert unvereinbaren Parfumes roch, küßten mich karmesinrote Lippen mit dem gleichen Eifer, mit dem ein Kind eine Puppe liebt – die es einen Augenblick später zerbrechen wird.

»Mein Liebling! Ohne dich war das Leben eine Last, ohne Freude! Wie viele Nächte haben wir uns in den Schlaf geweint mit der bitteren Frage, daß ausgerechnet unser teuerster, unser liebster Schwiegersohn uns verließ. Oh, garstig! Garstig!«

Mit diesen Worten hob mich Ajataschatru hoch und ließ mich neben sich plumpsen. Ich fiel rückwärts in ein Gebirge aus Kissen. Neben ihm kam ich mir vor wie eine zerbrechliche Schale neben einem Elefanten. Es gab keinerlei Etiquette, die ich für eine solche Situation kannte. Respektvoll und in achtbarer Haltung lag ich ausgestreckt neben dem wohl beleibtesten König auf der ganzen Welt.

»Liebster Darius!« Ich muß wohl anmerken, daß er mich während unseres Gesprächs unentwegt Darius nannte. Natürlich korrigierte ich ihn nicht. Wie so viele absolute Monarchen hatte er kein sehr gutes Namensgedächtnis. In Persien erscheint der Große König nie in der Öffentlichkeit ohne einen Kämmerer, welcher ihm jeweils die Namen zuflüstert.

»Wie hat mein armes Kind nach deinem Anblick gehungert! Hat gedarbt nach Nachrichten von dir! Hat danach gedurstet, deinen Aufenthaltsort zu kennen!« Die Verben, die Ajataschatru gebrauchte, enthielten einen deutlichen Hinweis auf das, was sein Inneres bewegte. Sofort boten ihm die Kinder Speisen und Trank dar. Er war der einzige Mann, den ich je gekannt habe, welcher mit vollem Mund absolut deutlich sprechen konnte. Allerdings hielt er auch selten inne beim Essen wie beim Sprechen.

Als ich schließlich etwas sagen durfte, erzählte ich ihm von meinen vielen vergeblichen Versuchen, nach Magadha zurückzukehren. Während ich sprach, gurgelte Wein geräuschvoll durch seine Kehle. Als ich ihm von meiner Gefangenschaft in Cathay erzählte, hörte er aufmerksam zu. Seine Augen, obschon von Fettpolstern umschlossen, wirkten so glänzend wie je. Als ich mit meinem Bericht fertig war – regelmäßig unterbrochen von Ausrufen des Entzückens, der Verwunderung, der Zuneigung – leerte Ajataschatru sein Weingefäß und sagte: »Du wirst die Seidenstraße nach Varschakara beschreiben.«

»Ja, Herr König.«

»Im Detail.«

»Ja, Herr König.«

»Fertige eine Landkarte an.«

»Werde ich, mit Freuden.«

»Du *bist* mein Liebling, nicht wahr?« Er drückte mich an sich. »Du wirst mir den Weg nach Cathay zeigen, nicht wahr?«

»*Du*, Herr König, willst nach Cathay?«

»Warum nicht? Das nächste Jahr wird sehr, sehr langweilig sein. Die nichtsnutzigen Licchavis werden besiegt sein, und Pardyota – erinnerst du dich an ihn? Der König von Avanti? Er war bösartig. Doch glaube ich, daß wir höchstens ein bis zwei Monate brauchen werden, um Avanti zu erobern. Du wirst bleiben und sehen, wie ich ihm eine Lehre erteile. Du wirst es genießen. Das garantiere ich dir. Denn ich bin ein sehr, sehr guter Lehrer.«

»Ich weiß, Herr König. Ich habe die Ruinen von Vaischali gesehen.«

»Oh, das freut mich aber!« Die Augen glühten. »Hast du die Pfählungen entlang der Straße gesehen?«

»Ja! Sie waren großartig, Herr König. In der Tat habe ich noch nie so viele Gefangene gleichzeitig zu Tode gebracht gesehen.«

»Auch ich noch nicht. Natürlich sagen mir alle, ich hätte so eine Art Rekord aufgestellt, aber du weißt ja, wie unaufrichtig Menschen sein können. Trotzdem glaube ich ganz ehrlich, daß noch kein König jemals so viele nichtsnutzige Männer gepfählt hat wie ich an jenem Tag. Es war aufregend. Noch nie hatte ich soviel Wehgeheul gehört. Vor allem, als wir sie *nach* dem Pfählen auch noch kastrierten. Ich hatte das Gefühl, taub zu werden. Mein Gehör ist überaus empfindlich. Worüber sprachen wir?«

»Cathay, Herr König.«

»Ja. Ja. Ich möchte mich persönlich dorthin begeben, mit der Hauptarmee. Du kannst uns als – nun ja – Wegweiser dienen.«

Als ich ihm erklärte, daß – Glück vorausgesetzt – seine Armee nicht weniger als drei Jahre brauchen werde, um die Grenzen des Reiches der Mitte zu erreichen, begann er, das Interesse zu verlieren. Es schauderte ihn, als ich die dampfenden Dschungel, die hohen Gebirgspässe, die Unbequemlichkeiten und die Fieber der langen Reise beschrieb.

»Wenn wahr ist, was du da sagst, werde ich nicht persönlich gehen. Das liegt auf der Hand. Aber ich werde eine Armee hinausschicken. Schließlich bin ich der universelle Monarch, oder nicht?«

»Ja. Ja, Herr König!«

»Und da Cathay ein Teil des Universums ist, wird man dort sofort wissen, daß ich jetzt . . . wie nennen sie es noch?«

»Das Mandat des Himmels besitze.«

»Ja. Sie werden begreifen, daß das schon sehr lange so ist. Alles in allem wäre es klüger, gen Westen zu ziehen, meinst du nicht? Die Entfernungen sind nicht so groß. Auch gibt es keine Dschungel, die einem Sorgen machen. Und all jene reizenden Städte, in denen man sich aufhalten kann. Auch ist Persien natürlich in starkem Maße ein Teil meines Universums. Nicht wahr, mein Liebster?«

»Oh, ja, Herr König.« Von Wort zu Wort war mir beklommener zumute. Zwar bildete Ajataschatrus Armee keine Bedrohung für die Satrapie von Baktrien und noch viel weniger für das persische Reich, doch ich konnte mich selbst sehen: in der Rolle eines Äffchens an einer Leine, während der König gemächlich seinen Weg machte nach Persien – und in die sichere Niederlage.

Ich gab mir alle Mühe, ihn von einem persischen Abenteuer abzuhalten, doch zeigte sich Ajataschatru euphorisch beim Gedanken an das, was er »*mein* Universum« zu nennen pflegte. Er warf den Republikanern vor, ihn davon abgehalten zu haben zu reisen »zur aufgehenden Sonne, zur untergehenden Sonne, zum Nordstern. Oh, ich weiß, wieviel zu meinem Universum gehört und wie wenig Zeit mir bleibt, all meine Völker zu besuchen. Doch ich muß es versuchen. Das schulde ich dem . . . äh, Himmel.« Augenscheinlich hatte er das cathayanische religio-politische System ziemlich schnell begriffen. Zweifellos entzückte ihn die Vorstellung, daß Hegemonie die wahre Zeugerin des Mandats ist. Da er davon überzeugt war, erstere bereits zu besitzen, fühlte er sich in der Lage, das andere in Empfang zu nehmen, »sobald ich ein paar Reisen zu all meinen guten gelben Völkern und auch blauäugigen Völkern mache. Stell dir nur Millionen Menschen mit Augen wie meine Enkelsöhne vor! Reizende Knaben übrigens. Allein ihretwegen stehen wir in deiner Schuld, Darius.«

Dann, im Verlauf eines ausgiebigen und schier endlosen Mahles wurden wir von bösen Nachrichten gestört. Die Armee von Avanti war in Magadha eingedrungen. Varschakara blickte sehr ernst drein. Ajatashatru wirkte angewidert. »Oh, der böse, böse Mann! Solch ein schlechter König! Jetzt werden wir ihn töten müssen. Sehr bald. Mein Liebling!« Der König küßte mein Gesicht, als schlabbere er über einen Teller. Dann gab er mir einen gewaltigen Stoß, und ich fiel vom Diwan. »Geh zu deiner reizenden Frau. Warte auf uns in Schravasti. Ich werde dort vor Einsetzen der Regenfälle residieren. Inzwischen werden wir das Königreich von Avanti in eine Wüste verwandeln. Das verspreche ich dir. Ich bin Gott auf Erden. Brahma ebenbürtig. Ich bin der universale Monarch. Grüße von mir meine ... meine ... äh, meine Tochter.« Er hatte Ambalikas Namen vergessen. »Und küsse für mich deine beiden hinreißenden, blauäugigen Söhne. Ich bin ein entzückter Großvater. Geh jetzt.«

Meine letzte Begegnung mit Ambalika war überraschend vergnüglich. Seite an Seite saßen wir auf der Schaukel in der Mitte von Prinz Jetas innerem Hof – einer der wenigen Plätze, wo man nicht belauscht werden konnte. Ich erzählte ihr, daß ich den König gesehen hatte. »Er zieht in den Krieg gegen Avanti!«

»Er wird keinen leichten Sieg erringen«, sagte Ambalika.

»Glaubst du, der Krieg könnte länger als eine Jahreszeit dauern?«

»Er könnte jahrelang dauern, genau wie der Unsinn mit den langweiligen Licchavianern.«

»Dann wird er Persien wohl noch nicht in diesem Jahr angreifen.«

»Hat er gesagt, er wolle Persien *angreifen*?«

Ich nickte. Äußerte mich nicht weiter.

»Nun ...« Ambalika schien zu grübeln. Wir schwangen hin und her, über blühendem Gesträuch. »Wäre er jünger, könnte er vielleicht Erfolg haben. Meinst du nicht auch?«

»Persien ist das mächtigste Reich auf der Erde.« Ich fand meine Antwort ziemlich neutral.

»Aber mein Vater ist der größte General auf der Erde. Oder war's jedenfalls. Nun, wir werden jetzt nicht mehr erfahren. Der Krieg mit Avanti wird sich ewig hinschleppen, und Vater wird an Verdauungsstörungen sterben, und du ... was wirst du tun?«

»Nach Susa zurückkehren.«

»Mit deiner Karawane?«

Ich nickte. Und verschwieg, daß ich noch an jenem Abend aus der Stadt zu schlüpfen gedachte, ohne die Karawane. Dennoch schien sie etwas Derartiges zu argwöhnen, denn sie sagte plötzlich: »Ich möchte mich wiederverheiraten.«

»Mit wem?«

»Meinem Halbbruder. Er mag mich. Er ist sehr gut zu meinen Söhnen. Er wird mich zu seiner ersten Frau machen, und wir werden hier in Schravasti leben. Er ist Vizekönig, wie du weißt. Allerdings hast du ihn wohl noch nicht persönlich kennengelernt. Jedenfalls werde ich ihn ziemlich bald heiraten müssen, weil Prinz Jeta jeden Tag sterben kann, und wenn das geschieht, fällt sein Haus an seinen Neffen, einen Widerling, und wir würden ohne Wohnstatt sein.«

»Aber du bist bereits verheiratet«, rief ich ihr ins Gedächtnis.

»Das weiß ich. Aber ich kann doch eine Witwe sein, oder?«

»Soll ich mich umbringen? Oder wird das der König für dich tun?«

»Weder noch.« Ambalika bedachte mich mit einem charmanten Lächeln. »Komm nach innen. Ich habe dir etwas zu zeigen.«

Wir gingen in ihr Schlafzimmer. Sie öffnete ein Elfenbeinkästchen und entnahm ihm ein Papyrus-Dokument. Da es mir schwerfällt, indische Schrift zu lesen, las sie es mir vor: einen Bericht über den beklagenswerten Tod von Cyrus Spitama in Susa im »soundsovielten Jahr der Regierung des Großen Königs Xerxes. Und man beachte das Datum – vom gegebenen Zeitpunkt an in einem halben Jahr. Sodann schreibe oben und unten etwas in persischer Schrift, das besagt, daß dieser Brief aus der Kanzlei kommt. Du verstehst, alles ganz offiziell.«

Ich kannte mich auch in der indischen Religion aus. »Du kannst dich nicht wiederverheiraten. Das ist das Gesetz.«

Ambalika hatte an alles gedacht. »Ich habe mit dem Hohepriester gesprochen. Er sagt, daß du und ich niemals richtig verheiratet waren. Die Brahmanen können immer einen Fehler in der Zeremonie finden, wenn sie nur wollen. Und sie wollen. Also werde ich meinen Bruder heiraten, in aller Stille.«

»Und wir werden uns niemals wiedersehen?«

»Ich hoffe nicht!« Ambalikas unverblümte Rücksichtslosigkeit erinnerte erschreckend an die ihres Vaters. »Jedenfalls wirst du nicht hierher zurückkehren. Schon weil du zu alt sein wirst.«

»Meine Söhne . . .«

»Die«, sagte sie ebenso knapp wie bestimmt, »befinden sich dort, wo sie hingehören.«

Und so geschah es, daß ich meine eigene Todeserklärung schrieb, wobei ich die Unterschrift des Oberschreibers der Kanzlei zu Susa fälschte. Dann, eine Stunde vor Sonnenuntergang, verließ ich das Haus. Was ich an Münzen besaß, hatte ich in einem Stoffgürtel versteckt, den ich um meine Leibesmitte schlang. Auf dem Hauptmarkt kaufte ich einen alten Umhang, Sandalen, einen Stab. Wenige Minuten, bevor das Westtor für die Nacht geschlossen wurde, verließ ich die Stadt.

Was aus meinen Söhnen wurde, weiß ich nicht. Caraka hätte mir Botschaften zukommen lassen, wäre er überzeugt gewesen, daß ich noch lebte. Doch glaubte er wohl Ambalika, als sie meinen Tod verkündete.

Von den Egibis pflegte ich Nachrichten über Ajataschatru zu erhalten. Der Krieg mit Avanti verlief genauso lang und ergebnislos, wie jener mit der Licchavi-Republik verlaufen war. Schließlich, im neunten Jahr von Xerxes' Regierung, starb Ajataschatru eines, wie es hieß, natürlichen Todes. Da die Thronfolge völlig ungeklärt war, zerfiel das »Zufallsimperium«, das er in der Gangesebene geschaffen hatte, im Nu.

Wenn ich an Indien denke, flammt Gold in der Dunkelheit dieser blinden Augen. Wenn ich an Cathay denke, glänzt Silber, und ich sehe wieder, als sähe ich's wirklich, Silberschnee fallen auf Silberweiden.

Gold und Silber; Dunkelheit jetzt.

Achtes Buch

DAS GOLDENE ZEITALTER VON XERXES, DEM GROSSEN KÖNIG

1

Im Frühjahr des 8. Regierungsjahres von Xerxes kam ich nach Susa nach sechsjähriger Abwesenheit im Osten und im Osten des Ostens. Den unternehmungslustigen jungen Mann, der von Baktrien aufgebrochen war, gab es nicht mehr. Eine Art Phantom mittleren Alters ritt durch die Tore von Susa. Es überraschte mich, daß mich die Menschen überhaupt sehen konnten. Es überraschte mich nicht, daß mich niemand erkannte. Da ich seit Jahren für tot galt, war ich für den Hof ein Geist. Schlimmer noch, ich war mir selbst ein Gespenst.

Doch mein Gefühl von Unwirklichkeit wurde bald verdrängt, nein, ersetzt durch die Unwirklichkeit der Welt, in die ich zurückgekehrt war. Nichts mehr war dasselbe. Nein, das stimmt nicht ganz. Die Kanzlei war noch dieselbe, wie ich entdeckte, als ich im zweiten Raum von einem Unterkämmerer empfangen wurde, den ich gekannt hatte, als er noch Weinträger im Harem gewesen war. Er war ein Syrer, der immer alles wissen wollte. Oft wurde er gehänselt, weil er so viele Fragen stellte. Er wurde gefürchtet, weil er die Antworten nie vergaß.

»Dies ist äußerst verwirrend, Königsfreund.« Der Eunuch gebrauchte den letzten mir verbliebenen Titel. Die Schreiber im ersten Raum hatten mich sofort davon in Kenntnis gesetzt, daß ich nicht mehr des Königs Auge sei. »Natürlich freuen wir uns, dich zu sehen. Aber ...« Er brach ab.

Ich antwortete an seiner Statt. »Ich bin gesetzlich für tot erklärt worden, und mein Besitz ist von der Schatzkammer vereinnahmt worden.«

»Nicht von der Schatzkammer. Oder doch nur zum geringen Teil. Deine erhabene Mutter verfügt über den Hauptteil deines Besitzes.«

»Sie lebt noch?«

»Und ob. Sie befindet sich beim Hof in Sardis.«

»Sardis?« Ich war überrascht. »Seit wann hält der Große König in Sardis Hof?«

»Du hast *keinerlei* Nachricht vernommen?« Der zweite Raum geht auf einen Garten hinaus: Es war ein verspäteter Frühling.

»Äußerst wenig. Ich weiß, daß die griechischen Kriege fortgeführt wurden. Ich weiß, daß der Große König Athen in Schutt und Asche legte.« Dies hatte ich in Schravasti von einem Agenten der Egibis erfahren. »Darüber hinaus weiß ich nichts.«

»Viel« sagte der Unterkämmerer, »ist geschehen.«

Dies entpuppte sich als Untertreibung. Kurz nach meiner Abreise nach Cathay hatte Xerxes die Priester von Bel-Marduk aufgefordert, ihm ein bestimmtes goldenes Objekt aus ihrem Schatz zu übereignen. »Ich bat um nichts von heiliger Natur«, erzählte er mir. »Trotzdem weigerten sie sich. Ich war insgesamt zu nachsichtig. Ich beförderte keinen zu Tode. Allerdings beschlagnahmte ich eine Anzahl goldener Kleinigkeiten und schmolz sie ein, um Darikusse zu machen für die Finanzierung der griechischen Kriege. Danach zog ich hinauf nach Susa.«

Etliche Wochen nach Xerxes' Abreise aus Babylon ermutigten die Priester von Bel-Marduk einen der zahllosen Anwärter auf den uralten Thron, sich zum König von Babel zu deklarieren, was er dann auch tat. Unseren widerwärtigen alten Freund Zopyrus beförderte er zu Tode. Sodann wurde er selbst umgebracht von einem Rivalen, welcher die persische Armee für über ein Jahr in Schach hielt. Schließlich fiel Babylon in die Hände von Xerxes' Schwager und bestem General Megabyzus, Sohn des ermordeten Satrapen Zopyrus.

»Die Rache des Großen Königs war schrecklich«, sagte der Unterkämmerer und schüttelte entsetzt den Kopf. »Er schmolz die Statue von Bel-Marduk nieder, so daß niemand mehr die Hand der Statue ergreifen kann. Dann schleifte er sämtliche Tempel für Bel-Marduk und entließ jene Priester, die er nicht umbrachte. Sodann riß er die Stadtmauern nieder. Er schleifte das Ziggurat. Er konfiszierte die Ländereien und Besitztümer der führenden Kaufleute –«

»Auch die der Egibis?«

»Nein.« Der Eunuch lächelte. »Egibi und Söhne ist jetzt hier in Susa etabliert. Dann spaltete der Große König Babylonien in zwei Satrapien und schaffte den Titel König von Babel ab. Er nennt sich jetzt einfach: ›Xerxes, der Große König.‹ Heutzutage ist Babylon ein Provinznest, und tausend Jahre Geschichte sind zu Ende.«

»Wo überwintert der Hof jetzt?«

»Persepolis.«

»Wo es im Winter friert.«

Der Eunuch seufzte. »Wir sind alle loyale Sklaven.« Er intonierte die übliche Formel, welche ich wiederholte.

Als ich fragte, was aus all jenen Tonnen Gold aus Babylon geworden sei, erfuhr ich nur, sie seien für die Invasion Griechenlands verwendet worden. »Gebraucht – und verbraucht, fürchte ich«, sagte der Eunuch. »Jene Kriege waren wirklich ruinös!«

»Aber erfolgreich. Athen ist zerstört worden.«

»Oh, ja! Ja!« Der Enthusiasmus des Eunuchen war augenscheinlich falsch. Eingehende Befragung enthüllte zum Teil die Geschichte, die hier so gut bekannt ist, daß ich sie für euch Athener eigentlich nur wiederhole, Demokrit, um euch sozusagen einen Blick von der anderen Seite zu gewähren.

Xerxes persönlich hatte die Invasion befehligt. Von Sardis rückte er über Land voran. Er hatte drei der sechs Armeekorps bei sich oder sechzigtausend Mann – nicht sechs Millionen oder welche Zahl Herodot sich aus den Fingern sog, um den Athenern zu schmeicheln. Die gesamte Flotte begleitete die Armee.

Die Griechen befanden sich in einem Zustand von Panik. Da sich die Orakel von Delphi und Athen darin eins waren, daß der Große König unüberwindbar sei, schlug man vor, daß die Athener ihre Stadt aufgäben und nach Italien zögen. Wie als Nachgedanken erklärte das Orakel von Delphi, die hölzernen Mauern der Stadt könnten von Nutzen sein. Das war, als der wenig geschätzte und übelbeleumundete Themistokles sich ein wenig gewunden dazu bereiterklärte, den Ausdruck hölzerne Wälle zu definieren als Schiffe aus Holz.

Aber der Eunuch aus der Kanzlei kannte nur des Hofes Version vom Krieg, welche er mir mitteilte. »Genau zwei Jahre vor diesem Monat war der Große König in Troja, wo er der trojanischen Göttin eintausend Stück Vieh opferte.«

Dies war ein Schock. Ich war just entzückt darüber gewesen, daß Xerxes die Titel des Pharao von Ägypten und des Königs von Babel zurückgewiesen hatte – als Götter jener Länder. Aber dann hatte er, wohl eher aus dramatischen als aus politischen Gründen, ein entscheidendes Opfer dargebracht, nicht dem Weisen Herrn, sondern einer trojanischen Göttin, an deren Namen sich der Eunuch nicht einmal erinnern konnte.

»Aber das Opfer als solches war wohl dargebracht, Königsfreund. Wie du besser weißt als jeder andere, hat der Große König viel auswendig gelernt von dem Griechen Homer. So stand er denn, nach dem Opfer, zwischen den Ruinen und sprach: ›Ich werde Troja rächen, welches zerstört wurde von angreifenden Griechen. Ich werde Rache üben für meinen Vorfahren, den König Priamus. Ich werde Rache nehmen für die Grausamkeiten, welche die Griechen an ganz Asien verübten. So wie die Griechen über Asien herfielen, um eine spartanische Hure zurückzuholen, werde ich sie angreifen, um den Flecken der Unehre abzuwaschen, der uns für so viele Generationen beschmutzt hat. Athen wird brennen, wie Troja gebrannt hat. Athen wird brennen, wie Sardis gebrannt hat. Athen wird brennen, und ich selbst werde es anzünden. Ich bin der Rächer. Ich bin die Gerechtigkeit. Ich bin Asien.‹« Dann überquerten die persischen Armeen den Hellespont nach Europa.

Xerxes' Begründung für die Invasion Griechenlands entbehrte nicht der Einfallslosigkeit. Da es auf der ganzen Erde keinen einzigen Griechen gibt, der nicht persönlich darauf stolz wäre, daß seine Vorfahren die asiatische Stadt Troja überfallen hatten, hält der Große König nunmehr alle Griechen für verantwortlich für die Sünden ihrer Vorfahren. Xerxes war es sehr ernst in dieser Sache. Er glaubte wahrhaftig, daß die Götter, welche in Wirklichkeit natürlich gar nicht existierten – eine strenge Darlegung aller gegen sie verübten Taten forderten.

Der Krieg ließ sich zunächst gut an. Flotte und Armee landeten in perfekter Koordination in Thessalien. Unterwegs wurde ein König von Sparta samt seinen sämtlichen Mannen getötet. Vier Monate nach seiner Rede in Troja befand sich Xerxes in Attika. Der athenische Führer Themistokles ordnete die Evakuierung der Stadt an. Die meisten Männer gingen an Bord der Schiffe, die, wie er sagte, Athens hölzerne Wälle seien. Sorgfältig hielt Themistokles sich an den Buchstaben, wenn schon nicht an den Geist des Orakels von Delphi, und die meisten Athener schlossen sich seiner Ansicht an. Eine Wahl blieb ihnen auch gar nicht. Da die persischen Streitmächte unbesiegbar waren, blieben nur die Flucht zur See oder der Tod auf dem Land.

In Anwesenheit von Xerxes wurde Athen niedergebrannt, und Troja – von Sardis ganz zu schweigen – war gerächt. Inzwischen stand Themistokles mit Xerxes in geheimer Verbindung. Der Athener Befehlshaber stellte die üblichen griechischen Forderungen nach Land und Geld, und Xerxes war durchaus gewillt, diesem listenreichen Gegner zu willfahren. Um seine Gutgläubigkeit zu demonstrieren, erzählte Themistokles Xerxes, da die griechische Flotte praktisch schon im Begriff sei, nach Sizilien zu segeln, müsse Xerxes, sofern er den totalen Sieg wolle, umgehend angreifen. Sonderbarerweise vermutete einzig Königin Artemisia eine Falle. Sie hatte übrigens ihren Wunsch erfüllt bekommen und befehligte persönlich die Streitkräfte von Halikarnassus. Mochte sie auf dem Schlachtfeld auch inkompetent sein, so war sie doch eine kluge Analytikerin der griechischen Überlegungen. Übrigens trug Artemisia, wenn sie in die Schlacht zog, einen künstlichen Bart, Mardonius' natürlicher Manneszierde nachgestaltet. Dies, eine Art Travestie, verdroß ihn natürlich zutiefst, doch beschwerte er sich nie.

Trotz Artemisias Warnung gab Xerxes den Befehl zum Angriff. Ein Drittel der persischen Flotte ging verloren durch die Treulosigkeit oder Unfähigkeit bestimmter phönizischer Kapitäne. Als Xerxes diese Offiziere durchaus zu Recht bestrafte, desertierten die verbleibenden phönizischen und ägyptischen Befehlshaber, und Persien hatte nur noch eine halbe Flotte. Zu Land waren wir jedoch weit überlegen, und Attika gehörte uns. Dennoch wurde dem doppelzüngigen Themistokles von allen Griechen der Ruhm für einen großen Seesieg zuerkannt. Was, von seiner Seite, als ein Akt des Verrats begann, endete als die sogenannte Errettung Griechenlands.

Xerxes gab Themistokles an dem Debakel keine Schuld. Wie sollte er auch? Die Perser hatten verloren, dank jenen phönizischen Kapitänen. Themistokles warnte Xerxes sodann, die Vorhut der athenischen Flotte stehe im Begriff, zum Hellespont zu segeln, mit Order, die Brücke zwischen Asien und Europa zu zerstören. Um die Brücke zu schützen, eilte Xerxes über Land nach Byzanz. Unterwegs übernachtete er bei meinem Großvater in Abdera, eine große Ehre sowie eine Ursache endlosen politischen Ärgers für Lais' Familie. Bis auf den heutigen Tag stehen sie deshalb in einem schiefen Licht.

Xerxes ließ ein Armeekorps in Griechenland, unter dem Oberbefehl von Mardonius. Ein zweites Armeekorps bewachte die Landroute von Attika zum Hellespont. Ein drittes Armeekorps wurde eingesetzt, um in den ionischen Städten die Ordnung aufrechtzuerhalten.

Da Mardonius noch immer das griechische Festland kontrollierte, begaben sich sämtliche griechischen Führer, die gegen die Administration in Athen opponierten zu seinem Hauptquartier in Theben. Die antipersischen Griechen waren völlig demoralisiert. Dennoch sah sich Mardonius gezwungen, Athen zum zweitenmal niederzubrennen, als Lektion für die konservative Partei. Von allen Athenern waren sie die einzigen, die sich weigerten, den Großen König als ihren Herrn anzuerkennen. Die demoralisierten Konservativen fuhren fort, Sparta um Hilfe zu bitten, die jedoch ausblieb. Die Spartaner sind als treulose Verbündete berüchtigt. Daher – und vermutlich heute wie früher – stehen Spartas Führer für gewöhnlich im Sold Persiens.

Eine Zeitlang sah es so aus, als seien Mardonius' Bemühungen von Erfolg gekrönt. Doch dann überwältigte den spartanischen Regenten Pausanias plötzlich die Gier. Als sich der Mond in einer günstigen Position befand, führte er die spartanische Armee nach Attika und forderte von Mardonius als Geschenk eine goldene Truhe, wonach er sich wieder zurückziehen werde. Doch Mardonius wollte einen totalen Sieg über Sparta und seine griechischen Verbündeten. Er gab kein Gold her. Auch er war gierig – auf Ruhm. Und dies, der Sieg der Ruhmsucht über den Geiz, zerstörte ihn selbst. Es ist stets ein Fehler, nicht charaktergemäß zu handeln.

Mardonius griff die spartanische Armee an. Die Spartaner wurden gestellt. Als sie zu fliehen versuchten, entdeckten sie, daß der Rückweg von unseren Truppen blockiert war und ihr gesamter Proviant erbeutet.

Mardonius sah seinen Wunsch erfüllt. Griechenland war sein. Aber er wollte eine triumphale Schlußgeste zeigen. Auf einem Prachtschimmel führte er den Schlußangriff gegen die Überreste der spartanischen Armee. In dem Gewirr wurde der Schimmel getötet und Mardonius zu Boden geschleudert. Ehe er wieder auf die Füße kam – ein langwieriges Unterfangen, denn er war sehr lahm – zerschmetterte ihm ein Grieche mit einem Stein den Kopf. So also starb mein Freund Mardonius, der von der Seeherrschaft über alle Inseln geträumt hatte, der Herr aller Griechen hatte werden wollen. Wenn man den Tod, das Sterben überhaupt irgendwann gut nennen kann, so gilt das für Mardonius. Nicht nur, daß er auf der Stelle tot war; er starb in dem Glauben, sein Wunsch sei erfüllt und Griechenland gehöre in der Tat ihm. Geheimnisvollerweise wurde seine Leiche nie gefunden. Über Jahre hinweg gab Mardonius' Sohn ein Vermögen für die Suche nach den Gebeinen seines Vaters aus.

Auf dem Feld von Platäa wurde der falsche Pausanias zum Retter von ganz Griechenland deklariert. Inzwischen war in Ionien der Aufstand losgebrochen, und Mardonius' Armeekorps – jetzt befehligt von Artabazus – sah sich gezwungen, nach Asien zurückzukehren, wo ein beträchtlicher Teil der persischen Flotte am Kap Mykale zerstört worden war. Schlimmer noch, zwei persische Armeekorps waren von Griechen bezwungen worden. Es ist die reine Ironie, daß die Griechen den entscheidenden militärischen Sieg, der ihnen auf ihrem eigenen europäischen Boden nie zugefallen war, völlig überraschend weniger als hundert Meilen westlich vom Großen König und seinem Hof in Sardis errangen.

Mit Verwunderung lauschte ich dem Bericht des Unterkämmerers über all das Unheil, welches Persien erlitten hatte. »Und das«, sagte er, wie zur Erklärung, »ist auch der Grund dafür, daß der Große König erst gegen Sommeranfang nach Susa kommen wird, wenn sein Sohn Darius heiratet.«

»Die griechischen Kriege sind vorüber«, sagte ich. Was sonst hätte man auch sagen können? Mardonius ist tot, dachte ich für mich. Die Jugend ist vorbei.

Der Unterkämmerer zuckte die Achseln. »Es heißt, Pausanias wolle sich zum König von Griechenland machen. Sollte er das tatsächlich versuchen, könnten wir einen langen Krieg vor uns haben.«

»Oder einen sehr langen Frieden«, sagte ich.

Zu uns gesellte sich ein ältlicher Eunuch, den ich schon aus meinen Kindertagen im Harem kannte. Herzlich begrüßten wir einander. Dann sagte er: »Du darfst ihr jetzt deine Aufwartung machen.«

»Ihr?« Ich musterte ihn stupide.

»Der Königinmutter, ja.«

»Sie lebt noch?« Ich konnte es nicht glauben.

Und Atossa selbst wohl auch kaum. Sie war zur Größe einer Kinderpuppe geschrumpft – und genau wie bei einer Puppe wirkte ihr Kopf jetzt viel zu groß für den gebrechlichen, hinfälligen Körper.

Atossa lag in einem silbernen Bett zu Füßen der Statue von Anahita. Als ich mich vor ihr niederwarf, hob sie für den Bruchteil einer Sekunde eine Hand; ließ sie dann auf die Bettdecke fallen. Auf solche Weise wurde ich begrüßt.

»Erhebe dich.« Die Stimme klang jetzt so rauh wie die eines Mannes.

Wir starrten einander an wie ein Paar Geister, die einander gerade in der Vorhalle der arischen Heimstätte der Väter begegnet sind.

»Überrascht?«

Ich nickte, einfältig.

Atossa lächelte, wobei sie ihren letzten Zahn entblößte. Obwohl es nicht ganz leicht war, sie zu verstehen, war die Stimme der Königin dennoch so stark wie eh und je, und in den alten Augen fand sich noch immer ein Glitzern. »Du siehst«, sagte sie, »sehr alt aus.«

»Du, Große Königin, siehst aus –«

»Wie etwas, das man vergessen hat, in eine Grabesgruft zu tun. Es ist lächerlich, wenn jemand so lange lebt.«

»Ein Segen für uns.« Mit erstaunlicher Leichtigkeit fand ich mich wieder zurecht im Stil des Höflings. Eigentlich hatte ich gefürchtet, diese Fähigkeit verloren zu haben. Cathayanische und indische Dialekte waren in meinem Kopf jetzt so sehr vermengt mit Persisch und Griechisch, daß mir oft die einfachsten Ausdrücke fehlten. Selbst jetzt noch fühle ich mich unsicher im Gebrauch der Wörter. Wenn ich griechisch spreche, denke ich in einem Persisch, das hoffnungslos vermischt ist mit östlichen Sprachen, während meine gegenwärtigen Träume eigentümlich unbefriedigend bleiben. Da ich nichts mehr sehe im Leben, sehe ich auch nur selten etwas im Schlaf. Doch höre ich Stimmen, nur verstehe ich oft nicht mehr, was sie mir sagen wollen.

Atossa unterbrach meine Höflingsfloskeln mit einem Kopfschütteln. »Stell dich dorthin«, sagte sie und deutete auf eine Stelle zwischen dem Kopfteil des Bettes und der Statue von Anahita. »Es bereitet mir Schmerzen, den Kopf zu bewegen. Oder was immer sonst.« Sie schloß die Augen. Für einen Augenblick glaubte ich, sie sei eingeschlummert – wenn nicht gar entschlummert. Doch sie sammelte nur ihre Kräfte. »Du hast sicher nicht erwartet, mich noch am Leben zu finden. Und Mardonius tot –«

»Das erste ist eine Freude –«

»– nicht in Worte zu kleiden.« Sie verspottete uns beide. »Aber das zweite ist eine ernste Sache.«

»Ich habe den Eindruck gewonnen, –« Es galt, taktvoll vorzugehen. »– daß Mardonius verantwortlich war für all die . . . Ereignisse in Griechenland.«

»Ja. Er hat Griechenland erobert.« Unter der dicken Schminkschicht zeigte sich in den Runzeln ein leichter Anflug von Farbe. »Dann wurde er getötet.«

»Von den Griechen?«

Atossas Mund bildete eine gerade Linie – nicht leicht zu bewerkstelligen, wenn man nur noch einen einzigen Zahn hat. »Laß es uns hoffen«, sagte sie. »Doch ist es durchaus möglich, daß ihn eine bestimmte Clique am Hof getötet hat. Die Leiche wurde niemals gefunden, was den Griechen gar nicht ähnlich sieht. Trotz all ihrer Mängel sind sie doch beim Hergeben der Leichen ihrer Feinde immer äußerst zuverlässig.«

Selbst noch auf dem Totenbett ließ Atossa es sich nicht nehmen, ihre Fäden zu spinnen. Wie eine uralte Spinne war sie darauf bedacht, glänzende Dinge einzufangen. »Du wirst«, sagte sie schließlich, »entdekken, daß der Hof ein ganz anderer Ort ist als zu unserer Zeit.« Dergestalt machte sie mich, ganz beiläufig, zu einem unmittelbaren Zeitgenossen. »Der Harem ist das Zentrum.«

»Das war er auch zu . . . unserer Zeit.«

Atossa schüttelte den Kopf; und zuckte zusammen vor Schmerz. »Nein. Damals herrschte Darius mittels der Kanzlei. In kleinerem Rahmen konnte ich bestimmte Dinge durchsetzen. Jedoch nicht durch den Harem. Ich mußte mich auch der Kanzlei bedienen. Jetzt befinden sich fünfhundert Frauen im Harem. In Persepolis sind die drei Häuser so voll, daß der Harem erweitert worden ist. Er umfaßt jetzt auch die alten Verwaltungsgebäude des Winterpalastes. Mein Sohn –« Atossa brach ab.

»Ist stets empfänglich gewesen.« Ich gebrauchte die taktvollste Formulierung.

»Amestris ist stark. Ich gratuliere mir dazu, sie ausgewählt zu haben. Sie versteht Frauen, Eunuchen und den Großen König. Nur besitzt sie nicht die mindeste Begabung für die Verwaltung. Ich wurde gut ausgebildet. Sie nicht. Ist dir übrigens klar, daß ich der letzte lebende Mensch bin, der sich noch an meinen Vater Kyrus erinnert?« An ihrem Lebensende neigte Atossa dazu, vom Thema abzuweichen; laut auszusprechen, was sie normalerweise nur gedacht haben würde. »Und kaum jemand erinnert sich noch an meinen Bruder Kambyses, außer mir. Und ich weiß auch, wer ihn tötete.« Sie bedachte mich mit einem geheimnisvollen Lächeln. Sie hatte (falls sie's denn je gewußt haben sollte) vergessen, daß Xerxes mir die wahre Geschichte von seines Vaters blutiger Erhebung erzählt hatte. Dann kehrte sie zur Gegenwart zurück. »Ich baue darauf, daß du meinem Sohn hilfst. Du und ich, wir sind alles, was aus den alten Tagen übriggeblieben ist. Und ich werd's nicht mehr lange machen. Amestris kümmert sich einzig um ihre drei Söhne, was normal ist. Sie ist überdies eifersüchtig, eine gefährliche Eigenschaft. Mich scherte es nie, wer mit Darius das Bett teilte. Noch überhaupt, daß er sich so sehr für Frauen interessierte. Und ich war natürlich ein besonderer Fall. Ich war nicht nur eine Gemahlin: Ich war des Großen Königs Partner, *die* Königin. Aber Amestris ist anders. Sehr viel anders. Sie hat, manchmal heimlich, manchmal nicht sehr heimlich, dafür gesorgt, daß mindestens zwanzig der Favoritinnen meines Sohnes zu Tode kamen . . .«

»Warum läßt er ihr soviel freie Hand?«

»Unterbrich mich nicht! Du hast ja überhaupt keine Manieren. Aber hast du ja nie gehabt. Du bist ein griechischer Magianer. Oder ein magianischer Grieche. Du wirst dich freuen zu erfahren, daß Lais jetzt im Harem große Macht besitzt, weil sie sich Amestris sehr nützlich zu machen versteht.«

»Magie?« murmelte ich.

»Magie? Unsinn! Gift.« Atossa wirkte eher amüsiert. »Immer wenn der Große König jemandem besonders zugeneigt ist, verliert das betreffende Mädchen innerhalb einer Woche ihre Farbe. In der zweiten Woche leidet sie an Magenkrämpfen. In der dritten Woche verliert sie allen Appetit. In der vierten Woche stirbt sie – aus scheinbar natürlicher Ursache. Deine Mutter ist zweifellos die beste Hexe, die ich je gekannt habe, und ich bin bei Chaldäern groß geworden. Es gibt zu viele betrunkene Versprechungen.« Was meinte sie? Ich war ziemlich perplex. Atossa haßte es, lange Darlegungen zu geben; die Zeit wurde ihr knapp.

»Betrunkene Versprechungen?« wiederholte ich.

»Ja. Ja.« Die Antwort klang gereizt. Es war ihr schon immer zuwider gewesen, das für sie Klare zu erklären. »Xerxes ist allzu häufig betrunken. Wenn ihn in diesem Zustand Amestris – oder auch eine andere ihm nahestehende Person – um etwas bittet, so gewährt er es, was immer es auch sein mag. Am nächsten Tag wird ihm dann, zu spät, klar, was er getan hat. Aber der Große König scheut sich, sein Wort zu brechen.«

Dies ist etwas, Demokrit, was die Griechen niemals haben verstehen können. Nicht nur, daß es einem Perser unmöglich ist zu lügen – sobald er ein Versprechen geleistet hat, kann er es auch nicht mehr zurücknehmen. Die meisten der Katastrophen, die Persien heimgesucht haben, führe ich auf diese edle Eigenart oder Sitte zurück.

Demokrit erinnert mich in diesem Zusammenhang daran, daß ich in dieser Antwort an Herodot gesagt habe, was immer in betrunkenem Rat beschlossen werde, würde im nüchternen Licht des nächsten Tages gründlich überdacht – und akzeptiert oder verworfen. Das ist in der Tat der Fall. Aber ich sprach dabei von hohen Ratsversammlungen und Zusammenkünften von Gesetzesträgern, nicht von solchen Momenten, da der Große König allein ist – wenn auch nicht er selbst. Überdies – und das ist es, was ich wirklich meine, können bei bestimmten Zeremonien jene, die dem König nah sind, ihn praktisch um alles bitten, und er ist verpflichtet, es ihnen zu gewähren. Gewiß kann ein schlauer – und nüchterner – Souverän die Dinge so manövrieren, daß er nie etwas weggeben wird, was er nicht weggeben will. Auch sind jene, die dem Großen König nah sind, nicht darauf aus, sein Mißfallen zu erregen, indem sie das Privileg mißbrauchen. Aber wenn der Große König betrunken ist, verliert er die Kontrolle über sich; und schreckliche Dinge können geschehen. Als Xerxes die Welt für den Harem aufgab, nutzten die Weiber und die Eunuchen seinen verwirrten Zustand.

»Ich weiß nicht, welchen Einfluß du auf ihn haben wirst. Vermutlich sehr wenig. Aber sie wird dich sehen.«

Ich ging sofort darauf ein. »Königin Amestris empfängt Männer?«

Atossa nickte. »Man ist jetzt allgemein der Überzeugung, daß ich den Präzedenzfall schuf. Natürlich wirst du sie nie allein sehen, wehrlos vor dir, ein hilfloses Opfer für männliche Wollust.« Atossa lachte plötzlich, und mir wurde auf einmal bewußt, daß ich in all der Zeit, die ich sie kannte, sie noch nie hatte lachen hören. Sie klang genau wie Darius – oder wie Kyrus. In Atossas letzten Lebenstagen war sie wie ein Mann oder, um's genauer zu sagen, sie war wie ein Großer König.

»Xerxes ermutigte Amestris, sich zu treffen mit den Staatsräten, mit den Gesetzesträgern, mit den Wachkommandanten, mit all jenen Leuten, die *er* hätte sehen sollen, die er jedoch lieber ihr überließ. Reiche werden auf diese Weise nicht regiert. Jedenfalls nicht für lange. Weißt du, daß er sich verliebt? Stell dir nur vor! Mein Vater, meine Brüder, Darius – keiner von ihnen nahm eine Frau jemals ernst. Frauen waren zum Vergnügen da und zu nichts sonst – mich ausgenommen. Nicht, daß ich jemals viel Vergnügen bereitet hätte. Aber das brauchte ich auch nicht. Ich bin ein Teil des Regimes von Persien. Xerxes muß immer verliebt sein. Es ist dir gewiß nicht entgangen, daß ich griechisch gesprochen habe«, sagte sie, »um jenen Zustand geschlechtlicher Lust zu beschreiben, welcher nicht persisch ist. Oder nicht sein sollte.«

Atossa furchte ihre Stirn so tief, daß die weiße Schminke auf ihrer Stirn urplötzlich Risse bekam wie ein trockenes Flußbett im Hochsommer. Sie sprach in kurzen, fast atemlosen Sätzen. »Die Gemahlin von Masistes. Sein Halbbruder. Xerxes sah sie mit Amestris. Im Harem. In Sardis. Reiner Zufall, natürlich. Die Damen plaudern miteinander. Plötzlich taucht Xerxes auf. Sieht die Frau seines Bruders. Verliebt sich in sie. Läßt ihr Botschaften zukommen. Geschenke. Alle Welt weiß davon. Es ist zu schandbar.«

»Reagierte die Dame?«

»Nein. Sie ist eine kluge Frau. Und nicht sehr ansehnlich. Ich weiß nicht, weshalb Xerxes sie will. Verwirrung stiften vermutlich. Nun, damit hatte er Erfolg. Amestris ist zornig. Masistes ist entsetzt. Die Dame hat's faustdick hinter den Ohren. Sie hat eine bildschöne, dreizehnjährige Tochter. Xerxes hat es so arrangiert, daß der Kronprinz dieses Mädchen heiraten soll. Er glaubt, wenn das geschieht, so wird sich die Mutter ihm schon aus Dankbarkeit hingeben. Cyrus Spitama, mein Sohn wird seinen Thron verlieren.« Atossa richtete sich auf dem Bett auf. Die Anstrengung war groß. Aber groß war auch ihre Willenskraft. »Er vernichtet uns alle. Masistes ist ein Sohn von Darius. Er ist Satrap von Baktrien. Er ist populär. Xerxes wird ihn zum Aufstand treiben.«

»Was ist zu tun?«

»Ich weiß es nicht.« Atossa schloß die Augen. Das sanfte Lampenlicht schien ihren Augen weh zu tun. »Er besucht mich nur noch selten. Er weiß, daß ich mißbillige, wie er lebt. Er weiß auch, daß ich bald auf jenem Steinpodest im heiligen Pasargada sein werde. Also werde ich nicht weiter beachtet.«

Atossa öffnete die Augen, musterte mich prüfend. »Vielleicht kannst *du* noch mit ihm reden. Ich bete zur Göttin, daß er zuhören möge. Ich werde sogar zum Weisen Herrn beten«, fügte sie hinzu. »Doch sei auf Überraschungen gefaßt. Xerxes ist nicht der Mann, den du kanntest. Er ist nicht der Sohn, den ich geboren habe.«

2

Äußerlich wirkte Xerxes kaum verändert. Er war etwas rundlicher geworden, von der Trinkerei, und sein Bart war genau mit der gleichen fuchsroten Farbe gefärbt, welche die Barbiere seinerzeit bei Darius verwendet hatten. Im übrigen behandelte er mich noch genauso wie seinerzeit, als wir noch Knaben gewesen waren.

Ich sollte anmerken, daß die Ankunft des Hofes von Sardis dem Einmarsch einer einmarschierenden Armee glich. Der Harem war so umfangreich, daß die Straße von Nordwesten her über Hunderte von Meilen überfüllt war mit Wagen voller Mobiliar und Truhen voll Gold und Silber sowie, natürlich, den Frauen und den Eunuchen und den Haushaltssklaven. Da Lais stets mit den ihr – wenn auch niemandem sonst – treu ergebenen Griechen reiste, war sie eine der letzten, die eintraf.

Kurz nach Ankunft des Großen Königs hielt er seine erste Audienz. Als die Zeremonienmeister mich zu ihm leiteten, starrte er vor Erstaunen. Dann hob er zur Begrüßung das goldene Zepter und gab seinem Entzücken Ausdruck über den erfolgreichen Abschluß meiner Mission. Später am Abend ließ er mich rufen, um ihm in seinem Schlafgemach Gesellschaft zu leisten.

Trotz meiner vielen Jahre bei Hofe hatte ich das berühmte Mobiliar im Bettgemach des Großen Königs noch nie gesehen. Ruhm und Realität hielten in diesem Ausnahmefall einander tatsächlich die Waage. Ein Jahrhundert zuvor hatte der samische Goldschmied Theodore ein höchst kunstvolles Gebilde gestaltet: Weinranken aus massivem Gold, die sich um und über das Bett winden und den Eindruck eines metallenen Weingartens hervorrufen, dessen Ranken nicht Trauben tragen, sondern Edelsteine. Die berühmte Wasserulme befindet sich gegenüber dem Bett. Da sie nicht ganz Manneshöhe erreicht, wirkte sie ein wenig enttäuschend. Es hatte stets geheißen, in ihrem Schatten könne ein Mann stehen. Neben dem Bett, auf einem Elfenbeinschemel, befindet sich eine mächtige goldene Schale, gefüllt mit duftendem Wasser.

Xerxes lag auf dem Bett. Neben ihm stand ein Tisch mit einer Reihe von Gefäßen voll Helbon-Wein. Und zwei goldenen Bechern. Während ich ihm meine Ehrerbietung erwies, sagte er: »Erhebe dich. Komm her. Laß mich dich sehen!«

Liebevoll umarmte er mich mit seinem linken Arm, während die rechte Hand damit beschäftigt war, die Becher mit Wein zu füllen.

»Niemals hätte ich geglaubt, dich wiederzusehen. Setz dich doch. Aufs Bett. Vergiß das Protokoll. Niemand kann uns sehen – außer Amestris' Spitzel. Die bespähen uns durch Löcher in der Wand. Einmal pro Monat lasse ich die Löcher zumachen. Und sie läßt sie genauso prompt allmonatlich wieder öffnen. Sie möchte wissen, wer mit mir im Bett ist. *Dies* dürfte sie verblüffen!« Xerxes grinste! Trotz loser Hautpolster über und unter den Augen wirkte er jünger, als er war. Bis auf ein leichtes Zittern in einer Hand wirkte er gesund; zweifellos sah er jünger aus als ich.

»Du mußt«, sagte er, nachdem er mich eine Zeitlang betrachtet hatte, »dir die Dienste meines Barbiers zunutze machen. Färbe dein Haar. Alle Welt weiß, daß wir im selben Alter sind. Du machst mich also zum Narren, wenn du mit all dem weißen Haar herumläufst.«

Wir tranken. Wir sprachen über die Vergangenheit. Über Mardonius. »Oh, wir hatten einen solchen Sieg! Ganz Griechenland war unser, ausgenommen der Peleponnes. Warte, sagte ich zu ihm, bevor ich mich davonbegab. Die Spartaner werden entweder kapitulieren, oder sie werden nach Attika kommen. Dann bist du in der Position, sie zu bestechen. Oder ihre Armee zu zerschlagen. Was er ja auch tat. *Wir* waren die Sieger von Platäa. Doch das genügte Mardonius nicht. Nein. Er wollte auch ein weltweiter Held sein. So wurde er tollkühn. Und sie töteten ihn. Das tun sie immer«, fügte er dunkelsinnig hinzu. »Und wir verloren unsere einzige Chance, die gesamte spartanische Armee zu vernichten. Dann die Sache bei Mykale ...« Er verstummte. Ich fragte mich – wagte jedoch nicht, ihn zu fragen –, wer es denn sei, der die Weltheroen immer töte.

»Jedenfalls werden wir bald wieder zurück sein.« Xerxes' Gesicht erhellte sich bei dem Gedanken, eine Wirkung, bei der der Wein zweifellos mithalf. Damals überhauchten sich Xerxes' Wangen scharlachrot, wenn er trank. Gegen Ende seines Lebens konnten sie nicht mehr scharlachrot werden, weil sie permanent die Farbe frischen Blutes hatten. »Dank meinem spartanischen Regenten Pausanias, dem Sieger von Platäa.« Xerxes leerte seinen zweiten Becher Wein. »Er möchte der König von ganz Griechenland sein. Er möchte ich sein, in anderen Worten. Deshalb bittet er mich um Hilfe. Heimlich natürlich. Er befindet sich zur Zeit in Byzanz. Er möchte eine Tochter von mir heiraten. Dann, mit meiner Hilfe, wird er Athen besetzen. Und so weiter.«

»Kannst du ihm vertrauen?«

»Natürlich nicht!« Xerxes' Laune besserte sich. »Aber er wird uns nützlich sein. Er hat mir bereits eine Anzahl persicher Gefangener geschickt. Ein Zeichen guten Willens. Aber wie lautet doch das alte Sprichwort? Traue niemals einem Griechen, der dir ein Geschenk macht. Nein, ich traue ihm nicht, glaube jedoch, daß er seinen Mitgriechen eine Menge Ärger bereiten kann. Nun denn –« Xerxes war boshaft – »was hast du gedacht, als Atossa dir weismachen wollte, ich würde meinen Thron verlieren wegen all der im Harem so nutzlos verbrachten Zeit.«

Ich war erschrocken; und zeigte es. »Ist die Zeit denn nutzlos verbracht?« Mir fiel nichts Gescheiteres ein.

»Woher ich weiß, was sie gesagt hat?« Xerxes lächelte. »Ich weiß es immer. Ich wünschte, ich wüßte es nicht. Aber mir bleibt gar keine Wahl. Atossa gleicht irgendwie dem Wetter hier in Susa. Entweder zu heiß oder zu kalt.« Xerxes füllte meinen Becher mit Wein aus einer neuen Flasche. Während ich schluckte, fragte ich mich, ob der Wein wohl vergiftet sei. »Ja, ich bin verliebt in die Dame, welche die Frau meines Bruders ist, weshalb ich ihr nicht einfach befehlen mag. Aber ich glaube, sie erobern zu können. Ich habe es so arrangiert, daß mein Sohn Darius ihre Tochter heiratet. Der Jüngling ist übrigens recht hübsch. Die zukünftige Ehefrau habe ich noch nicht gesehen. Aber sie hat Glück. Eines Tages wird sie die Königin von Persien sein. Wichtiger noch – was immer Atossa auch sagen mag, die Mutter wird sich aus Dankbarkeit verpflichtet fühlen, dies Bett mit mir zu teilen. Nächste Woche nehme ich an. Am Tag nach der Vermählung.«

Ich verbrachte eine Stunde bei meinem alten Freund. Mein erster Eindruck war der, daß er sich kaum verändert habe. Doch als ich von ihm schied, begriff ich, daß etwas äußerst Sonderbares geschehen oder eher nicht geschehen war. Xerxes stellte mir keine einzige Frage nach Indien oder Cathay. Und auch in den ihm noch verbleibenden vierzehn Jahren erkundigte er sich höchst selten nach meinen Unternehmungen dort. Die Welt löste keinerlei Neugier mehr in ihm aus. Er war völlig in sich selbst gekehrt. Er interessierte sich nur noch für den Harem und die Vollendung jener Gebäude, die er in seiner Jugend begonnen hatte.

Als die argwöhnischen Spartaner Pausanias durchaus zu Recht als persischen Agenten vom Leben zum Tode beförderten, da gewahrte Xerxes kaum, daß er seinen Hauptverbündeten in der griechischen Welt verloren hatte. Doch war er inzwischen davon überzeugt, als pflichtgetreuer Sohn habe er den Krieg gekämpft, den sein Vater habe kämpfen wollen. Da es ihm an Darius' Glück mangelte, hatte er das griechische Festland nie richtig in seiner Gewalt gehabt. Aber er hatte das Vergnügen genossen, Athen zweimal bis auf die Grundmauern niederzubrennen. Er hatte Troja und Ardis gerächt, und alles in allem war er mit dem Ausgang des griechischen Krieges recht zufrieden.

Demokrit erinnerte mich an des Äschylus' Schauspiel *Die Perser,* das mir jemand vorlas, als ich zum erstenmal nach Athen kam. Das Stück ist perfekter Unsinn. Zum einen kann ich versichern, daß ich Xerxes nicht ein einziges Mal die Athener habe rühmen hören – oder überhaupt irgendeinen Griechen. Mit Sicherheit würde er sie niemals kühn und wagemutig genannt haben. Und – wie lautet diese lächerliche Zeile noch? –; »Diese traurigen Augen sahen ihre gewaltigen und glänzenden Taten.« Lies mir jene Zeile vor, über die ich gelacht habe. Wie wie... Ja, durch »übles Schicksal ward ich geboren, um mein eigenes Heimatland zu vernichten, zu ruinieren.«

Praktisch gesprochen hat Xerxes sein Heimatland nicht nur nicht ruiniert. Vielmehr war er durchaus der Überzeugung, Gutes getan zu haben an seinem väterlichen Erbe. Er hatte den Griechen eine Lektion erteilen wollen, und das war ihm gelungen. Er hatte nur eine einzige Klage: die Kriegskosten. »Jedes Stück Gold, das ich aus Babylon erhielt, ging für Griechenland drauf. Folglich ergibt sich eine eindeutige Konsequenz: Ziehe nie gegen ein armes Land in den Krieg, denn wie immer er ausgehen mag, du verlierst.«

Ich bezweifle, daß dieser Ausspruch Äschylus besonders behagt haben würde, denn es ist für einen Griechen schwer, sich klarzumachen, daß Griechenland klein ist und arm; daß Persien groß ist und reich. Daß das Leben kurz ist. Kurz.

Ich wohnte der Hochzeit von Kronprinz Darius und Masistes' Tochter bei. Zwei Drittel der Anwesenden bei Hofe waren mir unbekannt. Doch da es sich bei den meisten um Abkömmlinge der Sechs handelte, erkannte ich die Namen, wennschon nicht die Gesichter der neuen Generation. Die Hochzeit bot mir auch Gelegenheit, wieder meinen Platz am Hofe des Großen Königs einzunehmen – diesmal als einer der »Älteren«! Obschon ich mit dem Respekt behandelt wurde, wie man ihn dem lebenslangen Freund eines nicht mehr jungen Souveräns schuldet, war ich selbst jedoch für niemanden von irgendwelchem echten Interesse. Der Hof war ähnlich wie der Große König. Genauer gesagt: Ich war zu lange fortgewesen. Auch mangelte es mir an Geld. Ich brauchte zehn Jahre, um meine diversen Besitztümer vom Schatzamt zurückzuerhalten, ganz zu schweigen von Lais, die sich längst nicht so erfreut zeigte über das Wiedersehen mit ihrem einzigen Sohn, wie man es hätte erwarten sollen. Allerdings ist mir aufgefallen, daß nicht wenige Eltern fasziniert sind von der Vorstellung, ihre eigenen erwachsenen Kinder zu überleben.

Da Lais in meinem Haus in *meinen* Räumen gewohnt hatte, geschah es unter zahllosen und unerfreulichen Vorwürfen, daß sie wieder umzog in die Frauengemächer. Lais war keineswegs unerfreut, mich lebendig wiederzusehen, doch hielt sich ihre Freude in sehr engem Rahmen der natürlichen mütterlichen Empfindungen. »Wir konnten wirklich nicht wissen.« Traurig beobachtete sie, wie ihre Truhen und Diwane aus meinem Schlafgemach in ein wenig beengteres Frauenquartier gebracht wurden. »Im übrigen sagt das Gesetz, daß der Betreffende nach dreijähriger Abwesenheit als eindeutig tot gilt.«

Lais hatte sich kaum verändert. Höchstens daß eine leichte Gewichtszunahme ihr in früheren Jahren oft überhartes und entschlossenes Gesicht jetzt weicher und jugendlicher wirken ließ.

»Ich hatte vor, heute abend Gäste zu empfangen.« Dies war am Tag nach den letzten Hochzeitszeremonien.

»Oh, laß dich dabei nicht stören.« Ich war liebenswürdig. Wir glichen mehr alten Bekannten denn Mutter und Sohn. »Soll ich mich zu ihnen gesellen?«

»Wenn du dich zügeln kannst?« Aus ihrer Stimme klang eine gewisse Anspannung.

»Griechen.« Niemand ändert sich jemals wirklich, dachte ich bei mir. »Du konspirierst immer noch so gern?«

»Mehr denn je.« Lais hielt ihren Kopf sehr hoch, als imitiere sie gleichsam die Göttin Athene. »Dies ist der Augenblick, auf den wir alle gewartet haben. Das Glück winkt uns mehr denn je.«

»Mehr denn je? Oh, ja. Die reine Ruhmgarantie.« Ich konnte mich nicht bezähmen. »Wir haben zwei von unseren sechs Armeekorps verloren, dazu die halbe Flotte, und die Schatzkammer ist leer. Wie kommst du also auf den Gedanken, das Glück winke *uns* mehr denn je?«

Ich erfuhr's. In aller Ausführlichkeit. Von Lais, später von Demaratus. Er war noch immer ein stattlicher Mann, wenn auch ein wenig angenagt vom Zahn der Zeit. Offenkundig fühlte er sich in seiner persischen Bekleidung jetzt behaglich, und wenn auch anständiges persisches Schuhwerk seine Füße bedeckte, so vermutete ich dennoch, daß er inzwischen gelernt hatte, sich zu waschen. Unter den griechischen Emigranten beim Abendmahl befand sich ein bildschöner junger Mann von Kos namens Apollonides. Xerxes hatte einen Narren an ihm gefressen. Nein, Demokrit, nicht wegen seiner Schönheit, sondern wegen seiner Fähigkeit als Arzt. Muß ich erst noch sagen, daß man ihn wegen seiner Erscheinung nie auch nur in die Nähe des Harems ließ? Normalerweise sind Ärzte die einzigen Männer, die in jenem Teil des Palastes kommen und gehen können, allerdings müssen sie traditionellerweise sehr alt sein wie Demokedes oder eher in Ungnade stehen oder beides. Obwohl die Ärzte von den Eunuchen sorgfältig beobachtet werden, ist man sich dennoch darin allgemein einig, daß man bei jemandem wie Apollonides das Schicksal nicht versuchen solle.

»Mein Cousin Pausanias hatte seinen guten Willen bereits bewiesen.« Demaratus hatte es gelernt, ein eher blumiges als widerspruchsreiches Persisch zu sprechen. Tatsächlich waren seine Umgangsformen jetzt eher persisch als spartanisch, und mir wollte fast scheinen, daß mir sein altes, rauhes Selbst eigentlich angenehmer gewesen war. Spartaner sind weder Luxus noch relative Freiheit gewöhnt. Treffen diese beiden Dinge zusammen, wie am persischen Hof, dann ist der Spartaner demoralisiert.

»Zweifellos jedoch würden die Spartaner nicht zulassen, daß Pausanias mit uns ein Bündnis schließt.« Vom ersten Augenblick an war ich davon überzeugt, daß Pausanias zum Scheitern verurteilt war. Er war arrogant; er war besitzgierig; er war dumm. Diese Eigenschaften genügen, um die freudige Aufmerksamkeit jener Göttinnen zu erregen, welche von den Griechen nervös als die Freundlichen bezeichnet werden. In Wirklichkeit sind es die Furien.

»Du kennst Sparta nicht.« Spartas ehemaliger König gab sich gelassen herablassend. »Pausanias ist Regent. Er kann tun, was ihm beliebt, solange er die Ephoren in der Tasche hat. Was bedeutet, daß er dafür sorgen muß, daß in *ihren* Taschen Gold ist. Oh, er wird Herr von ganz Griechenland sein, im Namen des Großen Königs natürlich.«

Lais zeigte sich fasziniert – wie stets. Nichts läßt ihr Auge so jugendlich erglänzen wie eine griechische Verschwörung. Was das Thema griechische Politik betrifft, so ist sie von ganz erstaunlicher Einfalt.

Nach dem Mahl gesellte sich ein wahrhaft bedeutender Mann zu den Verschwörern. Ich hatte Megabyzus flüchtig gekannt, als wir noch jung gewesen waren. Er war ein Sohn des Zopyrus, des verstümmelten Satrapen von Babylon, den Xerxes und ich mit Geschick auf unserer ersten Reise dorthin gemieden hatten. Während meiner Jahre im Osten hatte Megabyzus sich militärisch in einem solchen Maße hervorgetan, daß Xerxes ihm seine Tochter Amystis zur Frau gegeben hatte. Übrigens hatte, bei einer früheren Ehe, Megabyzus einen Sohn nach seinem Großvater Zophyrus benannt. Hierbei handelt es sich um denselben Zophyrus, der erst kürzlich in Athen für sein Heimatland Unruhe gestiftet hatte. Wennschon wahr ist, daß der junge Mann gegen unser Herrscherhaus begründeten Groll hegt, so ist dies für ihn noch längst kein Anlaß, sich wie ein Grieche zu verhalten.

Physisch ist Megabyzus ein Riese; mit einem Riesentalent zu überleben, wie mir scheint. Kürzlich erst, bei einem königlichen Jagdvergnügen, rettete er den Großen König Artaxerxes vor einem Löwen. Allerdings darf kein Untertan ein Tier töten, bevor der Große König sein Opfer erlegt hat. Und so war Artaxerxes dem Megabyzus einerseits dafür dankbar, daß er ihm das Leben gerettet hatte, andererseits zürnte er ihm, weil gegen die uralte Sitte verstoßen worden war. Megabyzus wurde zum Tode verurteilt. Doch Amystis und die Königinmutter Amestris taten sich zusammen, und gemeinsam gelang es ihnen, den Großen König dazu zu bewegen, Megabyzus ins Exil zu schicken. Er gilt jetzt als eine Art Aussätziger. Doch all dies lag noch in der Zukunft, als wir einander unter Lais' wachem Blick kennenlernten.

Es gab die übliche – und das heißt endlose – Diskussion über griechische Angelegenheiten. Mir fiel auf, daß Megabyzus sich dabei ziemlich heraushielt. Mir fiel auch auf, daß er immer wieder zu mir blickte, wie als eine Art Signal. Ich konnte mir keinen rechten Vers darauf machen. Schließlich, als die Griechen die ersten Zeichen von Trunkenheit zeigten, bedeutete ich Megabyzus, sich in meinen Arbeitsraum, gleich gegenüber dem Speiseraum, zu mir zu gesellen. Als wir den Raum verließen, bedachte Lais mich mit einem erzürnten Blick – in meinem eigenen Haus!

»Mich interessiert der Osten«, sagte Megabyzus. Muß ich erst noch sagen, daß nicht einmal die Klänge eines lydischen Orchesters mein Ohr mehr entzückt haben könnten als dieser einfache Satz?

Über eine Stunde sprachen wir von Indien und Cathay. Das Gespräch, das ich niemals mit Xerxes haben sollte, hatte ich mit seinem General. Für Megabyzus gab es nicht den leisesten Zweifel, wo unsere Zukunft liegt. »Natürlich ist kein Geld vorhanden.« Aber statt verneinend den Kopf zu schütteln, nickte der Riese bejahend. »Es wird etliche Jahre dauern, bevor wir eine Invasion starten können.«

»Aber was willst du?«

»Genausoviel wie du.« Wir sahen einander an. Dann schüttelten wir einander die Hand. Wir waren Verbündete. Im Raum nebenan sangen die Griechen milesische Liebeslieder.

»Was hältst du von Pausanias?« fragte ich.

»Was soll man schon vom Retter Griechenlands vom letzten Jahr halten, der jetzt bereit ist, uns Griechen zu verkaufen für ein Weib von hohem Geblüt und ein Seidengewand. Er ist eine vorbeiziehende Wolke.«

»Aber wenn die Wolke vorübergezogen ist...«

»Werden wir den Indus überqueren.«

»Darius träumte von Kühen.«

»Dann«, sagte Megabyzus, »werden wir sie für seinen Sohn zusammentreiben.«

Zu Persiens Nachteil war Xerxes weit mehr am »Zusammentreiben« von Frauen interessiert; und je älter er wurde, desto versessener war er darauf, herauszufinden, was sich für ihn nicht noch alles ergattern ließ. Während wir noch enthusiastisch über östliche Politik sprachen, hatte Xerxes sich bereits in seines Sohnes neue Frau verliebt. Da sich die Mutter nicht verführen ließ, setzte er nun alles daran, die Tochter zu verführen.

Da Amestris – die gegenwärtige Königinmutter – schon so lange eine Macht am persischen Hof darstellt, sollte ich versuchen, das falsche Bild von ihr zu korrigieren, welches derzeit in der griechischen Welt dominiert. Wie ihre Vorgängerin und ihr Vorbild, die Königin Atossa, ist Amestris im höchsten Maße politisch. Als Otanes' Tochter verfügt sie über eigene private Einkünfte, die sie vom Großen König finanziell unabhängig machen. Ich vermute sogar, daß es sich mitunter entgegengesetzt verhält. Obwohl Amestris Männer empfängt, als sei sie selbst ein Mann, hat es nie auch nur den leisesten Anschein eines Skandals gegeben – mit einem Mann. Mit Eunuchen ist das eine andere Sache. Auf jeden Fall ist sie von zu großem, mächtigem Format für eine Liebesaffäre. Wie Atossa ist sie stets ihren Söhnen ergeben gewesen. Wie Atossa war sie fähig, einem unwilligen König gegenüber durchzusetzen, daß er ihrem ältesten Sohn den Titel Kronprinz verlieh. Es scheint, allerorten auf Erden, für Herrscher eine Art Gesetz zu sein, daß sich der Souverän aus einer Reihe von Gründen stets sträubt, seinen Nachfolger zu benennen – aus verständlichen, wenn schon keineswegs immer aus vernünftigen Gründen.

In Susa bewohnt Amestris das sogenannte dritte Haus des Harems. Als Xerxes den Palast vergrößerte, erweiterte er auch beträchtlich die Gemächer der Königin. Als Folge davon hat sie nun ihre eigene Kanzlei sowie zahllose Appartements für ihre Hofdamen, Eunuchen und so weiter. Traditionellerweise hat am persischen Hof die Königinmutter Vorrang vor der Gemahlin des Königs. Theoretisch hätte, als Xerxes Großer König wurde, das dritte Haus in der Kontrolle seiner Mutter bleiben sollen. Aber Atossa zog ihre alten Gemächer vor. »Es macht keinen großen Unterschied, *wo* ich bin«, sagte sie mit einem listigen Lächeln zu mir, »solange ich noch bin. Amestris ist im dritten Haus willkommen.«

Überraschenderweise waren die Beziehungen zwischen den beiden Damen ausgezeichnet. Amestris vergaß niemals, daß es Atossa gewesen war, die sie zur Königin gemacht hatte, und anders als die meisten Menschen haßte Amestris nicht jene, die ihr geholfen hatten. Auch war ihr bewußt, daß die alte Königin noch immer die Kanzlei kontrollierte. Es heißt, niemals sei ein Satrap ohne Atossas Billigung ernannt worden. Auch bei der Versetzung von Armeebefehlshabern in bestimmte Satrapien (um ein »Auge auf der lokalen Verwaltung« zu haben) hatte sie ein nachhaltiges Mitspracherecht. Es ist eine Kunst voller Fingerspitzengefühl, dies: einen Satrapen, der relativ unabhängig ist, zu koppeln mit einem Armeebefehlshaber, welcher dem Großen König direkt untersteht. Nur ein winziger Mißgriff, und schon hat man einen Bürgerkrieg am Hals.

Mindestens einmal am Tag suchte Amestris Atossa in deren Gemächern auf. Und sie verglichen ihre Urteile über die Angelegenheiten des Staates. Oft machte den beiden Damen der Hofkämmerer Aspamitres seine Aufwartung. Er war klug und erfahren genug, beiden Damen loyal zu dienen.

Obschon ich wieder einmal enttäuscht war, daß die östliche Politik praktisch nichts galt, muß ich doch sagen, daß das tatsächliche Alltagsleben bei Hofe wirklich überaus angenehm war. Je nach Jahreszeit machten wir die Runde von Persepolis nach Ekbatana und wieder zurück. Das Leben verlief gelassen – und voller Glanz; auch glücklich. Ich war noch immer voller Ehrgeiz. Ich wollte Ruhm für mich selbst. Doch der Große König zog es vor, seine Kampagne nicht in der Gangesebene oder an den Ufern des Gelben Flusses zu führen, sondern in den Häusern des Harems. Als Folge davon ist die Hegemonie über die ganze Welt nach wie vor ein Traum.

Einen Monat nach der Vermählung von Darius mit Masistes' Tochter begegnete ich der Königin Amestris an dem Tag, welcher der unglückseligen Nacht folgte, in welcher Xerxes zum erstenmal seine neue Schwiegertochter verführte. Ich war allein mit Königin Atossa. Die so sehr gealterte Atossa scherte sich nicht länger um den Vorwand, daß eine Anstandsdame gebraucht werde. Andererseits verhielt sich die verhältnismäßig junge Amestris so frei wie ein Mann. Während jener goldenen Jahre waren unsere Palastfrauen wohl so frei wie nie zuvor. Gewiß: Wurde eine Haremsdame allein mit einem Mann erwischt, so strangulierte man sie zu Tode, und der Mann wurde lebendig begraben, ein weitaus schlimmeres Schicksal, als es den athenischen Ehebrecher trifft, welcher gezwungen wird, in seinem Anus einen riesigen Rettich aufzunehmen, welches ihm – hierzulande – ebensoviel Vergnügen wie Mißvergnügen bereiten mag.

Amestris ist eine hochgewachsene, schlanke, zierliche Frau. Sie besitzt eine melodische Stimme, dunkle Augen, helle Haut; sie errötet leicht; sie ist in ihrer Art zurückhaltend und zögernd. Mag sie ihrer Vorgängerin auch in vielem unähnlich sein, so besitzt sie jedoch keineswegs ein geringeres Format als Atossa. Ich vermute, daß Atossa – die ich ja besser kannte – die Intelligentere von beiden war. Andererseits herrscht Amestris jetzt länger über Persien, als das selbst bei Atossa jemals der Fall war. Überdies mußte Atossa ihre Macht mit Darius teilen, während Amestris ihre Macht niemals mit irgendwem geteilt hat. Sie beherrscht ihren Sohn Artaxerxes wie sie seinen Vater Xerxes beherrschte; und sie herrscht gut. Nicht zuletzt ihr ist es zu verdanken, daß Persien eine so lange Friedensperiode gehabt hat – allerdings ein Symbol des Verfalls, das mir in diesem verfallenen Haus Kälteschauer über den Rücken laufen läßt.

Amestris betrat Atossas Schlafgemach ohne jedwedes Zeremoniell. »Es hat angefangen«, flüsterte sie. Dann sah sie mich. »Wer ist das?«

Atossa machte keine Umschweife. »Dein Schwager, Cyrus Spitama. War's jedenfalls mal. War mit Pamys verheiratet.«

Amestris forderte mich auf, mich zu erheben. Ich fand sie höflich, wenn nicht gar scheu. »Wir sind deinen Abenteuern im Osten mit vielem Interesse gefolgt.« Sie sprach formell. »Du mußt uns im dritten Haus besuchen und uns mehr erzählen.«

Amestris gebietet nicht nur über eine erstklassige Garnitur von Spitzeln, sie verfügt auch über ein hervorragendes Gedächtnis. Sie weiß genau, wer wofür gut ist und wie man sich das – oder den – zunutze macht. In Amestris' Augen verkörperte ich die östliche Politik – und Zarathustra. Da beide Themen sie kaum interessierten, hatte ich keinen schweren Stand – eine gute Sache aus meinem Blickwinkel.

Atossa schickte mich aus dem Gemach. Ich wartete in der langen Halle, wo Atossas Sekretäre ihre Korrespondenz abfaßten. Dann, eine Stunde später, wurde ich ins Schlafgemach zurückgerufen. Amestris war inzwischen verschwunden, und Atossas weiße Schminkmaske sah aus wie eine zersplitterte Schüssel. Sie erzählte mir, was geschehen war. Dann sagte sie: »Mein Sohn ist verrückt.«

»Was kann man tun?«

Atossa schüttelte den Kopf. »Nichts. Er wird weitermachen. Aber *sein* Sohn haßt ihn jetzt, und das ist gefährlich. Und Amestris haßt das Mädchen, was gefährlich ist – für das Mädchen. Auch für die Mutter. Amestris hält die Mutter für verantwortlich. Ich nicht. Ich sagte: ›Ich kenne die Frau von Masistes, und sie ist nicht wie andere Frauen. Als sie zu Xerxes ›nein‹ sagte, war das ihr voller Ernst.‹ Nur ist Xerxes starrsinnig. Er hatte gehofft, sie mittels dieser Heirat zu gewinnen und scheiterte damit. Jetzt ist er also in die Tochter verliebt. Amestris sagt, in demselben Augenblick, da er das Mädchen in seines Sohnes Haus willkommen hieß, begehrte er sie. Und nun hat er sie.«

Atossa sank zurück auf die kleinen Kissen des Betts. Die roten Augen funkelten mich an wie das Feuer des Weisen Herrn. Mit tiefer harter Stimme tat sie einen Ausspruch: »Ich spreche in der Gegenwart von Anahita, der wahren Göttin. Es wird Trauer geben in diesem Haus.« Atossa wendete ihr Gesicht von der Göttin. Sie murmelte ein chaldäisches Gebet. Dann sah sie mich an. »Ich habe die Göttin gerade um die Gewährung eines Wunsches gebeten. Daß die nächste Person, um welche man in diesem Haus trauere, ich selber sei.«

Anahita erhörte Atossas Gebet. Zwei Tage später entschlief die alte Königin. Da der Hof fast schon im Aufbruch nach Persepolis begriffen war, würdigten alle ihre Rücksichtnahme. Dank dem Zeitpunkt ihres Todes würde es zur Bestattung keiner speziellen Expedition nach Pasargarda bedürfen; statt dessen konnte die Leiche mit dem Hof reisen, ganz als sei sie noch am Leben.

3

Xerxes war über Atossas Tod weit tiefer erschüttert, als ich es erwartet hatte. »Sie war unser letztes Bindeglied mit dem Anfang.« Xerxes saß auf seinem vergoldeten Wagen. Als Königsfreund befand ich mich ganz in seiner Nähe. Vor uns befanden sich die purpurfarbenen Schluchten, welche die Grenzen des heiligen Pasargarda markieren. »Solange sie lebte, waren wir sicher.«

»Sicher, Herr?«

»Sie hatte Macht.« Er führte eine Art magische Geste aus. Ich gab vor, nichts zu bemerken. »Solange sie lebte, konnte sie den Fluch von uns halten. Doch nun ist sie fort...«

»Der Weise Herr wird über jeden von uns zu gegebener Zeit sein Urteil fällen.« Doch meine Berufung auf die Gnade und Weisheit des Weisen Herrn machte auf Xerxes keinerlei Eindruck. Je älter er wurde, desto mehr kehrte er zur Teufelsanbeterei zurück. Er ließ sogar Atossas Statue von Anahita in sein eigenes Schlafgemach schaffen, wo sie sich neben dem eigentümlichen Baum dort ganz und gar nicht deplaziert ausnahm. Im Endeffekt blieb ich Hystaspes ein Versprechen schuldig. Es gelang mir niemals, Xerxes zur Wahrheit zu bekehren.

Atossa, habe ich gerade überlegt, kann zur Zeit ihres Todes kaum älter als siebzig gewesen sein. Das überraschte mich, denn sie sah stets so aus und verhielt sich auch so, als sei sie schon bei der Erschaffung der Welt zugegen gewesen. Und es war so, daß Atossa im Laufe der Jahre weniger alterte als vielmehr austrocknete, wie ein Papyrusblatt auf einem Felsen in der Sonne – ein Blatt, auf welches der größte Teil der Geschichte des persischen Reiches geschrieben war.

Der Tod der Königin Atossa warf einen Schatten über die Neujahrsfeier. Xerxes wirkte düster; Königin Amestris ganz in sich zurückgezogen. Masistes machte einen angespannten Eindruck. Der Kronprinz musterte alle und jeden nur böse. Lais zufolge war einzig die Kronprinzessin zufrieden. Lais besuchte oft das zweite und das erste Haus des Harems, um mir sodann, mit einiger Verwunderung zu berichten, daß das Mädchen von allen Frauen beneidet werde. Das Mädchen war ebenso hübsch wie dumm. Und in ihrer Dummheit beging sie einen fatalen Fehler. Dies ist es, was sie tat. Amestris hatte mit eigenen Händen ein Gewand für Xerxes gewoben. Dem Mädchen gefiel das Gewand, und sie bat Xerxes, es ihr zu geben. Wie ein Narr erfüllte er ihr diesen Wunsch. Die Kronprinzessin trug besagtes Gewand bei einem Besuch im dritten Haus des Harems. Amestris empfing sie voller Höflichkeit, ja Zärtlichkeit. Sie tat, als erkenne sie das ihr so vertraute Gewand nicht. Ich sollte hier anmerken, daß man niemals wissen kann, was Amestris denkt oder fühlt. Ein bezauberndes Lächeln mag einer Massenhinrichtung vorausgehen, indes ein finsteres Stirnrunzeln bedeuten kann, daß man seinen Herzenswunsch erfüllt bekommt. Doch bedurfte es keinerlei besonderer Weisheit, um sich klarzumachen, daß Amestris sich, früher oder später, für diese Beleidigung rächen würde.

In jenem Jahr war die Neujahrsfeier in Persepolis außerordentlich prachtvoll. Bei dem langen Festzug führte ich selbst den leeren Triumphwagen, in welchem, falls es ihm so gefällt, der Weise Herr sitzt. Obschon die große Halle mit den hundert Säulen noch immer unvollendet war, hielt Xerxes dort Hof, und alle Satrapen aus allen Teilen des Reiches sowie die Edlen, Beamten, Clan-Führer huldigten ihm jeweils mit einer Blume.

Später, in privatem Kreis, inmitten von engen Freunden und der Familie, salbte der Große König, gemäß dem Brauch, sein Haupt. Dies ist die Gelegenheit, wenn die Anwesenden das Recht haben, ihn um alles zu bitten, was sie sich wünschen, und wo er jeden Wunsch gewähren muß. Ich muß gewiß nicht sagen, daß es selten um unmäßige Bitten geht. Schließlich ist man, ein für allemal des Großen Königs Sklave.

Doch in diesem besonderen Jahr mit dem üblen Omen nahm so manches einen ungewohnten Verlauf. Die Salbung des Hauptes des Großen Königs verlief durchaus normal. Einen Stich ins Komödiantische hat's ja immer, wenn des Königs Freunde zusammenkommen. Zunächst war es Demaratus, der für Belustigung sorgte. Er war berauscht und über alle Maßen »blumig« – von Kühnheit oder Frechheit ganz zu schweigen. Er bat den Großen König darum, in Sardes mit einer Königskrone einziehen zu dürfen, »da ich ja für alle Zeit König von Sparta bin«.

Für einen Augenblick wirkte Xerxes ziemlich entrüstet über eine solche Unverfrorenheit, welche bei anderer Gelegenheit als schweres Vergehen gegolten hätte. Glücklicherweise rettete Megabyzus die Situation, indem er sagte: »Demaratus besitzt ja nicht einmal genügend Gehirn, das von einer Krone bedeckt werden könnte.« Alle lachten, und die Krise war vorbei.

Während Xerxes zwischen seinen Freunden umherging, verschenkte er nichts, was er nicht auch sonst bei einer solchen Gelegenheit verschenkt haben würde, und alle waren zufrieden. Sodann zog er sich in den Harem zurück. Übrigens war er völlig nüchtern, als er uns verließ.

Lais befand sich im Harem; und von ihr erfuhr ich, was als nächstes geschah. »Königin Amestris war ganz Lächeln. Sie küßte des Großen Königs Hand. Dann flüsterte sie ihm etwas ins Ohr, was im Tonfall liebevoll klang. Er wirkte entsetzt. Sagte Nein! mit lauter Stimme. Sie erwiderte Ja! mit ihrer süßen Kinderstimme. Die beiden verließen den Raum. Niemand wußte, was sie sagten oder taten. Doch als sie zurückkehrten, war Xerxes weiß; und Amestris lächelte. Sie hatte Xerxes um das Weib des Masistes gebeten, und Xerxes war gezwungen, ihr diesen Wunsch zu erfüllen.« Amestris war klug genug, nicht die eigentliche »Missetäterin«, die Kronprinzessin zu verlangen. Das Mädchen war königlichen Geblüts, die Mutter nicht. Genauer noch: Amestris glaubte, die Mutter sei völlig verantwortlich für die Liaison zwischen Xerxes und seiner Schwiegertochter.

Xerxes schickte nach Masistes und bat ihn, sich von seiner Frau scheiden zu lassen. Er bot ihm sogar eine seiner eigenen Töchter an, um ihren Platz einzunehmen. Da Masistes keinerlei Ahnung hatte von dem, was geschehen war, erklärte er Xerxes, es sei ihm zu lächerlich, eine Frau aufzugeben, die überdies die Mutter seiner erwachsenen Kinder sei.

Xerxes war zornig, und die Brüder stritten miteinander. Als Masistes ging, sagte er: »Herr, noch hast du mich nicht getötet.«

Als Masistes nach Hause kam, fand er sein Weib. Sie lebte noch. Doch hatte man ihr die Brüste abgeschnitten, die Zunge herausgerissen, und sie war blind. Masistes und seine Söhne flohen nach Baktrien, wo sie in den Aufstand gingen. Doch waren sie zu schwach für Megabyzus. Innerhalb weniger Monate war Baktrien unterjocht, und Masistes und seine gesamte Familie wurden zu Tode befördert.

Es ist nicht allgemein bekannt, daß Xerxes niemals wieder mit Amestris sprach, oder auch nur einen Fuß in ihr Haus setzte. Sonderbarerweise beeinträchtigte dies auf keine Weise die Macht der Königin. Folglich besitzt sie nach wie vor starken Einfluß auf die Politik. Sie fuhr – sie fährt – fort, Persien zu beherrschen. Sonderbarer noch, sie stand sich mit der Kronprinzessin bald ganz ausgezeichnet. Allerdings verstand es Amestris, jedermann zu bezaubern, zumal ihre drei Söhne. Und von ihren drei Söhnen machte sie sich am angenehmsten und nützlichsten ihrem zweiten Sohn, unserem gegenwärtigen Großen König Artaxerxes. Alles in allem hatte Atossa ihre Nachfolgerin wohl gewählt.

4

Die nächsten zwölf Jahre waren die glücklichsten in meinem Leben. Gewiß, ich befand mich jetzt im mittleren Alter. Auch hatte sich mein Freund Xerxes von der Welt zurückgezogen. Dennoch empfand ich diese Jahre als eine Zeit von ganz eigentümlichem Glanz. Es gab keinerlei Kriege, die irgendwie zählten, und das Leben am Hofe war reizvoller denn je. Niemals zuvor oder seither genossen die Haremsdamen soviel Freiheit. Wollte eine einen Liebhaber, so gab es da keine großen Probleme. Auf merkwürdige Weise, so scheint mir, amüsierte sich Xerxes über das Intrigenspiel. Solange sich eine Dame nicht skandalös aufführte, zeigte er sich sehr großzügig.

Einzig Königin Amestris war über alle Verdächtigungen erhaben. Das heißt, sie hatte nie eine Affäre mit einem Mann. Sie war viel zu klug, um Xerxes irgendeinen Anlaß zu geben, das Gesetz der Arier anzuwenden. Jedoch hatte sie eine lange und äußerst diskrete Affäre mit dem Eunuchen Aspamitres.

Die Königstochter Amytis war nicht so klug wie ihre Mutter. Ohne ein Geheimnis daraus zu machen, hatte sie eine Reihe von Liebhabern, was ihren Mann Megabyzus sehr erzürnte. Als er sich bei Xerxes beklagte, soll der Große König gesagt haben: »Unsere Tochter mag tun, was ihr beliebt.«

Angeblich hat Megabyzus darauf geantwortet: »Und wenn es ihr beliebt, unsere ältesten Gesetze zu brechen, dann läßt du das zu?« Und Xerxes sagte: »Da sie eine Achämenidin ist, kann sie unsere Gesetze nicht brechen.«

Zurückblickend begreife ich, daß dieser »Disput« – ob er nun so oder so ähnlich ablief – der Anfang vom Ende war. Kronprinz Darius haßte Xerxes, weil er seine junge Frau verführt hatte. Megabyzus war zornig, weil Amytis' »Seitensprünge« von ihrem Vater geduldet wurden. Auch hatte, bereits etliche Jahre zuvor, ein Mitglied der königlichen Familie die Enkeltochter von Megabyzus verführt. In diesem Fall hatte Xerxes sofort gehandelt. Er befahl, den Verführer zu pfählen. Aber der Harem scharte sich um den Übeltäter, einen Mann namens Sataspes. Um den königlichen Damen gefällig zu sein, befahl Xerxes dem Sataspes, Afrika zu umschiffen, etwas, das ihren Behauptungen zufolge bislang nur die Phönizier getan hatten. Ein oder zwei Jahre lang trieb sich Sataspes an der nordafrikanischen Küste umher. Sodann begab er sich nach Susa und behauptete, er habe ganz Afrika umschifft. Niemand glaubte ihm, und er wurde zu Tode befördert.

Dennoch war Megabyzus in gar keiner Weise zufriedengestellt. Er hatte Vergeltung gewollt, und zwar auf der Stelle und nicht erst zwei Jahre später. Schließlich war sogar die Königin verärgert, und es war Amestris, die es dann möglich machte, daß der furchteinflößende Glanz auf ihren Sohn überging.

Im Herbst des 21. Jahres von Xerxes' Regierung befand ich mich mit Lais in der Troas. Xerxes hatte Demaratus ein beträchtliches Besitztum überlassen, und der frühere spartanische König war jetzt mehr ein persischer Pferdezüchter als ein griechischer Verschwörer – eine Wendung zum Besseren, ganz entschieden. Obwohl Demaratus und Lais als Gatte und Gattin zusammenlebten, weigerte sie sich, ihn zu heiraten. Ihr lag zuviel an ihrer Freiheit. Auch widerstrebte es ihr, das beträchtliche Vermögen zu teilen, das sie über die Jahre hinweg – dank ihrer Freundschaft mit Atossa – zusammengetragen hatte. »Ich komme und gehe, wie es mir beliebt«, pflegte sie zu sagen – und sagt es zweifellos bis auf den heutigen Tag, falls sie noch am Leben ist auf Thasos.

Wir befanden uns bei Demaratus' Stallungen und betrachteten einen jüngst eingetroffenen arabischen Hengst. Es war ein bewölkter, grauer

Morgen, und der Südwind roch nach Sand. Vom Hauptgebäude kam ein Bediensteter und rief: »Er ist tot!« Und die reizvolle Zeit war zu Ende.

Soweit ich weiß, war Folgendes geschehen. Mit Billigung der Königin töteten Aspamitres und der Wachkommandant Artabanus Xerxes im Schlaf – ein Kinderspiel, da Xerxes schon seit Jahren nicht mehr zu Bett ging, ohne zuvor ein halbes Dutzend Helbon Weinflaschen zu leeren. Auch töteten sie seinen Wagenlenker – und Schwager – Patiramphes.

In der Mordnacht befand sich Kronprinz Darius im Jagdschloß an der Straße nach Pasargada. Als Darius die Nachricht erhielt, eilte er nach Susa – und in eine Falle. Alle Welt wußte, daß Darius seinen Vater nicht nur haßte, sondern – natürlicherweise – Großer König werden wollte. So verbreiteten die Verschwörer das Gerücht, auf Darius' Geheiß habe Patiramphes den Großen König getötet und der loyale Artabanus sodann Patiramphes.

Sodann begaben sich die Verschwörer zu dem achtzehnjährigen Artaxerxes und behaupteten, sein Bruder Darius sei verantwortlich für die Ermordung ihres Vaters. Für den Fall, daß er bereit sei, der Hinrichtung seines Bruders zuzustimmen, versprachen sie, ihn zum Großen König zu machen. Ich habe Grund zu der Annahme, daß Artaxerxes schon damals genau wußte, was geschehen war. Doch Artabanus kontrollierte die Palastwache, und Artaxerxes war machtlos. Er tat, was ihm gesagt wurde. Als Darius am darauffolgenden Tag in Susa eintraf, wurde er von Artabanus festgenommen. Von den Gesetzesträgern als Königsmörder verurteilt, wurde er hingerichtet.

Ich habe keine Ahnung, welche Rolle eigentlich die Königin bei der Hinrichtung ihres ältesten Sohnes spielte. Wenn sie schon dem Mord an Xerxes zugestimmt hatte, kann ich dennoch nicht glauben, daß sie irgend etwas mit Darius' Hinrichtung zu tun hatte. Ich vermute, daß sie, nachdem die Ereignisse einmal ins Rollen gekommen waren, die Kontrolle verlor. Ich weiß, daß sie durch ihre Spitzel erfuhr, daß Artabanus Artaxerxes ermorden wollte, um sich selber zum Großen König zu machen. Daraufhin rief sie Megabyzus zu sich und schloß mit ihm ein geheimes Bündnis. Als Armeegeneral war Megabyzus noch mächtiger denn der Befehlshaber der Wachen Artabanus. Mochte Megabyzus den Mord an Xerxes auch gebilligt haben, der Dynastie war er treu ergeben.

Mit einem halben Armeekorps überwältigte Megabyzus die Palastwache, und Artabanus wurde getötet. Sodann nahm man Aspamitres fest. Als Liebhaber der Königin erwartete er für sich Schonung. Doch er hatte versucht, die Achämeniden zu stürzen, und Amestris raste vor Zorn. Es war die Königin, welche den Befehl gab, Aspamitres in das zu legen, was man den Trog nennt, eine Art hölzernen Sarg, welcher den

Körper umhüllt, indes die Glieder und der Kopf der Sonne und dem Wind ausgesetzt bleiben, auch Insekten und Reptilien. Von allen Todesarten gilt der Trog als die langsamste und scheußlichste – das heißt nach der Altersschwäche.

Ich, Demokrit, Sohn des Athenokrit, möchte an dieser Stelle in den Bericht meines Großonkels Cyrus Spitama ein Gespräch einfügen, das ich etwa eine Stunde mit ihm führte, nachdem er mir die Geschichte von Xerxes' Tod diktiert hatte. Als guter Zarathustrianer glaubte er, alle wesentlichen Fragen seien beantwortet worden. Aber er war natürlich doch zu intelligent, um widersprechende Indizien zu ignorieren. Wenn ich mir zwar ziemlich sicher bin, daß es ihn nicht gerade beglücken würde, wenn ich seine bei jener Gelegenheit geäußerten Worte wiedergebe, so meine ich doch, daß ich eben dies nicht nur seinem Andenken schulde, sondern auch, der Vollständigkeit halber, dem mir von ihm diktierten Bericht.

Wir machten einen Spaziergang durch die Agora. Es war Hochsommer und sehr heiß. Der Himmel glich einem Metall, das vor Hitze blau geworden ist, und die knochenweiße Lehmstadt wirkte verödet. Die Athener waren daheim, wo sie ihr Mahl einnahmen, oder in den Gymnasien, um der Hitze zu entkommen. Diese Tageszeit bevorzugte mein Onkel in der Regel für Spaziergänge in der Stadt. »Keine Athener!« pflegte er zu sagen. »Kein Lärm, kein Geschrei!« Dank all der Kleider, die er trug, war ihm niemals heiß. Jahre später, als ich in Persien reiste, kleidete ich mich wie die Perser und fand, daß leichte Kleidung, welche nicht die Haut berührt, einen selbst am heißesten Tage kühl hält.

Auf der Veranda des Odeons beschloß Cyrus, sich in den Schatten zu setzen. Er wußte stets genau, wo er sich befand, in der Agora oder wo immer sonst, sofern er auch nur einmal dort gewesen war. Wir machten es uns auf einer Stufe des Odeons bequem. Uns gegenüber, sonderbarer noch als sonst, wirkte der »Berg« Lykabettus wie ein gezackter Fels, den irgendein uralter Titan hatte fallen lassen. Irrationalerweise verabscheuen die rationalen Athener den Berg. Sie behaupten, dort hausten Wölfe, doch glaube ich eher, der Grund für ihre Einstellung ist, daß der Berg nicht in die übrige Landschaft paßt.

»Als ich das erste Mal von Cathay heimkehrte, wußte ich, daß die Angelegenheit ein blutiges Ende nehmen würde. Aus diesem Grunde hielt ich mich vom Hof ziemlich fern. Von Xerxes hingegen konnte ich mich niemals wirklich fernhalten. Er war für mich mehr als ein Bruder. Er war mein Zwillingsbruder, mein anderes Selbst. Und nun, da er fort ist, bin ich nur die Hälfte von dem, was ich einmal war ...«

»Während er ... was ist?«

»Der Große König ist an der Brücke des Erlösers.« Mehr sagte Cyrus nicht – und es gab ja auch nicht mehr zu sagen, denn wenn Zarathu-

stra recht hat, brodelt Xerxes zur Zeit in einem Meer aus geschmolzenem Metall.

»Mal angenommen«, sagte ich, »es gibt keine Brücke, keinen Weisen Herrn.«

»Wie kann ich so etwas annehmen?« Aber da der alte Mann sich weitgehend auf »Annahmen« stützte, war er doch an meiner Antwort interessiert.

»Zarathustra sagt, es habe eine Zeit gegeben, wo der Weise Herr noch nicht existierte. Nun denn, ist es nicht möglich, daß wir, wenn wir sterben, dorthin gehen, von wo der Weise Herr kommt?«

Cyrus pfiff eine sonderbare kleine Weise, die vermutlich irgendeine religiöse Bedeutung hatte, da er sie stets pfiff, wenn sich in der Theorie Zarathustras ein Widerspruch oder eine Lücke ergab. Er besaß übrigens noch fast sein vollständiges Gebiß; er konnte alles essen. »Es gibt«, sagte er schließlich, »auf jene Frage keine Antwort.«

»Dann haben vielleicht die im Osten recht, und die Frage nach der Schöpfung oder Erschaffung ist nicht beantwortbar.« An sich kenne ich die Antwort jetzt, damals indes war ich völlig unwissend. Ich stand am Anfang einer lebenslangen Suche – Cyrus war an ihrem traurigen Ende angelangt. Traurig, weil die einzige wichtige Frage noch unbeantwortet war – für ihn.

Der alte Mann pfiff einen Augenblick, mit geschlossenen Augen; mit einer seiner bleichen Hände zwirbelte er seinen Bart zu einer Art Knoten – stets ein Zeichen dafür, daß er tief in Gedanken war. »Sie irren sich«, sagte er schließlich. »Alles, was wir wahrnehmen, beginnt irgendwo und endet irgendwo. Gleich einem Strich, den man in den Sand zieht ... Gleich einem Stück Schnur. Gleich einem Menschenleben. Was die im Osten versuchen, ist, die Linie zu schließen. Einen Kreis zu machen. Ohne Anfang. Ohne Ende. Aber frage sie nur, wer den Kreis gezogen hat. Und sie haben keine Antwort. Sie zucken die Achseln. Sie sagen: »Er ist dort.« Ein Kreis, der sich im Kreis dreht. Für immer und ewig. Endlos! Hoffnungslos!« Das letzte Wort rief er laut aus; und schauderte vor Entsetzen bei dem Gedanken an die Endlosigkeit der Dinge. »Wir sehen einen definiten Anfang. Ein definites Ende. Wir sehen Gut und Böse als notwendige, einander bekämpfende Prinzipien. Das eine wird nach dem Tod belohnt, das andere bestraft. All dies geschieht erst am Ende des Endes.«

»Was ist der Anfang von ... was?«

»Vollkommenheit. Göttlichkeit. Ein uns unbekannter Zustand.«

»Aber dann gibt es in dieser Konzeption einen Fehler. Zarathustra weiß nicht, zu welchem Zweck der Weise Herr erschaffen wurde.«

»Auf jeden Fall wurde er erschaffen. Er ist. Er wird sein. Allerdings ...« Weit öffnete der alte Mann seine blinden Augen. »Es fehlt irgend etwas. Etwas, das ich auf dieser Erde, im Laufe eines langen Le-

bens, nirgendwo habe finden können.« So gestand also Cyrus selber ein, daß all sein Suchen leer ausgegangen war. Aber indem er mir solche Details seines Scheiterns mitteilte, ermöglichte er es mir, zu verstehen, was er nicht verstehen konnte – das Wesen des Universums.

Ich bin mir nicht sicher, bis zu welchem Grade der alte Mann an die primitive Theologie seines Großvaters glaubte. Gewiß muß jedwede Gottheit, welche das Leben erschuf, um es sodann zu martern, schon von der Definition her, absolut böse sein. Anders ausgedrückt: Der Weise Herr erschuf nicht Ahriman. Der Weise Herr ist *Ahriman, sofern man denn – falls dies das Wort ist – der Logik von Zarathustras Botschaft bis zum Ende folgt.*

In Anerkennung meines Onkels sei's gesagt: Er war tief bewegt von dem, was er im Osten gehört hatte. Und wennschon er fortfuhr, sich als Dualist zu geben, so hörte sich's – in dunklen Augenblicken – aus seinem Munde jedoch so an, als glaube er, die gerade Linie, welche ihren Anfang und ihr Ende hat, sei nicht unbedingt ein besseres Symbol für unseren Zustand als der bewußte Kreis.

Letztendlich gibt es keine gerade Linie und auch keinen Kreis. Aber um die Dinge zu verstehen, wie sie sind, muß man einen Schritt hinaustun aus unserer gegenwärtigen kindlichen Phase menschlicher Existenz. Götter und Teufel müssen aufgegeben werden mitsamt all den Vorstellungen von Gut und Böse, welche eine gewisse Bedeutung im Alltagsleben haben mögen, jedoch absolut bedeutungslos sind in – und für – jene materielle Einheit, welche alles umfaßt und sie zu ein und demselben werden läßt. Materie ist alles. Alles ist Materie.

5

Ich wohnte der Krönung des Artaxerxes im heiligen Pasargada bei. Obschon herrscherliche Gnade mir auch jetzt den Status eines Königsfreunds gewährte, hütete ich mich, diesen Vorteil ernsthaft zu nutzen. Junge Souveräne haben wenig übrig für Relikte aus der Zeit ihrer Vorgänger, und so bereitete ich mich darauf vor, mich auf meine Besitzungen südlich von Halikarnassus zurückzuziehen. Mein öffentliches Leben war zu Ende. Jedenfalls glaubte ich das.

Kurz vor meiner Abreise von Persepolis schickte der Große König nach mir. Natürlich war ich entsetzt. Wer mochte mich verleumdet haben? Denn dies ist stets die Frage, die man sich selber stellt, wenn der Zeremonienmeister den Amtsstab hebt und also spricht: »Der Herr läßt seinen Sklaven zu sich rufen. Komme mit mir.«

Artaxerxes saß in einer kleinen Amtsstube im Winterpalast. Warum er nicht in Xerxes' neuem Palast wohnte, weiß ich nicht mehr. Vermutlich, weil dieser noch immer – oder wieder – im Bau oder Umbau war.

Mit achtzehn war Artaxerxes ein hübscher, wennschon allzu feingliedriger junger Mann. Da sein Bart noch nicht in voller Reife sproß, hatte sein Gesicht etwas leicht Mädchenhaftes. Als Kind hatte er an einer Krankheit gelitten, die seinen linken Arm und sein linkes Bein verkümmern ließ. Infolgedessen war seine rechte Hand wesentlich größer als seine linke. Aus diesem Grund sprechen wir vom König, wenn wir seinen eigentlichen Namen nicht gebrauchen wollen, als vom Langhändigen.

Rechts vom Stuhl des Großen Königs stand der neue Wachkommandant, Roxanes, eine eindrucksvolle Gestalt und ein Mann, der sich in den griechischen Kriegen ausgezeichnet hatte. Links vom Stuhl befand sich der schöne Arzt Apollonides; er stand in hoher Gunst, weil er den Großen König erst kürzlich von einem tödlichen Fieber geheilt hatte.

Wie stets war Artaxerxes freundlich zu mir. Ich meinerseits fühlte mich, wie stets in seiner Gegenwart, verstört: Weil ich dort Xerxes' Augen vor mir sah, nur in einem völlig andersartigen Gesicht. Es war, als schaue mein liebster Freund mich an – aus dem Gesicht seines Sohnes.

»Wir brauchen dich, Königsfreund.« Des Jünglings Stimme war noch immer geschwächt nach seinem Kampf mit dem Fieber.

Ich erklärte meine Bereitschaft, mein Leben für meinen neuen Herrn hinzugeben.

Artaxerxes kam sofort zur Sache. »Die Witwe des Artabanus ist Griechin. Dank dieser Tatsache konnte Artabanus in einem griechischen Exil leben. Da du meinem Vater, dem Großen König, so nahe standst und außerdem deinerseits Halbgrieche bist, möchte ich, daß du für mich übersetzt, was dieser Mann zu sagen hat, und mir dann dein Urteil über ihn mitteilst.«

Mit diesen Worten klatschte Artaxerxes seine kurze linke Hand in den Teller der langen rechten. Die Zederntür öffnete sich, und zwei Zeremonienmeister geleiteten einen kurzwüchsigen, untersetzten Mann in die höchste Gegenwart. Für einen langen Augenblick betrachteten der Mann und der Große König einander, ganz entgegen dem Protokoll. Dann sank der Mann langsam auf die Knie und, nicht weniger langsam, brachte seine Huldigung dar.

»Wer bist du, Grieche?« fragte Artaxerxes.

Tief vom Boden kam die Antwort: »Ich bin Themistokles, Sohn des Neokles. Ich bin jener General von Athen, welcher die Flotte des Großen Königs Xerxes vernichtete.«

Artaxerxes blickte mich an. Ziemlich nervös übersetzte ich diese erstaunliche Mitteilung. Zu meiner Überraschung lächelte Artaxerxes jedoch. »Sage ihm, er möge sich erheben. Es geschieht nicht alle Tage, daß wir einen so berühmten Feind empfangen.«

Themistokles stand auf. Sein Haar war dicht und grau. Sehr gerade, dunkle Brauen überschatteten schwarze, leuchtende, wachsame Augen. Offensichtlich war er ohne Furcht vor dem Großen König – oder wem immer sonst. Doch er war taktvoll, schnell, umsichtig.

»Warum hat Artabanus dich nicht meinem Vater vorgestellt?«

»Er hatte Angst, Herr.«

»Du jedoch hast keine?«

Themistokles schüttelte den Kopf. »Warum sollte ich? Bei zwei Gelegenheiten habe ich deinem Vater gut gedient.«

»Den Verlust eines Drittels seiner Flotte bei Salamis empfand mein Vater keineswegs als nützlichen Dienst.« Artaxerxes amüsierte sich – wie denn auch anders? – königlich.

»Nein, Herr. Doch vor diesem Ereignis ließ ich dem Großen König eine Botschaft zukommen. Ich teilte ihm mit, dies sei für ihn der Augenblick zuzuschlagen ...«

»Er schlug zu«, sagte Artaxerxes. »Jedoch ohne Erfolg.«

»Er schlug zu, Herr, und hätte die Schlacht gewonnen, wäre da nicht der Verrat seiner eigenen phönizischen Kapitäne gewesen.«

Das war sowohl wahr als auch unwahr. Natürlich ließ ich's mir nicht einfallen, meine bescheidene Funktion als Dolmetscher auch nur im geringsten zu überschreiten. Aufmerksam hörte Artaxerxes sich meine wörtliche Übersetzung an; dann nickte er. »Welcher«, fragte er, »war der zweite Dienst, den du meinem Vater geleistet hast?«

»Ich ließ ihm eine Warnung zukommen, daß ein Teil der griechischen Flotte die Absicht hatte, die Brücke zwischen Asien und Europa zu zerstören.«

»Das ist wahr«, sagte Artaxerxes. Wieder war die Geschichte gleichzeitig wahr und unwahr; und überaus typisch für diesen listigen Griechen. Da Themistokles gewollt hatte, daß die Griechen widerstanden und die Perser zuschlugen, hatte er Xerxes gezwungen, sie anzugreifen; auf diese Weise zwang er die Griechen, um ihr Leben zu kämpfen – was sie ja auch taten. Dann desertierten die Phönizier, und die Griechen gewannen die Schlacht oder, genauer, die Perser verloren sie. Dies war für die Griechen im gleichen Maße eine Überraschung wie für die Perser. Die Warnung, die Brücke über den Hellespont werde zerstört werden, war Themistokles' Meisterstreich. Er wollte Xerxes aus Europa heraushaben. Wie er zu seinen Freunden hier in Athen sagte: »Zerstört unter gar keinen Umständen die Brücke. Lassen wir Xerxes nicht den Rückweg nach Persien offen, dann haben wir einen rasenden Löwen hier in Griechenland, und er kommt hervorgestürzt unter seinem Sonnendach, mit einem Schwert in der Hand und der mächtigsten Armee der Welt in seinem Rücken.«

Auf solche Weise gelang es Themistokles, gleichzeitig Griechenland und Persien zu dienen. Doch da Dankbarkeit für die Griechen etwas Unbekanntes ist, wurde Themistokles verbannt. Als ihm Pausanias später den Vorschlag machte, ganz Griechenland zu unterwerfen, weigerte er sich, an einer solchen Verschwörung mitzuwirken. Dies war, zurückhaltend ausgedrückt, sehr ungriechisch von ihm. Vielleicht auch traute er Pausanias nicht. Unglücklicherweise wurden bei der Gerichtsverhandlung über Themistokles dessen doppeldeutige Briefe an Pausanias verlesen, und die Athener befahlen Themistokles heimzukehren, damit er wegen Hochverrats hingerichtet werden könne. Er flüchtete nach Persien, in das Haus des Artabanus, dessen Gattin verwandt war mit Themistokles' Mutter – einer, dies nebenbei, Dame aus Halikarnassus.

Noch eine beiläufige Anmerkung: Jüngst hat General Perikles ein höchst merkwürdiges Gesetz durchgebracht, wonach Athener Bürger nur solche Personen werden können, bei denen beide Elternteile Einheimische waren – woraus folgt, daß die beiden größten Feldherren Athens, Themistokles und Kimon, nicht als Athener Bürger gegolten hätten. Beider Mütter waren »Ausländerinnen«.

»Erzähle uns«, sagte der Große König, »von diesem lästigen Griechen, der in unseren Gewässern Piraterie betreibt.«

»Piraterie, Herr?« Themistokles kannte sie noch nicht, die eigentümliche Redeweise unserer Großen Könige, die stets vorgeben, niemandes Namen oder Herkunftsort zu kennen. Bis an ihr Lebensende behauptete die Königin Atossa, Athen liege in Afrika, und seine Einwohner seien pechschwarze Zwerge.

»Eurymedon«, sagte Artaxerxes mit geradezu grimmiger Genauigkeit. Der Große König kannte den Ort. Alle Perser kennen ihn. Die Griechen, die sich glanzvoller Siege bei Marathon und Salamis und Platäa rühmen, begreifen nicht, daß keine dieser Schlachten für Persien auch nur die geringste Bedeutung hatte. Die Tatsache, daß die Griechen sich in ihren eigenen ausgebrannten Städten in Attika behaupten konnten, ist kaum Anlaß für militärische Glorie. Was Persien hingegen tief erschütterte, war Kimons Sieg an der Mündung des Eurymedon-Flusses. Oft, sehr oft ist es mir durch den Kopf gegangen, daß es wohl Kimons überwältigender Sieg auf persischem Boden war, der den Anfang vom Ende des Xerxes markierte. Von jenem Zeitpunkt an näherten die Politik des Harems und die Politik der Armee einander, und der Stern des Großen Königs sank.

»Kimon, Sohn des Miltiades –«, hob Themistokles an.

»Unseres verräterischen Satrapen.« Die Perser werden niemals vergessen, daß Miltiades viele Jahre lang loyaler Sklave des Großen Königs war, der sich am Schwarzen Meer riesiger Liegenschaften erfreute.

»– der Sieger von Marathon.«

»Wo liegt das?« Artaxerxes zwinkerte mit den Augen seines Vaters.

»Ein Ort ohne Bedeutung.« Als Dolmetscher konnte ich Themistokles' wendigen Verstand geradezu buchstäblich am Werke sehen. Je genauer er die Wesensart des Großen Königs erfaßte, desto genauer stellte er sich darauf ein. »Jedenfalls, Herr, ist dieser Pirat auch mein Feind.«

»Wer könnte Piraterie denn auch billigen?« Artaxerxes blickte zu Roxanes, der unverkennbar den Mann verabscheute, den er stets nur die griechische Schlange nannte.

»In Athen, Herr, gibt es zwei Fraktionen. Die eine möchte sehr gern in Frieden leben mit dem König der Könige. Zu jener Gruppe gehöre auch ich. Auf unserer Seite steht das einfache Volk. Gegen uns stehen die Landbesitzer, welche die Tyrannen stürzten. Heute ist Kimon, was ich gestern war, der General von Athen, und die Sache des einfachen Volkes nahm Schaden, als man mich verbannte.«

»Aber wenn du verbannt worden bist, so heißt das doch wohl, daß die Mehrheit des einfachen Volkes gegen dich war.« In Artaxerxes widerstritten offenkundig zwei Motive. Einerseits wollte er gern so tun, als wisse er so gut wie nichts von dieser unbedeutenden afrikanischen Stadt. Andererseits war da der Ehrgeiz eines noch sehr jungen Mannes, die Oberhand zu behalten und für klug zu gelten. Xerxes machte diesen Fehler nie. Doch hätte er's vielleicht tun sollen.

»Ja, Herr. Aber sie waren gegen mich aufgehetzt worden von den antipersischen Konservativen. Es hieß, ich sei mit Pausanias im Komplott, um die griechischen Staaten zu unterwerfen. Jedenfalls werden die Griechen, wie du vielleicht schon gehört hast, ihrer Führer schnell überdrüssig. Die Tatsache, daß ich der Führer des Volkes war, bedeutete keineswegs, daß das Volk meine Führerschaft mochte oder schätzte.«

»Jetzt befindest du dich im Exil, und der Pirat greift das Festland unseres Reiches an. Was sollen wir tun?«

»Ich habe einen Plan, Herr.«

Themistokles war der raffinierteste Grieche, dem ich je begegnete. Wenn er etwas tun wollte, fand er stets eine Möglichkeit dazu – wenigstens einmal. Er war ein wahrer Odysseus. Doch bevor er dem Großen König seinen Plan enthüllte, bat er darum, erst ein Jahr persisch lernen zu dürfen. »Eure Sprache gleicht einem eurer außergewöhnlichen Teppiche, komplex, kompliziert, wunderschön. Durch einen Dolmetscher kann ich mich nicht ausdrücken, und sei dieser noch so fähig.«

Der Große König gewährte Themistokles ein Jahr. Überdies gab er ihm einen schönen Grundbesitz bei Magnesia. Dann bot er ihm die lange Hand zum Kuß und entließ ihn.

Nachdem Themistokles aus der königlichen Gegenwart entschwunden war, klatschte Artaxerxes die Hände ineinander und rief mit hochrotem Gesicht: »Ich habe ihn! Ich habe den Griechen!«

Wie sich erwies, hatte Themistokles keinen besonderen Plan außer diesem: die unausbleibliche Verbannung Kimons abzuwarten, die denn auch vier Jahre später kam. In dieser Zeit lernte Themistokles so ausgezeichnet persisch, daß er es akzentfrei sprach; auch erhielt er den Gouverneursposten von Magnesia. Außerdem bekam er den Auftrag zum Aufbau einer neuen Kriegsflotte und zur Ausbildung unserer Seeleute auf griechische Weise. In jenen Tagen waren persische Schiffe schwimmende Festungen, ohne Wendigkeit in der Schlacht und höchst anfällig gegen Feuer. Themistokles modernisierte die persische Flotte.

Hätte Themistokles eine Expedition gegen sein eigenes Volk geführt? Die Konservativen hier in Athen meinen, genau dies sei seine Absicht gewesen. Elpinike ist zweifellos von seinen verräterischen Absichten überzeugt. Aber sie lebt nun einmal dem ruhmreichen Andenken ihres Bruders Kimon. Meiner Ansicht nach wollte Themistokles nichts weiter, als in Frieden und Komfort leben und sterben. Fünf Jahre nach seiner Ankunft bei Hofe starb Themistokles. Manche behaupten, er habe sich selbst umgebracht. Ich bin sicher, daß er das nicht getan hat. Es ist ein allgemeines Gesetz, daß große Männer nicht lange leben, nachdem sie getrennt sind von dem Volk, das der Nährboden für ihre Größe war.

Während der zehnjährigen Verbannung Kimons verlor Athen beträchtlich an Macht. Ein Invasionsversuch Ägyptens wurde von Megabyzus unschädlich gemacht. In der Tat ist alles fehlgeschlagen, was die sogenannte Partei des Volkes unternahm, abgesehen von der Eroberung der nahegelegenen Insel Ägina und ein oder zwei siegreichen Scharmützeln in der Umgebung von Athen. Ohne Themistokles und Kimon war – und ist – Athen in der Welt ohne besondere Bedeutung.

Als Kimon aus dem Exil zurückkehrte, erhielt er den Oberbefehl über die Flotte. Aber er hatte seine besten Jahre verloren. Schlimmer noch: Diese selben Jahre waren auch den Athenern verlorengegangen. Als Kimon auf Zypern starb, endete das athenische Reich, und das persische Reich war sicher. Ephialtes und Perikles sind ein schwacher Ersatz für solche Helden.

Wiederhole, Demokrit, diese Gedanken nicht vor jenen, die anderer Meinung sein könnten als ein alter Mann, der mehr von dieser Welt gesehen hat, als es je seine Absicht – oder gar sein Wunsch – war.

6

Meine letzten Jahre in Persien, glaubte ich, würden ganz einfach meine letzten Jahre sein. Meine Zurückgezogenheit gefiel mir. Nie reiste ich nach Susa. Ich beschäftigte mich damit, Notizen für den zweiten Raum der Kanzlei anzufertigen. Ich schrieb über die Seidenstraße, Cathay, Ajataschatru. Meine Anmerkungen wurden politisch gewürdigt und wanderten prompt ins Haus der Bücher.

Oft traf ich mit der zarathustrianischen Gemeinde zusammen. Nun, da ich alt war, behandelte man mich mit Ehrfurcht. Doch nie wollte es mir gelingen, die Zarathustrianer für eine der Ideen von Göttlichkeit oder Nicht-Göttlichkeit zu interessieren, denen ich im Osten begegnet war. Auch fiel mir auf – mehr mit Resignation als mit Beunruhigung –, daß die Einfachheit des Weisen Herrn gleichsam zersplittert wurde. Die alten Teufelsgötter kehren zurück, und zwar in der Verkleidung als *Aspekte* des Einen, der da ist Zwei, jedoch wieder Einer sein wird am Ende der Zeit der langen Herrschaft. Teufelsgötter geben nicht so leicht auf. Vor kurzem erst hat der Große König einen Altar errichtet für Arta – oder die Rechtschaffenheit –, als sei jene *Eigenschaft* eine Art Gottheit.

Die Verbannung des Kimon hatte etwas Gutes zur Folge – das heißt, für Persien. Solange Kimon in Athen regierte, gab es keine Chance für einen Frieden zwischen dem Reich und den griechischen Verbündeten. Nach Kimons Sturz gab der demokratische Führer Ephialtes die Macht prompt der »Versammlung« zurück. Als man auf Ephialtes deshalb ein Attentat verübte, ging die Führerschaft auf den jungen Perikles über, dessen erste Tat darin bestand, mit Persien Frieden zu schließen. Er schickte eine von Kallias geleitete Gesandtschaft nach Persepolis.

So geschah es denn in meinem sechzigsten Jahr, daß ich zum Großen König nach Persepolis beordert wurde. Ich nahm's gelassen auf. Allerdings fürchte oder sorge ich mich längst nicht mehr, wenn mich ein Mächtiger zu sich ruft, und dazu gehört auch unser hiesiger General Perikles. Der Tod ist nah, Könige sind weit, um quasi mit Konfuzius zu sprechen.

Ich hatte Persepolis seit Artaxerxes' Krönung nicht mehr besucht. Als ich im Winterpalast eintraf, stellte ich fest, daß ich nur sehr wenigen Eunuchen des zweiten Raums der Kanzlei bekannt war. Diese weinten, als sie mich sahen. Eunuchen werden in höherem Alter recht sentimental. Ich nicht. Eher trifft das Gegenteil zu. Allerdings ist es nur zu wahr, daß wir Älteren alles sind, was übriggeblieben ist von der Regierung des Darius und dem Zenit Persiens. Es gibt für uns vieles, worüber sich schwatzen läßt – wenn nicht gar weinen.

Ich erhielt ein äußerst kaltes und unkomfortables Gemach in Xerxes' Palast, welcher noch immer – und zweifellos selbst jetzt noch – seiner Vollendung entgegenharrte, während meine Bediensteten in der »Hüttenstadt« untergebracht wurden, welche außerhalb der Mauern der königlichen Umfriedung emporgewuchert war.

Ich muß sagen, daß ich so halb und halb hoffte, zum Tode verurteilt zu werden für irgendein imaginäres Verbrechen. Zum einen schwand mein Augenlicht, was einen dazu zwingt, anderen sorgfältig zuzuhören – die äußerste Grausamkeit. Zum anderen – meine Zeit war um. Unglücklicherweise stand ich in hoher Gunst.

Man ließ mich zu sich rufen, jedoch nicht der Große König, sondern die Königinmutter, Amestris. Sie hatte das am glanzvollsten ausgestattete dritte Haus des Harems. Mögen die Gemächer auch klein sein, so hat sie es doch verstanden, sie üppig zu gestalten. Der Raum, in dem sie mich empfing, war an den Wänden ringsum völlig von den – goldenen – Nachbildungen von Lotusblüten bedeckt. Sie selbst schien in das gleiche Material gewandet zu sein. Sobald sich die Zeremonienmeister zurückgezogen hatten, waren wir unter uns. Ich nahm dies als Beweis für mein hohes Alter.

»Du bist der letzte«, sagte Amestris leise; und errötete.

Nach drei Tagen bei Hofe war ich daran gewöhnt, als der letzte bezeichnet zu werden, durchaus ehrfurchtsvoll. Ich gab so eine Art Altersgemurmel von mir, um der Königin zu zeigen, daß ich nicht nur der letzte war – sondern bald schon der letzte gewesen sein würde. Wer, frage ich mich, wird danach an der Reihe sein? Vielleicht Amestris. Sie wirkte gealtert, doch auf wenig zuträgliche Weise. Dünn ist sie geworden, überaus dünn, und das einst hübsche Gesicht ist tief gefurcht. Dennoch hat sie es nur geringfügig geschminkt. Ich glaube, daß Atossas Gesicht, in ihren letzten Jahren bis zum Grotesken übersteigert, seine Wirkung auf ihre Schwiegertochter nicht verfehlt hatte.

»Nimm Platz«, sagte sie, womit sie gleichsam kundtat, daß ich in ihren Augen eindeutig nahe dem Ableben stand. Da ich ziemlich lahm war – bin –, sank ich dankbar auf einen Schemel neben ihrem Elfenbeinstuhl. Sie roch nach Myrrhe. Diese kostbarste aller Salben war in einem solchen Maße in ihre Haut einmassiert, daß diese Haut, runzlig und fahl, einen perlmuttartigen Schimmer hatte.

»Du hast meinen Gemahl, den Großen König, geliebt.« Tränen traten ihr in die Augen. Ich glaube, daß es echte Tränen waren. Schließlich kann es zur inneren Aussöhnung kommen mit einem Toten, den man geliebt hat. Ich allerdings konnte das nicht. Aber die Achämeniden konnten es – und können es. »Wir sind die letzten – die ihn liebten.«

Immerhin waren da, urplötzlich, zwei »letzte«. Aber ich bemühte mich um Takt. »Gewiß sind auch der Große König und seine Geschwister –«

»Kinder empfinden nicht, was wir empfinden«, sagte sie scharf. »Du kanntest Xerxes als Mann und als Freund. Ich kannte ihn als meinen Gatten. *Sie* kannten ihn nur als den Großen König. Außerdem sind Kinder herzlos. Hast du nicht auch diese Erfahrung gemacht?«

»Ich kenne meine Kinder nicht.«

»Du meinst jene beiden Söhne, die du in Indien zurückgelassen hast?«

»Ja, Große Königin.« Wie über jeden bei Hofe enthält das Haus der Bücher alle möglichen Informationen über mich, über die Jahre gesammelt von Geheimagenten. Und plötzlich fragte ich mich, warum Amestris sich die Mühe gemacht hatte, mich zu sich zu rufen. Jetzt war mir doch leicht unbehaglich zumute. Mag ich mich auch nach dem Tod sehnen – das konkrete Geschäft des Sterbens kann seine unangenehme Seite haben.

»Letztes Jahr lebten sie noch. Die Kanzlei empfing einen ziemlich detaillierten Bericht von unserer Handelsmission in Schravasti. Aber deine Gattin Ambalika ist tot. Frauen scheinen jenes Klima nicht so lange zu ertragen.«

»Den Anschein hat es, Herrin.« Ich empfand nichts. Ambalika war für mich bei unserem letzten Zusammentreffen gestorben, als sie so forsch meinen offiziellen Tod arrangiert hatte.

»Ambalika heiratete nach deiner Abreise ihren Bruder. Ich muß sagen, daß ich deren Sitten nicht begreife. Ich meine, sie war doch immer noch deine Gattin. Aber nun ja, Frauenzimmer sind nun mal die schlimmsten.« Mit einem Stirnrunzeln kam Amestris wieder auf das Thema Kinder. Und sie dachte dabei offenkundig ganz besonders an ihre eigenen. Es war allgemein bekannt, daß die Königinmutter ihre Tochter Amystis haßte, deren Affäre mit dem schönen Apollonides schon damals sozusagen Stadtgespräch war. Nachdem sich ihre Erinnerung geraume Zeit mit Xerxes beschäftigt hatte, kam Amestris zur Sache. »Die Griechen wollen Frieden. Das sagen sie jedenfalls.«

»Welche Griechen, Große Königin?«

Amestris nickte. »Das ist stets das Problem, nicht wahr? Im Augenblick befinden sich hier zwei verschiedene Gesandtschaften. Die eine kommt von der griechischen Stadt Argos, einem Ort, den Xerxes sehr geliebt hat, sofern man etwas so ... so Wandelbares wie eine griechische Stadt lieben kann. Die andere kommt von Athen.«

Offenbar wirkte ich ziemlich verblüfft.

Amestris nickte. »Auch wir waren verblüfft. Wir nehmen an, daß sie in aufrichtiger Absicht zu uns gekommen sind. Sich dessen sicher sein, kann man allerdings nicht. Der Athener Gesandte ist Kallias, der Schwager des Kimon.«

»Ein Aristokrat?«

»Ja. Mithin also antipersisch. Aber was immer er auch sein mag, er hat von der gegenwärtigen Regierung, welche demokratisch ist, den Auftrag, mit uns zu verhandeln.« Amestris konnte sich präziser äußern, auf eine Weise, die dem Großen König versagt war, denn dieser mußte jederzeit einer Gottheit gleichen, welche jedes Atom einer Diskussion zwar durchdringt, jedoch niemals präzise Stellung nimmt. Amestris ihrerseits gleicht einer Art Obereunuchen: einem von jener Art, die unentwegt Kanzleiberichte lesen und tausend und mehr Details über tausend und mehr Dinge wissen, oft ohne die Hauptsache zu begreifen, was Atossa immer tat.

»Des Hippias' Enkelsohn spricht mit der Gesandtschaft von Argos«. Amestris bedachte mich mit ihrem scheuen Lächeln. »Wir dachten, es könnte taktlos sein, des Tyrannen Enkelsohn als Unterhändler mit den

Athener Demokraten zu gebrauchen. Daher wären wir hochzufrieden, wenn du mit Kallias verhandeln würdest.«

Ich nahm den Auftrag an.

Kallias und ich kamen von Anfang an glänzend miteinander aus. Er erzählte mir seine Geschichten über Marathon, und anfangs genoß ich sie, sogar beträchtlich. Dann langweilten sie mich. Heute genieße ich sie wieder. Im Leben bleibt so wenig unverändert, daß man nur sein Vergnügen haben kann an einem Mann, der darauf besteht, einem Jahr für Jahr dieselben Geschichten mit genau denselben Worten zu erzählen. In einer Welt, die ständig im Fluß ist, bildet die Langweilerei des Kallias eine Konstante.

Ich zeigte Kallias und seiner Gesandtschaft Persepolis. Sie waren naturgemäß beeindruckt, nicht nur vom Reichtum Persiens – darauf waren sie vorbereitet –, sondern auch von den außergewöhnlichen architektonischen Wundern, welche Xerxes geschaffen hatte. Zwei der Athener waren Baumeister. Einer der beiden steht dem Phidias nah, und ich bin sicher, daß unweit dieses Hauses hier, inmitten all des Lärms und der Dieberei, eine Kopie des Winterpalastes von Persepolis errichtet wird als ein Symbol des *athenischen* Genius!

Über die Details des Vertrages darf ich mich nicht äußern. Vor vierzehn Jahren, als die Verhandlungen begannen, waren sie ein Geheimnis, und sie sind noch immer ein Geheimnis, jetzt, da der Friede in Kraft ist seit Kimons sehr frühzeitigem Tod vor drei Jahren in Zypern. Ich *darf* allerdings sagen, daß man übereingekommen ist, sich an seine jeweilige Sphäre zu halten. Persien wird sich aus der Ägäis heraushalten. Athen wird sich nicht in Kleinasien einmischen. Entgegen der landläufigen Meinung gibt es keinen unterzeichneten oder gesiegelten Vertrag, da der König nur mit Ebenbürtigen einen solchen Vertrag schließen darf. Da er der König der Könige ist, gibt es keinen, der ihm ebenbürtig wäre. Folglich kann er bestenfalls durchblicken lassen, daß er einen Vertrag billigt. Da die Perser nach wie vor heftig von antigriechischen Emotionen beherrscht wurden als Folge jenes Eingriffs an der Mündung des Eurymedon-Flusses, wurden die Verhandlungen geheimgehalten. Einzig der Große König, die Königinmutter und ich kannten sämtliche Details.

Schließlich, als Kimon tot war und General Perikles den Staat fest unter Kontrolle hatte, wurde der Vertrag von beiden Seiten akzeptiert, und man entsandte mich hierher nach Athen als gleichsam leibliches Symbol für unseren glanzvollen Vertrag. Hoffen wir, daß der Frieden länger dauert als das Symbol, welches in keiner Weise die Absicht hegt, einen weiteren Winter zu ertragen in dieser abscheulichen Stadt, in diesem zugigen Haus, unter diesen irgendwie irren politischen Zuständen.

Du sollst meine Überreste begraben, Demokrit. Ich möchte, so rasch irgend möglich, zurückkehren zur Ureinheit. Sonderbar! Ich zitiere

Meister Li. Natürlich meine ich den Weisen Herrn, von dem unser Geist stammt und zu dem unser Geist, geläutert von der Lüge – am Ende der Zeit der langen Herrschaft – zurückkehren wird.

Zu deiner Ergötzung, Demokrit, will ich anmerken, daß ich während meiner letzten Audienz bei der Königinmutter reinweg vernarrt war in einen zwanzigjährigen Eunuchen namens Artoxares. Er war für uns eine große Hilfe, als wir die Details des Vertrages ausarbeiteten. Sollte es wahr sein, daß Amestris seine unvollständigen Künste – oder Günste – genoß, so kann ich ihrem Geschmack nur meinen Respekt zollen. Er – der Artoxares – ist nicht nur intelligent, sondern im gleichen Maße schön. Es heißt auch, er habe eine Affäre mit Appollonides, dem Liebhaber von Amystes gehabt. Eines Tages, fürchte ich, werden diese beiden mächtigen Damen gegeneinanderrasseln. Und zu *dem* Zeitpunkt werde ich, zum ersten und zum letzten Mal, dafür dankbar sein, daß ich mich in Athen im Exil befinde.

Neuntes Buch

DER FRIEDEN DES PERIKLES

1

Gestern abend feierte General Perikles das dritte Jahr meiner Gesandtschaft mit einem Musikabend im Haus von Aspasia. Wie alles, was mit meiner quasi inoffiziellen (und gewiß nicht beliebten) Gesandtschaft zusammenhängt, fand die Feier so ziemlich »unter Ausschluß der Öffentlichkeit« und in allerletzter Minute statt. Kurz vor Sonnenuntergang, als ich mich anschickte zu Bett zu gehen, traf Demokrit ein mit der Botschaft, der General wünsche mich zu sehen. Wir eilten durch die Stadt, die Gesichter unter Tüchern verborgen, damit kein Konservativer auf den Gedanken kommen konnte, der »infame« Gesandte des Großen Königs »konspiriere« mit Perikles, um Athen zu versklaven.

Zwei skythische Polizisten standen Wache am Kopf der Straße, welche zum Haus der Aspasia führt. Sie fragten Demokrit nach unserem Begehr. Er gab ihnen irgendeine Parole, und sie ließen uns durch.

Als wir das Haus erreichten, setzte mir die Hitze sehr zu. Die Sommer hier sind genauso heiß, wie die Winter kalt sind. In der Tat ist das Klima fast so schlimm wie in Susa, sofern das möglich ist. Allerdings bin ich auch außergewöhnlich empfindlich gegen Hitze, Kälte. Gestern abend, bei der Ankunft in Aspasias Haus, war ich gebadet in Schweiß.

Demokrit erzählte mir, das Interieur sei sehr elegant. Aber wie willst du das wissen? Dem Reichtum deines Urgroßvaters zum Trotz war das Haus in Abdera, wo du aufgewachsen bist, rustikal – um das mindeste zu sagen. Von allen Häusern hier scheint mir einzig das des Kallias sowohl komfortabel als auch prachtvoll zu sein. Natürlich ist mir bewußt, daß die marmornen Fußböden mit Teppichen bedeckt sind, und daß in den Heizpfannen süßriechendes Holz brennt.

Man betritt Aspasias Haus durch einen langen, engen, ziemlich niedrigen Korridor, der zu einem kleinen Hof führt. Auf der rechten Seite des Hofes befindet sich eine Empfangshalle mit Portikus, allerdings kaum größer als der Raum, in dem wir jetzt sitzen, um der Sonnenhitze zu entkommen.

Ich wußte sofort, daß ich mich im Haus einer milesischen Dame befand. Kostbare Parfüms durchwebten die Luft, und die Musiker spielten so leise, daß man nicht gezwungen war, der Musik zu lauschen. Dies ist in Athen höchst selten, denn die Athener sind so wenig musikalisch, daß sie sich bei einem Konzert anstrengen, jede einzelne Note zu hören, um herauszufinden, *weshalb* sie sich eigentlich daran erfreuen sollten. Die ionischen Griechen aus Kleinasien sind da anders. Sie betrachten Musik als eine Ergänzung zum Gespräch, zum Mahl, ja selbst zum Liebesspiel. Musik ist für sie ein Teil der Luft, die sie atmen, nicht eine mathematische Gleichung, zu deren Lösung man einen Pythagoras braucht.

Bei unserer Ankunft befand sich ein Dutzend Menschen im Gemach. Demokrit sagt, es seien zehn Gäste gewesen sowie eine Anzahl von Sklaven aus Sardis, die Musik machten sowie Speisen servierten. Begrüßt wurde ich von Evangelos, Perikles' Verwalter. Im allgemeinen hält sich dieser vielgerühmte Mann auf dem Lande auf, wo er sich um des Generals Güter – und dessen zwei legitime Söhne kümmert; doch in der letzten Woche hat er sich in der Stadt aufgehalten und mit den übrigen Athenern die Trophäe des Sieges gefeiert. Offiziell gilt diese Trophäe als Anerkennung für die Wiedereroberung Euböas, doch in Wirklichkeit zollte man auf diese Weise der staatsmännischen Art Respekt, mit der Perikles den spartanischen König behandelt hatte, als die Athener hinter ihren langen Mauern kauerten.

Als die Aufforderung aus dem spartanischen Hauptquartier in Eleusis eintraf, fühlte sich die Versammlung versucht, darauf einzugehen. Wozu Widerstand leisten? Athen ist eine Seemacht, nicht eine Landmacht. Doch Perikles dachte nicht daran, auch nur das Geringste aufzugeben. Er vereinbarte ein geheimes Treffen mit dem spartanischen König, einem großäugigen Jüngling, welcher den Peleponnes noch nie verlassen hatte. Wegen der Jugend und Unerfahrenheit ihres Königs hatten die argwöhnischen Spartaner einen speziellen Ratgeber damit beauftragt, ihren Knaben-König sorgsam im Auge zu behalten. Doch bewirkte diese spartanische Vorsichtsmaßnahme, wie Perikles später erklärte, lediglich eine Verdoppelung des Preises. Der König erhielt drei goldene Talente, die für ihn in Delphi aufbewahrt werden sollten, indes der Ratgeber – ein durchtriebener Staatsmann – auf der Stelle sieben goldene Talente bekam. Sobald der König und der Ratgeber »ausbezahlt« worden waren, rückte die spartanische Armee in Richtung Heimat ab. Die Älteren belegten den Knaben-König mit einer beträchtlichen Geldbuße, während der spezielle Ratgeber nach Sizilien flüchtete, wo er vermutlich jetzt seinen Reichtum genießt. »Mein einziges Problem«, sagte Perikles beim Gastmahl, »besteht darin, der Versammlung diese Zahlungen zu erläutern.«

Aspasias Rat klang sehr direkt. »Wenn du deine Rechnungen vorlegst, sage einfach: ›Für notwendige Ausgaben – zehn Talente.‹«

Ich habe da so ein Gefühl, das mir sagt, eben dies sei Perikles' Absicht. Natürlich weiß alle Welt, daß die Spartaner bestochen worden sind. Als ich Perikles mein Kompliment machte, wie gering doch der Preis sei, mit dem Athen den Frieden erkauft habe, klang seine Antwort überaus nüchtern. »Ich habe nicht Frieden gekauft«, sagte er. »Ich habe Zeit gekauft.«

Doch meine Erzählung ist in Unordnung geraten. Obwohl General Perikles bei unserer Ankunft im Haus noch nicht zugegen war, machte doch Aspasia seine Abwesenheit mehr als wett. Sie besitzt eine liebliche Sprechstimme, singt milesische Lieder mit sehr viel Feinheit, rezitiert Poesie besser als irgend jemand sonst, den ich je gehört habe. Natürlich bin ich davon überzeugt, daß es auf Erden keine schönere Sprache gibt als wohlgesprochenes Griechisch. Ja, Demokrit, es ist sogar schöner noch als Persisch.

»Ich hätte dich so gern gleich am ersten Tag deiner Ankunft in Athen gesprochen.« Sie hielt meine Hand in ihren beiden Händen. Sie macht den Eindruck, daß sie jedes Wort, das sie einem sagte, auch genauso meinte.

Als ich ihren Mut rühmte, weil sie mich in ihr Haus eingeladen hatte, lachte sie. »Ich habe stets als eine Art Zwischending von Hexe und Zauberin gegolten. Persönlich ist mir das gleichgültig. Doch gibt es Zeiten, wo...« Sie verstummte. Wieder einmal verfluchte ich meine Blindheit. Was hätte ich nicht darum gegeben, jenes Gesicht betrachten zu können! Demokrit sagte, Aspasia sei klein und etwas dünner als im vergangenen Winter. Das Haar sei hellbraun und nicht gefärbt – glaubt er jedenfalls. Du bist noch nicht ein solcher Experte in diesen Dingen, wie ich es bin; oder war.

Aspasia machte mich mit einer Anzahl von Männern bekannt. Einer von ihnen war Phormio, Perikles' rechte Hand in der Versammlung. Ein anderer war ein General namens Sophokles. Vor Jahren, als er noch in den Zwanzigern war, hatte er eine Tragödie geschrieben, welche bei den Festspielen des Dionysos den ersten Preis errang. Der alte Äschylus war darüber so empört, daß er hinter diesem jungen Emporkömmling nur den zweiten Preis errungen hatte, daß er nach Sizilien zog, wo dann der scharfäugige Adler der Rivalität ein Ende bereitete mit einer wohlgezielten Schildkröte. Es macht mir stets Vergnügen, über den Tod des Äschylus nachzudenken.

Sophokles ist hier so etwas wie ein Skandal, weil er, ganz offen, nach jungen Männern seiner Klasse giert. Aus irgendeinem Grund ist dies in Athen tabu. Zwar werden Athener Bürger ermutigt, Affären mit pubertierenden Knaben ihrer eigenen Klasse zu haben; sobald dem Knaben – oder Jüngling – ein richtiger Bart gewachsen ist, darf er keine sexuellen Beziehungen mehr mit anderen Bürgern haben. Man erwartet von ihm, daß er heiratet und eine Familie gründet. Hat er dieser seiner Pflicht genügt, steht es ihm frei, einen Knaben zur Liebe zu finden, um, wie ich vermute, mit der Ausbildung eines neuen Bürgers und Soldaten fortzufahren. Solche Sitten sind andernorts, zumal bei unseren arischen Vettern, den nördlichen Stämmen. Dennoch begreife ich nicht ganz das gewaltige Tabu gegen geschlechtliche Beziehungen zwischen erwachsenen Männern, welche gleichzeitig Athener Bürger sind. Obwohl Sklaven und Fremde bequeme Beute sind für jene, welche diese Art von Sexualität mögen, müssen zwei erwachsene Bürger, die eine Affäre miteinander haben wollen, auf jeglichen Anspruch auf ein öffentliches Amt verzichten.

Bislang ist es Sophokles gelungen, sein Amt zu behalten und dennoch jugendliche Bürger zu verführen. Doch Perikles ist tief über ihn verärgert. »Du mußt ein Beispiel geben«, sagte der Oberbefehlshaber. »Niemals berühre einen deiner eigenen Soldaten. Wende die Augen ab, wenn sie baden.« Doch Sophokles läßt sich an seinem skandalösen Verhalten nicht hindern. Es heißt, daß, wenn er einen Freund besucht, die jungen Männer des Hauses Befehl erhalten, sich zu verbergen. Übrigens wird General Perikles, da er an Knaben nie auch nur das leiseste Interesse gezeigt hat, für herzlos gehalten. Dies ist schon eine sehr ungewöhnliche Gesellschaft.

Aspasia führte mich zu einer niedrigen Couch. Ich setzte mich auf den Rand, während sie zu meinen Füßen saß wie eine Enkeltochter. Wein wurde gebracht. Ich hörte das Gelächter der Mädchen im Hintergrund. Mag Aspasia auch keineswegs Perikles Frauen »zuführen« (wie seine Feinde behaupten), so bewerkstelligt sie es, die talentiertesten Damen in ihr Haus zu ziehen. Seit Jahren habe ich mich nicht mehr so amüsiert wie in der letzten Nacht. Obwohl solche Vergnügungen in meinem Alter nicht nur unschicklich sind, sondern gefährlich, fühlte ich mich doch – zum erstenmal, seit ich Indien verließ – daran erinnert, wie wahrhaft köstlich es sein kann, in Gesellschaft intelligente Frauen mit Männern ersten Ranges zu mischen. Dies ist etwas, wovon man in Persien nicht einmal träumt. So muß man denn wohl den Athenern den Ruhm lassen, diese neue und entzückende Form der Gesellschaft zu entdecken.

Demokrit meint, der Ruhm müsse in besonderem Maße Aspasia zugesprochen werden. Und er erläutert, daß bei anderen Athener Gastgebern oder Gastgeberinnen, die nicht ihr Format besitzen, die Abende in Stumpfheit und Trunkenheit enden. Demokrit müßte es wissen. Dank des wahrhaft fürstlichen Taschengelds von seinem Vater, kann er in den Häusern der professionellen Damen soviel Zeit verbringen, wie er nur mag. Auch hat er es geschafft, nicht in die Klauen eines erwachsenen Mannes zu fallen. Alles in allem mußt du dankbar sein, daß dein Schicksal es mit dir so gut gemeint hat – bislang. Kein Wunder, daß du soviel lachst.

Ich fragte Aspasia nach Anaxagoras.

»Er ist in Korinth.«

»Wird er zurückkehren?«

»Ich weiß nicht. Ich hoffe es.«

»Ich bin sicher, daß er kommen wird.« Dicht verschleiert war ich zur

Versammlung gegangen. Thukydides hatte Anaxagoras attackiert – und dessen Theorien. Ich muß gestehen, daß mich beide Redner ziemlich unbeeindruckt ließen. Perikles ist an sich ein flüssiger und faszinierender Redner, der, wenn er nur will, die unverkennbare Note der phrygischen Leidenschaft anschlagen kann. Ich verwende musikalische Bezeichnungen, weil der General seine Stimme wie ein Musikinstrument zu gebrauchen versteht. Doch bei der Verhandlung über Anaxagoras war die Perikleische Lyra gleichsam stumm. Beide Redner schweiften ab zu solch kürzlichen Ereignissen wie der spartanischen Invasion, dem Verlust von Böotien, der Revolte von Euböa. In gewisser Weise wurde auch Perikles der Prozeß gemacht – zu einer Zeit, da man ihn am meisten brauchte. Schließlich befand die Versammlung, Anaxagoras sei kein im Glauben Abtrünniger noch gar ein Gottloser – und dieses Urteil bedeutete nichts anderes, als daß man sein Vertrauen in Perikles bezeugen wollte. Thukidydes trug schwer an seiner Niederlage in der Versammlung. Er gelobte, der Tag werde kommen, an dem er seine Attacken erneuern werde. Nun, daran zweifle ich nicht. Taktvoll verließ Anaxagoras nach dem Prozeß Athen. Ich muß sagen, er fehlt mir fast so sehr wie Perikles.

Ich machte Aspasia Komplimente: über den Wein, die Musik.

Aspasia lachte, ein angenehmer Klang. »Mein Haus muß sehr ärmlich wirken, verglichen mit dem Harem des Großen Königs.«

»Wie kannst du wissen, daß ich etwas über den Harem weiß?«

»Du warst eine Vertrauensperson der alten Königin, und du bist ein Günstling der Königinmutter. Oh, ich weiß alles über dich!« Sie sprach die reine Wahrheit. Offenbar unterhalten die Griechischen im persischen Harem irgendeine Art Kommunikation zu gewissen Griechischen in griechischen Städten. Ich war verblüfft, wieviel Aspasia über das Hofleben wußte. »Nun ja, schließlich hat mein Vater dem Großen König gedient – was uns die Konservativen denn auch tagtäglich vorhalten.«

»Milet war eine Stadt, die der Große König sehr liebte«, behauptete ich. In Wirklichkeit hat Milet Persien mehr Schwierigkeiten gemacht, als alle anderen griechischen Städte in Kleinasien zusammen. Xerxes wollte es dem Erdboden gleichmachen.

Perikles gesellte sich so lautlos zu uns, daß mir seine Gegenwart erst bewußt wurde, als ich eine Hand auf meiner Schulter spürte und die berühmte Stimme murmeln hörte: »Willkommen, Cyrus Spitama.«

Als ich mich zu erheben versuchte, hielt mich die Hand auf meiner Schulter auf dem Sitz zurück.

»Bemüh dich nicht, Gesandter. Ich werde mich neben dich setzen.«

Aspasia ging, um Wein für den General zu holen. Mir fiel auf, daß die Feier ihren Fortgang nahm, als befände sich der Herrscher überhaupt nicht im Raum. Der Körper, der neben mir Platz nahm, hatte, selbst in meiner Dunkelheit, eine starke Ausstrahlung. Bis dahin war mir nicht bewußt gewesen, daß Perikles soviel größer ist als ich. »Wir haben dich vernachlässigt«, sagte er. »Doch nicht aus freien Stücken.«

»Ich verstehe, General.«

»Du weißt, daß ich es war, der Kallias nach Susa entsandte, um Frieden zu schließen.«

»Ja, das wußten wir damals.«

»Hoffentlich weißt du auch, daß ich gegen die ägyptische Expedition war. Zum einen handelte es sich dabei um eine flagrante Verletzung unseres Vertrages. Aber da ich niemals in der Position war, der Versammlung in einer richtigen Weise den Vertrag darzulegen, konnte ich ihn nicht auf gebührende Weise in Anwendung bringen. Jedenfalls: Ob er nun vorgelegt wird oder nicht, der Vertrag bleibt in Kraft, soweit es die gegenwärtige Regierung betrifft.«

»Der Große König würde das gleiche sagen.«

»Wir haben so lange gelebt!« Perikles klatschte in die Hände – vor Freude. Seine Stimme allein verriet es mir nicht. »Du kanntest Themistokles.« Dies war eine Feststellung, keine Frage.

»Ja. Ich war der Dolmetscher, als er das erste Mal nach Susa kam.«

Perikles erhob sich. Er bot mir seinen Arm, einen muskelbepackten Soldatenarm. Ich kam wacklig auf die Füße. »Ich möchte mit dir reden«, sagte er. »Privat.«

Perikles führte mich durch den Raum. Gelegentlich wechselte er ein Wort mit diesem oder jenem Mann, jedoch nie mit einer Frau, Aspasia ausgenommen. Wir betraten ein kleines, stickiges Gemach, in dem es nach altem Olivenöl roch. »Dies ist sozusagen mein Arbeitsraum.« Er rückte einen Schemel für mich zurecht. Wir waren einander so nah, daß ich seinen Schweiß riechen konnte – wie erhitztes Messing.

»Ich war«, sagte er, »achtundzwanzig, als Themistokles verbannt wurde. Ich hielt ihn für den größten Mann, den die Stadt je hervorgebracht hat.«

»Jetzt jedoch –« begann ich eine Höflingsfloskel. Aber der General unterbrach mich. Er ist für Schmeicheleien nicht sehr empfänglich – für solche im persischen Stil jedenfalls nicht. Als Grieche hungert er nach solchen attischer Art. »Ich habe meine Meinung seitdem geändert. Er war ein habsüchtiger Mann. Er nahm von allen Geld, selbst vom Tyrannen von Rhodos – was unentschuldbar war. Schlimmer noch: Als er des Tyrannen Geld erst einmal hatte, tat er nichts, um ihm zu helfen.«

»Vielleicht war dies Themistokles' Art zu beweisen, daß er ein wahrer Demokrat war.« Ich konnte mir diesen kleinen Scherz auf Kosten von Perikles' Partei nicht verkneifen.

Der Scherz wurde ignoriert. »Themistokles bewies, daß sein Wort nichts bedeutete. Doch war er zu seiner Zeit unser größter militärischer Führer. Genauer gesagt – womöglich sogar *ganz* genau –: Er verstand die Welt besser als irgendein anderer Mann, den ich je gekannt habe.«

»Anaxagoras mit eingeschlossen?«

»Anaxagoras versteht viele Geheimnisse der Schöpfung. Solche Dinge sind bedeutsam, gewiß, und sehr tief. Aber ich sprach von Politik. Themistokles begriff, was die Menschen tun würden, lange bevor sie selbst es wußten. Er konnte in die Zukunft schauen. Er konnte uns sagen, was als nächstes geschehen würde, und ich glaube nicht, daß diese seine Gabe von Apollo kam. Nein. Ich denke, er konnte die Zukunft voraussagen, weil er die Gegenwart völlig verstand. Deshalb würde ich gern wissen –« Perikles brach ab. Ich hatte das Gefühl, daß er mich anstarrte.

»Was würdest du gern wissen, General?«

»Ich möchte wissen, was Themistokles zu dir über Athen sagte, über Sparta, über Persien. Falls du allerdings nichts erzählen möchtest, so würde ich das verstehen.«

»Ich werde dir berichten, soweit ich das kann.« Ich war aufrichtig. »Das heißt, soweit ich mich erinnern kann, denn was die jüngere Vergangenheit betrifft, so läßt mich mein Gedächtnis oft im Stich. Ich kann jedes Wort wiedergeben, das Darius der Große vor dreißig Jahren zu mir sagte, aber ich habe bereits das meiste von dem vergessen, was Thukydides im letzten Winter im Odeon zu mir gesagt hat.«

»Da hast du Glück. Ich wünschte, ich könnte ihn vergessen. Doch er läßt mich nicht. Er ist ein Ringer, weißt du. Und ein schlechter dazu. Von der Sorte, die zuerst klammert und klammert und dann, heimlich, beißt. Athen ist für uns beide zu klein. Früher oder später muß einer von uns gehen. »Weil –« wieder unterbrach sich Perikles. Er hat eine Neigung zum Selbstmitleid, welches sich darin äußert, daß er zumindest vorgibt, Opposition niemals zu verstehen. Bei der jüngsten Zusammenkunft der Versammlung war sein Verhalten absolut kindisch. Perikles wurde kritisiert, weil er einen allzu großen Teil der Staatsgelder für neue Gebäude aufwende. Statt zu erwidern, falls er das nicht täte, wäre die halbe Bevölkerung arbeitslos, sagte Perikles: »Nun gut. Ich werde mein eigenes Geld hergeben, um die Gebäude zu vollenden. Dann werden alle Gebäude nicht der Stadt gewidmet sein, sondern mir.« Da bereits im voraus ein Chor von »Neins« einstudiert worden war, wurden ihm die Gelder bewilligt – und er rettete sein eigenes Vermögen.

Perikles nimmt diese politischen Dinge unbedingt viel zu persönlich. Aber dies ist nun mal eine kleine Stadt, und da die führenden Männer einander viel zu gut kennen, sind ihre Attacken gegeneinander nicht nur persönlicher Natur, sondern auch darauf berechnet, Wunden zu erzeugen, die niemals mehr vernarben.

Jedenfalls gab ich mir auf Perikles' Drängen alle Mühe, mich des einzigen Privatgespräches zu erinnern, das ich jemals mit Themistokles geführt hatte. Es fand in Magnesia statt, ein oder zwei Jahre vor seinem Tod. Warum ich mich in jenem Teil der Welt aufhielt, weiß ich nicht mehr. Doch entsinne ich mich, daß, als ich noch auf der Landstraße unterwegs war und die Kunde vorauseilte, der Königsfreund nahe, Themistokles einen Boten zu mir schickte. Ob ich im Gouverneurshaus nicht sein Gast sein wolle? Natürlich fühlte ich mich, als Perser, geschmeichelt, daß sich der große Mann meiner entsann. Natürlich wußte ich, als Grieche, daß er etwas von mir wollte.

Ich erinnere mich, daß es später Nachmittag war – im Sommer, glaube ich. Wir saßen zusammen auf einer schönen Loggia mit Blick auf die Gärten seines beträchtlichen Grundbesitzes. Über die Jahre hatte Themistokles ein enormes Vermögen erworben, das er, auf welche Weise auch immer, rechtzeitig vor seinem Sturz aus Athen herausgeschafft hatte.

»Es hat zwischen mir und dem Satrapen von Sardis ein Mißverständnis gegeben.« Themistokles schenkte uns mit eigenen Händen Wein ein. »Eine geringfügige Angelegenheit, jedoch ...« In der griechischen Art schüttete er ein wenig Wein auf das Pflaster. »Vor Jahren«, fuhr er fort, »stellte ich in Athen eine Statue auf, genannt der Wasserträger. Das geschah zum Gedenken an die Zeit, da ich Wasserüberwacher gewesen war, eine äußerst schwierige Aufgabe, die ich jedoch, wie ich meine, zur Zufriedenheit löste. Die Statue ist aus Bronze – im alten Stil natürlich, doch sie gefiel immer allen. Jedenfalls nahmen die Perser die Statue nach dem Fall von Athen und stellten sie im Tempel der Hera in Sardes auf.« Jawohl, Demokrit, er sagte: »Nach dem Fall von Athen.«

»Also fragte ich bei dem Satrapen an, ob ich die Statue vom Tempel kaufen und nach Athen zurücksenden könne – du verstehst: als Symbol für den Frieden zwischen den Persern und den Griechen und so weiter. Der Satrap war außer sich. Er hat mich jetzt der Majestätsbeleidigung, des Verrats, der ...« Themistokles erging sich sehr ausführlich über des Satraps Äußerungen. Er war darüber ehrlich beunruhigt. Ich gab mir alle Mühe, ihn zu beschwichtigen. Ich versprach ihm, die Angelegenheit sowohl bei der Kanzlei als auch im dritten Haus des Harems klarzustellen. Zweifellos war dem Großen König der Friedensvertrag weit wichtiger als eine Statue. Unglücklicherweise sahen die Athener die Zeit als günstig an für einen Angriff auf unsere Provinz Ägypten. In gewaltigem Zorn befahl der Große König Themistokles, die Flotte zu versammeln. Eine Woche später starb Themistokles – an einem Pferdebiß, wie es hieß; und die Statue des Wasserträgers ist bis auf den heutigen Tag in Sardes geblieben.

Nachdem ich Themistokles versichert hatte, der Große König werde sich durch einen einfachen Satrapen von Lydien nicht beirren lassen, sprachen wir über tausend Dinge. Er besaß einen flinken und auffassungsfähigen Verstand. Er stellte mir viele Fragen und hörte sich viele, wenn auch keineswegs alle, meiner Antworten an.

Ich meinerseits hatte auch Fragen an ihn. Natürlich befragte ich ihn wegen Ägypten. Schon damals war allgemein bekannt, daß unzufriedene Elemente in Ägypten Hilfe von jenseits der Grenzen suchten. »Würden die Athener den ägyptischen Rebellen gegen Persien helfen?« Themistokles Antwort klang sehr entschieden: »Sofern die Athener nicht völlig wahnsinnig sind – was sich, wie ich aus persönlicher Erfahrung sagen darf, nicht ausschließen läßt, –« er lächelte »– so werden sie niemals das Festland von Asien oder Afrika angreifen. Denn was für einen Sinn hätte das? Sie könnten niemals siegen. Sie sind an Zahl einfach zu sehr unterlegen.«

Als ich dies Perikles berichtete, murmelte er: »Ja, ja. Er hat recht. Daß wir rein zahlenmäßig zu sehr unterlegen sind, meine ich. Fahre fort. Bitte.«

Ich erzählte Perikles den Rest dessen, woran ich mich erinnerte. Der Dialog verlief etwa folgendermaßen:

»Ich bin sicher, daß Athen vom Großen König keine Gefahr mehr droht.« Themistokles beobachtete mich mit einem Seitenblick, um zu sehen, wie ich eine solche Feststellung aus dem Munde eines »persischen Schützlings« aufnahm.

Ich gab mich neutral. »Ich bin nicht mehr des Großen Königs Vertrauter. Doch ich pflichte dir bei. Der Große König möchte nur bewahren, was er hat. Wenn meine Gebete erhört werden, werden wir eines Tages gen Osten ziehen ...«

»Und wenn *meine* Gebete erhört werden, werden die Athener sich nach Westen orientieren.«

»Hat er gesagt, wohin?« Perikles beugte sich so dicht zu mir, daß ich die Wärme seines Gesichtes auf meinen Wangen fühlen konnte.

»Ja. Themistokles sprach von Sizilien, von Italien. ›Europa muß griechisch werden‹, sagte er. ›Wir müssen gen Westen blicken.‹«

»Genau! Hat er etwas über mich gesagt?« Es amüsierte mich, zu sehen, daß Perikles an der üblichen Eitelkeit des »Mannes der Öffentlichkeit« leidet. Glücklicherweise – oder wohl eher unglücklicherweise – verwechselt der Mann der Öffentlichkeit am Ende fast stets die Menschen, die er führt, mit sich selbst. Wenn General Perikles an Athen denkt, denkt er an sich selbst. Wenn er einem hilft, hilft er dem anderen. Da Perikles begabt und klug ist – von seinem Listenreichtum ganz zu schweigen – *sollte* Athen jetzt im Glück sein.

Ich erinnerte mich nicht mehr, ob Themistokles seinen politischen Erben überhaupt erwähnt hatte, und so erfand ich frei. Wenn man mit einem Herrscher spricht, steht man niemals unter Eid. »Themistokles meinte, du seist der logische Nachfolger *seines* Nachfolgers Ephialtes. Er sagte mir auch, er glaube nicht im Ernst daran, daß du unter einem

Fluch stündest wegen deiner Abkunft von den Alkmeoniden ...« Ich warf dies ein, weil ich auf Perikles' Reaktion neugierig war: die Reaktion darauf, daß viele Griechen glauben, er und seine Familie stünden noch immer unter einem göttlichen Fluch, weil, zweihundert Jahre zuvor, einer ihrer Vorfahren einen Feind in einem Tempel tötete.

»Wie jedermann weiß, wurde der Fluch von uns genommen, als unsere Familie Apollos Tempel in Delphi wieder aufbaute.« Dieser recht beiläufigen Antwort konnte ich nicht entnehmen, ob Perikles glaubt, daß der Fluch noch wirksam ist oder nicht. Sollte er noch wirksam sein, so wird Athen leiden, weil Perikles Athen *ist;* oder dies jedenfalls glaubt. Je älter ich werde, desto mehr neige ich dazu, an die Langlebigkeit von Verwünschungen zu glauben. Xerxes erwartete, ermordet zu werden, und ich bin sicher, daß er am Ende keinerlei Überraschung zeigte, vorausgesetzt, ihm blieb wenigstens ein winziger Augenblick für einen Gedanken, bevor aller Herrscherglanz dahinschwand in einer Lache aus Blut.

Ich spielte den Höfling. »Themistokles sprach von dir mit Achtung – anders als von Kimon, den er haßte.« Die letzte Feststellung entsprach der Wahrheit.

»Kimon war ein gefährlicher Mann«, sagte Perikles. »Ich hätte seine Rückkehr niemals zulassen sollen. Aber Elpinike überlistete mich. Ja, diese alte, üble Kreatur legte mich herein. Selbst jetzt weiß ich noch nicht, wie ihr das gelang. Man nennt sie eine Hexe. Vielleicht ist sie das auch. Jedenfalls kam sie zu mir – im Brautgewand. Ich war schockiert. ›Du bist zu alt‹, sagte ich zu ihr, ›für ein solches Gewand und ein solches Parfüm.‹ Aber sie diskutierte mit mir wie ein Mann und setzte ihren Willen durch. Kimon kehrte heim. Jetzt ist er tot, während Thukydides und ich ... Nun, die Stadt ist zu klein für uns beide. Einer von uns muß gehen. Bald.«

Perikles erhob sich. Wieder half mir sein starker Arm auf die Füße. »Gesellen wir uns wieder den Gästen zu und feiern wir den Frieden mit Sparta und den Frieden mit Persien.«

»Laß uns, General, feiern den Frieden des Perikles.« Ich meinte das in völligem Ernst.

Perikles erwiderte, und auch bei ihm klang es nach völligem Ernst: »Ich wünschte mir, daß zukünftige Generationen von mir sagen mögen, niemals habe ein Athener meinetwegen Trauer getragen.«

Ich, Demokrit von Abdera, Sohn des Athenokrit, habe diese Erinnerungen von Cyrus Spitama in neun Bücher gegliedert. Ich habe für die Abschriften bezahlt, und jetzt kann sie jeder Grieche lesen.

Eine Woche nach dem Empfang im Hause der Aspasia verstarb Cyrus Spitama, schnell, ohne Schmerzen, während er mir zuhörte, als ich aus dem Herodot las. Das war vor nahezu vierzig Jahren.

Während dieser Jahre bin ich in vielen Ländern gereist. Ich habe in Babylon gelebt und in Baktra. Ich bin bis zur Quelle des Nils gekommen und in östlicher Richtung bis zu den Ufern des Indus. Ich habe viele Bücher geschrieben. Doch als ich in diesem Jahr nach Athen zurückkehrte, kannte mich niemand – nicht einmal der redselige Sokrates.

Ich glaube, daß Cyrus Spitama recht hatte, als er sagte, der Fluch auf den Alkmeoniden sei noch immer wirksam. Perikles war ein großer Mann, von bösem Verhängnis verfolgt. Zur Zeit seines Todes, vor zwanzig Jahren, wurde Athen von außen durch die Spartaner bedroht und innerhalb seiner Mauern durch die tödliche Pest.

Jetzt, nach achtundzwanzig Jahren ständiger und schwächender Kriegsführung, hat sich Athen Sparta gefügt. In diesem Frühjahr wurden die langen Mauern niedergerissen, und während ich diese Zeilen schreibe, befindet sich oben auf der Akropolis eine spartanische Garnison.

Dank – zumindest zum großen Teil – der Erziehung, die ich durch Cyrus Spitama erhielt, habe ich im Laufe eines langen Lebens die Ursachen nicht nur für sämtliche Himmelsphänomene herausfinden können, sondern sogar für die Schöpfung selbst.

Die ersten Prinzipien des Universums sind Atome und leerer Raum; alles übrige ist nur menschliches Denken. Welten wie diese sind in ihrer Zahl unbegrenzt. Sie entstehen, vergehen. Doch nichts kann entstehen aus dem, was nicht ist; kann ebensowenig vergehen in das, was nicht ist. Überdies sind die wesentlichen Atome unbegrenzt in Größe und Zahl, und sie bewirken einen Wirbel, in welchem alle zusammengesetzten Dinge erschaffen werden – Feuer, Wasser, Luft, Erde.

Die Ursache für das Werden aller Dinge ist das unaufhörliche Wirbeln, welches ich Notwendigkeit nenne; und alles geschieht gemäß der Notwendigkeit. Folglich ist die Schöpfung ein ständiges Erschaffen und Wieder-Erschaffen.

Ganz wie Cyrus Spitama zu vermuten, wenn schon nicht zu glauben begann, gibt es weder einen Anfang noch ein Ende für eine Schöpfung, welche existiert im Zustand fließender Zeit, welche wahrhaft endlos ist. Wenn ich zwar nirgends auch nur die leiseste Spur habe entdecken können von Zarathustras Weisem Herrn, so mag dieser durchaus verstanden werden als ein Konzept, eine Idee, ein Begriff, in dem sich versinnbildlichen läßt jener Kreis, welcher für den Kosmos steht, für die Ureinheit, für Schöpfung.

Aber ich habe diese Dinge schon andernorts geschrieben, und ich erwähne sie hier nur, um meine Dankbarkeit zu bezeugen gegenüber dem alten Mann, dessen Lebensgeschichte ich mit Freude dem letzten lebenden Menschen aus einer glanzvollen Zeit widme: Aspasia, der Frau von Lysikles, dem Schafshändler.

Anmerkung des Autors

Für die Menschen des 5. Jahrhunderts v. Chr. war Indien eine persische Provinz am Indus, während Ch'in zu einer Anzahl einander bekriegender Fürstentümer im Gebiet des heutigen China gehörte. Der Klarheit wegen habe ich den Namen Indien nicht nur für die Gangesebene gebraucht, sondern auch für jene Regionen, die man gegenwärtig Pakistan und Bangladesch nennt. Da »China«, in der damaligen Epoche, zweifellos eine Fehlbezeichnung wäre, habe ich das archaische Wort Cathay benutzt als eine Art Sammelbegriff für die Staaten zwischen dem Jangtse und dem Gelben Fluß. Wo immer möglich, habe ich moderne Bezeichnungen oder Namen gebraucht wie z. B. Mittelmeer oder Konfuzius; andererseits ziehe ich es vor, das unglückliche Afghanistan – und den gleichermaßen unglücklichen Iran – mit ihren alten Namen zu bezeichnen, nämlich Baktrien und Persien.

Zur Benennung von Entfernungen habe ich mich des altvertrauten Begriffs der nichtmetrischen Meile bedient. Was die zeitliche Einordnung der Ereignisse betrifft, so ist der Erzähler in der Regel bemüht, sie in die richtige Relation zu setzen zu dem Zeitpunkt, da er seine Antwort an Herodot zu diktieren begann, an jenen Mann also, den damals noch niemand den »Vater der Geschichte« nannte.

Aus heutiger Sicht würden wir sagen, daß der Erzähler mit dem Diktieren am Abend des 20. Dezember des Jahres 445 v. Chr. begann.

Das V. Jahrhundert in einigen Zahlen*

v. Chr. 494	Die Perser erobern Milet und beenden den Aufstand der griechisch-ionischen Städte in Kleinasien
493	Alexander I. von Makedonien muß dem Perserkönig gegen Griechenland Heerfolge leisten
490	Athener unter Miltiades siegen bei Marathon über die Perser –
	Höhepunkt persischer Macht unter Darius I. (seit 521) vom Indus bis Makedonien und Ägypten und Libyen
485	Xerxes I. unterwirft Ägypten und Babylonien; aber erfolglos gegen Griechenland
um 483	Heraklit von Ephesus stirbt
um 480	Buddha stirbt
480	Themistokles schlägt bei Salamis die persische Flotte
479	Sparta und Athen schlagen die Perser bei Mykale
um 479	Konfuzius stirbt. Von ihm und seinen Schülern wird die neue weltliche chinesische Literatur verfaßt in vier Büchern: »Buch der Lieder«; »Buch der Schriften«; »Buch der Wandlungen«; »Frühling und Herbst«
472	Äschylus' Tragödie »Die Perser«
465	Xerxes I. wird von Leibwache ermordet
445	30jähriger Friede zwischen Sparta und Athen und zugleich stillschweigender Friede zwischen Athen und den Persern
	Herodot liest aus seinem Geschichtswerk in Athen vor und erhält Staatsbelohnung
443	Perikles für 15 Jahre Feldherr von Athen. Kulturelle Blüte Athens, genannt »Periklisches Zeitalter«

* zusammengestellt v. d. R.

Metapont
Tarent
Kroton
Sybaris
Ausschnitt Karte
Donau
Abdera
Byzanz
Sparta
Athen
Sardis
Mittelmeer
KRETA
RHODOS
Eurymedon
Schwarzes Meer
SKYTHIEN
Wolga
Kaukasus
ZYPERN
Sidon
Tyros
PHÖNIZIEN
ÄGYPTEN
Nil
Jerusalem
Totes Meer
ARMENIEN
MESOPOTAMIEN
Tigris
Euphrat
ASSYRIEN
Kaspisches Meer
Aral-See
Jaxartes
Echatana
Babylon
BABYLONIEN
MEDIEN
Rages
PARTHIEN
Oxus
SUMER
CHALDÄA
Susa
ELAM
Karun
PERSISCHES WELTREICH zur Zeit des Darius
Persepolis
Pasargada
Persischer Golf
Baktra
BAKTRIEN
PANDSCHAB
GANDHARA
Rotes Meer
ARABIEN
Indus
Yamuna
Patalene
Mathura
VORDER–
INDI
Arabisches Meer
0
600
km
INDISCHER

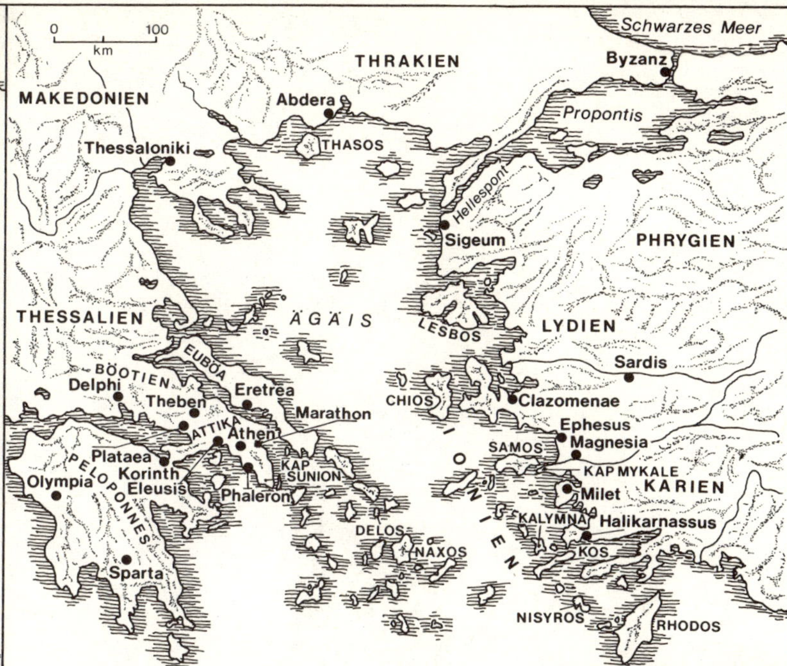
0
100
km
Schwarzes Meer
THRAKIEN
Byzanz
MAKEDONIEN
Abdera
Propontis
Thessaloniki
THASOS
Hellespont
Sigeum
PHRYGIEN
THESSALIEN
ÄGÄIS
LESBOS
LYDIEN
EUBÖA
BÖOTIEN
Sardis
Delphi
Theben
Eretrea
CHIOS
Clazomenae
Marathon
ATTIKA
Athen
IONIEN
Ephesus
SAMOS
Magnesia
Plataea
PELOPONNES
KAP SUNION
KAP MYKALE
Korinth
Olympia
Eleusis
Phaleron
Milet
KARIEN
KALYMNA
Halikarnassus
DELOS
NAXOS
KOS
Sparta
NISYROS
RHODOS

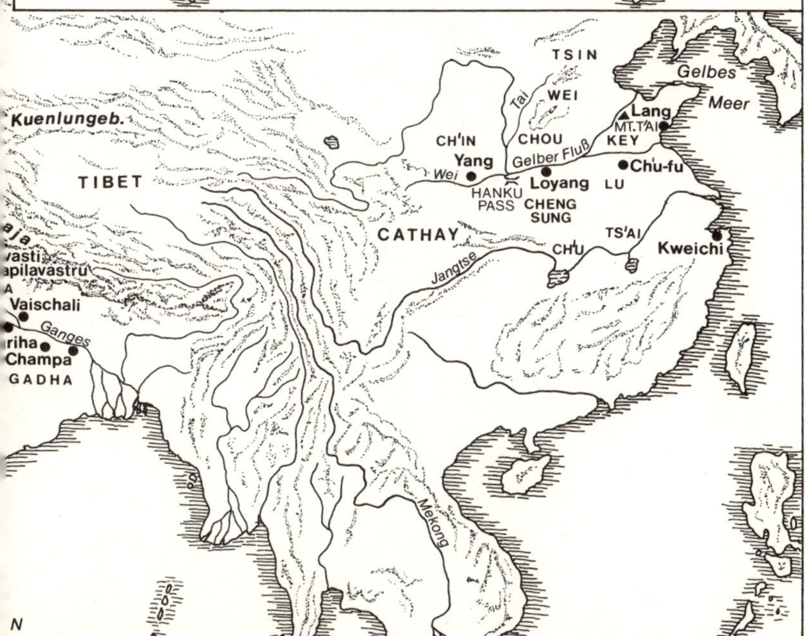
TSIN
Gelbes
Meer
Tai
WEI
Kuenlungeb.
Lang
MT. TAI
CH'IN
CHOU
KEY
Yang
Gelber Fluß
Chu-fu
TIBET
Wei
Loyang
LU
HANKU PASS
CHENG
SUNG
CATHAY
TS'AI
Kweichi
CH'U
Jangtse
Vaischali
Ganges
Champa
GADHA
Mekong
N

INHALT